Papel certificado por el Forest Stewardship Council®

MIXTO
Papel | Apoyando la
silvicultura responsable
FSC® C117695
www.fsc.org

Penguin
Random House
Grupo Editorial

Primera edición: diciembre de 2023

© 2023, Eva Muñoz
© 2023, Penguin Random House Grupo Editorial, S. A. U.
Travessera de Gràcia, 47-49. 08021 Barcelona
2023, Istockphoto, por los recursos gráficos de interior

Printed in Spain – Impreso en España

ISBN:978-84-19169-95-2
Depósito legal: B-15.748-2023

Compuesto en Grafime, S. L.
Impreso en Liberdúplex
Sant Llorenç d'Hortons (Barcelona)

GT 69952

EVA MUÑOZ

LUJURIA

LIBRO 2

wattpad **W**
by Montena

Advertencia:
este libro, por su contenido,
no está recomendado para menores de 21 años.

Primero yo y luego el mundo.

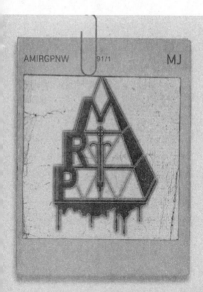

AMIRGPNW   91/1   MJ

INFORMACIÓN
CONFIDENCIAL

FEMF

ARCHIVO:1478

JAMES MITCHELS

Mortal cage: Jaulas mortales

Ring de pelea, donde se libran contiendas a muerte. Cuenta con un gran número de peleadores que desde temprana edad son programados para la actividad. La costumbre de pelear en lugares como las jaulas suele dar dinero y prestigio dentro del mundo delictivo.

Halcones Negros

Grupo de mercenarios que sigue, protege y le es fiel a Antoni Mascherano.

Hombres entrenados en el oriente asiático, que fueron comprados por el italiano con el fin de tener un respaldo.

Son entrenados desde jóvenes y cuentan con distintas habilidades de pelea y ejecución. Se los conoce por ser silenciosos y eficaces.

Cabecilla: Ali Mahala.

SANGRE POR SANGR

El peso de los inocentes

Rachel

Hong Kong, República Popular China

El personal médico se pasea con batas blancas a lo largo del espacio. Aterricé hace unas horas y me vine hacia aquí, donde lo único que se respira es angustia. Aún no hemos tenido ningún tipo de noticia positiva; y entiendo por qué la gente dice que los hospitales son sitios donde sufre, tanto el enfermo como el que está a la espera de información.

Gente de distintos países aguarda al igual que nosotros, unos sentados y otros en los balcones de la sala de espera. Miriam no deja de aferrarse a su hermano mientras que él, con los ojos cerrados, la abraza en la silla. El estado de Ernesto es crítico y lleva horas en el quirófano.

Me gustaría hacer algo más que quedarme sentada, pagué por el mejor equipo de médicos y para que todo se hiciera lo más rápido posible; si pudiera colaborar en algo más, no lo dudaría, pero no se puede y todo está en manos de los profesionales.

Miro la hora, le pregunto a Stefan si necesita algo y con la cabeza me indica que no. Siete horas se suman al reloj, nadie come ni bebe nada, la impaciencia crece por momentos y cesa cuando uno de los médicos aparece.

Stefan se levanta como un resorte, junto con la hermana, y los sigo a ambos al puesto del médico.

—Lo siento mucho —informa el neurocirujano de uniforme celeste—. Hicimos todo lo que estuvo en nuestras manos, pero el aneurisma provocó la ruptura de la arteria y fue imposible evitar la hemorragia interna masiva que desencadenó. Esta pérdida de sangre causó un shock hemorrágico, por lo que su corazón no pudo bombear la suficiente sangre para satisfacer las necesidades de su cuerpo. Esto llevó a una falla multiorgánica y, lastimosamente, falleció.

Mi pecho se comprime con la frustración que se hace presente, con la impotencia que surge al saber que por más que lo intentaste no se pudo. El grito de Miriam desata las lágrimas; el alarido es fuerte y profundo, para quien lo oye le es fácil deducir que has perdido a la persona que amas.

Stefan intenta consolarla, pero ella se niega a aceptar la realidad.

—¡Por favor! —Se aferra a las solapas de mi chaqueta—. Pide que hagan un último intento. —Cae a mis pies—. ¡Un último intento! ¡Puedo trabajar para ti toda la vida! ¡Por los ángeles, por mi madre, por todos los que ahora yacen en el cielo, te suplico que me ayudes a traerlo de vuelta!

Miro al médico, que sacude la cabeza. La muerte de un ser querido es un dolor que arde demasiado, la impotencia que se siente es algo que no le deseo a nadie.

—Lo siento, yo… —Trato de levantarla y a mi mente acuden imágenes mías de hace dos años, lidiando con lo mismo cuando murió Harry.

Stefan se va sobre ella y la abraza en el piso, llora la pérdida con el mismo dolor que la hermana y me da la misma lástima. Ernesto era su cuñado, una persona que estuvo con él durante años. Los gritos no cesan, la hermana se revuelca en el suelo hasta que se desmaya y el personal médico se ve obligado a intervenir; se la llevan y dejo que el soldado se arroje a mi pecho, lo abrazo con fuerza cuando solloza sobre mi hombro.

—Lo siento tanto… —Es lo único que logro articular.

La atmósfera se torna gris, los Gelcem no tienen ánimos para nada y soy yo la que se ocupa de todo: pago el traslado del cuerpo de Hong Kong a París, compro los tiquets que se requieren para irnos y corro con todos los gastos que conlleva volver a Francia.

Los trámites y el vuelo nos toman casi dos días. Los niños del orfanato no se toman bien la noticia. El llanto de Miriam es algo constante y el hermano se mantiene ido y distante, la única persona que se muestra fuerte es Cayetana, la tía de ambos, a quien ayudo en todo lo que puedo.

Está a cargo de catorce niños que han perdido a quien era como su segundo papá.

Recibo a los amigos allegados que acuden para las honras fúnebres. No son muchos, pero tratan de dar consuelo. El sepelio de Ernesto se lleva a cabo un día después, bajo del árbol donde me senté hace unos meses con Stefan, quien ahora no tiene cabeza para nada.

El tiempo parece no transcurrir. Los allegados se van y el soldado se niega a hablar conmigo en los dos días que siguen, la hermana es otra que no quiere salir: cada uno permanece en su alcoba en lo que yo trato de mitigar la tristeza de los niños sacándolos a pasear.

Cenamos en un restaurante de comida china y no sé qué pequeño está más desanimado… El entusiasmo no se les sube ni con las golosinas y juguetes que les compro. Doy un paseo con ellos, y al volver a casa me pongo a hablar con mis padres y con Luisa, quien me pone al tanto de todo.

Otro general murió en los muros del comando de un infarto, y eso me dispara la tensión arterial. El lanzamiento de la campaña del coronel fue un éxito gracias a Gema, el saberlo arruina mi noche, me la imagino pavoneándose y hablando como una idiota.

—Te llamo después —le digo a Luisa, quien intenta darme detalles.

—No te he contado todo.

—No quiero saberlo. —Cuelgo.

Me jode que se le permita estar en todo. Me voy a la cama, enojada. En la mañana la amargura no me deja desayunar, la tarde llega y, desde el porche trasero de la casa, veo cómo Stefan sale y se pierde con su hermana en el campo de tulipanes.

—Siempre han estado muy unidos —comenta Cayetana a mi lado—. Ernesto estuvo con Miriam desde muy joven, fue un muy buen esposo, padre y cuñado.

Me arden los ojos, no era nada mío; sin embargo, he sentido su pérdida. Los Gelcem son personas que no le hacen daño a nadie y se caracterizan por el buen corazón que tienen.

—Ahora no estamos bien, pero tenga presente que con nosotros podrá contar siempre —me dice la tía de Stefan—. Agradezco mucho todo lo que hizo, la intención de ayudar es algo que Dios siempre tiene en cuenta.

Suspiro y asiento, me aprieta el hombro, la miro, el cabello negro que trae recogido deja ver una que otra cana.

—¿Le apetece un café?

—Sí, gracias.

La sigo al otro lado de la casa, acomoda una mesa en el porche con vista a la carretera, se devuelve por el café y tras unos minutos de espera, trae la infusión.

—Lo acabo de hacer —avisa sonriente.

Tomo la taza humeante y le doy un largo sorbo a la bebida mientras ella enciende un cigarro.

Londres me preocupa, hay tantas cosas por hacer todavía que cada vez que me acuerdo me da taquicardia. Me termino el café y dejo la taza sobre el plato. Cayetana clava los ojos en el pocillo y no sé por qué me siento incómoda cuando pierde la vista en él.

—¿Quiere que lo lave? —Tomo el vaso y pone su mano sobre la mía para que me detenga.

—No —niega—. Déjelo.

Apaga el cigarro y toma la taza que observa con el entrecejo fruncido.

—Hace siglos existieron muchas criaturas mitológicas: elfos, bestias, dioses, demonios, ángeles, ninfas, duendes, hadas… En la actualidad, muchos tienen el privilegio de proceder de una línea superior, única, excepcional. Hay descendientes de demonios, bestias, dioses malévolos, ninfas y demás —comenta—. Esto me dice que usted viene de la línea de las ninfas.

Se concentra en la taza.

—Es una mujer hermosa, apetecida, fuerte y benevolente.

Suelto a reír, me caen bien las personas que creen en lo sobrenatural y siempre están contando historias que emocionan. La abuela de Stefan era gitana y por lo que tengo entendido en su cultura se ve mucho este tipo de creencias.

—Tiene a su madre viva, a su padre y a sus dos hermanas —continúa—. Es la mayor de las tres, es muy amada por todos.

—¿Stefan le contó?

—No, lo dice aquí en la taza —contesta, y estiro el cuello tratando de entender cómo lo ve.

—¿Puede ver si el marido de mi mejor amiga le está siendo infiel o algo así? Verá, hace unos días me comentaron algo que…

—Tendrá mucho poder, pero también mucho dolor. —Alza la mano para que escuche—. La veo feliz, pero luego triste, apagada. Vendrán muchas alegrías, festejos; no obstante, esa felicidad tendrá un precio alto. —Arruga las cejas—. Su camino no será fácil.

Mira la taza de una forma que me aterra.

—¿Cómo?

—En la antigüedad, las ninfas eran esposas de seres poderosos, y eso conlleva muchas cosas, fueron mujeres muy asediadas y perseguidas. Portará un trofeo… El trofeo de los que luchan en las sombras.

Una oleada de pánico se apodera de mi pecho cuando Antoni viene a mi cabeza no sé por qué. La tía de Stefan me sirve más café, me insta a beberlo y le hago caso en vez de levantarme e irme a hacer algo productivo.

Vuelve a tomar la taza que dejo vacía.

—MM —dice, y no entiendo.

—¿MM? —pregunto confundida—. ¿Qué es MM?

—No sé, solo aparecen esas dos letras. Puede ser que en su vida pase algo relacionado con esas dos letras —me explica—. Puede ser la abreviatura de algún nombre, cosa o futuro acontecimiento. Sea lo que sea viene con sangre, dolor y lágrimas.

Mi cabeza maquina «¿MM?». Trato de darle sentido buscando palabras con dos emes: «¿Mamá Marie? ¿Meme? ¿Emmo? ¿Emma?». Los pulmones me dejan de funcionar de solo pensar que sea algo relacionado con mi hermana.

Me paso la mano por la cara, creo que me estoy volviendo paranoica.

—Póngale atención a los sueños, estos en ocasiones traen mensajes —sigue—. No quiero asustarla, pero aquí veo una batalla de monstruos donde no se sabe quién es peor. La contienda será violenta y muchos estarán involucrados. Habrá sangre, rabia y resentimiento.

Sacudo la cabeza cuando pienso en Christopher, creo que lo mejor era que no me dijera nada.

—El destino no es literalmente predecible, ¿cierto? —increpo—. No quiere decir que si ve a un toro pasándome por encima, pasará tal cual.

—Siempre podemos cambiar nuestro destino, tomando decisiones buenas o malas —afirma—. Como también hay cosas que están escritas en las estrellas y tales llegan tarde o temprano.

Las palabras, en vez de aliviarme, me ponen peor.

—¿Quiere que siga?

—Estoy bien así, gracias —contesto—. A veces es mejor vivir en la ignorancia.

—Tenga cuidado. —Se levanta a recoger lo que trajo—. A veces este tipo de mensajes, en lugar de asustarnos, lo que buscan es advertirnos.

Se lleva las tazas, el escalofrío que dejó no se va «MM» «Batalla de monstruos».

Trato de distraerme con el móvil, el dispositivo me pide mi huella para entrar al sistema del comando y lo primero que me aparece es el discurso que dio Kazuki Shima en el lanzamiento de su campaña electoral.

Deslizo el dedo hacia abajo y aparece el que dio Gema en el evento de Christopher. Hay fotos del lanzamiento al que asistió Alex, Gauna, la Élite, presidentes, congresistas, diputados… En varias imágenes aparece Lancaster pegada al brazo del coronel, sonriente y radiante.

Mi pulso empieza a latir más rápido de lo normal y me largo a mi alcoba con dolor de cabeza, estrello la puerta al entrar «Mi vida es una completa mierda». Me paseo por la habitación con las manos temblando, me asustan las emociones que desata la maldita de Gema Lancaster, con Bratt nunca llegué a sentirme así, con ganas de ahorcar a todas las mujeres que coqueteaban con él.

«Tengo que calmarme». Dejo el móvil sobre la mesita de noche, me quito los zapatos y me encamino al baño: necesito sumergirme en la bañera para relajarme y pensar. Es hora de que vuelva a Londres; lo siento por Stefan, pero hay asuntos que no puedo seguir posponiendo. Gauna en cualquier momento me va a llamar a exigirme que regrese; aparte de que debo hablar con el coronel, quien, siendo como es, de seguro no querrá verme después de dejarlo plantado.

Recuesto la cabeza en el mármol. Debería centrarme en retomar mis antiguos planes, dejar las cosas como están; sin embargo, eso imposible ahora que estoy más enamorada que antes.

El agua de la bañera se enfría, salgo, alcanzo la toalla y frente a la cama trato de elegir algo ligero para ponerme. Saco una sudadera, hago el gesto de desprenderme de la toalla, pero algo me lo impide: los labios de Stefan empiezan a pasearse sobre mi hombro cuando me toma por detrás. El gesto me hace voltear y él se apodera de mi boca con un beso largo.

Pongo las manos sobre su pecho e intento apartarlo, pero se niega e insiste: está excitado.

—Por favor —suplica—. Lo necesito.

La toalla que me envuelve cae. El soldado me hace retroceder hasta que, juntos, nos desplomamos en la cama, no deja de besarme y trato de actuar como lo haría Christopher, quien de seguro ya se está acostando de nuevo con Gema.

El hecho me enoja y correspondo al beso del hombre que tengo encima; siento su erección entre mis piernas al moverse sobre mí, le doy vía libre para que bese mi cuello. Es como si mi cerebro anhelara la paz de otro, como si supiera que con él todo sería más fácil.

El soldado se quita la playera y vuelve a mi boca. Sus ojos castaños me miran con deseo antes de volver a mis labios; sus rasgos son delicados, tiene una mirada dulce cargada de bondad, que incrementa bastante su atractivo.

Toca mis pechos, se contonea sobre mí, pero…

Como les dije a mis amigas una vez, es lindo; sin embargo, no es Christopher, y eso es algo que mi cabeza tiene presente todo el tiempo, es lo que me bloquea y apaga las ganas de abrirme con otro que no sea él.

—No. —Aparto la cara cuando intenta besarme otra vez.

—Déjame. —Trata de bajar a mi sexo y no lo dejo—. Angel…

Lo aparto antes de levantarme; tomo la toalla que está en el piso y la envuelvo alrededor de mi torso.

—No puedo darte alas, sabiendo que estoy enamorada de otro —le digo—. Lo mejor es que te vayas.

—Te respeto, pero no puedes decirme que quieres serle fiel a él, siendo consciente de que tiene a otra —me suelta—. Ella es su novia.

—Novia que solo se come mis sobras. —Finjo que no me molestó su comentario—. Eso es lo que hace Gema...

—¿Tus sobras? Angel, no quiero hacerte sentir mal, pero eres tú la intrusa en la vida de ellos —declara—. Ellos tenían y siguen teniendo planes juntos... Niego, él no sabe nada y por ello habla como lo hace.

—Déjame sola, por favor. —Le señalo la puerta—. Te lo estoy pidiendo de buenas maneras, así que retírate.

Se levanta, toma la playera que se quitó y se encamina hacia la puerta. La decepción es notoria y me gustaría darle más tiempo, ayudar más, poder ser compresiva, mas no puedo.

—Debemos volver a Londres —le hago saber cuándo está a un par de pasos del umbral—. Reservaré pasajes y viajaremos pasado mañana; hay obligaciones que debo cumplir y no puedo seguir postergando, lamento lo de tu cuñado, pero volver es necesario.

Se queda en silencio por un par de segundos antes de contestar:

—Se lo comentaré a Miriam.

Sale sin decir nada más. Lo siento por él, pero es necesario regresar, mi trabajo me espera y necesito ver al coronel. Sé que tal vez sea una tonta; no obstante, mi corazón se niega a entender que lo nuestro tal vez acabó.

No quiere entender que lo mejor es que lo deje de querer.

Gema

Recojo y organizo todo lo que tengo sobre mi escritorio, Thompson es exigente y por ello procuro cumplir con todo lo que se me solicita, pese a estar agotada. El lanzamiento me dejó hecha polvo, las noches en las que no he hecho más que llorar, ahora me están cobrando factura.

En el último mes, he tenido que lidiar con lo de mi madre, con lo de Christopher, con mis deberes, desilusiones y con la candidatura.

—Sara Hars te llamó. —Liz se deja caer en la silla que está frente a mi escritorio—. Dijo que te espera en High Garden.

—Termino con esto y parto para allá.

—¿Tuviste sexo con tu macho? —pregunta mi amiga—. Dime que cogieron y que pronto seré tía. Será un gusto restregarle eso a Rachel «Perra» James.

—Preñarme es lo menos que me interesa ahora, ¿vale? —contesto—. Christopher no está bien, me necesita como amiga, ya que esa ramera no hace más que hacerle daño.

—Pretender ser amigo de tu ex es como tener una gallina de mascota. Sabes que tarde o temprano te la vas a comer.

—Lo quiero, y por ello, independientemente de todo, seré lo que él necesite.

Detesto a Rachel James y detesto más el hecho de que sea una perra regalada, la cual no hace más que lastimar. Es una falsa, hipócrita, calienta braguetas y, como ya dije, no dejaré que se salga con la suya.

Christopher me preocupa, su genio ha empeorado en la última semana, su nivel de tolerancia es poca; de hecho, se perdió una noche antes del lanzamiento y volvió con los nudillos vueltos mierda y la cara amoratada. No habla mucho y parece que todo le molesta.

—Si no te va a dar el anillo, ¿para qué diablos te esfuerzas tanto? —pregunta Liz—. Siento que estás gastando energía.

—No me esfuerzo solo por él —replico—. Hago todo esto porque me gusta y es una forma de agradecerles a los Morgan la ayuda que le han brindado a mi madre y a mí.

—Eso Marie lo tiene más que ganado.

—Lo sé, pero le tengo cariño a la familia y, como ya sabes, soy una mujer comprometida con los que amo; a eso súmale que todo el mundo apoya la campaña por mí —le explico—. Más que importarme Rachel, me importa él, esto y su familia.

—Tengo la teoría de que Rachel James es de esas rameras que lo menean bien y emboba a los hombres con tres o cuatro polvos —sigue Liz—. Y no son más que eso, un buen hueco para meter la polla. Me da mucha rabia que tu macho le haga caso, solo comprueba que no te merece.

Recuesta la espalda en la silla.

—Christopher es un buen hombre —alego—, solo que está mal e idiotizado por esa perra. Sé que hay muchas cosas que te molestan, pero necesito que me apoyes, para la campaña voy a necesitar toda la ayuda posible, no puedo sola.

—Claro que te voy a ayudar, de eso no tengas dudas. —prosigue—. No voy a dejar que ninguna estúpida se quede con tu hombre y mucho menos dejaré que arruinen tus sueños.

Frota mis brazos, las amigas como ella valen oro… Hemos sido inseparables desde que nos conocimos en Barinas, fue becada igual que yo e hicimos varios procesos juntas, hemos compartido cama, ropa, dinero y frustraciones.

La FEMF suele tener momentos que te hacen entrar en crisis y nos hemos dado ánimo la una a la otra.

Termino con lo que me falta, Rachel James sigue con Stefan y, mientras ella está lejos, yo he sido un apoyo incondicional para el coronel, con quien me bebí un par de copas después del lanzamiento. Trato de calmarlo cada vez que lo veo enojado, eso es algo que la campaña agradece, ya que Cristal no puede con él. A mi madre le gusta vernos así, unidos, que esté pendiente de él en todo momento y no lo deje solo.

Con Liz abandono la sala de tenientes, Sara Hars me está esperando en High Garden, viene una visita importante y no quiere recibirla sola.

—Te acompaño al estacionamiento, guapa. —Mi amiga me pega en el trasero—. Estás muy bella hoy.

—Igual tú. —Rápido, dejo un beso en su mejilla.

Bajo a la primera planta, donde veo a Bratt hablando con el nuevo soldado, «Milla Goluvet». Su perfil es excelente, estuvo unos meses con el GROM (Grupo de Operaciones Especiales de Polonia), altamente entrenado y reconocido por su efectividad en misiones contra el terrorismo y rescate de rehenes.

Pasos más adelante está Pauls Alberts y Tatiana Meyers, quien saluda a Liz cuando pasamos por su lado. Tomo la salida que me lleva al estacionamiento.

El amplio sitio nos recibe, Trevor Scott está bajando de su auto y se engancha un maletín el hombro. Oigo pasos corriendo atrás y me volteo a ver al grupo de hombres que pasan de largo rumbo al sitio del sargento; tienen el brazalete que los identifica como miembros de Casos Internos y sin decir nada toman al soldado que, como yo, no entiende nada de lo que sucede.

—¡¿Qué pasa?! —Forcejea cuando lo ponen contra el capó de su vehículo.

—Sargento Trevor Scott, tiene orden de captura por parte de Casos Internos, ha violado parámetros de peso, los cuales se le explicarán frente a la rama y su abogado —le dicen—. Será privado de su libertad hasta nueva orden.

—¿Qué? —El soldado sigue forcejeando—. No he hecho nada, no sé de qué habla.

—Llévenselo —pide el hombre de negro.

—Maldita sea —espeto— ¡Ve por Bratt!

Le pido a Liz, esto es algo que ahora no nos conviene, aparte de que el sargento, por muy pito inquieto que sea, no es una mala persona.

—¿Dónde está la orden de captura? —Me apresuro a su sitio—. No se nos ha informado nada de esto.

—Casos Internos es una rama independiente que puede proceder sin aviso previo —contesta uno de los agentes—. Nos entenderemos con el general Gauna, con el coronel o con el ministro. Ahora apártese.

—Avisa a mi esposa, por favor —me pide Scott cuando se lo llevan—. O a Luisa…, ella puede comunicarse con mi familia.

19

Bratt interviene más adelante y me muevo a apoyarlo; sin embargo, los hombres se niegan a darnos información. Casos Internos es la rama que vela porque hagamos nuestro trabajo de la forma correcta, y cuando tienen algún tipo de sospecha suelen tomar medidas estrictas.

—¿Quién dio la orden? —exige el capitán—. No lo voy a dejar pasar, si no me dice.

—Carter Bass —contesta el agente—, presidente de Casos Internos.

Sara empieza a llamarme, los hombres que tienen a Scott reemprenden la marcha y el capitán Lewis le pide al soldado que llega que vaya por Gauna.

—Pero ¿qué hizo? —pregunta Milla—. Ayer trabajamos juntos y todo estaba bien.

—Quién sabe —se desespera Bratt—. Ha de ser grave como para que se lo lleven así.

—Pondré a Alex al tanto y llamaré a Irina de camino —le informo al capitán—. Si tienes novedades, avísame, ¿vale?

—Sí, veré qué puedo hacer. —Se va con Milla—. No tengo idea de qué diablos está pasando, pero hay que hacer algo.

Me da rabia que pase esto justo en estas fechas, justo después del exitoso lanzamiento de la campaña que tuvimos, días antes murió uno de los candidatos y ahora esto, parece que el mundo quiere complicarlo todo.

Me despido de Liz frente a mi auto.

—Te informaré de todo lo que pasé acá —me promete—. Ve con cuidado.

Abordo mi auto, llamo a Irina y la pongo al tanto de las malas noticias; está igual de confundida que yo, no puedo darle mucha información, ya que no tengo claro casi nada.

—Voy para allá —me dice antes de colgar.

Le doy el aviso a Christopher y al ministro «Creo que hay gente que quiere sabotearnos». Trato de llegar a Londres lo más rápido que puedo, el camino se me hace corto y en Mayfair, agitada, subo a la segunda planta del edificio donde se halla mi apartamento.

Entro a cambiarme, meto las piernas en una falda clásica, me pongo una camisa acorde y busco una chaqueta que complemente el atuendo. El cabello me lo acomodo con un moño inglés. Lista, me apresuro a High Garden, donde Sara me recibe; viste un conjunto Chanel, no muy ella, que se le ve estupendo.

—¿Ya llegó? —pregunto.

—No.

Mi bella madre también está presente. Sara canceló su viaje con Alexander cuando la mujer que esperamos avisó de que venía. Marie aún tiene la mano vendada, sigue sin poder dormir y eso la tiene demacrada y con ojeras.

La exesposa de Alex no deja de acomodarse las mangas de la chaqueta mientras yo me encargo de darle las indicaciones finales a la empleada. Compré el atuendo que traigo para la ocasión, no quiero que me sigan viendo como la hija de la empleada que en su momento trabajó para ellos.

—Creo que voy a hiperventilar —suspira Sara.

—Todo va a salir bien —la animo—. Tranquila.

Salimos juntas con mamá rumbo a la pista privada de los Morgan. He llegado justo a tiempo, ya que a lo lejos veo el jet que, tras sobrevolar el área de jardines, aterriza sobre la pista de concreto. El cuello de la camisa empieza a picarme. La puerta se abre, la escalerilla desciende y tomo una bocanada de aire antes de pasar la mano por la tela de mi blusa.

«Calma». El mayordomo que sale le ofrece la mano a la mujer que se asoma y desciende de la aeronave.

Regina Morgan es la mujer con los ovarios más grandes que he conocido en la vida, una de las pocas mujeres que ha hecho historia en la FEMF al convertirse en general siendo bastante joven. No le cabían las medallas en el uniforme que portaba y es la madre de tres hombres con temple de acero: Reece, Thomas y Alex.

Los Morgan son adinerados desde tiempos inmemorables, una familia acostumbrada a los lujos. Regina y Elijah, con sus operativos, le añadieron millones y millones al patrimonio. Su marido murió y ella vive en Rusia, dándose más lujos que la realeza inglesa.

Creo que eso fue lo que nubló el juicio de Martha Lewis en su momento, todos sabemos que gran parte de ese dinero terminará en manos de Christopher al ser el único nieto. Un mínimo porcentaje de esa fortuna volvería rico a cualquiera. Chris también cuenta con la herencia de su madre, los reconocimientos monetarios de la FEMF y el patrimonio que ha forjado el ministro.

La madre del ministro se acerca, seguida del mayordomo que trae su equipaje. A sus setenta y siete años, luce mejor que mi madre, con la espalda recta, con arrugas escasas y el andar cargado de ego y presunción. Se ve estupenda, la vejez no le quita belleza y, una vez más, compruebo que esta familia parece que tuviera máquinas del tiempo, dado que siempre se ven bellos y sensacionales.

—Regina. —Sara es la primera que se acerca a saludar.

La exsuegra se quita los lentes reparándola de pies a cabeza, no sonríe, solo deja que Sara le dé un beso en la mejilla.

—¿Y Alex? —pregunta seria.

—Él y Christopher ya vienen para acá.

Sigue de largo como si mamá y yo no existiéramos.

—Tan importante soy que, en vez de mi hijo y mi nieto —habla en voz alta para que todos la escuchemos—, me recibe una exnuera fugitiva, una sirvienta y una bastarda. Esta familia cada día se va más a la mierda.

—A mí también me alegra verte, Regina —le dice mamá—. Estamos bien, gracias por preguntar.

—Trágate el sarcasmo, Marie, que ni me llega, ni me ofende.

Regina Morgan viene a apoyar la candidatura de su nieto; Alex no quería que viniera, pero ella no le dio tiempo de alegar: simplemente colgó después de informar a que hora llegaba.

Entramos a la mansión y los empleados se apresuran a tomar las maletas que carga el mayordomo, las llevan a la alcoba que ocupa cada vez que viene aquí.

Le pido a la empleada que traiga la charola del té, tomamos asiento y procuro hacer uso de todos mis modales para no quedar mal. La abuela de Christopher es delgada, de rostro ovalado y pómulos prominentes, tiene el cabello lleno de canas y eso le da un aire sofisticado.

—Te ves estupenda, Regina —la halago mientras recibo mi té—. Vas a tener que darme el secreto de lo que te mantiene así de radiante.

—La buena vida —contesta—. Los lujos también embellecen.

—¿Cómo están Reece y Thomas? —pregunta Sara.

—Reece trabajando, como siempre, y Thomas no sé, doy por hecho que sigue de nómada por el mundo.

—La FEMF perdió unos muy buenos soldados, es una lástima que dejaran el ejército. —Tuerce la boca con mi comentario.

—Les dimos a Alex y a Christopher en recompensa, con eso sobra y basta.

La empleada se apresura a abrir la puerta que, acto seguido, atraviesa Alex. El ministro saluda a su madre con un beso cuando ella se levanta a recibirlo mientras Sara se mantiene en su puesto sin decir nada.

La entiendo, Regina siempre la ha visto como la débil de la familia, cosa que recalca y le saca en cara a menudo desde que abandonó al ministro. Christopher no tarda en aparecer y la abuela de inmediato pone los ojos en él.

—Qué apuesto está la oveja negra de la familia. —Regina se acerca a tomar la cara del nieto—. Cada vez te pareces más a tu padre.

El coronel deja que le dé un beso en la mejilla.

—Lo único bueno que has hecho en la vida, Sara —mira a la mujer que está sentada—, plasmar bien el gen de los Morgan.

Christopher se deja caer en el mueble cuando todos toman asiento.

—Espero que le estés poniendo empeño a la candidatura, que tus deseos sean que el poder se mantenga en la familia y quieras que tu abuela esté orgullosa —le dice Regina—. Ya va siendo hora de que compenses todos los dolores de cabeza que hemos tenido contigo.

—Yo no le debo nada a nadie —responde Christopher—. Si soy o no ministro es mi problema, los triunfos que pretendo conseguir son por mí, no por otros, así que no vengas a exigir nada.

—Baja el tono, muñequito. —Regina alcanza su taza de té—. Conmigo tienes que meterte el egocentrismo en el culo, ya que a mí me tienes que agradecer que cabalgara sobre la polla de tu abuelo y procreara al padre que ahora tienes.

Christopher pone los ojos en blanco con el discurso.

—Da gracias por tener el privilegio de nacer en una familia con poder, porque tu belleza no sería nada si hubieses nacido en un nido de zarrapastrosos incapaces de darte todos los lujos que te das.

—Regina...

—Cierra la boca —calla a Sara—. Estás aquí pretendiendo arreglar lo que hace mucho está roto, y ya es tarde para eso. Es hora de que te dejes de idioteces y asumas que tanto a ti como a Alex les quedó grande el papel de padres, dan vergüenza los dos.

El ministro se pellizca el puente de la nariz y Sara baja la cabeza.

—Me enoja, Christopher, que seas un maleducado al cual muchas veces he tenido ganas de arrancarte la cabeza. —Clava la vista en su nieto—. Eres un maldito, y lo que más rabia me da, es que pese a todo eso —suspira— sigas siendo mi Morgan favorito y al que más quiero.

—Lo sé —contesta él, y ella sacude la cabeza.

La empleada informa de que el almuerzo está listo. Pasamos al comedor del jardín, donde degustamos el menú, que está delicioso. Alex le comenta a Regina todo lo que está pasando y esta escucha atenta.

—¿Solucionaste lo de Scott? —le pregunto a Christopher y mueve la cabeza con un gesto negativo—. Esto va a ser un problema.

—Está de más que me lo recuerdes, ya lo tengo claro —habla solo para los dos.

—No te lo recuerdo por mal —contesto de la misma manera—. Te lo comento porque sé que Casos Internos es de cuidado y me preocupa.

No dice nada, solo cuadra la mandíbula, enojado. Parece que ahora nosotros tenemos algo que otros candidatos no tienen: soldados allegados capturados por Casos Internos.

—¿Qué tal un baño de espuma? —le pregunto a Regina cuando acaba con su plato—. El viaje ha de tenerte cansada y puedo prepararte uno.

—Para eso está la empleada —comenta Sara.

—Puedo hacerlo yo —me levanto—. Conozco una combinación de esencias que te van a relajar. Si logro eso, tendrás que invitarme a tu mansión de lujo. Mira a Alex y tomo eso como un sí. Soy una buena mujer y quiero que lo note. El coronel se encierra por un par de horas a hablar con Alex mientras yo me encargo de que Regina se instale en la alcoba y tome el baño de espuma, trato de ponerle tema de conversación hasta que la noche llega y me voy al *penthouse* con mi madre y el coronel.

Marie se queda dormida apenas toca la almohada. Quedo sola con Christopher y me pongo a trabajar con él, nos vamos al juego de sillones que tiene en la alcoba y de mi cartera saco el itinerario de esta semana.

El coronel le da un sorbo al trago que se sirvió mientras le informo de los compromisos que tenemos, hay un evento para las víctimas de la guerra en Cambridge y todos los candidatos están invitados, así como la familia de cada uno y los soldados que deseen asistir. El Consejo estará presente y varios miembros importantes del ejército.

—Dile a Tyler que prepare el McLaren para dicho día —dispone, y asiento—. Me lo voy a llevar.

Lo siento mal, decepcionado y enojado. No ha querido hablar de lo que pasó en su viaje y tampoco quiero saber, ya que me reconforta el tener claro que no le pidió matrimonio a la arribista de Rachel James. Al parecer, gracias a Dios terminaron.

—El lanzamiento de la campaña electoral fue un éxito —le comento—. ¿Lo sabes? Todo el mundo habla de lo bien que lo hicimos juntos.

Mueve la cabeza con un gesto afirmativo y me alegra que lo tenga presente, porque me esforcé mucho con todo con el fin de demostrarle quien es la mujer que le sirve. Tomo una bocanada de aire y empiezo a empacar mis cosas para irme.

—Necesito que me digas todo lo que debo saber sobre el maldito evento —me pide— ¿Puedes o tienes afán?

—Puedo. —Le sonrío—. Para ti nunca tendré afán.

Empiezo a hablar de todo lo que se hará y de lo que más nos conviene hacer. Su vista se pierde en la nada y el que lo haga seguido me empieza a preocupar, así que de mi bolso saco el volante que cargo hace días.

—Mira esto, un nuevo vehículo de la colección que tenías de niño, me lo entregaron en el centro comercial y me acordé de ti. —Se lo paso—. ¿Lo recuerdas? Arrancaste la cabeza de una de mis muñecas cuando te pisé uno…, lloré casi una semana por ello.

—Llorabas por todo, no era raro —se burla—. Todavía me pregunto por qué exagerabas tanto, tus muñecas eran horribles.

—Nada comparado con los muñecos satánicos que tenías. —Le quito y bebo del trago que tiene en la mano—. ¿Recuerdas la vez que entré a tu cuarto y me hiciste una broma con ese estúpido payaso rojo que compraste?

—Sí.

—Lo vi y me fui de bruces contra la pared, después de eso tuve pesadillas por una semana. Nunca te voy a perdonar eso.

Ríe con ganas al igual que yo; me alegra ser la causante de esas risas: por este tipo de cosas siempre me tendrá a su lado, porque fue parte de mi infancia y yo de la de él.

Me levanto y tomo asiento a su lado.

—¿Quieres que te acompañe al evento? —Le aprieto la rodilla—. Tengo mis tareas al día, adelanté todo por si necesitabas de mi compañía.

Tarda en contestar.

—Si quieres, adelante —suspira.

—Claro que quiero, no se me olvida lo mucho que deseas ganar y todo lo que debemos hacer para lograrlo, ogro gruñón —le recuerdo—. Me encargaré de todo lo que se requiere, partiremos el jueves a primera hora.

Le entrego los documentos que hice para él con el fin de hacerle el trabajo más fácil. He sido una amiga todos estos días y lo seré siempre.

—Mañana vengo a ultimar detalles —le comento— ¿Te parece?

Asiente, le doy un beso en la mejilla y recojo mis cosas.

—Descansa, ogro —le digo antes de irme.

Feliz, abandono la propiedad y busco el auto a donde llamo a Liz, contesta y le pido que se prepare, ya que quiero que me acompañe al encuentro.

56

Verdades y consecuencias

Rachel

Me apresuro por los pasillos del sitio de reclusión del comando mientras internamente maldigo a Carter Bass y me maldigo por no ver venir esto. Stefan me sigue y trata de mantenerme el paso, aterricé hace tres horas y lo primero que hice fue dejar las maletas y correr hasta aquí.

Busco la celda de mi amigo y me pego a los barrotes de acero cuando lo encuentro.

—Scott —llamo al sargento.

—Raichil. —Se levanta—. ¡Qué alegría verte!

Tengo tanta rabia, se supone que esto era lo que tenía que prevenir. Mi amigo es una mierda como padre, pero no es un delincuente. Fuimos a la academia y llegamos aquí juntos, conozco a toda su familia.

—¿Has hablado con mi abogado? —me pregunta.

—No me dejaron, fue lo primero que pedí cuando llegué.

Se pasa las manos por el cabello y no me queda más alternativa que tocar el tema sin arandelas.

—¿Tienen razón? La acusación de Casos Internos, ¿es cierta?

—Claro que no. Me acusan de andar con una mujer que tiene nexos con la mafia, y no es cierto, estoy con ella hace tiempo y me gusta como yo le gusto a ella —confiesa—. Nos conocimos en un bar y empezamos a andar, hubo una buena conexión y, joder, no vi la necesidad de ponerme a indagar sobre su pasado, el que sea un agente no me obliga a hacer eso.

Me dan ganas de plantarle un guantazo para que sea serio.

—¿Y dónde está esa mujer?

—No sé —contesta—. No aparece, seguramente huyó asustada con tanta cosa, y como si fuera poco, Irina no ha venido a verme. Justo ahora le da por enojarse.

—¿Qué quieres?, ¿que te traiga una frazada? —Meto la mano y le doy en la cabeza—. ¡La engañaste, por Dios!

—Eso es lo que menos importa ahora —se defiende—. No tengo nada que ver con lo que se me acusa.

—¿Estás seguro? —le pregunta Stefan.

—Totalmente.

—Lo siento, teniente, pero no puede quedarse mucho tiempo —me advierte el guardia de turno—. Son órdenes de arriba.

—No me vayas a dar la espalda, por favor —me pide mi amigo—. Necesito todo el apoyo posible para salir de esto.

—Veré que puedo hacer —respondo—. Hablaré con Casos Internos y, cuando tenga noticias, te aviso.

El guardia insiste en que debo irme. Meto la mano entre los barrotes y acaricio la cara de Scott con los nudillos. Como bien dije, no es la mejor persona del mundo, pero es mi amigo y lo quiero.

El guardia me vuelve a pedir que me retire.

—Ve —me dice Scott—, obedece, no vaya a hacer que te ganes una sanción por mi culpa.

Abandono el centro de reclusión para soldados y me encamino a la oficina de Carter. Una parte de los reclutas trotan y se preparan en los campos mientras que otra se ocupa de sus tareas cotidianas. Stefan me sigue y le quito la carpeta que traje de mi casa.

—Espera aquí —le digo al soldado—. Voy a matar a Carter Bass.

—Angel, calma —me pide.

—¡No, ese imbécil me va a oír!

Me apresuro a la oficina que está en la cuarta planta, el secretario del presidente de Casos Internos intenta negarme el paso; lo hago a un lado y entro al despacho a las malas. Carter pone los ojos en mí cuando cierro y le echo pestillo a la puerta.

—Teníamos un acuerdo —espeto rabiosa—. Prometió darme tiempo para aclarar todo.

—Tiempo que no está usando para nada, ya que se la pasa evadiendo las obligaciones que tiene para con nosotros —me regaña—. Ni siquiera se ha tomado la molestia de ponerse en contacto conmigo, pese a que fui claro con las órdenes que le di.

—Scott...

—Trevor Scott le estaba faltando el respeto al reglamento —me corta—. Ya procedí con este y ahora voy a proceder con Simon Miller, quien...

—¡Simon no ha hecho nada malo, así que no se meta con él! —alego furiosa—. No estoy evadiendo lo que me pidió, trabajo en ello, pero no puede exigir resultados rápidos, sabiendo que tengo más obligaciones que cumplir. Pese a eso, he investigado y aquí está la prueba.

Pongo la carpeta sobre la mesa, no quería mostrar esto sin estar segura; sin embargo, no entregar nada es peor. Necesitan saber por qué Simon oculta información y Elliot encontró el motivo hace tiempo: ayuda a la tal Corina y, sea o no su amante, es una explicación que justifica lo que hace.

Carter Bass toma lo que traje.

—De Trevor Scott no hay nada. —Chequea por encima.

—Conoció a la mujer en un bar, se gustaron y empezaron a salir —le explico—. No se puso a indagar sobre su pasado.

—No es algo que me convenza, teniente. Ni a mí ni a la rama, así que por ahora seguirá tras las rejas como exige el reglamento.

—¿Por cuánto tiempo?

—Hasta que se compruebe que es inocente —espeta, y contengo las ganas de enterrarle un puño en la cara—. Revisaré la carpeta de Simon Miller; si es válido lo que consiguió, cuente con que me quedaré quieto por el momento, pero si esto no me convence, aplicaré las mismas medidas que apliqué con el sargento Scott.

Respiro y trato de no arrojarle una de las sillas.

—Siga trayendo información que desmientan las acusaciones o resígnese al hecho de que el coronel y sus colegas van a terminar tras las rejas —me dice—. Le daré más tiempo, pero no abuse de su suerte, teniente, que esto es un tema delicado.

—Ya le he dicho que las acusaciones no tienen sentido, aquí nadie tiene la necesidad de pasarse por el culo lo que dictamina el reglamento —contrarresto—. Ni mis colegas ni el coronel.

—Necesito pruebas, no palabras. —Se enoja—. Ahora retírese.

—Si le pone un dedo encima a Simon, le juro que le va a pesar —advierto.

—¿Me está amenazando?

—¡Sí! —Doy un paso adelante—. No haga que me vuelva loca y le vuele los sesos.

Sacude la cabeza, molesto. Me cae tan mal…

—El coronel Morgan no tiene la necesidad de hacer nada de lo que se le acusa y espero que tenga un buen respaldo, dado que sus acusaciones pueden jugar en su contra y, por ende, terminar mal —aclaro—. Revise bien lo que le entregué y déjeme hacer mi trabajo, que por algo me encomendó la tarea.

Abandono la oficina y tomo aire por la boca cuando estoy en el pasillo.

Llamo a Elliot, espero que lo de Simon le baste a Casos Internos o juro por Dios que terminaré quemando el despacho del que acabo de salir.

El investigador me informa de que tiene tiempo para verme. Mi llegada no estaba prevista para hoy, sino para mañana, la de Stefan también, así que con él salgo del edificio administrativo en busca de mi torre.

—¿Qué te dijo Carter? —me pregunta el soldado.

—Lo mismo de siempre, que quiere resultados. —La cabeza me palpita—. Esto me estresa demasiado, porque si lo de Simon no basta lo va a meter en prisión y a Christopher no le conviene otro escándalo ahora.

—No creo que el sentimentalismo te ayude en estos momentos.

—No es sentimentalismo, es que son mis amigos, hay gente muriendo —le recuerdo—. Las cosas no son como antes y si el coronel no gana, Antoni será el primero en salir.

La idea me da escalofríos. El coronel es el único capaz de mantener al italiano al margen y, si pierde, estaré en la mierda.

Busco las escaleras, subo al piso que me corresponde y abro la puerta de mi dormitorio. Stefan entra detrás de mí y lo primero que veo es la caja que está sobre la cama. El color me dice que no es un detalle de Bratt, ni tampoco de Christopher, quien no se ha molestado en contestar mis llamadas.

Me acerco a ver que es, lo destapo y lo que está adentro hace que aparte la cara «Maldito». Es un cuervo muerto entre pétalos rojos con una nota encima.

Tiro la caja en la mesa y me quedo con la nota.

La noche aguarda, la oscuridad te atrae, el lento, pero inexorable crecimiento de las sombras te envuelve. No eres luz, eres tinieblas, te resguardas bajo un telón, un sutil escenario que aviva la pasión, o bien podría esconder más de un crimen.

Un pequeño cuervo me visitó una madrugada, me contó una historia. Era la historia de una bella ninfa que fue raptada por un perverso y oscuro dios, quien la obligó a desposarlo, y luego, acudiendo a engaños, le tendió una trampa a la hermosa muchacha. Le dio de comer las semillas de una granada, sin que la inocente joven supiera que era el alimento sagrado del averno y con ello consiguió tenerla durante la mitad de cada año.

No puedo evitar compararnos con tan cautivadora pareja. Tú, mi bella ninfa, ya has probado el alimento sagrado de mi infierno, contemplaste de primera mano su exquisitez. A veces me pregunto qué sucedería si volviera a incluirlo en tu sistema... Tal como Perséfone, volverías a mí y no durante cierto tiempo, porque esta vez sería para siempre.

Te rodea un reino cubierto en tinieblas. Ya lo sabes, hay promesas que estamos obligados a cumplir y solo soy un pobre mortal que anhela sumergirse en el calor de la ninfa que roba sus sueños. Un pobre mortal que aguarda el momento indicado para arrebatar con creces todo cuanto le ha sido quitado, y cuando el momento sea oportuno, este pobre mortal espera que su ninfa baje por sí misma de la montaña de los dioses a hacerle compañía en la oscuridad.

Este es un pobre mortal enardecido en pasión, en una vehemencia que aclama por la sangre de su amada. Una pasión capaz de encender la llama que hará arder el mundo si su amor se negase a acompañarlo a las sombras que tanto aguardan por devorarlos.

El tiempo se agota, principessa, *y mis pistas te lo están recalcando. Espero que tu pequeña cabecita se esté preparando, que tu cuerpo se vaya doblegando y acostumbrando al hecho de que mis manos muy pronto lo recorrerán. El tártaro espera por mí y no llegaré solo, iré contigo,* amore.

A. M.

Paso saliva. ¿Qué más pruebas necesito? Antoni me quiere con él y no descansará hasta salirse con la suya. Recojo todo, lo echo en una mochila y me apresuro a la salida.

—Vamos —le pido a Stefan—, Elliot me está esperando.

El soldado me sigue al estacionamiento, de camino intento llamar a Christopher, pero no me contesta, así que me subo a la moto en la que llegué. Stefan se monta atrás y con él me encamino a la oficina de mi detective.

Llegamos y dejo caer la caja en el escritorio del hombre que me espera, revisa la caja del cuervo mientras yo le doy un resumen de lo que pasó con Scott.

—Otro candidato murió bajo los muros del comando —le suelto—. ¿Casualidad? No creo, esto es obra de la mafia.

—¿Qué sabe de Philippe Mascherano? —pregunta el detective— ¿Hay alguna pista nueva sobre él?

—No, solo se sabe que está sustituyendo al hermano. —Me masajeo las sienes.

—Ponga atención a lo que le voy a decir: Antoni Mascherano tuvo un hijo con Isabel Rinaldi, se llama Damon Mascherano —me informa—. Ahora está bajo el cuidado de los italianos, tienen un anillo de seguridad sobre él y Lucian Mascherano.

Me quedo sin saber qué decir, no sabía que Antoni había procreado con la amante que tenía.

—¿De dónde consigues tanta información?

—Tengo mis métodos, contactos que he logrado gracias a los trabajos que he hecho —responde—. He trabajado hasta con el Boss de la mafia rusa, teniente.

—¿Con el Boss? ¿Qué tipo de trabajo has hecho para él?

—Eso no se lo puedo decir; el asunto es que sospecho de algo —continúa—: creo que Philippe Mascherano no controla nada desde afuera, al parecer está dentro del ejército y hace parte de los agentes de la FEMF.

—¿Qué?

—Está infiltrado —sigue—. Sé que es difícil de creer, pero la persona a la que se lo oí decir no tiene por qué mentir.

—¿Infiltrado? ¿Como quién?

—Eso no lo logré saber, pero puede ser cualquiera de sus compañeros, y esto me lo confirma —me muestra la caja—, así como la muerte dentro de los muros del comando.

Me miro con Stefan, que está igual de confundido que yo.

—Mis superiores tienen que saber eso…

—No, si expone esto los pondrá en sobre aviso —advierte—. Al verse en riesgo puede buscar la forma de sacarla del camino, seguramente, no le fue fácil entrar y debe tener varias personas adentro.

—¿Tienes pruebas de lo que me dices?

—No, por ello le digo que exponer puede ser perjudicial, porque solo los pondrá en alerta y no hay pruebas contundentes —explica—. Por el momento sigamos con la investigación, contrataré a más gente para que nos ayude, claro está que eso tiene un costo adicional. Requiero dejar todos los casos que tengo para enfocarme solamente en esto.

—¿De cuánto estamos hablando?

—Es una suma alta, pero tenga en cuenta que esto incluye ayudarle a buscar información que le permita dar con la identidad de Philippe Mascherano y mantenerla al tanto de todo lo que se diga al otro lado.

Anota la cifra en una tarjeta, y creo que con tantos gastos voy a terminar en la calle; sin embargo, no puedo decirle que no a esto, puesto que requiero información de primera. Hago y le entrego el cheque que recibe.

—Tengo más información de Simon Miller. —Abre la cajonera—. Se sigue viendo con Corina, hay fotos de ellos cenando y con el niño.

«Más preocupaciones». Miro todo por encima.

—Necesito la información que falta cuanto antes —pido—. Esto me tiene casi al borde de la locura.

—Lo sé y pondré de mi parte para que esto se solucione lo antes posible.

—¿Qué hacemos con Scott?

—Trataré de indagar sobre la mujer con la que andaba, pero no le prometo nada, ya que si le ha resultado difícil a la entidad hallar a la sospechosa, quiere decir que tampoco será fácil para mí —expresa—. Si consigo algo, bien, pero en caso de que no sea así, no le quedará más alternativa que dejar que la ley siga su curso y esta compruebe si es cierto o no lo que se dice de él.

—Bien.

—Vaya con cuidado, buscaré la manera de vigilarla desde lejos —manifiesta.

—Gracias.

Stefan le da la mano a modo de despedida y parte conmigo. Anocheció y varios indigentes rondan alrededor del edificio que dejamos atrás. En la moto nos movemos a mi casa, siento que el barril de las preocupaciones, en vez de vaciarse, lo que hace es llenarse cada vez más.

Elliot tiene razón, cualquier signo de alarma pondrá a todo el mundo sobre aviso. Además, no hay pruebas contundentes que nos permiten ir a la yugular, de hecho, lo de Philippe puede ser hasta una simple teoría.

Estaciono frente a mi edificio y dejo que Stefan se baje.

—Voy subiendo —me avisa.

Guardo la moto en el estacionamiento y saludo al portero, que está acomodando varias cajas sobre el mostrador, continúo a mi piso, abro con la llave y me sumerjo en el apartamento de muebles beige.

—Ordenaré comida china —me avisa Stefan en la cocina.

—No estaré, así que pide solo para ti —le aviso.

—¿Saldrás otra vez? —Me sigue a la alcoba.

—Voy a ver a Christopher —contesto mientras busco lo que me pondré.

—Angel, no me parece buena idea.

—Necesito hablar con él y no me atiende el teléfono.

—Sabes que está cabreado y va a tratarte a las patadas, es mejor que dejes las cosas así —sugiere—. Espera a que…

—¿Que espere a qué? Si me pongo a esperar a que se le pase la rabia, me volveré vieja.

—Iré contigo. —Se ofrece.

—No, he asistido a suficientes funerales por este mes.

—Voy a ir de todas formas. Pelearon por mi culpa, sé que te va a tratar mal y no quiero eso.

—Puedo manejarlo…

—Dije que voy —insiste—. No estaré tranquilo sabiendo que puede tornarse violento y lastimarte.

—El que sea violento con otros no quiere decir que lo sea conmigo —replico.

—Eso decía mi abuela y años después de muerta me enteré de que mi abuelo la golpeaba —alega—. Ambos sabemos que Christopher Morgan no mide la ira, en cualquier momento puede enloquecer y...

—Calla. ¿Sí?

No me gusta imaginarlo de esa manera.

—Voy a ir de todas formas.

Deja mi alcoba cuando me encamino al baño. No estoy en la obligación de ir, pero necesito aclarar las cosas, el no hacerlo hará que de nuevo el tema laboral se torne complicado. Aparte de que quiero verlo, necesito que sepa y entienda por qué me fui.

Tomo una ducha corta, salgo y me arreglo lo más rápido que puedo. Stefan insiste en ir cuando me ve lista y en verdad me preocupa que al hacerlo termine con él en el hospital.

—No es necesario. —Trato de hacerlo entrar en razón y se niega.

—Sí lo es y no me contradigas, ya dije que voy. —Se adelanta a la puerta.

—Prométeme que no abrirás la boca. —Lo alcanzo.

—No la abriré, solo voy a supervisar que no termines como yo cada vez que se le da por golpearme.

—Él no es así —le aclaro—. Ya basta con eso.

—Estás hablando como una víctima de maltrato..., a veces pienso que le tienes miedo.

—Ni soy una víctima ni tampoco tengo por qué tenerle miedo, empezando porque tengo el entrenamiento necesario para no dejarme golpear por ningún hombre —le recuerdo.

—¿Del tipo que ha molido gente a golpes?

—Déjalo estar. —Acaba con mi paciencia—. Solo no digas nada, ¿vale?

—Vamos en mi auto, creo que va a llover. —Cierra la puerta.

Me pongo la chaqueta térmica de algodón que saqué, bajamos al estacionamiento y abordamos el vehículo. La llovizna que comienza a caer, empeora cuando llegamos al vecindario del coronel. Stefan se estaciona, bajo cuadras antes del edificio y en lo que camino, trato de pensar en cómo subir al *penthouse*: anunciarme es un caso perdido, ya que, como es el coronel, sé que no me dejará pasar.

Con las manos en la chaqueta entro a la recepción, Tyler está saliendo del ascensor e internamente doy gracias al cielo.

—Ty, necesito subir —le digo—. Christopher no me contesta y quiero verlo.

Pone los ojos en Stefan.

—Solo vengo a hablar con él, lo juro.

—Tome el ascensor convencional —me lo señala— y toque a la puerta. Es lo único que puedo hacer.

—Gracias.

Stefan no se me despega, subo al piso de Christopher, ubico la puerta, toco dos veces y Miranda es la que me abre, luce su uniforme de pila y desde la puerta capto a Marie Lancaster que está en la sala, frunce el entrecejo con desagrado cuando me ve.

—Necesito hablar con Christopher —le pido a la mujer que se ocupa de los quehaceres.

Gema aparece en el vestíbulo, está descalza y tiene pinta de estar cocinando o no sé qué, pero me da ganas de tomarla del cabello y sacarla de aquí.

—Has venido aquí con Stefan. ¿Es en serio?

—¿Puedes llamar a Christopher, por favor? —Me centro en la empleada e ignoro a la perra que me cae como una patada en el hígado.

La empleada se mueve a obedecer y Gema se le atraviesa.

—Está ocupado —detiene a Miranda.

—Entonces espero. —No me invitan a pasar, pero entro de todas formas.

—¡No seas tan descarada y lárgate! —me suelta Lancaster.

—¡¿Descarada yo?! —No controlo el tono—. Eres tú la que anda mendigando, sabiendo que se fue de viaje conmigo y tiene algo conmigo. ¡No sé qué haces aquí!

—¡No puedes venir a gritar a mi hija en mi propia casa! —interviene Marie.

—Esto no es asunto suyo, así que no se meta, más bien ocúpese de enseñarle amor propio a su hija —le digo a la mujer, que se ofende—. Parece que no lo tiene.

—¡Vete! —Palidece con el grito que me suelta y Gema se apresura a socorrerla— ¡Fuera!

—¡Lárgate! —insiste Gema—. Mi madre no puede alterarse y es lo que estás provocando.

—No estoy alterando a nadie, vine a hablar con Christopher y no me iré hasta que salga.

—Eres un asco de persona…

Se calla cuando el coronel aparece en el vestíbulo. No me mira a mí: fija los ojos en Stefan y la cara se le transforma en un dos por tres, la mirada gris se oscurece y como dije, no era buena idea que viniera.

—Quiero hablar contigo —le digo al hombre que me ignora.

—Fuera de mi casa —echa a Stefan.

—Christopher...

—¡Largo los dos! —intenta sacarme.

—¡No! —Me paro firme—. Vine a que me escuches y no me voy a ir hasta que hablemos.

—Miranda, ayúdame a llevar a mamá a su alcoba —pide Gema—. No está para tolerar este tipo de escándalos, no dan más que vergüenza.

La empleada se apresura a hacerle caso. Me jode que dé órdenes y otros la sigan como si fuera su mujer.

—Dije que largo —reitera el coronel.

—Sé que estás enojado. —Me acerco e intento tocarlo, pero no me deja—. Hablemos en privado.

—No me obligues a llamar al personal de seguridad —me señala la puerta—, así que lárgate y evítate una sanción por subir aquí sin mi permiso.

—¡Solo escúchala, imbécil! —interviene Stefan—. Cuántas veces la has pisoteado, y ahora te das el lujo de ofenderte solo porque le preocupa la gente que le importa. No te dejó plantado porque quiso, te dejó plantado por un buen motivo.

—De limosnero a abogado mediador, en verdad no sé quién diablos te crees como para atreverte a venir aquí. —El coronel se encamina a la puerta—. ¿Y sabes qué? No te vayas, disfrutaré viendo cómo hago que te saquen a patadas.

El soldado le corta el paso.

—Escúchala. —Lo empuja—. No pierdes nada, ella solo me estaba ayudando porque tiene el corazón que jamás tendrás tú.

—Stefan, déjalo...

Christopher es una granada y no quiero que lo envíe al hospital como en años pasados mandó a Bratt. El soldado lo vuelve a empujar y me atravieso cuando el coronel empuña las manos.

—Vámonos. —Tomo al soldado—. Ya luego miro cómo arreglo esto.

Tiro de la chaqueta de Stefan, pero este se me zafa.

—¡Ojalá se hubiese dejado llevar por mis besos cuando intenté hacerle el amor!

La confesión me altera los latidos al ver la cara que pone Christopher.

—Eres un animal incapaz de entender a alguien —sigue.

—¡Basta, Stefan!

—Aprecia a la mujer que tienes, imbécil. —Lo busca, lo empuja y lo encara—. Si me amara a mí, créeme que la trataría como se merece y no sería un patán como lo eres tú, que no eres más que...

El golpe de Christopher lo manda al suelo cortando la oración, intento levantar a Stefan, pero el coronel se le va encima, lo encuella y empieza con la tanda de puñetazos que lo hacen sangrar.

—No, por favor…

Trato de tomarlo, pero su fuerza me sobrepasa, y Stefan, en vez de callarse, sigue hablando.

—Mientras tú la haces sufrir, yo quiero amarla como se merece. ¡Eres un maldito que no aprovecha nada de lo que tiene!

Christopher le sigue enterrando puñetazos en la cara. Como puedo, lo hago a un lado, levanto a Stefan que no sé de dónde saca la navaja con la que le apunta al coronel.

—Terminemos con esto de una vez —lo amenaza, con la mano temblorosa.

—Pero ¿qué haces? —le reclamo, e intento quitarle lo que tiene; aun así, me evade.

—Ven, mátame si eres capaz —lo desafía Christopher, y todo pasa demasiado rápido.

Stefan se va sobre Christopher y este lo persuade; lo pone contra el suelo y el golpe que le propina hace que suelte el arma blanca. El coronel empuña la navaja con la que le apunta al corazón. Stefan se mueve y la hoja le queda clavada en el brazo en vez del pecho.

—¡Crees que me vas a venir a matar en mi propia casa! —brama en lo que lo muele a golpes en el piso.

No me escucha por más que intento inmovilizarlo. La camisa blanca se le mancha de sangre y esta vez siento que no puedo apartarlo.

—¡Ya basta, Christopher! —le grito—. ¡¡Lo vas a matar!!

La sangre de Stefan me salpica y me esmero por detener la furia de sus puñetazos.

—¡Basta, por favor!

Logro quitárselo de encima y retrocedo cuando, furioso, se vuelve hacia mí con la ropa manchada de sangre, empuña las manos llenas de sangre y no sé por qué me veo años atrás en la pelea con Bratt. Mi mente recopila la mano de mi ex impactando contra mi rostro, tirándome al suelo, y mi cuerpo se pone a la defensiva, cierro los ojos y me llevo las manos a la cara, cautiva del pánico que me invade mientras espero el golpe que no llega.

No sé si pasan minutos, horas o segundos, pero para cuando quiero abrir los ojos, Christopher sigue frente a mí, me mira como si no me conociera.

—¿Crees que soy capaz de ponerte un dedo encima?

Increpa y su pregunta duele tanto que no doy para responderla.

—¡Contéstame! —espeta—. Si me crees capaz de golpearte, ¿para qué diablos me buscas?

—No…

—¿Quién piensas que soy? —continúa—. ¿Bratt? Estate tranquila, que por más hijo de puta que sea, no tengo necesidad de hacer idioteces, no soy ningún cobarde…

—No, amor. —Da un paso atrás cuando quiero tocarlo—. Sé que no lo eres, es solo que…

Sacude la cabeza para que no siga y prefiero callar. En vez de arreglar las cosas, lo que hice fue empeorarlo todo.

—Stefan te necesita. —Gema lo toma del brazo—. A ese puedes ayudarlo sin miedo a que te golpee.

—Saca tu mierda de mi casa y lárgate de aquí —me suelta Christopher antes de irse.

El soldado se levanta y yo sin mirarlo busco la puerta. No quiero verlo, le dije que mantuviera la boca cerrada y no lo hizo. Las lágrimas se me empiezan a salir y me las limpio con rabia.

Stefan no tenía por qué hablar.

Tengo miedo a que Christopher me haga daño en el ámbito sentimental, mas no a que me golpee, así que no sé qué mierda me pasó. La psicosis de Stefan jugó en mi contra, fue eso, porque al coronel nunca le he tenido miedo en este aspecto, a su lado me siento segura y no con temor a que me maltrate.

Bajo por las escaleras. Stefan me sigue y sé que está mal, pero no estoy para ocuparme de él. Irme es lo único que quiero.

—¿Ves por qué te digo que no vale la pena? Una vez más demostró ser una bestia maldita —me dice el soldado cuando salimos del edificio.

Tiene la cara hinchada y me muestra el brazo donde Christopher lo apuñaló.

—Lo provocaste, ¿qué esperabas a cambio? ¿Que se quedara quieto?

—Verdades fue lo que dije. —Me encara—. No hay nada de malo en eso. ¡Es un asesino, Angel, una persona violenta, y porque lo amas te niegas a verlo!

—Viniste a provocarlo. —Sacudo la cabeza—. Te propusiste esto desde que te dije que quería verlo.

—En sus manos vas a terminar muerta y no quiero eso.

—¿Sabes quién me golpeó una vez? —Me arde la garganta—. Bratt, el novio que tuve durante cinco años, quien aparentaba ser el hombre perfecto, y Christopher lo molió a golpes por hacerlo. Terminó con tres costillas rotas por eso. Puede ser lo que sea, sin embargo, no acepta que nadie atente contra mí.

El pecho me duele mientras me sincero.

—La misma bestia que señalas ahora fue quien movió cielo y tierra para encontrarme e hizo lo imposible para revivirme cuando todo el mundo se rindió. Y sí, es tóxico, tiene mil cosas malas; de hecho, creo que es una mierda como persona, pero es el único capaz de darme lo que jamás podrás darme tú y todos los que intentan salvarme —suelto lo que me ahoga—: seguridad. Quieres defenderme, pero no eres la persona que puede con mis enemigos. Tus palabras bonitas en estos momentos no me sirven para nada, así como no me sirve tu preocupación, eso no será útil cuando Antoni venga por mí. Christopher es el único que puede hacerle frente, y lo sabes, así que deja de verme como la princesa que necesita la ayuda que no estoy pidiendo.

—Él y Antoni son casi lo mismo —sigue, y alzo la mano para que se calle.

—Vuelves a hacer algo como lo que hiciste y no me voy a meter —le advierto—. Sé que me quieres y daría todo por corresponder eso, pero no puedo, ya que estoy enamorada de otro, así que basta de lanzar salvavidas y querer salvarme, que en uno de estos intentos el muerto serás tú.

Le saco la mano al primer taxi que aparece. Está golpeado, necesita cuidados, pero ahora no tengo cabeza para otra cosa que no sea irme y encerrarme en mi casa.

A mi alcoba llego cabizbaja, la correspondencia está sobre mi mesita de noche y me quedo con la tarjeta de invitación al *baby shower* de Luisa en la mano. Tiene estampada la fecha y la hora de la celebración.

Dejo que mi cabeza caiga sobre la almohada y abrazo el cojín que me envió mi hermana de Phoenix. Se supone que esto era lo que quería evitar, el volver a perder la cabeza por él. El que me siguiera el día del lanzamiento de la campaña de Leonel, el collar que me dio y el viaje, son recuerdos que no dejan de repetirse en mi cabeza.

No hago más que mirar el techo en lo que queda de la noche y a la mañana siguiente salgo de la cama antes de que el despertador suene. Debo retomar las actividades, así que empiezo a preparar el equipaje que necesito para el comando.

Lo que tenía en mi alcoba fue destrozado por la patética de Liz Molina y hay cosas que debo reponer. «También tengo que comprar un auto nuevo». El dinero que tenía en la caja fuerte me lo gasté, reviso mi estado de cuenta y ver los números con los que dispongo me quitan el hambre.

El costo de los viajes, el pago a Elliot, la cirugía, la estadía en Hong Kong y los gastos que he tenido en este último tiempo han consumido casi todos mis ahorros.

Necesito el auto, pero teniendo en cuenta mi economía, lo mejor es que lo deje para después.

Stefan está en el comedor cuando salgo, tiene crema en los golpes de la cara amoratada y en la nariz hinchada. Mantiene la mano metida en una cubeta de hielo mientras que Laurens prepara el desayuno.

—No olvide el *baby shower* de la señora Luisa —me dice la secretaria, que hoy luce estupenda con un conjunto House of Holland. Desde que se fue de compras semanas atrás no deja de ponerse atuendos que le sientan de maravilla.

—Sí, debo comprar un regalo —ignoro a Stefan—. Ten un buen día.

Me despido de Laurens, tomo las llaves de la moto, que tintinean en mi mano, y bajo al estacionamiento. Está lloviendo y debo soportar el agua y el helaje mañanero en la motocicleta.

El comando me recibe como de costumbre, los perros se pasean acompañados de los uniformados que vigilan las entradas. Dejo mis cosas en la alcoba y con prisa me pongo el uniforme antes de encaminarme a mi puesto de trabajo. Parker no ha llegado y Alan es quien me pone al tanto de todo lo que debo saber.

Angela está en sus labores. Como Nórdica, es la que más citan a fiestas privadas a las cuales debe ir con el fin de buscar información y no levantar sospechas.

—¿Va a ir al evento de los soldados víctimas de la guerra? —me pregunta el sargento—. Es en club campestre de Cambridge, estarán todos los candidatos que…

Saca la invitación que le arrebato.

—¿Estarán todos los candidatos?

—Sí, el coronel ya se fue y muchos están celebrando el hecho de que no estará molestando —comenta—. Será todo un fin de semana y todo el que quiera ir a contribuir es bienvenido.

Releo, pienso, chasqueo los dedos y echo a andar.

Ocupo las horas que siguen para ponerme al día con lo que me falta; a las once de la mañana recibo a los padres de Scott en el comando y los pongo al tanto de su situación, Irina no quiere ver al marido y no la juzgo; si fuera ella, estaría peor.

Hago todo lo que está en mis manos para desocuparme lo más pronto posible y, mientras realizo mis quehaceres, averiguo quienes irán al evento programado.

Pasadas las dos de la tarde estoy desocupada, confirmo que no tenga nada pendiente, todo está en orden, así que en una mochila empaco todo lo que requiero y me encuentro con Brenda que se sumerge conmigo en el estacionamiento.

—¿Estás segura de esto? —me pregunta—. Yo no.

—Pues yo sí, soy una soldado, y una soldado no puede tener inseguridades —la animo a que siga.

Se aferra al equipaje que trae y juntas buscamos al hombre que espera metros más adelante frente a su auto.

—Mi capitán —carraspea Brenda—, ya estoy lista.

Parker se vuelve hacia nosotras. Me ve y enarca una ceja, confundido.

—La teniente James también decidió ir al evento —le dice mi amiga—. Le dije que puede venir con nosotros.

—¿Me pediste permiso para eso? —increpa Parker—. No recuerdo.

—Te lo venía a pedir justo ahora. —Le sonrío—. Mis tareas están al día y tengo todos los dispositivos de contactos activados por si surge algo.

Fija los ojos en Brenda, quien pasa el peso de un pie a otro y, como no, si Parker de civil se ve igual de atractivo que en uniforme.

—Con tu permiso, voy a meter mi maleta en el auto.

—Y yo la mía. —Aprovecho la iniciativa de Brenda.

Mi amiga se mueve al asiento del copiloto y yo le doy una palmada al alemán en el brazo antes de subir al asiento trasero. Tengo que ir al maldito evento, es una nueva oportunidad para hablar con Christopher.

Parker se pone al volante, le sonríe a Brenda mientras se ajusta el cinturón de seguridad y hasta mi puesto se denota la tensión sexual que hay entre ambos.

Patrick y Alexandra tienen trabajo, al igual que Bratt, Laila, Angela y Meredith. Simon no sé, Luisa dijo que se sentía cansada y los únicos que decidieron ir son Parker y Brenda, cosa que me sirve, ya que no pasaré pena llegando sola.

Mi capitán abandona el comando, toma carretera y se detiene en una estación de combustible, Brenda saca el labial que se empieza a aplicar mientras él compra lo que necesita.

—¿Ahora son pareja o algo así? —pregunto—. ¿Novios, amigos, amantes?

—Nada de eso, le preguntaron a toda la Élite, todos tenían pendientes, excepto él que indicó que iba a venir; me dio cosa que asistiera solo, así que me ofrecí a acompañarlo como una buena colega —contesta, y siento que es una vil mentira—. Me ofrecí y luego me arrepentí cuando vi el precio de las habitaciones; aumentaron para ayudar a la causa, pero creo que exageraron.

Me muestra la reserva que me explaya los ojos.

—¿La compartimos? —propongo—. Mi economía me lo agradecerá.

—Claro, y la mía te ovacionará. —Acomoda su bolso de mano sobre su regazo—. La FEMF no va a cubrir nada, así que compartir gastos es una excelente idea.

Parker vuelve con la bolsa que deja en la guantera.

—Había golosinas y te traje algunas —le dice el capitán a mi amiga—. Ten.

Le entrega los paquetes que ella recibe.

—Ah, qué lindo. —Me acerco al asiento del piloto—. ¿Y a mí qué me trajiste?

—Nada. —Arranca y kilómetros después me arroja la bolsa de frituras, que me trago solo porque tengo hambre.

Aprovecho el tiempo en el auto para adelantar trabajo. Brenda se pone a hablar con Parker de Harry, se ríen todo el tiempo mientras que yo planeo ideas para hablar con Christopher, que de seguro estará peor que ayer.

El evento es en el club campestre Fine Arts, el cual está ubicado en el corazón de Cambridge, cuenta con un hotel cinco estrellas que está rodeado de árboles frondosos.

La entrada está llena de vehículos, la seguridad abunda por todos lados, Parker muestra su invitación, le dan paso, se estaciona frente al hotel y con Brenda me dispongo a sacar mi equipaje.

—Teniente James —me saluda el agente de los medios internos que se acerca—, qué sorpresa verla por aquí. Justo hace unos minutos me encontré con la teniente Lancaster y el coronel Morgan.

Manda abajo mis ánimos, ya que el saber que Christopher anda con Gema hace que quiera arrancarme el pelo.

—Se la extrañó en el lanzamiento de la campaña del coronel.

—Lastimosamente, no puede asistir, pero ya estoy de vuelta y he venido a unirme a la causa —comento—. Me hace muy feliz el poder ayudar a los damnificados de la guerra.

—Qué bueno, entonces supongo que la estaré viendo seguido en las actividades programadas.

—Sí. —Le doy la mano—. Estaré participando en todo.

Brenda se encarga del papeleo. Parker le pregunta a qué hora parte el domingo, ella le indica que en la mañana, se ponen de acuerdo para volver juntos mientras recibimos las llaves de la alcoba.

—Las veo más tarde. —El alemán se va.

—No te lo quería decir, pero Gema vino con Lizbeth Molina —me dice mi amiga.

—Ya lo suponía. —Me lleno de paciencia.

—La cena es dentro de una hora. —Brenda mira el reloj.

—Bien, hay que ir.

Doy por hecho que los Morgan han de estar en las suites presidenciales, al igual que los otros candidatos; mi economía recibe otro golpe con los vestidos que decido comprar, me baño en la alcoba y me empiezo a arreglar con Brenda para el evento formal.

—¿Qué tal me veo? —le pregunto a mi amiga.

—Genial, ¿y yo?

—Hermosa.

Cada quien toma su cartera, me pego a su brazo y juntas bajamos al salón donde los camareros se pasean con charolas de plata. Las luces tenues le dan un aire sofisticado al ambiente lleno de mesas con manteles color pastel.

Trato de ubicar a Christopher entre los asistentes.

—Regina Morgan vino a apoyar la campaña del nieto —comenta Brenda—. Ayer en la tarde estuvo con él en el comando.

Seguimos al camarero, que nos lleva a la mesa. Metros más adelante veo a Sara con Alex Morgan, el coronel, Gema y Cristal Bird. Tyler se mueve a lo largo del sitio con las manos en la espalda mientras que Liz Molina se mantiene en un sitio aparte con Tatiana Meyers y Paul Alberts.

—Usted se torna más sexi con cada viaje. —Se me atraviesa Alan—. ¿No ha considerado tener uno de esos amores de película que duran días, como este viaje?

—Esos se dan en verano, y aquí apenas está acabando la primavera. —Me siento.

—¿Le molesta si las acompaño? —Toma una silla.

—Adelante —le dice Brenda quien alza la mano para que Parker la vea.

El alemán se une a la mesa, Christopher nota mi presencia; sin embargo, no me determina, solo pasa de largo. Luce un traje sin corbata a la medida y no lo pierdo de vista en toda la velada, pese a que no voltea a verme ni por equivocación.

Ceno con mis colegas y trato de abordarlo en la barra del bar, pero se larga cuando me acerco. Alex es otro que finge que no existo, «Malditos». Gema no deja de pasearse por todo el salón, dándoselas de supermujer, hablando con todo el mundo y eso es otra cosa que me cabrea.

—¿Quieres ir por una copa al otro bar? —me pregunta Brenda—. Iré con Parker.

—Ve tú, no estoy de ánimos.

Christopher abandona el salón y subo a su piso con un nuevo intento para hablar, pero se niega. Tyler trata de decirlo de una forma amable; sin embargo, no quita que duela.

—Gracias, Ty.

Me devuelvo a la habitación, donde no hago más que mirar al techo. Si hay algo que me jode de Christopher es su maldito orgullo y su terquedad, nada le cuesta escucharme; pero no accede porque para él su opinión es la única que vale.

No sé a qué hora llega Brenda, aun así, es quien me despierta a la mañana siguiente. Hay un partido amistoso y quiere que la acompañe.

—A lo mejor el coronel participa —me codea mientras me lavo los dientes—, así que apúrate, que ya está por empezar.

Me automotivo con la idea y, a pesar de tener ropa deportiva, trato de verme lo mejor posible. Leonel Waters y los demás generales se dividen en equipos para jugar; más que deportistas parece que van a posar para alguna revista, entre esos está Christopher, quien pese a que no participa en ningún equipo, se ve estupendo con el cabello húmedo como si hubiese estado trotando.

Está en la grada de enfrente y, aunque esté lejos, me es imposible no fijarme en lo bien que se ve con la playera casual y el pantalón deportivo. Se queda a observar el partido con los brazos cruzados, Gema no se le despega y me dan ganas de arrojarle un zapato.

El cabello negro del coronel brilla bajo el sol; una de las cosas que amo de él es su atractivo, el físico que me moja la entrepierna y el que ahora debo detallar desde lejos.

—Disimula —me dice Brenda—, parece que fuera el único hombre del planeta.

—Debí dejar las cosas como estaban —digo con ganas de llorar—. Me harta el que me ignore tanto.

—Ponle atención al partido, que está bueno. —Me abraza.

Fijo la vista en los jugadores, la mayoría de los presentes tienen una cinta negra en el brazo en memoria del último candidato que murió. El sol hace que me abanique la cara con el itinerario de actividades.

—¡Gol! —Brenda se levanta de golpe cuando Parker anota—. *Herr German hat mich nass gemacht.*

Entrecierro los ojos con lo último que dijo.

—Escuché eso, y déjame decirte que entiendo el idioma —increpo—. Volvieron a coger, ¿verdad?

—Otro gol. —Se hace la desentendida.

Gema se lleva al coronel. El partido acaba, pasamos a un concurso de talentos donde le insisten a Gema que cante, pero se excusa con que le duele la garganta, de seguro la polla de Christopher se la arruinó.

No me soporto, me cansa el tener que sonreírle a todo el mundo. Al mediodía me cambio de ropa, y con mi amiga me muevo al almuerzo que va a ofrecer el Consejo; la actividad es al aire libre.

Con las palmas plancho la tela de mi vestido floreado. Las sandalias de tacón me agregan altura y con una sonrisa saludo a las personas que conozco, mientras camino con un sombrero inglés en la mano. Mis ánimos van de mal en peor, vine aquí a gastar un montón de dinero para nada, porque, como van las cosas, dudo que mejoren.

—Disculpen —nos aborda Cristal Bird—. Había prometido un discurso, pero Gema está afónica, se fue a revisar la garganta y aún no llega. Las madres y esposas de las víctimas están esperando. ¿Alguna es buena hablando en público? Necesito una mujer que hable, no tiene que ser un discurso muy largo.

Me imagino la cara que va a poner la teniente Lancaster si sabe que me robé su momento.

—Yo puedo —me ofrezco.

—¿Quieres que prepare unas cuantas líneas?

—Puedo improvisar.

—Bien. —Me invita a la tarima.

Christopher llega con Alex, Sara y con Regina Morgan; les ofrecen una mesa, mientras que Brenda toma asiento con Parker y Alan.

El anfitrión me indica que puedo empezar y dedico unas palabras a los que mueren día a día, pido un minuto de silencio por los caídos, doy mis condolencias recalcando que esta es una labor que requiere de mucha valentía y agradezco a las madres por traer héroes al mundo. Me pongo en el papel de madre, esposa e hija. Un discurso corto, pero efectivo, profundo y conmovedor.

Los presentes me aplauden y uno de los soldados me ayuda a bajar cuando termino.

—Me recuerdas mucho a Luciana. —Sara Hars se acerca a saludar—. También es buena hablándole al público.

La moral me patea, a mi madre no le gustaría verme aquí desesperada por ver a Christopher Morgan.

—¿Cómo se siente? —le pregunto a la madre del coronel.

—Un poco mejor —suspira—. Gracias a ti me salvé de entrar al infierno, en verdad es algo que agradezco.

—Solo hice mi trabajo.

Me sonríe y asiente. Alex, el coronel y Regina Morgan se mantienen en su mesa, «artillería pesada», suspiro: tres Morgan al mismo tiempo y en un mismo sitio es demasiado ego y soberbia junta. Doy por hecho que a eso le está huyendo.

—Debo irme. —La madre del coronel deja un beso en mi mejilla cuando el ministro la llama—. Salúdame a Luciana.

El que Gema se una a los Morgan me quita el apetito y acabo con mi momento de euforia. Tomo una de las copas de champán que reparte el camarero y me la bebo de un solo sorbo.

Los celos suicidas no son característicos de mí, pero es algo que tengo que afrontar a lo largo del almuerzo. El coronel sigue sin determinarme, pese a que estamos a un par de pasos. Gema no deja de reírse y me jode que él se ría de vez en cuando.

Recibo la quinta copa que me dan.

—Haz el favor de no embriagarte —me pide Parker—. Esto no es el bar donde celebraste tu cumpleaños, aquí vinimos a dar una buena imagen, así que deja esa copa y ve a participar en las actividades.

No sé por qué quiero lloriquear con lo atractiva que se ve Gema. Yo no estoy fuera de foco, pero me molesta que exista.

En el evento de Leonel tenía algo planeado, pero ahora no tengo nada, de modo que pido otra copa. Vine hasta aquí, tendré que pagar una factura de hotel que me saldrá un ojo de la cara, viajé para nada, porque el témpano de hielo que tengo a un par de metros no hace más que ignorarme, por lo tanto, no me queda más alternativa que sacarle jugo al licor.

—Deja esa cara y vamos a participar en el baile grupal —me pide Brenda.

Lo único que quiero es patearle la cara a Gema, quien no deja de lado su zalamería. Rechazo el postre, dos horas se suman al reloj, Christopher se levanta por un trago y se pone a hablar con Kazuki, que está frente a la barra de licores.

Tantas miradas desde lejos me hartan, así que me levanto a dejar las cosas claras: de aquí no me voy a ir sin decir lo que siento.

—James…

Me habla Parker en un tono de advertencia y lo dejo con la palabra en la boca. Kazuki Shima me sonríe cuando me acerco mientras que Christopher actúa como si fuera una completa desconocida.

—Teniente James, está usted muy bella hoy —me dice el candidato que saludo con un beso en la mejilla—. Muy buen discurso.

—Gracias. —Trato de ser amable— ¿Te molestaría si me robo al coronel un segundo?

—Estoy ocupado —me corta Christopher.

—Prometo no tardar…

—Los dejo solos para que hablen —se despide Kazuki, Christopher me da la espalda, listo para irse y le corto el paso.

—¿Qué tanto jodes? —reclama.

—Necesito que hablemos.

—¿Qué quieres? ¿Probar si soy capaz de romperte la cara a punta de golpes? —espeta—¿Trajiste una cámara o un micrófono que te ayuden a patentar la teoría?

—¡Deja de despotricar incoherencias!

Uno de los camareros me mira y soy consciente de que no modulé el tono de voz.

—¿Estás de nuevo con Gema? —Las orejas me arden—. Me voy un par de días y te refugias en los brazos de otra. ¿A qué jugamos?

—Reclama quien se revuelca con Gelcem por lástima.

—Yo no tengo nada con Stefan —le aclaro—. Siempre buscas la forma de encararme, exigiendo que te diga las verdades —busco sus ojos—, y ahora espero el mismo trato, que tengas los cojones de decirme las cosas de frente, así que sé sincero: ¿andas otra vez con ella, pese a que te fuiste de viaje conmigo? ¿Pese a todo lo que ha pasado entre nosotros?

—Ay, nena —dice con un tono de burla—. Es tonto que me preguntes estupideces; sabes que yo no le soy fiel a nadie y mucho menos a ti, que te gusta andar con el uno y con el otro.

—Deja de actuar con un imbécil, ¡a otra con esa mierda! —lo encaro—. Cuidado con lo que dices y haces, que bastantes pendejadas he soportado ya como para tener que lidiar también con tus malos tratos y delirios de hombre con el orgullo herido.

—¿Quién te crees como para venir a reclamarme? —se enoja.

—Sabes lo que soy, Christopher —espeto—, y también lo que sientes por mí. No me hagas recordártelo a las malas, que el único desquiciado posesivo aquí no eres tú.

—No me amenaces.

—Entonces compórtate y no busques que te entierre el tacón en la cabeza, que ganas no me faltan.

Una de las agentes de los medios se acerca y finjo que no pasa nada, es quien ha estado tomando fotos y levanta la cámara que tiene en la mano.

—¿Afianzando lazos entre teniente y coronel? —pregunta—. ¿O planeando estrategias electorales?

—Ambas —contesto—. El trabajo no da tregua.

—Estaban hablando muy cerca, ¿interrumpo algo?

—No. —Sonrío—. Lo que pasa es que el coronel es como un imán, al cual es imposible no acercarse. Es tan bello…

—No lo discuto, mi cámara quiere grabarlo todo el tiempo.

Christopher se mantiene serio y paso la mano por su torso, acción que lo tensa en el acto.

—Te lo presto por un rato —me despido—. Lo veo más tarde, coronel.

Recibo la copa que me ofrecen y celebro para mis adentros cuando veo a Gema, quien me observa a la defensiva, cruza miradas con la amiga que está en la mesa de la izquierda y se levanta a buscar al coronel.

Tomo asiento en mi mesa, Christopher no la aleja y empiezo a pensar que fue una mala idea venir aquí, estoy siendo la misma tonta de antes, ya que parecen una pareja de verdad. Me da rabia que le tenga cariño y no la desprecie como desprecia a otras. ¿Y si es un Stefan en su vida?

Yo estuve a nada de enamorarme de él, llegué a planear un futuro con él; quizá él la vea a ella de la misma manera. Las ganas de llorar se me atascan en la garganta.

—¿Más champán? —pregunta Alan. Asiento y llama al camarero—. Deje esa cara, mire lo bueno que se está poniendo el ambiente.

Un general retirado pregunta si se puede sentar.

—Siéntese —suspiro—. ¿Le apetece un trago?

—Me encantaría.

Pide una botella y me empino lo que me ofrece. Con el amargo sabor de la decepción no voy a lidiar y, si para pasarlo debo emborracharme, lo voy a hacer con tal de sentirme bien.

Necesito el licor, porque soy un explosivo que está a nada de estallar y me falta poco para llegar a cero.

Christopher

Hay gente que nace en la sociedad equivocada, y yo soy un ejemplo de ello; últimamente, a cada nada maldigo el haber nacido rodeado del régimen de la FEMF. No me molesta el ejército, pero en momentos como estos ansío estar en un ambiente diferente, uno con gritos, sangre y violencia.

Cada día tengo menos paciencia y tolerancia. Tengo unas ganas innatas de apuñalar a Stefan Gelcem y el mundo tiene que prepararse, porque cuando tenga el poder absoluto voy a cargarme a todo el que me plazca.

El gen asesino es algo que tengo desde que nací, maté a varios a punta de puños cuando me fui de la FEMF, tuve las mujeres que quise y fui el invicto que muchos deseaban tener.

Antoni y Gelcem son hombres muertos, todos los que me estorban van a morir, no voy a compartir oxígeno con gente que no es más que mierda y nadie me va a detener, «Preso si me atrapan».

—Felicitaciones. —Gema me aprieta la mano—. Hoy has destacado mucho.

No le contesto, estoy más fastidiado que contento.

Mi cabreo se mantiene hace días y no se va; por el contrario, empeoró con la llegada de Rachel James. En verdad quiero aborrecerla, ponerla en la lista de las personas que ansío matar. Quiero ser la bestia a la que tanto le teme, pero al mismo tiempo quiero... echarla en mi cama y tomarla como me gusta. Quiero lamerle las tetas, morderla, penetrarla hasta que me suplique que pare, follármela a lo animal.

Es que el sexo con ella es... Saber cómo es me engorda la polla en cuestión de segundos. Ya ni el alcohol me la arranca de la cabeza, este estúpido círculo me desconcierta, y ella, en vez de mantener su lugar, viene aquí a insistir, a empeorar las cosas que me cuesta controlar.

Me mira desde su mesa y he de admitir que disfruto ver cómo se pone cada vez que Gema se acerca. Disfruto la mirada que me dedica cada vez que la hija de Marie me habla y se muestra atenta.

—No dejes nada en el plato —me dice Gema—. El menú está delicioso.

Daría todo por ser de gustos sencillos y no complicarme la vida con lo difícil, teniendo lo fácil a la mano.

—No tengo champán. —Regina alza la copa queriendo llamar la atención del camarero.

—Deja que te traiga del que ofrecen en el bufé. —Se ofrece Gema—. Me acabaron de dar una muestra y está delicioso.

Regina la deja, está tan acostumbrada a que le rindan pleitesía que ya le da lo mismo.

—Yo también quiero un poco —le pide Sara.

—Claro. —Recoge la segunda copa antes de irse.

—Creo que la hija de Marie caga estiércol de colores —me dice Regina—. ¿Su sueño frustrado era ser sirvienta como su madre? De ser así, Alex echó a la basura la ayuda que le dio.

—Hizo un buen trabajo en Nueva York, por eso le ofrecieron un cargo en Londres —contesto—. No es un mal soldado.

Me empino mi trago en lo que con disimulo observo a la mujer que está metros más adelante.

—Gema Lancaster es como Sara Hars —me dice la madre de Alex—: seres débiles que aguantan de todo y poco reclaman. Tu madre soportó durante años las infidelidades de Alex y nunca tomó el control de la situación, como tampoco lo toma ahora, pese a saber que todavía siente cosas por ella. La hija de Marie es de ese mismo tipo, así que piensa bien, que en esta familia no hay sitio para débiles. Conoces mi filosofía, sabes que para mí una mujer sin ovarios no es más que burla y basura.

Recibe el plato que le traen y agradezco que no empiece con el discurso sobre cómo fue su relación con el padre del ministro.

La mayoría de los hombres que portan el apellido Morgan son personas con relaciones disfuncionales que preñan y adquieren pocas responsabilidades, cada quien vive en su mundo con sus cosas. Hasta ahora no hay mujeres, solo hombres, Regina es la única que heredó el apellido por matrimonio.

—Champán rosado para las heroínas y mujeres más hermosas del lugar.

—Vuelve Gema.

Lizbeth Molina se mantiene lejos, no se acerca y, por su bien, es mejor que se mantenga así.

—Chris, había de ese vino que le robabas a Alex cuando tenías doce años. —Sonríe Gema—. Te traje una copa.

Intenta dármela, pero se le resbala de las manos y termina cayendo sobre la camisa que traigo puesta.

—Lo siento, ogro. —Trata de limpiarme y Regina sacude la cabeza, molesta—. Soy una tonta.

—Déjalo estar. —Me levanto a cambiarme.

—Te ayudo.

Me sigue y se pega a mi brazo. No soy de andar con este tipo de ridiculeces, pero sé las reacciones que causa su cercanía y por ello la dejo.

—Se me ocurrió una idea de beneficencia. —Entra conmigo a la alcoba doble en la que me estoy quedando—. Sería bueno que dones algo al refugio de soldados de la tercera edad, nadie ha apostado por ellos y son personas vulnerables al igual que los niños.

—Que buena idea. —Finjo que me importa.

—Me pondré en ello. —Se acerca cuando me quito la camisa—. Deja que te ayude.

—Puedo solo.

—No seas terco y déjate atender. Hoy hemos sido el equipo perfecto.

Posa las manos en mi cintura y suelta la correa, queriendo bajar el pantalón salpicado de vino.

Gema sería la esposa perfecta, el tipo de mujer que te esperará todos los días con una cena caliente.

El maquillaje que tiene le resalta los ojos almendrados, se acerca más, está bien que sea así, pero yo no necesito una empleada. Para mí lo primordial es que me esperen abiertas de piernas y satisfagan el apetito sexual que cargo siempre. Lo segundo es alguien que esté a mi lado sin ruego y sin complicaciones.

—Últimamente, he pensado mucho en el término «amigos con derechos». —Se empina a besarme la comisura de la boca—. ¿Qué piensas de ello? Reparte besos húmedos por mi cuello.

—Te extraño, ogro. —Busca mis labios y el beso que me da lo siento simple.

Me rodea el cuello con los brazos y me mete la lengua en la boca a la hora de besarme. Las pendejadas dichas por Gelcem se repiten en mi cabeza, avivando el enojo que arrastro, mi ira se dispara y aparto a la mujer que tengo enfrente. Con la amargura que cargo, lo menos que quiero es sexo vainilla.

—Debo salir rápido —le digo, y estampa los labios contra los míos.

—Está bien, te espero afuera. —Se encamina a la puerta—. No quiero que supongan que soy una mujer indecente, la cual tarda demasiado en habitaciones ajenas.

Cierra la puerta cuando sale y contesto los mensajes que me envían, cambio la camisa azul por una gris, me pongo un vaquero limpio, elijo otra chaqueta y vuelvo al evento.

El ambiente cambió; trajeron una banda irlandesa y Rachel James está en medio de la pista bailando con un anciano, en medio de un círculo de gente que no deja de aplaudir.

—¿Vas a bailar también? —Kazuki me ofrece el cigarro que recibo—. La pregunté a Leonel y dijo que tal vez más tarde, de seguro va a llamar la atención solo como él sabe.

Fijo la vista en la mesa donde se halla el candidato rodeado de soldados, enciendo el cigarro y le doy una calada. Más gente se pone a bailar e intento mirar a otro lado, pero mis ojos quedan en Rachel, quien sale del gentío en busca de más licor. Brenda Franco la sigue, mientras que Parker espera en una de las mesas.

Respiro hondo cuando Rachel se pone a bailar con Alan Oliveira fuera de la pista. Se le entierra un tacón en el suelo, se tambalea y pierde uno de los zapatos.

—Va a terminar como cenicienta. —Alan Oliveira le entrega el zapato, ella suelta a reír y el soldado la sostiene de la cintura mientras se lo pone.

—Los James sí que saben divertirse —comenta Kazuki—. Qué curioso.

Rachel sigue bebiendo y mi cerebro evoca las veces que ha estado conmigo ebria: en Hawái, en mi casa, en la de ella y en el hotel donde me la cogí por detrás. Los polvos echados son como una película erótica y me empino uno de los tragos que me ofrecen cuando la polla se me endurece.

Gema se pone a dialogar con los miembros del Consejo, Alex se va con Sara y Regina cuando la noche cae; el baile continúa, Alan Oliveira no se le despega a Rachel y con ella se mete en una danza colectiva mientras que yo lidio con los generales y candidatos que arman un círculo a mi alrededor. Leonel Waters no hace más que soltar estupideces a la hora de hablar del general que murió hace poco.

Rachel sigue en la pista, suda en lo que baila como una demente, actúa como si estuviera no sé en qué pueblo.

—El cristal es frágil. —Gema me quita la copa que aprieto—. ¿Qué tienes? Te ves tenso.

Oliveira lleva a Rachel de aquí para allá y la anima a bailar con todo el mundo. En uno de los pasos se tropieza, «Te vas a partir la cabeza, maldita estúpida». El sargento la sostiene y mi paciencia no da para más cuando reanuda el estúpido baile que me tiene harto.

Me muevo a la pista de baile, Rachel cuando bebe se descontrola como una niñata, la cual no es consciente de nada de lo que hace. Se pone a bailar con un anciano al que le da vueltas mientras la gente aplaude.

—¡Desármelo, teniente! —la anima Oliveira, y me acerco a él.

—Ve a dormir —le ordeno—. No sea que te entierre un somnífero, el cual hará que no vuelvas a despertar jamás.

Mi demanda lo endereza.

—¡Largo!

—Como ordene, mi coronel. —Se larga.

La canción termina y Rachel se mueve a la mesa llena de copas y botellas de licor. Acorta la distancia entra ambos y suelta a reír como si fuera algún puto payaso.

—Sería vergonzoso que uno de mis soldados salga de aquí en camilla por culpa del licor —le reclamo—. No te conviertas en la primera.

—¿Me está hablando a mí, coronel? —Mira a ambos lados—. ¿Se derritió la ley del hielo? ¿El Polo Sur?

—Vete a dormir…

—¡Chris! —la voz de Gema me chilla en los oídos—, están preguntando por ti en el grupo.

Rachel fija la vista en la copa que tiene en la mano.

—Quieren saber si… —intenta decir Gema, pero se calla cuando la loca que tengo enfrente, le tira la copa de vino en la cara.

—Pero ¿qué mierda te pasa? —increpa Gema.

—Los sapos necesitan agua todo el tiempo —contesta la teniente que arrastra la lengua para hablar—, y como tú andas metida en todos lados al igual que ellos, pensé que también eras uno.

—Aparte de ebria, inmadura...

Le saca el dedo del medio antes de alcanzar la botella que toma.

—Ya ni vale la pena pelear. —Se aleja Gema—. Voy a cambiarme el vestido, llámame si necesitas algo.

—¿Me decías? —me dice Rachel—. Ah, sí, lo de estar «ebria». ¿Qué te digo? Bebo para no estrellarte la cabeza contra el mármol del hotel. Es una lástima que no te guste, porque me voy a seguir embriagando.

—Busca otra forma de captar mi atención. Denúnciame por maltratador, así tendrías motivos para verme en el juicio.

Me hierve la sangre cada vez que recuerdo la cara que puso cuando creyó que la iba a golpear, me confundió con el imbécil de Bratt.

—No perdamos el tiempo. —Se empina la copa que se sirve—. Quédate con tu estúpida, ve tras ella, que yo me iré a tragar algo diferente a este aburrido menú, el cual ya me tiene harta, al igual que tú.

Se mueve a la mesa donde recoge la cartera, no se encamina hacia las habitaciones, sino que busca la recepción, cosa que me dispara la jaqueca.

Tyler me sigue cuando me voy tras ella; abandona el predio y toma la carretera. Algún que otro auto se detiene a preguntar si necesita ayuda.

—No necesita nada, así que muévase —le digo al sujeto que pregunta.

El hombre se larga y continúo caminando tras la loca, que kilómetros más adelante se detiene frente al puesto de hot dog, que está en uno los parques del sector.

—Uno con mostaza —pide antes de plantar el culo en una silla plegable.

No pienso quedarme observando desde lejos como si fuera un puto acosador, así que me dejo caer en la silla que está frente a ella, le traen lo que pide y empieza a atiborrarse de comida.

—¿Siguiéndome? —Mastica como camionera—. Qué romántico se ha puesto, coronel.

—Como estás, cualquiera puede tomarte, llevarte y hacer contigo lo que quiera.

—No contigo detrás. —Sigue tragando—. Prefieres cortarte las bolas antes de dejar que alguien me toque.

Se limpia la boca con una servilleta.

—¿Y sabes qué? Te voy a invitar un hot dog por ello. —Habla con la boca llena.

Alza la mano y llama al que vende.

—¡Amigo! —grita—. Tráigale uno de estos al hijo de puta que tengo enfrente.

—No quiero nada —respondo tajante.

—Me lo como yo entonces. —Recibe el otro, gustosa, y empieza a comer como si llevara días de hambruna—. Deja de mirarme, te ves como un ridículo enamorado.

—Ya quisieras —me burlo.

—Ya quisieras —se mofa—. Ya quisieras no, es así. Te las pasas reclamando que le doy prioridad a otros, ¿y qué haces tú? Nada, eres un imbécil que ni siquiera has tenido los cojones de decirme que me quieres.

—Yo no te quiero.

—Sí, claro, estás aquí solo porque eres un buen samaritano.

Se levanta furiosa a pagar, rebusca no sé qué en la cartera que trae, el que vende espera impaciente y ella saca el móvil, facturas, un cortaúñas…

—Juro que eché unos billetes aquí. —Sigue rebuscando y pago para que pueda largarse, estoy cansado y quiero irme a dormir.

La tomo del brazo para que se mueva, está dando pena ajena y la obligo a caminar de vuelta al hotel, pero se me zafa.

—¡Suéltame, que ahora soy yo la que no quiero verte!

—Vete a dormir. —La vuelvo a tomar.

—¿Estás preocupado? —Me encara con una sonrisa—. Dime que me amas y te haré caso.

No voy a hacer tal cosa, con fuerza la tomo del brazo y se vuelve a soltar.

—No sé ni para qué perdemos el tiempo en esto si valemos mierda, Christopher —empieza—. No eres capaz de decirme a la cara lo que sientes por mí y eso me deja todo claro.

—No quieras victimizarte ahora —espeto— y no te escudes bajo «valemos mierda». Esa es la patética excusa que usas para escudarte y no reconocer que por tu culpa es que estoy como estoy. Te gusta lo fácil, lo que no te pone trabas, por eso es por lo que prefieres al limosnero que vive contigo, al hombre que te largaste a socorrer.

—Stefan es mi amigo, solo eso —responde—, y estaba mal, me necesitaba…

—Excusas baratas.

—El que lo ayude no cambia lo que siento por ti. —Acorta el espacio que nos separa.

Busca mi boca, el cabreo no me deja besarla y termino apartando la cara.

—Vete a la mierda. No te voy a rogar como antes, si es lo que estás buscando. —Me empuja.

Se apresura calle arriba y pasa por al lado de Tyler, quien me mira sin saber qué hacer.

—¿Te pago para que te quedes mirando como un idiota? —lo regaño—. ¡Ve por ella antes de que se parta la cabeza contra el andén!

—Sí, señor. —El soldado obedece y me ayuda a llevarla al hotel, al que entro por una de las entradas traseras.

Tyler se encarga de ubicar la habitación, rebusco en el bolso la tarjeta de acceso, abro y entro con ella. El soldado se queda afuera, acuesto a Rachel en la cama e insiste en sentarse.

—Stefan solo me besó, intentó algo más y no quise —confiesa como si le hubiese preguntado—. Ahora habla tú, ¿te volviste a acostar con Gema?

—No es asunto tuyo.

—Sí lo es; así que contesta antes de que te patee las bolas. —Se aferra a la manga de mi camisa y me suelto.

—Me besó, ¿contenta? —increpo con sarcasmo.

—¿Le correspondiste?

—No voy a entrar en detalles.

Cierro las cortinas, ella sacude la cabeza y la deja caer en la almohada donde se acuesta. Sube los pies a la cama con los tacones puestos y la observo al pie de la misma hasta que se queda dormida.

Cada vez que intento alejarme de esto, siento que termino más hundido.

Me acerco y le quito los zapatos de mala gana que arman un estruendo cuando los mando al piso. Las piernas desnudas están expuestas y, por más que intento evitarlo, me es imposible no levantar el vestido que me deja ver la tela que le cubre el coño. «Bragas pequeñas» de las que no tapan más de lo necesario.

El vestido le queda sobre la cintura, tenso la mandíbula en lo que deslizo las manos por las piernas desnudas y con los nudillos rozo su coño antes de alcanzar el elástico de las bragas que deslizo hacia abajo. A pesar del enojo, no dejo de verla como la mujer más bella y sensual con la que he podido estar. No hay un día en el que no quiera estar dentro de ella, las ganas de follarla se mantienen presentes, así como el oxígeno que respiro.

Por más que quiero, no puedo sacarla de mi cabeza y, como voy, creo que no lo haré nunca, dado que con el pasar de los días mi deseo por ella no hace más que aumentar. Las emociones que desata no se apagan ni se van; por el contrario, quiero atarla a mi cama y follarla hasta el final de mis días.

La tapo antes de salir y largarme a mi alcoba.

Estando solo, desenfundo la polla dura que empiezo a masajear. Me masturbo con brío en la cama mientras sostengo las bragas en la mano y, joder, me tiene cabreado, pero pese a eso siento que no puedo dejarla. Siento que, independientemente de lo que suceda, mi cerebro no deja de proclamarla como mía y ha de ser porque lo es. Por ello, no la voy a dejar, aunque esto sea malo y dañino, no lo haré; solo dejaré que la rabia pase y me la seguiré cogiendo como y cuando quiera.

Así el mundo se caiga a pedazos, Rachel James va a estar en mi cama hasta que se muera, porque es mía y de nadie más.

57

360 grados

Rachel

Tengo una maldita resaca mezclada con depresión, la cual hace que hasta pensar duela. Me embriagué para sentirme mejor y ahora me siento peor, tengo los ánimos por el suelo, el estómago me arde al igual que el pecho y el corazón.

Me cierro el albornoz de mi pijama y, sentada en la orilla de la cama, observo a Brenda que se arregla frente al espejo de cuerpo completo.

—Entonces te vas a perder todos los eventos de hoy —habla mi amiga, y asiento.

Los eventos son los que menos me importan ahora. Ver a Gema paseando con Christopher mientras que el otro actúa como si nada es algo que ya me tiene harta.

—¿Desayunamos? —pregunta, y sacudo la cabeza—. Supuse que no querías bajar, así que pedí que subieran la comida.

Prepara la cartera que se mete bajo el brazo.

—Voy a estar cerca; si te dignas a salir, llámame.

—A lo mejor te llamo para contarte que me corté las venas —hablo con la boca seca—. Siento que no doy para más.

—No te compliques. —Se acomoda el vestido—. Toma el toro por los cuernos y ya está ¿Cómo me queda este atuendo?

—Te ves hermosa —le digo, y deja un beso en mi mejilla.

Se apresura a la puerta cuando tocan, es Parker quien le pregunta si va a bajar a desayunar y Brenda le dice que sí.

—Llámame cuando estés abajo —se despide mi amiga antes de cerrar.

Me levanto y durante media hora no hago más que ver cómo podan los jardines.

Estoy así por culpa de mi terquedad y por mi maldito masoquismo. Pare-

56

ce que ahora mi felicidad depende de Christopher. No quiero que esté enojado, ni que haya barreras entre nosotros; además, las ganas de que me folle se avivan cada dos por tres.

Sé que tiene motivos para estar enojado, pero su maldita actitud me jode, hiere y hace daño.

Me traen el desayuno y lo único que pruebo es el jugo de naranja. Dejo el vaso sobre la mesa y trato de salir a tomar aire fresco; sin embargo, no llego al marco de la ventana, ya que el móvil me vibra en el bolsillo de la bata con un mensaje de Liz Molina.

> Buenos días, bellaquita.

Adjunta una foto de Gema donde está riendo en la misma mesa en la que están Sara, Christopher y la abuela de este. La carcajada con la mano en el pecho me revuelve los intestinos.

> No te sorprendas cuando te envíe la invitación a la boda.

«Enloquezco», mi ira se dispara y tiro el aparato en la cama.

Está con ella, me dejó sola anoche para irse con esa estúpida. Le echo mano a mi tarjeta de acceso, me pongo las pantuflas del hotel y me apresuro al pasillo entapetado, la puerta de la alcoba resuena cuando la estrello a mi espalda.

En años pasados tuve que soportar sus amenazas; cuando volví, tuve que lidiar con lo mismo, y ahora esto. No estoy para tolerarlo, ya he pasado por demasiada mierda. Subo al piso del hijo de puta que me tiene harta, ubico su puerta y estrello el puño contra la madera.

—Teniente. —Me abre Tyler y lo muevo a un lado.

Atravieso la sala llena de muebles, están comiendo en el comedor del balcón y cuatro pares de ojos se vuelven hacia mí cuando avanzo segura. Christopher frunce el entrecejo como si estuviera loca y no me importa.

—¡Me harté! —le grito—. ¡De tu arrogancia, tu estupidez y delirios de depravado! ¡Me robas las bragas y luego me dejas sola para venir a desayunar con esta idiota!

Tyler intenta tomarme y lo mando atrás.

—¡Vete a la mierda, Christopher! —exclamo—. ¡No soy tu puto juguete, y si esto iba a ser así, mejor hubieses dejado las cosas como estaban!

—¡Vete a tu alcoba! —ordena.

—¡¿Para que sigas con el teatro que tienes con esta estúpida?! —le grito—. ¡Eso es lo que haces, armas un teatro para hacerme sentir mal y ya me cansé!

—¿Quién diablos es esta? —espeta la madre del ministro que tira la servilleta antes de ponerse en pie—. ¿Quién se cree para venir y entrar aquí de esta manera?

—Yo no me creo: soy, señora. —Me vuelvo hacia ella.

—¿Qué?

—¡La novia de su nieto!

Estoy tan hastiada de la vida y le soporté tanta petulancia a Martha Lewis que no voy a repetir lo mismo con esta señora. Sara no sabe qué decir y Gema sacude la cabeza indignada.

—Ella no es su novia —habla—. No lo deja en paz y…

—¡Cállate! —le ordena Christopher, quien se levanta y me toma del brazo.

—¡Basta de payasadas! —Me suelto y echo a andar a la puerta—. ¡O vienes a hablar conmigo, o te juro que lo vas a lamentar!

Abandono la alcoba, el arranque de rabia me deja con lágrimas en los ojos. No sé si lo de novia lo dije por lastimar a Gema o porque en verdad me siento así. Me limpio la cara cuando siento a Christopher atrás, se aferra a mi antebrazo y me lleva a la alcoba donde me suelto a las malas.

En el forcejeo se le cae la ficha roja que recoge y se mete en el bolsillo antes de estrellar la puerta.

—No sé qué tanto jodes con ella —le reprocho—. Reclamas que estoy con otros, pero tú…

—¡Gema estuvo cuando tú no! —alza la voz—. ¡Tú misma te pones donde quieres estar!

Me duele que diga mentiras y verdades. Mi dolor de cabeza empeora, esto me está sobrepasando y ya no sé cómo manejarlo.

—No más, ¿sí? —le pido—. Sé que no te gustó que me fuera, pero, como ya te dije, el que ayude a Stefan no quiere decir que lo ame más que a ti.

—Sé que me amas a mí.

—¿Entonces?

—Que no me sirve que no lo demuestres. Nunca estás cuando te necesito…

—Ya no quiero seguir peleando —lo corto—. Lamento el haberme ido, ¿vale? Olvidemos todo y empecemos de nuevo. Olvida que me fui y lo del *penthouse*.

Acorto el espacio entre ambos y paseo las manos por su torso en busca de su boca.

—Yo, en verdad, quiero que lo intentemos —confieso a centímetros de sus labios.

Hago que sujete mi cintura.

—Nadie —confieso—. Nunca nadie podrá superar lo que siento por ti.

Nuestros labios se unen por un leve momento donde...

—Chris. —Gema abre la puerta.

—¿No te enseñaron a golpear antes de entrar? —Está buscando que le estrelle la cabeza contra la pared.

—La rueda de prensa de las víctimas empieza dentro de cinco minutos.

—Me ignora—. Cristal y los demás candidatos te están esperando.

El estómago se me contrae al ver que no la manda a la mierda, el que nunca le diga nada me da a entender que le importa más de lo que creo. Ella se queda bajo el umbral y él trata de irse, pero no lo dejo, me aferro a su muñeca y lo atraigo hacia mí.

—¿Te vas sin despedirte? —Paso las manos por su traje y busco su boca.

Gema se larga, se niega a ver lo que se aproxima y es el beso que le doy al coronel. Se tensa con el calor de mis labios y no me corresponde como quiero: es el beso más frío que me ha dado.

Se mantiene serio y doy un paso atrás. Christopher es del tipo de personas que siempre antepone su orgullo.

—Suerte con todo. —Me hago a un lado para que se vaya.

Lo sigo con los ojos hasta que desaparece, detallo la ficha que tengo en la mano y suelto un largo suspiro. Creo que estoy loca, y el que mis emociones se disparen cuando mi cabeza maquina lo que haré me confirma que sí.

Me baño y arreglo frente al espejo donde paso las manos por el cabello que me ato en una coleta. Meto los pies en un par de zapatillas deportivas, saco la chaqueta de cuero negro que me coloco, alisto el bolso y busco los lentes de sol. Tomo todo y salgo al pasillo donde abordo el ascensor que me lleva a la recepción.

Mi paciencia no está para ver a Christopher todo el día paseando con Gema, así que buscaré formas alternas de distracción.

—Necesito mi auto. —Al empleado del parking le muestro la ficha que le saqué a Christopher del bolsillo.

«El beso no fue solo porque le tenía ganas». Lo besé para quitársela.

—Enseguida.

Se va y vuelve con el McLaren color ébano, es parecido al DB11 que tenía antes, pero más elegante y exclusivo. El hombre duda cuando extiendo la mano para que me dé el control de mando del vehículo.

—Me confirman en el radio que está a nombre de Christopher Morgan.

—Sí. —Le quito la llave inteligente que pone sobre la tableta—. Es mi esposo y sabe que me lo llevaré.

—Tengo que confirmar.

—Tengo afán y él se enoja cuando me hacen esperar —espeto seria—. Si llego a perder mi cita por su culpa, vamos a tener problemas.

Empleo un tono más agresivo y él se acomoda el traje, me abre la puerta para que suba y me deslizo en el asiento delantero que huele delicioso.

—Confírmeme su nombre, por favor.

—Rachel. —Pongo las manos en el volante.

—¿Rachel?

—Rachel James de Morgan. —Sonrío—. Gracias por las llaves.

Arranco, el rugido del motor me dispara la adrenalina cuando le sumo velocidad, acomodo el espejo retrovisor, bajo los vidrios y dejo que el viento haga lo suyo. Sé que esto lo va a enojar, pero no me importa, yo estoy enojada desde que llegué por su culpa.

Llamo a Brenda a decirle lo que hice y no sé qué está comiendo, pero capto cómo se atraganta.

—Lleva ese auto al manicomio —me dice— e intérnate de una vez.

—Estaré todo el día por fuera. —Respiro hondo—. Voy a disfrutar este vehículo que, como lo suponía, es una auténtica maravilla.

Me repite que estoy loca, y sí, lo estoy, soy una loca, la cual se siente sexi conduciendo un deportivo que vale no sé cuántos millones de libras; pero alegra la mañana que empezó con el pie izquierdo.

Mi día se resume en pasear por Cambridge, almuerzo en un restaurante pequeño y me doy el privilegio de ver el atardecer sobre el capó del vehículo, mientras me trago el cruasán que me compré. Sé que el regaño que me espera estará fuerte y el que siga sin importarme me hace comprender que mi estado de demencia es inaudito.

Christopher

La rueda de prensa se extiende con testimonios que ya todo el mundo sabe, pero que a la gente se le da por repetir. Espero en una de las mesas mientras el hombre en silla de ruedas habla frente a los micrófonos.

Kazuki se mantiene a mi derecha con la esposa, quien tiene a una niña sobre las piernas, mientras que Leonel está sentado a mi izquierda. Gema está de pie y Alex está con Sara y Regina en la mesa de adelante.

—¿Cómo sigue tu esposa? —le pregunta Kazuki a Leonel Waters.

—Mal —contesta el candidato—. El lupus con el que lidia desde los catorce años la tiene débil y en la cama.

—Admirable —lo halaga Kazuki—. Te casaste con ella siendo consciente de su situación y sigues dándole tu apoyo.

—Sí —contesta tajante—. Soy un hombre de familia al que le gusta velar por los suyos.

El papel de hombre de novela romántica barata da de qué hablar todo el tiempo, ya que él lo reluce como si fuera una medalla. Gema toma asiento en una de las sillas vacías y los hombres la llenan de halagos por la buena gestión que ha hecho.

—¿Cuándo conoceremos a tu prometida? —me pregunta Leonel—. ¿Por qué tanto misterio con eso? No me digas que no estás seguro de casarte y por ello no lo haces oficial.

—Yo sí siento que está seguro —habla Kazuki—, solo que quiere anunciarlo con bombos y platillos.

Gema suelta a reír cuando Leonel la mira. La reunión se prolonga durante un buen rato, Alex se adelanta al próximo encuentro, puesto que debe hablar con un par de personas; por ello, se larga con Sara, Regina y la sobrina de Olimpia Muller.

Una hora después, el presidente del Consejo da todo por concluido y todo el mundo se levanta. La hija de Marie me pone al tanto de lo que falta.

—Debemos ir al centro de convenciones —informa—. Un importante grupo de parlamentarios internacionales hablarán sobre la seguridad nacional de sus respectivos países.

Los candidatos que me rodean salen a abordar sus vehículos, Tyler me sigue mientras me llevo la mano al bolsillo en busca de la ficha de mi auto.

«No está». Reviso otra vez y no la encuentro, pese a que busco en mi billetera y en los bolsillos del pantalón y la chaqueta.

—¿Qué pasa? —me pregunta Gema que camina conmigo a la salida.

—No encuentro la ficha de mi auto.

—¿Le digo a Tyler que suba por ella?

—La traje, no la dejé arriba. —Me acerco a la recepción, doy mi nombre y de inmediato llaman al encargado que se hace cargo del asunto.

—Haré que se lo entreguen sin problema, señor Morgan —me avisa antes de encender el radio—. Trae el McLaren con placas CM-1711.

Espero en la entrada, hay soldados por todos lados.

—¿McLaren? —pregunta el hombre que sale trotando del estacionamiento—. No hay un McLaren adentro.

—¿Cómo que no? —Empiezo a perder la paciencia—. Está a nombre de Christopher Morgan.

—¡Oh, sí! Ese se lo llevaron esta mañana. —Revisa la tableta y doy por hecho que me está tomando del pelo.

—Imposible —espeta el encargado—. El señor Morgan no lo ha sacado a ningún lado.

—Se lo llevó su esposa…

—El coronel no está casado —lo corta Gema.

—La señorita de ojos azules que lo reclamó dijo que era su esposa —se defiende el hombre—. Hasta me dio el nombre.

Saca una libreta y sin que lo mencione ya sé quién es.

—La señora Morgan —confirma—: Rachel James de Morgan.

«Rachel James de Morgan». Yo no sé qué diablos tiene esa demente en la cabeza, se ha llevado un auto que vale más que la vida del limosnero con el que anda.

—Señor, de parte del hotel… —se intenta disculpar el imbécil que tengo al frente y alzo la mano para que cierre la boca—. ¿Quiere entablar una demanda?

—Nosotros nos haremos cargo —avisa Gema cuando me devuelvo a la recepción.

Alex ya se largó y Tyler no pidió un vehículo, ya que pensaba conducir el mío.

—Esto es demasiado abuso. Christopher, si no haces algo…

—No voy a ir —espeto.

—No puedes faltar, el ministro te está esperando —se enoja—. Hay que decirle a Kazuki o a Leonel que nos acerque.

—¿Y qué más pido? —increpo con rabia—. ¿Que me compren un globo en el camino? ¡No voy a pedirle a nadie que me lleve a ningún lado!

—No puedes faltar —insiste ella—, nadie lo hará.

No sé qué me da más rabia, las pendejadas de la maldita a la que voy a encarcelar o que Gema tenga razón. En la recepción me avisan de que por el momento no hay vehículos de alquiler, me rehúso a pedir ayuda y en últimas termino viéndome patético en uno de los taxis del hotel.

Mientras que Rachel se pasea en el vehículo que me costó millones, yo debo ir con las rodillas pegadas al asiento delantero de un taxi como si fuera un pasajero cualquiera. Los autos de lujo se aglomeran en la entrada del centro de convenciones y me siento ridículo cuando me dejan en la entrada, varios de los agentes de los medios están afuera, fijan la vista en mí y tal cosa empeora mi genio.

Parezco un idiota llegando en taxi cuando los demás lo hacen en lo mejor que tienen. Los agentes de los medios internos se miran entre ellos y es que parece que viniera no sé de qué vecindario barato.

—¿Y el McLaren? —pregunta Alex en la entrada.

—Si tuviera idea de dónde está, no hubiese llegado como un pendejo en ese vehículo de mierda. —Paso de largo.

La tarde se me hace pesada y eterna; lo del auto me hace sacudir la cabeza una y otra vez. La demente que lo tiene está buscando que la encierre en el comando por ocurrente. Regina no comenta nada del desayuno, pero sé que está esperando el momento indicado para avasallarme con preguntas.

A las ocho de la noche, los discursos finalizan y regreso al hotel con Alex, Sara, Gema y Regina.

—¿Comemos? —me pregunta Gema cuando entramos a la recepción—. El restaurante español ofrece una paella deliciosa.

—Quiero dormir. —La dejo en el vestíbulo con Tyler y me encamino al elevador.

—Acuérdate de que partiremos mañana temprano —me recuerda la hija de Marie—. Te esperaré aquí para que nos vayamos juntos.

Abordo el ascensor que me deja en el piso de mi alcoba, me quito la chaqueta mientras camino, estoy agotado y lo único que quiero es volver a Londres. Ubico mi puerta, pongo la tarjeta, me abro paso adentro y lo que veo me dice que definitivamente no voy a descansar.

Las luces están encendidas y mis ojos quedan en la mujer que espera frente a la mesa del comedor que está decorada con velas. No sé cómo carajos entró, pero se vuelve hacia mí.

—Hola, amor —me saluda, y no me queda duda de que perdió la cabeza.

Se levanta y acomoda el vestido rojo de tirantes que luce, los ojos azules los tiene maquillados de forma seductora y el cabello negro lo trae recogido de medio lado, con un moño que me permite detallarle la cara.

—Si estás obsesionada conmigo, te agradecería que lo dejes antes de que termines presa o en el manicomio.

—También me alegra verte. —Vuelve a su asiento.

—¿Qué haces aquí y dónde está mi auto? —Me acerco—. Estás pagando para que te ponga una caución por loca y ladrona.

—El auto está en el estacionamiento y aquí estoy porque quiero cenar contigo. Cuando se te pase la crisis, claro está.

Tiro la chaqueta en la cama y me muevo al minibar.

—Traigo bragas blancas a modo de bandera de paz —habla—, así que siéntate y cenemos como dos personas maduras.

—¿Cómo entraste?

—Soy una agente, no fue fácil, pero se logró. —Se encoge de hombros.

Tocan a la puerta, ella abre y los botones entran con la cena que sirven mientras Rachel enciende el estéreo. Tightrope empieza a sonar como música de fondo, los empleados se van y ella vuelve a su asiento.

El que no muestre ningún tipo de afán me deja claro que no piensa irse; sirve vino para los dos y dejo mi trago de lado.

—¿Qué ganas con esto? —Tiro de la silla y me dejo caer en el asiento que está a su derecha.

—Pasar tiempo con el hombre que quiero.

Sacudo la cabeza.

—Es lo que quieres, ¿no? —me reclama—. Que te demuestre que eres importante para mí, y es lo que estoy haciendo justo ahora.

Tomo los cubiertos y empiezo a comer, si acabo rápido, se irá pronto. Come conmigo mientras lidio con las preguntas que dan vueltas en mi cabeza.

—¿Crees que soy uno de tus juguetes? —corto el incómodo silencio.

—¿Te consideras el tipo de hombre que puede ser usado o manipulado?

—No.

—¿Entonces?

—Que no sé a qué juegas o qué es lo que pretendes. Vienes aquí a insistir y hace unos días te estabas besuqueando con el imbécil que trajiste de Francia —me sincero—. Con el imbécil que dejas que te siga a todos lados…

—Ya he dicho que no significa nada para mí y no sé qué reclamas, si tú haces lo mismo —replica—. Andas con Gema en todos lados.

—No quiero hablar de Gema…

—¡Y yo no quiero hablar de Stefan! —Suelta los cubiertos—. No quiero hablar de él, así que ya deja de mencionarlo.

La toxicidad, el círculo vicioso en el que estamos, me hace dudar a cada nada, ya que parece que lo único que nos sale bien son el sexo y las peleas.

—Lo besé porque estaba celosa, y da igual, puesto que no dejo de pensar en ti —confiesa—. No deseo a otro hombre que no seas tú, y tu puta polla es la que me mantiene caliente todo el tiempo. Creo que tengo un maldito apego sexual hacia ti, a eso súmale que estoy enamorada hasta la médula, Christopher, igual o más que antes. Así que deja de preocuparte.

Me callo el pensamiento que surge en mi cabeza.

—Ya lo dije —concluye—. Ahora tú.

—No tengo nada que decir.

—Ese es el problema —se molesta—, que todo te lo callas. ¿Por qué dejas que ella te bese?

—¡Porque se siente bien que la gente demuestre dónde realmente quiere estar y me jode ese papel de tener que estar detrás de ti y tú de otros! —le suelto—. No tengo por qué estar mendigando nada; si estás acostumbrada a que te ruegue medio mundo, conmigo te equivocas —declaro—. Carezco de paciencia y si no puedes tolerarlo, ahí está la puerta. Solo te advierto que no vas a llegar lejos, ya que no pienso dejarte la vida en paz.

Dejo las cosas claras.

—Lo que tienes en el cuello es un claro mensaje de a quién le perteneces, y lo que pasó con Bratt y Gelcem no es nada comparado con lo que puedo hacer —advierto—. No me importa si parezco un tóxico posesivo, soy el tipo de hombre capaz de acabar con todo lo que me impida follarte como y cuando quiera. Unos tuvieron suerte, pero ten claro que el próximo que se entrometa no va a vivir para contarlo.

Me aferro a su nuca y la traigo a mi boca.

—Eres mía, Rachel, y siempre lo serás.

Entierra los dedos en mi mandíbula y mi mirada se funde con la suya.

—Soy tuya porque yo quiero serlo, no porque tú lo dispongas; y es por parte y parte, ya que tú también eres mío —espeta—. Así como a ti no te importa dañar a otros, a mí tampoco me va a importar dañarla a ella. Ten claro que no estoy siendo consciente de nada y si no hay final feliz para mí, tampoco lo habrá para ti.

Me aferro a su muñeca e incremento el agarre.

—Atrévete a quererla, Christopher, y te juro que te la arranco con todo y corazón.

Me excita el tono cargado de rabia.

—¿Quién eres? —La desconozco.

—No lo sé, perdí la cabeza por ti y ahora no sé cómo arreglarlo.

Se aferra a la tela de mi camisa.

—Quiero seguir cabalgando la polla que me hizo perder los estribos porque es mía. —Se viene sobre mí y abre las piernas sobre mi regazo—. Tú eres solo mío.

Planta los labios sobre los míos en un beso agresivo y caliente, entierra las uñas en mi cuello en lo que su lengua invade mi boca. Correspondo de la misma manera, bajo las manos a los muslos que estrujo en lo que ella tira de mi cuello y vuelve a apoderarse de mi boca.

Mi cerebro siempre idea nueva formas de follarla como ahora, que quiero estamparla contra el vidrio de la ventana y cogérmela como un maldito animal. El beso se extiende, las ganas se elevan más cuando se mueve sobre mí y quiero follarla, pero…

—Vete a dormir. —La aparto y me levanto—. Es tarde y quiero descansar. No la miro, sé que si lo hago voy a ceder a las ganas que le tengo. Me muevo al baño, donde me quito la ropa y me lavo la boca; la erección que tengo hace que me pase la mano por ella. Abro la llave del lavamanos, me echo agua fría en la cara y vuelvo a la alcoba, de donde Rachel no se ha tomado la molestia de largarse.

Se quitó los tacones, al igual que el vestido y se está abotonando una de mis camisas.

—Te mandé a dormir.

—Es lo que haré, voy a dormir en tu cama. —Alcanza el último botón y noto que no era mentira lo de las bragas blancas.

—No voy a coger contigo. —Me encamino a la cama—. Todavía estoy cabreado por lo que hiciste.

—Como quieras, no soy quién para juzgar tus decisiones.

Apaga la luz y se mete en la cama conmigo, ni siquiera ha pasado medio minuto cuando ya tengo su cabeza contra mi pecho y sus piernas enlazadas con las mías.

—Como tú, también puedo hacer lo que quiera cuando me apetece.

No la toco, solo meto las manos bajo mi nuca, cosa que le da vía libre para tocar los músculos de mi abdomen en lo que pasea los labios por el cuello, donde deja chupones.

—Esto me gusta tanto… —Toca la polla que se marca sobre mi bóxer—. Imagina lo bien que se vería hundida en mi coño. Así… —Me pasa la lengua por los labios—. Dura y caliente…

El corazón me salta en el pecho con latidos sonoros.

—Duérmete.

—Reconócelo. —Me muerde el labio inferior—. Soy mucha tentación para ti y mueres por follarme como yo muero por follarte.

Claro que es una tentación, transpira lujuria pura y más cuando saca a flote una de las cosas que más me gusta de ella: el lado sensual, que me pone peor de lo que ya estoy. La beso, respiro hondo a centímetros de su boca, me alejo y me pongo el brazo sobre los ojos mientras que ella me abraza.

Por más que me toca no me inmuto, solo trato de dormir mientras ella se mantiene a mi lado. El sueño no llega, puesto que a cada nada me veo obligado a pasar las manos por mi miembro.

Duerme conmigo y a la mañana despierto con dolor en la sien, miro a la mujer que tengo al lado; tiene la cabeza sobre la almohada y una de las piernas sobre mí. A la camisa se le soltaron varios botones, y eso me deja ver uno de sus pechos.

Observo los labios rojos, el cuello descubierto que me suplica que lo lama, le aparto las sábanas y le dejo las piernas expuestas, el hilo de las bragas que tiene puestas se pierde en el culo que penetré.

Las ganas surgen y me levanto a bañarme. Sumerjo la cabeza bajo la ducha, donde toco el falo empalmado; muevo la mano sobre mi miembro y dejo que el agua tibia baje por mi cuello mientras me masturbo.

La imagen de la mujer que tengo sobre la cama va y viene, tengo tantas ansias por follarla que el pecho se me acelera.

Quiero arrancarle las bragas, pasear mi glande por su coño y deslizarlo en su entrada. Siento cómo se acerca por atrás mientras me baño; deja un beso en mi cuello y, acto seguido, siento sus manos recorriendo mi abdomen.

Me vuelvo hacia ella, la llevo contra la pared y le echo mano a las tetas redondas que estrujo mientras la beso y el agua nos empapa a los dos. Toca mi erección y hundo los dedos en el coño que me ofrece.

—Anda —me invita a que la penetre—, hazlo.

Dejo que mi glande roce sus pliegues, sus fluidos hacen que lo pueda mover de arriba abajo sin ningún problema. Podría follarla ya, pero no; aunque la cabeza se me esté partiendo en dos por aguantar las ganas, no lo hago. Cierro el agua caliente y le doy vía libre al agua fría que nos baña, cosa que no sirve para una mierda, ya que salgo con las mismas ganas que tenía antes.

—¿Cuánto tardará esto? —pregunta mientras nos vestimos en la alcoba—. Lo mejor de las relaciones tóxicas es el sexo bruto y salvaje.

—Lo consideraré cuando se me pase la rabia.

—O sea, nunca. —Se acerca a besarme.

El momento se extiende por minutos donde no hago más que devorarle la boca. Tengo que partir, y ella también. El botones viene por mi equipaje mientras yo la sigo besando en la alcoba y en el pasillo donde de nuevo mi boca acapara la suya.

Dejo que me abrace y tiro de su mano para que eche a andar.

—Deja de distraerme —le advierto, y suelta a reír.

Subo al elevador con ella y Tyler, que espera en el corredor. El móvil me vibra y atiendo la llamada de Patrick. Las puertas del aparato que abordé se abren en la primera planta, donde Alex está con la Alta Guardia en el vestíbulo, al igual que Gema, Sara y Regina, quien fija los ojos en mí.

Todos me observan cuando salgo con la mujer que me acompaña y camina conmigo rumbo al auto que me espera. El escolta se encarga de subir el equipaje y yo abro la puerta del asiento trasero.

—Entra —le indico a Rachel, que obedece con una sonrisa en los labios.

—Gracias —me dice.

Me sumerjo en el vehículo después de ella, quien se acomoda a mi lado. Besa mi boca y recuesta la cabeza en mi hombro, en lo que Tyler se pone al volante y arranca rumbo a Londres.

Angela me llama y mi conversación con ella dura hasta que vuelvo a la ciudad. Sigue de infiltrada como Nórdica, hace poco estuvo en una fiesta de Gregory Petrov, así que declara todo lo que vio.

Paso de hablar con Klein a hablar con Gauna, quien me informa que me requieren en Gales lo antes posible, termino la llamada y Tyler se detiene en uno de los semáforos.

Rachel mantiene la cabeza contra mi hombro, está dormida y verla de esta manera me convence de que así es como debe estar siempre: demostrando que soy el único en su vida. De hecho, lo soy, porque no voy a aceptar que esté con otro.

—¿Le compraste algo al bebé del capitán Miller? —Se despierta cuando la beso—. Se acerca la fecha del *baby shower*.

—No voy a ese tipo de cosas; como mucho, le daré un cheque para que compre alcohol o para que lo gaste en mujerzuelas —contesto, y me mira mal.

—Es tu amigo, de seguro le gustará verte ahí, así que cómprale un detalle y llévalo personalmente —me regaña—. Eso hacen los buenos amigos y es lo que debes hacer.

—No me dé órdenes, teniente —le advierto, y me besa.

—Si me dices que vas, puedo ponerme linda para ti —sigue—, y pasar tiempo juntos.

No contesto y ella se acomoda en el asiento mientras el escolta se abre paso en el tráfico.

—Te agradecería si me dejas en mi casa —le pide a Tyler.

—¿Gelcem no puede dormir una noche solo?

—Siempre ha dormido solo.

—No voy a insistir, solo seré claro con lo que diré —hago que me mire—: vuelves a permitirle que te bese o te toque y habrá consecuencias que no te van a gustar.

Mis niveles de tolerancia están bien, así que cumplo con decir, allá ella sí quiere más problemas.

—Insistes con Stefan. ¿Y qué pasa con Gema? —Se suelta—. El papel de amiga íntima es algo que a mí también me cansa.

—Ella no vive conmigo…

—Él vive conmigo porque necesita de mi ayuda.

—Necesita un suicidio. Si no sirve para una mierda, ¿para qué diablos vive?

Me alejo cuando mi genio se daña, Tyler se desvía hacia las calles de Belgravia, la llovizna empañó los cristales del vehículo y el escolta se detiene frente al edificio de la mujer que viaja conmigo.

—Tyler, déjanos un segundo solos, por favor —le pide ella.

El soldado asiente antes de salir con el paraguas que abre.

—Necesito que confíes en mí, Christopher, el que viva con Stefan no significa nada, ya dije que te prefiero a ti. —Se acerca—. Él es mi amigo y ya está.

Toma mi mano y entrelaza mis dedos con los suyos.

—Deja de preocuparte por Stefan, lo mejor es que te concentres en ganar, tus contrincantes son fuertes y lo sabes —suspira—. Lo de Scott, lo de los generales, es de cuidado y me asusta. Sabes que por mi bien y el de mi familia debes ser tú el próximo ministro, si no Antoni va a venir por mí.

La miro y noto que la nariz se le enrojece.

—Está obsesionado conmigo y el miedo que me genera eso, en ocasiones, no me deja descansar —confiesa—, puesto que si llega a salir, el HACOC es lo que querrá usar de nuevo contra mí y me aterra, porque no quiero recaer.

—Sea o no ministro, no voy a dejar que te toque —me sincero.

—Le prometí que me iría por las buenas con él cuando saliera —declara—. Le dije que no le iba a poner trabas a la hora de tenerme.

—¿Qué? —increpo.

—Lo exigió a cambio de ayudarme con el rescate de tu madre.

—¿Y eso fue lo mejor que se te ocurrió? —la regaño—. ¿Ofrecerte a cambio? En verdad no entiendo cómo…

—No quiero pelear por eso ahora —me corta.

La mandíbula me duele cuando la aprieto, ya decía yo que nada bueno iba a salir de la maldita visita, y no me equivoqué.

—Se oye tonto lo que te voy a pedir, pero necesito que me prometas que pese a las peleas, obstáculos y problemas que puedan venir, nunca dejarás de querer protegerme —pide—. Júrame que si me voy o desaparezco, harás todo lo que está en tus manos con el fin de hallarme, así me estés odiando.

—Mientras yo exista nadie va a tocarte, ya te lo dije —espeto—. Si te joden a ti, también me estarían jodiendo a mí.

Mueve la vista a la ventana y tomo su cara para que me mire.

—¿Sabes cuál es la peor forma de joderme? —me dice—. Que alguien me vuelva a condenar a las drogas. Ese es un castigo el cual no creo que pueda volver a tolerar, así que, si un día me ves hundida otra vez, mátame, porque si me dejan vivir, sé que no lo voy a soportar y por ello prefiero morir.

—Eso no va a pasar —le digo, y me abraza.

—Confío en ti, en que siempre buscarás la forma de encontrarme.

Absorbo el olor de su cabello, no me gusta que tenga miedo, porque de alguna manera nos vuelve débiles. Lo que pide está de más, las cosas que me despierta se niegan a dejarla y nunca lo haré.

Tomo su nuca y acaparo su boca, dejo que sus labios se unan a los míos con el beso que eleva la temperatura. Soy tan dependiente de ella que me cuesta respirar cuando estoy a su lado.

—Dilo —le exijo.

—Te amo —susurra, y me vuelve a besar—. Duda de todo menos de esto.

Tyler golpea el vidrio con los nudillos.

—Mi coronel —me llama—, el general quiere saber si tardará mucho en llegar al comando donde se lo requiere.

Vuelvo a besar a la mujer que tengo al lado, pasa los nudillos por mi cara y respira hondo antes de buscar la puerta. Tyler la recibe con el paraguas y se ofrece a acompañarla a la entrada.

—Rachel —la llamo—, no estoy jugando con lo de Gelcem.

—Lo sé, así que estate tranquilo que no hay nada entre él y yo.

Echa a andar y la observo hasta que desaparece en el umbral de la recepción. El escolta vuelve, se pone al volante y me lleva al comando.

58

Juego previo

Rachel

Cinco días después

Los operativos con mucha gente alrededor me ponen a palpitar la sien, hay que tener los ojos en todos lados y los civiles suelen limitar la vista del perímetro. Alzo los binoculares que tengo y evaluó la zona con detenimiento, el viento azota fuerte e intento identificar sospechosos entre el gentío.

El sol juega de lado del enemigo: los rayos intensos me dan directo a la cara y eso me dificulta la tarea.

—¿Qué tienes? —me pregunta Parker en el auricular.

—Nada —contesto.

Hay nueve sirios de la pirámide en la ciudad, están tras uno de los dueños de la empresa donde trabajaba Drew Zhuk. Los allegados del aduanero están custodiados, todos menos este sujeto que estaba fuera del país y se ha negado a colaborar; llegó hoy y no ha dejado que nadie lo interrogue. Lo de Leandro Bernabé no se puede repetir y por ello tenemos que tomarlo.

Los edificios que me rodean son como gigantes de acero, cuyo alrededor prolifera la vida urbana; frente a mí está la torre de mensajería que usaba la Iglesia para delinquir y, al lado de esta, yace uno de los mercadillos más concurridos de Londres.

Los carros de comida ofrecen sus productos, así como los vendedores ambulantes, que se mueven entre las calles y el bullicio.

—Hay movimiento sospechoso a cinco kilómetros —me avisan en el auricular—. Aseguren el objetivo. ¡Ya!

Guardo los binoculares y abandono la azotea del edificio donde estoy, llego a la primera planta y con el maletín en la mano camino entre los visitantes, el sargento Oliveira se me pega a un lado, viste cómo todo un ejecutivo y sale conmigo, rumbo a la plazoleta que cruzamos. La torre donde se encuentra el hombre que necesitamos tiene dos entradas y busco la principal.

Los pelotones de Bratt y Simon se están encargando de evacuar, mientras que Parker está con parte de la cuadrilla de Thompson, intentando capturar al enemigo.

—¿Por qué hay tanta gente? —pregunto con disimulo—. Todo está más concurrido de lo normal.

—El domingo habrá un festival cerca de la zona y varios se están preparando para ello —confirma Patrick en el auricular.

Más soldados se suman a mi espalda y con quince reclutas cruzo el umbral del edificio que tengo en la mira. Los agentes se ubican en puntos estratégicos y detrás de una de las columnas, me agacho a armar la ametralladora Heckler que llevo en el maletín. La dejo lista y saco el chaleco antibalas que me coloco.

—Los civiles que están afuera no quieren colaborar —se queja Thompson en el auricular—. Se me está haciendo difícil moverme el perímetro.

—Hay cuatro mercaderes que se rehúsan a moverse —secunda Simon.

—No se está cubriendo toda el área, Thompson —añade Parker—. ¡No tengo respaldo suficiente para atacar!

—Alerta por el flanco sur —avisa Patrick—. ¡James avanza!

Me levanto y me muevo seguida de los soldados a los que les hago seña, los pocos empleados que hay se hacen a un lado. Con el arma en alto, tomo las escalerillas de metal, mientras que Laila confirma que está ingresando por la otra entrada.

—Está en la quinta planta —confirma Patrick.

—¡Armas arriba! —les ordeno a los que me siguen—. Todos conmigo.

Continúo lo más rápido que puedo, alcanzo la cuarta planta, detecto movimientos sospechosos, pongo el dedo en el gatillo y…

—Pero, ¡qué…! —Casi le pegó un tiro a Brenda que ingresa por la puerta de emergencias.

—¡Arriba todos! —ordena Laila que se pone a la cabeza—. Hay que seguir avanzando.

Empiezan a disparar abajo.

—Baja a dar refuerzo —les ordeno a Alan y a una parte de la tropa—. El resto me sigue.

Laila me sigue junto con Brenda a la planta donde el hombre que busco abre las puertas de su oficina.

—¿Qué está pasando? —pregunta confundido.

—FBI —se presenta Brenda antes de tomarlo—. Está en peligro, así que muévase.

Laila lo toma, me devuelvo con los demás e intento correr abajo, pero lo que atraviesa uno de los cristales me frena.

—¡Maldita sea! —Me agacho a tomar lo que han lanzado.

—Objetos sospechosos están atravesando los cristales en todos los pisos —me informa Alan.

—Son detonadores —le digo.

Este tipo de artefacto forma parte de un circuito inalámbrico que se conecta con un detonador principal y hace que exploten todos cuando el que los controla se activa.

—¡Hay que salir ya! —Laila arrastra al dueño de la empresa con él.

—Debemos desactivarlo —alego—. Hay mucha gente alrededor, se van a perder vidas si el edificio se viene abajo.

—Tienes razón —me dice la teniente, que corre escalera abajo—. Yo evacuo, tú desactivas.

Brenda se queda, al igual que nueve soldados más.

—¡Despliéguense y busquen el detonador! —ordeno en el auricular, ya que para que funcione debe estar dentro del edificio.

Bajamos planta por planta hasta que uno de los uniformados avisa de que está en el primer piso, en el corazón de la torre. Corro escalera abajo, le doy la ametralladora a Brenda y recibo la caja que tiene un conteo regresivo de siete minutos.

Hago cálculos mentales e intento identificar las piezas que lo conforman, pero no lo logro descifrar. Miro a Brenda, quien arruga las cejas, tampoco sabe que es, el dispositivo es nuevo para ambas; por ello, le envío una foto a Parker para que me ayude.

—No sé qué es esa mierda, así que sal de ahí, que es peligroso —ordena—. ¡Abandona el área!

Me desespero cuando lo vuelvo a evaluar y mi cabeza no arroja nada, en lo que he estudiado no hay nada sobre esta maldita cosa.

—Sal de ahí, James —insiste Parker en medio de un tiroteo—. ¡No sabemos que es, así que abandona el área!

—Si el edificio cae…

—¡Que salgas te dije! —ordena furioso.

Patrick no me contesta cuando intento contactarlo.

—Hay más de doscientas personas afuera —informa uno de los soldados.

Me niego a que esto explote, pongo el artefacto en el suelo, hay detonadores por todos lados, los lanzaron por todos los orificios que encontraron. El dispositivo rechaza mis intentos de desarme, Brenda trata de darme apoyo, pero sus ideas no funcionan.

—Cuatro minutos y treinta segundos, mi teniente —advierte Alan.

Reviento la coraza, pero el conteo sigue. Localizo los cables que están conectados al detonador y los sigo hasta encontrar el interruptor principal. Saco mi navaja y hago la maniobra antigua de cortar el cable, pueda que sea un suicidio, pero no hay más alternativa que esta.

Me esmero por mostrarme segura, a pesar de que el tictac de la cuenta regresiva me pone los pelos de punta. En la milicia, la debilidad del líder desfavorece a los subalternos.

—Váyanse —ordeno—. Evacúen, es mejor que muera uno y no todos.

—Somos todos o ninguno, mi teniente, y usted puede desactivarla —me anima Alan, y Brenda lo secunda.

—Puedes hacerlo, así que anda.

Corto cables, destornillo donde corresponde en tiempo récord. Percibo la angustia de los que me rodean, logro captar el olor a sudor de todos y la respiración pesada del soldado que no deja de inspirar y aspirar por la boca.

Empiezan a retroceder al notar que no está funcionando; sin embargo, no pierdo las esperanzas a la hora de seguir con lo mío. «Puedo hacerlo», me repito una y otra vez. Con el corazón en la mano hago todo lo que puedo; empiezo a cortar a las malas todo lo que se me atraviesa, identifico un punto clave y… logro que el reloj pare a los cincuenta y ocho segundos.

Tomo una bocanada de aire. «Estuvo demasiado cerca». Me incorporo, doy la orden de salida; las puertas están abiertas y, cuando estoy por salir, capto el pitido del dispositivo que se reinicia, las luces de los explosivos se iluminan y apagan, todos menos uno: el que está bajo la bota de la soldado que me mira.

—Teniente —musita sin saber qué hacer.

—¡Muévete! —ordeno, pero se queda en blanco y el instinto solo me da para correr a patearlo antes de que el conteo llegue a cero.

Explota en el aire y me manda a volar varios metros afuera, dado que los vidrios se vienen abajo. Tres paredes caen y el derrumbe pone a vibrar el edificio.

El choque contra el pavimento me deja aturdida; el pitido en los oídos es insoportable, al igual que el dolor en el pecho, espalda y costillas. Las piernas son lo primero que me reviso. «Joder», casi me quedo sin una.

—Mi teniente —la soldado jadeando me ayuda a poner de pie—, lo siento, yo…

—Somos todos o ninguno —cito las palabras que me dijeron hace un par de minutos y asiente, dedicándome un saludo militar.

Si algo me inculcó mi padre es que a un compañero no se le abandona y

74

menos cuando la presión del momento lo posee y lo hace flaquear: ningún ser humano es perfecto. Las alarmas que se dispararon tienen a todo el mundo corriendo.

—Solo explotó una parte del circuito —me informa Alan, y asiento—. Tiene una herida en la frente.

Me llevo la mano a la cabeza y siento la sangre caliente.

—Esa maniobra por poco te cuesta la vida —me regaña Brenda— ¿Estás loca?

—Algo.

La gente trata de huir del sitio y procuro respirar, si el dispositivo no explotó completo adentro, dudo mucho que lo haga ahora. Los bomberos toman la zona, al igual que la policía y la defensa civil.

—No hay detenidos, solo tenemos al objetivo y un montón de mierda encima —me informan—. La FEMF arrasó con todo el mercadillo y no detuvo a ningún sirio.

Varios se preocupan por la maniobra suicida y a mí lo único que se me viene a la cabeza es el maldito regaño que se avecina por parte del coronel, a quien no le gustan las cosas a medias.

A eso debo sumarle que he desobedecido la orden de un capitán, cosa que ha de tener a Parker furioso. Estoy llena de polvo, me duelen los huesos y los oídos.

—El coronel está llegando al comando —avisa Laila, y nadie pone buena cara.

Hay ruido por todos lados, las sirenas no hacen más que empeorar mi dolor de cabeza. Con la frente aún sangrando, camino al sitio de los capitanes, donde están en una acalorada discusión.

—¡Lo que consiguió la mala ejecución fueron los pésimos planes que trazaste! —le grita Parker a Thompson—. ¡Esto empezó mal y termino mal!

—¡Acabaste con una tienda y quedaste encerrado en esta! ¿Con qué cara me reclamas?

—¡Todo el mundo al comando! —ordena Bratt.

Me apresuro a la camioneta y evado a Parker, que pone los ojos en mí. Sé que me va a regañar, por ello huyo y subo al primer vehículo que aparece. Alan sube conmigo.

Separo las rodillas, apoyo los codos en los muslos en lo que trato de respirar por la boca. «Casi no desactivo esa maldita cosa». Siento que en algunos aspectos estoy oxidada y debo reforzar.

Abro la ventanilla que le da paso al viento, el resto de los vehículos vienen atrás.

Desde el domingo no veo a Christopher, ha estado fuera trabajando en su campaña con Cristal Bird, Gema, Alex y Regina Morgan, mientras que yo me he ocupado de entrenar con mi tropa y seguirle la pista a la pirámide de la mafia.

El comando abre las puertas, todo el mundo empieza a bajar y Stefan es quien recibe el armamento de todos. Los golpes que tiene no le permiten operar.

—El coronel los requiere a todos en su oficina —informa Tatiana Meyers—. Ya mismo.

Parker fija los ojos en mí cuando llega, echo a andar rápido, pero el dolor en las rodillas hace que el alemán me alcance en menos de nada. Siento su enojo cuando me toma del brazo y me detiene pasos antes de alcanzar la puerta del edificio administrativo.

—¡Que sea la última vez que desacatas la orden de un superior! —me regaña—. ¡Expusiste a la tropa y casi pierdo hombres!

—El edificio iba a arrasar con todo y ellos quisieron quedarse…

—¡Porque tus delirios de heroína los ponen entre la espada y la pared! —espeta—. Si quieres morir, hazlo tú sola, pero no arrastres a mis soldados contigo. ¡Tu labor es cumplir con los que se nos ordena y si vuelves a desobedecerme, vamos a tener problemas! ¿Lo captas?

—¡Sí, mi capitán! —Me poso firme y él se adelanta a llamar el elevador.

El problema no es desobedecer la orden, sino en que pensaban que no lograría desactivarla. De seguro ya estaban dando la tropa por perdida.

—Andando. —Me señala la entrada—. No voy a intervenir por nadie, que cada quien se las apañe como pueda.

Me sigue y juntos subimos a la tercera planta. Thompson ya está entrando a la oficina del coronel, al igual que Parker, Simon, Patrick y todos los que estaban. El sitio se llena, mi capitán se queda atrás y me ubico a su lado. No quiero que me vean la frente ensangrentada, aparte de que luzco pésimo, me raspé un codo, estoy llena de polvo y tengo la manga de la chaqueta rota.

Gema está al pie del escritorio de Christopher, cosa que me daña el genio. Luce su traje de oficial pulcramente arreglado y en momentos así me reprocho por no tener ropa limpia y, aunque sea, un poco de brillo labial.

¿Para qué mentir? Se ve fabulosa. Los jugos gástricos del estómago se me revuelven, el saber que está casi las veinticuatro horas del día cerca del hombre que quiero me amarga la semana, el mes, el año y la existencia.

Christopher se mantiene en silencio con el móvil pegado en la oreja. Está molesto, la espalda recta, la mandíbula tensa y la mirada asesina lo dejan claro. Viste el uniforme de gala de coronel, las medallas le adornan el pecho y la gorra militar descansa en la mesa del despacho.

El pecho se me acelera, «Aquí no, por favor», trato de reprimir mi adoración hacia el único Morgan que hay en la oficina. Lo he echado demasiado de menos y el tenerlo tan cerca es algo que juega en mi contra por una sencilla razón y es que empiezo a babear mentalmente. Los días que estuve de viaje con él comienzan a dar vueltas en mi cabeza y tal cosa aviva mi libido. Desde el domingo tengo unas horribles ganas de follar y he tenido que lidiar con eso toda la semana.

—¡Quítense! —Gauna me atropella y hace a un lado cuando se abre paso entre los soldados.

Termino contra el pecho de Parker; creo que la llegada del general es una señal, la cual me grita que me comporte.

—Un muerto, veinte heridos y ningún capturado. —El coronel cuelga la llamada—. Tres zonas arrasadas y daños de millones de libras.

Nadie abre la boca.

—¿Alguien quiere explicarme lo que pasó?

El silencio se torna sepulcral y ninguno sabe ni cómo pararse.

—¡No sabía que trabajaba con una bola de imbéciles! —trona el coronel furioso—. ¡Solo trajeron lo fácil y nada más! ¡Eran nueve personas y no pudieron con ellas!

Apoya las manos en la mesa cuando se levanta.

—¡Las cosas no pueden funcionar bien solo cuando estoy al frente! —advierte—. ¡Harán que el ejército caiga en picado, y créanme que prefiero arrasar con cargos y cabezas antes de quedar en ridículo al ser señalado como el coronel al que los soldados no le sirven para una mierda!

Thompson abre la boca para hablar, pero no lo deja.

—Mantenga la boca cerrada, capitán —exige—, que lo menos que quiero escuchar son sus estupideces.

Simon da un paso al frente y pide permiso para dar informe de la situación, Christopher no se molesta en mirarlo mientras le explica que el operativo se complicó porque los sirios estaban respaldados por la Bratva.

—Quiero resultados, mas no excusas pendejas que no me sirven para nada.

—Felicitaciones a todos, se han ganado una bonita sanción —habla Gauna—. ¡No son más que una partida de sabandijas! ¡Fuera de aquí!

Señala la puerta.

—¡Serán llamados tropa por tropa a lo largo del día para identificar las fallas; mientras tanto, asuman lo que son y es basura!

Genial, más regaños y no por parte de cualquiera. Soy una de las que más van a reprender por incumplir la orden de Parker cuando se sepan los detalles. Salgo al pasillo con el resto.

—Ve a la enfermería a curarte la cabeza —me ordena Parker antes de encerrarse en su oficina—, y no tardes, porque la represalia del detonador no la va a evitar nadie.

«Qué bonita forma de empezar el día». Me apresuro a la enfermería y es Tatiana Meyers, la amiga de Stefan, quien me ayuda con las curaciones. Es una sargento de planta, pero aquí todos debemos pulirnos en oficios alternos y ella lo hace en primeros auxilios. Brinda su ayuda una que otra vez para sumar puntos a su currículum.

—¿Y a qué hora van a interrogar al objetivo? —me pregunta—. Parece importante.

—Lo es —suspiro.

La mujer que está en la camilla frente a mí me mueve la cabeza en señal de saludo. «Milla Goluvet», he coincidido con ella en el campo de entrenamiento y es una agente con muy buenas habilidades.

—¿Qué te pasó? —le pregunto.

—Estaba con el capitán Lewis y tuve una caída que trajo un horroroso raspón de rodillas. —Me muestra—. ¿Tú estás bien? Escuché lo del detonador.

—Sí, por suerte no pasó a mayores. —Me miro el codo.

—Acuéstese e intente descansar para que se le pase el dolor de cabeza —sugiere Tatiana cuando termina con la herida que tengo en la frente.

—Gracias. —Me recuesto en la camilla.

No quiero dormir, pero estoy tan cansada que los ojos se me cierran solos. Empiezo a lidiar con el tipo de sueño que no te sume, pero tampoco te deja reposar, dado que todo el tiempo abres los ojos porque eres consciente de que tienes algo pendiente.

A lo lejos escucho a Stefan preguntando por mí y a los pocos minutos a Gauna, quien grita mi nombre como un maniático. Salto de la camilla y para cuando quiere llegar a mi sitio ya estoy de pie, fingiendo que estoy lista para irme.

—¿Perdiendo el tiempo, teniente? —Se pone las manos en la cintura.

—Para nada, señor. Ya me iba a trabajar.

—No me diga —me dice con sorna—. ¡Muévase a la sala de investigaciones! Lancaster, Johnson, Lyons y Klein la están esperando. ¡Hay información importante que revisar!

Al que no quiere uno, se le dan dos y es lo que está haciendo Gauna justo ahora. Me hace salir.

—Quiero toda su concentración en esto —sigue con las órdenes cuando estamos afuera—. Dentro de unos días me iré con el coronel a Estados Unidos y…

—¿Se van? ¿A qué? —pregunto, y él detiene el paso antes de encararme.

—Estamos en campaña electoral y debemos ir a ver cómo están operando los otros comandos, ¿se le olvidó? —me regaña—. ¿Dónde tiene la cabeza? ¡Todo soldado sabe eso, es algo que siempre se hace!

Sigue caminando y me quedo quieta cuando mis ánimos caen. «Más Christopher y Gema juntos», de seguro no solo estarán en Estados Unidos, también en Corea, ya que deben visitar el sitio de trabajo de Kazuki y el de los otros candidatos.

—¿Quiere que la cargue y la lleve? —Gauna se vuelve hacia mí.

—No, mi general.

—Entonces, ¡vaya rápido a donde le dije! —me grita, y me apresuro a obedecer.

Llego al sitio de trabajo con el genio descompuesto. Gema espera en una de las mesas con Meredith, Angela y Alexandra. En verdad no tolero a la primera, así que sin mirarla tiro de una de las sillas y tomo asiento frente a uno de los computadores.

—Las Nórdicas fueron solicitadas en el Hipnosis —me informa Angela. Muestra imágenes del sitio.

—El lugar tiene como dueños a dos hombres, se presume que dentro de este se está recreando el HACOC.

—Imposible. —Abro la laptop—. Esa droga solo la distribuyen los Mascherano, y dudo de que puedan copiar algo creado por un bioquímico como Antoni. Además de que no pueden hacer tal cosa, ya que las leyes de la pirámide no lo permiten.

Antoni es poderoso por las drogas que otros no pueden imitar, y eso le da un gran poder en el mundo de la trata de blancas.

—Pensaba igual que tú, hasta que estuve en una fiesta privada y escuché comentarios. Al parecer, Dante Romanov no está contento con el mandato de Philippe Mascherano y junto con su socio están trabajando por su cuenta —explica la teniente Klein—. No están imitando la droga como tal, pero sí la están manipulando con el fin de que rinda más, le añaden una mezcla altamente peligrosa que causa más daño que la original.

Gema se levanta a exponer lo investigado y concentro la vista en la laptop, me es inevitable no rodar los ojos cada vez que mueve las manos y gesticula. Su voz es como un chillido en mis oídos, «Nunca nadie me había caído tan mal».

—Hay cuerpos en la morgue con una alta dosis de intoxicación —espeta—. Estos cuerpos fueron encontrados en el sector donde están los bares. Estudien esto.

Desliza varias carpetas sobre la mesa.

—Analicen bien cada descripción que es importante —demanda—. Rachel, en voz alta, lee el primer punto, por favor.

La ignoro, Alexandra interviene y lee lo que pidió, mi mal genio empieza a dispararse cuando mi cerebro me recuerda todas las horas que va a pasar Gema con el coronel cuando se vaya.

Más frustración sexual para mí, porque quién sabe cuántos días van a estar en América y, seguramente, en Asia. Tendré que estar tocándome sola a cada rato, mientras otros pasean y andan tomados de la mano, actuando como la pareja del siglo.

—¿Qué piensas tú? —me pregunta Angela, y no sé de qué habla.

Miro las hojas y el informe, tratando de disimular.

—Rachel, estás desconcentrada —me dice la alemana.

—Perdón. —Me concentro en la pantalla que tengo al frente.

—Tu mala actitud es una falta de respeto hacia el trabajo en equipo. —Gema me cierra la laptop que tengo al frente—. Esto es crucial, nos dará la oportunidad de atrapar a personas importantes y parece que te da igual.

—No me jodas, que eres la que menos trabaja aquí —le suelto—. Te la pasas en tu rol de primera dama haciendo nada, mientras que los demás somos los que tenemos que exponernos al peligro.

—A mí tampoco me agradas, pero pasa que no somos Christopher y Bratt como para estar peleando por todo —repone—. Christopher y yo somos como hermanos, no es mi culpa que te arda el apoyo que nos damos el uno al otro. Si te molesta, pon una queja…

—No tengo por qué ponerla, me da igual lo que hagas. —Vuelvo a abrir la laptop—. Allá tú si quieres seguir cogiendo con tu hermano.

—No son nada, bonita, así que enojarse está de más —responde airosa—. En su vida no eres nadie.

—Más que tú, sí soy —no contengo las palabras.

—Rachel, párala ya —me dice Alexa—. Esto es serio y requiere nuestra atención.

—Contactaré a Las Nórdicas y pediré más información sobre el club —interviene Angela—. Me dijeron que solo quieren a tres bailarinas: Hela, Frey y Freya. Desean varios servicios, por ende, estaremos cuatro semanas con ellos.

En altavoz, Angela habla con la líder de Las Nórdicas, quien nos da detalles del tema, advierte que debemos ser cautas, ya que el sitio lo visitan personas de cuidado.

El hecho de estar cuatro semanas infiltradas me pone a pensar; sin embargo, otro operativo concluido le suma más méritos a mi tropa, a mí y a mi capitán. Aparte, tengo que compensar los días que me fui con Stefan.

—El objetivo principal es averiguar cómo y quién es el que está haciendo rendir la droga —explica Angela—. Este sitio es frecuentado por criminales de todo tipo; por ello, el segundo objetivo del operativo será conseguir información que nos lleve a puntos claves para atacar. ¿Alguna pregunta?

Nadie dice nada y la reunión se da por terminada. Tomo las carpetas con la información; siendo sincera, no me gusta mucho esto, pero quiera o no debo cumplir con mi trabajo.

Paso a visitar a Scott, la mujer con la que andaba no aparece y Casos Internos no da su brazo a torcer con las acusaciones.

—Irina insiste en no querer ayudar. —Se impacienta—. Decidió irse y mis padres están haciendo lo que pueden.

Esto me sigue preocupando. No me han dicho nada de Simon, pero doy por hecho que lo entregado bastó, ya que no lo han apresado.

Las dudas sobre la tal Corina no me dejan dormir en paz. El reporte original está en mi caja fuerte y, cada vez que lo reviso, la palabra «amante» me da un no sé qué, sigo sin creer que sea cierto eso.

—Según dicen, hay que dejar que todo siga su curso —le digo a mi amigo—. Debes tener paciencia.

Me despido y le mando un mensaje a Elliot, al que le pido novedades lo antes posible. Lo de Philippe Mascherano es otro asunto que forma nudos en mi cuello de manera constante.

Abandono la torre de reclusión temporal y, en la sala de tenientes, Parker viene por mí junto con Alan cuando nos llaman de la oficina del coronel.

En una compañía siempre hay tres cabezas importantes: capitán, teniente y sargento. Cuando hay demasiado peso sobre el grupo, se nombra un segundo sargento, que en este caso era Scott, pero ahora está preso. Tener un buen cargo es bueno; no obstante, no todo es maravilloso, porque cuando se falla, somos los primeros a los que regañan.

Bratt sale furioso de la oficina del coronel con Meredith y Angela atrás.

—Te desearía suerte, pero ni eso creo que los salve —murmura la alemana cuando pasa por mi lado.

Laurens se apresura a abrir la puerta y nos hace pasar; Christopher está fuera de su escritorio frente a un holograma que muestra los daños y pérdidas.

—Nos mandó a llamar, mi coronel —habla Parker.

Se aparta del holograma y se vuelve hacia nosotros; se aproxima y su mera cercanía me taladra el pecho. El olor a loción masculina llega a mis fosas nasales atontándome en el acto: es como si mi estúpido enamoramiento se mezclara con mi dependencia sexual, conjugándose con el hecho de lo mucho que lo echo de menos.

—¿Qué diablos te pasa, Parker? —encara a mi capitán—. ¿Tan idiota eres que no eres capaz de hacerte cargo de una situación? ¡Dejaste que Thompson tomara las riendas de todo! Se supone que eres uno de los mejores capitanes de aquí y...

—No se supone, lo soy, mi coronel...

—¡No eres nada! —lo corta—. ¡Si lo fueras, hubieses abierto la maldita boca para refutarle como tenías que hacerlo!

—No volverá a pasar, señor. —El capitán se endereza.

Alan pasa saliva cuando Christopher, rabioso, se vuelve hacia mí. Las personas que tengo al lado dan un paso atrás, dejándome como el foco de todo.

—¡Un par de segundos más y estuviera recogiendo los restos de tu cadáver! —espeta—. Esto son las consecuencias de bajar el nivel, ya que es más importante andar en otras cosas y evadir entrenamientos. Desobedeciste la orden de un capitán —me regaña—. ¡No eres una soldado novata, eres una teniente y lo mínimo que espero es que te comportes como tal!

Bajo la cara para no refutar.

—¡Arriesgaste la tropa, no acataste la orden de evacuar y, como si no fuera poco, te expones con un explosivo de alto calibre por un soldado que no es capaz de hacer uso de su instinto de supervivencia! —prosigue—. Un soldado que tal vez actuaría de la forma correcta si tuviera una teniente que le brinde el entrenamiento que se necesita, pero como nunca estás...

No soy capaz de levantar la cara, es como una granada y yo no quiero recibir el impacto.

—¡Tenga cojones, teniente, y míreme a la cara cuando le hablo! —me ordena con más rabia—. ¡Es un coronel a quien tiene enfrente!

Obedezco y me concentro en el gris de sus ojos. Dios... Las ganas, la rabia, los celos..., todo es un cúmulo de sensaciones que me ponen el alma en vilo.

—¡La explosión casi te quita las piernas! —Me toma la barbilla y señala el golpe que tengo en el borde de la frente—. ¡Y un poco más, también te hubiese partido la cabeza!

Percibo el leve tinte de preocupación, esa mezcla de ira y frustración que surge cuando no se tiene el control sobre todo. «Lo amo demasiado».

—Defiéndete —insiste—. Alégame y refútame tu falta de coherencia...

—Sé que me equivoqué, mi amor, pero es que...

Me callo de golpe, «Mierda, mierda, mierda. ¿Le dije "mi amor"? ¿O solo lo pensé?». Siento cómo el color me abandona la cara cuando se yergue y da un paso atrás.

«¡Sí, lo dijiste, maldita estúpida!». Procuro aclararme la garganta y trato de arreglarlo.

—Soy consciente del error, mi coronel. —«Rachel, por favor, mátate»—. Asumo la responsabilidad y el castigo que quiera imponerme.

Miro a Parker de reojo, y se pellizca el puente de la nariz. ¡Joder, qué vergüenza! Me van a trasladar a la Patagonia por idiota. No tengo palabras que corrijan la idiotez que acabo de decir.

—Tú y tú, fuera de aquí —ordena Christopher, y el sargento abandona la sala con el capitán.

La puerta se cierra y a mí la pendejez no me deja razonar. «¿Qué hago? ¿Finjo demencia? ¿Me desmayo?». Acorta el espacio que nos separa y ya está, mi delirio sexual se enciende como una chimenea.

—Lamento lo del operativo. No pensé bien, lo reconozco.

—¿Y lo otro?

—Es lo que eres para mí. —Asumo las cosas como son—. A veces, se me pierde el filtro entre el cerebro y la boca, lo siento.

—Mientras yo te regaño, tú fantaseas —dice serio y solo me prende más.

Es que rabioso se ve mucho más sexi de lo que es. Se acerca más y siento cómo mis pezones se tornan duros bajo el sostén, y las bragas se me mojan con la oleada de excitación que emerge cada vez que estoy a solas con él. Pone una mano en mi cuello y cierro los ojos cuando siento su aliento sobre mis labios.

—Detesto que te quedes callada —empieza.

—Yo no quiero hablar. —Aferro las manos a su traje—. Quiero que me folles como si no hubiera un mañana.

Tira de mi cabello con violencia y respira sobre mis labios mientras yo arrastro las manos por el torso definido que deleita mis palmas. Su boca cubre la mía y mi lengua toca la suya, saboreando el candente momento que erradica cualquier tipo de control.

Los besos de Christopher son de película, pero de cine porno. Siento la polla dura que guarda en los pantalones e inmediatamente mi cerebro se imagina lo bien que sabrá si me la meto en la boca. Rodeo su cuello con los brazos; en verdad lo extrañé demasiado, no hay un segundo en el que no lo piense.

Desliza las manos hacia mis caderas y clava la erección que refriega contra mí.

—Coronel —corta el momento cuando Laurens toca a la puerta—, la sargento Goluvet y el sargento Keller lo están esperando para la reunión que tienen pendiente.

Me da la espalda y vuelve a ser el superior malhumorado a quien todo le molesta.

—Me preocupas —digo cuando vuelve al holograma—. Si no bajas los niveles de ira desmedida, vas a terminar con un infarto sin necesidad de que te lo induzcan.

—Estoy cansado —se queja—. No he dormido una mierda, me la paso de reunión en reunión y eso me tiene hastiado. A duras penas tengo tiempo para respirar.

Mis hombros se alzan al suspirar... si las cosas son así ahora, que apenas está llegando a la mitad del camino, no quiero pensar en cómo serán más adelante.

—Me encantaría disponer de algo que ayude a reducir tu carga laboral —me acerco, y añado—, pero no cuento con ello, así que me retiraré a dormir una siesta, ya que tengo un par de horas libres. No sirve de mucho; sin embargo, espero que te haga sentir mejor saber que estoy descansando.

—No me causa gracia —dice sin voltear.

—Entonces ven a dormir conmigo y así te relajas un rato —le digo, y me mira—. Un compromiso más, un compromiso menos. ¿Qué más da?

Yo necesito que este hombre me folle o moriré por combustión espontánea. Acorto el espacio entre ambos y de nuevo paso las manos por su torso antes de besarlo con más ganas; hago que se recueste en la orilla de la mesa y me apodero del cuello que empiezo a chupetear.

—Vamos —musito en su oído.

—Quiero que te quites la ropa apenas crucemos el umbral.

—Como ordene, coronel. —Sonrío dichosa y lo vuelvo a besar.

—Vamos —me pide.

Se adelanta en busca de la puerta y miro al techo dando las gracias, ya que voy a follar. Lo sigo y cierro la puerta cuando salgo. Milla Goluvet está al lado del escritorio, al igual que su colega quien abre la boca para hablar, pero Christopher lo ignora.

—Cancela mis reuniones de la tarde —le ordena el coronel a Laurens—. Estaré ocupado.

Sigue caminando. Bajo las escaleras con él; la ropa empieza a estorbarme a medida que avanzamos hacia la torre de los dormitorios masculinos. Los soldados se pasean, unos trotando y otros absortos en las labores.

Entramos al edificio, lo llaman cuando cruzamos el umbral de la entrada y se pone al teléfono mientras subimos.

Mantiene el aparato en la oreja en lo que abre la puerta de la alcoba a la que entro; su dormitorio es mucho más grande que el mío, cama doble, mesa de trabajo, pantallas y todo lo que se requiere para estar cómodo.

Se sienta en el borde de la cama a hablar y yo cierro las cortinas, me quito los zapatos antes de moverme al espejo de cuerpo completo, donde me desprendo del uniforme y el sostén. Llevo las manos al cabello que suelto y cae sobre mis hombros.

El diamante azul brilla en mi pecho en lo que me acuerdo de Luisa y su terapia del espejo: suele decir que toda mujer debe plantarse frente a un espejo y a sí misma recordarse qué es lo que más le gusta de su cuerpo; hacerlo te ayuda a elevar la autoestima.

Reparo los labios que toco, es una de las cosas que más amo de mí.

Christopher sigue hablando, estoy tan caliente y necesitada de que me toquen que echo la cabeza hacia atrás y me masajeo los pechos. Es la zona más erógena que tengo y me gusta que me los acaricien; en una época de mi vida pasé de no tener nada a tenerlos grandes y redondos.

Mi cuerpo reacciona al estímulo y mojo la única prenda que dejé: las bragas. Las puntas del cabello tocan mi espalda y con la yema de los dedos acaricio los pezones que se ponen duros.

Siento a Christopher atrás y clavo la vista en el espejo que tengo enfrente.

Nuestros ojos se encuentran en la superficie acristalada y me niego a apartar las manos de las tetas que sostengo; sé el efecto que tienen en él y mi cuerpo se estremece al sentirlo atrás. Se quita la camisa, ya está descalzo y lo único que se deja es el bóxer puesto.

—Me gusta. —Me aparta el cabello de los hombros.

—¿Qué?

—Que te toques y juegues con lo mío.

—¿Tuyo? —Posa las manos en mi cintura y ladeo la cabeza, dejando que se prenda de mi cuello con un chupetón.

—Mías. —Me quita las manos y magrea las tetas que estruja antes de deslizar la mano por mi vientre hasta llegar al coño—. También esto.

Lleva las manos al culo, que nalguea.

—Y esto también.

Me voltea, la erección queda contra mi abdomen y me lanzo a devorar los labios que se abren para mí; su lengua se une con la mía con un beso húmedo y candente. Entierro los dedos en su cabello, no quiero soltarlo jamás.

Lo nota y tira de mi cabello para poner distancia entre su boca y la mía.

—Anda a la cama, que voy a follarte esas tetas.

A mí que me folle todo lo que quiera. Retrocede conmigo y vuelve a besarme, me suelto y me siento en la orilla de la cama. La saliva se me torna liviana al ver la erección que se le remarca sobre la tela del bóxer. Hunde el pulgar en el elástico, lo baja y deja libre la polla, que me señala sin necesidad de tomarla, dado que está más que dura.

La sujeta con contundencia.

—Todo esto recibes cada vez que colisionamos y nos fundimos como uno. —La sacude antes de acariciarse los testículos.

Sonrío con malicia, le dejo claro lo mucho que me gusta mientras miro con atención cómo se toca. El tamaño me recuerda por qué es que pierdo tanto la cabeza por él. Me gusta todo de su polla, desde las venas que se le remarcan hasta la punta húmeda que quiero dentro de mí.

Se acerca para que la tome y no sé si quiero que me penetre, chupársela, que me las chupe o todo al mismo tiempo.

Acaricia mis pechos mientras lo masturbo, los muslos se le tensan con el movimiento de mi mano y baja a besarme.

Medio me acuesto y se viene sobre mí en busca del cuello, que lame; nuestras bocas se unen con un beso pasional antes de bajar a los senos, que empieza a chupar: primero el izquierdo y luego el derecho; no se prende de ellos de forma sutil, lo hace con el instinto animal que tanto lo caracteriza.

Me separa los senos y pasea la lengua por el canal que lame una y otra vez. Se incorpora y arrastro el culo al borde de la cama, sostengo mis pechos y los separo para él.

El falo tibio se recuesta sobre mis senos y, acto seguido, lo aprisiono, permitiendo que se mueva y se masturbe entre estos. El tamaño es una ventaja para los dos y por inercia abro la boca, lamiendo la punta cada vez que el glande emerge.

Sincronizamos, no sé de dónde viene la conexión, pero siempre coincidimos de forma perfecta y, mientras él balancea las caderas de arriba abajo, yo ejerzo presión, tratando de mantenerle el ritmo sin perder de vista el glande que golpeo con la lengua cada vez que llega a mi boca.

—Tus tetas son una jodida maravilla —jadea, y echo la cabeza hacia atrás.

—Joder, me encanta esto. —Pellizco mis pezones en los que no dejo de apretar el falo con mis tetas—. ¿Por qué antes no me habías follado las tetas así? Se siente demasiado bien.

Se ríe airoso, la seda de mis bragas es la que absorbe la humedad que emerge de mis piernas. Mientras sigue, continúo saboreando el glande que aflora una y otra vez de mis pechos. No hay una parte de mí que no lo desee.

Me empuja a la cama y vuelve a venirse sobre mí con un beso salvaje que hace que me mueva bajo él cuando alarga el momento. Apoyo la cabeza en una de las almohadas de la parte alta de la cama; me quita las bragas y me abro de piernas. La cabeza de su glande húmedo entra en contacto con el clítoris sensible cuando lo mueve de arriba abajo sobre este. Me muerde el mentón en lo que paso los dedos por el cabello, que se me escapa de las manos.

Mis latidos se elevan y mi entrepierna no deja empaparse, estoy lista y busco la manera de que entre, pero me sigue besando, prolongando el martirio que conlleva no tenerlo dentro.

—Por favor —musito, e incito a que me embista, siento que voy a morir de un paro.

—Tengo rabia todavía. —Puntea mi entrada con el glande que se niega a meterme.

«Maldita sea». De saber que iba a seguir así, me hubiese ido a tocar con el consolador que compré. La frustración quiere tornarse en llanto, no se puede tener semejante hombre encima y no pretender que arremeta como si no hubiera un mañana.

Atrapa mis labios con mordiscos calientes que van bajando por mi barbilla y mi cuello; mientras, la cabeza empapada sigue resbalándose en el borde de mi canal cuando me masturba con la polla que se mueve de arriba abajo.

Creo que tengo fiebre. «No soporto esto». Baja por mi abdomen y me abre más las piernas antes de empezar a lamer la humedad que he soltado por su culpa; se queda ahí e internamente doy las gracias porque siento que puedo correrme con ello. La forma en que mueve la boca me dice lo mucho que lo disfruta. Chupa mi clítoris y empeora la cosa cuando muerde los labios inferiores con suavidad.

Sube otra vez. De nuevo siento su glande en mi entrada y me aferro a su cuello incitándolo a que entre.

—Abre —pide, y obedezco sin dudar.

Me quedo a la espera de la invasión; sin embargo, con un par de movimientos descarga la eyaculación larga y caliente que me baña el clítoris y los bordes de mi sexo cuando se corre.

La rabia me corroe, al muy imbécil no le basta con derramarse, sino que también se asegura de untar mi canal, esparciendo su eyaculación con los dedos.

—¡Quítate! —Le suelto enojada y se ríe—. Vine aquí a follar.

—En ningún momento prometí eso. —Se deja caer a mi lado.

Me sujeta con fuerza al ver que intento levantarme.

—¡Suéltame! —Forcejeo, pero me aprisiona con los brazos y piernas.

—Querías dormir y es lo que vamos a hacer.

—No me interesa nada contigo, si vas a seguir así. —Le peleo—. No me gustan los hombres que se andan con tonterías.

—Suplícame y con mucho gusto lo hacemos.

—No eres un dios como para tener que rogarte.

—No lo soy, pero me veneras como tal.

—Cierra la boca mejor, que cansancio y ganas no son una buena combinación.

Alcanzo la sábana con la que me tapo. En este momento, ignorarlo es lo mejor que puedo hacer.

—¿Ya estás ideando el discurso? —continúa y me volteo.

—¿Vamos a jugar así? Porque si nos vamos a poner en esa tónica, creo que será otro el que terminará suplicando por sexo.

—Yo no le ruego a nadie, y lo sabes. —Deja la espalda contra el colchón.

—Permíteme dudar —replico.

—No lo dudes, es así.

—Si estás tan confiado, juguemos —lo reto segura—: te apuesto lo que sea a que si se me da la gana, hago que tú termines suplicándome.

—Adelante. Ve pidiéndole al limosnero que se largue de tu casa, porque es lo que quiero en recompensa cuando me salga con la mía.

Empieza con lo mismo de siempre y le doy la espalda.

—Desde ya, sabes que deberá largarse y te preocupas porque no sabes cómo se lo vas a decir —sigue—. ¿Tanto te importa?

—Déjalo estar, porque no voy a perder; por ello, ten claro que no pediré cualquier cosa.

Trato de apartarlo al sentir los brazos que me rodean.

—Debo irme ya.

—No, querías dormir y es lo que vamos a hacer. —Se impone, metiendo las piernas entre las mías.

No digo nada y por más que intento dormir no puedo…, vine aquí por otra cosa y por lo que veo no la voy a tener. El sueño lo sume a él y durante dos horas no hago más que mirar la mesa que tengo al lado; llevo días esperando esto y este tipo de cosas no me gustan. Quiero llorar, sinceramente no sé cómo lidiar con este tipo de crisis; sin embargo, no voy a suplicar nada, estamos en igualdad de condiciones y, si lo pienso bien, me conviene salirme con la mía.

Pasa una hora más, aparto las extremidades que tengo encima y me deslizo fuera de la cama, me pongo el camuflado, el sostén y la playera.

—¿Ya vas a rogar? —pregunta a mi espalda mientras me calzo los zapatos—. Estoy listo, por si quieres saberlo.

—He tenido periodos más largos de abstinencia, no me voy a morir si no follo contigo ahora.

Volteo a verlo y la imagen que me brinda no me ayuda: tiene la espalda pegada al cabezal de la cama, sigue desnudo y empieza a tocarse la polla erecta.

—¿Segura que no quieres cabalgar aquí? —empieza.

—No. —Contengo el impulso de írmele encima—. Terminaré con lo que tengo pendiente y me iré a mi casa a dormir.

Me acerco, apoyo las manos en la cama y beso sus labios.

—Mañana me pondré bonita e iré al *baby shower* de mi amiga. Me gustaría que fueras, pero con tu apretada agenda supongo que no puedes. —Respiro su mismo aliento—. De todos modos, no creo que me hagas mucha falta, habrá muchos soldados con los que puedo...

Sujeta un puñado de mi cabello y lo aprieta con fuerza antes de llevarme hasta su boca.

—Puedes ¿qué?

—Reírme un rato —me burlo, y lo vuelvo a besar, esta vez con más ansias.

Me aparto y me meto las manos en el bolsillo, saco y dejo caer la tanga de seda azul en las sábanas blancas.

—Que no se pierda la bonita costumbre —le digo antes de marcharme.

Separo los labios y tomo una bocanada de aire cuando estoy afuera. Tengo los pezones duros y un horrible dolor de cabeza. Paso de una torre a otra y, ya en mi alcoba, trato de bajar las ganas con una ducha de agua fría. Me cambio y encamino a la sala de tenientes, donde me aseguro de que mis tareas estén en orden antes de partir.

Hasta ahora no me han enviado nada a la bandeja de correo; con Parker nunca se sabe, así que me muevo a preguntarle si necesita algo. Alan me informa de que está en una de las salas de entrenamiento y en dicho sitio lo encuentro con Brenda.

Está con el mero camuflado puesto, la playera del uniforme la tiene sobre el hombro.

—Capitán —lo llamo, y mi amiga se voltea con los brazos cruzados—, mis tareas están al día, quería preguntarle si necesitaba algo más.

Parker sacude la cabeza, le comenta a Brenda que irá a las duchas a bañarse y ella asiente.

—Están saliendo, ya no me lo niegues más. —le reclamo a Brenda cuando mi capitán se va.

—Vine a preguntarle algo —se excusa en lo que me pide que baje la voz.

—Te gusta, reconócelo ya. Volvieron a coger, ¿cierto? —La sigo cuando echa a andar— ¡Dime, Brenda!

—Sí —admite—, pero no voy a dar detalles; así que vete a tu casa, que tengo trabajo que hacer.

Celebro en silencio mientras veo cómo desaparece. No me afano, porque tarde o temprano va a soltarlo todo.

Hay varios soldados que van de salida. Voy al estacionamiento, donde veo que Gema aborda su Camaro con Liz; yo también estaría abordando mi vehículo si no hubieran dañado el mío. Quito el toldo de la motocicleta y la pongo en marcha. Ellas salen primero y yo después.

Adelanto el vehículo cuando estoy en la carretera. En la ciudad me detengo en uno de los centros comerciales a comprar el detalle del bebé que viene en camino. Luisa ya tiene de todo, así que escojo un arreglo de pañales en forma de cigüeña, lo amará. Con el regalo empacado, voy a mi casa.

Escucho risas cuando abro la puerta: vienen de Laurens y Derek, que están en mi sofá. El soldado se levanta a saludarme cuando me ve, se acomoda el cabello y extiende la mano. Es el tipo de hombre por el que babean las adolescentes amantes de los videojuegos.

—Laurens me invitó a tomar el té —me explica—, y Stefan me dijo que me quedara a cenar.

Me fijo en el hombre que está en la cocina y le sonrío al recluta de Patrick cuando se pasa las manos por el pantalón.

—Si le molesta me voy. —Trata de ser educado.

—Puedes quedarte, voy a guardar esto y ya vuelvo. —Muestro el regalo.

Stefan sirve la cena y nos sentamos los cuatro a la mesa. Derek es agradable, vive atento a lo que requiere Laurens, y se ven bien juntos. Ayudo a Stefan con los platos cuando todos acaban, echo los restos de comida a la basura y empiezo a acomodar todo en el lavavajillas, mientras que Laurens y el novio se van al balcón.

—¿Elliot te ha dado noticias nuevas? —me pregunta Stefan.

—Aún no —contesto—. Supongo que en los próximos días.

—Quiero que tengas mi auto, no tienes uno y te hace falta —me dice.

—No es necesario.

—El clima aquí cambia constantemente y me da miedo que puedas enfermarte por andar siempre en la moto —insiste—. Supongo que los gastos que has tenido últimamente te impiden que compres un vehículo nuevo.

—Pronto veré qué hago, así que no te estreses por eso. —Cierro el lavavajillas.

—Claro que me estreso, los gastos han sido por mi culpa —refuta—. Pagaste lo de Ernesto, te ocupaste de todo y me diste dinero para los niños. Me gustaría ayudarte, pero ahora no puedo más que darte el auto y el dinero de los pasteles que me dejan vender en la cafetería.

—Envía ese dinero al orfanato.

Se saca las llaves del bolsillo, toma mi mano y deja caer el llavero sobre mi palma.

—Lamento mucho lo que pasó en la casa del coronel, estuvo mal lo que hice y quiero que sepas que lo siento —me dice—. Actúe mal, lo reconozco.

Suspiro, siento que no puedo seguir enojada con él.

—No quiero que vuelva a pasar. —Me acerco—. Dejemos lo que ocurrió en el pasado, lo mejor es que te concentres en lo que viniste a hacer aquí.

Mueve la cabeza con un gesto afirmativo y dejo un beso en su mejilla antes de abrazarlo.

—Ve a descansar, yo me encargo de todo esto —me pide.

Guardo las llaves del vehículo en mi alcoba, me pongo el pijama antes de meterme en la cama y saco de la cajonera el consolador que compré semanas atrás.

Hay un sinfín de preocupaciones en el aire, pero ahora no quiero pensar en nada, ni en la candidatura, ni en las muertes, como tampoco quiero pensar en Antoni y en el operativo que se acerca.

Lo único que quiero es terminar lo que Christopher empezó, las ganas de follar me tienen el pulso acelerado. Apago las luces, me quito las bragas, tomo aire por la boca y trato de darle a mi cuerpo lo que exige, separo las piernas y…

Las manos se me quedan quietas cuando capto los quejidos que vienen de la habitación de al lado, es… ¿Laurens? El sonido se repite y me quedo en blanco: definitivamente es Laurens.

Stefan no se atrevería a traer a otra mujer y el ruido viene de su habitación. Dejo de lado lo que tengo en la mano y acomodo la cabeza en la almohada. Los jadeos siguen y, en vez de masturbarme, me quedo oyendo lo que están haciendo al otro lado.

A la mañana siguiente, salgo temprano de la cama, Stefan dejó comida preparada y me siento a desayunar.

—Que tenga un buen día, teniente —se despide el novio de Laurens antes de tomar su chaqueta.

—Igual tú —le digo.

Ahora todo el mundo anda emparejado, excepto Laila y yo. La niñera viene por la hija de Scott y Laurens sale más radiante que nunca, se va, le doy un sorbo a mi bebida y aprovecho el tiempo para contestar los mensajes de mi familia: mi papá está en un torneo familiar, y mi mamá, celebrando el galardón de una de sus hermanas en Washington.

Acabo con el desayuno y me pongo a limpiar mi clóset, al mediodía, me baño y me empiezo a arreglar para el *baby shower* de Luisa. Acomodo los bordes de la falda drapeada color crema que me pongo y meto dentro de esta la parte inferior de la blusa ajustada con mangas hasta el codo que plancho con las manos.

Me siento a abrocharme las sandalias con plataforma baja que me coloco y me recojo el cabello con un moño informal. El atuendo que tengo es cómodo y sencillo, sin dejar de ser llamativo.

Tomo un abrigo del clóset y el regalo que compré. El día está despejado, pero aquí nunca se sabe, me asusta que llueva y por ello busco las llaves del auto de Stefan. Saco el vehículo del aparcamiento y a los diez minutos me arrepiento de la idea: no me adapto, puesto que es pequeño, lento, se atasca con frecuencia y ocasiona incomodidad con el humo que emite a otros conductores.

Me sumerjo en las calles de Chelsea y llego a la casa de Luisa, quien me está esperando afuera.

—¿Qué haces en ese fósil? —Frunce el entrecejo cuando salgo.

—Es temporal —contesto mientras cierro las ventanas con la palanca manual.

Mi pena crece cuando veo los autos de los invitados que están sobre la acera. A lo lejos, Tyler alza la mano para saludarme y mi día se ilumina al instante. Está al lado del McLaren del coronel.

—Ay, por Dios, que no sea tan notorio que te emociona —me dice Luisa.

—Perdón. —Le entrego el regalo que traje—. Perdí la razón y no estoy bien.

Me lleva adentro y lo primero que hago es encerrarme en el baño de visitas; me quito rápidamente lo que sobra y lo guardo en el abrigo, que le entrego a la empleada.

—¿Todo en orden? —me pregunta mi amiga.

—Sí.

El jardín está lleno de pequeñas mesas y una variedad de adornos con temas de cigüeñas y globos de colores neutros. Entre los invitados están Alan y Derek, así como conocidos y amigos de Luisa y Simon. Stefan llegó al evento al mediodía y está ayudando a preparar la mesa de los bocadillos junto con Laila, Alexandra y Lulú.

Parker juega con Harry, quien le muestra un balón al capitán, Brenda está trabajando y vendrá más tarde.

Laurens llegó con la hija. Bratt está ayudando con un toldo que quieren poner cerca de una valla y algunos reclutas de la tropa de Simon se pasean por el jardín, mientras el marido de Luisa lo graba todo.

Localizo a Christopher, quien está tomándose una cerveza con Patrick junto a la piscina. Luce estupendo, como siempre, con una playera de manga larga y vaqueros oscuros; trae el cabello peinado hacia atrás. Cruzamos miradas por un par de segundos y rompo la conexión para no darle largas al asunto.

—Gema vino, pero se fue; Simon la invitó, trajo el detalle y se largó —me comenta Luisa—. Al parecer no se siente cómoda sin Liz.

—Noticias que alegran el día.

—Ayúdame a repartir las bebidas —me pide Luisa.

Empiezo con la tarea lejos del coronel al que no me acerco, solo dejo que me observe desde su sitio mientras me paseo con la bandeja.

—El tóxico maldito me tiene acalorada —me dice Lulú cuando llego a la mesa de los bocadillos—. De donde vengo sería como ese perro de raza que tienes solo como reproductor, ya que su belleza lo expone a todo tipo de perras y tal cosa no da estabilidad.

—No siempre es así —habla Alexa—. Hay perros que se alinean con la perra correcta. Patrick era mujeriego cuando lo conocí y ahora es el mejor esposo del mundo.

—Esos son casos únicos —Lulú chasquea los dedos—, y cuando se dan hay que aprovecharlos.

Sigo acomodando la mesa.

—Imagínense un hijo de ese hombre —suspira Lulú—. Otro delicioso clon y otra gran polla para el mundo.

Suelto a reír con el comentario de mi amiga, quien deja de mirar al coronel y se va a la cocina con Alexa.

—¿Por qué tan callada? —le pregunto a Laila, que está doblando servilletas.

—Ayer tuve sexo con Alex Morgan —comenta— dos veces. Dormí con él y en la mañana antes de salir de la mansión me encontré de frente con Sara Hars. A ella se le notó que no le gustó mucho verme y él se preocupó por ello.

—Laila…

—No digas nada. —Recoge las servilletas—. Estoy enamorada de ese hombre y no hay nada que hacer. Ya le entregué mi corazón y en verdad espero que piense bien y no lo dañe, porque soy una buena mujer.

Se va y en una bandeja coloco muffins y bocadillos para ofrecer. Bratt toma una galleta de la charola cuando me acerco y Milla hace lo mismo. No sé quién invitó a Meredith, pero también está, supongo que no quiere dejar solo al capitán.

—Patrick quiere de lo que estás repartiendo —me avisa Simon.

Me acerco con la bandeja. El marido de Luisa no deja de grabar, actúa como si estuviéramos en un film de actividad paranormal. Patrick recibe lo que le ofrezco y me enfoco en el adonis que viste de civil y tiene un aire mucho más relajado que ayer.

—¿Bizcocho, coronel? —Le ofrezco la charola—. ¿O prefiere un muffins? Están calientes, y puede pasar la lengua por la crema pastelera.

Le sonrío con picardía y noto la deseosa mirada que deja caer sobre mis tetas.

—Gracias, pero prefiero lamer otras cosas.

Alexa se acerca a Patrick con la hija de ambos y le pide que se haga cargo un rato. Me alejo con la bandeja y siento la mirada del coronel en el culo. Maldito él por estar como Dios manda y maldita yo por ser una tonta, la cual no deja de suspirar por él.

Nunca me había enamorado de este modo: amé a Bratt, pero no a este punto; a Christopher me gusta verlo en todo momento y en todo lugar. El cruce de miradas sigue durante toda la tarde y reconozco que es mejor coquetear que pelear. El festejo de Luisa continúa entre charlas y halagos para la anfitriona.

Extrañaba este tipo de momentos, los pequeños paréntesis en medio de toda la problemática que nos persigue.

Bratt se despide de Simon, a quien le comenta que con Meredith dejarán a Milla en su casa. Las bandejas se vacían y las llevo a la cocina, donde Stefan está concentrado decorando un pastel; tiene la mesada llena de cupcakes y tomo uno antes de sentarme frente a la barra de la cocina.

—Los invitados dicen que todo está exquisito —le comento.

Se sacude las manos en el delantal y me sirve una porción de la tarta que está sobre la estufa.

—Qué bueno, quiere decir que tendré muchos clientes a lo largo de la semana. —Se ríe—. Prueba esto, es una receta que reinventé.

Me meto dos cucharadas de tarta a la boca y está delicioso. Stefan hace magia con la comida: tres sabores explotan en mi boca, la crema está sabrosa y dejo que se derrita en mi paladar.

—Combiné moras, toronjas y…

Calla de golpe y percibo la sombra de Christopher sobre mí, el olor que sentí cuando estuve en la selva de Brasil es inconfundible y por ello sé que es él sin necesidad de voltear.

Internamente, le suplico al cielo que respete la casa del amigo y no empiece a pelear con Stefan.

—¿Qué comes? —Recuesta el codo en la barra de la cocina.

—Postre —respondo, y finjo que todo está bien.

Gira el banquillo dejándome de cara contra él, su aroma impacta en mis sentidos y en menos de nada tengo sus manos en mi nuca y sus labios contra los míos con un beso que me toma desprevenida.

Christopher no es el tipo de hombre que se pueda rechazar sin desafiar el montón de demonios que se carga encima. No quiero que se moleste, pero tampoco me siento cómoda lastimando a Stefan. Se torna posesivo en lo que alarga el momento y siento su enojo cuando corto el beso.

—¿Qué miras? —le pregunta a Stefan, que sigue frente a nosotros—. ¿Supervisas que no la vaya a golpear?

El soldado se queda en silencio.

—Está ayudándole a Luisa.

—Piérdete —exige haciéndole caso omiso a mi comentario, y lo hace con tanta prepotencia que Stefan se va sin refutar.

Me apena, solo está ayudando y no merece que lo traten mal.

—¿En qué estábamos? —Christopher busca mi boca otra vez.

—Tu toxicidad está llegando a niveles extremos. —Aparto la cara—. Si no te están haciendo nada, ¿cuál es el afán de pelear?

Atrapa mi barbilla y me obliga a que lo mire.

—No defiendas a ese pedazo de mierda, que solo haces que me cabree más —espeta—. Quieres tapar lo obvio, y mal por ti, porque yo no voy a disimular nada frente a ese idiota.

Vuelvo al plato e intento buscar lo bueno de esto, pese a saber que en el fondo hay más cosas malas que buenas y también impedimentos, como la candidatura, mis padres... No me quiero imaginar la cara de mi madre cuando se entere de que volví a revolcarme con él.

—Lo analizas y lo analizas como si no supieras que soy la peor decisión que has podido tomar —me dice.

—Déjame tener la esperanza de que al menos se puede mejorar. —Lo miro y tiro de su playera, ya que no quiero distancia entre ambos.

—No va a mejorar porque no somos ningún cliché; de hecho, creo que va a ponerse peor. —Se aferra a mis muslos antes de tomar mi labio inferior con los dientes—. No me agrada Gelcem, no es más que un bueno para nada; por ende, que no se te haga raro cuando le pegue un tiro.

—No se te ocurra lastimarlo —advierto—. No te está haciendo nada, así que quítate los guantes y deja de pelear.

—¿Para qué lo quieres? —insiste—. ¿Para que te meta ideas idiotas en la cabeza, las cuales no generan más que problemas absurdos?

Rodeo su cuello con los brazos.

—Bésame y deja de discutir. —Me apodero de su boca y él me aprieta contra él.

Momentos como estos me elevan a un punto donde me desconozco. Su lengua toca la mía con auténtico frenesí, surgen las ganas de desnudarlo cuando sube las manos por mis muslos y las mete bajo mi falda, asciende más y sonrío a mitad del beso cuando llega donde quiere y no encuentra lo que siempre busca.

—Hoy no hay nada para su colección, coronel —le digo en lo que mando la mano al culo enfundado en los vaqueros—. Me las quité cuando supe que estabas aquí.

—Si van a andar de tórtolos que no sea en la cocina, por favor —irrumpe Simon—. No quiero que asqueen a los invitados.

Saca cuatro cervezas de la nevera.

—Rachel, ¿puedes llevar a Harry a la habitación de huéspedes? —Luisa entra con el niño de la mano—. Está cansado y quiere ver caricaturas.

—Claro. —Bajo del banquillo y tomo al pequeño de la mano—. ¿Vienes? —le pregunto al coronel que, con los ojos oscuros, me sigue.

—No tardes, empezaremos a abrir los regalos —me advierte mi amiga.

Subo al niño a la segunda planta y le quito los zapatos, lo arropo y le doy un beso en la frente antes de encender el televisor del cuarto de huéspedes. Christopher se queda apoyado en el umbral mientras ajusto la calefacción y cierro las cortinas.

Me aseguro de que todo esté bien mientras el coronel no deja de mirarme. Se aparta ligeramente para que salga y se me viene encima cuando cierro la puerta. Su boca atrapa la mía en el pasillo; me pone contra la pared, soba la erección sobre mí y busca la manera de alzarme la falda, pero no lo dejo.

—No voy a faltarle el respeto a la casa de mi amiga. —Lo aparto y busco las escaleras que bajo.

Me desvío al corredor que lleva al jardín y a mitad de este me vuelve a tomar, me empuja hacia el espacio vacío que hay bajo la escalera y se apodera de mi cuello. Me cuesta lidiar con las manos que intentan desnudarme mientras me besa.

—No puedes andar con el coño al aire y creer que tendré la polla quieta.

—Súplica y hacemos lo que quieras. —Con descaro le toco el miembro duro, aprisionado bajo la tela del vaquero que tiene.

—Más bien vamos a mi casa y allá vemos quién le suplica a quién.

—¿Rachel? —Lo aparto cuando me llama Luisa.

Me acomodo la ropa y salgo al corredor.

—Anda afuera, que vamos a abrir los regalos.

—Sí.

La sigo. Los invitados están reunidos alrededor de Simon, quien empieza a abrir las cajas mientras Alan graba. Christopher no le pone atención a nada, mantiene los ojos fijos en mí en lo que le ayudo a Luisa en todo lo que me pide. Los regalos son la última actividad de la fiesta.

Los invitados empiezan a despedirse, y con mis amigas tomo asiento en una de las mesas, Christopher mantiene los ojos en mí mientras Patrick le habla.

—Si te vas con ese hombre, no creo que tus piernas vuelvan a funcionar —me dice Lulú—. Creo que hasta a mí me embarazó con las miradas que te está dedicando.

Lo miro y él se empina la cerveza que tiene en la mano. En la mesa doblo las servilletas de tela que hay que guardar y con disimulo abro y cruzo las piernas de una forma no muy decente que digamos.

El coronel mira el reloj antes de venir a mi sitio.

—Nos vamos ya —demanda.

—Perdona —suspiro—, se me olvidó comentarte que me quedaré con Luisa hoy. Todavía hay varias cosas por recoger.

Tensa la mandíbula, lleva un buen rato esperando y quiero irme con él, pero si piso su casa debo echar a Stefan de la mía.

—Llámame cuando tengas tiempo. —Me levanto a darle un beso en la mejilla—. Gracias por venir.

—Y por el cheque —concluye Luisa.

No nos contesta a ninguna de las dos, solo se marcha dejándome con una pizca de felicidad mezclada con frustración. Luisa me sigue hasta una de las mesas a la que le quito el mantel; me siento como cuando te quieres comer algo, pero la dieta no te deja: no creo que pueda soportar esto por mucho tiempo.

—Solo ignóralo hasta que él no pueda más —me dice mi amiga cuando le comento—. Esa estrategia es infalible.

No creo que pueda hacer eso, tampoco creo que pueda esperar, porque quiero coger ya. Recojo los manteles que llevo al área de lavado, les echo detergente y, al levantarme, mi vista se pierde en el afiche que hay en la pared, es de la antigua casa de Simon. Mi cerebro se ilumina con la idea que se me atraviesa y sonrío para mí sola cuando la sopeso.

Con los latidos desbocados, vuelvo a la cocina, mis amigas están frente a la barra acabando con lo que queda. Brenda llegó hace dos horas y está comiendo una porción de tarta.

—¿Qué tan fuerte son nuestros lazos de amistad? —les pregunto a todas.

—¿A quién hay que matar? —bromea Laila—. Esa pregunta siempre se hace cuando hay que matar a alguien.

—No voy a matar a alguien, pero si requiero que me ayuden con algo peligroso y arriesgado.

—De uno a cien, ¿qué tan arriesgado es? —increpa Brenda.

—Mil, nos puede costar el cargo en la FEMF, y con eso lo digo todo.

—No sé qué es, pero te apoyo porque me gusta la mirada maliciosa que traes. —Lulú golpea la mesa—. Suéltalo, que quiero saber.

—¿Qué es? —insiste Luisa, y me echo a reír.

A Alexa se le cae uno de los vasos y no la pierdo de vista, es la persona a la que más voy a necesitar.

59

Game Over

Christopher

La silla de cuero donde espero rechina cuando me muevo, las luces diurnas de la sala de juntas me tienen la vista cansada, mi dolor de cabeza no ha hecho más que aumentar con el paso de las horas y no sé por qué hace tanto calor. La sobrina de Olimpia Muller lleva dos horas hablando sobre el mandato de Leonel Waters, termina con este y empieza con Kazuki Shima antes de seguir con los otros candidatos.

La falta de sueño, las ganas de coger y la sobrecarga de trabajo me tienen hastiado y deseando que se acabe ya esta maldita mierda. Deseo estúpido, porque todavía no estoy ni en la mitad del recorrido.

Regina se mantiene a mi izquierda y Alex a mi derecha. En el lanzamiento de la campaña se mostraron las primeras propuestas y ahora debo añadir otras, según las necesidades del ejército. El tema de las muertes es un problema más que tiene al ministro tenso y jodiendo.

—Seguridad es algo que sí o sí hay que añadir a nuestro discurso —propone Cristal Bird—. Los soldados requieren protección, promesas que garanticen que su vida estará a salvo.

Gema toma la palabra, los exgenerales, amigos de Alex, dan opiniones que apenas alcanzo a captar, ya que las punzadas en la polla me quitan la concentración cada dos por tres. Tengo los testículos llenos, así como tengo la cabeza atiborrada de pensamientos hacia Rachel James, a quien mandé a llamar en la mañana y no se le ha dado la gana de aparecer.

Se hace silencio cuando entran a traer las carpetas. Aprovecho y me levanto del asiento, estoy fastidiado y necesito ponerle punto final a esto de una vez por todas. Con el móvil en la oreja me muevo a la ventana abierta.

La línea que intento contactar timbra cuatro veces mientras espero.

—¿Qué demanda, mi coronel? —contesta Rachel al otro lado.

Tomo una bocanada de aire, me tiene cabreado y cachondo.

—¿Dónde estás? —No me dice por qué no vino cuando la llamé.

—Trabajando. —Capto el sonido del tráfico—. Parker me mandó a hablar con Las Nórdicas y estoy en ello con la teniente Klein.

Me jode que se pierda cuando más la necesito. Regina me mira desde su puesto, al igual que Alex. La sobrina de Olimpia espera molesta a que vuelva a tomar asiento e ignoro a todo el mundo.

—Termina rápido y vente para acá —demando—. Te necesito en mi alcoba antes del atardecer.

—Lo siento, pero no. —Rompe con el formalismo—. Tengo cosas que hacer y hoy no estoy para juegos.

—¿Disculpa?

—Como lo oíste, ambos sabemos que esta llamada no es con fines laborales —me suelta—. Y si no tienes órdenes coherentes, te agradecería que me dejes trabajar.

—¿Qué diablos te pasa? —increpo.

—Sabes lo que me pasa.

Ruedo los ojos… Ayer no cogimos porque salió con pendejadas y ahora se hace la molesta.

—Haz lo que te plazca —le suelto, harto.

—Lo haré…

—Bueno, suerte con ello.

—No la necesito —replica.

Abro la boca para hablar y el pitido de la llamada me obliga a mirar la pantalla que se apaga. ¿Se atrevió a colgarme?

—¿Cuánto tiempo más necesita, coronel? —me llama Alex—. Lo estamos esperando.

Me peino el cabello con la mano y vuelvo a la mesa, no me preocupo porque desde ya sé quién terminará buscando a quién. La reunión con Cristal acaba tres horas después y Gauna empieza a joder con todos los pendientes del comando.

El ministro se larga con Regina y yo me encamino a mi oficina con Gema. Me iré por un par de semanas y debo dejar todo en orden: las investigaciones que requiero que realicen, los procedimientos, operativos, entrenamientos y maniobras.

De cuatro a ocho reviso expedientes y con Gema vuelvo a mirar las grabaciones del procedimiento del viernes, donde identifico a los hombres tatuados que lanzaron los explosivos, «La Bratva».

El recuerdo de Rachel tocándose frente a mi espejo me lleva a otro lado y termino respirando hondo; siento que se me va a explotar la cabeza al igual que la polla, que se alza bajo mi vaquero. Acomodo el miembro que hace que me apriete el pantalón y sigo con lo mío.

En verdad necesito la jodida súplica de Rachel, sus labios sobre mi miembro, gimiendo y rogando que la penetre, así como también requiero que eche a Gelcem de su vida.

—Mañana tenemos un desayuno con tres magistrados londinenses —me informa Gema—. Regina ofrecerá una cena para el director de los medios internos; él y su esposa quieren conocer un poco más a las familias de los candidatos y tu abuela accedió. Es algo que le aplaudo, dado que disipará un poco la imagen de familia «disfuncional». Leonel también fue invitado, al igual que cinco candidatos más.

—No me gusta ese tipo de reuniones. —La cosa de estar metido unos en las casas de otros se me hace estúpido.

—Es necesario, Leonel te abrirá sus puertas cuando tú viajes a su ciudad.

Continúo con los pendientes. Parker me rinde informes con novedades. Angela se reporta, y Rachel James no, así que doy por hecho que se largó a darle comida al pendejo que tiene en la casa.

Con Gema evalúo el próximo operativo: «Cuatro semanas en el Hipnosis», el contrato deja claro el tiempo que desean. Hay que investigar que están haciendo con el tema del HACOC y por qué hay tantos cadáveres dando asco. Sé que hay cosas que son necesarias, pero no me cuadra el tiempo.

—Cuatro semanas es mucho para esto. —Dejo caer la carpeta.

—Fue el tiempo que pidieron y es el mismo que se requiere para conseguir buena información. Las Nórdicas serán tratadas como reinas, es lo que siempre se pide —afirma—. Si todo sale bien, será un punto más para el comando y, por ende, para nuestra campaña.

Vuelvo a tomar la carpeta y reviso punto por punto.

—Bratt estará a cargo de todo y sabes lo buen capitán que es —continúa—. Usan el HACOC para la trata de blancas, no para la gente que contratan, así que las soldados estarán a salvo.

Paso las hojas, el mundo criminal tiene puntos de extremo cuidado y este es uno de ellos.

—Aún no le daré el visto bueno. —Guardo los documentos.

Gema me da un resumen de los temas secundarios mientras reviso el teléfono no sé por qué diablos. Pasadas las diez de la noche, siento que no puedo más, me duele demasiado la cabeza, al igual que los ojos. La mujer que me acompaña no deja de bostezar y es con justa causa: lleva todo el día trabajando a la par conmigo.

—Estamos al día. —Recoge el material media hora después—. Creo que quedé con miopía, pero se cumplió con lo requerido.

—Vamos a comer. —Me levanto—. No he probado nada desde el mediodía.

—¿Me estás invitando a cenar? —Finge sorpresa—. El cansancio te pone misericordioso, ¡qué emoción!

Empieza con las bromas mientras salimos. Me encamino con ella al comedor del comando, toma asiento frente a mí y me habla del itinerario que se debe cumplir en cada país.

Rachel James no se reporta; de hecho, en el último informe que emitió Parker no se dice nada de su regreso al comando.

Soy el coronel, por ende, la comida que pido me la traen a la mesa. Hay algún que otro soldado rondando, y Angela llega con Alan Oliveira —sin Rachel—. Ambos me dedican el debido saludo al pasar por mi lado.

Como pensando en qué diablos estará haciendo la maldita cobarde que ahora se niega a hacerme frente, sabe que me voy en pocos días y de seguro quiere evitarme, porque sabe que tiene todas las de perder.

Termino con lo que tengo en el plato y con la bebida que dejo de lado cuando el móvil me empieza a vibrar en la mesa con una llamada de Patrick.

—No contestes —me pide Gema—. Se supone que ya acabaste con la jornada laboral y lo correcto es que vayas a dormir por lo menos siete horas seguidas.

Dejo que se vaya al buzón de voz, Patrick insiste tres veces más y prefiero deslizar el dedo en el táctil a que me venga a joder, porque, como es, es capaz de hacerlo.

—¿Qué pasa? —contesto exasperado.

—Necesito que vengas a la sala de interrogatorios, hay asuntos que requieren de tu cargo.

—¿Ahora?

—Es importante, te espero en la torre catorce, en la sala ocho del pasillo número cuatro. —Cuelga.

La sien me palpita, últimamente tengo la sensación de que nadie sabe hacer nada solo.

—Vas a enfermarte si sigues así. —Gema sacude la cabeza cuando me levanto e ignoro su alegato.

Se queda en el comedor que abandono. Son casi las once, en el área está el poco personal que ronda por los alrededores, son los uniformados que vigilan. Busco la torre que está en mantenimiento hace una semana por acondicionamiento de nuevos equipos.

El frío nocturno hace que acelere el paso, entro en el edificio, que está sin guardias, y las luces automáticas se encienden.

Las plantas superiores están cerradas. Camino hacia la sala del primer nivel hasta que llego a la puerta de acero donde...

Me empujan desde atrás y quedo dentro de la sala en tinieblas.

«Pero ¡qué...!». No veo nada y mis reflejos responden cuando se me lanzan encima: el atacante trata de inmovilizarme; sin embargo, soy más ágil, lo esquivo y me adelanto lanzándolo al piso. Se me abalanzan por detrás e intentan echarle mano a mi arma; me opongo y tuercen mi muñeca.

Me veo en apuros, trato de girar sobre mi propio eje para librarme de la persona que tengo encima, pero no consigo llevar a cabo la maniobra, ya que la mujer que mandé al suelo me barre los pies y consigue que caiga de rodillas.

Sé que son mujeres por su constitución y su fuerza.

Busco la manera de levantarme; sin embargo, una cuarta persona aparece y me entierra el rodillazo que me dobla, arroja un puñetazo a mi cara, manda la mano en mi clavícula y el dolor se extiende a lo largo de mis extremidades, hasta que pierdo el conocimiento.

Despierto con el dolor que me abarca todo el hombro, la cabeza me cuelga y la alzo de golpe, rápido paseo la vista por el sitio donde estoy. Las esposas tintinean cuando intento mover las manos que tengo atadas atrás y la luz tenue que encendieron baña la mesa metálica que tengo a un par de pasos. «Dirty mind» suena no sé en dónde diablos mientras sudo sin playera y con el camuflado puesto.

—Buenas noches, coronel —hablan a mi espalda.

«Rachel». Su voz y el tacto de su lengua alrededor de mi oreja me engorda la polla en cuestión de segundos.

—Permítame informarle de que ha sido secuestrado con el fin de ser sometido —me dice en el oído.

—Voy a encerrarte por...

Corto las palabras cuando me rodea. ¡Maldita sea! Se me tensa hasta el último músculo al ver el atuendo que lleva puesto: viste de cuero negro, con sostén, arnés y bragas, se puso collar y muñequeras, como una auténtica dominatrix. Las botas altas que trae le llegan más arriba de la rodilla, el cabello negro lo tejió con dos trenzas largas.

Me detalla con los ojos azules que lucen mucho más seductores de lo que ya son con el delineado grueso que se hizo.

Alza la mano mostrándome la fusta que tiene. «Le voy a azotar el culo con ella por loca y desquiciada», me digo. Muevo las manos, ansioso por liberarme, por tomarla y demostrarle que conmigo no puede hacer este tipo de cosas.

—Juega limpio y suéltame las manos. —Agito las esposas.

—¡Calla! —Estrella la fusta dos veces en mis pectorales—. Solo hablarás cuando te lo ordene.

—¡Suéltame! —vuelvo a exigir. No me gusta sentirme vulnerable, ni que me den órdenes en asuntos fuera de lo laboral.

Da un paso adelante y me toma el mentón con fiereza; la ira le tiñe los ojos, lo que acrecienta la cólera que me corroe y me la pone más dura.

—Vas a lamentar esto. —La distracción no deja que logre desatarme.

—¡Que cierres la puta boca te dije! —Me toma del nacimiento del cabello y se abre de piernas sobre mí.

Me burlo. Tira con más fuerza, me zafo y no contengo el impulso que me hace estamparle un beso en la boca, cosa que desata la bofetada que me voltea la cara. No me importa, estoy tan cachondo que alzo la pelvis para que sienta la polla que muere por taladrarle el coño.

—¿Los golpes te prenden? —Vuelve a tirar de mi cabello—. Qué masoquista me saliste, muñequito.

No me besa, me muerde los labios a la vez que hunde las uñas en la piel de mi torso, arañándome.

—Para que quede claro quién es la única dueña de todo esto. —Balancea la cadera sobre mi erección.

Tóxica me gusta mucho más y creo que no se puede ser más bipolar con esta mujer. El ardor desaparece cuando baja a mi cuello antes de moverse a los bíceps que chupetea y lame. Con la lengua acaricia la piel donde estrelló el cuero.

—Suéltame… —Procuro mantener la compostura—. ¡Ya!

Esto no va a acabar bien, no soy el tipo de hombre que se deja arrebatar el control.

Despacio suelta la pretina del pantalón que traigo, mete la mano y saca el miembro duro que toma; la temperatura no hace más que subir y fijo mis ojos en la mirada lasciva que la hace lucir como una loba en celo.

—Quiero que me sueltes.

Hace caso omiso de mis palabras y, en vez de acatar la demanda, se baja, coloca las rodillas en el suelo y empieza a sacudirme la polla que sostiene. Llevo la cabeza atrás cuando arremolina la lengua alrededor del glande resbaladizo, gime con el falo en la boca… Son gemidos de placer, la conozco tanto como para saber que le encanta prenderse y mamarla. Lame el glande y empieza a masturbarme con destreza sin perder el contacto visual; el ir y venir, el subir y bajar, me envuelve en un frenesí que envía pálpitos a mi miembro.

—¡Joder, maldita sea! —espeto cuando aumenta el ritmo que me nubla la cabeza, elevo la pelvis cuando estoy por correrme y... suelta la polla, que se estrella sobre mi abdomen.

Me siento ridículo y como un maldito trapo: me está manoseando a su antojo, como si fuera quién sabe qué. Se levanta y vuelve al juego de la fusta, que me exaspera.

—¿Frustrado? —Pasea el cuero por mi clavícula en lo que recuesta el culo en el borde de la mesa que tenemos al frente.

Sacudo las manos en un nuevo intento por soltarme, pero la tarea queda a medias cuando la fusta recae tres veces en la piel de mi pecho con azotes duros y sonoros.

La furia me prende la sangre, preso del ardor, pero ella no se amedrenta; al contrario, vuelve a azotar con la misma fuerza.

—¡Basta! —exijo, y me clava la punta de la fusta debajo del mentón obligándome a alzar la cabeza.

—¡Implora! —demanda, y muevo la cara.

—¡No! ¡Y ya deja tu puta locura!

Tuerce la boca en una sonrisa coqueta.

—Eres un pésimo sumiso —me acaricia con lo que tiene en la mano—, y también un pésimo amante, que me cohíbe de las arremetidas de tu polla, aun sabiendo lo caliente que estoy.

La distancia es mínima, lo que me permite observarla con más detalle.

—Ruega tú y acabemos con esto de una vez —espeto, y sacude la cabeza.

—Todavía tengo rabia.

Pone distancia y con el pie corre la silla atrás, deja la fusta en la mesa antes de bajar y huelo sus intenciones cuando sensualmente empieza a moverse frente a mí. Se desprende de las bragas, que caen al suelo y la vista que me ofrece de su coño desnudo amenaza con desbordar mi polla.

Lucho con las esposas que me atan en lo que mis ojos se niegan a dejar de ver a la mujer que baila de manera sensual frente a mí. Con la cabeza le pido que venga y, en vez de hacerme caso, da un paso atrás, apoya las manos en la mesa antes de dar el salto que le deja el culo sobre la superficie.

Se acaricia la cara interna de los muslos y deja a la vista la humedad que le decora el coño, que está más que dispuesto, los latidos se me disparan y en verdad a este punto ya ni sé qué cabeza me duele más.

Sigue paseando las manos por la cara interna de los muslos y llega al coño, cuyo clítoris se estimula con premura con dos dedos. Finalmente, entierra los dedos en el canal donde debería estar mi polla justo ahora. Se contonea sobre el acero en lo que absorbo el sonido encharcado de su masturbación.

—Estoy empapada. —Me muestra.

La garganta se me contrae, la erección me duele horrores y las muñecas me arden de tanto forcejear con las esposas.

—Como quisiera que fueras tú. —Sigue masturbándose frente a mí y esta vez echa la cabeza hacia atrás.

Los dedos en uve que se deslizan de arriba abajo me dejan ver el clítoris que suplica por mi lengua y crece; sé que no necesito más que un roce para que se corra. Se sigue tocando sin ningún tipo de pudor y clavo la vista en el suelo.

El juego empieza a cansarme, tengo el miembro agarrotado, la temperatura no me ayuda y los jadeos no hacen más que empeorarlo todo. Una cosa empieza a mezclarse con la otra, el pecho parece que se me va a estallar y siento que todo ya está rayando la tortura sexual.

Con la punta del pie me levanta el mentón para que siga viendo cómo se autocomplace frente a mí.

—Míreme, coronel —gime con los dedos dentro.

Demasiada tensión, demasiado voltaje. Las venas se me remarcan en el miembro que suelta los fluidos previos al derrame.

—Ven. —Las ganas me traicionan y elevo la pelvis con una clara invitación a que se suba.

Hay demasiada tensión, ya estamos a otro nivel, está tan empapada y yo tan cachondo que estoy a nada de traspasar los barrotes de la maldita silla.

—Quiero correrme —confiesa entre jadeos sin dejar de tocarse.

—¡Deja de hacer eso y ven aquí! —exijo molesto.

Está desperdiciando todo lo que debería estar lamiendo justo ahora; yergue la espalda, baja de un salto, se acerca y se abre de piernas sobre mí. Los dedos que tenía dentro me los mete en la boca y me pone a probar el sabor salado de la humedad.

—Pruébame.

Su coño caliente baña mi polla, y con la lengua me encargo de saborear el néctar que tiene en los dedos. Estamos piel con piel, sin barreras y sin nada que se interponga.

—Puedo tocarme frente a ti toda la noche.

Hunde las manos en mi cabello y se viene sobre mi boca, que avasalla con un beso posesivo. Su lengua batalla con la mía, y ninguno quiere dejar de saborear al otro en lo que permanece sobre mi regazo moviéndose de adelante hacia atrás. Se mece y soba sobre mi falo con auténtico desespero, en lo que mi glande suplica que lo sumerja dentro de ella.

No soporto el que no se la meta como tiene que hacerlo.

—Se avecina —gimotea reafirmando las caderas sobre mí.

—Móntame —musito. Me está volviendo loco.

—No te oí. —Se sigue moviendo.

—¡Que me montes! —Me va a dar un paro—. Estoy siendo claro con lo que estoy pidiendo.

Sonríe prologando el momento con un beso más feroz y pasional.

—No es así como debes pedirlo —jadea sudorosa.

No estoy para tonterías, tengo que eyacular ya o voy a perder el maldito miembro.

—Súbete sobre mi polla y cabálgame. —Paso saliva y ella mueve la cabeza con un gesto negativo.

—Suplícalo primero. —Me entierra las uñas en el cuello.

Sacudo la cabeza y sigue jugando conmigo, refregando el coño una y otra vez. Busco la manera de ignorarla, pero eleva la pelvis, toma mi miembro y pasea el glande entre sus pliegues ¡Maldita sea! Por primera vez me siento entre la espada y la pared, cautivo en los ojos azules que me miran.

Hace el amago de bajar; sin embargo, deja el intento a medias en lo que mantiene los labios a milímetros de los míos, contonea las caderas y se apodera de mi boca.

—No tengo ningún tipo de afán, coronel —sigue—. Tiempo para jugar es lo que hay.

Mueve la mano de arriba abajo; el estímulo acelerado me agita, me seca la boca. De nuevo hace el amago de querer sentarse sobre mi polla, pero no lo hace y reinicia el juego que…

—¡Basta ya, joder! —suelto derrotado—. Dime qué quieres de una puta vez y deja que me sumerja en ese coño o me voy a morir.

Toma el tallo de mi polla y lo pone al borde de su entrada; la mera presión en la cabeza me atasca todo el paso del aire.

—El McLaren. —El descenso es lento y tortuoso—. Es lo que quiero y es lo que me darás, ya que he ganado, coronel.

—No…

—Gané —reitera—. Ya imagino lo sexi que me veré saliendo todos los días de esa belleza, y tú vas a darme ese gusto, mi amor.

La beso, su jodido «mi amor» es una maniobra de ataque contra mi razonamiento; me aturde, porque me envuelve y normalmente no sé qué hacer con las cosas que me gustan. Rodea mi cuello con los brazos. Mi miembro queda entre los pliegues que lo acunan, mis latidos toman más ritmo cuando todo se funde y se mezcla en una neblina de espesa adrenalina que me inunda la cabeza. La música, el éxtasis, el calor, el sexo, la angustia…, ella. La suma de todo es una bomba que explota en mis células y acaba con todo.

Arremete contra mi miembro y siento que no es suficiente, que no me basta con lo que me está dando. Me trago el dolor y no me importa malograrme las muñecas cuando forcejeo con el acero. Las esposas ceden y noto la chispa de miedo que aparece en sus ojos cuando me aferro a sus caderas y me levanto con ella.

Siento cómo su pecho se acelera, la silla cae y no le doy tiempo de pronunciar palabra, ya que la pongo de espaldas contra la mesa. Mis dedos se cierran sobre el collar que tiene y, acto seguido, me abro paso dentro de ella con el miembro, que entra sin problemas.

Tengo tanta rabia y estoy tan envenenado, que no me siento capaz de controlar la ira que me late en las venas. Soy macho en todo el sentido de la palabra y me ha abofeteado mi orgullo con el jueguito, es la única capaz de aniquilar el poco autocontrol que tengo.

Estrello la palma contra sus glúteos, jadea y repito el acto con más fuerza.

—Muy ruda, ¿eh? —Aferro los dedos al collar, trayéndola una y otra vez contra mi polla. Choco los testículos contra su coño mientras le hago una demostración de verdadero sexo duro.

—¡Más! —suplica como una ninfómana desesperada—. ¡Más!

—¡Maldita, no sabes cuánto te odio!

La embisto con más brío y contonea las caderas, gustosa.

—¡Ódiame más! —exige.

La volteo aferrándome a su cuello, mientras sus piernas me abrazan y los tacones se me hunden en la piel. Quiero que pague, ponerla a sufrir con el orgasmo, pero no me creo capaz de sacarla en este punto de extremo desespero. Disminuyo el ritmo y me abofetea, logrando que me cabree más.

—¡Cógeme duro! —demanda rabiosa antes de aferrar las manos a mi nuca—. Duro y sin piedad.

Ya no tengo plan A, ni plan B…, ni siquiera sé qué diablos me espera en un futuro, lo único que tengo claro es que nunca me cansaré de esto, de ella, ni de lo que tenemos.

Gime para mí encaramada sobre la polla que le suelta embates precisos, violentos y salvajes; se arquea presa del placer y la escena me gusta: ella aferrada a mis caderas con los pechos pegados a mi torso, me besa y nuestras exhalaciones se mezclan al igual que el sudor que nos baña. No detengo la tarea, le sigo dando y dando hasta que el orgasmo la toma.

Siento cómo aprieta y succiona mi polla, dejándose ir entre jadeos cargados de desespero mientras yo le doy rienda suelta a mi derrame.

La dejo en la mesa y me aparto en busca de aire. Apoyo el brazo en la pared, dándole la espalda. Guardo la polla y me tomo unos minutos, mi pulso no se estabiliza y me cuesta lidiar con todas las emociones que me inundan, en verdad siento que va a acabar con mi cordura.

—Ten. —Ella pone la mano en mi hombro y me entrega la playera que me quitó.

Volteo a verla, se cubrió con un abrigo y apagó la música.

—Vete a descansar. —Me besa—. Lo necesitas.

—¿Eso crees? —espeto con sarcasmo.

Me coloco la prenda sin decir nada y busco la puerta. Estoy cabreado, pero a la vez no, y por ello no llevo la prisa que debería: sé que viene atrás, el sonido de la puerta que cierra me lo dice. Me alejo de la torre cuando cruzo la salida, ya debería estar en mi alcoba. Me peino el cabello con las manos y volteo a verla: camina despacio con las manos metidas en el abrigo.

—¡Muévete, que no tengo toda la noche! —Me enoja, en serio que sí.

Detesto su belleza, sus juegos estúpidos y que, mientras yo estoy a punto del colapso, ella sonría como si mi estado fuera lo más gracioso del mundo.

Me alcanza, dejo que camine a mi lado y en silencio atravesamos el campo de entrenamiento. Llegamos a las dos torres y tiro de su muñeca para que tenga claro adónde tiene que ir. Siempre tenemos momentos de furia desmedida y luego no sabemos cómo actuar ni qué decir.

—¿Qué tanto piensas? —pregunta mientras subimos a mi piso.

—En lo que dirán tus amigas a modo de explicación cuando las sancione por lo que hicieron.

—No eran mis amigas —refuta—. Eran soldados cualquiera cuyos nombres no diré por discreción.

—Franco, Johnson, Lincorp y Linguini —la encaro—. Al último no le bastó con tomarme a traición, sino que también me dio un rodillazo, el cual por poco me parte las costillas.

Continúo a mi dormitorio.

—Asumo la responsabilidad de todo. —Espera a que abra la puerta.

—Déjalo estar. —Ya me encargaré de Patrick.

Entro primero, estoy tan agotado que no tengo cabeza para nada. Solo me saco las botas, me quito la ropa y me meto en la cama; mientras, ella se quita el gabán que trae.

—¿Puedo tomar una playera? —Mira el armario.

—No. —Levanto la sábana para que venga tal como está.

Rueda los ojos y se desprende de lo poco que tiene puesto. Se acuesta a mi lado y tiro de su cintura estrechándola contra mí. Sus piernas se enredan con las mías, recuesta la cabeza en mi pecho y le levanto la cara para fundir nuestras bocas en el último beso de la noche.

Rachel

La trompeta me taladra los oídos, pero mi cerebro no la capta de la manera correcta, dado que las manos y el miembro de Christopher Morgan me tienen demasiado distraída.

Contoneo la pelvis contra él, me tiene de espaldas con su pecho contra mí, en una pose donde le siento cada maldito centímetro; sujeta mis caderas y vuelve a moverse entrando y saliendo mientras sus jadeos calientan mi cuello. La trompeta vuelve a sonar, sé que es hora para que ya estuviera en la ducha, pero él no quiere apartarse.

—Tengo que irme —musito, y lanza dos estocadas más.

—No…

Le suma ritmo a las embestidas y mordisquea el lóbulo de mi oreja antes de pegarse más de lo que ya está.

—Christopher…

Con este hombre no se puede dormir: cerré los ojos y me despertó a las dos de la mañana e hizo que me pusiera encima de él y, como yo nunca puedo decirle que no cuando de sexo se trata, accedí más que complacida. Follé hace una hora con él y me despertó hace unos minutos en busca de un segundo polvo.

—Me fascina tu coño —susurra logrando que me corra y me sigue embistiendo hasta que me llena con su derrame.

Se levanta mientras yo saboreo las sensaciones que se me perpetúan en el centro del estómago. ¿Mariposas endemoniadas? No sé qué carajos, pero me hacen respirar hondo.

Capto el sonido de la ducha. La trompeta resuena por tercera vez en preaviso y yo solo quiero cerrar los ojos y dormir hasta el mediodía. Christopher vuelve con el cabello húmedo cuando apenas estoy saliendo de la cama.

—¿Los polvos te vuelven lenta? —pregunta el coronel—. ¿O pensar en mí no te permite hacer dos cosas a la vez?

—Tu ego despierta al mismo tiempo que tú, qué curioso. —Alcanzo la sábana con la que me tapo—. Debería quedarme en la cama, no he dormido más de cuatro horas.

Noto el mando del McLaren que está sobre la mesa; ahora es mío, ¿no?

Me pone en duda el que no haya dado una respuesta concreta, pero si es un hombre de palabra lo lógico es que me lo dé.

Busco el baño, donde me lavo los dientes y tomo una ducha rápida en lo que debato conmigo misma si el bendito vehículo es mío o no. «Lo es», solo tengo que tomarlo y ya, es lo que tengo que hacer; sin embargo…, puedo quedar en ridículo si se niega.

Salgo, se está terminando de vestir con ropa de civil, lo que me da a entender que no estará en el comando y automáticamente mi cerebro lo asocia con Gema, quien enciende los celos que revuelven los ácidos gástricos de mi estómago.

Me coloco el gabán y me lo abrocho; mis bragas no están donde las dejé, así que me limito a recoger las pocas cosas que traía.

Me siento a ponerme las botas y es inevitable no admirar al sexi hombre que se acicala frente al espejo. Termina vestido con un pantalón oscuro, camisa negra y un saco caoba que le resalta el atractivo y lo hace lucir como modelo de portada de revista.

Miro el mando del vehículo, que sigue en la mesa; quiero tener los cojones de tomarlo y ya, así como tuve los cojones de esposarlo anoche; sin embargo, me abstengo y ha de ser porque de alguna manera se soltó, mi tarea no culminó y terminé pidiendo más.

—¿Pasa algo? —pregunta mientras se abrocha el reloj.

—No. —Me levanto, me aseguro de no haber dejado y me encamino a la puerta.

—¿Por qué actúas como una bipolar? —pregunta, molesto, y me vuelvo hacia él como si nada.

—No actúo como una bipolar —me acerco—, es que no quiero que Parker me regañe.

Le meto las manos por debajo del abrigo rodeándole la cintura. «Huele delicioso». Me empino a darle un beso corto que él convierte en largo. Tengo que controlar los cambios de ánimo o me veré como una inestable.

—Te veo luego —me despido—. Suerte con todo.

Salgo antes de que diga algo, creo que estoy cabreada conmigo misma porque en verdad quería el auto. Me apresuro a mi alcoba, me cambio rápido y corro a verme con la tropa antes de que llegue Parker, pero fallo.

Mi superior ya está liderando el entrenamiento.

—Mi capitán —me presento con el debido saludo.

—Diecinueve minutos tarde. —Mira el reloj antes de encararme—. Cero y van dos. —Me clava el índice en la sien—. Actívate, que conmigo no funciona el «mi amor».

«Restregando las vergüenzas. Golpe bajo, capitán Parker».

—¡La teniente James queda a cargo! —le grita a la tropa antes de irse.

Me pongo al frente, superviso el entrenamiento, refuerzo debilidades, reparto las tareas y cumplo con los pendientes que exigen las primeras horas del día. Uso el tiempo del desayuno para visitar a Scott, Elliot no tiene novedades de la supuesta sospechosa, y Casos Internos tampoco. Irina, por su parte, está enfocada en su trabajo, ya que Trevor no está recibiendo paga y la costosa vida que tienen exige buenos ingresos.

El detective me confirma que esta semana me entregará novedades y espero que así sea. Me desocupo con Scott y, a la salida, me aborda Paul Alberts, quien llega con Tatiana Meyers.

—Buenos días, mi teniente. —Ambos me dedican el debido saludo—. Quería preguntarle si ha estado trabajando en las investigaciones de Casos Internos. El presidente de la rama, Carter Bass, nos mandó recordarle que si nos requiere para algo, estamos disponibles.

Paul se mantiene erguido. Últimamente, ha optado por el típico corte militar que le ahorra el uso de fijador. Sus ojos negros me taladran en busca de una respuesta.

—¿Tiene algo de lo que se le pidió? —inquiere.

—Dile a Carter que dentro de unos días le enviaré novedades. —Trato de ser amable—. Como ya le dije la última vez que nos vimos, estoy trabajando en ello.

—No creo que quiera esperar mucho tiempo —insiste Paul cuando continúo con mi camino.

—Pues tiene que hacerlo, porque este tipo de labores requiere tiempo y empeño. —Me vuelvo hacia él—. La paciencia es una virtud aquí y se debe hacer uso de ella.

El soldado me mira mal, le doy la espalda y sigo caminando. Tatiana Meyers es amable, pero Paul Alberts continuamente anda escrutándolo todo. Me encuentro con Bratt y Milla Goluvet, quienes vienen bajando juntos.

Ella me sonríe y le devuelvo el gesto.

Gema no está en su puesto cuando entro a la sala de tenientes y el estar sola trae a mi cabeza lo del auto, el hecho de que ella debe de estar paseándose en él en este preciso momento, mientras que yo me lamento por no tener los cojones que se requieren para pedirlo.

Me pongo a mirar las novedades que envió Angela sobre el club, debo prepararme para esto y tal cosa me cuesta, dado que Christopher aún no se ha ido y ya lo estoy extrañando.

Me regaño, en ocasiones parezco una tonta: pasé meses sin él, un par de semanas no me van a matar.

Lo de anoche se repite como un bucle en mi cabeza, y me paso las manos por la cara, me siento como las primeras veces que estuve con él hace dos años. Enciendo la laptop, dejo de lado lo de Las Nórdicas y me pongo a ver un video instructivo de cómo desarmar un explosivo.

—*Hello* —saluda Laila antes de sentarse en la silla que está frente a mí—. Vengo por los detalles sucios, así que no omitas nada, por favor.

La secuencia de lo que pasó se repite y respiro hondo; a decir verdad, me da pena decir que armé este plan para nada.

—Tu puesto está a salvo, si es lo que te preocupa.

—El puesto está a salvo, ¿y?

Pauso el video y cierro la laptop.

—¿Dónde está el control del McLaren?

Suspiro, aparto los documentos de la mesa, y el gesto lo dice todo.

—¡Ay, por favor! —me regaña—. ¡No me digas que perdiste! Como estabas vestida y con lo planeado es imposible que lo hicieras.

—No perdí. —Con un gesto de la mano le indico que baje la voz—. Pedí lo que quería, pero en la mañana no fui capaz de tomar el mando del auto.

—¿En la mañana? —me regaña—. ¿Cómo que en la mañana? ¿No le quitaste las llaves antes de follar?

Me quedo en blanco sin saber qué responder, vuelvo a abrir la laptop y finjo que tecleo en ella.

—Lo ideal era asegurar todo antes.

—Estaba tan ansiosa por sexo que lo olvidé —confieso—. Soy una idiota.

—Dime que, al menos, conservaste el papel hasta el final.

—No, tomó el control, luego me llevó a su alcoba. —Hago una pausa—. Dormimos juntos y creo que mi corazón lo tiene en un puto pedestal.

Confieso, no tiene caso negarlo. No tengo remedio, estoy enferma de amor por ese hombre.

—Sin palabras. —Sacude la cabeza—. Levanta el culo de esa silla y acompáñame a la ciudad, necesito tomar una copa con alguien.

Le pido cinco minutos más para acabar con mis pendientes, pues no volveré hasta dentro de cuatro días, me voy a infiltrar por cuatro semanas y necesito espacio para prepararme mentalmente.

Laila me acompaña a mi alcoba a cambiarme, espera y caminamos juntas al estacionamiento.

—Alex me invitó a salir ayer…, como una tonta fui a comprarme un atuendo bonito y de un momento a otro me dijo que no podía —me cuenta—. Me siento idiota, porque es la tercera vez que lo hace.

—Creo que son señales de que debes dejarlo.

—Eso intento hacer, pero me cuesta porque no quiero —espeta—. Aparte, tengo la esperanza de que note que estoy dispuesta a todo por él.

Me adentro con mi amiga en la zona llena de autos, ella cambia el tema y me pide que le hable de Christopher.

—No me preguntes mucho por eso, que tengo rabia conmigo misma —me quejo—. Quedé como una estúpida que...

—¡Teniente James! —Volteo cuando me llaman.

El cadete encargado del estacionamiento se acerca corriendo.

—¿Sí?

Se mete las manos al bolsillo y saca el llavero con el mando a distancia que me muestra.

—El coronel le dejó esto. —El llavero plateado del McLaren brilla frente a mis ojos—. Me dijo que...

Se lo arrebato sin darle tiempo de hablar y miro a Laila, que abre la boca sorprendida.

—Me inclino ante usted, su majestad. —Me hace una reverencia burlona.

—¡Hazlo bien! —chillo—. ¿Quién es la mejor?

—¡Tú, tú, tú! —Empieza a mover el culo como si estuviera bailando rap y me señala para que haga lo mismo.

—¡Repítelo! —la sigo.

—¡Tú, tú, tú!

El soldado nos mira raro, pero es lo que menos me importa ahora.

—Gracias. —Le estampo un beso en la frente y corro al auto, que enciendo desde lejos.

Entro seguida de mi amiga e inhalo el delicioso olor a cuero.

—¡Dios! —No me lo creo—. Este nene tiene nueva mamá.

Laila enciende el estéreo mientras el soldado avisa de mi salida por el radio. No hay palabras que describan lo asombroso que es este vehículo, el rugido del motor me hace vibrar el tórax y me siento la mejor de la central cuando lo saco del comando.

Lo descapoto y mi amiga lo celebra conmigo. El viento primaveral me agita el cabello y sonrío feliz.

—Si esto es un sueño no me despierten, por favor. —Hundo el acelerador cuando entro a la carretera.

«God is a Woman» suena en el estéreo, y Laila la canta sin pena. Hay momentos donde el mundo se encarga de demostrarnos lo hermoso de la vida.

—Llámalo. —Mi amiga me pasa el móvil que dejé en la guantera—. Se lo merece, no es fácil desprenderse de un vehículo como este.

Me dejo llevar por la adrenalina del momento, marco su número y pongo el aparato en mi oreja. A decir verdad, no sé ni qué siento ahora mismo, creo que soy más amor que persona.

—¿Otra vez estás babeando sobre mi foto?

Contesta y el vómito verbal no se contiene.

—¡Te amo! —le suelto—. Gracias por ser un buen perdedor, coronel.

—Es temporal…

—Olvídalo, ya le puse nombre y no lo pienso devolver. —La emoción no me cabe en el pecho—. Me veo muy sexi en él.

Escucho la larga exhalación que suelta al otro lado de línea.

—Procura no matarte de aquí a que anochezca y, por tu bien, no quiero que tenga un solo rayón.

—No debes preocuparte por eso, porque ahora es mío —le recuerdo—. Creo que ya retomé la compostura, así que sin más que decirte, me despido. Quiero, deseo disfrutar de mi nueva gran adquisición.

—¡Hey! —espeta antes de colgar—. Te necesito a las ocho en la dirección que te enviaré más tarde.

—Como ordene, coronel.

—Repite lo primero que dijiste —pide antes de colgar y me da un poco de pena decirlo en un tono más serio con mi amiga al lado.

—Te quiero. —Cuelgo antes que refute mis palabras.

Laila le sube el volumen al estéreo. Somos el foco de atención cuando entramos a la ciudad, tomo el camino que lleva a Belgravia y me detengo frente al local de Lulú, que sale cuando toco el claxon.

—¡Eres la puta ama! —Me aplaude—. ¿Te dio los papeles? Si la respuesta es un «no», ve por ellos ¡ya!

Suelto a reír, ella siempre piensa en todo.

—Sube, vamos a dar una vuelta, Laila necesita una copa.

—Tengo la agenda llena, pero no importa, cancelaré todo.

Se devuelve por su cartera y siento que todo valió la pena, se sube y arranco. Pasé de tener un auto de gama media-alta a un vehículo último modelo que vale millones de libras.

Christopher me envía la dirección donde nos encontraremos y ni siquiera me tomo el tiempo de ver dónde es, no me molesto con eso, dado que de igual forma voy a ir a arrancarle la ropa. Me tomo un par de copas con mis amigas en uno de los bares de la Quinta Avenida londinense.

No me puedo embriagar, ya que estoy conduciendo. La tarde llega, le envío un par de fotos con el vehículo a Alexa, Luisa y Brenda, quienes se echan a reír con el triunfo. Laila se despide cuando la dejo en su casa y luego llevo a Lulú a su establecimiento.

—En la vida todo se debe asegurar con papel en mano —advierte—. Si se casa con la mojigata, no podrá quitarte esto.

—No me rompas la ilusión —digo con la espalda recostada en el asiento—. Deja que disfrute esto un poco más.

—Solo digo. —Se va y tomo el camino que lleva a mi casa.

Stefan está en casa con Paul, Tatiana, Derek y Laurens cuando llego; se están tomando un par de cervezas en el balcón y yo paso de largo a cambiarme. Tengo dos horas para estar en la dirección que Christopher me envió.

Después de una ducha larga, elijo lo que me pondré: un vestido color coral entallado de tirantes delgados. «Es algo que le gusta y que de seguro hará que me folle con más ganas», me digo. Dejo que el cabello me caiga suelto a lo largo de la espalda y me abrocho el brazalete que me dio en mi cumpleaños.

Me maquillo de forma sencilla, creo que mi felicidad es el mejor accesorio de esta noche. Me pongo los zapatos antes de elegir el abrigo y la cartera. Laurens está repartiendo copas cuando salgo; en las últimas semanas tiene una belleza innata que la hace lucir radiante.

—Se ve hermosa, teniente —me adula Derek cuando me ve, mientras que Paul finge que no está en mi casa.

—El auto tiene combustible —comenta Stefan siendo amable como siempre—. Los taxis en la noche no son muy seguros.

—No será necesario tomar uno. —No me gusta alardear nada, así que no le doy más explicaciones—. Que tengan buena noche.

Abordo el McLaren cuando llego al estacionamiento y automáticamente se encienden los paneles de control. Prefiero trazar la ruta de la dirección en el GPS de mi móvil para no perder tiempo con los mandos que todavía no manejo bien.

Me pongo en marcha, el tráfico es fluido y la emoción va aumentando en lo que los kilómetros disminuyen. Las luces de la ciudad pasan rápido a medida que conduzco con las manos sobre el volante. Londres de noche es algo digno de ver y con música suave continúo con la ruta que me indica el sistema.

Ver adónde me lleva el vehículo empieza a acelerarme el corazón: no es un área comercial, sino una de las zonas residenciales más lujosas de la ciudad. Confirmo la dirección, hace unos minutos estaba tan emocionada que no la miré con detenimiento.

Las rejas de hierro reforzado se ciernen sobre mí, pasé por esta misma entrada cuando los Lewis me invitaban a cenar, pero la ruta no señala dicha mansión, por ende, me lleva a una sola opción: High Garden.

Una linterna alumbra las placas del McLaren y acto seguido se abren las grandes puertas para darme el paso. Conduzco despacio por la zona residencial llena mansiones y voy asimilando lo que me espera: Regina Morgan. No tengo idea de qué va esto, así que por mi bien espero que Dios se apiade de mi alma.

«Debí revisar la dirección antes de partir».

Devolverme es estúpido, esto debe de estar conectado al móvil del coronel, quien probablemente ya sabrá que salí de mi casa. Ubico la mansión donde están Gema, Regina Morgan y Sara Hars en la entrada, recibiendo a los invitados que llegan. Leonel está estacionando y yo espero metros atrás hasta que capto la atención de Gema.

Si yo soy de vestidos, Gema es de trajes, atuendos que sabe combinar y le lucen de maravilla, como ahora, que viste un Cortefiel gris sobrio que resalta su piel morena. Se recogió el cabello en una cola de caballo alta y ello le permite lucir su maquillaje.

Frunce el ceño y se acerca con las manos metidas en los bolsillos, lo rodea y me asombro con mi nivel de cinismo cuando río para mis adentros.

—¿Dónde dejaste a Tyler? —pregunta—. Sabes que no es bueno que andes sin escolta.

—Tyler no es mi escolta. —Bajo la ventanilla cuando se planta al lado de la puerta del conductor—. Y siendo realistas, con esta coraza un escolta está de más.

Endereza la espalda sin saber qué decir y no lo hace, solo me da la espalda y vuelve al lado de la madre del coronel. Avanzo un poco más, me detengo y salgo del vehículo, enseguida llega un empleado para llevarlo al estacionamiento.

El ambiente se torna incómodo en lo que, con el abrigo sobre el brazo, subo los escalones que llevan a la entrada. «¡Christopher no está por ningún puto lado!». Los ojos de Regina Morgan recaen sobre mí con una mirada cargada de superioridad, la cual no me amedrenta, yo ya lidié con Martha Lewis y lo que viví con ella no lo pienso repetir.

Sara se ve hermosa como siempre, con un vestido crema entallado que le llega debajo de la rodilla y su melena color caramelo suelta. La madre del ministro, por su parte, luce un conjunto de dos piezas compuesto de falda y chaqueta clásica de alta costura y lleva el cabello blanco peinado hacia atrás.

—Buenas noches —saludo apretando mi cartera, y Sara me sonríe antes de acercarse a darme un beso en la mejilla.

—Regina —habla la madre de Christopher—, ella es Rachel James…

—La drogadicta, presa de caza de los Mascherano —la interrumpe, y no niego que es un pésimo término—. ¿Dónde está la jadeíta con la que dicen que eres leyenda?

—Esa solo la uso en planes de rescate, como cuando salvé a su exnuera y a la nana de su nieto —contesto con calma—. Cuando lo desee, se la muestro…

Abre la boca para hablar, pero Sara interviene y me señala la puerta.

—La cena es en el jardín, puedes seguir si deseas.

—Con permiso. —Me retiro.

Mala manera de empezar, no veo a ningún conocido cercano, solo a la empleada que se aproxima por mi cartera y mi abrigo.

—¿Qué haces aquí? —Me encuentro con Cristal en el vestíbulo.

—Christopher me invitó. —Me siento como la colada de la fiesta.

—Él y el ministro aún no llegan. —Me señala el jardín—. Acompaña a los invitados y, por favor, no olvides resaltar los fuertes de la campaña.

Se devuelve y desde donde estoy vislumbro la gran mesa que está puesta a lo lejos. Saludo a los candidatos presentes, que me dan la mano, y me presento al director de los medios internos que vino con su esposa: es quien mueve los medios digitales.

Le doy la mano al resto de los presentes. Hay algo que me resulta raro, y son los Ferrec que también están. El novio de Sara Hars me presenta a sus dos hijos y la situación resulta un poco confusa. Marie Lancaster no me mira, y yo, por mi parte, hago lo mismo.

Tomo asiento, en verdad no sé qué hago aquí si se supone que Gema es la cara amable de la campaña.

Contemplo el techo del comedor al aire libre, que está lleno de luces pequeñas. Los empleados se acercan a encender las velas que se apagan y alinean los cubiertos de plata. Tomo la servilleta bordada con la letra M y me la pongo sobre las piernas. La mansión que deslumbra se ve desde mi sitio y a lo lejos veo venir a la familia anfitriona: los Morgan y, entre ellos, Christopher.

Respiro un poco más tranquila, pero no menos impactada. El coronel no trae el mismo atuendo de esta mañana, parece que se volvió a bañar y luce un esmoquin azul oscuro a la medida.

—Bienvenidos todos —habla Sara, y Alex no disimula, ya que no le hace gracia tener a los Ferrec aquí.

—¿Qué hace este señor en mi casa? —inquiere el ministro enojado.

—Yo lo invité —irrumpe Regina—. Quería conocer a la pareja de Sara.

Se baten en un duelo de miradas que pone en duda la compostura del ministro.

—Tomemos asiento y demos paso a la velada —invita Gema, como un miembro más de la familia.

Las mujeres se acomodan en sus respectivos lugares, el parecido de Christopher con el papá es raro en ocasiones, así como el hecho de que ambos se tornen fríos a la hora de sentarse de mala gana. Miro el vino cuando Christopher se sienta a mi lado, la esposa del director le susurra algo en el oído al marido y me sigo preguntando a qué diablos vine.

Los asistentes agradecen y no sé quién tiene peor cara, si el ministro o el coronel.

Sara presenta a los hijos de Alexander, que tienen dieciséis y veinte años; ambos se muestran amables y se refieren a todos como agentes federales. Todos le siguen la corriente.

Reparten la primera ronda de copas, los hijos del novio de Sara, Gema y el señor Alexander son los que toman el control de la conversación, hablan de comida y restaurantes.

El hombre a mi lado no se ve cómodo y tampoco el papá, pues solo contestan cuando se requiere. Sara, Alexander y sus hijos, en cambio, le sacan sonrisas a todo el mundo.

Regina Morgan mira con detenimiento a cada uno y formula preguntas que no hacen más que alterar el genio del ministro, que no disimula.

—¿Cómo empezaron la relación? —pregunta la abuela del coronel.

—Tuvimos unas vacaciones sensacionales en Canadá —comenta el señor Ferrec—. Sara y yo éramos amigos, y fuimos a curarle la locura por la cocina.

—Eso no es cierto —se ríe ella—. Solo estaba un tanto estresada por mis compromisos.

—Fueron mis vacaciones favoritas —responde uno de los hijos del señor Ferrec—. Nunca olvidaré el festín de fin de año.

Se extienden con el tema y empiezan a hablar de los recuerdos que construyeron juntos; se nota a leguas que adoran a Sara. Ella cuenta la vida que tiene con su otra familia, el tiempo que les dedica y todo lo que ha hecho por ellos. Es incómoda la charla, la madre de Christopher lo dejó hace años y el saber que le ha dado tanta dedicación a los hijos de otro duele, así uno tenga cien años.

El director de los medios se retira con su esposa una vez acabada la cena, dan las gracias por la velada y abandonan la propiedad, acompañados por Cristal Bird, quien se ofrece a llevarlos a la salida. Los candidatos se quedan conversando con Alexander, mientras Christopher no parece tolerar a ninguno.

Con disimulo me atrevo a posarle la mano en la rodilla. No la aparta, la deja en el sitio y enreda los dedos en el brazalete que tengo en la muñeca. Intento quitar la mano después de cierto tiempo, pero la atrapa y aprovecho para entrelazar nuestros dedos bajo la mesa.

Gema cambia el tema de la familia feliz, pero Leonel no quiere dejar el asunto de lado. Sara Hars empieza a hablar de las fortalezas de los hijos de su novio, destacando lo amorosos que son.

—Hay veces que a los huérfanos se los compensa con padres extraordinarios —comenta Leonel—. Pasa tal cual con los padres que crían escorias y luego son recompensados con hijos maravillosos. —Se inclina la copa de vino—. Hijos de otros..., pero familia al fin.

Una indirecta sucia y certera que tensa al hombre a mi lado.

—Eso es muy cierto —confirma Sara—. Siempre somos recompensados con...

—Si son tan felices, ¿por qué vienen a joder a propiedades ajenas? —espeta el coronel—. No somos críos como para andar con integraciones; así que lárgate, que aquí no eres para nada útil.

Todo el mundo enmudece y hasta yo me quedo sin saber qué decir. La sobrina de Olimpia vuelve y es otra que no se atreve a hablar.

—Ya dije que yo los invité —habla Regina, pero Christopher ni se inmuta.

—Insistes en quedar bien —se levanta el coronel, que no deja de mirar a Sara—, en ser necesaria, pese a saber que me da igual si estás presente o no.

A la mujer se le empañan los ojos cuando se retira y ella intenta irse tras él, pero Alex no la deja.

—Parece que hay problemas en el paraíso Morgan —habla Leonel.

—Cierra la boca —lo calla Alex.

—No era mi intención ofenderlo —espeta Sara—. Yo solo...

—Déjalo estar. —Alex se va detrás del hijo.

Sara lo sigue y los que se quedan en la mesa mantienen los ojos fijos en el camino que toman las tres personas que se adentran en la mansión.

—Siento que este tipo de cosas no le convienen a la campaña del coronel, no se ve muy estable que digamos —continúa Leonel.

—Da igual si no lo ve el público, así que no nos preocupa —contesta Regina.

—Pero yo lo estoy viendo.

—Tú no vas a votar por él, como él tampoco va a votar por ti, y ninguno de estos peleles sabe de lo que hablas. —Muestra a los Ferrec—. No tienen ni voz ni voto en esto.

La empleada se acerca y la abuela del coronel recibe el vino, que se bebe como si nada.

—Regina...

—Impresionamos al que quería impresionar. —La abuela del coronel corta el alegato de Cristal Bird—. Los Ferrec vinieron de adorno, porque, a decir verdad, me da igual lo que piensen o crean sobre mi familia —espeta—. Somos mierda sincera que se da el lujo de estar donde está con méritos, sin necesidad de acudir a juegos sucios.

Los generales se acomodan en el puesto y Leonel es el único que se bate en un duelo de miradas con la madre del ministro, dejando claro que le molesta el comentario.

—Doy por terminada la velada —declara la madre del ministro—. Retírense.

A quien le haya caído la sátira creo que ha de saber que lo mejor es irse sin alegar.

—Los acompaño a la salida —se ofrece Cristal, y los candidatos la siguen.

Me levanto y cruzo el jardín, seguida de los Ferrec. Trato de buscar a la empleada para que me entregue mi abrigo, pero esta me pide que aguarde justo cuando empieza la disputa arriba. «Alex, Christopher y Sara».

—Llevaré a Sara conmigo esta noche —comenta Alexander.

—Es lo mejor. —Gema entra detrás de Regina y Marie.

La empleada aparece con mis cosas y dudo si irme, dado que no quiero que Christopher piense que volví a huir.

—Normalmente, nos quedamos cada vez que venimos de visita —me dice Gema—. Hablo de todos, hasta mamá se queda, así que no lo tomes en el mal sentido.

En serio se cree un miembro más de la familia.

—Deja que la adicta maleducada se quede —se mete Regina Morgan—. A lo mejor Christopher la necesita.

«Adicta». Esa palabra me da mucho asco y más cuando la gente me mira tratando de descubrir si lo soy o no, como los Ferrec, que clavan los ojos en mí.

—No vuelva a llamarme así —le digo a la abuela del coronel.

—En mi casa me refiero a la gente como se me antoja. —Se acerca—. Y te lo echo en cara porque es lo que eres o fuiste... Da lo mismo si...

—Si se va a referir a mí como lo que soy o fui entonces llámeme teniente —le suelto—. También soy políglota, francotiradora, criminóloga, rescatista —continúo—. Y por muy mal que le caiga, no acepto el término, simplemente porque tengo muchos títulos que lucir como para quedarme con ese.

Gema se mueve incómoda cuando me mira de arriba abajo.

—¿Qué pretendes con mi nieto? —Me encara.

—No lo sé, diría que quererlo, pero con malnacidos como él nunca se sabe.

Suspira y fija los ojos en el collar que llevo.

—Me gusta —Me da la espalda. Gema me mira y me quedo con un signo de interrogación entre ceja y ceja.

«Le desagrado yo, pero ¿le gusta mi collar?».

Unos pasos retumban en la escalera cuando baja Sara con las mejillas empapadas de lágrimas.

—¿Qué te pasó? —se preocupa Marie.

—¡Me echó! —Se limpia la cara indicándoles a sus invitados que se levanten—. ¡Mi propio hijo me echó!

—Ese maleducado no puede echar a nadie —se interpone Marie—. Esta no es su casa.

—Técnicamente, sí —interviene Regina—. Es el único heredero de Alex, así que sí es su casa.

—No te pongas de su lado, Regina —solloza Sara—. Siempre has actuado como una maldita indolente.

—¡Ah, ya vete! —exclama la madre de Alex—. No dejaré que me insultes en una casa que lleva mi apellido, así que a llorar a otra parte, que tus lágrimas son lo que menos me importa ahora.

—No te importan porque eres una insensible...

—No intentes ofenderme, que peores cosas me han dicho y, pese a eso, heme aquí —le señala la puerta—, dándome el lugar que no te das tú por cobarde y reprimida.

Alexander toma el brazo de la chef y sus hijos lo respaldan.

—No te merecen, así que vamos —espeta, y la abuela del coronel rueda los ojos.

—Los acompaño —dice Marie—. Ya no soporto tantas injusticias.

Su hija la ayuda a levantarse y va con ella a la salida, seguida de Sara y los Ferrec. Todos abandonan la propiedad y entiendo el porqué de la angustia de mi madre al señalar a los Morgan como una familia conflictiva.

Se escucha un portazo arriba, Christopher baja sin Alex, pasa de largo y, sin hablarle a nadie, cruza el umbral que lleva al jardín.

Sopeso mis posibilidades: seguirlo, irme o quedarme de brazos cruzados lidiando con las sátiras de su abuela, que no deja de mirarme. Me siento entre la espada y la pared, creo que tuvo que invitarme con algún fin y por ello voy tras él.

Dejo mis pertenencias en el brazo del sofá, avanzo en su dirección y me detengo a pocos pasos. Está sin saco y sin corbata.

Con él nunca se sabe qué decir ni cómo actuar. Los minutos se me hacen eternos mientras él mantiene la vista fija en un mismo punto, respira hondo y me atrevo a acercarme abrazándolo por detrás.

A veces solo se necesita eso, un toque, un abrazo o un beso que te haga saber que te quieren y eres importante en la vida de otro.

—Enséñame la mansión. —Tomo su mano y tiro de ella.

Camina conmigo en silencio, observo alrededor mientras nos adentramos en la inmensa propiedad. Los arbustos que la rodean me llegan a los hombros, tienen cancha de tenis, espacios para jugar golf, así como lindos jardines con fuentes de piedra.

Detallo todo mientras él sigue igual; en ocasiones, me cuesta mucho entenderlo.

—Ya deja esa actitud —rompo el silencio en lo que muevo su mano—. Siento que pasé de andar con un adonis a arrastrar a una momia.

—No estoy de genio. —Nos detenemos frente la piscina.

—Tú nunca estás de genio para nada. —Suelto su mano.

—No es que esté de genio: es que, a diferencia de otros, no estoy para bancarme hipocresías con gente que no tiene nada que hacer aquí.

—¿Tanto la odias? —pregunto.

—No voy a discutir eso contigo.

Acaba con el espacio que nos separa y toma mi cintura pegándome a él; sigue serio y respiro a milímetros de su boca.

—¿Vas a estar con esta actitud de mierda toda la noche? —musito.

—Sí —contesta antes de atrapar mi boca con la suya.

Correspondo el beso candente que me sume y, como siempre, me da un momento épico, el cual me atrevo a romper empujándolo conmigo a la piscina. Necesito disipar la atmósfera cargada de enojo, tuve un día increíble y quiero cerrarlo con broche de oro.

El agua me golpea las costillas y duele, pero en Phoenix mi hermana me empujaba al agua cada dos por tres, así que estoy acostumbrada. Emerjo fuera de sus brazos, él reniega y yo me hundo disfrutando del agua tibia.

—Lo siento —me acerco—, pero está científicamente comprobado que el hielo se derrite con agua y yo tenía que intentarlo contigo.

—¿Cuántos años tiene?

—Ocho —me mofo rodeándole el cuello con los brazos.

Trata de apartarme, pero lo estrecho con fuerza. Se rinde y deja que mi lengua toque la suya con un beso de película. No hay oración, párrafo o fragmento que detalle lo que siento por este hombre.

Me condena a muchas cosas; aun así, me hace tan feliz en otras… Por él sé que en ocasiones el pecado es la entrada al paraíso. Suelta mi boca y gira nuestros cuerpos antes de estrellarme contra la orilla, lo abrazo con las piernas, mientras dejo que reparta besos por mi cuello.

—En la Edad Media intentaban ahogar a la gente cuando estaba poseída —le digo.

—Eso es absurdo…

—No para mí, que quiero curarte. —Hago fuerza sobre sus hombros y lo hundo a las malas.

No lo dejo subir, logro dejarlo sin aire y, de un momento a otro, siento cómo tiran de mi cintura y se invierten los papeles.

—La que creo que está poseída eres tú, y el que tuvo el papel de sacerdote fui yo. —Me lleva abajo y hace presión sobre mis hombros—. Así que ora conmigo, ninfómana.

—¡Basta! —Medio consigo salir, pero me vuelve a hundir.

—No emergerás hasta que no cures tu puta locura. —Sigue ejerciendo fuerza y, por un momento, siento que voy a morir.

Alcanzo a soltarme y me alejo lo más que puedo.

—¡Vas a matarme, idiota! —El asunto deja de ser divertido cuando quieren enviarte al más allá.

—Nunca aguantas nada —se burla, y el enojo no me dura nada, ya que me derrito con el cabello pegado a la frente y el brillo de sus ojos que percibo cuando se acerca a tomarme de nuevo.

Me lleva contra la orilla, busca mi boca y dejo que nuestros labios se unan otra vez. Mantiene las manos sobre mis omóplatos en lo que me abraza con fuerza, pero el momento no dura mucho, ya que la sombra de Alex Morgan nos cubre. No puedo sentirme más ridícula cuando veo lo serio que está.

Aparto la cara y él mantiene las manos en los bolsillos del pantalón.

—No vamos a coger, si es lo que estás esperando —le dice Christopher—. Al menos, no frente a ti.

—No necesito presenciar tu porno —espeta el ministro—. Solo vengo a informarte de que mañana empiezan tus tres días de suspensión por el asunto de Antoni Mascherano. Úsalos para algo productivo y descansa, debes estar concentrado cuando tengamos que partir y no quiero que te estés quejando por todo como siempre.

El ministro se marcha sin decir más y yo salgo de la piscina temblando de frío.

—¿Puedes pedir una toalla? —le pregunto al hombre que me sigue.

—Cuando acabemos el recorrido que tanto querías. —Christopher tira de mi mano.

—Así no, me va a dar una hipotermia…

—Lo pediste, así que ahora te aguantas. —No me suelta.

Mis dientes castañean, mientras el neandertal que me acompaña me obliga a caminar con la ropa empapada. Me sumerge dentro de un montón de arbustos y terminamos en una pequeña colina desde la que puede contemplarse la mansión que limita con la de los Morgan.

—¿La reconoces?

—La propiedad Lewis.

—Sí. —Empieza a desabrocharse la camisa—. La ventana que está arriba a la izquierda es la de Joset y Martha Lewis.

Se quita el pantalón y doy un paso atrás al percatarme de sus intenciones.

—¿Qué? ¿Te da miedo coger frente a la casa de tu ex?

—Estás loco —le espeto—. Vete con tus delirios obscenos a otro lado.

Trato de irme, pero me toma y hace que choque contra su pecho, se apodera de mi cuello y sujeta mi nuca antes de ir por mi boca.

—¡No! —Intento zafarme; sin embargo, como siempre, su fuerza sobrepasa la mía y termino contra el césped.

Me da rabia, furia, que su lado bruto me prenda más y que por ello mi entrepierna se empape como lo hace. Me atrapa los brazos por encima de la cabeza y se mueve sobre mí, demostrando lo preparado que está.

Ya no tengo frío, ardo y lo demuestro levantando la pelvis para que me saque las bragas. Me siento una puta que deja que le abran los pliegues y laman el coño con desespero ante la casa de los que fueron sus suegros.

No me queda duda del espíritu lascivo que ahora no me abandona, ese que disfruta de los lametones en las tetas. Sube y separo las piernas para que haga lo que mejor sabe hacer: follarme.

—Conmigo toda la noche y mañana todo el día —jadea con el cabello pegado en la frente.

Intento hablar y me tapa la boca, acallándome.

—No lo estoy preguntando. —Le palmeo la mano para que la quite.

—No iba a decir que no.

Las embestidas me ponen a jadear y dejo que me haga suya bajo la noche estrellada de Londres. Quiero el día, la semana, el mes, el año… Lo quiero a él conmigo por tiempo indefinido. Quiero conservar la alegría que tuve a lo largo de la tarde, ilusionada con el hecho de que sabía que lo volvería a ver.

—Dilo —pide en medio de jadeos y me aferro a la camisa que tiene—. Que lo digas.

—Te quiero —lo molesto.

—¿Quieres? —Muerde mis labios—. Quieres al idiota que vive en tu casa…

Me apremia con empellones fuertes y profundos, los cuales hacen que abra más las piernas.

—A mí…, a mí me amas, Rachel James —asegura—. Me amaste antes, me amas ahora y me amarás siempre.

Me dejo ir con su monólogo posesivo, que me deja en el limbo. Lo sabe, está seguro y aún no entiendo por qué diablos me lo pregunta.

60

Éramos

Luisa

Apoyo el peso de mi cuerpo en la jamba de la puerta que lleva al baño, el que dice ser mi esposo se arregla frente al espejo, está de civil y se acomoda el cuello de la chaqueta que lleva puesta. Simon Miller con traje o con lo que sea que se ponga siempre tiene un aire casual y extrovertido.

—¿Vas a salir? —pregunto.

—Sí, no me esperes para cenar. Creo que tardaré.

Prefiero darle la espalda a pedir explicaciones. Su ausencia me tiene cansada, como también que siempre esté ocupado y que carezca de tiempo para todo. Faltan dos semanas para que nazca el bebé y lo único que me ha dado son dolores de cabeza.

No me siento amada, ni apetecida. La última vez que intentamos tener intimidad no pudo, debido a que, por primera vez desde que lo conozco, no funcionó como hombre. Según él, estaba cansando y ni siquiera se molestó en volver a intentarlo.

Cruzo los brazos frente al ventanal que da a la calle, y él acerca en busca de mi boca, aparto la cara molesta. No quiero besos cargados de hipocresía.

—¿Ahora qué pasó?

—Nada. —Señalo la puerta—. Vete a hacer lo que sea que tienes pendiente; de hecho, se me hace raro que te quedaras tanto tiempo aquí.

—No empieces con lo mismo de siempre —se queja.

—¿Con qué, según tú?

—Con los celos. Estoy resolviendo asuntos que requieren de mi atención, es solo eso.

Busco otro sitio, mi matrimonio no es más que una pérdida de tiempo. Estamos forzando las cosas en una relación en la que ya no hay amor.

—No es bueno para el bebé el que te pongas así, Luisa.

—Como si te importara… Solo lárgate, ¿vale? —Me acaricio el vientre—. No quiero verte.

Duda, me mantengo firme en mi punto y él suspira antes de buscar la puerta. Creo que cometí un error al casarme, puesto que Simon resultó ser como todos los demás y eso me tiene decepcionada: es un hombre que miente y que no está aquí como necesito que esté.

Presiento que tiene otra y ya me instruí con un buen abogado. En cuanto compruebe que me engañó, pediré el divorcio; no voy a interpretar el papel de esposa engañada.

Son las dos de la tarde, el encierro me fastidia, así que me cambio y le envío un mensaje a Stefan. Hace días le pedí una tarta de limón y me dijo que me la traería hoy.

Me resulta mejor ir hasta la casa de Rachel, quiero aire fresco; por ello, le aviso al soldado que voy a pasar por la tarta.

«Te espero», responde.

Mi amiga no contesta cuando la llamo para preguntarle dónde está; de hecho, no atiende el teléfono desde ayer y el único texto que recibí de su parte fue en la mañana, cuando me dijo que estaba en la casa del coronel.

Doy por hecho que sigue con él, dado que no da señales de nada. Saco un abrigo del clóset y bajo a la primera planta. Las llaves de mi auto no están en el sitio de siempre, le pregunto a la empleada, pero esta no tiene idea de nada.

«Simon», recuerdo, utilizó mi vehículo ayer y no me las devolvió.

Voy de nuevo a la alcoba, Simon tiene la mala costumbre de no desocupar los bolsillos de los pantalones que usa, así que en la cesta de la ropa sucia busco el vaquero que llevaba ayer; las llaves tintinean dentro, meto la mano y no solo están las llaves, hay dos facturas dentro.

Son dos facturas que no le he oído comentar en ningún momento. Leo, hizo pagos de medicamentos en un hospital especializado en pediatría.

La suma no es pequeña y la receta está a nombre de no sé quién. Miro quiénes son los titulares de la cuenta que empleó y noto que el idiota realizó el pago con nuestro fondo familiar. «Descarado». Está utilizando mis fondos para costear quien sabe qué. Reviso la otra factura y veo que es de juguetes.

Inhalo y exhalo para no perder la compostura. Ya está, esto es una señal, la cual me grita que debo divorciarme.

Nunca está en casa, se larga todo el tiempo, le pone clave al móvil y ahora hace gastos sin consultarme. Su comportamiento raya en lo abusivo. Arrojo las facturas a la basura y me apresuro a la caja fuerte, tengo ahorros en ella y no voy a arriesgarme a perder mi dinero con el maldito mentiroso que tengo como marido.

Guardo todo en mi cartera, las ganas de llorar me las trago, ya que derramar lágrimas no le hacen bien a mi estado. Los obreros que están trabajando en la remodelación están descansando afuera y el contratista que empleé hace meses se acerca cuando me ve.

—¿De salida? —me pregunta, y asiento—. Hoy empecé tarde, por ello terminaré tarde. Te aviso para que sepas que cuando vuelvas tal vez siga aquí.

Le dedico una sonrisa escueta con la cual pretendo ocultar mi rabia. Tengo tanta cólera que no le pongo más atención de la necesaria.

—Te veo luego.

—Que te vaya bien —me dice.

Con la cartera bajo el hombro abordo mi auto y me encamino a mi antigua casa, al primer sitio que sentí como mi hogar después de Phoenix.

Rachel ha sido mi mejor amiga desde que tengo uso de razón, vivíamos en el mismo vecindario y asistimos a la misma academia militar. Centré mi educación en lo que me apetecía estudiar: la mente criminal.

Me especialicé en psicología forense e hice estudios extras en las ramas que ofrece la FEMF con el fin de poder analizar con mayor precisión a delincuentes, víctimas, testigos y sospechosos.

Mi padre apoyó mi traslado al Reino Unido cuando me postulé y Rick James le compró un apartamento a mi mejor amiga en Belgravia. Soy querida por los James, los conozco a todos, me vieron crecer. El padre de mi mejor amiga dejó claro que el lugar es para ambas y, pese a que me casé, su casa sigue siendo como si fuera la mía. Rachel nunca me ha pedido las llaves, nunca se opuso a que hiciera cambios y siempre me recuerda que puedo entrar y salir las veces que quiera.

Dejo el auto frente al edificio y subo al apartamento donde Stefan me espera. El soldado que se encuentra frente a la barra de la cocina me pide que espere en el sofá, mientras termina de decorar la tarta. Al cabo de media hora dice:

—Toda tuya. —Pone la tarta frente a mí—. Disfrútala.

Entierro la cuchara en el postre, que está delicioso. Quisiera tener un hombre como él en casa… Le dedico dos horas de mi tiempo, Rachel no se digna a aparecer y le termino contando mis problemas al soldado.

—Es solo cuestión de comunicación, yo no creo que te esté engañando.

—No soy el tipo de mujer que anda con dudas —le hago saber—. Por eso lo voy a mandar a la mierda, así como envié a Scott.

—Scott no era tu esposo, y el capitán Miller es un buen hombre.

—Es como todos los hombres del mundo, no valen la pena.

Me mira y la paz que transmite me permite entender por qué Rachel le tiene tanto cariño. Es guapo, noble y atento.

—Voy a recostarme un rato, supongo que Rachel no va a llegar por ahora. —Suspiro mientras él recoge el plato de la tarta. Tengo las llaves de todas las puertas, así que busco la de la alcoba de mi amiga. El pestillo salta al otro lado y me sumerjo en la habitación de colores pasteles. La cama está tendida; a decir verdad, no tengo sueño y, en vez de dormir, lo que hago es ojear las viejas revistas que tiene Rachel en la cajonera. A cada rato hago pausas y trato de adivinar en qué se está gastando Simon mi dinero.

Leo artículos hasta que la cabeza me duele; llega un punto donde no puedo más, así que busco un analgésico en mi bolso para el dolor de cabeza, rebusco y toco el sobre con dinero que traje de mi casa. Lo mejor es que lo deje aquí, siento que en casa no está a salvo.

Camino a la caja fuerte y pongo la clave que creé con Rachel hace más de cinco años. No la ha cambiado. La puerta se abre y dentro de esta solo está la jadeíta Mascherano al lado de un sobre amarillo. Dejo mi dinero antes de tomar el sobre que me hace arrugar las cejas al ver el nombre de mi marido afuera.

«¿Desde cuándo Simon guarda cosas aquí?».

Abro y saco los papeles en lo que camino a la cama; lo primero que veo en una de las hojas es una demanda de Casos Internos donde señala a Simon como sospechoso de actividades ilícitas. Sacudo la cabeza, confundida sigo mirando, está resaltado en rojo la dirección de una propiedad que compró no sé cuándo.

Paso a las siguientes páginas, donde, en un informe, Rachel trata de rendir explicaciones contrarrestando con… Me niego a respirar, espabilo dos veces y me aseguro de no estar leyendo mal.

«Corina Halles»… «Relación extramarital»… Vuelvo a leer, «Corina»… «Tiene una amante»… Simon tiene una amante, el informe lo concluye y está escrito claramente en una de las páginas. Con los ojos empañados leo por tercera vez el maldito párrafo que justifica la compra que hizo.

«Maldito imbécil». El amor que le tenía a Simon Miller es un frasco vacío el cual se rompe en pedazos. «Lo sabía», ¡sabía que me estaba siendo infiel!

—Necesitas algo más o… —pregunta Stefan, y se queda quieto en la puerta cuando ve lo que tengo en la mano.

No me permito llorar, la rabia que tengo no me deja.

—Eso es información confidencial. —Se acerca asustado.

—¡Confidencial tus pelotas! —No controlo el tono—. ¡Quiero saber por qué Rachel está espiando a mi marido!

—Luisa…

—¡Habla ya o tendremos problemas! —advierto furiosa—. ¿Por qué está trabajando para Casos Internos? Estos documentos dejan claro que lo está haciendo.

Me quita los papeles, que vuelve a introducir en la caja fuerte, y me cruzo de brazos a la espera de una explicación. No me voy a ir hasta que no abra la boca.

—Te lo diré, pero prométeme que no le hablarás a nadie de esto —me pide—. Podrían apresar a Rachel si saben que te enteraste.

Guardo silencio en lo que él me suelta todo lo que está pasando, lo que le pidió la rama, lo que le pidieron después de que se incorporó, las sospechas que hay sobre los Morgan y sobre la Élite. Me cuenta sobre el detective que contrató Rachel y ha estado siguiendo a Simon con el fin de buscar la causa que infundió las sospechas que tiene Casos Internos sobre él.

—Elliot MacGyver fue quien llegó a la conclusión de que el capitán Miller está saliendo con alguien —termina—; sin embargo, no estamos seguros...

—¿Y qué más necesitan para convencerse? —increpo—. ¿Que la presente como su amante oficial? ¡Le compró una casa, gasta nuestro dinero en ella y tiene fotos con ella! ¡No sé qué más están esperando!

—Luisa...

—Calla. —Recojo mi bolso—. No me sorprende, porque ya lo sabía.

Busco la puerta y él se niega a que me vaya, me toma del brazo y me aleja del umbral. La rabia me apaga cualquier atisbo de amabilidad y me zafo queriendo que se aleje.

—Deja que llame a Rachel.

—No. —Lo quito del camino—. Yo veré cuándo la llamo. Ahora, lo único que quiero es alejarme de las pruebas que me reafirman que me casé con un malnacido.

—No es correcto que te deje ir así. —Me sigue—. Al menos deja que te lleve a tu casa.

—Estoy embarazada, no cuadripléjica —salgo—, así que no necesito que nadie me lleve a ningún lado.

—Esto tiene que quedar entre nosotros. —No deja de seguirme—. Sabes cómo es Casos Internos y el poder que tiene en la FEMF: si se enteran de que alguien más está al tanto de esto, nos van a condenar y a encarcelar por traición. Fueron claros con lo que exigieron.

No contesto, simplemente sigo andando y me apresuro escalera abajo. Stefan trata de retenerme, pero no puede, se da por vencido y se queda en la entrada del edificio mientras subo al auto donde arranco. «Otra vez», primero Scott y ahora el hombre que juró amarme y no lastimarme. Simon es un maldito.

La garganta se me contrae en lo que conduzco de vuelta a mi casa. No éramos ni somos diferentes, somos más de lo mismo: inútiles, incapaces de forjar amores inmortales. Esto era algo que ya sabía y veía venir.

En menos de nada estoy en Chelsea, guardo el auto y salgo del vehículo con la furia ardiendo en mi pecho. Me limpio las lágrimas que se me salen de forma inconsciente, son lágrimas de rabia.

—¡Dorotea! —llamo a la empleada cuando estoy en la sala—. Empaca hasta la última prenda de Simon, ya no vivirá en esta casa.

Frunce el entrecejo, lo conoce hace años, ya trabajaba para él antes de vivir conmigo.

—¡Ve! —le exijo—. Quiero sus maletas listas para cuando llegue.

Si me engañó está bien, eso pasa cuando no se quiere, y él y yo no nos queremos desde hace mucho tiempo.

Me encierro en la alcoba de huéspedes, donde me paso las manos por la cara, no tengo por qué llorar, soy una de las mejores psicólogas de la Fuerza Especial Militar del FBI, soy una mujer capaz, fuerte, decidida, con carácter, y no tengo que llorar por tonterías, ni por cosas que no valen la pena.

Camino hastiada…, él lo tenía todo entre las manos y lo dejó ir al engañarme.

—Luisa —mi contratista llama—, te vi llegar alterada, ¿estás bien?

Arreglo mi cabello, me duele lo que hizo porque es mi esposo, pero actuar como la estúpida esposa engañada a la que le montan los cuernos y se pone a llorar me asquea. Yo no soy así.

—¿Luisa? —insiste el contratista.

—Estoy bien —abro la puerta—, solo me enteré de una mala noticia, pero ya pasó.

Mueve el brazo, y el martillo que tiene en la mano queda sobre su hombro, el tono marrón que le decora la piel es llamativo. Paseo la vista por su cuerpo y observo que tiene manchas de sudor en la camisa.

El informe sobre Simon me pone a palpitar la sien. Es una basura y merece que le trituren las pelotas.

—¿Quieres bajar un rato y hacerme compañía? —le pregunto—. El imbécil de mi exesposo no está y no quiero comer sola.

—¿Ex? —Alza una ceja, sorprendido.

—Sí, ex.

Yo no soy Laurens, a quien a cada rato la tratan como una idiota. No soy el tipo de mujer que se pone a lamentar y llorar sobre lo roto; tampoco soy del tipo que se culpa y se autodenigra mientras se pregunta el porqué. Por ello, no voy a dejar que ningún machista, infiel, opresor, me aflija.

—Acompañarte es un gusto para mí. —Se aleja—. Te espero abajo.

Toma la escalera y paso saliva. Me hubiese gustado que Simon tuviera las agallas de haber terminado todo de buena manera, pero no lo hizo.

—Dorotea, sirve la cena —le pido a la empleada mientras bajo las escaleras—. Orson comerá conmigo.

Voy hasta la mesa que hay afuera. Dorotea trae la cena y el hombre empieza a llenarme de adulaciones. No es la primera vez que coquetea conmigo. Vive aquí, en Londres, hace semanas me comentó que es soltero y vive con su madre.

Me esfuerzo por quitarle importancia a lo que vi.

—Te siento tensa —comenta el hombre frente a mí.

—Lo estoy.

—Reparé el jacuzzi del patio, deberías meterte un rato... —propone— conmigo, si lo deseas.

Bromea con lo último en lo que me muestra el mueble que compró Simon hace un año y que se averió hace dos meses.

Como mujeres trabajamos, nos volvemos madres, lidiamos con las hormonas del embarazo, con dolores y, como si eso no fuera poco, también debemos bancarnos que nos falten el respeto. En la vida, el sexo femenino siempre tiene más cargas y responsabilidades que el sexo opuesto, que no hace más que engañar.

—Sabes que sí —suspiro—. Me voy a cambiar y tomaré el baño.

La empleada está bajando las maletas cuando vuelvo a la casa; luce algo confundida e intenta que le explique qué pasa, pero hago caso omiso de su requerimiento. Ha de ser hasta cómplice de Simon.

—Pero ¿qué paso? —insiste.

—No lo quiero aquí, esa es la única explicación que hay.

Me aseguro de que no haya quedado nada de ese infeliz en el clóset, me quito la ropa y tomo el móvil con el que le envío un mensaje a Rachel.

Le dejo claro que sé lo de Casos Internos mientras tecleo con rabia: si yo viera a su marido con otra no dudaría en decírselo. En el mismo mensaje le hago saber que no hay de qué preocuparse, que estoy bien y ahora soy una mujer soltera que empezará desde este momento a disfrutar de su libertad.

Me amarro la bata, me recojo el cabello y me dirijo al jacuzzi. Orson está recogiendo las herramientas que tienen en el patio, fija sus ojos en mí y no me pierde de vista en lo que me suelto la bata, que dejo caer antes de meterme al agua caliente.

En vez de irse y darme privacidad, se queda dando vueltas hasta que tiene el valor de acercarse; me pregunta si puede sentarse en la orilla para seguir con la charla y le digo que sí.

De no estar casada le hubiese seguido el hilo hace mucho y, como ya no lo estoy, soy libre de hacer lo que me apetezca.

—Es el primer proyecto que lamento terminar, mañana concluimos con todo —comenta—. Espero que todo haya sido de tu agrado.

—Lo fue, no me equivoqué en mi elección y estoy muy agradecida.

—Conserva mi tarjeta. —Mete los dedos en el agua—. A lo mejor tengo suerte y más adelante me das la oportunidad de tomarnos una copa.

—Tomémosla ya —lo reto—. ¿Para qué esperar?

Sonríe mostrándome una dentadura perfecta.

—Luisa, para ti no es un secreto que eres de mi agrado y lo que menos quiero es traerte problemas con tu marido.

—Simon ya no es mi marido, te lo dije arriba.

Me imagino la cara que pondrá Simon cuando se entere de que le montaron los cuernos con el contratista. Aunque no sintamos nada el uno por el otro, será un disparo directo a su orgullo masculino.

La ofensa más grande para un hombre es la infidelidad.

—¿Qué pasa? —pregunto cuando duda—. ¿Ya no me ves atractiva?

—Eres hermosa.

—Entonces ponte cómodo, entra y acompáñame. —Juego con las burbujas del jacuzzi—. Una copa no le sentará mal a mi embarazo.

—Si insistes… —Se aleja.

—Te espero.

Veo cómo se pierde en el baño que está a un par de metros. El móvil me empieza a timbrar y aprovecho para contestar la llamada de Rachel. Dudo por un momento, pero termino deslizando el dedo sobre la pantalla. También estoy enojada con ella.

—¿Dónde estás?

—Saliendo de Hampstead —contesta—. Acabo de ver tus mensajes y tengo llamadas perdidas de Stefan. Luisa, quiero que…

—Te quiero y por ello voy a dejar que me expliques lo de Casos Internos —le interrumpo—. Y porque te quiero, eres la primera en saber que me voy a divorciar.

—Luisa…

—Díselo a Simon, ya que no sé dónde está. De paso dile que no venga esta noche, quiero tomarme una copa con Orson.

—¿Qué? ¿Para qué? —Se altera—. No hagas tonterías y espera a que…

—¡Sé lo de Corina y me conoces! —espeto—. No voy a estar tranquila y quedarme como la víctima que le montaron los cuernos.

—Sabes que no es la forma correcta de actuar. —Trata de que razone.

—No, pero es el camino que quiero tomar, ¿vale? Al igual, es algo que quería hacer sabiendo o no la verdad. —Cuelgo sin que pueda decir nada.

Orson se acerca solo con el bóxer puesto y yo me acomodo bajo el agua, me gusta lo que veo. El moreno entra al jacuzzi y se acomoda a mi lado, su brazo queda sobre mis hombros y no lo quito.

—Y bien... —Respiro hondo—. ¿Qué vino te apetece?

Simon

Gauna es una mierda cuando de molestar se trata, me mandó al peor sector de la ciudad a entrevistar a una decena de drogadictos y no soy de los que se quejan seguido, pero en ocasiones me dan ganas de pedir la baja y dedicarme a otra cosa, como a vender videojuegos de los noventa o algo así.

El embotellamiento que encuentro en una de las avenidas nubla mi genio, parece que no va a pasar rápido, así que saco la consola de mano para jugar un rato mientras espero.

—Anda, come —le digo al gato que alimento—, y también lávate los dientes.

El agente de tránsito me pide que siga y salir de la caravana me toma veinte minutos más.

Lo logro, detengo el auto en la pastelería que frecuenta Luisa y pido dos pasteles de limón para llevar. Tuve que apagar el móvil mientras trabajaba y, con lo hormonal que está, de seguro ya anda como la mujer que aparece en la película de *El exorcista*.

Reviso mi billetera y acomodo las tarjetas coleccionables que tengo; a mi esposa no le gusta que las compre, dice que gasto mucho dinero en ello, pero es algo que hago porque me recuerda a mi yo de catorce años.

Saco el dinero que requiero y me acerco a la caja de la pastelería, en la que espero. No es un local grande, solo cuenta con ocho mesas y una pequeña barra donde la gente suele sentarse a tomar café.

Sé que a Luisa le va a gustar que llegue con un pastel, no quiero pelear, y menos faltando tan poco tiempo para que nazca el bebé. Me avisan de que tardarán cuatro minutos más y contesto el mensaje de Corina, quien me confirma que a George le fue bien hoy en la terapia.

—Su pedido, señor —me llaman.

—Gracias.

Tomo el pedido y abordo mi auto rumbo a Chelsea con las bolsas en el asiento delantero. Entro al vecindario plagado de casas tradicionales; los hombros se me tensan no sé por qué y los ánimos se van apagando cuando vislumbro mi casa desde lejos. Ha de ser porque siento que Luisa va a pelear conmigo. Respiro mentalizándome de que, de seguro, el pastel la calmará.

Estaciono en el garaje y saco las bolsas de la compra, el sitio conecta con la cocina semiabierta. Dejo el pastel sobre la barra de granito y me encamino al vestíbulo desocupado.

—¡Luisa! —llamo a mi esposa, pero no contesta—. ¿Cariño?

Me asomo a la escalera y Dorotea se asoma a su vez. Veo las maletas junto al sofá y trato de no entrar en pánico al pensar en la posibilidad de que la empleada puede abandonarme.

—Sea lo que sea que esté pasando, sé que lo podemos solucionar —le digo—. Sabes lo que siento por ti.

Es la única capaz de lidiar con el temperamento de mi mujer.

—Estas maletas no son mías, señor Miller —declara—. Son suyas.

—¿Qué?

—La señora me pidió que empacara sus maletas. —Me muestra el equipaje—. Me informó que ya no vivirá con nosotras.

No entiendo nada… Yo… no contesté las llamadas que seguramente me hizo, pero me parece un poco exagerado que quiera echarme por eso.

—No lo quiere ver aquí.

—¿Que hice? —increpo.

—¡No sé! —La exaspero— Le pregunté y no me quiso decir.

—¿Dónde está?

—En el jardín, pero lo mejor es que no vaya.

Me apresuro a buscarla. Lo que leí sobre maternidad no decía nada de esto. Corro la puerta de cristal, está en el jardín, pero no está sola: está con…

¿Orson? Algo se me entierra en la espina dorsal al notar que está más cerca de lo debido; ella se ríe con una copa en la mano y él le aparta un mechón de la cara. Aprieto el paso hasta donde se hallan, no se han percatado de mi presencia, Luisa deja que el contratista le quite la copa y ponga las manos en su vientre, cosa que me vuelve el paso lento.

Es un contratista, no tiene por qué tomarse esas confianzas. La mujer con la que me casé no aparta la mano que la toca; al contrario, deja que le alce el mentón y la ¿bese? Deja que sujete su nuca y que avasalle los labios que besé frente al altar hace más de dos años.

El enojo me ensancha las fosas nasales, no sé qué diablos le pasa o qué demonios le ha dado el imbécil que tiene al lado.

—¡¿Qué mierda te pasa, Luisa?! —trono a pocos pasos del jacuzzi. El contratista se levanta y sale de inmediato cuando me ve, mientras que ella acomoda los brazos en el borde de la bañera.

—Estamos ocupados, así que lárgate —me dice.

—¿Te coges al contratista? —Entiendo que tenga carencias, pero no ameritan que me haga esto.

—Ya la dama te habló. —El contratista intenta acercarse.

—Manténgase en su puesto —advierto, y me acerco a sacar a mi esposa del sitio donde está.

—¡Suéltame! —se rehúsa.

—¡Ella ya te dijo que te fueras! —brama el hombre, que intenta empujarme; sin embargo, soy yo quien le esquivo y el que lo desestabiliza con un empellón en el tórax.

—¡Fuera de mi casa!

Blande el puño en el aire, me sobrepasa en peso y estatura, pero no tiene mi entrenamiento; por ello lo evado, le pateo el torso y entierro dos puños en la nariz cuando el golpe medio lo encorva. Su peso se viene contra mí y me atropella, su puño busca mi cara; sin embargo, detengo el golpe y cambio los papeles. Ejerzo fuerza en su cuello y arrojo puños con la mano libre, empieza a sangrar en lo que lo golpeo.

—¡Ya para, que lo vas a matar! —Me empuja Luisa y la distracción le da ventaja a él, que me lleva a un lado, se me viene encima y me entierra los nudillos en la cara.

—¡Dale otro por traidor! —lo anima Luisa, y no me duele el golpe, me duele ella.

Dejo caer los brazos a los costados, mi cuerpo recibe una tanda de golpes que no quiero evadir, la boca se me llena de sangre y…

Patean al hombre frente a mí, cae a mi izquierda y alguien me encuella.

—¡¿Estás tullido o qué mierda te pasa?! —me gritan, y reconozco la voz que acompaña la fuerza descomunal que me pone en pie.

—¡Le partiste las costillas! —Luisa le reclama a Christopher.

Se me salen las lágrimas al ver el panorama: ella toma la cara de él, quien le dice que está bien, el beso que le dio viene a mi cabeza y mi cerebro asume que me está engañando con ese imbécil.

Me ha faltado el respeto con un aparecido.

Empuño la solapa de la chaqueta de mi amigo en busca del abrazo que no corresponde.

—No te pongas en modo marica frente a ese kilo de estiércol —me regaña señalando a Orson—. Ve a partirle la cara.

—Lárguese de aquí —le grita Rachel al contratista.

—Simon es quien debe irse —refuta Luisa—. ¡No lo quiero en mi casa!

—¡¿Se te apagó el cerebro?! —la regaña su amiga—. Joder, date cuenta de que lo estás dañando todo.

—Señor —Tyler se suma—, retírese por su propia voluntad o tendré que sacarlo a la fuerza.

El hombre se limpia la sangre antes de salir con la mano sobre las costillas.

—Vamos. —Christopher tira de mi chaqueta y me zafo para encarar a la mujer con la que me casé.

—¿Por qué? —No logro identificar cuál es el órgano de adentro que me duele.

—No te hagas la víctima —responde—. Siempre he dicho que te correspondo con el mismo nivel de fidelidad.

—Yo nunca te he engañado. —La vista se me nubla con las lágrimas—. Ni siquiera lo he pensado, Luisa.

—¡Qué cara tienes! —espeta furiosa—. Resultaste ser el más hipócrita de todos.

—¡Enloqueciste!

—¡Sé lo de Corina! —me grita—. Que te acuestas con otra sabiendo que espero un hijo tuyo. Le compraste una casa…

Sacudo la cabeza, ya no es la mujer inteligente que amé años atrás.

—Corina —asiento—. ¿Por ella te acuestas con el contratista?

—Sí —responde airosa.

—Luisa, no mientas —interfiere su amiga—. No te has acostado con nadie.

—Cállate —le exige ella—, que se dé cuenta de cómo son los tiempos de ahora.

Acorto el espacio que nos separa.

—Siempre me sentí orgulloso de tu carácter —le digo—, pero hoy dejaste de ser la más lista de esta relación. —Me limpio las lágrimas—. Corina es mi hermana, ¿sabes?, al igual que George.

Sacude la cabeza como si estuviera mintiendo.

—Sí, señora Banner, ¡mi hermana! Te recuerdo que los Miller no son mi familia biológica y Corina necesitaba mi ayuda.

—De ser así me lo hubieses dicho…

—¿Para qué? Si todo te molesta, todo me lo criticas —le reclamo—. ¡Mi opinión en esta casa es un cero a la izquierda y te la pasas analizándome, haciéndome sentir como un imbécil! —lo suelto todo—. ¿Cómo te ibas a poner si te enterabas de que tengo un hermano con síndrome de Down porque mis padres eran alcohólicos y lo tuvieron casi a los cincuenta años?

Los labios le tiemblan y aparta la cara.

—Te crees la única perfecta y sabía que ibas a criticar a mi hermana por haber soportado siete años de maltrato intrafamiliar —continúo—, porque acaba de terminar la secundaria y hasta hace un par de meses no fue capaz de buscarme para que la ayudara. —Lloro en lo que suelto el peso que me comprime—. ¡Sabía que solo la ibas a juzgar como haces conmigo todo el tiempo! ¡Ibas a empezar con la paranoia de esto y aquello!

—¡Yo no soy así! —Se le empañan los ojos.

—¿No? —inquiero—. Entonces, ¿cómo le llamas el que no me permitieras saber el sexo de mi hijo solo porque para ti es algo que nos «estresa»? ¡Nunca estás de ánimo para nada! ¡Para ti siempre soy el idiota que nunca hace nada bien!

—Ya basta. —Se mete Rachel—. Christopher, por favor, llévatelo.

—Gracias por empacarme las maletas.

Ella no me dice nada y el coronel me empuja para que me mueva. Tomo el equipaje, que meto en el auto mientras que Christopher me observa desde la entrada del estacionamiento. Trato de encender el vehículo al que entro, pero olvidé que tenía poco combustible.

La reserva que tenía la usé para llegar, no tengo ánimos de nada y dejo caer la cabeza sobre el claxon que empieza a sonar con las luces encendidas.

—Bueno, ya deja la idiotez. —El coronel me saca a las malas—. ¡Anda, ve a mi auto!

Me quita las llaves, que arroja dentro del jeep, y Tyler saca el equipaje.

Pensaba hablar de Corina más adelante, no ahora. Soy adoptado, los Miller me adoptaron desde que era muy pequeño, me han amado como un hijo siempre, nunca me hizo falta nada, pero cuando cumplí once años hablaron conmigo sobre mis orígenes.

Mi hermana me buscó hace unos meses, se presentó, me contó por lo que estaba pasando y no pude decirle que no.

Rachel llega y se acerca a mi sitio.

—Ella no te engañó. —La teniente deja caer la mano en mi hombro mientras Tyler se encarga de las maletas—. Tal vez quiso hacerlo, pero por rabia. Sabes cómo es.

Guardo silencio.

—Debiste explicar las cosas desde un principio. Tu hermana no tiene antecedentes ni nada que la involucre contigo.

—Porque no vivía aquí, su marido casi la mata a golpes, maltrataba a mi hermano y se cambió de nombre para que no la encontrara —le explico—. Por eso me buscó, porque tenía miedo.

—No hay nada de malo en eso, aquí el error fue de los que tomaron decisiones a la ligera.

—No tengo toda la noche. —Se queja Christopher.

—Lo siento, pero tengo que quedarme con Luisa —se disculpa Rachel.

—Déjalo estar, al igual, ya sé que nunca cumples nada. —Rueda los ojos y deja que ella lo abrace cuando acorta el espacio entre ambos.

—Estuve una noche y todo el día de ayer contigo. Hoy fue un día extra.

—Lo abraza más fuerte—. Gracias por acompañarme.

Aparto la cara cuando la besa, sus besos no son muy discretos que digamos. Tardan y echo a andar despacio a la salida del garaje. Estoy enamorado de Luisa, la he querido siempre y ahora siento que debo asumir el hecho de que todo acabó.

Me quedo sobre la acera, Tyler me abre la puerta para que entre y me deslizo en el asiento de cuero mientras le hago frente a los viejos recuerdos, que llegan cuando no tienen que llegar. Christopher se sube a los pocos minutos y el escolta arranca.

—No creí que fuera capaz de hacer eso. —Sacudo la cabeza—. Cometo un error y de una vez trata de buscar el desquite sin darme tiempo de hablar.

—¿Ves? —empieza el coronel—. Ahora supongo que te arrepientes de no aceptar el cheque para mujerzuelas que te iba a dar.

—Me duele lo que está pasando porque la quiero.

Viajo a aquel primer beso en medio de un partido de fútbol, cuando juntó sus labios con los míos para que me callara. Luego esa primera vez mientras acampábamos bajo las estrellas. La propuesta de matrimonio en parapente, la broma antes del sí en nuestra boda, la luna de miel y los zapatitos de bebé en la cama después de una larga jornada laboral.

Todo eso ya no tiene importancia.

La que era mi casa queda atrás. Toco el anillo y me lo quito. Nunca creí que mi matrimonio finalizara tan pronto.

61

1..., 2..., 3. ¡Respira!

Rachel

El sonido del televisor se oye a lo lejos en lo que me esfuerzo por dormir un par de minutos más; tengo demasiado sueño, ya que pasé toda la madrugada discutiendo con Luisa. Me odió, me rechazó, discutimos como siempre porque, según ella, no hay excusa que valga y apenas logré explicar lo que estoy haciendo con el asunto de Casos Internos.

La conozco, está desviando el tema de Simon con el problema de la investigación hacia la Élite. Está enojada; sin embargo, me tranquiliza que, como Stefan, prometió no decir nada.

El olor a gasolina llega a mis fosas nasales. Abro los ojos y busco a Luisa al otro lado de la cama, pero no está. Son las diez de la mañana y hay humo entrando por la ventana.

Me apresuro abajo, ella es impulsiva y temo que, en un arranque de demencia, quiera prender fuego la casa. Cruzo la sala corriendo. Milla Goluvet está de espaldas en la puerta que da al jardín.

—Le dije dos veces que el humo le hace daño al bebé —comenta la agente—. Se supone que estudiaríamos los perfiles psicológicos que conseguí para el caso que tenemos pendiente, pero parece que no está de ánimos.

Señala a la embarazada, que arma una fogata en pleno jardín.

—Hoy no, por favor —le pido—. Luisa necesita descansar y no tiene cabeza para trabajar.

Tomo el extintor de la cocina y me acerco a la mujer que está esparciendo gasolina, avivando las llamas que consumen fotos, postales y portarretratos.

—¿Qué necesidad hay de hacer esto? —Procuro tomarlo con calma.

—No quiero nada de Miller aquí.

—Entiendo tu ira, pero esta no es la manera de arreglar las cosas.

—No me interesa tener nada que me recuerde a ese individuo, no quiero verle la cara en las fotos que están por toda la casa. Solo aviva situaciones pasadas.

—Ese individuo es tu marido, el padre de tu hijo, y no puedes sacarlo de tu vida así porque sí.

—Nadie lo necesita.

Me arrebata el extintor antes de devolverse a la casa.

—¡Dorotea, sirve el desayuno! —le grita a la empleada.

Me desespera, invita a la rubia al comedor en lo que busco la manguera de las plantas, con la que apago el fuego.

Con las llamas extintas vuelvo a la casa. Milla le está mostrando documentos a Luisa, no entiendo cómo puede estar tan cerrada y absorta en otras cosas; o sea, yo no paro de pensar en Simon, adoro a mi amiga, pero él también me preocupa.

Subo por el móvil, tengo mensajes de Laila, Brenda y Alexandra; están laborando, por ende, no han podido venir, y Lulú se halla fuera de la ciudad. Reviso todo por encima y la mañana empeora cuando veo que también tengo mensajes de Gema. Mensajes que no me molesto en mirar.

Sigo verificando qué más tengo: hay dos mensajes de mi mamá y uno de mi papá; les contesto rápido a los dos. Salgo de la ventana de texto y sonrío cuando veo el mensaje que me enviaron en la mañana y no había visto: «Christopher». Es un mensaje corto, el coronel Morgan es un hombre de pocas palabras.

> Cambio auto, último modelo, por tarde de sexo y otra foto para tu mesa de noche.

¿Estás canjeando sexo por un auto?

> Sí.

No sabía que eras un prostituto.

Releo su primer mensaje con una sonrisa en los labios. No sabe perder, como tampoco sabe ofrecer algo decente, el maldito. ¿Sexo y una foto? Eso lo puedo obtener sin tener que darle un auto.

Toco el collar que tengo el cuello…, ayer a esta misma hora estaba en su cama desayunando con él. Más momentos juntos se suman a la colección de mi cabeza.

Me pongo a revisar correos pendientes. El móvil me vibra, el nombre del individuo que me tiene mal aparece en la pantalla, así que deslizo el dedo en la opción de Contestar, mientras meto la mano en el bolsillo trasero de mi vaquero.

—Coronel —contesto.

—Coronel no, teniente. —La mañana se me arruina con tres míseras palabras—. Te he escrito desde mi móvil y no me contestas.

Es Gema y el que me llame desde el teléfono de Christopher solo le suma más peso al asco que le tengo.

—¿Qué pasa? —inquiero.

—Gauna le dio el visto bueno al operativo del club Hipnosis, falta la firma de Christopher, pero el ministro se encargará de ello —explica—. Te llamo para recordarte que debes prepararte. El viernes en la tarde debes estar en el club.

Miro el aparato que tengo en la mano… No sé si ya se cree la primera dama o mi odio da para que todo me suene a que me está dando órdenes.

—Quiero que den su mejor esfuerzo, ya que es necesario llegar al fondo de esto —sigue—. Si capturamos a otra cabeza grande, tendremos un triunfo más para la Élite y el ejército de Christopher.

Para ella es sencillo decirlo, le toca todo lo fácil y solo se la pasa paseándose de aquí para allá. A ella solo le toca sonreír, posar, colaborar… ¿Y yo? Debo soportar puños, tiros y peleas, poniendo el pecho, mientras otros solo ponen la cara.

—¿Algo más? —pregunto con sarcasmo por si de pronto tiene demandas pendientes.

—Pásale la información a Angela. Con Meredith ya hablé —dispone antes de colgar.

El vínculo que tiene con Christopher es algo que no tolero, hay momentos donde en verdad parece que tuvieran algo y me dan ganas de reclamar; sin embargo, siento que me veré estúpida, ya que, como bien lo dijo una vez, no somos nada.

—Buenos días —saludan abajo, y un nudo se me arma en el estómago cuando reconozco la voz de Orson.

Me apresuro a la salida y troto al comedor, donde el hombre saluda a Milla. Dorotea sacude la cabeza y la entiendo: es un descarado al venir aquí.

Luisa está comiendo y trabajando como si nada en el comedor, mientras Milla le muestra documentos.

—Váyase —le digo. No me importa que esta no sea mi casa—. Si Luisa no está en sus malditos cabales, yo sí.

—No empieces con trifulcas, que pelear no le hace bien a mi embarazo.

—¿Y la polla de este sí?

—Vete a tu casa, y cuando se calmen las cosas hablamos, ahora estoy trabajando —se defiende Luisa—. Me estás robando la concentración.

Me exaspera el que siga actuando como si Simon no fuera nada.

—¡Deja tu maldito teatro! —Me acerco y recojo todos los documentos que yacen en la mesa—. ¡Tienes que descansar al lado de tu esposo y no estar fingiendo que todo está bien, porque nada lo está, Luisa!

—¡Simon se fue! —me grita cuando se levanta.

Me llevo lo que recogí y ella se me viene detrás.

—Llámalo —le pido cuando estamos en la sala.

—No, no lo voy a llamar —se opone—. No voy a tardar años pasando página, así que vete, que yo veré como lidio con mis cosas.

Quiero abrirle la cabeza y estrujarle el cerebro para que entienda.

—Él no es Scott —replico—. Lu, no hay nada de malo en querer hablar.

—¿Por qué mencionas a Scott?

—Tienes miedo de que se burlen de ti como lo hizo Trevor en su momento cuando te engañó —me sincero—. Y te equivocas, porque Simon no es así.

—Sea o no diferente, no lo necesito, como tampoco necesito consejos por parte tuya, que te la pasas de problema en problema.

—Es que…

—No, no y no —impone—. ¡No voy a vivir con un imbécil que no me sirve como hombre, y no me juzgues por ser una mujer con cojones, como tampoco pretendas que me convierta en una llorona inestable como tú, que llevas años con el mismo conflicto!

Calla de golpe al notar el error, pero ya es tarde. Ya las palabras cortaron y me arde el que vengan de una de las personas que más quiero. Los ojos me escuecen, y sí, soy una inestable que ahora quiere llorar por las palabras que acaba de soltar su mejor amiga.

—Perdón. Es que… —Se lleva las manos al vientre—. ¡Mierda, lo estoy jodiendo todo!

—Déjalo.

—Raichil, no quise decir eso.

Lo mejor es que me vaya a mi casa. Me quito las lágrimas con las manos y me encamino a la puerta.

—Rachel…

El aullido cargado de dolor que suelta en el medio de la sala me hace voltear.

—¡Maldita sea! —Palidece.

—¿Qué pasa? —La tomo—. ¿Dónde te duele?

Hiperventila llevándose las manos a la cadera y no sé qué hacer.

—¡Dorotea! —llamo a la empleada, pero Milla y Orson llegan primero.

—Contracción. —Mi amiga respira por la boca—. ¡Necesito el bolso del bebé!

La empleada sale corriendo, mientras Luisa deja que Milla y el contratista la lleven al sofá.

—¿Qué hago? —pregunto desesperada cuando se vuelve a quejar—. ¿Tienes algún analgésico? ¿Preparo té, agua...?

—No puede tomar nada —advierte Milla.

—Voy a llamar a la ambulancia —propone Orson.

—¡No! —se opone mi amiga—. Me llevarán al primer hospital que se les atraviese, tengo todo preparado con mi obstetra.

Inhala y exhala mientras hago lo mismo.

—Toma el auto y llévame al hospital militar —pide un poco más calmada.

Le arrebato la pañalera a Dorotea y corro afuera mientras que Milla y el contratista sacan a Luisa de la casa. La rubia dice algo sobre medir el tiempo, pero no le pongo atención, ya que me pongo a discutir con el hombre que intenta abordar mi auto.

—¡No se le ocurra subirse! —Lo empujo—. Váyase a su casa y no moleste.

—Necesitas una mano masculina —insiste, y me mantengo en mi punto—. Luisa...

—Ahora no estoy para nada —se queja mi amiga en el asiento trasero—. ¡Rachel, llévame al hospital!

Milla recibe los papeles que le da la empleada y sube conmigo. Dejo al contratista, frustrado, sobre la acera.

—¡No se le ocurra seguirnos! —le advierto—. ¡Lo golpearé si lo hace!

Milla acompaña a Luisa atrás y pongo en marcha el vehículo.

—¿Cómo te sientes? —Trato de distraerla.

—¡Duele como la mierda!

Busco el móvil y marco el número de Simon. Su mujer está gritando atrás y tengo que esquivar a cuanto vehículo se me atraviesa.

«Contesta, contesta, contesta». Ruego mientras mantengo el móvil contra mi oreja.

—Ho...

—¡Luisa va a tener el bebé! —exclamo.

—¿Qué? ¿Ya? —De pronto habla como si empezara a correr—. Todavía no se cumplen las semanas...

Me sumerjo en la primera avenida que aparece.

—Se adelantó y voy rumbo al hospital.

—Te veo allá. —Cuelga.

En menos de quince minutos estoy en la entrada del hospital. Milla se encarga de Luisa y yo me apresuro por la silla de ruedas. Un camillero trata de calmarnos, pero yo solo quiero que cesen las exclamaciones de mi amiga.

—¡Haz algo, joder! —me reclama Luisa en la silla—. ¡Siento que se me va a partir el culo!

Aparto al camillero y tomo el mando de la silla de ruedas; me jode que la gente se torne lenta cuando más se necesita.

—Señorita, es mi trabajo. —Me quita otra vez la silla.

—Si es su trabajo, hágalo bien.

Luisa vuelve a gritar y esta vez la contracción hace que se ponga a llorar.

—¡No hagas eso, que me pones nerviosa! —le grito a mi amiga, y, en definitiva, no sé cuál de las dos está más alterada.

Se aferra a mi mano de camino al ascensor, mientras que Milla sostiene la pañalera.

—¡Soy una maldita perra! —Luisa sigue llorando—. No quería decirte lo que dije.

—No importa ahora. —La saco del elevador cuando llegamos al piso—. Solo céntrate en el parto.

—Respira —le dice Milla.

Llegamos a la sala de maternidad. El camillero me alcanza y le quita la pañalera a la agente y a mí, la silla de ruedas.

—Lo siento, pero a partir de este punto no puede pasar.

—Si no es con mi amiga, no entro —se opone Luisa.

—Señorita…

—¡Que no entro! —Planta los pies en el suelo.

—Luisa… —Milla trata de que razone.

—¡No entro, joder! —exclama—. Pago miles de libras por este servicio y lo mínimo que merezco es tener a alguien conmigo adentro.

El camillero la entra a la fuerza, e intento ir también, pero me cierran las puertas en la cara cuando cruzan el umbral.

—Va a estar bien. —Me tranquiliza la soldado que me acompaña.

Los minutos siguientes son de angustia total. Aprovecho para informar a mis amigas y a los Banner de que Luisa está en trabajo de parto. Simon no tiene cobertura cuando le marco y no hago más que caminar a lo largo de los pasillos con el móvil en la oreja.

—Rachel James —la obstetra me llama una hora después—, su amiga requiere su presencia. Está con cinco de dilatación y en riesgo de padecer un pico de hipertensión arterial. Si no logramos calmarla, se complicará el parto.

—¿Qué hago?

—Entre o no dejará de gritarle al personal. —Me entrega un gorro y una bata azul—. Despréndase de cualquier tipo de accesorio.

Me voy al baño que me señalan, donde rápido me quito el brazalete, los aretes y lo echo todo en la caja que me proveen.

—El collar también —me indica la enfermera que espera en la entrada de la sala.

Me llevo la mano al dije. No puedo dejar un diamante en una simple caja.

—Por favor, son las normas, no puede entrar con él.

Milla se acerca a preguntar qué pasa. Desde la puerta capto los gritos de Luisa. No puedo hacerla esperar, así que suelto la cadena y se la entrego a la mujer que me acompaña.

—Guárdala mientras vuelvo, no puedo entrar con ella.

—Claro. —Se guarda el collar en el bolsillo—. Ve tranquila.

Me acomodo la bata y el gorro antes de entrar al sitio donde Luisa está insultando a todo el personal, hago un esfuerzo porque se tranquilice, ya que las contracciones son cada vez más fuertes y le cuesta controlarse.

—Pensemos en los ejercicios prenatales.

—¡Eso no sirve para una mierda! —me grita.

—Recuéstate, respira…

Los labios le tiemblan y trato de sacar un tema de charla, pero me corta a cada momento. La obstetra llega a tomarle el tacto y está en siete; sin embargo, la tensión se le está subiendo a niveles alarmantes.

—No eres hipertensa —le dice la doctora—. ¿Qué pasa?

No sé si tenga algo que ver, pero para mí que son las preocupaciones de los últimos días, el montón de cosas que tiene acumuladas y está reprimiendo. La doctora se va y compruebo mi teoría cuando Luisa se pone a llorar.

—Tengo tanta rabia… —confiesa—. Así no tenía que pasar, mis planes eran totalmente diferentes.

—Ahora no hay que pensar en eso.

—Simon no ha sido capaz ni de llegar, y su hijo está en camino.

Me jode verla así; como bien dijo, tenía todo planeado y ahora las cosas no van como quería. Sigue llorando y no sé cómo consolarla.

—Voy por Simon, así que calma, te prometo que no tardaré. —La dejo y me apresuro a la salida. Brenda y Laila se levantan cuando me ven.

No sé en qué momento llegaron, pero están aquí con Milla, quien se toma un café.

—¿Ya nació? —pregunta Brenda.

—No, está muy alterada y puede tonarse peligroso. —Le entrego la bata a Brenda—. ¿Alguien tiene idea de dónde está Simon?

—Lo estoy llamando y no me contesta —me hace saber Brenda—. La señal se va todo el tiempo y no es mucho lo que he podido insistir.

—Hay que rastrearlo, a lo mejor, los equipos funcionan mejor afuera.

—Pulso el botón del elevador—. Vamos.

Brenda se queda adentro, pendiente de lo que digan, mientras que yo parto con Laila. La cobertura mejora cuando salgo del edificio. Reviso el último mensaje que me envió y compruebo que tiene la ubicación activada; no entiendo por qué tarda, cuando envió el mensaje estaba a diez minutos de aquí y ya debería haber llegado.

—Mi móvil me dice que está a menos de un minuto de distancia —habla Laila—. Soy su teniente y desde esta mañana tenemos la ubicación compartida.

Estiro el cuello para mirar a mi alrededor, no lo veo por ningún lado y… Una bicicleta se estrella con el puesto de periódicos que tenemos enfrente.

—¡Ya llegué! —Se levanta el ciclista: es Simon—. ¿Dónde está Luisa? ¿Ya nació el bebé?

Cojea en lo que corre a nuestro sitio.

—¿Por qué vienes en una bicicleta? —le pregunta Laila.

—Me prestaron un auto y venía tan rápido que atropellé a un ciclista, quien se puso a alegar, no quería quitarse del camino, así que le robé la bicicleta. —Se apresura adentro—. Venía pedaleando como un maldito loco.

La enfermera lo deja pasar sin problema y entro con él. Luisa ya está en un sitio aparte, rodeada de médicos.

—Ya va a nacer —nos avisan.

—¡Al fin! —se emociona Simon, quien se va al cabezal de la cama; lo acompaño.

Mi amiga deja que su esposo le tome la mano. El primer pujo no sirve para nada, le piden que repita la acción, y hasta yo hago fuerza como si fuera la que va a parir; sin embargo, no funciona.

—No está pujando bien, señora Miller —habla la obstetra.

—¿Cómo que no? —se enfurece Simon—. Algo anda mal, ella ha ensayado esto muchas veces.

Busca la manera de ver.

—Manténganse en su puesto que… —advierte la obstetra.

—¡Haz caso!

Intento tomarlo, pero no obedece y…

—Eso es… —Se desploma en el piso y en la caída arrasa con la bandeja que sostenía el material quirúrgico.

—Pero…

—¡Qué hombre más idiota, por Dios! —se queja Luisa entre jadeos.

Le piden que vuelva a pujar y me dan ganas de ahogar a Simon con la manguera del suero, tanto esperarlo para que no sirva para nada. Dos enfermeros se ocupan de él, y yo me centro en Luisa, quien se esfuerza por dar a luz.

—¡Una vez más! —pide la doctora.

Puja con todas sus fuerzas y el corazón me da un brinco al escuchar el llanto del bebé.

—Muy bien, señora Miller —celebran todos.

—¿Qué es? —pregunta, agitada.

Los doctores están tan concentrados en la tarea que no dan respuesta de nada, el bebé no para de llorar.

—¿Qué es? —insiste Luisa.

Me voy al lado de la enfermera, que tiene a la criatura en brazos.

—¡Es una niña! —grito emocionada, y mi amiga rompe a llorar.

Nunca se me va a olvidar la cara que pone Luisa Banner cuando le entregan a su hija, se la ve plena, ilusionada y feliz, creo que es la sonrisa más hermosa que le he visto.

—Harry tiene una prima —dice.

La abrazo y le beso la coronilla en lo que le doy gracias al cielo por permitir que todo saliera bien.

—Vamos a trasladarlas a una habitación —me informan, y muevo la cabeza en un gesto afirmativo. Estoy presente en todo, hasta cuando le da el pecho a la niña por primera vez. La madre cae rendida después de un par de horas y aprovecho para cargar a la pequeña. Acaricio la punta de su naricita y paso los dedos por las manitas empuñadas; Luisa siempre me ha llevado la delantera cuando de sueños se trata.

Se casó primero, fue feliz primero y ahora es madre primero que yo. Suspiro con la niña en brazos en lo que evoco el día que conocí a mis hermanas: a Sam la vi poco, casi no me dejaban acercarme a ella porque yo tenía gripe en ese entonces. Mis tías estaban en casa y a cada rato hablaban de lo que se podía a hacer y lo que no. Estaban sobre Sam todo el tiempo.

Con Em fue diferente, a ella sí la vi el mismo día que nació, dicen que los recuerdos de la infancia se borran, pero yo tengo muy claro el momento en que me acerqué y tomó mi dedo con su manita rosada.

Respiro hondo, no soy el tipo de persona a la que los niños le dan igual, siempre quise y planeé tener los míos. Cuando creces en una familia llena de amor, tiendes a soñar con eso; por ello, me duele que, por culpa de Antoni y su maldita droga, la posibilidad de ser mamá sea algo tan peligroso. Si se llegara a dar, los riesgos de muerte serían bastante altos. Sé que debería descartar la idea, pero me niego a perder las esperanzas.

—¿Está dormida? —pregunta Simon desde el umbral de la alcoba.

—Sí —contesto en lo que entra con una sonrisa cargada de orgullo—. ¿Cómo te sientes?

—Ya estoy mejor.

Se acerca y se la paso para que la cargue; los ojos azules le brillan y me agradece por estar aquí con ambos.

—Roguemos para que no sea como tú.

—Parezco una nenaza llorando todo el tiempo. —Me da la espalda para que no lo vea cuando se le empañan los ojos—. ¿Por qué soy un idiota que llora todo el tiempo?

—Efecto secundario de la paternidad.

Se sienta con ella al lado de la ventana por un largo rato. Luisa se despierta a cenar y solo mira al marido de vez en cuando. Medio cruzan palabras cuando él le pregunta cómo se siente.

—Bien —contesta ella entre dientes.

Quiero tomarlos del cuello y pegarlos para que se besen como en aquellos tiempos, donde sus muestras de amor me asqueaban. La enfermera da paso a las visitas; la habitación en la que estamos es doble, así que hay espacio para todos.

Patrick empieza con las bromas pidiendo una prueba de paternidad porque, según él, la niña es demasiado bella para ser hija del capitán Miller. Bratt entra con un detalle para la bebé y Simon lo abraza antes de darle las gracias.

—Felicitaciones —le dice el capitán Lewis—. Ojalá no se parezca a ti.

—Qué casualidad, Rachel dijo lo mismo —habla Simon—. ¿Qué tienen? ¿Conexión de expareja?

Me hace reír…, no es que esté en muy buenos términos con Bratt Lewis, pero este tipo de momentos unen a las personas; mentiría si digo que una parte de mí no le tiene cariño. Se acerca a preguntarme cómo fue todo y le cuento los detalles mientras que Patrick, Alexa, Brenda y Laila hablan con Luisa, quien mantiene a la niña en brazos. Milla solo se asoma a saludar y a felicitar a la reciente madre.

Simon sale cuando la enfermera lo llama. Luisa no pone buena cara y esta empeora cuando el marido entra con sus dos hermanos.

—Por aquí. —Los hace pasar y todos se quedan en silencio.

Ella no sabe disimular y es incómodo ver la manera en la que los observa, los repara como si vinieran de otro planeta. El niño tiene un retraso cognitivo, el cual hace que deban tomarlo de la mano para que no se vaya y llamarlo varias veces para que se centre. Salta emocionado cuando Simon le cuenta que es tío. Corina Halles es delgada; los huesos de la clavícula son notorios, al igual que los pómulos de su cara. El cabello oscuro lo tiene recogido como si hubiese salido de su casa, afanada.

—¿Me la prestas un segundo? —le pregunta Simon a mi amiga, y esta no contesta, solo deja que tome a la bebé. El capitán se la muestra a la hermana.

—¿Cómo se llama? —pregunta ella.

—Peyton —responde airoso.

—A mamá le hubiese encantado.

—Es un nombre hermoso —hablo, ya que no sé por qué todos siguen en silencio—. Completo es Peyton Miller.

La mujer me mira y le extiendo la mano a modo de saludo.

—Me llamo Rachel James y ellos son Patrick, Laila, Alexandra, Brenda, Luisa y Bratt. —Los señalo a todos—. Somos amigos de la familia.

—Me atreví a traer esto. —Le entrega la bolsa que carga a Simon—. Es el oso que te dieron de pequeño y nunca soltabas. Cuando te llevaron, se quedó en casa y lo guardé.

El capitán lo saca del empaque con la ayuda de su hermana; los ojos se le vuelven a empañar y acaricio su espalda, es un hombre bastante sentimental. Lo observa e intenta mostrárselo a la niña que tiene en brazos, pero...

—No se lo acerques —interviene Luisa—. No está esterilizado y no es bueno que los niños carguen con las represiones del pasado.

—Yo lo guardo. —Tomo el muñeco—. Se verá bonito en el estante hasta que pueda jugar con él.

—No —me contradice mi amiga—. Es de Simon, no de ella y los hijos no tienen por qué lidiar con lo de los padres.

Él calla mientras que Corina se mueve incómoda.

—Dame a la bebé, que debo alimentarla, ya luego la vuelven a cargar.

—Creo que lo mejor es que me vaya —comenta la hermana de Simon—. Están ocupados.

—Pero no tomamos fotos con sobrina —alega el niño.

—Para eso habrá tiempo de sobra, campeón —lo animo, y el pequeño me sonríe.

—¿Lo prometes?

—Por supuesto.

—¿Puedes prestarme tu auto? —le pregunta Simon a Patrick—. Los llevo y vuelvo enseguida.

—No te molestes —sigue Luisa—. Eres libre de no regresar, Rachel se quedará conmigo y nadie te necesita.

—Si Simon quiere acompañarte, yo no tengo problema —digo.

—Déjalo que se vaya —insiste—. Si tú tampoco quieres quedarte, también puedes irte. No hay ningún problema.

Simon acaricia la cabecita de la bebé antes de irse seguido de sus hermanos, Patrick y Bratt, que lo acompañan afuera. «Qué cosa más frustrante».

—No quiero echar leña al fuego —habla Brenda—, pero te estás pasando. ¿Represiones del pasado?

—Es lo que es. Ellos tienen traumas que tratar y no van a contaminar a mi hija con eso.

—No seas exagerada —alega Alexa desde el sofá—. Ella no sabe que padecen eso.

—Yo sí.

—Es la tía, te guste o no —secunda Brenda.

—Yo estoy con Luisa. —Se mete Laila—. Esa mujer tiene cara de reprimida, y Luisa no está en el deber de ser amable con desconocidos —continúa—. Simon es un mentiroso que los prefirió a ellos y considero una falta de respeto que los traiga en un momento tan privado y familiar.

—Si de familias se trata, ella tiene más derecho que nosotras, empezando porque es la hermana de Simon y es el único lazo biológico que tiene —comenta Alexa—. Nosotras somos sus amigas, ella es su hermana.

—No vayan a empezar con debates, que no me interesa si es o no la tía. Ella es alguien que no conozco —refuta Luisa—. Simon ya eligió con quién se quedaría, por ende, que ahora no joda dándoselas de padre ejemplar.

—Tú no jodas con lo de mamá empoderada. Simon es el papá…

—Es un abusivo, un mentiroso, que se gastó mi dinero en algo que no se molestó en consultarme.

—Simon gana mucho más que tú y, en caso de separación, todo será dividido en partes iguales para ambos, aunque él haya invertido más en el patrimonio. No lo justifico, pero lo que tomó no es nada comparado con todo lo que tienen ahorrado —le suelto—. Ya deja de actuar como una zorra celosa; madura y haz un esfuerzo por recuperar tu hogar.

—Hoy Gema se la pasó toda la mañana con Christopher, el coronel la mandó a llamar —me dice Laila que de un momento a otro cambia el tema—, y ella desayunó con él.

—¡Esa perra me tiene harta! —Me arruina la poca felicidad que tenía.

—Y dices que la inmadura celosa soy yo —me regaña Luisa—. Tú, que no eres capaz de exigirle al coronel que definan la relación de una vez por todas.

—¿Sabes qué? No me hagas caso. Deja que todo se vaya a la mierda, como mis putas relaciones.

Me llevo la mano al pecho cuando recuerdo que Milla todavía tiene mi collar, estuvo aquí hace unos minutos, no me lo entregó y olvidé pedírselo.

—¿Qué pasa? —me pregunta Alexa preocupada.

—Vuelvo dentro de un momento. —Afanada, salgo a buscar a Milla.

Bratt

Minutos antes

Hago fila en la máquina de café. Simon se fue con Patrick, que se ofreció a llevarlo. Tengo la noche libre, así que saco el móvil y marco el número de Meredith; hoy no hemos hablado mucho, solo para decirle que la bebé de mi amigo nació.

—Hola, linda. —Me meto las manos en el bolsillo de la chaqueta cuando contesta—. ¿Cómo estás?

—Extrañándote…

—Un momento —la interrumpo cuando capto el sonido del tráfico—. ¿Estás hablando conmigo mientras conduces?

—Tengo manos libres, así que no te preocupes. Voy a verme con Frey, la Nórdica —me informa—. Necesito ultimar detalles sobre el espectáculo del show que ofrecieron en su catálogo.

No es que me agraden las labores que desempeña como bailarina, es algo que se presta para faltas de respeto. «Todavía tengo presente lo que pasó con Christopher», sin embargo, es justo y necesario, Gauna lo estipuló así y no hay vuelta atrás.

—¿Cuánto tiempo tardarás? —indago—. ¿Tendrás un poco de tiempo para mí?

—Siempre tengo tiempo para ti… Termino y me voy para tu casa, a eso de las diez de la noche estoy contigo —contesta feliz—. Voy a pensarte mucho de aquí a que llegue la hora.

—Igual yo, muero por verte, así que compraré bocadillos para que comamos.

—Amo la idea.

—Yo más —me despido—. Cuídate mucho. Te adoro.

Esas últimas palabras son sinceras, dado que aprendí a quererla. Puedo decir que mi «Te adoro» es un «Te amo»; pese a que todavía hay ciertas heridas que sanar, dudas que me invaden, pero tengo la esperanza de que tarde o temprano van a quedar de lado.

Rachel en mi vida es una cicatriz que duele una que otra vez cuando el instinto posesivo me gana, me molesta cuando recuerdo lo que fuimos, al evocar lo idiota que me vi al no darme cuenta de que se acostaba con Christopher. Todavía tengo la esperanza de que note la clase de basura que es y empiece a apreciar más a Stefan.

No es justo para mí tener que cargar con más cosas; me niego a cargar con el hecho de que fui el capitán a quien su mejor amigo le robó la novia. La gente no es estúpida, va a sumar dos más dos y quedaré como un pendejo si ella insiste en seguir con él.

Todavía siento pena por Gema y por mi ex, que no se dan cuenta de la basura que es, también siento pena por mí, que vivo con el miedo de que todo salga a flote otra vez y… «Dudo que pase», el coronel debe buscar lo mejor para su campaña y lo que más le conviene ahora es la teniente Lancaster.

—Capitán —me saluda Milla—, ¿cómo está?

—Bien, ¿y tú? —Dejo que deposite un beso en mi mejilla.

Está en mi tropa y hemos estado trabajando seguido, con algunas diferencias en ciertos puntos de vista, pero sin problema. En el último operativo de investigación, que llevamos a cabo juntos en Bruselas, tuve que besarla y manosearla, cosa que me tiene algo incómodo.

Soy un profesional al que le gusta respetar; sin embargo, a ella tuve tomarla desprevenida: estábamos en un bar, un sujeto casi me reconoce y de mala manera la puse contra la barra para verme como uno de los patanes que me rodeaban.

—Supongo que ha de estar feliz por la bebé del capitán Miller —comenta.

—Bastante. —Me fijo en los ojos color miel.

—Lamento incomodarlo justo ahora, pero me están pidiendo la declaración y el punto de vista de los capitanes sobre las víctimas de los Petrov que se hallaron en el puerto —suspira—. Usted las entrevistó y estuvo con ellas. Brindar la información que se pide hará que la asistencia que se requiere llegue más rápido y también ayuda a que los que están tras las rejas tengan menos posibilidades de salir.

—La FEMF se está encargando de eso.

—Sí, pero este tipo de gente últimamente hace lo que quiere, siempre busca contactos y se valen de buenas defensas. —Se cruza de brazos—. Un ejemplo es el caso de Antoni Mascherano, es un mafioso sumamente peligroso y, pese a eso, vive como un rey en prisión.

Me aparto de la fila, que no parece avanzar, sus argumentos tienen muchos puntos válidos. Forma parte de una fundación que ayuda a las víctimas de trata de blancas y quiere acoger a las que logramos rescatar.

—Es poco lo que me falta, lo terminaré hoy y se lo entregaré mañana.

—El plazo que da la corporación de ayuda vence hoy a medianoche. —insiste—. No quiero oírme odiosa, pero se lo pedí hace días. Entiendo que tenga mucho trabajo con lo de la campaña y las investigaciones.

—No me trates de usted fuera del trabajo, suena un poco raro.

—Bien, no le diré capitán fuera del trabajo. —Alza las manos a la defensiva—. ¿Podríamos ir a tu casa por el informe impreso? El capitán Miller ya se fue y no creo que a Luisa le importe.

A Luisa Banner le da igual mi presencia.

—Si es tan importante para ti, adelante.

—Gracias.

Baja y aborda el Audi conmigo. En el camino se concentra en las carpetas que tiene y me cuesta obviar lo atractiva que es. Le pedí disculpas por lo del operativo y sé que es una profesional; sin embargo, sigue siendo extraño.

—¿Cómo está tu hijo? —le pregunto. Habló de él hace unos días mientras se organizaban las provisiones con mi tropa.

—Bien, los abuelos lo cuidan.

—¿Entrará a la FEMF?

—No, los abuelos no quieren. Su padre murió siendo un soldado —me explica—, y no quieren lo mismo para él.

Asiento y no pregunto por el exesposo muerto. Muevo el volante y me sumerjo en la circunvalar; paso por la zona de comidas que prepara mi café favorito y varios minutos después estoy en el carril que me lleva a Kensington.

Aparco frente a la torre residencial donde vivo.

—¿Subes? —pregunto por educación—. Me tomará un par de minutos terminar la declaración.

—Sí —responde sin problema—. Hace frío aquí.

No me gusta la tensión que surge de la nada cuando ambos abordamos el elevador. Llegamos a mi piso y abro la puerta de mi casa, no sin antes darle paso para que siga.

—Impresionante —alaba mi vestíbulo—. Es muy bonita su casa, capitán.

Los muebles finos y mesas de vidrio hacen que el espacio deslumbre; todo está limpio y en su debido puesto, la luz entra por doquier y eso lo hace más llamativo.

—Fue un detalle de mis padres; lo recibí el día que obtuve mi título en Administración Militar —le comento—. ¿Quieres algo de beber o comer?

—Estoy bien así, gracias.

—Si quieres, puedes dar una vuelta mientras termino el informe. —Me encamino hacia mi despacho—. Estás en tu casa.

La dejo en la sala y me voy a la oficina, donde me pongo a terminar lo que me solicitó. Abro la laptop y minutos después procuro no desviar la atención hacia Milla que aparece en el umbral.

Entra y se pone a observar los títulos que cuelgan en la pared.

—Supongo que eres una de las opciones para el cargo de coronel si Christopher Morgan asciende a ministro.

—Estaría entre Parker y yo —contesto desde mi puesto—. Tenemos el mismo número de medallas.

Sigo con lo mío mientras ella se pasea por mi oficina, trato de concentrarme y… El pecho me da un salto cuando uno de los jarrones estalla en pedazos contra el suelo.

—¡Perdona, lo he tirado sin querer! —se disculpa alarmada—. Puedo pagarlo, capitán.

—No importa. —Me levanto cuando veo que se agacha a recoger los fragmentos—. Mañana la empleada se encargará de todo.

—Me puedo ocupar.

—Te vas a cortar —advierto, y, como digo, pasa.

—Milla, no es necesario. —La levanto.

Busco el botiquín, de donde saco una gasa para limpiarla.

—No puedes manipular elementos cortopunzantes sin guantes.

—He roto un jarrón que de seguro te costó mucho dinero y a ti solo te importa el corte que me hice.

—Lo material siempre se recupera.

Me ocupo de la herida y busco la bandita que le coloco alrededor del dedo lastimado. Alzo la vista cuando termino y veo que tiene los ojos sobre mí. Los latidos de mi corazón se aceleran, estamos demasiado cerca, y ella, en vez de alejarse, da un paso más hacia mí.

Mi pulso no se estabiliza y las manos me empiezan a sudar, la boca se me seca y paso saliva.

—Gracias —musita a milímetros de mi boca.

—De nada —contesto de la misma manera.

Se acerca más, en lo que me mantengo en mi sitio.

—En verdad, lamento lo del…

Mis labios se van sobre los suyos y de inmediato me siento mal, no está bien que haga esto. «¡No!», me regaño. Aparto la cara, estoy siendo un malnacido y busco la manera de alejarme, pero ella pone las manos en mi nuca, se apodera de mi boca y me besa con más ganas. Me gusta que su lengua toque la mía y sus manos se aferren a mi cabello, llevándome contra ella.

Soy un hombre fiel, pero la agente Goluvet tiene algo que me atrae demasiado. Dejo que sujete mi cara mientras alarga el beso que dispara la temperatura de los dos, trato de pensar en Meredith; pero mi polla cobra vida y hago retroceder a la mujer que tengo pegada a los labios.

Se desprende de la chaqueta cuando salimos al pasillo y me quita la playera. Yo la desnudo cuando cruzamos el umbral de la alcoba. Cierro la puerta, se sienta en mi cama y se encarga de ponerme el preservativo antes de separar las piernas.

La acción me invita a probar su sexo, al que le doy un suave lametón.

Pone las manos sobre su cabeza cuando me acomodo y hundo las rodillas en la cama. La cabeza de mi polla se humedece cuando la embisto, demostrando todo lo que me enciende. Contonea las caderas de una forma sutil y deliciosa. «Milla», tengo claro que es ella y, aunque quiera a Meredith, las primeras veces que lo hice con ella pensé en Rachel mientras me la follaba. Con la mujer que tengo abajo es diferente: sé que es ella y no tengo que pensar en el cabello negro azabache que amé por años.

Sus movimientos me excitan, así como los jadeos y las caricias por parte de ambos, que marcan la piel pálida que sujeto. Me incita a que me siga moviendo y no me detengo, no es la pelirroja que quiero y me quiere, pero se siente bien saciar las ganas, liberar la tensión, hundir la polla una y otra en su sexo, mientras nos besamos saciando la sed de lujuria que tenemos.

Me descargo en el látex del preservativo que me cubre la polla y no la follo solo una vez: son dos veces seguidas, en las que recalco y me convenzo de que me acabo de convertir en lo que tanto odiaba.

62

Colisión

Meredith

—La práctica se cancela —me habla Frey, la Nórdica, en el teléfono—.
No me siento bien y por ello prefiero que no vengas.

Noto cómo arrastra la lengua para hablar al otro lado de línea, está ebria
y no lo quiere decir directamente.

—Te enviaré videos de las presentaciones —informa antes de colgar—.
Usaré el correo que nos proporcionó el capitán alemán y adjuntaré los detalles
que hay que tener en cuenta. Espero que lo hagan bien, es gente peligrosa con
la que van a tratar.

Cuelga sin más y con rabia me quito el manos libres de la oreja. Me avisa
justo cuando estoy a pocas calles de llegar.

Saco el vehículo de la carretera y me sumerjo en la calle que me lleva a
una de las avenidas más grandes del Reino Unido. Me tensa la gente con la
que no es fácil trabajar; sin embargo, no es mucho lo que puedo alegar. Las
Nórdicas son una herramienta esencial y se nos pide tener paciencia con
ellas.

Le envío un mensaje a las agentes involucradas en el caso: Gema está en
el comando con Liz Molina, Angela no se ha reportado hoy y Rachel James
está en el parto de la amiga; sitio donde también estaba Bratt quien gracias al
cielo ya se fue para su casa.

No me gusta que esté al lado de la mujer que lo dañó, cerca de una persona que, pese a los años, no deja las ínfulas de zorra.

Busco el contacto de mi novio para ponerlo al tanto de la novedad, el
semáforo en rojo me obliga a detenerme cuando un grupo de mujeres de la
fundación contra al alzhéimer atraviesa la senda peatonal.

Abro la ventana de texto para escribirle a mi novio; sin embargo, desisto
de la idea. Bratt debe de estar descansando ahora y lo mejor es que lo sorpren-

da llegando con la cena. Me dan paso y tomo el camino que lleva al restaurante mediterráneo donde me detengo y ordeno comida para llevar.

Paso por la tienda de vinos que ofrece el establecimiento y, con la botella en la mano y los platos empacados, vuelvo al vehículo que dejé aparcado sobre la acera.

Mi atracción hacia Bratt Lewis surgió mientras trabajaba con él, llegó al comando de Alemania un jueves por la tarde y no tuvo que hacer mucho para demostrar porque es uno de los mejores capitanes de la Fuerza Especial. Wolfgang Cibulkova lo mencionó en diversas reuniones familiares cuando éramos pareja. Mi abuelo, el presidente del Consejo, y los Lyons en general son conscientes de que los Lewis son una de las mejores familias del ejército.

Conecto el manos libres al sistema del auto, aprovecho los minutos que me restan para llegar y llamo a Martha Lewis; en los últimos meses mis lazos con ella se han afianzado. No es que estuvieran mal antes, ambas nos agradamos, pero ahora más.

Mi familia es de buena estirpe, ella se lleva bien con mi abuela y cree que soy una buena mujer. Siempre me agradece que esté tan pendiente de Bratt.

—Querida —contesta, y al otro lado de la línea capto cómo le da indicaciones a su empleada.

—Hola. —Sonrío feliz—. ¿Cómo está Sabrina?

—Mejorando poco a poco —responde—. Le está sentando bien el tratamiento en casa.

La charla se extiende hasta que llego a la torre de Kensington donde vive Bratt.

—Dile a Bratt que pase a verme —se despide Martha—. Me molesta que tarde tantos días sin venir a visitarnos.

—Le diré. —Aparco el vehículo—. Salúdame a Joset y a Sabrina.

—Por supuesto, linda, tú salúdame a tu abuelo.

Finalizo la llamada, guardo el teléfono en mi chaqueta y saco las bolsas que traigo. La familia Lewis es una de las más aristocráticas de Londres y la mía tiene el mismo nivel en Irlanda, lo que hace que todo sea más fácil.

Tengo vía libre para entrar, Bratt se lo hizo saber al personal administrativo del edificio. El encargado de la entrada está absorto con un par inquilinos y con afán camino hacia el ascensor. Una vez dentro, acomodo las bolsas que tengo en las manos, no quiero que la comida llegue revuelta.

Busco las llaves que nunca faltan en mi bolso y salgo al pasillo, donde localizo la puerta de color acero con el número 745. La cerradura cede con facilidad y entro en el piso de diseño inglés clásico, me quito la chaqueta que dejo sobre el brazo del sofá de lino. La luz de la luna ilumina el espacio.

El capitán no está por ningún lado; como supuse, ha de estar durmiendo. Dejo las bolsas en el comedor de cedro, me lavo las manos y tomo dos platos para desempacar la comida que...

—¡Ah! —jadean, y mi oído se agudiza cuando capto el grito femenino.

Gimen, jadean y todo se va desmoronando en mi pecho al caer en la cuenta de que tal sonido proviene de la habitación de Bratt.

Niego con la cabeza en lo que camino hacia el sitio, él no tiene la necesidad de... Los gemidos dé hembra suenan más alto y me quedo a mitad del pasillo, ya que mis extremidades se congelan, me siento incapaz de avanzar al ver la playera que está tirada pasos antes de llegar a la puerta.

Retrocedo con los ojos llorosos, algo cruje bajo mi bota izquierda y me sostengo con la pared cuando el objeto amenaza con hacerme resbalar, bajo la vista queriendo ver qué es y es ahí cuando la tristeza se convierte en rabia.

«Rachel». Me acuclillo a recoger la piedra azul que queda en mi mano, la M plateada que decora el centro de la joya hace que la empuñe con fuerza. Es de ella, se la vi puesta hace unos días.

Los gruñidos que Bratt emite en su alcoba me asquean del mismo modo que me repugnan los alaridos de ella. Me duele que caiga tan bajo, que vuelva a revolcarse con la que lo engañó y que se convierta en lo que tanto criticó. Llevo meses dándolo todo por él y así me paga.

No hay perdón de Dios para aquellos que lastiman a inocentes, y más cuando ese inocente es capaz de darlo todo por ti.

La faena sigue adentro, doy un paso adelante y tres hacia atrás, dado que me niego a verlo con mis propios, a verla a ella desnuda sobre su cama. No tengo los cojones que se requiere para eso.

Las ganas de vomitar hacen que me tape la boca con el brazo, el mareo repentino que siento me lleva a un lado de la pared y no sé si son náuseas o el efecto adverso que libera tu cerebro cuando tienes el pecho hecho pedazos. Los jadeos no paran y rápido guardo el collar, me pongo la chaqueta que deposité sobre el sofá y recojo todo lo que traje después de dejar todo como estaba.

Con cautela, abro la puerta y cierro con cuidado antes de huir con el corazón destrozado.

Arrojo las bolsas y el vino al bote de basura que está afuera, bajo las escaleras corriendo y me esmero porque el hombre que está frente al mostrador no me vea. No quiero dejar rastro de mi visita.

Con los labios temblorosos y las mejillas calientes, vuelvo al auto y arranco. El collar es una brasa que arde en mi bolsillo mientras conduzco.

No tengo idea de cómo llego a casa, solo subo y me quedo con la mirada perdida en la noche, mientras las lágrimas se me deslizan en el rostro cuando pienso en las muchas cosas que hice por él. El tiempo que desperdicié, entregué todo para nada, puse mi corazón en una bandeja de plata para que lo cortaran y destruyeran. Todo arde en exceso.

Duele que me pague de la misma manera que le pagaron a él.

Rompo a llorar. «Todo», se lo di todo…, fui su amiga y su confidente las veces que lo necesitó. La presión que se forma en mi pecho amenaza con ahogarme, siento que voy a estallar y termino dando rienda suelta al llanto que me derrumba.

Saco el dije de mi abrigo y observo la joya que brilla en mi palma. Lo ayudé, busqué la forma de que superara los golpes que le dieron, le ofrecí mi corazón y no lo tomó para cuidarlo, sino que lo tomó para destrozarlo.

La conversación que tuve con ella en el estacionamiento hace que me tape los oídos, y el llanto de Gema, cuando me contó lo que le hizo, me hace sacudir la cabeza.

El dolor se convierte en rabia, en ira. Estrello la joya que queda al otro lado de mi sala, me levanto, me limpio la cara y saco el móvil, donde marco el número de la persona que contesta al primer pitido.

—Wolfgang —susurro en medio del llanto.

—¿Sí?

—Soy Meredith. —Me aclaro la garganta—. ¿Puedes venir a verme? Te necesito.

No me oigo tan segura en la última frase, Wolfgang Cibulkova y yo tenemos un pasado intenso, difícil de borrar, un pasado marcado por el poder de dos familias y un amor que subsistió en medio de arreglos hasta que me harté y dije «Ya no más».

—¡Por favor! —insisto, y lo escucho exhalar al otro lado de la línea.

—Voy para allá.

Rachel

Quiero un maldito paquete de cigarros, la nicotina es algo que dejé; sin embargo, ahora siento que lo necesito. No he dormido nada por culpa del jodido collar, le he marcado tres mil veces a Milla y no atiende, tiene el móvil apagado.

Procuro serenarme en lo que arrastro la silla de Luisa a través de la primera planta del hospital materno donde dio a luz. Simon lleva a la bebé. Les autorizaron la salida a primera hora de la mañana y la madre de cada uno viene en camino con el fin de ayudar.

La enfermera se acerca a entregar los documentos que debe firmar e, impaciente, espero que mi amiga los lea. Tarda más de lo debido, ya que se pone a leer con detenimiento, como si se tratara de algún contrato laboral. Tengo afán, pero prefiero callar, porque desde que llegó Simon no han hecho más que pelear.

—¿Luisa Miller? —nos llaman para el último documento.

—Luisa Banner, solamente.

La enfermera mira al hombre que sostiene a la bebé.

—Aquí dice que… —intenta alegar.

—La información está desactualizada y necesito que se modifique ya. Quiero inscribirme a la charla de madres modernas, para ello mis datos deben estar al día y de la forma correcta.

—Le puedo corregir el nombre, pero tardaré —informa la enfermera—. Debo ir a la oficina de arriba.

—No tengo prisa.

«Pero ¡yo sí, maldita sea!».

Simon no dice nada, me hacen esperar veinte minutos hasta que traen los benditos documentos. Luisa estampa la firma, se levanta de la silla y se niega a que la lleve en esta al estacionamiento.

—Por algo nos dieron la silla —le reclamo.

—No voy a andar en esa cosa —alega.

Mi amiga de la infancia es el tipo de persona a la no le gusta verse débil ni depender de nadie.

—Como quieras.

Laila tuvo que traerle ropa casual y maquillaje en la mañana, pues, según ella, no quería lucir como una convaleciente recién parida. Más que lucir así, creo que lo que quiere es provocar a Simon, quien sale con la bebé.

Acompaño a la familia al estacionamiento y me adelanto a abrirle la puerta del jeep del capitán para que Luisa entre.

—¿No vas a llevarme? —me reclama cuando ve que ayudo a Simon a colocar la silla de la bebé en el auto.

—Me encantaría, pero no, ya te hice compañía toda la noche —contesto—. Debo irme a trabajar. Simon tiene tiempo de sobra, ya que está de licencia por paternidad, yo no tengo tal permiso y no me apetece lidiar con los regaños de Parker.

—No quiero irme con ese mentiroso.

—Estoy a dos metros de ti, Luisa —replica el marido.

—Por algo lo digo en voz alta.

—¡Eviten discutir, que no es sano para la bebé! —los regaño a ambos—. Me están forzando a que exija terapia psicológica de pareja para ambos.

Meto lo que falta. Simon se pone al volante y le insisto a Luisa para que suba; necesito que vuelvan a ser los mismos de antes o la que va a terminar en terapia seré yo.

Amo la pareja que hacen y en verdad me voy a sentir mal si no se arreglan las cosas.

—Te visitaré cuando tenga tiempo —le comento cuando está adentro. Alza la ventanilla, rabiosa, y echo a andar hasta el McLaren. Una vez dentro, saco el móvil, respiro y absorbo el olor a cuero de los asientos.

Hago un nuevo intento por contactar a Milla, pero sigue con el móvil apagado. Lo de Luisa, el collar y el que Christopher esté a unas horas de irse con Gema me tiene al borde de la locura. Partirá hoy en la tarde y cada vez que mi cerebro me lo recuerda se me arma un nudo en el estómago. Dos personas solteras compartiendo juntas por tanto tiempo me suena a sexo, y más si tengo en cuenta cómo es ella, que nunca se le despega.

Hago girar el volante recubierto, retrocedo y salgo del estacionamiento rumbo a Belgravia. Vuelvo a llamar a Milla, le insisto varias veces más, pero no obtengo más que mensajes del contestador.

Las calles están atestadas con el tráfico matutino y tardo quince minutos más de lo normal en llegar a mi casa. Guardar el auto no tiene caso, solo vengo a cambiarme y no tardaré mucho arriba. Tomo mi cartera y dejo el vehículo junto a la farola que está frente a mi edificio.

—Buenos días —saludo al portero, que alza la mano.

Mi vecina está frente al mostrador y se vuelve hacia mí con un gato entre los brazos.

—Señora Felicia. —Paso por su lado corriendo.

Lo primero que capto cuando entro a mi piso es el sonido de la ducha de la habitación de Stefan. Laurens no está y sigo de largo a mi alcoba, me aseo lo más rápido que puedo y con el cabello todavía húmedo me visto en tiempo récord.

Parker me dio tiempo para llegar un poco tarde, pero no puedo abusar.

El timbre de la sala resuena y a los pocos segundos capto la voz de Milla, quien saluda a Stefan, «Gracias a Dios». Guardo todo lo que necesito en el bolso de mano que suelo llevar al comando, me cuelgo el asa al hombro y salgo a buscar mi collar.

—Buenos días —me saluda la rubia, que luce pálida.

—Debes odiarme por tantos mensajes —le digo—, pero es que ayer olvidé pedirte el collar y me urge tenerlo de nuevo.

Mira a Stefan, que está en la entrada de la cocina.

—Lo sé y por eso estoy aquí.

No me gusta la cara que tiene la mujer, ni el que mis latidos se disparen sonoramente sin motivo alguno. La postura corporal que tiene me grita que me dirá algo que no quiero oír.

—Dámelo. —Extiendo la mano y ella respira hondo.

—Rachel, lo perdí y no sabes cuánto lo siento.

La ansiedad se convierte en ganas de querer gritar, mi cerebro hace cortocircuito en lo que siento que empiezo a convertirme en no sé qué diablos, pero el aire empieza a faltarme.

—Lo lamento, en verdad —repite, y me esfuerzo por no romper a llorar.

—¿Lo buscaste? —Trato de mantener la calma—. No se puede perder así porque sí.

—Lo he buscado hasta debajo de las piedras —se preocupa— y no…

—¡Mientes! ¡No lo has buscado como se debe, de ser así ya hubiese aparecido! —le grito sin querer—. ¡¿Cómo diablos lo vas a perder?! ¡Te lo encomendé!

—Oye —Stefan se acerca—, no te alarmes. Milla está dispuesta a pagarlo, en la web hay…

—Solo dime cuánto vale el zafiro —interviene ella—. Puedo pedir que te hagan uno igual.

—¡No, no puedes! —espeto.

—Deja que lo intente —insiste Stefan.

—¡Que no se puede! —Se sobresalta cuando le grito con más fuerza—. No es un zafiro, es un diamante azul, el cual vale miles de libras.

—Encontraremos la manera. —El soldado trata de que me calme.

—¡¿Cómo?! ¡Si mi economía cada día agoniza más! —Tengo demasiada rabia—. ¡Estoy casi al borde la quiebra!

—En verdad no sabes cuánto lo siento —se disculpa ella por enésima vez.

Su disculpa detona ese tipo de ira que termina en llanto. Es que mi collar no es una piedra cualquiera, es como si perdiera la jadeíta, aunque para mí este tiene más peso, más importancia, porque me lo dio el coronel.

Me devuelvo a la alcoba, saco el móvil, busco el número que requiero y me llevo el aparato a la oreja. Sé que Christopher no lo va a tomar bien y el pecho se me acelera más. No sé para qué diablos me lo quité.

Me cuesta respirar, este ciclo tóxico me tiene agotada y yo ya no quiero correr en medio de contiendas con él. La llamada se va al buzón, así que cambio de número y marco la extensión cuando el sistema me lo pide.

—Coronel Morgan —contesta.

Paso de la rabia a la frustración. Mi enojo no es por lo que cuesta, sino porque es la única cosa con valor sentimental que tengo de él.

—Estoy viendo tu número en la pantalla, así que habla —me dice, y pateo el cesto de la ropa sucia.

—Perdí el collar que me diste y no sé cómo ni dónde buscarlo. —El silencio se apodera de la línea—. A Luisa se le adelantó el parto, la acompañé, tuve que entregarle la joya a Milla y…

Corto las palabras, siento que me estoy viendo vulnerable y con él debo tener carácter; no obstante, me cuesta, porque sé lo que se avecina y no quiero caer en lo mismo de siempre.

—Lo siento, sé lo mucho que te costó —susurro.

—Lo hablamos luego, ahora estoy ocupado.

—Di lo que tengas que decir ya.

—Que lo hablamos luego, dije. —Me cuelga.

Reprimo las ganas de estrellar el teléfono. ¿Con qué he de disculparme, si tiene mil motivos para estar molesto? La nariz empieza a arderme, así que me lavo la cara antes de abandonar mi alcoba. Milla sigue en la sala y la ignoro cuando paso por su lado.

—Busquemos una solución juntas —propone.

Me reservo todo tipo de comentarios. No es su culpa, a cualquiera le hubiese podido pasar, la culpa es mía por no pedirlo cuando debía hacerlo, así que prefiero callar a ofender por el enojo.

No debí entregarle algo que era tan valioso para mí y ahora tengo que lidiar con eso.

Bajo y camino al auto, donde arrojo lo que traigo. Cierro la puerta con un fuerte golpe e introduzco el mando que enciende el vehículo. Trato de arrancar, pero el que Stefan se me atraviese adelante me lo impide.

—Quítate —le pido de la forma más calmada posible.

—Me preocupa que te vayas así.

—No es tu problema, Stefan, así que apártate —insisto.

—Vamos para el mismo lado, puedes dejarme conducir…

—¡Perdería el auto si te dejo hacer eso! —Acaba con la poca compostura que me queda y termino con la cabeza contra el asiento.

Siento que el dolor de cabeza me aplasta las sienes. Stefan insiste y se mueve a la ventanilla, mete la mano y me acaricia la mejilla con los nudillos que huelen a canela.

—Esta no eres tú, Angel. A ti no te importa perder lo que tengas que perder, porque lo material es lo que menos te interesa —me dice—. Tienes que tratar de calmarte y procurar ser tú; por ello, lo mejor que puedes hacer es salir, subir, dejar que te sirva un té, lo bebes, te relajas y luego yo te llevo al comando.

Muevo la cabeza en un gesto negativo, estoy tan cargada que los ojos me escuecen cuando las lágrimas se asoman.

—Vamos en mi auto.

—No me apetece ir en tu auto; te quiero, pero no me gusta. —Es algo que no entiende—. Me jode que el destino no pare de darme patadas cuando lo único que quiero es ser feliz al lado del hombre que amo, hombre que ahora está enojado conmigo porque perdí la única cosa con valor sentimental que me ha dado.

—Sácalo todo. Callar es reprimir y si quieres desahogarte ahora, anda.

—¡Quiero paz! —exclamo—. Disfrutar de mi carrera, de mi vida... ¡Ser una jodida persona feliz!

Abre la puerta, me saca a las malas y sobre el andén de concreto dejo que me abrace en lo que lloro, en verdad no quería perder el bendito collar.

—Selo, guapa, sé feliz. —Me aprieta contra él—. Solo prométeme que no perderás tu esencia, como tampoco dejarás que otros te contaminen.

Dejo el mentón sobre su hombro, este es el Stefan que necesito siempre y el hombre por el que no me arrepiento de haberlo ayudado. Me besa la frente, me ayuda a colocar el cinturón cuando vuelvo al auto y cierra la puerta.

—Si él te quiere como lo quieres tú, lo entenderá todo —me anima—. No me cae bien, siento que es un pésimo ser humano, pero cuando uno ama perdona.

«Como si Christopher fuera de ese tipo de personas».

—Gracias.

Arranco el vehículo y tomo el camino que lleva al comando de la Fuerza Especial. Llego antes del mediodía, mi tropa está en una charla de seguridad nacional y aprovecho para buscar a Christopher.

—Está en el comedor, mi teniente. No hace mucho lo vi entrar con la teniente Lancaster —me informa Derek en la entrada del edificio administrativo.

—Bien.

Camino al lugar, desde la entrada veo a Christopher con Gema, están trabajando con Cristal Bird y dos sujetos más, el coronel come mientras Gema le muestra documentos y le hace propuestas; al parecer, ahora hace todo con ella y eso hace que me pregunte si también duermen juntos.

No soy tan masoquista como para quedarme a verla pavonearse frente a él como si fuera la primera dama, así que me devuelvo a la sala de tenientes. Adelanté trabajo anoche mientras Luisa dormía y debo confirmar que haya quedado bien.

Angela no está, se supone que llega hoy en la tarde. Las indicaciones del operativo ya están en el correo corporativo de cada uno, dejo que las horas pasen, me pongo a repasar; sin embargo, el dolor de cabeza y la zozobra no me deja poner la atención que se debe: el que las cosas estén como estén con el coronel hacen que me levante de mi puesto cuando el desespero se torna insoportable.

—Si Parker llega, coméntele que me fui a entrenar —le digo a uno de los tenientes antes de salir.

Siento que debo evolucionar, dejar los miedos y actuar como lo que soy: una persona madura. No voy a poder trabajar bien con esto encima. Subo las escaleras que llevan a la planta de arriba; Laurens está en su puesto retocándose el maquillaje, hoy luce fantástica con el vestido crema a la medida que tiene puesto.

Insisto en que el noviazgo con Derek le sienta bastante bien.

—Buenos días —me saluda.

Le sonrío y trato de ser amable, sin embargo, el mal genio que cargo hace que el gesto no me salga natural.

—¿El coronel está ocupado?

—Creo que no.

—¿Me puedes anunciar?

—Enseguida.

Descuelga la bocina y solicita el permiso antes de colgar.

—Siga. —Señala la puerta.

Tomo el pomo, que giro. Christopher está frente a su escritorio con la vista fija en la laptop. No digo nada y él levanta la cara.

—¿Traes novedades de tu capitán? —pregunta.

—No —me sincero.

Enarca una ceja en busca del por el qué estoy aquí y no pienso, actúo. Entro, le pongo pestillo a la puerta, me deshago de la playera, me saco las botas y camino hacia su puesto en lo que me saco el camuflado, que dejo caer. Desbarato el moño, lo que hace que las hebras negras caigan sobre mi espalda.

No me molesto en rodear la mesa. Me trepo por encima del escritorio y aparto lo que tiene enfrente.

—Vengo a coger.

Me recorre con los ojos oscuros y mantiene las manos a ambos lados de la silla.

—Me jode tu descaro.

—Ya vas a empezar a hacerte de rogar.

Tiemblo ante la mirada glacial que me dedica; aprieta la mandíbula y me niego a bajarme por muy enojado que esté.

—Pierdes un collar el cual me valió millones de libras y tienes la puta insolencia de posar el culo en mi mesa —se enoja—. El descaro de venir a ponerme la polla dura con un trabajo a medias.

Se pone en pie y el pecho empieza a latirme rápido cuando su mano viaja a mi cara, forzándome a que lo mire a los ojos.

—Si vas a actuar como una maldita ninfómana, hazlo bien o no hagas nada —increpa, rabioso.

Sé lo que quiere, llevo las manos al sostén que desabrocho y arrojo a un lado. Los pechos me quedan libres y a su merced. Clava la vista en ellos y me muevo sobre la mesa ansiosa porque me toque.

—No quiero que peleemos.

—Lástima —toma un puñado de mi cabello—, porque tengo muchas ganas de hacerlo, ya que solo a ti se te ocurre entregarle algo tan costoso a una aparecida.

Me asusta que vuelva a tomar la actitud de patán hijo de puta, no estoy para que me vuelva a pisotear el corazón como años atrás. Siento su furia en el agarre que baja a mi nuca, respira rabioso a milímetros de mi boca y el miedo se evapora cuando percibo las ansias que me tiene.

Mis hormonas enloquecen y liberan la oleada de adrenalina que viaja a través de mi sistema.

—Me encantaría sacarte a patadas para que sientas, llores y entiendas el enojo que tengo yo ahora —musita—, pero no puedo, porque me la pones tan dura que lo único que quiero es follarte como un maldito animal.

Calla por un segundo y respira hondo antes de continuar.

—Voy a cogerte por detrás. —Habla a milímetros de mi boca—. Haré que tu coño se derrita en mi mano, ansioso porque lo penetre; sin embargo, no lo haré, ya que me estaré follando tu maldito culo.

—Hazlo —ruego desesperada.

Me besa de una forma tan malditamente agresiva que los labios me arden. Nuestras lenguas chocan tocándose con destreza y la tanga se me humedece en menos de nada, muero porque me arranque la tela de lo que tengo puesto.

Siento el calor de sus manos a ambos lados de mi cara. Si hay algo que amo de él son los besos agresivos, la forma de tomarme como ahora, que baja las manos a la cintura que sujeta con fuerza.

El recorrido de sus manos en mi espalda es cómo brazas ardientes en la piel sensible y me encanta, bruto, vehemente, salvaje y apasionado.

Mantengo el culo sobre la mesa llena de papeles. Los reclutas trotan y cantan fuera, en el campo verde, mientras que a mí no me importa otra cosa que no sea el hombre que me pega a su pecho.

Mis senos quedan contra sus pectorales, la única barrera que hay entre ambos es la playera de su uniforme. Me rodea el cuello con los brazos y la fuerza que ejerce me da igual, tengo claro que es un animal cuando de sexo se trata.

Me baja de la mesa y dejo que me ponga de espaldas; con la rodilla separa mis piernas antes de apartar el hilo de la tanga que yace dentro de la línea de mis glúteos.

Apoyo las manos en la madera, dejo que haga mi tanga a un lado y meta los dedos dentro del coño encharcado que se deshace bajo su tacto.

—Qué empapada estás —gruñe contra mi oído en lo que arrastra los fluidos de mi coño hacia mi trasero.

—¿No te gusta? —la pregunta sale en un susurro.

—¿Gustar? —Refriega la erección en mi espalda—. Ese verbo no abarca lo dura que me la pones.

Capto el sonido del cierre… Se baja el pantalón y vuelve a meter los dedos dentro de mi humedad, los mueve, los saca, los introduce de nuevo y se folla con ellos mi canal. Me pone a jadear y en momentos como estos quiero que la tierra se abra y nos lleve a los dos a un sitio donde lo único que hagamos sea esto.

Es rápido en el juego previo, la cabeza de su húmeda polla queda sobre el anillo de mi trasero y me preparo para el doloroso viaje que lastima, pero que a la vez me excita.

Mueve la mano que tiene sobre mi sexo, las yemas se le resbalan entre los pliegues de este cuando estimula la zona sensible, separa los labios de mi sexo y la caricia arma un desierto en mi garganta.

—Respira —exige en lo que despacio entra en mi culo.

Me encarama la pierna izquierda sobre el escritorio antes de mover la pelvis con la que traza círculos perezosos.

—¡Joder! —espeto cuando empieza a doler.

—No me flaquees. —Respira en mi nuca—. Necesito que me dejes meterla toda porque no quiero distancia ni tregua —gruñe—. Quiero invadir hasta el último centímetro del canal que se está contrayendo justo ahora.

Me frustra que su vocabulario indecente me excite tanto y que el coño que masturba se derrita en su mano tal como predijo. La relación nociva que tengo con él le da el poder de hacer con mi cuerpo lo que quiera. Empuja cuando dejo caer la cabeza en su hombro.

—Nena… —Resuella y siento que mi cuerpo carga una capa de electricidad. Tengo los pezones en punta, siento los senos pesados y la cabeza se me vuelve un lío cuando percibo el choque de sus testículos contra mi periné.

Mi sexo se convierte en una laguna, sabe que me tiene al borde y que me está gustando. El bombeo en mi interior toma intensidad y el sudor cubre mi espalda, sus gruñidos se acompasan con mis jadeos y me pierdo en el sexo extraordinario, cargado de embestidas feroces.

Me llena de empellones cargados de ganas, las cuales se ven reflejadas en el agarre que mantiene sobre mis caderas. Mis músculos abrazan su falo y agradezco el que se acuerde de mi ansioso coño.

Lo toca mientras me folla el culo y la caricia saca a flote el orgasmo que me pone a gemir en lo que nos corremos a la par.

—Me gusta —sale, me voltea y deja las manos sobre mi cintura— saber que estás llena de mí.

Envuelvo las piernas en sus caderas cuando me alza y camina conmigo al sofá, donde caemos juntos. Se deja caer en el mueble y le envuelvo el cuello con los brazos.

Me besa y me preocupa que solo así me sienta plena, con él a mi lado, con sus labios sobre los míos y con mi corazón amándolo como ahora. En el exilio tenía tranquilidad, más no felicidad, y los momentos que he vivido con otros no se comparan con las míseras horas de paz que he tenido con él.

En ocasiones siento que mi amor por él está rayando en la obsesión, es como una dependencia emocional. Me mantiene ansiosa todo el tiempo y tengo miedo de perderlo, de alejarme o que me deje. «Es estúpido», pero siento como si mi alma estuviera ligada a la suya para siempre.

Estoy absorta y enamorada de un salvaje que, mientras que yo me devano los sesos pensando en él, baja a lamerme las tetas con ansias; las toma y chupa moviendo la lengua alrededor del pezón duro, que atrapa con los dientes.

—Quiero más —murmura en mi oído mientras vuelve a subir.

No me opongo a lo que quiere, levanto las caderas, mientras él se sujeta el tallo de la polla para que pueda montarlo. Su miembro se sumerge en mi sexo, me impregna de su calor y acaricio la cara que tanto me enloquece; avasallo su boca y lo abrazo como si fuéramos uno.

El momento se prolonga más de lo acostumbrado y dejo las manos en su nuca mientras me muevo sobre su polla. Siento que lo quiero más de lo que lo quiero ya al verme en los ojos que llevan el mismo color que se desencadena cada vez que se avecina la tormenta.

Christopher Morgan porta un glacial frío en los ojos y un infierno candente en los labios.

—Ninguna me pone como tú, nena —me dice en medio de jadeos y lo abrazo sin dejar de moverme.

Su clímax llega con el mío; la respiración agitada es algo de los dos y ambos nos tendemos en el sofá como en años pasados. Permanece callado, solo deja que me quede sobre él en silencio y sin moverme.

Mantengo la cabeza sobre su brazo mientras él busca la caja de cigarros que tiene en el bolsillo, enciende uno y se pone a fumar. El olor a nicotina inunda mi olfato y el humo se extiende a lo largo del despacho.

—No es obligación que vayas al operativo del Hipnosis —habla—. No he tenido tiempo de revisar las carencias que pueda tener el plan.

—Gauna ya lo autorizó.

—Pero puedes pedir un relevo —espeta.

Llegué a considerarlo; no obstante, eso sería ganarme una reprimenda por parte de Parker: a él no le gusta que nadie se valga de sus «influencias». Meredith y Angela le sumarán méritos a la tropa de Bratt, distinciones que muchos tendrán en cuenta a la hora de apoyar a alguien para que ascienda.

El concluir un nuevo operativo también me será útil. He estado ausente por veintiséis meses, he perdido tiempo y esto me ayuda a reponerlo. Aparte de que necesito el dinero que me proporcionarán si culmino con éxito lo que se me encomendó.

—Puedo hacerlo —declaro—. Ya confirmé mi participación.

Me entrené y estudié para esto y no debo tenerle miedo. El silencio vuelve a ser protagonista y no me atrevo a hablar; lo único que hago es mirar el techo, las neuronas de mi cerebro internamente trabajan e insisten en recordarme todo lo que puede pasar entre él y Gema mientras yo estoy en mis labores.

—Si estás tan segura con todo, ¿por qué piensas tanto? —replica él—. Si es el collar lo que te tiene así, déjalo estar, ya me queda claro que se te da mejor cuidar manillas de porquería que diamantes costosos.

Empieza con los reclamos y me levanto a vestirme; no perdí el collar porque quise, fue un accidente y parece que le cuesta entenderlo.

—No estoy pensando en el collar.

—Entonces habla —me exige—. ¿Qué es lo que pasa?

—Nada.

—Tu «nada» suena a mucho.

Deja el cigarro de lado y meto las piernas en el camuflado, acomodo las copas del sostén y las tiras de este sobre mis hombros. Me visto lo más rápido que puedo, me quiero ir sin decir más, pero las dudas cargadas de ansiedad hacen que me vuelva hacia él, quien se acomoda la ropa.

—Me molesta que viajes con Gema —confieso—. Es injusto que vivas atacándome con Stefan mientras ella alardea junto a ti todo el tiempo.

—Tus celos son absurdos.

—Cómo no tenerlos si ni siquiera sé lo que somos.

—Sabes muy bien lo que somos.

—¿Qué?

—Ya vas a empezar. —Pone los ojos en blanco y el gesto dispara mi enojo.

—Dilo, no hay nada de malo en querer oírlo.

—No voy a ponerme cursi, así que párala ya. —Se arregla la playera y yo sacudo la cabeza.

Más de dos malditos años y sigue con la misma mierda. Alzo mi playera y meto la cabeza dentro de esta. Su jodido caparazón solo me causa inseguridades, ansiedades con las que estoy harta de lidiar. Vuelve al sillón mientras yo termino de arreglarme.

—Deja eso y ven aquí —pide, y lo ignoro—. ¡Te estoy hablando!

No me molesto en mirarlo.

—¡Te estoy hablando! —trona, y lo empujo cuando se levanta a tomarme.

—¡No quiero oír tus sandeces! —espeto—. Siempre haces lo mismo, te callas todo.

—¡A mí no me vengas con tonterías! —Me sujeta con fuerza—. Te vas cuando yo lo digo, no cuando quieras. Y desde ya te advierto que, en el tiempo que esté por fuera, no quiero que andes con niñerías y me andes evadiendo como siempre lo haces.

—¡Jódete! —Me suelto y vuelve a tomarme.

—¡No te vas! —insiste, y me dan ganas de pegarle un puñetazo en la cara.

—¡Eres un maldito malnacido!

Lo empujo otra vez, pero no me suelta; si de él depende el que me vaya, quiere decir que me quedaré toda la vida aquí. Tocan a la puerta y me veo obligada a quedarme quieta cuando se mueve a abrir.

—Su almuerzo, mi coronel —informa Laurens.

La encargada del comedor del comando llega con un carro de comida y empieza a organizar los platos frente al sofá.

—Siéntate —me ordena el coronel.

Es mi superior, por ende, debo obedecer.

Planto el culo en el cuero marrón del sillón y es un tanto incómodo la cara que pone la mujer cuando ve que el animal que tengo como coronel se acomoda a mi lado, invadiendo mi espacio personal.

Laurens ayuda a poner la mesa y ambas mujeres se quedan frente a nosotros a la espera de no sé qué.

—¿Las dibujo, les tomo una foto, quieren que les autografíe las tetas? —espeta Christopher.

—¿Necesita… algo más? —tartamudea Laurens.

—¡Largo, que quiero almorzar! —Las echa.

Las mujeres abandonan el sitio, y en situaciones como estas hacen que me pregunte cómo diablos lo soportan, es que hasta a mí me cuesta.

—¿Y qué? ¿Debo quedarme a verte comer? —le reclamo. No lo oí pedir comida adicional.

—Esto alcanza para ambos.

Toma los cubiertos, corta el filete, pincha un pedazo y me lo ofrece sin mirarme, como si le estuviera dando comida a algún perro.

—Ten.

—No se te va a morir el pito si me lo ofreces como una persona normal.

—Si no te gusta, entonces córtalo y come como te dé la gana. —Estrella los cubiertos en la mesa—. ¡Qué jodido problema con todo!

Escondo los labios y aparto la cara conteniendo la risa mientras que él sacude la cabeza, enojado.

—Quiero comer como me lo estabas dando —le digo—, pero quiero que sea mirándome a la cara. Necesito retratar tus lindos ojos en mi cerebro, ya que no puedo atesorar la confesión que me haría saber cuáles son tus sentimientos hacia mí.

Sus hombros se alzan cuando respira hondo, me mira mal y toma los cubiertos; de mala gana corta el filete y me ofrece el tenedor, pero sujeto su muñeca en el aire antes de que llegue a mi boca.

—Besito primero. —Le planto un beso en los labios.

—Cada día me convenzo más de lo loca que estás, deberías buscar ayuda —me dice—. Qué pereza tus tonterías.

—Estoy loca, pero por ti.

Suelto a reír en lo que como lo que me ofreció. Ya se le dañó el genio y busco la manera de sentarme en sus piernas.

—No voy a pelear —le digo—, sin embargo, ten claro que me jode mucho tu falta de cojones a la hora de decir las cosas.

Abraza mi cintura y me lleva a su boca; vuelvo a tomar el tenedor con el que corto el pedazo de filete que me como y le doy uno que otra vez… Tengo hambre y la comida le roba mi atención.

—No comí ni el veinte por ciento de lo que tragaste —se queja.

—Ya comerás en el camino. —Me limpio la boca con una servilleta.

Se levanta y hago lo mismo. El carro estorba y lo llevo al rincón, noto la cámara que parpadea y me entra la duda de cuántas personas me habrán visto el culo mientras cojo con él aquí.

Paso saliva y veo a Christopher frente al panel que tiene dentro de su escritorio, un frescor me recorre al notar que es él quien acaba de maniobrar el aparato.

—¿No está prohibido eso? —le pregunto—. ¿Manipular tan frecuentemente las cámaras?

—Sí, pero yo hago lo que quiero —responde—, como apagar esto cada vez que entras aquí.

—¿Por qué cada vez que entro? —increpo—. ¿Siempre tienes la certeza de que vamos a coger?

—Sí —contesta sin más, y me jode que me excite su descaro.

—¿Desde cuándo piensas así?

—Desde que te conocí.

—Supongo que dudaste cuando volví. —Me cruzo de brazos.

—No.

Laurens entra por el carro de comida y le hace saber que su avión partirá dentro de dos horas.

—Gauna y los capitanes desean hablar con usted antes de que se vaya —le informa—. La reunión empieza en unos minutos.

Se va a ir a otro país por varios días y yo tengo que esperar aquí. El nudo que se me arma en la garganta me pone a tomar aire por la boca.

—¿Me echarás de menos? —le pregunto cuando la secretaria se va.

Acorto el espacio entre ambos y él sonríe antes de abrazarme.

—Tal vez.

—¿Cuántas bragas empacaste?

—Las necesarias.

Me besa y no sé por qué me arden los ojos; quizá porque quiero irme con él.

—Tanto amor se le va a salir del pecho, teniente. —Toca mi cara y dejo que mi mirada se enlace con la suya.

—Soy una tonta. —Lo soy por extrañarlo, pese a que aún no se ha ido, y por quererlo como lo hago.

—Tonta o no, necesito que me quieras más de lo que me quieres ya. —Me alza el mentón.

—¿Más? —Me le trepo encima—. Eso es imposible, coronel.

—Para mí no existe el término «suficiente» —musita a milímetros de mi boca.

El beso que me da arrasa con mi fuerza de voluntad, lo traigo contra mí y lo abrazo con fuerza, sujeto la parte posterior de su cuello y dejo que mi lengua dance dentro de su boca mientras me mantiene contra él. Un beso largo, de esos que das cuando sabes que te vas a alejar y quieres que la otra persona te recuerde por tiempo indefinido.

El que me tome con tanto ímpetu me recuerda porque es que lo amo tanto, me baja y paseo la mano por el brazo que acaricio.

—Coronel, el general lo espera —comunica Laurens en la puerta.

Maldigo la punzada que se perpetúa en el centro de mi pecho. «Solo son días», estuve dos años sin verlo, puedo resistir un par de semanas.

Se encamina a la puerta y se vuelve hacia mí pasos antes de llegar al umbral, me guiña un ojo y le sonrío por última vez. Desaparece y paseo los ojos por la oficina antes de abandonar el lugar.

Mi tarde se resume en repasar y memorizar todo lo que me hace falta con el fin de que no haya fallas. Alan confirma la partida del coronel y en la noche hablo un rato con Luisa por teléfono: su madre está en Londres y mi familia le envió un presente.

En la mañana, salgo a trotar una hora con Brenda hasta que llega la hora del desayuno; cruzamos el comedor y la tropa de Bratt está celebrando el nuevo reconocimiento que le ha otorgado el Consejo: un galardón por enseñanza que lo tiene dichoso.

Me alegro por él, es un soldado que todos los días da lo mejor de sí.

Varios uniformados están haciendo fila para felicitarlo, Meredith está junto a él y Milla es una de las que se acerca, el capitán estrecha la mano que ella le ofrece.

El día del lanzamiento electoral fui dura con él, no me gustó su actitud; sin embargo, todavía hay cosas que me pueden. No fue una mala persona conmigo en el tiempo que estuvimos juntos y eso es algo que no olvido, como tampoco todo lo que vivimos juntos.

—Quiero felicitarlo —le digo a Brenda.

—No creo que a Meredith le guste, pero adelante —me comenta—. Pediré algo para tomar.

Tomos uno de los cupcakes que hay para los que quieren comprar y hago la fila para felicitarlo. Hay cuatro soldados más adelante, se apartan y el capitán abre los brazos para que vaya. Los pies se me mueven solos a su sitio, lo abrazo y palmeo su espalda cuando me estrecha contra él.

—Felicidades, capitán. —Le doy lo que compré.

—Gracias, teniente. —Recibe—. Me lo comeré más tarde.

Sigue siendo el hombre apuesto del que me enamoré tiempo atrás. Me alejo cuando noto a Meredith incómoda, lo que menos quiero es arruinar su mañana, por ende, me despido rápido.

Desayuno con Brenda y Alexandra, que llega a la mesa. El operativo comienza pasado mañana en la tarde e internamente celebro cuando Elliot me envía un mensaje comentando que quiere que nos veamos dentro de unas horas.

Tengo que asegurarme de que los sitios involucrados con la Iglesia estén funcionando como es debido; ya lo relacionado con ello acabó, pero siempre se hace uno que otro estudio de rutina.

Alan me acompaña y estar en la ciudad me da el espacio que requiero para verme con el detective. Antes de pasar por su oficina, trabajo con el sargento, que se mantiene en el asiento del copiloto.

Entrevisto a los nuevos encargados de la iglesia.

—Seguimos agradecidos por la intervención de las autoridades —me comenta el nuevo obispo—. Gracias a eso ya no tenemos corruptos adentro.

¿Cómo está el expadre Santiago? No hemos sabido nada de él.

—Protegido —le aseguro—. Hemos tomado medidas con él y sus allegados.

Hago un recorrido, estrecho su mano y me despido de Alan, quien se va al comando mientras que yo me encargo de lo que tengo pendiente. En el McLaren me voy a mi cita con Elliot.

Me recibe en la oficina a la que le cierra las persianas desgastadas, me invita a tomar asiento en la enclenque mesa que se halla en el centro del comedor, me acomodo en la silla y él pone una taza de café frente a mí.

—El trabajo está concluido. —Extiende un paquete sobre la mesa.

—Llegué a pensar que tardarías más —le digo.

—Le dije que tenía mis contactos, hice uso de varios —asegura.

Abre la primera carpeta que me ofrece.

—Hice todo lo que estaba a mi alcance, el dinero que recibió el capitán Linguini fue por un dron de vigilancia que hizo para una empresa de robótica —explica—; el prototipo gustó y le ofrecieron una muy buena cantidad para que hiciera otro más avanzado, lo logró y aceptó la oferta. La compra la hizo una empresa europea de renombre.

Rasgo el sobre y reviso la información que consiguió de Gema y Liz Molina, no se sabe por qué tienen cuentas en el extranjero; no obstante, el detective se encargó de armar una defensa, la cual le informa a Casos Internos que tal cosa no es un delito, los argumentos que puso son sólidos y válidos.

Lo mismo hizo con Angela, quien se ha visto con médicos de dudosa procedencia; pero no hay pruebas de peso que los incriminen, puesto que lo que se dice de ellos son rumores que no han sido comprobados y Elliot lo prueba.

Pasa igual con Brenda y Laila: Brenda solo vio una vez al sujeto con el que se la señala, almorzó con él en una única ocasión y, por lo visto, nunca lo volvió a ver.

Laila intentó hacer una compra, pero en últimas esta no se llevó a cabo. Las obras que tienen Parker se las ha vendido un tercero que, al parecer, tiene autorización para hacerlo. El capitán cumplió con pagar lo que se exigió por ellas, no es su culpa si estas las obtuvieron de mala manera.

—Me preocupa un poco el coronel, fuera de servicio es libre de ir donde quiera; aun así, es raro que lo haga. Lo de las sumas que se le señalan es cierto —comenta Elliot—. Se lo atribuí al buen reconocimiento que están teniendo los hoteles de su madre; él no está muy al tanto de eso, pero es normal que reciba dinero por ese lado. Me tomé la molestia de hacer una lista de las propiedades de los Hars.

Asiento, el detective enciende un cigarro mientras que yo me pongo a releer hoja por hoja, el saber que dejaré de tener a Casos Internos sobre mí me quita un peso de encima.

Las muertes de los candidatos vienen a mi cabeza, así como los líos que se están presentando con la mafia.

—No quiero sonar agresiva —le digo al hombre que tengo al frente—, pero estoy depositando el futuro de mis amigos en ti, así que si me llego a enterar de que te vendiste al otro lado y esto es alguna jugarreta, te mato con mis propias manos.

—No soy tonto, teniente, tengo claro que estoy ante una persona con poder. —Deja de lado su cigarro—. Es teniente en la FEMF y dama en la mafia. Ataque en el bando que sea, dará la mejor de las batallas, así que confíe en mí, que estoy de su lado.

Respiro hondo, no sé cómo tomar el comentario.

—Es importante que sea cautelosa —me advierte—. En este mundo hay muchas personas malas y aunque sé que es consciente de ello, a veces caemos en la trampa de creer que lo malo solo se limita a lo que ya hemos visto, y no es así: en ocasiones, eso solo es la punta de un enorme iceberg.

Respiro hondo, tengo los hombros tensos. Le echo un último vistazo a lo entregado y me levanto a darle la mano.

—Estoy para lo que me necesite —me dice, y asiento—. Es un placer para mí trabajar con usted, si tiene duda con algo, no dude en llamarme.

—Hay que seguir trabajando en lo de Philippe —le recuerdo—. Debemos saber quién es y dónde está.

—Es lo único que nos queda pendiente —indica—. Vaya tranquila, que sigo trabajando en eso.

Me acompaña a la salida del deteriorado edificio. Le comento que no estaré disponible por varias semanas, por ende, cualquier cosa que necesite debe acudir a Stefan.

—Aprovecharé ese tiempo para tratar de tener novedades.

—Bien.

Con una mano en el bolsillo me observa hasta que me subo al auto, conduzco a mi casa con las carpetas en el asiento del copiloto. En la caja fuerte guardo una copia de todo lo que me entregaron. Vuelvo a mi vehículo y viajo al comando, donde paso la noche. A la mañana siguiente, pido una cita con Casos Internos y es Wolfgang Cibulkova quien me atiende, ya que Carter Bass no está.

Espero sentada frente a su escritorio, mientras él revisa todo de forma minuciosa. Es un hombre de trajes, del tipo tradicional, no carece de clase y el cabello siempre lo tiene perfectamente peinado hacia atrás.

Lo mínimo que espero con esto es que dejen de tener en la mira a mis colegas y que el coronel pueda concluir su campaña con éxito.

—Al parecer, has evitado el caos que podrían traer las señalizaciones. No me equivoqué al decir que eras la indicada para esta investigación —comenta el irlandés—. Le haré llegar esto a Carter lo antes posible.

—Genial. —Sonrío con hipocresía—. Agradezco el voto de confianza al ponerme a mí y no a alguien más.

—Sé lo mucho que quieres a tus colegas.

Deja la carpeta sobre la mesa y no sé por qué me da mala espina, me cae mal al igual que su jefe.

Me entrega los documentos que debo firmar: es una declaración donde se confirma que fui yo la que hice el trabajo. Estampo mi nombre en los papeles y le devuelvo el bolígrafo que me da.

—Suerte con todo lo que está por venir —me dice cuando me levanto.

—Gracias.

Abandono el sitio. Debo ultimar los detalles de mi partida y en eso me pongo.

Ya casi todo está listo, el perímetro fue estudiado y en una maleta guardo el vestuario que deben llevar las tres bailarinas, también peino las pelucas. Patrick llega con una banda en la nariz.

—¿Qué te pasó? —le pregunto al ver que tiene el tabique hinchado.

—Me estrellé con la cabeza de un burro, pero, tranquila, estoy bien —contesta con un tono divertido—. Vengo a hacer entrega del equipo.

Meredith llega con Parker y Angela.

—No habrá ningún tipo de micrófono —advierte Patrick—. El chip de rastreo es indetectable, pero la entrada y salida del sonido no. Como en el Oculus, les harán una revisión exhaustiva antes de entrar.

—Deben reportarse todos los días. —Parker me entrega el dispositivo de contacto encubierto—. Cuiden esto con su vida, es el único aparato que puede burlar su sistema y el único medio de comunicación.

Lo miro con atención, a simple vista es un estuche de rubor normal, pero al presionar en las teclas indicadas muestra el panel de contacto.

—Es un sistema que se activa todos los días a la misma hora por un lapso de sesenta segundos —explica Patrick—. Ellos tienen una onda expansiva que detecta todo tipo de señal y puedo evadirlo, pero solo por el tiempo que acabo de comentar.

—Todos los días a las quince horas intentaremos contactarlas —confirma Parker—. Si no pueden contestar, quedará para el día siguiente.

Ninguna de las tres objeta nada. Angela es quien recibe lo que nos entregan. Acordamos lo necesario y Parker me llama aparte para hablar cuando llega Bratt.

—A los dos nos conviene sumar méritos. —El alemán se cruza de brazos frente a mí—. Tú no quieres ser una teniente por siempre y yo no tengo ganas de ser un capitán hasta que me jubile.

—Haré todo lo que esté en mis manos con el fin de no decepcionarlo, mi capitán —le hago saber—. Sé que debo lucirme en esto.

—Eres demasiado noble, James, y sabes que Lewis también quiere ascender —se sincera—. Me asusta que quieras ayudarlo.

—Pertenezco a la compañía que está a su cargo —le recuerdo—. Un soldado le es fiel a la cabeza que guía; por ello, mi fidelidad está con usted.

—Eso espero —me despide.

Alan viene por nosotras. Meredith es la primera que sale, seguida de Angela. Cada una lleva lo que se le exige, la maleta pesa y juntas abordamos la camioneta que nos lleva al hotel donde pasarán por nosotras mañana en la tarde.

El sargento Oliveira es el único que nos acompaña, se cambia y camufla como personal del hotel, y es quien nos guía a la alcoba donde nos encontramos con Frey, Hela y Freya (las verdaderas Nórdicas).

—Cuiden bien cada paso que dan, hemos oído mucho de este club —advierte la que instruye a Angela—. Acá hay hombres muy peligrosos que no son de la alta alcurnia de la mafia.

Frey es la más exuberante de las tres, una de la más apetecida y la que sigue teniendo voz y voto.

—Habrá varios que querrán algo más, así que sean obedientes —espeta Hela—. Las pautas que se trazaron para aceptar esto siguen en pie.

—Lo sabemos y tenemos nuestros métodos; preocuparse está de más —contesta Meredith al pie de la ventana.

La FEMF maneja sustancias que pueden dormir a una persona en menos de nada. En el entorno al que entraremos, la mayoría de las veces los hombres están ebrios, eso hace que sea fácil trabajarles la cabeza y hacerles creer que sí hubo sexo, besos o lo que sea.

—Si no es más, nos vamos —se despiden Las Nórdicas—. Espero que no se repita lo de la última vez, la estupidez de su amiga estuvo a nada de dañarlo todo.

—¿La ves aquí? —increpa Angela, y la Nórdica niega con la cabeza—. Entonces, ¿por qué te preocupas?

—Solo advierto.

Alan se las lleva, hay cinco camas en la alcoba y Klein pide que se repase cada punto, el orden de los espectáculos, los patrones y gestos comunes que suelen tener las mujeres. Serán días sin salida, la mayoría del tiempo seremos observadas y tal vez no haya espacio para repasar nada.

Nos traen la cena y Angela suspira frente al plato, mientras que Meredith sigue al pie de la ventana, de donde no se ha movido desde que llegó.

—¿Sabes si le pasa algo? —pregunto en voz baja—. Lleva tres horas en el mismo lugar.

—Debe de estar preocupada por el sitio —contesta la alemana— y por el papel.

El móvil le vibra a un lado y alcanzo a ver el nombre que aparece en la pantalla: Santiago Lombardi. Ella cuelga en vez de atender.

—¿Sigues a cargo de la seguridad del exsacerdote? —le pregunto.

—Sí, en mi ausencia Irina me sustituirá —comenta—. De seguro ella no se ha comunicado y quiere pedirme su número. Voy a llamarla para que lo haga y de paso le avisaré a él.

Se aleja con el aparato en la mano: es una mujer disciplinada, la fama que tiene en el comando no eclipsa el hecho de que haría un muy buen papel como capitana.

A Angela Klein, la mayoría la ven como la que va a acaparar a todos los hombres que se crucen en su camino.

Alan vuelve a medianoche y yo busco la manera de dormir, pero los nervios previos a estos casos no me dan mucho descanso. Meredith Lyons parece que está igual, se pasa toda la madrugada sentada en la orilla de la cama mirando a la nada.

A la mañana siguiente desayuno todo lo que puedo y al mediodía me aseguro por tercera vez de tener todo en la maleta.

—Llamada. —Alan le pasa el teléfono a Angela—. Es el coronel.

La alemana se aleja a contestar. Yo acabo de recoger lo que queda, pues al cabo de dos horas tenemos que partir. Reviso que estén bien los lentes de contacto y me pruebo varias veces las pelucas que usaré.

—Quiere hablar contigo. —Angela me ofrece el móvil cuando vuelve. Recibo el aparato y me alejo a contestar.

—¿Qué demanda, mi coronel? —Busco privacidad en lo que contesto como exige el reglamento.

—Solo me aseguro de que no estés al borde del suicidio.

«No sé qué es lo más grande de él, si la polla, el ego o el orgullo».

—¿Seguro? Me suena a que me llamas porque no puedes vivir sin mí.

—Ya quisieras... —contesta, y suelto a reír.

Quiero que pasen los días rápido para volverlo a ver y follarlo también.

—Verifica el teléfono —pide—. Antes de romper el contacto, quiero lo mismo por parte tuya.

—Bien.

Busco mi teléfono, Alan se llevará las pertenencias personales de cada una cuando salgamos de aquí. Encuentro lo que requiero al fondo de mi cartera, desbloqueo el celular y la cara se me enciende cuando veo la foto que me envió de él, desnudo, frente al espejo.

«Dios». Tiene la polla firme y erecta entre las manos y no niego que de él es una de mis cosas favoritas. Se nota que la tomó a primera hora de la mañana, ya que tiene el cabello desordenado.

—¿Y qué quieres que te envíe? —le pregunto, dado que sigue en la línea.

—Algo sexi como lo que envié yo —responde—. No creo que haya algo más sexi que yo, pero inténtalo.

Pongo los ojos en blanco, es un maldito egocéntrico.

—Veré qué hay. —Me enderezo—. Gracias por el material, coronel, me ha hecho bien mirarlo.

Cuelgo antes de entrar al baño, una imagen sexi es lo de menos: me puedo quitar la ropa y buscar una pose sensual, pero siento que soy más que eso, así que me acomodo el cabello y me tomo una foto sonriendo. Se la envío junto con un mensaje.

> Mi mejor curva siempre será la de mis labios cada vez que sonrío.

Me quedo mirando la pantalla a la espera de su respuesta.

> La guardo solo porque me excitan los labios que hacen maravillas alrededor de mi polla.

Se desatará el fin del mundo el día que le oiga decir algo romántico.

Deja de estar en línea y aprovecho el tiempo que me queda para hablar con mi padre. Capto el sonido del caballo que relincha en algún lado y supongo que está en una de las caballerizas.

—Sé que lo hará muy bien, teniente —me anima—. Desde acá te estaré enviando mi mejor energía.

—Sí, lo sé y me hace muy feliz que lo hagas —suspiro—. Diles que los quiero mucho.

—También nosotros a ti.

Finalizo la llamada y apago el aparato. Mi padre se encargará de que mi madre esté tranquila y no empiece con preguntas en los días que no me puedo comunicar.

Me empiezo a cambiar cuando Angela lo sugiere. Maquillo mis ojos lo mejor que puedo y faltando quince minutos para partir, le entrego todo a Alan, quien nos informa de que las personas que nos van a recoger ya están en la recepción.

La teniente Klein se acomoda la peluca y Meredith se ajusta los zapatos mientras que yo esparzo perfume por todo mi cuerpo. En la preparación como Nórdica he tenido que perfeccionar las técnicas de maquillaje que me transforman el rostro.

El sargento Oliveira saca nuestras cosas en un carro de comida, sigue camuflado como uno de los botones. Cada una se coloca los lentes. Angela confirma que es hora y junto con ella bajamos a la primera planta, donde nos esperan.

Son dos sujetos corpulentos de cabeza rapada, grandes, y con todo el cráneo tatuado. Nos guían al vehículo donde me sumerjo «Soy Hela», me repito en el trayecto, la sexi Hela.

El sitio está a las afueras de Londres, en un complejo de bodegas deterioradas que alguna vez fueron parte de una antigua zona industrial. El conductor estaciona el vehículo, nos hacen bajar y analizo el entorno que nos rodea: hay paredes que con el paso de los años se han venido abajo.

Camino hacia uno de los edificios de ladrillos desgastados, cuyas ventanas están llenas de polvo. Antes de entrar, nos revisan minuciosamente la ropa y las maletas; desmontan las ruedas para luego volver a colocarlas, y les pasan tres veces el escáner por encima.

—Bienvenidas —nos dicen.

Me devuelven mis cosas y me aferro a ellas en lo que nos guían al último edificio.

Entramos, a diferencia del club de los Mascherano, el ambiente de este lugar es más ordinario, desordenado, tipo punk. En la decoración abundan los colores rojos y grises, lo que le da un aire rústico; hay animales salvajes en jaulas y mujeres encadenadas que gatean por el suelo.

Mis tacones resuenan en el piso de lata, el hombre que nos trajo nos conducen al sitio donde nos quedaremos: una alcoba con un enorme tocador, tres camas dobles y un clóset de pared a pared.

El baño es pequeño, pero funcional. Sin embargo, me da claustrofobia que no haya ventanas y que la única fuente de luz sea la incandescente bombilla que está en el centro del techo.

Nos dejan solas para que nos preparemos, a medianoche debemos dar un show privado para una persona importante, pero antes de eso hay un show general.

—Bien —confirma Angela—. Dentro de quince minutos tenemos que salir a la discoteca principal.

A la hora estipulada vuelven por nosotras.

La mayoría de la gente se mete droga como si fuera alcohol y las meseras no son la excepción. El pudor no existe, y la desnudez es algo que se ofrece sin ningún tipo de reparo. Hay hombres con mujeres contra las paredes, en las mesas, en el suelo, incluso en las escaleras, dejando que las tomen como se les da la gana.

No han pasado ni dos horas y ya quiero arrancarme el pelo por el agobio que siento al ver las jeringas de HACOC que se mueven a lo largo de las mesas, así como los tubos negros que se inyectan varios.

El espectáculo general es agotador, más por el ambiente que por el baile, que se ejecuta sobre una tarima; la gente se pelea todo el tiempo y, pese a las distracciones, con mis compañeras logro culminar el show.

—Vamos bien —habla Angela cuando nos devuelven a la alcoba—. Ahora viene el privado.

En el cambio de atuendo, me coloco una peluca negra de cabello liso que me llega debajo de la barbilla, me cambio de vestido y de zapatos.

—¿Están listas? —Un nuevo sujeto viene por nosotras.

—Lo estaremos dentro de un par de minutos, cariño —responde Angela, quien le pide a Meredith que se termine de vestir.

No puede subirse el cierre del vestido, le pregunto si necesita ayuda y sacude la cabeza en un gesto de negación. Logra solucionar el problema y volvemos a salir, esta vez rumbo a una planta más privada.

Atravesamos el lugar donde acabamos de hacer el espectáculo, dejando la música ensordecedora y las luces atrás. Subimos la escalera metálica en forma de caracol que nos deja en el despacho sobrio de alfombra marrón, donde se hallan los hombres que nos esperan.

—¡Qué maravilla! —Se levanta un pelinegro que abre las manos a modo de bienvenida—. Las Nórdicas en el bar de este plebeyo.

Toma la mano de Angela y le da la vuelta.

Son tres: un gordo con un centenar de cadenas alrededor del cuello y abundante pelo en el pecho; uno alto, fornido, de barba larga, el cual tiene la mitad de la cabeza rapada y la parte del cabello que mantiene larga le tapa la oreja derecha, y quien nos recibe, un sujeto delgado, pálido y de nariz prominente.

—Llámenme Daniels, uno de los dueños de todo esto —se presenta—. Él es Ignacio, el cumpleañero que atenderán esta noche.

El nombre me suena enseguida, lo vi en uno de los informes. Según las últimas novedades de la investigación, es quien está diluyendo sustancias nocivas con el fin de hacer rendir el HACOC de Antoni. Le añade componentes que lo hacen más perjudicial de lo que ya es.

—Dante Romanov —presenta al tercero—, el otro dueño del lugar.

Ambos se acercan a saludar y correspondo el apretón de manos que me da el último.

—Un Romanov —le comenta Angela—, ya tuve el honor de conocer a uno de tu clan, al más grande de todos.

—Sí, oí que se la habías chupado al Boss —responde él.

El ruso clava la mirada en el atrevido escote que tiene.

—Qué hermosas son —comenta Daniels—. ¿Les apetece algo? Tenemos licor para todos los gustos.

—No tomamos durante el horario laboral —habla Meredith.

—Entonces vengan por acá. —Nos muestran las puertas dobles que hay atrás—. Nuestros mejores clientes están ansiosos por recibirlas.

Abre la puerta que tiene a la espalda y nos da paso a la sala privada llena de mesas y muebles, en donde hay mujeres desnudas sirviendo licor; a diferencia del sitio donde dimos el primer espectáculo, en este no hay tanto alboroto y tampoco tanto caos.

—Déjame a Ignacio. —Se ofrece Angela antes de entrar—. Veré qué le puedo sacar.

Más de cincuenta personas nos reciben en la nueva sala, hombres acompañados con putas que aspiran cocaína y se inyectan frente a los ojos de todos.

La decoración sobria deja claro que es gente de más peso: hay mesas con barras verticales de *poledance*, un mostrador de bar tras el que atienden y sirven copas diversas camareras. La música está a todo volumen. Las jeringas que abundan en las bandejas que mueven me erizan la piel. «Este tipo de escenarios siempre es incómodo y desagradable de ver», respiro por la boca.

Angela se acerca al hombre fornido del que se quiere encargar y Meredith hace lo mismo con Dante Romanov. Hay que pegarse al mejor postor y me voy por Daniels, quien arma un cigarro de marihuana frente a todos.

—¿Cómo quieres que empecemos? —indago bajo la mirada de los hombres que están en la sala.

—Por ahora solo imprégnate del ambiente, sexi Hela. —Me acaricia la peluca—. Conmigo no tienes que excederte, no me gustan las mujeres, por muy lindas que sean.

¿Qué es esto? ¿Un poco de vida en mi suerte?

Se marcha a hablar con el grupo que lo llama en una de las mesas y me pican las ganas de observar con detenimiento el croquis que cubre la pared que tengo a la derecha. Angela está distrayendo al cumpleañero, y con cautela, a través de señas, me pide que proceda.

Es como un mapa conceptual, el cual muestra las grandes jerarquías, los clanes que forman parte de la pirámide. En la casilla más alta está el nombre de Antoni con una placa abajo que reza LÍDER DE LA MAFIA. Eso no me asusta, lo que me pone los vellos en punta es mi nombre al lado del suyo, RACHEL JAMES, con una inscripción debajo que dice DAMA DE LA MAFIA.

Junto al nombre de Antoni hay un papel pegado con el nombre del hermano, dando a entender que es su sustituto. También hay otro a la derecha del italiano con la inscripción del cabecilla de Los Halcones.

En la escala de poder sigue la Bratva y luego los Petrov; después de estos aparece una lista de apellidos afamados en el mundo delictivo.

—Gatita curiosa —comentan a mi derecha.

Dante Romanov se acerca con Meredith pegada al brazo.

—Es una organización muy interesante —carraspeo.

—No sé si estoy teniendo un *déjà vu*, pero tengo la impresión de haberte visto en algún lado —me dice el ruso, y el pecho se me acelera.

—Puede ser —respondo tranquila—. He hecho varios espectáculos. A lo mejor me viste en alguna fiesta o en el Oculus.

—No. —Se acerca más—. Se me hace que fue en otro lado, pero no recuerdo dónde.

Daniels me llama y me disculpo antes de irme. El socio no me quita los ojos de encima y mi tranquilidad pende de un hilo. «¿Qué tanto ha hablado Antoni como para que todos asuman que soy la segunda al mando en un nido de criminales?».

Procuro serenarme, estoy en zona roja y levantar cualquier tipo de sospecha es peligroso. Vuelvo al lado de Daniels. «No soy Rachel, estoy en otro papel y en eso debo concentrarme ahora», me digo tratando de mantener la calma.

—¡Diosas, por favor! —pide el hombre que me tocó—. Complazcan al público con uno de sus espectáculos.

—Yo me llevaré a la mía a un ambiente más privado. —Se levanta Ignacio—. Los veo mañana.

—Al cumpleañero no se le puede negar nada —acepta mi acompañante—. Ve a disfrutar, colega.

Intercambio miradas con mi compañera, que desaparece. La música empieza y con Meredith subo a la mesa cuando el público comienza a aplaudir.

—¡Las Nórdicas! —nos presenta Daniels.

Dante Romanov no me quita los ojos de encima y no de una buena manera, me mira como si quisiera acordarse dónde me vio. Eso incomoda; sin embargo, aquí no hay espacio para inseguridades. Las adulaciones llueven mientras bailo como demanda la coreografía.

Busco puntos, señales y pruebas que hagan que esto valga la pena. Me esmero por quedarme con las caras al tiempo que tomo la barra sobre la que me contoneo mientras sigo al pie de la letra los pasos de la coreografía que he ensayado miles de veces. Los presentes no nos quitan los ojos de encima y lo hago lo mejor que puedo, moviendo las caderas de arriba abajo mientras me levanto.

Paseo las manos a través de mis curvas hasta llegar a mi cuello. La intensidad de la música se incrementa y los presentes celebran con vehemencia los pasos sensuales, hasta que llega un punto en el que debo bajar y procedo. Daniels me está esperando con las manos abiertas, Dante está a su lado y miro a Meredith para que ambas vayamos por los dos hombres.

Mis tacones tocan el suelo, doy un par de pasos y no siento a Meredith atrás; me vuelvo hacia ella y noto que se ha quedado quieta sobre la mesa, mantiene los ojos fijos en mí y tal cosa me tensa, dado que este tipo de comportamiento puede terminar en confusiones.

No se mueve, le bajan el volumen a la música, me aferro a mi papel mientras camino al sitio donde me esperan y…

—Rachel.

Escucho mi nombre, se hace un silencio sepulcral, y yo sigo caminando como si nada pasara. «Así no me llamo hoy», me digo a mí misma, debe de haber alguien más que se llame así.

Mi nombre es Hela y aquí por nada del mundo quiero llamarme Rachel.

—Rachel. —Meredith me vuelve a llamar y quiero creer que estoy alucinando.

—¿Qué dijiste? —Dante Romanov da un paso adelante.

—Rachel —repite duro y claro al momento de señalarme—. Ella no es

Hela, la Nórdica: es Rachel James, dama de Antoni y teniente en el ejército de la Fuerza Especial Militar del FBI.

Daniels baja los brazos que me esperaban y, acto seguido, mis oídos captan el sonido de las armas que se activan contra mí. El pelinegro es uno de los que me apunta y de inmediato levanto las manos a la defensiva.

—Calma —pido—, no tengo idea de lo que está hablando mi compañera.

—Sí que lo sabes. —Se baja Meredith—. Conozco a uno de los miembros que trabaja para la pirámide y vine a aquí a entregarles a la dama de la mafia: es ella, ha venido encubierta.

Muestra un brazalete masculino y un vacío se forma en el centro de mi estómago cuando más cañones me apuntan.

—No estoy armada. —Muestro las manos—. No represento ningún tipo de peligro.

—¡De rodillas! —me ordena el ruso, que se acerca.

—Compañera, aclara que solo bromeas. —Las extremidades me tiemblan cuando el miedo invade cada una de mis moléculas.

No puedo creer que esté haciendo esto.

—Quítenle el antifaz y la peluca —sigue Meredith—. Todos saben que Rachel James fue dependiente del HACOC y ella aún tiene las marcas.

Me ponen de rodillas en el suelo en lo que trato de entender el motivo de hacer todo esto. Meredith me señala con rabia, explica el porqué de estar aquí y no hago más que sacudir la cabeza.

—Las luces. —Se adelanta Daniels. Me quita la peluca y el cabello me cae a lo largo de la espalda.

«Sé valiente, Rachel», me repito. «Por favor, sé valiente».

Busco la manera de ser fuerte con lo que me repito, pero a veces sabemos que, por más que nades contra la corriente, de igual forma te vas a hundir, y yo me veo en lo más hondo cuando me toman el brazo, pasan las luces de una linterna por este y, bajo la mirada de mi compañera, aparecen las marcas que siempre he querido borrar.

Esos puntos brillantes, los cuales desencadenaron lamentaciones, dolor y lágrimas.

—Yo…

Me duele el alma cuando se miran entre sí y el pecho me arde al saber que mi vida acabará de esta manera. Un exilio, llanto, soledad y sufrimiento. ¿Para qué? ¡Para nada! Me fui y volví para nada, porque he terminado en el mismo lugar. Los ojos se me humedecen cuando las lágrimas pesadas me empapan el rostro.

—Puedo explicarlo.

Daniels se arrodilla frente a mí y me seca las lágrimas con cuidado.

—Yo solo cumplo con lo que se me ordena —digo cargada de rabia—. No es mi culpa el que ustedes sean lo que son y yo tenga que estar aquí.

Asiente como si me creyera.

—Déjenme ser feliz, aunque sea por una vez —pido—. Me iré lejos, lo juro.

—Hermosa —acuna mi cara entre sus manos—, no es personal, bella Hela. Es solo que el mundo es cruel con todos y lo sabes.

Se lleva la mano a la espalda y me quedo a la espera del arma, pero no es eso lo que me muestra, es algo peor, que al verlo me corta el paso del aire.

—¡No! —Forcejeo con toda la fuerza que tengo al ver la jeringa plateada llena del líquido mortal que para mí siempre ha significado el fin de mi humanidad.

Me clavan la mano en la clavícula cuando arrastro las rodillas atrás, no me permiten moverme y dos hombres me toman de los brazos.

—¡Por favor, no! —Pataleo desesperada—. Mátame, pero ¡no me lo inyectes!

—Tranquila, no es imitación. Las damas como tú deben llenarse con esencia pura y original.

Me inmovilizan y siento que mis pulmones dejan de funcionar.

—¡Meredith! —llamo a mi compañera—. Detenlo, por favor. —El llanto apenas me deja hablar—. ¡Por Dios, estoy suplicando!

No se inmuta, solo me mira mientras que a mí la vida se me escapa de las manos.

—Joder, no sé qué te hice, pero lo siento, ¿vale? —Lloro retorciéndome ante la cercanía de la aguja—. ¡Lo siento!

Mi súplica no le llega y siento que el mundo se me viene abajo cuando me apartan el cabello y me entierran la aguja fría en la yugular. Las lágrimas no se detienen y no hago más que luchar, mientras que el líquido penetra a mi torrente sanguíneo.

El efecto es inmediato: la respiración se me acelera y el corazón se me dispara cuando mis células absorben el efecto tóxico que emana de una de las drogas más letales del mundo. Mi cerebro es como un viejo casete que se traba, retrocede y adelanta cuando empiezan las alucinaciones.

Todo es una avalancha de mierda, la cual comprime mi tórax con los recuerdos dolorosos que me desgarran el alma. Me veo alejándome de mis padres en Phoenix, reviviendo la muerte de Harry, la puñalada de Isabel, el exilio y la tortuosa recuperación que viví en medio del llanto.

Me sueltan y caigo en el piso con la cara contra el mármol. Me cuesta respirar, quiero tomar aire, pero no puedo, pues mi corazón late tan rápido que temo que pueda explotar en mi pecho. Las extremidades me pesan como si fueran de hierro.

«Huye», «Huye, por favor» es la única orden que emiten mis neuronas. Ellas saben que volvimos a la pesadilla, que nos hemos vuelto pedazos, estallando en un montón de fragmentos, los cuales no creo que puedan volver a juntarse.

—Todo tiene un límite. —Las botas de mi compañera aparecen en mi campo de visión.

—Sácame. —Busco la manera de acercarme a ella—. Te lo suplico, Meth...

Mi tonto cerebro tiene la esperanza de que ese pequeño diminutivo obre un cambio.

—No dejes que esto me hunda otra vez —le ruego—, por favor.

Se aparta, vuelvo a caer y esta vez no puedo levantarme.

63

Juguemos

Meredith

3 horas, 180 minutos con HACOC

Con la espalda tensa y los hombros caídos espero frente al escritorio del despacho entapetado donde ya estuve hace unas horas. Admito que tengo miedo, que tal vez esta sea una de las peores decisiones que he tomado y me pesa, porque la culpa recayó con el mismo impacto de mis palabras. Sin embargo, alguien tenía que hacerlo, alguien tenía que encargarse del trabajo sucio o, de lo contrario, entraríamos en un bucle infinito donde ella siempre se sale con la suya.

Podría decir que fue un impulso, pero no lo fue: lo sopesé desde que me enteré de que se había vuelto a acostar con Bratt. Quise dejar la idea de lado, juro por Dios que sí, que lo intenté, pero el verla bailar como si nada, mientras que yo tengo el corazón hecho pedazos, fue la gota que colmó el vaso.

A cada nada evoco los gemidos de ella y el hombre que amo, la imagino con él y las ganas de vomitar me pueden demasiado.

Juego con el brazalete masculino que me dio Wolfgang la última vez que nos vimos en mi apartamento cuando lo llamé. Lo puse al tanto del operativo y me lo entregó por precaución. Quería que lo tuviera por si algo no iba bien, me habló de la iniciativa de Philippe Mascherano en la que está involucrado, de las jugosas sumas de dinero que recibe, me propuso unirme a ellos y trabajar para la mafia.

Al principio me ofendí, pero luego no supe qué decir cuando me pidió que lo dejara terminar. Fui su novia por años, aún me tiene cariño y saber que tiene poder aquí trajo peores ideas a mi cabeza. Me sentí empoderada al darme cuenta de que aún soy importante dentro de su círculo. Sabía que con esto no atentarían contra mí y el hecho me dio la fuerza para desenmascarar a Rachel, me dio el valor para gritarle a todos su nombre.

Solo pensé en mí, en el dolor y la decepción que ha desatado; por ello mi cerebro me gritó que lo mejor era matarla. La FEMF creerá que fue porque la descubrieron, que cayó por su propio peso.

Abren la puerta del despacho y Daniels entra junto con Dante Romanov. El de cabello oscuro toma asiento en su puesto y el ruso se posa a su lado, la puerta vuelve a abrirse y le da la entrada a Wolfgang. No tengo valor para mirarlo, me confió algo y lo he metido en problemas. Se acerca y pone la mano en mi hombro en señal de apoyo. Me brinda su respaldo a pesar de que lo he perjudicado de forma indirecta. Trabaja con la mafia italiana y es obvio que a ellos nos les va a gustar lo que ha pasado con su supuesta dama. Le han inyectado HACOC.

—Wolfgang —habla Daniels—, qué alegría tenerte por aquí.

—Solo vengo por mi chica. —Aprieta mi hombro.

Lo conozco y es el tipo de persona que nunca demuestra lo enojado que está.

—¿A qué hora es el deceso? —me atrevo a preguntar.

—¿Deceso? —inquiere Dante.

—Sí, la muerte de Rachel.

Echa a reír con una sonora carcajada y Daniels lo secunda mientras Wolfgang se mantiene serio a mi lado.

—Si la dejas viva, habrá un montón de gente que querrá buscarla.

—Irónico que no pensaras en eso antes de dármela en bandeja de plata —contesta Daniels.

Abro la boca para hablar, pero Wolfgang me hace señas para que me calle.

—Pégale un tiro antes de que el clan Mascherano se te venga encima por retener a la mujer de Antoni —advierte—. No solo ellos vendrán, recuerda el asombroso rescate que la FEMF llevó a cabo años atrás.

—El que la FEMF no se meta es tarea de ustedes.

Wolfgang sacude la cabeza y mi corazón empieza a latir más rápido de lo normal, ya era para que estuviera muerta y ahora no sé qué vueltas quieren empezar a dar.

—Te propongo un trato, lobito —dice Dante—: llévate a tu puta, yo cierro el pico y no digo que por culpa de ella tengo la herramienta perfecta para manipular a Antoni Mascherano. Haremos que crean que ha sido… un conflicto de intereses donde nos dimos cuenta de quién era. Tú no quedas mal con Philippe, y todos felices, dado que los únicos culpables seremos nosotros.

—No quiero eso —difiero—. Tienes que matarla o…

—¡Calla! —ordena el ruso—. Tú no eres nadie aquí y por ello no opinas.

—¿Para qué la quieres? —pregunta Wolfgang.

—La pregunta me ofende, es la mujer de Antoni y tenerla supone una bofetada con guante blanco —explica—. Yo necesito lo que quieren muchos: la fórmula del HACOC.

—Con el encierro de Antoni hemos tenido que tomar medidas para que la droga rinda más, ya que los Mascherano han triplicado su precio. Aquí a veces gastamos más de lo que ganamos, y eso nos está afectando, porque la droga es fundamental en nuestro negocio —añade Daniels—. Buscamos soluciones, pero lo que hicimos sirve de muy poco, puesto que la gente muere muy rápido.

—Mátala con fines estratégicos, le quitarías una casilla al croquis del poder Mascherano —sugiero—. Eso lastimaría a Antoni.

—Ya dijimos lo que necesitamos. —Dante clava las manos en la mesa—. ¿Qué parte de eso no te quedó claro?

Mi cerebro me recrimina el no pensar en que algo como esto podría pasar.

—¿Cuánto tardará lo que quieres negociar? ¿Horas, días, semanas? —indaga Wolfgang—. ¿En cuánto tiempo la vas a matar?

—Tardará lo que tenga que tardar, aquí nadie se va a apurar. —Bosteza Daniels—. Todo depende de lo que se demoren en negociar los Mascherano.

—Antoni no te va a dar nada —alega Wolfgang.

—Por su dama sí —contesta el ruso—. Bota la baba por esa puta.

—Te la entregué, por mí tendrás la fórmula de Antoni —me levanto—, por ende, estás en deuda conmigo y lo que quiero a cambio es que la mates.

Ambos sacuden la cabeza y la preocupación extingue mi paz. Ella tiene que morir.

—¡Dame tu palabra! —exijo—. Asegúrame que la matarás cuando tengas la fórmula.

Si se descubre que esto pasó por mi culpa, será mi fin. La FEMF nunca me perdonará esto.

—Si no me dan lo que pido, diré que la secuestraron y tendrán al ejército encima. Si caigo, ustedes caen también, porque no llevarán a cabo ningún plan —advierto—. ¡Así que denme su palabra y júrenme que la van a matar!

Wolfgang les recuerda las miles de formas en las que la FEMF atacará.

—Conviene que nos ayudemos mutuamente —prosigue—. Como dijo Meredith, si consigues la fórmula será gracias a ella, no es mucho lo que está pidiendo y puedes dárselo.

Los hombres se miran entre ellos, respiran hondo y proceden a hablar.

—Bien, la aniquilaremos, será un insulto a los Mascherano, dado que matar a la dama será una gran muestra de poder por nuestra parte, y eso nos dará prestigio ante la pirámide —suspira Daniels—. La mataremos siempre y cuando mantengas al margen a la FEMF. Necesitamos la fórmula; de no ser así, no hay trato. Se requiere tiempo, ya que hay que negociar con los italianos.

Asiento con un deje de desespero, si improvisé con esto puedo improvisar con lo otro.

—Angela Klein se viene conmigo.

—No me interesa tener aquí a una puta camuflada, así que es toda tuya —responde Dante.

—Vamos a fingir que esta conversación nunca existió —agrega Wolfgang.

—Como digas, lobito.

—Si quieren que la FEMF no sospeche, deben arreglar todo para que Rachel se reporte todos los días a las tres de la tarde —explico—. Hay un teléfono infiltrado, lo dejaré en el camerino para que contesten. La llamada no puede tardar más de un minuto.

—No creo que el HACOC le dé los cabales que se requiere para eso —replica Daniels—. No obstante, tenemos una persona para este tipo de trabajo, es una profesional que puede imitar su voz al momento de la llamada.

—Los capitanes de la FEMF no son idiotas —se mete Wolfgang.

—Nosotros tampoco, lobito, y si te digo que tengo una profesional es porque tengo una profesional —protesta Daniels—. Es solo un minuto, podemos joder la red para que la comunicación sea mala. Ahora, es trabajo de ustedes desviar la atención con otras cosas.

Tomo una hoja, un bolígrafo y le anoto el protocolo de la llamada. Les explico lo que debe decir la persona y ambos se comprometen a respaldar la coartada.

—Otra cosa —añade Wolfgang—: de vez en cuando hay que darles coordenadas que contribuyan a desmantelar, pueden ser sitios pequeños para que no crean que están perdiendo el tiempo.

«Wolfgang siempre piensa en todo» y me alegra que tenga en cuenta lo que a mí se me olvida.

—Bien. —Daniels vuelve a bostezar—. Ahora largo, que debemos trabajar.

—Tu amiga estará abajo dentro de un par de minutos —avisa Dante.

«Minutos». Wolfgang me toma del brazo cuando me pongo en pie y me lleva con él; juntos abandonamos el despacho en busca del pasillo donde me encara, furioso.

—¡Me has metido en problemas! —espeta—. ¡¿Cómo se te ocurre hacer esto?!

—Ahora no, ¿vale? —Rompo a llorar—. Primero hay que salir de aquí.

—Prepáralo todo y sal. —demanda—. Desde afuera supervisaré que lleguen bien al comando.

Los nervios me matan, nunca pensé que llegaría tan bajo, que tuviera la habilidad de ser tan ruin y traicionera. Pero es mi futuro el que está en riesgo y si no han desenmascarado a Wolfgang, que lleva meses en esto, tampoco pasará conmigo; mi familia forma parte del Consejo y eso me hace sentir segura de alguna manera.

Bajo las escaleras por donde suben los clientes y atravieso el sitio donde se llevó a cabo el primer espectáculo, que ahora está desierto, supongo que los mandaron a desalojar a toda la gente.

Con prisa llego a la planta donde está el sitio que nos asignaron, empaco todo y dejo el vestuario de Rachel en su sitio; acto seguido, saco el teléfono, que pongo en un sitio visible y guardo las cosas de Angela.

—¿Qué pasó? —El corazón me da un brinco cuando mi amiga aparece de la nada.

—Tenemos que irnos. —Trato de que mi actuación se vea natural—. Los mafiosos quedaron prendados de Hela, y Daniels dijo que solo querían trato con ella. Según ellos, estamos sobrando y solo seremos un desperdicio de dinero, así que toma la maleta y vámonos, que este lugar me da náuseas.

«Hela es el nombre de Rachel como Nórdica». Daniels llega y se queda en el umbral de la puerta.

—¿Tan mal nos portamos, mi señor? —pregunta Angela.

—Es cuestión de presupuesto, diosa. —El dueño del club se acerca y besa la frente de Angela—. Ignacio me dijo que le encantó tu trabajo, a lo mejor te llama pronto... Hasta entonces, vete a descansar.

El hombre se queda en el umbral mientras Angela se viste. Las dos conservamos las pelucas y los antifaces con el fin de no salirnos del «papel».

—Ya le dejé el teléfono a Hela —murmuro despacio para que Angela no se preocupe, y ella asiente.

Daniels nos señala la salida y Angela sale conmigo rumbo al sitio donde se están recogiendo las mesas y sillas. Los hombres que trabajan para los criminales se mueven a lo largo de la sala. El gordo que hace rendir la droga de Antoni espera al lado de la barra con un vaso lleno de licor en la mano, mientras que Dante está cargando una pistola a pocos pasos de este.

Avanzo detrás de mi amiga con la maleta en la mano, ambas seguimos a Daniels que nos conduce hacia la salida. La puerta de madera está unos metros más adelante. Cruzarla es mi pase a la libertad.

—Quiero hablar con Hela antes de irme. —La demanda de Angela me deja fría cuando se detiene en el centro del sitio.

—No será posible, diosa, está con uno de nuestros mejores clientes —le dice Daniels.

—Puedo esperar —insiste Angela.

—Yo no quiero que esperes, cada minuto con ustedes me cuesta —contesta Dante.

Los mafiosos no cuentan con el don de la paciencia y las rodillas me flaquean cuando Angela no se mueve y varios hombres nos empiezan a rodear.

—Ya luego nos hablará de cómo le fue. —Tomo la mano de mi compañera, pero esta se zafa.

Angela no es estúpida, siempre he admirado la capacidad que tiene de encajar piezas en cuestión de segundos al sentirse amenazada, como ahora, que pasea la vista por la sala fijándose en la posición de todos. Le ruego con la mirada que avance.

—Diosa… —Las palabras de Daniels se ven interrumpidas cuando ella manda la mano al cinturón donde tiene el arma, se la quita y le clava el cañón de la pistola entre ceja y ceja.

—Tráeme a mi compañera y con mucho gusto me voy —lo amenaza.

Todos los hombres alzan las armas contra nosotras.

—Suelta eso y vámonos. —Vuelvo a tomar a Angela del brazo.

—¿Dónde está Hela? —pregunta rabiosa.

—¿Hela o Rachel James? —inquiere Dante que se acerca.

Angela trata de burlarse, pero corta la sonrisa al percatarse de la seriedad que tienen todos.

—Sabemos quién es, y ya que no te quieres ir por las buenas —el ruso me aparta y le clava el arma a Angela en el cráneo—, tendrás que irte por las malas.

—Tenemos un trato y mi amiga se viene conmigo… —espeto—. ¡Vámonos!

El silencio se apodera de la sala y se me empequeñece el corazón con la expresión del rostro de mi amiga, quien me mira como si no me conociera.

—¿La vendiste? —pregunta anonadada.

—Baja esa arma y vámonos…

—¡Contéstame! ¿La vendiste?

—Afuera te explico…

Siento la tensión en el ambiente cuando Angela no acata mi demanda. Daniels desvía la muñeca de la teniente Klein, ella dispara y le da a uno de los hombres. El ruso se le va encima y la teniente alcanza a ejecutar a Ignacio con un tiro en la frente. El ruso la desarma y cuatro hombres la reducen en el piso.

—¡Quiero que venga conmigo! —Trato de ir por ella, pero me empujan a la salida—. ¡Fui clara al decir que vendría conmigo!

Sujetan a mi compañera y le giran la cara con dos puñetazos, lo que causa que comience a sangrar. Ellos son más de treinta, y ella, por muy entrenada que esté, no da para tanto.

—¡Largo! —me exige Daniels.

—¡No la voy a dejar! —insisto, pero el hombre me saca a las malas.

Visualizo como le lanzan botellas y le estrellan la cabeza contra el piso. No me quiero ir, no quiero dejarla.

—¡Por favor!

El hombre me arrastra afuera en lo que ruego para que no le hagan más daño a mi amiga. Me entrega a Wolfgang, quien me abofetea para que entre en razón.

—¡Tienes que calmarte!

El llanto no me deja a hablar. Él me obliga a subir al vehículo que arranca.

—La van a matar. —Sollozo ya en el interior del auto y trato de abrir la puerta.

—¡Estas son las consecuencias de tus actos y ya no hay marcha atrás! —me regaña.

Sacudo la cabeza. Angela ha sido mi amiga desde que cruzamos palabra por primera vez, nos conocimos en Alemania hace más de nueve años y no merece que le hagan daño. La culpa me empieza a pesar, dado que nunca me perdonaré si le pasa algo.

El auto se detiene en el muelle y salgo disparada en busca de aire. Wolfgang se queda dentro, dado que quiere comunicarse con el club. Desesperada, pienso en lo que haré, en lo que se avecina, en el estrés y el efecto que puede acarrear todo esto.

A mí no me criaron así, mi familia no es así y yo acabo de dañar el prestigio de mi apellido. Clavo la frente en las barandas del muelle y trato de tomar aire por la boca, pero no puedo, ya que mi cuerpo no recibe las órdenes de mi cerebro.

—¿Por qué? —me pregunta Wolfgang a pocos pasos—. Esto no fue lo que hablamos. Cuando fui a tu casa te pedí paciencia y te expliqué cómo procederíamos.

Toma mi cara y busca la manera de que lo mire.

—¿Qué te pasó? Tú no eres así.

—Ella no iba a dejarme en paz, ni a mí, ni a él —replico sollozando.

—¿Y qué importa eso? Eres brillante, no necesitas al maldito de Bratt Lewis a tu lado —espeta—. Te hubieses alejado y ya.

Lo sé y tiene razón, por eso no actué de forma inmediata, llegué a creer que podría dejarlo pasar, celebré su nuevo premio, quise actuar como si no me hubiese fallado, pero me di cuenta de que no podía, que me dolía y quise irme, pero...

—Estoy embarazada —le suelto al hombre que tengo enfrente.

Fija los ojos en mi vientre. Esto no estaba dentro de mis planes con Bratt. Con Wolfgang lo hablé un par de veces, pero con mi capitán no; de hecho, nunca tocamos ese tema.

—Meth...

—No fue planeado, Wolf, el día de la fiesta de Kazuki nos embriagamos, creo que él no se puso un preservativo y a la mañana siguiente pasamos el día en la cama. Olvidé la píldora del día después... —es la única explicación que tengo—. Lo amo; aun así, quería dejarlo. No tienes idea de lo mucho que me dolió su engaño; sin embargo, no me parece justo que mi hijo pague por los errores de ella.

—De ambos, no pretendas que salga limpio de esto porque él también tenía que respetarte.

—Todavía no asimilo de un todo mi embarazo; recién me enteré ayer en la mañana —aclaro—. Me llené de miedo, estoy cansada del descaro de Rachel James y por ello quiero que desaparezca de nuestras vidas, así puedo dedicarme tranquilamente a mi hijo.

Wolfgang se acerca, toma mi nuca y deja un beso en mi frente.

—Hay que planear todo —me dice—. Te vendaremos la mano, diremos que te caíste y por eso te sacaron del show. Acabo de hablar con Daniels y me puse de acuerdo con él, así que no te preocupes, solo hay que esperar que todo siga su curso hasta que Rachel James muera.

—Angela...

Calla mi oración con un abrazo y yo no insisto, prefiero quedarme con la incógnita y la esperanza de que de alguna manera pueda salir bien librada de todo esto.

Mi exnovio me lleva a un hospital y paga por un diagnóstico médico falso en lo que llamo a Bratt para contarle del «incidente imprevisto».

El hombre que me acompaña se despide, me recuerda que estaremos en contacto. Me voy al hotel donde partí y Alan, encubierto, viene por mí al día siguiente. Con él me traslado al comando y, pese a que el sol está en su mejor momento, siento que la noche sigue sobre mí.

Los gritos de ella hacen eco en mi cerebro, al igual que los alaridos de Angela mientras la golpeaban.

«Es cuestión de días para que la mafia entregue el cadáver de Rachel». Sé que será así, pero a mí me pesa, me pesa demasiado todo y temo no saberlo sobrellevar.

No interactúo con nadie cuando llego, solo sigo el debido protocolo y me voy directo a la enfermería. Me las arreglo para que no me quiten la venda y me quedo un rato en «observación» acostada en la camilla, donde no hago más que mirar a la ventana.

—Hola, cariño. —Bratt llega con flores—. Lamento la tardanza, estaba ocupado.

Parker lo acompaña y no trae buena cara.

—Se supone que es un operativo de tres y el primer día abandonas el equipo —me regaña.

—Tuvo un accidente laboral —refuta Bratt.

—Accidente o no, tienes que volver lo antes posible…

—No puedo… —me niego.

—¿Por?

—El reglamento de la FEMF no me permite estar en operativos. En unos de sus decretos establece que una mujer no puede someterse a situaciones de peligro si está en estado de gestación.

Parker resuella hastiado antes de largarse, y yo le doy la espalda a Bratt, que se acerca.

—Meredith… —Es obvio que no se lo esperaba.

—Me enteré hace poco —confieso sin mirarlo—. Compré una prueba de embarazo porque mi periodo no llegaba.

Se queda quieto en su sitio.

—Necesito descansar, tuve una noche agitada —le digo.

—Cariño…

—Vete, por favor.

Se va y me quedo en la camilla por tiempo indefinido, ya que temo que, si salgo, tendré una patrulla esperándome afuera. La noche llega y sigo en las mismas.

Finalmente, me dan de alta y lo único que hago es marcharme al dormitorio, donde la culpa me hunde. Bratt me llena el móvil de mensajes que no contesto, toca a mi puerta y no le abro.

«Ella va a morir», es lo único que me repito. No tengo que tener miedo, Wolfgang tiene todo calculado y, de aquí a que llegue el coronel, ya habrá muerto. Mi pecho se acelera al pensar en Christopher Morgan y Antoni Mascherano, esa mujer es intocable para ellos; mis alarmas se encienden.

La inquietud cargada de ansiedad no me deja dormir. En la mañana no me es tan fácil zafarme de Bratt, puesto que insiste en hablar conmigo.

—¿Qué tienes? —me pregunta—. ¿Por qué me evades?

—No pasa nada. —Me pongo a hacer labores administrativas.

Mis compañeros se enteran de mi embarazo y las felicitaciones no se hacen esperar.

Se lo cuento a mi madre y a mi abuelo, quienes se embarcan en un jet con destino a Londres. Martha nos invita a su casa y le da la bienvenida a todos los Lyons. El festejo de la noticia es algo que alegra a todo el mundo.

Paso la tarde con los Lewis y en la noche vuelvo al comando, Bratt está a cargo de todo mientras regresa el coronel. Asisto a la pequeña reunión de las diez de la noche. Parker está furioso porque Angela no se reportó y Bratt alega que, según el protocolo, debemos aguardar un día más. El miedo me sigue calando en los huesos, como la angustia y el pánico, siento que ese despacho es una prisión que me roba e impide el paso del aire.

—Esperaremos el reporte de mañana —estipula Simon—. Vámonos a descansar.

Bratt me lleva a su alcoba cuando llega la noche. No para de besarme, abrazarme y decirme que le asusta, pero le alegra saber que tendremos un hijo. Me ayuda a quitarme los zapatos, me besa en la boca y empieza a sugerir un nombre para el niño.

Aprieto los ojos y rodeo la almohada con mis brazos. «Ella va a morir», «Rachel va a morir y todo va a estar bien», me repito.

—Meredith —me llama Bratt.

—¿Sí?

—Sé mi esposa.

Antoni

2 días, 48 horas, 2880 minutos con HACOC

Paseo los dedos por la foto que tengo en la mano, es tan hermosa, tan inefable… El mundo no tiene la inteligencia que se requiere para crear un término exacto, el cual logre explicar lo que es y lo que me genera.

«Inefable: algo tan increíble que no puede ser expresado con palabras».

Fijo los ojos en el obsequio que me enviaron: un tablero de ajedrez. Los osados no solo se llevan a mi mujer, exigen la fórmula que rige mi negocio y me retan a jugar.

—Señor —se acerca Ali Mahala—, dígame cómo procedo.

El cabecilla de los Halcones es una sombra silenciosa, un mercenario nato, y desde que tenemos lazos nunca ha dejado de seguirme. Pelea y ataca por mí, pertenece a uno de los grupos más temidos del mundo criminal.

La mujer que espera en mi cama mantiene la sábana contra el pecho, las novedades me tomaron en medio de la visita que suple mis necesidades carnales. Ali luce el uniforme de la FEMF, al igual que Philippe, que espera en el umbral de la puerta.

—¿Qué ha dicho el Boss sobre esto? —le pregunto a mi hermano—. Dante es su primo.

—Se manifestó con lo siguiente… —Saca la hoja que lee—. Textualmente, dijo: mi sovetnik y los Romanov me llamaron a informarme de un asunto del cual no quiero ser partícipe. Por respeto a las normas, no puedo ir contra el líder; y por lazos familiares, no puedo derramar la sangre de un primo primero, así que hagan lo que quieran, que no me voy a meter en esto.

Muevo la cabeza con un gesto negativo.

—¿Cuánta gente tiene Dante?

—Lo respalda un grupo renegado de la Bratva, profesionales en la mafia roja que son bastante sangrientos —me informa—. Daniels cuenta con un importante círculo de criminales compuesto por psicópatas, violadores y personas que han sido echadas de otros grupos.

Analizo y sopeso, la inmundicia tiene mucho peligro porque es terca y usa poco la cabeza.

—Solo necesito un par de días para proceder —habla Ali—. Los hombres que tengo en Sunah se están preparando para venir. Con ellos puedo entrar a matar.

—Muchos de los que están en los grupos de Dante y Daniels son familiares de miembros de la pirámide —se opone Philippe—. Matarlos va en contra de los mandamientos, porque de algún modo forman parte de nosotros y es como si estuviéramos masacrando a nuestro propio pueblo, es gente que puede trabajar para nosotros.

—¿Pretendes que pierda a mi mujer? —increpo—. ¿Que pierda a mi dama por un montón de ignorantes incapaces de entender que la fórmula del HACOC es algo que nunca voy a dar? ¡Ella hace parte de mi familia!

—Puedo solucionarlo…

—¡No! —exclamo.

—Ellos quieren diálogos, opciones…

—Ellos quieren tiempo —lo corrijo—. Saben que cada minuto que estén con ella a mí me cuesta, porque es mi mujer a la que tienen encerrada, es la dama de la mafia… Es la ninfa de este demonio.

Siento que el traje me asfixia, este tipo de cosas no pasarían si estuviera conmigo, pero continúa en el ejército y esto no puede seguir pasando. El que tenga HACOC en las venas es peligroso, porque ellos no saben dosificarla; hay gente a la que se la inyectan como si fueran cerdos y no, mi droga es algo de cuidado por las consecuencias que acarrea.

Las ganas de salir me consumen, el saber que mi hermosa ninfa no está en un lugar digno de ella dispara mis latidos. La piel me arde, preso del enojo, «un paso a la vez». Este negocio está conformado por una manada de Judas y se meten con mi mujer, porque saben que la familia de un mafioso es sagrada. Secuestrar y drogar a mi dama es una estrategia ruin, ya que cuanto más consuma, más se deteriora.

Me ponen en una carrera contra el reloj, sin saber que mis prioridades no se negocian.

Busco la sala de la lujosa prisión en la que estoy, Ali trae el tablero que deja sobre la mesa del comedor mientras yo me paseo por el lugar con la sien palpitándome con fuerza.

—No pueden tocarla y nosotros como clan líder tenemos que regirnos a las normas —me dice mi hermano—. Si no planeamos bien, terminaremos mal y a ti no te conviene perder poder en esto, así como tampoco te conviene tener gente en tu contra. Pueden matarla si atacamos, así que empezaré con los diálogos.

Niego, me rehúso a que le inflijan el dolor que a mí me corresponde, que derrame lágrimas que no podré lamer, que sus sollozos no deleiten mis oídos y que su delicado cuello sea retorcido por manos callosas y ordinarias, incapaces de disfrutar lo que se siente cortarle el paso del aire y luego soltarla.

—Hay que escuchar al pueblo, Antoni, dejar que nos hablen...

—Al pueblo, de vez en cuando, también hay que darle sangre.

—Sí, pero ese no era el ideal de papá —prosigue—. Él siempre buscaba la manera de hablar y por ello estamos donde estamos: gracias a eso somos respetados, la armonía era lo que reinaba por lo bien que siempre llevaba las cosas.

Niego, no soy de los que se enoja fácilmente, pero cuando lo hago, me cuesta controlarme.

—Deja que me encargue, enviaré a Dalila a negociar, te juro que traeré a tu dama sana y salva —insiste mi hermano.

Philippe tiene las capacidades de un líder, es inteligente; sin embargo, le falta fuerza, hambre y mano de acero.

—Yo soy tu siervo —se me acerca—, y un siervo sirve a su líder, a su clan, y más cuando dicho líder es mi hermano y lo eligió mi padre.

Queda frente a mí.

—Yo haría lo que sea por ti, porque estés feliz y satisfecho, solo te pido que tú hagas lo mismo por mí. Por ello, te suplico que no seas como aquellos con quienes queremos acabar, como aquellos que derraman la sangre de nuestra familia sin ningún tipo de piedad.

—Ella no puede morir, el puesto y la fórmula es algo que no voy a entregar —le advierto—. Dar la fórmula del HACOC conlleva eso, es una herramienta que van a usar para obtener mi puesto en la pirámide.

—Siete días son lo máximo que pueden tardar los diálogos, que ella sea dependiente da lo mismo para ti, porque tendrás mayor control —apunta—. Aparte de que tienes las herramientas que se requieren para arreglarlo.

Mi enojo no da para escucharlo, sabe cómo trabajo, mi filosofía… Estoy demasiado abrumado, ellos no tenían por qué tomarla, nos están faltando el respeto a los dos con esto.

—Haré que la suelten, te lo juro. Con Dalila nos encargaremos de esto.

La admiración se le nota en la forma en la que me mira y me habla.

—Yo respeto a tu dama, hermano, y me inclinaré ante ella cuando llegue su día. Por ello te puedo jurar que haré todo lo posible por rescatarla. —Se acerca a besar mi mano.

Se queda con esta en lo que sus ojos me ruegan que lo escuche.

—Tú no entiendes que yo no quiero que sea torturada por otro que no sea yo. No puedo permitir que nadie toque una hebra de su cabello, que otro sea capaz de magullar su hermoso rostro y derrame su valiosa sangre —le hago saber—. ¡Es algo que no puedo permitir y por eso estoy como estoy!

Callo cuando la ira amenaza con enloquecerme, puesto que su sufrimiento, sus lágrimas, su sangre… son míos; cada partícula de ella es para mí y esta incesante demencia. Mi corazón retumba cuando su recuerdo llega a mi cabeza y desata el latido acelerado de mi corazón.

El impulso psicótico que muere por tenerla hace que quiera torcerle el cuello a los malditos que la tienen.

—Trae a los hombres —le exijo a Ali.

—Es nuestra gente, Antoni, nuestro pueblo ¿Por qué no hablar? —se opone Philippe—. Ten en cuenta que si ellos se salen con la suya, van a matarla y, si no les damos la opción de hablar, nos van a odiar más.

Me niego, no voy a quedarme con los brazos cruzados.

—Deja que lo intente —me ruega—. Voy a negociar y, antes de que se cumpla el tiempo pactado, la tendrás. Juro por Dios que será así.

Busca la puerta.

—No tardes, Ali —le avisa mi hermano—. Te espero afuera.

Se va y fijo los ojos en el tablero hexagonal de ajedrez que el Halcón Negro puso sobre la mesa.

En la mafia todo el mundo sabe cómo se juega esto.

«Diálogo». Está bien que Philippe hable mientras yo me preparo, todavía no me han declarado la guerra oficialmente, pero no me van a tomar desprevenido. Cuando lo hagan, habrá un solo enfrentamiento y yo seré el que salga victorioso.

Ali me ofrece la antigua radio que dejo sobre la mesa.

—Su hermano logró que un equipo lo volviera indetectable —me informa—. Ya podemos comunicarnos sin necesidad de terceros.

Asiento en lo que observo las fichas de ajedrez.

—¿Por qué un partido de tres? —increpo.

—La FEMF —contesta el Halcón, y arraso con las fichas blancas que los representan.

Esto es un partido de los seres que yacen en el inframundo, la FEMF no tiene voz ni voto aquí, dado que no tiene caso unirse a la masacre.

—Quiero que se posicione —le pido a Ali—, así que cuando la tengas, llévala a Italia, que esté contigo en lo que yo salgo. Ya va siendo hora de que mi dama tome su lugar de forma definitiva.

—Como diga, señor —me dice.

El Halcón asiente antes de retirarse. Ya no quiero que esté con ellos, la quiero con mi gente y de mi lado.

64

Desplazamiento: en ajedrez, acción muy simple, sin otro significado que el de mover la pieza

Dalila

4 días, 96 horas, 5.760 minutos con HACOC

No me agradan los Romanov, se creen la máxima divinidad; pese a que no son los líderes de la pirámide, tienen una altivez que hastía.

Pedí reunirme con ellos cuando supimos que Dante tenía a la Dama, envié un mensaje de carácter urgente y me pusieron a esperar, ya que, para los «señores», los diálogos tiene que ser con Antoni directamente, no con «mensajeros». A Philippe no le quedó otra que intervenir para lograr que mi petición se tuviera en cuenta.

Si mi padre estuviera vivo, no aceptaría faltas de respeto hacia mí. Si Brandon Mascherano respirara, todos estarían besándonos los pies, incluido los rusos.

Bajo del auto al ver las camionetas negras blindadas que se detienen en el estacionamiento del Hipnosis. Es mediodía y los rayos solares impactan contra el pavimento, el *byki* que desciende abre la puerta del vehículo y le da paso al Boss de la mafia rusa.

Los lentes de aviador le cubren los ojos, la camisa color turquí se ve más oscura bajo el sol; trae trenzado el cabello largo y un par de mechones le caen en la cara. Su primo Uriel se une a él, al igual que la sumisa que los acompaña.

—¿Segura que quieres entrar? —me pregunta Uriel—. Nunca se está del todo seguro en territorio enemigo.

—Estoy más que segura —espeto, y el *vor v zakone* abre la boca para hablar, pero su primo con la mano le pide que se calle.

—Déjala —suspira el Boss—. Lo mejor es que entre y detenga esta contienda. La paz es necesaria ahora, por eso le conseguí la cita con Dante, para… que no digan que no se tiene voluntad de ayudar.

Echa a andar, es cierto lo que dice, fue él que consiguió la cita; no obstante, no me confió. Ilenko Romanov es el tipo de persona que le gusta ver al mundo arder, pero no arder en él.

Las mujeres que están en la puerta no saben ni cómo pararse cuando ven al dueño de la Bratva. Los antonegra de la mafia italiana me respaldan y cuadro mis hombros antes de proseguir.

—Nos están esperando —espeta Uriel, y los guardias se mueven.

«Rachel James», al fin tendré la dicha de tenerla frente a frente. Es una de las mujeres más importantes en el mundo criminal por el mero hecho de ser la puta de mi tío, la mujer que eligió como dama.

Mis hombres me rodean y me siguen cuando entro al afamado club; varios de los que están adentro se apartan, soy una Mascherano y aquí muchos saben que cuando te metes con un miembro de mi familia no sales bien librado.

El ambiente no es sofisticado como el Oculus, carece de elegancia; lo único bien creado es el cartel que anuncia Freya en vivo y en directo. Poso los ojos en el escenario, donde tienen a la líder de Las Nórdicas encadenada en la tarima, está siendo forzada a bailar en medio de latigazos que avivan la euforia de los invitados.

No hay preguntas ni indagatorias, todo el mundo sabe a qué vine e inmediatamente me hacen pasar al despacho de los dueños. Subo las escaleras metálicas que llevan a la segunda planta.

—Dalila, preciosa —saluda Daniels, siendo tan hipócrita como siempre—. Boss, qué placer tenerte en estos lares.

Dante Romanov está al lado del socio y mira al Boss que evalúa el lugar como si nada, son primos.

—Vengo en nombre de mi familia a conciliar y detener la masacre que quieren desencadenar —hablo—. Es una falta de respeto el que…

—Dalila, nadie va a negociar con niños —me corta Dante—, así que ve a decirle a tu tío que nos dé la fórmula antes de que su mujer absorba todas las provisiones de HACOC que tiene por todo el mundo.

—Cuida tu tono —advierto.

—¡Hablo como me place, porque no eres más que una sabandija que cree que tiene poder y no es así! —se impone el primo del Boss y algunos sueltan a reír.

Los pisotones de esta gente me tienen harta, que me traten como si no tuviera el apellido que porto.

—Dicho el mensaje, te damos permiso para que te largues —sigue Dante—. Tengo armas que comprar y hombres que reunir porque, según veo, el enfrentamiento se acerca, ya que no has traído la dichosa fórmula.

—¡Eres un maldito estúpido! —le grito—. ¡El cual debería cuidar su tono, puesto que estás ante una Mascherano!

—Ya, por favor —pide Daniels—. No tratemos mal a la invitada, es de mala educación. Dalila, preciosa, en vez de pelear, mejor acompáñame a ver a tu señora. Quiero que le digas a tu tío que está bien y se la trata como lo que es: nuestra dama.

Por un segundo quiero que esté siendo más humillada que yo. Ellos me pisotean a mí sin saber que sus pies están puestos sobre una víbora que tarde o temprano lanzará el primer mordisco.

—No me parece buena idea —se opone Dante—. No han traído nada que sirva.

—Tiene el derecho de verla —interviene el Boss—. Que la vea para que Antoni esté más tranquilo, ha de estar preocupado por su amada mujer de ensueño.

—Por aquí, palomita. —Me señalan uno de los pasillos.

Se mueven conmigo al pasillo que lleva a las alcobas. Abren una de las puertas y se muestra un enorme camerino lleno de ropa, zapatos y espejos. Está bien aseado, iluminado y con flores; hay una cama perfectamente arreglada y una mesa con sillas en el corazón del lugar.

Poso la vista en la mujer que está de espaldas mirando a la ventana que da al club, el cabello negro le cae hasta la mitad de la espalda. No se inmuta con mis pasos ni con los que entran detrás de mí.

—Hermosa ninfa —le dice Daniels e inmediatamente se voltea.

La dama de mi tío, dueño del legado mafioso de mi familia, parece todo menos peligrosa, con el rostro desencajado, los ojos perdidos y la piel tan pálida como un cadáver. Tiene los labios secos y el cabello opaco. Observo sus brazos, los pinchazos de las jeringas son evidentes sobre la piel marfil, las venas azules son notorias y luce peor que una adicta a la heroína. Tiene la frente perlada de sudor y el pecho le sube y le baja como si le costara respirar.

—Qué incompetentes son aquí. —Daniels corre a tomarle la mano—. No te han dado tu dosis y estás a nada de desfallecer.

Se saca un sobre del bolsillo y esparce dos líneas blancas en el plato que está sobre la mesa.

—Coca, hermosa dama —le dice—, un aperitivo para calmar los ánimos.

Observa el plato, el HACOC es la aleación de cinco drogas y cualquiera de ellas puede calmar la ansiedad que experimentan los dependientes. Calmar, mas no eliminar.

El dueño del club da un paso atrás cuando ella sin dudar avanza, se inclina y absorbe el polvo por la nariz. Cierra los párpados como si lo disfrutara.

—Quiero hablar con ella a solas.

—Yo no me voy a ir —se opone Dante—. No confío en la paloma mensajera.

Nadie se va: el Boss de la mafia rusa recuesta el hombro en el umbral de la puerta, el primo se queda a su lado y la mujer de ojos azules toma asiento en lo que se limpia los restos que le quedaron en la nariz.

—¿En qué puedo servirte, Dalila? —pregunta.

—¿Sabes quién soy? —No recuerdo que hayamos estado cara a cara.

—La hija de Brandon Mascherano; después de Antoni, de tu familia es a quien más tengo presente.

—Me alegra que me reconozcas, porque Philippe quiere que te saque de aquí. —Tomo asiento frente a ella.

—Espero que a modo de cadáver…, si es así, saca el arma que tengas y aprieta el gatillo antes de que nos interrumpan.

La gente es imbécil, se les da el cetro y lo patean en el suelo.

—¿Por qué quieres morir? Eres la dama. —Bajo la voz. «No tiene idea de lo que haría si estuviera en su lugar»—. Yo que tú estaría ideando cómo mandar a masacrar a cada uno de estos infelices…

—¿Para qué? ¿Para luego tener que volver a los brazos de tu tío? No, gracias.

—Es mejor que esto —replico.

—Lo único mejor que esto es la muerte.

No me gusta su tono, es una puta drogadicta y no tiene ningún derecho de insinuar que un puesto tan importante no significa nada.

—No dirías lo mismo si supieras todo lo que estamos haciendo por ti. Estamos a nada de entrar a una contienda por tu culpa —le suelto—. Conozco tu historia, Rachel James, tanto como para tener el derecho de llamarte zorra con suerte, porque si otras aguas corrieran, ya tu cuerpo estaría siendo devorado por los insectos.

—Cuidado cómo le hablas a la dama —advierte el Boss—. Digas lo que digas, actualmente tiene más poder que tú.

—Eso no es cierto. —Muevo los ojos a su sitio—. ¡Mírala! ¡No le hace honor a su título! ¡Ese pedestal es para mí, que tengo claro lo que haría con todos ustedes!

Apoyo las manos en la mesa y me enfoco en ella.

—No mereces ser venerada y ni mucho menos tener el honor de ser respaldada por uno de los apellidos más importantes de la mafia, que...

Acalla mis palabras con un escupitajo.

—Me vale un quintal de mierda el legado Mascherano y pisoteo lo que se me antoja, porque ninguno de ustedes me acojona —espeta rabiosa—. Todos son un montón de patéticos que amenazan y amenazan, pero no tienen la valentía de jalar el puto gatillo o enterrar el puñal. —Se levanta—. ¡Basta ya! ¡Tengan la valentía de matarme, así como yo tengo el valor de aceptar que ya no quiero esta vida de porquería!

—No me conoces...

—¡Tú no me conoces a mí! —se defiende—. Esta que ves aquí y a quien llamas puta mató al maldito que te engendró. ¿Y sabes que me costó? Un jodido polvo con tu tío, y desde eso no me ofende la palabra «perra», «puta» ni «zorra».

La oleada de ira que se acumula en mi pecho me deja sin palabras.

—¡No le rindo tributo a tu asqueroso apellido, porque son ustedes los que deben rendírmelo a mí, por tener que soportar la maldición de tener que lidiar con esto! —exclama—. ¡Los aplausos y las reverencias me los llevo yo, por querer morir antes de seguir al engendro que fue capaz de violar y preñar a su propia hermana!

—Hermosa ninfa, eres la dama de la mafia... —intenta decir Daniels.

—¡No soy una mierda y estoy harta de que todos ustedes pateen los pocos fragmentos que me quedan! —grita antes de poner los ojos en el Boss—. ¡Partida de cobardes, incapaces de cumplir una jodida amenaza! ¡Métanse su trono por el culo!

Se cierne sobre mí, dejándome fría.

—El peor miedo que tenía ahora corre por mis venas —me dice—. Por ello, ya no me importa nada.

—¿Mataste a mi padre? —pregunto con los ojos llorosos. Ella se ríe cuando nota las lágrimas que caen sobre la mesa.

Miro al Boss, que observa todo con los brazos cruzados.

—Sí, hice que lo mataran —sigue la mujer frente a mí—. Deberías darme las gracias, era un cerdo violador al igual que su hermano. ¡Basura que solo nació para dañar!

Intento lanzarme sobre la mesa para estrangularla, pero Dante me devuelve a mi puesto en lo que Daniels aleja a la puta que está al otro lado.

—¡Con tiros! —exclama—. Así lo mató Antoni. ¡Balas lanzadas por el arma que ejecutó la mano de tu propio tío!

Me grita y siento que no puedo continuar. ¡Mataron a mi padre! Brandon murió por su culpa. No la quiero viva y busco la manera de acabar con ella, pero me sacan por la fuerza. Antoni se está burlando en la cara de su propio hermano, de Philippe, que lo venera como a nuestro abuelo.

Me llevan a la oficina de Daniels y, a las malas, me sientan en uno de los sillones.

—Qué mal todo, parece que la amada mujer de ensueño de Antoni tiene mucho poder en él —habla el Boss desde la puerta.

—¿Es cierto? —Me levanto a encararlo—. ¡¿Antoni mató a mi padre o ella está alucinando?!

—No sé. —Se hace el idiota—. La mujer de adentro parecía muy convencida, sin embargo, no opino porque no es mi asunto.

Se aleja y no creo en la indiferencia que pretende demostrar, es de los que conspira y manipula a su favor.

—Dile a Antoni que le daré un par de días más —avisa Dante—. Una ofrenda de paz con el fin de que entregue lo que necesitamos.

—Ella no se lo dirá, no pierdas tu tiempo —sigue el Boss, y el primo suspira.

—Se lo mandaré a decir yo mismo, entonces —espeta Dante—. Mi sentido pésame por lo de tu padre, palomita, ahora lárgate de mi territorio que, como ya dije, si no tienes la fórmula, no me interesas.

—¿Tienes tus pendientes al día? —le pregunta el Boss— Espero que sí, ya que te van a matar.

—¡La que va a morir es otra si no me dan lo que quiero! —exclama Dante—. ¡Saquen a la mensajera de aquí!

Me toman del brazo y mis antonegras intervienen; no me voy a quedar con esta gente de porquería, así que sola busco la salida en lo que ato cabos: lo que dijo Rachel James de Emily, el parecido de Lucian con mi tío, la manera en la que lo trata y vela por él… Más que miedo tengo rabia por las mentiras y lo que le han hecho a mi padre. Ivana y yo estamos sirviendo a la mafia italiana y así nos pagan: con mentiras.

Los rayos solares hacen que la cara me arda cuando salgo. Los hombres que nos guiaron a la salida se devuelven y cierran las puertas mientras que yo busco el vehículo, en el que entro. Con las manos temblando, busco el teléfono para llamar a Philippe.

El teléfono suena al otro lado y no me contesta al primer intento, ni al segundo, pero sí al tercero.

—¿Sí? —responde mientras mi auto arranca.

—Philippe —me tapo la boca para no romper a llorar—, nos engañó a todos. Antoni mató a mi papá, estuvo con Emily y es el padre de Lucian…

—Cálmate…

—¡Ella me lo dijo! —La garganta me arde—. ¡Y la mafia rusa siempre lo ha sabido! Por eso el Boss consiguió la cita y apoyó la idea de que viera a…

—Dalila, ella está drogada… —No me deja hablar—. Te envié a sacarla, no a que jugaran con tu cabeza…

—No —lo corto.

—Antoni no derramaría la sangre de la familia, ella te está engañando.

—¡Piensa, Philippe, te amo, pero quiero que pienses! —Trato de convencerlo—. Nunca se nos han dado muchos detalles sobre lo que pasó, Angelo fue quien habló, él siempre ha estado del lado de Antoni, no es raro que lo esté encubriendo.

—Es mentira. —Se encierra.

—Ven a verme —le pido.

—Tengo que colgar.

—Philippe…

Me cuelga. Su maldita devoción será lo que hunda este clan. Con el teléfono en la mano, busco el número de Ivana, pero desisto, siento que es otra que no me va a creer. Guardo el aparato y meto la mano en el bolso, donde toco la navaja fría que tengo en el fondo.

—Llévame a casa —le pido al que conduce.

Muevo las piernas en lo que dura el trayecto. Lo dicho por ella chilla en mi cabeza y me como las uñas de la rabia que siento. «Es un maldito». El dolor no me detiene y sigo comiéndomelas hasta que los dedos me sangran.

«Va a pagar por la muerte de papá». Me dejan en la entrada cuando llegamos, le quito las llaves al hombre que me trajo y atravieso la sala de baldosas brillantes. Busco el jardín, donde vislumbro a Lucian con Naomi Santoro. Ella está cortando rosas y él la acompaña de rodillas, recibe las flores y las mete en una canasta.

—Ve al auto —le ordeno a Lucian.

—¿Ahora?

—Sí, ahora. Tu tío quiere verte.

Lo observo con más cuidado y me río sola al ver lo que no había visto antes: y es el enorme parecido con mi tío, no solo físicos, la manera de hablar y de moverse se parece mucho a la de él.

Se levanta y se sacude el pantalón.

—Me voy a cambiar —avisa.

—Debe ser ya, no hay tiempo para cambios —lo regaño—. ¡Ve al auto!

Lo sigo hasta la salida y una vez que veo que abre la puerta del vehículo, me apresuro por Damon, que está arriba. Con pasos largos me dirijo al pasillo que lleva a su alcoba. Está en el piso con un juego didáctico y lo tomo del nacimiento del cabello, lo arrastro afuera, chilla con mi agarre y, pese a que llora y patalea, no me detengo.

Las empleadas no dicen nada, prefieren callar a que les abra la garganta.

—¿Qué hizo? —Se me atraviesa Naomi Santoro en la escalera—. Es un pequeño, *signorina* Dalila.

—¡Apártate! —La abofeteo y cae por las escaleras mientras que yo continúo arrastrando a Damon.

Lanzo al niño al suelo cuando estoy abajo; la nariz y la boca se le revientan con la caída. Lo tomo y continúo con el arrastre. Lucian intenta salir a ayudarlo, pero empujo al hermano adentro y ambos quedan en el asiento del copiloto.

—¿Qué pasa? —Increpa Lucian quien intenta que Damon se calme—. ¿Qué hizo para que lo trates así?

El pequeño demonio se queda sin aire, llora como el *piccolo* maricón que es. Lucian busca la manera de contener la sangre que le emana de la nariz mientras que yo pongo el pie en el acelerador.

—¿Adónde vamos? —insiste el hijo de Emily con la voz temblorosa—. Damon necesita un médico.

—No lo va a tener.

Con la cabeza caliente abandono la propiedad Mascherano mientras que el niño que está a mi lado no deja de llorar. Me harta, lo tomo de la nuca y, sin soltar el volante, le estrello la cabeza contra la guantera tres veces.

El italiano interviene y me entierra las uñas en los brazos, pero lo abofeteo a él también. Tomo de nuevo la cabeza del hermano y la vuelvo a estampar contra el salpicadero.

El espacio se llena de alaridos, Lucian lucha contra mí en lo que trata de cubrir al hermano al que no paro de golpear con el puño cerrado, sus intentos por cubrirlo no me detienen y, cuando menos me lo espero, abre la puerta. El viento entra a raudales y el hijo mayor de Antoni se arroja del vehículo llevándose a Damon con él.

—*Maledetto.* —Freno en seco.

El grande se levanta, pero el pequeño no y su hermano trata de arrastrarlo; sin embargo, desiste de la idea al ver que saco la llave inglesa que está bajo el asiento. Sale a correr. Damon está desmayado en el suelo y no me queda más alternativa que quedarme con la pequeña mierda que parió Isabel Rinaldi.

Meredith

5 días, 120 horas, 7.200 minutos con HACOC

No he podido dormir, parece que tuviera un insecto zumbándome dentro, «Angela»... Pienso en ella cada dos por tres, mi mente recuerda las miles de maneras en las que ha de estar sufriendo en estos momentos.

Angela Klein, pese haberse creado un cuerpo falso, es una de las personas más auténticas y capaces que conozco. Me pesa el haberla dejado.

—No tienes que estar aquí, en tu estado debes descansar lo más que puedas —me dice Bratt.

—Estoy bien.

Me deja y rodea el escritorio del coronel, donde toma asiento. Está feliz con la información que le han pasado en las últimas llamadas: capturó a un rumano y a un miembro del PSP. Hasta ahora, la persona que se está haciendo pasar por Hela no ha generado ningún tipo de sospecha.

Los nervios me taladran en lo más hondo, creo que la única forma en la que podré estar en paz es cuando llegue el cadáver de Rachel James al comando.

Lo último que me comentó Wolfgang es que Antoni Mascherano no quiere entregar lo que le piden, y eso me preocupa, porque todo está tomando demasiado tiempo, se va a desatar una contienda entre ellos y no quiero que el coronel llegue a atar cabos.

Parker, Franco y Johnson entran al despacho para la llamada de rutina.

—Haré una parrillada para todos mis hombres —me dice Bratt desde el puesto del coronel—. Con las capturas y, si este operativo culmina con éxito, tendremos una estrella más y quiero festejarlo, ya que la tropa que mejor se ha movido esta última semana ha sido la mía.

Noto la mala mirada que le dedica Dominick Parker, no le cae bien y es obvio que le disgusta el que Bratt le esté tomando la delantera.

—Capitán —lo llama Brenda frente al equipo de comunicación—, dentro de tres minutos estaremos en línea con el Hipnosis.

Las extremidades se me tensan. Llevo cinco días en lo mismo con el corazón en la garganta, rogando que nadie sospeche nada o que de una vez por todas alguien diga que murió.

Camino a la mesa con Bratt.

—La línea está abierta —avisa Alexandra con un auricular en la oreja.

Se enciende el panel y el reloj empieza a contar los segundos.

—Capitán Parker en línea —habla Dominick—. Llamada de protocolo. ¿Qué novedades tiene, soldado?

—*Parte sin novedad, mi capitán* —contesta «Rachel», y paso saliva—. *Misión en proceso con infiltrados firmes y estables...*

Se interpone un pitido horrible y es muy poco lo que se entiende, la imitadora sabe lo que hace, habla entrecortadamente y su voz empieza a oírse lejos.

—¿Rachel? —se molesta Parker, y la interferencia ensordece la sala.

—*Rompo comunicación, el perímetro no es seguro...*

—¡No me has dicho nada! —alega el alemán.

—*El... perímetro no es... seguro...* —reitera.

—Espera —trata decir él, pero la llamada se corta y él intenta establecer contacto otra vez.

—Está diciendo que el perímetro no es seguro —interviene Bratt—. No puedes poner en riesgo un operativo solo porque te frustra el hecho de que tus soldados no estén funcionando como quieres.

—¡No es frustración, es solo que a mí se me exige lo mismo que a ti, y son resultados! —espeta el alemán antes de dirigirse a la puerta—. Que Patrick revise el equipo, últimamente tiene demasiadas interferencias.

—Como ordene, capitán —contesta Brenda, que desarma el equipo con Alexandra.

Todo es como si día a día me pusieran frente a un arma y esta no arrojara ningún tiro. Franco se va con Johnson y Milla llega a rendir informe de las actividades pendientes.

—Muero por ver la cara de Christopher cuando se entere de mis resultados —comenta Bratt—. Ojalá que esta vez sí los tenga en cuenta y no los haga de menos como siempre.

La mención del coronel me da náuseas, Christopher Morgan es un animal, el cual no sé cómo tomará esto. «No se va a enterar» y, si lo hace, será cuando ella ya esté muerta. Aún faltan dos semanas para su regreso.

—Capitán, hay un par de asuntos que quiero discutir con usted —habla Milla Goluvet—. Si tiene tiempo, claro está.

—Vamos a mi oficina —le responde él—. Ya terminé aquí.

—Iré a supervisar a la tropa. —Me retiro.

Busco a los soldados que están en una de las salas de juntas, revisan los pendientes que faltan e intento unirme a ellos, pero el que me acuerde del que tal vez Angela ya no esté con nosotros oprime mi interior.

Paso la tarde con mis colegas, mis nervios no se van. La tensión del momento que viví en la fiesta rodeada de mafiosos me eriza los vellos constantemente; la cara de Angela y la caída de Rachel James no deja de dar vueltas en mi cabeza.

Todos se retiran al acabar la jornada. El sol se esconde a las ocho de la noche e internamente quisiera que llegara la calma que dicen que trae el ocaso, pero no pasa. Quiero romper en llanto para soltar la carga; sin embargo, ni eso puedo hacer.

Apago las luces antes de abandonar la sala de juntas. «Rachel tiene que morir para que yo pueda descansar», musito solo para mí.

Bajo las escaleras que me llevan a la primera planta y me abrazo a mí misma en lo que busco el comedor, donde veo a mi abuelo. Lleva puesto su imprescindible gabardina color marrón, le gusta mucho ese color y suele usarlo siempre.

Arthur Lyons es el abuelo más amoroso que conozco, soy la primera nieta que tuvo y por ello me quiere tanto. Me llama cuando me ve en la puerta y camino a la mesa donde está.

—Me hacía falta un café —levanta la taza cuando me siento—, no sé qué ingredientes utilizan aquí, pero las mujeres que lo preparan hace que quede delicioso.

Tomo su mano, me reconforta el tener su palma tibia sobre el dorso de las mías.

—Te quiero mucho, abuelo —le digo.

—Yo también, cielo. No tienes idea de lo mucho que me alegra saber que te casarás con un buen hombre —acaricia mi cara—. Bratt Lewis es un excelente capitán.

«Ni tanto». Si fuera tan buena persona no me hubiese engañado.

—El Consejo le tiene cariño, Joset hizo un muy buen trabajo con él —comenta—. Todos en casa estamos felices por su unión.

Quiero alegrarme, pero parece que me hubiese apagado por dentro.

—Gracias por estar aquí. —Le beso las manos arrugadas.

—Tu padre vendrá desde Georgia a verte —me informa, y amablemente le pide a una de las mujeres que ronda por el sitio que me traiga una bebida.

Me comenta que lo tiene preocupado la campaña, el tema de los candidatos que han muerto. Teme por lo que está aconteciendo, ya que no sabe qué más se puede llegar a presentar.

—Tengo una reunión con el Consejo —se disculpa cuando comprueba la hora—. ¿Desayunamos mañana?

—Sí.

—Dale mucha comida a mi bisnieto.

Asiento y dejo que se vaya. Me quedo mirando a la nada e inconscientemente me toco el vientre, insisto en que no quería hacer lo que hice: fue Rachel quien se lo buscó.

Le doy un sorbo a la bebida que me entregaron hace unos minutos. Noto a Stefan, quien llega con una laptop y se ubica de espaldas en la mesa que está frente a mí. Forma parte del equipo de Bratt y me cuesta no fijar los ojos en la pantalla que enciende.

El té me sabe amargo y un sudor frío me recorre la espalda al ver lo que teclea, dejo la taza de lado y me pongo de pie con las rodillas temblorosas.

—Mi sargento, buenas noches —me saluda, y yo no aparto los ojos de la computadora—. ¿Necesita algo?

—¿Qué haces? —pregunto al reparar que está publicando una foto del diamante azul que tengo en mi poder.

—Terminé mis deberes y estoy buscando la forma de hallar el collar de Rachel que se perdió. Colgar una foto en la red me pareció una buena idea —explica—. A lo mejor, alguien lo encontró y, por no saber lo que vale, lo vende por ahí a un mal precio.

—La teniente James siempre tan descuidada… —digo para no levantar sospecha—. Yo no le quitaría los ojos a algo tan costoso.

—No se le perdió a Rachel. —Pone las manos sobre el teclado—. Sin querer fue Milla quien lo perdió el día que nació la pequeña Peyton…

El piso se me mueve a la vez que mi cerebro distorsiona la voz que me habla, el té me queda en el borde de la garganta y, de un momento a otro, empiezo a escuchar los latidos de mi propio corazón.

—¿Cómo dices? —es lo único que logro articular.

—Rachel le entregó el collar a Milla para que se lo guardara, ya que en la sala de partos no se admiten joyas —explica—. Milla tuvo que irse y lo perdió en el centro comercial donde estuvo.

El cuerpo se me va hacia atrás y debo sujetarme de una de las mesas para no caer, los ojos me arden en lo que mi cerebro da vueltas y me lleva al día en que escuché a Bratt siéndome infiel, los gemidos y jadeos, la oleada de decepción y… el hecho de que no me aseguré de que fuera Rachel James, nunca la vi con mis propios ojos.

—¿Está bien? —Se levanta Stefan, lo aparto y busco la salida.

Me llevo las manos a la cabeza cuando estoy afuera. «¿Milla?» ¿Qué hice? No logro pensar con claridad y los recuerdos de la mujer que dejé en el Hipnosis me golpean con más ímpetu que antes.

«No sé qué hice, pero lo siento». «Llévame contigo». «Angela». Rachel no era la persona, no era la mujer que se acostó con Bratt.

Me tiemblan las manos; empiezo a llorar. «¡¿Qué hice?!»

Le dañé la vida a una persona por no pensar, por dejarme llevar. Corro a la oficina de Bratt.

El edificio administrativo aparece frente a mí y, en vez de tomar el ascensor, busco las escaleras que subo apresurada. Tengo la cara de Rachel James grabada, sus súplicas, los ojos llenos de lágrimas mientras rogaba. De mi mente no se borra el miedo en sus pupilas, la forma en que cayó al suelo con la mirada vacía después de la dosis que le pusieron por mi culpa.

Llego al tercer piso y, aturdida, localizo la oficina del capitán, me aferro al pomo y tiene pestillo.

—¡Bratt! —exclamo en medio de lágrimas—. ¡Bratt!

Pateo e insisto, por la ranura de abajo noto las sombras que se mueven adentro. El llanto me sacude los hombros y las lágrimas me nublan la vista, en lo que sigo estrellando los puños contra la madera.

—¡Bratt!

—Cariño, ¿qué pasa? —Abre la puerta, preocupado.

Su cara de angustia e hipocresía no tapa el que tenga a Milla atrás con los labios enrojecidos. Detallo el cabello revuelto de él, la playera arrugada y mal encajada.

—¿Cómo pudiste? —inquiero.

—¿De qué hablas?

Retrocedo, anonadada por su descaro.

—Lo sé todo, yo... —El llanto no me deja hablar—. Sé que me engañaste con ella.

—Milla, vete —le pide a su amante, y esta sale sin decir nada.

Aprisiona mis brazos y capto la tristeza en sus ojos, la pesadumbre que me hubiese importado si sus errores no hubiesen provocado la catástrofe que se desató.

—Perdóname —me dice—, aún no me explico cómo pasó e intenté evitarlo, pero...

Niego mientras las lágrimas me cubren el rostro.

—Yo sané tus heridas y estuve cuando más me necesitaste.

—Lo sé...

—¡Y pese a eso me fallaste!

—Lo siento, cariño —se disculpa, y sigo retrocediendo.

—Por el hijo que tendremos, Meth, perdóname.

«Meth»... Ella me dijo Meth en medio de sus ruegos. «Mi amiga». ¡Oh, Dios! Angela también salió salpicada con todo esto. Me alejo e intento correr de nuevo afuera, pero me enredo con mis propios pies y me caigo de bruces al piso; mi nariz queda a pocos centímetros de las botas que aparecen de la nada.

Clavo las manos en el suelo y alzo la cara. «¿Qué hace aquí?». Mis extremidades empiezan a temblar y mi único impulso es arrastrarme lejos del hombre que no se molesta en ayudarme a levantar, sino que pasa por mi lado y actúa como si fuera la mejor cosa del mundo.

«*Christopher Morgan*». Tyler Cook lo sigue y su aparición me deja en shock.

65

Anulación: en ajedrez, una jugada que consiste en clavar una pieza impidiéndole ejercer su acción

Rachel

5 días, 120 horas, 7.200 minutos con HACOC

El mareo me desorienta, me tiene aturdida y en un estado de profunda confusión. La música está a todo volumen, el sudor me corre por la espalda en lo que mis sentidos absorben todo con mayor intensidad: el sonido, las luces parpadeantes, los olores intensos, las voces que resuenan a mi alrededor en medio del club donde me hallo.

No me siento mal, estoy en medio de la euforia que transita el dependiente, ese punto donde el mundo se ve como un lugar celestial, te eleva como si estuvieras flotando en el aire y te convierte en una pluma. Creo que lo único que requiero para vivir es la droga que se abre paso por mis venas.

Vivo la mejor fase: el edén que extrañas cuando intentas dejar el alucinógeno, la paz que te brinda el HACOC antes de que la tierra se abra, te absorba y te lleve al peor de los calvarios.

Miro a la persona que me estira el brazo y clava la aguja fría en mi torrente sanguíneo, sonríe con sorna mientras vacía la jeringa cuyo contenido desboca mis latidos y los lleva a un ritmo incesante.

—HACOC para la dama más hermosa de todas —me dice Daniels, y asiento a la vez que empiezo a notar cómo esta me afecta.

Quisiera mostrar fortaleza, oponerme, pero el narcótico me hace vulnerable. Sus efectos son lo único que aclama mi cerebro, que no es consciente del daño que esto le hace a nuestro cuerpo.

Todo el mundo bebe, baila y habla; hay personas a mi alrededor y no sé quiénes son, a duras penas reconozco a Daniels.

Las botellas que tengo delante ruedan sobre la mesa y derraman el líquido espumoso que contienen sobre mis piernas; es irónico que estando drogada lo sienta como si fuera algo asombroso e irreal. Pierdo la vista en esa espuma que absorben mis poros, mientras capto cómo patalean, gritan y aclaman a lo lejos; no sé qué es, me cuesta demasiado centrarme.

—¡Rachel! —Levanto la vista y me encuentro con el rostro de Angela frente a mí.

Se ve muy diferente a lo que es: tiene un ojo cerrado, el rostro deformado y de la nariz le sale sangre en cantidad. Exige mi ayuda en medio de gritos cargados de desespero; sin embargo, no tengo fuerzas para levantarme.

—¡Rachel! —insiste.

Con la punta de los dedos llego a tocar el líquido rojo que mana de su nariz, mientras su cuerpo se mueve de adelante hacia atrás. Entonces capto los gruñidos masculinos de la persona que está tras ella, y mi cerebro infiere lo que pasa: «La están violando frente a mí». Varios hombres se ciernen sobre ella, uno de ellos me aparta y le clava la polla en la boca. La obliga a que se la chupe.

—Rachel —vuelve a decir cuando la dejan respirar.

Carezco de la energía que se requiere para apartar a los que la rodean, mi subconsciente solo quiere seguir en el limbo porque sabe que cuando el efecto pase caeremos en picada y la única solución será el suicidio.

La sacuden en la mesa y Daniels me recuesta en el sofá. Angela llora, forcejea, pero son demasiados hombres los que la tienen y el público está absorto en el espectáculo que se les brinda en medio de burlas.

Cuento los hombres que la poseen, son más cinco, no le dan ni míseros segundos de paz, ya que se turnan entre ellos para penetrarla. La abofetean, tiran de su cabello con violencia…, en tanto que presumen de lo satisfactorio que resulta clavarla entre dos.

Se la llevan y extiendo la mano para alcanzarla, pero no llego…, desaparece. Lo único que quiero es más alucinógeno, mi corazón bombea demasiado fuerte. El humo que se desprende de las luces es bastante pesado, lo que hace el ambiente más insoportable.

—Abre —me ordena el socio del Hipnosis. Obedezco y la píldora que me pone en la lengua se deshace en cuanto cierro la boca—. PCP, mejor conocido como polvo de ángel, mi hermosa dama.

Mi cabeza cae en el sofá de terciopelo, esto era lo que no quería, ser una prisionera dependiente.

La gente se corta a mi lado y de la nada quiero hacer lo mismo, quiero infligirme dolor para apaciguar esta absurda necesidad. Anhelo una bala en mi pecho, lanzarme al abismo o abrir mi garganta. Tomo el puñal que veo a mis pies, me lo paso por el brazo y la sangre emerge de la herida. Hago otro corte más grande y el líquido brota a raudales; atino a la muñeca, pero me arrebatan el arma blanca.

«Dios, déjame morir».

Lloro, estoy rabiosa con la maldita sociedad por parir bastardos infelices y no darme el cuento que me vendieron. ¿Dónde está mi hermosa historia? Esa donde el malo se vuelve bueno, donde la mujer no sufre, donde vive cosas maravillosas, dado que el mundo conspira a su favor. ¿Dónde está el malo que cambia? ¿La bestia que se convierte en príncipe? ¿Cuándo dejaré de andar entre monstruos? ¿O en qué momento el malo cambiará por mí? ¿En qué parte de esta maldita historia de mi vida aparece el protagonista?

Me río del monólogo que suelta mi cabeza. La vida real es diferente, no es como la que muestran en una película romántica donde la mayoría del tiempo todo está encaminado hacia un final feliz.

La cabeza me pesa demasiado y cierro los ojos cuando mi pecho se agita.

Caigo a un lado, la frente apoyada sobre el brazo del sofá, los niveles de euforia decaen y la inquietud que me corroe me advierte lo que se viene: las alucinaciones. Siento cómo la sangre sigue saliendo y me abrazo a mí misma cuando veo a Harry en el barro lleno de gusanos; el olor putrefacto se siente real, como si en verdad estuviera aquí.

Paso de verlo en el suelo a verlo como un cadáver del otro lado de la ventana, el cual arrastra sus uñas sobre el cristal mientras me pide que lo ayude. Veo a Antoni riendo macabramente frente a mí con la jeringa en la mano. Asimismo, veo a mi familia muerta, a mis compañeros que me miran con asco mientras camino en el comando. Los veo pulcros e ilustres, mientras yo soy una maldita drogadicta con la carne pegada a los huesos, maloliente y enferma. Soy una mula estéril, una bola de estiércol que en vez de nariz tiene una aspiradora que solo absorbe cocaína. Me señalan, me escupen, se burlan… Mi belleza se pudre, Christopher se aleja, vuelvo a ser exiliada, condenada a vivir entre pasillos oscuros y vacíos.

Los brazos me duelen como si hubiese hecho mucha fuerza, estoy acostada en una cama sin ningún tipo de sábana encima. Tengo sed, me muevo sobre la superficie acolchada y veo a Daniels a mi lado.

La cabeza me duele al igual que las venas, siento que no me cabe una inyección más, me arden las fosas nasales de tanto inhalar cocaína y mis pulmones pesan por el olor a marihuana que inunda la atmósfera. En la estancia, hay hombres jugando al póquer en la mesa que está a pocos metros, están absortos o ebrios, no sé, pero no me miran cuando me muevo.

«Angela». La evoco porque la he visto y por ello sé que está aquí. Como puedo me incorporo, las luces exteriores del club llegan a la cama a través del ventanal, su fulgor traspasa el vidrio y, como polilla hambrienta de luz, me quedo con los ojos fijos en el cristal.

No respiro bien, no sé quién me puso el vestido de puta que llevo, paso la mano por él y vuelvo a alzar la vista cuando afuera gritan el apodo de Angela; observo que la alzan y la dejan colgada a no sé cuántos metros, pero está desnuda y con solo un arnés puesto.

—Daniels. —Muevo al hombre que duerme a mi lado y no hay respuesta—. Oye…

Insisto en vano, porque no contesta.

—Daniels…

Tomo el brazo y lo siento helado, no tiene color en la cara.

—¡Daniels! —Pego los dedos a su garganta: no hay pulso.

El aturdimiento se dispersa por un momento y, agitada, coloco la oreja sobre su pecho, busco latidos, pero su tórax no emite nada, así que le tomo la muñeca, donde tampoco hallo ningún tipo de signo vital.

—Murió —digo, y los presentes siguen sin inmutarse—. ¡Murió!

Grito, los hombres que están en el rincón se vuelven hacia mí. Finalmente, uno se levanta y fija los ojos en el hombre que yace en la cama.

—No está respirando —insisto con el pecho acelerado.

En menos de nada la alcoba se llena de personas que intentan brindar primeros auxilios; sin embargo, no pueden reanimarlo, así que lo sacan entre dos hombres y se lo llevan no sé adónde. Se van todos y me pongo en pie al ver que estoy sola y han dejado la puerta abierta.

Mantener el equilibrio es difícil; aun así, me esmero por llegar a la salida. Me duelen las piernas, la cabeza, la garganta… y veo borroso. Me sujeto de las paredes en el momento en que alcanzo el pasillo y detengo el paso al oír voces que me llaman. «Es la droga», me digo. Volteo y me apresuro hacia abajo, donde veo el cadáver de Luisa en un pasillo con la boca llena insectos. «Abstinencia», necesito HACOC. Tengo frío, sed y siento que mis costillas se contraen, logro bajar a la primera planta y, en medio del gentío, lo primero que hago es buscar algo que alivie el estado en el que estoy inmersa: un cuchillo, un arma…, cualquier mierda.

«Heroína, anfetamina, cocaína», pienso.

Busco en vano, porque no veo nada, no sé si es porque no lo hay o porque mis sentidos no son capaces de captarlo. Los clientes se vuelven violentos en cuanto la música se apaga, los encargados tratan de sacarlos y de la nada empiezan a patear mesas y arrojar sillas. Me pisan y tropiezan en medio del alboroto. «Heroína, anfetamina, cocaína…».

Escucho el grito agudo que me hace voltear y veo a Angela cayendo en picado. Estoy tan mal que me cuesta ubicarme; sin embargo, busco la manera de llegar a ella lo más rápido que puedo. Me empujan, caigo al suelo, vuelvo arriba y las rodillas me arden cuando me arrodillo frente a la teniente. No se mueve. Tengo miedo de tocarla y los brazos me empiezan a temblar. Miro a todos lados y grito por ayuda cuando veo la sangre que emana de su cabeza. No obstante, nadie me pone atención y toco su brazo.

—Angie. —Con cuidado coloco la mano bajo su nuca y le quito el antifaz que le cubre el rostro.

El pecho se le mueve, «está respirando», y me pesa que quiera abrir los ojos y no pueda hacerlo de lo hinchados que están. Tiene la cara desfigurada.

—Me duele —dice.

«Heroína, anfetamina, cocaína —sigue mi cerebro—. PCP, éxtasis, ketamina». Son las drogas que pueden calmar la ansiedad.

—Aprieta mi mano, por favor —me dice ella—. Siempre he estado sola y no quiero estarlo ahora.

Rompe a llorar, al igual que yo.

—Yo quiero hacer más, pero no puedo.

Le miro la pierna, que está hecha un desastre. No sé si es fractura o rotura, pero luce mal y ante ella no soy más que un estorbo.

—Dame la mano, por favor —insiste—. Por favor, dame la mano.

La levanto con cuidado, la acerco a mi pecho y enlazo mis dedos con los suyos mientras las botellas vuelan y los presentes se agreden unos a otros. Siento que se va a desangrar e intento gritar, pero me callo de golpe en cuanto veo la figura que me mira a un par de metros.

Un rayo de esperanza se enciende en mi interior, una luz en medio de la niebla para la moribunda que yace en mis brazos. «Ella necesita ayuda», digo despacio, consciente de que él puede leer mis labios. Con disimulo asiente y me indica con un gesto que vaya a la puerta; aun así, sacudo la cabeza. «Ella —reitero—. Ella, hay que sacarla a ella». Por mí ya no hay nada que hacer.

Musito y él asiente, se lleva el dedo a los labios para pedirme que guarde silencio. Se mueve, no lo pierdo de vista hasta que su figura desaparece.

Angela agoniza en mis brazos. «Por favor, Dios», ruego, no dejes que ella muera.

Christopher

Mi llegada empieza mal, las primeras personas con las que me topo casualmente son las que detesto. Meredith Lyons cae a mis pies y ni me inmuto en ayudarla, me da asco y, ahora que está preñada, más.

—Se te cayó la cucaracha —comento cuando paso por el lado de Bratt, que está frente a su oficina.

Sigo de largo a la mía.

—Hace dos horas me informaron de que tomabas el cargo mañana. —Se acomoda la ropa.

—Te informaron mal. —Me detengo frente a mi puerta—. Espero que no tengas porquerías en mi despacho.

Patrick aparece, le pregunta a Meredith Lyons si está bien, mientras que Bratt busca la manera de que se levante.

—Necesito que me rindas informe ya mismo —le digo al imbécil que intenta irse tras la novia que sale corriendo.

Cruzo el umbral de mi oficina y Patrick no tarda en entrar.

—Meredith está embarazada, un gramo de amabilidad no le hace daño a nadie —me regaña.

Su estado es lo que menos me importa.

—Mi coronel. —Llega Parker y, a los pocos segundos, Bratt.

El alemán me entrega una carpeta con todo lo que se ha hecho mientras que Patrick toma asiento frente a mí.

—Capturamos a un rumano y un miembro del PSP. Se hubiesen logrado más capturas si no fuera por las intervenciones de la Bratva —explica Bratt—. Desmantelamos dos sitios en Bangladés y estamos tras la pista de un distribuidor de HACOC que tiene contactos de peso.

Reviso los documentos, los presentes se quedan en silencio, sé que están a la espera de la felicitación que obviamente no voy a dar.

—¿Qué hay de Las Nórdicas?

—Siguen en el Hipnosis, gracias a la información que nos dieron se procedió con varios operativos —me hace saber Parker—. Es poco lo que se puede hablar con ellas, la comunicación es pésima.

—La sargento Lyons al volver nos dio información de un establecimiento dedicado a la compra y venta de mujeres —añade Bratt—. Está en la lista de los lugares que se allanaron.

—Ponme en contacto con el club —ordeno—. Ya.

—No estamos en el horario pactado —refuta Patrick—. Podemos ponerlas en riesgo.

—No creo que sean tan estúpidas como para dejar el medio de comunicación a la vista —replico—, así que trae el intercomunicador.

No me gustan los operativos tardíos donde solo hay comunicación en momentos determinados. Patrick sale y vuelve con el dispositivo, lo pone frente a mí, teclea y se enlaza con la línea, pero esta no arroja ningún tipo de resultados.

Le pido que lo vuelva a intentar y pasa lo mismo.

—Habrá que dejarlo para mañana. —Bratt mira el reloj—. El club suele estar concurrido a esta hora.

La jaqueca que ya había controlado sale a flote, necesito establecer contacto ahora, no mañana. Tengo claro cómo es la maldita droga de Antoni Mascherano y no sé qué tan fácil sea para un exadicto tenerla cerca. Ordeno un tercer intento de comunicación, pero al igual que los anteriores no funciona.

—Necesito las grabaciones de todas las llamadas con hora, duración y detalles claves —dispongo—. Mañana a primera hora quiero que Lyons me rinda informe sobre lo que pasó y vio adentro.

—Descargaré las llamadas. —Patrick se levanta.—. Te las envío apenas las tenga.

—Que sea rápido.

—Con el respeto que te mereces —se entromete Bratt—, si el operativo va bien, ¿cuál es el afán de repasar y supervisar si no hay necesidad? Todo va bien…

—Lo reviso porque puedo y quiero —contesto—, así que no te metas y lárgate a avisarle a tu lamebotas que la quiero aquí a las siete en punto de la mañana.

—El Consejo quiere reunirse con usted, coronel —me avisa Tyler—. Decidieron quedarse en el comando cuando supieron que venía en camino.

Corté el jodido recorrido porque tanto hostigamiento me asfixia y ¿qué obtengo? A Alex, Gema, y a Regina sobre mí. Ahora también tengo al Consejo, que de seguro empezará con preguntas estúpidas.

—Con su permiso me retiro, coronel. —Parker se va, al igual que Patrick y Bratt.

Me traslado a donde me requieren y la noche se me va con las personas que no tolero.

Frente a mí se ponen a discutir sobre quién es el más adecuado para sustituirme si llego a ascender. Arthur Lyons piensa que Bratt Lewis es el mejor e intenta convencer a todo el mundo de ello, al igual que Joset.

—Siento que a Bratt se le debe dar la oportunidad de ascender en otro comando, hay varios interesados en él —opina Martha Lewis—. No sabemos si el coronel Morgan va a ganar; con las actitudes que está teniendo, lo veo poco factible.

Me trago las ganas de mandarla a la mierda, no tengo tiempo para sus tonterías; el dolor de cabeza que tengo ahora no me tiene bien y no quiero que empeore más.

Sigue dando sus opiniones en lo que mi cansancio va en aumento. Dejo claro que entre Lewis y Parker le doy mi apoyo al segundo, cosa que no le gusta a la mamá de Bratt. La reunión termina a las dos de la mañana después de estudiar toda la carrera militar de los dos capitanes.

Soy el primero que sale. Los pasillos del edificio administrativo están oscuros y vacíos, las banderas que están sobre las torres se mueven con el viento y, solo, atravieso el campo que lleva al edificio de los dormitorios. Una vez dentro, me quito la ropa y me acuesto. Pese a estar cansado, no llega el sueño y, cuando medio lo logro, despierto con el corazón martilleando en mi pecho; algo resuena en mi interior y no sé qué es: es como si mi subconsciente me advirtiera que tengo algo pendiente.

Matar a Antoni.

Torturar a Bratt.

Pegarle un tiro a Gelcem.

Son cosas que tengo presentes hace tiempo y antes no habían hecho eco.

Estuve cinco días en América y tres en Asia; me hubiese podido quedar más, pero las necesidades que tengo no me dejan.

Meto la mano debajo del bóxer que llevo puesto y toco el falo duro que masajeo. Tomo el móvil y reparo la imagen de la mujer que tengo en la galería; las cosas se están poniendo cada vez peor, tan mal que hago lo mismo todos los días al levantarme y antes de dormir. Es insano y enfermizo, pero me complace tanto como sus bragas. Me masturbo con la esperanza de que eso me ayude a conciliar el sueño. Y, en efecto, me ayuda por un par de horas, pero no las disfruto, dado que a las cinco y treinta estoy en pie otra vez, y a las siete ya estoy en mi oficina, listo para mis labores.

Mando a llamar a Patrick, que intenta en vano establecer contacto con el club.

—Faltan horas para el horario pactado —explica—. Es lógico que no estén pendientes.

—¿Dónde está Lyons? —pregunto—. Fui claro con lo que pedí ayer.

—No lo sabemos, se fue anoche. Con lo del embarazo doy por hecho que está enferma.

Detesto las excusas, así como detesto a la gente que no sirve para nada.

—¿Y las llamadas?

—¿A qué se debe la maldita insistencia con eso? —Entra Alex, y, como siempre, mete las narices en todo—. ¿Para eso volvimos? ¿A joder el trabajo de otros?

—Tengo que laborar, así que...

—Hoy no, Christopher, tenemos otras prioridades.

Lo ignoro, Cristal Bird y Gema se toman el despacho en lo que Alex me pone al tanto de la reunión que hay en unas horas con un grupo de comandantes de la Fuerza Naval.

—Leonel llegó anoche y Kazuki estará presente por videollamada, ya que no alcanza a llegar —espeta el ministro—. Los demás generales estarán, ya confirmaron su asistencia.

—Estoy demasiado ocupado con mis asuntos, por ello te agradecería que no me convoques a reuniones sin mi permiso.

—¡Este operativo es asunto de tus capitanes, así que déjalos! —sigue—. Ellos también merecen méritos que te servirán a ti.

Cierra el panel de la laptop que Patrick puso junto a mí. Alex se cree la máxima autoridad en todos los sentidos y por eso piensa que puede disponer de la vida y el tiempo de otros cuando le apetece.

—Cortaste el recorrido, cosa que no hizo ningún otro candidato. —Se acerca más—. Si quieres perder, quédate y demuestra que esto no te interesa; de lo contrario, levántate y muévete al encuentro... ¿Sabes qué? No tengo que darte espacio para considerar nada. ¡Arriba, que no me voy a ir de aquí sin ti!

La sien me martillea cuando no se mueve y a mí mismo me grito que tal cual dispone él, tal cual lo haré yo una vez que llegue mi momento.

Al asumir mi cargo, las normas van a cambiar y no serán muchos los que den su opinión, será uno solo, y ese seré yo: un solo Morgan con el control absoluto de todo el sistema judicial.

Alex fue ministro, yo aspiro a algo más alto y a callarle la boca.

—Señor, un tal Elliot MacGyver está en línea y quiere hablar con usted —me comunica Laurens.

—Pásamelo...

—Hoy no —se opone Alex—. Vamos de salida.

—Se oye un poco afanado.

—¡Que no! ¡Informa a mi guardia de que vamos de salida! —la regaña y vuelve a fijar los ojos en mí—. Muévete, Christopher, y no me obligues a hacer esto por las malas que te puedo sancionar.

Me levanto. Sé que no va a dejar de molestar, porque con él todo es así, un jodido lío. Quiera o no, el devolverme me resta puntos que debo conseguir ahora en otro lado.

—Apenas vuelva quiero las llamadas aquí. —Miro el reloj.

—Como mande, coronel —suspira Patrick.

Alcanzo el pasillo y Cristal Bird se me pega atrás.

—Christopher —me alcanza al pie del ascensor—, tu compromiso me preocupa, siento que se debe anunciar lo más pronto posible, dado que la primera dama tiene un rol importante en todo el mandato del ministro. Otros hicieron un recorrido completo y tú sigues mostrando falta de compromiso. Gema es una excelente soldado que...

—Ahora no tengo cabeza para eso. —Entro al elevador y ella no disimula el enojo que le causa mi respuesta. Es la sobrina de la viceministra y doy por hecho que Olimpia la debe mantener al tanto de lo que se dice de mí.

Me cambio en mi habitación y no sé por qué miro la hora y reviso el móvil cada dos por tres, mi cerebro insiste en que tengo algo pendiente, pero no sé qué diablo es.

—Parker y Bratt vendrán con nosotros —comenta Alex cuando llego al estacionamiento.

Los capitanes aparecen, el supuesto ilustre Consejo también está y abordo el auto donde espera Regina. Me arregla la solapa de la chaqueta que traigo puesta.

—Tú, siendo tú —me dice—. Hoy amanecí con ganas de arrancarte el pelo por testarudo.

—No estoy para recorridos, tengo muchas cosas que hacer aquí —le digo.

—Lo entiendo —continúa—, pero hay cosas que no se dan solo por tu linda cara, muñequito, las campañas electorales requieren más que eso.

Gema se sube en el asiento del copiloto y la madre de Alex rueda los ojos.

—Te traje un café. —La hija de Marie le entrega el vaso que ella recibe—. Lo pedí como te gusta.

—Andando —le ordeno al que conduce.

Por la radio capto cómo confirman quién viene con cada uno; Alex comparte auto con la viceministra. Al cabo de menos de una hora llego al estacionamiento que está frente al palacio donde se llevará a cabo la reunión. Soy el primero que baja con Gema, mientras el resto de los vehículos empiezan a entrar.

Regina se queda adentro hablando con no sé quién por el móvil.

—Tienes claro que lo de la boda es algo que tarde o temprano debe pasar, ¿cierto? —empieza Gema—. Lo comento porque ambos sabemos que va a ayudar con los votos, la gente se sentirá más segura a la hora de darte su confianza. Sabes que tus contrincantes no son débiles en las urnas, tanto Kazuki como Leonel tienen todo lo que se requiere para ganar y…

—Y crees que casarse con la hija de la sirvienta es lo mejor —interviene Regina que baja.

—Soy una teniente. —Gema se cruza de brazos.

—Que es hija de la sirvienta. ¿Estoy equivocada? —insiste Regina, y la otra se queda sin saber qué decir.

Alex llega con la Alta Guardia, que se me pega atrás.

—Nos esperan —anuncia el ministro.

—Trae mi bolso —le pide la madre del ministro a Gema.

Echo a andar, la entrada al palacio está atiborrada de periodistas externos que cubren el encuentro; los que están en el interior son conocidos por la fuerza pública al ser héroes de guerra.

Hay policías y soldados ingleses a lo largo del área. Regina no me suelta y, con ella aferrada a mi brazo, atravieso la calle y alcanzo el andén que llega al palacio. La prensa quiere entrevistar a los que van a entrar y empiezan a tomar fotos.

Trato de abrirme paso entre el gentío que obstruye el camino y uno de los agentes de los medios internos se me atraviesa.

—¿Por qué volvió tan rápido? —increpa.

No tengo tiempo para preguntas, los escoltas apartan a la gente y no me detengo.

—¡Coronel! —gritan a lo lejos, y volteo junto con la guardia que me respalda—. ¡Coronel!

Desde el otro lado de la calle, un sujeto con traje gris corre afanado hacia mí, todo el mundo fija los ojos en él…, hasta Regina, que me aprieta el brazo.

—¡Coronel, permítame un minuto de su tiempo, por favor! —ruega en lo que sigue corriendo y los hombres que me rodean alzan las armas de forma simultánea, ponen el dedo en el gatillo, listos para disparar.

—¡Bajen las armas! —ordeno.

El sujeto se abre paso entre vehículos mientras bajo los escalones, trae tanta prisa que Tyler me sigue a la defensiva, Alex me grita que vuelva a mi puesto, pero lo ignoro y me acerco más.

—¡Señor! —aclama desesperado a pocos metros—. Han tomado a…

Un disparo resuena en el aire de la nada, la bala impacta en el cráneo del hombre de gris, cuyos sesos me salpican en la cara. Saco mi arma y quien trataba de alcanzarme se desploma a mis pies en medio de un charco de sangre.

La multitud se dispersa entre gritos mientras busco al francotirador, pero no lo veo por ningún lado. Los hombres de Alex se me vienen encima y me zafo, yéndome sobre el sujeto que, como es de esperarse, no tiene signos vitales.

—Es Elliot MacGyver —le digo a Parker, que llega donde estoy—. Trabajó con Rachel años atrás.

—Llamó a mi oficina en la mañana —espeta el alemán—, cuatro veces, pero no estaba.

Me pongo en pie. Las sirenas de la policía se oyen a lo lejos; quien disparó no tiró a herir, sino directamente a matar.

—¡Eres un blanco fácil! —Me toma Alex—. Hay que volver a la central.

—No —me zafo—. ¡Algo me iban a decir!

Fijo la vista en los edificios que me rodean, necesito saber quién fue el maldito que disparó. Los soldados de la Alta Guardia me toman por las malas, siete policías los respaldan y me empujan a la camioneta que frena en la acera.

Make Donovan se sienta al volante y Tyler en el asiento del copiloto.

—Tienes que ponerte a salvo, Christopher —me dice Gema, quien sube conmigo.

Cierra la puerta y toco la sangre que tengo en la frente. La camioneta arranca y maquino tratando de entender qué diablos pasa.

—¿Qué diablos fue eso? —me pregunta la hija de Marie.

No tengo ni puta idea, las dudas toman peso. El hombre que conduce frena en seco al ver que hay disturbios más adelante. La gente corre despavorida cuando no sé quién dispara una bengala, propagando una densa nube negra que se extiende a lo largo de la calle.

Los civiles abandonan los vehículos y hago lo mismo al notar el patrón de sucesos que ya he visto antes.

—Christopher… —Gema intenta tomarme, pero calla al ver el telar que despliegan en la torre del reloj.

«CUANDO EL REY HABLA, LOS PLEBEYOS SE ARRODILLAN Y CALLAN». Dice el telar.

«Antoni Mascherano». Busco mi teléfono en lo que vuelvo a la camioneta con el corazón bombeando sangre de forma desmedida.

—¡Necesito que un batallón se mueva a Irons Walls! —le ordeno a Simon, que contesta al otro lado—. ¡Que todos se centren en Antoni Mascherano!

El telar negro es la bandera que representa a los Halcones Negros y, en el mundo criminal, lo que acaban de hacer es una advertencia.

—Necesito saber con quién están en contienda los mercenarios —demando antes de colgar.

—Como ordene, coronel.

Los latidos que emite mi sien los siento hasta en los oídos. Le pido a

Patrick la ubicación de Rachel y me confirma que sigue en el Hipnosis; su dispositivo está activo y, pese a que dice que todo está bien, para mí no lo está. Si los Halcones Negros están aquí es porque algo importante está pasando.

—Cálmate —intenta tranquilizarme Gema—. Me acaban de decir que el ministro se pondrá al frente.

Niego y le exijo al que conduce que se apresure, yo necesito respuestas y las quiero ya. La duda de lo que me iba a decir el escolta es un pitido incesante que me taladra el maldito cráneo.

La salida de la ciudad es un puto caos, el camino hacia el comando se me hace eterno, pero logro llegar. La camioneta se adentra y me bajo antes de que frene, un batallón va de salida rumbo a Irons Walls con Thompson a la cabeza.

Me quito la corbata en lo que me apresuro a la oficina, donde me esperan Lincorp, Franco, Johnson y Patrick.

Parker y Bratt vienen más atrás.

—Quiero las llamadas —le exijo a Patrick—. ¡Ya!

—No transformes la lluvia en tempestad —espeta Bratt desde la puerta—. Nosotros llevamos días en esto, Rachel y Angela están bien. En vez de estar aquí, deberíamos irnos a Irons Walls a vigilar que Antoni no se salga con la suya. ¡Tiene una gran cantidad de mercenarios por toda la ciudad!

Olimpia Muller llega con Gauna. Los soldados se ponen firmes ante ellos y a mí me dan igual, lo único que me interesa ahora son las malditas llamadas. Patrick conecta el *pendrive* en el intercomunicador que enciende.

—Ya está —me informa el capitán.

Subo el volumen de las bocinas, la interferencia ensordece a todo el mundo, las voces que se grabaron no son claras y me fijo en la fecha que muestra la pantalla: la primera llamada fue hace seis días. Todo el mundo guarda silencio y cierro los ojos mientras escucho. Olimpia Muller se cruza de brazos antes de mirar al general, mientras que a mí las extremidades se me tensan hasta tal punto que siento que la sangre deja de circular.

—Busquen a Meredith Lyons —ordena la viceministra.

La mano de Gauna recae sobre mi hombro cuando se ubica a mi espalda mientras que Olimpia Muller sacude la cabeza.

—¿Qué pasa? —pregunta Bratt, y no me contengo.

La furia me enceguece, me levanto y desenfundo el arma con la que lo apunto. La rabia me arrastra a una espiral donde no soy consciente de nada. El disparo que suelto no lo toca, ya que Gauna desvía el cañón con la maniobra que ejerce sobre mí.

—¡Pasa que esa no es Rachel, maldito hijo de perra! —Retrocede asustado mientras que el general me devuelve a la silla.

Los soldados se apartan cuando Olimpia enciende el televisor y mi cabeza se nubla más de lo que ya está: hay disturbios en todo Londres, humo, armas, enfrentamientos a mano armada.

El helicóptero sobrevuela la zona donde cuatro personas despliegan otro telar en el edificio Heron Tower. Siento una gran opresión en el pecho al ver la imagen, que no hace más que echarle sal a la herida que arde y me bloquea el paso del aire. En el telar aparece la foto de Rachel sentada y drogada en una clara respuesta al mensaje de los Mascherano.

No doy para recalcular, todo se siente como si tuviera un trueno atrapado en el pecho, la rabia se esparce hasta la última molécula.

—¡Partida de imbéciles! —Vuelco el escritorio y Gauna se esmera por mantenerme en mi puesto—. ¡No sirven para una maldita mierda!

—No sabíamos, Christopher…

—¡Váyanse! —Olimpia Muller interrumpe el alegato de Patrick.

Se van y mi cabeza se niega a tomar claridad, la garganta me arde cuando paso saliva.

—Tiene que tranquilizarse, coronel —me habla Olimpia—. No es culpa de los soldados, Meredith Lyons nos engañó a todos.

«¿Sabes cuál es la peor forma de joderme? —me dice—. Que alguien me vuelva a condenar a las drogas. Ese es un castigo el cual no creo que pueda volver a tolerar, así que, si un día me ves hundida otra vez, mátame, porque si me dejan vivir sé que no lo voy a soportar y por ello prefiero morir».

Fijo los ojos en el arma que hay en el suelo, cada segundo es un bloque más que me comprime el tórax y me pone a palpitar la cabeza. Quiero correr, pero al mismo tiempo no puedo moverme, ya que parece que me hubiesen enterrado una daga envenenada en el centro del pecho.

—Cabeza fría, coronel —me indica Gauna—. ¡Eso fue lo primero que le enseñé!

—¿Dónde está? —Es lo único qué logro articular—. ¿Dónde está esa perra infeliz?

—Ya la estamos buscando, yo misma emití la orden de captura…

Me avisa la viceministra y no la dejo terminar; me zafo del agarre de general y me voy a la oficina de Patrick, que se levanta de su asiento apenas me ve.

—La pelea que hay es entre Antoni y los dueños del Hipnosis, Dante Romanov y Daniels Steven —me informa—. De Meredith no se sabe nada, se quitó el dispositivo de rastreo. Lincorp y Vargas están en su búsqueda, al igual que Bratt.

Reviso lo que tiene, pero la verdad es que no es mucho lo que sirve; en la pantalla del despacho están pasando los disturbios, que siguen en la ciudad. Johnson llega a preguntarme no sé qué, pero no puedo escuchar nada, la maldita rabia que tengo no me deja.

«*Se oye tonto lo que te voy a pedir, pero necesito que me prometas que pese a las peleas, obstáculos y problemas que puedan venir, nunca dejarás de querer protegerme —pide—. Júrame que si me voy o desaparezco, harás todo lo que está en tus manos con el fin de hallarme, así me estés odiando*».

Barro con todo lo que hay sobre la mesa del capitán, lo que tengo dentro me pide solo dos cosas: Rachel James y muerte. Muerte para la perra maldita que no aparece.

—Mi coronel, ¿qué demanda? —me pregunta Franco, que no sé cuándo diablos llegó—. La teniente James está dentro, con la teniente Klein. El ministro no se manifiesta y acaban de enviar un comunicado donde exigen que la FEMF se mantenga al margen de todo esto; según lo que informaron, es un asunto que solo les compete a ellos.

No contesto, no tengo respuesta coherente que dar.

—¿Qué hacemos? —insiste Patrick.

Busco la puerta y salgo al pasillo. Siento que las paredes me acorralan y subo las escaleras que llevan a la planta donde está la oficina de Alex. Los miembros del Consejo están saliendo del despacho y Arthur Lyons es el único que no está entre ellos.

Uno de los escoltas intenta detenerme y lo hago a un lado para que no estorbe. Me aferro al pomo, que abro. Alex está frente a un ajedrez hexagonal y solo medio levanta la cara cuando me ve.

—¿Cómo procedemos? —pregunto.

—No me molestes ahora —contesta y no me trago su respuesta.

Eso a mí no me da soluciones, así que doy siete pasos hacia dentro.

—¿Cómo procedemos? —vuelvo a preguntar.

—¡Dije que ahora no, Christopher! —me grita, y pateo la mesa, lo que hace que se caigan las fichas de ajedrez que tiene al frente.

—¡Eres el jodido ministro, actúa como tal y dime cómo proceder! —exijo—. ¡Dame el puto panorama general, cosa que ya has de saber!

Empuña las manos antes de encararme y alzo el mentón.

—Son dos grupos criminales aquí en Londres. Si entramos, la masacre es eminente. ¿Y quién crees que serán los primeros atacados? —espeta—. ¡Nosotros! ¡Ya nos enviaron una amenaza directa!

—¡Que muera el que tenga que morir, no me importa!

—¡No! —me grita—. Se necesita tiempo para que todos piensen y analicen.

—Todos ¿quiénes? —alego—. ¿El Consejo? ¡El máximo jerarca eres tú, no ellos!

—Sí, pero hay reglas…

—¡Sus reglas me las paso por el culo! —exclamo—. ¿Seguro que es eso? ¿O es que eres un cobarde como todos los que se sientan en tu mesa y te dicen qué hacer? ¡No son más que un puto carrusel que gira hacia al lado que más le conviene! ¡Buenos para nada, que lo que quieren es retrasar lo inevitable!

—Por ahora la FEMF está afuera de esto. —Me da la espalda—. ¡Vete!

—Ya te acojonaron, te vendiste, maldito hijo de puta. —Lo empujo—. ¡Por este tipo de mierda es por lo que para mí no vales nada!

Su puño me rompe la boca cuando se vuelve hacia mí, el golpe me desestabiliza y me manda la cara a un lado; pruebo el sabor de mi propia sangre. Ataca de nuevo cuando me enderezo, el cabezazo y el empellón en el pecho me llevan al suelo, donde se viene sobre mí.

Me encuella y arremete tres veces contra mi rostro mientras me río.

—¡Sin mí no eres nadie, maldito malnacido, así que mantén la puta boca cerrada cuando se te ordena! —despotrica—. ¡Tú a mí no me das órdenes, porque el ministro soy yo por más que te duela!

Me estrella los nudillos contra la mandíbula.

—¡Golpea como un hombre, maldito frustrado de porquería! —le suelto con sorna—. ¡Haz conmigo lo que no eres capaz de hacer con otros!

Me clava la rodilla en el centro del pecho y vuelve a alzar la mano.

—¡Te detesto tanto…! —le suelto—. Uno de mis deseos siempre será verte entre las tablas de un maldito ataúd.

Se detiene, los ojos le brillan por las lágrimas o por la rabia, no sé, pero afloja el agarre.

—No entiendes quién es el padre y quién es el hijo. —Muevo la cara cuando me toma el mentón—. Como tampoco sabes quién es el coronel y quién es el ministro.

Lo aparto y me levanto; él hace lo mismo.

—Yo…

—Tú no eres mi padre, así como tampoco eres mejor que yo —le recuerdo—. He hecho mucho por este comando, por ende, mi palabra también vale y se respeta. —Me limpio el hilo de sangre que emana de mi boca—. Escóndete bajo tu cargo de ministro, que yo dispongo de mi ejército como se me antoje.

—No me escondo. Rachel colaboró cuando lo pedí, es la hija de mi amigo y la aprecio —se defiende—, pero eso no quita el hecho de que estemos ante dos grupos peligrosos. Tienen un enfrentamiento entre ellos. ¡Son detalles claves que tú no tienes en cuenta, pero yo sí!

Intenta venir a mi sitio, pero no quiero, prefiero largarme.

—Christopher —me llama—, ¡espera!

No sé a quién mierda matar primero, conozco el sadismo de los que hacen parte de la Bratva, como también conozco la letalidad de los que son la sombra de Antoni Mascherano.

Vuelvo a la oficina, Parker está poniendo en pie el escritorio que tiré.

—Si Rachel James muere, su lápida será hecha con tus huesos —lo encaro—. ¿Qué estabas haciendo en mi ausencia? Déjame adivinar, de seguro estabas encerrado, frustrado por la ventaja que te llevaba Bratt.

—Él era quien estaba a cargo de todo…

—¡Cállate! Asume que se la pasan jugando a saber cuál de los dos es el mejor, y esa mierda aquí a mí no me sirve —espeto—. ¡De estar concentrado como se debía no hubiese pasado esto!

Me alejo para no partirle la maldita cara.

—Lo están esperando en la sala de juntas —me dice antes encaminarse a la puerta.

Me deja solo y lo dicho semanas atrás me tensa las extremidades. Planto las manos en el escritorio y cierro los ojos. Algo me decía que esto no iba a terminar bien.

Trato de buscar soluciones, pero mi cabeza no da para ello, la rabia que bulle dentro me está nublando el razonamiento y me cuesta mantener la compostura. «Tengo que…». Me obligo a salir a ver el panorama, quiera o no lo necesito, ya que a ciegas no puedo proceder.

Patrick, Parker, Johnson, Franco y Gauna están esperándome en la sala.

—Los Halcones Negros y Antoni están en contienda con los del club por la fórmula del HACOC, se enfrentarán hoy en la madrugada. —Patrick habla para todos—. No tenemos el número exacto, pero se estima que será un enfrentamiento sangriento, todos sabemos cómo son en ambos lados.

—¿Oportunidades? —increpo.

—Hasta ahora ninguna, aun con una buena estrategia acabaríamos con un gran número de soldados muertos, ya que ellos se vendrían contra nosotros antes de enfrentarse entre ellos —explica Johnson—. Tanto los Halcones como los del Hipnosis tienen preparación, armas y experiencia. Muchos de los que están del lado de Dante son asesinos expertos.

—Se corre el riesgo de que puedan matar a Rachel si se ven acorralados, bien sea por nosotros, o por los Mascherano —añade Parker—. Aún no sabemos si Angela está viva.

—¿Qué mierda vamos a hacer? —increpo.

—¿Hacer? —increpa Gauna—. Perdimos antes de empezar, no tenemos oportunidad con los dos grupos encima.

Analizo el mapa que está sobre la mesa. Por más que busco opciones no surgen. Tengo todo atorado en el tórax y siento que un saco de plomo descansa en cada uno de mis hombros.

—Para todos hay una primera vez, no siempre se puede ser héroe —habla Gauna—. Falta poco para el enfrentamiento. El ministro y el Consejo tienen razón. —Se va a la ventana—. Lo único que podemos hacer es impedir que liberen a Antoni. Lo mejor es dejar que los clanes se peleen y demuestren cuál es el mejor; ya después de eso los estudiaremos y sabremos cómo proceder.

—Yo sé quién es el mejor —le digo—, y tú también lo sabes.

—Años atrás era solo la mafia italiana, ahora…

—Mi coronel —Oliveira interrumpe al general cuando entra—, el jefe de la policía quiere verlo.

El soldado se aparta y le abre paso a un hombre robusto, de pelo marrón ralo y cejas llenas de canas que porta el uniforme del cuerpo policial. Viene acompañado de otros dos policías más.

—Coronel Morgan —los tres se ponen firmes—, como lo demandan las leyes, hemos traído esta causa a su rama.

Entran a un niño de hebras castañas y ojos oscuros, delgado, y con la ropa sucia. Desorientado, pasa la vista por todos hasta que sus ojos se posan en mí.

—¿Padre? —increpa confundido y arrugo las cejas.

—Su nombre es Lucian Mascherano, señor —explica el policía—. Un patrullero lo encontró desmayado. Al despertar nos contó que huía de su prima, Dalila Mascherano.

66

La hora cero

Narrador omnisciente

Los setenta y dos metros cuadrados de la celda de Antoni Mascherano pueden definirse como un sitio lleno de privilegios. Pese a estar preso, el italiano duerme entre las mejores sábanas, ingiere comida de primera, fuma habanos de la mejor calidad y se deleita con vino de magníficas cosechas. Todo ello son lujos pagados con el dinero que genera el HACOC, las drogas y los diversos negocios de la mafia italiana.

En el mundo que habitamos, por muy homicida que seas, si tienes dinero, tienes poder, y el poder da preeminencias que muy pocos pueden obtener. Los Mascherano no carecen de influencias y, por ello, Philippe se encarga de que el líder de la mafia disponga de todo lo que se requiere con el fin de que su estadía sea plena. Antoni posee lujos, sí; sin embargo, estos no compensan el hecho de estar encerrado entre muros de concreto y con las manos atadas, mientras que la mujer que quiere está drogada y en cautiverio.

No borra el hecho de que tengan a Philippe contra las cuerdas.

El italiano, enfundado en su traje caro, evalúa las fichas del ajedrez que están sobre la mesa. Dante Romanov mantiene su postura original, la cual exige la fórmula del HACOC. Rachel James sigue con ellos y eso lo tiene furioso.

Antoni es un hombre paciente, pero dicha virtud se está tambaleando. Los hombres que se han puesto en su contra comandan una gran pandilla de asesinos de cuidado, cosa que le pone trabas a Philippe, quien no quiere derramar sangre, porque muchos de ellos son familia de los miembros de la pirámide: el menor de los hermanos quiere lo mejor para todos.

El mafioso sabe que no puede entregar la fórmula que lo convirtió en el líder, pues eso le daría ventaja a otro para que tome el trono y, obviamente, es algo que no va a permitir. La pirámide de la mafia es una muralla que lo tiene en lo alto, es un escalón que lo pone por encima de todos los que la integran.

El tiempo de espera ha llegado a su fin, por ello mueve la ficha en el tablero y, como líder, da el primer paso.

Su alcance se extiende como los tentáculos de un pulpo, capaz de infiltrarse en cualquier lado. Si hay algo que ofenda a un mafioso es que se le burlen en la cara y, por ello, Dante Romanov lo va a lamentar.

Siente que el nudo de la corbata le aprieta, pero no es el nudo, sino la furia atascada que no lo deja pasar saliva tranquilamente. Han puesto un telar con la foto de la dama de la mafia, expusieron su estado y eso lo tiene ofendido, iracundo y poseído por el enojo.

—Señor —la radio que tiene al lado del tablero se inunda con la voz de Ali Mahala—, el grupo está listo.

El italiano cierra los párpados, Ali Mahala tiene contacto directo con el caos; todos en el mundo criminal saben quién es y el líder tiene claro que, una vez que actúe, nadie dirá nada. El mercenario es quien lo hace respetar, sabe aniquilar y lo hace de forma silenciosa.

Es temido por lo ágil, inteligente y letal.

El líder le da las instrucciones, se vale de la tecnología indetectable de una primitiva radio que le permite hablar libremente con el cabecilla de los Halcones, a quien no le costó nada desatar el pánico en el centro de Londres, cosa que le reitera a todo el mundo que, pese a estar encerrado, puede moverse afuera como quiera.

Aunque esté encarcelado, también puede ganarle a la FEMF y a los asesinos que tienen a su dama. A Ali no le costó nada matar a cuatro de los hombres de Dante y va a ejecutar a muchos más.

Con la bandera que desplegó dejó claro que la familia del líder se respeta y la de Antoni es intocable. Problema de Philippe si desea seguir llevando las cosas como cree que las haría su padre. El líder de la mafia no piensa permitir que se metan con su dama ni con lo que hace. El HACOC es suyo como también el trono; por ende, hace lo que le place y, si hay que derramar sangre, se derrama.

Nadie escupe sobre su apellido.

—Procede —le ordena al líder al cabecilla de los Halcones Negros—. Hoy mismo la quiero afuera.

Respira hondo, siempre debe prepararse para la ola de desespero que despierta Rachel James en él, porque lo abruma, lo asfixia y lo pone a contar el tiempo que le hace falta para verla. Su otro reloj da vueltas constantemente, calcula las horas que faltan para tenerla, para abrir su piel y lamer su sangre.

Anhela tocar su cuello con la lengua y sumergirse un sinnúmero de veces en su sexo, quiere oler su perfume, perder la cordura con su presencia, pasear los labios por la piel de sus hombros y pasar los dedos por el cabello azabache con el que tanto fantasea.

Tiene claro que la besará y la apretará contra él mientras que sus lenguas danzarán con frenesí, la hará suya y la convertirá en todo lo que quiere, puesto que sabe cómo reiniciar la mente diabólica que tanto quiere matarlo.

—Tienes vía libre para hacer lo que quieras, la necesito afuera, a salvo y a mi disposición —demanda Antoni—. Sin golpes ni maltratos, que no falte una hebra de su cabello, ni que se derrame una gota de su sangre.

Para el líder es inaudito lo que se hizo. Rachel James no es peón en el ajedrez de nadie: ella es la dama y a la dama de la mafia se le rinde pleitesía.

—Cuando la tengas, te la llevas a Italia —solicita convencido—. Es allá donde debe esperar mi salida.

Rachel es su ninfa y la mujer que está predestinada para gobernar a su lado. Ali es el único capaz de sacarla, ya que a Philippe le quedó grande ocuparse de la mujer de su hermano.

La teniente es yegua difícil de domar, pero Antoni Mascherano tiene los medios que se necesitan para tenerla como le conviene.

—Acaba con esa manada de judas —ordena.

—Como diga, señor —responde Ali Mahala antes de colgar.

El instinto asesino es algo difícil de aquietar para quienes portan la sangre de los seres que habitan en el inframundo; cuesta mantenerse tranquilo cuando, en vez de ángel, se es el demonio que se mueve entre las mafias que rigen el mundo.

El que se hayan metido con la mujer que eligió no tiene perdón: es una bofetada, una ofensa para el líder de la pirámide que todo lo cobra con sangre.

Para Dante Romanov y Daniels Steven, el HACOC es como encontrar la gallina de los huevos de oro. Tener la fórmula es poseer el control de la droga más apetecida del mundo criminal. Al distribuir se tiene el poder que permite llegar más rápido a la cima; es un paso en la escalera de la pirámide, una vía fácil que le posibilita llegar a la punta en la que todo el mundo quiere estar.

Daniels murió y ahora los hombres del difunto son de Dante, quien cruza miradas con la teniente, que está más drogada que nunca. La perra se torna violenta cada que está en abstinencia y, mientras pasa el enfrentamiento, le sirve tenerla calmada.

Rachel James ya está en un punto donde ella misma se inyecta sin medir la dosis.

—Sabes que te quedan pocas horas de vida, ¿cierto? —le pregunta Dante.

—Espero mi descenso con ansias. —le sonríe.

Solo la tiene para el acto final, para que los otros clanes lo vean asesinarla y agrandarse con la ejecución. Sin duda, será una gran muestra de autoridad el que otros se percaten del poder que este tiene.

—Quiero agua, por favor —ruega la moribunda, que está en el suelo y el ruso no le pone atención—, aunque sea un poco.

A Angela Klein la caída la tiene tendida en el piso y ha estado en dicho lugar desde que la arrojaron a la misma habitación, de paredes de cristal, donde mantienen a Rachel James. Lo correcto sería fulminarla con un disparo; sin embargo, el ruso cree que las muertes lentas son mejores, por ello deja que sufra por puta.

—Es hora —informa uno de sus hombres—. Los que faltaban están aquí.

El dueño del Hipnosis asiente: se cumplieron siete días, la hora cero llegó y el derramamiento de sangre es inminente. Antoni habló y ellos respondieron, el italiano hizo su advertencia y los rusos lo humillaron con la imagen de Rachel proyectada en un telar.

Nada de lo anterior se arregla hablando, ahora se debe demostrar quién es el mejor.

Dante abandona el recinto de cristal, no sin antes tirar al suelo las jeringas de HACOC que se saca del bolsillo. La teniente se apresura a tomarlas y es que para ella son como agua en medio del desierto, monedas de oro para un limosnero. Es esclava del alucinógeno otra vez y, afanada, guarda lo que le arrojaron, no sabe cuántas horas le faltan para morir y no quiere estar consciente en los minutos que restan.

El ruso se aleja del sitio respaldado por sus hombres y, en el despacho que era de Daniels, toma las armas y da las instrucciones finales. Irá a un enfrentamiento a muerte, donde se masacrarán unos a otros.

—Si llego a caer —les advierte a los hombres que tiene atrás—, maten a la perra, pero primero viólenla, córtenle la cara y echen su semen sobre su cuerpo para que Antoni sepa que volvieron mierda a su dama.

Mientras unos se preparan, Christopher Morgan, por su parte, no da señales por ningún lado; se había largado hace dos horas, tiempo en que el ministro no deja de mirarse los nudillos lastimados. Había tenido una nueva contienda con su hijo y lo golpeó con tanta rabia que ahora le pesa, ya que detesta la mirada de odio que le dedica cada vez que se enfrentan.

Son tan parecidos y tan diferentes al mismo tiempo…, él quiere lo mejor para el coronel y para el comando, pero Christopher no entiende que sentarse a esperar también es de sabios. No comprende que por primera vez en su carrera como ministro no sabe cómo proceder.

Tomar decisiones es lo más difícil del cargo. Nadie esperaba que se fuera a dar un enfrentamiento entre dos grupos altamente peligrosos, así como nadie supuso que Meredith Lyons iba a traicionar a la entidad, perjurio que provocó que las cosas se salieran de control.

Por otra parte, está Rick James, la persona que fue su compañero por años y que ahora Alex no tiene el valor de llamar; con todo lo sucedido, supone que su amigo ya debe saberlo todo.

Ya imagina lo mal que ha de estar, lamentando la recaída de su primogénita, persona a la que el ministro sacó del exilio y ahora vuelve a estar hundida en la mierda.

Se fija en el ajedrez que tiene sobre la mesa en lo que maldice a Antoni Mascherano, la mafia es una peste que toma partido cada vez más, tiene gente por todos lados, hasta en la misma Fuerza Especial, cosa que hace que ahora no se pueda confiar en nadie.

El Consejo se abre paso en el despacho y el ministro se endereza en el asiento. Es un grupo de miembros importantes que tienen peso en la milicia. Entre los que lo componen están los Muller, que fueron los fundadores de la Fuerza Especial, los Lewis, los Lyons, los Johnson y varios más.

—Ahora no tengo tiempo para reuniones —espeta el ministro, enojado.

—Tenemos alerta roja —informa Joset Lewis—. Hay que llevar a cabo maniobras de defensa, nos acaban de informar de que hay movimientos sospechosos alrededor de Irons Walls.

El padre del capitán Lewis da un paso adelante.

—Uno de ellos fue identificado como uno de los Halcones —prosigue—. Alex, si aprovechan esto para sacar a Antoni, estaremos en serios problemas.

El ministro se levanta y se apresura afuera, el Consejo se queda en su oficina y Joset lo sigue con el fin de darle detalles de lo averiguado. Los hombres de Antoni rondan cerca de él, algo preocupante, pues el entrenamiento de los Halcones es de cuidado; por ende, hay que tomar todas las medidas de precaución posibles.

Las banderas ondean con fuerza en el espacio abierto. El ministro de la FEMF busca a Gauna, que está en la línea de salida, organizando a hombres y armas: el general tiene clara la amenaza y por ello quiere partir a la ciudad.

—¿Christopher ya se contactó? —le pregunta el ministro al general.

—Sí, señor —contesta el uniformado, que se pone firme frente a él.

—¡¿Y a esta hora me lo dices?! —inquiere molesto—. ¡¿Qué mierda dijo?! ¡¿Dónde diablos está?!

Gauna se tensa, trabajar con dos Morgan fue lo que acabó con el poco pelo que tenía; también el tener que lidiar con la etapa de rebeldía del coronel y la constante presión de Alex, que a cada nada exigía mientras que el otro desobedecía.

—¿Qué dijo? —insiste el ministro.

—Lo resumiré en que todo se ha ido a la mierda, ministro.

Ali Mahala tiene el don de la obediencia, es una cualidad que se infunde en su entorno desde que se tiene uso de razón. Acatar órdenes para matar, robar, dañar... Le enseñaron a ser silencioso, obediente y letal.

Proviene de un país donde los derechos son pocos: en el Oriente hay tanta corrupción como hambre de dinero. Para poder llevar comida a la mesa de los suyos tenía que matar en cantidad, dado que ni la tarea de aniquilar a uno era bien pagada.

La carencia de unos fue oportunidad para otros, puesto que Antoni Mascherano supo de ellos y prometió darles de todo si lo respaldaban. Ningún Halcón se queja del trato que se hizo; por el contrario, agradecen; el líder les ha dado poder y los convirtió en uno de los grupos más apetecidos de la mafia. En la mesa y en el hogar de los mercenarios no hace falta la comida, la atención y los recursos que todo ser humano merece para vivir dignamente.

El mafioso italiano se ha encargado de sus hermanos, de sus padres y de todo su pueblo.

La sombra del líder observa desde afuera el lugar donde tendrá lugar la batalla, contempla el sitio desolado, rodeado de bodegas deterioradas que una vez hizo parte de la zona industrial y que ahora es el lugar donde se encuentra Dante Romanov.

El gabán que luce el mercenario le llega a la rodilla, las botas de cuero pesado las tiene metidas por debajo del pantalón y mantiene el dedo sobre el gatillo del subfusil que tiene dentro del abrigo.

Los hombres que lo siguen cargan armas, distribuyen puñales a lo largo de su cuerpo y llenan sus bolsillos de municiones. Van a entrar a poner orden y a sacar a la dama, dejarán claro lo que pasa cuando se meten con Antoni Mascherano.

Ali da el primer paso, coloca el pie sobre los adoquines del territorio enemigo.

—Estamos listos —le anuncia uno de los Halcones. Él asiente y, a continuación, empiezan a correr rumbo a las puertas de las bodegas. Parte de los mercenarios se quedan en puntos estratégicos y derriban a los que cuidan las entradas.

El oriental se agacha cuando le apuntan e intentan aniquilarlo; alza su arma, dispara y se abre paso con los demás hasta las láminas de madera que tumban y le dan el primer acceso.

No hay pausas, negociaciones ni treguas: tienen claro que hay poca gente afuera custodiando, porque los de cuidado están resguardando el edificio que tiene cautiva a la dama.

Los mercenarios se abren camino, acaban con todo lo que se le pone delante y, mientras unos asesinan, el caos se aviva alrededor de Antoni cuando uno de los prisioneros ataca a uno de los guardias de Irons Walls.

Los gritos se alzan, una de las celdas arde con la maniobra de distracción y esto permite que Antoni se mantenga en contacto con Ali, su mano derecha. El líder festeja lo que hace su grupo, sus logros.

Estas son cosas que solo el líder puede conseguir, por eso Ali sigue a Antoni y no a Philippe.

Los Halcones dejan limpia la entrada y buscan el corazón del lugar, un sitio perfecto para el enfrentamiento. Ambos lo saben, tanto el Halcón como el primo del Boss, que ya esperaba al oriental, quien avanza hacia su sitio. Los hombres del ruso corren por el pasillo en lo que se aseguran de que no falten las municiones.

Todos se afanan por llegar cuanto antes al centro del sitio. Los hombres de Dante entran por el norte y los de Ali por el sur. En este tipo de contiendas, primero se enfrentan los dos cabecillas —en este caso, Dante y Ali—, ya que antes de volarle la cabeza al enemigo se le da opción de rendirse y humillarse.

Entran al mismo tiempo al corazón de todo, ambos flancos se separan y le abren el paso a los hombres que entran al núcleo con armas en alto, en el espacio lleno de polvo y suciedad con olor a muerte.

Nadie baja las armas, nadie baja la cabeza, solo hay decenas de pares de ojos que se miran en lo que se apuntan unos contra otros.

—Ali —suspira Dante con el arma en alto—, qué sutil forma de meterte en la casa del enemigo.

—Ríndete, dámela y consideraré no arrancarte los ojos antes de volarte los sesos.

—¿Tienes lo que pedí? —contrarresta el ruso—. Si no lo tienes, olvídate de lo que estás pidiendo, porque de no dármelo mis hombres la van a matar.

El líder de los Halcones pone el dedo en el gatillo, listo para acabar con el contrincante; la masacre es inminente, los hombres se miran por última vez antes de…

El gran portón del centro, que le daba paso a los vehículos de carga pesada, explota en pedazos, desatando una lluvia de astillas, y todos apuntan hacia el mismo objetivo.

Objetivo y contrincante, que despliega una horda de hombres con armas de alto calibre, revientan las ventanas, se meten por estas y se posicionan tanto en la primera como en la segunda planta. Apuntan a los criminales, a quienes le hierve la sangre al observar la osadía del hijo de puta más grande de la FEMF, que se abre paso entre Parker, Lancaster, Franco, Molina y toda la tropa Élite, arrastrando a un niño.

Hijo de puta, que sale con el mentón en alto, dejando claro que no le tiene miedo a ninguno de los presentes. Lleva una ametralladora en una mano y con la otra sujeta el pelo de Lucian Mascherano, a quien, al llegar, arroja al suelo antes de clavarle la bota en la espalda y el arma en la cabeza.

—Les voy a dar cinco segundos para que me entreguen a mi teniente y se vayan con su enfrentamiento de mierda a otro lado.

—Pero ¿y este quién se cree que…?

El alegato de Dante Romanov muere cuando el coronel levanta la ametralladora y le pega un tiro en la cabeza que lo fulmina.

—Fin de los cinco segundos. —Baja el arma y vuelve a ponerla en el cráneo del italiano.

El cuerpo de Dante se desploma bajo la mirada de todos y sus hombres alzan las armas con más firmeza, pero las luces rojas de los soldados apuntan a su cabeza, pecho y costillas. Antoni no da señales en el intercomunicador de Ali, el líder se mantiene en silencio, presto a escuchar todo lo que acontece.

Ali Mahala sabe que está en línea, escucha el caos que se desencadena en Irons Walls y también los resoplidos del líder de la mafia.

—Sé que lo tienes en línea, no te hagas el imbécil —espeta el coronel—, así que dile que saque a sus hombres de aquí o su hijo se muere.

Antoni se pone de pie en Irons Walls. La rabia avasalla cada una de las partículas que lo componen: Christopher Morgan siempre ha sido un dolor de cabeza, el cual no hace más que estorbar y no entiende que no debe meterse en los asuntos de otros; estorbó con Emily y ahora estorba con Rachel.

El silencio que reina es sepulcral y lo único que se oye son las exhalaciones sonoras de los que se miran unos con otros. Los hombres de Dante no saben qué hacer, no tienen quién los comande y no tienen idea de hasta qué punto está dispuesto a llegar el coronel.

Por su parte, los soldados de la FEMF no es que sepan mucho tampoco, hay un gran número de asesinos y podrían acabar con los que seguían a Dante, pero ¿y los Halcones? Estos van a atacar, invictos no van a salir: habrá muertes y por ello parte de los uniformados se preguntan qué tan bien está estudiado esto, solo tienen a un niño de once años y no tienen certeza alguna de que este vaya a servir para algo.

—¿Es Lucian? —Antoni quiere un no como respuesta, pero recibe un sí. Ali Mahala fija los ojos en el niño que llora en el suelo, sabe lo importante que es para el líder de la mafia.

El hijo de Antoni Mascherano se hace un ovillo y se tapa la cara cubierta de lágrimas. Cuando fue a la policía no esperaba encontrarse con esto, con un monstruo peor que Dalila. El coronel, en vez de consolarlo, lo que hizo fue tomarlo por el cuello y arrastrarlo con él a una masacre.

—Lucian, haz que tu papi entre en razón. —Le clava con más fuerza el cañón en la espalda y el niño italiano no entiende nada.

¿De qué padre habla? Se supone que el coronel es su progenitor..., eso oyó decir varias veces. Se encoge más y se aferra a la cruz que tiene colgada en el cuello, el único recuerdo que tiene de su madre.

—¡Anda! —El coronel insta a Ali Mahala con el dedo en el gatillo—. ¡Pregúntale al imbécil que tienes en línea que si quiere a su hijo incinerado o en pedacitos!

Lucian es una pieza importante en la vida de Antoni Mascherano, por ello, con rabia, se afloja el nudo de la corbata, toma la copa que tiene sobre la mesa y, enfurecido, la estrella contra la pared.

—¡Hijo o teniente, pero ambos no! —vuelve a amenazar el coronel, y el cabecilla de los Halcones no tiene respuestas que dar.

Antoni es el que manda y no puede actuar sin su consentimiento.

El líder de la pirámide no es de los que se deja ver la cara, pero hay veces que te tocan las pelotas y él no puede perder lo único que tiene de Emily.

Es el hijo que engendró con el amor de su vida. Si lo pierde a él, ¿dónde verá los ojos de su hermana?

Se vuelve hacia la mesa y arrasa con el juego de ajedrez donde estaba tomando ventaja. Se promete enterrar miles de puñales en el pecho del coronel. Los sollozos de su hijo hacen que apriete la mandíbula; adora a Rachel, pero Lucian es su legado.

—Despliégate. —Es lo último que le dice el mafioso al cabecilla de los Halcones antes de estrellar la radio contra la pared.

Ali Mahala suelta la bala que derriba a uno de los hombres de Dante, este cae y da inicio al caos que trae el tiroteo. Los Halcones huyen y se resguardan, mientras que la FEMF acaba con los hombres que empiezan con el intercambio de disparos. El suelo se tiñe de rojo y uno de los sujetos que logra librarse corre a cumplir la última voluntad de Dante Romanov.

Antoni asume la derrota ante el coronel, pero no se preocupa por él ni ninguno de los necios que rondan alrededor de su ninfa. Le enardece perder esta partida tan bien planeada, pero confía en que la teniente cumpla su palabra cuando salga.

Sin embargo, no se sabe si estará viva para ello, ya que ahora yace drogada dentro de las paredes de cristal que la rodean. Acostada en la cama, mira el techo, absorta, sin saber qué hacer y con el pecho pesado; de hecho, cree que olvidó hasta cómo moverse. El sitio huele mal, a sangre podrida, y dicho olor viene de Angela, que agoniza en el suelo. La droga domina a la teniente que porta el apellido de los James. Ya es un caso perdido, una esperanza muerta. Su mirada viaja a la puerta que se abre y por la que entran dos hombres que fijan los ojos en ella.

Por inercia su cuerpo responde y la obliga a sentarse en el borde de la cama. Uno de los sujetos se acerca y le arrebata la única jeringa con HACOC que le queda. Rachel pelea por ella, pero uno de ellos la toma del cabello y la estrella contra el cristal antes de soltarse el cinturón. Ella cae, huele las intenciones y, pese a estar aturdida, busca la manera de levantarse.

—¡No me van a tocar!—le grita al sujeto que se ríe—. ¡No!

Ya ella ha pasado por mucho como para padecer semejante humillación. Está débil, pero el arranque de ira le da para esquivar al primero y atacar con la cabeza la cara del segundo. Que la maten a golpes, pero una violación es algo que no está dispuesta a vivir. No hay objetos con que defenderse, solo el enojo que arraiga en su sistema y el entrenamiento que ha tenido a lo largo de los años. Le da un codazo al que la toma por detrás y entierra la rodilla en el abdomen del hombre que tiene delante; el sujeto insiste y le clava el puño en la mandíbula. La arrojan a un lado e intenta alcanzar la puerta, pero la toman y usa de nuevo el codo para defenderse. Las manos le duelen cuando se va sobre uno y le golpea tres veces la cara hasta que queda inconsciente. El bullicio de abajo la ensordece... La empujan, encuellan y estrellan el puño contra su rostro; la boca se le llena de sangre. Busca la manera de levantarse y la patean devolviéndola al piso.

Angela llora en el suelo cuando levantan a la teniente, que no deja de pelear; sin embargo, las fuerzas que tiene se empiezan a agotar. Le arrancan la ropa y un escalofrío se apodera de todo su cuerpo, el enojo ahora es un cúmulo de llanto que desencadena las lágrimas al verse en bragas, con los brazos amoratados y con los pechos al aire. «Ya ha sido demasiado». Quiere patalear, pero está demasiado cansada, demasiado dolida con la vida. A su victimario no le importa que el mundo se caiga a pedazos, él sabe a lo que va y no partirá sin ello.

Planta la cabeza de Rachel contra la madera de la mesa, donde la sujeta con fuerza. El llanto de las mujeres que están adentro inunda el lugar y el único sonido diferente que se capta es el repiqueteo del hacha que se estrella contra el cristal de una de las paredes del recinto.

67

Imposiciones

Christopher

Los disparos me ensordecen cuando los soldados atacan. No me importa lo que diga Alex o lo que diga el Consejo, no voy a dejar que otro me tome ventaja con lo que es mío. No estoy para que me subestimen. Los Halcones Negros se dispersan. En cuanto a los hombres de Dante, el que no cae, huye. Los explosivos acaban con las bodegas donde los asesinos del dueño del club se ocultaban, por ende, el sitio queda desocupado. Le entrego el hijo de Antoni a Irina Vargas y abandono el recinto; no tengo tiempo para él. El helicóptero de la FEMF sobrevuela y lanza la red que atrapa a los que intentan escapar. Bratt, Parker y Franco me siguen cuando corro rumbo al edificio que tienen como base de entretenimiento; mis botas resuenan en el concreto y acelero la marcha. No analizo el perímetro, simplemente alzo la ametralladora y me sumerjo en el lugar que apesta a licor y…

—¡Coronel, a su derecha! —grita uno de los sargentos, y Bratt me empuja cuando no sé quién lanza la bala que por poco me perfora el oído. El proyectil impacta contra la columna y el capitán derriba al francotirador.

Gema me cubre la espalda en lo que avanzo, Lizbeth Molina la respalda y, afanado, busco a la persona que me trajo hasta aquí. Hay prostitutas pidiendo ayuda en el suelo, cuerpos en llamas, cristales rotos, escombros, cadáveres y desechos. Por culpa de las balas, las mesas y sillas están vueltas trizas.

—¡Despliéguense y cubran hasta el último milímetro del área! —ordeno a través del radio—. Que el escuadrón de búsqueda revise hasta debajo de las piedras.

Empiezo a patear las puertas que conducen a los enormes salones, pero no hallo más que sábanas en el suelo y ropa en el piso. Continúo buscando, no encuentro a Rachel, y el sopesar que haya llegado tarde empieza a desesperarme.

—¡Christopher, por acá! —Gema me señala uno de los pasillos.

El corazón se me estrella contra el tórax y los latidos los siento más violentos cuando visualizo a la persona que lucha dentro del recinto de cristal, que está varios metros más adelante. Corro hasta que las piernas no me dan para más, alzo la ametralladora y suelto los disparos que rebotan en el vidrio blindado.

Angela está convaleciente en el suelo y la garganta se me cierra cuando a Rachel le arrancan la ropa; yo lo siento como si me arrancaran la piel pedazo a pedazo. Arremeto otra vez; sin embargo, las malditas detonaciones no sirven para una mierda y empiezo a patear la puerta en un intento de volar el seguro; pero no cede.

El sujeto que la tiene la toca como se le antoja. Mi cerebro me grita que me calme, que piense y no pierda el razonamiento, pero no puedo, necesito sacarla de ahí o no sé qué maldita mierda será de mí si no lo hago. Gema intenta ayudar y me entrega la barra de metal que estrello contra el vidrio, pero tampoco funciona.

Rachel pelea, el hombre que está adentro arremete contra su cara y es cuando más me arden las manos.

—¡Suéltala, maldito hijo de puta! —No me escucha y de hacerlo sé que mi orden le daría igual. Siento los latidos cada vez más sonoros; el pecho se me comprime a un punto donde presiento que se me va a explotar y lanzo patadas, ya que la maldita barra no sirve para una mierda.

—¡Quítate! —Gauna me empuja, estrella el hacha que trae contra el cristal y emplea tanta fuerza que este se resquebraja. Gema lo golpea con un extintor y Lizbeth Molina, con una silla. Insisto varias veces hasta que finalmente el cristal se revienta.

Los gritos de la mujer que yace adentro me ensordecen. La imagen que veo y su estado nubla cada uno de mis sentidos a un punto donde todo se oscurece. Mi compostura se evapora y lo que unos segundos antes me hacía sentir que iba a explotar, ahora pesa como una bóveda de acero. Me voy contra el atacante.

«Fallé» es lo único que repite mi cerebro al momento de arremeter contra el hombre que llevo al suelo. Busca la manera de huir y me le subo encima en lo que lanzo puños a su cara.

La estupidez de Meredith Lyons, la obsesión de Antoni y la poca inteligencia de Bratt son cosas que se convierten en un bucle y dan vueltas en mi cabeza, propinando puños en la cara del hombre que tengo abajo. Mis brazos se contraen una y otra vez con cada puñetazo, con cada golpe, la sangre caliente me salpica la cara y nadie me aparta, nadie me detiene. Estrello su cabeza contra el piso y la fuerza hace que cruja, pierde la conciencia y le rompo el cuello.

Las extremidades me tiemblan cuando me levanto con los nudillos desechos. La decepción es un tornado que arrasa conmigo y me ahoga, así como me ahoga la rabia y el asco que me genera el haber dejado que esto llegara tan lejos.

Ella yace llorando en una asquerosa cama, golpeada y desnuda. La garganta me arde, el aire me falta. ¡Hijos de puta todos!

—Nena, lo siento tanto —le digo, y sacude la cabeza con los ojos llorosos mientras se aleja de mí cuando intento acercarme—. Yo no sabía que…

—No quiero que me veas así. —Llora—. ¡No quiero que nadie me vea así!

Trata de cubrirse. Me quito la chaqueta y avanzo a su sitio, pero Gema se me atraviesa.

—Ahora no es momento, Chris. —Me hace dar un paso atrás—. Ella necesita espacio.

—¡Largo todos! —grita Rachel, a la vez que se hace un ovillo contra la pared y oculta la cara entre sus brazos.

Sus sollozos son como una patada seca en el estómago, llora y esta vez las lágrimas no son por mí. No soy quien las ha provocado y reconozco que me gustaría que fueran por mis malditas decepciones y no por esto.

—¡Largo! —Aprisiona las rodillas contra su pecho—. ¡Largo todos!

—Vete. —Lancaster me arrebata la chaqueta—. No es un momento fácil para ella. ¡Entiéndela, por favor!

Rachel reitera que no quiere que nadie la vea y Gema le pone la chaqueta encima antes de abrazarla. Mis pies se niegan a moverse y no hago más que observar la escena.

—Coronel, abandone el área. —Johnson me saca al tiempo que Franco se apresura al sitio de la mujer, que sigue en la cama con la cara enterrada entre los brazos.

Los soldados se acumulan alrededor del recinto de cristal queriendo ver lo que sucede y eso no hace más que ponerme peor.

—¡No es un puto espectáculo! —les hago saber cuando salgo—. ¡Muévanse todos!

Siento la grieta que desencadena esto, el maldito rayo que impacta contra la coraza que tengo en el pecho. La conversación del auto se repite como un viejo casete y tal cosa no hace más que recordarme toda la mierda que se nos viene encima.

No sé ni cómo me siento: si desesperado, ardido, hastiado…, no sé, pero el jodido peso no desaparece; por el contrario, recae con más fuerza. El aire que respiro parece que no me basta y me alejo lo más que puedo pateando todo lo que se me cruza en el camino.

Llego a la primera planta, donde Patrick se acerca a hablarme, pero no le dejo abrir la boca, ya que lo tomo del chaleco y lo pongo contra una de las paredes.

—¡Comunícate con todas las entidades competentes e informa que los James tienen prohibida la salida de Estados Unidos y la entrada a Londres! —ordeno.

—Pero, Christopher...

—¡Calla y obedece! —Lo empujo para que se apure—. ¡Pisan territorio inglés y te juro que te saco a patadas del comando!

«Tiene que ser así». Sacan Angela en camilla, Parker la acompaña junto con Lizbeth Molina y Laila Lincorp, quien le presta primeros auxilios. Rachel, sale con Gema, Franco y Johnson.

La cabeza no me da para nada en el trayecto al hospital. No me dejan seguir por la entrada de urgencias, por lo tanto, debo rodear el área hasta la entrada principal, en la que uno de los medios internos está haciendo preguntas.

—¿Cómo está la teniente James y la teniente Klein? —empiezan.

Paso de largo e insisto.

—Coronel —continúa—. ¿Qué consecuencias cree que le traerá esto a su campaña?

Ignoro sus preguntas, prosigo y lo dejo con la palabra en la boca. Las siete horas siguientes son una completa agonía. Rick James me revienta el buzón con un sinfín de mensajes que tampoco me molesto en contestar, los médicos no dan respuestas concretas, el Consejo llega a joder y se niega a irse.

Simon no se aparta del lado de su mujer, que espera en mi mismo piso. En el punto de información pregunto si ya hay algún dictamen, pero la mujer que está al otro lado sacude la cabeza y mi enojo se multiplica cuando veo a Bratt quien llega con Martha Lewis, los padres y los abuelos de Meredith Lyons.

Me muevo a sacarlos, pero Parker se me atraviesa.

—Meredith dejó una carta donde explica los hechos. —Extiende la hoja blanca para que la vea—. Según parece, fue un malentendido, creyó que Rachel se acostaba con Bratt sin saber que era Milla Goluvet.

—¿Dónde está?

—No sabemos, no hemos podido localizarla —informa—. Huyó el día de su llegada y desde entonces no se ha comunicado con nadie.

No recibo la dichosa carta por una sencilla razón, y es que no me interesa. Alex aparece y se apresura a mi sitio, Parker se mueve a un lado cuando quedamos frente a frente.

—¿Qué ganas jodiendo a Rick James? —me reclama el ministro—. ¡Es un exgeneral destacado! ¡Puede entrar, salir las veces que se le dé la gana de Phoenix y venir aquí las veces que le apetezca!

—No lo quiero aquí, ni a él, ni a su familia —aclaro.

Ya los veo venir con consejos que nadie necesita, con ideas absurdas que van encarriladas a que se aleje de mí, de Londres y de todo esto. ¡Vienen a joderme y a dificultarme las cosas!

—Es su papá, Christopher...

—¡No me importa! —espeto—. ¡No me importa que sea su papá, su mamá o el mismo Dios en persona! ¡Dije que no los quiero aquí!

Se pasa la mano por la cara y sacude la cabeza.

—Estamos violando sus derechos. —Trata de hacerme razonar—. Rick es mi amigo...

—Tuyo, no mío —dejo claro—. Y eso no pareció importarte cuando te dejaste tocar las pelotas por el montón de inservibles que no hacen más que hacer estorbo.

Calla y todo el mundo se pone en pie cuando uno de los médicos sale.

—Ministro Morgan. —El sujeto con uniforme azul busca a Alex y Parker se acerca a oír el dictamen.

—¿Cuál es el estado de mis tenientes? —pregunta el ministro.

—Logramos estabilizar a la teniente James, los efectos de la droga están pasando, tiene signos de desnutrición, está deshidratada, el HACOC lleva varios días en su sistema y ya han de saber las consecuencias que acarrea eso. —Respira hondo—. Tiene varios golpes, pero por suerte ninguno es de gravedad.

—¿La violaron? —No me voy a quedar con la incertidumbre.

—No, coronel —aclara el médico—. Hay un sangrado que logramos controlar con medicamentos, me gustaría dar buenas noticias, pero su estado es lamentable. Una recaída con HACOC deja secuelas que son difíciles de manejar.

—Secuelas ¿como cuáles? —Me desespera que no sea más claro—. ¿Hong Kong puede hacer algo? ¿Alguien de aquí puede? Al parecer, últimamente nadie sirve para nada.

—La teniente James no podrá tener hijos ahora ni nunca. Tiene muchas toxinas en la sangre, su sistema se desequilibró y en Hong Kong le dirán lo mismo que aquí —explica—. Dentro de un par de meses se le realizará la cirugía de anticoncepción y, antes de darle de alta, le suministraremos un anticonceptivo con el fin de no tener contratiempos en la operación.

—¿Y Angela Klein? —pregunta Alex.

—Su estado es aún más crítico. Fue víctima de acceso carnal violento y, según los estudios, fue en repetidas ocasiones. También tiene varios huesos rotos, entre ellos, la mandíbula. La pierna se le fracturó en dos partes y presenta una contusión en la cabeza. Los exámenes no muestran ningún tipo de alucinógenos, pero...—se mete las manos en la bata— tuvo un aborto y hasta ahora pudimos sacarle los restos del feto.

Nadie inmuta palabra con lo dicho.

—¿Tiene algún familiar que pueda hacerle compañía? —pregunta el médico—. Necesita mucho apoyo moral en esta etapa.

—Yo me haré cargo —se ofrece Parker.

—La teniente Klein estará anestesiada hasta mañana, y con la teniente James podrán hablar dentro de un par de minutos. Las enfermeras la están bañando.

El médico se va y me quedo quieto en el sitio.

—El Consejo la verá primero. —Se acerca Martha Lewis.

—¡Ve a cuidar a la demente de tu hija y deja de hacer estorbo aquí! —me exaspera.

—La veremos y dicha decisión no está en debate.

La aniquilo con los ojos y Patrick llega con Gema, el primero me toma y me aleja.

—Deja de pelear con todo el mundo —empieza—. Necesitas pensar con la cabeza fría, dar apoyo y no ocasionar más disputas.

El Consejo acapara a Alex, quien ahora parece que no sabe decir que no, discuten por un par de minutos y él termina moviendo la cabeza con un gesto afirmativo.

—Eres un vendido —le reprocho cuando viene a mi sitio.

—Deja de faltarle el respeto a tu papá. —Gema se entromete.

—Van a hablar con ella porque tienen la soberanía que se requiere para hacerlo y tú vas a esperar con la boca cerrada —me dice él—. Dime si vas a acatar la orden, si no puedes comportarte, avisa y pido que te saquen de aquí.

Desvío la mirada a otro lado para no partirle la cara, cada día me hastía más.

—Ya pueden pasar a verla —informa una de las enfermeras.

Arthur Lyons es el primero que se levanta junto con los padres de Meredith Lyons y el resto de los miembros, Martha y Bratt Lewis los sigue a la alcoba; Joset Lewis es el único que se queda en la sala. Alex se va con ellos y no me quedo en la sala, me muevo al sitio donde me planto en el umbral de la puerta de la habitación con paredes blancas.

Quiero y no quiero verla. Huele a lavanda, tienen las cortinas abiertas de par en par, ella se mantiene sentada y de espaldas, en la punta de la camilla.

—Teniente James, ¿cómo se siente? —pregunta el abuelo de Meredith Lyons.

Medio se endereza y baja la cabeza. Todos pasan a saludarla, el presidente del Consejo les pide al resto de los miembros un poco de espacio y una gran parte se retira, excepto Martha, los padres de Meredith, Bratt y Alex.

—Ahora no quiero hablar con nadie.

—Sé que no quiere ver a nadie, teniente James, pero hay asuntos que no se pueden posponer. —Se le acerca el abuelo de Meredith que alza la mano para…

—No la toques —advierto—. Ya te dijo que no quiere hablar con nadie, ¿no oíste?

Martha y Bratt Lewis me aniquilan con los ojos y no me importa.

—Rachel —sigue el presidente del Consejo—, entendemos tu estado, pero dentro de poco vendrá el fiscal que tomó el caso y querrá que rindas declaración de lo sucedido.

Sacudo la cabeza, ya me suponía el motivo de estar aquí.

—Queremos pedirte que no levantes cargos contra mi hija —habla la mamá de la novia de Bratt.

Miro al ministro, que se mantiene sentado en el sofá sin decir nada.

—No es correcto lo que hizo, pero todo se dio por una equivocación. Ella está embarazada, ya había tenido conflictos contigo —explica el abuelo—. Entiéndela un poco. Dejó esta carta para ti…

Rachel no recibe lo que le ofrece y él deja la carta sobre su almohada.

—Teniente…

—No te vayas por las ramas —interviene Martha—. Dile que no puede desafiar a uno de los apellidos más importantes de la FEMF, un apellido que estará ligado al nuestro, formando una alianza que nos hará más fuertes. Solo pierde el tiempo haciéndose la víctima.

—Calla, ahora es lo que menos importa.

Se lo pide Bratt, quien aparta a la madre, se acerca y se arrodilla frente a la mujer que está sobre la cama.

—Sé que te hirió y te lastimó, pero no hagas esto por ella —le habla—, hazlo por mí.

Empieza a llorar.

—Se equivocó, lo sé, y la vida no me alcanzará para reparar los daños que provocó en ti y en Angela —le toma la cara—, pero entiéndela un poco, Rachel, comprende que con rabia no medimos los alcances.

—Ahora solo quiero que me dejen en paz —contesta ella.

—Te ayudaremos con lo que requieras —asegura el presidente del Consejo—. Tranquilidad lejos de aquí, si así lo quieres; una bonificación con el monto que pidas… Puedes retirarte con una buena indemnización, si te apetece.

—Yo sé qué casi nada te importa en estos momentos, pero yo sí te importo —sigue Bratt—. Y yo te perdoné cuando me lo pediste y me tragué la rabia que sentía; espero que tú hagas lo mismo e intentes olvidar. Eres una mujer fuerte y sé que puedes hacerlo.

Ella aparta la cara y el que el otro insista me hace dar un paso hacia delante.

—¿Lo harás? —insiste Bratt—. ¿La perdonarás?

—Ya fue suficiente. —Se levanta Alex.

—Rachel, asegúramelo, por favor —continúa Bratt.

—Mejor sal de aquí antes de que te parta la cabeza —lo amenazo.

—No te metas…

—¡Vete! —reitero.

La mamá de Meredith Lyons se niega a irse y es otra que termina a los pies de la teniente.

—En verdad lo lamento, no sé qué le pasó a mi hija, pero, por mi nieto, te suplico que escuches y pienses. —Llora—. Lee lo que te dejó y trata de entenderla, de ponerte en sus zapatos…, todos merecemos que nos escuchen —me miran— y que nos entiendan.

—Dije que ya fue suficiente —reitera Alex, y la mujer se levanta.

El padre de Meredith Lyons guarda silencio. El presidente del Consejo repite que puede ofrecerle una buena indemnización y Martha Lewis resopla cuando no recibe respuesta alguna. Alex señala la puerta y Bratt es el único que se atreve a encararme.

—Rachel no es como tú, no le llenes la cabeza con tu mierda.

Se larga seguido de todos los que entraron, incluido Alex. Me deja solo con la teniente; ella no se mueve y me rehúso a dar el primer paso. Continúo con la misma rabia, con la misma cólera que es como un puñal, el cual me jode los pulmones cada vez que respiro.

—Quiero hablar con mi familia —pide ella.

Empieza a meter los pies donde no se debe, quiere darle rienda suelta a las trabas y los problemas que nadie requiere.

—Por favor —reitera—. Necesito escuchar la voz de mi familia y avisarles de que estoy bien.

Saco el teléfono y, sin mirarla, se lo ofrezco. La escucho marcar el número y me clavo en la ventana sin decir nada. Solo la oigo tomar aire cuando le contestan y, pese a estar rota, no llora.

Trata de calmar a los que están al otro lado de la línea, les dice que está bien y que se sentirá mejor si se quedan en Phoenix por el momento. Repite una y otra vez que necesita pensar con calma y ya luego los informará de sus decisiones.

Capto desde mi punto la voz de su madre, la insistencia de Rick, la preocupación de una de las hermanas y las frases de ánimo de la otra. Luciana Mitchels insiste en que deje todo y vuelva a su casa, pero ella se niega y les hace prometer que si la aman se quedarán en Phoenix.

Cuelga media hora después.

—Tenemos un trato. —Me ofrece el aparato cuando termina.

Volteo a verla y la rabia aumenta, la decepción es una espiral que crece y dicho sentimiento me grita que me largue. Está sudando, tiene los labios secos y la mirada vacía.

—Ahora no soy un hombre de palabra.

—Entonces lo haré yo.

—¡Atrévete y te juro que te voy a detestar toda la vida! —me exaspera—. ¡Tu puta cobardía es lo que menos necesito ahora!

Le doy la espalda, percibo cómo todo se desmorona cada vez más.

—Si no te sirvo ahora, más adelante menos —contesta—. No me conocerás cuando el periodo de abstinencia empiece, cuando me vuelva loca, agresiva, cuando ni yo misma me reconozca. Yo no quiero que me veas así y me des la espalda como lo estás haciendo ahora.

Me reservo las palabras.

—Ni siquiera eres capaz de mirarme —le tiembla la voz—, pero te entiendo, a mí también me da asco mirarme en el espejo.

Sacudo la cabeza.

—Eso no tiene nada que ver.

—Ellos no me van a dejar en paz. —Se agita—. Van a atosigarme, a joderme y no quiero eso. Todo será peor en mi estado, con el martirio que ya empezó y exige la droga…

—¡Calla! —La encaro y dejo las manos sobre su cuello—. Cállate, ¿sí?

—Mátame o consigue algo que controle esto, pero en mis cinco sentidos no quiero estar. —Se centra en mis ojos—. No quiero vivir, ni ahogarme con mi propio desespero, no quiero sentir la necesidad, la sed, el hambre y la locura que genera esto.

Se aferra a la tela de mi playera cuando se pone en pie y la acerca a mi boca, respiro su aliento. Se empina en busca de mis labios y queda a milímetros de estos. Con fuerza aprieta la tela que empuña y siento su angustia, la frustración cargada desasosiego.

—Arráncame todo y fóllame. —Intenta besarme y sacudo la cabeza—. Necesito sentirte...

Trata de quitarme la ropa, pero no se lo permito.

—Tengo que irme...

—No, por favor —insiste, y la aparto—. Te doy asco, ¿cierto? ¿Quieres irte por eso? Sabía que las cosas serían así, que una vez estando así, tú...

—¡Basta con eso!

La tomo de los brazos y la siento en la cama.

—En el fondo te entiendo, ¿sabes? —Las manos le tiemblan al igual que la barbilla—. Yo no querría estar con alguien como yo.

—Cállate, Rachel.

Necesito quitarme el peso que tengo encima, porque no puedo pensar.

—¿Qué sientes por mí? —Se levanta—. ¿Me amas?

La puerta se abre y las amigas aparecen bajo el umbral.

—Respóndeme —susurra.

Llevo mi mano a su nuca y apoyo los labios contra los suyos, es un beso que deja la respuesta en el aire. Quiero disfrutarlo como siempre lo hago, pero no puedo conectarme ni concentrarme con lo que tengo encima.

—Christopher —insiste, y la siento en la cama—. Por favor...

Me alejo, Luisa Banner voltea a verme cuando cruzo el umbral que me lleva al pasillo. El Consejo sigue en la sala, Martha me aniquila con la mirada y sacude la cabeza antes de decirle no sé qué mierda a Arthur Lyons.

Alex está con Joset y desde ya presiento lo que va a pasar. Parker sigue en la sala al igual que Simon y Bratt.

—Mi coronel —me aborda Tyler—, ¿desea que lo lleve al comando?

Asiento, salimos y se apresura a arrancar el vehículo que abordo.

—¿Cómo está la teniente James?

—Mal.

Los pensamientos van y vienen de camino al comando, recalculo con el teléfono que mantengo en la mano y envío los mensajes que requiero antes de guardarlo.

Tyler entra al comando, cuyo perímetro está lleno de canes. Bajo del vehículo, el escolta se queda y yo busco la oficina; una vez dentro, tomo asiento frente a mi escritorio. Alan Oliveira no tarda en aparecer con Lucian Mascherano, tiene raspones por todos los brazos.

—Pensé que usted era mi padre —me dice el italiano—. Por un momento lo vi como una esperanza cuando me dijeron que estaba aquí.

—Yo no soy héroe, ni esperanza de nadie —le aclaro—, así que déjate de lloriqueos.

Alex llega con Olimpia Muller y esta le habla al hijo Antoni, a quien no pierdo de vista mientras relata cómo se escapó de la loca de Dalila Mascherano.

—¿Pueden traer a mi hermano? —pregunta—. Se llama Damon, está con Dalila, que lo golpea y maltrata. Tengo miedo por él.

—Lo hablaremos luego —contesta la viceministra—, ahora se te brindará la ayuda psicológica que se requiere y procederemos con el debido protocolo.

Olimpia se lo lleva y él fija los ojos en mí antes de desaparecer; como en verdad pensaba que era su papá. Alex es el único que se queda. Me hundo en mi puesto cuando cierra la puerta y se acerca al escritorio.

—¿Encontraste a Meredith Lyons? —me pregunta—. ¿Sabes dónde está?

Muevo la cabeza con un gesto negativo.

—Seré yo el que estará frente a este caso —me hace saber—. Si se entrega, los Lyons se valdrán de sus influencias para rebajar la pena y pasará el tiempo estipulado en prisión domiciliaria, o sea, en su casa y no en la cárcel. No comparto eso, así que haré lo posible por capturarla antes y lograr que permanezca al menos cinco años encerrada en prisión por traición.

Asiento.

—Ambos sabemos que sin mí esta candidatura no funcionará, por ello, necesito que tú te apegues al reglamento y dejes de joder, Christopher —continúa—. No me provoques: si no acatas mis órdenes, conmigo no contarás más.

Guardo silencio.

—El perdón es un buen recurso electoral, la misericordia conmueve y yo quiero que vean eso en ti —prosigue—. No todo tiene que ser contienda e ínfulas de que todo lo puedo.

Sigo sin contestar.

—Rick James quiere que Rachel sea trasladada a Phoenix y será así. Ella necesita a su familia, la quieren y la van a apoyar en este largo proceso que requiere de calma y paciencia. Ambos sabemos que eso no lo tiene aquí —añade—. Ellos tienen razón al decir que no le podemos quitar el derecho de estar con ella. Rick es mi amigo y por ello le daré a su hija.

Mantengo los ojos fijos en el escritorio sin decir nada.

—¿Algo que decir?

Sacudo la cabeza.

—Todo lo dicho es una orden, Christopher, como padre y como ministro.

Se aleja y permanezco en silencio.

—Vete a tu casa, a Rachel la darán de alta y me estoy ocupando de todo —dice—. Contraté a una enfermera que la cuidará mientras se hacen los trámites que se requieren para su viaje.

Cierra la puerta. De la cajonera saco el móvil y hago la llamada que necesito, es corta. Cuelgo, tomo mi chaqueta y obedezco la orden del ministro; si quiere que me vaya no tengo problema en hacerlo, pero primero haré un par de cosas antes de largarme.

Voy a ver los cadáveres que trajeron, formaban parte de la mafia roja.

Busco lo que necesito y me largo a mi casa con todo intacto, dado que nada de lo que tengo en mi interior desaparece. Se necesita más que cartas, disculpas y estrategias electorales. Todo está cautivo en mi tórax, la llama que baila en mi interior me tiene la sangre caliente y la cabeza en un solo objetivo.

Mi olfato lo huele, mi mente lo asimila y mi cerebro se convence de que, con cautela, el lobo se come a la presa.

68

Venom

Philippe

Mantengo la mano sobre la mesa y la vista perdida en la nada, las verdades expuestas me tienen absorto. El sacerdote que acompañó a mi hermana durante el embarazo está frente a mí, Dalila lo ha traído al Reino Unido y me ha contado todo.

«Todo es cierto, Emily se lo confesó: Lucian es hijo de mi hermano». La nariz me pica y con fuerza cierro la mano que tengo sobre los muslos. Antoni es mi hermano y que haga esto es un golpe a traición, porque Brandon y Emily también lo eran.

Sabe el amor que les tenía a los dos, el cariño que le tengo a todos.

—Todo es cierto, incluido la confesión de la *cagna* de Rachel James —espeta Dalila—. Antoni mató a Brandon y violó a Emily.

Que cediera ante el chantaje del coronel no deja espacio para dudas. Tantas atenciones hacia él no eran por querer ser el tipo de tío que brinda respaldo incondicional, es porque fue quien lo engendró. Lo de Brandon es otro acto atroz que disfrazó y los hechos me tienen los labios temblando.

Ivana ha optado por el silencio, como yo, siento que se quedó sin palabras. Lucian está en manos de la FEMF y tuve que salir afanado del comando, no puedo dejar que me reconozca o que con un mal gesto me ponga en evidencia.

En pocas palabras, estoy en medio de una crisis familiar que me ha tomado desprevenido.

—¿Quieres ver a tu hermano? —me pregunta el marido de Ivana y con un sutil movimiento de cabeza contesto que sí.

—Necesito verlo.

Se pone al teléfono cuando me levanto. Dalila me sigue y con lo que me trajo el sacerdote me encamino al automóvil que aguarda en el exterior de la propiedad. Subo al asiento trasero con la italiana, que se ubica a mi lado.

—¿Qué harás? —me pregunta impaciente—. No le vas a celebrar esto, ¿verdad? ¿Harás que pague por todo? ¿Cierto?

Escondo los labios y cierro los ojos, mi tórax todavía tiembla. El candidato llega, se pone al volante y arranca seguido de los antonegras que nos custodian.

El camino a Irons Walls lo siento más largo y pesado de lo normal, pese a que no vivo muy lejos de la prisión: el pueblo aledaño que tomé como opción para establecerme está a pocos kilómetros.

No han sido días fáciles, todo el mundo habla de lo mismo y es de lo que hizo Meredith Lyons. Sus allegados quieren que se entregue con el fin de implementar la ley del perdón por su estado.

Hubiese tomado represalias contra los que se metieron con la mujer del líder, pero ahora nada de eso tiene sentido, no después de toda la basura de la que me acabo de enterar.

Los enormes muros de hierro de la prisión son visibles desde lejos.

—Pasa al otro auto —le ordeno a Dalila—. Espera con los antonegras.

—No me has dicho qué harás —insiste—. ¿Lo vas a perdonar?

—Hazme caso.

El marido de mi prima se detiene y ella de mala gana obedece: se pasa al vehículo de respaldo que viene atrás y se quedan en la carretera. Me siento en el asiento del copiloto y continúo carretera arriba con la persona que está al volante.

La prisión nos recibe y cada uno exhibe la placa al llegar al puesto de control. Los canes y los guardias cumplen con el debido conducto y, minutos después, me dan paso. Las farolas de vigilancia dan vueltas e iluminan los edificios de concreto reforzado, los francotiradores vigilan cada uno en su puesto y la persona que me acompaña solicita la sala de interrogatorio. Las manos me sudan en lo que espero afuera. Todo se siente como si tuviera un vacío en el alma, como si me hubiesen golpeado en el pecho.

—Ya está —me avisa—. Puede pasar.

Tomo el camino que lleva al sitio donde tienen a Antoni. La puerta causa un estruendo cuando la abren y el verlo provoca que el cuerpo me duela como si de la nada me enfermara.

—*Fratello* —me saluda en nuestro idioma natal.

La minúscula habitación de colores grises nos acoge. Él permanece sentado y yo le arrojo la grabadora encendida. La declaración del sacerdote empieza a escucharse y saco la foto que tiro sobre la mesa para que no le queden dudas de con quién hablé, hago lo mismo con el cuaderno que alberga lo que Emily alcanzó a escribir de él.

—Explícame eso —exijo antes de tomar asiento.

No se inmuta en detallar la imagen, ni lo que le pongo y es porque sabe que es culpable; de seguro estuvo presente hasta en el suicidio de mi hermana.

—Es mentira —suspira—. Tristes difamaciones, querido hermano.

—¿Rachel James también difama?

—Si fueras ella, ¿qué harías? —indaga.

—No intentes confundirme, todo está claro. —Me cuesta respirar—. ¡Forzaste a Emily, y Lucian es tu hijo!

La rabia que tengo es como una bola de nieve que no deja de crecer. Sin embargo, me obligo a mantener la compostura mientras que él entrelaza los dedos sobre la mesa; actúa como si mi acusación fuera algo banal.

—Ya dije que es mentira —reitera tranquilo—. Que todo no son más que difamaciones.

—¿Te burlas de mí?

Sonríe y evoco a Emily frente al espejo, sentada en su poltrona con la vista fija en el cristal, mientras se peinaba. El escenario cambia de un momento a otro al risco donde se lanzó. Sacudo la cabeza cuando mi mente reproduce vívidamente el recuerdo de Brandon en casa, dialogando con mi padre.

—Maldito sea el que derrama la sangre de su hermano, porque nueve maldiciones caerán sobre su techo —le recuerdo el viejo proverbio italiano—. Tú eres un maldito.

No se inmuta con mis palabras.

—¡Tú mataste a dos de tus hermanos y me engañaste a mí, quien estaba dispuesto a apoyarte en todo lo necesario! —le suelto—. ¡Te mataría, pero no quiero nueve maldiciones sobre mí, me niego a ser como tú!

—Analiza bien lo que dirás a continuación —advierte—. Mide cada palabra y sopésala, porque puedes estar desatando el temblor previo a un tsunami.

—Se acabó. —Ignoro su amenaza—. Los privilegios, la ayuda, todo, Antoni Mascherano. Derramaste la sangre que fluye por tus venas, dale gracias a Dios que eres mi hermano, porque, si no, te mataría yo mismo, desgraciadamente lo eres y no mancharé mis manos con mi propia sangre.

Apoyo las manos en la mesa, me alzo sobre él y lo miro a los ojos.

—Asimila el hecho de que de ahora en adelante vivirás bajo los muros de esta prisión —declaro—. A partir de ahora dejas de ser el líder y te resignarás a pagar tu condena de cadena perpetua, porque conmigo no cuentas más.

Curva los labios y, acto seguido, suelta la sonora carcajada que avasalla y hace eco en el espacio cerrado. Los hombros se le mueven y, sin desbaratar la sonrisa, centra los ojos oscuros en mí. Me clava la mirada oscura que me estremece las entrañas.

—Te volveré cenizas —aseguro.

Siendo de la familia puedo quitarle todo, aislarlo y dejar que sea un prisionero cualquiera. No estoy donde estoy por falta de poder, porque lo tengo, así como la inteligencia. Me prepararon los hombres de confianza de mi padre, fui aconsejado por las mismas personas que han estado al lado de él.

—Tu cabeza se ve bien sobre tu cuello —advierte—. Evita que la arranque y la cuelgue en el mismo gancho donde colgué a Brandon por necio.

Alzo la mano para abofetearlo, pero cierro el puño y la termino bajando cuando no quita los ojos de mi cara.

—Desde ahora dejaré de ser el líder temporal y seré uno permanente —le hago saber—. El puesto se lo ganó la familia, yo era la segunda opción, pero a partir de hoy seré la primera, porque tú no volverás a saber lo que es la libertad.

Sacude la cabeza sin borrar la sonrisa que le decora los labios.

—No sabes lo que haces —suspira—, pero está bien, te dejaré jugar solo porque estoy aburrido.

—Veré si te ríes igual cuando sientas el peso de los años —espeto—. Cuando desde aquí tengas que ver cómo, a partir de ahora, empiezas a perderlo todo.

Nuestras miradas se mantienen fijas la una en la otra y ninguno de los dos baja la cara. Él ladea finalmente la cabeza e intenta intimidarme; sin embargo, mantengo fija mi posición.

—Tengo todo lo que se requiere para destruirte, Antoni.

—Suerte con tu intento —suelta—. Te deseo toda la suerte del mundo, sé que la vas a necesitar.

Se levanta, yergue la espalda y se acomoda el esmoquin que luce. Camina al puesto del hombre que trabaja para mí, le ofrece las manos y deja que le ponga las esposas.

Se vuelve hacia mí antes de partir.

—Larga vida al líder. —Capto su cinismo a la hora de hacerme una casta reverencia.

—Llévenselo —pido.

Recojo todo y me lo llevo, el candidato que esperaba afuera entra a preguntar si estoy seguro de esto y con la cabeza le hago saber que sí.

No le voy a perdonar a Antoni lo que hizo, el que me engañara de esta manera.

—El cambio es a partir de ahora —dispongo—. Quiero que deje de estar en una celda de lujo, necesito que viva en una cualquiera y comparta el patio como todos los demás.

Personalmente, y seguido del esposo de Ivana, me ocupo de todo. Más que rabia, lo que tengo es tristeza porque no me respetó, no confesó, guardó silencio y jugó con la devoción que le tenía. Como líder, no puedo permitir que este tipo de actos queden impunes, así que procedo. Gestiono cada uno de los pasos que se requieren y no dudo mientras lo hago: ser el líder definitivo conlleva muchas cosas y los miedos están, pero no puedo dejar que estos me intimiden.

—¿Está seguro? —insiste el hombre que me acompaña—. Hay muchas cosas en juego.

—¡Lo sé y no voy a dar marcha atrás! —replico—. A quien le encomendaron todo esto fue a mí.

Dalila me llama y le cuento lo que acabo de hacer. Continúo con mi cometido, procuro hacer todo lo más rápido posible, ya que siento que el entorno y los hechos me están asfixiando. Con los sellos puestos, entrego los documentos y me afano por abandonar el sitio, las paredes que resguardan a Antoni quedan a atrás cuando vuelvo a la carretera con el hombre que me acompaña.

Dalila se mantiene en el mismo sitio donde la dejé y me apresuro a abrazarla cuando bajo del vehículo, necesito confianza para todo esto y ella puede dármela. Toma mi cara y apoya sus labios contra los míos cuando me besa. Al principio no le creí, pero el que viajara a Italia en busca de pruebas fue lo que destapó esta maraña de mentiras.

Eso y lo que dijo el coronel.

—Los clanes te esperan en uno de los puntos de encuentro —me dice—. A primera hora, convoqué la reunión y ya están llegando, algunos están desde la tarde.

Asiento y me adentro en el mismo vehículo con ella. El candidato vuelve al suyo y juntos nos trasladamos al sitio estipulado.

Aprovecho el trayecto y ordeno que se mueva toda la droga que hay disponible, mando vaciar las bóvedas y quemar los contenedores donde Antoni guarda el dinero.

No puedo abrirle el cráneo para sacarle la fórmula del HACOC, pero sí trabajar con el que tengo y venderlo más caro.

A las putas que tengo las voy a controlar con otro tipo de alucinógeno, mientras contacto a químicos más experimentados para que estudien y creen una nueva droga igual o mejor que la de mi hermano. Dalila le pide al que conduce que se desvíe, dado que quiere evadir cualquier tipo de alerta.

Debería dejar la FEMF y dedicarme solo a esto, pero no puedo, aún tengo demasiados asuntos pendientes.

Una nueva era se aproxima, y en esta la Fuerza Especial tiene que caer. Es cuestión de meses para que el conteo regresivo llegue a cero y con ello una nueva fase que va a acabar con más de uno.

Dalila baja conmigo cuando llegamos; como bien dijo, ya tiene todo preparado. Con el tema del operativo de la Iglesia, la FEMF intervino y dejó mi bar en ruinas; aun así, no hay problema, dado que no lograron llegar al punto de encuentro que tengo al sur de la ciudad: la amplia bodega de un antiguo restaurante italiano el cual resguarda contenedores especiales que están llenos de HACOC.

Entro con Dalila y el candidato que me acompaña. La gran mesa hecha para reuniones privadas está rodeada por las cabezas más grandes del mundo criminal, individuos que lucen pulcros y expectantes. Algunos tienen los ojos sobre el niño que está encadenado como un perro en una de las vigas, «Damon», tiene el pecho expuesto y varias heridas de cigarro en el tórax.

La hija de Brandon es una mujer de armas tomar, una asesina que no tiene escrúpulos a la hora de hacerse respetar. Ivana está presente y me acerco a la mesa.

—¿Qué es esto? —pregunta el Boss de la mafia rusa que está al lado del primo.

—Mi posicionamiento como líder, Antoni no va más.

Uno de los hombres que está a mi izquierda intenta reírse y Dalila le entierra una navaja en el pecho.

—¡No estamos jugando! —grita—. ¡La sabandija que está encadenada lo demuestra!

Ivana se mueve y se planta al lado del marido.

—La pirámide tiene que apoyar al nuevo líder —prosigue Dalila—, ya que el control de la soberanía es de los Mascherano.

Todos se miran entre ellos. Dalila mantiene la navaja, que gotea sangre en la mano, y evalúa uno por uno a la espera de que digan algo. La postura y la mirada que tiene es la de una pantera a punto de atacar.

—Puedo hacer un excelente trabajo y lo saben —espeto—. Soy tan inteligente como mi hermano.

—Nadie duda de eso —me apoya Dalila.

Ivana manda repartir una ronda de licor. Pongo al tanto a los miembros de todas las cosas que pienso hacer y les recuerdo las leyes que me dan vía libre para tomar el poder. En los años que llevamos en este puesto, nunca nadie se ha quejado, lo hemos hecho bien y seguirá siendo así. Escuchan atentos, reflexionan por un par de minutos y, sin Angelo presente, no les queda más alternativa que aceptar mi demanda.

Hay que seguir y los acontecimientos que tenemos pendientes no dan cabida para ponerse con dudas.

—Brindemos —pide Dalila—. Hay que celebrar.

—Por el líder definitivo —la secunda Ivana.

Brindamos y luego nos llevamos las copas a los labios. Todos menos los rusos, que se miran entre ellos. Antoni me cree incapaz, pero se equivoca, yo sé cómo sacarlo de esto definitivamente.

—¿Cuál será el primer paso como líder definitivo? —me pregunta el vor v zakone de la Bratva.

—¿Qué te importa? —Dalila clava la navaja en la madera—. Como líderes podemos hacer lo que queramos cuando queramos.

—Solo hago la pregunta que todos quieren saber.

No tengo que pensar en la respuesta, la tengo clara desde que decidí dar este paso. Inhalo con fuerza y le doy otro sorbo a la copa.

—Vamos a cazar Halcones, eso es lo que vamos a hacer —ordeno.

Tengo que aniquilar el arma con la que Antoni me puede matar, Dalila aplaude mi decisión e Ivana asiente en señal de apoyo.

Con todos establezco mis normas y mis reglas, no sin antes darles un repaso de todo lo que ha hecho mi apellido, quiero que lo tengan presente y no olviden por qué estamos aquí: somos los dueños de la droga más letal del mundo criminal y dentro de la mafia italiana está la Cosa Nostra, la Camorra, la Ndrangheta, la Apulia y varias organizaciones más.

La reunión se extiende hasta pasada la medianoche, mi discurso final la da por concluida, el Boss es el primero que se larga y yo estrecho la mano de los que se despiden.

—El FBI está detrás del 444 —informo al vory v zakone de la Bratva—. Al parecer, los quieren emboscar por sorpresa. Ahora no podemos dejar que nos ataquen y debiliten por ningún lado; por ello, requiero apoyo con eso.

—Se lo comentaré al Boss. —Respira hondo antes de irse.

Se va y cuando estoy solo le quito la navaja a Dalila, quien intenta rebanar el abdomen de Damon.

—Lo quiero matar. —Patalea impaciente.

—Damon no va a morir, se irá a las cloacas rusas, lo criaremos para ser un asesino y será quien le cubra la espalda a nuestros hijos —le digo—. Es su destino: su madre y los Rinaldi siempre fueron unos malditos psicópatas.

—Y Lucian…

—Es el hijo de Emily, así que no lo vas a tocar —advierto, y se enoja—. No voy a derramar la sangre de Emily.

—Está bien, pero voy a acabar con los Halcones —canturrea, y aplaude feliz cuando estamos en el pasillo—. ¡Acabaré con los mercenarios del maldito de mi tío!

Christopher

Dejo en la mesa el vaso que queda al lado de la botella de whisky. Las cortinas están cerradas, al igual que la puerta del despacho que mantengo con seguro, el humo del cigarro tiene la habitación cubierta con una pesada nube de nicotina. Aplasto la colilla contra el cenicero, es el decimoquinto cigarro del día. Alcaloide y alcohol es lo único que le he dado a mi organismo. Rachel está en su casa y yo en la mía, sé que no está bien; sin embargo, ahora no tengo cabeza para pensar en ella.

Las minúsculas luces del aparato que está frente a mí parpadean rítmicamente, está en altavoz y me permite escuchar las llamadas que entran y salen del móvil que estoy rastreando desde ayer.

Martha Lewis, Joset, Arthur Lyons, Simon, Patrick y Milla Goluvet han llamado a lo largo del día para dar su apoyo e informar sobre las novedades. Le dan ánimos a Bratt y le recuerdan una y otra vez que no se preocupe, que tenga fe, que su hijo estará bien porque Meredith saldrá de esta.

Enciendo otro cigarro y le doy una fuerte calada cuando lo pongo entre mis labios. Por primera vez en la vida estoy siendo medianamente paciente, espero con «calma» lo que tarde o temprano sé que va a pasar.

Mantengo la misma postura en las cuatro horas que se suman, me rehúso a moverme del asiento por más desesperado y hastiado que esté. Miro atento hasta que… Mis ojos se cierran cuando el panel enciende los botones rojos que parpadean en señal de alerta.

El número del móvil que llama no está guardado en la lista de contactos del capitán que contesta.

—Hola —saluda, y me enderezo en el asiento.

La línea se queda muda, alzo el volumen al máximo.

—Hola —vuelve a decir, y nada.

El reloj avanza treinta segundos y la otra línea que se comunica sigue en silencio.

—¿Meth? —increpa Bratt—. ¿Eres tú?

Sollozan al otro lado y, acto seguido, se oye un llanto desesperado.

—¡Lo siento tanto…! —exclama—. Me equivoqué, y ahora… no sé cómo arreglarlo.

—Esto también es mi culpa. —Capto la voz quebrada de Bratt—. Si no hubiese actuado de mala manera, nada de esto hubiese pasado. Por eso te pido, cielo, que me perdones y vuelvas a mí.

Los sollozos aumentan hasta un punto donde Lyons no puede hablar.

—Meth —sigue Bratt—, tienes que entregarte, hay muchas personas que te apoyan y juntos vamos a buscar la manera de solucionar esto.

—Tengo miedo.

—Yo también lo tengo, pero ahora es el único camino que tenemos.

—No puedo, yo... —Le tiembla la voz—. No puedo verlas, las dañé demasiado.

—Te perdonarán. Rachel y Angela son mujeres fuertes y valientes que se van a reponer.

No contesta y la línea se queda en silencio otra vez.

—Deja que vaya por ti, hablemos personalmente; eso nos dará pie para hallar soluciones juntos —insiste—. ¿Dónde estás?

No le contesta y sigo con los ojos clavados en el panel mientras ella de nuevo rompe a llorar.

—Meredith —se desespera Bratt—, vas a dañar al bebé, tienes que calmarte y decirme dónde estás.

—Plaistow. —Le da las coordenadas—. Trae al abuelo, estoy a nada de derrumbarme y lo necesito. Necesito que me perdone.

—Tranquila, ya voy para allá, ¿vale? Iré por Arthur y le diré a mi madre que se adelante y te haga compañía —asegura—. No te muevas de donde estás.

—Bien —se despide—. Te espero.

Apago el aparato e inmediatamente el intercomunicador de la FEMF se enciende con la voz de Olimpia Muller.

—Llamado de emergencia a todas las unidades disponibles —demanda con un tono firme—. Tenemos al objetivo, así que prepárense para el operativo de captura. Repito, prepárense para el operativo de captura.

Me levanto rápido, sincronizo el reloj, alcanzo la chaqueta y tomo la mochila camelbak que tengo lista desde ayer, me la cuelgo al hombro y busco la puerta.

Falta un cuarto para la medianoche, Tyler Cook está dormido en el sofá, y salgo afanado rumbo al estacionamiento. Una vez en él, levanto la lona pesada que cubre mi motocicleta.

Me encaramo sobre ella y calibro todo antes de ponerme el casco y los guantes. Conecto la llave que enciende las luces; el sonido del motor me dispara la adrenalina cuando muevo el manubrio y arranco en busca de la salida.

Las llantas tocan el asfalto, la carretera se extiende ante mí como una larga serpiente negra donde entro en una carrera contra el tiempo, la ventaja es más que necesaria, el destino lo tengo claro y la velocidad se convierte en mi mejor aliada en lo que hago cálculos mentales. El entorno que me rodea es un borrón de colores, una combinación de luces y sombras que parpadean en mi visión periférica. Acelero lo más que puedo, el rugido del motor se mezcla con el sonido del viento y serpenteo entre calles como me lo indica el sistema que tengo conectado al oído.

Al cabo de veintidós minutos estoy en mi destino y estaciono varias calles antes del edificio, que está por caerse a pedazos.

No estoy en el Londres elegante que es el sueño de muchos turistas; por el contrario, el sitio donde me sumerjo está lleno de mendigos, de carencias y de basura. Aseguro el casco antes de seguir rumbo a la torre con paredes llenas de moho. Quedo al frente de esta, escalo un par de metros y aterrizo en la segunda planta del hotel de porquería. Las luces no funcionan, la madera rechina bajo mis pies mientras subo los pisos que me faltan. El corazón me martillea desmedido en lo que me voy preparando.

Llego a la planta y empiezo a respirar por la boca cuando mi sistema dúplica los niveles de adrenalina. La cabeza se me nubla y los poros me arden cuando llevo la mano atrás y desenfundo el arma con silenciador.

Centro los ojos en la puerta que está al final y no me molesto en tocar, sino que la pateo. El seguro vuela y el pomo choca contra la pared. Fijo los ojos en Meredith Lyons, quien palidece al pie de la ventana por la que intenta huir, tiembla con mi presencia. Cuando alza las manos, el bolso que lleva sobre el hombro se cae y todo lo que tiene dentro se desparrama.

—Coronel —fija la mirada en mi arma—, permítame explicarle.

—De rodillas.

—Deje que le explique —insiste, y sacudo la cabeza—. Yo no quería hacerlo.

—De rodillas —repito.

—Déjeme hablar, por favor —suplica, y vuelvo a negar.

De la chaqueta me saco el cargador de la Beretta, lo ajusto en el arma frente a sus ojos.

Acabar con la vida de tantos te hace saber que el sufrimiento no se da cuando la bala te atraviesa el cráneo: la peor agonía se experimenta al ver cómo tu asesino prepara el arma con la que te matará.

—Voy a disfrutar mucho de esto —le digo.

—¡Piedad, por favor! —solloza—. Acabe conmigo, pero no ahora. ¡No con un bebé en mi vientre!

—Cállate. —Deslizo la corredera mientras me acerco.

—Por favor…

Su oración se corta cuando me voy sobre ella y la tomo del cabello llevándola al suelo.

—¡Me jodiste, maldita zorra! —La estrello contra el piso—. ¡No gastes saliva, porque me valen tres quintales de mierda tu vida y la de la puta cucaracha que tienes adentro!

—Ocho meses, solo eso le pido —ruega.

Llevo las manos al cuello que aprieto. Dejo el arma de lado y saco la navaja que tengo en el bolsillo; el botón que oprimo deja la hoja afuera y el miedo que aparece en sus ojos es como agua en medio del desierto. Me da lo que quería ver: pánico desmesurado.

—¡Abre! —Niega y a las malas le abro la boca—. Era fácil tener el pico cerrado.

Chilla, llora y patalea mientras el filo de mi navaja busca el maldito órgano que siempre le sobró y debió tener quieto. Pongo el filo sobre su lengua y la sangre caliente toca mis dedos cuando la navaja corta capa por capa.

—Trabajas con la mafia, pues torturemos como lo hace la mafia. —Sigo cortando hasta que la carne se desprende y no me quedo con esa porquería, se la entierro en la boca y clavo la navaja en su vientre tres veces, remuevo la hoja antes de levantarme con el arma. El corazón me late desbocado.

Convaleciente, se lleva las manos a la boca en un absurdo intento de contener la sangre que le emerge de los labios; trata de alejarse con la poca fuerza que le queda, la miro y grabo en mi cabeza la asquerosa imagen que no quiero volver a ver. Le apunto con la Beretta y suelto la oleada de disparos que le atraviesan el pecho. Acto seguido, voy subiendo y la fulmino con un tiro en la cabeza.

Tiros a quemarropa con silenciador, muchos tiros, pues nada me basta, nada es suficiente. Coloco un nuevo cargador y arremeto otra vez contra el cuerpo inerte. Esta vez ¡le disparo en la cara, le vuelvo mierda el pecho con un único fin y es que no quiero que quede nada de su maldita existencia!

Quiero que todos sepan lo que pasa cuando joden al equivocado.

—¡¿Qué hiciste, maldito?! —pregunta Martha Lewis en la puerta. De forma mecánica le apunto con el cañón, palidece en lo que da un paso atrás cuando jalo el gatillo y suelto las balas que la derriban en el piso.

Me la cargo también y es que no sé a cuál de las dos detestaba más.

Las balas se acaban y respiro hondo, dichoso de decir que me he quitado el peso que tenía encima. Después de días, al fin he arrojado a un lado el costal de plomo que tanto me ahogaba y siento que vuelvo a la libertad.

El sonido de las sirenas que se oye a lo lejos me pone en alerta, así que rápido saco la navaja del cuerpo de la hija de puta que apuñalé, arrojo sobre el cuerpo la bandera de la mafia roja que cargan algunos rusos en el brazo y le atribuyo el homicidio a la Bratva.

Por inercia noto el diamante azul que brilla bajo la luz de la luna, lo tomo, lo guardo y abandono la escena del crimen.

Escapo por una de las habitaciones vacías, bajo por una de las barandas traseras y busco la moto. Una vez sobre ella acelero y, segundos después, las camionetas se toman la calle que acabo de abandonar.

Dejo Plaistow atrás, al igual que la ciudad, con la cabeza caliente termino en una de las playas del Támesis, donde dejo caer los guantes y la playera blanca que se alcanzó a salpicar de la sangre de esa maldita. Saco la camisa de repuesto que cargo y me la pongo. Con alcohol limpio el collar y el manubrio de la moto, al igual que la navaja y el arma que llevo en la mochila. Utilizo ese mismo líquido para quemar la playera y los guantes. Espero que todo se consuma y, mientras el fuego arde, me ocupo del collar que tengo en la mano. Tengo que tomar medidas con este desde ya y por ello le agrego la única cosa que le hace falta.

Pasado un rato, todo lo que está bajo las llamas se vuelve cenizas y le pateo arena encima antes de volver a la moto.

Entregar a Meredith Lyons era una buena estrategia política, lástima que a mí eso no me llenara, porque a medias no vivo.

Regreso a la ciudad, las luces pasan rápido en lo que acelero. El corazón me sigue latiendo rápido, mi necesidad siente que aún me falta algo para sentirme pleno y voy por ello.

En menos de una hora estoy en la calle donde me abro paso, estaciono de nuevo y me quito el casco. Con grandes zancadas atravieso el umbral de la torre residencial. Ignoro al hombre que intenta detenerme, con el pulso a mil subo las escaleras y le doy dos golpes a la puerta de acero. Gelcem es el que abre, Laurens está atrás y de inmediato trata de arreglarse cuando me ve.

—Está dormida y no despertará hasta mañana —habla el soldado, a quien no le pongo atención.

Entro y paso de largo en busca de la alcoba que está al fondo.

—Coronel —me llama—, ella tiene que descansar.

Sigue hablando como si me importara lo que dice, la enfermera que está adentro me mira confundida y dejo lo que cargo de lado.

—Fuera —le ordeno.

Obedece cuando empiezo a quitarme la ropa, cierro la puerta y tomo el collar que vuelvo a poner en el cuello de la mujer que sigue dormida. No se mueve, está completamente dormida. Rodeo la cama y me acuesto a su lado con mi cara a centímetros de la suya.

Ya puedo verla, encararla y hacerla mía. La veo dormir, aparto el cabello que tiene sobre la cara, la traigo contra mí y la aprieto con fuerza. Respiro hondo. Su aroma es lo único que borra la peste que dejó la perra malnacida que acabo de matar; sé que, si no lo hacía, no iba a estar en paz. Entierro la mano en su melena negra y miro al techo mientras mi cabeza me grita lo que tanto me quema. Cierro los ojos cuando recuerdo las veces que he gritado lo mismo en silencio.

Paso saliva y perpetuo todo, dejo que se convierta en una coraza, en un escudo para mí y para ella, porque después de esto siento que lo nuestro es indestructible.

No despierta en toda la noche ni a la mañana siguiente, cuando me levanto y me preparo para irme.

BOLETÍN ESPECIAL

Londres (Inglaterra)

La FEMF se enfrenta a uno de los escándalos más controversiales de los últimos años.

El ejército inglés, a cargo del coronel Christopher Morgan, único hijo de Alex Morgan y candidato al puesto de su padre, acaba de enfrentarse a una traición que no tiene perdón: la sargento Meredith Lyons expuso en un importante operativo a dos importantes soldados, los cuales responden al nombre de Angela Klein y Rachel James, ambas tenientes de la tropa Élite.

La teniente Angela Klein se encuentra en estado delicado de salud al igual que la teniente Rachel James, quien tuvo una recaída con la afamada droga HACOC, de la cual no se sabe si pueda volver a recuperarse.

Lo más siniestro de este asunto es el asesinato de Meredith Lyons, quien murió en horribles circunstancias la noche de ayer. Según los investigadores, el asesino se presentó en su escondite, le cortó la lengua y le propinó diecisiete tiros en el rostro y el abdomen.

Por el momento se le atribuye el acto a la mafia roja, dado que, al parecer, la sargento tenía nexos con la pirámide delincuencial.

Del mismo hecho fue víctima Martha Lewis, madre del capitán Bratt Lewis. La mujer de cincuenta años murió a causa de los cuatro disparos que le propinaron en el tórax cuando se presentó en la escena del crimen.

Los hechos tienen a varios miembros del comando preocupados, entre ellos los candidatos, ya que la mafia está pisando firme.

Kazuki Shima, coronel de la central de Corea; Leonel Waters, coronel de la central de Washington; Christopher Morgan, coronel de la central inglesa, y el resto de los candidatos están en una carrera que cada vez se torna más peligrosa. Está la duda sobre lo que hará el coronel Christopher Morgan ahora que sus soldados están en tela de juicio por la traición de Meredith Lyons. Según expertos, debe tratar de darle un nuevo aire a su campaña, se requiere algo que aporte seguridad a las personas que lo rodean.

Leonel Waters ha dado declaraciones y recalcó que uno de sus objetivos fundamentales es acabar con las conspiraciones, por eso es el indicado. Mientras que Kazuki Shima reitera que cualquiera de los tres hará una excelente labor y por ello no tiene ningún tipo de afán.

Varios piensan que un buen equipo gobernando es lo que se requiere ahora, es decir, un buen ministro y una buena primera dama.

Gema Lancaster nos concedió una entrevista donde recalcó que sigue al lado del coronel dándole todo su apoyo a él y a la Élite; asimismo, envió fuerzas a sus colegas Rachel James y Angela Klein, ya que enfrentan un duro proceso de recuperación.

No logramos hablar con los familiares de la teniente Klein, solo obtuvimos una simple declaración del capitán Dominick Parker, quien aseguró que son tiempos difíciles para la teniente, pero que, con esfuerzo, logrará salir de esta dura etapa.

La teniente Rachel James nos tiene a la expectativa, para nadie es un secreto que la soldado ya fue dependiente y Hong Kong no es una opción para este tipo de casos.

Hay varios asuntos que preocupan a los combatientes, uno de los cuales es la campaña electoral. Apenas está en la mitad del camino y ya han ocurrido sucesos que dejan mucho que decir. No sabemos que más se pueda presentar.

Lo único que nos queda por decir es:

Fuerza, teniente Klein.

Fuerza, teniente James.

Nuestro sentido pésame para usted, capitán Lewis.

Llanto y lamentaciones es lo que prevalece en la sala donde yacen los cuerpos de Martha Lewis y Meredith Lyons. Observo los cadáveres y la gente que me rodea. Lo dije, querían retrasar lo inevitable.

Alex se halla a mi izquierda, y Regina, a mi derecha. El ministro está estresado; su madre, en cambio, se abanica la cara mientras se mira las uñas.

—Hay que buscar al culpable —llora el presidente del Consejo—. Esto no se puede quedar así.

—Se metió con las personas equivocadas, ¿qué esperabas? —le digo.

—El sepelio será…

—Las reglas son para todos —interrumpo a la madre de la sargento muerta—. Traicionó al ejército, por lo tanto, no tendrá sepelio con honores ni será llevada a Irlanda.

La mujer sacude la cabeza y Alex toma una bocanada de aire. Sabe que no puede decir nada por una sencilla razón: no estoy diciendo mentiras.

—Los Lyons le han servido a la FEMF por años, al igual que los James, los Miller, los Lewis y los Morgan —llora Arthur—. ¡Eso es algo que aquí pesa y por ello te exijo más respeto hacia la memoria de mi nieta!

—No —me sincero—. No le puedo tener respeto a esa cucaracha.

—¡Eres un maldito! —Se acerca a gritarme—. ¡Va a llegar el día en el que a las malas vas a tener que respetar y entender que no puedes hablar de todo el mundo como se te da la gana!

Da otro paso hacia mí y Regina se interpone entre ambos.

—No voy a permitir que amenaces ni regañes a mi nieto —espeta—. Por muy presidente del Consejo que seas, Alex es el ministro; por ende, está por encima de ti y de todos aquí.

—Ah, no te metas, no eres más que una perra sin escrúpulos.

—Esta perra tiene más medallas que tú, así que mejor calla, Arthur.

Da un paso atrás y no pierdo más el tiempo, le doy la espalda a todos, busco la salida y los dejo llorando sobre su asqueroso cadáver.

El ministro se queda, no me ha hablado en todo el día. Creo, en el fondo, que ha de saber que fui yo y que no me pesa haberlo hecho. Regina se viene conmigo. El soldado que custodia la salida me abre la puerta y el agente de los medios internos que está afuera se apresura a mi sitio cuando me ve.

—Coronel. —Me alcanza y se me atraviesa—. ¿Cómo toma la tragedia que acaba de pasar?

Acerca una grabadora a mi boca.

—Un hecho lamentable que solo nos reitera lo peligroso de jugar con fuego. —Me coloco los lentes oscuros—. No nos queda más que dar el sentido pésame.

—¿Qué piensa de los sucesos que giran en torno a Antoni Mascherano? —indaga—. El que se rumoree que los clanes tienen otro líder. ¿Cree que esto desencadene que todo se torne más peligroso de lo que ya está?

—Es lo más probable, pero eso ya lo veré más adelante.

Respondo las preguntas que me hacen, Bratt está sentado en las sillas del pasillo con Joset y Sabrina. Las gemelas se unen a los Lewis y avanzo cuando me desocupo.

El agente de los medios no me pierde de vista, así que hago lo que todo candidato haría.

—La FEMF lamenta su pérdida, capitán. —Me poso frente al hombre que mantiene la cabeza gacha.

Me encanta que sufra para que aprenda a dejar de ser un idiota que cree que todo se soluciona con palabras. Zoe Lewis tiene los ojos hinchados de tanto llorar al igual que la hermana, quien apoya la cabeza sobre su hombro. Le doy la mano a Joset y este la recibe mientras que Sabrina esconde la cara en el cuello de su hermano.

—Gracias por las condolencias, coronel —me dice el papá de Bratt. No tiene idea de que fui el que mató a la maldita que tenía como mujer—. Vayan con cuidado.

Continúo mi camino con Regina pegada al brazo, busco la escalera que bajo, en ella hay más agentes y esta vez no se enfocan en mí, se centran en Alex, que viene más atrás.

—Ministro, ¿qué le espera a Angela Klein y Rachel James? —le preguntan mientras lo acompañan afuera.

Me quedo sobre la acera.

—Angela Klein se recuperará con la ayuda que le brindará la FEMF y Rachel James partirá a Phoenix lo más pronto posible. —El ministro me mira mientras espero que Tyler llegue con el vehículo—. Los soldados necesitan espacio, contención por parte de la familia, y es lo que le daremos.

Abro la puerta del auto que llega y dejo que Regina entre primero antes de subir. Tyler comenta sobre la «tragedia» y callo; esto pasa por no entender que algunos ya no están para vueltas en el mismo punto.

La gente tiende a subestimar y he aquí el resultado: el que jode debe bancarse las consecuencias de lo que hace.

Les temen a los criminales que representan un peligro, como Antoni, pero no sopesan que el italiano y yo nos dimos la mano años atrás y, aunque seamos diferentes, nos entendimos en cierta ocasión por el hecho de cargar la misma marca.

Se sabe que la vida es difícil para quien se mete con un mafioso, pero se torna cruel cuando jodes a un asesino.

69

Tú siendo tú

Stefan

Cuando uno irradia tanta luz, corres el riesgo de entrar en cortocircuito, de tener uno de esos apagones donde la oscuridad se cuela en tu alma y por más que quieras hallar la bombilla, simplemente no está, ha desaparecido.

Le doy un sorbo a mi café mientras observo la rutina matutina de la ciudad, deslizo los dedos dentro del asa de la taza e internamente lamento los hechos. La humanidad está tan dañada que cada día temo más.

El teléfono me suena en el bolsillo y contesto el mensaje de Rick James. En el texto me confirma que Alex Morgan vendrá por Rachel en la noche y se la llevarán a Phoenix con el fin de que esté con su familia.

Le hago saber que ya tengo todo listo y me devuelvo a la cocina, donde le enciendo una vela a los ángeles: les pido que se apiaden de la mujer que me dio la mano y también suplico por Angela, ruego porque merme el dolor que ahora ha de estar sintiendo.

Las pérdidas no son fáciles; yo perdí a mi cuñado hace poco y mi hermana aún lo lamenta. Los niños han contribuido a que pueda ponerse en pie; sin embargo, el dolor está presente.

Reviso que los objetos cortos punzantes no estén a la vista y verifico las ventanas, pues es necesario que estén bien cerradas. Vivimos en la cuarta planta y una caída desde este nivel puede ser fatal.

Rachel no está bien y en su estado debemos tener cuidado en todo momento. El capitán Parker llama a preguntar por la teniente y aprovecho para indagar sobre el estado de Angela, que estará internada por varios días más.

—La teniente despertó —me comunica la enfermera—. Hay que darle alimentos sólidos.

—Enseguida.

Me despido del capitán antes de colgar, frente a la estufa caliento lo que preparé en la mañana. Su situación me angustia, no sé qué sería de nosotros si no tuviera a la familia que tiene. Se harán cargo de todos los costos de su recuperación y estarán con ella en todo momento.

Tendrá que salir de las filas por un tiempo, y esto influirá en su economía, así como repercutió lo de Ernesto, lo del orfanato y lo demás.

Preparo los alimentos que hacen falta, sirvo un plato y lo acomodo en la bandeja que llevo a la alcoba de Rachel, quien está recostada en el cabecero de la cama.

No pierde de vista a la enfermera y la mira mal. Ese gesto vacío pasa a mí cuando cruzo el umbral.

—Angel —la saludo mientras dejo la bandeja en la mesilla de noche—. ¿Cómo te sientes?

Una pregunta estúpida, dado que su apariencia lo dice todo: está pálida, con los labios secos y agrietados, tiene las ojeras marcadas, el cabello opaco y los brazos repletos de puntos rojos que evidencian dónde se clavó la jeringa.

—Necesito más morfina —le habla a la enfermera—. Me duele mucho el cuerpo.

—No puedo suministrarle más —contesta la mujer—. Ya se le suministró la necesaria.

Empuña la sábana que le cubre la mitad del cuerpo, el sudor le empapa la frente y la fuerza que ejerce sobre la seda pone de manifiesto lo tensa que está. Capto el audible silbido que emiten sus pulmones cada vez que respira, la abstinencia agudiza el asma que padece.

—Váyase —le ordena a la enfermera, y la mujer sale sin refutar.

—Trata de comer algo. —Me siento a su lado—. A lo mejor, los dolores son por falta de alimentos.

Tomo la bandeja.

—No tengo hambre.

—Inténtalo.

—¡No puedo comer cuando todos los huesos me duelen!

Se pasa las manos por la cara y con la lengua se humedece los labios agrietados.

—¿Christopher estuvo aquí? —indaga con un deje de desespero.

—Durmió contigo y se fue esta mañana temprano —contesto.

Toca el collar que le cuelga. Anoche no lo tenía y hoy sí; al parecer, Meredith lo vendió en el mercado negro en busca de dinero para escapar. Laurens comentó que el coronel lanzó una advertencia el mismo día que se perdió, así que supongo que por ello llegó a sus manos en tiempo récord. Nadie en el mundo criminal quiere que Christopher Morgan le esté respirando en la nuca. El coronel es el tipo de persona que pasa por encima de quien sea con tal de conseguir lo que quiere. No levanta los pies: él arrasa y destruye el obstáculo. Es arrogante y egocéntrico, solo se preocupa por él y lo que le sirve. Me sentí estúpido al ofrecer una pequeña recompensa por algo que él consiguió con una mera advertencia.

—Come algo. —Le insisto a Rachel, quien no deja de sudar. Aparta la cara cuando acerco la cuchara a su boca.

—Necesito que me consigas una dosis de heroína o un sobre de cocaína —me pide—. También hay unas píldoras que…

—Sabes que no puedo conseguir eso —me niego, y le coloco la bandeja en las piernas para que coma.

—Éxtasis, PCB…, lo que sea, pero necesito calmar esto —insiste—. Requiero algo que merme las ansias que…

—Necesitas lucidez —tomo sus manos—, y para eso tienes que calmarte. Necesitas…

—¡Necesito morirme! —Arroja la bandeja a un lado y los platos se quiebran cuando impactan contra el suelo—. ¡Eso es lo que necesito!

Se levanta y empieza a caminar de aquí para allá.

—Esta no eres tú —le digo—. Métetelo en la cabeza y repítelo hasta que te lo creas.

Rebusca en los cajones, vacía el contenido y empieza a tirar los objetos, que resuenan en el mármol en menos de nada. Desordena todo lo que había arreglado.

—Busca la morfina y deja de observarme como si fuera un puto fenómeno —demanda.

—La dosis tiene sus restricciones.

—¡Búscala! —insiste.

—No, Rachel.

—¡Si no vas a ayudarme, lárgate! —Me echa.

Trato de acercarme y se vuelve hacia mí con los ojos cargados de ira. Guardo silencio, prefiero dejarla sola, siento que esperar a que se calme es lo mejor. Tiempo a solas fue lo que les pidió a sus amigas y hay que dárselo.

La habitación se vuelve un caos y hasta el mismo bolso de la enfermera termina en el piso. Esta fue la primera advertencia que nos dio el médico: dijo que se debe estar preparado para lidiar con este tipo de impulsos, ya que un dependiente es capaz de cualquier cosa.

Se cansa y termina en la cama con las rodillas contra el pecho.

—Vas a salir de esta —la animo desde la puerta—. Esta no eres tú. Tú eres luz, esperanza, alegría, fortaleza…

—¡No necesito tu optimismo, así que puedes metértelo por el culo, si quieres! —increpa rabiosa—. No eres quien está jodido, por eso te es fácil hablar como un conferencista barato. ¿Y adivina qué? ¡Pierdes tu tiempo, porque ni para eso sirves!

—No puedes rendirte de una forma tan fácil.

—¿Fácil? —Sacude la boca en una escueta sonrisa—. Te reto a que te enfrentes a una de las tantas situaciones a las que me he enfrentado y te apuesto todo a que no resistes ni una sola prueba, porque los pendejos como tú solo sobreviven de la lástima y la caridad de los demás. ¡No consiguen nada por ellos mismos!

—Solo quiero ayudarte.

—¡Si quieres ayudarme, lárgate de mi casa y deja de querer animarme con palabrerías! —me grita—. Yo siempre he estado para ti. ¿Y qué estás haciendo tú ahora? ¡Nada, Stefan! No me ayudas con esta sensación de ahogo, con esta maldita depresión ni con el dolor que me acribilla por dentro.

—Sabes que si pudiera…

—¡Lárgate! —espeta—. ¡No quiero escuchar a nadie, así que desaparece!

Los hombros me pesan; por más que quiera ignorarlo, sus palabras me hieren de cierta manera. Ya no hay rastro de la mujer que conocí. Insiste en que me vaya y me alejo del ser que poco reconozco.

El día pasa y cierro las cortinas cuando cae la noche. La enfermera le insiste a Rachel para que coma, pero lo único que consigue son insultos de su parte: se niega a ingerir alimentos y a tomar los vitamínicos; tampoco recibe a las amigas que la vienen a visitar, echa a Brenda de la alcoba y le estrella la puerta en la cara.

—Trataré de ir a Phoenix dentro de unas semanas —me dice antes de irse—. Le diré a Luisa que por ahora no venga, no creo que Rachel quiera verla a ella tampoco.

Asiento, se va y cierro la puerta. Sentado en el pasillo oigo cómo Rachel vomita un sinfín de veces en el baño; sale mal de este y se queja de dolor sobre la cama. Trato de socorrerla, pero no me deja tocarla. Me duele demasiado verla así, actúa como un ser grotesco y enfermo. Pero, con lo que está haciendo, lo único que consigue es hacerse daño a sí misma. La pelea y los gritos me desesperan, por ello llamo a Alex Morgan para que venga rápido por ella.

Las groserías y los malos tratos son cosas que me cuesta manejar.

—Quiera o no, tengo que canalizarla —insiste la enfermera. No obstante, no se deja, por lo que opto por ir al mercado por algunas hierbas aromáticas que pueda relajarla.

Me meto las llaves en el bolsillo, me apresuro a la puerta, la abro y, cuando estoy por salir, regreso asustado apenas capto el grito que suelta la enfermera. Corro a la habitación y encuentro a la mujer de blanco en el suelo y con una herida en el abdomen.

—Rachel, ¿qué hiciste? —La aparto y trato de auxiliar a la enfermera, mientras que la teniente repara la tijera de uso médico que aún sostiene. No veo culpa, peso, ni remordimiento; solo a ella con los ojos oscuros por la rabia.

—Quítale las tijeras —me dice la mujer en el momento que ella se acerca con la herramienta metálica en la mano.

—Necesito la morfina. —Le tiemblan los labios—. Me siento mal y ella tiene la solución en el bolsillo.

—Aléjate, Rachel. —El pánico me recorre el cuerpo al verla así, tan siniestra.

—La morfina —insiste.

—¡Aléjate! —Trato de ser duro, pero eso solo empeora la situación.

—¡Solo quiero el puto medicamento! —Se me viene encima con las tijeras en la mano y alcanzo a interponer el brazo cuando vuelve a atacar.

En mi posición no es mucho lo que logro hacer. La empujo, vuelve a incorporarse con más rabia e intenta atacar otra vez, pero la sombra que se cierne detrás de ella la rodea nada más que con un brazo.

«La puerta». Dejé la puerta abierta y eso le dio paso al hombre que la sujeta justo ahora y le quita las tijeras. Ella, sin embargo, no se queda quieta, se zafa y busca pelea, pero él le entierra la mano en la clavícula hasta que se desvanece en sus brazos.

—Esta mujer necesita un médico —declaro a la vez que hago presión en la herida de la enfermera.

—No es mi problema —increpa el coronel.

Deja a Rachel en la cama mientras trato de alcanzar una toalla que me ayude a contener la sangre. La apuñaló en el costado izquierdo del abdomen y me preocupa que le haya dañado algún órgano importante.

Con el rabillo del ojo, noto la jeringa que Christopher se saca del bolsillo.

—No puede suministrarle ningún tipo de medicamento al margen de los que le han recetado los facultativos —advierto—. El médico se molestará.

No acata mi advertencia, como siempre, hace lo que quiere y no me queda más remedio que dejarlo. No tengo cómo ganar con ella, que tiene no sé qué demonio dentro, ni con él, que es un animal. Le inyecta el brazo, toma su muñeca y empieza a medirle el pulso.

Christopher

Espero y me aseguro de que los latidos estén bien, su ritmo cardiaco tarda en componerse, pero se normaliza con el pasar de los minutos.

Gelcem hace lo posible por auxiliar a la mujer que tiene en los brazos y yo le echo mano a la mochila de viaje que está al costado de la cama.

Me aseguro de tener todo lo que necesito, los documentos personales incluidos. El soldado insiste en que llame una ambulancia y sus peticiones no hacen más que valerme mierda. Saco un abrigo del armario y meto los brazos de Rachel dentro, me engancho sus pertenencias en el hombro y me preparo para partir.

Gelcem no se calla y la mujer no deja de llorar, así que saco el arma y me agacho frente a ambos. El limosnero palidece y aparta la cara con miedo.

—No hagamos tanto espectáculo por una simple cortada —advierto—. Lo mejor que se puede hacer ahora es evitar un tiro por hablar de más.

—Ella necesita atención médica —alega Gelcem.

—Ella necesita que le quites el uniforme, la saques como si nada hubiese pasado, la lleves a un hospital de poca monta y ahí digas que intentaron robarle, que el marido la maltrató o cualquier mierda parecida. —Ella fija los ojos en el arma que mantengo en la mano—. No te mato por una sencilla razón, y es que no tengo tiempo para limpiar el desastre, pero si me llego a enterar de que alguien sabe lo que acaba de pasar, tendré que tomar medidas, y nadie quiere eso, ¿verdad?

La enfermera se aferra al brazo de Gelcem y él sacude la cabeza.

—Cada quien sabe lo que le conviene, créeme que es mejor tener la boca cerrada a flores en la tumba —advierto.

Vuelvo arriba, tomo a Rachel en brazos y la saco del apartamento. Con ella llego a la primera planta, donde Tyler Cook se apresura a abrirme la puerta del vehículo. Camino rápido al sitio, la meto en la camioneta y, cuando estoy por subir, llega Alex Morgan y su guardia personal.

El ministro sale de su auto junto con Regina y me gustaría que dejaran de gastar energía en lo que no les incumbe.

—¿Cuántas decepciones más tengo que soportar? —reclama Alex—. En estos momentos ella es un peligro para la sociedad y para ella misma. ¡No está bien y tú solo estás pensando en ti!

—El peligro para la sociedad seré yo si no dejas de joder. —Me vuelvo hacia él.

—¡Ya lo eres!

—Siempre habrá una forma de empeorarlo —acorto el espacio que nos separa—, así que basta de reglas, demandas y advertencias, que, por muy ministro que seas, el candidato soy yo y si dejo esta mierda uno de los más perjudicados serás tú.

—Tú eres el que me necesita a mí —me desafía, y me río en su cara—. No intentes invertir los papeles.

—Solo conquisto el jodido mundo si me apetece —espeto—. El puesto con el que tanto me amenazas te lo puedo quitar si me lo propongo. Paso por encima de ti si se me da la gana, porque no me pesa decepcionarte, herirte o pisotearte, así que deja de meterte en mis asuntos con ella, que no te voy a hacer caso como en años atrás con el maldito exilio.

Sacude la cabeza, decepcionado, y no me importa.

—Las cosas son como yo quiero o no lo son. No hay respeto como tampoco hay amor entre padre e hijo; por ende, deja de creer que puedes detenerme porque no es así —añado, y Regina se acerca—. Contigo o sin ti seguiré siendo candidato y contigo o sin ti puedo ganar esto.

—Ella necesita a sus padres…

—¡No, ella me necesita a mí y fin del asunto! —le hago saber—. Se va a venir conmigo y esta vez no te vas a meter, porque, si lo haces, te juro que…

Callo con el bofetón que me da Regina que se atraviesa y me voltea la cara con el golpe.

—Respeta a tu padre —advierte—. No es el mejor, pero tú eres una copia de él y, aunque no lo creas, te ama, así como yo lo amo a él y como tú querrás a tus hijos.

—Déjalo —se entromete Alex.

—Déjanos solos —lo corta ella—. Seré yo la que hable con él.

El ministro me mira por última vez antes de alejarse.

—Nunca me ha gustado el que Marie se autodenomine tu madre —me dice—. Sé que no tuviste a Sara, pero a mí sí, y por ello las veces que tenga que ser ella lo seré. Me gusta que quieras comerte el mundo, porque así somos todos los que tenemos este apellido; sin embargo, debes tener cuidado y pensar con la cabeza fría. Deja de pelear con tu padre, aunque te moleste tiene más experiencia que tú.

Busca mis ojos; si quiere que dé marcha atrás no lo voy a hacer.

—Vete, haz lo que tengas que hacer. Sé que si nos oponemos te irás de todas formas —continúa—. Lo único que te pido es que te esmeres por lo que tienes encima y no me decepciones, porque, si lo haces del escarmiento qué pienso darte, no te vas a librar.

Se acerca más, deja las manos sobre mi nuca y apoya los labios en mi mejilla.

—Sabes que hablo en serio, así que no me pongas a prueba.

Se devuelve a la camioneta de la cual espera Alex afuera. Abre la puerta para que ella entre y posa la mirada en mí antes de subirse. No lo determino, solo abordo el vehículo y Tyler arranca.

Me lleva a la pista de aterrizaje, donde espera el jet que mandé a preparar. El soldado se encarga de traer las cosas que empaqué y subo a Rachel al camarote de la nave. La dejo allí, no va a despertar por ahora.

Le aclaro al soldado que me acompaña que viajaré solo y él asiente antes de bajar.

En la cabina compruebo que tengo todo lo que pedí, aseguro las puertas, enciendo el panel, ajusto los controles y despego.

Solo somos ella y yo sin intromisiones, estorbos y consejos absurdos. No voy a dejar que se vaya con otros, se queda conmigo y punto.

70

Sober

Rachel

Un olor putrefacto invade mis fosas nasales, no tengo idea de dónde proviene. ¿De mi entorno? ¿Sale de mí? No sé. Me hundo en la silla donde espero, sucia y con dolor en las extremidades. Estrello la espalda contra la superficie dura que tengo atrás, me siento en la nada. Hace calor y me trago los gritos de rabia que me genera este asqueroso estado.

Angela llora desconsolada en el suelo mientras lo que me rodea repite el discurso que oí en el hospital: «aborto, violación, huesos rotos». Fijo los ojos en el cuerpo de Elliot, que está a pocos metros con una sábana encima; las aves carroñeras vuelan sobre él en busca de carne.

Su muerte duele, porque fue un buen colega, leal, competente…, y ya no está. Murió quien se esforzó por ayudarme y hacer un buen trabajo. A mi cabeza vienen las personas que dejó y que ahora, de seguro, lo lloran.

Se me hace un nudo en el estómago al ver el estado de la teniente Klein: la violaron en reiteradas ocasiones, maltrataron y llenaron de golpes. El saber que perdió a su bebé es algo doloroso, así como el hecho de que yo no pueda tener uno jamás. Los recuerdos son un suplicio que me encogen cuando evoco cómo le rogué a Meredith Lyons en medio del desespero.

El dolor en el pecho se me dispara y siento que no puedo respirar.

—No sé qué te hice, pero lo siento, ¿vale? —lloro—. ¡Lo siento!

Observo la piel marcada por la aguja y me llevo las manos al cuello. Me siento asfixiada a causa de la ansiedad que desata la abstinencia, ya que se convierte en un enorme cúmulo que se me atora en la garganta. Las ganas de vomitar lo empeoran todo y de un momento a otro siento que mi mundo da vueltas.

Veo a la sargento muerta, a personas preguntando sobre su muerte, veo sus restos junto a los de Martha… Los soldados lloran y los cadáveres de ambas me persiguen, mientras que el rostro del asesino aparece entre la multitud, sonriente, orgulloso y tranquilo. Me mira, lo miro y con el corazón desbocado llego al borde del abismo por el que me precipito, siento que ardo por dentro, el suelo me espera y…

—¡Rachel! —Me sacuden los hombros—. ¡Despierta!

Acato la orden y vislumbro a Christopher sentado en la orilla de la cama.

—Estás soñando —aclara, pero estoy demasiado cansada para responder. Los párpados se me cierran solos y me hundo otra vez en la cama.

Siento que duermo, pero no descanso; sin embargo, me niego a abrir los ojos, sé que al despertar seré la Rachel que odio, esa que no puede vivir sin la droga. El malestar en el cuerpo es angustiante, las extremidades las siento como ramas pesadas, no quiero enfrentar la realidad y con los ojos cerrados trato de sobornar la ansiedad. Me esmero por no despertar, puesto que tengo claro lo que vendrá. Procuro soportar lo más que puedo, pero mi cuerpo se rebela y me exige que le dé lo que aclama.

Me muevo una y otra vez en la cama, todo tiene un límite y el mío llega a su fin cuando siento que no puedo respirar.

«Éxtasis, heroína, cocaína, PCB, ketamina —repite mi cerebro—. Éxtasis, heroína, cocaína, PCB, ketamina».

Abro los ojos y no reconozco el espacio que me rodea; de lo último que me acuerdo es de la discusión que tuve con Stefan. Saco los pies de la cama y me levanto con la boca seca. De reojo veo los mapas que hay sobre una mesa, camino al umbral de la minúscula puerta que está abierta. Estoy en un jet y desde donde me hallo veo a Christopher de espaldas pegado al teléfono.

Hace mucho calor, la ropa me estorba y sin decir nada busco la ducha para refrescarme. Tardo más de lo que debería, dado que la falta de energía hace que mis movimientos sean lentos.

Estoy abrumada, apagada y rabiosa; me siento como los judíos que vivieron barbaridades por culpa de un imbécil incapaz de razonar y escuchar. En años pasados busqué algo a lo que aferrarme, pero ahora lo único que quiero es dejar de existir, drogarme hasta morir de una sobredosis. Deseo ser Daniels Steven. Quiero nadar en el mar lleno de calma que ofrece el alucinógeno, eso es lo único que me apetece ahora. El llanto que se desata me quema por dentro y sale cargado de rabia, porque pese a que fueron pocos días, para mí es como si hubiese sido una eternidad. Los intestinos se me revuelven y vomito cuando las náuseas se apoderan de mi garganta; no tengo nada en el estómago y estoy tan débil que las rodillas se me doblan y termino temblorosa en el suelo. Mi organismo insiste, pero no tengo nada y lo que despido es baba amarga, entintada con sangre. Las manos se me resbalan y la humillación llega a tal grado que caigo sobre mi propio vómito.

Para el que ya fue dependiente, el HACOC no es una droga, es el veneno mortal que llega a matarte poco a poco, su periodo de abstinencia es violento y te somete a un estado de profundo desespero. Es un suplicio que te acaba de la misma forma que lo hace una enfermedad terminal.

«Quiero morir».

Como puedo me levanto, termino de ducharme, me lavo los dientes y envuelvo el cuerpo en un albornoz antes de salir. Christopher está recostado en el umbral con los brazos cruzados sobre el pecho.

—¿Todo bien? —pregunta, serio.

—Lárgate y déjame sola. —Paso de largo en busca de la cama, donde me acuesto y me tapo.

Me jode que vea el asqueroso aspecto que tengo ahora.

—Partiremos dentro de veinte minutos —avisa.

—Fuera. —No me inmuto en mirarlo.

—Vístete. —Arroja una mochila en la cama —. Carezco de paciencia, así que obviemos las arandelas.

—¡Vete a joder a la perra que siempre andas reluciendo! —le grito—. ¡O a la madre que siempre atropellas! A mí déjame en paz, que no me interesa tu lástima y mucho menos tu ayuda.

Abre la mochila en busca de no sé qué.

—Imbécil… y sordo.—Pateo todo y me quita las sábanas a las malas.

Se aferra a mi tobillo, con un jalón me lleva al borde de la cama y me pone en pie, me arranca el albornoz y me deja desnuda. En mi estado no es mucho lo que puedo forcejear y, por más que intento apartarlo, termino estrujada cuando a la fuerza me pone las bragas, el vaquero y la playera.

Me pone también una sudadera ancha y lo empujo con una patada cuando intenta ponerme los zapatos, pero me retuerce el tobillo y tal cosa trae el chillido que me quema la garganta. Amarra las zapatillas con fuerza antes de levantarse en lo que yo me retuerzo de dolor en la cama.

—Péinate, que pareces una loca —espeta mientras recoge lo que tiré.

—¡Loca tu madre, hijo de puta! —Vuelvo a meterme dentro de las sábanas con zapatos y todo.

¡No soporto esto! La rabia cargada de tristeza que me tiene mal, la depresión que me hunde y no deja de recordarme lo que pasó.

Vuelve a ponerme en pie y descargo la ira con el collar que me cuelga en el pecho: se lo estrello en los pies. Respira hondo.

—¡A otra con tu lástima! —Rompo a llorar—. ¡No me mires, no me toques, solo vuelve a tu vida perfecta y deja que me revuelque en mi mierda! ¡No quiero que nadie me joda!

Toqué fondo, me dejé hundir y este es el resultado. Prepara todo mientras yo me aíslo en la cama con la cara entre las rodillas. Él apaga las luces, se cuelga el equipaje en el hombro y me baja a la fuerza para llevarme con él. Forcejeo en vano, porque se niega a soltarme. El sol matutino recae sobre mi cara mientras cierra la puerta; me arrastra con él a través de la pista desolada de concreto en la que reluce la enorme advertencia que indica hasta dónde se puede volar.

Un sujeto de pantalón y camisilla nos espera al lado de una camioneta Duster con vidrios polarizados. Se apresura a ayudar con el equipaje, y Christopher me mete en el vehículo a las malas y traba las puertas para que no salga. Los brazos me quedan ardiendo. ¡Es un puto animal!

—¿Trajiste lo que te pedí? —indaga el coronel.

—Todo está adentro —contesta el sujeto.

Despliegan un mapa sobre el capó, y yo no me molesto en saber dónde estoy, por un simple motivo: me da igual morir aquí o en Londres. Los dolores hacen que me vuelva un ovillo en el asiento y el coronel se pone al volante cuando el hombre que lo acompaña se va.

Para el que está en abstinencia, inyectarse es la solución a todos los problemas, ya que los malestares se van, desaparece todo lo que te agobia, y eso es lo único que quiero ahora.

Christopher abre la maleta que está atrás antes de arrancar y saca una botella de agua azul.

—Tómate esto. —Me la ofrece.

La tomo, la destapo y la vacío en el interior del vehículo mientras que él se aferra al volante sin mirarme.

—Si tienes más, puedes usarlas para lavarte la polla. —Dejo caer la botella vacía.

Arranca enojado y mis fuerzas son tan escasas que termino rendida en la silla. Las pesadillas vuelven y termino dando saltos involuntarios en el asiento. Angela y Elliot siguen presentes, al igual que Meredith y Martha Lewis.

Las horas pasan como también los kilómetros que recorre el coronel a través de la carretera vacía. El sol me da en la cara y el dolor se vuelve insoportable al igual que las náuseas que me cuesta detener.

—¡Para! —logro decir cuando me abarca la oleada de vómito.

Frena, salgo a trompicones y vacío todo en plena carretera. Lo que tengo es como una resaca de mil días que me deja arrodillada y con las manos en el asfalto; siento que las fuerzas merman cada vez más.

Christopher sale y trato de levantar la mano poniendo distancia, no me hace caso, me toma del brazo y me pone en pie.

—Tómatela —insiste con otra botella de agua.

—¡No me jodas! —Me aparto. Su agarre se vuelve más fuerte y me estrella contra el vehículo que tengo atrás.

—¡No soy tu puto niñero, ni tu maldita enfermera! —me grita—. ¡Así que empínate esta porquería o te la meto con sonda!

—¡Vete a la mierda! —Trato de huir, se niega a soltarme y le entierro una cachetada que termina arañándole la mejilla.

Mi espalda termina contra el metal cuando me toma del cuello y resopla furioso.

—¡No me provoques, que no soy Stefan! —advierte—. Créeme que a las malas terminarás más jodida de lo que ya estás.

—¿Qué? ¿Me vas a matar? —lo provoco—. ¡Hazlo de una vez y nos ahorramos el paseo que no pedí!

No tiene quiebre ni brecha en la fría máscara que se carga; sé lo que hizo, pero mi garganta no quiere decirlo. Abre la puerta, me empuja adentro antes de volver a su puesto. Nunca he sido más que la mujer que se coge y ahora no entiendo el egoísmo de no dejarme morir.

—Mi destino no es problema de nadie y mucho menos tuyo —le digo cuando arranca—. ¿Para qué fingir que es tu problema si no lo es?

No me contesta y respiro hondo, exasperada.

—Lo justo es que me dejes hacer lo que se me dé la gana como lo haces tú —sigo—. No estoy pidiendo ayuda.

No me mira, no me habla, solo se pasa la mano por la mejilla sin perder de vista la carretera.

Las horas pasan y mi crisis empeora. Tiene que parar una y otra vez cuando el vómito llega y en últimas no arrojo nada, son solo amagos de mi cuerpo, el cual no hace más que empeorar el suplicio al no tener lo que quiere. Paramos en una estación, donde aprovecho para lavarme la boca y echarme agua en el cuello y la cara. Christopher no me deja ni respirar, siempre me está mirando, me sigue con los ojos a todos lados y no entiende que me jode que me vea en este estado, el que grita que soy una maldita adicta.

La travesía sigue con mil discusiones en el camino y, por más que lo insulto me ignora, se aguanta las malas palabras como si fueran algo del día a día.

El mediodía pasa y detiene el auto en un restaurante ubicado a la orilla del camino. Me niego a bajar, no estoy de ánimos para nada.

—No tengo hambre —digo.

—Sería una buena respuesta si te hubiese preguntado. —Me saca del vehículo a las malas, le echa mano a una de las botellas de agua que carga atrás. El dolor que tengo en los brazos empeora.

El sitio está repleto de gente y por alguna extraña razón siento que todos me miran. El coronel me arrastra a una mesa, me sienta y él lo hace a mi lado. El camarero llega a tomar la orden. No me molesto en mirarlo, el hombre que me acompaña es quien pide. El empleado pone los cubiertos y avisa de que dentro de diez minutos traerá todo. El ruido me molesta, y más aún cuando a Christopher le suena al móvil. Es Gema quien lo llama y el muy imbécil contesta.

—¿Cómo estás, ogro gruñón? —capto el saludo al otro lado de la línea.

Empiezan a hablar; si antes no tenía hambre, ahora menos al ver cómo contesta con monosílabos. «Sí, no, ok». Tardan y procede con el «ajá, bien, como sea».

—De saber que ibas a hablar con tu zorra me hubiese quedado en el auto —le digo cuando cuelga.

Detesto que enfoque la atención en otra y más cuando esa otra ahora está mejor que yo.

Me ignora y guarda el aparato cuando traen la comida. No me molesto en mirar el plato, solo lo aparto con un gesto, dejando claro que no me interesa.

—Come —empieza con las exigencias y ni caso le hago.

Sigue con los suyo hasta que acaba con lo que pidió mientras que el mío sigue tal cual.

—No nos vamos de aquí hasta que no comas —advierte.

—Sigue hablando con tu zorra y no me jodas.

—Eres un grano en el culo.—Bebe un trago de la cerveza que pidió cuando me acerco a su oído.

—No me interesa recibir órdenes de un asesino —le susurro—, así que deja de perder el tiempo y llévame a Londres.

Tantos a los que puedo manipular y justo me toca con este.

Toma mi plato como si no pasara nada y se mete cuatro cucharadas rápidas a la boca, mastica sin tragar y, de un momento a otro, me toma del mentón y me abre la mandíbula a la fuerza con un agarre tan brusco que me impide cerrarla. Sus labios tocan los míos cuando trata de pasarme la comida como si fuera un maldito pájaro. Le araño las manos y una arcada se apodera de mi garganta cuando me escupe los alimentos en la boca.

—¡¿Qué te pasa, animal?! —chillo.

Logro apartarlo y se mete otras dos cucharadas a la boca; repite lo que acaba de hacer y vuelve a tomar mi cuello.

—¡Basta! —lo regaño—. ¡La gente nos está mirando, imbécil!

No miento, hay un montón de comensales observando los métodos medievales del imbécil que tengo al lado para alimentarme.

—Come —exige rabioso, y tomo el cubierto con tal de no seguir dando espectáculo. Por poco me arranca la mandíbula. Me clava la mano en el brazo que sujeta y me dan ganas de retorcerle los dedos.

—No quiero que quede nada en el plato, ¿me entiendes? —advierte—. Y si vuelves a agredirme, te coloco una camisa de fuerza.

La comida entra a la fuerza, pero con suerte no la vomito; de hecho, se siente bien tener algo que no sea ácido en el estómago.

—Ahora el agua. —Me planta la botella en las narices, tomo la mitad y mi estómago siente el alivio.

Paga cuando termino y vuelvo al auto. El esfuerzo, la pelea me cansan y caigo rendida en la silla en lo que queda de la tarde, no me opongo al sueño por una sencilla razón, y es que no me interesa a hablar con el insensible que tengo al lado.

Pierdo la noción del tiempo y lo que me despierta es la lluvia que golpea la ventana. La radio informa sobre la tormenta eléctrica que se avecina. Christopher mantiene la mirada fija en la carretera desolada donde se sumerge, ninguno le habla al otro y, cuatro horas después, los relámpagos empiezan a impactar contra el asfalto. El asiento me estorba y él debe disminuir la velocidad cuando las llantas se deslizan en la carretera. No hay más que oscuridad a la derecha y a la izquierda, el locutor de la emisora aconseja que lo mejor es mantenerse en casa. Yo estaría en la mía, si no me hubiesen traído aquí a las malas. El hombre a mi lado manipula el GPS y empieza a buscar alojamientos. Lo único que arroja el sistema es una casa a doce kilómetros. La lluvia toma más intensidad y se ve obligado a pedir alojamiento en el único sitio que aparece. Creo que el GPS se equivocó, porque lo que halla no es una casa, sino un refugio de aislamiento espiritual que está a cuatro kilómetros de la carretera. Hay una luz encendida, y sé que pierde el tiempo, pues en este tipo de sitios están prohibidas las parejas.

Christopher me entrega mi mochila y saca la suya. Hay una verja de madera desgastada que no permite la entrada a la camioneta y, pese a que camino rápido, me quedo empapada en el corto trayecto a la entrada. El coronel me alcanza y toca la puerta mientras yo me apoyo en las paredes de madera. Una monja que no ha de tener más de treinta años, y que lleva puesto un chal sobre los hombros, abre la puerta.

—Lamento incomodar, pero mi hermana y yo llevamos todo el día en la carretera y no encontramos un sitio donde descansar —le dice el coronel.

—Lo siento. —La mujer se ajusta los lentes—. Este sitio no está destinado para eso.

—Quedarnos en el auto con semejante tormenta es peligroso. —Saca a

289

relucir las dotes de convicción que usaba en la iglesia—. Mi hermana necesita una cama y yo puedo pagar por la estadía.

Saca el dinero y ella lo rechaza.

—El dinero es lo de menos —contesta ella—. No es por ser mala samaritana, es que solo cuento con una cama extra y, en caso de quedarse, usted tendría que dormir en el auto…

—No puedo perderla de vista, está enferma y … —trata de no alterarse— debe estar bajo mi supervisión en todo momento.

La mujer mira a uno y luego al otro, tal como es de esperarse, se conmueve con mi asqueroso aspecto.

—Bien, pero solo por esta noche. —Abre la puerta para que pasemos.

Paseo los ojos por las paredes de madera, por la cocina pequeña que está en el rincón y la puerta que doy por hecho que es el baño. Veo las dos camas pulcramente arregladas y el sitio para rezar donde yace una enorme cruz, debajo de la cual hay un peldaño para arrodillarse.

La bombilla que está en el centro del sitio ilumina todo el lugar.

—¿Seguro que son hermanos? —pregunta la mujer con tono de duda—. Este es un sitio sagrado; por ende, no se puede profanar con los actos de la carne y tampoco puedo darles paso a las parejas que no se comportan como lo demandan las santas escrituras.

Pone sus ojos en mí a la espera de una respuesta y sopeso la idea de tumbar el teatro, sería una buena forma de quitármelo de encima, pero es mejor dormir aquí y no en el auto.

—Es mi hermano mayor —afirmo sin tantos rodeos.

—Puedes dormir en la cama vacía, a tu hermano puedo proporcionarle sábanas y cojines para que duerma en el piso —me dice la mujer, y asiento.

Doy las gracias y le pregunto por el baño, donde me aseo antes de cambiarme; salgo y Christopher entra después. La devota, como ha dicho, le acomoda un espacio al lado de mi cama.

Como era de esperarse, él no disimula el disgusto al ver dónde ha de dormir: su señoría no está acostumbrado a las incomodidades. Deja de lado el equipaje, no sin antes guardar la billetera y el arma bajo la almohada.

La cama donde me tumbo rechina con cada movimiento. Christopher se acuesta a su vez, mientras la intensidad de la tormenta aumenta. La monja, por su parte, termina sus quehaceres antes de acostarse.

—Buenas noches —nos desea, y apaga la luz que mantenía iluminado el espacio.

—Buenas noches —respondo, y Christopher saca a relucir sus malos modales cuando no contesta.

Los minutos pasan y yo no me hallo en ninguna posición, estoy incómoda. Los dientes me castañean por el frío, el colchón es duro, y de tanto dormir en el camino ya no tengo sueño. Además, el desespero que me corroe hace que me duela la cabeza. Termino en el borde de la cama. Miro abajo, el coronel está acostado bocarriba con un brazo sobre los ojos y el otro escondido bajo la frazada.

—¿Qué pasa? —musita.

—Tengo frío. —Miro la cama que está a menos de cuatro metros.

Él se quita el brazo de la cara y aparta la frazada que tiene encima.

—Ven aquí. —Me abre espacio a su lado. Tengo rabia, pero en el fondo siento que lo necesito.

Bajo con cautela y él extiende el brazo para que me acueste. Nos acomodamos de medio lado y de inmediato siento la dureza de su miembro, el empalme me maltrata la espalda cuando me abraza.

—¿Estabas esperando que me durmiera para masturbarte? —susurro.

—No —contesta en el mismo tono—, estaba por hacerlo cuando me miraste.

—Menudo enfermo eres.

—Hace frío, soy un hombre y tengo mis necesidades.

—Tienes un problema, aunque no lo quieras reconocer.

—A mí me gusta mi problema —admite, y me volteo para encararlo.

Estoy jodida y hecha mierda, pero eso no logra que mis ojos dejen de distraerse con su atractivo. La luz que proyectan los relámpagos me permiten observarlo y voy acercando la cara hasta que mi nariz toca la suya; huele a colonia y a crema dental. Deja que le dé un beso, así que alzo la pierna y la pongo sobre su cintura para acercarlo más.

—Cógeme. —Vuelvo a besarlo. No responde y la decepción llega con un montón de inseguridades cuando permanece en silencio.

¿Tanto asco doy?

—¿Te tomaste en serio el papel de hermanos?

Me baja la pierna en lo que se humedece los labios.

—No me gustan las cosas suaves —se defiende en voz baja.

—Te doy asco, confiésalo…

Me besa y mis labios lo reciben, le dan vía libre a la caricia húmeda de su lengua; el momento se prolonga, para y se reinicia.

—Deja de decir idioteces —me espeta, y vuelve a besarme.

Sigue lloviendo, el agua no deja de azotar las ventanas. La mujer que nos acompaña duerme mientras yo le como la boca al hombre que desliza las manos por mi playera.

Ya no tengo frío, mi cerebro se distrae con otra cosa, me acuesto sobre mi espalda mientras él baja las manos por mi abdomen hasta llegar a mi coño, separa los labios de mi sexo, desliza los dedos dentro de estos y alcanza el órgano femenino. Me pongo a jadear cuando atrapa mi clítoris y le da inicio a los tirones suaves que me mojan. Sus dientes atacan el lóbulo de mi oreja al tiempo que refriega la erección en mi pierna; busco su polla y nos tocamos en silencio, acompasando los jadeos con el sonido de la lluvia. Los besos toman urgencia y a él no le basta el toqueteo, ya que se lleva los dedos a la boca y saborea mi humedad. La erección que estoy tocando se endurece más y tal cosa lo pone más agresivo, vehemente y pasional. Apretuja mis tetas con fiereza en lo que reparte mordiscos y besos húmedos por mi cuello.

—Voltéate —pide en un susurro, y quedo de espaldas contra él.

Sin apartar las frazadas, baja mis pantalones. Saco los pies de estos y dejo que me apriete contra su pecho. Él no tiene que bajar nada, ya que hace mucho tiene la polla afuera. Me contoneo contra su erección y siento la cabeza de su miembro en mi entrada, puntea y, acto seguido, mi coño lo recibe cuando se abre paso en mi interior. La saliva se me aliviana cuando sale, roza y vuelve a entrar; esta vez ondea las caderas con una lentitud que raya la tortura carnal.

—Joder. —Doy un respingo cuando me lanza la embestida repentina y me mete todo su falo dentro.

—Estás tan mojada y tan deliciosa… —susurra.

Respira en mi oído y me llena de embestidas que me erizan la piel cuando me lleva contra él, no aparta las manos de mis pechos y pongo mis manos sobre las suyas.

—Me gustan mucho tus tetas. —Pellizca los pezones que se endurecen con su tacto—. Si supieras cómo me ponen, dejarías de suponer sandeces.

La cama de la devota se mueve y me quedo quieta mientras Christopher respira en mi cuello y mantiene el miembro en mi sexo; sigue embistiéndome y me congelo cuando la mujer vuelve a moverse.

Ruego internamente que no se levante y respiro hondo cuando se voltea. Pongo la cabeza en el cojín y dejo que Christopher siga con lo suyo, arremetiendo con estocadas deliciosas que traen los jadeos que tanto me cuesta reprimir; de nuevo somos los dos insaciables que no se pueden controlar.

—Oh, Dios…

Pone la mano en mi boca cuando los gemidos se tornan sonoros, sabe que estoy por correrme y apacigua mi orgasmo mientras que se corre en mi interior. No pierde el tiempo, me voltea y me pone contra él.

—No voy a quedarme con las ganas, así que quítatela. —Alza el borde de la playera y me la quito.

Quedo expuesta y él se prende a mis senos como un animal, su lengua se mueve alrededor de los pezones que muerde y lame alternando entre uno y otro; trata a mis tetas como si fuera dependiente de estas.

Su erección resurge, se sube sobre mí, sujeta su polla, desenfrenado, y me embiste otra vez en modo animal. Está más duro que hace unos minutos y complace mi canal con las venas marcadas que hacen magia dentro. Esconde la cara en mi cuello y los gruñidos varoniles que emite me recuerdan la vez que fui a verlo en el gimnasio del comando, en el día que volví a caer en la tóxica relación que tenemos.

—Me encanta tu coño, nena —susurra perdido en la lascivia que nos envuelve, y temo que no pueda parar jamás.

—Espera —musito, pero pasa por alto mi demanda.

Está tan absorto en mi interior que no le importa que puedan vernos o que el mundo se caiga a pedazos. Mi cuerpo responde a sus caricias, a las arremetidas y besos que traen el segundo orgasmo de la noche. No le da tregua a mi boca y a mí me invaden las dudas: ¿qué va a pasar cuando ya no tenga ganas para esto, cuando quiera tener hijos, cuando mi belleza se marchite a tal punto que ya no lo excite?

Mi cerebro me tortura con tonterías que me reprimen. Toda persona tarde o temprano siente la necesidad de tener una familia o una pareja entera y en mi estado no se puede establecer: la droga que creó Antoni Mascherano hizo mierda mi sistema, quitándome la capacidad de procrear. Además, la ansiedad, las agresiones que generan la droga hacen que los demás nos repudien. Él será un general o un ministro, y yo, una drogadicta; él estará con Gema, compartirá su vida, formará una familia con ella, y yo seré la persona que lo observará desde lejos. Un miedo absurdo me corroe, apoyo la mano en su pecho y con un gesto sutil separo nuestras bocas, intenta besarme otra vez, pero aparto la cara.

—Volveré a la cama.

—Luego. —Insiste en besarme y me vuelvo a apartar.

—No me siento bien. —Me visto antes de ponerme en pie.

Rápido vuelvo al sitio donde estaba y le doy la espalda. El sudor me corre por la frente y el estómago me duele. Los truenos siguen resonando afuera, mientras que lidio con el ataque de pánico que me acorrala. Me abrazo a mí misma en medio del desespero. La depresión toma el mismo nivel de intensidad de la tormenta que azota el sitio donde me hallo, el dolor por la añoranza del alucinógeno es un zurdazo, un golpe que me deja inconsciente y me arrastra a la oscuridad.

La tristeza se filtra entre las grietas que abrió la recaída, porque estaba bien y ahora estoy mal, como el día que tuve que partir.

Mi cerebro me arrincona y me convence de que esta vez no habrá solución, me grita que ya no hay nada que hacer, dado que estoy hundida, enferma y podrida. El hombre que está abajo, en poco tiempo, se casará con otra, mientras que yo no seré más que un problema para mis padres y familia. Me abrumo. Soy una mierda.

Una mula estéril.

Una perra infeliz.

Soy una mujer que la vida la volvió mierda y ahora no es más que una drogadicta que solo inspira lástima y asco.

No soy valiente, no soy fuerte, no soy nada.

Las lágrimas surgen, las voces se repiten, la respiración se me dificulta y empiezo a contar los segundos. He sido una maldita en algunos aspectos, me he equivocado en muchas cosas, pero no me merecía esto y ahora siento que ya no soy yo.

La tormenta termina, pero el huracán que se desata en mi interior no se detiene. Así, el amanecer me toma con la espalda recostada en la pared y finjo dormir cuando la mujer que hay en la otra cama se levanta. Entra al baño, sale arreglada, toma una canasta y abandona la alcoba.

«¡Por favor, no! —Pataleo desesperada—. Mátame, pero ¡no me lo inyectes!». Me pongo la mano en la boca cuando el llanto vuelve.

El asesinato de Meredith me da vueltas en la cabeza, el ruego de Bratt y lo que supongo que ha de estar sintiendo ahora, dado que perdió a su novia, su madre y su hijo. No puedo con todo lo que surge, el dolor que florece en mi cabeza es insoportable, así como el peso que tengo en el pecho. No soporto las ganas de vomitar y la sed que me toma la garganta, así que, con cuidado, salgo de la cama. Christopher sigue dormido, busco el baño y me planto frente al espejo, donde observo mi reflejo por última vez.

Quisiera ver a la Rachel de antes, pero no queda nada de eso, ni su sombra: ahora tengo los labios secos, el cabello opaco, los pómulos marcados, las ojeras prominentes y la mirada vacía. Las manos empiezan a temblarme y me siento en el retrete al notar que ya está, ya llegó el desequilibrio en mi sistema nervioso, cosa que surge cuando tu cuerpo entra en tal desespero que se convierte en incompetente. La última vez no llegué a este punto, pero ahora sí y es una señal de que ya no hay marcha atrás.

La poca energía que tengo la uso para cambiarme, el coronel continúa dormido, parece cansado. Me calzo las zapatillas antes de ponerme la sudadera que traía.

Me fijo en la mujer con hábito que recoge fruta afuera y me apresuro a tomar lo que necesito antes de salir, cerrar, correr y abordar la camioneta.

Christopher

El brazo izquierdo lo siento tenso, al igual que la clavícula: dormir en el piso es una maldita mierda. Me muevo incómodo y abro los ojos somnoliento. Me paso la mano por la cara, antes de levantarme en busca el baño. Estoy más cansado que ayer cuando me acosté.

Retiro fuera de mi cuerpo la playera y el vaquero que llevo puestos, busco la ducha y el agua fría es lo que me activa. Frente al espejo me lavo la boca, y después me visto rápido, salgo a buscar los zapatos que…

La cama de Rachel está vacía. De inmediato suelto la mochila que traigo en la mano. ¡Maldita sea! Me apresuro a buscar las llaves que guardé bajo la almohada, pero no están, como tampoco mi móvil ni el reloj. Alcanzo la billetera que se deslizó debajo de la encimera y no hay nada de efectivo.

Tomo el arma que escondí bajo la cama y le pongo el cargador que llevo en el bolsillo de la chaqueta.

—Buenos días… —saluda la mujer en la puerta.

—Necesito un auto y un teléfono —demando en lo que recojo lo que traigo. Ella retrocede asustada cuando ve el arma—.¡Un auto y un teléfono!

—No tengo auto y las líneas están dañadas por la tormenta. —Alza las manos cuando le apunto y me apresuro afuera.

Como bien dijo la monja, no hay auto, transporte público, ni un maldito animal. ¡Tres mil veces mierda!

Acomodo el equipaje y empiezo a correr con la esperanza de cruzarme con algún vehículo. Pero no veo nada en el camino: el pueblo está a cincuenta kilómetros. Por más rápido que camino, siento que no avanzo.

Corro, camino, troto e intento comunicarme con Patrick cada vez que me encuentro un teléfono de carretera, pero ninguno tiene línea. ¡Maldita hija de perra! Internamente, maldigo a Rachel por no pensar.

Dos, tres, cuatro, cinco, seis, ocho horas corriendo, alterno entre trote y caminata, pero lo único que consigo es cansarme más en lo que avanzo sudado, sediento y con la incertidumbre atascada en el tórax.

El cielo se oscurece y una capa de niebla recubre la carretera en la que me adentro.

—Viene otra tormenta, lo mejor es buscar refugio —me advierte un individuo con el que me encuentro.

—¿Tiene un teléfono? —indago, desesperado.

—No hay línea desde ayer y, por la tempestad que se avecina, el panorama no pinta bien; por ello, cerraron la entrada a la vía rural —explica, y sigo caminando.

La llovizna se hace presente y me pongo a correr. La debilidad llega cuando la lluvia se desata y caigo un par de veces en medio de esta, en tanto el frío me cala los huesos. Mi cuerpo me exige un reposo, pero no me importa, y continúo con la marcha; tampoco me interesan los truenos ni los relámpagos, prosigo hasta que el día le da paso a la tarde y la tarde a la noche.

Las casas aparecen a lo lejos y caigo en el corredor de la plaza que decora el parque. El granizo de la lluvia que emerge me golpea el cráneo. El maldito pueblo está casi vacío, la poca gente que hay corre y huye del aguacero. Paseo los ojos por esa plaza y me dirijo apresurado al primer teléfono que localizo; sin embargo, no funciona, y sin rastreador no me queda de otra que sacar la identificación de Rachel, en la que aparece su foto.

—Oiga —paro a gente al azar—, ¿ha visto a esta mujer? Es alta, de cabello negro y ojos azules.

—No, señor. —Siguen caminando.

—¿Ha visto a esta mujer? —pregunto en una tienda de víveres—. Alta, cabello oscuro y ojos azules.

—No, señor.

Me sigo moviendo y no puedo estar más hastiado de la vida, casi todo está cerrado, el clima empeora, pero no dejo de preguntar sin quitarme la mochila del hombro.

—¿Ha visto a esta mujer? —pregunto en el hospital, desolado—. Alta, de cabello negro y ojos azules. Conduce una camioneta Duster.

—Hoy no hemos recibido pacientes —me indican.

Abordo a todo el que me encuentro y parece que todos son ciegos. Pregunto en bares, diferentes expendios y hasta en la jodida estación de policía.

—Hijo —se me acerca una anciana—, la tormenta se va a desatar otra vez, busca un lugar seguro.

Sacudo la cabeza, no puedo buscar ningún sitio seguro con ella desaparecida.

—¿Ha visto a esta mujer? —pregunto, y la anciana se coloca los lentes—. Es alta, de cabello negro y ojos azules. Conduce una camioneta gris.

Asiente y llama al hombre de edad que está guardando víveres en su vehículo.

—Se detuvo frente a nuestra casa esta mañana y preguntó por el centro del pueblo —responde.

—¿A qué hora pasó eso? —inquiero. El anciano que la acompaña se acerca y toma la identificación—. ¿Cuándo fue la última vez que la vio?

—A la una de la tarde, más o menos, llevaba mucha prisa —me responde al tiempo que un trueno retumba a lo lejos—. Hijo, tienes que buscar un refugio, la radio dice que la tormenta será peor que la de ayer, el granizo que cayó hace unos minutos no es nada en comparación con lo que se avecina.

—Tengo que encontrarla. —Me zafo cuando la mujer me toma del brazo—. ¿Conocen algún sitio donde se venda droga? ¿Bares?

—Hijo, no… —intenta decir la anciana.

—¡Tengo que encontrarla y sin ella no me puedo ir! —El desespero me hace gritar y me duele tanto la cabeza que termino con una mano sobre esta.

—El callejón de los moteros —indica la anciana—. Se encuentra en esa dirección.

Tomo la dirección que me indica.

—Abraham, guíalo, puede perderse —pide ella, y el hombre se viene detrás—. Mientras tanto, llevaré los víveres a casa.

El anciano trata de seguirme el paso en lo que señala los callejones, pero con dificultad, ya que camino muy rápido. A lo lejos reconozco la camioneta abandonada en mitad de la calle. Me apresuro al vehículo que tiene las puertas abiertas. Arranco las llaves que dejó colgadas y arrojo dentro el equipaje que traigo. Me quedo solo con el arma.

—Por acá, muchacho. —Señala el anciano—. Ten cuidado, la mayoría están armados y son peligrosos.

Avanzo, hay varias personas de la calle cubriéndose con cartones. Al fondo del callejón se alza lo que fue en su momento una escuela, una universidad…, no sé qué, pero continúo caminando hacia allí. Por las ventanas rotas del edificio se filtran las sombras de los que están en su interior. Entro al espacio desolado con cimientos desgastados, al igual que las paredes, que están llenas de grafitis. La música retumba alta y varios de los moteros me miran. El sitio da asco: el que no se está inyectando, está gritando o llorando en el suelo.

El hombre que me acompaña me sigue en lo que busco a la persona que necesito entre pasillos polvorientos llenos de vómito, orina y heces. Mientras más avanzo, más empeora el panorama. El olor putrefacto se torna insoportable, el anciano se tapa la nariz con un pañuelo cuando cruzamos uno de los salones llenos de basura; hay mantas raídas con las que se cubren adictos inmersos en sus propias alucinaciones.

Sigo buscando y no la encuentro, empiezo a temer que no esté aquí cuando no la veo, pero… La puñalada que siento en el pecho es más grande y dolorosa que la anterior, al menos así lo percibo cuando mis ojos detectan a la mujer que se halla a unos metros, tirada en el piso y rodeada de drogadictos. Suelta una jeringa y se inclina a absorber el polvo blanco que le ofrecen. Está sucia, mojada, vomitada y rodeada de basura.

Siento que el piso se hunde bajo mis pies y con rabia me apresuro a donde está, la tomo de los brazos y la levanto a las malas cuando se rehúsa.

—¿Cuántas dosis? —le pregunto. Ella me empuja y, desesperada, se agacha a recoger las jeringas que están en el suelo—. ¡¿Cuánta mierda te metiste, Rachel?!

La tomo otra vez, me rechaza cuando intento llevarla conmigo y empieza a pelear; chilla y patalea mientras que el anciano que me acompaña trata de ayudar, pero acaba con una patada de ella en el estómago. Está eufórica por el alucinógeno, se vale del arranque de energía que hace acopio de lo aprendido a lo largo de los años, logra zafarse, vuelvo a tomarla y la coloco contra el piso.

—Amigo, ella no quiere irse. —Aparecen tres hombres—. Saca tu culo de aquí y evítate un problema.

Uno de ellos muestra un arma y el sujeto que me acompaña trata de conciliar:

—Es mi hija, solo deseo llevarla a casa…

Yo, entretanto, sigo forcejeando y peleando con ella, quien insiste en quedarse.

—¡Basta! —exijo, y es veloz a la hora de echarle mano a un trozo de vidrio que está a un par de metros. Preveo la maniobra, pero me evade e intenta enterrarme el cristal en la garganta. Logro meter el brazo, aunque el amago me rasga la chaqueta y me abre la piel.

—¡Fuera de aquí! —Me toman dos hombres por detrás.

Empujo al que me sujeta y me voy a los puños con los que intentan sacarme. La rabia ennegrece mi entorno, lo único que quiero es salir de aquí y…

—¡Sobredosis! —exclaman de la nada, y quienes me retienen dan un paso atrás cuando Rachel se desploma y empieza a convulsionar en el piso.

El miedo impacta como un rayo y todo se me contrae con lo que veo. Demasiada oxitocina, demasiados vacíos y un escenario que me deja mudo con ella ahí, tendida en el piso, siendo sacudida por los espasmos que avasallan su cuerpo. Los ojos se le van hacia atrás y la espuma emerge de su boca. No me muevo, no respiro, el shock nubla todo mis sentidos.

—¡Hijo! —oigo la voz del hombre que me trajo e intenta socorrerla—. Hay que…

Me abalanzo sobre ella y la coloco de lado en lo que tomo las debidas medidas; el momento me hunde, oigo los latidos de mi propio corazón y siento que no puedo respirar, porque todo es como un golpe seco en el estómago, en la sien…, no sé dónde, pero me cuesta conseguir el paso del aire.

—Ya va a pasar. —El anciano pone la mano en mi hombro, en lo que lidio con el desespero que se extiende y me pone a vivir los peores segundos de mi vida.

Me aferro a la tela de la sudadera que Rachel carga y cierro los ojos a la espera de que pase, de que este maldito momento lleno de pánico se disperse. La convulsión cesa poco a poco, su cuerpo deja de sacudirse, queda inconsciente y la alzo en brazos trayéndola conmigo. Los que estaban adentro desaparecieron y los pocos drogadictos que quedan están inconscientes en el piso. En medio del aguacero me apresuro al auto; el anciano me quita las llaves en el camino y corre a abrirme la puerta.

—Grace puede socorrerla —me comenta cuando me siento con ella en el asiento trasero y no refuto porque no sé qué más a hacer, tengo tantas cosas atascadas que lo único que hago es comprobar que su pulso esté bien.

El hombre arranca, me lleva a su casa y la camioneta derrapa frente al sitio donde vive, abre la puerta para que salga y me ocupo de Rachel, quien empieza a despertar.

—Ven. —Su mujer sale y ambos me guían adentro—. Grace es enfermera.

Me piden que la lleve a la alcoba, donde le brindan primeros auxilios mientras hago uso de lo aprendido en años pasados. Busco los signos de alarma y lo que Brandon Mascherano recalcaba cada vez que esto pasaba con las mujeres que llenaba de alucinógeno.

—Los signos vitales se están normalizando —me dice la mujer, pero no me basta; así que reviso sus pupilas: sigue bajo los efectos del alucinógeno. Me ayudan a acomodarla. Hay que esperar a que despierte, por el momento no hay nada más que hacer, ya que no hay signos de alarma. Se queda tendida entre las sábanas y me siento a un lado de la cama. La ropa la tengo empapada por el agua de la lluvia.

—Déjame inspeccionar esa herida —propone la mujer y sacudo la cabeza—. ¿Te apetece algo de comer o de beber?

Vuelvo a negar, siento que todavía estoy en el ojo del huracán, que esto es como la tempestad que cae afuera y aún no cesa.

—Confía en que podrán salir de esto. —Pone la mano sobre mi hombro—. Aunque nos ahoguemos y creamos que no podemos más, Dios siempre está con nosotros.

—Guarde ese consejo para la persona correcta.

Pone los ojos en Rachel antes de volverlos a fijar en mí.

—Hasta el mismo Lucifer es hijo de Dios. —Se aleja—. Estaremos afuera, en el baño dejé implementos por si quieren asearse, el botiquín está en la mesa por si deseas curar tu herida.

La puerta se cierra y sigo en el mismo sitio, la sangre caliente corre por mi brazo, salpica el piso y no me molesto en quitarme la chaqueta que llevo; solo me quedo donde estoy mirando a la nada con la mandíbula apretada en lo que capto la respiración de la persona que tengo al lado, que empieza a alucinar y a soltar incoherencias, acompañadas de sobresaltos. Llama a sus padres, a las hermanas, a los que murieron... Llora entre sueños y no me muevo ni cuando menciona a Meredith Lyons y a Martha Lewis. Los nombres van y vienen en lo que me mantengo en el mismo sitio.

Empieza a sudar, tomo sus signos vitales y tiene la temperatura alta. Sustituir el HACOC con otros alucinógenos hace que el dependiente padezca pirexia repentina. Se le secan los labios, continúa con las alucinaciones y llega un punto donde me veo tan hastiado que arrojo mi chaqueta al piso, le rompo la ropa y en brazos la llevo al baño. Necesito que aterrice por las buenas o por las malas, pero que lo haga ya.

—¡¿Cuánta mierda te metiste?! —le vuelvo a preguntar, y a duras penas puede sostenerse.

Está pálida, absorta, y con las pupilas dilatadas.

—Volviste a hacerlo. ¡Volviste a joderme! —La ira me acorrala mientras sacudo sus hombros para que reaccione—. ¿Me oyes? ¡Eres una maldita!

Asiente, trata de irse y la arrastro conmigo a la ducha.

—Quiero ver a mi madre, necesito que me diga que todo estará bien.

—Trata de zafarse y la vuelvo a tomar.

Forcejea de espaldas contra mí, la arrastro conmigo, abro la regadera y me meto con ella, que sigue dando pelea. Las fuerzas se le acaban y en cierto modo a mí también cuando la aprisiono contra mi pecho, recuesto la espalda en la pared y me deslizo con ella hasta que caigo en el piso.

Se aferra a mi brazo y cierra los ojos con fuerza en lo que divaga como si no estuviera aquí, empieza a cantar mientras llora y sus susurros me calan en lo más hondo:

Momma, I'm so sorry I'm not sober anymore, and daddy, please forgive me for the drinks...

Sacudo la cabeza. Es casi inaudible lo que dice, pero capto y entiendo el significado de la maldita estrofa que recita con voz temblorosa. Mi cráneo toca el mármol y nunca creí que algo podría dolerme tanto.

Hace dos años se me quebró la armadura y pensé que rehaciéndola quedaría igual, pero no, he aquí el impacto del rayo otra vez, el quiebre que a las malas saca el lado humano que tanto me niego a aceptar. Siento que tengo un agujero en mi interior, un aguacero encima y un huracán en los brazos.

Aprieto la mandíbula cuando los ojos se me nublan y la garganta me arde.

La estrecho contra mí y me reitero que puedo con esto, que como siempre puedo salir invicto, dado que esto no es más que un simple rasguño, una leve marca y se necesita más para derribarme.

No tengo idea de cuánto tiempo pasa, solo sé que poco a poco ella va tomando lucidez. Ninguno de los dos habla cuando me levanto a enjabonarla, se termina de asear mientras la observo; finalmente, alcanza el albornoz donde mete los brazos.

Volvemos a la alcoba, donde se acuesta. Yo no me acerco, me quedo sentado en el sofá en lo que lidio con el silencio insoportable que reina en el lugar. No sé si duerme o no, solo me curo el brazo y permito que las horas pasen. Dejo el botiquín en su sitio cuando termino, me cambio la ropa, busco la ventana, donde pierdo la vista por un largo rato; volteo hacia la cama cuando me canso, ella ya no está acostada, espera sentada en la cama, consciente y con los ojos llorosos.

—No vuelvas a hacer lo que hiciste —advierto.

—Es mi decisión —espeta—. Toda la vida he hecho lo que otros quieren, y ahora deseo darme la calma que necesito.

Sacudo la cabeza, no sé qué diablos es lo que tiene en el cerebro.

—Tienes que soltarme, Christopher —contesta—. Dejar de lado tu maldito egoísmo y entiende…

—¡Yo te lo advertí cuando volviste! —La rabia emerge—. Te dije que yo nunca perdía y eso te incluye.

—¿Y qué beneficio tengo yo en esto? —increpa—. ¡Tú estás bien y yo estoy vuelta mierda!

—¡Porque no te estás dejando ayudar! —le grito—. ¡Estás revolcándote en la miseria y detesto eso de ti! ¡Que te empeñes en quitarme lo que quiero!

—¿Si te oyes? Todo esto es por ti, siempre eres tú, tú y tú —refuta—. No entiendes lo difícil que es esto para aquellos cuyo peor miedo es recaer.

—No me importa lo que quieras o como te sientas… —El desespero me encierra.

—No entiendes que no soy la misma de antes —insiste—. Ya no quiero pelear, quiero desaparecer, quiero morir.

—Dije que no. No acepto tus malditas decisiones. Tu opinión o lo que quieras decir no tiene cabida aquí —le hago saber—. ¡Si huyes, vuelvo y te busco; si te alejas, vuelvo y te acerco, y si mueres, vuelvo y te revivo!

—¡No soy más que basura! ¡Joder, maldita sea! Si tuvieras, aunque sea un mínimo de inteligencia, comprenderías mi negativa. —Se levanta y acorta el espacio que nos separa—. ¡Mírame! Casi muero de una sobredosis, agredí a quien me cuidaba y casi te mato.

Vuelvo a sacudir la cabeza, insisto en que no me importa nada de lo que diga.

—Mataste a Meredith. —Busca mis ojos y no bajo la mirada, no me da pena admitirlo ni que me lo eche en cara—. Te estás convirtiendo en un animal.

—¿Y qué pasa? —Retrocede cuando avanzo—. Métete en la cabeza que este animal no va a dejarte ni ahora ni nunca. ¡Entiéndelo y resígnate!

—¿Para qué, si no te sirvo? —espeta—. ¡Para qué insistes si soy una asquerosa drogadicta!

—¡Eso vale mierda cuando se ama como yo te amo a ti! —Da un paso atrás, tomo su cara y me centro en los ojos por los cuales soy capaz de poner a arder el planeta—. ¡Loca, demente, drogadicta! Seas o no teniente, seas o no Rachel, seguiré quemando el mundo por ti y quedará en cenizas cuando no te tenga.

Se le empaña la mirada. Me aferro a su nuca y la acerco a mi boca, siendo consciente de que expuse los malditos sentimientos que ahora no puedo callar. Le he hecho saber lo que no quería decir, ya que no deseo que pase lo mismo de años pasados. Sin embargo, lo solté y ahora no hay nada que hacer.

—Yo…

—Si me pides amor, el mundo arderá, porque de otra manera no sé querer —digo contra sus labios—. Soy un asesino desde los diecisiete años y me siento orgulloso de ello. No me pesa, no quiero cambiar y no lo voy a hacer.

Observa mi rostro, no dice nada y me jode su maldito silencio. Siento que la necesito, así que llevo su cabeza hacia atrás y me apodero del cuello, que beso. La situación me abruma y no me importa si me rechaza o no, la deseo muchísimo y su cuerpo es lo que quiero ahora. La hago caer sobre la sábana en medio de besos desesperados, desnudo sus hombros y me apodero de su boca.

—Si no te dejé antes, mucho menos ahora —reitero contra sus labios—. De mí no te vas a librar nunca.

Pone las manos sobre mi cuello, busca mis ojos y aparta la cara. Me quito la ropa, le separo las piernas y le doy rienda suelta al deseo desaforado que me exige que la haga mía. Me lleno la boca con sus pechos, marco su cuello y le apretujo los muslos en lo que mi miembro la embiste una y otra vez, desato los jadeos y gemidos que se pierden con el sonido de la lluvia.

No puedo perderla y perderme, porque ya es una necesidad y no estoy dispuesto a sacrificar mi bienestar por nadie. Insiste en que la mire, pero no deseo nada de eso ahora.

—Espera… —La callo con un beso cuando quiere poner distancia entre ambos.

La lleno de estocadas veraces en lo que me aferro a su boca…, quiero quedarme a su lado para siempre, ya exploté y ahora no quiero ver el desastre que genera el que sepa mis sentimientos hacia ella.

—Espera —insiste cuando suelto su boca—. ¿Cuál es el miedo de lo que diré? Sabes lo que siento por ti.

—Pero te pesa la sangre de esa perra infeliz y sé que me quieres reclamar por eso. —Me adelanto a lo que sé que dirá.

Mueve la cabeza con un gesto negativo, cambia los papeles y queda sobre mí.

—Me pesa el que la dejaras vivir tanto —confiesa—. Por ella estoy así, es la culpable de todo esto, de mi recaída; por ella Angela perdió a su hijo y Elliot la vida, así que no me pesa el que la mataras.

Esconde la cara en mi cuello y la rodeo con el brazo cuando se queda sobre mi pecho.

—Esta Rachel perdió la habilidad de perdonar y quiere que sigas quemando el mundo por ella.

71

Un gramo de cliché

Rachel

El silencio es protagonista entre las cuatro paredes que me rodean, la cama no es el lugar más cómodo del mundo, pero el estar con él hace que la vea como el mejor sitio donde podría estar. Los muebles sencillos que decoran la estancia y las cortinas floreadas le dan un aire acogedor y por un momento hace que olvide mi pésimo estado.

Estoy mal, creo que más que antes, por atreverme a profundizar mi enamoramiento por el hombre que tengo al lado. Es insano idolatrar a la bestia, desearla y amarla como yo lo amo a él, que me ha marcado de una forma tan brutal que en menos de nada hace que me replantee lo que realmente quiero.

Lo que deseaba escuchar hace meses no deja de dar vueltas en mi cabeza. No me quiero alejar ni que se aleje, quiero que siga a mi lado ahora y para siempre por una sencilla razón: es que siento que no puedo vivir sin él. Duerme a mi lado con las sábanas sobre la cintura y el torso descubierto, perdí la noción del tiempo y solo sé que llevo horas en la misma posición, pongo el mentón sobre su pecho y le aparto el cabello de la cara.

Evoco los momentos que he vivido con él desde que esto comenzó en Brasil; empezó de mala manera porque engañé a Bratt, pero la noche en la selva fue la chispa que poco a poco se convirtió en hoguera.

Los rayos del sol atraviesan las cortinas cuando amanece, la tormenta cesó hace horas y observo a Christopher por un par de minutos más antes de sacar los pies de la cama. Cubro mi cuerpo con lo primero que encuentro, toco el suelo frío y de la nada siento el agarre del coronel sobre mi muñeca.

—Voy al baño. —Aprieto las sábanas contra mi pecho—. Necesito una ducha.

No me he molestado en ponerme la ropa que me quitó.

—No cierres la puerta —advierte, y asiento.

Evito el espejo cuando entro al baño. Me lavo los dientes, acerco una toalla para secarme y entro a la regadera, donde trato de que el agua tibia disipe las aflicciones que provoca la abstinencia. No sé si estoy muy débil o él fue muy fuerte, pero el cuerpo me duele, los senos me arden, tengo marcas de sus chupetones en el cuello…, no obstante, por muy mal que se vea todo, son cosas que no me molestan.

Estoy tan mal que no me enoja su lado posesivo ni que me tome como lo hace; por el contrario, creo que me gusta más de lo que me gustaba antes. Me niego a que deje de desearme, de quererme, quiero que cumpla sus malditas promesas y me saque de este charco lleno de barro. Parece que ahora es como un órgano vital.

Apoyo la mano en la pared cuando presiento el episodio que se avecina, los jodidos ataques de ansiedad cargados de desespero. «Puedo controlarlo —me digo—. Soy fuerte y capaz, por ende, puedo salir de esto».

El miedo me envuelve, las paredes me acorralan y las lágrimas amenazan con salir. Oigo el sonido de la cortina, pero no me muevo, me quedo quieta cuando él apoya los labios en el inicio de mi espalda y me abraza. Volteo entre sus brazos y me aprisiona contra la pared, donde me alza y me hace suya. Sus labios son el analgésico que dispersa lo que me abruma, sus gruñidos me llevan a un mundo donde creo que sigo sirviendo para algo y no me veo como un desastre, no siento asco de mí misma, porque la forma en la que me besa demuestra lo mucho que me desea.

No sé si follamos, si hacemos el amor o si esta es la única manera que tenemos de demostrar lo que sentimos el uno por el otro. Le lleno la cara de besos mientras él arremete con estocadas certeras que desatan mi orgasmo y su derrame.

—Hay que irnos. —Me besa en la boca antes de bajarme.

Se da la vuelta y rápido se termina de bañar.

—Salgo en un momento —digo adolorida.

—Tienes tres minutos —ordena.

Le hago caso, no es que quiera estar mucho tiempo sola. Se está vistiendo cuando salgo y de mi mochila saco el vestido azul con tirantes con el que me visto. Desisto del sostén, la prenda no lo requiere y acomodo las copas que me cubren los senos. Con una liga me recojo el cabello y, por último, junto a la cama meto los pies en las bailarinas que encuentro en la mochila.

Busco un bálsamo para los labios y me topo con el diamante azul en uno de los bolsillos. Al parecer, la joya está predestinada a volver a mí. Evoco el pálpito que se alojó en mi pecho cuando me la sentí colgada en el cuello, presentía que algo había pasado y que ese algo tenía que ver con Meredith Lyons.

En medio del efecto de la morfina le oí decir a Laurens que la habían asesinado y una parte de mí supo de inmediato que fue Christopher, no sé por qué, pero lo supe. La detesta desde que yo estaba con Bratt y nunca lo ha disimulado.

Arreglo el broche que se abrió cuando lo tiré y me vuelvo a colgar el collar mientras el coronel firma el cheque que deja sobre una de las mesas. La vergüenza llega cuando recuerdo lo que hice ayer, estaba tan desesperada que le robé.

—Lamento lo del móvil, el dinero y el reloj —me disculpo—. Prometo pagarlo cuando se dé la oportunidad.

—Ya me cobraré como me gusta. —Se levanta a recoger lo que falta, guarda el arma y salimos juntos.

La sala está vacía y vamos hacia la puerta, que no tiene seguro. La camioneta está estacionada afuera y abordo el vehículo con él.

Trato de obviar el desespero y la intranquilidad que genera la falta de droga, sin embargo, temo a que la voluntad me dure poco. Recibo la botella de agua que me entrega el coronel, que ha tomado de una maleta llena de ellas que hay en el asiento trasero, la destapo, me la empino y bebo hasta la mitad.

El hambre por la droga en parte es un estado mental que suele empeorar cuando se le da protagonismo, por eso me esmero por no pensar en ello en el trayecto en el que me sumerjo. El agua que bebo calma las náuseas y aísla el dolor cuando tomo seguido.

Logro dormir en lapsos de tiempo, pero descansar no quita el peso, las ganas de salir corriendo y la sensación de asfixia que empieza con el pasar de las horas. Son episodios de diez, quince minutos, donde siento que soy un fenómeno, que no sirvo para nada, y eso trae los pensamientos estúpidos, las dudas e inseguridades que...

—Detén el auto —le pido al coronel, que frena en la carretera vacía.

Suelto el cinturón, tengo calor y me quito el vestido, que arrojo en la guantera.

—Supongo que no vas a vomitar así —dice, y me le voy encima, lo obligo a correr el asiento donde está.

—Cojamos otra vez. —Empiezo a besarlo y no se rehúsa.

Deja que le quite la playera y le abra el pantalón mientras que él corre la tela de mis bragas, hunde los dedos que se impregnan con mi humedad y, como puedo, me acomodo sobre el glande que saca y me ofrece.

Es algo rápido, lleno de besos largos y poco juego previo, sexo con esmero femenino, ya que el espacio lo limita; eso, con todo, no impide que sea el amortiguador de la angustia que me envuelve a lo largo del camino, donde trazamos un mismo patrón, una misma secuencia: manoseo, sexo, orgasmo, duermo. Despierto, me toca, me corro, duermo.

—Tócame —le suplico una y otra vez sobre sus piernas. No me importa que tenga que parar en repetidas ocasiones. No quiero abrumarme, quiero fantasear, correrme con sus caricias y con sus besos.

Su boca se convierte en HACOC, sus dedos en éxtasis y mi necesidad empeora con una droga más fuerte: orgasmos, la alternativa que me permite calmar el desasosiego.

A cada parada lo beso, lo provoco, me le subo encima y le ofrezco mis senos. Me excita que se prenda de ellos solo como él sabe, amo ver el deseo cargado de ganas que se le refleja en la mirada cuando esta se oscurece. Solo quiero que piense en mí y que no tenga cabida para nada más. Me convierto en una ninfómana insaciable.

—Ponme un límite —le pido.

—Luego. —Me chupetea el cuello.

Jadeo bajo el movimiento de sus dedos dentro de mi coño —no puedo contener los gemidos— y tenso la espalda cuando empiezo a ver estrellas.

—Anda…, mírame y córrete en mis dedos. —Se humecta los labios cuando mis ojos se centran en los suyos mientras me estimula con premura.

Toma uno de mis pechos y me muerdo los labios en un intento de apaciguar el éxtasis que me genera; pierdo la cuenta de los orgasmos que desata, solo sé que con cada uno termino cansada, perdida y más enamorada que ayer.

—¿Mejor? —pregunta, y me fundo en su boca.

Su problema choca con el mío y no me importa, no pienso en nada, lo único que quiero es que no se aleje y que sea solo mío.

Vuelvo a mi puesto, enciende el motor, abro un poco la ventana y caigo rendida en el asiento. No es mucho lo que reposo, ya que se detiene en un área de reposo con duchas, habitaciones y comedores. Hace calor y el que no cargue ni una libra encima me obliga a pedirle dinero para una ducha.

El baño lo tomo con él clavado en la puerta del establecimiento, no le importa la intimidad de las mujeres que entran y salen; el dueño le pide discreción y le saca la placa alegando que es un asunto judicial.

—Mi turno —dice cuando salgo.

—No me voy a quedar aquí a ver hombres con el culo desnudo. —Como es, de seguro me mete a la cabina con él.

—Obvio no. —Saca las esposas que carga en la mochila y me pregunto si también empacó dardos tranquilizantes—. La mano.

—¿Bromeas?

—No —contesta, y me toma la muñeca que lleva contra una de las rejillas.

—Puedo soltarlas —alego.

—No son como las que usaste el día que te volviste loca. —Me esposa—. De hecho, ya las conoces, estuvieron en tu cama cuando te hice entrar en razón. «¿Entrar en razón?».

—Trepar un edificio, romper un vidrio con la silla, atacarme y esposarme. ¿A eso se le llama hacerme entrar en razón?

—Bien que te gustó, así que ahórrate la queja.

—Me siento como una perra atada con esta mierda —refuto.

—Pues eres una perra candente y me gusta tu raza. —Me da un beso en la boca—. Ya vuelvo.

Bajo las mangas del suéter que tengo para que no se vean las esposas, me las apaño para verme casual, como la mujer común que espera a su pareja mientras se baña. Las personas entran y salen. El término «pareja» se queda en mi cabeza. ¿Qué somos ese animal y yo? ¿Amigos con derechos?

No. Seremos amantes, enfermos sexuales, pero amigos jamás.

Vuelve con el cabello húmedo, lentes oscuros y la chaqueta en la mano. Suelta las esposas, que se mete en el bolsillo trasero del pantalón, se engancha la mochila, posa el brazo sobre mi cuello y me lleva con él.

Noto las miradas que se roba mientras camina conmigo, sé que existen mujeres lesbianas y personas con parejas, pero Christopher es alguien imposible de persuadir, el sexi atractivo que se carga lo hace resaltar en todos los sentidos; encima, la estatura es un excelente complemento, mide un metro noventa y cuatro. Se ve estupendo con los vaqueros ceñidos, botas y playera negra; carga, además, las placas que se usan en el ejército, dando a entender que es un militar, no se sabe de qué ejército ni con qué rango, pero militar al fin, con placas que dudo que sean de acero.

El restaurante es un establecimiento con aire campestre que cuenta con un gran número de mesas. El olor a comida es protagonista, al igual que el ambiente tipo familiar. Hay que pedir en la barra y, como si fuera una niña, el coronel me manda a sentar, no sin antes advertirme que no me ande con jugarretas. Busco una mesa y el grupo de mujeres que está a mi derecha empieza a murmurar cuando me siento. Surgen las inseguridades y procuro que no me afecte —soy consciente de que no me veo bien—. No hay mucha gente haciendo fila y observo cómo fijan los ojos en Christopher. Empiezan las risas, el coqueteo, murmuran entre sí…, una de ellas se levanta y hace fila detrás del coronel; otra le pide a la que está detrás de él que le hable y finjo que no pasa nada, pese a que me molesta la idiotez. La mujer le pregunta no sé qué y él contesta sin mirarla. «Estúpida…».

El coronel ordena, toma asiento a mi lado y se concentra en el periódico que tomó de la barra mientras el grupo de mujeres no deja de mirarlo. Me dan ganas de plantarle un beso en la boca, pero no quiero avergonzarlo ahora que me veo tan descompuesta.

En verdad luzco como si me acabaran de desenterrar. Traen la comida y no tengo hambre; sin embargo, la escena de ayer me obliga a comer aunque no quiera.

—La sopa está buena —comento—. ¿Quieres probar?

Asiente y tomo la cuchara que acerco a su boca; deseo darle, pero la acción queda a medias cuando mi brazo se niega a la orden de mi cerebro. De un momento a otro la mano me tiembla, suelto la cuchara y tiro la comida. Eso lo empeora todo. Escucho cómo se ríen a un lado y es Christopher quien me baja la mano y la deja en mi regazo.

—Lo siento, yo...

—No importa. —Agarra la cuchara y toma la sopa—. Sabe bien.

Lo dice como si no hubiese pasado nada, pero yo no lo veo así. Mi sistema nervioso se deterioró y me cuesta evadir las lágrimas que me nublan los ojos. «El veneno está acabando conmigo». Se me duerme el brazo y la mano me sigue temblando.

—¿Puedes seguir? —pregunta, serio, y sacudo la cabeza.

Dejo una mano sobre la otra, me niego a alzar la cara, no quiero que vean el rostro de quien con veinticinco años no es capaz de comer sola.

—Abre. —Christopher aparta su plato y toma mi cuchara.

—No tienes que hacerlo. —Entiendo cómo son las cosas con él—. Creerán que somos...

Prefiero callar.

—Que somos ¿qué? ¿Extraterrestres? —inquiere—. Me da igual lo que crea la gente; así que abre la boca que no tengo todo el día.

Recibo la comida en lo que poco a poco mi brazo se compone.

—Gracias —agradezco cuando termina. Me toma la cara y me planta un beso en los labios.

Se levanta a pagar y las mujeres que están cerca ponen los ojos sobre él. Alzo la barbilla mientras le sonrío; con un leve gesto le hago saber que deseo otro beso y soy feliz cuando entiende lo que quiero. Dejo una mano sobre su mejilla y alargo el momento, sé que me estoy viendo como la novia que quiere marcar territorio, pero no me importa.

«¡Me lo estoy tirando yo, perras!».

—No tardes. —Dejo que se vaya.

Termina con todo y vuelvo con él al auto, donde retomo la misma rutina de esta mañana: el manoseo, los toques y caricias. Sabe lo que necesito y me lo da cada vez que se lo pido; hace que me corra cuando lo requiero, aunque tampoco es que le resulte difícil, dado que usa todo lo que tiene.

No sé quién está más enfermo, si él o yo, ya que ambos hacemos uso de esa vía de escape que nos lleva al mundo donde solo somos los dos, tenemos claro que esto es mejor que lo de ayer. La travesía continúa con el viaje de cuatro horas que no olvidaré jamás.

A las cinco de la tarde, el coronel entra en el comando militar que aparece a lo lejos, sigue el debido protocolo y le dan paso a la camioneta. No es un comando de la FEMF, el uniforme que portan es azul claro y cargan artillería liviana.

—¿Adónde desea ser trasladado, mi coronel? —pregunta el sargento que nos recibe.

—Al CCT —responde—. Dos puestos, la teniente Rachel James viaja conmigo.

El hombre me dedica el debido saludo.

—Bienvenida al comando aéreo, mi teniente —me dice—. Vengan por acá.

¿CCT? Nos guían a través del comando. Un helicóptero nos espera en la pista, adonde suben lo que traigo. Abordo la aeronave en lo que Christopher me sigue. Las aspas se mueven y el chaleco de seguridad recae sobre mi pecho cuando el artefacto se eleva. Sé que debería preguntar, mas no quiero, si él estará conmigo no me importa el destino.

El viaje dura cuarenta minutos. Las colinas desaparecen, el agua brilla abajo y tiempo después vislumbro una paradisiaca isla donde el helicóptero aterriza. Bajamos, nos entregan todo, y el coronel camina conmigo rumbo no sé adónde.

Se detiene en la orilla de la playa, donde Christopher pierde la vista en la nada, se queda casi veinte minutos en la misma posición. La espera me empieza a cansar, dado que no soporto estar mucho tiempo de pie.

El agua que bebí durante el camino se acabó y me está doliendo la cabeza.

Una serie de botes aparecen a lo lejos. Un hombre viene de pie y con las manos metidas en los bolsillos, sonríe y el gesto se va volviendo más amplio cuando se acerca.

—¡Muñequito! —exclama antes de saltar del bote—. ¡Qué alegría tenerte aquí!

Miro a Christopher cuando veo que le habla a él. El coronel permanece serio y el hombre se acerca feliz. Es maduro, alto y con canas. Abre los brazos y se echa sobre el sujeto que tengo al lado.

—¡Me llegó la Barbie que pedí! —Lo abraza y llena de besos. ¿Es gay?

—¡Basta! —Se aparta Christopher.

—¡No seas marica y dale un beso a tu tío! —lo sigue molestando—. ¡A ver, unos puñitos!

—Vine a...

—¡No hablas hasta que no me des un jodido puño!

Se pone en guardia, le lanza golpes en los brazos y Christopher lo ignora.

—¡No jodas! —Se molesta y el hombre se ríe—. Reece Morgan, el hermano mayor de Alex.

Me lo presenta y noto el parecido cuando me mira: la misma constitución y color de ojos, guapo, con cuerpo atlético. Tiene un atractivo que impresiona pese a la edad y un exquisito bronceado caribeño. ¿De dónde salen estos hombres?

—¿Esta guapura cómo se llama? —Toma mi mano y me mira coqueto.

—Rachel James, señor.

—¿Soltera, casada? ¿En una relación complicada?

—No te importa. —Se mete Christopher, quien lo obliga a que me suelte.

—Deja los celos y muéstrame lo que tienes. —Atropella al sobrino, al que tira al suelo— ¡Anda, dame unos puños! Deja de comportarte como un marica y golpéame.

Me causa gracia la manera en la que lo trata.

—Reece, es tarde —reclama la mujer de rasgos asiáticos que se acerca a darme la mano—. Soy Kyung Cho, pero todos me llaman Cho.

—Rachel —me presento.

El coronel se levanta más furioso que antes. Su tío lo abraza y lo hace caminar con él. Christopher trata de apartarse, pero el hermano del ministro lo sigue molestando, le pregunta por la madre y por el ministro.

Me invitan a pasar a la casa que aparece a lo lejos; el color de las paredes la hacen acogedora. La mujer que viene pide que sirvan la cena.

—Ponte cómoda —me dicen.

Camino a la ventana con vistas a la playa. El vestíbulo amplio está lleno de muebles orientales, la luz entra por todos lados, es el tipo de sitio que creas cuando quieres tranquilidad. El coronel se pone a hablar con el tío, quien lo carga y lo empieza a besar otra vez, mientras que yo me muevo a mirar los títulos que hay en la pared de la sala.

Reece Morgan es toxicólogo con doctorados en las universidades de Cambridge y Harvard, en Katholieke Universitaria, Oxford y Stanford. En su pared hay medallas, galardones y fotos en conferencias.

Mis nervios se avivan cuando veo las siglas CCT (Centro Científico de

Toxicología). El estómago me arde solo de pensar en los tratamientos de re-habilitación que se dan en este tipo de lugares; estuve en varios y no tengo bonitos recuerdos de ninguno.

—Rachel, ven a comer —me pide la mujer que se presentó hace unos momentos.

No me siento bien, la ansiedad se empieza a despertar y tal cosa me abruma.

Camino a la mesa y tiro de la silla donde me siento, los hombres hablan, se sirve la comida y sin sexo el desespero me atrapa cuando no tengo con qué distraerlo. No quiero estar aquí ni quedar en ridículo, dado que, como estoy, siento que no puedo tomar ni una cuchara.

«No arruines la cena», me digo, pero todo ataca al mismo tiempo: la zozo-bra, el desosiego, la depresión, las náuseas y los dolores que traen la inquietud que me pone a mirar a todos lados cuando me entra el afán de correr. Trato de tomar agua y el vaso se me cae encima.

«No quiero llorar», me digo. No obstante, las lágrimas insisten en salir.

—Respira hondo. —El coronel me pone la mano sobre la rodilla.

—Me quiero ir.

—Tranquila. —La mujer que está frente a mí se levanta—. Podemos salir si te apetece, la isla es muy bella y te la puedo mostrar.

Muevo la cabeza con un gesto negativo.

—No me siento bien.

—Te sentará bien, confía en mí. —Me es difícil levantarme con el dolor que me ataca los huesos.

Quiero ser la soldado fuerte que puede con todo, pero hace mucho que ya no soy esa. Christopher se levanta conmigo mientras el tío detalla cómo me aferro a la playera que tiene puesta su sobrino.

—El coronel se quedará a hablar conmigo —me dice el hermano de Alex, y con la mirada le pido a Christopher que no me deje sola.

—Solas estaremos bien —insiste la mujer, que me sostiene y aparta mi mano—. Confía en mí.

El coronel trata de seguirme, pero el tío no lo deja y termino abandonan-do la casa con una persona que no conozco.

Christopher

Vuelvo al asiento cuando la puerta se cierra, desisto de seguirla porque sé que aquí no hay alucinógenos, es algo demasiado difícil de conseguir.

—HACOC en su peor fase —habla Reece—. ¿Por cuánto tiempo se lo suministraron?

—Siete días —respondo.

—Es como un radiador de Chernóbil. —Sacude la cabeza—. ¿Hace cuánto no consume?

—Anoche tuvo una sobredosis de heroína o cocaína... No sé, no estoy muy seguro de qué fue. —Se me quita el hambre.

—La recuperación de la droga es complicada y de una recaída lo es más. —Respira hondo—. Te quiero, pero debo ser sincero contigo: solo he tratado a dos pacientes con recaídas, uno murió y el otro...

—¿El otro qué? —Me altera.

—Da clases de inglés en Chicago. —Me da una palmada en el hombro—. Claro está que su recaída solo fue de dos días y cuando el HACOC se suministra por más de setenta y dos horas causa múltiples daños en el sistema.

Se levanta en busca de la botella que destapa mientras habla del asunto, ahonda en los detalles y casos graves con los que ha lidiado. Pone un trago frente a mí antes de sentarse en el borde de la mesa.

Es el director del CCT y, al igual que el otro hermano del ministro, estuvo un tiempo en el ejército, pero se retiró y se vino a vivir aquí.

Sara compartía charlas con él en las reuniones familiares, ya que Alex era como un fantasma en la familia. El ministro me llenaba de regalos, pero era su hermano quien se encargaba de que los disfrutara, se esforzaba porque jugara con todo lo que me daban. Con él soplaba la vela de mala gana en mi cumpleaños y tres veces al mes viajaba a verme junto con Regina. A diferencia de Alex, Reece sí tenía tiempo y lo compartía conmigo cada vez que podía. No sé si le agradaba o era uno de los que quería darle afecto al sobrino con padres ausentes, quería llevarme a vivir con él de forma definitiva a Rusia, pero Alex se opuso.

—Agradezco el voto de confianza al traerla aquí —me dice—, sin embargo, debo saber si ya hablaste con ella sobre lo que es esto. ¿Le hablaste a su familia del dinero que se debe invertir? Esto es un tratamiento bastante costoso, mucho más costoso que los de Hong Kong que...

—Nadie está preguntando sumas. —Me levanto—. Si estoy aquí es porque necesito que la dejes como antes y tienes que ser tú el que la trate. Nada de terceros, ni de mediocres, así que dime si puedes o me voy a otro lado.

—A mí no me hables como si fuera tu sirviente —advierte.

La puerta se abre de golpe y un sujeto entra con Rachel en brazos. Me apresuro a tomarla en lo que entra la mujer que se la llevó.

—Se desmayó en la orilla de la playa —explica—. Es normal en su estado.

—Le pondré un sedante para que no despierte hasta mañana —informa Reece.

Subo a quitarle la ropa. Después de que le suministran el medicamento me acuesto a su lado con la mirada fija en el techo.

—Estaré afuera si me necesitas —me dice mi tío antes de irse.

Sale mientras los pensamientos van y vienen…, este no es el único problema que tengo encima y hay tantas cosas que hacer que mi cerebro se niega a descansar.

Necesito que Reece Morgan solucione esto rápido, otros centros de recuperación tardarán como mínimo un año, y yo no puedo ausentarme tanto tiempo. Necesito tomar el control de la FEMF, por ende, no voy a desistir de ello, tampoco pienso abandonar la candidatura, sé que puedo ganar y será así. El cargo es algo que quiero desde hace mucho, por lo tanto, voy a pelear por él.

Estoy harto de que todo el mundo opine sobre las decisiones que quiero tomar. Mis ambiciones son cada vez más grandes y no me puedo retirar, no estando tan cerca de lo que quiero.

Cierro los ojos y me lleno de paciencia, el sueño llega y lo que me despierta a la mañana siguiente es el sol que entra a raudales por las cortinas abiertas. El lado de la cama de la mujer que dormía a mi lado está vacío; el pulso se me dispara, me incorporo rápido y el alivio llega cuando la escucho vomitando en el baño. Me acerco y está contra el retrete, arrojando todo el contenido de su estómago.

—Tomaré una ducha y saldré dentro de un par de minutos, ¿vale? —me dice cuando me ve, y asiento antes de alejarme.

Me quedo en el balcón hasta que Rachel sale envuelta en una toalla.

Busco el baño, donde entro a ducharme; no tardo mucho. También aprovecho para lavarme los dientes. Cuando vuelvo a salir, ella está en la cama con el albornoz todavía puesto. Me quito la toalla que traigo en la cintura, la desnudo y la traigo a la cama conmigo. Sé lo que quiere y yo también lo quiero: sexo. Tanto estrés hastía y me gusta que esté siendo compensado de buena manera. Me le subo encima y ella separa las piernas antes de enredar el dedo en la placa que me cuelga. Me coloco en la entrada de su coño y embisto como me gusta, un polvo rápido y uno lento que terminan en besos húmedos con ella, que se niega a dejar la cama, encima de mí. Me prende su imagen entre sábanas blancas, besa mi boca en lo que paseo los dedos por su espalda.

—¡Buenos días! —Reece abre la puerta con una llave y no sé qué diablos le pasa—. Es obvio que llegué en mal momento, pero el desayuno está servido y quiero desayunar con mi sobrino. ¿Te importa, Rachel?

—Pues…

—Sabía que no —la corta, y se adentra más—. Aparte de sexi, soy sabio, así que baja, muñequito.

—Que la empleada nos suba el desayuno —ordeno, y beso a la mujer que tengo encima.

Mi mañana está bien como empezó y quiero seguir así.

—Estoy ocupado, así que vete —le digo al hermano de Alex.

—Anotaré tu petición en la lista de cosas que no me interesan —sigue jodiendo—. Tienen cinco minutos para bajar o tío Reece se pondrá gruñón y nadie quiere eso, porque a tío Reece le encanta usar la manguera cuando se enoja.

Se encamina a la puerta.

—No tarden. —Se larga y respiro hondo.

Salgo de la cama a vestirme… Los Morgan cuanto más viejos más joden. Rachel se pone la ropa y baja conmigo al comedor, donde está Reece con la mujer asiática que vive, trabaja o coge con él, no sé.

La empleada me indica cuál es mi comida, tomo asiento y me trago las ganas de mandar al hermano de Alex a la mierda al ver lo que hay en el plato: una cara feliz con huevos y tocino. Él esconde la risa tras la taza de café mientras las mujeres que están en la mesa hacen lo mismo.

—Rachel, ¿sabías que Christopher se la pasaba corriendo desnudo por la mansión cuando era pequeño? —empieza Reece—. Le encantaba mostrar su Chrisconda.

—¿Qué? —pregunta Rachel confundida—. ¿Cómo que Chrisconda?

—Guárdate los chistes baratos, que no tienen nada de gracia —le advierto al hijo de Regina.

—La Chrisconda —me ignora—. Ya sabes… Alexconda, Reececonda, Thoconda.

—Bien, ya entendimos —responde ella—. Son una familia muy animalista.

Todos sueltan a reír y me mantengo serio, no es algo que cause gracia. Con el tenedor desbarato el desayuno y él me planta un beso en la mejilla, como si tuviera tres años.

—No te enojes, muñequito —me dice—. Tu tío te ama mucho, por ello te mandé a preparar este desayuno, ya que siempre lo pedías de pequeño.

—No pedía nada. —Desayuno sin mirar a nadie.

—Sí lo pedía —insiste.

El desayuno termina, y una hora después, en lancha, voy con Rachel y Reece al CCT. Los edificios del centro son altos, acogen a personas con casos graves de adicción, es el tipo de sitio que solo se pueden permitir lo que pueden costearlo.

Rachel camina a mi lado durante el recorrido por el lugar: el hermano de Alex explica que tienen distintos tipos de secciones, hay habitaciones compartidas para los que no tienen el dinero suficiente y alcobas independientes para los que sí. El dinero que se posee define si el que se queda estará en un hotel de cinco estrellas o en un hospital de sanación mental.

Los pacientes se pasean con manillas y ropa suelta a lo largo del sitio.

—Cho, lleva a Rachel a conocer el otro lado —le pide Reece a la mujer que lo acompaña—. Es una zona muy tranquila que quiero que vea.

Ella me mira, la mujer insiste y la teniente deja un beso en mi boca antes avanzar como le piden. Sé por qué la alejan.

Continúo con Reece al edificio que tenemos al frente, que alberga a los pacientes más graves, la mayoría están encerrados y a otros le suministran terapias que dejan mucho que decir. Hay gente peleando, insultando, agreden con lo que tienen a mano y el personal no responde de buena manera.

—Rachel es dependiente del HACOC —comenta el hombre a mi lado—. Va a pasar por esto y por más, te aviso para que sepas y luego no andes con quejas.

—Haz lo que tengas que hacer, pero necesito buenos resultados lo antes posible.

Me lleva a la oficina de paredes blancas y ventanas abiertas; toma asiento al otro lado del escritorio de cristal, mientras que yo me ubico frente a él.

—Primer mes de tratamiento —anota, y me entrega la tarjeta que desliza sobre la mesa.

Reviso el monto: parece que estuviera pagando una década.

—La estadía, comida, gustos y lujos tienen un costo aparte, así que dime dónde la pongo. ¿Sala compartida? ¿De cuatro? ¿Dos? ¿Suite?

Lo miro, es una pregunta estúpida.

—Suite —se contesta solo—. Perdona, a veces olvido que mi sobrino nada en dinero.

Firmo el cheque que recibe.

—Empezaremos desde ya —me informa—. Y la primera medida es que tomes tus cosas y te largues de aquí.

—No estoy para bromas.

—No bromeo, ella debe hacer esto sola —aclara mientras se levanta—. Esto no es un campamento de pareja, es una lucha contra el veneno que le corre por las venas, y el sexo que le das no es un analgésico.

—Eso no es asunto tuyo. —Me pongo en pie.

—No puedes curar una adicción con otra adicción —asegura—. Ella necesita quererse, concentrarse y superarse. Los dependientes recaen con la más mínima cosa, se deprimen, atentan contra sus vidas…, lo que viste de camino acá, no es nada comparado con lo que puede llegar a convertirse.

Niego, cada vez que me alejo se viene un centenar de mierdas encima.

—Tienes que dejarme hacer mi trabajo. Alex ya habló conmigo y tú tienes que concentrarte en la campaña —me encara—. No quiero ser el tío malo, pero tiene que ser así, aquí todos están solos por un sencillo motivo y es que es una lucha de uno.

Abre la puerta del despacho y me señala la salida.

—Te daré tiempo para que te despidas —insiste—. Te prometo que pondré de mi parte para que no se enamore de mí.

Esto no estaba en los planes y tampoco es lo que quiero. Voy a quedar como un jodido mentiroso.

—Confías en mí, por eso la trajiste. Quisiste traerla en años pasados porque sabes que soy el mejor; aprecio ese gesto y por ello para mí no será una paciente cualquiera —asevera—. Solo dame meses y la tendrás como antes.

Me paso la mano por la cara. Quiera o no tiene razón. Saca el teléfono y pide que lleven a Rachel a una habitación.

—Puedes verla antes de irte, pero estaré presente, puesto que lo del sexo a modo de analgésico se acabó.—Me lleva al pasillo—. Tendrás cinco minutos, debemos intervenirla ya, no puede seguir con tantas toxinas en el cuerpo porque es peligroso.

Pasamos de un edificio a otro, subo y la espero en la amplia alcoba que le han asignado y que está en la segunda planta. Pongo los ojos en la cama doble que hay en el centro; tanto las mesas como los muebles de lujo tienen protagonismo en el lugar equipado donde Rachel estará no sé por cuánto tiempo.

Respiro hondo frente a la ventana abierta, la mujer que espero no tarda en aparecer.

—Estaré en el pasillo —avisa Reece.

—No creo que mi salario alcance a cubrir todo esto —comenta Rachel—. Últimamente, he tenido gastos que…

—Yo me haré cargo de todo, solo necesito que te concentres en esto. —Me vuelvo hacia ella.

—¿Cuánto tiempo estaré aquí?

—Lo que se requiera, no lo sé exactamente.

Acorta el espacio entre ambos.

—No quiero quedarme. —Me toma la cara—. Mejor llévame contigo y ya luego vemos qué hacemos.

—No.

—¿No? —Se ríe como si estuviera bromeando.

—Yo me voy y tú te quedas. —Me dejo de arandelas—. Tu tratamiento debe empezar ya.

—La última palabra es mía, no tuya —se opone, seria—, y yo no quiero quedarme. Si accedí a seguirte es porque quiero estar contigo.

—Para eso tienes que recuperarte primero.

—Te la pasas tachándome de cobarde y tú eres un mentiroso —espeta—. Me engañas con palabrerías y me traes al culo del mundo. ¿Para qué? ¿Para que no dañe tu perfecta apariencia y puedas seguir encamándote con Gema?

—No voy a discutir esto —le hago saber—. Desintoxícate, ya luego vemos cómo hablamos y qué hacemos.

Trato de moverme hacia la puerta, pero no me deja.

—No ordenes ni dispongas sobre mí —empieza—. No tienes derecho a eso después de mentirme. Dices que no me dejarás y, mírate, ya me estás abandonando. —Se aleja—. ¡No han pasado ni setenta y dos horas y ya volvemos a lo mismo!

—Te vas a quedar —me impongo—. Puedes gritar, pelear, oponerte, pero te vas a quedar porque es necesario.

—¡No! —sigue—. Yo…

—Lo mejor es que te vayas. —Reece aparece en la puerta—. Yo me encargo.

—¡No voy a hacer una puta mierda! —espeta ella—. Tal cual me dejas, tal cual me voy a quedar.

—Problema tuyo —me enoja—. Allá tú si quieres ser una maldita drogadicta, yo estoy haciendo lo que me corresponde.

—Estás dándome la espalda. —Rompe a llorar—. Yo te di lo que querías, y de ti solo estoy recibiendo lástima disfrazada con billetes.

Sacudo la cabeza, me acerco a tomarle la cara para que me mire y se niega.

—Vuelve con Gema, relúcela como siempre lo haces mientras yo me quedo con las migajas, como en años pasados. —Da un paso atrás—. Siempre te lo doy todo ¿y qué recibo? Tu ausencia, inseguridades e imposiciones.

—Christopher, tienes que irte —insiste Reece.

—Tardas en recuperarme y te esfuerzas en vano, porque siempre me pierdes en un santiamén —sigue ella—. Eres importante para mí, pero tu actitud me demuestra que contigo nunca tendré lo que necesito, así que no esperes que vuelva a creer en ti.

Me da la espalda. Esta es una discusión absurda que me niego a continuar, así que me encamino hacia la salida. No sé qué más quiere si las cosas están claras hace tiempo y ya se lo estoy dando todo.

Los botes de regreso salen dentro de cuatro horas y el hermano de Alex le pide a una de las enfermeras que me lleve a su oficina.

—Debo hacerle análisis —me informa él—. Espérame en el despacho, estaré contigo dentro de un par de horas.

Vuelvo al sitio estipulado, la cabeza empieza a dolerme, las malditas peleas son algo que me tienen hastiado, cada día las soporto menos. Esto no era lo que quería y me conozco tanto como para saber que al partir con las cosas así estaré pensando en esto todo el tiempo.

Me levanto, camino y, por más que me lleno de oxígeno, la rabia no se disipa. Reece entra al despacho una hora después.

—¿Cómo estuvo? —pregunto.

—¿Cómo crees? —responde—. ¿Tenía apariencia de mujer bipolar con cambio de decisión repentina? Todo tuvo que ser a la fuerza, y ya sabes lo que eso conlleva.

—¿Qué conlleva? —increpo molesto—. No voy a bancarme que se quede un año aquí si es lo que quieres decir.

—Mete la polla en otro lado, si estás muy urgido, Christopher —espeta—. Es obvio que su actitud retrasa las cosas, porque la fuerza de voluntad supone un sesenta por ciento del tratamiento, así que déjate de exigencias, que esto no será sencillo.

Vuelvo a la silla, siento que estoy perdiendo el tiempo.

—Tengo que ver a dos pacientes más —me comenta él—. Termino y nos vamos.

Me deja solo y trato de mantenerme quieto, pero no puedo y en últimas termino accediendo al impulso repentino que me corroe.

Maté a las perras que me estorbaban, dejé el trabajo tirado, volé una noche entera, conduje por horas, me cortaron con un vidrio, todo un centenar de problemas y ¿para qué? Para que las cosas sigan como antes.

Rodeo el escritorio, abro uno de los cajones y rebusco dentro de ellos. En alguna parte debe de haber un listado con el teléfono de las alcobas; en los cajones que abro no hallo nada, paso al siguiente y tampoco. Me las apaño para desbloquear el ordenador y en este sí está lo que requiero. Busco el número de su alcoba y uso el teléfono de la mesa para llamar, pero nadie contesta. «Maldito defecto de nunca atender cuando se necesita». Insisto cinco veces más, al otro lado nadie levanta la bocina y me veo obligado a tomar una de las batas que cuelga del perchero. Me meto el teléfono inalámbrico en el bolsillo y me apresuro a afuera con la bata puesta, no quiero que nadie me detenga y así pasaré desapercibido, pareceré un médico más. Salgo, rodeo el edificio de las habitaciones y localizo el balcón de su alcoba.

La tarde ya le está dando paso a la noche, saco el teléfono con el que vuelvo a llamar, no atiende e insisto hasta que lo hace.

—¿Sí? —contesta.

Las palabras no me salen y me siento como un imbécil. ¿Qué se supone que diga?

—¿Sí? —repite enojada.

—Mueve el culo al balcón —ordeno. Ella se queda en silencio, pero a los pocos segundos veo su figura asomada en la puerta corrediza. Tiene el teléfono en la oreja, pero no habla. Trato de decir algo y me siento un idiota, con una bata en el medio del jardín, haciendo el ridículo.

Suelto el aparato y me quito lo que me puse. Me acerco al edificio, con un salto alcanzo las barandas del balcón, me impulso hacia arriba y en menos de nada estoy frente a su ventana.

—Abre o la voy a romper, como hice en tu casa —advierto.

Corre el cristal y recuesta la cabeza en el borde de metal. Tiene los ojos rojos de tanto llorar, el pijama de satén que lleva puesto le queda suelto y el cabello negro le cubre los hombros.

—¿Qué quieres? —pregunta.

—No sé —me sincero—. Estoy tratando de entenderte, pero no haces más que ponerme trabas al actuar como una inmadura que no hace más que pelear. Las cosas conmigo así no van, así que para ya, que estoy hastiado.

—Me estás quitando lo único a lo que quiero aferrarme. ¿Cómo quieres que actúe? Si no me das la seguridad que necesito ahora.

—Todo está claro. No soy el tipo de hombre que se anda por los bordes —espeto—. Si es blanco, es blanco; si es negro, es negro; pero gris jamás.

—No eres directo, y por eso siempre tengo dudas —contesta—. Todo he de suponerlo, todo pasa cuando tocamos fondo, y entiendo que no seas un sentimental, pero la única definición que tengo de lo nuestro es la de amantes, y ya no me gusta —continúa—. Ahora nos separamos otra vez, tú lejos, siendo libre, y yo aquí con dudas, con ganas llamarte, escribirte, pero con la jodida barrera de no poder, porque no somos nada, y es patético.

—Puedes hacer lo que te plazca —repongo—. Eres tú la que te limitas.

—Me limito porque no sé si lo nuestro es especial o no para ti. Tus acciones me dicen que sí; aun así, tu frialdad me dice que no y, en pocas palabras, yo quiero una pareja estable, apegarme a algo que no sea solo cama. —Sacude la cabeza—. Estoy harta de ser la amante de la que estás enamorado, quiero algo especial, un maldito momento cliché que no esté lleno de gritos y que en un futuro pueda decir que tuve una relación bonita con el hombre que he amado como a nadie.

Muevo la cabeza con un gesto negativo, yo no soy del tipo de hombre que anda con cursilerías, no se me da. Me mira a la espera de una respuesta, pero las palabras no salen.

—Que tenga un buen viaje, coronel. —Trata de cerrar la ventana y pongo la mano antes de dar un paso adelante. No se mueve y tomo su cintura; la traigo hacia mí en lo que mis ojos se centran en los suyos.

—Nos ligamos ¿o qué? —pregunto, y se ríe.

—¿Cómo que nos ligamos? —increpa—. ¿Qué es eso?

—Sabes que es, así que no te hagas.

Me humecto los labios con la lengua y ella sacude la cabeza, haciéndose la que no entiende. La palabra no es común en Londres, pero me gusta porque no se oye cursi.

—Es que quiero una novia ninfómana. —La beso—. Una de esas relaciones pervertidas con llamadas calientes, *chat hot*. —Le acaricio la cara en lo que me acerco más—. Ella durmiendo en mi casa y yo en la de ella…

—Entiendo. —Me sigue la corriente.

—Que se ponga atuendos especiales de esos que incluyen bragas sexis. —Vuelvo a besarla—. Y que me modele desnuda.

—¿Hay salidas? ¿Se puede consentir al perro?

—A mí puedes consentirme cuando quieras —bromeo.

—¡No seas idiota! —Suelta a reír y me rodea el cuello con los brazos—. Me refiero a Zeus.

—Sí, a ese también lo puedes acariciar, pero yo tengo que ser el centro de atención.

Los ojos le brillan y observo con atención sus facciones, no me quiero ir con las cosas como estaban.

—¿Quieres? —vuelvo a preguntar.

—Sí, quiero ser su novia ninfómana, coronel.

Sonrío, nuestros labios se tocan y nos fundimos en un beso largo que me obliga a estamparla contra el vidrio.

—Me gusta enviar fotos, desnudo, y con la polla erecta. Necesito que la saliva se te alivianne cada vez que me veas —le digo—. Necesito que uses muchos atuendos rojos, las bragas que te pongas deben ser pequeñas y fáciles de correr.

—Eres tan romántico… —se burla—. El Romeo de la nueva era.

—Lo sé y este Romeo quiere lamer los pechos de Julieta. —Meto la mano bajo el pijama, toco los pezones duros que se esconden debajo y…

—¡Christopher, saca tu feo culo de ahí! —exige Reece en el jardín, y pongo los ojos en blanco.

Vuelvo a besarla y alargo el momento mientras ella se aferra a mi playera, me detengo, respiro, la suelto y es ella la que me toma esta vez con más ganas.

—Dilo —le pido en medio del beso que aviva mi desespero.

—Te amo mucho —declara.

Le lleno la cara de besos y le planto el último en la boca.

—La estaré vigilando, teniente. —Se ríe y busco la manera de bajar.

Mi tío sigue abajo.

—No podías quedarte quieto, ¿cierto?

—No. —Echo a andar con él, quien va conmigo hacia los botes que esperan.

Me siento a su lado y él pone su mano sobre mi hombro en el trayecto, empieza con las muestras de afecto a las que ya estoy acostumbrado, por ello no me molesto en quitarlo, dado que cuanto más me opongo, más lo hace.

Visualizo la isla que aparece a lo lejos y la noche se me daña cuando veo a Alex con Gema y la guardia esperándome en la orilla.

—¿Y este milagro? —empieza Reece cuando baja—. Ayer me llegó Barbie y hoy Ken.

Alex lo abraza y él lo tira a la arena.

—Te crujió un hueso, no me digas que ya andas con osteoporosis —se burla el médico—. Vámonos a los puños y el que gane se lleva un frasco de calcio.

—Madura de una puta vez —se enfurece Alex.

—No le hables así a tu hermano mayor —replica Reece.

La guardia alza a Alex y este se alisa el traje mientras Gema se ríe.

—Reece, no sé si te acuerdes de mí —comenta—. Soy Gema, la hija de Marie.

—Oh, sí… ¿Soltera, casada, en una relación complicada? —Deja que le bese la mejilla.

—La primera dama que todos quieren —bromea—. Hemos venido a buscar a Chris porque está siendo un pésimo candidato.

No me molesto en saludar a nadie, y es Gema quien me abraza antes de pegarse a mi brazo. En la casa de playa se sirve la cena y por mi parte me mantengo en silencio: Alex no me habla, y yo a él, menos. Me bebo cuatro tragos y subo a cambiarme, estoy cansado y no estoy para estar viéndole la cara.

—¿Puedo pasar? —Gema se asoma en la puerta que dejé abierta—. Supongo que estás agotado, pero tienes que ver esto.

Se acerca a entregarme al periódico, la página que me muestra es una patada directa al estómago.

—Tu ausencia te tiene último en las encuestas —explica—. Estoy con lo de las obras sociales, pero nada de eso compensa el que no estés.

No me detengo a leer, el que Leonel vaya primero empeora todo, ahora de seguro tengo que apegarme a un centenar de idioteces para sobrepasarlo. —No te estreses. —Gema me abraza por detrás cuando le doy la espalda—. Faltan varios meses todavía y con la estrategia correcta estaremos primeros en menos de nada. Estoy en conversaciones con varios entes que aman mi labor, la ONU resaltó la ayuda económica que conseguí para Nigeria y las víctimas de la guerra me aplaudieron en el último foro internacional.

Busca la manera de quedar frente a mí y me estampa un beso en la barbilla.

—Cambia esa cara, métete en la cabeza que vamos a ganar y céntrate en ello. —Se ríe—. Ahora, dime, ¿qué lado de la cama prefieres? ¿El izquierdo o el derecho?

Me voy al balcón y me echo en la tumbona. La brisa corre y vuelvo a repetirme lo que me he repetido desde que empecé: «No voy a perder el jodido puesto».

Querida Rachel

Querida Rachel:

Por años tuve la ilusión de hacer esto, enviar una carta a un ser querido, y, aunque sé que estás atravesando una mala época, me alegra saludarte, Raichil.

Ya van ocho semanas sin ti, por órdenes del coronel y el ministro, no sabemos nada de tu paradero; sin embargo, espero que este sobre llegue a tus manos.

Sé que en tu situación debes aislarte del mundo, pero desde mi punto de vista profesional no es bueno vivir siendo un ignorante de lo que sucede en tu entorno.

Empezaré por lo que sé que te preocupa: la teniente Klein. Es de mi agrado informarte de que se está recuperando en buenas manos, dado que el capitán Parker se ha hecho cargo de todo. La acogió en su casa y vela por ella.

Aún no puede caminar, la fractura de su pierna es delicada y no puede andar sin muletas. Tomé su caso y le estoy brindando mi apoyo con el fin de que supere lo que vivió. No le resulta sencillo: Meredith Lyons era su amiga y lo que hizo fue algo doloroso para ella.

En conjunto hemos tratado de darle ánimos, Patrick y Alexa organizaron un almuerzo en su honor, reunión a la que asistió el exsacerdote del caso Santiago Lombardi. Tuvo el amable gesto de traerle un ramo de flores, detalle que iluminó la cara de Angela. Él es todo un caballero, comentó que la teniente Klein estuvo a cargo de su seguridad, está agradecido con ella, aparte de que admira su rol como soldado.

Parker es un buen apoyo emocional para Angela ahora; creo que sin él sus avances no serían posibles, es el amigo y la persona que ella necesita y me alegra que la apoye. Sin embargo, lo que pasó y la situación actual le puso punto final a lo que había entre Brenda y el capitán.

La decisión me tiene algo molesta porque sé que a Brenda le gusta mucho Parker. Sin embargo, Brenda sabe que Angela y el capitán fueron pareja, piensa que todavía puede haber sentimientos entre ellos, no quiere que Dominick se sienta incómodo y esté en la encrucijada de no saber si pasar tiempo con ella o con su ex.

Nuestra amiga dice que la ha pasado bien con él, pero no quiere ser un estorbo en su vida, como tampoco quiere dañar lo que le hace bien a Angela, quien requiere mucha atención ahora. Parker es una persona que vale la pena; Brenda nos tiene a nosotras, pero la teniente no tiene a nadie y, por ello, da un paso al costado.

En cuanto a tu familia, están bien todos, hablo con ellos cada vez que puedo. La que no está muy bien es Laila, la relación con el ministro la tiene agobiada. Está enamorada de Alex.

Sara Hars estuvo hace poco en el comando. Me contó Laila que el ministro estaba bien hasta que la vio: empezó a actuar con indiferencia y eso fue como un corte profundo en el pecho para nuestra amiga.

Me dijo que Alex Morgan la buscó al día siguiente, tuvieron sexo, le comentó que todo estaba bien; no obstante, ella siente que no lo tiene del todo para ella, así que decidió ocupar la mente en el trabajo para no pensar tanto.

Ahora está en el Oriente tras la pista de Ali Mahala; se le dio la orden de ir tras él y ella aceptó sin refutar.

Antoni Mascherano ya no es el líder de la pirámide, ahora el cabecilla definitivo es Philippe Mascherano.

Al parecer, el enterarse de que Lucian es hijo de Antoni no le gustó a su hermano menor y por ello le ha quitado todos los privilegios. Actualmente, el italiano está en una celda común y corriente con Bernardo Mascherano.

Los Halcones están siendo perseguidos por Dalila Mascherano y también por la FEMF.

Hace dos semanas visité al mafioso en prisión, como su psicóloga tuve que ir a la cita de rutina.

Pese a que ahora es un prisionero cualquiera, me recibió con una sonrisa en los labios y con un beso en el dorso de la mano: su comportamiento sigue siendo tétrico y espeluznante.

Me preguntó por ti y me habló con soltura, recalcó lo fuerte que eres y que saldrás de esto porque aún tienes muchas cosas por hacer a su lado. La forma en la que se refiere a ti altera mis nervios y más ahora que me enteré de que las amantes que elige son parecidas a ti.

Tiene un serio trastorno contigo. Lo que me consuela es que ya no cuenta con el apoyo del hermano, y eso es un motivo para estar más tranquilos.

En su celda hay tres fotos: una tuya y dos de sus hijos, Lucian y Damon Mascherano. El primero lo tiene la FEMF y de Damon aún no se sabe mucho, solo que es hijo de Isabel Rinaldi.

En medio de mi sesión con Antoni, este le lanzó una amenaza al coronel, sugirió prepararnos para su funeral, ya que cuando esté regreso en su puesto, es la primera persona que matará.

La mente criminal que tiene es como un hueco oscuro lleno de terrores. Viajé a Toronto a ver a Lucian Mascherano, está en el comando canadiense. Lo estudié, y es un niño cuerdo, maduro para su edad. En las pocas semanas que lleva en el comando, ha mostrado buenas habilidades.

Tiene un instinto protector fuerte, y Olimpia me comentó que no le gustan las actividades donde se atente o se ponga en peligro la vida de otro.

Él me habló de su hermano menor, Damon. Confesó que le preocupa su destino y me encomendó su búsqueda. Lo define como un niño carente de amor; dijo que es agresivo, inquieto y desobediente; pero, cuando lo tratan con amor, cede.

A Lucian le perturba que no haya nadie con el niño a medianoche, ya que este padece de pesadillas recurrentes y le cuesta conciliar el sueño. No sabía que era su hermano; sin embargo, le tomó mucho cariño en el tiempo que estuvo con él.

Damon no tiene un buen perfil psicológico, es hijo de Isabel Rinaldi, y su madre era una psicópata. Antoni padece un trastorno obsesivo-compulsivo y, según el testimonio de Lucian, fue maltratado por Dalila Mascherano. Desde mi punto de vista como psicóloga, esto puede traer secuelas en su desarrollo mental y en su compartimiento futuro.

Lucian Mascherano tiene un amor adolescente (me pareció muy romántico eso). No lo reconoció abiertamente, pero lo deduje, y es Naomi Santoro, la hija de Fiorella. Sabes quién es, me hablaste de ella una vez. La niña trabaja en la casa de los Mascherano y vivió con él en el sitio donde creció en Italia, actualmente es la sirvienta personal de Dalila.

Me habló de su tío Philippe y para él no es malo, tampoco Ivana; Dalila Mascherano sí, ya que no está muy cuerda. El hijo de Antoni quiere a Ivana y a su tío, y se negó a dar información que nos lleven a su paradero.

De su padre no quiso hablar, es un tema delicado para él y me atrevería a decir que le tiene cierto repudio, es lo más normal si tenemos en cuenta lo que le hizo a su madre.

Por otro lado, está Stefan, no viajó a Phoenix, decidió quedarse en Londres, pendiente de todo lo tuyo. Sigue en la tropa de Bratt, que ahora tiene un capitán suplente, ya que Lewis está en el periodo de duelo por su madre.

En cuanto a mí, ¿qué te puedo contar? Peyton es una bebé preciosa, te la comerás a besos cuando la veas; en cambio, el papá es una piña en la axila. Le toma fotos cada dos minutos, no se le despega y cuando se le hace tarde, se queda en el sofá de la alcoba, a veces en un lado de la cama. No me busca y yo tampoco lo hago, solo hablamos lo necesario, como debe ser.

Ayer casi lo mato, Peyton tenía hipo y entró al baño con la bebé mientras me duchaba (idiota como siempre). Según él, la niña se sobresaltaba mucho y le asustaba que fuera epilepsia o algo parecido.

Ya no me interesa y, por lo que veo, yo a él tampoco. Ninguno extraña al otro y eso lo dice todo.

Cuando no está con la bebé, está con Bratt, Patrick o su hermana, que no me cae bien: Corina Hayes tiene serios problemas reprimidos que debe tratar y no lo hace.

El hermano pequeño de Simon es cariñoso, ama ver dormir a Peyton; ha venido dos veces a visitarla, creo que puede llegar a agradarme; aun así, siento que hay mucha tensión todavía.

No le perdono a Simon que se haya callado todo esto.

Bratt está bastante mal, la muerte de la madre y de Meredith fue un golpe devastador para él.

No sé si siente algo por Milla Goluvet, pero ella ha ido a visitarlo varias veces. Esto lo sé por Mia Lewis, me acerqué a ella a preguntarle cómo iba con su duelo e hizo el comentario.

Alexandra y Patrick te envían saludos, al igual que Lulú, quien siempre pregunta por ti.

Gauna me invitó a salir hace cuatro días, fue muy raro y pensé que me estaba tomando del pelo cuando me lo propuso. Está al tanto de lo que pasó con Simon y, en pocas palabras (casi gritando), me preguntó si quería ir a cenar.

No le gusto ni le atraigo, pero quería compartir una cena que ganó en un exclusivo restaurante y no tenía con quién ir. Fue extraño, en ciertos momentos incómodo; sin embargo, su compañía fue grata y me divertí con él.

En cuanto a Christopher Morgan, está de lleno en la campaña, donde la paz no prevalece.

Leonel Waters tenía la delantera en las encuestas y lanzó indirectas hacia el coronel, que no se quedó callado y en su cara le dijo que no era más que un payaso.

Gema logró que las encuestas dejaran a los Morgan en segundo lugar; en vano, porque los malos comentarios de Leonel lo volvieron a poner último. Los números de Waters también bajaron y ahora Kazuki es quien lidera.

La teniente Lancaster está en todos los diarios, todo el mundo alaba la buena labor que hace. La ayuda humanitaria que brinda es extraordinaria, ya se ha ganado varios galardones por ello. Es una experta en esto.

Regina Morgan apoya en todo a su nieto, resalta siempre que es el mejor.

Suele dejar callados a los que hablan mal de él, siento que parte del carácter de los Morgan es por ella.

El coronel, a cada nada demuestra que no quiere perder, concluyó tres casos en las últimas seis semanas. Parker lo suple cuando no está y le ha ido bien, es otro que demuestra porque es uno de los mejores capitanes del comando.

Christopher está más exigente que antes, remplaza a quien no le sirve. Trata mal a todo el mundo, nada le gusta, todo le estorba, ha tenido múltiples peleas con el Consejo.

Hace unos días quise hablarle y estaba empinándose una botella de Jack Daniel en su oficina. Semanas antes de esto se fue a los puños con Bratt, quien intento hablar con él antes de tomarse su licencia. Según Laurens, suele beber hasta altas horas de la noche en su oficina y cada día se vuelve más difícil de tratar.

En fin, tus facturas están al día, estoy preocupada por tus finanzas, siento que han disminuido demasiado. Supongo que la FEMF te dará una compensación monetaria por lo sucedido.

Despido esta carta con buenas noticias: El periódico interno de la FEMF hizo un homenaje a toda tu carrera militar. El mundo sabe de tus mejores misiones, entrevistaron a tu familia, Alex y Gauna destacaron tu buen trabajo, Kazuki Shima dijo que eras digna hija de tu padre y que eras una excelente soldado…, hasta yo hablé de lo orgullosa que me siento de ti.

Se rumorea sobre un posible retiro por tu parte, pero, pese a eso, hay muchas centrales pidiendo que te vayas con ellos.

Leonel Waters comentó que te recibiría con gusto, Kazuki Shima dijo lo mismo, la central de Washington envió un requerimiento donde piden que formes parte de sus filas.

Te has enfrentado a muchas cosas y muchos aplauden el impacto que tienes en la mafia.

Espero en verdad que te recuperes pronto, sé que estas semanas están siendo difíciles y te sientes sola; sin embargo, tengo fe en que saldrás de esto.

Lulú me manda decirte que te espera con ansias; mini-Harry te envía una foto de él con su uniforme de jugador de *soccer*; yo te envío dos fotos de Peyton; Laila, Brenda y Alexa, te envían un abrazo y mucho amor.

Con amor,

Lu

Un día a la vez

Rachel

Cuatro semanas, 28 días, 672 horas sin HACOC

La cama, rodeada de monitores y jeringas, es algo que deprime. La fuerza de voluntad que se me pide está en el suelo, se me agotó la poca fuerza que tenía. La pena moral me carcome al sentirme sola en un sitio tan lejano, perdí peso y se debe al agresivo periodo de abstinencia, que es doloroso, violento e inhumano. No lo soporto.

Ocho semanas, 56 días, 1.344 horas sin HACOC

Las jeringas salen poco a poco de mis brazos gracias a que Reece Morgan redujo en un treinta por ciento el HACOC que corre por mis venas.

Cho escribe por mí, le dicto lo que pienso, ya que aún no tengo las fuerzas que se requieren para hacerlo. La depresión me consume el alma y todo el tiempo tengo largos episodios de llanto. Este calvario me sigue consumiendo y la energía que requiero no llega.

Me duele el no estar con los que amo, la carta de Luisa me puso peor, puesto que me recordó lo mucho que los extraño.

Mi médico no se despega de mí y cuando medio recopilo un poco de energía, la desperdicio en mi otra adicción, en la que tiene una C y una M como iniciales. Su ausencia vuelve lentos mis avances.

Diez semanas, 70 días, 1.680 horas sin HACOC

Hoy el césped verde se siente bien bajo mis pies y puedo escribir sin ayuda de nadie, solo con Reece Morgan frente a mí, que vigila lo que hago.

Hay un cuarenta por ciento menos de HACOC en mi sangre, decidí darle el sí a los toxicólogos, quienes me han suministrado drogas en proceso de investigación; son experimentos que están haciendo conmigo, son dolorosos, conllevan efectos secundarios, pero es lo que me ha sacado de la cama. Los miedos merman poco a poco, Cho es una buena compañía, no es Luisa, pero tiene su misma profesión. Ya puedo interactuar con otros pacientes y un psicoterapeuta lidia con la dependencia sexual que me hunde en la depresión y en episodios largos de ansiedad.

Doce semanas, 84 días, 2.016 horas sin HACOC

Tengo dos amigos: Frank, un canadiense adicto a la metanfetamina, y Melania, una australiana que está embarazada de seis meses. Conocí a la mujer en el comedor y es adicta al HACOC hace un año; su padrastro la sometió y el niño que viene en camino trae una malformación en los pies, su cerebro no se ha desarrollado como debería y ella se la pasa más en cama que de pie. Reece quería que conociera a Melania. Mi médico es condescendiente, pero, como todo Morgan, es severo a la hora de hacerte aterrizar. La mujer es la explicación perfecta de por qué debo realizarme la cirugía anticonceptiva cuanto antes.

En los episodios de depresión y ansiedad, me he dado cuenta de que lo que más anhelo es la felicidad que tuve en cierto tiempo: la calma, la paz y la plenitud de la que disfrutaba antes.

Es lo que más me hace falta y lo quiero de vuelta.

Sería ingrato de mi parte decir que Reece no ha sido un gran apoyo, porque lo es. Es a quien veo cada vez que me levanto y es el último rostro que reparo antes de dormir.

Catorce semanas, 98 días, 2.352 horas sin HACOC

Melania murió en la madrugada, se le adelantó el parto, no lo soportó y ahora su bebé está en cuidados intensivos. Fue un bofetón a la poca paz que tenía, Reece dice que ella sabía lo que conllevaba el embarazo y no quiso detenerlo.

Entré en crisis otra vez, la muerte de Melania trajo el recuerdo del asesinato de Fiorella y, aunque compartí poco con ambas, fallecieron con el anhelo de ver a sus hijos. Ya no quiero estar aquí, pedí hablar con mi familia y no me dejaron, rogué hablar con Christopher y tampoco.

Cho dice que debo ser fuerte, valerme de mí misma y no ligar mis emociones a nadie, quiere que transite por esto sola, pese a saber que ya recorrí este camino antes. Se vale de la excusa de que ya lo conozco, por ende, debo saber sobrellevarlo.

El hermano de Alex me aisló al ver que estoy decayendo otra vez, tuve un ataque de ansiedad y no superé la prueba de abstinencia. Ahora estoy en una comunidad nativa, en una isla remota donde todo es peor.

Aquí se me obliga a conseguir mi propia comida y debemos construir la choza donde dormir, a menos que se quiera dormir en la intemperie.

El rugido del volcán que se oye a lo lejos empeora mis nervios. Me pregunto para qué diablos me alejaron de los que quiero, siento que con ellos no estaría obligada a pasar por este tipo de cosas.

Los tratamientos anteriores no son nada comparado con esta mierda calurosa y lejana. Aquí todo me golpea más fuerte, extraño mucho más y el coronel no deja de dar vueltas en mi mente. Mi dependencia sexual lo necesita, mis brazos lo anhelan y mi pecho lo añora.

Dieciséis semanas, 112 días, 2.688 sin HACOC

No han sido días fáciles, sin embargo, he tratado de sobrellevarlo. El contacto con la naturaleza me tiene con energía y eso me ha servido a la hora de nadar, atrapar animales y trepar a uno que otro árbol en busca de comida.

Estar en conexión con la gran creación de Dios, en ocasiones, ayuda.

Las caminatas en la mañana son largas, cansan; sin embargo, debo resistirlas. Los nativos practican un deporte llamado «pa'ū malo'», es una de las prácticas de defensa personal más violentas que he visto, lo he empezado a practicar sola, intenté pedir que me enseñaran, pero se negaron porque es un deporte solo para hombres.

Los días pasan y poco a poco siento que la fuerza vuelve. Ayer miré mi reflejo en el agua y sentí que estoy siendo yo otra vez: el color ha vuelto a mi piel y mis ojos vuelven a ser los de antes, mi cabello ya no luce opaco y está más largo. Ya no vomito la comida y eso ayuda a que me sienta cada vez mejor.

El estar aislada es algo que empiezo a disfrutar, ya que puedo empaparme de la costumbre y de los conocimientos que se comparten. Las charlas y las enseñanzas son cosas que me ponen a reflexionar sobre lo importante que es confiar en el proceso, incluso cuando creamos que retrocedemos, hay que hacerlo.

Los períodos de abstinencia van y vienen todo el tiempo, llegan con cosas que debo alejar con caminatas, ejercicios, trabajos que se me obligan a hacer…, así esté sudando, con fiebre y con dolor en los huesos.

Trato de hacer todo, enfocada en que debo volver a ser la mujer que he sido siempre.

Anoche reté a un nativo en el «pa'ū malo'», es uno de los isleños más machistas que he conocido en este entorno. Sus golpes dolieron, pero resistí, tuve el aguante suficiente y, al ver mi entereza, decidió enseñarme. Golpeada o no, mostré estar a la par, algo que alabaron porque aquí se admira la valentía. El deporte me hace sangrar en grandes cantidades cada vez que practico; sin embargo, no me importa perder sangre contaminada.

Cambié los lamentos por prácticas de tiro, la ansiedad por trotes matutinos, me libero de la rabia en los torneos donde participo y empiezo a sentirme fuerte, bella e imparable.

Nuevos aires llegan para mí, evoluciono para bien, las risas que creí que no volverían llegan con fuerza gracias al entorno y las personas que me rodean. Es algo que Reece Morgan sabe y por ello viene por mí.

Dieciocho semanas, 126 días, 3.024 horas sin HACOC

Pasar la prueba de la droga por segunda vez es como una medalla más en mi uniforme. Según los últimos estudios, solo hay un veinte por ciento de HACOC en mi sistema, una genialidad en avances médicos, porque lo que tendría que haber conseguido con un tratamiento de un año, lo he hecho en cuatro meses.

¿Ha dolido? Sí, y mucho, pero vale la pena, porque ahora siento que soy Rachel otra vez. Gané un torneo de «pa'ū malo'» y marqué la diferencia al ser la primera mujer en lograrlo.

Reece lo presenció y los nativos de otras islas también. Lo mejor no fue el cinturón que gané, lo increíble fue la moneda que me dio mi médico: una moneda que me da el derecho a hablar con mis padres. Habrá más monedas si sigo así.

Veinte semanas, 140 días, 3.360 horas sin HACOC

30 de septiembre de 2020

El viento salado me mueve el cabello hacia la cara, respiro hondo antes de mirar abajo; 407 metros entre el risco y el mar. El abismo que se extiende entre el precipicio y las olas me recuerdan lo bello del océano.

El vértigo golpea desde lo alto, las dudas traen voces; sin embargo, no desisto, solo tomo aire por la boca y me lanzo al vacío.

El corazón se me empequeñece, mis intestinos se contraen con la caída y con fuerza cierro los ojos a la espera del impacto que me deja en lo profundo.

Los pensamientos van y vienen como una vieja cinta de video, todo lo que he padecido en los últimos meses, lo bueno y lo malo: dolores, angustias, miedos y experiencias que me llevaron a un punto donde no quiero que nadie me lastime, ni a nivel físico ni tampoco a nivel emocional.

En medio de todo aprendí que quien se supera a sí mismo, quien conquista sus miedos, tiene el derecho de ser llamado héroe y yo me considero uno. Soy mi propia heroína, porque las peores guerras no son con otros, sino contigo mismo y yo le he ganado la batalla a esto, a la depresión, a la ansiedad y al HACOC.

Renací tantas veces que ahora quiero hacer lo que me plazca, porque me lo merezco. Merezco ser feliz y haré todo lo que esté en mis manos para conseguirlo.

Emerjo a la superficie y de inmediato siento el alivio que es como un soplo de vida, la corriente es fuerte y con brazadas concisas, nado en aguas cristalinas hasta llegar a una de las rocas, descanso y sigo nadando hasta llegar a la orilla.

La arena blanca contribuye a que el paisaje transmita calma, Reece Morgan espera en la playa, casual como siempre, con la bermuda y la camisa floreada de manga corta. Me acerco y él se baja los lentes con la punta del índice cuando me ve.

—¿Caíste del risco o del cielo? —Arquea una ceja en lo que pasea los ojos por mi traje de baño—. ¿Requieres acompañante, compañero? ¿Esposo, tal vez? Estoy soltero.

Sonríe con picardía, ya estoy acostumbrada a los cumplidos, el tratamiento ha hecho que le tome cariño y ahora entiendo el gusto que generan los hombres maduros. No me gusta Reece Morgan; sin embargo, no niego que es un atractivo picarón, el cual sabe cómo elevarte la autoestima.

—Revisé tus exámenes esta mañana. —Deja que me pegue a su brazo—. Solo hay un diez por ciento de HACOC en tu sistema.

Feliz, miro al cielo: amo que diga eso.

—¿Hay premio? —pregunto, y él detiene el paso.

—Dejaré que me beses a modo de recompensa.

Suelto a reír, extiende la mano y me esconde un mechón de cabello tras la oreja.

—Me siento muy orgulloso de todo tu progreso —confiesa—. Y seré sincero al decir que por un momento pensé que no lo lograrías.

—En ocasiones, la gente tiende a subestimarme. —Sigo caminando—. No saben que peleo con todo lo que tengo cuando me aferro a algo.

—¿Ese algo es Christopher?

Me quedo mirando el océano cuando un enorme «sí» aparece en mi cabeza, he tenido tantos momentos extraordinarios a su lado que no dejo de pensar en él, siento que lo amo mucho más que antes.

Lo tengo aferrado tan dentro de mí que, pese a la distancia, la ausencia y la tristeza, mi cuerpo no deja de encenderse cada vez que evoco lo bien que se siente tenerlo cuando está sobre mí.

—Tomaré tu silencio como un sí. —Se acerca Reece—. No tiene nada de malo, solo que debes tener cuidado, él es otra prueba para ti.

—¿Prueba?

—No se es fuerte a medias, tienes que crecer más y tener claro que el amor que sientes por otros no debe ser mayor al que sientes por ti, porque si algún día esa persona te falla, se quiebra o se aleja, debes tener los cimientos que se requieren para no derrumbarte.

Camina conmigo, el sol naranja nos baña a los dos y en parte sé que tiene razón; no obstante, mi corazón es tan terco que hay cosas que se niega a entender y se aferra al amor tóxico que siento por el coronel.

—Para irte de aquí tienes que demostrarme que estás preparada. No sabemos si lograremos acabar con el HACOC que queda —sigue Reece—, pero, si algún día lo logramos, no te dejaré partir hasta que no te vea convertida en un huracán. ¿Estamos?

—Estamos. —Me gusta la idea de ser un huracán.

Llegamos a la casa playera donde vive.

Por mis avances me he ganado el derecho de ser una huésped en la casa de mi médico. El hermano de Alex pidió que me acondicionaran una alcoba, Cho vive aquí y eso le permite estar pendiente de mí, al igual que Reece.

La empleada es muy amable; sin embargo, procuro no molestarla, he aprendido a valerme por mí misma.

—Ve a bañarte, quiero dejar de fantasear con la arena que has de tener en ciertos sitios.

Sacudo la cabeza en lo que subo las escaleras, todo el tiempo es así.

Las sábanas de la cama doble están meticulosamente ordenadas, y en la cómoda frente a ella suele haber un ramo de flores frescas.

Tomo una ducha y me quedo desnuda frente al espejo, me gusta ver el cambio positivo que tuve. Ya no se me marcan las venas; por el contrario, tengo la piel un tanto más morena por el sol, las piernas más esbeltas, el abdomen plano, los senos y glúteos firmes.

Reparo mi reflejo, el cabello negro azabache largo hace un contraste perfecto con el azul celeste de mis ojos. «Soy hermosa». Pensarlo no me hace superficial, solo deja claro que ahora me quiero mucho más que antes, algo que me alegra sobremanera, ya que pensaba que no volvería a verme así.

Ahora soy una Rachel que sabe pelear más, es más ágil y veloz. Una Rachel que no necesita ser rescatada, porque ahora puede rescatarse a sí misma, y esta Rachel se merece todo lo bueno del mundo.

Mis hombros se alzan cuando respiro hondo. Hay cosas que he estado pensando en los últimos días, creo que meses atrás no me hubiese arriesgado, pero ahora me siento preparada para ello, ya que siento que es un buen momento para nuevos retos.

Reece abre la puerta justo cuando me estoy cerrando la bata.

—Te daré el privilegio de almorzar conmigo —me dice desde el umbral.

—Creo que es hora de un ascenso en la FEMF —confieso, y él se cruza de brazos—. Me siento preparada para ser capitana y dirigir mi propia compañía.

—Qué bien, me estaba hartando de insinuarlo con cada oración —espeta—. Vístete y lo hablamos abajo.

Me vuelvo hacia él cuando se queda en la puerta.

—No me puedo vestir contigo ahí —replico.

—¿Por qué? No es que me vaya a excitar o algo parecido —repone—. Y si tú te enciendes, lo solucionamos en la cama…

—A tu sobrino no le gustaría oír eso.

—Mi sobrino no tiene la experiencia que tengo yo, por ende, no puede opinar sobre lo nuestro.

Suelto a reír mientras él entra, se acerca y acuna mi rostro con las manos.

—Esta decisión tenías que tomarla cuando volviste a Londres —aclara—. No tenía que pasar lo que pasó para que supieras el potencial que tienes.

—Gracias por apoyarme en todo —le digo.

—Hago las cosas bien o no las hago. —Se aleja—. Ahora vístete y baja, no quiero sacar la manguera, así que mueve el culo.

Cada vez que dice eso capto su doble sentido. Bajo a almorzar con él, le comento a Cho lo que tengo pensado y le gusta la idea.

—Asombra todos los conocimientos que tienen —responde ella—. A los veintiún años ya eras una profesional.

—Es común en la FEMF. Desde pequeños nos preparan y pulen en las ramas donde demostramos talentos —le explico—. En mi caso, mi familia siempre se ha destacado en ramas de peso, como investigación, defensa, rescate y estrategia militar. Estudiar idiomas es necesario para ascender y nos lo enseñan desde niños.

—Supongo que tienen largas jornadas de estudio.

—Suelen ser extensas, pero valen la pena, dado que la preparación que nos brindan no la tiene cualquiera —suspiro—. A mi grupo le costó; sin embargo, se logró.

La vista se me pierde al recordar las largas jornada al lado de mis colegas. Laila es criminóloga como yo e íbamos a las mismas clases con Harry; Brenda es abogada, aunque no le gusta ejercer. En la FEMF, ser profesional es obligatorio, y mi bella amiga eligió las leyes, así que no estábamos en las mismas clases, pero sí nos veíamos en el campo de tiro, en las clases de preparación de pelea cuerpo a cuerpo, defensa, rescate y demás.

Con Harry, Brenda, Laila, Scott e Irina cumplí con todo lo que se nos exigía. La única que estaba por fuera de este grupo era Luisa, quien no quería ser una soldado, ella, pues, estaba centrada en su rama.

—¿Estás segura de esto? —pregunta Cho—. Más responsabilidades significa más estrés.

—Estoy más que segura, llevará tiempo; pero me siento preparada.

—Bien. Si necesitas algo, estaremos aquí para ti.

—Ella ya lo sabe —secunda Reece.

Sé que a mi padre le gustará esto; él ama la milicia, de hecho, toda mi familia paterna lo hace y, cómo no, si siempre hemos destacado en esto.

El almuerzo acaba, los permisos que tengo son cada vez más amplios y, con Cho al lado, le envío un correo a Olimpia Muller, donde le informo de mi estado de salud y de mis planes. Corro el riesgo de que me diga que no, pero nada pierdo con intentarlo.

Al día siguiente, asisto a la reunión con mis terapeutas en el CCT, se me prescribe el medicamento que requiero para completar lo que hace falta y vuelvo a la isla con Cho, a quien le ayudo a organizar expedientes en el despacho.

—Estuve leyendo sobre las Mitchels —comenta—. Ser parte de la NASA es un logro bastante grande, todas son muy talentosas.

—Sí, toda la familia de mi madre lo es.

—Tengo a Christopher en la laptop —avisa Reece—, ebrio y con la cara reventada a golpes.

—¿Qué? —Dejo las carpetas de lado.

—Quiere hablar contigo… Ya llevamos cuatro días con la misma discusión.

—¿Está bien?

Me agobia con quién haya sido la pelea, porque normalmente son Bratt o Stefan los implicados.

—Obvio, no está bien, nunca lo ha estado —se queja—. Creo que esta vez no aceptará un no como respuesta.

Desde que se fue he querido hablar con él, pero mi terapeuta no me lo recomienda, dice que es perjudicial.

—Déjame tranquilizarlo, hoy me siento bien.

—Debo hablarlo con mis colegas y saber si lo consideran pertinente —se opone Cho.

Es molesto que en ocasiones sea tan estricta. Mi avance va bien y ella actúa como si apenas estuviera empezando.

—Tu salud emocional es importante, Rachel.

—Mi salud emocional no se va a dañar por hablar con el coronel un par de minutos —le hablo al tío del coronel.

—No estoy de acuerdo. Tu dependencia sexual y emocional hacia él desencadena ansiedad, la ansiedad viene con la depresión y la tristeza te aísla y te lleva a desear lo que no debes desear.

—Pasé la prueba de abstinencia —le recuerdo— dos veces. Ya he hablado con mi familia y me ha servido.

—Bien —se exaspera Reece—. Si crees tener la inteligencia emocional para hacerlo, adelante, pero ten en cuenta que el perjuicio será para ti si no sabes manejarlo.

Trabajo en mi dependencia sexual y emocional, tengo prohibido tocarme, estimularme. Todos quieren que solo me concentre en mi proceso de desintoxicación.

—Puedo hacerlo, en verdad me siento bien.

La terapeuta se va molesta y el hermano de Alex va por la laptop que me entrega. Con el aparato contra el pecho, me apresuro a mi alcoba.

Las manos me empiezan a sudar: hablar con Christopher es algo que vengo anhelando hace semanas.

—¿Segura que puedes con esto? —pregunta el hermano de Alex.

—Sí —le sonrío—. Estaré bien.

Conecto lo que hace falta, él se retira y tomo una bocanada de aire antes de abrir la pantalla. Acomodo los tirantes del pijama que tengo puesto y me aseguro de no parecer una maldita loca con el cabello mal recogido.

Muevo las manos sobre el teclado que se ilumina, busco la red donde me debo conectar y a los pocos segundos el coronel aparece al otro lado de la pantalla. Está en el estudio del *penthouse*, la barba de días le cubre la cara, el cabello le cae sobre la frente y él se empina el vaso de licor que tiene en la mano.

La camisa blanca que luce la tiene abierta sobre el tórax, los tatuajes resaltan con la prenda y mi pulso toma un ritmo acelerado al detallarlo. Me ha hecho tanta falta que paso los dedos sobre la pantalla como si pudiera tocarlo.

En momentos así, me doy cuenta de que lo que siento por él no creo que pueda volver a sentirlo por nadie. Es molesto verlo con el labio reventado y un pómulo morado.

—Hola, amor —suspiro—. ¿Cómo estás?

De mala gana pone el vaso sobre la mesa. Se pasa la mano por la cara y clava la mirada gris en mí.

—Llevo casi cinco meses sin verte y no has hecho el más mínimo intento por ponerte en contacto —me reclama—. ¿Cómo mierda crees que estoy?

—No es mi culpa, Chris…

—Hace dos semanas hablaste con tus padres —empieza.

—Porque Reece lo dispuso así. De haber podido hablar contigo, ya lo hubiese hecho. —No me amedrento con su reclamo—. Fuiste tú quien me trajo aquí y sabías lo que esto conlleva.

—Todo es una mierda. —Sacude la cabeza—. Estoy harto.

Luce como si llevara días sin dormir y sin descansar.

—¿Con quién peleaste? —le pregunto—. ¿Con Bratt?

—Estoy jodido. —Ignora mi pregunta—. Necesito verte.

—Me estás viendo ahora.

—Sabes a lo que me refiero. —Entramos a lo mismo de siempre.

Su dependencia es mucho más fuerte que la mía y si a mí me cuesta manejarlo, supongo que para quien folla casi a diario es más difícil lidiar con esto.

—El que bebas lo empeora todo —le digo—. Tienes que tratar de dejarlo.

—Es lo único que me permite sobrellevar la erección que no quiere bajar.

El comentario me hace acelera el pecho.

—Desde que estoy aquí no he dejado de pensar en los miles de formas en las que quiero cogerte.

Paso saliva con el cosquilleo que se aloja en mis pezones, las ganas de tocarme emergen con una fuerza que abruma.

—¿Sabes qué haría si te tuviera aquí? —Recuesta la espalda en la silla.

—Mejor, no lo digas…

—Te abriría de piernas sobre este maldito escritorio —se desabrocha el vaquero—, abriría tus pliegues con mi polla y te cogería como un animal hasta que te corras.

Carraspeo con la escena que se crea en mi cabeza, su deseo eriza hasta el último vello de mi cuerpo, al recordar lo bien que se siente tenerlo sobre mí.

—Saborearía tu boca y te pondría de cara contra la mesa antes de embestirte por detrás —continúa—. Estoy ebrio y cachondo, teniente.

Las hormonas hacen disparates en mi cerebro y mis bragas empiezan a empaparse. Debería colgar, pero ansío que la fantasía sea cierta.

Baja la cámara de la laptop y me deja ver la erección que se saca y toma como si le doliera. Una parte de mí insiste en que no debería hacer esto, me hace mal, me altera y trae la ansiedad con la que tanto me ha costado lidiar.

—Mira —pide.

Los labios se me secan al detallar como está: el glande rosado lo tiene húmedo y las venas se le marcan a lo largo del falo al que se aferra; mueve la mano con firmeza sin perder de vista lo que hace.

Del bolsillo saca el encaje que reconozco y lo pasea por el saco de sus pelotas.

—«Cadin». —Huele mis bragas antes de ponerlas a absorber el líquido preseminal que destila—. ¿Te gusta lo que ves y notar cómo me tienes?

Se masturba con mis bragas mientras centro la vista en la escena que me hace salivar, se estimula de una forma que raya lo enfermizo y no sé quién está peor, si él o yo, que no quiero que se detenga.

Con Christopher Morgan no se pueden tener momentos ni charlas románticas. No pregunta «¿Cómo estás?», «¿Cómo te sientes?». No hay un «Te amo o te extrañé». Por el contrario, solo me recuera cómo me quiere coger.

—Nena —se sigue tocando—, cómo me gustaría que la tuvieras en la boca.

Aprieto las piernas cuando imagino como se la lamería si estuviéramos frente a frente, cómo me prendería de su glande y cómo impactaría este contra mi garganta. El imaginarlo me prende más y empiezo a arañarme los muslos en busca de dolor, requiero algo que me haga aterrizar.

—No te tengo aquí, y eso me jode, me enoja —jadea perdido.

—Lo echo mucho menos, coronel.

—No me basta —dice con los ojos oscuros y la lujuria me atropella.

—¿No te basta esto? —Lo empeoro.

Me saco la blusa del pijama, las ganas de follar son tantas que con la misma prisa me saco el pantalón corto y lo dejo caer; la tanga es lo único que me dejo. Paso la mano por mi cuello antes de bajarlas al canal de mis pechos.

—Maldita sea… —Pierde la vista en mi cuerpo.

Los movimientos que ejerce sobre su polla se tornan más lentos. La mente se me nubla mientras me muevo sobre la silla, echo la cabeza hacia atrás e imagino que es su miembro lo que tengo abajo.

—Traspasa esa maldita pantalla y ven a follarme. —Me toco los pezones duros—. Necesito verlo, tocarlo y cabalgarlo, coronel.

Siento que me ahogo con el deseo que tengo hacia él.

—Muéstrame las bragas —pide.

—No creo que sea buena idea —contesto, agitada—. Lo mejor es colgar.

—No puedes decir eso con la vista que me estás brindando. —Se molesta y sacudo la cabeza.

—Lo mejor es que hablemos otro día.

—Mírame y te creo —replica—. Observa otra vez cómo me tienes y después toma decisiones.

Sé cómo está, yo también llevo semanas así, pero a diferencia de él, yo sí quiero ayudarme y no depender de esta dañina obsesión. Nos queremos, pero es malo para los dos.

—Mírame. —Poso los ojos en la pantalla—. Nena, tengo que acabar, lo necesito.

La ansiedad me agita, tengo el coño empapado y las manos desesperadas por tocarlo.

—Muéstrame la tanga —insiste, y la petición es una orden que me pone de pie.

Veo mi propia imagen en la ventana de la pantalla y toco el elástico de la tanga blanca de hilo que me cubre, juego con ella en lo que me muevo con sutileza. Tengo una voluntad de mierda con él.

Mi cuerpo exige que venga a cogerme duro, y él, aunque haya aminorado los movimientos, no deja de tocarse.

Quiero que venga a cogerme.

—¿Estás húmeda?

—Mucho —le contesto en un tono suave.

—Quiero ver.

Los valores que me enseñaron y me hacían una mujer decente se van al diablo cuando bajo la tanga, subo el pie a la base del taburete, deslizo las manos por mi abdomen y meto los dedos en el coño que no deja de desearlo. Ya me ha visto desnuda, así que todo me da igual; también vio cómo me masturbé pensando en él, acto que repito ahora.

Los dedos me quedan empapados y no contengo el jadeo que emerge.

—Saboréate —ordena y pruebo mi humedad. El descaro llega y me abro más para que pueda detallarme.

—Joder, Rachel —jadea. Ya extrañaba estas sensaciones.

Las ganas mermaron, pero nunca se fueron y ahora son un saco de plomo que pesa al sentirme tan deseada. Trazo círculos con las yemas sobre mi clítoris necesitado, la presión sobre este aumenta y me lleva a un punto de ruptura donde siento que se avecina el orgasmo que…

—No te corras —ordena.

—Lo haré pensando en ti.

—No.

—Maldita sea, no seas egoísta.

—¡Dije que no! —espeta con más fuerza, y me distraigo con lo que sucede al otro lado.

Con la mano que se agita sobre el falo grueso y, como en años pasados, me pierdo con la imagen de él, recostado en la silla, masturbándose.

Sin perderlo de vista me acomodo la tanga, la parte baja del cuello me pica, la saliva se me aliviana y el pulso se me dispara al ver cómo eyacula frente a mis ojos, le da rienda suelta a la corrida que le baña el abdomen y las bragas que tiene en la mano.

Se limpia con mi ropa interior en lo que me mira, pese a terminar. El deseo incontrolable que me acompañó durante todo el viaje resurge, así como las ganas que tenía cuando volví a Londres y lo único que quería era que me cogiera.

—Rachel, creo que ya fue tiempo suficiente. —Cho toca la puerta—. Saca la laptop, por favor.

Rápido me pongo la ropa y vuelvo al asiento donde la culpa llega al sentir que eché una gran parte de mi avance a la basura, se supone que no debía tocarme ni atar mis emociones a nadie.

La mujer de afuera vuelve a tocar y cierro la pantalla, mi terapeuta tenía razón y es que la llamada no era buena idea.

—¿Rachel? —insiste.

—Adelante.

Abre y miro la mesa en lo que trato de controlar el galope sonoro que retumba en mi pecho.

—¿Estás bien? —pregunta.

—Sí.

Con rabia, me muevo a la cama, detesto que la distancia duela y que este círculo vicioso me haga sentir mal, que mi fuerza de voluntad frente a esto sea tan poca.

—Ten una buena noche —se despide Cho, y le deseo lo mismo.

Apago la lámpara de la mesa, los pensamientos que tenía aislados vuelven y empiezan a jugar en mi contra.

«Christopher y yo desnudos, follando como animales». Evoco mis momentos con él y mi cerebro me sumerge en una secuencia que me irrita con las intensas ganas de tocarme.

El desespero se mantiene en los tres días siguientes. No me concentro, mi psicólogo lo nota y debo soportar la reprimenda en el CCT por no poner de mi parte. Son duros al no entender que me cuesta controlar el flujo de pensamientos lascivos que invaden mi cabeza a cada nada. El deseo hacia Christopher se vuelve peligroso y dañino. La terapia que me imponen ayuda, pero tiene un correctivo y es el no poder hablar tan seguido con mis padres.

La calma vuelve poco a poco con la ayuda necesaria y al cabo de un par de días comienzo a sentirme mejor.

—Tu salud emocional es importante ahora —me dice Cho—. Cuídala, por favor.

Miro el océano, esto por poco repercute en mi recuperación, por ello me prometo no permitir que vuelva a pasar.

Vuelvo a la casa donde me tomo un par de píldoras para dormir. A la mañana siguiente el sonido del despertador me levanta, abro las cortinas y tomo una ducha, me visto, capto voces en la sala, así que salgo al pasillo.

El cabello me lo peino con las manos mientras camino, reconozco a una de las personas que habla y me apresuro a la escalera: Sara Hars está subiendo los escalones y lo primero que hace es sonreír cuando me ve.

—Buenos días —saluda—. ¿Cómo te sientes?

—Bien —contesto, extrañada.

Trae unos lentes de sol en la cabeza y un bolso de playa colgado en el hombro. Muevo la vista a la sala donde hablan los dos hombres que se abrazan.

—¡Rachel! —me llama Reece—, baja, que el ministro vino a hablar sobre tu ascenso.

Christopher

Manos suaves recorren mis muslos mientras observo el espectáculo frente a mí, dos mujeres se besan, están desnudas en la tarima. El whisky toca mis labios, la pelirroja que está de rodillas me masturba con destreza mientras su compañera me da masajes en los hombros.

La del piso acaricia mis testículos y se esmera porque eyacule, pero no pasa. El miembro que tiene entre las manos crece, se hincha y una secuencia de imágenes pasa por mi mente: el cuerpo con el que fantaseo y el coño que muero por penetrar.

El alcohol corre por mis venas, no estoy bien hace semanas, toda esta espera y distancia me tiene al borde del colapso.

Si sigo así voy a enloquecer. Los pensamientos van de mal en peor, el malestar, la euforia y las ganas de descargarme en mi hembra. Me cuesta controlar el desespero e inhalo el olor de las bragas que empuño «Brasil», seda negra que rompí a tirones.

Me humecto los labios y evoco la imagen, aquella que me mostró a través de la pantalla, los pechos que tanto ansío, el cuello que quiero chupetear y el más exquisito coño que he podido probar.

La mujer mueve la mano de arriba abajo e imagino lo que le haría justo ahora, creo la escena de ella entre mis piernas chupando mi polla, lamiendo el tronco que le quiero meter en la garganta. «La necesito», soy un jodido animal que ahora muere por coger duro y sin premura.

—El mejor masaje para mis clientes favoritos. —Entra Nate, el dueño del lugar.

No soy el único aquí, Dominick Parker está a mi izquierda y recibe los mismos servicios que yo.

La mujer se esfuerza para que las caricias terminen en derrame, pero no pasa y eso me frustra, que pese a tener un jodido espectáculo con especialistas incluidas, no me baste y tenga que recurrir al video como un jodido enfermo.

—¿*Champagne?* —pregunta Nate y sacudo la cabeza.

La mujer del suelo se sigue esforzando y la hago a un lado.

—Déjalo estar. —Me pongo de pie—. Las manos no te sirven para una mierda.

—¿Te traigo otra? —me ofrece Nate.

No le contesto, solo camino desnudo a la ducha compartida. Dejo que el agua quite el aceite que tengo en el cuerpo.

Desde la videollamada no hago más que repetir patrones, pienso en Rachel James a toda hora, no hay minuto en el que no esté imaginando todo lo que quiero hacerle.

Cierro el grifo y me visto de mala gana frente a mi casillero. El sitio ofrece servicios de todo tipo y soy miembro hace años, tenía meses sin venir. El desespero me hizo volver para nada porque no conseguí una mierda.

—¿*Privates Treffen?* —pregunta Parker cuando pasa por mi lado y muevo la cabeza con un gesto afirmativo.

«Reunión privada». Es viernes, la cabeza no me da para nada, lo único que me apetece es embriagarme todo el fin de semana y Parker... No es que seamos amigos, pero ahora ambos necesitamos del entorno donde congeniamos en varias cosas.

Ignoro las llamadas de Gema, Regina y Alex, que no dejan de joder.

Meto los brazos en la chaqueta que saco y busco la salida. Tyler está afuera con el traje del uniforme puesto, me ve y se apresura al vehículo, pone el arma de defensa sobre la guantera y yo me concentro en el móvil mientras él arranca.

En unas semanas he logrado mejorar mis números como candidato y estoy a nada de sobrepasar a Kazuki. La diferencia es de 1,5 %, necesito estar más arriba, los índices que tengo ahora son gracias a Gema y los operativos que he logrado culminar.

—Señor, no asistió al almuerzo que han organizado por las esposas de los fiscales —me avisa Tyler—. La teniente Lancaster lo estuvo llamando a lo largo de la tarde.

—Ahora no estoy para nadie —aclaro.

Toma el camino que lleva a mi *penthouse*. Los edificios antiguos de ladrillos se alzan frente a mí en lo que el escolta conduce.

El frío de otoño, el sol de octubre, el sonido de las bocinas y el bullicio de la gente que camina en las aceras se filtra a través de la ventana entreabierta.

—Tengo afán —le digo al soldado, y este acelera la marcha.

Guardo el móvil cuando a lo lejos veo a las personas que me esperan a las afueras de mi torre.

«Leonel Waters», reconozco a la gente de su equipo. Bajo del vehículo, la FEMF ahora le ofrece seguridad a todo el mundo y él está con los soldados que lo respaldan.

El coronel está saliendo de mi edificio, el padre de Meredith Lyons lo acompaña, al igual que un vejete calvo que en las últimas semanas no ha dejado de señalarme con cuanta idiotez se le atraviesa.

—Coronel Morgan, buenas tardes —saluda Leonel mientras bajo—. Quisimos reunirnos con usted, pero como no se pudo, nos reunimos con la teniente Lancaster.

Me está cansando, ya hemos tenido varios percances, se la pasa pendiente de todo lo que hago.

—Vuelves a pisar mi casa y te juro que vivo no sales —advierto—. Si no te contesté, es porque no me interesa.

—Cuide sus palabras, coronel —me amenaza su director de campaña—. En la justicia y la política todo puede ser usado en su contra.

Miro al padre de Meredith Lyons, quien no dice nada, sé que va a apoyar al imbécil de Leonel, así como supongo que lo hará todo el Consejo.

—Gema te pondrá al tanto de lo que hablamos —sigue Leonel cuando paso por su lado—. Ten un buen fin de semana.

Mi escolta se queda afuera y yo llamo al ascensor que me lleva al piso donde hallo a Gema frente al sofá con un vestido suelto color marfil, el cabello lo tiene semirrecogido.

Últimamente, se viste como si ya fuera la primera dama.

—¿Dónde estabas? —pregunta.

—¿Te llamas Alex Morgan? —Me voy directo a la licorera.

—El padre de Meredith estuvo aquí con Leonel y no estabas.

—Por suerte.

Con grandes zancadas, atraviesa la sala y me quita el vaso que tomo de la licorera.

—El lunes es la audiencia sobre el asesinato de Meredith Lyons y Martha Lewis —espeta—. Tú, Bratt, Milla y tres personas más tienen que rendir informe sobre qué hacían y dónde estaban la noche que murió la sargento.

—¿Y?

—¿Y? El director de campaña de Leonel nos está poniendo en contra de todo el mundo —se molesta—. Quiere sacar a relucir lo de Sabrina; los medios internos no están sobre las buenas obras que hago, tienen los ojos puestos en la audiencia, ya que varios del equipo de Leonel dicen que fuiste tú.

Camina a lo largo del vestíbulo.

—Los rumores me hacen dudar, Christopher —agrega—. Odiabas a Martha y nunca fuiste bueno con Meredith.

Se pone las manos en la cintura.

—Sabes cómo soy. ¡No puedo apoyar la campaña de un asesino! —me grita—. Meredith estaba embarazada y la acuchillaron antes de propinarle diecisiete tiros.

—No tengo nada que ver en eso —miento—. Fue la Bratva, dejaron su bandera. No sé qué te sorprende si sabes cómo son. A Marie le amputaron tres dedos. ¿Se te olvidó?

—No, no se me olvidó —replica—. El padre de Meredith es uno de los que cree que tuviste que ver en el hecho.

—El padre de Meredith está respirando por la herida —me defiendo—. El dolor de la pérdida de su hija lo tiene ciego y por eso lo vamos a callar afirmando que estaba contigo a la hora de la muerte.

Niega, ofendida.

—Eso no fue así…

—Pero es lo que dirás. —Doy un paso adelante y ella uno atrás—. A estas alturas querrán aferrarse a cualquier cosa y no creerán que fuera por un trago esa noche, así que dirás que estaba contigo.

—No…

—Sí. —Tomo su cara entre mis manos—. Somos un equipo, recuérdalo.

—No voy a mentir por ti.

La ira me corroe, perder su respaldo me pesa porque tiene a la mayoría de los medios internos comiendo de su mano.

—¿La mataste, Chris? —indaga—. ¿Acabaste con la vida de un bebé inocente? ¿Con una mujer cuyo único error fue equivocarse?

—Claro que no.

—No te creo.

—Entonces no me amas como aseguras. —La sujeto por los hombros—. Dices quererme y estás dudando.

Se niega a mirarme.

—¿Me amas?

—Con mi vida, pero no puedo permitir que…

—Calla. —Poso el dedo en sus labios—. No lo digas, demuéstramelo, cariño.

Alza la cara y nuestros ojos se encuentran.

—Yo te quiero; sin embargo, tú no haces más que burlarte de mí y echas por la borda todo lo que hago por ti.

—Lo aprecio, solo que no lo demuestro —vuelvo a mentir—. Aunque no lo creas, tengo presente todo lo que haces; por ello, como el equipo que somos, vas a testificar a mi favor.

Niega y mi paciencia empieza a agotarse.

—No empecemos con…

—Haré lo que me pides si me demuestras lo que sientes por mí —se impone—. Necesito confiar en tu palabra, así que deja de lado la patanería, el ego, y trátame como el ser humano que soy, como la mujer que se merece tu respeto.

Le dedico mi mejor sonrisa.

—Hazte notar en todos los sentidos, Christopher.

—Claro. —Apoyo mis labios en su frente.

—Ahora mírame a los ojos y asegúrame que no la mataste —pide—, que, como dices, fuiste por un trago, caminaste un rato y luego te fuiste a ver a Rachel porque te preocupaba su estado de salud.

—Tal cual lo dijiste, tal cual fue.

Me abraza y correspondo para que deje de joder.

—Sabía que era mentira, mamá no crio un asesino. —Se alza en puntillas en busca de los labios que besa—. ¿Vamos a la cama?

—Voy a estar ocupado…

—¿Con quién?

—Estoy estresado y requiero distraerme.

—Deja que te acompañe. —Pone las manos en mi cintura—. Te echo de menos y tú sabes en qué sentido.

El timbre resuena y Miranda se apresura a abrirle a Parker, que aparece en la puerta con Nate y dos de las que hacen masajes en el club.

—Buenas noches. —Nate pasa a la sala, y Parker lo sigue.

—Bienvenidos —les dice Gema a todos.

—¿Esta conejita es...? —pregunta Nate.

—Gema Lancaster.

Se saludan con un beso en la mejilla y Nate me mira con insinuaciones.

—¿Te vas ya? —le pregunta Parker a Gema—. No quiero sonar como un patán, pero no creo que este tipo de fiesta sea para ti.

—¿Disculpa? —se ofende ella—. No hables como si me conocieras.

Nate no le quita los ojos de encima y Parker no dice nada, solo se deja caer en el mueble. El olor alcohol del alemán me llega hasta acá. Se desabrocha el pantalón, se saca la polla erecta y deja que una de las masajistas se la empiece a chupar.

Gema no sabe adónde mirar, Dominick Parker, por muy decente que parezca en ocasiones, fue adicto al sexo en cierto tiempo y, al parecer, está volviendo a lo mismo.

Sin premura, pone a babear a la pelirroja a la que le encaja la polla una y otra vez.

—Mira este culo, Christopher. —Nate desnuda a la mujer que trajo.

—Vete —le ordeno a Gema, y sacude la cabeza.

—No soy una monja socarrona —se molesta—. Quiero ver lo que hacen.

Trata de mostrarse segura y no le creo.

—Quédate entonces —le dice Nate.

—Gracias por el apoyo, pero te agradecería que no le ofrezcas culos a él, que está conmigo —avisa—. No estoy pintada en la pared.

—Perdona —le sonríe a Gema—, no volverá a pasar.

La masajista desnuda empieza a repartir licor. Tomo la botella que me entrega y me dejo caer en el sofá de cuero que me recibe; la chaqueta la dejo de lado. El alemán se pone en pie y somete a la mujer que estaba penetrando.

—No sabía que le iba ese mundo —musita Gema, y asiento—. Pensé que Franco y él tenían algo.

No opino, solo pierdo la vista en el móvil.

Parker coge a la mujer en cuatro frente a todos. Nate saca a bailar a Gema cuando termina, el capitán no suelta a la mujer que tiene, empieza a manosearla en el sofá, mientras que la hija de Marie accede a la invitación del dueño del club.

Las horas pasan y Gema se sigue embriagando y se pone a coquetear conmigo, se esmera para que la mire, mientras baila y se vuelve el alma de la fiesta.

Las mujeres que llegaron con el dueño del club se van cuando cumplen con lo suyo, Parker les paga y Gema sigue bailando mientras Nate y el capitán la observan, se quitó la chaqueta y se soltó el cabello. Gema prende, no tiene caso negarlo.

—No pierdes el buen gusto. —Nate se inclina su trago—. Llévala al bar, a lo mejor le gusta lo que se hace ahí.

Pasa la mirada de Parker a mí. La morena se sigue moviendo bajo la vista de todos, en lo que pasea las manos por su cintura. No juzgo a las mujeres abiertas y tampoco juzgo el que se levante la falda y muestre las bragas. El nivel de alcohol que tiene es alto; tanto que se quita la ropa interior y la patea a un lado.

—Quiero jugar, coronel. —Se acerca a apoyar los labios contra los míos—. Ven y cógeme como te gusta.

El alcohol no es amigo de nadie, y ella vuelve al centro de la sala, donde contonea las caderas de un lado para otro.

—Dame tu corbata —le pido al hombre que tengo al lado y este la suelta.

Nate no deja de mirarla y nadie dice nada: la música es lo único que reina en la sala. Quiere sexo, lo grita con cada uno de los movimientos que hace; por ello, me levanto cuando las insinuaciones se pasan de obvias.

Ya lo he dicho varias veces: por lo que quiero, hago lo que sea, requiero que haga lo que yo quiero y para eso debo actuar como quiere.

Me ubico a su espalda, le coloco la corbata sobre los ojos y ella arquea el cuello de manera que su cabeza queda contra mi hombro. Aprieto sus pechos antes de rodearla, la tomo de la nuca y volteo a ver a Nate, que se ríe. Miradas que dicen todo y quedan claras cuando le devuelvo la sonrisa. Le muestro el preservativo que le ofrezco, él se saca la camisa y se desabrocha el pantalón sin dejar de mirar a Gema.

—Que crea que fui yo —susurro mientras me alejo.

—Cariño, ¿estás ahí? —pregunta Gema.

—Obvio. —Me acerco, beso sus labios y dejo que Nate haga su trabajo.

Por muy hija de Marie, por muy blanca paloma, no me satisface y por ello no me la cojo. Por muy necesitado que esté, no le meto la polla porque tengo las expectativas sobre la capa de ozono y ella es solo un escalón el cual tengo que pisar.

No es mala persona, pero, como siempre he dicho, a los buenos no les va bien y menos cuando son tan manipulables. Qué mal que sea la hija de Marie y qué mal que yo sea un hijo de puta malagradecido.

Observo cómo se la lleva a una de las alcobas. «Que hagan lo que se les dé la maldita gana», me digo, yo tengo otros asuntos que resolver y debo darles solución antes de perder la poca cordura que me queda.

Parker no dice nada, se va pasada la medianoche, y Nate una hora después. Me encierro en mi alcoba, Gema se queda en la de huéspedes y, a la mañana siguiente, me valgo de mi resaca para que me deje en paz.

Es la persona más estúpida que conozco y el creer que estuvo conmigo hace que el lunes siguiente declare a mi favor sin saber que no ocupa ni un uno por ciento de espacio en mi cabeza. Sin saber que, mientras ella habla, yo estoy en otra atmósfera fantaseando con la mujer que quiero desnudar.

El asesinato se le atribuye a la mafia rusa, cosa que deja mi nombre limpio; los medios internos me adulan y Gema me sigue defendiendo a capa y espada. Me recuerda a Bratt cuando presumía de lo que no tenía.

Se larga con Cristal a crear nuevas estrategias de campaña. Alex no sé dónde diablos está y a la salida del tribunal cruzo miradas con Leonel Waters, quien está con su director de campaña. Este le dice no sé qué al oído, pero ya me imagino que será una nueva difamación, es lo que se la pasa haciendo en todo momento y ya me tiene harto.

Tyler me sigue, de todos soy el que no necesita soldados, me sé cuidar solo.

El escolta me lleva a mi casa, me quito la chaqueta cuando llego y busco el teléfono de reserva que tengo guardado. Me aseguro de que no tenga ningún tipo de interferencia y marco el número que necesito.

Me llevo el aparato a la oreja en lo que camino al balcón.

—Hola —me saludan al otro lado, y capto el bullicio de la gente.

—¿Conoces a Cesar Baker? —pregunto.

—¿El director de campañas políticas de tu contrincante?

—Sí. —Le doy dos caladas al cigarro que tengo.

—Lo distingo. ¿Qué pasa con él?

Suelto el humo antes de tomar una bocanada de aire.

—Mátalo —ordeno—. Que parezca un accidente.

La línea se queda en silencio por un par de minutos.

—Bien. —Me confirman—. ¿Estás seguro?

—Totalmente.

Sé hacer mis cosas y siempre trabajo con personas de mi entera confianza. Me estiro en una de las tumbonas, me abro el pantalón y saco la polla erecta que queda en mi mano, tomo las bragas violetas que tengo en el bolsillo y que tomé esta mañana: «Hawái». Con ímpetu muevo la mano de arriba abajo, cada músculo de mi cuerpo se tensa y me veo obligado a abrir la boca para obtener el oxígeno que requiero.

La adrenalina me toma, los labios se me secan, pero, por más que intento, la jodida eyaculación no llega y solo termino con la polla adolorida. «Necesito su coño». No creo aguantar mucho y por mi bien tengo que verla. «No sé qué me hizo esa maldita, pero soy adicto a ella».

73

Ministro

Alex

El despacho de mi hermano es como él: excéntrico. Las paredes de madera rústica son protagonistas. La ventana abierta con vistas al mar trae la calma con la que toda persona debería vivir.

No tengo una mala relación con Reece, me he llevado mejor con él que con Thomas.

Mi hermano mayor es maleable si se le sabe tratar, pero testarudo como todos los Morgan. Es el más abierto cuando de gente se trata.

Thomas Morgan es presuntuoso, solitario y alejado, a él no le interesa integrarse ni tener lazos con nadie. Vive en su mundo, con sus cosas, su forma de ser que choca con la mía.

Según mi madre, no se pone en contacto desde hace tiempo, cosa que a ella la tiene sin cuidado. No le ruega a nadie y él… Sacudo la cabeza, no vale la pena pensar en eso ahora.

—¿Me mandó llamar, ministro? —pregunta Rachel James en la entrada de la oficina.

—Sigue.

La conocí cuando tenía siete meses de nacida, es la primogénita del único buen amigo que he tenido y la primera alegría de una de las mejores científicas de la NASA. Lo primero que noté fue la mirada intensa que poseía y no me sorprendió, su madre también es de ojos grandes, con pestañas largas y espesas, las cuales complementan el azul deslumbrante que tienen estos.

Luciana Michels era una sabionda inmune a mi coqueteo, nunca le he caído bien, todavía me duele el guantazo que me gané el día que en su laboratorio le propuse sexo esporádico. Me propinó un bofetón que me dio tortícolis.

El suceso le abrió paso a mi amigo, porque allí estaba Rick, disculpándose con la excusa de que los modales no eran lo mío.

A él sí le aceptó la salida a cenar (dejé de joder cuando lo supe). Por primera vez no fui el centro de atención, ella solo respondía las llamadas de mi amigo. Los estudios y pedidos que yo demandaba tardaban semanas y los de Rick llegaban en cuestión de días. El asco y repudio hacia mí nunca se le pasó: tanto ella como su familia siempre han odiado todo lo que tiene que ver con los Morgan.

Se emparejó con mi colega y años después se casaron en Arizona.

—Olimpia me habló sobre tu solicitud y lo que tienes pensado. Se ve bastante bien, no queda nada de la mujer moribunda que sacaron del Hipnosis.

—Siéntate. —Acata la orden mientras desde la laptop accedo al sistema de la Base de Datos de la FEMF.

Busco el expediente de la teniente que contiene el registro completo de su trayectoria en la milicia.

—Harás las pruebas de resistencia, inteligencia, estado físico y emocional antes de volver —le digo—. Eres una buena agente, pero eso no quita que debas demostrar que estás preparada.

—Lo entiendo —contesta.

No se me da bien cubrir las cosas y por ello voy al grano.

—Me preocupa Christopher, su seguridad —le suelto— y, ya que piensas volver, siento que eres la mejor para cuidarlo. Eso te dará los méritos que se requieren para ascender.

No sabe qué decir y cierro la pantalla de la laptop.

—Sea más explícito.

—Él ya dio todo por ti, ahora tú deberías dar todo por él. Vamos a entrar a la segunda fase de la candidatura, todo tomará más intensidad; Christopher es terco y, aunque se rehúse, requiere a alguien que le cuide la espalda y esté pendiente de él.

Arruga las cejas, confundida.

—Quiero que asumas el control de su seguridad. Para ello, encabezarás la tropa de la Alta Guardia que se va a incorporar. Todos son hombres y asumirás todas las labores de una capitana. El puesto requiere de alguien que se ponga el uniforme, de alguien que sepa dirigir, organizar y planear —continúo—. Christopher debe llegar vivo al día de las elecciones. ¿Quieres ascender? Demuestra que tienes las capacidades que se requieren para hacerlo. Si no puedes con esto, lo mejor es que te quedes siendo una teniente.

Así como él se esmera porque ella esté bien, ella debe hacer lo mismo. A Christopher lo odia medio mundo, ya que es una amenaza y está en una etapa donde cualquiera puede darle la espalda y traicionarlo, cualquiera se puede vender y no estoy para riesgos, voy a confiar en que la mujer que lo ama velará por él.

Le hago un resumen de todo lo que está pasando con la mafia, expongo lo que me preocupa, Christopher harta a todo el mundo y se necesita a alguien que tenga la paciencia para soportarlo y no dejar todo tirado.

—Estarías a cargo de la Alta Guardia, la seguridad de Christopher y de la familia en general. Lo trataremos como un caso especial, el cual requiere mucho cuidado, evaluaremos tus capacidades como líder —espeto—, habrá soldados con experiencia que te van a apoyar, todos son muy buenos; sin embargo, la responsabilidad será tuya y serás quien responda por todo ante mí.

—Comprendo —contesta.

—Son hombres —reitero—, soldados a los que debes mentalizar y mover para que me aseguren la supervivencia del coronel.

—Puedo con ello.

Me pongo en pie y ella hace lo mismo, rodeo el escritorio y me planto frente a ella.

—Ambos tenemos claro lo que pasará si Christopher no gana —le digo—. Por ello, necesito tu palabra, que me asegures que, pase lo que pase, no dejarás de darle tu respaldo.

—Tiene mi palabra, esto también es importante para mí.

—Gema estará de por medio, hay estrategias y situaciones que no te van a gustar —sigo—. Eso no te puede desconcentrar de tu objetivo, porque serás la más perjudicada si a Christopher le pasa algo.

Noto el atisbo de duda que aparece por un par de segundos en sus ojos, sin embargo, asiente convencida.

—Puedo hacerlo, señor —rectifica—. Puedo cuidarlo, velar porque esté bien. Si puedo contribuir a que gane, lo haré; como bien lo dijo, me conviene que Antoni Mascherano se mantenga donde está, amo al coronel y lo quiero con vida.

Muevo la cabeza con un gesto afirmativo. El contar con ella me da cierta paz. Saber que no soy el único que lo quiere vivo, me tranquiliza.

—En los próximos días vendrán dos expertos a enseñarte todo lo que debes tener presente en esta nueva tarea —informo—. La responsabilidad es con todos, pero la prioridad es Christopher.

Lleno mis pulmones de oxígeno.

—Un grupo especial se sumará a los soldados actuales —le aviso—. Trabajarás con ellos por un par de días, es necesario ver que puedes con ellos. El grupo que respaldará a Christopher debe estar listo para el día que inicia la nueva etapa de la candidatura.

Le digo el tiempo que tendrá para prepararse.

—Bien —suspira—. Agradezco que confíe en mis capacidades, señor.

—Es todo, puedes retirarte.

—Como ordene, señor.

La veo salir, Rick la supo criar a su hija, ella lo adora, mientras que mi hijo me odia.

Luciana y Rick James tienen el orgullo de ser los padres de una buena hija, mientras que yo lidio con el desprecio de la persona a la que ahora debo duplicarle la seguridad por miedo a que me lo maten.

Ya no es una carrera por el puesto, es una competencia entre la mafia y la FEMF, y así como Christopher no quiere perder, ellos tampoco. Va a llegar un punto donde todo se va a poner peor y debo estar preparado para ello.

Si la mafia se sale con la suya, lo primero que harán será aplastarme.

Christopher es mi razón de vivir y, pese a que me detesta, no me veo sin él, por más soberbio que sea.

«Uno de mis deseos siempre será verte entre las tablas de un ataúd». Se me arma un nudo en la garganta cada vez que recuerdo lo que me dijo. Es lo peor que un hijo le puede decir a un padre.

Yo sería incapaz de desearle algo así. El enojo llega y lanzo la lámpara del escritorio contra la pared, mi última gran discusión con él me tiene al borde de una crisis.

—¿Está todo bien? —llega Sara.

Sara Hars es una de las tantas cosas que dañé por no pensar como debía.

—Se me cayó la lámpara —contesto, y ella entra a recoger los fragmentos.

—¿Hablaste con Christopher? —pregunta—. ¿Le dijiste que Rachel está bien?

Niego con la cabeza, el coronel nos detesta a los dos y ella cree que si se acerca a Rachel podrá acercarse a él también, siente que la hija de Rick puede contribuir a que nos entienda.

—Llamémoslo —propone—. A lo mejor…

—Reece le informa de todo —aclaro—. Sabe que ella está bien.

Mi hermano siempre ha tenido una mejor relación con él.

—Decirle lo que ya tiene claro es una pérdida de tiempo, así como el suponer que la relación de porquería que tenemos con él puede mejorar.

Me vuelvo hacia ella, que observa los trozos de vidrio que sostiene en la mano.

—No va a mejorar si no lo intentamos.

—¡Me dijo que me quería muerto! —No controlo el tono de voz—. ¡Varias veces te ha dicho que le das igual! ¡¿Qué más necesitas para convencerte?!

Los ojos se le empañan y niega con la cabeza, se aferra a lo que no tiene solución.

—No nos ve como sus padres y nunca lo hará. —Camino a la puerta—. Hay que aprender a vivir con ello. Lo único que puedo decir ahora es que lo siento, lamento que mis actos te llevaran a tomar la decisión que tomaste y me duele que te trate como lo hace, porque no lo mereces.

—Eres demasiado duro, siempre lo fuiste con él, conmigo y contigo.

—Sí, lo sé y hoy en día me lamento por ello. Pago por los errores que cometí.

La dejo y me encierro en mi alcoba. El entender que mi relación con Christopher está arruinada es algo que me cuesta.

Es estúpido que a estas alturas de mi vida me afecte. Soy un veterano de guerra, un piloto merecedor de muchas medallas, el cual ahora lidia con los errores del pasado.

No respeté mi matrimonio, me acosté con las mujeres que quise, pese a que Sara era una buena mujer, no podía decir que no y eso hizo que me dejara.

Sentado en unas de las tumbonas observo el mar y dejo que las horas pasen, venir aquí era necesario, una llamada no me iba a dar la seguridad que requiero.

—El señor Reece le manda a decir que la cena estará lista en media hora —avisa la empleada.

—Bien.

Tomo un baño y me cambio con ropa limpia antes de bajar. Sara está en la cocina, siempre ha tenido una obsesión con todo lo que tiene que ver con esta. En el tiempo que fuimos novios se ponía a hornear pasteles cada vez que nos peleábamos. Cocinar es como una terapia para ella.

Lo mío con ella fue como amor a primera vista, solo me bastó verla una vez para pensarla día y noche. Me gustó tanto que alargué mi estadía en la ciudad solo para seguir compartiendo cosas con ella y no me conformé con dos semanas, ya que volví tres días después.

Me enamoré de tal manera que para mí no había otra como ella, la quería solo para mí y ella no me fue indiferente a la hora de conquistarla.

Le pedí la mano a sus padres, a mi padre le daba igual si me casaba o no; en cambio, Regina sí se opuso, insistía en que no tenía el carácter suficiente para durar conmigo, cosa que ignoré.

Mi madre cree que los Morgan deben liarse con personas iguales a nosotros, con tormentas agresivas; sin embargo, yo prefiero un refugio de guerra y Sara era eso, la calma que se necesita en un entorno rodeado de caos. Nos casamos en Londres y un año después llegó Christopher.

Todo iba bien hasta que lo dañé todo. Con Sara embarazada llegaron los buitres: mujeres esbeltas y hermosas (mi mujer también lo era, pero yo era un imbécil). Estaba a kilómetros, rodeado de mujeres y diría que quise ser fuerte, pero no fue así, ni siquiera lo intenté.

Con cada falla hubo una disculpa, un ramo de flores, un viaje, un «perdóname», hasta que se cansó, se fue y la odié por un tiempo. No obstante, entendí después que tenía derecho a ser feliz, pese a que yo moría por tenerla de vuelta.

Regina afirma que una relación requiere golpes que pongan a prueba la coraza, y nuestro romance inicial fue tan perfecto que Sara no pudo desarrollar su carácter y yo no la respeté, porque la tenía y creía que era alguien incapaz de dejarme.

«Si no te cuesta nada conseguirlo, no te cuesta nada perderlo».

—¡Huele delicioso! —La voz de Reece me devuelve a la realidad—. No hay nada como una chef en casa.

—Pasen a la mesa —nos invita Sara—. Serviré la cena.

—Primero me daré unos puños con Alex. —Mi hermano se pone en guardia—. Pégame con lo mejor que tengas, Ken.

—No estoy de genio…

Tocan a la puerta y la empleada se mueve a abrir.

—Lo buscan, doctor —avisa la mujer, que da paso a tres atractivas morenas.

—Buenas noches —saludan.

—Te presento a las flores más bellas de la isla —empieza Reece—: Kailani, Meli e Inoa. Él es mi hermano menor, Alex Morgan —continúa—. Trátenlo bien porque este semental puede con todas.

Sueltan a reír y yo me fijo en Rachel James, que baja las escaleras. Trae un top deportivo, unos pantalones cortos de licra y lleva el cabello trenzado. Si Christopher jodía antes, creo que ahora será peor, ya que está… Por respeto a Rick James, omito las palabras que atraviesan mi cabeza.

Me muevo a la mesa, tomo asiento y ella se ubica en la silla que está a mi derecha.

—Esta ocasión hay que acompañarla con un buen vino. —Reece trae la botella— Rachel, tú no puedes beber por el momento, lo lamento.

—No me hace falta —contesta ella, y él le da un beso en la coronilla.

—Así me gusta, mi ardiente sirena del fogoso mar. —Le planta otro beso en la mejilla—. Obediente y comprensiva.

—Qué adulador estás hoy —comento.

—Estas mujeres me ponen como una moto. —Se va donde está Sara, a quien le pone las manos en la cintura—. Mi querida excuñada y Rachel James son el ejemplo de que no somos hombres con malos gustos.

Planta los labios en el cuello de mi ex y no sé qué me da.

—Servirán la cena y estás estorbando —le digo—. Deberías venir a sentarte.

En ocasiones es de manos largas.

—Déjate de celos, que te pareces a Christopher. —Se ubica frente a Rachel.

—Yo diría que el hijo se parece a él —comenta la teniente—, sobre todo en el físico.

—¿Cierto? —La apoya mi hermano—. Son como un asqueroso clon.

—¿Y está aquí su hijo? —pregunta una de las invitadas.

—Calma, exótica flor —le dice Reece—, que esta belleza de ojos azules es la nuera de mi hermano. —Muestra a la soldado que está a mi lado—. Es la novia del hijo, mas no de Alex, así que el padre es todo tuyo, si lo deseas.

Sara pone el plato de mala gana frente a mí, el hijo mayor de Regina no para de halagar a las mujeres y la madre del coronel ignora mis ojos cuando los pongo sobre ella.

Ha preparado mi menú favorito, me cuesta ver el acto como una simple casualidad.

Reece no se calla a lo largo de la cena, empieza a presumir de sus viajes y logros; con las anécdotas todos se ríen, menos mi ex, quien no para de jugar con la comida.

—Delicioso todo —comenta Reece al terminar.

Termina de servir el vino que queda. El móvil que traigo baila sobre la mesa. Es Laila Lincorp, le está siguiendo la pista a Ali Mahala en Porto Alegre y le pedí que me llamara si encontraba algo. Sara alcanza a ver el nombre, así que me levanto en busca de privacidad.

—Hola —saluda Laila al otro lado—, mi señal es un asco, ¿me oye?

—Sí. —Noto los ojos de Sara sobre mí—. ¿Qué pasa?

—Le quería comentar que voy rumbo a Londres, perdimos la pista —informa—. Me pediste que te mantuviera al tanto de todo.

El líder de los Halcones sigue suelto, pero logró la captura de tres miembros. Laila Lincorp es una buena agente; no obstante, antes de partir tomé la decisión de terminar las cosas entre nosotros.

Me estaba gustando demasiado; no me conviene eso ahora que lidio con tanto, ella merece un hombre completo.

—Buen trabajo, teniente. —No se me da ser duro con ella—. En Londres espero un resumen más detallado.

—Sí, señor —contesta—. Que tenga buena noche.

—Descansa.

—Ministro… —vuelve a hablar cuando estoy por colgar—, cuídese mucho.

—Tú también cuídate. —Finalizo la llamada.

—Hoy hay torneo de nativos —avisa mi hermano—, así que vamos afuera. Es entretenido de ver.

—Yo me quedaré —dice ella—. Quiero limpiar la cocina.

—Tenemos empleada.

—Sí, pero deseo hacerlo, se me ocurren recetas cuando organizo la cocina —dice, seria—. Adelántense, los alcanzo más tarde.

Todos salen y me quedo. El comedor está vacío, Sara empieza a mover todo de mala gana, como si estuviera enojada y no entiendo su actitud. La mujer de los quehaceres se ofrece a ayudar y ella reitera que puede hacerlo sola.

Con pasos lentos, camino hacia ella con una mano en el bolsillo.

—Gracias por el plato —hablo, y no se voltea—. Tenía tiempo sin comerlo y ya lo extrañaba.

—Era el menú más fácil de preparar —contesta sin mirarme.

Sigue frente al lavado y yo avanzo hacia la barra donde me recuesto, quedo a menos de un metro de ella, que no saca las manos del agua. No es una mujer de reclamos, nunca me montó un escándalo, como tampoco dio espectáculos, pese a que varias veces me vio con otras.

—¿Qué es lo que te molesta? —indago—. ¿Por qué no me miras cuando te hablo?

—Eres tú el que llevas semanas siendo indiferente conmigo. —Sigue en lo suyo—. Desde lo de High Garden ya nada es igual, he tratado de recuperar nuestro acuerdo y parece que no quieres.

Quedamos en llevarnos bien; sin embargo, lo de la familia feliz con su novio me dio rabia. Exploté y decidí sacarla de mi vida para siempre. La decisión no duró mucho, puesto que no me negué cuando me dijo que quería viajar conmigo.

—¿Te molesta mi barrera? —pregunto—. ¿La indiferencia?

Detiene la tarea y endereza la espalda sin apartar la vista de los platos.

—Te estoy hablando, Sara.

Voltea a verme. A pesar de los años, el café de sus ojos sigue siendo intenso, tono que se conecta con su cabello. Es una castaña alta, de nariz respingada y facciones suaves. No es el tipo de belleza que comparas con la de una diosa, ella posee la hermosura, el encanto y la sutileza que poseían las doncellas de la época antigua.

—Tengo miedo —confiesa—. Me preocupa que después de tanto tiempo vuelvas a tener sentimientos por alguien, que seas humano otra vez.

—¿Humano?

Aparta la cara cuando doy un paso hacia ella.

—Siempre he sido humano, Caramelo.

Vuelve a darme la espalda y contengo las ganas de obligarla a que me encare.

—No vuelvas a llamarme así.

—Años atrás era tu apodo favorito —me defiendo.

—Pero ya no.

La entiendo, yo me sentí igual al enterarme de que encontró a alguien más. Llegaron las dudas de lo que hubiese podido pasar si nuestra historia no hubiese quedado a medias.

—Voltea y sostenme la mirada por más de cinco segundos, por favor —pido y obedece.

—No quiero hablar —afirma—. Guárdate la sinceridad y no me digas que te has enamorado, que quieres darte una oportunidad, porque...

Poso las manos en su cuello y conecto su mirada con la mía, no veo a la Sara madura y capaz, dueña de una cadena de restaurantes, sino a la Sara que se refugió en mis brazos el día del tiroteo en la cocina del hotel de su padre.

—He estado con muchas mujeres, y no te voy a mentir, Laila marcó una diferencia —confieso—. Me emocionó, despertó cosas, porque es una mujer estupenda.

Busca la manera de irse y la obligo a que se quede.

—Es maravillosa, sin embargo, no se compara contigo —aclaro—. Nunca nadie ocupará tu lugar, porque para mí eres única. Eres la madre de mi hijo y la mujer que lidió con mi peor versión.

No me dice nada y me acerco más, la sigo amando y no tiene caso negarlo.

—Los Morgan nos enamoramos una vez en la vida y, si no funciona, trataremos de buscar algo que se asemeje a ese sentimiento —sigo—. Yo ya me enamoré de ti, por ende, no podré ni querré enamorarme de nadie más.

Bajo las manos a su cintura y la traigo hacia mí.

—No lo hagas, por favor. —susurra—. No me beses...

Me voy contra ella y la llevo contra el mesón que tiene atrás. Mi boca acapara la suya cuando la beso, nuestras lenguas se tocan y alojo mi mano en la curva de sus caderas, el sitio donde posaba las manos cada vez que la embestía.

Pruebo su boca, los labios que saben a vino desatan el estallido de emociones que hacen que mi pecho retumbe como la primera vez que lo hice. La mano suave de ella queda sobre mi hombro, el roce de su lengua con la mía es un viaje al pasado, el cual me recuerda lo mucho que me gusta su boca. Mi miembro se alza, me pego más a ella y alargo el momento, que detiene.

—Para. —Trata de que me aleje y no me detengo.

Corresponde por un par de segundos, pero vuelve a dudar y esta vez el empujón que me da hace que la suelte.

—Quiero que olvides esto —empieza—. No está bien, quiero conservar la amistad que tenemos y no estropearlo, estamos bien así y no quiero dañarlo.

—Hablemos —insisto.

—Quiero que lo olvides —repite antes de buscar la salida—. Por favor, olvídalo.

Desaparece y quedo solo en la cocina.

Sara

La arena se cuela en mis sandalias al salir, la brisa marina me abraza y el beso de Alex pesa en mis labios. Me niego a volver al pasado, me costó años olvidarlo y no puedo volver a lo mismo.

Camino sin mirar atrás, los nativos se pasean a lo largo de la zona y a lo lejos vislumbro a Reece, que sacude los brazos para que me acerque al quiosco donde está. Las invitadas que tiene siguen con él.

Me abraza, de todos los Morgan es a quien más cariño le tengo, fue alguien incondicional en la infancia del coronel, siendo el mejor de los tíos y un buen amigo, también. Es el tipo de cuñado que te defiende en todo momento.

—Esta mujer es la chef más sexi del planeta —declara en voz alta—. Cuñadas que inducen candentes fantasías...

—¿Cómo? —increpo.

—No me pongas atención, preciosa. —Me guiña un ojo—. Siéntate.

Me siento en la tumbona, y es estúpido que a mi edad Alex logre encenderme como si fuera una adolescente.

—¡Hermanito! —Reece saluda al ministro—. Ven, siéntate.

Toma asiento sin quitarme los ojos de encima; esquivo su mirada, continúa siendo un hombre atractivo, a pesar de la edad, se mantiene erguido, apuesto e irresistible.

Christopher denota soberbia y rebeldía, es como un guerrero mitológico, mientras que Alex, por su parte, es como el rey que espera en su trono en lo que gobierna a su antojo.

Evoco las noches en las que me hizo el amor entre sábanas blancas... Fueron años donde veía y suspiraba por él. Fuimos cómplices, amantes, esposos y en el ámbito sexual me llenó de todas las maneras posibles.

Le ofrecen el trago que recibe, una de las nativas le habla mientras lo ignoro. Una mujer me ofrece la mano a modo de saludo.

—Cho —se presenta—, trabajo en el CCT con este doctor loco.

Me invita a ver la pelea entre nativos que se llevará a cabo en unos minutos.

—Anda, dejemos a los caballeros con sus acompañantes. —Me lleva con ella.

Las tiendas de la isla son pequeñas y la gente parece amable. Caminamos hacia el gentío que espera alrededor de un círculo. Rachel está entre los que esperan su turno para pelear, el cuerpo lo tiene cubierto con una mezclilla o harina azul, no sabría cómo definirlo, pero parece una nativa más.

Las mujeres de la FEMF son asombrosas, nunca sería capaz de hacer lo que hacen ellas, como saltar desde helicópteros, sobrevivir en la selva y enfrentar a criminales del modo en la que ellas lo hacen.

Un sujeto grande aparece en el núcleo del círculo que tienen armado y ella se desplaza hasta el centro.

—¿Qué pasa? —pregunto—. No va a pelear con ese sujeto, ¿verdad?

—Sí —contesta Cho—, pero no te preocupes, ella sabe lo que hace. Pensándolo bien, es mejor que no lo veas, mejor vamos por un cóctel.

—Por favor.

Nos vamos al local de la orilla de la playa, cada una pide una margarita y lo que empieza como algo para apagar la sed, termina con diez copas vacías sobre la mesa, cosa que hace que empiece a hablar de mi relación con Alex.

Cho escucha como la buena terapeuta que es. Rachel se une a nosotras algo adolorida después de que acaba la pelea. Con ella empezamos a caminar en la playa que tiene actividades para los turistas como prácticas de tiro y juegos didácticos.

—Yo nunca sería buena en lo que tú haces —le digo a la teniente, que toma al arco y apunta a la diana.

Da en el blanco.

—Este tipo de actividades siempre me ha dado miedo.

Suelta la siguiente flecha que de nuevo da en el blanco.

—Tenemos dones diferentes —comenta—. Yo no podría preparar platos tan exquisitos como Stefan y tú.

Sonrío con el halago. Cho se va, ya que trabaja mañana temprano y me quedo sola con la teniente.

—¿Te acuerdas de Stefan? —pregunta ella.

—Sí. —caminamos juntas—. Sus comentarios sobre las recetas fueron muy acertados.

—Le alegrará saber eso, eres como su ídolo. —Se ríe—. Él es un excelente ser humano.

—Lo noté.

Me siento tonta al no saber de qué hablar con alguien como ella: nos movemos en mundos diferentes. Puedo dialogar sobre recetas por horas, cosa que no creo que vaya con ella, que ha de estar acostumbrada a hablar de su trabajo.

—Me imagino la cara de Chris cuando te vea así después de tanto tiempo —comento—. El antes y el después suele sorprendernos.

—Ya me vio y no terminó muy bien que digamos. Estaba ebrio y no sé por qué tenía el ojo morado.

Me guardo las manos en los bolsillos del vaquero. No es fácil querer a Christopher.

—¿Lo extrañas?

—Todos los días, cada hora y cada minuto —suspira—. Cuento con la mala suerte de haberme enamorado del hombre más tóxico del planeta.

Me hace reír.

—Sé que no hemos hablado mucho, pero quiero que sepas que en mí tienes una amiga o una madre, si la necesitas. —me sincero—. No es fácil pasar por todo lo que has vivido en Londres, lejos de tus padres. Yo también estuve lejos de los míos cuando me mudé a la ciudad.

—Sí, a veces es difícil.

—Lo único que pido es que…—respiro— me ayudes a arreglar la relación con el coronel. A lo mejor si le hablas de mí y si él ve que vine hasta acá a ver cómo está la mujer que ama…

—Sara, la persona que menos habla con Christopher soy yo —me interrumpe—. Pese a que nos queremos, la comunicación no es nuestro fuerte.

—Entonces, ¿qué hacen cada vez que se ven?

Calla y baja la cara por un momento.

—Tenemos una forma particular de entendernos —explica—. Christopher es complicado y soy sincera al decirte que su orgullo no me dejará tocar fibras tan sensibles. Déjalo y sigue siendo tú, el que hayas cometido un error no te condena a tener que rogarle toda la vida.

Mi última esperanza muere y no hago más que asentir.

—Creí que hacía lo mejor, necesitaba alejarme de Alex y Christopher era como su papá, tan duro y difícil de tratar que tuve miedo —confieso—, pánico a que se me fuera de las manos. Por eso lo dejé con Alex, sabía que a él no se le iba a burlar en la cara tan fácil, cosa que pasó de todos modos.

Limpio las lágrimas que empiezan a salir.

—Perdón, esto no te incumbe, he de verme patética.

—Querer a los hijos no es patético —toca mi hombro—, así que no llores y deja que te cambie una práctica de tiro por unas clases de cocina.

Suelto a reír.

—Nunca he disparado un arma.

—Puedo enseñarte. —Me muevo con ella en busca de una pistola.

Pasamos la noche juntas, compro más cocteles y termino ebria frente al juego, me caigo en el intento de disparar y ella no deja de reírse, damos tres vueltas más hasta que Reece y Alex vienen por nosotras.

—¿Estás bebiendo? —le pregunta Reece a la teniente al ver la copa que tengo en la mano.

—No —se defiende ella—. Me extraña que dudes.

Se acerca, le rodea el cuello con los brazos y echan a andar juntos.

—Que mi boca sea el alcoholímetro. —Se la lleva—. Es tu noche de suerte, así que aprovecha.

Las invitadas del hermano del ministro ya no están.

—Hablemos —me pide él.

—No hay nada de qué hablar. —Respiro hondo—. Sabes perfectamente que sufrí por ti, por lo tanto, no me busques y no intentemos volver a lo que no funcionó.

Lo dejo en la playa y no me sigue en lo que busco la alcoba. Decidí terminar con mi novio, lo de Christopher mantiene mi cabeza en otro lado y Alexander fue compresivo cuando le expliqué que necesitaba mi espacio.

No tardo en quedarme dormida, y a la mañana siguiente, antes de partir, nos invitan a un paseo a la playa donde tomo sol con la hija de Luciana, que es todo lo contrario a Gema, puesto que la hija de Marie se empeña en hacerme sentir bien; en cambio, la teniente James hace todo lo opuesto: solo se acerca cuando se lo pido, se preocupa más por tomar sol y hablar con Cho. De Rachel James no recibo copas de *champagne* y preguntas como «¿Qué necesitas o qué te traigo?».

Gema me ve como una segunda madre y a Alex como el padre que nunca tuvo. La hija de Marie es humilde, porque no lo ha tenido todo; en cambio, Rachel James es diferente, viene de una familia rodeada de amor que no carece de dinero.

Almorzamos todos juntos y en la tarde bajo lista para partir. Me hubiese gustado tomar un vuelo comercial, pero aquí es imposible. Uno de los hombres del ministro me ayuda con la maleta. Alex siempre ha manejado el mismo equipo y están tan familiarizados conmigo que me obedecen como si aún fuera la esposa del ministro.

Espero que Alex termine de hablar con Rachel para despedirme.

—Buen viaje —me desea ella.

—Espero que estés de vuelta pronto.

Asiente y le doy un último abrazo. En el avión no cruzo palabras con el ministro ni él conmigo, se concentra en su laptop y yo, por mi parte, me pongo a leer una revista al lado de la ventana. La azafata me sirve el té helado que bebo sin saber por qué estoy molesta.

Oscurece, me aburro de estar sentada, así que me quito los tacones y me deshago de la chaqueta de lino. El ministro sigue trabajando en lo suyo, no se molesta en mirarme. Hiere un poco el orgullo femenino, ya que nunca me voy a dar el lujo de decir que me buscó, rogó o intentó arreglar las cosas con un poco de esmero.

Cuando me fui por primera vez se ofendió tanto que el orgullo no le dio para decirme que estaba arrepentido. De él solo obtuve el «*no lo vuelvo a hacer*». Al irme no fue el hombre arrepentido que muchas mujeres ven.

Busco el baño, me arreglo el cabello y reviso el maquillaje antes de lavarme las manos. Sigo enojada conmigo misma por tener el descaro de sentir tensión sexual a estas alturas de la vida. No me gusta remover sensaciones de vacío que ya creía enterradas.

Abro la puerta, salgo y choco de frente con el torso que espera afuera.

—Oh, perdona —me disculpo—. No te vi.

Trato de apartarme y él no se mueve; en vez de eso, me acorrala entre la pared del pasillo y su cuerpo, doy un paso a la izquierda y él hace lo mismo.

—¿Puedes moverte, por favor?

Levanta mi mentón y me veo obligada a mirarlo. La seriedad que muestra es excitante, estamos respirando el mismo aire y su cercanía me permite captar los latidos sonoros que emite su pecho, así como la férrea erección que me maltrata el abdomen.

—No. —Trato de detenerlo cuando se acerca a mi boca, algo absurdo porque mi negativa no lo detiene.

Su lengua invade mi boca y no es un beso suave como ayer, es un beso que me estampa contra la madera. Mueve la mano a los glúteos, que aprieta con fuerza.

—Alex…

—Quiero poseerte, Caramelo.

—Sabes que…

Su boca choca con la mía con la misma vehemencia, sus brazos me envuelven y esta vez me siento incapaz de dejarlo.

—Lo nuestro terminó —susurro contra sus labios.

—Pero puede volver a empezar...

Me hago cientos de preguntas, que ahora no tienen respuestas. Es como si me encerrara dentro de su ser, como si volviera a estar dentro de una jaula con el hombre del que me enamoré hace años.

Sube las manos a mi cintura, los besos en el pasillo se extienden y él me hace caminar a la alcoba donde nos desnudamos con urgencia. El rugido del motor del avión se mezcla con la respiración alocada de ambos.

Hago que se quite el traje y, como en años pasados, busco la manera de oír los latidos que emite su corazón.

Hacía esto cuando éramos novios, solía decir que le subía el ritmo cardiaco, no le creía, así que lo comprobaba.

Termina de desnudarme y juntos nos vamos a la cama, los besos se convierten en algo más intenso y pasional, baja de mis labios a mi clavícula, desciende por mi abdomen hasta llegar a la intimidad, la lame y la caricia suave de su lengua me pone a jadear con los dedos perdidos en su cabello.

Sube con cautela y el aliento de ambos se funde cuando separa mis piernas. Su miembro entra en mí de forma arrebatadora con la embestida que inicia la serie de empellones que me pasan factura, no soy la misma de antes y él no ha cambiado nada. En efecto, Alex no es tierno, es vehemente, es un semental que deja claro que estás con un verdadero hombre.

La polla resbaladiza entra y sale un sinfín de veces mientras me besa, lo beso como cuando teníamos veinte años y dejo que me voltee. Me muerde los glúteos y levanta mi pelvis antes de tomarme por detrás, no se puede recurrir a la sencillez y al sexo casual cuando ya se experimentó tanto. El dedo corazón hurga en mi canal mientras mi sexo empapa la cama, mis entradas se expanden y chillo cuando siento que se avecina el orgasmo con él dentro de mí. Se aferra a mis hombros y embiste como solo él sabe. Me alegra que recuerde que esta es mi pose favorita y por ello me corro primero con la cara contra la almohada.

Me mantengo en la cama con él, recordando viejos tiempos, aquellos donde pasábamos toda la noche en la alcoba haciendo el amor.

—¿En qué piensas? —pregunto.

—En mi caramelo favorito.

Poso el mentón sobre su pecho y observo las facciones de su cara. Más que atraerme su belleza, lo que me volvió loca fue su osadía. Fue un encuentro de película, dado que pateó la puerta de la cocina y entró con una ametralladora en las manos. Los tiros empezaron y se fue contra mí cuando entré en pánico.

—Vuelve a mi lado —pide, y me quedo en silencio.

—No es tan sencillo como crees. —Lo abrazo con fuerza.

—¿No me quieres? —Busca mis ojos—. ¿No sientes nada por mí?

—Necesito tiempo para saber si es realmente lo que deseo.

Sé que le molesta, pero en el fondo lo entiende.

A la mañana siguiente despertamos juntos y hacemos el amor de nuevo. Tomo una ducha antes de que el avión aterrice y desayunamos juntos en la cama. Tiene una sonrisa que no se le borra y me la contagia.

Aterrizamos en el comando de la FEMF y me coloco los tacones para bajar.

—¿Cuánto tiempo necesitas? —pregunta mientras se arregla la corbata.

—El necesario. —Le ayudo con el nudo—. ¿Tienes afán?

—High Garden es tu casa, puedes volver cuando quieras. —Me besa y lo abrazo.

Aún tengo sentimientos por él y estos son más fuertes de lo que creía.

—Lo esperan abajo, ministro —avisa uno de los escoltas.

Abren la puerta y desde arriba veo a los soldados que aguardan. He visto a varios y mis ojos solo se quedan en una sola persona, en Laila Lincorp, quien lo mira a él y luego a mí.

74

Húyele al diablo, Rachel

Una semana después

Boletín informativo

Londres, 18 de octubre de 2020

Fin de la última encuesta de la primera etapa que acaba con los siguientes resultados, los tres primeros lugares son para:

Christopher Morgan: 35 % de los votos.

Leonel Waters: 33 % de los votos.

Kazuki Shima: 32 % de los votos.

La candidatura más reñida de la historia, los candidatos se han valido de todo lo que tienen y ahora Christopher Morgan lleva la delantera junto a la posible primera dama, Gema Lancaster.

¿Qué novedades nos traerá esta segunda etapa? Aún no se sabe: los coroneles deben buscar más gente que los apoye y los generales deben duplicar sus esfuerzos si desean estar entre los primeros en la siguiente etapa.

Los postulados se dan una tregua con el fin de planear la segunda parte de la carrera, donde se compite por el puesto a ministro de la FEMF.

Rachel

Respiro hondo cuando el olor antiséptico llega a mis fosas nasales, la aguja que colocaron sale de mi torrente sanguíneo. Esto es común, las muestras y análisis constantes.

—¿Ansiosa? —pregunta el médico que lleva a cabo el procedimiento.

—Un poco. —Presiono el algodón que me pone—. He cumplido con todo al pie de la letra; sin embargo, no he de negar que me aterra el resultado definitivo.

Pone una mano sobre mi hombro.

—Haremos los estudios y el lunes tendremos los resultados —me informa—. Llevaré las muestras con Reece a Europa, queremos estar presentes cuando se analicen, es necesario verificar que se haga bien.

—Gracias. —Le sonrío.

El tratamiento de desintoxicación llegó a su fin, se cumplieron los estándares y ahora solo debo esperar los resultados finales. Aunque hay traumas y heridas psicológicas que tratar, mi prioridad es no tener el HACOC en mi sistema y darme el lujo de decir que estoy limpia. Lo requiero para volver a ejercer. El médico me da las últimas instrucciones, Cho está esperando afuera y echo a andar con ella.

—Hay que esperar los resultados —comento—, y eso me tiene nerviosa.

—¿Cómo te has sentido en los últimos días?

—Genial. —Sonríe con mi respuesta.

Ha sido una buena amiga y una gran terapeuta. La ansiedad por sexo ha bajado gracias a ella, gracias a eso he podido concentrarme en lo que importa.

Después de almorzar, regreso con ella a la casa de Reece, donde paso la tarde leyendo los documentos que me envió Alex Morgan. Aún falta el aval de los médicos; sin embargo, creo que ha de querer que esté físicamente apta para el cargo, así como lo quiero yo.

Los tres días siguientes los dedico a evaluar todo lo que me envían sobre los candidatos y las campañas de cada uno.

El tener semanas sin tocarme me tiene la mente más clara. Pienso en el coronel (pienso en él mucho, a decir verdad), pero como una persona normal, sin pensamientos compulsivos. «Es mi pareja, lo amo», y lo evoco con recuerdos sutiles. Procuro dejar de lado las fantasías y los pensamientos obscenos.

Make Donovan me visita, tiene experiencia en defensa y protección a terceros. Es quien se encarga de explicarme todo lo que debo saber de la Alta Guardia. Toca el tema de la mafia y me confirma lo que Luisa me dijo en la carta: Philippe Mascherano ahora es el líder.

El soldado se despide el domingo por la noche después de ponerme al día con todo. Cho me avisa de que Reece estará de vuelta mañana temprano con mis análisis y eso me quita el sueño.

Siento que la madrugada dura mil días mientras lidio con el dolor en el estómago que me mantiene en pie toda la noche.

No espero que amanezca, a las cuatro de la mañana me baño, cambio y espero sentada en mi cama. Recibo los primeros rayos solares en la silla que está en el balcón, ansío buenas noticias y, que, como la llegada de un nuevo día, mis resultados sean el inicio de un nuevo periodo.

«Todo va a estar bien», me digo a lo largo de la mañana. Cho viene por mí y con ella tomo la lancha que nos lleva al CCT. Apenas están abriendo la sala de juntas y, como novia desesperada, entro ni bien terminan de abrir la puerta. Los médicos no han llegado, pero quiero esperarlos aquí.

—Voy por Reece —me dice Cho.

Paso las manos por el bonito vestido floreado que me puse, siento que la ocasión lo amerita por lo importante que es. Las palmas no dejan de sudarme y las paso un sinfín de veces por mis piernas.

Los médicos llegan uno por uno y me levanto a saludarlos con un apretón de manos. Trato de descifrar la expresión de sus caras, sus gestos, el desespero que tengo hace que busque esperanza en cualquier cosa.

Reece entra a la sala y no sé si su seriedad se debe a que quiere ponerme más nerviosa o si en verdad trae malas noticias. Toma asiento en la silla principal y saca el sobre que llevo días esperando. No dejo de agitar los muslos, rasga el papel y enderezo la espalda, hace amago de sacar la hoja, pero deja todo a medias y juega con mis expectativas como si ya no estuviera lo suficientemente nerviosa.

—Antes de leer los resultados, voy a dejar entrar a la persona que asumió los gastos de tan costoso tratamiento —informa serio—: Christopher Morgan.

No termina de decir el nombre cuando ya estoy de pie con los ojos clavados en la puerta que da paso al coronel. «Oh, Dios», una cosa es pensar en él y otra es verlo después de cinco meses. Pierdo la movilidad con las emociones que me arrasan con la fuerza de un huracán, la piel se me enciende y el corazón me retumba. ¿En verdad está aquí?

Me come con los ojos antes de entrar y abro la boca para hablar, pero en cuatro pasos lo tengo frente a mí con sus labios sobre los míos. Me pega contra él, no puedo creer que esté aquí. Le envuelvo el cuello con los brazos y dejo que me bese, que se funda conmigo con el beso salvaje y cargado de deseo que me da; su lengua busca la mía en lo que acapara mi boca como si fuéramos las únicas personas aquí.

Su calor es como una droga tóxica para mis pulmones y me veo cayendo en paracaídas cuando mi corazón se convierte en una suerte de locomotora. Toma mi cara, se centra en ella y respira agitado en lo que baja la mano por mis caderas besándome otra vez; me tiene contra él y se comporta como si me fuera a marchar.

El beso termina e inicia otro. Mis manos quedan sobre su cara, sus latidos son tan fuertes que juro por Dios que puedo oírlos.

—¿Estás bien? —Nunca lo había sentido así.

—No. —Me muerde los labios y su tío carraspea.

—¿Sería mucha molestia tomar asiento? —pregunta—. No desviemos la atención de lo que realmente importa.

Le doy un último beso al coronel, que aprieta mis caderas. «Nunca me ha sido fácil alejarme de él», mi enamoramiento hace que lo idolatre y mi dependencia grita en la jaula que creé a modo de terapia.

—Ven. —Tomo asiento y le ofrezco la silla que tengo a mi lado.

Trae lentes, vaqueros rasgados y una playera verde militar. El Rolex le brilla en la mano izquierda y el cabello le cae en la frente como si se lo hubiese peinado varias veces con las manos.

—Habla rápido, que tengo afán —le ordena al tío que lo acribilla con los ojos.

—¿Su majestad no está cómodo? —replica—. Perdóname si mi humilde trabajo acapara tu tiempo.

—Habla rápido —sigue el coronel.

—Desde ya te advierto que la sexi señorita aquí presente —me señala— necesita cero toxicidades, debe concentrarse en un gran número de tareas, así que aquí no vengas con afanes, muñequito.

Respira hondo, cruzo las manos sobre mi regazo y asimilo que me han enviado al diablo en persona como prueba. Estoy superando dependencias y su presencia no es muy saludable que digamos.

Se me pidió ir un paso a la vez y es lo que debo hacer.

Siento su mirada sobre mí, mientras el médico abre y lee el sobre. Acomodo el cuerpo en el asiento. El coronel no pierde de vista mi escote y de la nada mi garganta clama por agua. Procuro no mirarlo, si me centro en lo bien que se ve, voy a retroceder.

El hermano mayor de Alex Morgan sigue leyendo y respiro con calma. «Todo va a salir bien», soy fuerte, capaz y puedo manejar las…

—¿Cómo te sientes? —El coronel me habla despacio al oído y eso me eriza hasta el último vello.

Apoya el codo en el brazo de mi silla y, en vez de mirarme a los ojos, me mira los labios.

—Bien. —Se me estanca el oxígeno cuando me besa la comisura de la boca—. Traerme fue la mejor decisión.

Aparta las hebras negras que caen sobre mis hombros antes de apoyar los labios en la piel bronceada.

—Ya quiero que me demuestres lo agradecida que estás —susurra.

—Bien —interrumpe Reece—. Se realizaron las debidas pruebas, se analizó la información en Suecia y aquí está el resultado final.

Fija los ojos en la hoja y Christopher desbarata el agarre que procuro mantener sobre mi regazo, entrelaza nuestros dedos y no sé si voy a morir de angustia o de combustión espontánea.

—El análisis reveló un cero por ciento de HACOC en tu sangre, Rachel —anuncia Reece y dejo de respirar—. No hay toxinas ni células contaminadas.

Me arden los ojos y lo único que hago es apretar la mano del hombre que tengo al lado.

—Felicitaciones, teniente James —dice uno de los médicos.

—¿Limpia? —pregunto—. Estoy...

—Impecable —confirman, y me levanto para que no vean cómo me tiembla la barbilla.

Estoy demasiado feliz y no quiero llorar porque, aunque sean lágrimas de alegría, no quiero estropear el momento. Sin embargo, fallo, las lágrimas surgen y las aparto en lo que exhalo con fuerza. «Limpia». «Sin droga y recuperada».

En años pasados no fue así, la recuperación no fue tan tortuosa y por ello me siento como si renaciera de las cenizas.

—Gracias. —Me levanto, rodeo la mesa y busco los brazos de Reece Morgan—. Gracias por hacerte cargo de esta maldita pesadilla.

—El crédito te lo llevas tú por tener temple de acero. —Me besa la frente y se aparta para que pueda darle la mano a los hombres que lo acompañan.

—Esperamos no verte nunca más por aquí —me dicen— y que tu testimonio sea un impulso para los que viven el infierno que conlleva esto.

Asiento, el coronel está de pie y me voy sobre él, busco la boca que se une a la mía en un beso más apasionado que el anterior; si no fuera por su determinación estaría no sé en dónde, así que estoy en deuda con él. No deja que me aleje, me pega más contra su pecho y yo alargo el momento al abrazarlo.

—Muéstrame la suite que tenías. —Trata de sacarme de la sala.

—Ya la mandé a desocupar —interviene Reece—. Un bote los espera para llevarlos de vuelta a la isla, así que apresúrense a la playa.

—Si todo está bien, entonces nos podemos ir de un todo —habla el coronel—. Ya no hay nada que hacer aquí.

—Tú te puedes ir de un todo cuando quieras, ella no —contesta mi médico—. Todavía hay temas que tratar.

—¿Qué temas?

—No es de su incumbencia, coronel. —El tío se exaspera—. La trajiste con un propósito y por ello no se irá hasta que no lo crea pertinente.

—Adelántate al bote, deseo despedirme de las enfermeras —le pido a Christopher—. Te veo dentro de diez minutos.

Echo a andar y me encamino a la salida, el calor me hace tomar una bocanada de aire. Siento que estoy desacelerando y no quiero eso, si vuelvo a lo mismo, será perjudicial para mi salud emocional.

En los jardines inhalo y exhalo con la mano en el pecho.

—¿Pensativa, muñequita? —Llega el hermano de Alex.

—¿Por qué lo trajiste? —Me vuelvo hacia él—. Lo conoces y sabes cómo es.

—Más que mi sobrino, es tu pareja y no debes tenerle miedo, debes enfrentarlo y dejarle las cosas claras —se defiende—. ¿Quién controla a quién? ¿Él a ti o tú a él?

Dejo la respuesta en el aire, no sé qué tan segura estoy de esto.

—¿Qué Rachel quieres ser? —vuelve a indagar—. ¿Aquella a la que la lujuria le gana y sucumbe al infierno sexual que inducimos los Morgan? ¿O la independiente con salud mental estable que fluye y deja fluir?

Se aferra a mi brazo y camina conmigo.

—No le puedo prohibir que venga, es quien paga todo esto y tiene todo el derecho de verte ahora que estás recuperada —añade—. Además, no tenía caso prohibir nada, iba a venir de todas formas.

Le suelto lo que me preocupa. Cada vez que hablo con él siento que lo hago con un amigo.

—Alex y Sara son un ejemplo de que cuando se tienen en cuenta los errores, se obtienen buenos resultados —comenta—. Han sido un desastre como pareja, pero aún se quieren. Separados les fue bien: él creció, ella maduró y ahora que el destino los ve preparados, probablemente les dé una segunda oportunidad.

Toma mis manos en la entrada del piso.

—Anda —me anima—, repite: primero yo y luego el mundo.

—Das demasiados buenos consejos para estar soltero.

—De espectador se suele ver bien el espectáculo —contesta.

—¿Nunca te has enamorado? —pregunto.

—La única mujer que quise murió cuando tenía veinticinco años y desde entonces no perdí el tiempo —confiesa—. Fui uno de los que le dijo a Alex que dejara ir a Sara. El ministro era igual que el coronel. No tan hijo de puta, pero sí muy parecido. —comenta—. Enséñale a ceder y verás que no fracasarán en esto. Si necesitas acabar con tu dependencia y ponerte tú por encima

371

de todo, adelante: los que gozamos de belleza e inteligencia nos damos el lujo de hacer lo que queramos.

Le doy la razón y me acompaña a despedirme del personal.

No tardo en la tarea y vuelvo a la playa, donde Christopher me espera recostado al lado del bote. Agradezco al cielo que siga con los lentes oscuros puestos y eso me ayude a no caer en la tormenta gris que tiene como ojos.

—Olvidé felicitarte por ir primero en las encuestas. —Le doy un beso en los labios—. ¿Ya lo celebraste?

—No, y tampoco me interesa hacerlo.

—Pero eres el primero. —La brisa me agita el cabello.

—Evitemos hablar de eso, que ese tema me tiene hastiado.

—Solo quería… —Me toma de la cintura y desliza las manos por mis glúteos antes de pegarme a su entrepierna. «Este hombre es una maldita hoguera». Percibo el empalme de piedra que me debilita las rodillas.

—¿La sientes? —susurra, y asiento—. Necesito que me montes como la ninfómana caliente que eres.

Baja y se prende de mi cuello.

—¿Hay alguna playa desierta que podamos visitar antes de partir? —propone—. Quiero follarte ya.

La humedad que me empapa las bragas empieza a pesar.

—¿Me prestas tu móvil? —Cambio el tema—. No le he dado la buena noticia a mi familia.

Insisto en que me preste el teléfono hasta que me lo da de mala gana. Me ubico al otro extremo del bote con la excusa de querer privacidad, algo que él no se lo toma bien; sin embargo, calla y deja que hable tranquila con mi familia.

No me quita los ojos de encima. Pese a que tiene lentes, sé que me observa y el que se toque los labios a cada momento no me ayuda: intencional o no, desencadena pálpitos que no van precisamente a mi corazón.

Le doy la noticia a mi papá, que lo celebra conmigo; siento que se le quiebra la voz, cinco mil veces me reitera que me ama. Por su parte, mi madre quiere saber cuándo podrán verme y le indico que todavía no sé. Emma festeja la noticia y Sam es otra que insiste en que vaya a Phoenix.

La isla aparece a lo lejos y por más que quiero seguir hablando no puedo, siento que Christopher en cualquier momento me va a arrebatar el teléfono.

—Apenas pueda los vuelvo a llamar —les digo—. Cuídense.

Corto la llamada y me quedo mirando la pantalla por un par de segundos.

—Gracias. —Le devuelvo el aparato al coronel e ignoro la molestia que me genera ver que tiene una llamada perdida de Gema.

Le paga al hombre del bote y me toma de la mano cuando bajamos. Le quiero preguntar por qué Gema lo llama si están en receso de campaña. ¿Es que ella nunca descansa? ¿Sabe sobre nosotros? ¿Sabe que estamos en una relación seria? O al menos, ¿sabe que cada vez que se pierde está conmigo?

Sé que la etapa electoral es algo importante; no obstante, me molesta que pase tanto tiempo con ella.

—¿Por qué te llama Gema? —No me aguanto—. Es molesto que todo el tiempo te joda.

—No estoy de genio para tus celos, nena. —Sigue caminando—. De hecho, no estoy de genio para nada que no sea tenerte desnuda en mi cama.

Lo único que escucho es «nena». Ese es el término que usa en el sexo y en momentos *hot*, no de una manera tan casual. Sonrío estúpidamente en lo que sigue caminando conmigo.

Llegamos a la escalerilla que da a la casa de Reece y reacciono al notar que, por estar pensando en sandeces, no he caído en la cuenta de que me lleva directo al abismo donde no puedo caer.

—Tengo hambre. —Pienso rápido—. ¿Me llevas a comer?

Se tensa cuando tiro de su mano y lo traigo a mi pecho.

—¿Ahora? —pregunta, molesto.

—La ansiedad no me dejó comer en la mañana. —Bostezo—. La isla tiene un restaurante el cual recomiendan mucho.

Se acomoda el marco de las gafas con la punta de los dedos y le envuelvo el cuello con los brazos.

—¿Sí? —Lo beso—. Dicen que el menú es delicioso y me encantaría probar un plato contigo.

El cuerpo atlético es algo que amo, me excita lo bien cuidado que está. La estatura que tiene, lo bien que luce…, es un sexi témpano de hielo con músculos provocadores.

Dejo que me alce y cruzo las piernas alrededor de su cintura.

—No te me abras así, que me voy a desbordar. —Me baja y me causa gracia el comentario.

Se masajea la sien como si le doliera la cabeza, siento que le cuesta controlar las ganas que tiene, rodea mi cintura y me besa la comisura de la boca.

—Entremos y luego vamos.

—Tengo hambre ahora, no luego. —Intento avanzar y me devuelve.

—Primero dime qué hay bajo ese vestido. —Acorta el espacio que no separa—. Sentí algo ligero.

Paso la mano por los pectorales, que parecen de acero.

—Sí, es algo ligero. —Si no se lo digo, es capaz de obligarme a que le muestre—. Diré palabras claves para que no enloquezcas: «hilo», «delgado», «blanco».

—¿Qué tan delgado?

—Muy delgado. —Acabo con el juego y lo hago caminar al restaurante de aire playero.

Las mesas pequeñas están cubiertas con manteles de lino blanco y los ventiladores de techo hacen que el lugar se sienta fresco. El camarero que nos recibe nos lleva a los puestos con vistas a la playa, el parasol gigante es el amortiguador perfecto para el sol que está en su peor momento.

El coronel se sienta a mi lado en el asiento semicircular, donde me rodea los hombros con el brazo.

Nos traen la carta, el camarero se va y a Christopher se le mueve la manzana de Adán cuando pasa saliva. Su mano reposa en mi muslo y lo único que hago es suplicar que no se quite los lentes.

—Te creció el cabello. —Acaricia las puntas que me caen en la espalda—. Me gusta; de hecho, está muy candente, teniente.

El comentario pone mi ego arriba, sé que estoy mejor que antes, pero que el cumplido salga de él se siente como si me untaran aceite tibio en las zonas erógenas. Se acerca más, toma mi mentón en busca del beso que correspondo, compenetro nuestros labios en lo que hunde los dedos en mi cabellera.

Como siempre, le entrego mi boca y accedo a la demanda de la lengua que con ímpetu azota la mía.

Es el tipo de beso que das mientras follas, de esos que alcanzan tal grado de humedad que te catapultan a un orgasmo seguro. Las manos inquietas suben por mis muslos sin soltarme los labios, se acerca a la zona peligrosa donde…

—Saca la mano —musito cuando toca mi sexo.

—Un segundo. —Esconde la cara en mi cuello mientras pasa los dedos por encima de la tela.

El sudor me recorre la frente con el toque que trae la culpa, las ganas descontroladas quieren salir y no les puedo dar cabida.

—Abre, nena —pide—. Déjame probar.

Las piernas se me separan solas, le dan paso a las yemas que se pasean por mi coño, mueve los dedos de una forma tan gloriosa que me cuesta no abrirme más, acapara mi cuello con los labios y siento que las cosas no hacen más que empeorar.

—Basta —le digo.

Quiero parar, pero termino con los ojos puestos en la polla erecta que esconde bajo el vaquero.

—¿Están listos para ordenar? —Llega el camarero.

Abro la carta como si no pasara nada y sin querer se me elevan las cejas con la lista de precios.

—¿La isla se lucra con lo que cobran? —pregunto.

—Pide lo que quieras y no mires el precio. —Christopher devuelve la carta—. Quiero el plato tres y que te largues rápido.

Pido lo mismo. El coronel añade un trago a la orden y el camarero se retira.

—¿En qué estábamos? —Pone el brazo sobre mis hombros y...

—Al fin los encuentro. —Llega Reece y Christopher tuerce los ojos—. No hay nada como un almuerzo familiar.

—Es una reunión de dos —empieza el coronel—, así que da la vuelta y devuélvete por donde venías.

—Guarda tu arrogancia, muñequito, que me tiene sin cuidado. —El tío toma asiento—. Tráiganme la carta, que quiero ordenar, hoy mi sobrino invita.

El camarero se vuelve a acercar.

—Quiero pasar tiempo a solas con ella —increpa—. Deja de joder y ocúpate de tus cosas, tienes el maldito defecto de meterte donde no te llaman.

—Rachel, ¿te molesta mi presencia? —me pregunta el tío.

—Sí, le molesta, así que fuera de aquí —contesta el sobrino.

—Ella tiene boca y puede hablar —replica el hermano de Alex—. ¿Te molesta, linda?

—No.

—Ok, almorcemos entonces. —Se queda—. Quiero el sexto plato y una buena copa de vino.

El almuerzo transcurre en silencio. Christopher no disimula el enojo y no le responde al tío cuando le habla. Reece no se queda callado, lo presiona hasta que lo enfada y no le queda más alternativa que contestar entre dientes para que deje de joder.

Almorzamos y el médico se levanta al baño cuando termina. Me quedo con el coronel que se empina lo poco que queda de su trago.

—Reece nos apoyó cuando más lo necesitábamos. —Pongo la mano sobre su rodilla—. No veo el porqué de tanta prepotencia.

—Su «apoyo» me costó millones de libras —espeta—. Pago para no deberle nada a nadie; si crees que vine a agradecer, olvídalo.

—Los lazos afectivos no se compran —comento—. Dudo que el apoyo moral que me brindó tenga precio. Mientras tú estabas en la campaña, él estaba conmigo en cada paso que daba.

—Estaba concentrado en mi trabajo, así que no empieces.

—Trabajo del que no me quieres ni hablar y no sé ni por qué. —Me molesta que no me cuente nada.

—¿Para qué voy a querer hablar de trabajo? —increpa—. ¿Crees que volé horas para hablar de mi aburrido día a día?

Le traen la cuenta y se levanta a pagar.

Lo observo desde mi sitio, con otros nunca hubo afán de nada, se tomaban su tiempo conmigo, pero Christopher... a él lo carcomen las ganas de follar.

Reece se entretiene con los colegas que se encuentran y me levanto a buscar al coronel, que está frente a la caja.

—Te veo en la noche. —Le doy un beso en la boca.

—¿Qué?

—Tengo asuntos que atender.

—¿Hoy? Viajé doce horas para estar aquí y tú no puedes posponer tus asuntos.

—¿Unos puñitos o qué? —Reece golpea el hombro de su sobrino.

—Lo veo más tarde, coronel —Me voy sin darle tiempo a refutar—. No puedo posponer esto.

La frustración me estresa, el que me cuestione mis propias decisiones cuando estoy a su lado. Me voy al hotel donde se hospeda el hombre que me espera. Alex programó una cita con el general que entrena a la Alta Guardia y lo hizo venir.

—El ministro me llamó e informó que su hijo está aquí —comenta—. Me pidió que te recordara que no debe saber de esto.

—Lo sé.

Paso la tarde con el soldado de cabello gris que me proporciona más información crucial. Veo el perfil de los hombres que tendré bajo mi cargo.

—El que la mafia tenga tentáculos dentro nos tiene preocupados —confiesa—. Hay muchas cosas que controlar.

La FEMF requiere un ministro competente, alguien que le pueda poner fin a esto. Lo de Philippe Mascherano no se me olvida y la sospecha de Elliot viene a cada nada a mi cabeza. Durante las cuatro horas que siguen, el general me habla sobre las pruebas que debo presentar y de los soldados que veré en unos días. Apilo y meto bajo mi brazo las carpetas que me entrega.

—Es importante que se prepare, teniente, y esté alerta en todo momento.

—Me acompaña a la recepción—. Confío en que hará un buen trabajo, tiene buenas capacidades, así que aprovéchelas.

—Gracias, señor.

Le doy la mano y le agradezco el tiempo que se tomó al venir aquí. Mi licencia no ha terminado, no obstante, la situación me tiene trabajando hace días.

La casa de Reece está a cinco minutos en vehículo y a veinte caminando; podría pedirle a cualquier isleño que me acerque, pero opto por la segunda opción, no quiero ver a Christopher.

Camino lento. Lo nuestro es como el choque de dos mundos que hacen combustión y se prenden en llamas. No tiene que tocarme para encender mi ansiedad, ya que con su presencia basta.

La casa playera aparece y despacio subo los tres escalones que me dejan frente a la puerta. Cuido de no hacer ruido al abrir. La sala está vacía, me asomo en la escalera y no hay ruido arriba, pero sí hay voces en el patio.

Con sigilo camino a ver lo que hacen, no quiero que Christopher me vea.

—¡Dame más, muñequito! —Veo a Reece que está en una pelea de boxeo con el sobrino—. No quiero puños de nenaza.

—¿Cenará en la mesa? —me pregunta la empleada.

—No —musito y con la mano le pido que baje la voz—. Hazme un emparedado, por favor. Cenaré en mi alcoba.

Con el mismo sigilo, regreso por donde vine.

—No le digas a nadie que llegué —le pido antes de subir.

Mueve la cabeza con un gesto afirmativo y busco la puerta de mi habitación.

Guardo lo que traje en uno de los cajones, dejo una sola carpeta afuera.

Tomo asiento y ceno lo que me sube la empleada mientras leo. La espalda se me cansa y paso a la cama, donde me acuesto. El estar a cargo de la seguridad de otra persona es una responsabilidad que implica muchas cosas.

El ruido metálico del pomo me alerta cuando lo mueven, rápido guardo los documentos que tengo, me vuelvo hacia la puerta y veo a Christopher bajo el umbral. El cabello negro se le pega a la frente por el sudor, trae camisilla y zapatillas deportivas.

Se quita las vendas que tiene en la mano mientras entra.

—No me avisaron de que llegaste —comenta, serio.

—Te vi con Reece y no quise interrumpir. —Estiro el torso—. Estaban concentrados en su práctica.

Se sienta en el borde de la cama, que se hunde bajo su peso. Él y yo solos en una superficie plana no es buena idea.

—Te traje algo e iba a dártelo en la tarde. —Se mete la mano en el bolsillo—. Supuse que llegarías más temprano.

Saca la diminuta bolsa de seda y me la ofrece, el nombre de la marca que decora la tela me da un indicio de lo que es.

—Ábrela —me pide.

Le sonrío antes de sacar lo que hay adentro: «bragas», y no cualquier tipo bragas, sino de encaje fino, transparente, de azul oscuro. Es un hilo delgado que apenas cubre lo esencial, las tiras finas casi invisibles que van sobre la cintura, es la clase de prenda que no se marca y llevas si quieres poner a tu hombre caliente.

—Colócatelas. —Acorta el espacio entre ambos—. Quiero ver cómo te quedan.

Se saca la playera y me ofrece una vista perfecta del torso musculoso. Los brazos tatuados me aceleran el ritmo, Christopher Morgan es sexi por donde se lo mire, no solo por la cara, él complementa todo con cuerpo, polla y actitud, porque sí… Ese aire de hijo de puta maldito atrae y enloquece.

—¿Damos un paseo? —Me levanto—. La noche está fresca.

Se me atraviesa cuando me encamino a la puerta, quedo frente a él, quien busca mi boca. Aparto la cara, él omite el rechazo repentino y se apodera de mi cuello con chupetones. Los besos húmedos acompañados de apretones de cadera me ponen en apuros al sentir las ganas que tiene.

—Quiero salir. —Lo aparto.

—Luego. —Se torna posesivo y me toma con más fuerza; su erección es como una barra de acero y la refriega contra mí para que la sienta.

—No puedo —susurro.

Me cuesta alejarlo, está tan absorto y concentrado en quitarme la ropa que no me presta atención.

—Christopher…

Me calla cuando me besa con fiereza, hunde las manos en mi cabello y hace que mi lengua toque la suya. Las palabras de Reece vienen a mi cabeza, como también mis charlas con los terapeutas.

—Christopher, no puedo. Acabo de entrar en mis días —miento.

—¿Y? —Me deja en la cama.

—No voy a hacerlo así. —Pongo distancia—. No me gusta.

Aprieta la mandíbula, la ira le brilla en los ojos y sé que se está conteniendo.

—No me importa. —Me acorrala y me lleva contra las sábanas.

—A mí sí me importa y no quiero hacerlo así, ¿vale? —me impongo—. Vete a dormir y mañana hablamos.

Me levanto, hace lo mismo, toma mi muñeca y me pega contra él; a continuación, lleva la mano a mi rostro e ignoro la polla que no deja de crecer.

—Nena, si es contigo no me importa. —Me lleva contra el borde de la mesa del escritorio.

—Es incómodo para mí, no quiero —le digo, y respira hondo con mi respuesta.

—Bien. —En el tono se le nota claramente que está evitando mandarme a la mierda.

Lleva las manos a las tiras de mi vestido en busca de mis senos y…

—No —me opongo. Sube a mi boca en busca de mis labios y le rechazo el beso—. Quiero descansar, me duele mucho la cabeza. —Lo aparto—. Lo mejor es que te vayas a…

—¡¿Qué me vaya a dónde, diablos?! —me grita—. ¡¿Dónde mierda voy a dormir si no es contigo?!

—Hay una habitación de huéspedes.

—No voy a dormir en una habitación de huéspedes.

Se convierte en la bomba de tiempo que lo hace ser quien es.

—¿Qué pasa? —pregunta—. ¡Di las cosas de frente y no me des tantas vueltas alrededor!

—¡Te quiero a metros y con tus manos lejos de mí! —Cierro la boca al notar que no escogí las palabras correctas—. Es que necesito…

—Haber dicho desde un principio que no me querías aquí. —Trata de darme la espalda y no se lo permito.

—No malinterpretes las cosas —lo encaro—. Estoy superando mi dependencia sexual y lo mínimo que espero es que me ayudes.

—¿Es aquí cuando me vuelvo el hombre comprensivo? —espeta con burla—. ¿Debo decirte «tranquila, tómate tu tiempo»?

—Esto no ha sido fácil para mí y entender no te cuesta nada.

Por muy enojado que esté no dejo que me amedrente.

—Tengo que entenderte con Stefan, debo entender que vive en tu casa y maneja tus cosas a su antojo como si fueran marido y mujer. Debo asimilar que no hagas el más mínimo intento de comunicarte conmigo durante meses y también tengo que lidiar con tu jodido desequilibrio emocional —me suelta—. Pero tú no entiendes que tenerte enfrente y no hacerte nada es algo que me cuesta. Viajé hasta aquí para estar contigo.

Ignoro las ganas de tocarlo.

—Nunca te pones en mi lugar, pero si exiges que te entienda.

—Es por orden de mi médico, si no controlo lo que siento por ti…

—¿Qué vas a controlar? —Aferra las manos a mi cuello—. Entiende de una puta vez que nadie tiene que entrometerse entre los dos. Quiéreme y deja que el mundo se vaya al diablo, ya estoy cansado de repetirlo.

—Primero debo…

—Primero nosotros y ya está. Con esta maldita actitud lo único que haces es reiterarme por qué no debo exponerme ante ti —reclama—. Malo si te trato como un cero a la izquierda y malo si expreso lo que quiero...

—Será como yo quiero, y si no te gusta, no es mi problema. —Lo alejo—. Las cosas no siempre pueden ser como a ti te apetece.

—Bien, haz lo que te plazca. —Da un paso atrás—. Sigue perdiendo el tiempo, que por mi parte acabo de comprobar que te encanta que te trate como un culo más. Con mi indiferencia he logrado más cosas contigo que comportándome como se supone que debo tratarte.

—Christopher —Cho se asoma en la puerta—, ¿qué te parece si hablamos de tu problema y así eres un apoyo más sólido para ella?

El coronel sacude la cabeza.

—Ven a mi estudio y lo dialogamos —insiste ella.

Agradezco que Reece salga a tomar vino todas las noches y no esté aquí, empeorando las cosas.

—Ella tiene una dependencia de ti como tú de ella y ambos deben amarse a sí mismos primero —sigue Cho—. Es necesario que se pongan a ustedes mismos como prioridad o se van a hundir en una relación insana.

Entra a la alcoba y el coronel no dice nada.

—Debes asimilar que no puedes ser el centro de su mundo, es dañino para Rachel y para ti también. Está mal exigirle que respire por ti, porque es injusto —explica—. ¿Te gustaría estar atado a una persona de semejante manera? ¿Te parece sano que te ame más a ti que a ella misma?

Él suelta a reír y eso lo dice todo.

—Si la haces caer, la estarás incitando a un apego sexual dañino que puede ser peligroso —continúa—. Ha tratado de superar la dependencia que tiene de ti y lo vas a dañar.

No contesta y lo que me dijo en su oficina hace eco en mi cabeza: «Necesito que me ames más de lo que ya me amas».

—Permite que te ame siendo libre de dependencias. Nunca es tarde para cambiar, para ser una pareja ejemplar —sigue Cho—. Evoluciona por ella y demuéstrale que puedes ser un hombre de bien. Deja que te ayude.

Ella le ofrece la mano y el coronel no se inmuta, solo se agacha a recoger la playera que está en el suelo.

—De saber que las cosas serían así, me hubiese quedado en Londres usando a Gema —me suelta—; por suerte, aún es temprano para volver.

Mi mano viaja a su brazo cuando intenta irse, la espalda se me endereza y la fuerza del agarre que ejerzo hace que mis uñas terminen enterradas en su piel.

—Ojo con lo que dices y haces, hijo de puta. —La descarga de dopamina me tapa los oídos.

No sé cómo tiene el descaro de mencionarla.

—¡Suéltame! —exige.

—¡Con Gema no me amenaces! —increpo, y se suelta—. ¡Lo vuelves a hacer y te parto la maldita cara!

—¿A esto lo llamas sano? —empieza con el sarcasmo—. ¡Admirable tu paz mental! Ni siquiera sabes qué es lo que quieres.

—Quiero que desees verme bien y no muriéndome por ti; es cruel de tu parte y lo sabes.

—Rachel, ve al balcón y toma aire, el que te provoque, solo te encierra en el círculo vicioso —me pide Cho—. Sigue, así como vas y notarás que todo saldrá bien, tu único deber es preocuparte por ti.

Me mantengo en mi puesto, Cho da buenos consejos y agradezco su apoyo, pero no es quién para mandarme al balcón como si fuera una niña.

—Por tu bien, mantén la debida distancia —me advierte Christopher antes de buscar la salida.

Cho le corta el paso.

—El problema se torna dañino cuando no se reconoce.

—Reconoceré mi problema cuando tú reconozcas que lo mejor es no meterse ni opinar en las relaciones de otros —replica—. Métete tus consejos por el culo y apártate de mi camino.

La deja callada. De todo lo que me dijo, lo único que se me queda es el nombre de Gema. La mera mención arruinó mi noche, no pienso como una persona normal cuando de ella se trata.

¿Y si se acostó con ella? No, de haber estado con otra, no estaría así de desesperado. La usa, sí, pero el que ella lo reluzca tanto me pone a dudar, porque alguna esperanza ha de tener y mis contiendas con él pueden provocar el que ella se salga con la suya.

—Trata de descansar —se despide Cho.

La rabia no me deja dormir y en la mañana salgo a hacer mis ejercicios matutinos.

Troto por un par de horas y desde lejos veo cómo Reece parte con Cho rumbo al CCT. Me doy un tiempo afuera y, cuando me siento lista, vuelvo a la casa.

—¿Christopher ya despertó? —le pregunto a la empleada.

—No, el señor Reece pidió que le subieran el desayuno —contesta con una bandeja en la mano.

—Yo se lo llevo. —Recibo la bandeja.

—Surtiré la despensa en la isla vecina —me informa—. ¿Necesita que haga algo por usted antes de irme?

—Estaremos bien, ve tranquila.

Subo la escalera en busca de la habitación de huéspedes, llevo tiempo aquí y conozco toda la casa. Peleamos anoche y en la madrugada caí en la cuenta en algo: dijo que viajó a verme y eso es algo que no estoy apreciando.

Abro la puerta y, como de costumbre, las palabras se me quedan atascadas en la garganta. Está acostado bocarriba con el brazo sobre los ojos, tiene el torso descubierto, los abdominales cincelados me hacen respirar hondo al sentir los pezones duros bajo mi top deportivo.

—Buenos días —coloco la bandeja en la mesa—, te traje el desayuno.

—Creo que fui claro anoche —contesta sin mirarme. Me inclino a besarle la boca antes de apartarle el brazo de la cara.

—Vengo con bandera blanca.

Me atrevo a pasar las manos por el pecho descubierto, amo que los músculos se endurezcan con mis caricias y el que se tense como lo hace. Es como una bella bestia reencarnada de apetito voraz. Beso su cuello y lo vuelvo a tocar.

—Gracias por las bragas —digo, absorta en la maravilla que tiene como cuerpo.

Sin querer, mis manos descienden por la V que se le marca en la cintura.

No se mueve y levanto la sábana, lo que encuentro no es sorpresa: la férrea erección se le remarca sobre el bóxer oscuro que tiene puesto. Los pezones me cosquillean, la garganta se me seca y él se queda quieto cuando dejo la mano sobre su miembro.

—No te metas en la boca del lobo —me advierte.

—Puedo tocarte cuando quiera.

—No cuando no tienes segundas intenciones. —Aparta mi mano—. Mejor anda afuera, en la tarde volveré a Londres y veré cómo resuelvo mi problema.

—¿Con quién? ¿Con Gema?

—Por tu bien, sal de aquí antes de que te arranque la ropa —insiste—. Deja de jugar con fuego.

—Bien. —Lo dejo.

Si quiere amargarse no es mi asunto. Tomo una ducha y me preparo para recibir al terapeuta, que viene dos veces por semana a enseñarme técnicas de relajación.

Me coloco un nuevo top y pantalones cortos de licra, amarro bien las zapatillas y preparo la sala para la sesión. Normalmente, hacemos yoga, capoeira…, actividades que ayudan a canalizar la ansiedad y los pensamientos negativos. Me recojo el cabello en una coleta y en la cocina me pongo a pelar el mango que corto en cuadrados medianos.

Oigo los pasos que bajan desde la escalera y no volteo a ver, ya que la fragancia de la loción de afeitar que invade el ambiente me deja claro que es el coronel, baja recién bañado, con vaqueros y una playera de cuello en V.

Pasa por mi lado rumbo al frigorífico gris, de donde saca el jugo que bebe directo de la botella.

—Tienes un vaso a treinta centímetros —le digo.

—Lo sé, y no me interesa.

Sigue molesto por lo de anoche. Tocan la puerta de cristal que da al patio y veo al terapeuta de tez oscura y brazos torneados. Señala el pomo preguntando si puede entrar.

—Adelante —lo invito.

—Buenos días —saluda alegre—. ¿Cómo está mi bella paciente?

—Radiante y positiva. —Lo saludo con un beso en la mejilla.

—Caballero. —Extiende la mano hacia el coronel, que no lo mira.

—Ignóralo. —Sigo con la fruta—. El señor aquí presente no tiene modales.

El terapeuta se ríe antes de avanzar a la sala. Se llama Pablo y es de la entera confianza del hermano de Alex.

—Te espero en la sala. —Se va al estéreo y dejo a Christopher solo en la cocina cuando termino con la fruta que tenía en la mano.

—Hoy trabajaremos con ejercicios de relajación tántrica —comenta el moreno—. Te servirá mucho en momentos de estrés o cuando te sientas muy agobiada.

El coronel se queda en la mesa del comedor, se sienta con la botella de jugo en la mano, trata de ignorarme, pero no le sale y en repetidas ocasiones capto su mirada sobre mí.

Relajo el cuerpo como me lo indican, los ejercicios de precalentamiento nos toman media hora.

—Hidrátate —El terapeuta me pasa la bebida que trajo.

Tenemos confianza y me hace reír a lo largo de la rutina, y no con sonrisas leves. El hombre tiene gracia y a cada rato me parto de la risa con las anécdotas que cuenta.

La sesión es de tres horas y la primera me deja sudando.

—¿Tienes hambre? —le pregunto a Pablo—. Tengo fruta en la cocina.

—Tráela y la comemos. —Me pega con la toalla en la espalda.

Se queda haciendo ejercicio en lo que yo me voy a la cocina. El coronel sigue en el comedor y su enojo es como una capa radiactiva que llega hasta mi sitio, la postura corporal es preocupante.

—Se ve tenso, tómese algo. —Paso el mango a un cuenco de cristal.

—¿Se va o lo saco? —Se levanta—. No lo quiero aquí.

—Ni lo uno ni lo otro. —contesto—. El hombre me agrada y se va a quedar.

El terapeuta programa el equipo de sonido con música suave. Lo abordo, voltea y le doy la fruta en la boca. Me acompaña hace semanas y no es la primera vez que compartimos comida.

—Está muy bueno —habla con la boca llena y paso el dedo por la comisura de su boca.

Sé que el coronel está celoso y río para mis adentros cuando lo noto recostado en el umbral del comedor. Quiere jugar a quien ignora más y es quien va a perder.

Termino de comer, dejo el cuenco de lado y vuelvo a los ejercicios.

—Cierra los ojos y sigue mi voz —demanda el terapeuta—. Suelta el cuerpo y toma aire cuando te lo indique.

Hago caso, él se ubica detrás de mí, pone las manos sobre mis hombros, mientras giro el cuello que quiero relajar.

—Suéltate más —susurra—, aún te siento tensa.

Me pone a contar hasta cien.

—Respira…

Baja las manos a mis brazos en lo que sigo contando.

—No le dijiste que tengo pareja y que solo somos amigos, ¿cierto? —musita el terapeuta y me cuesta contener la risa.

—De uno a diez, ¿qué tan enojado se ve? —pregunto.

—Mil. —Se ríe conmigo—. Parece que va a explotar el pobre hombre.

Prosigo con lo que me pide.

—Arquea la espalda y toca el piso —indica Pablo—. Resiste en esa posición el mayor tiempo que puedas.

Formo un arco con el cuerpo, el moreno mantiene la mano en mi espalda mientras cuenta. Pasa un minuto y cambia de posición para ponerse frente a mí. Abro los ojos y veo que Christopher sigue en el mismo lugar.

—Muy bien. —Pasea las manos por mi abdomen, las desliza hacia mis costillas.

La distancia entre su pelvis y la mía es mínima, sé que es un profesional; pero, sabiendo cómo es Christopher, sé que ha de estar retorciéndose por dentro. La rabia que lo ha de estar carcomiendo es un manjar que disfruto: no pude dormir por culpa de su estúpido comentario y deseo que sienta lo mismo.

Las manos de Pablo siguen con su ascenso. ¿Lo detengo? No, por el contrario, muevo la pelvis que acerco más y…

La sombra y el toque desaparece de la nada. «¡Mierda!». Me enderezo rápido en lo que el moreno cae al suelo con el puñetazo que le propina el coronel antes de llevarlo contra la pared. El moreno se zafa y logra esquivar el siguiente golpe.

—Calma, amigo, solo hago mi trabajo... —dice en lo que retrocede, y me voy sobre el coronel, que me aparta en busca del hombre que no sabe ni cómo salir.

Se le va encima, se lo quito y llevo a Christopher contra la pared. La mirada asesina que le dedica al terapeuta me dispara los latidos.

—Vete —le pido a Pablo—. Ya, por favor.

—Llamaré a...

—¡No es necesario, solo vete!

El coronel se queda quieto, no deja de mirarlo y me da miedo que termine peor que Stefan. Él se va, afanado, por la puerta trasera, Christopher no le quita los ojos de encima y caigo en la cuenta de lo que piensa hacer: ir por él cuando lo suelte.

—Es solo un terapeuta, me moví porque sabía que te molestaría —confieso y se zafa de mi agarre.

—¿Crees que soy idiota? —increpa molesto.

Se encamina al comedor en busca de la puerta trasera, no lo voy a dejar salir, porque va a ir a moler a golpes al otro, así que lo alcanzo y lo empujo a la sala.

—No jodas.

Insiste en largarse y el siguiente empellón se lo suelto con tanta fuerza que lo dejo contra el sillón de dos cuerpos, donde cae. Está en su modo animal y por ello me abro de piernas sobre él; por más que intenta apartarme no se lo permito, aprieto los muslos y le limito los movimientos.

—Quítate. —Me encuella y temo por el terapeuta. «El arma», olvidé que siempre anda armado—. Ya entiendo por qué no me quieres aquí.

—No digas tonterías.

Sigue forcejeando, no quiero ocasionar una tragedia; por ello, me las apaño con lo que tengo para distraerlo. Refriego las caderas sobre él antes de sacarme el top que me deja los senos libres. Sus ojos se pierden en mis pechos cuando los acerco a su cara.

Se rehúsa y ejerzo más fuerza sobre él.

—¿No te apetece? —Me toco los pezones duros—. ¿No quieres por lo que tanto peleas?

La piel me arde cuando me entierra las manos en la cintura, su lengua toca mi pezón erecto y, acto seguido, se prende como un maldito primitivo.

La entrepierna se me empapa al sentirlo así, desesperado y ansioso por mis tetas.

La dureza de su erección me maltrata el coño y me muevo sobre ella. Odio la tela que nos separa, lo nota y desliza la mano dentro de la licra que tengo, me penetra con los dedos y me contoneo sobre estos como si fuera su polla la que tengo dentro.

«Dios». No sé qué diablos me posee, pero me pierdo en lo que me genera, en el placer de saber que soy la única que puede ponerlo así, la única que le hace perder los estribos.

Bajo de su regazo y no alcanzo a dar cuatro pasos cuando ya tengo su mano sobre mi moño.

—Vamos a recordar cómo te gustan las cosas. —Me lleva contra la pared que está al pie de la escalera.

La cara me queda contra la madera, mete la mano dentro de mi pantalón y con los dedos separa los labios del coño, que empieza a masturbar. No deja de mojarme con el toque que emplea y amenaza con traer el orgasmo que llevo meses sin probar.

Me cuesta respirar, como también me cuesta eludir las ganas descontroladas que alivianan mi saliva. Pongo las palmas en la pared, dejo que mi cabeza caiga sobre su hombro y separo las piernas. Le doy vía libre para que me siga penetrando con los dedos. El movimiento diestro de su mano se lleva mi razonamiento con el subir y bajar de las yemas que se mueven a lo largo de mi sexo, soba la polla en mi espalda y trae el desespero que me hace ansiarla dentro de mi canal.

Con un tirón baja los pantalones de licra junto con las bragas. Sigo contra la pared, le ofrezco el culo para que me penetre y con afán se abre la pretina que le da paso al miembro que volteo a ver.

Ambos lo necesitamos y lo queremos. Requiero que me meta la polla como si no hubiera un mañana. Pone una mano en mi hombro y siento la corona del glande que puntea antes del empellón que me hace gemir como una maldita puta. Nada de caricias ni de treguas, entra con estocadas que hacen que los testículos choquen contra mi periné.

Me estampa la cara contra la pared mientras que con la mano libre estruja el culo que sujeta. El coño que embiste se abre para él a la vez que mis tetas se mueven con los embates que me da.

—Menudo problema contigo —jadea, y jadeo más.

Mis hormonas se alteran a tal grado que me siento mordiendo el fruto prohibido por enésima vez. Un retroceso y más de veinte terapias perdidas, porque con la polla que tengo en el coño no soy más que una jodida enferma.

—Mira lo caliente que estás. —Envuelve la mano en mi cabello y me lleva el cuello hacia atrás—. Te las quieres dar de sana, pese a saber que mueres por tener mi polla dentro.

El discurso, en vez de ofenderme, me enciende de una manera que no hallo palabras para describir, hace que mi garganta muera de sed por él, por las sucias palabras del maldito que me encerró en el círculo que, por más que lo intento, no puedo salir.

—¡Cógeme duro! —suplico.

—¿Cómo? —gime en mi oído—. ¿Así?

Baja las manos a mis caderas, clava los dedos en la carne de estas y me lleva contra él de un modo tan brutal que araño la madera, intento contar las veces que se estrella contra mí, pero pierdo la cuenta en el octavo empellón.

—Eres una ninfómana, Rachel. —Sale antes de voltearme—. Una enferma hambrienta por mi polla.

La toma y se la sacude frente a mí.

—Sí. —Le arranco la playera—. No voy a contradecir eso, no voy a ocultar las ganas que tengo de que me la metas otra vez.

Pongo las manos sobre su cuello y dejo que me alce, cosa que no le cuesta nada. Idolatro el físico que se carga y el que pueda sostenerme de la manera en la que lo hace. Está tan erecto que sin necesidad de sujetarlo puedo sentir la punta de su miembro en mi entrada. Acaparo su boca, busco la lengua del hombre que nunca dejaré de querer y que ahora me folla de forma despiadada.

Bombea dentro sin bajarme y sé que solo él puede darme esto, solo él puede hacerme gemir justo como lo hago ahora y es que no es solo el sexo: es la lascivia, la lujuria y el deseo los que se llevan mi razonamiento cuando tengo su polla dentro de mí.

El sudor llega y las uñas se me resbalan en los hombros a los que me aferro en lo que entra y sale; separa los labios, los ojos oscuros no dejan de mirarme y el saber que soy yo la que lo tiene así hace que los músculos de mi coño se cierren sobre su miembro.

Sus estocadas avivan la presión en mi clítoris, no hay una sola partícula de mí que no lo desee, que no quiera tenerlo dentro.

Me taladra el coño con un ritmo tan salvaje que, perdido, lleva la cabeza hacia atrás. La imagen trae el cosquilleo que se extiende a lo largo de mi pecho, la oscuridad rodea mi visión en medio de los jadeos que no soy capaz de controlar.

La fricción del capullo que acaricia las paredes internas de mi sexo se siente demasiado bien y noto que no puedo con el nido de sensaciones que se apoderan del canal que penetra. Araño su piel en lo que lidio con las contracciones internas que me encogen cuando se acumula y baja de golpe. Los vellos se me ponen en punta, la piel se me eriza, la saliva se me aliviana y...

—¡Chris! —Es lo único que alcanzo a decir antes de experimentar la oleada de jugos que suelta mi coño.

Le baño la polla como en su oficina y, en vez de bajarme, lo que hace es fijar la vista, contemplar cómo lo mojo.

—Joder —musito.

Me aprieta más contra la pared y le ofrezco mi cuello para que entierre los dientes. El acto es lo que amortigua la adrenalina que le dispara los latidos cuando se corre dentro de mí.

Los latidos se me descontrolan en lo que me baja despacio. Nuestras miradas se encuentran cuando toco el piso y nos volvemos a besar, pero esta vez con más calma, como una pareja cualquiera, la cual se da amor después de estar meses sin verse.

En verdad lo extrañé demasiado, le rodeo el cuello con los brazos y él pasea las manos por mis costillas. El momento se alarga y no lo detengo, sigo caliente, él sigue duro y lo que acabamos de hacer es avivar la llama con combustible.

¿Hay culpa? Sí, pero ganas también y lo único que consigue el orgasmo que acabo de tener es que quiera más. Recoge la playera del suelo y me limpia las piernas antes de pasarla por el piso.

Estoy demasiado agitada, es una costumbre no decir nada después de follar, así que me pongo la ropa enseguida mientras él se acomoda la suya.

La sensación que cargo es anormal, los senos me pesan, la piel me cosquillea y lo único que quiero es que se siente, se saque la polla y me deje follarlo en el sofá. Por la ventana veo al mensajero que se acerca con un paquete, toca el timbre y es la coartada perfecta para que Christopher suba y me deje recapacitar por un momento.

Recibo el sobre que trae el hombre, lo llevo en la cocina y procuro dejar todo como estaba, aseo la casa para que no noten nada.

Termino justo cuando la empleada llega con las bolsas de suministros, habla sobre la pesca y no le pongo mucha atención, solo me excuso y busco el sauna que tiene el hermano de Alex en la parte trasera de la casa. «Necesito espacio para pensar y recomponerme».

El cuarto de madera me recibe, ajusto los controles y me quito la ropa antes de envolver mi torso en la toalla blanca con la que entro, tomo asiento y llevo la espalda contra la madera.

Christopher Morgan es mi droga personal y no sé cómo sacarlo de mi sistema; tampoco es que tenga mucha fuerza de voluntad para eso.

La puerta rechina cuando la abren y él aparece con la toalla envuelta en la cintura. Me quedo en mi sitio y lo siento menos enojado que hace unas horas. Deja caer la tela que lo cubre y respiro hondo al contemplar la erección que tiene. Adoro su cara, pero amo también su polla y mis ojos se concentran en ella cuando se la toca. Se sienta frente a mí, acomoda los brazos en la base de abeto que tiene atrás y el miembro erecto le queda sobre el abdomen.

La lujuria vuelve y me quedo quieta, se supone que somos una pareja y no debería haber tanta tensión sexual, tanto deseo enfermizo y tanta confusión por parte mía.

—Ven aquí —ordena en lo que mueve la mano sobre el falo que termina con la gruesa corona de su polla.

Podría largarme, pero no quiero, ya empecé y ahora no quiero acabar.

La toalla que me envuelve se cae cuando me levanto, y no me importa, dado que no es la primera vez que me ve desnuda. Acorto el espacio entre ambos y él separa las piernas cuando apoyo las manos en sus piernas, me pongo de rodillas entre ellas y dejo que me pase los nudillos por la cara.

Cierro los ojos, disfruto de la caricia, que no dura mucho, ya que se acerca.

—Dilo. —Acaricia mi mentón—. Anda.

Lo miro, detallo la cara que me eleva el pulso y me enciende el pecho en lo que pongo la mano sobre su muñeca. Un «te amo» no abarca lo que siento por él.

—¿Me amas? —inquiere.

—Más de lo que te imaginas —contesto, y toma mi cara entre sus manos.

—No quiero que cures esto. —Se inclina sobre mí—. Si quieres ser una ninfómana, selo, que yo estoy aquí para satisfacerte. Si quieres derrochar, pisotear y joder el puto mundo, hazlo, que yo te sigo en todo con tal de que dejes de lado los prejuicios y seas la Rachel que me tiene como me tiene.

Roza mis labios con los suyos antes de abrirse paso dentro de mi boca con el beso que me grita lo que siente. Él no habla, con la unión de nuestros labios me hace saber lo que siente por mí.

—¿Quién es el único?

—Tú. —Me da un último beso antes de llevar la espalda contra la madera.

—Préndete. —Me ofrece la polla, y la propuesta es coro celestial para mis ganas.

Su excitación es de tal grado que es como meterme una gruesa barra de acero en la boca, lamo la vena gruesa que se le marca, jadea mientras me tomo mi tiempo con el tronco, la corona y el glande que llevo a lo más hondo de mi garganta. Con la mano cubro lo que no alcanzo a abarcar con la boca y él hunde los dedos en mi cabello para sostenerme y follarme la garganta que lo recibe. «Deliciosa». Jadeo con cada lamida en lo que me siento como él cada vez que le ofrezco mis pechos.

—¿Te gusta? —Me aparta para que conteste.
—Mucho. —Paseo la lengua por mis labios.
—No más que a mí. —Aparta el falo ofreciéndome las pelotas y voy por ellas también. Chupo y lamo su saco antes de metérmelas en la boca, desato los gruñidos viriles que ponen en punta los pezones de las tetas que me toco mientras se la chupo.

Subo, sigo chupando la polla mientras lo miro a los ojos y tanteo qué tanto soy capaz de soportar. Entra, sale y arremolino la lengua alrededor de la corona del miembro, que me aliviana la saliva.

—Recíbela toda, nena. —Los músculos se le tensan y es cuando más dedicación le pongo a la tarea. Siento que se hincha en mi boca y no la suelto, me la llevo hasta la garganta y que esta se contraiga, desencadena la eyaculación que aterriza en mi lengua cuando Christopher se corre como un poseso dentro de mi boca.

Le muestro lo que acaba de dejar, sonríe orgulloso ante la cantidad y ante mi descaro.

Me lo trago todo y me levanto en busca de su boca.
—¿Qué soy? —pregunta.
—Todo.

Sus labios recorren mis muslos con besos pequeños, llevo toda la mañana y parte de la tarde con él acostada en la cama y lo único que tengo puesto son las bragas que me dio.

Llega a mi sexo y acomoda los bordes del elástico, la prenda no es que deje mucho a la imaginación, ya que es de un encaje translúcido, el cual me marca el coño de una forma bastante atrevida.

Sigue subiendo, alcanza el celular que dejó a un lado y acomodo los brazos por encima de mi cabeza, dejo que capture la imagen que quiere tomar.

—Una más —pide, y me volteo en lo que aparto el cabello que me cubre la espalda. Que me tenga donde quiera, no me importa.

—¿La pondrás de protector de pantalla o son para lucrarte económicamente? —pregunto.

—Las voy a agregar a tu currículum de loca maniática contradictoria.

—¿Disculpa?

—Eres una loca. —Se acuesta a mi lado y revisa las tomas.

—Estoy loca, pero por usted, coronel.

—Eso es lo único bueno. —Me besa y juega con las tiras de las bragas.

—Dime que no las vas a destrozar, romper o robar —digo—. Se me ve muy sexi y quiero conservarlas.

—No puedo prometer nada, por lo tanto, te aconsejo que no te acostumbres a ella.

Me abraza y le lleno el cuello de besos pequeños.

—¿Cuántos días te quedarás?

—Cinco, así que aprovéchalos, porque este tipo de ofertas no se repiten seguido.

—Es como ganar a la lotería sin haberla comprado —le sigo la corriente.

—Exacto.

—Ya que estarás tanto tiempo, hagamos planes —propongo—: dejar en paz al terapeuta es uno.

—Juro por Dios que si vuelves a dejarte manosear…

—El karma premia a los infieles con desconfianza —lo corto—, creen que les harán lo mismo y a ti esto debe de golpearte duro —me le burlo—. Eso de cogerse a la novia del mejor amigo en su propia fiesta de cumpleaños, no tiene perdón de Dios.

—Bratt era un pendejo y en parte fue culpa tuya.

—¿Mía? —Me ofendo—. ¿Fui yo la que te amenacé con anunciárselo a todos los presentes?

—No, pero te pusiste a mover el culo frente a mí, sabiendo que estaba ebrio y con ganas.

—No te estaba bailando a ti.

—Ambos sabemos que sí. —Rueda los ojos.

Se queda mirando el techo.

—¿En qué piensas?

—En que, sin estar ebrio, también hubiese hecho lo mismo. —Me besa—. De hecho, lo tenía planeado desde que me invitaron.

—He oído de tóxicos descarados, pero tú no tienes competencia. —Sacudo la cabeza—. ¿Sentiste culpa al menos una vez?

—No. —Se me sube encima—. Me gustaba tu coño prohibido y no me arrepiento de nada. —Aprisiona mis muñecas en el colchón—. Lo mejor era cuando coincidíamos en el mismo lugar: él, absorto, creyendo que lo amabas y tú babeando por mí, mirándome y creyendo que no me daba cuenta.

Me vuelve a besar.

—¿Cuándo lo notaste? —pregunto.

—Cuándo noté, ¿qué?

—Que no éramos solo sexo.

—Dime tú, busca la fecha en la que sacrificaste la cabra con el propósito de envolverme con tu amarre —Se ríe—. Ahí encontrarás la respuesta.

—Fue una gallina, idiota.

Lo aparto antes de levantarme.

—¿Adónde vas?

—Ya estamos satisfechos.

—Habla por ti. —Palmea el espacio que dejé—. Yo ni he empezado todavía.

—Báñate y nos vemos abajo. —Me visto—. Quiero que conozcas algo.

—Nena, vuelve aquí y deja lo otro para mañana.

—No es una propuesta, es un hecho. —Cierro la puerta cuando salgo.

Me baño en mi alcoba, me coloco un short, una playera ajustada y me calzo las zapatillas. Me dejo el cabello suelto y, mientras se seca, de la cocina tomo lo que necesito. La empleada me ayuda a llevar todo al bote.

Vuelvo a la casa, recojo lo que hace falta y me encuentro con el coronel, que espera en la sala.

—¿Ya? —pregunta.

—Sí. —Lo tomo de la mano y lo traigo conmigo.

Caminamos al punto de partida y le muestro el bote.

—Súbete —le pido, y duda, pero accede.

Entro después de él, quien frunce el entrecejo cuando suelto las cadenas y tomo los remos.

—¿Qué haces? —inquiere.

—Preparo lo que se requiere para irnos. —Le muestro el asiento donde debe ubicarse.

—Quien va a remar, ¿tú? —plantea.

—¿Ves a alguien más?

—No voy a sentarme como una damisela que sacan a pasear, mientras remas y me haces ver como un idiota.

—No sea machista, coronel. —Suelto a reír—. Sé remar, es algo que me tocó aprender estando aquí y es solo mientras llegamos a la zona donde se puede prender el motor.

—No me interesa. —Toma los remos—. De hombría no carezco y contigo no lo voy a poner a prueba.

«Si supiera que lo más probable es que en unos días tendré que protegerle el culo…».

Me ubico en el asiento que me corresponde, el hombre que tengo al frente no sabe ni por dónde empezar y aprieto los labios para evitar reír. Sonríe victorioso cuando logra mover el bote, pero dicha sonrisa desaparece cuando nos quedamos atascados.

—El ancla. —Toso.

—Ya lo sabía, solo pongo a prueba tu conocimiento, dado que te la das de muy experta.

—Te creo, no te preocupes.

Alza el ancla, se vuelve a poner en posición y empieza a remar en la dirección equivocada. Insisto en que me deje hacerlo y se rehúsa.

—Si tenemos suerte —miro el reloj—, llegaremos dentro de ocho años.

—No me da risa. —Poco a poco toma el ritmo.

—Estuviste con Gauna, pensé que eras un remador innato.

—Cuando te ganas el respeto de la tropa, los pones a que remen por ti —contesta tajante—. Algunos nacemos para que nos sirvan.

—Tu ego nos hundirá.

Avanzamos mientras el sol desaparece en el océano, una escena de película con un villano a mi lado en vez de protagonista. Sigue remando y no hago más que mirarlo.

—Me está desgastando, teniente —me dice—. Aunque no te culpo, si fuera tú tampoco dejaría de mirarme; sin embargo, haz un esfuerzo, no vaya a hacer que te lances a quitarme la ropa.

—Te encantaría que hiciera eso.

—Por algo lo estoy sugiriendo. —Guarda los remos cuando llegamos al área donde se puede encender el motor.

Jala la cadena y nos abrimos en el espectáculo bioluminiscente que ofrecen las medusas y corales, un azul brillante que se proyecta como si el agua cargara un centenar de estrellas. Nos ubicamos en el mismo asiento con la brisa marina contra nosotros y entrelazo nuestros dedos, perpetúo el momento como uno de mis tantos recuerdos favoritos.

Llegamos al destino que planeé antes de partir, él asegura el bote en la orilla y yo saco lo que traje. Estamos en Akua Moku, una isla virgen habitada por los únicos nativos que no pierden el origen primitivo con el que nacieron.

Los originarios no han querido avanzar mucho en el tiempo.

Es un sitio hermoso donde aún conservan sus tradiciones, son una amable tribu que acoge con amor al que se acerca sin miedo. Reece me trajo una vez y quedé tan enamorada del sitio que empecé a venir seguido. En la isla principal todavía se maneja la lengua primitiva y no me fue difícil aprenderla, ya que en el exilio aprendí varias lenguas indígenas.

Un nativo se da cuenta de nuestra llegada y se acerca a recibirnos con licor, llega desnudo y con el cuerpo pintado de blanco.

Lo saludo como acostumbran, le explico al coronel el significado del saludo y avanza conmigo al sitio que está más adelante.

La isla tiene un atractivo natural que deslumbra de noche y una caída de agua que muchos adoran. Caminamos entre las casas vacías, aquí tienen la costumbre de reunirse todas las noches alrededor de una fogata.

Al cacique le entrego lo que traje, el hombre agradece y nos pide que nos sentemos a comer con ellos. Nos dan otro trago de la bebida típica, que consiste en un néctar fermentado con coco.

—¿A esto vienes aquí? —pregunta el coronel—. ¿A embriagarte a escondidas?

Le doy un golpe con el codo para que se calle. Los niños se acercan a saludar, las niñas son lindas y suelen tocarme la cara y el cabello, que les encanta trenzar.

—¿Estás incómodo? —le pregunto al coronel.

—¿Parezco incómodo?

—No. —Lo beso cuando los niños se van.

Se lo presento a la anciana que se acerca a saludar.

—Mi pareja —le digo en su idioma natal, y ella asiente antes de ofrecer más licor.

Me pego al brazo del coronel cuando nos dejan solos y pongo la atención en el hombre que habla cerca de la fogata. Tienen noches de leyendas y hoy es una de esas. Es algo bonito y muy tradicional.

El hombre habla mientras mueve los brazos y gesticula.

—Cuenta la leyenda que hace tres mil años una ninfa dio a luz a una pequeña —le traduzco a Christopher—, a un ser mitológico, el cual portaba una melena de rizos color sangre. Ese día los lobos aullaron, el viento rugió y el mar embravecido anunció la llegada de la diosa que el mundo esperaba.

La historia continúa y me esmero por entender.

—Cuenta la leyenda que el dios oscuro dejó caer su espada cuando el llanto de la luz tronó en el mundo —continúo— y que el olor que emanó de la pequeña fue tan intenso que lo dejó arrodillado en el lodo con un dolor tan fuerte que el universo se congeló. Solo él pudo ver cómo su alma oscura salía suspendida en el aire.

Le cuento todos los detalles mientras se mantiene a mi lado, amo el poder tenerlo aquí, conmigo. La historia continúa y se procede a explicar la enseñanza.

—Para ellos, en el mundo hay seres especiales, buenos y malos, y todos están regidos por un ser supremo llamado universo —le indico—. Hay seres que están predestinados a juntarse antes de nacer, es cuestión de ellos amarse o no, pero el universo liga sus almas de una forma tan intensa que están condenados a compartir su poder. Son como almas gemelas, las cuales arden bajo una misma llama denominada pasión.

No pierdo de vista al hombre que sigue hablando.

—Estas almas se atraen por naturaleza y, una vez que se unen en el acto íntimo, firman un pacto con los dioses de la satisfacción carnal —prosigo—. Viven envueltos en la lujuria y, si surge el amor entre ellos, se convierten en seres invencibles.

Suspiro cuando me mira.

—Aprendiste muy rápido el idioma —me dice.

—Algo tenía que hacer estando sola y con tiempo libre —contesto, tranquila—. Su lengua es casi igual a la de una tribu que conocí en el exilio.

Lo beso y me corresponde posando la mano en mi cuello.

—¿Te gustó la experiencia?

Asiente antes de que nuestros labios vuelvan a unirse con otro beso, que prolongamos, y, de un momento a otro, siento el manto tejido que dejan caer sobre los hombros de ambos. Las personas a nuestro alrededor empiezan a aplaudir a un mismo ritmo, mientras nos piden que nos pongamos en pie.

Las mujeres me alejan de Christopher, me quitan la ropa y son tantas manos al mismo tiempo que no me dan tiempo para negarme. La música se torna más intensa y no veo al coronel por ningún lado.

Me empiezan a untar de barro y quedo cubierta desde los hombros hasta los pies, la desnudez no es un problema, es algo común aquí: el problema es que no tengo idea de lo que están haciendo.

Toman mi brazo y me llevan frente a Christopher, que está igual que yo, sin ropa y frente a la fogata. No se molesta en taparse y lo único que hace es mirarse los brazos llenos de barro.

—Juro por Dios que no sabía que hacían esto con los invitados —me defiendo.

—Ajá.

La música que suena se torna suave, uno de los caciques se acerca y apoya la mano en el hombro de cada uno, cierra los ojos y el resto de los nativos alza los brazos en dirección hacia nosotros. El hombre empieza a recitar, pidiendo al universo por nosotros, porque la vida nos llene de fortuna y aleje los malos espíritus.

En voz baja se lo explico al coronel, que asiente. En su lengua nativa, me preguntan si queremos una unión espiritual bendecida por los antepasados.

—¿Qué dijo? —pregunta el coronel.

—Que si quieres una unión espiritual bendecida por los antepasados.

El cacique trata de explicárselo a él, quien mueve la cabeza con un gesto afirmativo.

—No es obligatorio, amablemente puedo traducir tu respuesta.

—No necesito que traduzcas nada. —Rueda los ojos—. La mano —pide, y aprieto la suya, nuestras miradas se encuentran y trato de disimular la emoción que me genera el que no se opusiera y se muestre dispuesto.

Los nativos avivan el fuego y vuelven a rodearnos tomándose de las manos, nos explican cómo es la forma correcta y suspiro al momento de acercarnos y abrazarnos como lo piden. Ubico el mentón en su pecho, dejando que apoye su frente contra la mía, mientras rezan por nosotros en lo que conservo en mi cerebro el último fragmento.

«Que los antepasados siempre unan sus caminos tanto en la tierra, como el cielo y en el infierno. Aunque la oscuridad aparezca, aunque la vida los quiebre, crean y confíen en que el universo hará todo para que se vuelvan a encontrar».

Lo beso mientras que las personas a nuestro alrededor se acercan a transmitirnos sus buenos deseos: «riqueza», «paz», «paciencia» … Terminan con la ceremonia y nos sacamos el barro en la caída de agua que está a pocos metros.

«Hacerle el amor», me centro en ello cuando nos encerramos en la casa india donde nos quedamos a dormir.

Empiezo con un beso en la boca y desciendo por su pecho dejando besos pequeños, recorro los músculos duros que tiene y le susurro lo mucho que lo amo. Soy yo la que se sube encima sin perder el contacto visual y dejo que coloque su miembro en mi entrada.

Me muevo suave y sin ningún tipo deprisa, por primera vez siento que ninguno de los dos tiene afán y estamos bien en todo el sentido de la palabra.

En esta historia ha cambiado la protagonista, mas no el villano. Contoneo las caderas y dejo que se aferre a ellas. Faltan muchas cosas por vivir y sé que debo alzar mi escudo, porque nuestro final feliz está muy al fondo del pasillo, tenemos que recorrer un camino lleno de baches, lo tengo claro.

Jadea tomándome de las caderas y arqueo la espalda en medio del placer que me proporciona. Esta vez la batalla campal se da en un duelo de miradas, las cuales demuestran lo que siente cada uno y lo que más amo es ver la grieta que me permite saber que soy la dueña de toda la vehemencia que se carga.

Cambia los papeles, quedo bajo su pecho y es él quien me besa ahora para luego pasear la boca por mi abdomen y acariciar con la lengua el sexo que no deja de desearlo. Siento su lengua una y otra vez hasta que me corro, lo incito a que vuelva a subir, no les da tregua a mis pechos ni a la boca, que vuelve a tomar. Al penetrarme lo hace despacio, mientras dibujo círculos en la espalda que toco, tiene la frente repleta de sudor y suelto a reír cuando me llena la cara de besos.

Estoy tan enamorada de este hombre que de la nada me surgen las ganas de llorar.

Nunca pensé que llegaríamos a esto. Antes de ser exiliada, lo imaginé y me estrellé contra el piso, porque recibí su primer no; luego vino el exilio y en ese momento supe que con él nunca llegaría a nada. Me fui convencida de que no volvería a haber nada entre nosotros y henos aquí otra vez.

Siento el roce de las venas de la polla que entra y sale de mi interior, se aferra a mi cuello y acelera los embates que desata el orgasmo que arrasa con los dos.

Se aparta lleno de sudor y recuesto la cabeza sobre su brazo, pero no deja las manos quietas, pues los dedos diestros abren mis pliegues y unta dentro de mí lo que dejó a lo largo de mi sexo.

—Esto me prende mucho. —Se mueve a besarme el cuello, baja a mi abdomen y vuelve a subir a mi boca.

—A ti te excita todo de mí —bromeo—. Puedo ir vestida con un saco de patatas y dirás que te excita vérmelo puesto o ponerme una bolsa de basura y me dirás que te excita verme de verde.

—No tengo la culpa de que estés tan jodidamente buena. —Se acuesta a mi lado y le subo la pierna; me abraza y cierro los ojos, plena, feliz y satisfecha.

Días fenomenales de playa, sexo, buceo, paseo en canoas y caminatas nocturnas. Con Christopher se vive y se goza al máximo. A mi psicóloga no le gusta mi relación con él, pero me niego a dejar de disfrutarlo.

Ella insiste en que él necesita ayuda, pero es algo que no quiere.

Para mi pesar, los días juntos llegan a su fin. Lo ayudo a arreglar la maleta mientras él sale del baño abrochándose el reloj.

—¿Le subo el desayuno? —le pregunta la empleada.

—No tengo hambre —contesta, serio.

—Yo sí —le digo a la mujer.

—¿Qué anticonceptivo tienes puesto? —pregunta Christopher de un momento a otro.

—La inyección trimestral —respondo, y sigo con lo que estoy haciendo—. No sé si me harán la cirugía anticonceptiva aquí; así que, mientras tanto, debo usar algo temporal.

—Eso lo pueden hacer en Londres —empieza—. No veo el motivo de por qué seguir aquí.

—Son dictámenes médicos y no somos quién para ir contra ellos. —Me muevo a la mesa donde tiene la placa y la Beretta que le entrego.

—¿Cuánto tiempo más se supone que hay que esperar?

—No lo sé, coronel —miento.

Tengo claro que mañana me darán el alta definitiva; sin embargo, no se lo puedo decir, dado que debo cumplir las órdenes de Alex.

Reece lo obliga a desayunar en el comedor, y con su tío lo acompaño a tomar la aeronave. Durante media hora poso mis labios en los del coronel, mientras que el hermano de Alex espera recostado en el capó.

—Deja esa cara —le digo a Christopher—. Llevas la ventaja en las elecciones, eso es bueno.

—Dices eso porque no eres quien debe tolerar al centenar de personas que joden día y noche —se queja—. Empezando por Alex.

—Muñequito, te esperan. —Se acerca Reece.

—Cuídate. —Le acaricio la cara con los nudillos y se inclina a darme un último beso.

Toma la maleta para irse y…

—¿Tío Reece no merece un adiós? —Le corta el paso al ver que intenta irse sin mirarlo.

—No estoy de genio.

—Sin adiós no hay viaje —lo molesta, y el coronel estira la mano, pero a Reece no le basta, así que lo toma del cuello y le planta un beso en la mejilla antes de abrazarlo dos veces.

—Ten un buen viaje, cariño. —Le palmea la cara—. Llámame si me necesitas.

Christopher se pone los lentes y sacude la cabeza antes de avanzar. Se encamina a la avioneta y el hermano de Alex deja el brazo sobre mis hombros.

—¡Te queremos! —le grita al sobrino.

Las puertas se cierran y me quedo en mi sitio mientras que la avioneta alza el vuelo.

—¿Por qué le mentiste? —me pregunta Reece.

—Porque se va a morir cuando sepa que le voy a proteger el culo.

—Cierto —suspira—. Llégale con un buen regalo de cumpleaños para que sea más tolerable.

75

Fénix

Rachel

Boletín informativo

Londres, 1 de noviembre de 2020

A pocos días del inicio de la segunda etapa electoral, la teniente Gema Lancaster logra salvar cuatro fundaciones que iban a ser liquidadas por el Gobierno español, entidades encargadas de socorrer a mujeres víctimas del maltrato.

Las militantes de Madrid se unieron en una sola voz, afirmaron que su voto será para el coronel Christopher Morgan.

«Solo quiero demostrar que, en el mundo de la política, las mujeres somos una ficha crucial, nada sería lo mismo sin nosotras», declaró la teniente en una entrevista, donde incentiva a que la central alemana e italiana se una a la campaña «Morgan al poder».

Arrugo la hoja que me arruina la mañana. Gema me resulta tan patética…, por muy bien que haga las cosas me molesta todo lo que hace. No puedo actuar como una persona madura cuando de ella se trata.

Dejo que mi culo caiga sobre la silla que me recibe, las botas cortas que tengo me abrazan los tobillos, separo las piernas, alzo el vestido y hago la tanga a un lado. «Christopher me hace falta ya», llevo solo veinticuatro horas sin sexo y se siente como si fuera un año.

Acaricio mi coño por encima con movimientos que no son más que un consuelo a lo que realmente quiero, me tomo un par de minutos con el coronel en mi cabeza, en verdad tengo un apego grave hacia ese hombre.

—Me estoy volviendo viejo. —Reece se queja afuera—. No esperaré más de quince minutos.

Me levanto a cerrar la maleta, aún tengo varias pertenencias por fuera y empaco rápido antes de tomar la mochila de viaje que tengo al lado del documento donde se confirma que he sido dada de alta.

Releo la hoja como si se tratara de algún diploma, los médicos fueron claros al especificar que ya puedo volver a laborar.

La doblo antes de guardarla, le echo un último vistazo a la alcoba que me acogió durante semanas, respiro en ella por última vez y me preparo para partir. El hermano de Alex se está despidiendo de Cho en la sala.

—¿Cuándo vuelves? —le pregunta ella a él.

—Dentro de un par de semanas —contesta él—. Personalmente, me encargaré de la cirugía anticonceptiva.

El que me resigne al hecho no hace que deje de doler cada vez que me lo recuerdan. El procedimiento trunca mis anhelos; sin embargo, es algo que debo afrontar con valentía, verlo como lo que es: el cierre de un ciclo.

Me despido de Cho con un abrazo largo con el que le doy las gracias por todo.

—Estaré para lo que requieras. —Me recuerda ella—. Suerte con todo.

El hermano mayor de Alex le da un beso en la frente antes de dirigirse a la pista conmigo, el jet Morgan aguarda por nosotros y en este me embarco rumbo a Manchester, dado que el subcomando de la Alta Guardia está en dicha ciudad.

Debo presentar las pruebas pertinentes para el cargo que ocuparé y reunirme con los nuevos soldados. Reece se atiborra de vino en el vuelo mientras releo todo lo que debo saber.

Ceno en el avión y quince horas después estoy en Manchester. La brisa mañanera de otoño me acaricia las mejillas al bajar. Alex Morgan y Olimpia Muller nos esperan en la pista, ambos rodeados de los soldados que los escoltan.

El subcomando no es tan grande como el de Londres, ya que solo cuenta con cuatro edificios de cinco pisos, tres pistas de entrenamiento y un campo de tiro.

—Ministro. —Le dedico el debido saludo al hombre que viste de traje.

Reece se adelanta a abrazarlo, saluda a Olimpia y Alex le pide que lo espere adentro.

—Suerte, muñequita —se despide.

Asiento y Olimpia extiende la mano a modo de saludo.

—Me alegra verla bien, teniente —afirma ella.

—Harás las pruebas que se requieren —me recuerda Alex Morgan y muevo la cabeza con un gesto afirmativo.

Olimpia Muller me entrega el uniforme negro de la Alta Guardia.

—¿Me presentará ante la tropa? —pregunto, y frunce el entrecejo.

—¿Presentarte? No estamos en la academia, James —me regaña—. Si quieres que te conozcan, ve y haz que te escuchen. El líder se gana el respeto, así que tienes dos días para dejar claro que puedes con esto o busco a otro.

—Como ordene. —Me poso firme—. Permiso para retirarme.

—Adelante.

Con el equipaje en la mano me dirijo a los dormitorios, que son colectivos en el centro de preparación. Un sargento me recibe y me lleva a la enorme habitación llena de literas.

Las camas están perfectamente arregladas con las sábanas dobladas y el piso brilla impecable. Localizo mi cama, dejo las pertenencias y procedo a cambiarme.

Amarro bien las botas, me recojo el cabello, plancho la camiseta con las manos y con el uniforme puesto vuelvo afuera. Es la hora del desayuno y el comedor es el sitio perfecto para acaparar la atención de todos.

El viento frío sopla fuerte, el cielo está cubierto por nubes densas. Con pasos firmes camino al sitio que tengo en la mira y, mientras lo hago, con la cabeza saludo a los uniformados que me encuentro; esto es como un primer día después de unas largas vacaciones obligadas.

Inhalo con fuerza antes de empujar las puertas dobles del comedor que me recibe.

El ruido de los comensales que murmuran y mastican se hace presente cuando me sumerjo en el lugar lleno de hombres colosales. Observo el entorno y no creo que haya nadie que mida menos de uno noventa; todos visten el uniforme de entrenamiento en lo que hablan y estrellan las bandejas metálicas en la mesa antes de sentarse.

—Buenos días —saludo, y nadie me presta atención—. ¡Buenos días!

Repito y cuatro cabezas se vuelven hacia mí.

—¡Silencio! —grita un sujeto con barba—. Enviaron una puta a mostrarnos las tetas.

Las cejas se me fruncen con el estúpido comentario.

—¡Quítate la ropa! —exclama.

—Todos de pie —demando—. Vamos a…

Suena la trompeta y todo el mundo se levanta. No tienen reparo en atropellarme a la hora de pasar por mi lado. Les pido que regresen, pero me ignoran, no se toman la molestia ni de mirarme siquiera.

—¡Oigan! —les grito en vano, porque lo único que les importa es largarse.

Quedo sola y, como si fuera poco con el desplante que me acaban de hacer, veo a Alex en la baranda del segundo piso del comedor, quien sacude la cabeza, decepcionado. Me largo también, ya que la vergüenza me puede.

Primer intento: fallido. Los soldados de la Alta Guardia suelen creerse la gran maravilla por el riguroso entrenamiento que tienen. Para muchos son los héroes que dan la vida por otros y suponen que hay que colgarles una medalla cada vez que respiran.

Suelto el aire que tengo estancando y me lo tomo con calma. Con grandes zancadas camino al campo donde entrenan. Están en prácticas y observo los puntos fuertes de cada uno. Dejo que almuercen tranquilos y me uno a ellos cuando retoman el entrenamiento de la tarde en campo abierto.

—¿Nos harás una pasarela, muñeca? —Reconozco la voz que soltó sandeces en la mañana y leo el nombre que tiene en la placa: Ivan Baxter.

—No. —Elevo el mentón—. Vengo a trabajar con ustedes, soy la que dirigirá la tropa que...

Rompen a reír y no entiendo qué es lo gracioso.

—Armen filas de presentación —ordeno, y nadie me hace caso.

—Cariño, este sitio no es para modelos; ve a la orilla antes de que se te partan las uñas. —Me da la espalda y huelo su machismo primitivo.

Se ponen a correr y me uno a ellos, trotando a la par con todos.

Al igual que ellos, me meto en el barro, escalo la plancha, trepo los muros, me engancho en el pasamanos y levanto llantas. Demuestro que tengo el mismo nivel que ellos.

—¿Qué tal? —presumo al acabar—. Para el que quiera saber, no me partí las uñas.

—A mí me gustaría partirte el coño —sigue Ivan Baxter.

—¿Qué dijiste? —reclamo.

—Nada, modelito.

—Armen filas de...

La maldita trompeta vuelve a sonar y todo el mundo se va cuando el tiempo de entrenamiento acaba. Empiezan a quitarse las playeras sin ponerle atención a lo que iba a decir.

—¡Oigan! —les grito—. ¡Muevan el culo hasta aquí, que me voy a presentar!

Algunos soldados se vuelven hacia mí y...

—¡El entrenamiento ya terminó! —habla el mismo soldado de siempre—. Tenemos hambre y queremos descansar, modelito, ¡Andando todos!

—Pero...

Las orejas me arden cuando desaparecen sin más, parece que tienen aserrín en la cabeza. Miro hacia uno de los edificios y veo a Alex con Olimpia Muller, quienes me observan desde uno de los balcones. El ministro le susurra no sé qué a la viceministra y el día no hace más que empeorar.

Ceno con las vacas que se hacen llamar soldados y que sueltan bazofia en lo que comen. El tal Ivan se cree el orangután mayor cuando explica a gritos a quién se ha cogido y a quién no, lo único que le hace falta es golpearse el pecho con los puños.

A las ocho de la noche presento la prueba individual de conocimiento, podría añadir un informe sobre los soldados que tengo para que sume puntos, podría hacerlo si los burros que hay aquí acataran mis órdenes, pero no.

Alex Morgan llega a revisar todo al acabar.

—Siento que me equivoqué contigo, James —me dice.

—¿Sí sabe que actúan como idiotas? —me quejo—. Son machistas opresores sin oído.

—Las excusas son para los fracasados —se pone de pie— y como que tú eres uno más. ¡Me acabas de demostrar que solo sirves para coquetear, porque no tienes temple ni autoridad!

Se va y me largo a tragar al comedor, pese a que ya cené. Me embuto tres emparedados y dos vasos de jugo, ya que necesito fuerza y paciencia para lidiar con esta gente.

Me encamino a los dormitorios cuando acabo y lo que hallo es un desorden total: hombres en calzoncillos, unos desnudos y otros soltando sandeces con la polla afuera. No se molestan en taparse.

—Silencio que huele a modelito —empieza Ivan Baxter—. Tengo una pregunta: ¿es cierto que las mujeres ascienden rápido porque se la maman a los superiores? ¿Se la has chupado a alguno, modelito?

No contesto y varios ríen por lo bajo.

—¿Cómo haces para tener ese culo tan redondo? —sigue Ivan Baxter—. Con tantos hombres aquí, ¿no se te antoja que todos te cojamos? ¿Alguna polla llama tu atención?

Me vuelvo hacia él.

—Es un chiste, modelito —se burla—. Dejaré de hacerlos si nos muestras las tetas, ¡¿A quién le gustaría verlas?!

Empiezan con la algarabía, los ignoro e Ivan sigue con los chistes con doble sentido y las faltas de respeto.

—¿Qué dices? —espeta— ¿Cuánto quieres por mostrarnos esas tetas? ¡Que las muestre! ¡Que las muestre!

Todos le siguen la corriente, sé lo que pretende. Los soldados no dejan de reírse, de chocar las palmas como si las sandeces que dice fueran lo más gracioso del planeta.

Busco las duchas que están a final del pasillo, trato de que el agua fría suelte los músculos tensos y cuando salgo, ¡oh, sorpresa!, mi ropa no está y me veo obligada a atravesar el dormitorio envuelta en una toalla.

Los chistes e indirectas se ponen peor, los chiflidos que suelta Ivan rayan lo ofensivo y es molesto que los otros no dejen de reírse.

—¡No seas mala, modelito! —exclama—. Quítate esa toalla y déjanos ver algo.

Las risas no faltan, tomo lo que requiero, me visto como puedo y me meto a la cama. Los eructos, gases y ronquidos me asquean.

No pego el ojo en toda la noche y me termino quedando dormida cuando falta casi una hora para que amanezca. No escucho la alarma, por ende, se me pasa la hora y me despierto tarde.

La alcoba está vacía al abrir los ojos, me he retrasado treinta minutos y me toca correr a las duchas, lo único que encuentro al salir es mi uniforme, ya que mis cosas personales no están donde las dejé.

Me arreglo en tiempo récord, mis cosas no aparecen, les pregunto a los soldados auxiliares si las han visto y no tienen idea de nada.

Casi trotando busco al comedor, al que llego con la ira en su máximo nivel. Hallo mis cosas tiradas en el centro del lugar con los objetos por fuera. Las risas estúpidas avivan la llama que está por hacerme explotar.

—Me gusta este modelo, linda. —Ivan alza las bragas que me dio Christopher y me apresuro a su sitio—. ¿Ya las usaste? Pruébatelas para nosotros.

Las carcajadas no se hacen esperar, al igual que los murmullos llenos del término «modelito». Le arrebato lo que tiene en la mano.

—¡Se enojó la modelito que se cree líder! —Ivan Baxter da un paso hacia mí, trata de tocarme el pecho y lo manoteo, suelta a reír y se lanza a besarme.

Los soldados se ponen en pie y de un momento a otro, no sé por qué, Brandon Mascherano se me viene a la mente y noto que me asfixio con la sensación de que me van a volver a lastimar. El estómago se me encoge con los murmullos y miradas llenas de burla, no respiro bien, así que rápido recojo mis cosas antes de largarme. Siento que necesito hablar con alguien, la rabia no me da para pensar. Con fuerza aprieto la mochila que tengo contra el pecho y corro al teléfono de pared que hay en el corredor previo a la entrada de los dormitorios. El ritmo cardiaco se me eleva cada vez más, descuelgo la bocina que me llevo a la oreja, marco el número que tengo en la cabeza y…

—¿Hola? —La voz de Gema me deja muda cuando contesta—. ¿Hola? Teléfono del coronel Morgan. ¿Necesita algo?

Estrello la bocina, se cae y la vuelvo a tomar, no se queda en su sitio y la reviento contra el teclado cuando la estrello múltiples veces contra este. Pateo la pared y me desconozco cuando mi cerebro proyecta las maneras en las que puedo ahorcar a esa perra y a él por estar con ella.

Todo el tiempo la tiene al lado haciendo quién sabe qué porquería.

—Toma tus cosas y lárgate —hablan en el pasillo—. No debí proponerte esto.

Alex pasa por mi lado y me aferro a la manga de su traje.

—No me subestime —le reclamo.

—¡Me dijiste que podías lidiar con esto y mírate! —me regaña— ¡Acabas de perder los estribos! ¡Tu padre no tiene ningún motivo para sentirse orgulloso porque eres una débil, una incapaz!

Aparto la mano con los ojos empañados.

—Estoy tratando de preservar la vida del único hijo que tengo. Si matan a Christopher, ¿qué crees que pasará? —inquiere—. ¡Te vas a ir a la mierda porque la mafia, a la primera que van a tomar, va a ser a ti! ¿Es lo que quieres? —Me encara—. ¿Quieres volver a ser una drogadicta? ¿¡El jodido juguete de la mafia?!

Me pone contra la pared.

—¡No voy a poner en riesgo la vida del coronel! —advierte—. La mafia te dejará vivir a ti, pero adivina qué sucederá con mi apellido. Haz un puto cálculo de lo que sucederá si sueltan a los criminales que hemos enviado a prisión. ¡Me van a acribillar!

La vena de la sien le palpita.

—Recoge tus cosas y vete, ¡lárgate con tu familia! —sigue.

—Puedo hacerlo —digo y sacude la cabeza—. Puedo con esto y mucho más.

—Necesito un buen soldado, alguien que haga bien su trabajo y tú…

—Puedo hacerlo —reitero.

—¡No, no puedes y ya demostraste que no! —Se va sin darme derecho a refutar.

Me quedo a mitad del pasillo hasta que desaparece. Tiene razón, he perdido los estribos; sin embargo, eso no quiere decir que no los pueda volver a recuperar.

Tomo la dirección contraria en busca del dormitorio, donde me quito el collar que empuño antes de arrojarlo al fondo del cajón. Me siento en la orilla de la cama, quiero partirle la cara a alguien, pero ahora no me queda más que esperar a que las vacas vuelvan de su entrenamiento. Sé lo que harán a continuación, así que dejo que lleguen, se bañen y se larguen.

El dormitorio se desocupa y me levanto a hacer lo que necesito, el vapor de los baños me envuelve, piso los charcos de agua que hay y me poso tras el hombre que se está bañando.

—¿Quieres un baño caliente? —pregunta Ivan Baxter, airoso, y lo empujo contra la pared antes de mandar la mano a sus testículos.

—No, corazón…

—¡Perra! —chilla cuando aprieto con mi brazo sobre su garganta.

—No eres tan macho cuando estás solo, ¿eh?

Lo saco del baño, cruzo la alcoba con él y atraigo la atención de los que pasean en los pasillos.

—¡Suéltame, maldita puta! —me grita, y aprieto más.

Lo paseo por el subcomando. Los que están en práctica dejan todo a medias y se acercan a ver el espectáculo. Sin soltarlo, pateo la puerta de la sala de lucha donde lo llevo. Los hombres que están adentro se vuelven hacia nosotros a la vez que se quitan los guantes, sueltan las pesas y dejan los sacos de boxeo, en lo que arrastro a Ivan al ring. Todos se aglomeran alrededor de la tarima hecha para entrenar.

Suelto al soldado, que cae sobre la lona.

—¡Haber dicho que las ofensas eran con el fin de llenar el vacío que te causa tener el pito chico! —le grito frente a todos.

Se levanta furioso y me pongo en guardia alzando los puños.

—Demuéstrame que eres un hombre y yo te demuestro que no soy ninguna modelito.

Esquivo el puñetazo que me lanza y me doy la vuelta pateándole las costillas. Se encorva con el golpe y lo arrojo al piso con el puñetazo que le doy en la mejilla. Desde el suelo me manda abajo cuando me arrastra los pies, pero me vuelvo a levantar y le suelto la patada en el abdomen que lo vuelve a encoger. Se endereza, es ágil a la hora de lanzar el puñetazo que me llena la boca de sangre, toma ventaja en medio de mi aturdimiento e intenta lanzar otro puño, pero alcanzo a tomar la muñeca que retuerzo, lo atraigo hacia mí y le pego un rodillazo en el pecho.

—¿Sabes qué quiero? —Con la misma rodilla le doy en la cara, me voy sobre él y empiezo a asfixiarlo con el brazo—. ¡Quiero y me apetece que seas mi perra!

Saca fuerzas y me arroja al otro lado, lanza la patada que esquivo y me doy la vuelta en lo que lo aturdo con un codazo en la nariz. Le pateo las bolas, entierro el codo en su abdomen y lo derribo con un zurdazo que lo deja tendido en la lona. Queda boca abajo, le clavo la bota y me agacho a tomarlo del cabello.

—Vuelves a faltarme el respeto y te juro que no vives para contarlo.

Lo suelto y me vuelvo hacia los soldados, que no apartan la vista de Ivan. Nadie dice nada y soy la que empieza a hablar:

—¡Mi nombre es Rachel James Mitchels! —espeto—. ¡Soy la primogénita del general Rick James y él fue quien me enseñó que no debo subestimar a nadie! —les grito—. ¡La mujer a la que le gritan puta en la calle, a la que acosan y tratan como una mierda, puede provocar cosas peores que esta! —Señalo a su compañero—. ¡Esta, a la que le dicen modelito, es políglota, francotiradora, criminóloga, rescatista y teniente de la tropa Alpha! Me encargo de darle fin a las risas y murmullos pendejos.

—Al igual que ustedes, marcho en filas militares desde que tengo uso de razón —continúo—. ¡Y me limpio el culo con sus putos aires de machistas! ¡Si estoy aquí, es porque tengo los cojones de ejercer el puesto que me ofrecieron, y el que no me crea capaz, que venga aquí y con mucho gusto le demuestro de qué estoy hecha!

Esto no me va a quedar grande.

—¡Fórmense ya! —ordeno, y todos se mueven a la fila.

Bajo del ring en lo que se organizan.

—¡Marchen afuera!

Salen al patio, donde le doy las instrucciones que debían tener claras desde ayer. Ivan aparece minutos después con la cara hinchada y el labio partido.

Es uno de los que siempre forma al frente y espero que se ubique en su sitio para encararlo.

—Me gusta el café caliente, suelo tomarlo a las siete de la mañana, así que asegúrate de tenerlo preparado a tiempo —demando—. Las botas las quiero brillantes y el uniforme, limpio y planchado. ¿Entendiste, hijo de perra?

—Sí —susurra.

—Sí ¿qué?

—¡Sí, mi teniente! —Aplana los brazos a ambos lados de las piernas.

Responde firme y con respeto. Le doy la espalda y continúo con mi tarea.

—Todos conmigo, quiero trote y canto militar.

Echo a andar con los hombres atrás, doy tres vueltas a modo de ensayo con los soldados que entonan la canción miliciana.

♪♪ *Soporto la fatiga, el frío y el calor,*
el hambre que me hostiga, el maltrato y el dolor.
No creas que es hazaña las cumbres escalar
y del avión saltar, cruzar el ancho mar.
Jamás ser vencido.
Comando soy feroz,
soldado endurecido,
intrépido y veloz ♪♪

Me desvío a la pista de aterrizaje seguida de mi tropa. Alex está en las escaleras del jet y su hermano ríe a carcajadas cuando atravieso la pista con los soldados. El máximo jerarca baja y me poso frente a él, dedicándole el debido saludo militar.

—Orden cumplida, ministro —le digo—. Los hombres están listos para recibir órdenes.

Parker

Me llevo los dedos a la sien cuando una lluvia de pensamientos intrusivos inunda mi cabeza, son como un taladro que perfora mi cráneo: Erika, Afganistán, proyectiles, detonaciones, sangre, gritos y muerte.

Abro los ojos y lo primero que veo es a las cuatro personas que me rodean, dos en el suelo y dos en la cama. «Otra vez», el remordimiento es un balde de agua sucia que me incorpora.

Piso el látigo de cuero que está en el suelo y el par de esposas que están más adelante. No estoy teniendo buenos días.

La oscuridad que me invade de vez en cuando está haciendo de las suyas de nuevo y siento vergüenza de mí mismo. Me lavo la boca después del baño que tomo, salgo de este con una toalla envuelta en la cintura y en el clóset pongo la cabeza contra los estantes.

La polla que me cuelga cobra vida con la mujer que entra en busca de sexo.

—Vete —pido—. Diles lo mismo a todos.

Se va sin decir más, escojo un par de zapatos al azar, meto la cabeza en una camisa ancha de lino, guardo mis objetos personales y me preparo para salir.

Angela está desayunando en el comedor, la traje a vivir conmigo después de lo que pasó, no puede estar sola, requiere acompañamiento moral y trato de dárselo, aunque yo no esté muy bien que digamos, el que las cosas se acabaran con Brenda me golpeó fuerte. Me estaba acostumbrando a pasar tiempo con ella y con Harry, los momentos juntos dan vueltas en mi cabeza todo el tiempo.

—El café está caliente —me dice—. Ven y te sirvo una taza.

Me acerco y tomo asiento. Tengo jaqueca.

—¿Te apetece hacer algo esta noche? —Desliza la taza en la madera—. ¿Cenar o algo parecido?

—No me siento bien —soy sincero— y tengo cosas que hacer.

Asiente algo decepcionada.

—Perdona, es que…

—Tranquilo, sé que no quieres que malentienda las cosas y crean que somos pareja.

Se oye feo, pero es verdad, ya algunos suponen que hay algo entre nosotros por traerla aquí y lo cierto es que no: fuimos colegas y pareja por un año en Alemania, íbamos a clubes juntos, lidió con mi problema sexual, sé que me amaba, pero la relación se terminó porque se volvió demasiado superficial y no me gustaba en lo que se estaba convirtiendo, así que terminamos. Por meses me rogó que volviéramos y no quise.

Termino con el café, acorto la distancia entre ambos y dejo un beso sobre su frente.

—La empleada vendrá en un par de minutos —le aviso.

—Gracias.

Guardo las llaves de mi auto, salgo al corredor y busco la camioneta que tengo aparcada dos calles más arriba. La mujer que trabaja medio tiempo conmigo suele hacerle compañía, Luisa Banner viene tres veces a la semana a ayudarle con la terapia.

Rechazo la llamada de Nate. Los pensamientos intrusivos siguen en mi cerebro. Como vía de escape trato de sustituirlos con imágenes obscenas y todo se convierte en un infierno en la Tierra que me hace pisar el acelerador. Tuve satiriasis e hice cosas de las que no me siento muy orgulloso.

Llego al comando, Bratt Lewis se incorpora hoy y es la primera persona que encuentro en el estacionamiento; sale del vehículo con Milla Goluvet, quien me saluda desde su sitio.

—Capitán, buen día.

Lewis no dice nada, le han matado a la madre y a la prometida, no me alegro del sufrimiento ajeno; aun así, no puedo decir que lo siento, porque no lo hago. Por su culpa fui enviado a la guerra que me dejó traumas de por vida, no pude estar en la enfermedad de Erika, que murió mientras yo estaba en combate.

—¡Capitán! —La voz de Harry Smith me hace voltear cuando me llama.

Llega con la madre, viene con su maletín y las cosas del niño, que corre a mi sitio. Lo que ha pasado con su madre no se me olvida, pese a que ella actúa como si solo fuéramos colegas. Me agacho a saludar a Harry y me abraza. Brenda mira a otro lado, incómoda, en lo que yo le palmeo la espalda al pequeño.

—Vi un partido anoche, metieron dos goles.

—Genial, campeón. —Le agito el cabello—. ¿Te ayudo? —le pregunto a Brenda mientras me levanto.

—Oh, no es necesario, yo…

—¡Franco! —la llama Gauna—. ¡Le dije que la quería a primera hora en mi oficina!

—Perdone, pero no tengo ningún mensaje suyo…

—¿Me llama mentiroso?

Empiezan a discutir, Gauna se va, no sin antes recordarle que la quiere ver ya en el sitio donde la necesita.

—Ve, yo llevo al niño a la escuela. —Le quito lo que trae.

Sé que no es fácil para ella ser mamá soltera y soldado al mismo tiempo. Mis ojos se encuentran con los suyos cuando tomo la mochila del niño, ella baja la cara sin saber qué decir.

—Te debo una —se despide.

Tomo la mano de Harry que da saltos sin soltarme los dedos, es extraño que mi mejor amigo sea un niño tan pequeño.

—¿Estás listo para el campeonato infantil?

—¡Sí! —Se emociona—. Vamos a ganar.

Me apuro, ya que va a llegar tarde. Le pregunto qué hizo ayer y comenta que Alan fue a visitarlo.

—¿Oliveira? ¿El sargento? —Detengo el paso.

—Sí, y dañó mi carro de bomberos.

Siento que el día empeora, soy el capitán de Oliveira y no recuerdo haberlo enviado a la casa de Brenda a hacer nada y menos un domingo. De ir, de seguro fue para algo personal.

—¿Y salieron o algo así? —indago.

—Sí, me quedé con la niñera.

Llegamos a la escuela de infantes, le entrego sus cosas a la maestra y él abre los brazos para que vaya a él, así que pongo las rodillas en el piso a la hora de hacerlo. Es como un hijo para mí, lo conozco desde que era un bebé.

—Pórtate bien, campeón. —Vuelvo a sacudirle el cabello—. Cuando tenga tiempo, vengo a verte.

Me dedica un saludo militar y le correspondo antes de volver arriba. Me limpio las manos sudorosas en el vaquero, él se pierde en el aula y yo voy a cambiarme. Con gel aplaco el cabello que me peino hacia atrás. Si no fuera porque tengo que cumplir con mis labores, me estaría embriagando en algún club de sumisión o en mi casa. Lo de Alan se queda en mi cabeza mientras me encamino a la torre administrativa.

El soldado que vigila las puertas se posa firme cuando paso por su lado.

Subo a la tercera planta y la cantidad de gente que hay en el corredor me detiene el paso. Hay investigadores frente a la oficina del coronel y con afán me apresuro al sitio. Aparto a los soldados que resguardan a Leonel Waters y Kazuki Shima, ambos candidatos deben de estar adentro. Llego al umbral y todo se me revuelve al ver la escena que se cierne frente a mí.

Christopher Morgan mantiene la mirada fija en el escritorio lleno de sangre. El líquido rojo y espeso se filtra por las puntas de la mesa y gotea en el piso formando un charco. El cuerpo peludo del lobo siberiano que tenía como mascota yace muerto, abierto y con las tripas afuera sobre la madera. El olor me obliga a taparme la nariz.

Hay algo escrito en la pared: «Morgan a la tumba. Muerte para ti, tus hijos y los hijos de tus hijos».

Los investigadores le toman fotos al cuerpo del animal.

—Reventaron las cámaras, por lo que por el momento no hay nada —informa Patrick—. Lo hicieron desde adentro, no hay modo de que haya sido alguien de afuera. La mafia ha de estar pagándole a alguien para sabotear.

—Qué bajo hemos caído —se queja Kazuki—. ¿Amenazarnos de muerte? ¿Qué nos cuesta competir sanamente?

El coronel se acerca a observar al perro; aunque sea un animal, es una escena sangrienta y desagradable de ver. Pone las manos sobre la mascota y empuña su pelaje. El ministro llega y se pellizca el puente de la nariz al ver la cara del coronel.

—Lamentable panorama —comenta Leonel—, pero como dicen en Las Vegas, el show debe continuar.

—Están amenazando a Christopher de muerte —le dice Kazuki—. La situación no está para chistes.

—Actos patéticos, dignos de gente pendeja. —El coronel mira a Leonel.

—¿Qué insinúas? —se defiende el candidato—. No tengo nada que ver con la muerte de tu perro y si fuera tú, acataría la amenaza o terminarás peor que el animal.

—No eres quién para decir eso. —Llega Gema—. Para mí, esto no es más que miedo al saber que vamos en primer lugar.

—No por mucho —contraataca Leonel antes de irse.

—Lo lamento. —Kazuki Shima pone la mano sobre el hombro del coronel—. Puede que se vea como una simple mascota; no obstante, sé que para muchos son seres especiales.

—Gracias, coronel Shima —contesta Gema—. Lamento que se tenga que suspender la reunión.

—Entiendo. Los veo en el debate que se aproxima.

Los soldados e investigadores se dispersan una vez que tienen las fotos que requieren. Intento irme también, pero Patrick me toma la playera para que me quede quieto.

—No me dejes solo, por favor —susurra.

—Te compraré otro perro. —El ministro se lleva el teléfono a la oreja.

—El único perro que quiero es el que me acaban de matar —contesta Christopher, rabioso.

—Cariño, lo siento mucho. —Gema le acaricia el brazo—. Mamá se va a morir cuando se entere.

—Te mantendrás en los muros del comando mientras tomo medidas —ordena el ministro—. Pediré que recojan los restos del perro, voy a preparar a la Alta Guardia para...

Aparto a Patrick cuando se lleva la mano al bolsillo, desenfunda la navaja y la arroja, la hoja atraviesa el umbral de la puerta. Christopher la lanza con tanta fuerza que esta termina sobre la foto de Leonel Waters, que está en la pared del corredor.

Una puñalada certera que deja la punta en el entrecejo del candidato.

—No voy a aceptar que nadie me esté respirando en la nuca como si fuera un niño. —El coronel encara al ministro—. En vez de andar con patéticas medidas de seguridad, mejor busca la manera de matar a los hijos de puta a los que tanto le temes.

Gema se atraviesa, busca la boca del coronel tratando de calmarlo con un beso, pero este la aparta.

—Si tuvieras los cojones de matar a los malditos que solo roban oxígeno en la cárcel, las cosas serían diferentes —sigue Christopher.

—El Consejo no va a aceptar tal cosa.

—La FEMF no necesita un Consejo y mi mandato no lo tendrá. —Se impone en lo que camina a la puerta—. Las medidas que quieras tomar conmigo, guárdatelas, porque no las voy a aceptar.

Gema palmea la espalda del ministro, quien se queda con los ojos fijos en la puerta.

—Esto ya me empieza a preocupar —le dice ella—. Christopher está en peligro.

—Solo preocúpate por conseguir más apoyo —le contesta Alex Morgan—, que de Christopher me encargo yo.

Se desplaza donde estoy.

—Una avioneta te llevará mañana en la tarde a Manchester —me avisa—. Espera mi llamada. Hay que concluir un proceso.

—Como ordene, señor —respondo y se va.

—Seré la primera dama de un ogro malgeniado —suspira Gema—. Que Dios me ayude, porque no será fácil.

—¿Ya hay fecha para la boda? —pregunta Patrick, y Gema asiente.

—Según Cristal se anunciará semanas antes de ir a las urnas, ya he estado viendo el vestido. —Se emociona—. Al mal tiempo, buena cara. Falta poco para el cumpleaños de Christopher y debo organizarle algo.

Mira el reloj, abandona la oficina y me pregunto si sabe en lo que se está metiendo.

Me acerco a evaluar el cadáver del animal con Patrick Linguini. Hay gente de la mafia aquí adentro, ya de eso no queda duda.

—¿Dónde estabas el viernes? —increpa el capitán—. Te llamé y no contestaste.

—Tengo mis asuntos personales. —Me retiro.

No le voy a contar que he vuelto a mis viejas andanzas, primeramente, porque mi vida personal no le incumbe.

La jornada laboral se me hace eterna, el irme es algo que quiero; sin embargo, no puedo con Bratt aquí: somos los capitanes con más recorrido, por ende, los que más probabilidades tienen para ascender. Me niego a verlo como mi superior después de todo lo que me hizo. Él es quien debe verme como su superior a mí, no yo a él.

Sudo mientras hago los informes que me corresponden. A Las Nórdicas no les quedó más alternativa que acogerse al programa de protección de testigos. Todas están siendo reubicadas, menos una; la líder no quiso nada y por ello se largó. Hasta ahora no se tiene rastro de ella.

Archivo las fotos de lo que quedó del club, tanto el Oculus como el bar de Dante ahora no son más que cenizas. Abro la ventana de la parte superior del sistema y le echo un vistazo a todos los clanes que conforman la pirámide, los Petrov siguen con la trata de blancas, raptan gente por todo el mundo.

La asociación que tienen entre todos los clanes es una preocupación que no se me quita, son como una pared a la que cuesta derrumbar. Reviso qué novedades hay, trato de ocupar mi mente y apagar lo que me agobia.

Pido que me suban el almuerzo que no pruebo, ya que tengo un nudo en el estómago que no me deja comer nada. Estoy cansado, cargado y tenso, la energía y motivación que se requiere para mi trabajo no está.

Me citan a la reunión de capitanes, donde Patrick toma la vocería y lo que son horas, lo siento como días.

El teléfono me suena y me veo obligado a moverme a la ciudad.

—Lo siento, pero debo irme. —Abandono el sitio bajo la vista de todos.

Abordo mi auto. La vida, cuando le da por empezar a joder, lo hace con todo. Apresurado, entro a la galería donde todo está lleno de humo, los bomberos han controlado el fuego que se propagó a través de la galería, la gente está alarmada y entro al lugar donde todas mis obras se han vuelto cenizas.

Doblo las rodillas y toco lo que quedó de Celeste y lo poco que queda de las pinturas con las que he sacado todo lo que llevo dentro: los cuadros que fueron un refugio en muchas ocasiones. Ver el cuadro del paisaje que había hecho en honor a mi hermana me empaña los ojos. El desierto que pinté después de volver de la guerra que me dejó ido y sin ganas. El fuego consumió todo, hasta mi voluntad.

—Carlo tuvo otro ataque de demencia —comenta la encargada—. Se encerró, apagó las alarmas y prendió fuego todo.

Carlo Morelli es el dueño del local donde he exhibido mis obras por años, la edad ya no lo hace pensar bien y no es la primera vez que hace esto. Sabíamos que no estaba bien; con todo, no creí que se atreviera a meterse con su sitio favorito.

—Lo lamento, Dominick —me dicen, y asiento—. Sabemos el amor que le tenías a esto.

Trago el cúmulo que se forma en mi pecho. Hay obras en las que trabajé por meses: el de Rachel James era una de ellas, y con el de Erika tardé todo un año.

Me paso las manos por la cara y detallo el lugar lleno de humo.

—Gracias por avisarme —suspiro.

—Haré que te paguen por las pinturas —me dice y sacudo la cabeza.

—Déjalo estar —me retiro. Ninguna suma va a compensar el valor sentimental que le tenía a todo esto.

Termino en mi vehículo con las manos sobre el volante, el desespero lleva mi cabeza contra el cuero, tengo periodos de tiempo donde extraño a Erika Parker, creo que mi vida sería un poco más alegre si estuviera ella, no me sentiría tan solo y no me pesaría tanto no haber respondido sus cartas; no lo hice porque no quise: no pude porque en medio de la guerra nunca me llegaron.

Arranco rumbo a mi casa, solo me faltaban dos horas para terminar mi jornada en el comando, luego las repondré. La sed que tengo en la garganta me hace parar por la botella que compro, en casa ya no tengo licor y, por lo que veo, hoy no será una buena noche.

Atravieso la ciudad en busca de la calle que lleva a mi vecindario, estaciono, saco lo que compré y el paso se me torna lento al ver a la persona que espera sentada en las escaleras de mi edificio.

—Brenda —la llamo, y ella se levanta.

Se arregla el abrigo con algo de pena, miro atrás a ver si de pronto espera a otra persona que no soy yo.

—Patrick comentó que te vio salir afanado y preocupado. —Se acerca—. ¿Está todo bien?

Bajo la vista al suelo, quisiera decirle que sí lo está, pero no quiero mentirle. Las emociones que me genera hacen que me rasque el cuello. Estoy en un periodo oscuro de mi vida que me hace sentir pena de mí mismo.

—No debí venir, ¿cierto? —Se fija en la botella envuelta en papel que tengo en la mano—. Es un poco incómodo, Angela te ha de estar esperando y yo te estoy retrasando...

La brisa fría le alza los hombros.

—No estás retrasando nada. —Tomo su brazo— El clima es horrible, así que vamos arriba, puedo prepararte un café.

—No —se suelta—, solo quería asegurarme de que estuvieras bien.

—Es solo una bebida y ya —le insisto—. Vamos.

Subo el primer escalón y duda, pero me sigue. La incomodidad pesa en el ambiente en lo que subimos. La sala está vacía y la hago pasar. La alcoba de Angela tiene las luces encendidas.

Dejo la botella que traía, ella se quita el abrigo y toma asiento en la barra, ya había venido un par de veces aquí cuando empezamos a tener sexo. Preparo la bebida, sería una total mentira si digo que no la quiero follar.

Trae una blusa de manga larga con escote en el pecho y el problema no es ella, soy yo el que no está bien de la cabeza ahora. Le sirvo y ella revuelve la bebida mientras apoyo el codo en el mármol.

—¿Y Harry? —le pregunto.

—Con la niñera, alcancé a dejarlo antes de venir.

Asiento, sigue con el café y me acerco a tocar el rizo rebelde que se le escapa del moño. La polla se me pone dura y los pensamientos compulsivos son como una ametralladora que dispara balas a diestra y siniestra.

La mano que tengo en su cabello baja al muslo enfundado en vaqueros, la taza que tiene entre las manos tintinea cuando la deja en el plato y a mí el desespero me gana a la hora de tomar su cuello.

—Angela...

La beso y sus labios se extienden sobre los míos con las mismas ansias. Me agarra del cabello como si recordara lo bien que la hemos pasado juntos, el gesto se lleva las dudas hacia Alan. Nadie responde así, si le gustara otro. Nuestras bocas se separan e intento unirlas de nuevo.

—Perdona. —Me corta—. En verdad me gustas, y te he echado de menos, pero se me hace injusto con Angela. Ella te necesita y...

—Pero yo te amo a ti —le suelto—. Desde que terminaste las cosas no he sido feliz.

Se queda en blanco, la barba me empieza a picar, hace mucho que me gusta y ella lo sabe. Paseo los nudillos por su cara y ella trata de decir algo, pero las palabras no le salen.

—Sé que Harry Smith fue tu gran amor y que se tardó en decirte esto —le digo—. Tal vez nunca puedas llegar a querer a alguien más como a él o tal vez sí…

—Ese es el problema, que creo que sí puede llegar a pasar —se le empañan los ojos—, y siento que no está bien, porque él se quería casar conmigo. Siento que esté donde esté, ha de estar viendo lo que hago, ha de haber notado que…

—¿Qué?

—Todo lo que me haces sentir, lo bien que la paso contigo y lo mucho que te deseo —confiesa—. Ha de saber que dejo de respirar cada vez que apareces y que antes pensaba mucho en él, pero ahora pienso más en ti.

—Si realmente te quería, ha de estar deseando que seas feliz. —Tomo su cara—. Y yo puedo hacerte feliz si me dejas.

—La teniente Klein es la que debe estar contigo, fuiste su gran amor y no es justo que yo se lo robe.

—No estás robando nada —musito a centímetros de su boca—. Son mis sentimientos, soy quien decido a quien entregárselo y yo… te los quiero dar a ti.

Cierra los dedos sobre mis muñecas, la traigo a mi boca con un nuevo beso, la saco del banquillo y la hago subir a la alcoba donde le quito la blusa. Las ganas de tenerla contra mí son demasiadas y me cuesta separar mis labios de los suyos. Me vuelvo hacia el cajón y saco de la cajonera la cuerda con la que le ato las manos en la espalda.

Ya sabe cómo soy en el sexo, como me gusta hacerlo, como también es consciente de mis prácticas.

—Quiero que lo intentemos otra vez —susurro contra su oreja—. Dime que también quieres lo mismo.

—Quiero lo mismo, capitán —me dice, y vuelvo a besarla, le siento la respiración acelerada mientras la desnudo, es de caderas anchas y senos medianos. Afanado, me quito la ropa, la volteo y meto mi polla en lo que me aferro a sus caderas.

Entro en ella con embates precisos, dejo mi miembro dentro de su coño y tomo las manos que le mantengo en la espalda. Le hundo la cabeza en la cama y la follo sin ningún tipo de decencia. Nalgueo su culo moreno y tiro de su moño las veces que me apetece.

En el sexo me olvido de que es una dama, de nuevo abofeteo su culo cuando jadea, el tirón que ejecuto en su moño le lleva la cabeza hacia atrás mientras la sigo follando. Estrello las caderas otra vez contra ella. Sus glúteos vibran frente a mis ojos en lo que mantiene la cabeza contra la almohada y mi polla incrustada en su coño.

Los músculos se me contraen uno por uno en lo que mi pelvis se sigue moviendo, chocando contra ella, el sonido de mi pecho acelerado es lo único que oigo, ella se corre y yo hago lo mismo a los pocos minutos. La suelto, desnudo me voy sobre ella y me apodero de su boca.

—¿Estás bien? —me pregunta.

—He tenido días difíciles, pero ya va a pasar. —Me dejo caer a su lado y dejo que me abrace.

—¿Seguro que Angela...?

—No tengo nada con ella —le aseguro, y asiente.

Se queda conmigo y su presencia apacigua la amargura que me ha acompañado a lo largo del día. A la mañana siguiente, bajo a preparar el desayuno. Erika era de las que decían que un buen hombre demuestra siempre lo que siente por una mujer.

Entro y ella está saliendo del baño, solo con la ropa interior puesta.

—Qué bonita forma de empezar el día —comenta, y le coloco la bandeja en la cama antes de darle un beso en la boca—. Solo venía a ver como estabas y mira cómo terminé.

—Terminamos bien, como debe ser. —Le acaricio la cara— ¿Cómo dormiste?

—Genial, le dije a Simon que no iría hoy, pedí los tres días compensatorios que me debe, así que soy toda suya, capitán.

—No sabe lo feliz que me hace eso, sargento.

Como y paso la mañana con ella, tengo que partir a las dos de la tarde y puedo tomarme la mañana para lo que necesito. Brenda me ayuda a empacar lo que requiero y, por más que estemos bien, hay ciertas cosas que me siguen golpeando.

—¿Todo está bien? —vuelve a preguntar.

—Sí, solo que hay días en los que son un poco grises para mí —le comento—. También hubo un incidente en la galería que quemó todos mis cuadros, eran importantes para mí.

Dejo un beso en su boca y me muevo a bañarme. Se ofrece a acompañarme a Manchester y la dejo.

Terminamos en la cama donde le hago el amor, quiero ser el mismo de antes, pero con lo que tengo encima, me cuesta. He perdido muchas cosas.

Acabamos, tomo su mano y la saco de la alcoba, debemos pasar a su casa por sus cosas antes de partir. Angela está en la sala con un suéter ancho, hoy le vienen a quitar el yeso y parece que está a la espera de eso.

Mira la mano que sujeto y noto la tristeza que aparece en sus ojos.

—Llámame si necesitas algo —le recuerdo, y ella asiente.

—Que tengan un buen día.

Brenda le sonríe antes de salir, la acompaño al apartamento donde Luisa Banner espera con la hija. Harry corre a saludarme, lo abrazo, el momento se torna incómodo y, para disimular, me acerco a saludar a la pequeña que tiene en brazos y sonríe cuando le tomo las manos. Se parece a Simon en el mentón y en la nariz, pero tiene los ojos de la madre.

—Las niñas son unas coquetas —se queja Harry—. Peyton le sonríe a todo el mundo.

Sonríe con más ganas y me es inevitable no devolverle el gesto. Brenda no tarda, le encomienda a Harry a la niñera y a la amiga.

—Espero que el trabajo les rinda —nos dice Luisa Banner—. Brenda, escríbeme, apenas tengas tiempo.

—Adiós. —La sargento cierra la puerta después de despedirse del hijo, que me abraza a mí también.

Aún no se me dice qué es lo que se debe concluir en Manchester, lo que sea tiene que ver con la Alta Guardia, ya que me citan en el subcomando que les pertenece.

La avioneta aterriza y desde lo lejos veo a las personas que esperan: Alex Morgan, Roger Gauna y Rachel James.

No entiendo nada, le pido a Brenda que espere atrás cuando descendemos y nos acercamos. A la teniente le encantan las apariciones repentinas, le pide permiso al ministro para saludar a la amiga y este asiente.

Brenda se acerca, se abrazan y besan como si llevaran siglos sin verse.

—Estás hermosa —le dice Brenda, y no miente.

Se acerca a darme la mano y la siento diferente… ¿Más bonita? Sí, pero también hay algo que no logro descifrar qué es.

Nos vamos a la base militar, donde se me informa de todo. Alan y yo nos las hemos estado apañando con la tropa con la ayuda de un sargento auxiliar, Rachel sigue siendo mi teniente y se me informa de las nuevas funciones que tendrá por el tema de la candidatura.

Quiere ascender y, va a dirigir la Alta Guardia. Admiro su evolución, dado que cuando la conocí era la chica que buscaba demostrar que no estaba en Londres por un apellido, bonita, sensible y amable. Me fui y cuando volví tenía un aire más maduro; pese a todo, seguía siendo la soldado querida por todos. El verdadero cambio se lo sentí cuando Christopher apareció en su vida.

Nos dejan solos, como su superior debo dar mi opinión sobre su labor y decir si la veo capaz o no para esto.

—No es un asunto fácil, sabes cómo están las cosas con la mafia.

—Lo tengo claro todo.

—A Christopher no le va a gustar.

—Tendrá que aguantar, esta oportunidad no la voy a dejar pasar —refuta—. Me sumará méritos. Seré la cabeza de toda una tropa especial, ya es hora de aspirar a algo más y demostraré que estoy capacitada para ello.

—Estará Lancaster, Molina…

—Gema es mierda, y Liz, un quintal de mierda más —se molesta—. Parker, puedo hacerlo. No me subestimes, he sido una excelente teniente y sabes que puedo hacer una buena labor.

Respiro hondo y estampo la firma que requiere, se acerca a darme la mano que aprieto.

—¿Estás bien? —me pregunta.

—¿Por qué no habría de estarlo?

Le entrego la carpeta y vuelvo afuera. Brenda me comenta que irá a cenar con ella y no la veo el resto de la noche. El ministro quiere que evalúe a todos los hombres de la nueva tropa, y en eso me pongo en la mañana.

El que confíe en mis capacidades es algo que me beneficia, aunque esta no sea mi área.

—Rachel y yo queremos que nos acompañes a hacer algo —Llega Brenda—. ¿Puedes tomarte unas horas hoy en la tarde?

—¿Cuántas?

—Depende de qué tan rápido seas —responde.

—¿A dónde vamos a ir?

—Lo sabrás cuando estés ahí. —Deja un beso en mis labios antes de irse. A las tres de la tarde me envía un mensaje, hago una pausa con el trabajo y me encuentro con ella en la dirección que me llega al móvil.

—¿Un hotel? —pregunto al ver el edificio—. No haré un trío con nadie si es lo que estás pensando.

—No es un hotel, capitán. —Me lleva adentro.

Ya en el ascensor, nos dirigimos a la última planta y termino en un enorme estudio de arte, lleno de obras cubiertas con sábanas blancas.

—Le comenté a Rachel lo de la galería y me dijo que ya no podemos salvar los que se quemaron —suspira—, pero sí hacer unos nuevos.

Quita la sábana que tenemos al frente, la cual resguarda el caballete con un lienzo blanco. Cruzo los brazos frente a este y ella corre la mesa llena de pinturas y pinceles.

—¿Cómo conseguiste este lugar?

—Pasamos la noche contactando pintores y no fue fácil, pero se logró.

Destapa la tumbona de terciopelo llena de sábanas rojas.

—Pon el culo en el banquillo —me pide—. ¡Bella musa!

Llama a Rachel, que sale del baño con una bata de seda puesta, trae el cabello suelto y los pies descalzos.

—Ambas pensamos que un desnudo hecho por ti quedaría precioso.

Sacudo la cabeza mientras Rachel se acerca.

—Amaba Celeste, hay que rendirle tributo con otra pintura que muestre el cambio que he experimentado —me dice, y niego con la cabeza—. Adoras dibujar, te distraerá y subirá ese ánimo.

—¿Desnuda? —Miro a Brenda—. ¿Dejarás que haga un dibujo así?

—Me amas a mí, me lo dijiste y voy a confiar en eso y en que solo te vas a concentrar en el dibujo y ya —me dice—. Si lo logras, sabré que estoy con el hombre correcto.

—¿Y te vas a entregar por completo a esta relación?

—Sí.

—Promételo.

—Te lo prometo.

Sujeto mi nuca y deja un beso en mi boca.

—Estaré en la cafetería de abajo.

Inhalo con fuerza. Pintar siempre ha sido como una terapia para mí, me ayuda a sacar todo lo que atormenta mi cabeza, semanas atrás quise hacerlo, pero no había inspiración.

Miro a la mujer frente a mí, los ojos azules le brillan y paseo la vista por la obra de arte que tiene como rostro.

—¿Estás segura?

—Sí —afirma—. Así que hazlo.

Me quito la chaqueta, que dejo en el respaldo de la silla, me siento y acomodo bien el lienzo que está frente a mí.

—¿Listo? —pregunta.

—Eso creo. —El lugar es amplio y bien cuidado. No es el sitio de un pintor cualquiera.

Hay mantas por doquier y las ventanas dan paso al sol de la tarde.

—Está muy iluminado el sitio —observa—. ¿Te gusta así?

—Sí, me gusta la luz natural —respondo—. ¿Quieres el sofá o el banquillo de la esquina?

Duda y recorro las piernas desnudas, no porque me guste, es porque no todos los días ves una mujer como ella, de esas que emanan belleza sumada con seguridad. En estos tiempos, no cualquiera se siente orgulloso de su cuerpo al grado de desnudarse para que lo retraten.

—Te recomiendo el sofá, te será más cómodo —propongo.

—Será en el sofá, entonces.

No me gusta el sitio donde está, así que me levanto y arrastro el pesado mueble al sitio que requiero, muevo todo más hacia la ventana.

—Siéntate y elige la postura que desees. —Vuelvo a mi puesto.

—Falta algo.

Camina al estéreo que enciende, Switchblade inunda el espacio, queda de espaldas al sofá y despacio abre la bata sin necesidad de que se lo pida. La seda se desliza por sus hombros y deja expuesta su desnudez.

—Siéntate y elige la pose que quieras —le indico.

El piercing del ombligo y el collar azul son los únicos accesorios que la acompañan y me sorprende que no haya una palabra en el mundo que condense su belleza. Hasta a mí me pesa que el mundo se pierda su legado, porque un ser hecho por ella y el coronel sería un ser extraordinario.

Se acomoda de diversas formas mientras mezclo colores y tonos que se ajusten. Organizo pinceles y ordeno las ideas.

La miro y está sentada, rígida, y con una sonrisa mal fingida.

—No es una fotografía —la regaño—. Y si fuera fotógrafo, sería un horrendo retrato.

—Estoy haciendo lo que me pediste.

—Sí, pero así no va a funcionar, te ves tensa —le suelto—. Relájate y saca a flote lo que quieres ver en la pintura.

Se acomoda en el sofá y me da la pose que todo pintor anhela. Dejo el pincel y camino despacio hasta ella, me arrodillo y acerco la mano a su muñeca.

—¿Puedo? —pido permiso para tocarla.

Asiente sin decir nada.

—¿Te pongo nerviosa? Siento que sí.

—No —responde suave.

Con delicadeza recorro sus piernas desde el tobillo, paseo los dedos por su piel en lo que entiendo a Bratt, a Antoni y al coronel al estar tan locos por ella. Tomo su rodilla y acomodo sus piernas para que se vean más sexis de lo que ya son, con la sábana trato de tapar su intimidad y ella sacude la cabeza.

—Que se vea todo —pide.

—¿Todo?

Asiente segura.

—Entonces necesito que no dejes de mirarme a los ojos, quiero retratar todo el fuego y la lujuria que habita en ti, ¿estamos?

—Sí.

Para mí ella fue creada en el infierno y no en el cielo. Los ángeles transmiten calma, serenidad, y Rachel es como la flama de una ardiente hoguera.

—¿Crees que soy eso? —pregunta—. ¿Fuego y lujuria?

—Sí. —Le coloco el cabello para que las cosas se den como quiero—. Tú también lo sabes.

Vuelvo al banquillo y ella cumple con la orden de mirarme a los ojos. Trazo la primera línea sin perderla de vista y voy dándole forma a la pintura.

—Piensa en cada hombre que te ha mirado, que te ha seducido, que te ha admirado desde lejos —pido absorto—. Piensa en todo aquel que te ha tocado, que ha tenido la suerte de probar tu boca, de recorrer tu cuerpo, de lamer tu piel, de escucharte jadear.

El cuerpo expresa más que las palabras y el de ella me grita en estos momentos. El pecho le sube y le baja rápido mientras capto cada terminación de su piel, el volumen de sus labios, la figura de los senos redondos y el sexo en cuya visión me recreo.

Delineo su figura mientras imagino las respiraciones sobre su vientre, las bocas que han chupado sus pechos. Mi mente piensa en aquellos que la han besado y se han perdido en los labios rojos que le adornan la boca.

No puedo dejar de mirarla, su imagen se clava en mis pupilas, como también sus curvas, sus ojos, la forma de sus pies, sus dedos… Siento sus ansias, su excitación y su deseo.

La pose es intensa, provocadora, es una invitación al calvario carnal. La pintura va tomando forma y me la imagino en una pared siendo adorada. Quien la posea se posará todas las mañanas delante de ella y quedará hipnotizado con el fuego que emana de su cuerpo.

Retrato los tatuajes con esmero y dejo que mi mano le dé rienda suelta al pincel, que hace arte. Las horas pasan y pulo cada detalle mientras ella se mantiene quieta.

Me aplaudo a mí mismo por lo que acabo de lograr; sin duda, es la mejor terapia que he tenido en años, los pensamientos intrusivos se apagan y me dejan descansar, esto es algo que siempre logra la pintura. El cuadro es hermoso, los detalles me toman tiempo e ignoro el dolor en la espalda, ya que quiero que quede perfecto.

La mano de Brenda queda sobre mi hombro, la miro y baja a besarme los labios.

—Es perfecto.

Le abro paso para que se siente a mi lado y juntos observamos lo que acabo de hacer.

—¿Cómo te sientes? —pregunta.

—Enamorado.

Arruga las cejas.

—Ok… No era la respuesta que…

—De ti —termino, y suelta a reír.

—Sin duda, esa son las palabras que adoro escuchar del hombre que amo.

—Deja un beso en mi mejilla.

Hago los últimos retoques y un par de minutos después le digo a Rachel que puede vestirse. Con la bata puesta se acerca a ver cómo quedó la pintura.

—Es preciosa, Parker.

—Tú lo eres. —La abraza Brenda.

—¿Qué harás con ella? —inquiero.

—¿Yo? Es tuya. —Palmea mi espalda—. Eres libre de ponerla donde quieras.

Feliz, le toma un par de fotos antes de abrazarme.

—Me alegra mucho que Brenda y Harry te tengan —musita antes de alejarse.

Abrazo a mi novia, quien no deja de observar el lienzo.

—¿Lo venderás?

Niego con la cabeza, lo que acabo de hacer solo lo puedo imaginar en un solo lugar.

—Se lo enviaré al dueño, sin mi firma, claro está.

Ceno con ella, le hago el amor a Brenda dos veces a lo largo de la noche y a la mañana siguiente bajo a ver a los hombres que esperan en campo abierto. La segunda etapa del periodo electoral está por comenzar y el equipo especial ya está preparado para lo que se requiere.

Rachel se abre paso con el uniforme oficial negro, el cabello lo tiene recogido y la chaqueta que tiene la identifica como la que dirige y encabeza la tropa como toda una capitana. Alex espera en lo alto de la tarima y ella se pone a la cabeza de la Alta Guardia.

—¡Tropa especial 19075 a sus órdenes, ministro! —espeta—. Lista para marchar.

—¿Qué son? —pregunta Rachel.

—¡La novena tropa de alto nivel! —contestan al unísono.

—¿A quién le servimos?

—¡Al ministro con nuestra unidad de cuidados especiales!

—¿Cuál es la misión?

—¡Preservar la vida del coronel Christopher Morgan, hijo del señor ministro y candidato a las elecciones futuras!

—¿Qué deben hacer?

—¡Obedecer y proteger! —se alinean y se llevan la mano a la frente con un saludo militar.

Se nota el respeto que le tienen, y ella echa los hombros hacia atrás, orgullosa de lo que hace.

—Rompan filas y aborden helicópteros —ordena Rachel—. Dentro de un par de horas partimos a Londres.

76

BOLETÍN INFORMATIVO

Londres, 17 de noviembre de 2020

Noticia de última hora

El coronel Christopher Morgan anuncia en una reunión de medios internos que en su mandato como ministro no tiene contemplado sumar una mesa de Consejo.

«No voy a recibir sugerencias por parte de nadie. Si gano, es porque tengo las habilidades de gobernar y, por ende, mi palabra será la única ley», manifestó el candidato.

Las declaraciones han desatado múltiples murmullos, puesto que el Consejo ha formado parte de la FEMF desde sus inicios, ha estado comprometido con la entidad desde siempre y ha sido el impulsor de las leyes que buscan un equilibrio.

Los miembros que la conforman no han hecho declaraciones y el ministro Morgan mantiene voto de silencio ante las afirmaciones y las recientes amenazas lanzadas hacia su hijo.

¡Feliz cumpleaños, coronel!

Christopher

—Uno.
—Dos.

Susurran dos voces diferentes.

—Uno.

—Dos.

Abro los ojos con el susurro en mi cabeza.

«Uno, dos».

Me duelen los huesos y el sudor empapa las sábanas.

«Uno, dos».

Miro la puerta, mareado, y me pongo de pie. Estoy en High Garden, el dolor sigue y me encamino a la puerta con el mundo dándome vueltas.

«Uno, dos».

Las voces se repiten cuando atravieso el umbral y un olor putrefacto me invade las fosas nasales. Miro el piso cuando la sangre caliente me toca los pies, alzo la vista y veo el cuerpo de Zeus contra la pared y un hombre arrodillado a menos de un metro.

—¿Alex? —Me acerco y no contesta.

Sigo caminando, la figura no se mueve y la sangre me sigue empapando los pies.

—Alex. —Intento voltearlo y cae al suelo sin ojos y sin lengua. Retrocedo, alguien aparece en el pasillo y de la nada siento el impacto de dos disparos en el pecho. Caigo de espaldas en lo que trato de detener la sangre que emerge de mi torso y...

Despierto de golpe con el cabello pegado a la frente, la garganta me arde y me giro a soltar la oleada de vómito que inunda el piso.

Es la maldita cuarta pesadilla de esta semana y todas terminan igual, conmigo descompuesto. La cabeza me duele, saco los pies de la cama y camino al baño, donde abro la regadera.

Salgo con el agua escurriéndome por todos lados. La empleada está aseando el piso y no me visto, le echo mano al teléfono con el que marco el número de Reece.

Suena tres veces antes de rechazar la llamada, insisto y...

«El doctor Morgan no puede atender su llamada...». Me salta al buzón de mensajes y la rabia me pone peor, lleva días sin ponerse en contacto.

—Insiste a este número —le ordeno a la empleada mientras me visto—. Pide que se comuniquen urgentemente conmigo.

—Sí, señor. —Se retira.

Meto los brazos en la camisa, que abotono frente al espejo, estoy hastiado, no suelo depender de nadie, pero Rachel James es una daga que jode cada vez que respiro. Ella y lo del perro me tienen mal.

—¿Cómo te sientes? —Entra Marie—. Vomitaste otra vez.

No le contesto, voy al armario donde saco la corbata y la chaqueta del traje que tengo.

—No quiero meterme en tus asuntos —se acerca—, pero siento que lo mejor es que te retires de esto antes de que se ponga peor. Lo de Zeus me dejó preocupada.

Acomodo las mangas de la prenda.

—¿Crees que soy el tipo de persona que se deja amedrentar con amenazas? —increpo.

—¿Cuál es la urgencia por eso? Lo tienes todo —insiste—. El dinero te sobra, eres un hombre con millones en las cuentas.

—El dinero no siempre da poder —repongo—. No sabes de esto, así que mejor no opines.

—No seas soberbio...

—Márchate, que quiero estar solo. —Le señalo la puerta.

—Venía a desearte un feliz cumpleaños. —Pone la mano en mi cara—. Espero que Dios te dé salud, éxitos y prosperidad. Te quiero mucho.

Deja un beso en mi mejilla antes de irse.

Tomo la chaqueta y guardo el móvil antes de salir. Miranda está sirviendo el desayuno en la mesa del balcón y vuelvo a marcar el número de Reece.

«El doctor Morgan no puede atender su llamada. Deje su mensaje y, si lo considera importante, se pondrá en contacto». Detesto los tratamientos donde no se puede tener contacto y no me dicen nada.

—¿Qué pasó con lo que te pedí? —le pregunto a la empleada.

—La empleada de la cabaña contestó e informó que el doctor está trabajando —informa.

—Tráeme una aspirina —ordeno y obedece.

—Feliz...

—Lárgate y no jodas con eso.

Me meto la pastilla en la boca, no tengo hambre. Hoy debo presentarme a un debate de candidatos.

—Mi coronel, acaba de llegar esto para usted. —Tyler entra con un cuadro envuelto en papel gris—. No hay señales de ningún tipo de explosivos.

Se acerca con una tarjeta en la mano.

—Dice: esta obra...

—Sé leer. —Me levanto y le arrebato la nota.

«Esta obra era suya mucho antes de hacerla. Feliz cumpleaños, coronel».

Deja el cuadro sobre la mesa del vestíbulo, paso la mano por los bordes antes de rasgar el papel que la envuelve y el fondo aparece. De un tirón, dejo todo a la vista y lo que veo me hace dar un paso atrás.

El pecho se me enciende al ver a Rachel desnuda sobre un mueble rojo, con el cabello suelto y extendido sobre el terciopelo. La posición en la que está muestra cada detalle de su cuerpo: las piernas, los pechos...

Los ojos azules me miran fijamente, un brazo descansa sobre su cabeza y el otro sobre sus piernas, con la mano a pocos centímetros de su coño. La imagen me sume tanto que me olvido del soldado que se persigna a mi lado sin apartar la vista de la pintura.

—¿Qué miras? —lo regaño—. ¡Ve a trabajar!

Llevo el cuadro a la alcoba, que cierro con pestillo. Dejo la obra en la cama y vuelvo a perderme en la pintura hiperrealista; la imagen es... perfecta, sensual y hermosa. El pecho se me acelera y siento que puedo pasar todo el día contemplando los ojos que dibujaron, la forma de sus labios, la figura de su cuerpo.

La polla se me engorda a la vez que mi rabia se dispara. Las llamas devoran todo lo que la rodea a ella, el que la pintó, dibujó en la pared de atrás un par de alas ardiendo.

Paso los dedos por la inscripción que escribieron en una de las esquinas.

«Ella tu fuego; tú, su infierno. Juntos vicio y morbo, hambre y ganas».

Toco la boca de la mujer que me tiene sudando, el pintor de seguro le vio todo a la hora de retratarla y eso me termina de encender la rabia. Reece no contesta cuando lo vuelvo a llamar.

—Coronel, su padre lo espera abajo. —Tyler toca a la puerta—. ¿Está bien?

No lo estoy, quiero dejar el debate de lado y masturbarme con lo que estoy viendo, como también quiero partirle la cara al que hizo esto.

Levanto la pintura que envuelvo en una de las sábanas antes de guardarla; cuando pueda, la llevaré al sitio donde quiero que esté. Tomo lo que requiero y vuelvo a la sala.

El escolta espera al pie del ascensor, me pongo la chaqueta, acomodo el nudo de la corbata y dejo que me siga.

La camioneta de Alex está en la entrada de mi edificio. Tyler abre la puerta y me da paso adentro. El ministro se mueve, no lo saludo, no me saluda, solo dejamos que el auto arranque.

—¿Dónde está Reece? —pregunto—. No contesta el maldito teléfono.

—Y el desespero te hace deducir que soy su secretaria —increpa—. Déjame ver su agenda.

Desvío la vista a la ventana, es un imbécil. El silencio inunda el auto y lo único que se oye es la alarma que activan los vehículos para abrirse paso.

Alex se lleva la mano al interior de la chaqueta y saca el estuche que me ofrece.

—El reloj de Elijah. —No me mira—. Ha pasado de generación en generación y es tu turno para tenerlo. Feliz cumpleaños, coronel.

Observo lo que me da, tiene una M plateada dentro. Lo saco del estuche y me lo coloco sin decir más. Las gracias no se las voy a dar.

—Es hora de que le mermes a la prepotencia —advierte—. No quiero que exageres lo del perro.

—Ese perro me importaba mucho más de lo que me importas tú y con eso lo digo todo —repongo—. No tengo por qué tolerar amenazas.

Se aferra a la solapa de mi chaqueta y me lleva contra él.

—Controla esa jodida boca, no eres inmortal. Anda con cuidado y deja de echarle gasolina al fuego, no son novatos los que tienes atrás.

—¿Este es uno de tus tantos abrazos de cumpleaños? —inquiero—. Si es así, déjame decirte que estoy sintiendo todo tu amor.

—Te necesito vivo, Christopher —espeta—. ¿Qué parte de eso no entiendes?

—Suéltame, que tu ternura está a nada de desbordarme las lágrimas.

—Me aferro a su muñeca.

—Si tan solo entendieras y comprendieras…

—No entiendo ni comprendo —replico—. ¡Y tampoco me interesa hacerlo!

Suelto el agarre y vuelvo a mi sitio.

—Tyler es un buen soldado, pero no basta, así que a partir de ahora tendrás más escoltas —ordena—. Ya lo dispuse.

—No —contesto—. No necesito a nadie atrás.

—Estás en peligro…

—Me importa una mierda…

—No me voy a retractar —impone—. Es una orden, coronel.

La camioneta se detiene y sacudo la cabeza cuando veo a los hombres que esperan afuera. La Alta Guardia usa uniformes especiales en momentos como estos, en sitios que se prestan para cualquier tipo de atentado.

Lucen camuflado negro, chaqueta y chaleco antibalas con ametralladora ligera. Traen pasamontañas por debajo del casco antiexplosivo.

—¿Quién te faltó? —le reclamo al ministro—. ¿El papa Francisco para que también me proteja el espíritu?

Los hombres arman un camino frente a la camioneta de la que salgo y la torre del departamento judicial internacional se cierne frente a mí. Alex me sigue y todos los hombres se enderezan adoptando una misma posición.

La vena de la sien me empieza a latir, no quiero gente jodiendo a mi alrededor.

Tyler no se separa, y otros dos soldados lo respaldan armados. Make Donovan está dentro con el escolta encargado de la seguridad de Alex.

—Dalton Anderson e Ivan Baxter —Alex me presenta a los hombres que tengo atrás—, de la división especial en integridad y protección. El encargado de esta operación especial dirige todo desde arriba.

Con la cabeza me pide que mire a la baranda donde espera, levanto la vista y reconozco la chaqueta distintiva del idiota que dirige todo.

—Si lo tienes en línea, dile que le vaya a mamar la polla al primer maricón que se le aparezca. —Echo a andar—. No estoy para esto.

Gema, Cristal y Regina están en el vestíbulo que atravieso.

—Hola, cumpleañero. —La hija de Marie me da un beso en la mejilla—. Amaneciste más grande.

Regina se me pega al brazo, y con ella me encamino hacia la antesala, donde siento que me pisan las bolas cuando veo a la mujer que habla frente a la fuente con un miembro de los agentes de los medios internos.

Nota mi presencia y me mira como si fuera la peor maldición que ha podido caer sobre la Tierra.

—¿Qué hace Luciana Mitchels aquí? —le pregunto a Alex—. Fui claro con la orden que di.

—Es invitada especial en el debate. Viene con el comité de desarrollo científico.

Camina a mi sitio con el mentón en alto, el traje negro que trae puesto se le ajusta al cuerpo y conecta con el cabello recogido en una cola de caballo. No hay duda de que la belleza de sus hijas viene de ella.

—No te volteo la cara con un bofetón porque no me gusta ser el centro de atención en ningún lado —espeta—. No tienes idea de lo mucho que odio tu existencia, cerdo asqueroso.

—Luciana, buenos días —le habla Alex—. Qué caluroso saludo.

—Ah, cállate —lo corta—, que tú eres otro cerdo.

—¿Y esta malnacida es? —interviene Regina, que se quita los lentes.

—Luciana James —contesta airosa—, esposa del colega que respaldó a su hijo durante años. Supongo que no le interesa, sé que estoy frente a un nido de arrogantes, los cuales no han hecho más que joder la vida de mi familia.

La tomo del brazo y repara el agarre con asco.

—Lárgate antes de que tome medidas —advierto—. Tienes prohibida la entrada a esta ciudad.

—¡No soy una delincuente como para que me prohíbas nada! —Se zafa—. A mí no me amedrenta su apellido, coronel, y no es quién para venir a darme órdenes.

Me encara, rabiosa.

—¡Lo quiero lejos de mi familia y le voy a pedir que en nuestros asuntos no se vuelva a meter! —me grita—. No quiero que venga a podrir lo que tanto me ha costado construir.

Alex la aleja y avanzo a lo que vine, no voy a perder mi tiempo con ella.

—¿Dónde está Rachel? —insiste—. Lleva días sin ponerse en contacto con nosotros.

—No lo sé y si lo supiera tampoco se lo diría.

Tyler se adelanta a mostrarme la sala donde se llevará a cabo el debate.

—Levanta la restricción. —Me exige.

—No, aquí no tienen nada que hacer —le dejo en claro.

Tomo nota mental de hacer que se largue lo antes posible, aquí no hace más que estorbar, aparte de que nadie la necesita.

Me sumerjo en la sala que está llena, la Élite espera a lo largo del lugar, Angela Klein hace parte de los presentes. Noto a Parker frente a la tarima y de inmediato me muevo a su sitio.

—¿Lo disfrutaste? —le pregunto al alemán—. Pensé que ya habías superado la etapa de querértela tirar.

—No sé de qué habla, coronel. —Se enfoca en la sargento.

—Ah, ¿no?

—No.

—Franco, vete al baño y desnúdate, que te voy a tomar una foto —ordeno y el capitán me aniquila con los ojos—. ¿No te gusta que vean a tu mujer desnuda? Pues a mí tampoco, pedazo de mierda.

—Ya dijo que no sabe de lo que habla, mi coronel —interviene la novia—. Confío en lo que dice mi pareja y usted debería hacer lo mismo.

—Vuelves a hacerlo y te reviento la maldita cara —le dejo claro antes de subir a la tarima donde me llaman.

Ya ajustaré cuentas con Rachel más adelante, también tiene culpa en esto.

La Alta Guardia se pasea por todo el lugar, los soldados se ubicaron en puntos estratégicos. Los invitados se acomodan en las sillas, entre esos, Gema, que queda al lado de Molina.

Alex se sienta al lado de Luciana y Regina, que están en sillas especiales.

—Coronel Morgan. —Kazuki me da la mano a modo de saludo antes de pasar a su sitio.

Leonel Waters viene detrás y no me determina como tampoco yo a él. Todos los candidatos quedan en el atril que le corresponde.

—¿Alguna medida que quiera tomar antes de empezar? —pregunta uno de los soldados de negro—. Tengo a mi superior en línea.

Le quito el radio que tiene en la mano.

—No sé qué tan aburrida sea tu jodida vida como para aceptar protegerle el culo a quien no le importa morir —le suelto—. Retira a tus hombres y deja de joder. Con la rabia que me cargo, soy capaz de molerle la cara a golpes a cualquiera.

No me contesta y devuelvo el radio. Fijo la mirada en Luciana, quien le da la mano a las esposas de los generales que la saludan, miro atrás y los soldados que me escoltan no se molestan en moverse.

—Suerte —me desea Leonel desde su sitio.

—No la necesito.

Se da inicio al debate enfocado en los métodos administrativos actuales. Cada candidato tiene dos minutos para dar su punto de vista, mientras que el otro tiene uno para contradecir.

Kazuki es el que menos controversia causa, Leonel Waters es el que más mierda me tira cuando reitero mi decisión de no querer una mesa de Consejo en mi mandato.

—Un asesino no debería aspirar al cargo —alega el abuelo de Meredith Lyons—. ¡Mataste a inocentes cuando estabas con los Mascherano!

El Consejo apoya el alegato.

—¡Christopher Morgan es un criminal con aire de dictador! —sigue—. ¡No es lo que le conviene a la entidad!

Lo aniquilo con los ojos. Empieza a señalarme, los murmullos se alzan y la sala se vuelve un caos. Uno de los miembros del Consejo intenta subir a dar su opinión, pero no se le permite.

—¡Silencio, por favor! —La moderadora intenta atajar el escándalo—. Si no se calman tendremos que…

Todo el mundo se queda en silencio con el tiro que trona de la nada y derriba a la mujer que cae en plena tarima.

Le echo mano a mi arma y, acto seguido, se viene la tanda de explosivos que vuelven añicos las ventanas. Una de las paredes se viene abajo cuando la derriban.

—¡Luciana! —Alex trata de poner a salvo a la mamá de Rachel mientras la Alta Guardia me toma.

Buscan la manera de abrirme paso, intento inútil, ya que el cruce de disparos toma más intensidad.

—¡Maniobra de salida! —ordenan, y en menos de cinco segundos tengo a diez soldados rodeándome.

Arman un escudo y otro grupo hace lo mismo con Alex, Regina y Luciana.

—Hay que salir —dice Tyler—. Ya.

Gema se viene conmigo cuando avanzan a la puerta, los disparos no cesan y preparo el arma mientras camino.

—¿Ves? ¡Esto no es un juego! —Gema desenfunda la pistola que tiene—. Hay que salir de aquí o nos van a matar a todos.

Las balas rebotan en los escudos de metal que me cubren.

—¡Alisten camionetas! —ordena uno de los uniformados.

Con los soldados encima, logro atravesar el umbral, que me deja en la antesala, continúo y solo alcanzo a dar cinco pasos, ya que la fuente estalla y dispersa a todos los que me rodean.

La onda explosiva me arroja a un lado con Gema y Make Donovan.

—Arriba, mi coronel. —Este intenta ayudarme, pero termina en el suelo cuando le disparan.

Ruedo en el piso al ver las luces rojas que me apuntan, las balas quedan en el mármol y termino con la hija de Marie tras la columna de concreto que absorbe los disparos. Una nube de humo se extiende a lo largo del lugar y otra detonación pone a temblar el edificio.

Gema se me pega, no sé dónde está Alex y los soldados que están se baten a duelo con los hombres que atacan. Me pongo en guardia para disparar, derribo a varios hasta que Gema se me viene encima.

—¡Te vienen a matar a ti, maldito imbécil! —Se oculta conmigo en una de las columnas— ¡Deja de exponerte!

Disparan otra bomba de humo y lo único que se ve es el destello de los proyectiles. No me aguanto, cargo el arma y desde donde estoy doy de baja a los que intentan acercarse.

Si quieren masacre, ¡pues doy masacre!

—¡Christopher, basta! —sigue Gema.

Se viene al piso conmigo con el contraataque que me hace retroceder cinco columnas más atrás. Los hombres que están en la planta de arriba tratan de venir por mí, en vano, ya que caen bajo las balas de la ametralladora que detonan.

Devuelvo los disparos y reconozco a la persona que aparece entre el caos, el Boss. Me aparto cuando la hermana del ruso arremete contra Gema, quien también intenta disparar. «Me los voy a cargar a los dos».

El humo se vuelve más espeso y el absurdo silencio empieza a reinar, avanzo hacia el siguiente pilar de concreto, no se ve una puta mierda y presiento el ataque de Ilenko Romanov cuando me llega por atrás.

Tomo el cañón del arma para desviar el disparo y me lanza un rodillazo mientras le mando el codo a la nariz. Le arrebato el arma, pero él es rápido y agarra la mano con la que sostengo la mía, obligándome a soltarla.

La hermana aparece, Gema le hace frente y ella la pone contra el piso mientras que yo me voy a los puños con el hombre que me ataca, le correspondo con el mismo brío a la vez que la hija de Marie se debate a duelo con la rubia que intenta apuñalarla.

—¡Mátala, Gema! —Desenfundo la navaja.

—¿No se llama Fiona? —increpa el Boss en un tono de burla—. Pensé que ese era su nombre, como te dice Shrek.

Me lanza la patada en el centro del pecho que me manda atrás, el tórax me retumba con furia y arremeto con golpes contra él. Vino aquí a decir idioteces. Prevé cada uno de mis ataques, sus patadas chocan contra las mías y mis puños colisionan contra los antebrazos que pone como barrera.

El traje me resta movilidad, lo contrario a él, que la camisa blanca que trae puesta no limita los suyos y me pone contra el mármol.

—¿A cuántos es que vas a matar? —Me clava la bota en el abdomen y esquivo el puño que atina a mi cara.

—A muchos. —Vuelvo arriba.

Evado su ataque, le enesto el puñetazo que le llenan la boca de sangre y el hijo de puta reluce de dónde viene a la hora de venirse sobre mí con puños certeros: yo aprendí a pelear en las calles y él en las cloacas de la Bratva. Me lleva contra la pared donde me inmoviliza, me desencaja y levanta la camisa antes de estamparme la rueda de metal que me pega contra las costillas.

Lo empujo e intento atacar, pero lo que tengo puesto suelta la descarga que me lleva al piso. Sasha Romanova se quita de encima de Gema, que trata de levantarse con el labio roto, pero dos hombres la toman a las malas para llevársela.

El ruso toma el arma que le arrojan, me apunta con el dedo en el gatillo y Alex se lo lleva por delante; ambos ruedan en el piso mientras lidio con el dolor que se asemeja a un sinfín de huesos fracturados. De un momento a otro se me comprime todo y empieza a faltarme el aire.

Termino contra el mármol cuando la hermana del ruso se me viene encima con un puñal en mano, mientras los asesinos de la Bratva siguen arrastrando a Gema.

—¡Acábalo! —le grita el Boss a la mujer que tengo encima.

—¡No! —Gema suplica mientras la remolcan y ella trata de zafarse.

—Pero qué hombre más bello. —La rubia baja a mi boca—. Te daré un beso con sabor a muerte.

Blande el cuchillo en lo que se acerca a mi boca y me la quitan de encima de una patada directa a la cara. La rubia se incorpora rápido cuando el soldado de la Alta Guardia alza la ametralladora contra ella y trata de valerse de su cuchillo, pero no le da tiempo de nada, ya que el uniformado suelta la tanda de tiros que la derriban.

—¡Sasha!

El soldado desvía el arma hacia el Boss de la mafia rusa y este suelta a Alex, esquiva el ataque de las balas, mientras que los asesinos sueltan a la hija de Marie para cubrirlo. El intercambio de disparos continúa y no puedo más con el dolor. La sala se llena de soldados, sigo sin poder moverme y es Gema la que me arrastra a zona segura.

—¿Dónde te duele? —pregunta, y no me salen las palabras.

El aire me falta, el corazón se me quiere salir en lo que lucho por respirar, el dolor es demasiado y, en medio del aturdimiento, vuelvo a ver al líder de la Alta Guardia que aparta a Gema antes de abrirse de piernas sobre mí.

Todo me da vueltas cuando me entierra el brazo en el cuello para inmovilizarme, trato de quitarlo a la vez que me alza la camisa, busca mis costillas y se aferra al círculo metálico que está a nada de matarme.

—¡Hijo de puta! —exclamo cuando siento que me lo está arrancando con piel y todo. No resisto, el mundo se me oscurece, el aire no me pasa y pierdo el conocimiento.

—Uno.

—Dos.

—Uno.

—Dos.

Voces diferentes, mismo escenario, misma pesadilla. Olor putrefacto, sangre, un muerto, dos impactos contundentes en el pecho que me derriban, caigo y...

—Cariño. —Me despiertan.

Me duele todo, estoy en una camilla y hay paramédicos por todas partes. Reconozco el salón del palacio judicial donde me encuentro, rodeado de doctores y heridos.

Gema no me suelta la mano, Alex está a unos metros, viendo cómo le curan la rodilla a Luciana Mitchels y tengo dos soldados a cada lado como si fuera a irme. Los medios internos están en el área y me arranco la aguja del suero que tengo en el brazo.

—Señor, tengo que tomarle los signos vitales. —Ignoro a la enfermera que me llama.

Kazuki y Leonel están hablando con los medios, Regina se está abanicando la cara en una silla aparte y los soldados de la Élite están aglomerados en un solo lugar.

—Coronel, ¿cómo se siente? —Aparto a la mujer que se me atraviesa.

—¿Qué pasó con Ilenko? —le pregunto a Alex—. ¿Lo diste de baja?

—Vuelve a la camilla —me regaña.

—Lo dejaste ir…

—¡Sabes cómo es la Bratva! —me grita—. Agradece que no te llenaron el cuerpo de balas, terco estúpido.

Las puertas se abren y todos aplauden a los hombres de negro que entran con armas, cascos y pasamontañas. Reconozco la chaqueta del soldado que los encabeza.

—Área asegurada, señor ministro —habla uno.

—¿Aquí nadie sabe decir gracias? —murmura Luciana desde la silla.

—Me largo. —Intento irme y el soldado líder me corta el paso.

—No puedes salir —impone Alex.

—Cállate.

Me muevo a un lado y el soldado vuelve a encerrarme.

—No puedes salir —vuelve a advertir Alex.

—¿Quién me lo va a impedir? ¿Este payaso?

Lo aparto, pero tiene la osadía de enfrentarme y me devuelve a mi sitio. Le aparto la mano, lo tomo del chaleco con rabia, lo traigo contra mí, le quito el casco y el pasamontañas, listo para clavarle el puñetazo hasta que…

—Rico —susurra solo para los dos y la suelto, doy un paso atrás cuando el azul de sus ojos se encuentra con el gris de los míos.

No puedo creer que…

—De aquí no sales hasta que yo lo demande, coronel —se impone mientras se arregla la chaqueta.

Es una maldita mentirosa.

—¡Rachel! —exclama Luciana; al cabo de un momento, todo el mundo se ha vuelto hacia nosotros.

La teniente le abre los brazos a la mujer que la abraza en lo que a mí la rabia me termina de empeorar la jaqueca. ¿Es la que encabeza la Alta Guardia? ¿La persona que se supone que me va a proteger el culo?

Alex no me dice nada cuando lo miro y Luciana se aleja con la hija, mientras que los medios internos se les acercan en busca de declaraciones.

Rachel

La sala está llena y el uniforme me tiene sudando, el ruido agobia, eso y todo lo que pasó.

Pierdo la concentración en los ojos que me miran como si me fueran a matar, no sé por qué no puedo dejar de mirarlo. Gema se le acerca y la persona que tengo al frente me toma del mentón para que me centre.

—Te estoy hablando, dime que al menos me estás poniendo atención —me reclama mi madre.

—Sí. —Froto sus brazos.

Luce hermosa como siempre. Se asegura de que esté bien y le confirmo que sí. Rápido le doy un resumen de mis últimos días y ella no hace más que sacudir la cabeza.

—Me prometiste algo cuando volviste —espeta—. Me juraste que ante la más mínima amenaza ibas a volver.

Paso el peso del cuerpo de un pie a otro. Los agentes de los medios buscan declaraciones.

—¿Cómo se siente después de la recaída?

—¿Qué payasada es esta? —Se acerca Christopher, molesto—. ¿Por qué se toman decisiones sin consultarme?

La Alta Guardia aleja al personal de los medios y Gema se une al momento, como si la hubiesen llamado.

—Teniente —se cruza de brazos—, qué bueno verla recuperada.

La sonrisa no le sale natural.

—Ministro, solicito permiso para hablar un par de segundos a solas con mi madre —le pido a Alex cuando llega.

—Denegado —responde el coronel.

—Adelante. —Alex me muestra el camino.

Me traigo a mi madre conmigo y busco un lugar más privado.

—Todos los intentos por viajar aquí fueron rechazados —me comenta—. Me alegro de que estés bien, pero no me parece justo que sigas al lado de quienes no nos han considerado en lo más mínimo.

—Perdona. —Le acaricio la cara—. Sé que lo sucedido fue un golpe duro para todos; sin embargo, siento que lo mejor era que no me vieran como estaba.

Toma aire por la boca antes de poner la mano sobre mi hombro.

—Ya no más, por favor —me pide—. Sé que eres una buena soldado y que amas esto, pero ya fue suficiente, Rachel.

La forma en la que me mira pone un peso sobre mis hombros.

—Dime que vas a volver a Phoenix —empieza—. No estás en el deber de cuidar a nadie y menos a esos cerdos, que no hacen más que faltarnos el respeto.

—Es mi trabajo. —Trato de explicarle, pero la vista se me queda en Christopher y Gema, que hablan metros más adelante.

Mi madre voltea a ver lo que estoy mirando y la cara se le desfigura.

—¿De nuevo andas con ese asqueroso? —increpa—. Volviste a...

—No —la interrumpo.

Si le digo que sí va a entrar en crisis.

—Han pasado muchas cosas hoy, no quiero discutir, así que mejor cuéntame cómo están en casa.

—Contesta a lo que te pregunté —me regaña—. Tengo entendido que Christopher Morgan se va a casar con Gema Lancaster. ¿Otra vez eres su amante? ¿La querida de un hombre que ama a otra?

—¡Eso es una una vil mentira! ¡No está enamorado de ella! —No mido el tono y mi madre me mira como si no me conociera—. No deseo tocar ese tema, solo hago mi trabajo y lo que me ordenan.

—¿Se te exigió cuidarlo? —reclama—. Ya tú hiciste lo que tenías que hacer aquí; eres joven, hermosa y talentosa, puedes buscar otra carrera y nuevos horizontes, los cuales no tengan nada que ver con esto.

—No vamos a discutir de nuevo, ya llevamos años con el mismo debate.

—¡Rachel! —me llaman y volteo para ver a la mujer que se acerca.

Es Angela. Alza la mano a un par de metros y le sonrío desde mi sitio.

—Quiero presentarte a alguien importante —le digo a mi madre.

Doy cuatro pasos hacia ella, quien trata de llegar lo más rápido que puede, todavía tiene secuelas de lo que pasó. Me abalanzo y la abrazo con fuerza. Me alegra que esté bien.

Le doy un beso en la mejilla antes de tocarle las puntas del cabello, ya no hay rastro de los golpes que le propinaron.

—Gracias por quedarte conmigo —le digo—. Te quedaste, pese a que no era tu deber.

—A un colega nunca se lo abandona. —Sonríe.

Me hago a un lado para presentarle a mi madre.

—Ella es mi amiga y colega Angela Klein —le digo a mi madre—, teniente de la Élite.

Luciana se acerca a darle la mano, la abraza, por los medios ha de saber que fue quien estuvo conmigo en el club.

—Es un gusto conocerte —le dice—. Las puertas de la casa James están abiertas para lo que necesites.

—Gracias, doctora James —responde Angela—. Me alegra que su hija esté bien y de vuelta con nosotros.

—Teniente James, teniente Klein —pide uno de los agentes—, una foto, por favor. La milicia merece verlas así.

Rodeo la cintura de mi amiga y ambas sonreímos a las cámaras.

—¡Que vivan las mujeres con los cojones más grandes de la FEMF! —exclama Laila, y los presentes nos aplauden.

La teniente Lincorp se acerca a saludarme con un abrazo, al igual que Patrick y Simon, quien me alza cuando me abraza. Bratt no dice mucho, solo me abraza y me deja claro lo feliz que está de verme.

—Angel —llega Stefan—, qué alegría tenerte de regreso.

Toma mis manos y lo traigo contra mi pecho; no fui una buena persona con él en medio de la abstinencia.

—Siempre tan guapa y fuerte. —Dejo que me abrace y lo alejo cuando veo a Christopher.

—Stefan vive conmigo. —Le hago saber a mi mamá.

—Lo sé, Luisa me recogió en la pista esta mañana y me llevó a tu apartamento.

—Le pediré a dos soldados que los acompañen a casa —informo—. Debes de estar cansada.

—Me iré mañana, ¿no pasarás el día conmigo? —me reclama—. ¿Crees que no vamos a hablar? ¿Qué todo este asunto se va a quedar así?

—Trataré de que nos veamos en la noche; sin embargo, no puedo prometerte nada. —Le doy un beso en la frente—. Ve con Stefan, te llamaré apenas pueda.

Se niega y empieza a insistir en que lo mejor es que tome mis maletas y me vaya con ella. Alex tiene que intervenir. Le ruego que me haga caso, ya que no quiero que se la lleven a las malas.

—Trataré de ir.

—Eso espero, porque, si no lo haces, tendremos problemas —advierte antes de irse.

Stefan se la lleva.

—El protocolo de salida está listo, teniente, partiremos cuando lo ordene —me informa Dalton Anderson. Hace parte de la tropa especial y es uno de los soldados con más preparación de la tropa.

—¿Cómo está Make Donovan? —pregunto.

—Lo ingresaron al hospital militar —informa—. Tenía puesto el chaleco, así que la herida que tiene es leve.

Vuelvo con los Morgan. Alex está hablando con Regina y el genio se me pudre al ver a Gema pegada del brazo de Christopher, que está al teléfono.

—Bellaquita —me habla Liz Molina, que se acerca, y no me molesto en contestarle.

—Basta con el circo. —El coronel cuelga el móvil cuando me acerco a decirle que debemos partir—. No estoy para payasadas, así que retira a los soldados.

—Cariño, calma. —Gema se acerca a tocarle la cara, pero el intento queda a medias, ya que coacciono y le agarro la muñeca.

—Suéltala o te atienes a las consecuencias —me amenaza Liz.

—¿Cuáles consecuencias? —la reta el coronel.

—Debemos irnos ya, no hay tiempo para tonterías. —Suelto la mano de Gema, quien me mira mal—. La orden de preservar la vida del coronel la dio el ministro, es mi deber cumplir y es lo que haré; por ello, te pido que te quites que debo sacarlo de aquí.

Christopher mueve la cabeza con un gesto negativo y no me sorprende su comportamiento. Si a Tyler le ponía trabas, conmigo será peor.

—Si te resistes, me encargo de que sea por las malas —advierto antes de pedirles a los soldados que se acerquen.

Me ignora y echa a andar solo. Con la cabeza les pido a los uniformados que lo sigan, mientras que por el radio pido que preparen los vehículos.

—Tuteando, ¿eh? —Me alcanza Liz Molina—. Admito que me prende verte como una perra empoderada, pero si te metes con Gema, te juro que soy capaz de rayar esa carita.

Detengo el paso y me vuelvo hacia ella.

—Ella y él están bien. —Enciende la hoguera—. Quiérete y déjalos en paz.

—A mí no me hables como si estuviéramos al mismo nivel —le advierto—. Te guste o no, tengo un cargo más alto que el tuyo, así que anda con cuidado, que no quiero hacértelo entender a las malas.

Sigo caminando. El primer día y ya hubo atentado, crisis y ataques de celos.

Abren las puertas, me aseguro de que el escuadrón me siga y uno de los agentes de los medios internos se me acerca mientras camino.

—Teniente James, felicitaciones por tan grandiosa recuperación —me dicen—. ¿Cómo se siente y qué planes tiene a futuro?

—Mantener a salvo la vida del coronel —contesto— y ascender si es posible. Mi regreso exige un crecimiento profesional.

Abren las puertas que dan a la salida y el agente trota conmigo al auto.

—Pensábamos que se retiraría de las filas militares.

Christopher entra al vehículo y yo abro la puerta del copiloto.

—¿Retirarme? —respondo antes de entrar—. Aquí apenas estoy empezando.

Ivan Baxter cierra la puerta y abre la de atrás para que suba Gema, quien no sé qué diablos necesita, pero se acomoda en el asiento trasero con Christopher.

—¿Te sigue doliendo? —le pregunta la teniente al coronel—. ¿Quieres ir al hospital? ¿O prefieres un médico?

—¿Van a arrancar o no? —reclama Christopher—. No tengo problema en bajarme e irme caminando.

Coloco el seguro al ver que intenta abrir la puerta.

—Andando —ordeno en el radio, y los vehículos se abren paso a lo largo del área.

No hay noticias de la Bratva, lo único confirmado es que venían a matar al coronel. Gema se mantiene al lado de Christopher y las orejas empiezan a arderme. Procuro concentrarme en el trabajo; no obstante, es algo que me cuesta, su presencia es como una patada en el hígado. Pasea los nudillos por la cara de Christopher y mis ojos se encuentran con los de él en el espejo.

—Su vitamina. —Ivan Baxter me entrega el frasco que tengo en la guantera.

—Gracias, soldado.

El ser mi perra le exige que esté pendiente de esto. La advertencia del ring no fue en vano. La hija de Marie recuesta la cabeza en el hombro del hombre que tiene al lado y me dan ganas de sacarla a patadas del vehículo.

Con Bratt duré años y nunca me sentí tan posesiva como ahora. No quiero que lo toque, mire ni le sonría, porque la detesto.

Quito el seguro cuando nos vamos acercando, Christopher no espera que la camioneta se estacione del todo y, como el animal que es, abre la puerta y se baja pasándose el protocolo por el culo.

—Le voy a pegar un tiro. —Me toca salir disparada del vehículo junto con los otros escoltas.

El maldito no toma el ascensor, se va escalera arriba y pone a todo el mundo a trotar tras él; logro adelantarlo, ya que la pelea que tuvo le merma la velocidad. Gema ya está esperando arriba con Marie Lancaster, que frunce el entrecejo al verme.

—Llegó tu exnuera, mamá —comenta Gema a modo de chiste—. Rachel estará a cargo de la seguridad de Christopher.

—Ella nunca ha sido mi nuera —replica Marie.

—Así como usted nunca ha sido la madre de Christopher. —Entro al *penthouse*.

Hoy no tengo paciencia para nadie.

—Christopher…

—Váyanse a la mierda todas —espeta molesto al llegar.

Entra y se va directo a la licorera.

—Voy a prepararte un baño —suspira Gema—. Debes relajarte.

—Le mostraré el sistema de seguridad —me dice Tyler cuando entra.

Tyler Cook es un amor: es atento, cordial, siempre está alerta y le alegró saber que trabajaría conmigo. Me muestra el circuito parte por parte y se detiene en la alcoba que tendremos todos para nuestros ratos de descanso y para cambiarnos cuando sea necesario.

Trabajaré aquí, en el comando y en High Garden. Brenda se tomó la molestia de prepararme una maleta con todo lo que necesito, ya que no he podido ir a casa.

Le pido al soldado que me dé tiempo para cambiarme.

—Como ordene.

El uniforme es pesado y requiero algo más cómodo. Tyler espera afuera y con él paso a la alcoba de huéspedes y por último a la del coronel, donde está Gema descalza preparando el jacuzzi.

Dejo de respirar, el olor a jazmín es tan molesto como ella, que trata de hacer espuma con el estéreo encendido.

Tyler se sale, inspecciono todo y me encuentro con el coronel en la entrada. Trato de ignorarlo, pero…

—¿Chris? —pregunta la estúpida, que está en el baño, y los pies se me congelan frente al hombre que permanece bajo el umbral.

—Por tu bien, espero que no te la hayas llevado a la cama —le advierto—. De ser así, hazte a la idea de que no vuelves a ponerme un dedo encima.

—¿Y quién dijo que quiero ponértelo?

Lo llevo contra la pared y le entierro el brazo en el cuello.

—Se supone que ya debo estar preparada para esto; sin embargo, no lo estoy, ¿vale? —confieso—. No sé si lo estaré algún día, así que por el momento no acepto que la toques, beses o mires como me miras a mí, porque te juro, Christopher, que …

—A mí no me amenaces —habla a centímetros de mi boca.

Siento cómo se le endurece la polla sobre mi abdomen y de un momento a otro mi aliento se va fundiendo con el suyo.

—Eres una maldita exhibicionista mentirosa.

—¿Te acostaste con ella? —inquiero.

—No.

—No te creo.

—Yo no soy como tú, que le miente a todo el mundo.

Lo suelto, no estoy en mis cabales y lo mejor es que me aleje, puesto que le tengo fobia al título de «la otra». Se pasa la mano por la entrepierna cuando me alejo e imagino lo bien que ha de sentirse tener su polla en mi garganta.

—Lárgate, que me tienes cabreado.

No le respondo, solo desaparezco. Con las ganas que le tengo, es lo mejor que puedo hacer.

Ivan me entrega la laptop, que muestra el sistema de seguridad. Marie Lancaster no sé a dónde se largó, pero tampoco es que me interese.

Tomo asiento en las sillas del comedor y reviso las cintas que muestran los hechos del palacio. El ataque dejó muertos y heridos de una parte y otra. Leonel Waters salió ileso, pero Kazuki no, es otro al que tiraron a matar; sin embargo, este supo defenderse. El que los Romanov haya venido personalmente preocupa, se supone que ellos no se mueven por cualquier cosa.

Saco el teléfono y marco el número de la agencia de Elliot. Mi antiguo guardaespaldas falleció, pero su firma permanece y hay gente que trabaja para él.

La secretaria de la oficina contesta, dejo un mensaje de carácter urgente, necesito que el socio de Elliot se comunique conmigo.

—Le daré su mensaje —confirma.

Cuelgo y recibo una llamada de Alex.

—¿Cómo está Christopher? —Es lo primero que pregunta—. ¿Llamaron a algún médico para que lo visitara?

—Se negó, ya sabe cómo es.

—Sí, sé cómo es y por ello te puse donde te puse —repone—. Voy a pasar esto por alto, pero a la próxima vez lo obligas. Tienes la vida de mi hijo en tus manos.

Me froto la sien: Alex es una piedra en el zapato.

—Sí, señor —contesto—. No volverá a pasar.

—Su madre le hará una cena de cumpleaños —informa— hoy a las ocho, así que te veo aquí. ¡Puntual!

Cuelga y contengo las ganas de gritarle a la pantalla, llevo siete horas de labor y siento que fue un mes con todo lo que he tenido que hacer.

Dalton Anderson aparece, su currículum es excelente. Al igual que yo, es teniente y se acerca a comunicarme su análisis de la situación.

—¿Cómo está todo? —Llega Gema.

Dalton es quien le contesta; ella se mete en la cocina y sirve las dos tazas que pone sobre la mesa.

—Manzanilla para el estrés —comenta—. Si no te gusta la manzanilla, puedo hacerte otra cosa.

En verdad no tengo tanto nivel de hipocresía como para contestarle. El escolta nos deja solas y ella tira de la silla, donde se sienta.

—Pasaremos mucho tiempo juntas y no quiero problemas entre nosotras, ya pasaron seis meses, y soy sincera al decir que lamento lo que te sucedió —sigue—. Lo que pasó quedó enterrado y ahora no queda más que unirse. Necesitas que Christopher gane y yo trabajo en ese sueño.

Continúo con lo mío sin mirarla y ella pone su mano sobre la mía.

—¿Tienes algo que decirme? —insiste—. Hablo en serio cuando digo que no quiero problemas y espero que tú tampoco los quieras, es molesto volver a lo mismo.

Hago acopio de mi autocontrol para no retorcerle los dedos que mantiene sobre mi mano.

—Déjalo estar, lo menos que deseo es complicarme la vida con tonterías —contesto.

—Bien. —Le da un sorbo a su bebida, «estúpida».

Christopher aparece pálido, con el cabello húmedo.

—¿Qué haces? —pregunto al ver que se pone una chaqueta.

—Casi te matan, ¿y vas a salir? —le reclama Gema.

—Sí —afirma tajante—. No soy un animal como para andar encerrado y tengo asuntos que no quiero posponer.

—Deja de ponerte en peligro —le insiste Gema, y a través del radio les pido a los soldados que se preparen—. Estuviste a nada de perder la vida…

—¡Deja de opinar como si estuviera pidiendo permiso! —Se molesta.

—¿Adónde quiere ir, coronel? —Me le planto enfrente.

Ignoro la mala mirada que me dedica e Ivan me pasa la chaqueta, que me coloco. Christopher no me contesta, solo se adentra en el ascensor que llega.

—Póngase esto, por favor. —Dalton le entrega el chaleco antibalas, lo recibe y lo tira a un lado.

Subo con él y tres soldados más. Se coloca los lentes al llegar a la primera planta; está en modo orgulloso y, pese a eso, no contiene las ganas de encararme antes de meterse en el vehículo.

—¿Dónde está el collar?

—Supongo que por ahí. —respondo—. Suba antes de que le peguen un tiro.

Le abro la puerta y obedece de mala gana.

—Westfield Stratford City —le ordena al soldado que se pone al volante.

Abordo el vehículo también, Christopher no habla en el trayecto, solo se concentra en el móvil como si viajara solo.

Alex no tarda en llamar para protestar y debo soportar el regaño por la terquedad del hijo. Cuelgo y el móvil vuelve a vibrar, en esta ocasión es un número desconocido.

—¿Sí? —contesto.

—Teniente James —saludan al otro lado—, le habla Paolo Mancini de Covert Inquiry. Mi secretaria me hizo llegar su mensaje, llevo meses esperando su llamada.

Es la agencia de investigación de Elliot.

—¿Tiene un par de minutos para mí? Lo que debo decirle debemos hablarlo personalmente.

—Westfield Stratford City —indico—. Estaré ahí dentro de veinte minutos.

—Voy para allá.

Observo al coronel por el espejo retrovisor, tiene el brazo recostado en la puerta del vehículo, está pensativo y quien lo ve no se imagina que detrás de toda esa autoridad hay una bestia en potencia que poco sabe comportarse. Se pone al teléfono y con disimulo acomodo el espejo retrovisor para ver el paquete que carga en la entrepierna, sobresale en los vaqueros, «rico», la boca se me seca, el mal genio debo mermarlo con algo y lo que veo ayuda.

El auto estaciona y soy la primera en bajar; con afán me muevo a la puerta que abro solo para joderlo. Lo estoy haciendo sentir como una bella damisela.

La mirada de los visitantes del centro comercial se enfoca en el coronel, porque solo a él se le ocurre salir a pasear, pese a que está en peligro y, por ende, debe ir acompañado de más de diez hombres: es como una celebridad. Teclea en el móvil mientras camina, no le importa que la gente deba apartarse a las malas, dado que no repara en nada.

Entramos a una exclusiva tienda de tres pisos con zapatería, perfumería, joyería y ropa masculina. Las dependientas coquetean y las cosas entre nosotros han avanzado tanto que Gema ya no es la única protagonista de mis celos. Los hombres se dispersan por el perímetro y yo me mantengo cerca.

Se va a la joyería, donde lo atienden aparte y, mientras él mira, yo me entretengo con las joyas que están expuestas.

—¿Algo de su interés? —pregunta la mujer detrás del mostrador.

Se me van los ojos al reloj que gira en la vitrina y ella lo saca para que lo vea de cerca.

—Es el complemento estupendo para un hermoso vestido de fiesta —afirma.

El precio me hace desechar la idea de comprarlo, pues mis finanzas no están muy bien que digamos y no quiero empeorarlas.

—Es hermoso, pero lléveselo —bromeo—. El precio y yo no somos compatibles.

—Puede pagarlo con su tarjeta de crédito —insiste—. Pruébeselo.

—Gracias, pero no. —Me alejo al ver que Christopher se encamina al departamento de ropa masculina.

Los soldados me rinden informe del perímetro mientras sigo al coronel.

—Nos llegó una nueva colección de Tomas Maier —le informa la dependienta de cabello negro que se presenta—. Creo que este color va mucho con su tono de piel.

La mujer escoge una camisa de color malva.

Christopher sacude la cabeza y ella se apresura a buscar otra.

—Esta sí debe ser de su gusto. —Vuelve con una prenda negra —. El diseño y la tela se asemeja a su estilo.

Las mejillas se le tiñen de rojo cuando Christopher se quita los lentes.

—Esta puede ser.

—¿Busco su talla?

Le pone la mano en el hombro y estira los labios como una idiota.

—Disculpa, pero debes mantener cierta distancia —le advierto—. Es un asunto de seguridad personal.

—Oh, disculpe, no sé mucho de esos temas.

—Pues ya lo sabes, ahora ve a buscar la prenda.

—Tóxica, mentirosa y exhibicionista. —Christopher acorta el espacio que nos separa—. ¿Qué más quieres añadir a la lista?

—No lo sé, asesina tal vez.

Cruzo los brazos sobre el pecho.

—¿Te calentaste cuando Parker te dibujó? —pregunta, y me río—. Oh, no me contestes, la pintura ya me lo dijo todo. ¿En qué diablos estabas pensando? ¿Crees que soy un imbécil que debe tolerar todo lo que haces?

—No sé de qué pintura hablas —me hago la desentendida.

—¿Qué eres? ¿Loca, bipolar, esquizofrénica?

Doy un paso adelante y acerco mi boca a la suya.

—La mujer que amas, eso es lo que soy.

—Sigue soñando.

—Ok.

Continúa su recorrido por el establecimiento. Este tipo de actividad solo es entretenida cuando uno es el comprador. La dependienta le muestra prendas. Los hombres de la tienda usan los vestidores y Christopher no, él se desnuda de la cintura para arriba delante del personal que ronda.

Aprieto los muslos con el increíble cuerpo que tiene. Los pectorales, el abdomen marcado y la cara son el paquete perfecto, lo convierte en la fantasía del sexo opuesto.

—Me llevo esto.

Se peina el cabello con las manos y el gesto lo hace ver más sexi de lo que ya es. Las mujeres que trabajan en el lugar no disimulan a la hora de mirarlo con detenimiento y en uno de los tantos cambios, noto el moretón que se formó en la parte donde arranqué el dispositivo que le conectaron para inmovilizarlo.

Me preocupa que siga pálido y que con ciertos movimientos actúe como si le doliera. Trato de acercarme para observarlo; sin embargo, dejo la tarea a medias, ya que el móvil me vibra con un mensaje.

Es Paolo Mancini, quien me avisa de que ya está aquí. Le digo que me espere en la planta de arriba y con la cabeza le pido a Dalton que vigile al coronel. El uniformado obedece. No traigo chaleco, así que envío a dos soldados arriba que registren al hombre que espera. Me dan el visto bueno y me acerco al hombre, que recibe el bastón que le devuelven.

—Tengo poco tiempo —advierto, y echo a andar con él.

No quiero levantar sospechas. Por su apariencia diría que ha de tener unos treinta cinco años, es de estatura media, de piel lechosa y nariz curva.

—Paolo Mancini —me da la mano—, detective de Covert Inquiry. Con Elliot fundamos la agencia.

—Así que eres su socio. —Me trago la nostalgia que me genera el antiguo detective.

—Sí. —Cojea apoyado en el bastón.

—¿Cómo está su familia? —pregunto.

—Por el momento, bien. Tenía un hijo de tres años que vive con su madre.

Su muerte y lo sucedido con Angela fueron de las cosas que más me pesaron.

—Le pagué una suma considerable por información que necesito lo antes posible.

—Lo sé, por eso estoy aquí, solo tiene que decirme lo que requiere.

—¿Cómo sé que eres de fiar? —inquiero ya tuteándolo—. Si eras su socio, has de saber que mi caso es delicado.

—Si yo fuera usted, tampoco confiaría en nadie, todo es un riesgo, lo es para ambos. Estoy aquí, pese a saber que puedo terminar muerto como Elliot; no obstante, debo dar la cara por la agencia. No tengo los medios para devolverle la suma que le pagó. —Detiene el paso—. Elliot invirtió el dinero; con su muerte varios clientes importantes se han retirado y eso nos desestabilizó. Concluir el trabajo es necesario, no dejaré caer la firma, estoy buscando trabajos.

Seguimos caminando por los pasillos del centro comercial.

—Le enviaré mi expediente para que lo revise. Elliot y yo nos conocimos en el ejército, estábamos en la misma tropa, solo que él salió completo y yo no. —Me muestra la pierna de metal que tiene.

—Elliot tenía nexos con la mafia...

No me contesta, solo continúa con la marcha.

—Necesito saber todo sobre Philippe Mascherano —pido—. Dónde nació, qué ha hecho, cómo es, todo lo que pueda averiguar sobre él. Quiero encontrar la manera de hacerlo caer.

Se detiene a tomar nota.

—Elliot tenía algo sobre esto —comenta.

—Otra cosa que quiero es información sobre lo que pasa en la mafia, novedades, rumores, especulaciones, cualquier cosa que surja sobre los candidatos.

—Bien.

—Consígueme todos los detalles que puedas y yo hago conjeturas. —Bajo la escalera—. No tardes, todo lo necesito lo antes posible.

Se queda en la segunda planta y yo busco al coronel, que ya está pagando.

—Fue un gusto atenderlo. —La mujer de la caja le devuelve la tarjeta y le entrega la factura. Veo que puso a Tyler a cargar las bolsas.

Es molesto lidiar con tantas miradas, echo a andar y mediante el intercomunicador me aseguro de que todo esté en orden.

—¡Señorita! —me llaman—. Olvidó su compra.

La mujer de la joyería me entrega una bolsa pequeña, miro a Christopher y este sigue de largo.

Recibo el paquete en lo que me pregunto en qué momento pasé la tarjeta, que no me di cuenta.

Abro el paquete que tiene el reloj Vacheron Constantin plateado que me gustó. Me causa cierta molestia el sentirme como la amante que la llenan de regalos caros sin pedirlo. Hay veces que los detalles y momentos de pareja pesan más que un reloj de miles de libras.

Adelanto al coronel.

—Hola —me acerco a la empleada que limpia el piso junto al ascensor—, esto es para ti.

Le extiendo la bolsa que me acaban de entregar.

—Póntelo o véndelo, es tuyo.

—Gracias. —Le alegro el día y el coronel sacude la cabeza, enojado.

Entro al ascensor con él, la mujer me vuelve a dar las gracias antes de que las puertas se cierren. El hombre a mi lado no dice nada y no tiene que hacerlo, ya que la postura me lo dice todo. Llegamos al primer piso y sale rumbo al sector financiero, una línea de oficinas que alberga la sucursal de uno de los bancos más potentes del Reino Unido. El lugar dispone de dos plantas, todos visten de beige y el empleado que recibe a los clientes invita a Christopher a tomar un turno.

—No voy a tomar nada —lo corta el coronel.

—Señor Morgan, bienvenido. —De una de las oficinas sale una mujer de edad—. Siga, por favor.

Aparta al asesor y entro con Dalton al espacio cerrado.

—Disculpen, es necesario que… —refuta la mujer—. Como gerente, me incomoda el exceso de personal.

—Necesario y no negociable —la callo.

—Ignore al radiador de Chernóbil que tengo al lado —interviene Christopher—. Solo dígame lo que tiene que decirme y no me haga perder el tiempo.

—Lo mandé a llamar porque ya tengo listo el informe actualizado de sus activos; su abogado me lo pidió y debía entregarlo personalmente. —Le extiende los documentos—. Aprovecho y le entrego el resumen de todas sus transacciones en el último año, léalo y firme el acta que nos asegura que todas ellas fueron autorizadas por usted.

Le entrega las hojas que empieza a leer. Hace una pausa, la mujer le extiende una pluma para que firme y sacude la cabeza.

—No puedo firmar esto. —Pone una de las hojas sobre la mesa—. Estos movimientos financieros no son míos, no los hice y tampoco los autoricé.

La mujer se coloca los lentes antes de tomar el documento.

—Las compras han sido con su tarjeta, señor Morgan.

—No he hecho esos gastos; de hacerlos, no estaría reclamando —se enoja—. ¿Dónde está la seguridad que promete en su contrato?

—Les pediré a las tiendas que me rindan informe. —Se pone al teléfono.

—Quiero el dato hoy.

—Eso toma algo de tiempo.

—Hoy, dije. —Se pone de pie—. No me importa a la hora que lo tenga, lo necesito hoy o los descarto como banco.

—Sí, señor.

Estrella la puerta cuando abandona la oficina. Tenemos que salir casi trotando, ya que de un momento a otro le entra el afán. No me da tiempo a tomar las medidas preventivas y las camionetas tienen que moverse a la entrada en tiempo récord.

Gema no está cuando volvemos al *penthouse*, pero Miranda sí y es quien le recuerda a Christopher la cena en High Garden.

—El ministro dijo que no quiere que falte —comenta la empleada.

No dice nada, se encierra en su alcoba. Yo, por mi parte, me pongo a trabajar. Siento que no doy para más, la noche apenas está empezando y ya estoy agotada. Reviso la hora, al parecer no podré verme con mi madre hoy. El saber que se enojará me da jaqueca.

Le pido a Stefan que me traiga un vestido y zapatos acorde a la ocasión, no voy a desentonar en ningún lado y menos con los Morgan. Stefan me dice que sí y una hora después Ivan baja a recibirlo.

—¿Cuánto durará esto? —pregunta el soldado que llega con lo que solicité.

—Siempre, así que sonríe y muéstrame lo feliz que estás —contesto, y se queda serio—. Espero que con estos aprendas a respetar.

—Permiso para retirarme —pide.

—Concedido.

Al cabo de treinta minutos estoy lista con el vestido negro y largo. El diseño tiene una abertura en el muslo y no hago uso del sostén, ya que el escote corazón trae copa, y el que tenga una sola manga evita que estas se bajen.

Me recojo el cabello, trato de verme sencilla, pero sensual. Meto los pies en un par de tacones y me abrocho el cinturón de armas en el muslo.

En la cartera guardo dos cargadores de repuesto antes de salir a reunirme con los escoltas. Se cambiaron y están de traje: aquí todos debemos ajustarnos a la situación cada vez que lo amerite.

—Qué bien se ven todos —los felicito en lo que plancho con la mano el traje de uno—. Me gusta cómo va todo, ¿alguna novedad?

—Hasta ahora, ninguna, mi teniente —contesta Tyler.

—Estos escoltas son muy bellos, pueden dañar un matrimonio —comenta Gema cuando ingresa al sitio—. Si necesitan algo, no duden en avisarme. La idea es que estén cómodos y tranquilos.

Llega con un sujeto de cabello negro peinado hacia atrás que la sobrepasa en altura.

—Nate, te presento a Rachel James, es la encargada de la seguridad de Christopher —me lo presenta—. Rachel, él es Nate, un amigo de Chris.

Extiende la mano que recibo, es simpático.

—¿Y también le gusta jugar? —le pregunta a Gema, y no sé de qué habla.

—No sé, averígualo.

—Lo haré… —Me sonríe con coquetería—. Qué linda conejita eres.

—Gracias. —Me enfoco en lo que importa—¿Y el coronel?

Pregunto porque ya es hora de irnos y no lo veo por ningún lado.

—Sigue en su alcoba —responde Tyler—. Lo llamé cinco veces y no abre.

El ojo izquierdo me empieza a temblar. Si se retrasa, Alex va a empezar a incordiar.

—Dalton, ve por él —ordeno.

Me pego al radio y voy organizando a los hombres, Gema se ofrece a acompañar al escolta y me quedo sola con Nate, quien no me quita los ojos de encima.

—¿De dónde eres?

—Arizona —contesto.

—¿Soltera?

—Mi teniente, golpeé, hice tres llamados y no hay respuesta —me informa Dalton.

El móvil vibra con el número del ministro y no contesto. ¡Qué maldito martirio con estos hombres!

—Busca las llaves —le ordeno a Gema—. No voy a andarme con contemplaciones.

Llama a la empleada, que se encarga de darme paso a la alcoba, y el olor a whisky es lo primero que siento cuando entro. Christopher está ebrio en la cama y la hija de Marie es la primera que se apresura donde está.

—Cariño... —Intenta despertarlo—. Despierta, Shrek.

Al móvil me llega la primera advertencia de Alex. El coronel no reacciona y me dan ganas de estrellarle la cabeza contra el suelo.

—Cariño, despierta...

—¡Oh, joder! —Aparto a Gema— ¡Christopher!

«Maldito», parece un niño de nueve años.

—Conozco un batido que le bajará el nivel de alcohol —sugiere Nate—. No lo dejará como nuevo, pero sí bastante consciente.

—Prepáralo, lo necesito sobrio —demando—. Gema, ve a ayudarlo.

—Enseguida. —Se apresura a la salida—. Ven conmigo, Nate.

«Sé maestra de infantes», me decían. No quise, no me llamaba tanto la atención y ahora heme aquí, lidiando con un niño de treinta años.

—Christopher —empieza a quejarse cuando lo siento de golpe—, ¡te están esperando!

Recuesta la cabeza en mi vientre mientras le tomo la cara y trato de arreglarle el cabello. Él no deja las manos quietas y por debajo del vestido empieza a acariciarme los muslos.

—Quiero. —Trata de llevarme a la cama.

—¡Estate quieto! —Lo detengo cuando alcanza el elástico de mis bragas; pese a estar ebrio, mi fuerza no lo mueve.

Me lleva a la cama, donde caigo.

451

—¡Basta!

Gira en lo que me deja bajo su pecho y, acto seguido, refriega la erección contra mi coño.

—Quítate. —Forcejeo cuando me busca la boca.

Se sigue refregando contra mí y hago todo lo que puedo para apartarlo.

—A mi mujer la beso dónde, cómo y cuándo quiera, ¿entendido? —Me aprisiona las muñecas y acapara mi boca.

Prolonga el momento y mis labios lo reciben por un instante. «Joder», digo para mis adentros, quiero dejarme ir, pero no puedo.

—¡Vas a arruinar mi peinado! Me costó mucho este moño. —Me zafo y termino en el piso. Me jode que haga este tipo de cosas cuando lo necesitan—. ¡Vístete!

—No voy a ir a ningún lado, y deja de darme órdenes. —Se levanta con las manos contra las costillas.

—No estamos para niñerías. —Me pongo de pie en busca de su abrigo—. Este tipo de cosas me meten en problemas con el ministro.

—Lo sé —se acuesta—, por eso me embriagué.

—Voy a traer a los escoltas.

—No voy a ir.

Se levanta en busca de la botella y alcanzo a apartarla antes de que la tome.

—Te voy a dar un minuto para que vayas por el puto collar —me advierte.

—No.

—¿No?

—No eres quién para elegir que qué uso y que no.

Me lleva contra la pared y empieza con lo mismo otra vez.

—¿Todo este drama es para cabrearme y llamar mi atención?

—Tu atención la tengo las veinticuatro horas del día —replico— y para cabrearte no tengo que dejar de usar el collar, simplemente puedo decirte que acabo de conocer a tu amigo Nate y está como para echarle dos polvos seguidos.

Tensa el agarre en mis muñecas y me muevo cuando oigo a Gema.

—En tu vida vuelvas a…

—¡Christopher, por Dios! —La hija de Marie entra con un vaso en la mano—. Ya vamos con retraso. —Le da la bebida—. Tómate esto y no nos metas en problemas.

—Si no te mueves, el ministro va a venir, así que piénsalo —espeto—. De seguro va a llegar con una horda de hombres.

—Parece que necesitas un trago —me dice Nate al verme alterada—. En la sala puedo servirte uno.

—Por favor.

Avanzo a la puerta, pero dejo el intento a medias cuando el coronel manda el vaso que tiene contra la pared.

—Eres una...

Iracundo, da un paso hacia mí y palidece antes de soltar la oleada de vómito sobre el piso, Gema lo lleva a la cama.

No me gusta su estado, él no es de verse débil ni enfermo. Trato de acercarme y alza la mano cuando otra oleada de vómito lo toma.

—Yo me hago cargo —afirma Gema—. Dame un par de minutos y me encargaré de que baje.

—Lárgate de aquí —le pide al amigo en medio del vómito.

—Ya lo oyeron —dice molesta la hija de Marie—. ¡Váyanse!

La preocupación me vuelve lenta.

—Llámame cuando me necesites. —Nate me entrega su tarjeta antes de despedirse—. Podemos divertirnos sin compromiso alguno.

Recibo el papel por educación. Bajo a abordar el vehículo que está esperando abajo y ocupo el asiento del copiloto. El estado del coronel es una abeja que no deja de dar vueltas en mi cabeza.

—¿Está bien, mi teniente? —me pregunta Tyler, que está frente al volante.

—Sí. —Aprieto su rodilla—. Gracias por preguntar.

Dalton se ocupa de todo arriba y Gema aparece con Christopher media hora después, él recuesta la cabeza en el asiento, y ella trata de limpiarle las gotas de sudor que tiene en la frente.

—Al parecer, el trago le sentó mal —comenta ella.

Tyler arranca y el hombre que está atrás no pronuncia palabra. Por el espejo superviso su estado y compruebo que sigue pálido.

High Garden nos da la bienvenida, hay hombres por todos lados. Desciendo del vehículo mientras el coronel hace lo mismo con los labios secos y la mano contra las costillas.

—¿Estás bien? —Me acerco.

—Como si te importara... —Echa a andar con Gema atrás.

—Tienes razón. —Me adelanto con los escoltas—. No me interesa, solo pregunto porque es mi trabajo.

Abren la puerta principal y nos dan paso al interior de la mansión que hoy luce un tanto diferente con una sobria decoración de cumpleaños color champagne. Regina, Marie, Alex, Reece y Sara esperan en la sala. No son los únicos y se me hace raro ver a Laurens a un lado. Lleva un bonito vestido y tacones bajos, ve al coronel y se apresura a entregarle las carpetas que tiene contra el pecho.

—Lamento incomodar, pero estas autorizaciones requieren su firma.

—Ahora no. —Christopher busca el baño sin mirar a nadie.

—¿Está bien? —pregunta Sara y Alex se va detrás del hijo.

—Está ebrio —contesta Gema.

—De seguro no tendrá ánimos para leer los documentos, lo mejor es que me vaya —se decepciona Laurens.

—Quédate a la cena —le propone Gema—. Eres una de las que más soporta a Christopher, mereces, aunque sea, un trozo de pastel.

—Esto es algo privado —se enoja Regina—. No creo que Christopher quiera ver en su mesa a la secretaria.

—Entonces puede esperar y comer en la cocina con el resto de los empleados.

La pelirroja deja que la empleada la guíe atrás. Suelto los hombros y busco a la persona que mejor me cae de los presentes, «Reece Morgan». Está al lado de Regina, pulcramente arreglado con un traje sin corbata.

—Sol. —Me da dos besos en la mejilla—. Otros dos.

Dejo que me vuelva a besar.

—¿Extrañaste a *daddy*?

—Siempre —contesto, y deja su mano en mi cintura.

—¿Nos vemos bien juntos? —le pregunta a la madre—. Es una pregunta tonta, es obvio que sí.

—Puede ser tu hija —contesta Regina.

—Pero no lo es y por ellos nos vamos a casar.

Me hace reír.

El timbre suena, la empleada abre y el pulso se me acelera al ver a mi madre. No sé qué hace aquí, detesta a esta familia y es algo que no disimula al entrar.

Trae un vestido beige tipo cóctel y el cabello lacio suelto sobre los hombros. Me adelanto a recibirla en lo que la empleada toma su abrigo.

—¿Qué haces aquí? —La saludo con un beso en la mejilla.

—Yo la invité. —informa Sara—. Partirá mañana, me comentó que quería hablar contigo y me pareció buena idea, ya que estarás aquí toda la noche.

—Gracias.

—Iré a ver si la cena está lista, están en su casa. —Se va.

—Los Morgan siempre exagerando. —Mi madre pasea la vista por el espacio—. Si tienen tanto dinero, ¿por qué tienes que cuidar a…? No quiero ensuciar mi boca con su nombre.

Le pido que baje la voz y ella inhala con fuerza.

—Sol, preséntame, que no soy un fantasma. —Se acerca Reece—. Ya veo de dónde viene tanta belleza y sensualidad. Te vi entrar y me pregunté quién eras y por qué no estoy casado contigo.

Le saca una sonrisa a mi madre, que estrecha la mano que le ofrece.

—Hazlo otra vez —pide Reece.

—¿Qué? —inquiere.

—Reírte, luces más hermosa de lo que ya eres.

—Luciana James —se presenta mi mamá.

—Reece Morgan...

El mencionar el apellido manda abajo el momento de paz. Mamá le suelta la mano de inmediato.

—Diría que es un gusto conocerlo, pero no lo es. —Se aleja.

—No la culpes. —Abrazo al hermano de Alex—. Ella no es gustosa de los Morgan, ni ella ni mis tías.

Sara nos invita al comedor, que ya está listo.

—Yo quiero un asiento al lado de Luci. —Reece empieza a molestar.

—La mesa de los empleados ya está servida —me hace saber Marie—. Ya pueden pasar.

—Teniente, venga y tome asiento —me llama Regina Morgan en la cabeza de la mesa—. Quiero oír los detalles de su recuperación.

A Marie no le hace gracia el comentario y la oigo resoplar cuando paso por su lado.

En la mesa se ofrece todo un banquete, hay desde ensalada hasta todo tipo de carnes. Tiro de la silla de madera y tomo asiento al lado de mi madre. Reece se ubica al lado de mi mamá, Marie al lado de la hija. Alex llega con el coronel, y este se sienta a la derecha del padre. Sara Hars es la última en ubicarse.

Sirven la cena, Regina insiste en querer saber detalles sobre mi recuperación y le hago un resumen de todo.

—Tú siempre tan talentoso y eficaz —le dice Regina al hijo—. Estoy muy orgullosa de usted, doctor Morgan, lo hizo excelente como siempre.

Él le lanza un beso y ella le sonríe.

—Muy admirable, Rachel —habla Gema—. Serías una inspiración para las mujeres que estoy motivando a...

—¿Y quién cubrió los gastos de la recuperación? —la interrumpe Regina—. ¿La FEMF?

—No.

—Ah, supongo que su familia.

—No —carraspeo—. Lo pagó Christopher; a él le debo absolutamente todo.

Gema se acomoda en la silla y mira a la madre, que mueve la cabeza con un gesto negativo.

—El dinero se va a devolver en su totalidad —comenta mi madre—. No le vamos a deber nada a nadie.

—Yo no necesito que nadie me devuelva nada —alega el coronel—, así que no se meta.

—Son las deudas de mi hija y claro que me meto.

—Su hija no tiene ninguna deuda conmigo —contradice—. Lo pagué porque quise y ya está.

—No es porque quisiste, es por culpa de su maldita organización, por lo que tiene tantos problemas. —Se altera mi madre—. ¡Si no fuera por ustedes, nada de esto le hubiese pasado!

—Linda, cálmate —interviene Reece.

—¡No! —Se enfoca en el ministro—. No me voy a calmar.

No pierde de vista a Alex.

—Cuando Rachel regresó del exilio, Alex Morgan le exigió que volviera a Londres —expone—. Se le obligó a estar en el juicio de Antoni Mascherano, así como se le exigió estar en el maldito operativo que desencadenó la recaída.

—Mamá —trato de calmarla—, nadie me obligó a nada...

—Ahora la pones a cuidar al animal que tienes como hijo —me ignora—. Más riesgo, porque todo el mundo lo quiere matar. Son unos malnacidos que no hacen más que imponerse, actúan como les viene en gana y quieren que todo se les aplauda.

—Señora, esta no es su casa como para que insulte —habla Marie—. Es el cumpleaños de mi hijo, así que tenga, aunque sea, un poco de respeto.

—¿Qué es una cena Morgan sin un discurso cargado de veneno? —Se levanta Reece con una copa en la mano—. Brindemos por ello, por el odio que nos tienen, por ser los hijos de puta que somos y nunca dejaremos de ser.

Alex, Christopher y Regina alzan las copas.

—Salud —dicen al unísono.

«El ego es su peor defecto». Traen el pastel a modo de postre y tomo la mano de mi mamá, quien no hace más que mirar el plato, rabiosa. Todos se van a la sala al acabar y yo me quedo con ella.

—Nos prohibieron la entrada a Londres y les hablas como si nada —me echa en cara—. No tienes idea de lo mal que lo he pasado.

—Les hablo porque es mi trabajo y con Reece estoy agradecida —le recuerdo—. Acepté este puesto porque quise. Eres consciente de lo que pasa con Antoni Mascherano, por ende, es necesario que Christopher gane para que el italiano permanezca en prisión. Si sale, todos estaremos en riesgo.

Tuerce la boca antes de mirarme, los ojos que heredé me observan como si quisieran saber lo que realmente pienso.

—¿Segura que solo es por eso? ¿Qué haces lo que haces para que gane y estemos bien? —increpa—. ¿O hay algo más?

—No hay nada más. —Evito una discusión.

Tomo la mano que beso.

—Me preocupa el tema de la mafia y debemos contribuir en lo que podamos.

—Haré de nuevo la pregunta —insiste—. ¿Es solo por eso o hay algo más?

Decirle lo que siento por Christopher la pondrá peor.

—Es por lo que te acabo de explicar —reitero—. No hay nada más, así que calma.

—No se queden aquí. —Llega Sara—. Vengan a la sala, le daremos los presentes a Christopher.

Levanta a mi mamá de la silla, trata de animarla y ella suspira. Sara es la única persona que le cae bien de los presentes. Las sigo a la sala donde están los demás.

—Siendo sincero, no me apetece pasar tiempo con ninguno de ustedes —espeta el coronel, que está sentado en una de las sillas.

—Calla, muñequito —le dice el tío—. Esto es una de las pocas tradiciones que tenemos y la vamos a respetar.

Gema toma asiento a su lado y Marie es la primera en darle el regalo que le trajo: un retrato de él, Gema y ella jugando en un parque.

—Te quiero mucho, hijo.

—¿Lo pariste? —empieza Regina—. En todo momento pensé que había sido Sara y por ello era su madre… Si es que se le puede llamar así, ya que se largó.

La chef la ignora y procede a entregar el regalo que trajo.

—De parte Alex y mío —le dice al hijo.

Christopher lo abre y la caja tiene el mando de un vehículo.

—Uno más para la colección —concluye el ministro.

Christopher no se inmuta, solo medio hace un gesto con la boca y deja el detalle en la mesa. Laurens espera a un lado con las carpetas abrazadas contra el pecho. Laborar con Christopher es uno de los trabajos más estresante del mundo y ella es la prueba de eso.

Gema es la siguiente en pasar y le obsequia una playera de *soccer* autografiada.

—Del capitán de tu equipo favorito. —Lo abraza, y el pastel se me sube a la garganta.

—Todo Morgan debe tener un Macallan in Lalique en su licorera. —Regina chasquea los dedos y la empleada llega con una botella envuelta—. Tú no puedes ser la excepción, así que feliz cumpleaños, muñequito.

Le da dos besos en la mejilla antes de entregarle la botella.

—Sigo yo. —Reece se levanta con dos paquetes y le guiño un ojo a modo de gracias.

Pasé de planear el obsequio a estar tan molesta que no quise darle nada; en últimas, terminé dándoselo a Reece para que se lo entregara. Que crea que es del tío y no mío. Abre el primero y son unos guantes de boxeo profesionales.

—Para que nos demos unos puñitos. —Reece se sienta en el brazo del sofá y le estampa un beso en la frente—. Nunca olvides lo mucho que te ama tu tío. No todos tienen la fortuna de tenerme como familiar.

Se le va encima a besarlo otra vez.

—No empieces —se enoja el coronel.

—Abre el otro. —Se lo pone sobre las piernas—. Este tiene mucho, pero mucho amor.

Ruego a Dios que no lo capte y solo lo ignore como todo lo que le han dado. Rasga el papel y saca el manto indio que le mandé a tejer en la isla; es igual al que nos pusieron en la ceremonia, del mismo tamaño y estampado.

Me mira y finjo ignorancia.

—¿Qué es? —pregunta Gema.

—Una tontería que le quitará el frío en cada viaje —dice Reece—. Tito quiere que su sobrino esté calentito.

—Es muy tradicional —comenta Gema—, algo me dice que lo usaré más yo que tú.

Envolveré su cuerpo en él si se atreve a tocarlo; de hecho, prefiero quemarlo antes de verla hacer eso.

—Déjame doblarlo —pide, y Christopher lo aparta.

—Deje que me encargue, señor Morgan. —La empleada viene por los obsequios—. Los tendré listos para que se los lleve mañana.

—Trae otra ronda de vino —pide Alex, y su hijo se levanta a contestar el teléfono que le suena.

—Laurens, tómate una copa —la anima Gema—. En un momento le pido a Christopher que te firme los documentos.

Los movimientos del coronel son cada vez más limitados y me pregunto si es que los golpes hicieron efecto ahora. Sale a hablar al jardín mientras sirven la ronda de vino.

—¿Me llevas a casa? —me pregunta mi madre—. Mereces, aunque sea, un par de horas de descanso.

—Le informaré al ministro. —Me voy a su sitio—. Señor…

Intento decir, pero mis ojos terminan sobre el hombre que vuelve a la sala con cara de asesino en serie.

Fija los ojos en Laurens y esta no sabe ni cómo pararse.

—¡Eres una maldita hija de puta! —Se encamina a encararla, pero solo da cuatro pasos, ya que se desploma en el piso cuando se desmaya.

Corro a su sitio y Gema llega al mismo tiempo que yo.

—Christopher —lo llama.

—Denle espacio. —Alex nos obliga a retroceder.

El tío le quita la chaqueta y le rompo la camisa, busco la lesión que tenía en las costillas y lo que en la tarde era un moretón, ahora es un enorme hematoma.

—Le conectaron un dispositivo para inmovilizarlo. Se lo arranqué.

Miro a mi madre en busca de ayuda, se acerca y empieza a palpar la piel con sumo cuidado, se concentra en la tarea y el coronel se queja cuando llega al centro de la herida.

—Tenga cuidado, que le está doliendo —le advierte Marie.

—Hay algo aquí. —informa mi madre.

—¿Qué? —Se altera Alex—. ¿Es peligroso?

Sigue moviendo los dedos hasta que los deja en un solo lado.

—Parece un chip. ¿Cómo era el dispositivo que le conectaron?

Rápido le explico, y ella sacude la cabeza.

—Lo que describe trae un chip que suelta descargas eléctricas cada cierto número de minutos, es peligroso, hay que sacárselo —explica—. Forma coágulos de sangre que pueden desencadenar una embolia.

Alex barre con todo lo que hay en la mesa del vestíbulo, los escoltas levantan al coronel y Sara no sabe qué hacer al ver al hijo sobre la mesa.

—¿No creen que sea mejor llevarlo a un hospital? —sugiere Gema—. Puede que tenga más de un chip en el cuerpo.

—El aparato solo inyecta uno, si el tío se lo saca, es cuestión de horas para que se recupere —expone mi madre—. De tener más, ya hubiese muerto, he trabajado con esto y sé de lo que hablo.

Reece hace la incisión en busca del chip mientras Alex sujeta al hijo.

—No hay nada más sexi que una mujer inteligente —comenta Reece sin apartar la vista de su sobrino—. Prenden con el cerebro.

—Concéntrate en lo que haces y no molestes —lo regaña Alex—. Es la piel de mi hijo la que estás abriendo, y Luciana es la esposa de mi amigo.

—Gema, tengo a Cristal al teléfono —avisa Sara—. Dice que te está esperando, ya que tienes una reunión mañana temprano en Bristol.

—Lo olvidé. —Se lleva las manos a la cabeza—. No puedo irme con Christopher así.

—¿Cómo qué no? —replica Alex—. No podemos descuidar la campaña, así que vete, que de Christopher me ocupo yo.

—Por favor, manténganme al tanto de todo. —Le da un beso a su madre antes de irse—. Llamaré apenas pueda.

Reece saca el chip, que no mide más de tres centímetros y mi madre lo evalúa con sumo cuidado.

—No es imitación, es original —asegura—. ¿Por qué la mafia tiene dispositivos que apenas están siendo ensayados en la FEMF?

—Porque nos están pisando los talones.

Reece termina con lo que falta y despierta al sobrino, que pasa al sofá.

—Saca a esa ladrona de mi casa —jadea el coronel.

—No hables —le pide su tío.

—¿Que no hable? —se inclina—. ¡Quiero a Laurens Caistar fuera de aquí!

—¿Qué pasa?

—Me ha estado robando todo este tiempo —espeta el coronel—. Eso es lo que pasa.

La miro y me es inevitable no pasear los ojos por la ropa que trae.

—Yo le voy a devolver todo lo que he gastado, se lo juro —le dice—. Solo es un préstamo.

Trata de defenderse y no sé cómo se le ocurre hacer semejante tontería.

—No vas a devolver nada porque vas a ir a prisión por lo que hiciste.
—Le deja claro—. ¡Arréstenla y sáquenla de aquí!

—He trabajado para usted y me he esforzado por…

—¡No me importa! —le grita Christopher—. ¡Te quiero donde tienes que estar y es en prisión!

La cabeza empieza a dolerme. Alex toma el móvil de Christopher, que muestra el informe del banco, me enseña la pantalla y me pide que proceda.

—Teniente, yo le juro que solo fueron un par de veces.

Trata de apoyarse en mí, pero, por más que quiera, no puedo contradecir la orden de un superior.

—Llévensela —le pido a dos de los soldados.

—Teniente. —La secretaria se pone a llorar.

—Llévala al comando y encárgate del protocolo —le ordeno a Dalton, quien asiente.

Me pide que, por favor, la entienda y no puedo. El error que cometió no es cualquier cosa. La sacan y Alex trata de levantar al hijo, pero este se niega. Se levanta solo, va en busca de la escalera, que empieza a subir, y desaparece arriba. La mirada del ministro recae sobre mí; está molesto y ya no sé qué más quiere que haga.

—¿Qué estás esperando para hacerte cargo? —me regaña—. Tu trabajo es cuidarlo.

—Sí, señor. —Sigo al coronel. «Qué martirio esta familia».

—Yo puedo hacerme cargo —intercede Marie.

—¿Para que te eche a patadas? No, gracias.

—Le diré a la empleada que te prepare una habitación —informa Sara a mi mamá, quien trata de no perder los estribos.

Me devuelvo a dejar un beso sobre su frente.

—Te veo en la mañana —le digo—. Debo montar guardia toda la noche.

—No lo pierdas de vista —advierte Alex—. Cualquier cosa, avísame.

Reece me entrega un frasco de analgésicos y una crema. La empleada me guía a la habitación. Christopher solo se quitó los zapatos y ya está en la cama con la mano sobre el pecho cuando entro.

Suelto el cinturón de armas e Ivan me sube el maletín que tengo en la camioneta con ropa de cambio. Como vivimos en continuo movimiento, nunca se sabe cuándo hay que cambiar de atuendo. Desconecto el auricular y me quito los tacones tras poner el pestillo a la puerta. Miro el sofá, se ve cómodo, pero me apetece más la cama y dudo que Christopher despierte con lo mal que está.

Sincronizo la alarma antes de acostarme, no quiero pensar en lo de Laurens ni en el pésimo día que tuve hoy. Pongo la cabeza sobre la almohada y el cansancio me vence casi de inmediato.

No tengo idea de cuánto tiempo pasa, si fueron horas o minutos, solo sé que reacciono cuando siento a la persona que se mueve bruscamente a mi lado. Volteo y veo al coronel que respira mal, como si tuviera mucha rabia o mucho miedo, así que busco la manera de despertarlo.

—Christopher —lo llamo mientras se mueve agitado.

Lo muevo, pero no se despierta por más que insisto; le tomo el pulso, detecto que lo tiene elevado y lo sigo moviendo.

—Es solo una pesadilla. —Tomo su cara y siento su mano sobre mi muñeca cuando la aprieta con fuerza—. ¡Christopher!

El agarre me maltrata y de un momento a otro se viene sobre mí. Su peso me hunde mientras forcejea conmigo en la cama, no es consciente de lo que hace y como puedo trato de que reaccione.

—¡Estás soñando! —le grito, y reacciona—. Soy yo.

Tiene las hebras negras pegadas a la frente por el sudor, le cuesta regular la respiración, sigue desorientado y le paso los nudillos por la cara. Yo tengo pesadillas todo el tiempo y sé lo traumáticas que pueden ser.

Me toma la mano, baja a mi boca y no lo aparto, siento los latidos rápidos de su corazón en lo que le peino el cabello con los dedos. Su mirada se une a la mía y rozo nuestros labios con cuidado cuando se acerca más.

—¿Qué pasa? —pregunto—. ¿Qué tienes?

—Te da igual —la voz le sale débil— lo que tenga o no.

—Claro que no me da igual, podemos pelear y no estar de acuerdo en muchas cosas, pero me preocupo por ti, así como tú te preocupas por mí.

—Le vuelvo a pasar los nudillos por la cara—. Sabes que, pese a que estemos en medio de una lluvia de meteoritos, no dejamos de pensar en el otro.

Stefan no consiguió que lo olvidara y tampoco lo hizo la distancia. Desde que lo conocí mi cerebro creó la necesidad de pensarlo como si fuera un deber de todos los días, una primera necesidad, como comer o respirar.

—Puedes confiar en mí —insisto.

—Llevo días sin dormir. —Se deja caer a mi lado—. La misma pesadilla me despierta una y otra vez con una secuencia de hechos donde siempre veo lo mismo: un cuerpo sin vida, sangre y un ataque hacia mí que no puedo detener.

—¿Un cuerpo sin vida? —pregunto— ¿De quién?

—De alguien que no tiene importancia.

—Si fuera así, no sería una pesadilla. —Me enoja el que me mienta—. ¿Quién es? ¿Gema?

Me callo, dado que me está contando algo y no quiero dañarlo con cosas que nos harán pelear. Se ve cansado, cierra los ojos, me quedo a su lado con la mano sobre su abdomen y capto cómo se le van regulando los latidos.

—¿Estás comiendo bien?

Pregunto y sacude la cabeza como si no importara.

—¿Varios días sin dormir? Vives estresado y te la pasas peleando con todo el mundo —suspiro—. Mi amor, si no te cuidas vas a enfermarte.

Pongo el mentón sobre su pecho antes de pasear los nudillos por su cara.

—Debes tomarte las cosas con calma y respirar.

Se viene sobre mí y respiramos al mismo tiempo.

—Tengo frío. —Pasa las manos por mi cabello—. Deja de hablar y abrázame.

—¿Estás usando la excusa de «tengo frío» con el fin de conseguir cariños por mi parte?

—Sí.

Me besa y correspondo con la misma vehemencia que emplea: un beso largo, que solo nos da espacio para respirar y volver a la boca del otro con el mismo ímpetu.

Mis ojos se encuentran con los suyos al terminar.

—No soporto tu ausencia. Mis ganas por ti están presentes todo el tiempo, cuando duermo, al despertar, al caminar, cada vez que respiro —confiesa—. No quiero que nadie te mire, te bese, te toque o desee. Te quiero conmigo las veinticuatro horas del día.

Cambio los papeles, quedo sobre él y no sé por qué me dan ganas de llorar.

—Eres mi peor enfermedad y estoy en un punto donde me cuesta lidiar con el desespero que surge cada vez que te tengo lejos.

Toma mi cara y une nuestros labios otra vez, besos húmedos que hacen que mi lengua toque la suya múltiples veces. Solo somos él y yo en la alcoba que tiene en la mansión de su padre.

Lo siento cansado y vuelvo a mi puesto. Dejo la cabeza sobre su pecho y lo abrazo con el fin de quitarle el frío que dice tener.

—Descansa. —Cierro los ojos.

No me aparto, el sueño me vence de nuevo y ninguno de los dos se aleja, dormimos abrazados hasta que el móvil me saca de la zona de confort. Como puedo alcanzo el aparato, ya que tengo la pierna de Christopher encima. No es la alarma lo que suena, es una llamada de un número desconocido.

—Hola —contesto, somnolienta.

—Pensé que a las conejitas les gustaba jugar en la madrugada.

—¿Quién habla? —No reconozco la voz.

—Nate, hermosa.

—¿Nate? —Miro la pantalla.

¿Quién diablos le dio mi número?

—¿Quieres jugar un rato?

Le cuelgo, no estoy para tonterías.

Vuelvo a la almohada, me tapo con la sábana, y esta vez me olvido del mundo. Siento que soy una piedra la cual el cansancio la hunde en lo más profundo del océano.

—Rachel —me mueven, y me niego a abrir los ojos—, Rachel.

—¿Sí?

—¿Te pagan para dormir? —me regañan, y veo a Christopher en la orilla de la cama con la mano en las costillas—. Son las seis de la mañana.

Los cambios de humor de este hombre me dan migraña. Me estiro bajo las sábanas y el sueño se esfuma al percatarme de que está recién bañado y con una mera toalla alrededor de la cintura.

—Me duelen las costillas, así que levántate y haz algo.

«Follármelo, eso lo que voy a hacer». Saco los pies de la cama y voy al baño, donde me lavo los dientes y la cara. Para cuando vuelvo a salir, está acostado hablando con Gema por el móvil. A ambos les encanta arruinarme el día. Cuelga y tomo el ungüento que me entregó Reece anoche.

—Dime dónde te duele, que debo irme a trabajar.

Se voltea, me siento a su lado, me echo el contenido en los dedos y lo paso por el hematoma. Por muy afectado que esté, sigue siendo provocador. Mi delirio ninfomaníaco me eleva la temperatura cuando noto la erección matutina que tiene.

—¿Mejor? —Dejo la crema sobre la mesa y él se acomoda en el puesto.

—Ahora me duele otra cosa. —Se pone la mano sobre la entrepierna.

—No puede moverse, coronel. —Respiro hondo y me acerco más—. Los movimientos bruscos pueden lastimarlo más.

Pone la mano en mi cuello, baja por mi pecho y aferra los dedos al escote de mi vestido.

—Dame de esto, entonces. —No deja que me levante.

Baja la tela del vestido, los senos me quedan expuestos, toma uno y se apodera de mi boca cuando me besa. Besos calientes que me empiezan a nublar la capacidad de pensar.

—No puedes.

—Ofrécemelas. —Baja a mi cuello—. Solo un minuto, no tardaré más de eso.

Las ganas que me generan me impiden negarme, quiere chuparme las tetas y lo pide de una forma tan provocadora que dejo que me lleve a la cama, me acomodo de medio lado y le ofrezco uno de mis pechos. Posa los labios contra él y arremolina la lengua mientras pone la mano sobre el otro.

Como siempre, se pierde, me marca con los dientes, mientras que las caderas se me mueven solas al sentir como chupa con más fuerza. Lame y se prende de un modo tan voraz y agresivo que siento que tengo prendido a un animal.

Reparte besos húmedos a lo largo de mi cuello en lo que sube, llega a mis labios y volvemos a los besos calientes. Siento que su mano asciende por mis muslos en busca de las bragas, que me quita antes de hundir los dedos en el coño y empezarlo a masturbar con suavidad. Vuelve a mis tetas y acomodo la espalda sobre la cama. No aparta la mano de mi sexo y el toque no hace más que empaparme. Se toma su tiempo y los tirones en los pezones son un placer puro y exquisito. Saca los dedos y se los lleva a la boca cuando me suelta los pechos.

—¿Te gusta? —Le muerdo los labios.

—Mucho. —Lo empujo a la cama y me abro de piernas sobre él.

—Estoy muy caliente. —El vestido me queda en la cintura y me recojo el cabello en lo que me contoneo sobre él.

Su boca me llama y bajo a besarlo con un arrebato desesperado que me obliga a morderlo otra vez. No logra disimular el dolor que siente con mis movimientos y me da pena, pero las hormonas no me dejan parar, así que me refriego con firmeza contra su miembro y él ondea bajo mis muslos.

—Tres minutos. —Sujeta mis caderas y observa cómo me acomodo lista para autocomplacerme.

Coloco la cabeza húmeda en mi entrada, el pecho se me acelera y siento que veo el cielo cuando bajo con cuidado. Aprieta los dientes y empiezo a moverme de arriba abajo sin perder contacto visual. Tensa la mandíbula cuando trazo círculos con mis caderas y le araño los bíceps, presa de la adrenalina que me genera el estar sobre él.

Se le oscurecen los ojos y las puntas del cabello me tocan la espalda cuando echo la cabeza hacia atrás.

—Dios…

Bajo a besarle la boca, mis labios buscan el cuello del que me prendo y no me basta, dejo mordiscos sobre la piel, así como en su clavícula. Jadea cuando me pongo brusca y siento que no puedo parar.

—Perdón —me disculpo al sentir que lo lastimo.

—No importa…

Me incorporo y quedo a horcajadas sobre él, quien se sienta para abrazarme; el movimiento lo lastima otra vez.

—Déjalo estar. —Trato de parar y…

—Que no importa, joder. —Me toma de las caderas moviéndome hacia delante y hacia atrás y ubico las manos en sus hombros hondeando la pelvis. No quiero hacerle daño, pero el sexo suave no se le da a ninguno de los dos en estos momentos—. No tenerte, me duele más.

Lo cabalgo cual puta desesperada en lo que me muevo a mi antojo y soy yo la que pierde el control besándolo como me place en busca de mi propio placer, mientras él aprieta los dientes y me aparta el cabello.

Lo necesitaba, desde el día que se fue lo necesitaba tanto física como emocionalmente.

—¿Le gusta? —Salto sobre la polla dura que tengo entre las piernas—. ¿Le gusta cómo me lo cojo, coronel?

Sonríe con descaro y me dan un tirón en el cabello.

—Sí —confiesa—. Me gusta cómo me folla, teniente.

Pierdo los dedos en el cabello del hombre que se prende de mi cuello en lo que me sigo moviendo, busco sus labios y deja que me abra paso dentro de estos.

—Rachel —capto el sonido de la perilla cuando la mueven—, ¿estás ahí? Es Luciana, mi cerebro busca la forma de parar, en vano, ya que esto está demasiado delicioso como para dejarlo a medias.

—¿Rachel? —Vuelve a tocar.

—Espérame abajo. —Trato de oírme normal—. Acabaré en un segundo con el coronel.

—No lo creo —susurra contra mi piel, y le tapo la boca para que se calle.

—Dentro de tres minutos estoy abajo. —No me importa otra cosa que no sea la polla que tengo en el coño y el hombre que me besa con fiereza.

—No tardes. —Capto los pasos de mi madre, que se alejan de la puerta. Tres leves movimientos y siento mi orgasmo acompasado con su derrame.

—Siempre es un gusto cogérmelo, coronel. —Me bajo y me quito el vestido que dejo caer antes de encaminarme a la ducha.

No hay nada como un polvo matutino para empezar el día con energía. Respiro hondo bajo el agua, lo único malo es que ahora quiero más. Trato de salir lo más rápido que puedo. Christopher está en el mismo sitio cuando salgo. Busco el vaquero, que me coloco junto con la blusa de cuello alto; me calzo las botas, me meto el arma en la parte baja de la espalda, conecto el auricular y me pongo la chaqueta.

Él no me quita los ojos de encima ni cuando me acerco por el móvil. Veo que tengo dos llamadas perdidas del mismo número que me llamó en la madrugada.

Christopher desvía la vista al noticiario que está viendo en la pantalla del televisor, yo quiero más y, por lo que veo bajo las sábanas, él también. Si me quedo, sé que no trabajaré.

—Que tenga un buen día —me despido.

Me acomodo la chaqueta mientras bajo y me doy un vistazo en el espejo del vestíbulo: todo está en orden. La empleada me informa de que mi madre está desayunando con los Morgan en el jardín y me lleva al sitio donde está Reece, Alex, Marie, Sara, Regina y ella.

—Teniente —Regina baja el periódico cuando me ve—, cuánta demora. ¿Qué tanto hacía?

Marie me clava los ojos y Alex le da un sorbo a su café.

—Me ponía al día con el coronel —contesto, seria—. Había pendientes sobre el atentado.

—Claro.

Me alejo a contestar el móvil, que empieza a sonar.

—Mamá, termina rápido, que te llevaré a abordar el avión.

La madre de Alex se levanta y se acerca mientras hablo por teléfono. Dalton Anderson me informa de que Laurens está en el comando y se encargó de todo su proceso; también me avisa de que Make Donovan ya fue dado de alta. Termino rápido con la llamada, ya que siento que la abuela del coronel me necesita. Parece de la realeza con el traje de sastre hecho a la medida y los lentes Carolina Herrera.

—¿En qué le puedo ayudar? —pregunto después de colgar.

—¿Estuvo bueno el polvo? —inquiere.

—¿Disculpe? —me ofendo.

—El que te acaba de echar mi nieto. —Mantiene el periódico en la mano—. Yo también me veía como tú cuando follaba con el Morgan que tenía como marido y no te culpo; estuve igual o más enamorada que tú, pero nada de eso me desconcentró de mi objetivo.

—Christopher y yo somos coronel y teniente…

—No quiero que le pase nada —me suelta—. Es importante para mí y para Alex, así que espero que hagas un buen trabajo, porque si algo le pasa, te la verás conmigo.

—Nos vamos. —Llega mi mamá.

—Tomate un café primero —me dice Regina ante de alejarse—, trabajar con Christopher debió dejarte agotada.

—No es necesario, gracias.

Rodeo los hombros de mi madre y la llevo a la sala. Tyler me entrega las llaves del McLaren que mandé traer y le abro la puerta a Luciana cuando estamos afuera.

—¿Y el Volvo? —pregunta.

—Lo cambié, ya hacía falta —respondo tranquila—. Ahora tengo este, así que póngase cómoda, señora James.

Mientras conduzco, me pone al tanto de cómo están las cosas en casa. Una ventaja de estar lejos es que no corren tanto peligro como aquí. Ya saben que debo hacerme la cirugía de anticoncepción y el tema se toca de camino a mi apartamento.

Detengo el vehículo frente a mi edificio y bajo con ella.

—Sé que esto es difícil para ti, para mí también lo es; sin embargo, siento que es lo mejor después de todo lo que ha pasado. —Pone la mano en mi hombro—. Es un sueño menos, pero tendrás otros que si podrás llevar a cabo, eres fuerte y podrás reponerte; sé que será difícil, pero lo harás.

Asiento con un nudo en la garganta.

—Haz que levanten la restricción —pide—. No somos delincuentes como para no poder entrar libremente aquí.

—Lo hablaré.

Debo comentarlo con Alex, es injusto lo que impuso y ya estuvo bueno con eso. Dejo que mi madre suba por el equipaje que le ayuda a bajar Stefan; volvemos al auto y en el aeropuerto compro una caja de bombones para mi hermana menor, una agenda británica para Sam y un vino para mi papá. De tener más tiempo, enviaría más cosas, pero no lo hay.

—Espero que la candidatura pase rápido, y así nos quitemos tanto estrés de encima —se despide mi madre—. Les diré a tus tías que estás bien.

Recoge su equipaje y yo le doy un último abrazo antes de que se vaya. Las personas que la trajeron vienen por ella, así que regreso a la mansión donde me reúno con los soldados que tengo a cargo.

Estipulo tareas, la niña de Laurens la tiene el novio, según me contó Stefan, Alex me manda llamar, así que subo al despacho donde está con Reece y Regina Morgan. Beben té mientras juegan a las cartas.

—Mañana quiero un buen bloque de seguridad, nos reuniremos con los generales de alto rango, el Consejo y un grupo de personas de peso —me informa Alex—. Haz que Christopher firme los documentos del armamento nuevo que se solicitó.

Frente al sofá, trato de tomar nota de todo, pero el ministro habla como si fuera quien sabe qué máquina y que debo captar órdenes en nanosegundos.

Muevo los dedos lo más rápido que puedo; sin embargo, mi tarea queda a medias al sentir las manos que se posan en mi cintura antes de besarme el cuello. Me congelo en el puesto y no sé qué es peor, que hagan esto frente al máximo jerarca o que lo esté haciendo el hijo del máximo jerarca.

Procuro actuar con normalidad y, ya que está aquí, hago lo que me pidieron.

—Estas autorizaciones requieren de su firma, coronel. —Le paso el aparato para que lea el documento.

—Necesito saber el número de víctimas de ayer, detalles de cómo se dio todo y de los que estaban con el Boss —le exige al papá mientras lee.

—Parker y Lewis están en eso, les diré que te pongan al tanto de todo.

—Me largo a probar el auto. —Me devuelve el iPad.

—No hasta que se le instalen las medidas de seguridad que se requieren —me opongo—. Ya estamos en eso.

—Deja de darme órdenes. —Se molesta—. No eres mi madre.

—Pero sí la encargada de su seguridad y, por ende, las órdenes las doy…

Me calla con un beso que me acelera los latidos. Toma mi cara en lo que sumerge su lengua en mi boca con premura, un beso pasional que me hace sentir pena de las personas que nos rodean.

Se aleja y no sé ni cómo colocarme mientras que él actúa como si nada.

—Estaré en la piscina y no quiero que nadie me joda.

Se va y todo el mundo sigue con lo suyo como si lo que acabara de pasar fuera lo más normal del mundo.

77

Chist, sumisa

Gema

Un día después

Los taxis tradicionales se mueven a lo largo de Hampstead, el viento frío de noviembre tiene a las personas caminando rápido sobre las aceras. Le doy un sorbo al café que dejo en el portavaso y vuelvo a poner las manos sobre la guantera del Camaro que conduzco. Liz se mantiene a mi lado con la mano apoyada en la puerta del vehículo.

—Dejas que tu futuro marido me trate como estiércol —se queja—. Permites que me grite cada vez que se le da la gana.

—Christopher es así con todo el mundo. Aparte de que no le caes bien y lo sabes.

—O sea que cuando te cases dejarás de ser mi amiga —se molesta—, porque lo más seguro es que no quiera verme en tu casa.

—Claro que seguirás siendo mi amiga. —Acaricio su cara—. Te adoro y él tiene que aprender a tolerarte y tú, a comportarte.

Detengo el vehículo frente al edificio del coronel. Mi abogada me está esperando allí, se acerca y le extiendo la mano a modo de saludo.

—Espérame aquí —le pido a Liz—. Bajaré apenas termine.

—Trabajaré desde el móvil, así que no te afanes.

Subo con la abogada al ascensor que nos deja en el piso lleno de soldados. La mujer se arregla el traje y yo hago lo mismo con el mío. Christopher y su abogado me citaron aquí con el fin de pactar acuerdos antes de la boda, por ello no vine sola.

Sara Hars está en la cocina dándole instrucciones a Miranda y alzo la mano para saludarla. Christopher se halla en el comedor con su abogado y es raro verlo vestido con ropa informal a esta hora; tiene, además, el cabello húmedo como si se acabara de bañar y un conjunto deportivo gris de sudadera con capucha.

—Tesoro, ¿cómo te sientes? —Le pongo una mano en el hombro y le dejo un beso en la mejilla—. Te veo mucho mejor.

No me contesta, está tan concentrado en la pantalla de su móvil que no me presta ni la más mínima atención. Andrés, su abogado, tiene varias carpetas en la mesa. Le presento a la mujer que me acompaña.

—No alarguemos el asunto, las mandé a llamar porque Christopher desea que firmes los acuerdos previos al compromiso. —Me extiende una hoja—. Lee y firma.

Le da una copia a la abogada, que toma asiento conmigo. El acuerdo es claro al decir que cada uno conservará lo suyo al momento de la separación, es decir, que no se van a dividir los bienes.

—¿Y es muy necesario esto? —pregunto—. Cuando se es un equipo, no hay problema en compartir lo que cada uno tiene.

—La fortuna de los Morgan no se compara con la tuya —responde el abogado del coronel.

—Sara, ¿tú firmaste capitulaciones? —le pregunto a la mujer que sale de la cocina—. No me mientas, me quieres como a una hija y a los hijos no se les miente.

—No me voy a meter en eso. —Se seca las manos en una toalla—. Solo vine a entregarle el cheque anual del coronel, aproveché para darle un par de sugerencias a Miranda y ya me voy.

La chef se despide y Christopher no le pone atención, solo cambia del móvil al iPad; es así cada vez que trabaja: el mundo deja de existir cuando se concentra en asuntos importantes. No se inmuta ni con el beso que le da la madre.

Lo amo, pero se me hace egoísta de su parte que, pese a estar recibiendo tanto dinero, no lo quiera compartir conmigo, que le daré lo mejor de mí.

—Bien —habla mi abogada—, supuse que el coronel pediría algo así y por ello me tomé la molestia de poner una cláusula de fidelidad. Si el señor Morgan comete adulterio, tendrá que ceder un cuarenta por ciento de sus bienes a mi cliente.

El abogado lo mira a la espera de una respuesta; sin embargo, parece que se halla en otro planeta. Le habla y el coronel alega que está en algo relevante.

—Chris —le digo, y no me mira.

—Uno de los soldados recogerá el armamento. —Rachel aparece con el móvil en la oreja—. También pasarán por el equipo de seguridad.

Luce un deportivo de falda corta y una playera que le llega a mitad del torso. La joya que le decora el ombligo brilla con la luz del sol y su aspecto es un bofetón a la autoestima de cualquiera. La cola de caballo que se hizo le llega a la mitad de la espalda y tiene cierto tono bronceado en la piel.

—Dalton —llama al soldado que se acerca—, debemos establecer qué soldados estarán hoy con el ministro y quiénes se quedarán acá.

Da instrucciones, varios soldados se acercan a escuchar lo que tiene que decir. Todo el mundo asiente y ella se viene al comedor mientras se acomoda el auricular en el oído.

—Christopher...

El coronel deja de ver el aparato y pone los ojos en la mujer que le habla en lo que apoya la mano en el espaldar de la silla. Busca no sé qué en la pantalla que sostiene Christopher.

—Está por llegar el armamento suizo y viene una CZ 75 SP 01. Es liviana y la reservé para ti, es práctica y fácil de llevar —le dice—. De alto calibre, como las que manejas.

Alcanza la tostada con mermelada que él tiene sobre su plato.

—Perdón, el hambre me está matando. —Se tapa la boca para que no la vea masticar.

—Me gusta el arma que tengo —espeta él.

—Lo sé y esta será un complemento —replica ella—. No te estoy diciendo que dejes de usar la que tienes.

Sigue moviendo los dedos en la pantalla.

—¿Qué más viene en camino? —pregunta él, y ella le explica.

—Hay que cambiar las cámaras de la casa, las actuales están bien, pero hay cosas que quiero prevenir.

—Desayuna y luego lo discutimos —contesta él—. Y quítate ese aparato del oído, pareces un robot con esa mierda conectada todo el tiempo.

Ella se lo quita antes de tomar asiento junto al coronel. Quiero llevar las cosas bien, pero ella no pone de su parte.

—Rachel, él es abogado de Christopher —presento a Andrés—. Lleva todos los asuntos legales del coronel.

—Ya lo conozco —contesta ella.

—Arresto injustificado, si mal no recuerdo —comenta el abogado.

—Si —confirma ella.

La empleada trae el desayuno y le doy un sorbo a la taza de café que me entrega.

—Miranda, ¿te puedo molestar con algo? —Le llama Rachel—. ¿Podrías cambiarme los huevos por fruta? Ayer comí unos y no me sentaron bien.

—Claro. —La empleada se lleva al plato.

—Eres muy amable.

Dejo de ponerle atención. Rachel James puede ser muy bella, muy inteligente y capaz; sin embargo, siempre estaré por encima de ella, dado que el avance de esta candidatura es gracias a mí. Soy la que ha puesto todo su esfuerzo en esto. Me he ganado el cariño de muchos y soy fuente de inspiración para varias mujeres. La teniente no me amedrenta por más aguerrida que sea. Mi abogada debate con Andrés mientras que los demás comemos.

—Teniente —la llama Dalton Anderson—. ¿Tiene un minuto? Debo informarle algo urgente.

—Espérame en el gimnasio —ordena ella.

Aparta el plato que tiene y se levanta.

—Que tengan un buen día —se despide antes de desaparecer.

Miranda recoge todo y yo releo todos los documentos. Hablé con mi abogada anoche y se encargó de decirme qué me conviene y qué no.

—Firma. —Andrés me extiende la pluma.

—Lo haré si Christopher acepta la cláusula de fidelidad, agregarla solo nos tomará un par de segundos.

—¿Cláusula de fidelidad? —alega el coronel—. ¿Desde cuándo no confías en mí?

Deja el móvil de lado.

—Si no tenemos el pilar de la confianza, ¿para qué diablos estamos juntos? —espeta—. Yo confío en ti y por ello no pacté ninguna cláusula de adulterio.

—Es algo que le sugerí a mi cliente —interviene mi abogada—. La señorita Lancaster ya tiene bases que le hicieron aceptar la sugerencia, así que le ruego que respete su decisión.

Christopher se levanta, con la cabeza me indica que haga lo mismo y con él me dirijo a la sala.

—No voy a firmar ese acuerdo, porque no me gusta que me condicionen —me dice—. Si vamos a empezar con la desconfianza, no vamos a prosperar nunca. Me siento bien contigo y, por eso, no tengo la necesidad de ir a buscar a otras mujeres.

Suspiro y él busca mis ojos.

—Sé sincera, ¿ya no confías en mí?

—Claro que lo hago —me defiendo—. Solo que…

—Me conoces desde que somos niños, así que déjate de cosas. Siento que no estoy hablando con mi Gema.

Me paso la mano por la cara, mi abogada me insistió con esto y… Él sacude la cabeza, enojado, y me preocupa que me vea como una segunda Sabrina.

—No me vas a fallar, ¿cierto?

—No, como ya te dije, la confianza es primordial aquí. —Se acerca más—. Por ello, no habrá pautas, ni condiciones.

—¿También dejarás de lado las tuyas?

—No, porque después de la mala experiencia que tuve, debo prevenir, y lo sabes. —Guarda un mechón de cabello tras mi oreja—. Tengo todo calculado y planeado, así que tranquila, que nada malo va a pasar.

Mis ojos se encuentran con los suyos, me sonríe y mi enamoramiento por él florece como lo hacen los árboles en primavera.

—Bien, ogro gruñón. —Rodeo su cuello con mis brazos—. La quitaré, solo para que veas lo mucho que te amo.

—Ya lo oyó —le dice a mi abogada—. La cláusula se cancela.

—Señorita Lancaster...

—Firmaremos los documentos tal cual se redactaron. —Vuelvo al comedor con Christopher—. Confío en el coronel y no será necesaria la cláusula.

Mi abogada abre la boca para hablar, pero no la dejo.

—Andrés, ¿dónde tengo que firmar?

—Aquí. —Christopher me extiende los documentos y yo estampo mi firma—. Listo, coronel.

Me vuelvo hacia él, quien deja que lo abrace. Los abogados recogen todo y se disponen a salir. Miranda los acompaña a la puerta y me quedo con Christopher en el comedor. Se recuesta en la silla y me acerco a dejar un beso en su mejilla.

—Te siento tenso. —Acaricio su pecho.

—¿Cómo no estarlo con todo el trabajo que tengo encima? —se queja—. Sin secretaria tengo todo acumulado.

—¿Quieres que te ayude?

—Sí, organiza mi itinerario, hay que hacer una presentación, sellar órdenes, enviar correos. —Revisa la hora—. Todo está en el despacho, empieza ya, necesito que todo esté para antes del mediodía.

Se encamina hacia el pasillo que lleva a las alcobas.

—¿Y qué harás tú?

—Ejercicio. —Se va.

—Bien. Me debes una cena por todo esto.

—Primero veré que tan bien queda todo —contesta, y suelto a reír.

Es un mandón exigente, pero así lo amo.

Rachel

Analizo la información que suelta el soldado frente a mí, se mantiene serio y yo, fría. Me acaba de dañar la maldita mañana.

—¿Hablaste directamente con él? —pregunto.

—No, me contactó su abogado —responde—. Fue claro al decir que Antoni Mascherano quiere reunirse urgentemente con usted.

Camino al ventanal del gimnasio privado del *penthouse*. Los mensajes de Antoni me dan dolor de cabeza; por más fuerte que esté, siempre me generan escalofríos.

—No me lo está preguntando —continúa el escolta—, pero el abogado insistió en que era importante para el preso verla.

—¿Qué tipo de cita pidió?

—En recinto privado.

—Dile que no puedo —ordeno—. Y déjale bien claro que no deseo que vuelva a llamar.

Lo menos que me apetece es ver al creador de la droga que me arruinó la vida. Mi último cara a cara con él terminó en promesa y no quiero encarar eso.

—¿Está bien? —pregunta el soldado.

—Sí. Encárgate de todo lo pendiente y avísame si surge algún detalle nuevo sobre el atentado de la Bratva —ordeno—. Sé claro con el contacto de Antoni Mascherano. No quiero que me vuelva a contactar.

—Como diga. —Se retira.

Me voy a la mesa llena de documentos, todo espacio es útil para laborar: la alcoba compartida, el despacho, hasta la mesa del gimnasio. Está llena de carpetas, pero con lo que me dijo el soldado, no puedo concentrarme en leer.

Veo a la abogada de Gema salir del edificio, la visita es otra cosa que me amarga el día. Si está aquí, es porque Christopher sí va a casarse con ella y, por ende, pronto se sabrá.

Apilo todo en lo que me digo a mí misma que todo estará bien, esto es lo que más le conviene a la campaña y podré con ello. Lancaster ha estado desde el principio, todo el mundo la quiere y le aplaude lo que hace; sin embargo, el imaginarme a Christopher caminando al altar me comprime todo por dentro.

El verlo juntos como una familia… ¿Y si le da hijos? La idea me provoca náuseas, detengo la tarea y de un momento a otro el gimnasio se inunda con música. Volteo y veo a Christopher frente al estéreo, deja el control de lado y se sube a la trotadora, Eminem llena el espacio y él empieza a ejercitarse. Me pregunto si Gema sigue siendo la protagonista de sus pesadillas.

Le doy la espalda, enciendo la laptop y reviso el perímetro como me corresponde. La teniente Lancaster está en el despacho trabajando, Liz Molina hace lo mismo, pero en el vestíbulo del edificio, mientras que Tyler está haciendo la ronda. Muevo los dedos y veo a Marie Lancaster en su alcoba, se está revisando los dedos cortados.

Christopher sigue trotando a mi espalda, pasé el día de ayer con él y dormimos juntos en la noche, sin embargo, eso no quita que vaya a casarse con otra.

—Ayúdame con los abdominales —me pide—. Deja eso y ven.

—Estás golpeado y no puedes hacer ejercicio.

—Te di una orden, mas no te pregunté.

Se saca la sudadera junto con la camisilla, acomodo la pantalla de la laptop para no perder de vista el panorama. Él se sienta en el suelo y me abro de piernas sobre sus rodillas, antes de poner las manos sobre sus muslos.

—¿Cuentas tú o yo?

La vista que me da tiene una sola definición y es perfección. El torso descubierto enciende las ganas de quitarme la ropa.

—Yo lo hago.

Poso los ojos en la pantalla, no puedo perder de vista mi trabajo. Baja e inicia la serie de abdominales. Sigo con los ojos en la computadora y los labios del coronel chocan con los míos cuando lo miro.

—Uno —cuenta.

Vuelve al piso y se impulsa hacia delante otra vez.

—Dos. —Me estampa otro beso—. Tres.

Profundiza el tercer beso antes de bajar y subir con el mismo método que, al decimocuarto beso, me obliga a tomarlo de la nuca, nuestras lenguas danzan y al mismo tiempo miramos la pantalla que muestra las cámaras, todo está bien y vuelve a apoderarse de mi boca.

Prolongo el momento que termina con él sobre mí.

Mete las manos bajo mi espalda y me pega a él como si fuéramos uno. A mí misma me digo que es mío; no obstante, mi subconsciente insiste en que esto es algo efímero. La visita de la abogada viene a mi cabeza y lo imagino al lado de Gema con un bebé en brazos y…

Suelto sus labios y rechazo el próximo beso, insiste y llegan las dudas. No sé lo que hizo mientras estaba en la isla, nadie me garantiza que no se haya acostado con ella.

—Solo he sido yo, ¿cierto? —increpo—. Si te acostaste con Gema mientras no estaba, lo mejor es que me lo digas.

—Ya te dije que no pasó nada —contesta—, así que deja la paranoia.

Lo aparto y vuelvo arriba.

—No tolero verte con ella…

—Debes hacerlo, porque hay cosas que sí o sí deben pasar —replica—. Yo estoy dispuesto a todo por ganar.

—¿Aunque eso conlleve perderme?

—No empieces con las amenazas. —Se molesta.

—No son amenazas. En la isla aprendí muchas cosas y quererme, es una de ellas —alego—. No tengo por qué tolerar nada…

—¿Y qué harás? —me reta— ¿Volver con el idiota que tienes en tu casa?

—Si no soy el centro de tu mundo, entonces prefiero no ser nada, Christopher —le suelto—. Las cosas no son como antes, y si tú buscas lo que te conviene, entonces yo haré lo mismo.

Se queda en silencio y acorto el espacio que nos separa.

—No me voy a quedar llorando en el piso. Si otro puede darme lo que tú no me das, lo voy a aceptar —sigo—. Me juzgas, alegas que prefiero a otros y no notas que eres tú el que me obliga a eso.

—Olvida la idea de estar con otro y de empezar a joder con lo mismo de meses atrás —espeta—. No juegues con fuego porque te vas a quemar.

—No vengas con advertencias, que me limpio el culo con ellas si quiero.

Lo dejo, estoy harta de este papel y no lo quiero. Tengo cosas que hacer y con él no hago más que perder el tiempo. El orgullo no le da para seguirme, así que alisto todo y me preparo para salir.

—Encárgate del traslado de Christopher al comando —le ordeno a Dalton—. Su reunión es a las catorce horas.

Todos los candidatos se van a reunir con el Consejo y los generales más importantes de la FEMF. Deben tomarse medidas después del atentado y van a discutirlo. Será una reunión de horas donde ningún escolta puede entrar.

Tengo un par de horas libres, así que llamo a Paolo Mancini con el fin de ver qué consiguió. Tomo mi arma, la placa y las llaves del vehículo. El investigador me pide que lo recoja en una de las estaciones del tren.

Calculo el tiempo y a la hora estipulada paso por él.

—Traje todo lo que creí útil —me dice.

Tira la colilla de cigarro que tiene en la boca y le quito el seguro a la puerta del McLaren para que entre con la caja que sostiene. Arranco con él, quien ocupa el asiento del copiloto y, mientras conduzco, mi móvil se enciende en la guantera.

—¿Sí? —contesto.

—Teniente James, buen día —hablan al otro lado—. Le hablamos del centro penitenciario Irons Walls, queremos confirmar la cita que tiene con el reo 109768 de nombre Antoni Mascherano.

Las manos se me tensan en el volante con el pálpito que estremece mi pecho.

—No tengo ninguna cita con Antoni Mascherano.

—¿Es un error? El recluso me acaba de informar que vendrá a verlo en la tarde.

—Le informó mal, no tengo ninguna cita con él y tampoco quiero tenerla. Agradecería que no me vuelvan a llamar. —Cuelgo.

El hombre a mi lado se mantiene en silencio. Abro la ventanilla para que salga el olor a nicotina que tiene impregnado en la ropa, quiero llegar a mi apartamento rápido, así que desvío el auto hacia Belgravia.

Vislumbro mi edificio a lo lejos y frente a este está el auto de Paul Alberts.

Subo con el detective y la primera persona que veo es al amigo de Stefan, que está en la sala. Para ninguno de los dos es un secreto que no nos agradamos y el mal gesto que hace me lo reitera.

Stefan sale de la cocina secándose las manos con en el mandril que trae puesto.

—Angel —me saluda, y Paul deja la bebida que tiene de lado.

Sin decir nada empieza a recoger los documentos que tiene sobre la mesa, al parecer, estaba trabajando aquí.

Le pido al detective que tome asiento, no me gusta meterme en cosas que no me importan; sin embargo, me cuesta obviar el sello de la carpeta del amigo de Stefan: es de Casos Internos.

—¿Sigues trabajando para la rama? —pregunto.

—Sí, debo colaborar cada vez que se me pide —contesta con sequedad.

—Tengo trabajo que hacer y requiero espacio —le digo—. Espero que no te ofenda.

—Para nada, de todas formas, me iba a ir.

Stefan lo acompaña a la puerta, el soldado desaparece y yo presento a Paolo.

—Traje todo lo que Elliot tenía en su oficina —comenta el detective—. Anoche revisé todo con detenimiento.

Me dejo caer en uno de los asientos.

—Philippe Mascherano desde temprana edad estuvo alejado de su familia —informa—. No se lo vio mucho con los hermanos.

—En Londres no lleva mucho tiempo —secunda Stefan—. Cuando interrogaron a la secretaria de Drew, dijo que supo de este después de que apresaran a Antoni Mascherano.

—¿Dio alguna otra pista?

—No, el día que iba a confesar la atacaron en la celda y, al colaborar con la entidad, se le concedió arresto domiciliario —responde el soldado.

—Ahora Dalila Mascherano se hace llamar la dama de la mafia —informa Paolo—. Los Halcones negros están siendo perseguidos por ella, se dice que quiere acabar con los hombres del tío. La hija menor de Brandon, a toda costa, quiere ser relevante en la mafia.

El detective empieza a sacar lo que hay en la caja.

—Hace días vieron a Dalila con los soviéticos. —Muestra una foto—. Son asesinos, pandilleros natos, muchos los conocen como «Cazarrecompensas». Son bastante conflictivos.

—¿La FEMF sabe de todo esto?

—Lo dudo —contesta Stefan—. Escuché al capitán Lewis quejándose de que últimamente casi todo llega a medias o alterado.

—Conseguir información es cada vez más difícil —secunda Paolo—. Al igual que el difunto Elliot, creo que Philippe Mascherano está dentro del comando inglés: un general murió bajo los muros de la central, están los ataques y sabotajes, como también el que Dalila Mascherano frecuente mucho Londres.

La cabeza me empieza a palpitar, es difícil buscar si no se tiene un rostro o un indicio de cómo es.

Rebusco en la caja, donde hay fotos de todos los Mascherano: Antoni, Dalila, Alessandro, Isabel… Todas con el nombre detrás. Encuentro varias del hijo pequeño de Bernardo Mascherano, se llama Domenico, también hay de Lucian con un niño de la mano.

—¿Este es Damon Mascherano? —pregunto, y él asiente—. ¿Dónde está?

—Dicen que en las cloacas rusas. Lo entregaron para que lo entrenaran.

—Es un niño. —Se me comprime el estómago—. ¿Cuántos años tiene?

—Dos o tres, no estoy muy seguro.

La mafia es una completa mierda, ¿entrenar? Es un pequeño, apenas tenga tiempo, me pondré en la tarea de buscarlo.

—Vea esta otra foto —me dice Paolo—. Elliot la marcó como Naomi Santoro.

La mención del nombre hace que de inmediato le quite la imagen. Es la hija de Fiorella, la niña que mencionó cuando estaba en Positano. Se ve bastante mal, delgada y maltratada.

—¿Dónde la tienen? —inquiero.

—Es la doncella de Dalila Mascherano —informa Paolo—. Se le ha visto con ella, la italiana la golpea en público y la lleva a los clubes que visita.

La hija menor de Brandon es una demente al igual que el padre. Solo a un desquiciado se le ocurre maltratar a un menor así.

—¿Tienes pistas del sitio donde se hospeda cuando viene a Londres?

—Elliot la siguió —me muestra información— y la vio entrar múltiples veces a esta propiedad, es una vivienda que está en un pueblo aledaño, atrás está la dirección.

—Angel. —Stefan toma una de las fotos que reposa sobre la mesa.

Mis ojos viajan a ella y mis extremidades se niegan a moverse con lo que veo.

—Esa foto es de hace tres meses —informa Paolo—. Es Dalila saliendo de un restaurante en Venecia.

Lleva el abrigo puesto y la jadeíta Mascherano brilla en el cuello de la hija de Brandon, quien la luce con orgullo. Suelto lo que tengo y me apresuro a la caja fuerte, donde tenía la joya guardada. Con afán coloco la clave, la puerta se abre y me llevo las manos a la cabeza al ver que no está.

—¡Hijos de puta!

Muevo todo lo que hay adentro y no hallo nada: ni la joya, como tampoco los sobres con la información de mis colegas que había guardado.

—Puedo jurarte que no tengo nada que ver —me dice Stefan—. Te lo juro por los niños del orfanato.

—¿Quién ha venido aquí en mi ausencia? —increpo—. Días antes del operativo del Hipnosis vi la joya aquí, estaba al igual que el sobre.

—Paul vino varias noches a hacerme compañía. Alan, un fin de semana me visitó y tomamos cerveza, también estuvo Luisa, Brenda y Laila. —Trata de recordar—. Laurens se quedó aquí hasta que la detuvieron, los de mantenimiento vinieron a reparar el circuito que estaba fallando… Angel, te juro que no tengo idea de quién pudo ser.

Me apresuro al estudio, tengo un circuito de cámaras que casi nunca uso. Entro a mi laptop en busca del programa, pero no arroja nada y cada vez que elijo una fecha para mirar, lo que proyecta son imágenes estáticas.

—¿Hay algo? —inquiere Stefan.

—No, y esto nos va a joder. Se llevaron la información que tenía de mis compañeros, era importante, al igual que la jadeíta.

El pulso se me eleva y trato de tomar aire por la boca. Tomaron todo hace meses.

—¿Qué hago? —me pregunta Stefan—. ¿Cómo te ayudo?

Muevo los dedos en el teclado, entro al sistema del comando y busco la lista de todos los soldados que hay. Filtro y solo me quedo con los que tienen entre veinte y veintitrés años. El número de caras que me arroja me empeora el dolor de cabeza, pues son demasiadas, así que acorto la lista con los que marchan en las filas más cercanas.

También coloco los rasgos físicos que se asemejan a los Mascherano. El sistema me arroja sesenta y dos caras y todas las mando a imprimir.

—Necesito que me lleves con la secretaria de Drew —espeto—. Tuvo que haber visto a Philippe Mascherano, aunque sea una vez, y le sacaré todo a golpes si es necesario.

Recojo las hojas que imprimo y guardo todo en un sobre.

—Elliot debe tener una copia de la información que me entregó, necesito que la busques —le pido a Paolo—. Revisa todos los ordenadores, apáñatelas como puedas, pero requiero todo de nuevo.

No puedo perder nada de lo que me dieron. Stefan se arregla y bajo con ambos hombres a la entrada del edificio, despido al detective y abordo mi auto con Stefan. Dejo que me guíe donde vive la exsecretaria de Drew Zhuk.

Terminamos en el sudoeste de Londres, en Richmond. Me desplazo entre casas adosadas hasta que encuentro lo que busco. Stefan sale primero que yo y trota a la entrada.

Toca la puerta y nadie le abre.

—Está aquí —avisa—. En la mañana verificamos la ubicación y estaba aquí.

No le abre, tampoco se asoma. Él insiste y a mí se me acaba la paciencia, con dos patadas la madera estalla y mi día no deja de ir de mal en peor cuando veo el interior de la vivienda: los muebles están volcados, enterraron un tiro en el televisor y no hay más que un perro con el collar de reo.

Stefan se apresura a revisar las alcobas y no pierdo tiempo, puesto que se la llevaron, esta gente no es novata.

—Nada —me avisa Stefan.

—Avísale al comando.

Se pega al teléfono en lo que me quedo en la entrada. El mío empieza a vibrar y enciendo el manos libres que tengo conectado a la oreja.

—¿Sí?

—Teniente —habla Dalton al otro lado—, ya concluyó la reunión del coronel.

—¿Qué pasó?

—Los generales, candidatos a ministro, se retiraron de la carrera electoral por las amenazas que se están presentando. Solo Leonel Waters, Kazuki Shima y el coronel decidieron continuar —me informa—. El coronel se dirigió a los que lo atacaron con claras demandas.

—¿Qué dijo?

—Ordenó un contraataque a todas las propiedades y madrigueras de la mafia que ya han sido identificadas —responde—. La orden es derrumbar todo con explosivos.

La casa que me mostró Paolo es lo primero que se me viene a la cabeza.

—¿Irá al operativo?

—No, el capitán Parker se hará cargo.

—Estate pendiente de la tropa, llegaré un poco tarde. —Salgo disparada al auto, seguida de Stefan.

De la guantera tomo los documentos que me dio Paolo y busco la dirección donde se vio a Dalila Mascherano.

—Necesito encontrar a Naomi Santoro —le comento al soldado, que cierra la puerta del vehículo—. La FEMF de seguro va a bombardear la propiedad donde se la vio, acabarán con todos los sitios identificados.

Esa niña no solo es un pase directo a Philippe, también es la hija de Fiorella y no merece seguir padeciendo en manos de los italianos.

Piso el acelerador cuando estoy en la avenida, Stefan me da indicaciones con la ayuda del GPS y trato de llegar lo más rápido que puedo. Parker es de los que les gusta cumplir órdenes al pie de la letra y cuando Christopher dice fuego, es fuego.

El viaje me toma tiempo, sin embargo, logro llegar al complejo de casas que aparece a lo lejos. Tomo la imagen que tengo, memorizo la dirección en mi cabeza calles antes y detengo el vehículo en un punto estratégico para que no lo encuentren.

Una horda de camionetas blindadas enciende sirenas a lo lejos y empiezo a correr con Stefan en busca de la casa. No tomo la carretera, me sumerjo en la zona verde que lleva a los jardines de las propiedades. Meto los pies en el canal de agua que se me atraviesa y sigo corriendo como una maldita loca. La primera explosión que se oye me obliga a tirarme al suelo cuando estoy por llegar. Las llamas se alzan dentro de la vivienda y vuelvo arriba.

Los soldados allanan por la entrada delantera y el personal de la casa empieza a salir por la parte trasera.

—Angel, allá. —Stefan me señala a las personas que huyen de los tiros, la mayoría luce el uniforme de la servidumbre y, entre todos ellos, solo hay una niña.

El aire pesado hace estragos en mis pulmones cuando el asma me cobra factura con la presencia de los gases de los explosivos, pero, pese a eso, emprendo la persecución en lo que corro afanada hacia el camino que toman.

—¡Naomi! —Necesito saber si es ella—. ¡Naomi!

Voltea un segundo ante de seguir corriendo, pero las piernas le fallan y termina rodando colina abajo hasta el canal del lago, donde se queda con los pies sumergidos. Yo me deslizo por la pendiente.

—¡No me haga daño! —Se pone de rodillas alzando las manos en la orilla del canal—. ¡Por favor!

Los soldados siguen acabando con todo a su paso, así que la tomo y la traigo conmigo como quien roba a un niño en plena calle. Forcejea. Stefan me ayuda a taparla con la chaqueta y con él busco el auto que dejé kilómetros atrás. El asma me empieza a joder cuando estoy por llegar, le entrego la niña al soldado y conduzco, agitada. La garganta me duele y con el pasar de los minutos todo empeora.

Me esmero por volver a casa lo más pronto posible, empiezo a toser, la niña no deja de llorar y Stefan se apresura a mi alcoba cuando llegamos a mi apartamento.

—Ten. —El soldado me entrega el inhalador que me pongo en la boca cuando llegamos a casa, siento un soplo de vida cuando lo pulso.

El HACOC deja secuelas como estas, hay cosas que en mi sistema se dañaron y esto lo demuestra. Espero un par de segundos hasta que los niveles de agitación pasan.

—Naomi —tomo a la niña que se fue al rincón de la sala y se niega a mirarme—, escúchame.

Es delgada, escuálida, la ropa que viste está sucia y tiene los pómulos marcados. Da pesar ver los ojos hundidos y sin vida; es una niña que no tiene más de diez años y, por lo que veo, ha sido maltratada casi toda su vida.

—Soy Rachel James, agente de la Fuerza Especial Militar del FBI —le muestro la placa, pese a que sé que tal vez no entienda de lo que hablo—. Nadie va a hacerte daño. Conoces a Lucian, ¿cierto? El hijo de Antoni está con nosotros.

Se queda quieta cuando lo menciono.

—Él está a salvo, así como tú ahora —le hago saber.

Tiene rasguños en la cara, un moretón en el ojo, las rodillas raspadas y el labio roto. No es fácil lidiar con los malos tratos de la mafia y ella es una muestra de ello.

—Voy a ayudarte, pero necesito que me colabores con algo. —Busco las hojas que imprimí—. Dime quién de estas personas te resulta familiar. Conoces a Philippe Mascherano, ¿cierto? Ayúdame a saber quién es.

Nerviosa, sacude la cabeza y se tapa los oídos en lo que rompe a llorar desconsoladamente.

—Me quiero ir —solloza—. Déjeme ir.

—No, acá estás a salvo. —Veo los moretones que tiene por todo el cuerpo—. Ya no van a lastimarte.

Entra en pánico, trata de buscar la salida y Stefan la toma, ella le da pelea y siento que no tiene caso interrogarla, está aterrada, con miedo y quisquillosa. No la puedo llevar a la FEMF, porque si hay infiltrados, querrán tomarla.

—Le haré algo para que se calme, se tranquilice y duerma —me dice el soldado—. Debe confiar en nosotros o no conseguiremos nada.

—Llamaré a Luisa.

Dejo que la lleve a la alcoba de huéspedes y llamo a mi amiga, quien no tarda en venir. Primero me acusa de que estoy loca y luego procede a revisarla, mientras se lo explico todo.

Tampoco logra nada, no hace más que llorar. Luisa envía a Stefan por un sedante, este va por él y gracias al medicamento logra conciliar el sueño, pese a que hay que dárselo a las malas.

—Hay que ir con calma, si ejerces demasiada presión sobre ella, te verá como los que la maltratan —me aconseja Luisa—. Debes darle tiempo.

—Nadie la puede ver ni saber que está aquí —le advierto a ella, y a Stefan—. Nadie puede pisar esta casa.

La cabeza me duele y camino a lo largo de la sala. Luisa tiene razón, no podemos presionar a la niña; sin embargo, paciencia es de lo que carezco en este momento con Christopher en peligro y con todo lo que está pasando.

Tocan el timbre y Stefan se apresura a cerrar la puerta donde duerme la niña. No estoy esperando visitas. Luisa se acerca al ojillo de la puerta y en voz baja me informa de que es Derek.

Me asomo, el soldado está afuera con la hija de Laurens en brazos.

—Teniente, buenas noches —saluda—. Lamento incomodarlos, es que…

Acomoda a la niña que se mueve mientras la sostiene.

—Tiene fiebre y quiero llevarla al médico, pero no tengo los documentos de ella —me explica angustiado—. A Laurens no le dio tiempo de darme nada.

Tomo a la niña.

—Yo me hago cargo. —Se la quita Luisa—. La llevaré con la doctora de Peyton.

—¿Segura? Puedo ocuparme de ella sin problema. —El soldado se pone bien el abrigo—. Ella y Laurens son importantes para mí.

No pierde de vista a la niña cuando Luisa se aleja con ella.

—No sé si será mucha molestia pedirle ayuda con el caso de Laurens —me dice Derek—. Hice un cheque con la suma que hurtó; no obstante, a pesar de estar paga la deuda, el coronel exige que permanezca, como mínimo, seis meses en la cárcel.

—No puede estar seis meses en la cárcel —interviene Stefan—. La niña necesita a su madre.

—Insisto en que puedo hacerme cargo, me tiene confianza —alega el soldado—, mas no quiero ver a Laurens tras las rejas, ella es una buena persona y no lo merece.

Comparto su forma de pensar, estuvo mal lo que hizo, no pensó; aun así, como dice el soldado, no es una mala persona y tiene una hija que la necesita. Scott es otro que está en problemas ahora y no puede hacerse cargo, la familia de Laurens no va a ayudar mucho y la de él quien sabe si querrán dársela con lo que está pasando con Scott.

—Veré qué puedo solucionar. —Lo acompaño a la salida—. Ahora vete, te llamo de ser necesario.

—¿Y la niña?

—Nos haremos cargo de ella —le aseguro para que se vaya tranquilo.

—¿Me puedo despedir?

Luisa se le acerca, ella se arroja a los brazos del soldado, que le da un beso en la frente antes de abrazarla.

—Todo va a estar bien —le asegura antes de devolvérsela a mi amiga.

—Descansen.

Cierro, ahora todo el mundo es sospechoso y tiene las manos en el fuego. Mi amiga se despide, dado que quiere llevar a la niña con el médico cuanto antes.

Hay que solucionar cuanto antes lo de la secretaria, ya que Luisa puede ayudar por un tiempo, pero no por mucho. Para el caso de Laurens debo hablar con un ente mayor, y ese es Alex, que seguramente hoy no estará de buen genio, a menos que… tenga un embajador que me ayude con la tarea. En mi móvil busco el número de Reece, siento que es la persona indicada.

—Aquí *daddy* —contesta—. ¿Me extrañas, cariño?

Me hace sonreír, el término «*daddy*» no trae buenas cosas en mi cabeza.

—¿Dónde estás?

—Posesiva y celosa, qué delicia —sigue bromeando.

—Necesito un favor…

—Alto, bello sol que me alumbra y enciende en las mañanas —me detiene—. Primero cambia ese tono apagado y preocupado.

Tomo una bocanada de aire, es un hombre que siempre está atento a los detalles.

—Respira y repite: primero yo y luego el mundo.

Le hago caso, estoy rompiendo las promesas pactadas conmigo misma.

—Cariño, haz lo que te haga feliz y, si las cosas no están yendo bien, haz lo que tengas que hacer para que mejoren —me dice, y oigo la música que tiene al fondo—. Tú no tienes derecho a sufrir ni agobiarte. ¿Lo tienes claro?

—Sí.

—Cuéntame qué necesitas.

—Un favor con Alex.

—Lo tengo enfrente, así que mueve ese cuerpo de sirena hasta acá.

—Reece, no…

—Te envío la dirección en un mensaje —me corta—. Trae algo rojo y sexi. *Bye.*

No me da tiempo de protestar. Hablo con Dalton, me avisa de que ya llevó al coronel a su *penthouse*. La Alta Guardia está con él, al igual que Gema, quien forma parte de la lista de personas que trasladaron.

Voy al clóset, lo abro, saco lo que me pondré y camino al lavabo donde me tomo un baño. Trataré de volver apenas pueda, no se sabe cuándo tenga un tiempo, así que empaco el consolador que compré meses atrás. No voy a cargar con frustraciones, lo usaré cuando requiera.

Hablar con Alex no es la cosa más motivadora del mundo, y pese a que no lo es, trato de ponerle buena cara a la situación.

Reece Morgan merece que le dé gusto en lo que pida, así que decido ponerme un vestido sencillo color rojo cereza. Llamo a Luisa para saber qué le dice el médico sobre la hija de Laurens.

—A Reece Morgan no lo conozco, pero debería escribir un libro de motivación personal —comenta mi amiga—. Le agradezco mucho lo que ha hecho por ti. Ve y reúnete con él, no te preocupes por nada, que cuando termine aquí, voy para allá a ver a Naomi.

—Gracias.

Me termino de arreglar y preparo para partir. Stefan me hace saber que estará atento y yo salgo a abordar el taxi que me lleva con los Morgan.

Termino en Mayfair. Hay hombres con traje, fuman frente a la puerta que cruzo. Es un bar con aire antiguo y los dos hijos de Regina Morgan están en una de las mesas del fondo. Saludo a los soldados de la Alta Guardia antes de avanzar a la mesa.

La orquesta que está tocando en directo llena el lugar con tango. Reece me ve y de inmediato se levanta a saludarme.

—Buenas noches. —Le doy un beso en la mejilla.

—Alex también quiere un beso —empieza.

El máximo jerarca fija la vista en mí y no niego que me intimida por el carácter y porque está como para…

—Aprovecha que Christopher no está —sigue Reece—. Si se enamora de ti, todo quedará en la familia.

Tomo asiento y trato de cambiar el tema.

—Lamento incomodarlo, ministro —hablo—, pero quería hablarle sobre el asunto de Laurens.

—Eso no es de mi incumbencia —me corta.

La chaqueta del traje descansa en una de las sillas y solo luce el chaleco del atuendo.

—Christopher no va a ceder con ese asunto.

—Obvio que no lo hará, la secretaria le robó.

Suspira y lo veo agotado, las ojeras son notorias y el cabello lo tiene como si se hubiese pasado mil veces la mano por encima.

—Laurens actuó mal, pero la hija no tiene la culpa y por ella estoy aquí —intento mediar—. Scott está preso, Maggie es pequeña y necesita, aunque sea, uno de sus padres a su lado.

—¿Dónde estuviste todo el día? —desvía el tema—. Hoy no te vi por ningún lado.

—No puedo estar todo el día detrás de Christopher, debo hacer trabajo investigativo —le recuerdo—. Me pidió que hiciera esto porque confía en mí y sabe que he de tratar de cortar las amenazas desde la raíz, pero para ello hay que investigar.

Recibe el trago que le traen.

—Me encargaré de que Laurens no vuelva a poner un pie en la central. Si la dejan libre, podré trabajar más tranquila —insisto—. También me sería de ayuda el que levante la restricción que tienen mis padres, ya fue suficiente con eso, y usted lo sabe.

No me contesta.

—Por favor.

—Dejaré que la liberen mañana por la mañana, siempre y cuando me jures que no la volveré a ver —estipula—. Con lo de tus padres, estate tranquila, es algo de lo que estaba por encargarme.

—Le agradezco. —Me quita un peso de encima.

—Solucionado el problema, vamos a bailar. —Reece me levanta.

—Tengo que ir a trabajar.

—Un retraso más, un retraso menos da igual. A Alex no le importa.

—Sí me importa.

—Soy tu hermano mayor, así que no me contradigas.

Me arrastra a la pista y solo me da tiempo de dejar la cartera sobre la mesa. El bandoneón marca el inicio de una nueva canción, cosa que pone a Reece Morgan más coqueto y sensual de lo que ya es. Posa las manos en mi cintura y evoco el tango que bailé en la casa de Leandro.

Trazo un semicírculo con la punta del pie como lo hacían las antiguas bailarinas.

—Como dato curioso, te informo de que bailo desde los cuatro años.

—Dejo que empiece y es una exquisitez moverme con él.

Domina el baile como un bailarín nato, su sien queda contra la mía y dejo que me lleve por la pista, me da la vuelta y juntos nos volvemos el centro de atención.

—Christopher me va a odiar, pero creo que te voy a raptar —bromea—. Estoy notando que somos almas gemelas.

—Estoy de acuerdo con eso.

Se sigue moviendo conmigo a lo largo de toda la pista, me da un par de vueltas antes de volverme a poner contra su pecho y no es solo una canción la que bailamos, son tres en total.

Termino muerta de risa y me da un beso en la frente antes de ofrecerme el brazo.

—Acompáñame arriba un rato.

La segunda planta da a un bello jardín lleno de gladiolos; las luces de la ciudad se ven desde el sitio y con él, a mi lado, apoyo los brazos en la baranda.

—Mi hermano y yo nos enamoramos del tango cuando estuvimos en Buenos Aires.

Un dato nuevo de los Morgan.

—Son muy apegados, ¿cierto? —indago—. Alex y tú.

—No me gusta excluir a Thomas —sonríe—, pero lo cierto es que sí. Alex y yo hemos estado unidos desde pequeños, tenemos muchas cosas en común y con Christopher nos unimos aún más. Siempre me pedía que estuviera con él cuando se ausentaba por su trabajo. —Baja la voz—. Aquí, entre nosotros, teníamos como una custodia compartida.

Sonrío, se nota que el sobrino es su adoración.

—Hablas del coronel como si fuera tu hijo.

—Lo es, mi muñequito es complicado, pero así lo amo y sé que él a mí.

Le creo, Christopher es frío; no obstante, he visto cómo contiene la sonrisa en ocasiones cuando el tío sale con sus cosas.

—No tuvo al ministro, pero a ti sí.

—Alex no es un mal padre, ¿sabes? Ama a su hijo y en ocasiones es duro, porque quiere lo mejor para él —expone—. Me gustaría que Christopher lo entendiera y dejara de odiarlo, ya que no se lo merece.

Guardo silencio y él toma mi mano.

—A veces solo apreciamos lo que tenemos cuando se nos va.

—¿Por qué no tuviste hijos?

—Christopher me quitó las ganas, linda —contesta, serio—. Nací para ser el tío sexi y lindo de la familia.

—Tonto.

Posa el brazo alrededor de mis hombros.

—Cariño, no te gustará lo que diré, pero estoy en el deber de avisarte de que ya separé una sala para tu procedimiento —me informa—. Será dentro de siete días.

Recuesto la cabeza en su brazo. ¿Qué se le puede hacer? Nada, debo ser fuerte y resignarme.

—¿Dolerá?

—No, me encargaré de que no lo sientas.

El tema no deja de desatar punzadas en mi pecho. Siento algo duro en su chaqueta y poso la mano queriendo saber qué es.

—No hagas que me excite.

—¿Qué tienes ahí?

—Una tontería.

Saca una agenda pequeña llena de sobres.

—Cuando estaba en la guerra le enviaba cartas a Suni, la madre de Cho. Ella era enfermera, y yo, un soldado —explica—. Me quedé con la elegante costumbre de escribir y suelo enviarles cartas a mis familiares.

Reviso los sobres por encima.

—¿Le vas a enviar una a Cho? —lo molesto al ver el sobre con el nombre—. Qué Romeo me saliste.

—A Cho la quiero mucho, lleva años trabajando conmigo. —Sigo revisando los sobres y se me ensanchan los labios cuando veo uno para mí.

—¿Va a conquistarme cuando se vaya, señor Morgan? —Me lo quita y deja todo como estaba.

—Dejaré que lo leas después de la cirugía —me dice—. En el poco tiempo que llevo de conocerte, te he tomado cariño. —Me toca la punta de la nariz—. Hace días me puse a pensar y llegué a la conclusión de que, si tuviera una hija, me hubiese encantado que fuera como tú.

Acaricio su brazo con una sonrisa en los labios.

—No tuve la fortuna, claro está. —Vuelve a abrazarme—. Pero de ser así, me hubiese gustado que leyera esto si estuviera en tu situación.

Los ojos me arden y respiro hondo para que pase.

—Vas a enterrar uno de tus sueños y aunque digas que ya te resignaste, duele, porque las cosas que realmente se anhelan nunca dejan de desearse.

Me lleno de su calor cuando me aprieta contra él.

—¿Y esto es? —Llega Alex—. ¿Pasó algo en el proceso de recuperación de lo que no me haya enterado?

—Anda, cuéntanos de aquella misión que Christopher tuvo en Las Vegas —empieza mi médico—. Tuvo que bailar y arrancarse la ropa frente a cuarentonas solteras.

El ministro se recuesta en la baranda, su hermano lo abraza y le quita el puro que tiene en la mano.

—Le encantan los abrazos. —Reece sigue bromeando, el ministro le rodea el cuello con el brazo y lo aprieta con fuerza.

Me hacen sonreír, sobre todo Alex, que parece cambiar el humor con los comentarios del hermano.

No quiero seguir interrumpiendo su velada, así que me despido de ambos.

Con la cartera bajo el brazo, camino al vehículo del escolta de la Alta Guardia, que se ofrece a llevarme. La serenidad de la noche me causa dolor de cabeza y en el auto aparece la angustia debido a las sospechas sobre Philippe. Tengo que llegar a él lo antes posible para quitarme este peso de encima.

Tyler está en la entrada del edificio del coronel cuando entro, me pone al tanto de las últimas novedades y sube conmigo al ascensor privado.

La escena que me encuentro en la sala me pone peor: Gema está trabajando con Christopher, él con el nudo de la corbata suelto, concentrado en no sé qué y ella sin zapatos y con el cabello recogido con un lápiz.

—¿Qué tal te fue hoy? —me pregunta ella.

—Me fue bien, gracias por preguntar. —Evito mostrar el desagrado que me generan.

Si está aquí a esta hora es porque de seguro se va a quedar a dormir y dudo que sea en habitaciones separadas. Christopher mira mi atuendo y la molestia no me da espacio para darle cabida al mal gesto que pone.

—Tyler, avisa a los soldados que debemos reunirnos para discutir el informe del día —ordeno en la que avanzo a la alcoba que tenemos—. Que no me hagan esperar, estoy cansada.

—Como ordene, mi teniente.

Dentro del dormitorio me quito los tacones. El sitio no carece de espacio, ya que la habitación es amplia como todo el *penthouse*. Hay dos pantallas desde donde se vigila todo el edificio, las ventanas del balcón doble están abiertas y voy a cerrarlas. Me quito el abrigo y lo dejo sobre el juego de asientos que está en la esquina.

Es el único sitio donde podemos descansar, a veces debemos hacerlo en conjunto y por ello no se mandó quitar la cama doble. Busco el armario que acoge las pertenencias de todos. Está lleno de armas, botas y chalecos. Localizo mi mochila y saco las prendas para dormir, un camisón de seda color crema con bata. Hoy es mi turno de dormir aquí, así que de la cartera saco el consolador que traje de mi casa y lo guardo bajo la almohada para usarlo más tarde.

Tomo el iPad que está sobre la mesa y sentada en la orilla de la cama, espero a los escoltas.

—Adelante —digo cuando tocan a la puerta.

Ivan entra con Dalton, que estará en el turno de la noche. Tyler y siete soldados se sumergen en la alcoba.

Se posan alrededor de la cama en un semicírculo, atentos a lo que tengo que decir. El menos fornido es Tyler, quien no deja de tener un buen cuerpo.

Respiro hondo, estoy rodeada de hombres bellos, visten de traje y sé que debería ir al escritorio, pero estoy demasiado cansada para eso.

Ivan me da un resumen de todo lo importante y Dalton habla de la agenda de mañana. Noto la mirada de Baxter sobre mis piernas y lo miro mal.

—¿Pasa algo, soldado? —le pregunto.

—No.

—¿Y por qué me mira las piernas?

—Porque me distraen, si no quiere que las vea, tápelas.

—¿Cómo? —preguntan en la puerta y reconozco la voz.

El coronel entra a la alcoba, los hombres le abren espacio para que me vea, pero yo no me levanto, me quedo cruzada de piernas en mi sitio.

—¿Qué necesita, coronel? —pregunto, y él me come con los ojos.

—¿Te pagan para que hagas comentarios estúpidos o para trabajar? —Se enfoca en Ivan, que no sabe cómo ponerse—. Recuérdame por qué estás aquí, pedazo de imbécil.

—Están bajo mis órdenes —intervengo—. Los puedo reprender yo, así que no es necesaria su intervención.

—¡El coronel sigo siendo yo! —alza la voz—. Por ende, intervengo en los asuntos que me plazcan.

El enojo le destella en los ojos, no digo nada para no discutir frente a los soldados.

—Muévanse a llevar a Gema y a Marie a su casa —ordena—. ¡Ya!

Los hombres me miran a la espera de una respuesta.

—Tyler, Dalton e Ivan —demando—. Dos camionetas, ya saben cómo es el protocolo.

Se encaminan a la salida como se ordena.

—El resto puede retirarse.

Me dejan sola con el hombre que se queda al pie de la cama con una mano en el bolsillo.

—No busques tragedias que puedes lamentar —advierte.

Dejo el iPad a un lado.

—¿Estás celoso? —indago.

—¿Crees que tengo tiempo para celos?

—Supongo que no. Si no tienes nada más que decir, lárgate, que quiero descansar. —Le señalo la puerta.

Se lleva las manos a los botones de la camisa que empieza a soltar.

—¿Me largo? —increpa—. ¿Es que no estás caliente hoy?

Me acomodo en la cama, me saco la bata que traigo, le muestro las bragas y me la quito frente a sus ojos. Mi sexo queda expuesto y sonríe cuando paseo los dedos por lo que tanto le gusta penetrar.

—Puede que sí —las yemas me quedan empapadas —, pero no quiero meterme tu polla.

Se endereza cuando me llevo los dedos a la boca, le voy a demostrar que no lo necesito.

—No te vayas. —Suspiro en lo que me quito el camisón—. Quiero que veas cómo me corro sola.

Deslizo la mano bajo la almohada, saco el vibrador que compré, lo paseo por el valle de mis pechos, continúo con el descenso y permito que el aparato abra los pliegues de mi coño, lo dejo en un solo sitio y la espalda se me arquea cuando lo enciendo.

El hombre que está al pie de la cama no se mueve y me gusta que me observe como lo hace. El aire frío me pone en punta los pezones, el zumbido del vibrador me eleva la pelvis y siento la llegada del orgasmo que se avecina.

—Estoy saboreando la imagen de… —No me deja terminar, ya que envuelve la mano en mi tobillo, lo agarra fuerte y con rabia tira de este para llevarme al borde de la cama. Aparto el pie y me toma con más fuerza.

—No quiero —me opongo.

Toma mis brazos y, desnuda, me sienta en la cama.

—Se te olvida cómo son las cosas. —Lleva la mano a mi cabello—. No te la vengas a dar de fuerte conmigo porque pierdes.

—Vete con tu puta mojigata y no me jodas.

Busca mi boca y aparto la cara; trato de empujarlo, pero insiste.

—¡No quiero, joder! —Lo empujo y le empeoro el enojo.

Es del tipo de hombre a quien le cuesta disimular lo molesto que está. Me arrodillo en la cama con el vibrador en la mano.

—No te necesito —le suelto—. Lárgate y entiende que…

Vuelve a tomarme del cuello.

—¿A quién me parezco? —Se impone, y la fuerza del agarre me hace pasar saliva—. ¿Crees que soy el tipo de hombre que anda con jugarretas? ¿Que se deja coger las bolas a cada nada?

Hunde los dedos en mi mandíbula y actúa como el animal que es.

—¿Piensas que soy Bratt o Antoni como para suponer que conmigo puedes hacer lo que quieras?

Me lleva contra él, resopla en mi mejilla y no sé qué enfermedad mental tengo, pero en vez de darme rabia, lo que hago es desearlo más.

—¿Crees que soy uno de los imbéciles que manejas a tu antojo?

—Sí.

Sin sutileza me saca de la cama antes de sacarse el cinturón del pantalón, desabrocha la pretina, mi vibrador queda en la cama y trato de tomarlo, pero no me deja.

—De rodillas.

—No.

Intento irme, pero me toma del cabello y me obliga a bajar a las malas. Con una mano me sostiene y con la otra baja la cremallera que le da paso a la polla que sacude frente a mis ojos. La imagen y la dureza que tiene, arman un cúmulo de saliva en mi boca.

El glande toca mis mejillas antes de acariciarme los labios.

Se me eriza la piel, el olor viril que emana es como una droga para un dependiente. La garganta se me contrae, las ganas de que la introduzca en mí convierten mi garganta en un desierto, siento que dejo de ser una mujer y empiezo a convertirme en un animal.

Los pezones me cosquillean, el cuerpo me pica en lo que transpiro feromonas al sentir la fuerza que ejerce a la hora de mantenerme en el piso.

—Mira, en este estado no eres tan hembra.

—Suéltame.

Hago otro intento por levantarme e insiste en mantenerme en el suelo; estira el brazo, alcanza el juguete que dejé en la cama y baja a encararme.

—Vas a meterte esto mientras me la chupas mirándome a los ojos. —Me entrega el consolador.

El coño se me derrite con la demanda.

—Métela. —Pone su polla frente a mis labios—. Ya.

Las ganas son tantas que no me aguanto, introduzco el aparato entre mis pliegues, el desespero no cesa y de rodillas empiezo a autocomplacerme con el consolador que meto y saco, pero no me basta, quiero la polla de Christopher en la boca y mi dependencia por él llega a lo más alto cuando pasea el glande por mis labios, me lleva de aquí para allá como si su miembro fuera lo que me gobernara.

—Chúpamela. —Me la clava en la boca con fuerza y toma el control de los movimientos de mi cabeza.

Sigo con el consolador en mi interior y estoy tan húmeda que mis fluidos empapan el piso.

La polla de Christopher se introduce en lo más profundo y está tan deliciosa que procuro resistir lo más que puedo. La lamo, babeo como si la vida se me fuera a acabar y me ve tan desesperada que de un momento a otro la saca, me priva del placer de tenerlo dentro, de follarse mi boca.

—¿Qué es lo que no querías? —increpa cuando lo busco.

—¡No seas hijo de puta y dámela!

—¡Cállate! —demanda—. Ahora no eres más que una ninfómana, sumisa y caliente, que me voy a tirar como se me dé la puta gana.

Estoy tan caliente que mi cuerpo actúa como si fuera a morir.

—Métemela en la boca. —Miro lo que tiene entre las manos—. La necesito...

Me da varios toques en la cara antes de enterrármela de nuevo, y esta vez no la suelto, gimo con ella dentro, mientras me masturbo con el aparato que no deja de vibrar.

Siento que nada es suficiente y él jadea con los músculos tensos mientras lleva mi cabeza hacia delante y hacia atrás. El glande palpita dentro de mi garganta, echa la cabeza hacia atrás y siento que está por llegar, pero en vez de acabar, me aparta y me levanta de un tirón sin darme tiempo de nada.

Tengo el consolador enterrado y él me tira a la cama. Quedo en cuatro sobre esta y la sonora nalgada que me suelta me deja ardiendo el culo, pero apacigua el dolor con el consolador que mueve en mi canal.

—Basta.

Jadeo, desorientada, en lo que él clava los dientes en mis glúteos antes de hundir las rodillas en la cama.

—Me estás lastimando —le digo cuando sujeta con fuerza mi hombro de forma brutal.

—No me interesa lo que digas, ya te dije lo que eres y lo que iba a hacer —masculla—. Con esto dejaré claro que no soy ninguno de los idiotas que tienes atrás.

Me estruja el culo mientras mueve el consolador y estoy tan empapada que siento vergüenza de la humedad que impregna las sábanas cuando lo mete y lo saca como se le antoja. Golpea mi trasero, me tironea y agita el vibrador como le place.

Las rodillas se me debilitan cuando lo acerca a mi clítoris, lo deja pegado a este y hace que me corra como una puta.

—Christopher, por favor. —Quiero que me folle—. Méteme tu polla, la necesito...

Me presiona la espalda contra el colchón y hace que me mueva hasta al borde, saca el juguete y, como si fuera un maldito primitivo, me come el coño en dicha posición. ¿Acostarme y abrirme de piernas? No.

Él es un animal que me chupa el coño y suelta lametazos que van desde mi clítoris a mi canal, pasea la lengua en lo que me aprieta el culo; el toque es sensacional, no quiero que pare. Continúa y continúa hasta que estallo con su boca sobre mi sexo y esta vez el orgasmo me debilita los brazos.

—Qué banquete me acaba de dar, teniente. —Clava las manos en mi cadera cuando intento voltearme.

El deseo no se apaga, él está más duro que de costumbre y me lo hace saber cuando se desliza en mi interior. Los empellones no son tiernos, sutiles ni delicados, me folla a lo bruto y, mientras lo hace, se quita la camisa, que cae al piso.

Con brío estrella los testículos contra mi periné y juro por Dios que, de morirme ahora, lo haría con una sonrisa en el rostro, ya que sus embestidas son exquisitas, hacen que las tetas me cosquilleen con el ir y venir del miembro que se sumerge en mi canal.

Va y viene con fuerza, insaciable, caliente, violento…

Estrellones, nalgadas, mordiscos… No me importa que pueda partirme en dos, que tal vez duela mañana, el sudor corre por mi espalda y me lleva tantas veces contra él que pierdo la cuenta. Estoy tan agitada y cansada, que creo que el orgasmo me va a matar, dado que me cuesta respirar.

No para, pese a que me escucha mal, me sigue penetrando hasta que se derrama en mi interior. La tibieza de sus fluidos me empapa los músculos, las arremetidas que me sueltan están cargadas de vigor puro y no siento que quiera parar.

—Ya no puedo más —confieso cuando me sigue embistiendo—. No puedo respirar.

Me ignora y sigue con las estocadas. De nuevo intento protestar, pero me pone la mano en la boca, la fuerza que ejerce me deja sin aire, ¡sin aire literalmente! El asma me hace hiperventilar, la respiración se me torna más pesada… Se corre por segunda vez y el que no se quite me deja claro que va a seguir, así que, como puedo, me alejo lo más rápido que puedo.

Las extremidades me pesan y el mareo por la falta de oxígeno hacen que todo empiece a darme vueltas.

—Vete —le pido, agitada.

Subo al cabecero de la cama y dejo caer la cabeza en la almohada, no hubo besos, caricias, ni palabras bonitas, solo sexo, sexo de amantes que vuelven a clavar la palabra «otra» en mi cerebro.

Me trago el sabor que se apodera de mi garganta, me jode que invierta los papeles y se salga con la suya.

El culo me arde, estoy sudada, sensible y sigo sin poder respirar como se debe. Él se levanta a vestirse como si nada y yo escondo la cara en la almohada; él está bien, mientras que yo luzco como una maldita enferma de neumonía, la cual no consigue que sus exhalaciones se regulen.

«No eres la otra» me digo; sin embargo, detesto que me trate como si fuera así. Aprieto los dientes, contengo el quiebre y...

Vuelve a tomarme del tobillo, le peleo, pero me lleva contra él y en un santiamén estoy en sus brazos. Mi mirada se compenetra con la suya cuando me alza en brazos y me deja a su altura, termino con el brazo alrededor de su cuello y alcanzo a tomar la sábana al ver que, sin soltarme, echa andar hacia al ventanal.

Sigo sin poder respirar bien y el aire fresco es algo que agradecen mis pulmones, la brisa me golpea y él se sienta en la tumbona conmigo.

Ya no sé qué decir de esto, no sé si me enamora el sexo o este tipo de momentos. Estoy enamorada de un animal que no sabe tratar.

—No me mires como si fuera tu príncipe azul, porque no lo soy. —Se saca una cajetilla del bolsillo y enciende un cigarrillo—. Ni siquiera sé por qué mierda estoy haciendo esto con lo cabreado que estoy.

Le da una calada a lo que enciende.

—¿Tú eres el enojado? —Me tapo con las sábanas.

—Tus jueguitos e indirectas con otros no me hacen gracia y lo sabes; sin embargo, lo sigues haciendo —espeta—. Basta con eso.

Me mira a los ojos antes de poner la mano en mi nuca, no digo nada, solo dejo que me lleve a su boca. El azote en el pecho me confirma que mi madre tenía razón al decir que somos un reflejo del amor que recibimos. Me he vuelto inestable, celosa y posesiva.

Sé que me hace daño, pero no quiero que se aleje. Paseo las manos por su torso mientras me aprieta contra él, uno, dos, tres, cuatro besos donde solo nos damos tregua para respirar.

Bajo los labios a su cuello y lo abrazo con fuerza.

El móvil le vibra en el bolsillo y le aparto la mano para que no conteste, insisten y me niego a que atienda. Lo sigo besando, el aparato no deja de vibrar y termina sacando el móvil.

—Déjalo —le digo al ver el nombre de Gema en la pantalla.

Ignora la llamada y seguimos a lo nuestro, llevo las manos a su cara e intento quitarle la camisa, pero la maldita de Lancaster no deja de joder.

—¿Qué pasa? —Christopher atiende la llamada.

Capto los sollozos al otro lado, y él se levanta, arruga las cejas y las orejas me arden al notar cómo se preocupa por ella.

—La Alta Guardia irá por ti —le dice antes de colgar.

—¿Qué pasó? —pregunto cuando se dirige hacia la alcoba.

—Gema está en peligro, que un escuadrón vaya por ella ya, hay que traerla acá antes de que sea tarde —ordena antes de salir.

78

Lágrimas de azufre

Rachel

El día empieza como acabó mi noche: mal. Gema encontró un corazón con un puñal incrustado en el centro de su cama y la llamaron a decirle que la tenían en la mira, entró en pánico y casi colapsa.

—¿Cómo entraron al edificio? —le pregunto a Dalton.

—Se hicieron pasar por el personal de seguridad —explica—, violentaron la cerradura e infiltraron al mercenario que dejó la caja.

—Extiende la nota que dejaron para Christopher.

«Muerte a ti, a tu mujer, a tus hijos y a los hijos de tus hijos». Está escrito con sangre.

—Ahora ningún sitio es seguro —continúa el soldado—. Debemos tomar más medidas.

Tiene razón, Gema es clave en la campaña y es obvio que es una de las personas que más peligro corre. Me froto las manos contra mi cara, lo de ayer se suma a lo de hoy y el estrés toma cada vez más peso.

Creo que lo mejor es que me reúna con Alex y le cuente lo de Philippe Mascherano.

—Retírate —le pido—. Requiero espacio para pensar.

—Si me requiere, estaré afuera.

He pasado toda la mañana con los documentos que se robaron en mi cabeza, esa es una de las cosas que más me preocupa. Era la evidencia que me ayudaba a desmentir cualquier tipo acusación.

Alex Morgan es tosco; sin embargo, en ocasiones se deja hablar y necesito que me escuche. Ivan entra con el paquete al que le solicito estudio de huellas dactilares.

—Lo llevaré al comando —me avisa, y asiento.

Apilo los documentos sobre la mesa, Ivan se va y yo salgo a buscar a

Gema, dado que necesito detalles de todo lo que le dijeron. La empleada me avisa de que está en la habitación del coronel.

—Gracias. —Respiro hondo.

Ella vuelve a sus quehaceres en lo que me encamino al pasillo que lleva al dormitorio del coronel. Capto las voces que salen de la alcoba y detengo el paso al oír a Gema llorando.

La puerta entreabierta me deja ver al coronel que está sentado en la cama, mientras ella se pasea nerviosa frente a él.

—Estoy a nada de ser la víctima de una tragedia —solloza—. Me quieren matar y a mamá también...

—Cálmate...

—¡No puedo! —Rompe a llorar—. Tengo mucho miedo y te amo, Chris, pero ya no estoy tan segura de querer continuar.

Christopher se levanta a tomarla de los hombros.

—Si no ganamos, de igual forma nos van a matar —le dice.

—No me voy a perdonar el que le pase otra cosa a mi madre por esto. —No deja de llorar—. Si ella me pierde a mí se va a quedar sola, porque es lo único que tiene...

Se arroja a los brazos del coronel y este no le dice nada.

—Requiero de tu fuerza, ogro. —Lo aprieta con fuerza— ¿Y si te pasa algo a ti? Es algo que tampoco podré soportar.

La abraza y el gesto es un puñal directo al pecho cuando ella se empina a besarlo en la boca. Llevo la espalda contra la pared con una arcada de vómito en la garganta. En estas, mi móvil suena y con un nudo en el pecho me alejo a atender.

—¿Sí? —contesto.

—Teniente James, le hablamos de Irons Walls, queremos confirmar la cita que tiene con el reo...

Cuelgo, lo que menos quiero ahora es saber de Antoni.

Vuelvo a la alcoba que comparto con los escoltas, preparo las armas que me meto en el chaleco antibalas que me coloqué antes, guardo cargadores, la placa y alcanzo la chaqueta que me pongo sobre el chaleco.

—Cúbreme en lo que queda de la mañana —le ordeno a Dalton—. Debo ir a casa, los veré en el club en el evento del mediodía.

Asiente para indicar que está de acuerdo y me apresuro a la salida; así como no quiero lidiar con Antoni, tampoco estoy para lidiar con Gema y el coronel. Requiero espacio para pensar y voy a volverme, tengo asuntos que también requieren mi atención.

Le pido a Tyler que me acerque en su motocicleta. El cielo está lleno de nubes grises, huele a lluvia y parece que el clima va a estar igual de apagado que yo. Le doy las gracias al soldado que me trae y regresa.

Con afán, subo al apartamento donde Stefan está trabajando desde la sala, se levanta a darme un beso en la mejilla.

—¿Lograste algo con Naomi?

—No, en la mañana despertó alterada y no ha dejado de pedir que la dejen volver.

—¿Paolo te ha informado de algo?

—No, la única llamada que recibí fue de Irons Walls. Antoni quiere reunirse contigo.

—Oh, calla, no quiero saber nada de eso. —Tomo el paquete de hojas que imprimí ayer antes de ir a buscar a la hija de Fiorella.

Está en la habitación de huéspedes sentada en la cama, no se ha tomado la molestia de tocar el desayuno que le trajeron. Viste la misma ropa sucia de ayer y con la luz del día son más notorios los moretones que le adornan el cuerpo.

—¿Cómo estás? —Me acerco—. ¿Dormiste bien?

Asiente con las manos sobre el regazo, responde al perfil de las mujeres italianas: pómulos pronunciados, nariz aguileña y cabello color miel, que lleva suelto y les cae a ambos lados de la cara.

Tomo asiento a su lado.

—Eres muy linda, Naomi. —Noto las contusiones que tiene cuando le pongo la mano en la cabeza—. ¿Te gusta la alcoba? Si te apetece podemos darle…, no sé, unos toques, según tu gusto. A tu edad, a mi hermana menor le encantaba todo lo que tenía brillo.

Me fijo en las manos llenas de rasguños y los labios secos.

—¿Qué te gustaría cambiar?

Pregunto y no me contesta, solo mira a todos lados en busca de alguna salida.

—Naomi, entiendo que estés asustada porque yo también lo estuve; sin embargo, debes entender que ya eres libre y nadie te volverá a hacer daño.

Se pone a llorar y me empaña los ojos a mí también. A Fiorella no le hubiese gustado saber que se encuentra en estas condiciones.

—Oye —centro su rostro—, conmigo estás a salvo.

—Ella va a venir.

—No va a venir —le aseguro, y se niega a mirarme.

—Me va a golpear y lastimar.

—Eso no va a pasar. —La abrazo—. Te lo puedo jurar, lo único que necesito es que me ayudes.

Coloco las imágenes que tengo en la cama.

—Solo señala —le pido—, dime si uno de estos rostros te resulta conocido. ¿Alguno de ellos es Philippe?

—Él no es malo, pero la señorita Dalila sí —susurra—. Él no me golpea, me pregunta si comí y deja que me acerque a los niños.

Vuelve a encerrarse en el mismo círculo de ayer y me produce tanto pesar que prefiero encenderle el televisor y dejarla. Más que una herramienta, es una persona y duele que siendo tan niña haya pasado por tanto.

—Laurens me llamó —comenta Stefan mientras me sirvo café en la cocina—. Le darán salida al mediodía.

—Avísale de que no se puede quedar aquí, busca la manera de que se aloje en otro sitio, pero aquí no.

—Angel...

—No podemos confiar en nadie y tengo a la hija de Fiorella aquí. —Dejo la cafetera en su sitio. En estos momentos estoy tan a la defensiva que he pensado hasta en mudarnos o poner explosivos alrededor de toda la casa.

Alcanzo la comida que está sobre la estufa y empiezo a comer, no desayuné y lo que hay me lo bebo con café. No puedo estar falta de energía, hoy tendré una larga jornada de trabajo y, además, quiero rellenar mis espacios vacíos con todo lo que se me pone por delante.

—Debo estar en el evento del club, Luisa ya viene de camino a cuidar a Naomi —informa Stefan—. Tomaré una ducha.

—Voy para el sitio, puedo llevarte si deseas.

Con la cabeza me indica que sí, acabo con el tocino y en la sala espero que Luisa llegue; no tarda en aparecer y Peyton es lo que medio me alegra la mañana al verla. Es una bebé risueña a la que le tomo las manos cuando me las ofrece.

—¿Puedes creer que está enamorada de Parker? —bromea Luisa mientras nos vamos al sofá—. Cada vez que lo ve se desespera y no deja de reír.

—¿A quién le gustan los alemanes? —molesto a la bebé.

Luisa la llena de besos y de un momento a otro se me nubla la vista al verla tan feliz. No quiero decir que es envidia, porque no lo es: es nostalgia, ya que nunca podré tener un bebé.

La sostengo mientras Luisa le prepara el biberón, se parece más a los Banner que a Simon.

—¿Puedo dárselo? —Me ofrezco y mi amiga me pasa el biberón.

Acomodo a la bebé en mi regazo, sé alimentar a un bebé: a mi hermana menor le di muchos biberones cuando era pequeña, mi papá me enseñó a hacerlo y siempre me ofrecía. Creo que por eso Em me ama tanto, a cada nada veía mi cara frente a ella.

—Hace unos días revisé el perfil psicológico del coronel —comenta Luisa—. Lo hice a través del informe anual obligatorio.

—¿Y? —suspiro—. ¿Encontraste la cura a su alto nivel de egocentrismo?

—No, pero confirmé que es una persona complicada, descubrí que es el tipo de hombre que no estaría dispuesto a adoptar, no tiene corazón para eso. En un formulario se le hizo la pregunta y respondió que no —me dice—. Te lo menciono porque siento que es algo que debes saber.

—Da igual. —Me enfoco en Peyton—. Mi relación con él está más abajo que arriba y lo peor es que entre más obstáculos, más lo quiero.

Suspiro y ella no deja de mirarme.

—Estoy jodida, todo el tiempo le pido a Dios que me haga recapacitar, necesito que me ayude a anhelar amores como el de Stefan y Bratt.

—Se desciende del cielo al infierno y una vez envuelto en llamas no se sube —afirma—. Los demonios no entran al reino de los cielos, no porque no puedan, sino porque para ellos nunca será suficiente.

Suelto a reír, no sabía que había tomado clases de poesía en mi ausencia. Termino con el biberón y siento a la bebé.

—¿Me estás diciendo demonio?

—Y de los peores. —Acaricia mi cabello antes de abrazarme—. Me hiciste mucha falta, nunca dejarás de ser mi mejor amiga.

—También te extrañé.

Dejo mi brazo alrededor de sus hombros hasta que llega Stefan, le encomiendo a Naomi y me preparo para partir con el soldado. El auto está bajo de combustible, la motocicleta me hará llegar en menor tiempo, así que la saco del estacionamiento y dejo que Stefan se suba atrás.

Arranco rumbo al club campestre que está a cuarenta minutos. El encuentro de hoy es importante, dado que Casos Internos, el Consejo y los generales de alto mando estarán presentes.

Las medidas de seguridad que han tomado empiezan a verse desde lejos: hay francotiradores rondando por todo el perímetro, soldados encubiertos, otros motorizados que recorren la zona, mientras que algunos se pasean con canes.

La fila para entrar es larga, ya que registran a todos los que entran, excepto para mí, que formo parte de la Alta Guardia. Me adentro al sitio, los agentes de los medios internos se acercan a hacer preguntas y trato de ser amable a la hora de alejarme.

Con Stefan paso a la enorme carpa blanca que han acondicionado para el evento y veo a los Morgan en una mesa con Gema y Cristal, mientras que la Élite se encuentra en una mesa aparte. Paseo los ojos por el lugar y veo a Liz Molina jugando con la hija de Kazuki Shima.

Saco el auricular que me conecto al oído.

—El perímetro no presenta ningún tipo de alerta por el momento, mi teniente —me informan los soldados al encender el aparato de comunicación.

—Bien, estén alerta.

Casos Internos se hace presente y mi mirada se encuentra con la de Alex, quien me mira. Christopher está situado a la derecha de este y Regina a su izquierda. Reece los acompaña, al igual que Sara Hars.

Sigo escaneando el sitio, Joset Lewis vino con Sabrina y las gemelas. El papá de Bratt camina con la hija pegada a su brazo. Toda la familia viste de luto. La mejoría de la hermana del capitán es algo que poco a poco se empieza a notar.

Carter Bass y Wolfgang Cibulkova toman asiento junto con el Consejo, que espera en su sitio. El cuello me empieza a picar, no sé por qué.

—Voy por algo para tomar. —Se aleja Stefan.

Doy una vuelta por el sitio y Bratt se levanta de su puesto cuando me ve; las gemelas lo ven y se vienen con él. Me saluda con un beso en la mejilla, no hemos tenido tiempo de hablar después de todo lo que pasó.

—Te ves bien —me dice Mia y le sonrío—. Me alegra eso.

Su hermana la toma de los hombros, en mi noviazgo con Bratt siempre fueron amables conmigo y eso es algo que se mantiene.

—¿Cómo están?

—Bien —contesta—. Lo de la tía Martha duele en ocasiones, pero todos dicen que tarde o temprano pasará.

—¿Y Joset? —pregunto—. ¿Cómo lo lleva todo?

—Está concentrado en la recuperación de Sabrina —responde Bratt—. La muerte de mi madre fue un golpe de realidad y está mostrando una mejoría, por increíble que parezca.

Muevo la cabeza con un gesto afirmativo.

—Lamento mucho lo que pasó con Meredith —añade el capitán—. Fue duro tanto para ti como para mí.

No me gusta su comentario, aunque haya perdido a su madre, no se compara con lo mío, porque yo viví dos veces el mismo infierno. Sí, perdió un hijo y, aunque se oiga tonto mi pensar, él puede volver a engendrar, pero yo no.

—No es igual, Bratt…

—Sé que no es igual, por ello te vuelvo a pedir que me perdones —suspira—. No creí que los celos de Meredith fueran a llegar tan lejos…

—Pero llegaron y las consecuencias nos salpicaron a Angela y a mí —replico—. Y lo que más rabia me da es que me juzgaste con lo de Christopher…

503

—No puedes comparar. —Alza la mano para que me calle—. Yo con Meredith no llevaba el tiempo que llevaba contigo y con Milla no me descaré como lo hiciste tú con el coronel —repone—. Milla no era la mejor amiga de Meredith.

Trato de obviar el cúmulo de emociones que se me forman en el pecho.

—Yo te amé de verdad, ¿sabes? Pese a que fallé, te quise; sin embargo, siento que esto no lo puedo perdonar. —Me arde la nariz—. Las pocas esperanzas que tenía de ser madre me las quitaron. En el exilio hice lo posible por conservar la posibilidad, ¿y para qué? Para nada.

—Hay otras opciones...

—Si claro, Rachel siempre tiene que optar por el plan B, porque nunca le pueden dar el plan A.

—Ambos merecemos ser felices, Rachel. Yo no te inyecté ni te condené a Antoni, tampoco le dije a Meredith que te lastimara —espeta el capitán—. Te mereces lo mejor y me levanté a decirte que de corazón espero que encuentres a esa persona que te llene y te merezca.

Pone la mano sobre mi hombro y bajo la cara, tengo mucha rabia.

—Fuimos importantes el uno para el otro, no arruinemos eso. —Acorta el espacio entre ambos—. No miento al decir que me alegra verte bien.

—¿Qué pasa aquí? —Llega Reece—. ¿Estás llorando, cariño?

—No. —Sonrío—. Solo me puse algo nostálgica.

Me despido de las gemelas antes de alejarme. Sé que Bratt no está bien, pero yo tampoco lo estoy.

—Cariño —mi médico me alcanza—, ¿seguro que estás bien? Dices que todo está sellado, pero a cada nada veo sangrar la herida.

Posa el brazo alrededor de mis hombros.

—Cuéntale a *daddy*.

—Todo está bien, solo tengo que aprender a asimilar que soy una defectuosa. —Paso el nudo que se me forma en la garganta—. Trato de hacerme a la idea, pero aún me cuesta aceptarlo.

Queda frente a mí, mis ojos se encuentran con los suyos y con cuidado aparta el mechón que tengo en la cara.

—Hay algo que me preocupa... —Entrecierra los ojos—. Cuando estabas en la isla con Christopher, ¿usaste...?

—Disculpe, doctor Morgan —nos interrumpe uno de los agentes internos con libreta en mano—. ¿Le podemos hacer un par de preguntas?

—Debo volver al trabajo —me disculpo—. Más tarde te veo.

Recorro de nuevo el perímetro. En este punto de la candidatura es clave saber quién apoyará a quién y por eso es el almuerzo de hoy. Los soldados no dejan de informar sobre novedades y regreso al sitio donde estaba cuando comienzan los discursos.

—¿Todo bien? —me pregunta Stefan.

Asiento. El ministro sube a la tarima y se alisa el traje que tiene antes de acercarse al atril, ya está al tanto de lo de Gema. Noto que Wolfgang Cibulkova no me quita los ojos de encima, Carter Bass se mantiene a su lado y Paul se acerca a entregarle un par de documentos.

Carter pone los ojos en mí y un no sé qué se me entierra en el pecho cuando el aire empieza a sentirse pesado.

Enfoco la atención en Alex Morgan.

—Las amenazas dadas me convencen de que a mi edad ya no me asusta la oscuridad —habla al micrófono—. A lo que realmente le temo son a aquellos que me sonríen y dan la mano, mientras que por detrás piensan cómo clavar el puñal.

—¿Novedades? —pregunto en el auricular.

—Ninguna, mi teniente —confirma Tyler al otro lado de la línea.

—Date una vuelta por el lugar, Ivan —ordeno.

Leonel se acerca a saludar a los de Casos Internos con un apretón de manos, lo acompaña una mujer que no conozco. Wolfgang sigue con los ojos en mí, la comezón que me irrita el cuello continúa y por alguna extraña razón empiezo a oír los murmullos de todo el mundo, así como las carcajadas de la hija de Kazuki, quien recibe las cucharadas del postre que le da Liz Molina.

—Ese hombre tiene una oratoria increíble. Alex Morgan para mí siempre será uno de los mejores ministros que ha tenido la FEMF —me aborda Kazuki—. No he tenido tiempo de saludarla, teniente.

Correspondo el apretón de manos que me da. Alex baja de la tarima al terminar, y los medios audiovisuales se preparan para el próximo discurso. Es Carter el que sigue y sube a la tarima con Wolfgang a la espalda. Stefan llega con Angela que se acerca a saludarme.

—Buenas tardes. —El presidente de Casos Internos se pone ante el atril—. Hoy es un día importante, el Consejo, los medios internos y los soldados del comando a lo largo del mundo desean saber a qué candidato apoyará nuestra rama.

El corazón me late rápido. Wolfgang Cibulkova permanece en la tarima.

—Leonel Waters y Christopher Morgan llevan la delantera: uno tiene el apoyo del Consejo y el otro, el apoyo del ministro. Mi rama no tuvo que pensarlo mucho, puesto que hace tiempo tomamos una decisión. —Las cámaras lo apuntan—. El propósito de mi entidad es velar y garantizar que la FEMF haga bien su trabajo, asegurar que no se cometan actos infames ni que se rompa el debido protocolo frente a las diversas situaciones con las que lidiamos.

Le da un sorbo al vaso de agua que hay sobre el atril y tenso los muslos, no sé por qué.

—Por eso mi voto no es para usted, coronel Morgan —continúa—. Se ha vanagloriado de ser el mejor a base de mentiras. Se ha jactado de las misiones que desmantela, pero no es más que un criminal que recibe sumas de dinero, cantidades exorbitantes que nuestra rama no sabe de dónde vienen y tampoco se le da la gana de explicar.

La pantalla muestra las imágenes del expediente que me dio meses atrás: Parker, Patrick, Simon, Gema, Laila, Angela, Brenda, Lizbeth Molina...

No soy capaz de moverme, todo el trabajo que hizo Elliot lo pasó por alto, como también lo que le entregué, porque las pruebas que contradicen todo no están.

—No solo la imagen del coronel está en tela de juicio, sino que quienes trabajan con él son otro nido de bazofia. La tropa Élite de Londres no es más que una fachada, una pantalla que esconde un nido de infames que manchan el nombre del ejército —sigue mostrando lo que tiene—. Es triste que estemos llenos de insensatos. Le pedí a uno de los soldados del destacado grupo que trabajara conmigo y aceptó sin problema, cosa que demuestra que se venden por cualquier mendrugo —culmina—. No confío en el coronel Morgan ni en el equipo de trabajo que lo acompaña, por eso mi apoyo será para Leonel Waters.

Los murmullos se alzan mientras baja de la tarima. Los agentes internos ponen los ojos en los Morgan y en mis compañeros.

—Organicen el operativo de salida, ya. —Alejo a Angela cuando los medios internos la abordan en busca de una explicación—. ¡Ella no va a dar declaraciones!

—Información falsa en periodo electoral —se queja Cristal Bird.

Cientos de voces hablan al mismo tiempo.

—Dile a la Élite que se retire —le pido a uno de los escoltas—. Tenemos que salir.

Carter me echa una última mirada antes de irse y lo único que se me cruza por la cabeza son las mil formas en las que le puedo arrancar la lengua. Lo que acaba de decir va a dañarlo todo, la Élite es clave para todo comando y no puede ser objeto de acusaciones tan serias.

Mis compañeros buscan la manera de irse, el Consejo no quiere que nadie se retire, los medios insisten con las preguntas y...

—¡Appa! —La hija de Kazuki lo llama con las manos en el vientre—. ¡Appa!

Tose y el vómito que suelta es una ola de sangre. El candidato se apresura a tomarla y Stefan se va tras él.

—¡Sun hee!

—¡Llévatelos! —Le vuelvo a ordenar a Dalton en el auricular—. No saques a los Morgan del comando hasta nuevo aviso.

La hija de Kazuki se desvanece en los brazos del padre. Empiezan los gritos, el caos, el terror. Gema intenta ayudar e Ivan la toma del brazo, se la lleva con el resto de la familia.

—¡Un médico! —grita Stefan, y Liz se acerca a ayudar.

—¡Ayuda, por favor! —exclama Kazuki desesperado por el vómito de la hija.

—¡Necesitamos un jodido médico! —exclamo, y un hombre de traje se abre paso entre todos.

El vestido blanco queda manchado de rojo carmesí y la niña empieza a convulsionar con sacudidas violentas en los brazos de su padre. Stefan trata de dar apoyo. El médico pide que la acueste sobre el piso y me llevo la mano a la boca al ver que ella tuerce los ojos y le empiezan a contraer las extremidades.

La madre llega junto con los soldados que respaldan al candidato. El silencio se apodera del lugar y lo único que se oye como un eco es el llanto de Kazuki y su esposa.

—¡Sun hee! —chilla el candidato—. ¡No dejen morir a mi hija, por favor!

El médico sacude la cabeza después de tomarle los signos vitales. El candidato busca la manera de reanimarla e intenta hacerle la respiración boca a boca, pero no lo dejan. Lo tomo de los hombros con el fin de alejarlo.

—Ayúdame, por favor —suplica—. Por favor.

Me ruega y no hago más que agachar la cara con los ojos llorosos. Aparta mis manos y se va sobre el cadáver de la niña.

—¡Tú! —Señala a Liz Molina con las manos ensangrentadas—. ¡Estaba contigo! ¡¿Qué le hiciste?! ¡La mataste!

—¡¿Eres imbécil, coreano estúpido?! —le grita ella—. ¡¿Cómo se te ocurre que voy a hacer eso?!

—¡Asesina!

No se sabe si la niña estaba enferma o si fue algo inducido, pero, sea lo que sea, Liz era quien estaba con ella.

—¡Suéltame, maldito maricón! —Se zafa de los soldados.

—¿Qué le diste, Liz? —pregunta Stefan—. ¿Qué comió o qué pasó mientras la tenías?

—¡Partida de imbéciles! —exclama—. Es la pregunta más estúpida que has podido formular, yo no le he hecho nada.

—Pónganle las esposas —ordeno.

Otro grito me ensordece. Todo el mundo voltea, los que están frente a mí se abren paso y veo a la pelirroja que acompañaba a Leonel caer con un cuchillo atravesado en el abdomen.

El candidato intenta arrojarse sobre ella, pero los escoltas no se lo permiten.

Siento que las paredes me acorralan, el ruido, los gritos, todo lo que sucede me deja quieta mientras el mundo da vueltas a mi alrededor. Kazuki sostiene el cadáver de su hija en brazos, al tiempo que Leonel trata de socorrer a la mujer que lo acompañaba y no deja de sangrar en el suelo.

Todo el mundo busca la manera de salir y sigo sin poder moverme, la cabeza me duele demasiado. Como puedo, doy media vuelta y choco con el torso de Wolfgang Cibulkova.

—Póngale atención a lo que protege, teniente —musita solo para los dos—. Hay unos que ya huelen a azufre.

Lo encuello, toma mi muñeca con fuerza antes de sonreír y en medio del caos caigo en la cuenta de lo que realmente pasa.

—Tus días están contados. —Lo suelto y corro a la salida.

Atropello a todo el que se me atraviesa; como puedo, me saco las llaves de la chaqueta y busco la moto que enciendo rápido.

—Dalton —me pego al auricular—, pisa el acelerador y lleva las camionetas lo más pronto posible al comando.

—Estoy en ello, teniente —responde.

Arranco, la salida se demora por más que intento apurarme, hay demasiados vehículos en la entrada. El corazón me retumba con tanta fuerza que temo que me deje de funcionar. Me subo a la acera, esquivo a las personas que se cruzan y acelero al estar en carretera.

Serpenteo entre el tráfico mientras que le ruego al cielo por tiempo para que los Morgan lleguen al comando.

—Necesito refuerzos —me comunico con la central—. Un bloque de seguridad…

La comunicación empieza a fallar y me cuesta mantenerme en línea.

—¿Teniente James?

—¡Necesito refuerzos! —exclamo en lo que suelto las coordenadas—. Los Morgan están en peligro.

—La conexión con el comando ha sido interrumpida —informa el sistema.

—Vehículos sospechosos a siete kilómetros —alerta uno de los soldados en el auricular—. Iniciamos maniobra de descarte.

Freno, saco mi móvil y llamo a Patrick.

—¡Necesito refuerzos ya! ¡Los Morgan están en peligro! —le aviso—. La línea del comando no funciona.

—Calma...

Siento que no puedo respirar, el pecho me arde y vuelvo a encender la moto.

—Patrick...

—Cuenta con los refuerzos —me dice—. Ya van en camino.

Me aferro al manillar de la moto y arranco otra vez, acelero lo más que puedo y el que haya embotellamiento más adelante es un obstáculo que me hace desacelerar.

—Más rápido —le ordeno a Dalton—. Necesito que los lleves al comando cuanto antes.

Paso el embotellamiento, están kilómetros más adelante, la moto ruge cuando acelero más y...

—Mi teniente —capto la voz de uno de los soldados—, vehículo acercándose...

—¿Qué?

—Vehículo...

La lluvia de disparos ensordece la línea y sigo aferrada al manillar con los ojos llorosos. Todo me tiembla, aprieto la mandíbula y acelero lo más que puedo. Voy con la moto a mil por hora. Quiero llegar... ¡Necesito llegar!

—¡Desplieguen camionetas! —Escucho al soldado de la línea.

—¡Ya voy a llegar! ¡Ya van a llegar los refuerzos! —le digo—. Ya les voy a dar el respaldo...

Otra oleada de disparos me taladra los oídos, los gritos me arañan el tórax y todo se empieza a oír por fragmentos.

«Emboscada».

«Helicóptero sospechoso».

«Camioneta caída».

«Ministro».

El mundo se me oscurece al oír lo único que la línea arroja con nitidez:

—Camioneta caída... Camioneta caída —repiten, y esta vez la línea se queda en silencio para siempre.

Freno cuando veo el nuevo embotellamiento que aparece frente a mí. No hay modo de pasar, así que suelto la moto y empiezo a correr.

Me sumerjo entre el tráfico mientras vivo minutos cargados de zozobra, los soldados no me contestan y sigo hasta que las piernas no me dan para más. Atravieso el túnel con las lágrimas en la cara, las colinas de la salida de la ciudad se ciernen sobre mí, continúo, desesperada, una patrulla tiene el paso cerrado y no me importa la orden de «Aléjese», prosigo con más afán. La carretera está agujereada por las balas y, sin dejar de correr, tomo la curva que muestra el verdadero desastre.

El helicóptero de la FEMF está atravesado en plena carretera. Mis piernas se niegan a continuar, ya que las punzadas que siento son como una advertencia que me dice lo que veré. Me hablan y no escucho, sigo caminando entre vidrios rotos y me detengo al ver las cintas amarillas que empiezan a colocar metros más adelante.

—Hice todo lo que pude —se me atraviesa Dalton—, pero eran demasiados.

Capto el llanto desconsolado de una persona más adelante.

—¿Qué camioneta fue? —pregunto con un nudo en la garganta.

El soldado baja la mirada al piso.

—¿Qué camioneta fue? —repito la pregunta.

Se hace a un lado y es ahí cuando recibo el impacto de la bala que vuelve a quebrarme. Los dos cuerpos están en el suelo junto con Alex, quien llora sobre su madre.

—Reece y Regina Morgan.

El estómago se me comprime cuando veo a Alex que no deja de abrazar a la madre, mientras besa la mano de su hermano, envuelto en un mar de lágrimas.

—¡No, por favor! —exclama—. ¡Mamá, abre los ojos!

El dolor me parte por dentro y como puedo camino al sitio. Las rodillas se me doblan frente al cuerpo de mi médico, la barbilla me tiembla y siento que el alma se me va al suelo al verlo con el pecho lleno de proyectiles y la ropa cubierta de sangre.

No hay risas ni palabras coquetas, por una sencilla razón y es que ya no está. Nunca volveré a obtener una frase de ánimo de su parte.

—Lo siento —le susurro en medio de los sollozos que me ahogan—. Lo siento, *daddy*.

El llanto llega y lo abrazo con fuerza. Ya viví esto con Harry y ahora el hecho se repite con la persona que hizo todo por ayudarme.

Las lágrimas me empapan el rostro; el mismo vacío de años pasados vuelve y ahora lo vivo con quien no merecía acabar así, con quien merecía vivir para siempre.

—¡No estoy preparado! —sigue exclamando Alex—. ¡No estoy preparado para una vida sin ellos!

Arrastra a su hermano hacia él. Los soldados tratan de levantar a Alex, pero él no quiere ponerse en pie.

—No lo toques —me dice entre lágrimas—. ¡No les tengas pesar porque ninguno de los dos va a partir de este mundo sin mí!

—Alex, yo...

—Los Morgan no se abandonan, no se dan la espalda, así como tampoco son fáciles de vencer. —Entierra la cara en el cuello de su madre—. ¡Somos de acero y se necesita más que una bala para derrotarte, madre!

Es demasiado para mí y para él, que llora como un niño. Deja de lado toda la autoridad que acostumbra a mostrar en lo que solloza mientras asimilo que me han asestado otro doloroso golpe. El ardor empeora al evocar los días que viví a su lado, la sonrisa que me esperaba cada amanecer, los regaños, el ánimo y los susurros en medio de la mierda diciéndome: «Vas bien, pero puedes hacerlo mejor». «Eres más que esto». «Tú no naciste para estar en el suelo».

Es verme cenando en medio de risas, bailando en la playa mientras él tocaba el tambor. Somos nosotros en la entrada de la cabaña, hablando de lo bella que se ve la vida cuando te da segundas oportunidades. Fueron seis jodidos meses al lado de una persona que, a pesar de conocerme poco, me quiso como si me conociera de toda la vida.

La gota de lluvia que me toca el hombro le da paso a la tormenta que me empapa, mientras beso el dorso de la mano que sujeto.

—Tu ausencia siempre le va a pesar al mundo, *daddy*. —Los sollozos vuelven y no hago más que llorar sobre el cuerpo de quien no va a volver a despertar.

Christopher

Elijah Morgan solía decir que llorar era de cobardes, lo repitió tantas veces que Regina se lo creyó; así, en treinta años nunca la vi derramar una lágrima, ni cuando su marido murió, solo la vi apretar los puños de la chaqueta y esconder el rostro bajo el sombrero negro que llevaba.

Nadie lloró, el padre del ministro se hubiera revolcado en la tumba si alguien lo hacía y supongo que estará repudiando a Alex al verlo como está ahora, puesto que hace caso omiso de la regla, dado que llora frente a las personas que lo rodean.

«Un Morgan nunca se derrite, nunca cae, muchacho. Puede tener el puñal, la espada o el tiro en el pecho, pero no se quiebra, porque las fracturas solo dejan ver los miedos que tenemos adentro».

Regina tenía la misma filosofía: «Mentón en alto, espalda recta, mirada altiva y máscara de hielo. Si no saben lo que sientes, nunca hallarán la manera de joderte».

Alex pasa la toalla húmeda por el cuerpo de su hermano. Hay un círculo de personas a su alrededor, gente que no pierde de vista la decadente escena: el ministro de la FEMF destrozado por perder la poca familia que le quedaba. Observan los fragmentos de un hombre que nunca se ha quebrado en público.

—Alex —Sara intenta tocarlo y este se aparta—, tienes que ir a descansar.

Niega con la cabeza, es lo que lleva haciendo hace horas. No quiere que nadie se acerque ni que lo toquen.

—Vámonos, Alex, esto no te hace bien —insiste Sara, y él sacude la cabeza—. Deja que te ayude a sobrellevar ese dolor.

La vuelve a apartar, se echa sobre el cuerpo del hermano y rompe a llorar, aferrado al traje lleno de sangre.

—¿Dónde está Christopher? —pregunta en medio de sollozos.

Sara me busca con los ojos y los presentes se vuelven hacia mí, me abren paso para que pueda avanzar. Gema está en los brazos de Marie y paso por al lado de Casos Internos y el Consejo, gente que no sé qué diablos hace aquí. Camino hacia el puesto del ministro, la chimenea de la morgue del comando arde y el fuego destella en las camillas plateadas.

—Despierta. —Alex se mueve al cuerpo de la madre—. Me prometiste estar siempre para mí.

Lo alejo del cadáver y está tan deshecho que ni siquiera pone resistencia cuando lo saco del sitio, que está lleno de la gente que solo vino a cotillear. Vinieron a ver cómo nos revolcamos en la mierda.

Alex flaquea en lo que atravieso el pasillo con él y no lo suelto, lo sostengo hasta que llegamos a la sala privada que alberga a los familiares y amigos de la víctima. Está vacía, porque a todo el mundo le importan más los cadáveres que pueden ver afuera.

—Ya basta. —Siento al ministro.

Se pasa las manos temblorosas por la cara, no hay nada del jerarca autoritario con el que convivo todos los días. Vuelve a romperse y lo tomo de los hombros, lo centro para que me mire.

—Basta, Alex —lo encaro—. ¿Crees que te ves bien así? ¡Das pena!

Los ojos llenos de lágrimas me forman un cúmulo de ira en el pecho. ¡Detesto a esos hijos de puta!

—Me he quedado solo, coronel —me dice—. Mamá no está y Reece tampoco.

—Siempre has estado solo…

—Pero ¡ahora más! —Se aferra a la manga de mi traje—. Ahora ella no me llamará, él no me enviará un vino en Navidad.

El llanto no lo deja hablar y se suelta antes de darme la espalda.

—No quiero una vida sin mi madre. —Cae en la silla, donde solloza con la mano en la frente—. ¡No quiero un mundo sin mi hermano!

Sacude la cabeza con la cara empapada y rompe a llorar otra vez.

—Me dieron donde más duele y quema —solloza—. Nunca voy a superar esto.

Me alejo y empieza a hablar de todas las veces que estuvo presente. Los recuerdos vienen y el pecho se me estremece cuando me veo en Moscú con mi abuela y el hermano de Alex.

Mi cabeza trae las veces en las que él vino por mí. La sangre la siento pesada y el nudo en la garganta me impide respirar, no por nostalgia, sino por rabia, porque no tienen las malditas agallas que se requieren para atacarme a mí y, como no pueden, empiezan a arrojar granadas que no traen más que daños colaterales.

—Tú eres lo único que tengo ahora —me dice Alex—. Mi padre no está, Thomas no va a venir y ellos me acaban de dejar.

Me quedo frente al ventanal, centro la vista en la lluvia que azota el césped de afuera.

—Creo que no voy a poder con esto. —Viene a mi sitio y me vuelvo hacia él—. Si me llego a ir, quiero que…

—Claro, que vas a poder. —Lo encuello—. ¿Lo entiendes? Bien lo dijiste: ¡somos de acero y se necesita más para derrumbarnos!

—No actúes como si fueras de piedra.

—¡Fuiste tú el que me enseñó a ser así!

Me alejo. Gema llega con Sara y Marie, el aire lo siento demasiado pesado y me cuesta respirar.

—Nos están hundiendo, Chris —me dice Gema con los ojos llorosos.

—Habla por ti —contesto—. Yo, aunque tenga el agua hasta el cuello, seguiré soltando tiros.

—Nos han vendido —increpa Gema—. Liz está presa otra vez y nuestro ejército está en boca de todos.

—Solo hay que averiguar quién dio la información y ya está. —Busco la salida—. Sea quien sea, tendrá que asumir el castigo que se les da a los que traicionan.

—No puedo creer que nos expiaran y sacaran pruebas falsas.

—Voy a acabar con el que lo hizo. —Pateo una de las sillas.

—Acaban de matar a tu abuela y a tu tío —me dice Marie—. Y tú solo piensas en cómo te las van a pagar. Por el amor de Dios, Christopher, ¿no te das cuenta de que toda esa soberbia es la que te tiene como te tiene?

—Resígnate a que me llevará a la tumba.

Gema me encara.

—Te cuesta entender que es la mafia lo que tienes atrás y...

—¡Me importa una jodida mierda! —espeto—. Yo no les tengo miedo, no me importa. ¿Sabes por qué? Porque estamos a la par, siempre hemos estado al mismo nivel y eso es lo que me tiene donde me tiene —aclaro—. Me temen por lo que he hecho, saben que una vez que esté arriba sabré a quiénes matar.

—Pero...

La dejo con la palabra en la boca y busco la salida, la sien me empieza a palpitar, estoy en un punto donde no puedo pensar bien. Me las van a pagar, nadie va a derramar mi sangre y vivir para contarlo; así tarde días, semanas o meses, me las voy a cobrar porque a mí nadie me jode.

Tyler y otro soldado se me pegan cuando me ven salir del edificio.

Sigue lloviendo y el agua me cala la ropa en lo que me apresuro a la torre de dormitorios.

La tormenta no da mucho panorama; sin embargo, reconozco a la persona que me espera metros más adelante, está a mitad de camino con la ropa empapada, se levanta de la banqueta donde yace con los ojos hinchados.

—Mi teniente —la saludan.

—Yo me hago cargo del coronel esta noche —informa a los soldados—. Pueden retirarse.

Los hombres se van y ella se pasa las manos por la cara, centra los ojos en mí, que no me muevo. No sé si vino en busca de consuelo, pero de mí no puede obtener nada de eso en estos momentos, porque ni yo mismo sé cómo estoy.

—¿Viste la cinta que muestra cómo fue todo? —me pregunta.

—Sí.

Se repite en mi cabeza cada cinco segundos. Me siguieron y emboscaron, la guardia realizó distintas maniobras, pero no pudo persuadir a los que tomaron a la última camioneta. Los asesinos abrieron las puertas y dispararon a quemarropa en contra de los que estaban adentro.

La Alta Guardia no me dejó bajar, pero Alex sí logró que su vehículo se detuviera.

—El acto lo cometió una banda delictiva que se hacen llamar Los Soviéticos, hace días se los vio con Dalila Mascherano. —Respira hondo—. Tienen gente en varios puntos y conseguí la imagen de los tres que dispararon.

—¿Cuánto tiempo llevas buscando esto? —le pregunto mientras de la chaqueta saca lo que tiene.

—No lo sé. —Se encoge de hombros—. El tiempo se detuvo cuando supe que murió.

Me entrega toda la información que tiene.

—Supongo que ya sabes lo que hay que hacer —me comenta—, así que no tardes.

Se va y rápido me muevo a la alcoba, donde me quito la ropa mojada, tomo lo que necesito mientras maquino y me preparo. Bajo la penumbra de la noche lluviosa, abandono la torre y termino en la parte sur del comando, miro el móvil y leo el mensaje que tengo.

Siempre he tenido mis propias maneras de salir de aquí y en la oscuridad encuentro una de ellas. Bajo por el camino lleno de maleza hasta llegar a la carretera donde Rachel me espera junto a la motocicleta con dos cascos.

—Puedo solo —le digo, y sacude la cabeza—. No es necesario...

—Quiero ir —me corta.

Se aparta para que suba y se acomoda el auricular en el oído. Me entrega el casco que me pongo, meto las manos en los guantes y ella en los suyos; se cierra la chaqueta y tomo el manillar en lo que ella se acomoda detrás de mí. Se aferra a mi abrigo, arranco y me sumerjo en la carretera vacía.

Durante una hora no oigo más que el ronroneo de la moto hasta que llegamos a la ciudad, donde me pierdo entre el tráfico; falta un cuarto para la medianoche y la ciudad aún está viva. Ella me habla atrás, asiento las veces que son necesarias. Tengo la dirección grabada en la cabeza y me desvío hacia una de las partes más peligrosas del Reino Unido.

—Cuatro minutos —habla Rachel por el móvil.

La mujer que tengo atrás me pide que acelere y la adrenalina se me eleva con lo que surge. Le sumo velocidad a la moto, cierro los ojos por un par de segundos y empiezo a captarlo todo con más detenimiento cuando entro a la calle que buscamos.

El agua me salpica, los latidos contra mi tórax se vuelven lentos, tomo la curva que aparece y veo a los tres hombres que salen de uno de los hoteles y caminan hacia una camioneta. El cojo suelta una colilla de cigarro y Rachel desenfunda el arma, desactiva el seguro, apunta y suelta una oleada de disparos certeros que derriban a los dos hombres, que caen.

La respuesta de los que están dentro del vehículo no tarda; atacan con proyectiles. El superviviente logra subir a la camioneta justo cuando arranca y se dan a la fuga. Son rápidos, pero, para su desgracia, no hago nada a medias. Los disparos cesan cuando doy la vuelta, dejando que el auto desaparezca y, mientras avanzan calle arriba, voy calculando el tiempo, los segundos y kilómetros a la vez que conduzco por la calle paralela a la que tomaron. Rachel vuelve a cargar el arma mientras llevo la mano a mi espalda y desenfundo la Beretta. Mentalmente, cuento los segundos, acelero y cierro al vehículo que intenta tomar la carretera cuando me les atravieso. Las llantas rechinan cuando frenan y, sin darles tiempo de reaccionar, apuntamos juntos, el vidrio se fragmenta con los disparos que ejecutamos y acabamos con el piloto y copiloto.

El de atrás consigue salir, dispara antes de huir calle abajo. El auto tapó la calle y no queda más alternativa que bajar y emprender la persecución; corro tras él en lo que Rachel me sigue atrás.

Saco el arma que detono, pero el maldito malnacido sabe escabullirse y se sumerge en el callejón que sigue; llego a la esquina de este y logro apartar a la mujer que me acompaña cuando empieza a disparar desde uno de los recipientes metálicos de basura que hay más adelante.

La única salida da al río y, si sabe nadar, encontrará una vía de escape. Subo a Rachel a la pared para que pueda atacar por el otro lado, queda arriba, cambio el cargador y acabo con la estructura de metal que cubre al cobarde que se esconde.

Se ve obligado a salir e intenta correr hacia el río, pero Rachel cae en el asfalto y lo espera con el arma arriba.

Se viene con arma en mano, aun así, ya no hay balas como tampoco hay salida. Guarda la esperanza de salir corriendo, esquivarme y darse a la fuga, pero no pasa, dado que lo alcanzo y lo tomo. Tengo el arma en la mano, los dedos me pican por apretar el gatillo; pero, no lo hago, ya que se lo arrojo a Rachel a los pies.

Lo agarro del pelo y le dejo el cuello expuesto.

—Hola, puta —le habla a la teniente que se acerca.

—Era mi amigo, ¿sabes? —le dice ella—. El hombre que hoy mataste era mi amigo. ¡La persona que estuvo a mi lado cuando el mundo se me caía a los pies, y lo mataste, hijo de puta!

Lucha por soltarse y ejerzo más fuerza.

—Lo mataron y ahora me pesa no reiterarle que fue mi héroe en un momento en el que solo me vi rodeada de villanos. —Escupe y lo centro para que vea quién lo va a matar.

Lo coloco de rodillas e ignoro los gritos que surgen cuando ella le entierra el arma en la boca, clava el cañón hasta el fondo y suelta los dos disparos que lo derriban en el suelo. Siento que no es suficiente, así que saco mi arma, le apunto y le disparo todas las balas que tengo en el cargador.

Rachel me observa con los ojos llorosos en lo que acabo, las lágrimas le bañan la cara e intento acercarme, pero no me deja.

—El que este imbécil esté muerto no quita el dolor que tengo en el pecho. —Se limpia el rostro—. Ya viví esto antes y no es justo que vuelva a pasar ahora.

Da un paso atrás y la traigo contra mi pecho, pone el mentón en mi hombro mientras llora, las sirenas de la policía empiezan a oírse a lo lejos.

—Tenemos que irnos. —La tomo de la mano y la traigo conmigo.

Subo con ella y tomo el camino que lleva al comando, en silencio vuelvo al punto de partida donde me bajo, le entrego las llaves y ella se queda con la mirada fija en el manillar.

—¿Y si te vas? —sugiere cuando busco la manera de irme—. ¿Si tomas a Alex, a mí y nos llevas lejos, donde la sangre ya no nos salpique?

—¿Huir?

—Sobrevivir. Mataron a la hija de Kazuki, la prima de Leonel está herida, no se sabe quiénes son los buenos, y quiénes, los malos —declara—. Tienes los medios suficientes para desaparecer y ponerte a salvo sin arriesgarte tanto.

Me cuesta creer que me esté diciendo semejante tontería.

—Podemos irnos, dejar esto atrás y empezar de cero —sigue.

—No soy ningún cobarde como para vivir con miedo a que me encuentren. ¿Qué te pasa? —inquiero—. Llevo años poniendo el pecho aquí como para dejar todo tirado y en manos de otros, en gente que no hace más que querer pisotearme.

—Te aseguro que todos ellos tienen claro lo que eres —contrarresta.

—Sí, y por ello siempre seré una amenaza; por ende, van a buscar la manera de acabarme. Ninguno de ellos va a dejar cuentas pendientes, porque no se quedan con nada —increpo—. No me veo yendo de sitio en sitio, ocultando mi nombre como si tuviera miedo. No soy ese tipo de persona.

Mueve la cabeza con un gesto negativo.

—Sacrificas la felicidad de todos menos la tuya —sigue—. Tu egoísmo no cambia aun queriéndome como lo haces, tu ego siempre será más grande que cualquier cosa, al igual que tu maldito orgullo.

—No tengo miedo de morir, mi muerte le da igual a la mayoría…

—A mí no me da igual y al ministro tampoco. —Se le quiebra la voz.

—Ambos lo superarán —concluyo—. No me voy a esconder y si voy a morir, quiero que sea dando pelea. Deberías alegrarte por eso, sabes que mientras viva nunca saldrás del círculo tóxico que nos rodea, ya que no te dejaré tener la vida de ensueño que tanto quieres.

No me dice nada y tomo mi camino.

Pasada la euforia llega el peso de la rabia que me pone a caminar lento, peso que se mantiene con el correr de las horas.

El funeral es en la tarde siguiente, los pocos civiles que asisten lo hacen de negro y el resto del ejército porta el uniforme oficial.

Thomas Morgan no se presenta y no se me hace raro, solo llamó a decir que el dolor que está sintiendo Alex no es nada comparado con todo lo que se merece.

Regina fue una soldado de alto rango y por ello el ejército le rinde honores como tal. Hay una foto de ella, y Reece frente a los respectivos ataúdes, la bandera inglesa ondea en el aire al igual que la del comando.

Las trompetas entonan el toque fúnebre y camino junto a Alex con la chaqueta doblada de Reece en las manos; el ministro hace lo mismo con el uniforme de la madre.

Las tropas que esperan a cada lado se alinean vestidas de gala, llevan los rifles al hombro y se ponen la mano derecha en la frente.

Sara, Marie y Gema esperan a un costado y no sé cuál de las tres llora más. La melodía de la trompeta me acompaña, las campanas resuenan y los soldados suben y bajan las armas al mismo tiempo en lo que avanzo hacia los féretros junto a Alex.

El sacerdote se posa en el atril e inicia la misa durante la cual no hago más que recordar al tío que venía por mí cada vez que lo necesitaba, al hombre que se quedaba conmigo hasta altas horas de la noche.

Poso la mano en el cajón y retengo todo cuando abren el ataúd para que deje la chaqueta que portaba en el tiempo que formó parte de las filas.

Navidades, cumpleaños, pascuas y reuniones familiares con el tío Reece. Siempre poniendo apodos estúpidos y advirtiéndome que dejara de poner en ridículo el apellido.

«Ve a hablarle a esa chica, que te está mirando».

«Siéntate bien, estudia, que el verdadero poder está en la inteligencia, no en las estupideces que haces».

«Papi no vino, pero tío Reece quiere apagar esa vela contigo».

Miro a Sara, que se limpia la cara.

«Ella te adora, Chris, como todos nosotros, solo se cansó y agotados, no tomamos buenas decisiones».

¿Y qué decir de Regina? Tantos regaños y discursos de disciplina para luego entrar a mi alcoba y sentarse a la orilla de la cama a revolverme el cabello, mientras creía que dormía.

Tanto decirle a Alex que era una vergüenza y en el fondo insistir para que me dejaran vivir con ella en Rusia.

Tantos «lo estás malcriando» y luego «te voy a dar uno, pero no quiero que se lo digas a nadie. Los Morgan no rompemos promesas, así que júramelo».

—Hoy presentamos nuestros respetos a dos soldados que marcharon con honor en la milicia —habla Olimpia en el atril cuando el sacerdote termina—. Nuestra general Regina Morgan y nuestro coronel Reece Morgan, madre e hijo que portaron el rifle con orgullo.

Apoya las manos en la madera y deja que los soldados desplieguen banderas en cada ataúd.

—La milicia le rinde honores a Reece y Regina Morgan por poner el pecho —empieza—, por luchar con valentía, dando lo mejor de sí en cada batalla. La FEMF perdió a dos guerreros, pero el cielo se ha ganado a dos soldados, los cuales son sinónimo de fuerza, honor y resistencia.

Los soldados se posan firmes.

—¡Se van, pero no se olvidan! —gritan—. ¡La milicia siempre recuerda y quedan en nuestro corazón, como la medalla en el uniforme, como la herida de la guerra! ¡No murieron, solo se fueron a pelear mejores batallas!

Los tiros resuenan y elevo el mentón en lo que paso lo que me obstruye la garganta.

—¡Buen viaje, Regina, buen viaje, Reece! —Se posan firmes—. ¡Gracias por ser militantes aguerridos!

Se decretan los días negros de luto con el fin de rendirle tributo a los fallecidos.

Marchan los que ayudarán a cargar el féretro: Parker, Simon y Patrick levantan conmigo el de Reece, mientras Gauna, Bratt, Joset y Alex alzan el de Regina. Caminan conmigo y con ellos pongo el féretro en la base con la que se procederá el descenso. El sacerdote da la despedida final en lo que sigo firme, conservo la debida distancia con los soldados atrás, Alex está cinco pasos más adelante y llora como si no hubiera un mañana.

Sara se abstiene de acercarse, el ministro ha rechazado a todo el que intenta hacerlo.

Los hombros se le sacuden mientras solloza, nadie dice nada y miro a la mujer, que cambia el peso de un pie a otro mientras lo observa con los ojos llorosos.

Enderezo los hombros, los sollozos del ministro siguen y Rachel no se contiene, camina hacia su sitio y pone la mano sobre su hombro dándole consuelo, lo rodea y le ofrece el pañuelo que él recibe.

—Lo siento mucho, ministro —le dice la teniente—. En verdad lo siento.

Deja que lo abrace, él rompe a llorar de nuevo y esta vez lo hace sobre el hombro de Rachel.

MM

Rachel

Las velas que hay en el espacio vuelven el entorno más deprimente de lo que está, el día estuvo gris y, cómo no, si Reece Morgan ya no está y eso es algo que hasta al cielo le pesa.

Recuesto la espalda en la columna de concreto, donde miro al hombre que está metros más adelante. «Wolfgang» se ha movido a lo largo del espacio como si nada pasara, habla como si le doliera lo que pasó y ambos sabemos que no.

Trabaja con la mafia, no tengo pruebas, pero lo sé. Lo que pasó en el evento fue una distracción para llevar a cabo el atentado, hicieron estallar una bomba de estiércol para que todo el mundo perdiera la atención en distintas direcciones.

El sepelio fue hace tres horas y se asignó un salón para que los soldados presenten las condolencias que recibe Christopher. Sara Hars se llevó a Alex y, por protocolo, el coronel tiene que quedarse con Gema y Marie que no se le despegan.

—Sé que tienes rabia, pero debes calmarte —me habla Stefan—. El dejarse consumir por la ira no es bueno.

Sabe del odio que le cargo a Wolfgang desde antes del ataque a los Morgan.

—Vámonos a casa Reece, descansa en paz y tienes que asimilar eso.

Wolfgang se mueve y con discreción echo a andar a su sitio; puede que Stefan tenga razón, pero ahora tengo tanta rabia que mi cabeza no da para absorber consejos de ningún tipo.

El subdirector de Casos Internos se empina el trago que tiene en la mano antes de tomar asiento en el sillón. Aliso la falda de mi uniforme y me siento a su lado.

—¿Vienes a suplicar piedad? —susurra, y río con disimulo—. Esa sonrisa no durará mucho, teniente.

—Amenaza, debería ponerme esa palabra como segundo nombre —contesto—. Desde que llegué ha sido amenaza tras amenaza y con cada una voy perdiendo el miedo.

—No te confíes, no eres más que la puta de un mafioso —habla despacio.

—Pues por joder a la puta que, según tú, no es nadie, murió el gran amor de tu vida —suspiro, tranquila—. ¿Cuántos tiros le asestaron?

Aprieta el vaso que tiene en la mano y la fuerza que ejerce es tanta que se le marcan las venas, era el ex de Meredith Lyons.

—Crees que tus estúpidas estrategias me van a hacer flaquear y te equivocas —le suelto—. Lo único que has hecho es firmar tu sentencia de muerte, porque cuando surja el momento, la primera cabeza que pediré será la tuya… Oh, bueno, puede que no me aguante y te mate con mis propias manos.

Me levanto y él hace lo mismo. Siento sus pasos atrás cuando me sigue al corredor que me lleva al baño. No hay nadie y el agarre del irlandés hace que me duela el brazo cuando me pone contra la pared.

—Lo reconoces, puta —me suelta—. Reconoces haber matado a una mujer embarazada.

—Sí, jugó con fuego, se quemó, de seguro te dolió en lo personal, pero a mí no; es más, la noticia de su muerte me alegró el mes —espeto—. Me hubiese encantado que le arrancaran los ojos.

Da un paso atrás y yo uno adelante.

—Hubiese sido genial que le apuñalaran los oídos que me escucharon pedir piedad —confieso—. Meredith Lyons no era más que una pobre estúpida que nunca superó el que Bratt la viera como la sombra del amor que nos tuvimos.

Lo encuello llena de rabia, no me amedrenta, no ahora que sé todo lo que puedo llegar a ser.

—Meredith estaba arrepentida —alega—. Iba a entregarse…

—¿Y qué? ¡Su arrepentimiento no iba a recomponer todo el daño que me hizo!

—¿Es en serio, Rachel? —Gema aparece en la entrada del corredor—. ¿Eres la culpable de la muerte de Meredith?

Suelto al hombre, ella se acerca y me mira como si no me conociera.

—¿Meredith murió por tu culpa?

—No lo sé —contesto—. Creo que por accidente llamé a la mafia rusa para que le diera su merecido por perra y traicionera. —No me mido a la hora de hablar—. Con tanta droga encima a veces se comenten disparates.

Los dejo, avanzo al baño y ella se queda con el irlandés que se arregla la ropa. No miro atrás, pese a que sé que me están mirando. La cara me empieza a arder y las manos a temblar, no me siento bien y supongo que estaré así por un largo tiempo. El luto, las pruebas, Casos Internos...

Me echo agua en la cara. Los latidos acelerados de mi pecho son como si tuviera un conteo regresivo, el cual quiere llevarme a la locura. Me arreglo el uniforme frente al espejo de cuerpo completo, trato de mantener la cordura, pero la persona que veo atrás entorpece la tarea.

«Gema». Se cruza de brazos y endereza la espalda.

—Lárgate —espeto. Ahora no estoy para ser amable con nadie.

—Meredith fue una víctima más —empieza—. No justifico lo que hizo, pero Bratt era más culpable que ella.

—¿Y tú qué sabes? —Me vuelvo hacia ella—. No tienes ningún derecho a venir a defender, ya que no estabas ahí. No te violaron, no te sometieron y tampoco te arruinaron.

—Fue feo, traumático o como lo quieras llamar, pero tenías que entender que Angela ya era una puta y tú ya habías sido una adicta. Ella nunca había sido mamá y tampoco la habían engañado —me suelta—. ¡Ustedes ya sabían lo que era eso, ya lo habías vivido, y el que tuviera un hijo en el vientre era motivo suficiente para perdonar!

No me creo lo que acaba de decir.

—En tu vida vuelvas a usar la palabra adicta conmigo —le advierto—. No vuelvas a poner el término en una oración que vaya dirigida a mí.

—Es algo que está en tu vida.

—Estaba —la corrijo—. ¡Entiéndelo y lárgate!

—Ese es el problema, que nunca asimilas las cosas. Les das vueltas, te evades, eres valiente para muchas cosas, pero no para asumir tu situación —empieza—. No asimilas que con o sin Meredith corrías el riesgo de recaer, porque, si no era a la fuerza, hubiese sido por una de tus tantas decepciones amorosas.

Da un paso hacia mí y me mantengo en mi sitio.

—¿Crees que no me doy cuenta de las cosas? —prosigue—. El coqueteo, las miradas e insinuaciones discretas. Sigues enamorada del coronel, te niegas aceptar que él ya tiene otros horizontes, insistes en querer estar con él y no entiendes que solo te tiene lástima.

Lo que suelta se siente como bofetones en mi cara.

—Vives de problema en problema, te le ofreces como perra en celo y, cada vez que eso pasa, él accede porque teme a que...

Calla cuando la tomo del cuello, con fuerza se aferra a mi muñeca, pero no la suelto.

—¡Abre los ojos, maldita estúpida! —le grito.

—Ábrelos tú y date cuenta de que, mientras te revolcabas en tu mierda, se acostaba conmigo —replica—. ¡No te quiere y lo único que eres es un impedimento entre nosotros dos!

Aflojo el agarre y dejo caer la mano cuando el pecho se me contrae, el aire empieza a faltarme y busco la manera de irme.

—Ya deja de ser la puta, la otra. Haz acopio de la decencia que te inculcó tu madre y quiérete un poco; no eres más que una zorra para él.

Intenta tomarme del brazo, pero me doy la vuelta, el mundo se me oscurece con el empellón que me suelta y me manda atrás. Trata de irse y no la dejo, la tomo de la nuca y le estampo la cara contra el vidrio de la pared. El codazo que me propina me deja sin aire y, en vez detenerme, la tomo con más fuerza y la estrello una y otra vez contra el cristal.

Uno, dos, tres, cuatro, cinco estrellones que quiebran el espejo y me llenan el uniforme de sangre, ya que las heridas que le abro me salpican. No me importan sus gritos, ¡me tiene hastiada!

—¡Estoy tan cansada de ti…! ¡De tu idiotez! —Las cuerdas vocales me arden con el grito que suelto, la sangre mancha el piso y, en vez de parar, la sigo estrellando contra el espejo.

La persona que me toma por detrás me obliga a soltarla, se desploma inconsciente y la ira es tanta que le pateo la cara y el pecho.

—¡Déjalo estar! —Christopher me aleja y me pone contra el lavabo—. ¿Qué quieres? ¿Qué te echen por matar en el comando?

Me regaña, y tengo tanta cólera que lo empujo antes de estamparle el bofetón que le voltea la cara.

—¡Te pregunté! —lo encaro—. ¡Dos veces te pregunté y me dijiste que no te habías acostado con ella!

Las lágrimas se me acumulan en los ojos; sabe todo lo que he pasado y, aun así, fue capaz de engañarme.

—¡Cálmate! —exige cuando lo vuelvo a empujar.

—¡Volvimos a lo mismo de años atrás, donde te acostabas con Angela y luego te acostabas conmigo! —le reprocho—. ¡No eres más que un mentiroso malnacido!

Trato de huir y no me deja, me devuelve y lo vuelvo a empujar.

—¡Siempre haces lo mismo, patearme cada vez que intento levantarme!

—Yo no tengo por qué mentirle a nadie —increpa—. ¡Cuando hago las cosas, las admito, no las escondo!

—¡Mentiras y más mentiras! —Lo vuelvo a empujar—. ¡Estoy harta de ti! ¡De esta relación de porquería donde no hago más que salir herida!

Lo mando atrás con el empellón que le suelto.

—¡No eres más que mierda en mi vida!

Me abro paso, por un lado, el pecho me retumba con violencia, tengo la ropa salpicada de sangre y la ira me tiene aturdida. No he hecho más que perder mi tiempo con ese maldito imbécil.

No sé ni qué dirección tomo al salir, tropiezo con varias personas y una parte de mí empieza a pensar que tal vez maté a esa estúpida.

—Teniente, ¿se siente bien? —me pregunta el soldado que se me atraviesa.

Me miro las manos manchadas de sangre.

—¿Necesita ayuda? —El novio de Laurens se saca un pañuelo y me lo entrega—. Está pálida.

—Dame tu chaqueta —pido.

Los medios internos están por todos lados, al igual que varios capitanes. El soldado se aleja conmigo, me entrega lo que le pido y echo andar con la chaqueta sobre los hombros.

—¿Desea que le acompañe a la enfermería? —me sigue.

—A mi alcoba está bien —musito.

Me acompaña a la torre y me siento tan perdida que me cuesta abrir la puerta. Dejo caer las llaves y Derek las recoge, abre y se aparta para que pase.

—Puedes irte. —Le devuelvo la prenda.

—Si necesita algo, no dude en avisarme —se despide—. La estaba buscando para darle las gracias por lo de Laurens. Ya salió y le estoy pagando un hotel a ella y a Maggie.

—Me alegra.

En medio de todo lo que acontece, al menos recibo una noticia buena. Él se va y Stefan no tarda en aparecer. Le pido que cierre la puerta, tomo ropa de la cómoda que tengo y me cambio en el baño.

—¿Qué pasó? —me pregunta el soldado mientras me pongo los zapatos.

—Nada.

Alcanzo la chaqueta térmica y me la pongo, lo dejo en la alcoba y me largo a trabajar, el que nadie venga por mí quiere decir que Gema está viva. Llamo a Dalton a avisarle de que queda a cargo de Christopher, quiero estar a metros del coronel y lo mejor es que trabaje desde la mansión. Abordo mi moto y en High Garden, la otra parte de la Alta Guardia, me recibe e indican que Alex Morgan está en su despacho. Subo a hablar con él, pero, por más que golpeo la puerta, no me abre.

—No desea ver a nadie. —Se me acerca la empleada.

Se aleja y apoyo la espalda en la pared. La rabia que tengo no se va, solo a mí se me ocurre creer a Christopher, fui una tonta al pensar que me extrañaba como yo a él. Tengo bronca conmigo misma por dejar que me lastime así, por no tener las fuerzas que se requieren para alejarme. Soy una estúpida.

Las lágrimas se me salen, Sara sube las escaleras y me limpio la cara en un vil intento de no verme tan mal.

—¿Cómo estás? —me pregunta, lo único que consigue, es ponerme más sentimental de lo que ya estoy.

Quiero decir que bien, pero no es así. Lo de Reece sigue presente, como la sensación de vacío y la cólera que desatan los actos del coronel.

Ella se acerca cuando bajo la cara, pone la mano sobre mi hombro y la mirada cálida que me dedica me hace suspirar.

—¿Eres amable conmigo porque te nace o porque sigues creyendo que puedo ayudarte con el coronel?

Baja la mano al brazo que aprieta.

—Me agradas, Rachel —confiesa—. Soy así contigo porque siento que eres una buena persona y, como tú, yo también estuve lejos de mi familia cuando vivía aquí en Londres.

No solo nos parecemos en eso, hay varias cosas más.

—¿Te acuerdas de cuando me dijiste que si necesitaba una madre solo tenía que decírtelo? —le pregunto, y asiente—. Creo que la necesito ahora.

Sonríe y los ojos marrones le brillan.

—Ven aquí. —Me lleva contra su pecho y dejo que me apriete contra ella.

Rompo a llorar, cierro los ojos e imagino que son los brazos de mi madre, quien tiene la costumbre de pasarme las manos por el cabello justo como lo hace la exesposa del ministro en este momento.

—¿Volvió a romperte el corazón? —pregunta, y asiento—. No importa, somos fuertes y siempre logramos reponernos.

Acaricia mi espalda, tomo una bocanada de aire y trato de recomponerme. Es estúpido que después de tanto vuelva a llorar por lo mismo.

—Cho llegó hace unas horas —me informa—. Me está ayudando a recoger las pertenencias de Reece, no quiero que Alex las vea y se haga más daño, ¿quieres saludarla?

Asiento, Cho fue una buena amiga, consejera y terapeuta. Me sonríe con los ojos llorosos cuando me ve y soy quien se mueve a abrazarla. Sé que esto le duele más que a mí, dado que Reece fue su amigo y su mentor por mucho tiempo.

Me recibe en la habitación del que era mi médico, recordar los hechos es algo que duele, así como el hecho de saber que no lo volveremos a ver. Con

Sara recogemos todo lo que dejó. La chaqueta que vestía el día que nos vimos en el bar está sobre una de las sillas; de haber sabido que nos quedaba tan poco tiempo, me hubiese quedado toda la noche con él.

Tomo la prenda y acaricio sus mangas.

«Hace días me puse a pensar y llegué a la conclusión de que, si tuviera una hija, me hubiese encantado que fuera como tú».

La agenda con la que lo molesté sigue en su sitio y la saco del bolsillo. Esto es algo que le pertenece más a Alex que a mí, así que solo saco el sobre que tiene mi nombre.

Hay uno a nombre de Cho, se lo entrego y guardo lo demás.

—Amó mucho a mi madre —comenta ella—. Le mandaba cartas hermosas todo el tiempo hasta que ella enfermó y él decidió quedarse a su lado. La acompañó hasta que se despidió de este mundo.

Nos cuenta los detalles y la conversación se alarga tanto que cuando menos lo creo, ya son casi las tres de la mañana. El coronel sigue en el comando y yo me desplazo al sitio de los escoltas; trabajar es una forma de distraerme y, por ello, empleo mi tiempo en algo que sirva.

Me quedo al día siguiente en la mansión, el ministro no sale de su despacho y, aunque intento hablar con él en numerosas ocasiones, se niega. El coronel no abandona el comando, y Dalton es quien me mantiene informada de todos sus movimientos.

—¿Sabes si el ministro tiene algo de tiempo en la tarde? —le pregunto a Sara.

—Lo dudo, abandonó su oficina en la mañana y fue porque lo obligué a salir —responde—. Estaba ebrio, y hoy no ha querido levantarse de la cama.

Vuelvo al comedor, donde trabajo. Lo de Philippe es una zozobra que no deja de dar vueltas en mi cabeza y quiero hablarle a Alex de esto lo antes posible.

Llamé a Paolo y está tratando de conseguir la copia de lo que le pedí.

—A Gema la han incapacitado por siete días —comenta Sara—. Tuvo un accidente laboral.

Finjo que estoy ocupada, en la tarde leo las declaraciones de Cristal Bird, quien dice que las señalizaciones de Casos Internos no son más que calumnias, y tiene razón, lo son.

Casos Internos insiste en que Christopher debe salir de la candidatura; no obstante, otros dicen que debe estudiarse con calma, Alex está con licencia y todo está calmo. Kazuki fue otro que recibió un golpe fuerte y es algo que se debe tener en cuenta.

—¿Sabes cuándo el ministro va a retomar las actividades? —le pregunto a Sara, y ella sacude la cabeza.

Carter Bass no me atiende el teléfono las veces que lo llamo, como tampoco contesta los correos que envié pidiendo una reunión. Christopher permanece en el comando, un día más se suma al calendario y Alex continúa sin querer hablar. La mafia no da indicios de nada, no hay alertas ni novedades.

Los soldados me informan, se me asigna un nuevo médico para mi procedimiento y Cho me hace saber que no se irá hasta después de mi cirugía, los días pasan y me dedico a trabajar desde la mansión. El encierro del ministro preocupa; sin embargo, no lo puedo obligar a que salga.

El estar recordando a cada nada lo que pasó me hace mal, así que decido salir. No puedo repetir lo de años pasados y encerrarme.

—Hoy es mi noche libre —le digo a Dalton, que llega a hablar conmigo en la tarde.

—El coronel estará en su *penthouse*, ya que mañana viaja a Toronto —me informa—. Puedo hacerme cargo.

—Prepárate para ir con él.

No voy a ir a Toronto, Dalton hace un excelente trabajo, va con la guardia reforzada y debo quedarme a hacer trabajo investigativo, al margen de que debo solucionar lo de Philippe y Casos Internos.

—La mantendré al tanto de todo. Make Donovan confirmó que pronto lo tendremos de vuelta —me comenta antes de irse.

Asiento, le explico las medidas que quiero que tenga en cuenta y dejo que se vaya.

—¿Qué harás? —me pregunta Cho al verme sola—. ¿Recuperar todas las horas que llevas sin dormir? He visto que te la pasas trabajando día y noche.

No me voy a hundir en la miseria como años atrás, encerrarme a lamentarme es patético a estas alturas.

—Tengo una cita con la que iré a bailar toda la noche —suspiro.

Nate Hills me escribió anoche y en un principio lo ignoré, pero luego le contesté. Necesito distraerme y él parece ser la persona perfecta para eso.

—Disfruta —me desea Cho—. Recuerda beber con moderación, todavía no puedes beber grandes cantidades de alcohol.

Entiendo su preocupación, pero, para su desgracia, hoy tengo muchas ganas de embriagarme. Hago un nuevo intento por hablar con Alex y es en vano, ya que no obtengo ningún resultado, así que me largo a mi casa.

La hija de Fiorella está encerrada en su alcoba, y Stefan está trabajando en el juego de sillones y sofá que decora mi casa.

—Se me ha iluminado la tarde —me saluda—. ¿Cómo estás?

—Bien. —Dejo la chaqueta en el perchero—. Poco a poco se va lidiando con la carga.

—No quiero amargarte la tarde, pero llamaron de la penitenciaría, insisten en que Antoni quiere hablar contigo.

No para con lo mismo, en tres días he recibido siete llamadas confirmando la supuesta cita a la que no voy a asistir.

—Haz caso omiso a todo —demando—. Lo único que está demostrando es lo loco que está.

Necesito que esto acabe lo más rápido posible, que Christopher obtenga el cargo por el que compite, así tendré mi mérito por cuidarlo. Será un punto más para mi crecimiento laboral, el cual me abrirá más puertas lejos de él.

Desnuda, me sumerjo en la bañera, donde me tomo un tiempo para mí, espero que mis músculos se relajen; me quedo quince minutos más bajo el agua y, con el cabello húmedo, empiezo a prepararme para la noche.

Según dicen algunos, Gema Lancaster no ha dado señal alguna desde que se «accidentó» en un vehículo particular. Supongo que Christopher ha de estar pendiente de ella; como es su novia, ha de preocuparle su estado.

Me maquillo frente al espejo en lo que me recuerdo que no vale la pena.

—¿Vas a cenar? —me pregunta Stefan en la puerta.

—No.

Abro el armario, me quito la bata, que me deja en ropa interior y que hace que el soldado aparte la cara cuando no me molesto en cubrirme. Tengo dos vestidos que me gustan y se ajustan para la ocasión: uno dorado y otro plateado. Elijo la segunda opción.

—¿Ya no le parezco atractiva, soldado chef? —pregunto al ver que sigue con los brazos cruzados y con la mirada en el piso.

Meto las piernas en el vestido y lo cierro.

—No estoy ciego —contesta—, pero valoro mi vida y no quiero problemas.

—Christopher y yo ya no somos nada —aclaro—. Nunca hemos sido una jodida mierda.

Busco el móvil cuando suena sobre el tocador, es Nate avisando de que ya llegó. Paso las manos por el vestido, me calzo los tacones, miro mi reflejo en el espejo y… me veo hermosa. Complemento el atuendo con una loción suave.

Tomo mi cartera y busco al soldado, al que le doy un beso en la mejilla antes de rodearle el cuello con los brazos.

—¿Cómo me veo? —La necesidad de sexo me genera ansiedad—. ¿Te gusta?

—Esta no es la forma de lidiar con los problemas ni con el dolor.

—¿Qué hago entonces? ¿Me quedo en la cama llorando? ¿O me siento en la chimenea a mirar el fuego mientras siento lástima de mí misma?

Le beso la comisura de la boca.

—Reconoce que esto es un mejor plan.

No me contesta, así que echo un último vistazo en el espejo, me aseguro de tener las llaves en la cartera; dejo a Naomi a cargo de Stefan y salgo con la meta de no pensar en todos los problemas que me agobian.

El amigo de Christopher me espera en el vestíbulo con un traje negro sin corbata, trae el cabello negro peinado hacia atrás, casi pegado al cráneo. Insisto en que es apuesto y no disimula lo mucho que le gusto.

—Sin palabras, sencillamente eso —dice cuando acorto el espacio que nos separa.

Dejo que me bese los labios y pose las manos en mi cintura; estoy caliente, así que no contengo las ganas de poner las manos sobre su nuca y profundizar el beso.

—La conejita sabe usar la lengua —susurra cuando termino.

—Esto es solo un abrebocas. —Bajo las manos a su miembro—. Hoy quiero hacer muchas cosas.

—Yo también.

En la acera nos espera un Ferrari rojo. Él se apresura a abrirme la puerta y el olor a auto fino me llega cuando me deslizo dentro. Él da la vuelta mientras apago el móvil antes de meterlo en mi cartera, pues es mi noche libre y la voy a disfrutar al máximo.

—No me gusta meterme en la vida de nadie —comenta Nate en lo que pone el auto en marcha—, pero Christopher me advirtió que me mantuviera a metros de ti. ¿Tienes algo con él?

—¿Le tienes miedo? —inquiero—. Los hombres cojonudos pierden atractivo cuando dejan claro que lo son.

—Si tienen algo, no me importa, a mí me encanta jugar y no soy celoso. —Se ríe—. No obstante, parece que él sí tiene problema con eso.

—Christopher es un imbécil, por ende, no hablemos de él esta noche.

—Como desees —suspira.

Saco el lápiz labial y aplico una capa adicional antes de llegar al lugar, el club que posee se encuentra en una de las animadas calles de Piccadilly. Observo a la gente que hace fila frente a las puertas de un edificio de dos plantas con una fachada llena de colores neón.

El sitio emana un ambiente amplio y sofisticado, él da la vuelta y entramos al estacionamiento, salimos juntos del auto y avanzamos hacia la entrada de la discoteca, la cual se revela más amplia y espaciosa en su interior de lo que parecía desde fuera.

—Bienvenida a mi humilde morada.

El color morado, junto con el negro, impregna el ambiente. Me pego al brazo que me ofrece y caminamos hacia la barra. Mientras me sumerjo en el sitio, observo a gente besuqueándose y bailando al compás de la música que está a todo volumen.

—¿Te gusta? —me pregunta Nate.

—Se ve divertido.

Llegamos a la barra circular que está en el corazón del lugar, *Blinding Lights* está tronando en los altavoces y el hombre que me acompaña me toma de la cintura en busca del beso que le permito, acaricia mis caderas antes de subir a mi cuello.

—No creo que pueda esperar mucho, ¿sabes? —me comenta.

—Yo no quiero que esperes. —Vuelvo a besarlo y me lleva contra la barra.

Le digo el trago que quiero y llama a la camarera, seguimos con los besos acompañados de toqueteo hasta que ponen dos bebidas frente a nosotros.

—Es tu día de suerte —me dice él—. Mira quiénes están aquí.

Volteo y veo a Parker con Brenda y Laila al otro lado de la barra hablando entre ellos. Me muevo a su sitio, sujeto la cintura de Laila, le doy un beso en la espalda y ella se vuelve hacia mí.

—¡Hey! —se emociona.

Parker arruga las cejas cuando Nate me besa en los labios, Brenda abre la boca para hablar, pero calla.

—Vámonos —el alemán toma a mi amiga de la mano—, este no es un buen sitio para pasar la noche.

—¿Qué pasa? —Lo frena Laila—. Acabamos de llegar.

—Pediré que nos ubiquen en la zona vip. —Nate se va.

Parker insiste en irse y no sé qué diablos le pasa.

—¿Cuál es el afán? —me enoja—. ¿Te estorba mi presencia?

—Sabes que esto no va a acabar bien —empieza—. Parece que no aprendes.

Pongo los ojos en blanco, en ocasiones se parece a mi papá. El dueño del sitio invita a mis amigas a la segunda planta. Brenda duda, pero la tomo de la mano trayéndola conmigo, Laila nos sigue y adulo lo bien que se ven antes de sentarnos.

—Los hacía en el comando —comento.

—Salimos a olvidar los problemas mientras se resuelve el tema de Casos Internos —comenta Brenda—. Cristal Bird se está haciendo cargo de todo, no podemos afligirnos, ya que eso sería levantar sospechas.

—Brenda, en verdad quiero irme —sigue Parker.

—Ah, vamos a bailar. —Traigo a mis amigas conmigo.

La pista está llena y Laila se empina el cóctel que trae. El nivel de ebriedad que ya tiene es notorio, alza los brazos y me grita en la cara que todos los hombres son unos hijos de perra.

—Estoy de acuerdo. —Recibo el trago que me dan—. Brindemos por ello.

—¿Qué pasó con Christopher? —me pregunta Brenda.

—¡Es un maldito que no vale la pena! —alzo la voz por encima de la música.

—Creo que Parker tiene razón —contesta ella—, deja a ese tal Nate y vámonos a otro lugar.

—Que cada uno haga lo que se le dé la gana —interviene Laila—. Rachel no es una niña y Nate está como para comérselo.

Me voy con ella a la pista de abajo, donde pido una botella de whisky y me la empino. Laila me la quita y, como en los viejos tiempos, bailo solo con ellas. Pongo las manos sobre los hombros de Brenda y la obligo a moverse conmigo hasta que aparece Nate y se me pega atrás.

Me vuelvo hacia él en lo que me contoneo, la pista se llena de humo y al décimo trago ya estoy mareada. Brenda se va y la traigo de nuevo, si Parker está enojado, no tiene por qué lidiar con su mala cara.

—Me quiero embriagar —le digo a mi amiga— para no pensar en nada y quiero que me acompañes.

—Siento que me necesitas —suspira y recibe la botella que le ofrezco—, así que dale, bebamos.

Laila baila conmigo en lo que los tragos van y vienen. Siento que las tres horas que transcurren pasan volando, mezclo whisky con cócteles y no me siento ni cuando me duelen los pies.

Empiezo a cantar a coro con mis amigas hasta que Parker, enojado, me quita a Brenda.

—Nos vamos —empieza otra vez—. Busca tu abrigo.

—La estamos pasando bien —alega Laila.

—¡Dije que nos vamos ya y no tengo por qué dar explicaciones! —le grita el alemán y mi amiga alza las manos.

—Si me lo pides así, está bien, vamos —contesta Laila.

—Rachel. —Brenda me pide que mire arriba y veo a Christopher con los brazos apoyados en la baranda de la segunda planta.

—Que les vaya bien. —Lo ignoro y busco a Nate, no sé dónde se fue y Parker me toma del brazo.

—Por este tipo de cosas es por lo que para mí siempre serás la victimaría y no la víctima —me dice en el oído—. Deja de pensar con los pies y no le busques problemas a otros.

Me echo a reír en lo que me suelto y sigo con lo mío. El hombre que me trajo no aparece, así que me largo al centro de la pista, donde me pongo a bailar. Si no es con Nate, será con otro, pero tendré sexo y por ello empiezo a gritarlo con cada movimiento que hago.

—Hola, conejita. —Llega Nate—. Me ocupé, pero ya estoy aquí.

Lo tomo del cuello y lo traigo a mis labios. Clava las manos en el centro de mi espalda, la lengua diestra que tiene se mueve dentro de mi boca mientras me contoneo, dejando claro lo que quiero.

—Eres una traviesa. —Vuelvo con él a la zona vip y, mientras subo la escalera, noto que Christopher sigue en la baranda.

Las mesas enraizadas en el suelo de la segunda planta brindan una sensación de mayor privacidad. Con determinación, empujo a Nate hacia el sofá circular.

—Te voy a bailar —le digo, y aparta las copas que hay en la mesa.

—Adelante.

Gimme more empieza a sonar y suavemente paseo las uñas por mis piernas antes de subir a la mesa, donde me llevo las manos a la cabeza en lo que me contoneo según el ritmo.

—Déjame ver algo. —Nate se lleva un vaso de whisky a la boca.

—¿Qué quieres ver?

Fija los ojos en mi busto mientras se pasa la lengua por los labios, así que llevo la mano al cierre del vestido, pero no alcanzo a abrirlo, puesto que Christopher me baja de golpe. La maniobra me la veía venir y caigo de pie, le echo mano al arma que sé que carga atrás, aprieto el pulsador, el cargador cae y lo pateo en cuestión de segundos.

—¿Qué vas a mostrar? —Me toma del mentón—. Anda, ¡contesta!

—Lárgate. —Lo empujo—. Y no te metas en lo que no te importa.

—Me voy. —Con fiereza me toma del brazo—. Pero ¡contigo!

—No. —Me suelto, y me toma otra vez.

—Christopher, la conejita ya habló. —Se levanta Nate—. Ella quiere otra cama hoy.

El amigo trata de tomarme y el empujón de Christopher lo lleva un par de metros atrás; él se vuelve a acercar y alza las manos pidiendo calma, pero el coronel le estampa el puñetazo que lo deja contra la mesa y le revienta la boca.

—No te metas con mujeres ajenas.

—¡Lárgate! —espeta Nate.

—Sácame. —Christopher lo vuelve a empujar—. No eres más que un marica que busca acostarse con lo que es de otro.

—Ya lárgate, Christopher.

Intento hablar, pero Nate se echa encima del coronel y caen juntos al suelo en medio de puñetazos. Christopher lo pone contra el piso, le suelta golpes. Trato de detenerlo y de un momento a otro alguien dispara y la bala le roza el brazo al coronel.

Miro atrás y el de seguridad le apunta con firmeza.

—¿Qué mierda haces? —Trato de que baje el arma, pero el maldito me aparta y vuelve a apuntar.

Otro tiro resuena y el coronel se mueve esquivando el disparo en lo que forcejeo con el de seguridad.

—¡Christopher, vete! —Aparto el cañón.

El coronel se levanta a desarmar al guardia, quien se niega a soltarlo.

—¡Que te vayas, animal! —Logro quitarle el arma al guardia y llegan dos más.

Disparan desde arriba y el coronel se termina largando rabioso cuando los sujetos empiezan a bajar.

—Maten a ese hijo de puta —espeta Nate en el suelo.

Recojo el arma sin cargador, la guardo en mi cartera y me dispongo a bajar. Christopher está herido en el brazo, sigo el rastro de sangre y termino en el corredor que lleva al estacionamiento.

—Conejita. —Me alcanza Nate—. ¿Vas a dejar que ese imbécil te amargue la noche?

—¿Qué hago? ¿Dejo que lo mates? —le reclamo, mareada—. ¡No seas imbécil!

—Fue una orden precipitada, pero ya lo arreglé. —Me muestra un radio—. Ordené que lo dejen ir y no lo vuelvan a dejar entrar, es lo mejor.

La vista se me oscurece por una fracción de segundo.

—Sigamos con lo nuestro. —Me besa en lo que me pone contra la pared.

Los labios fríos bajan por mi clavícula, en tanto pasea las manos por mis muslos y trata de bajarme el vestido. La verdad es que no me siento bien, me duele la cabeza, estoy mareada y el ambiente me está asfixiando.

—No quiero estar aquí. —Aparto sus manos.

—Vamos a mi casa. —Vuelve a mi cuello—. Tengo mucho con que jugar.

Asiento y él busca no sé qué en los bolsillos.

—Dejé las llaves arriba. —Me da otro beso—. Espérame en el auto.

Se va, el mundo no deja de darme vueltas. Camino a la puerta de salida y termino en el estacionamiento, el sitio no cuenta con muchas luces y, como puedo, busco el Ferrari. Procuro no caerme en el proceso y…

De un momento a otro siento cómo me toman por detrás, me tapan la boca con la mano y me arrastran. Es Christopher, soy capaz de reconocerlo en cualquier lado: el olor y la forma de actuar no me dan pie para equivocarme.

—¡Suéltame! —Lo muerdo y abre la puerta del deportivo, donde me mete a las malas.

Le pone seguro a la puerta y trato de salir por el otro lado, pero enseguida se pone al volante. Tiene la camisa perforada y el brazo donde lo hirieron no deja de sangrar.

—¡Asimila que no quiero nada contigo, pedazo de mierda! —le grito—. ¡Quiero que me dejes en paz!

—¡Deja de actuar como una desquiciada! —espeta—. ¡Compórtate, que estás muy grande ya para andar con el espectáculo de los celos!

Empiezo a darle con la cartera, dado que se niega a desactivar el seguro, pero no se detiene y le sigo pegando. No me importa que esté herido, no es más que un maldito el cual merece que le pateen las putas pelotas. Enciende el motor e ignora mis gritos, da la vuelta en busca de la salida, pero Nate aparece, y ello detiene la marcha. Las luces del auto siguen apagadas, el dueño del club está de espaldas y el nivel de alcohol desaparece cuando Christopher fija los ojos en su objetivo.

—No se te ocurra. —Trato de girar el volante, en vano, porque el hombre que conduce me aparta—. Christopher…

Pisa el acelerador del deportivo y Nate vuela por los aires cuando lo atropella como si su vida no valiera una libra. Siento el estruendo en el techo y miro atrás; el que se supone que era su amigo cae y él no es capaz de detenerse, simplemente sale del estacionamiento con la misma velocidad con la que lo atropelló. No me muevo, todo mi cuerpo se congela en el asiento al asimilar lo que acaba de pasar.

—Detén el auto —le pido; me ignora—. ¡Que detengas el auto!

Tomo el volante, no lo quiere soltar y en medio del forcejeo termina perdiendo el control, se recompone y empiezo a pegarle otra vez con la cartera. Por más que lo golpeo no se detiene, así que termino apretando la herida y ello lo obliga a frenar.

—¡Eres un animal! —le grito—. ¡Un maldito imbécil insensible! ¡¿Eres consciente de lo que acabas de hacer?!

Aprieta el volante sin mirarme, sigue sangrando, y no sé cómo no es capaz de darse cuenta de lo dañinos que somos el uno para el otro.

—No más —musito—. Esto se llama tocar fondo, y ya es hora de reconocer que lo nuestro nunca va a funcionar.

—¿Por qué? —empieza—. ¿Por qué tu maldita locura te pone a creer mentiras y no quieres escuchar? No eres más que una terca que…

—¡El terco eres tú, que no entiende que ya no siento nada por ti! —miento—. No te quiero en mi puta vida, porque no haces más que joderla, y si no me he alejado antes, es porque tengo miedo de tus putos ataques impulsivos.

Sigue sin mirarme y las venas se le marcan en el antebrazo.

—Bájate —espeta—. ¡Ya!

Me trago el nudo que se me arma en el pecho. El seguro sale disparado cuando lo libera, cierro con un gran golpe la puerta del deportivo y este arranca de inmediato.

Los ojos me arden en lo que veo cómo se pierde en la nada; echo a andar con la cartera bajo el brazo, tardo en llegar a la discoteca donde estaba y a la que no entro, ya que están subiendo a Nate en una ambulancia.

«Está vivo», siento que el alma me vuelve al cuerpo.

El alcohol hace que me tambalee y termino vomitando sobre una de las paredes de la acera. El hombre que se llevan al hospital me hace sentir fatal, así como Christopher, quien vuelve un lío mi cabeza.

Detengo un taxi con una señal de la mano, y cuando estoy en casa, todo empieza a dolerme: las costillas, los muslos, el pecho… Mi estado de ebriedad se mezcla con el dolor que quería apagar con alcohol; sin embargo, en vez de sentirme mejor, acabo con un nudo en el corazón y llorando como una imbécil en mi cama. Christopher cada día se pone peor, y eso me lastima. Aprieto contra mi pecho la almohada que me enviaron de Phoenix. «Ya se acabó —me digo—, lo mejor es que esto no continúe más o no sé cómo voy a terminar».

Cierro los ojos, me siento tan mal que el sueño me sume y me deja la mente en blanco.

—Uno.

—Dos.

Me susurran dos voces diferentes.

—Uno.

—Dos.

La escalera que subo se tiñe de sangre cuando alcanzo el último escalón, Alex está llorando sobre los cadáveres de Reece y Regina en el piso, mientras que el coronel se halla metros atrás. Tengo un arma en la mano y no sé por qué la alzo contra él, pongo el dedo en el gatillo y suelto los dos tiros que impactan en su pecho.

—Uno.

—Dos.

Se lleva la mano al tórax cuando cae de rodillas. Alzo la vista y la mirada se me pierde en las letras que hay escritas con sangre en la pared: «MM».

Despierto con escalofríos, la cabeza me palpita y, por más que intento moverme, me cuesta. Parece que la tristeza ahora es algo que pesa y me hace sentir como si me hubiesen propinado una golpiza. El pecho lo siento congestionado, las extremidades me pesan demasiado, todo se siente como si mi energía se hubiese agotado. Trato de levantarme, pero Stefan no me lo permite.

—Angel, estás enferma —me dice.

—Mi teléfono —le pido—. Tengo que avisar de que llegaré tarde.

—Ya hablé con Dalton Anderson, llamó a informar que viaja con el coronel rumbo a Toronto —me informa—. Dijo que Ivan Baxter está en la mansión con la mano derecha de Alex. Los avisé de que no te sientes bien.

—Me duele todo. —No quiero moverme.

—Algo común en los resfriados. —Me ofrece dos analgésicos—. Tómate esto para que te sientas mejor. —Tomo lo que me da y vuelvo a cerrar los ojos; en verdad me siento muy mal, es como si la resaca se hubiese llevado toda mi energía.

No tengo muy claro cuánto tiempo duermo, la voz de Paolo, hablando en la sala, es la que me despierta.

Con dolor de cabeza, saco los pies de la cama, tomo una ducha y me pongo ropa suelta. Tengo los labios secos y estoy pálida.

—Deberías quedarte en cama —me regaña Stefan cuando salgo.

Invito a Paolo a mi estudio, donde me entrega la computadora de Elliot. Suele vestir trajes todo el tiempo, es un hombre delgado y las prendas siempre se le ven un poco anchas.

—Está cifrada con un sistema que no he podido desbloquear —me comenta—. Tres detectives lo intentaron y tampoco lo consiguieron.

Hago un intento, pero en realidad me siento como una mierda y me cuesta concentrarme, creo que tengo fiebre.

—Yo me encargo. —Respiro mal y, como puedo, la escondo en uno de los estantes.

Tengo cosas hacer, así que necesito que esto pase rápido. Camino hasta el ventanal, que abro, el móvil suena, miro y el nombre de mi hermana menor decora la pantalla, «*Emma*». Deslizo el dedo en el táctil antes de llevarme el aparato a la oreja.

—Hola, enana —saludo con una sonrisa en los labios.

—*Ciao, amore* —dicen al otro lado, y dejo de moverme.

La voz de Antoni Mascherano me empequeñece el pecho y la barbilla empieza a temblarme.

—Deberías decirle a tu hermana que no deje el teléfono tirado mientras patina —me dice—. Ali dice que es hermosa, toda una James.

—Si le pusiste una mano encima...

—Claro que no, *principessa* —me interrumpe—. Ella está bien, puedes llamar a tu casa y te dirán que no ha pasado nada. Ali solo la vio patinar y buscó la manera de conectarme desde su móvil. Un teléfono más, un teléfono menos. ¿Qué más da?

Las palabras se me atascan.

—Voy a ser muy claro: necesito que vengas a verme —afirma—. Tenemos un trato y quiero que lo cumplas.

—Antoni, yo no puedo...

—Quiero verte, *amore*. —Lo oigo respirar hondo—. Necesito tener esos ojos celestes frente a mí, el aroma de tu loción en mis fosas nasales y el tacto de tus labios sobre los míos —continúa—. Por eso concerté una cita para que mi hermosa dama venga a verme.

Siento que las paredes se mueven a mi alrededor.

—Así que dime, ¿te espero? —insiste—. No quiero tener que hacerte venir por las malas. Sé que tu respuesta es un sí; por ello, organizaré todo para que vengas mañana al mediodía, ¿estamos?

No contesto, la idea de que esté cerca de mi familia me aterra.

—¿Estamos? —repite.

—Sí —respondo perdida—, pero no te metas con mi familia, porque...

—Nadie los va a lastimar si vienes a verme, pero, si no lo haces, ya sabes lo que puede pasar —se despide—. *Pensami*.

Cuelga e inmediatamente, con los dedos temblorosos, marco el número de mi casa. Paolo me hace preguntas que en estos momentos no soy capaz de contestar, necesito tener la certeza de que mi hermana está bien.

—Hola —saludan.

—¡Mamá! —exclamo—. ¿Emma está bien? Necesito...

—Acaba de llegar, ¿qué pasa? —se asusta, y el llanto no me deja hablar.

—¿Papá, Sam, tú?

—Estamos bien, ¿qué pasa?

Cuelgo, no quiero alterarla. El asma que surge me lleva contra la pared, Paolo se apresura a ayudarme y lo aparto en busca del inhalador, vomito y no alcanzo a llegar al umbral, ya que me desplomo en el piso, donde lo último que veo es la cara de Stefan.

La máscara de oxígeno me estorba, la vista se me va aclarando poco a poco. Stefan está a mi lado.

—Stef, Antoni… —Trato de levantarme, y el soldado me devuelve al puesto.

—Está en Irons Walls, ya lo confirmé, y la llamada no es más que una de sus jugarretas. Paolo me comentó lo que escuchó —me informa—. Hablé con Rick, todos están bien, va a tomar medidas de seguridad.

—Gracias.

Las jugarretas de Antoni en algún momento van a ocasionar mi muerte.

—Me duele mucho la cabeza. —Puedo respirar mejor; sin embargo, el aturdimiento sigue.

—Creo bebiste algo adulterado —comenta Stefan—. Ya te hicieron un par de análisis de sangre.

Dos médicos se toman la alcoba y uno de ellos se acerca a la camilla; estoy en el hospital militar con una bolsa de intravenosa en el brazo.

—Teniente James, me presento —me habla—: soy el toxicólogo Colin Connor, el nuevo médico a cargo de su caso.

El médico que quería para mí y era perfecto ya no está.

—¿Qué parentesco tiene con la paciente? —Mira a Stefan—. ¿Usted es su pareja?

—Es mi amigo —le aclaro.

—Entonces le ruego que se retire, necesito hablar a solas con mi paciente —dice.

—Lo que me quiera decir, puede decírmelo delante de él. —Quiero largarme a mi casa, tengo trabajo que hacer y no estoy para rodeos.

—¿Cuánto alcohol bebió ayer?

La pregunta me empeora el dolor de cabeza. Como dijo Cho, puedo beber, pero moderadamente. El embriagarme como lo hice pone en riesgo mi tratamiento, y si la FEMF se entera de que no me estoy tomando esto en serio, puedo poner en riesgo mi puesto.

—Unas cuantas copas, no lo recuerdo.

—No fueron unas cuantas copas, es usted una irresponsable —me regaña.

—¿Se llama Colin Connor o Rick James?

—Señorita James —habla el otro médico que revisa mi historial—, ha violado una de las normas pactadas al inicio del tratamiento.

—Está en serios problemas —indica el toxicólogo—. ¿Su exmédico no le habló acerca de las precauciones que debía tomar? Parece que no.

—Mi antiguo médico no tiene nada que ver aquí —replico enojada.

—Entonces supongo que sabía y tenía claro que estaba en el deber de usar un método de barrera a modo de anticonceptivo. —El segundo médico cierra la carpeta—. Supongo y doy por hecho que Reece Morgan le reiteró cómo debía manejar sus necesidades carnales, aunque no era necesario, ya que las precauciones que debía tomar eran más que obvias.

—Rompió una normativa muy importante en su proceso —secunda el toxicólogo, y me empieza a confundir.

—Fui responsable con mi método anticonceptivo —le explico—. Siempre lo he sido.

—¿Cómo? Ignoró la última fase de desintoxicación, la cual la dejó limpia de cualquier químico, medicamento y toxina —repone—. La palabra «limpia» es tal cual se oye, teniente. Lleva tiempo sin ningún tipo de anticonceptivo en el cuerpo.

Los latidos se me disparan a un punto donde los oigo fuerte y claro.

—¿Qué me está tratando de decir?

—Que tiene cuatro semanas de embarazo. —Me entrega la hoja con el resultado de los análisis—. Su prueba de sangre lo acaba de demostrar.

Bajo la vista al papel que tiene mi nombre y los datos finalizan con «Prueba de embarazo: Positiva».

—Yo no tenía idea de esto. —La voz no me sale bien.

«Estoy embaraza del coronel». Dentro tengo un hijo de Christopher.

Siento que me asfixia la ropa, la garganta se me cierra a un punto donde no puedo pasar saliva, el mundo se me vuelve a nublar y lo único que capto es la voz de Stefan, que me pide que me tranquilice. Todo desaparece, y cuando recobro lucidez estoy en una sala con Stefan, quien no me deja sola.

—Estoy muy feliz por ti —me susurra—. Angel, tu sueño se hizo realidad.

El sitio está lleno de equipos médicos, las luces me dan en la cara. Hay una doctora y una enfermera con el toxicólogo, quien mira no sé qué en mi carpeta. Los nervios hacen estragos de solo plantearme que hayan hecho algo sin mi consentimiento.

—¿Cuánto tiempo estuve dormida? —le pregunto a Stefan.

—Dos horas.

—Rachel —me saluda una de las doctoras—, mamá sorprendida, ¿eh?

«Mamá». La palabra me forma un cúmulo de emociones en el pecho.

—Soy Anne, obstetra especialista del hospital. —Se coloca los guantes—. Estamos ante un caso especial y por suerte contamos con el mejor equipo especializado para darle una respuesta concreta. Vamos a ver cómo está su bebé mediante una ecografía transvaginal, ¿está de acuerdo?

Asiento, le pido a Stefan que se quede mientras ellos organizan todo.

Coloco los pies donde los debo poner, en tanto acomodan el monitor frente a mis ojos.

—Verificaremos si hay latidos, debemos estar seguros de que no sea un embarazo ectópico —me explican, y a todo digo que sí.

Las pantallas se encienden, mi corazón es un ir y venir que salta dentro de mi tórax, angustiado; no veo nada en los monitores, las esperanzas empiezan a irse al piso y aprieto las sábanas que…

Un sonoro latido se apodera de la sala, fuerte y claro.

—Oh, por Dios. —Sonríe Stefan.

Siento que me colocan un reanimador en toda potencia, dado que el sonido es como si se acompasara con mis latidos, como si las pulsaciones viajaran por mi torrente y rodearan mis venas.

—Muy bien —habla la obstetra—. Para tener el tiempo señalado parece una locomotora.

Frunce el entrecejo, y eso me asusta, porque estoy en una etapa donde pocas cosas me salen bien. El sonido sigue retumbando y no quiero creer que hay algo mal.

—Creo que está sintiendo las emociones de mamá.

—¿Todo está bien? —pregunto temblando—. A lo mejor por el asma está… alterado o no sé.

Joder, no quiero arruinar esto. Stefan me vuelve a dar la mano al ver que tengo los ojos llorosos. Todo está pasando muy rápido y ni siquiera sé en qué momento a Dios se le ocurrió darme esto.

—No me convence —comenta el toxicólogo—. Ponle el otro ecógrafo, sabremos con más detalle.

Hacen los debidos cambios, me bajan las piernas y sobre el abdomen me ponen algo totalmente diferente.

—Presenta un útero agrandado. —No apartan la vista del monitor.

Mueve el ecógrafo en la parte baja de mi vientre, sueltan datos que no entiendo. La cara del médico no me gusta y, por más que trato de comprender, no lo logro.

—¿Pasa algo? —pregunto.

—La hormona HCG me aparece elevada —informa el toxicólogo.

—Sí, noté lo mismo cuando leí el examen —la ginecobstetra señala la pantalla—, y ya tengo la respuesta a ello: está elevada porque tenemos dos sacos gestacionales.

Stefan me mira y yo no hago más que mirar la pantalla con los ojos llorosos.

—Embarazo múltiple, Rachel. Dos fetos normales, en tamaño y ritmo.

No escucho el resto, solo mantengo la cabeza en la camilla mientras ellos terminan.

—Teniente James, aunque se vea normal ahora —me habla el médico—, por su salud, debemos proceder con la interrupción.

Sacudo la cabeza negándome a escuchar. Me ofrece una carpeta que no recibo.

—Teniente.

—Stefan, sácame de aquí. —Me incorporo—. Si todo está bien, deseo irme a mi casa.

—Teniente James...

—Déjala. —Me apoya el soldado que me acompaña—. No pueden presionarla y lo que sugiere no es una decisión que deba tomarse a la ligera.

La enfermera me entrega la ropa y en el baño me cambio lo más rápido que puedo. Firmo los documentos de salida, recojo mis cosas y me apresuro al ascensor, que está al fondo del pasillo.

—Teniente James —el médico intenta entregarme la cartilla otra vez, y aprieto el botón del ascensor—, sea consciente de todo lo que esto acarrea.

Hago caso omiso a sus palabras y lo único que hago es irme. No tengo idea de si estoy soñando, en shock o si mi mente simplemente se ha quedado en blanco sin saber qué hacer.

Stefan me abre la puerta del auto que abordamos. Aún sigo temblando y me pregunto cuál fue el momento exacto en que esto pasó. Estuve tantas veces con el coronel cuando fue a la isla que pudo ser en cualquier momento.

Soy la primera que sale del vehículo cuando llegamos a mi edificio. Luisa está comiendo con Naomi, me saludan y no soy capaz de contestar, solo sigo de largo a la alcoba donde me encierro. Coloco el pestillo y busco el sobre que me dejó Reece, quiero saber si las palabras de aliento que iba a darme después de la cirugía me sirven ahora. Lo encuentro y lo rasgo, saco la hoja con los dedos temblorosos y me pongo a leer.

Londres/Inglaterra

Muñequita:

Si estás leyendo esto, es porque has dado otro paso difícil en tu corta vida.

Sí, *daddy* Reece sabe que con tan poco tiempo has vivido tanto y de corazón, este sexi señorón te concede el honor de hacerte saber lo orgulloso que se siente de ti.

No es fácil estar en tu lugar, como tampoco es fácil levantarse una y otra vez; sin embargo, en el poco tiempo que compartimos noté que eres capaz de levantarte tres mil veces más.

Tengo la clara convicción de que para ti no hay imposibles, así que no desconfíes, no dudes; si quieres algo, aférrate a ello y haz que el mundo se doblegue para que te lo dé en bandeja de plata.

Puede que ahora veas tus sueños marchitos, que te sientas incompleta, vacía e inútil.

Puede que estés imaginando cómo sería tener un pequeño en tus brazos, cómo sería acunarlo contra tu pecho, tocar su nariz y llenar su cara de besos.

En este momento te imagino tan rota, que no paro de imaginarme lo que se cruza por esa pequeña cabecita.

Supongo que te estarás preguntando qué se sentirá al tener un cómplice, un amigo y un ser creado de ti para el mundo. Déjame decirte que nada de lo que te imagines abarca lo que sería en realidad, por el mero hecho de que un hijo tuyo sería una de las cosas más maravillosas del universo, solo por venir de ti.

Eres inteligente y lo digo en serio, siento que no has explotado ni el cuarenta por ciento de tu potencial ni de tu belleza, porque, ¡oh, teniente James!, es usted una mujer hermosa.

Tu temple, esa habilidad de estar de pie, pese a que el mundo te esté jodiendo de mil maneras distintas y, sobre todo, esa pasión que pones al amar. Todo esto daría un ser extraordinario.

Sí, puede que esa posibilidad se haya cortado ahora, pero quiero que tengas presente que hay tesoros que sencillamente nunca se descubren, y es lo que pasa contigo. El mundo no quiso que la tierra conociera tu legado, pero tú sí sabes cómo sería ese legado, y quiero que esto te haga sentir importante, quiero que suba tus expectativas y ganas de vivir.

Atesora todo lo que te llene de vida y aférrate a todo aquello que sea como oxígeno para tus pulmones.

Atrapa todo lo que te conduzca a la felicidad y nunca olvides que *daddy* Reece está para ti como un amigo, un amante, médico o padre.

Mis mejores deseos para usted, teniente.

Con amor.

REECE

Las lágrimas me nublan la vista, mi cabeza se devuelve días atrás, a la pregunta que quiso hacerme, pero no alcanzó. «Si me había cuidado», eso era lo que quería indagar, no sé cómo lo sé; no obstante, siento que eso quería preguntarme.

Me levanto y me poso frente al espejo. El pecho me duele cada vez que respiro, no por tristeza, sino por alegría, felicidad infinita, porque por primera vez en la vida he pasado de no tener nada a tenerlo todo. Todo lo que necesito para estar plena el resto de mi vida. Poso las manos en mi vientre y cierro los ojos evocando los latidos que escuché en el consultorio. No es uno, son dos: «*Dos hijos de Christopher y míos*».

He aquí el único fruto bueno de este árbol dañino, no me importan las consecuencias, pues los riesgos son parte de mí y haré todo lo que tenga que hacer para que nazcan bien y a salvo. Voy a tocar esas pequeñas narices, voy a llenar esas caras de besos y voy a preservar mi legado porque no solo vienen de mí, también tienen la sangre del hombre que más he amado en la vida.

Luisa abre la puerta con una de las llaves.

—Estoy embarazada, Lu. —Sonrío emocionada—. ¿Puedes creerlo? Yo ayer no tenía idea de nada y ahora tengo dos bebés en mi vientre.

Se acerca a tomarme la cara, tiene los ojos llenos de lágrimas.

—Sí a todo. No sé qué diablos va a pasar, pero ¡sí, joder! —Me abraza—. ¡Te amo demasiado!

Me muevo a abrazar a Stefan que se une al momento, agradezco mucho que esté aquí conmigo.

—Estoy feliz porque ahora sé que esos ojos siempre van a estar cargados de alegría —me dice, y beso sus manos.

—Tenemos que buscar los mejores médicos —comenta Luisa—, el mejor tratamiento, los mejores métodos de prevención y, si para eso hay que vender todo, lo hacemos. ¡Joder, estoy tan emocionada que me dan ganas de concebir otro!

El localizador que tiene se dispara y me vuelve a abrazar.

—Me requieren con urgencia en el comando, pero volveré apenas pueda —me dice—. No te vayas a dormir, trataré de volver lo antes posible, ve buscando médicos, me pondré en ello también.

La abrazo con fuerza. Se va y sé que tengo muchas cosas en contra, el HACOC vuelve todo más riesgoso; no obstante, sé que puedo hacerlo. Pagaré por lo mejor, así se me vaya la vida en ello. Vender mi casa era algo que ya había considerado y que ahora creo que lo haré con tal de tener todo el respaldo necesario.

—Ven. —Stefan me lleva a la sala donde enciende el estéreo y lo pone a todo volumen.

—Naomi —le digo, pues está dormida.

—Chist, cállate. Vamos a celebrar.

Toma mi mano y baila conmigo a lo largo de la sala.

«*Déjame tomarte de la mano, déjame mirarte a los ojos...*». Amo la letra de la canción que puso, está en su idioma, pero la entiendo desde que empieza.

—Estoy muy feliz. —Recuesto la mejilla en su hombro—. No pensé que fuera posible y ahora seré la madre de dos hijos.

—Todo lo que venga del ser que amamos nos causa alegría. —Me da la vuelta—. Christopher, por muy inhumano que sea, cumplió uno de tus sueños.

El coronel no quiere hijos, ya que a él lo único que le interesa es ganar la candidatura. Tiene planeado un futuro con Gema y no voy a meterme en eso, no quiero ser la mala que llega a llamar la atención con hijos, con seres que él no quiere.

—Angel, tienes que decirle —me insta—. Es su papá.

—Eso no está en sus planes y no voy a llegar a suplicar cariño donde no hay. Se acostó con Gema mientras yo estaba en rehabilitación —le cuento—. Mis hijos solo me necesitan a mí y ya está.

—Pero tú lo amas.

—Pero va a pasar. En mi nueva vida no tiene cabida y ya tomé la decisión —dejamos de bailar—, así que prométeme que no se lo vas a decir a nadie, tengo pocas semanas y hay que proceder con cautela. Christopher tiene que ganar para que se acaben las amenazas y de ahí en adelante vemos qué otras decisiones tomamos.

—No estoy de acuerdo —suspira—, pero son tus decisiones y te las respeto.

Vuelvo a sus brazos y de nuevo pongo la mejilla en su hombro mientras la música sigue. La emoción que tengo ahora no borra el hecho de que deba ir a ver a Antoni Mascherano; quiera o no, debo ir, dado que es necesario saber qué diablos quiere.

80

¿Morgan o Mascherano?

Rachel

Las sábanas de la cama me estorban, el agobio que tengo hace que me mueva varias veces en esta, mi cuerpo extraña a Christopher y las ganas de estar con él me desesperan.

El despertador suena y no me doy tiempo para lamentos, no quiero tocarme, ni pensar en él. Saco los pies de la cama, camino a la ducha que abro y el agua tibia toca mis hombros. Me hace falta ser una persona normal. A mi cerebro, en ocasiones, se le olvida que se acostó con otras mientras hacía de todo por rehabilitarme. Esparzo jabón a lo largo de mis brazos. Por cosas como estas es por lo que quiero hacer esto sola: es lo mejor para mí y para mis hijos.

Respiro hondo bajo el agua, termino con el baño matutino y me planto frente al lavado, meto el cepillo con crema dental en mi boca y, con el cuerpo envuelto en una toalla, busco lo que me pondré.

—Angel —Stefan toca a la puerta—, tienes una llamada de Irons Walls, quieren confirmar la cita de hoy.

Ajusto los broches del sostén que me abraza la espalda. Cuando no es Christopher, es Antoni… Voy por la vida de engendro en engendro, como si estuviera pagando no sé qué castigo.

—Confirma que ahí estaré —contesto.

Meto las piernas en la tanga de hilo, le echo mano al vaquero al que le alzo el cierre, tomo la blusa y, antes de ponérmela, me es inevitable pasar por alto el espejo que acoge mi imagen y al que me acerco a observarme el abdomen.

Hasta ahora no hay rastros de nada; sin embargo, me imagino cómo me veré cuando se me note. Si soy sincera, siento que me veo hermosa; pese a que no la he pasado bien en los últimos días, hay algo en mí que me hace ver radiante, como si mis ojos tuvieran un brillo diferente.

—Aumentan la autoestima de mamá. —Me acaricio el abdomen y paso por alto el vacío que se genera al extrañar al coronel—. Algo me dice que seremos un trío de auténticas bellezas.

Es tonto que con un día esté tan ilusionada, pero, cuando te la pasas de tormenta en tormenta, cualquier rayo de luz te llena de vida y acostumbras a aferrarte a cualquier atisbo de felicidad que esta te da. Esta vez me ha dado dos seres, los cuales desde ya sé que me brindarán alegría infinita.

Me pongo la blusa y del armario saco una chaqueta de cuero. Estamos en invierno, fechas que pronto traerán las luces de la Navidad. Guardo el arma en la parte trasera de mi vaquero. Mi estado no me hace menos valiente, por el contrario, es cuando más coraje tengo, dado que necesito garantizar un futuro tranquilo para mis hijos.

Peino las hebras negras y las recojo en un moño. Salgo lista a la sala, Stefan está en la cocina, y la hija de Fiorella, en el comedor, mirando el plato de comida que no se ha atrevido a tocar.

—Un batido cargado de mucha proteína para los ángeles que tienes en el vientre. —Me entrega el vaso y pone las manos en mi abdomen—. ¿Cómo dormiste? ¿Soñaste bonito?

Si soñar bonito es fantasear con la polla de Christopher, entonces soñé muy bonito.

—Tu silencio me lo dice todo. —Se preocupa—. En verdad siento que debes hablar con el coronel.

—No tengo hambre —habla Naomi—. Quiero irme a la alcoba.

Observa el entorno con cierto pánico y me preocupa. Lleva días aquí y los avances son mínimos. Con la cabeza le indico que puede irse, pues Luisa ha recalcado que lo mejor es no obligarla a nada.

Stefan la observa mientras se va.

—Ayer me preguntó por Lucian —comenta—. Creo que le gustará verlo.

—Buscaré el modo de que tengamos algo asegurado, por ahora hay que seguir como estamos. Nadie puede saber que está aquí.

Acabo con el batido que me hizo y que agradezco, ya que hoy necesito toda la energía posible. Me pide que me siente a desayunar y, mientras como, vuelve a tocar el tema del que no quiero hablar.

—Siento que debes hablar —insiste—. Ellos te pueden dar…

—Malos tratos, Stefan —lo interrumpo—, dirán que soy una segunda Sabrina, porque corté lazos con el coronel y justo cuando las cosas se acaban, oh sorpresa, estoy embarazada —replico—. ¿*Déjà vu?* ¿Casualidad?

—Eso es común cuando se tiene sexo… Sexo sin protección.

—Lo que tenemos que hacer ahora es buscar la manera de solucionar el problema de Casos Internos, toda la Élite está en riesgo de terminar como Scott —le aclaro para que se concentre—. Alex nos va a acribillar si sabe que trabajé con la rama que ha ensuciado el nombre de su hijo.

—Nada de lo que acabas de decir quita el hecho de que Christopher sea el papá, y Alex el abuelo de tus hijos —espeta—. Ellos los van a proteger.

—Les vas a dar igual, solo se preocupan por ellos. Lo único bueno de esa familia se murió y los que quedan son unos egoístas —increpo—. Yo no necesito de nadie y no quiero que Christopher me diga en la cara que tengo que abortar para no dañar su perfecta «campaña» o relación con Gema.

—Siento que lo que pasa es que estás dolida y celosa —prosigue—. Por eso es por lo que no se lo quieres decir. ¿Qué harás cuando el embarazo empiece a notarse? No es algo fácil de ocultar.

—Sabes que quiero ascender y estoy sumando mérito para eso; además, tengo ofertas de distintos comandos. —Acabo con el desayuno—. Podemos irnos a uno de ellos y, cuando estemos lejos, decimos que somos pareja y ya está.

Tomo el plato y lo llevo a la cocina, sé que no le gustan mis decisiones.

—Mantente aquí, anoche logré desbloquear la computadora de Elliot, pero no puedo entrar a los archivos, ya que están codificados con un sistema alemán —le informo—. Cuando vuelva me pondré a ello.

—Hay que hablar con el ministro —sugiere—. Casos Internos no ha vuelto a decir nada, no te han contactado y eso me preocupa. Si saben que tenemos la manera de contradecirlos, van a tomar medidas.

Me paso la mano por la cara: tantas cosas al mismo tiempo están a nada de volverme loca.

—Por ahora, haz lo que te digo —ordeno—. Apenas tenga la información que consiguió Elliot, se la llevaré al ministro.

Asiente, me informa de que trabajará en el estudio y se va. Falta una hora para mi cita con Antoni, así que busco las llaves del McLaren. El timbre suena y miro por la mirilla a ver quién es: «Derek y Laurens».

—¿Teniente? —Ella golpea la puerta con los nudillos—. ¿Está ahí?

La cara que tienen me preocupa, hoy no estoy para lidiar con la charla de «Déjeme volver».

—Teniente, sé que no quiere verme, pero es importante lo que queremos decirle —habla la secretaria.

Se acomoda los lentes y toma la mano del novio, quien viene con una laptop entre los brazos. Insiste en que es relevante lo que debe informarme y entreabro la puerta.

—¿Qué necesitan? —contestó—. Estoy un poco ocupada.

—¿Cómo está? —me pregunta Laurens algo nerviosa. Se nota que está avergonzada por lo de Christopher.

—No tengo mucho tiempo, así que les ruego que sean breves.

La secretaria del coronel mira al novio, que se mueve incómodo.

—Primero debo saber si está con ellos o no. —Se aclara la garganta—. Paul comentó cierta vez que estaba trabajando con usted y tanto él como Tatiana trabajan para Casos Internos, la rama no me genera confianza y no quiero que me tachen de traidor.

—Sé más claro, que no estoy entendiendo nada de lo que dices —espeto.

—Anoche me interceptó Wolfgang Cibulkova, me pidió un dispositivo para interceptar las conversaciones del coronel Morgan —expone—. Dije que no podía e insistió en que debo buscar la manera de servir a la rama.

Mi estrés se duplica.

—¿Te pidió algo más? —indago—. Si es así, dímelo.

—No, pero anoche, mientras vigilaba las cámaras, vi algo muy comprometedor.

Se saca un *pendrive* del bolsillo e intento tomarlo, pero no me lo permite.

—La teniente James es la persona más honesta que conozco —lo regaña Laurens—. Nada de lo que se dice y lo que viste es verdad.

—Se dice ¿qué? —Me altera—. ¿Qué viste?

—La información que tengo es delicada y no se la puedo mostrar a cualquiera, su naturaleza requiere que sea presentada directamente al ministro.

—Necesito ver y saber qué es lo que pasa. —espeto—. Si no confían en mí, entonces veamos lo que sea que tienen juntos.

Vacila por un momento, respira y asiente. Abro la puerta de un todo y los hago pasar al comedor, donde enciende la laptop que trae, conecta el *pendrive* y orienta hacia mí la pantalla para que mire.

Es una conversación de Carter y Wolfgang en el estacionamiento del comando.

—A Rachel James, déjala tranquila —habla Carter—. Cuando la Élite caiga, no le quedará más alternativa que respaldar las acusaciones; de lo contrario, terminará en la cárcel igual que los otros.

—No es de fiar —replica Wolfgang—. Por más que haya trabajado con nosotros, estoy seguro de que no se va a quedar quieta, tiene un as bajo la manga y lo va a sacar para defender a los colegas.

—Eso ya lo tengo cubierto. La participación de Christopher Morgan en la candidatura tiene los días contados —repone Carter Bass—. Sé muy bien lo que hago y, apenas tenga lo que me falta, pondré tras las rejas a toda la Élite.

El video acaba y me deja fría. El soldado quita el *pendrive*, que guarda antes de cerrar la laptop.

—Debo hablar con el ministro Morgan —dice Derek—. Esto es información delicada que debe saberse.

Si se lo muestra, si sabe que trabajé para Casos Internos y me guardé el hecho de que los estaban investigando, me va a echar.

—Necesito tiempo —le pido—. Tengo pruebas que desmienten las acusaciones hacia la Élite; trabajé con ellos, pero no de la manera que crees.

—Tienes que creerle —interviene Laurens—. Conozco a la Élite y estoy segura de que las acusaciones son falsas.

—*Signorina*. —La voz de Naomi Santoro me hace voltear cuando aparece en la sala.

Laurens fija los ojos en ella, al igual que el soldado. El corazón empieza a latirme en la garganta cuando las dos personas la miran de arriba abajo. La niña tiene puesto un vestido, son evidentes los raspones que tiene en las piernas. Ella baja la mirada al piso.

Stefan aparece con unos audífonos alrededor del cuello y la toma de la mano.

—Ella es la hija de una conocida —digo tranquila—. Está de paso. Naomi, él es Derek y ella es Laurens.

Busco un atisbo de algo, una señal que me dé pistas.

—Gusto en conocerte, Naomi. —Le sonríe el novio de Laurens, siendo amable como siempre.

—¿Vendrá la señora Luisa? —me pregunta la niña, que se araña las manos mientras habla.

—Más tarde. —Le pido a Stefan que se la lleve—. Ahora ve a tomar una ducha para que puedas jugar con Peyton.

El soldado se la lleva: Derek fija la mirada en mí, no sé por qué esperaba otro tipo de reacción, ha de ser porque ahora sospecho de todo el mundo.

—La respeto, teniente —afirma el soldado—, pero el capitán Linguini es mi superior y lo aprecio. Si usted trabaja para Casos Internos, como dice aquí, va a librarse de todo, pero él no y...

—No trabajo para Casos Internos —le aclaro—. Me obligaron a laborar para ellos y tienen un complot con la mafia.

—Créele a la teniente —le advierte Laurens—. Me ha ayudado cuando más lo he necesitado, es una buena persona que ama a sus colegas, me consta.

—Voy a limpiar el nombre de todos —aseguro—. Son mis colegas, he trabajado con ellos por años, así que no voy a dejar que los metan a la cárcel y para ello necesito tiempo.

Respira hondo, si habla con Alex todo será peor, porque tendré más obstáculos de por medio.

—Laurens está libre por usted —me dice—, así que está bien, haga lo que tenga que hacer.

Me entrega el *pendrive* y lo guardo.

—Si necesita algo, avíseme, no quiero que el capitán Linguini vaya a la cárcel.

Los acompaño a la puerta, les doy las gracias por venir a avisarme y dejo que se vayan. Cierro y tomo una bocanada de aire.

—Lo siento —se disculpa Stefan—. Tenía los audífonos puestos y en todo momento pensé que te habías ido.

—Déjalo estar. —Me preparo para irme—. Debo ir a ver a Antoni.

—¿Qué pasó? ¿Por qué vino Derek?

—Vio una conversación entre Carter y Wolfgang donde confirman que trabajé para ellos —le explico rápido—. Al parecer, quieren arrestar a toda la Élite. Cuando vuelva lo hablamos bien, ahora debo irme.

Me abre la puerta y corro escaleras abajo rumbo al McLaren que abordo. El tema de Antoni es algo que no puedo dejar pendiente. Conecto el auricular y enciendo el auto, que saco del estacionamiento.

Llamo a Dalton durante el trayecto. Sigue con el coronel en Toronto al igual que Tyler, todo está bien hasta el momento.

—Cuando vuelvas quiero un informe con detalles precisos —dispongo—. Por favor, ten presente siempre cuál es tu cometido.

—La salud del coronel es delicada —me responde—. No deja de beber, ha vomitado cinco veces desde que llegó y rechazó el médico que solicité, ¿desea que lo comunique con él?

—Llama a Gema Lancaster —ordeno—. Es su novia, hacerlo entrar en razón es su trabajo.

Cuelgo, los soldados que están en High Garden me ponen al tanto de cómo está todo y, mientras hablo, veo el vehículo que se estaciona metros más adelante: «Paul». La Alta Guardia del ministro termina de informarme y de inmediato llamo a Stefan.

—Paul va para allá —lo pongo en sobre aviso antes de arrancar—, no lo dejes entrar.

Trato de llegar a Irons Walls lo más rápido posible. No puedo desperdiciar tiempo, dado que debo volver a descifrar la computadora de Elliot.

Procuro mantener la calma; sin embargo, mi valentía merma cuando cruzo las paredes del penitenciario. Las nubes grises se ciernen sobre el lugar de rejas altas y torres de concreto reforzado con ventanas pequeñas.

Cumplo con el debido protocolo antes de bajar; por más afán que tenga, dejo que cada uno se tome su tiempo. El uniforme de los soldados que se mueven a lo largo del sitio es diferente: es de azul oscuro y llevan puesta una boina que tiene estampado el logo de la fuerza especial.

—Por acá, mi teniente —me indica el sargento que me guía al espacio donde está programada la visita.

Los pasillos no tienen más que la luz necesaria, y eso vuelve el entorno hostil. La puerta pesada causa un estruendo cuando la abren. La cita es en el recinto privado.

—Puede tomar asiento —expresa el soldado.

Camino a la mesa metálica que está en el centro del sitio mientras que él se pone al teléfono. No me gusta venir aquí. Hay una silla frente a mí y la única luz que alumbra proviene de la lámpara que cuelga arriba.

Capto las voces que llenan el pasillo, los radios que reportan el avance del prisionero que se acerca, el chirrido de las bisagras… Me tensa, así como el sonido de las cadenas que sueltan. Mentalmente, cuento los candados que manipulan y le dan paso al hombre que detesto.

No me muevo, su sombra me cubre cuando se acerca con cautela y mi mirada choca con la suya cuando levanto la vista. No es el Antoni que esperaba y estoy acostumbrada a ver.

La rosa roja que sostiene reluce en el ambiente inhóspito y apagado. Los trajes a la medida han sido reemplazados por un mono naranja salpicado de sangre seca, el rostro que fácilmente podría ser tomado como referente para el príncipe del inframundo está lleno de moretones, como si hubiese peleado.

Le sueltan las cadenas de las manos y bajo la vista a la mesa cuando se sienta frente a mí.

—La hermosura de tus ojos no merece ver mi lamentable estado, *amore mio*. —Huele la rosa que sostiene—. Aun así, me complace verte aquí, siendo mi Perséfone y yo tu Hades; tú mi Fénix y yo tu cuervo.

Siento que el negro de sus ojos absorbe el azul de los míos. Ladea la cabeza en lo que observa mi rostro y, pese a estar golpeado, mentiría al decir que no es oscuramente bello, perversamente atractivo.

—En la oscuridad también se florece. —Me ofrece la rosa—. Tú y esta rosa son creaciones perfectas del universo, las cuales se han vuelto más hermosas en la oscuridad.

Me la vuelve a ofrecer e insiste en que la tome. El trastorno que tiene conmigo le da para venerarme o matarme…, desestabilizarlo es girar el tambor de un arma, llevármela a la cabeza y jugar a la ruleta rusa.

Recibo lo que me da y eso lo hace sonreír.

—¿Cómo estás?

—¿Qué quieres? —susurro.

—Amarte con locura. —Toma mi mano y me pone a tocar los golpes que tiene—. No me siento bien aquí, así que necesito que escuches bien lo que te voy a decir.

No digo nada, lo único que quiero es que la mesa que nos separa sea más grande, pero no lo es y mis rodillas alcanzan a tocar las suyas.

—Esto que ves aquí, lo que sienten tus dedos, es el fruto y las consecuencias de un hombre a quien le gusta divertirse, el cual espera que su dama haga lo mismo y se una al festín —empieza—, pero tú no estás dejando que jueguen, estás entorpeciendo la partida y las cosas no son así, *amore*.

Me trago las ganas de apartar la mano que sostiene.

—Somos espectadores para luego ser protagonistas —me dice—. Ellos son los peones, nosotros, los reyes, así que compórtate como tal y deja de una maldita vez de matar a los nuestros. Quiero a mi pirámide tal cual como siempre la he tenido.

—No sé de qué hablas.

—Mataste a la hermana del Boss. Ese tipo de cosas no pueden volver a ocurrir…

—Es mi trabajo.

—Tu trabajo es hacer lo que yo te digo —advierte—, y hoy tu hombre ha dado dos órdenes: la primera es la que acabas de escuchar y la segunda es que quiero que elimines toda la información que mandaste a recaudar con el detective. No entorpezcas el trabajo de otros, a menos que quieras que ellos nos maten por estorbar.

Pasea los labios por mis dedos.

—¿El líder de la mafia tiene miedo? —lo desafío—. ¿Un par de golpes te tiraron la valentía al piso? ¿Ahora lames el piso por donde camina tu hermano y haces lo que él te pide?

Curva los labios con una siniestra sonrisa.

—Philippe está donde tiene que estar —contesta—, donde yo quiero que esté.

—Para la mafia no trabajo, pensé que ya lo tenías claro.

Se lleva la mano al bolsillo, de donde saca una baraja de naipes.

—El asunto es fácil, *principessa*. Hay que dejar que otros trabajen para nosotros.

Me asombra la agilidad y la precisión con la que coloca cada carta y arma un castillo con ellas.

—Así como yo estoy armando este castillo, ellos están armando el de ellos con bases sólidas, creyendo que van a liderar y no será así —explica, y en menos de nada arma la estructura—. ¿Ves esta punta? Ellos suponen que es de ellos; no obstante, se equivocan, porque no es de ellos, es mía.

Observo lo que hizo, el castillo con forma de pirámide por donde me mira a través de los orificios.

—Philippe tiene que abrirse paso, tiene que triunfar —expone—. No estoy sacrificando mi bienestar y el de mis hijos por nada.

Cedió el trono de manera fácil para que su hermano amplificara el poder y luego arrebatárselo. En pocas palabras: está trabajando para él y por eso le conviene que todo siga su curso. Paseo los dedos por el borde de las cartas y he aquí el detalle: si su hermano no triunfa, él tampoco.

—Hoy vas a elegir un bando y será el mío.

No contesto, simplemente muevo la carta del centro, que cae al igual que le resto.

—Me hiciste una promesa…

—Porque me obligaste.

Se levanta y el momento precipitado me toma por sorpresa, dado que lo hace en menos de nada. Manda la mesa a un lado y me estampa un bofetón que me tira al suelo. Me llevo la mano a la cara y él se viene sobre mí cuando intento levantarme.

—Eres la viva imagen de que vivir en una mentira trae grandes consecuencias. —Nuestros alientos se funden—. El que estés viva no es casualidad, respiras porque eres la mujer del diablo, estás escrita en mi destino en el firmamento.

Pasa la lengua por la sangre que emana del labio que acaba de romper.

—En la mafia las promesas no se incumplen, se respetan y tú hiciste una.

—Te voy a matar y lo voy a gozar, Antoni Mascherano —espeto con rabia—. Esa es mi nueva promesa.

Las lágrimas se desbordan y me empapan la cara. Quiero ser fuerte por lo que llevo dentro, pero estoy tan cansada de que la vida me patee, tan harta de la maldición que no sé cómo romper…

—Silencio. —Posa el índice en mis labios—. Oh, Dios, ¡eres tan hermosa…!

Pasea la vista por el entorno antes de poner los ojos en mí.

—¿Qué haces en el piso? —Me besa antes de levantarme—. Las Damas se mantienen de pie y tú eres una.

Toca mi cara, actúa como si no me hubiese acabado de golpear, me besa la mano antes de acortar más el espacio que nos separa.

—Apenas salgas de aquí llevarás la información que tienes a las ruinas del Oculus —musita—. ¿Estamos?

No respondo y pone las manos sobre mi garganta.

—¿El coronel o yo? —inquiere—. Es hora de elegir en qué infierno quieres vivir, *amore mio.*

El miedo me paraliza cuando aprieta con fuerza; sus ojos negros son como el fondo de un peligroso abismo.

—Te voy a dedicar una canción. —Me pone contra su pecho antes de moverse conmigo como si estuviéramos en un salón de baile.

—«Cuando vivo solo sueño —canta en italiano— un horizonte falto de palabras en la sombra y entre luces todo es negro para mi mirada, si tú no estás junto a mí, aquí».

Me pasea por todo el recinto en lo que me siento como si estuviera en una película de terror. Él puede matarme, añora mi sangre y mi muerte tanto como mi amor.

—Miedo, música y sangre. Qué buena combinación.

Da la vuelta conmigo, apoya las manos en mis omóplatos y me besa. Un beso lleno de pánico que no lo conforma, dado que me chupa el labio, succionando la sangre que emana de la piel abierta.

—«Por ti volaré» —sigue cantando sin dejar de reír.

Los vellos se me erizan y lo único que deseo es irme, acabar con esto para siempre. Empieza a agotarme y no quiero que lo dicho en París se haga realidad.

—Tu muerte en mis manos es inevitable —me amenaza—. Lo único que puedes hacer es postergar el momento, ¿*capisci*?

El guardia abre la puerta, lo obliga a que me suelte y lo hace con una sonrisa en el rostro.

—El tiempo se acabó —informa el hombre.

Antoni me hace una casta reverencia.

—Piénsame —se despide— y obedéceme.

Echo a andar con un nudo en la garganta.

—«Por ti volaré, espera que llegaré, mi fin de trayecto eres tú —sigue cantando mientras se aferra a los barrotes de la ventana que hay en la puerta—. Por ti volaré, espera que llegaré, mi fin de trayecto eres tú».

Repite la estrofa, no soporto el olor a encierro y camino lo más rápido que puedo a mi auto, al que subo. Busco un pañuelo para limpiarme la sangre que me brota del labio. Me cuesta que el mentón no me tiemble cuando el coronel viene a mi cabeza. «¡Soy una estúpida!», me digo, cuando soy consciente de que anhelo el apoyo del hombre que está a miles de kilómetros. Estrello el puño contra el volante.

No puedo permitir que él sea el único aislante de mis miedos, porque no está aquí y tampoco va a estar. Esto es algo a lo que de una vez por todas tengo que acostumbrarme.

Enciendo el motor y abandono el centro penitenciario que acoge al que fue el líder de la mafia. «Odio Londres», pienso, me altera y a cada nada me trae problemas, es la ciudad que me ha arrebatado a dos de mis amigos, en la que todo el tiempo me siento hastiada y presionada. Creo que, si no estuviera embarazada, también odiaría esta vida.

Conduzco a mi casa, Antoni fue claro y hay cosas que sí o sí debo hacer. Mantengo las ventanas arriba y no hago pausas para mirar a las personas que caminan con paraguas a lo largo de las aceras empedradas, simplemente mantengo la vista al frente, paso por el Green Park y tomo la calle que lleva a mi edificio. Dejo el auto frente a él y me apresuro arriba, abro la puerta de mi apartamento y corro a mi alcoba.

—¿Qué quería? —pregunta Stefan—. ¿Te golpeó? ¿Qué te pasó en el labio?

—Empaca todo, que nos vamos —le ordeno en lo que busco una mochila—. Saben que tengo información, la cual daña sus planes con la Élite. Antoni quiere que me ponga del lado de Philippe y no haga estorbo en esto.

—¿Y si no?

—De seguro vendrán por ella, me pusieron a elegir un bando.

Se queda quieto en la puerta sin decir nada.

—¡Ve a empacar, este sitio no es seguro y es el primer lugar donde vendrán a buscarnos! —me exaspera—. ¡Así que muévete!

No puedo quedarme aquí, debo descifrar la computadora y llevarle pruebas contundentes a Alex o no me creerá si el video de Derek sale a la luz. Busco a Naomi Santoro, y esta se niega a mirarme.

—¡Oye! —La sacudo—. Ya te he demostrado que soy de fiar y lo único que te estoy pidiendo es que confíes un poco en mí, no voy a hacerte daño.

Se tapa los oídos en lo que llora. No pierdo tiempo, sigo empacando lo más rápido que puedo, desordeno el clóset en busca de lo esencial hasta que... El timbre suena, Stefan sale al pasillo y yo cargo mi arma. Se pegan al botón del timbre e insisten.

—¡Rachel, abre la maldita puerta! —grita Parker afuera—. ¡Te vi llegar!

Guardo el arma antes de abrir y no entra, me atropella con la puerta abriéndose paso.

—Un brazo fracturado, dos costillas rotas y no sé cuántas lesiones en la cabeza —me regaña—. ¿Eso era lo que querías? ¿Qué Christopher atacara a Nate para vanagloriarte?

—Yo no sé cuál es tu maldito problema —me defiendo—. ¡Te metes en todo como si mis asuntos fueran los tuyos! ¡Deja ya de joder!

Lo encaro y empujo.

—Lo haré cuando asimiles las cosas y dejes de actuar como la terca que eres —contraataca—. No me interesa la vida de ese pobre infeliz, pero no es justo que pasen este tipo de cosas solo porque no piensas un poco. Atacaste a Gema, ¿qué pretendes? ¿Dañar toda tu carrera?

—¡Vete! —le exijo, no tengo tiempo para esto—. No vengas a defenderla, que no sabes cómo son las cosas.

Le abro la puerta para que se largue.

—Yo no estoy defendiendo a nadie, estoy aquí porque en el fondo te aprecio —espeta—. Estás tirando todo por la borda, sacrificando tu carrera y lastimándote con cuchillos que tú misma afilas. Golpeaste a Gema, Christopher atropelló a Nate y no te basta con eso, también tienes la osadía de ir a ver a Antoni. ¿Con qué fin? ¿Para darle más celos a Christopher? ¿Más ganas de matar?

—Vete —reitero.

Para él es fácil juzgar, no está viviendo lo mismo que yo.

—Basta ya, Rachel —replica—. Ya no te reconozco…

—¡Quiero que te vayas! —insisto.

—El coronel no se acostó con Gema, de haberlo hecho, yo te lo hubiese dicho —sigue—. No porque sea mi asunto, simplemente porque, pese a ser una terca a veces, lo amas y no mereces que te rompan el corazón de semejante manera.

No lo miro, solo mantengo la mano sobre la perilla. Como ya lo dije, ahora no estoy para esto y tampoco sé si lo que dice es cierto o no.

—Lancaster se acostó con Nate, creyendo que este era el coronel. Lo sé porque estaba en la misma fiesta que ellos. Días después, Nate fue a exhibir todo lo que hizo en el club con ella, la expuso a la burla. —Se encamina a la puerta—. No me incumbe, pero siento que debes saberlo para que dejes de matarte la cabeza.

Se va y no sé por qué no cierro la puerta, los ojos me escuecen y no dejo que Stefan me toque cuando se acerca.

—¡Empaca y vámonos! —exijo—. No hay tiempo que perder.

Busco la computadora de Elliot, la conecto a mi móvil y rápidamente ejecuto el programa espejo que aprendí hace años. Me aseguro de que sirva y coloco un sistema espía, el cual absorbe y copia todo lo que hay en el ordenador.

Muevo el cursor de la laptop y lo que hago automáticamente puedo verlo en mi celular.

—¿Qué estás haciendo? —me pregunta Stefan.

No le contesto, empaco la computadora y voy por la hija de Fiorella.

—¿Me va a llevar con ellos? —Pelea cuando la tomo del brazo—. ¿Me va a entregar?

Me aseguro de tener todo lo que necesito. Cierro la puerta y salimos del edificio. Stefan mete el equipaje en el maletero antes de abordar el auto. Hago que Naomi suba atrás, al tiempo que el soldado se sienta en el asiento del copiloto y con ambos me encamino al aeropuerto.

Aquí me van a matar si no les doy lo que buscan y no puedo permitirme esa opción con dos niños en mi vientre. Estando lejos, debo ver qué hacer y ya volveré cuando tenga todo lo que se requiere.

No me fijo en nada que no sea la carretera, estaciono frente al aeropuerto, saco los lentes que me coloco y preparo mi placa. No tengo los papeles de Naomi; sin embargo, puedo hacerlo pasar como un caso judicial.

—Vamos —le pido a Stefan que salga.

Tomo a la niña y busco la entrada del sitio donde me sumerjo. Heathrow, como de costumbre, está atestado de viajeros, el sonido de las maletas rodando sobre el suelo y los anuncios de vuelos se mezclan con el murmullo de las personas que hablan en las áreas de espera. La lluvia que empezó a caer empaña el vidrio de los grandes ventanales. Troto al puesto de una de las aerolíneas, hago la fila e, impaciente, desplazo la vista a lo largo del sitio. La hija de Fiorella no deja de rogar que quiere irse y le pido que por un momento guarde silencio, dado que estamos en peligro.

—Yo me encargo. —Me la quita Stefan.

Los minutos de espera me resultan eternos. El hombre que está frente a mí se aparta y avanzo cuando llega mi momento.

—Tres pasajes en el próximo vuelo que esté por salir —le hablo a la trabajadora de la aerolínea que atiende frente al ordenador.

Entrego los documentos, que la mujer de uniforme púrpura verifica. Por el espejo panorámico de detrás veo a Stefan y a Naomi.

—Disculpe, la tarjeta ha sido rechazada —me informa la mujer—. ¿Puede realizar el pago en efectivo?

Compruebo que haya entregado la tarjeta correcta, y sí, lo hice.

—Debe de ser un error.

—Me indica que la cuenta no tiene fondos.

El panorama empieza a aturdirme, sé muy bien cuáles son los estados de mis cuentas. Busco otra, suelo manejar dinero en ambas.

—Intentemos con esta. —Se la entrego, la mujer la pasa por el lector y sacude la cabeza con una clara señal de negación.

—Lo siento, me arroja la misma respuesta. Le agradecería que deje pasar a la siguiente persona.

Me aparto mareada. Busco a Stefan, que no sé dónde se fue, no sé qué diablos hacer y, como puedo, llevo las manos a los bolsillos de mi chaqueta cuando el teléfono vibra dentro.

—¿Sí?

—Tantos cara a cara y ninguna conversación directa —hablan al otro lado—. Me honra saludarla, teniente James. Permítame presentarme: está usted hablando con Philippe Mascherano.

El distorsionador le transforma la voz.

—Pensé que estábamos jugando en el mismo bando, pero el dejarme plantado y el querer huir me ha dejado bastante decepcionado. La estaba esperando en el Oculus.

Miro a todos lados cuando siento que me están observando.

—Sé que está nerviosa, pero no se preocupe, la entiendo, soy un hombre noble; por ello, la voy a dejar volver a casa —continúa—. Tome una ducha, relájese y prepárese para entregarme lo que necesito. Hágame caso, no quiero hacerlo por las malas.

Cuelga y me quedo con el aparato en la oreja. Los pasajeros tropiezan conmigo y lo único que hago es quedarme quieta en el sitio lleno de personas que no tienen idea del maldito problema en el que estoy.

—Naomi no quiere salir del baño. —Llega Stefan, asustado—. Se puso nerviosa y de un momento a otro se orinó; la llevé allí cuando me dijo que le dolía el estómago.

Corro al sitio que me indica. En el interior del baño hay varias mujeres, por lo que saco la placa y se la muestro.

—Rachel James, agente del FBI —espeto—. Abandonen el área.

Saco el arma y empiezo a abrir las gavetas una por una.

—¡Naomi! —Son muchas puertas—. ¡Naomi!

Los que no alcanzaron a largarse se apresuran a hacerlo cuando me ven con el arma en la mano. Sigo pateando puertas hasta que hallo a la hija de Fiorella en la última gaveta del baño. Está en un rincón con la mano en la cara. La tomo e intento ver que le pasó, dado que el retrete está lleno de sangre. Le aparto las manos y la boca se me abre cuando veo la herida que le surca la cara. Le han cortado la mejilla y la herida inicia desde la sien hasta la mandíbula. Está en shock, no puede hablar e intenta tomar aire.

—La *signorina* Dalila —logra decir.

—Tranquila. —La traigo conmigo—. Ya pasó y nos vamos.

Me quito la chaqueta y la tapo con ella, a la vez que le pongo alrededor de la cara la bufanda que llevo y me las apaño para contener la sangre que surge de la herida. Stefan la alza cuando la ve y, como puedo, busco la manera de salir del aeropuerto.

El auto sigue estacionado donde lo dejé, el soldado entra, y yo, en el asiento del piloto, me quedo sin saber qué hacer.

—Angel...

—Calla —pido.

Arranco y en el camino marco el número de la persona que necesito; no tengo tiempo, necesito solucionar esto rápido y debo valerme de todas las opciones que están a mi alcance. Me juego la única carta que me queda y rápido le doy un resumen de todo cuando me contesta, me dice que sí a lo que pido y termino estrellando el puño contra el volante cuando, por estar atenta a la llamada, me percato de que no he visto el embotellamiento que hay más adelante. Diversos vehículos se amontonan atrás. «Veinte minutos», avisa la aplicación de tránsito. La hija de Fiorella no deja de llorar, el desespero me seca la garganta y piso el acelerador cuando me dan paso.

Derek está con la secretaria del coronel sobre la acera cuando llego al edificio.

—Traté de llegar lo más rápido que pude —me dice cuando bajo.

Laurens se lleva la mano al pecho al ver a Naomi. Stefan la carga, ya que sigue aturdida.

—¿Qué le pasó? —pregunta alarmada—. ¿Llamo a la ambulancia?

—No, puedo encargarme de todo. —Les pido que suban—. Necesito que rompas el sistema de seguridad de este dispositivo. —De la mochila saco y le entrego el ordenador al soldado de Patrick.

Subimos en el ascensor. Con afán me apresuro a la puerta y la abro; una vez dentro, busco el *pendrive* y se lo doy a Derek.

—Que todo quede consignado aquí.

Mueve los dedos sobre la pantalla de la computadora y esta cobra vida.

—Es un sistema alemán, me tomará tiempo.

—¿Cuánto?

—Una o dos horas...

—Tienes cuarenta minutos —ordeno—. No hay más tiempo.

Lo dejo en la sala, Stefan está con Naomi en mi alcoba, así que me apresuro a ella con el botiquín que saco de mi habitación. El soldado tiene a la niña en la bañera, la sangre le sigue brotando de la herida. Sé que será doloroso, pero con lágrimas en los ojos, me veo obligada a limpiarle la herida a las malas.

Stefan me ayuda y entre los dos buscamos la manera de cerrar el corte con unos puntos, los cuales la hacen gritar más. Es una niña que no merece nada de esto, hago lo que puedo, dejo que el agua con sangre se vaya y la saco de la bañera.

—¿Quién te lo hizo? —La envuelvo en una toalla—. Si quieres que te proteja, tienes que decirme quiénes son.

—La *signorina* Dalila me va a matar. —Mira a todos lados—. Es mala. La llevo fuera del baño, a mi habitación, la siento en la cama, busco mi mochila y coloco las imágenes que imprimí sobre la sábana.

—Naomi, estamos en peligro mis hijos y yo. —El pánico se expande por mis células—. Entiende que lo único que quiero es ayudarte y conocer a mis bebés.

Stefan trata de apartarme cuando se pone a llorar. Lo aparto y desvío la mirada de la niña hacia las imágenes.

—Dime quién de ellos es.

—Ella me va a matar. —Entra en crisis—. Apagará cigarros en mi piel, golpeará mi cara y enterrará cuchillos en mi carne.

—Sé que tienes miedo, Dalila merece que la quemen viva por lo que te hizo; sin embargo, necesito que me escuches. Puede que no confíes en mí, que temas a que te falle, pero te juro, Naomi, que si me dices quién es, aprenderás a defenderte tú sola. —Me aferro a sus brazos—. Si no confías en nadie, entonces confía en ti, en que tú puedes defenderte de Dalila y del que intente lastimarte de nuevo.

Acuno su rostro en mis manos.

—Tu madre nunca perdió la esperanza de encontrarte, batalló por eso hasta el último momento y no es justo que honres su memoria siendo una prisionera, porque eres libre. ¿Me oyes? —Se araña las manos mientras me arrodillo frente a ella—. Tienes mi palabra, te juro que, pase lo que pase, te pondré a salvo, pero debo saber quién es.

De nuevo la hago mirar las fotos.

—¿Quién es Philippe? —insisto—. Por favor, dime…

Nerviosa señala la imagen y me pongo de pie con la foto en la mano. Stefan no sabe qué decir, le pregunta si está segura y Naomi asiente con ojos llorosos: es Paul.

Paul Alberts.

—El dolor y la presión puede hacer que esté diciendo mentiras. —Toma a la niña de los hombros—. Ve a la otra alcoba y espera ahí.

La italiana me mira con miedo. Con un leve gesto le indico que haga caso.

—Lo dejaste entrar cuando vino esta mañana. —Busco sus ojos y aparta la cara—. Sabías que iba a terminar aquí, ¿cierto? Que ir al aeropuerto era tiempo perdido.

Mira al suelo y un nudo se me arma en la garganta.

—Ellos te van a matar —advierte—. Wolfgang dio la orden, Paul vino a decirme que, si no quiero morir, tengo que abandonarte.

El corazón me pesa en el pecho, me han acorralado con acciones que me tienen contra la pared.

—Pero los niños… —Me brotan las lágrimas.

—Me llamó en el aeropuerto, elegiste un bando y ahora lo único que importa es destruir la información que salva al ejército Élite —continúa—. Lamento mucho que tengas que pasar por esto, Angel, pero ellos no están jugando.

Tira de mi chaqueta, mete las manos en el bolsillo y saca el control del vehículo. El llanto que me toma no me deja hacer nada.

El timbre suena afuera, toma mi cara, clava su mirada en mí y me estampa un beso en los labios.

—Lo siento mucho de verdad —me dice—. Me voy a llevar a Naomi.

Asiento, resignada, cuando mis ojos se encuentran con los suyos y por ello dejo que se vaya.

Camino a la ventana, los centinelas que suelen vigilar no están. El móvil que tengo en el bolsillo se ilumina, lo saco y me muestra los avances de Derek en la computadora de Elliot. Capto cómo cruzan la puerta del vestíbulo, abro la cajonera y saco todo lo que necesito. Tengo la ecografía de los mellizos en la mano y paseo los dedos por ella antes de guardarla en el bolsillo de mi chaqueta.

Respiro hondo en lo que mi cerebro ata cosa por cosa: tenerlo cerca, trabajar juntos, el trato, las sorpresas y la suspicacia. Lleno el arma de balas. Philippe Mascherano demostró que es digno del apellido, jugábamos ajedrez y ni siquiera me di cuenta.

—Teniente James —me llama un agente de Casos Internos que viste de traje—, salga, por favor.

Salgo, el olor a impostor se siente en el aire. Stefan lleva a Naomi con él rumbo a la salida; Laurens espera de pie al lado de Derek sin saber lo que pasa y Paul está en el centro de la sala con dos soldados.

Stefan palmea el hombro de su amigo antes de desaparecer. Lo que no hice antes, lo hago ahora y es mirar con atención a Paul Alberts: francés, alto, cabello negro, pestañas largas.

Cierra la puerta cuando Stefan sale.

—¿Sucede algo malo? —pregunta Laurens.

—Nada. Derek, sigue con lo tuyo, por favor —le pido al soldado.

—Lamento incomodarla en sus aposentos, teniente —me habla Paul—, pero tengo una orden, la cual exige que entregue la información que consiguió de manera ilegal, dado que entorpece el proceso de investigación que tenemos en curso.

Guardo silencio, despacio, me desplazo hacia el ventanal de la sala, desde donde veo que las calles están vacías y mojadas, producto de la lluvia que cesó. El clima avisa de que pronto veremos a Londres repleto de nieve.

—Teniente…

Paul se posa a pocos metros y observo el reflejo de su figura en el cristal, sé que puede oler mi miedo y anhela ver mi caída. Los nervios hacen que el corazón me lata en los oídos cuando un grupo de camionetas toman la calle y desencadenan el escalofrío que me cala los huesos.

El móvil me vibra y Derek deja la computadora en la mesita del centro cuando los agentes empiezan a acercarse.

—Entrégueme su arma, por favor —me pide Paul.

—¿Qué pasa? —pregunta Laurens.

—Siempre quise saber cómo era el Mascherano que me hacía falta conocer —hablo—. Sé cómo son todos, pero mi pesar es no conocer la gran mente maestra después de Antoni.

Me vuelvo hacia las personas que tengo atrás.

—Suelo recordar a los que he tenido la oportunidad de ver: Brandon Mascherano, un ambicioso imbécil que le tenía envidia al hermano; Antoni, inteligente y loco. —Respiro hondo—. Emily, inocente, desgraciada; Alessandro, un inútil que pensaba con el pito. Dalila, una mala copia de su padre y más demente que él.

Despacio camino hacia ellos.

—Supe un poco de todos, pero nunca me enfoqué en el eje de la ruleta —espeto—. De Braulio no puedo decir una cualidad, porque nunca lo conocí, nunca lo investigué a fondo y hoy tengo la gran duda…

Tomo el arma, que cargo en la espalda.

—Mantenga las manos donde las pueda ver. —Paul saca su pistola—. No se ande con jugarretas.

—Oh, cariño, no tengas miedo, que será rápido.

—¡Manos arriba! —exige.

—¿Cómo era tu papá, Derek? —Le apunto.

Activan los seguros y le echo mano a la pelirroja que tiene al lado, atrayéndola contra mí.

—Cálmese —me pide el soldado.

—Perdóname, no hice bien la pregunta. —No dejo de apuntarle—. ¿Cómo era tu papá, Philippe?

No se mueve de la silla.

—El joven Philippe no maltrata: pregunta si comí, deja que juegue con los niños… —le suelto—. El joven se las apaña para intimidar a la niña con el fin de que inculpe a Paul, quien es el títere de Casos Internos y mi sospechoso número uno.

Clavo el arma en la cabeza de Laurens.

—Los sabotajes tecnológicos, el que me robaran en mi propia casa, conquistar a Laurens, quien tiene información de Christopher en todo momento —sigo—. A Paul no le iba a dar la información, pero a ti sí y has tejido una red delincuencial dentro del comando, la cual te permitió que reclutas se pusieran de tu lado.

El cañón de la pistola de Paul me toca el cráneo, dos armas más me apuntan y Derek se pone de pie mientras se quita los lentes.

—Teniente, por favor —me suplica Laurens llorando.

—Baje eso —me exige Paul—. De igual forma, va a morir, así que no sea egoísta y hágalo con dignidad.

—¡Mátame! —suelto con rabia—, que antes de que la bala me vuele los sesos, yo le exploto la cabeza a Laurens y te va a doler, hijo de perra —amenazo al hombre que se halla frente a mí—. Cuidar de Maggie y enamorarse de la secretaria de seguro no era parte de tu plan, pero mírate ahí, parado, tenso e incapaz de dar la orden.

Llevo el dedo al gatillo.

—¡Mátame! —le grito—. ¡Soy hija de un general, no de un delincuente, y por ello a la mafia no me vendo, como tampoco traiciono a los míos!

Las lágrimas de Laurens me caen en el brazo.

—¿Qué esperas? Demuéstrame que no estás enamorado.

No pierdo de vista a Derek, quien va curvando los labios en una sonrisa que lo convierte en el vivo retrato de su hermano. ¿Cómo no me di cuenta?

—Es imposible salir vivo de aquí, teniente, y ambos sabemos que no la va a matar. —Saca su pistola—. Suéltala y te prometo que no dolerá.

—¡Bajen las armas! —exijo—. Sobreviví una vez a tu hermano y tú no eres nada contra él.

Entierro el arma en la sien de la secretaria.

—Déjenme ir, por favor —suplica Laurens—. Por mi hija le pido que no me hagan daño. Señor Philippe, le ruego piedad…

—¡Bajen las armas! —espeto con el arma en la cabeza—. ¡Ya!

—Por favor —suplica Laurens.

—Baja el arma, Paul —ordena, y me voy desplazando hacia la puerta. Los dos agentes me siguen apuntando mientras Paul no me pierde de vista. Tengo todas las de perder, pero no voy a morir. Le ordeno a Laurens que abra la puerta y esta lo hace sin dejar de llorar.

—No sabía nada, puedo jurárselo —me susurra y le creo.

—Armas al suelo, patéenlas en el piso —exijo mirando al hermano menor de Antoni—. Algo me dice que de todos eres el menos hijo de puta, lástima que yo odie a todo tu apellido por igual.

Disparo el arma al proveedor eléctrico y este estalla, dejando al edificio en tinieblas y, acto seguido, desvío el cañón al suministrador de gas, que explota. Los hombres se van al piso y tomo a Laurens como escudo cuando salgo.

Arremeto contra los hombres que me esperan en el pasillo y se desploman con los disparos en la cabeza. El panorama no permite ningún tipo de vacilación, tengo que pensar rápido, así que suelto a Laurens y me doy a la huida. Una horda de pasos retumba arriba y salto los escalones en lo que corro lo más que puedo.

No puedo ver, me esmero por tomar el otro tramo de escalera, pero no alcanzo, dado que me atrapan. Doy media vuelta, el hombre me apunta y me aferro a su muñeca obligándolo a soltar el arma; el cabezazo que me propina me manda al suelo. Busco mi navaja cuando patea la Glock al caerse, me entierra la bota en una pierna y detengo la patada que apunta a mi vientre cuando le clavo la navaja en la pantorrilla.

Chilla en lo que trato de localizar el arma, no la veo y de nuevo intento buscar la escalera, pero me toman por detrás. Lanzo codazos al abdomen del sujeto que me rodea el cuello con el brazo, sin embargo, no me suelta. Me lleva contra la pared y con un cabezazo le rompo la nariz. Me doy la vuelta, le clavo un rodillazo en la entrepierna y él me propina el puñetazo que me aturde. Dejo de tocar el suelo cuando me alza, me aprieta la garganta mientras pataleo, en vano, porque las fuerzas me fallan, no respiro y…

La sangre me salpica cuando una bala le atraviesa el cráneo. Toco el piso de golpe y reconozco la figura de Brenda recargando un rifle.

—¡Arriba, soldado! —Corre y me pone de pie—. ¿Qué mierda está pasando?

—Harry. —Es lo primero que se me viene a la cabeza.

—Está con Parker. —Corre conmigo—. ¿En qué lío estás metida? Hay un helicóptero arriba y humo por todos lados.

Llego a la primera planta. El portero no está y con ella me meto al muro de la recepción, donde cada una recarga el arma.

—Derek es Philippe Mascherano —le suelto—. Está arriba con su gente.

Nos quedamos en silencio cuando hablan en la escalera. Las lágrimas vuelven a surgir cuando siento que no hay escapatoria.

La puerta que da a la salida está cerrada.

—Los voy a distraer mientras corres, no hay luz y van a seguir lo primero que vean, pero necesito que corras o nos van a matar a las dos —me dice Brenda, y sacudo la cabeza.

—Tienes un hijo —musito—. No voy a…

Hace caso omiso a mis palabras y se pone en pie, no sin antes activar la alarma de emergencia, que hace añicos la puerta de cristal de la entrada.

—¡Corre! —Se va hacia uno de los pasillos.

Los hombres que están bajando se van detrás de ella. Seguirla sería perjudicarla, así que no me queda más alternativa que jugarme el todo por el todo en una carrera contra la muerte. Saco todas las fuerzas que tengo al momento de correr a la salida.

El McLaren aparece en mi campo de visión cuando cruzo el umbral, capto los disparos que se oyen atrás mientras que el vehículo al que corro abre la puerta, siento el impacto de un proyectil que me quema el muslo y me trago el dolor en lo que hago uso de mi último impulso, un arranque acelerado que me deja en el interior del automóvil.

La puerta se cierra y los proyectiles truenan contra la carrocería. Stefan acelera y la paz no llega, dado que dos camionetas nos empiezan a seguir: es obvio que Philippe Mascherano no quiere que sepan su nombre.

—¿Te hirieron? —me pregunta Stefan. Naomi llora atrás.

—Solo fue un roce.

Le pido que se aparte y me deje tomar el control del vehículo.

La avenida se extiende frente a nosotros, no tenemos lugar seguro por el momento, las camionetas no se nos despegan y él se va al asiento de atrás, a tomar a la hija de Fiorella.

—Angel…

—Peligro. Arma de alto impacto detectada. —El panel me muestra las imágenes de las cámaras traseras—. Peligro. Arma de alto impacto detectada.

Las cámaras enfocan el proyectil de alto impacto que están preparando. No hay carrocería que resista semejante proyectil: me destruye en miles de pedazos o me levanta, pero ilesa no salgo.

Acelero, y por más que busco una salida no la encuentro; ellos no se despegan de mí, clavo el pie en el acelerador en lo que aprieto el volante y el desespero me hace serpentear en la carretera vacía para tratar de perder a mis perseguidores, pero es en vano: los tengo pegado atrás, y donde yo voy, ellos van.

—Alerta, arma de alto impacto detectada. —Vuelve a avisar el sistema—. 9K34 Strela-3.

La luz roja queda en el corazón del vidrio que tengo enfrente y no sé qué hacer. Stefan abraza a Naomi con fuerza.

—Rachel —musita el soldado.

Las lágrimas me nublan la vista. «Dios, por favor…». Me aferro al volante en lo que clavo con todas mis fuerzas el pie en el acelerador. La hija de Fiorella solloza en el pecho de Stefan y aprieto los ojos esperando el…

—Maniobra de defensa activada.

El corazón me deja de latir cuando el McLaren enciende el panel y suelta el proyectil que arrasa con el vehículo que tengo atrás, la camioneta se levanta y queda envuelta en una nube de llamas sobre la carretera.

—Amenaza eliminada, coronel.

El otro vehículo se da la vuelta y, pese al aturdimiento, no dejo de conducir, de pisar el acelerador, mareada y con la boca llena de sangre. Estoy temblando, sudando y con náuseas.

Llego a mi destino, freno antes de salir lo más rápido que puedo; en estos momentos no me importa Stefan ni Naomi. La mansión Morgan me abre la puerta y cojeo escalera arriba. La sangre que proviene de la pierna tiñe el mármol.

—Rachel, ¿qué pasa? —Cho se me atraviesa en el pasillo de arriba.

La aparto, corro con más fuerza, me aferro al doble picaporte y me abro paso a las malas en el despacho del ministro.

—Soy yo —confieso cuando entro envuelta en un mar de llanto—. Fui yo la que le dio información de mis compañeros a Casos Internos.

Alex no se mueve de la silla, me acerco y dejo el móvil en la mesa que tiene al frente.

—Lamento traicionar su confianza, pero ellos me buscaron cuando volví de París con un truco que vilmente me creí y, por tratar de ayudar, lo empeoré, pero ahí está la muestra de que me encargué de contradecir todas las pruebas que me mostraron. —Me limpio la cara empapada—. En ningún momento estuve de su lado, dado que no quiero dañar el nombre de su familia ni el de mis compañeros. Me acabo de enterar de que Derek Leroy es Philippe Mascherano, eso casi me cuesta la vida y no quiero morir… Yo…

Sigue en silencio. Yo no dejo de temblar mientras lloro.

—Pueda que no me crea, que su orgullo y mi falta sean suficientes para que me echen a patadas de su casa —sollozo—, pero le voy a pedir que por primera vez en su vida haga caso omiso a toda su arrogancia y me escuche, porque lo necesito.

Me miro las manos llenas de sangre, el líquido rojo corre por mi muslo y empapa el piso a causa de la herida del roce de bala.

—Estoy embarazada, no puedo sola y tengo miedo —admito—. Está mal, no debió pasar y puede que me esté viendo como la mala, pero son dos hijos de Christopher y míos que no quiero perder. Me niego a que la vida me arrebate la mejor cosa que me ha dado su apellido.

El llanto no me deja continuar, siento que voy a colapsar, me limpio los ojos tratando de recuperar el control, pero es imposible. No hay nada que apague ni detenga la oleada de sollozos que me ahoga. Casi muero junto con mis hijos y todavía tengo el pecho acelerado.

El padre del coronel se pone de pie y tomo el móvil, donde busco las pruebas. Se me cae y no deja que me agache.

—Yo lo voy a recomponer, se lo juro —le digo—. Le voy a demostrar que no quería dañar a nadie, porque confío en mis compañeros, he peleado con ellos y sería incapaz de venderme... Yo... —titubeo en medio del llanto—. Una hija de Rick James nunca haría eso, señor ministro, mi padre me inculcó que nunca debo traicionar a nadie.

Queda frente a mí y levanto la cara, abro la boca para hablar, pero no me deja.

—Silencio —pide.

—Derek es Philippe y Paul...

—Cállate —insiste.

—Tengo las pruebas de...

—No me importa si los vendiste o si Derek Leroy es Philippe Maschera-no —asevera—. El que seas la madre de mis nietos es suficiente para que te construya un altar y te venere el resto de mis días, Rachel James.

Se le empañan los ojos, pone las manos en mi rostro, me lleva contra él y me abraza con fuerza.

—Todo va a estar bien —me susurra—, pero necesito que se calme, teniente.

Me aferro a las mangas de su camisa, los sollozos siguen y me niego a que me suelte, mi mejilla queda contra su pecho y no hago más que temblar en sus brazos.

—Todo va a estar bien —repite—. Calma.

—Gracias, señor. —Es lo único que logro decir—. Abráceme más, por favor.

No quiero que me suelten, dado que mi cerebro no deja de repetir todo lo que acabo de pasar.

—¿Qué sucedió? —Llega Sara—. Hay sangre en el pasillo.

—Rachel está embarazada —le suelta Alex.

—¿Qué? —Se apresura a socorrerme—. Por Dios, está herida.

—Es solo un roce de bala.

—Llama al médico. —El ministro me levanta y me lleva al sofá—. Rápido.

Sara se apresura a tomar el teléfono, mientras que él, preocupado, me ayuda a quitarme los zapatos para que pueda deshacerme del vaquero.

—Philippe Mascherano todo este tiempo estuvo trabajando en la tropa de Patrick Linguini —le digo.

—¿Cuánto tiempo? —me pregunta.

—No sé, pero supongo que debe de llevar meses en el comando...

—Estoy hablando del embarazo —me corta—. ¿Cuántas semanas tienes?

—Cuatro.

Me revisa el muslo. Stefan llega con Cho y en menos de nada estoy rodeada de gente. Me traen hielo para los golpes de la cara y Alex Morgan se asegura de que la herida no sea de gravedad.

—¿Sabes si Brenda está bien? —le pregunto a Stefan.

—Ya la llamé y está en el comando con Laurens, Parker y el niño. —Me da un vaso con agua—. Todos estamos bien, así que tranquila.

—¿Cómo te sientes? ¿Tienes hambre? ¿Algún antojo? —pregunta la mamá del coronel.

—Tiene que alimentarse, no ha probado bocado en todo el día —dice Stefan.

—Ordenaré que le preparen algo. Ven conmigo, creo que la niña de abajo no ha dejado de llorar.

Me trasladan a la alcoba de huéspedes, donde el ministro se pega al teléfono. El médico viene en camino y el ministro le exige que llegue rápido. Cho me ayuda a asearme en el baño.

—Rachel —me habla preocupada cuando estamos solas—, un embarazo es algo demasiado peligroso que te va a traer más contras que pros.

—Ya tomé una decisión y no es negociable.

—No me parece que estés actuando bien.

—No es negociable —reitero.

Salgo del baño y espero en la cama. Stefan se encarga de poner al padre de Christopher al tanto de todo. El médico llega una hora después y Alex se queda durante la revisión.

—¿Está todo bien? —pregunta—. ¿Hay algún riesgo? ¿Algo de lo que debamos preocuparnos?

—No hay ningún signo de alarma hasta ahora —indica el doctor—. Sin embargo, no podemos pasar por alto que las emociones fuertes como las que acaba de enfrentar no son buenas en su estado. Por suerte, los golpes fueron en la cara y no en ninguna zona de riesgo.

Evoco la patada que detuve…, en verdad no me hubiese perdonado perderlos.

—Por el momento debe tratar de tranquilizarse. Mañana vayan a la clínica para que así podamos hacer un estudio completo que nos permita saber cómo están los bebés —sugiere—. Tendremos todo preparado.

Me venda la herida del muslo y da las instrucciones finales antes de despedirse. Sara y Cho se ofrecen a acompañar al médico a la puerta.

—Entonces Christopher no lo sabe —me habla Alex cuando nos quedamos solos.

—No lo sabe y no quiero que lo sepa. —Miro a Stefan, quien llega—. El haberle contado ya es un riesgo; sin embargo, confío en que respete mi decisión.

—Son sus hijos.

—¿Y qué pasa? No le va a importar, va a formar una familia con Gema y no quiero meterme ahí. No estoy para peleas y debates, porque lo que hará es rechazarlos y pedirme que no los tenga, dado que perjudican su campaña —replico—. No me interesa ser la intrusa en su relación ni la ridícula que llegó con hijos en el momento menos adecuado.

—Lo va a saber porque idiota no es. Esos niños cargan sus genes y, aunque te vayas a otro lado, tarde o temprano los va a ver y se dará cuenta de que son sus hijos —espeta el ministro—. Eres un miembro más de esta familia, no te va a hacer falta nada, yo me ocuparé de todo, pero él debe saberlo y tú se lo vas a decir.

Sacudo la cabeza.

—Somos demasiado dañinos el uno con el otro.

—Dañinos o no compartirán un lazo que es para toda la vida —me regaña—. Elimina la idea de la «otra» o como lo quieras llamar, porque las cosas no son así y lo sabes. Por muy tóxica o traumática que sea tu relación con él, debes entender que esos niños no son hijos de cualquiera. Están enamorados y…

—Eso no importa ahora, ya tomé una decisión y no quiero que nadie se meta —lo corto—. No he tenido un buen día y lo sabe, así que le ruego que me deje sola, necesito espacio para descansar.

Respira hondo antes de pasarse la mano por la cara.

—Voy a emitir una orden de investigación contra Wolfgang y Carter. Philippe ya tiene orden de captura a nivel mundial, huyó con Paul Alberts

—me dice—. Hemos logrado saber quién es el cerebro de todo; con todo, eso no quita que de seguro haya más gente involucrada.

—¿Qué va a pasar con el tema de la Élite? —pregunta Stefan—. Carter Bass comentó que alguien estaba trabajando con ellos. Si saben que fue Rachel, los soldados pueden llegar a creer que la teniente los traicionó.

—Las cosas no fueron así, y eso da igual ahora. Rachel no está para que la estén señalando ni alterando —repone el ministro—. Me encargaré de que nadie lo sepa, ahora no estamos para escándalos y más líos de los que ya hay.

—Lo sé, pero me preocupa que...

—Es mentira y ya está —espeta Alex—. El que diga lo contrario tendrá que encararme a mí. La niña italiana necesita ayuda psicológica, será llevada al comando como lo demanda el protocolo.

—Necesito que Stefan se quede —pido—, por favor.

—Si te hace bien, adelante.

Se retira, el soldado se sienta en la orilla de la cama, aprieto la mano que me da. Me ayuda con la bandeja de comida cuando me la suben. La sopa me sienta bien, al igual que la bebida con hielo que me trajeron.

—¿Todo está bien? —Sara llega minutos después—. Sé que debes descansar, pero no quiero irme sin que sepas lo feliz que me hace la noticia —sonríe— Dos bebés. —Se emociona—. Estarás más sensible, tendrás mucha hambre, así como muchas hormonas.

Stefan se va, yo me quedo con ella, quien me pregunta cómo me enteré. Deja la mano sobre mi vientre cuando le cuento lo del hospital.

—¿Cuándo se lo dirás a tus padres? —pregunta, y paso saliva.

—En su momento —suspiro—. Ahora no me siento preparada, así que no le comentes nada a mi madre, por favor.

—Tranquila. —Frota mis piernas—. Si necesitas algo, no dudes en decirme.

Se despide cuando Stefan vuelve y me pone al tanto de las últimas novedades: mi portero está herido, por suerte no de gravedad. Mi apartamento está inhabitable debido a la explosión, remodelarlo me va a costar; no obstante, trato de no pensar en eso. Los bebés están conmigo y eso es lo que importa.

—Lamento no hacerte caso con Paul, insistió tanto que lo dejé subir. Me habló y si le decía que no, iban a atentar contra los tres —explica—. Siempre tuve en la mente un plan B, por mi cabeza nunca ha pasado la idea de traicionarte.

—Lo sé.

—Mañana serás noticia en los medios internos —se acuesta a mi lado—: «La teniente Rachel James se enfrenta a un violento cara a cara con Philippe Mascherano». Ya me imagino el titular.

—Llama a mis padres para que no se alteren —pido—. Deben saber que estoy bien o se van a preocupar.

—Como ordenes. —Me da un beso en la mejilla antes de levantarse.

—Quédate —le pido—. Necesito tener a alguien cerca.

Me acomodo para que me abrace y él lo hace; quiero que su presencia me llene, pero no lo logra: el vacío que tengo en el pecho no desaparece.

—Mi abrazo no hará que lo extrañes menos, porque no soy él —susurra.

—No eres él por una sencilla razón y es que no me ves como un pedazo de carne —contesto de la misma manera—. Tú actúas como un ser humano y él como si fuera de acero.

—Él apaga tus miedos, yo no.

—No quiero hablar del coronel.

Se queda conmigo. Necesito un respaldo, una coraza porque, por muy fuerte que sea, en ocasiones las balas logran dañarme.

—Me quedaré hasta que te duermas —me hace saber.

Cierro los ojos, pero el sueño no llega. Me quedo quieta y casi dos horas después Stefan se va y, estando sola, el desespero me toma, al igual que las ganas de llorar. Empiezo a extrañar a Christopher cuando vienen los recuerdos del aquelarre, de las veces que hemos estado juntos.

Mi cerebro me recuerda que con él podría enfrentar las situaciones más difíciles sin que esté presente y, aun así, sentirme la mujer más protegida del mundo. Una parte de mí sabe que siempre hará de todo por rescatarme.

El día que me entregó el collar da vueltas en mi cabeza, nuestros días en la isla, cuando viajamos juntos y estuvo en mi peor crisis. Las lágrimas se me salen, sé que estoy así por mi estado.

—Dejemos algo claro, pequeños radiadores —me pongo la mano en el vientre antes de hablarme a mí misma en voz alta—: ninguno de los tres tiene derecho de extrañar a su papá, que es el hombre más tóxico del planeta, así que, por nuestro bien, debemos seguir como estamos.

Al escuchar sus latidos se creó una conexión, la cual no creo que se rompa jamás. Acomodo la cabeza en la almohada y miro el reloj, necesito que el cansancio me venza.

Me humecto los labios con el cuerpo atlético y marcado que está frente a mí, estoy sentada en la cama con las piernas abiertas y él está desnudo; lo observo mientras se acerca con el miembro erecto en la mano.

—¿Quiere teniente? —pregunta.

—Sí.

Me acomodo en la orilla de la cama, acorta la distancia entre ambos y yo paseo las manos por los músculos de sus piernas, abro la boca y recibo el miembro que empiezo a saborear.

—¿Más? —Me toca la cara con los nudillos cuando la saco.

—Sí, mi coronel...

—Ministro —dicen, y abro los ojos—. Perdona, no pensé que el tocarte la cara interrumpiera los sueños eróticos que tienes con mi hijo.

«Bendito padre de la santa vergüenza». Busco la manera de taparme al notar que estoy en bragas, camisilla y con una almohada entre las piernas. La cara me arde y no sé si es de pena o porque no hay nada más sexi que un Morgan recién bañado, afeitado y oliendo a colonia. Me tapa con la sábana, que no sé ni en qué momento aparté.

—¿Pensabas que era Christopher? —Se mete las manos en los bolsillos—. Contesta tranquila, entiendo que el parecido se presta a muchas cosas.

Miro el reloj, no dormí más de tres horas.

—¿Qué necesita?

—Que bajes a desayunar. Llámame Alex, entre familia nos tuteamos.

—Abre las cortinas—. Stefan ya trajo y subió tu equipaje. Iremos a la clínica.

—Tomaré una ducha primero.

—Bien. Si quieres puede quedarte en esta habitación o eres libre de elegir la que más te guste. La empleada tendrá al día todas tus cosas y serás una señora más en esta casa, así que puedes disponer de lo que te apetezca en todo momento —me informa.

—Gracias, por el momento lo único que necesito es continuar con mis labores como soldado —contesto—. No me gusta depender de nadie y por ello quiero seguir con mi empleo.

—Eso lo dictamina el médico —replica—. El pendiente que tienes en el ombligo, ¿es perjudicial? ¿Sabes si afecta en algo la comodidad de los bebés?

«Señor, por favor, no me haga pasar más vergüenza».

—No creo; sin embargo, cuando el embarazo esté más avanzado, de seguro me lo quitaré.

—Bien.

Salgo de la cama cuando se va. Los Morgan no conocen el significado del término «privacidad»; con Reece era igual, tenía que estar atenta todo el tiempo, porque a cada rato entraba a mi alcoba sin tocar.

Cojeo hasta el baño, donde tomo una ducha antes de vestirme. Tengo el labio partido, un moratón visible en el pómulo izquierdo y duele cuando lo toco. No me apetece nada apretado sobre la pierna, así que me pongo un vestido acampanado con zapatos bajos. Me hago una coleta y tomo el móvil que me informa de las últimas novedades: Brenda está bien, Philippe Mascherano no aparece y tampoco Paul. Casos Internos, por su parte, aún no se ha manifestado.

El *pendrive* de la supuesta conversación del estacionamiento no sirve y por el momento no hay evidencia de eso. Tengo llamadas perdidas de toda Élite, busco el número de cada uno y envío un mensaje rápido para informar de que estoy bien, supongo que Brenda ya los tuvo que poner al tanto de todo. La herida de la pierna me duele, tomo asiento y llamo a mi papá. En medio de todo, festejo con el general el haber dado con el nombre del gran cerebro infiltrado; en el fondo era algo que queríamos y que hace esto más fácil. Le reitero una y otra vez que estoy bien, le pido que le transmita el mensaje a los demás. Mi madre está con las hermanas en un asunto democrático del gobierno.

—Dale un beso a Sam y a Emma de mi parte —le digo—. Los quiero mucho.

Cuelgo, el móvil me vibra de inmediato y contesto la llamada de Laila, quien está con Luisa. Tomo una chaqueta y salgo al pasillo. Con el teléfono en la oreja sigo cojeando hasta que, pasos antes de llegar a la escalera, me levantan en brazos y me ayudan a bajarlas.

—Luego te llamo —le digo a Luisa al notar que el ministro es quien me sostiene como novia en noche de bodas o no sé qué carajos, pero baja las escaleras conmigo, y es vergonzoso, dado que me acalora la cara. Es un hombre apuesto que, pese a la edad que tiene, se ha sabido conservar y luce tan bien como el hijo.

Me pregunto a quién se parecerán los mellizos, si a mi familia o a la de ellos.

—¿Ya le diste la noticia a tu familia?

—No me presione.

—No lo hago. —Me deja en el piso cuando llegamos al vestíbulo—. Solo dejo claro que por hijos de Stefan no los vas a hacer pasar.

No sé si el soldado le habló de algo o tendrá don de adivino. Pasamos al comedor, donde desayunamos. Aprovecho el espacio para hablar con la Alta Guardia, quien se reporta y da novedades, mientras que Cho se pone en contacto con los médicos de la isla con el fin de evaluar los riesgos de mi embarazo.

Naomi Santoro ya fue llevada al comando, Luisa se va a hacer cargo de ella y velará por su recuperación, cosa que agradezco. Ella sabe que no quiero dejar a la niña sin ningún tipo de respaldo.

—Fue una gran hazaña lo de ayer —comenta el ministro con el periódico en la mano—. El Consejo y los grandes generales están hablando de ello.

Es una lástima que se escapara; sin embargo, el que saliera del comando ya es un triunfo. Terminamos con el desayuno y los escoltas preparan los vehículos para partir, por los últimos acontecimientos, hay que duplicar el número de estos que nos acompañan al hospital junto con Cho.

—Ministro, lo estábamos esperando. —El director del hospital militar saluda a Alex—. Conseguimos los especialistas que pidió.

Me someten a un gran número de exámenes, revisan cómo están todos mis órganos, el impacto que está teniendo el embarazo en mi cuerpo y el estado de los bebés.

—¿Usted es el papá? —pregunta el toxicólogo que lleva mi caso.

—No —contesta Alex—, pero soy lo más parecido, así que cuéntame cómo está todo.

—Necesito verificar los antecedentes clínicos del progenitor para saber si su estilo de vida puede ser perjudicial para los fetos.

—Si se va a basar en el historial médico de mi hijo, me dirá que, en vez de nietos, tendré dos cavernícolas —se molesta Alex—. Si quiere saber algo, verifique su carpeta de historial clínico.

—Eso es privado y él no ha dado su autorización.

—No es privado para el máximo jerarca. —Le dicta el número de identificación.

Esperamos en una sala privada, los análisis son bastantes y toman tiempo. Cho se mantiene a mi lado, me hace bien saber que empezaré con el control prenatal desde ya.

—¿Todos estamos de acuerdo con que si esto llega a funcionar es mejor que el primitivo del papá se mantenga a metros? —comenta Cho—. No me lo preguntaron, pero analizando a Christopher me he dado cuenta de que tiene tendencias asesinas. ¿Qué tal que mate a los bebés en un acto de rabia o te los masacra a golpes en el vientre?

El comentario me amarga la mañana.

—Aquí todos somos asesinos —replica Alex—. Independientemente de que trabajemos o no para la ley, hemos matado a sangre fría y ese «primitivo» es mi único hijo; por ello, no acepto que se hable mal de él en mi presencia.

—Hay que aprender a afrontar las cosas. Christopher tiene una satiriasis con Rachel que a mí sinceramente me da miedo —prosigue Cho—. Rachel cayó en sus redes y la transformó por completo.

—No estamos aquí para hablar de eso —la interrumpo.

—Estamos aquí para sopesar todo —insiste mi terapeuta—. Tu dependencia hacia él puede empeorar con las hormonas del embarazo y ¿qué vas a hacer? ¿Tú con hambre y él con ganas?

—Cállate —le ordena Alex—. Me das jaqueca.

Nos llaman nuevamente al consultorio, la obstetra me hace un par de preguntas en la camilla, termina y vuelvo con los especialistas.

—Reece Morgan hizo un excelente trabajo, limpió el organismo de la teniente James —expone el médico—. Obviamente, los riesgos no han desaparecido, pero hasta el momento los análisis dan una respuesta positiva. No tenemos signos de alarma, los fetos se están formando bien.

Explican en lo que muestran en las pantallas.

—Sin embargo, sigo pensando que un aborto es lo mejor. El HACOC es impredecible y puede dar sorpresas —aconseja el toxicólogo—. El cuerpo de la teniente no tiene las mismas defensas que una persona normal, y ese es el mayor temor. Podemos tener un aborto en cualquier momento…

—Ella no va a abortar —contradice Alex.

—¿Y si muere uno de los tres? —inquiere Cho—. ¿Si muere ella dando a luz o durante el embarazo? ¿Si los fetos mueren por mal desarrollo?

—No va a abortar —reitera el ministro—. Pagaremos lo que se tenga que pagar para que todo salga bien. Ya es un milagro que los haya concebido, es un avance que estén bien con todos los contras y si mi hermano abrió la brecha de un diez a un treinta por ciento es por algo.

—Reece no sabía que eso pasaría, él estaba de acuerdo en que ella se operara —aclara Cho—. Y esta decisión no es tuya, es de ella, porque ella es la que puede morir.

El ministro se pone de pie y camina hasta donde estoy. No soporto estar sentada.

—Sobreviviste dos veces a una droga que pudo matarte en la primera, te has enfrentado a mafias extremadamente peligrosas —me dice—. Te fuiste a los golpes con un hombre que te duplica en peso, estuviste en dos atentados y sigues de pie. ¿Crees que un embarazo va a matarte? ¿Crees que después de todo lo que han pasado esos niños en tu vientre se van a dar por vencidos fácilmente?

Sacudo la cabeza.

—Vas a hacerlo, porque juntos lograremos superar cualquier obstáculo, sin miedo e inseguridades —espeta—. Si tengo que ser un padre para ti y para ellos, lo seré, tenlo claro.

—¿Dónde vas a dejar tu carrera y el crecimiento que querías tener? —insiste Cho—. Dos hijos te van a limitar de distintas maneras.

Sacudo la cabeza, puedo hacer las dos cosas.

—Cuando te digan que fallarás, aférrate a la idea de que no eres cualquiera, ni tú, ni ellos. Tú eres una mujer fuerte y capaz —continúa Alex—, ellos son el legado de una familia que tiene temple de acero: un Morgan no cae ni desfallece con facilidad.

—Lo sé, señor.

—Lo vamos a hacer juntos, ¿vale?

—Sí.

Me abraza, las hormonas me tienen sensible, por lo tanto, los ojos empiezan a arderme y agradezco que no tenga reparos en mostrarme afecto ahora, cuando más lo necesito.

—Si es su decisión, se respeta —nos dice el médico—. Daremos inicio al control prenatal y empezamos el tratamiento especial para ir haciendo frente a las posibles amenazas.

—Bien —se rinde Cho—. Los médicos de la isla contribuirán en todo lo que puedan.

—Como no hay amenazas por ahora, puede seguir laborando, pero debe abstenerse de enfrentamientos cuerpo a cuerpo que pongan en riesgo el embarazo —disponen—. Si tiene hombres a cargo, lo mejor es que se centre solo en dirigir, siempre y cuando esto no sea un factor de estrés.

Le digo que sí a todo, pues todavía tengo un cometido que cumplir. Además, Dalton Anderson y los demás son buenos soldados en los que por ahora me puedo apoyar para continuar.

—Buscaremos la manera de que esto no se complique —comenta Alex—. Hay que hablar con los soldados de la Alta Guardia.

Le doy la mano a los médicos. Cho sigue sin estar de acuerdo, pese a que no me le diga, se le nota en la cara. Volvemos a la mansión, Sara me recibe con una bebida y la pongo al tanto de lo que me dijeron. El ministro, a su vez, le muestra la foto de la ecografía.

Al mediodía decido recostarme un rato, me siento cansada, el que esté feliz por mi estado, no quita el que tenga preocupaciones encima, como el hecho de que mis cuentas estén vacías. Puedo pedir un préstamo pequeño para mantenerme mientras lo regulo todo; en cuanto a la remodelación de mi apartamento, creo que tendrá que esperar.

Programo la alarma del móvil y logro dormir tres horas antes de que suene. La empleada está recogiendo el desorden, dejó la puerta abierta y capto las voces de las personas que hablan en la sala.

—¿Sabe quién llegó? —le pregunto a la mujer que tiene la aspiradora.

—La guardia del señor Christopher; se quedará en la mansión esta noche.

—Puedes retirarte, gracias.

«Maldita sea». Sabía que llegaba hoy y supuse que se iría directamente a su *penthouse*. Tomo el teléfono y llamo a Dalton, quien ya me había enviado un mensaje en el que avisaba que estaba por llegar.

—Reunámonos en el jardín —le ordeno cuando me contesta—. Avísale a Ivan y a todos los de alto rango.

Meto los pies en los zapatos, asomo la cabeza en el pasillo y echo a andar a la sala. Dos escoltas están subiendo un cuadro envuelto en una sábana. No me detengo a preguntar qué es, simplemente sigo de largo hacia el punto donde cité a los soldados.

Tyler se apresura a ayudarme cuando me ve cojeando.

—¿Cómo se siente, mi teniente? —me pregunta—. Supimos lo que pasó.

—Estoy bien, gracias.

Tyler Cook es el tipo de hombre que crees que solo existen en la ficción: por lo bello y atento que es. El resto de los soldados espera alrededor de una de las mesas.

—Mi teniente —me dedican el debido saludo—, nos alegra que se encuentre bien.

Asiento. Dalton da un paso al frente.

—No tuvimos alertas ni señales de amenazas —informa—. El coronel está a salvo y en su alcoba.

Me hacen un breve resumen de todo. Anderson es un buen agente, vive atento a los detalles. Make Donovan, quien está al frente de la seguridad del ministro, está de nuevo en el grupo y es uno de los que se mantiene atento. Gema Lancaster no viajó, se quedó con la madre en su casa.

—Buen trabajo —recalco—. Las elecciones se acercan, dentro de pocos días comenzará una nueva etapa crucial que requiere de toda nuestra atención. Lo que pasó es un grito que nos pide que estemos alerta.

Los miro a todos, no llevo mucho con ellos, pero en el poco tiempo que compartimos han demostrado tener todo lo que se requiere.

—Debo ponerlos al tanto de una situación inesperada que cambiará un poco el método de trabajo —continúo—. Antes de decirlo, les voy a pedir total discreción con el tema y es una orden.

Me aseguro de que no haya nadie cerca.

—Las peleas cuerpo a cuerpo están prohibidas para mí, al igual que los combates de fuego cruzado —anuncio—. Seguiré estando a la cabeza de la guardia en el área de inteligencia, supervisando y velando que todo salga bien.

—¿Está enferma? —pregunta Tyler.

—Estoy embarazada.

—¿De quién? —inquiere Ivan Baxter.

Pongo los ojos sobre él, que se hace el imbécil.

—Tranquilo, que tuyo no es —contesto—. No quiero que vean esto como una enfermedad; daré lo mejor de mí para con ustedes, dado que todos tenemos un cometido que nos traerá méritos y honores.

Asienten de acuerdo.

—Tengo fe en que todo va a salir bien. —Me acerco a palmearles el hombro.

Les doy permiso para retirarse. Dalton y Make Donovan son los únicos que se quedan.

—Felicidades por su estado, estaré para lo que necesite —me dice Dalton.

Caminan conmigo a la mansión, pasos antes de llegar nos detenemos.

—Llevo años trabajando para los Morgan —habla Make—. Fui quien se encargó de preparar a Tyler para que respaldara al coronel, porque sabía de las buenas habilidades que tiene. Le tengo cariño a la familia, y por ello siento que estoy en el deber de avisar de que el hijo del ministro no está bien.

—¿A qué te refieres?

—No come, varias veces nos tocó sacarlo de la habitación porque no daba ninguna respuesta. Físicamente, no se lo ve bien y bebe muy seguido. No tragos, sino botellas.

—Eso es algo común a lo que ya has de estar acostumbrado. De todas formas, se lo haré saber al ministro —espeto—. Mañana empezamos la jornada usual y corriente, pueden nombrar un relevo e irse a descansar.

—No está de más vigilar al coronel, tomó bastante durante el vuelo —sugiere Make.

Se retiran, lo que ven es a Christopher siendo Christopher. No encuentro a Alex para ponerlo al tanto, supongo que me buscará más tarde, así que vuelvo a la segunda planta. Quiera o no, velar por el bienestar del coronel es mi trabajo.

Busco su puerta, alzo la mano para golpear, pero desisto, pues en verdad no quiero verlo ahora. Hay música adentro, pego la oreja a la lámina de madera, la perilla no tiene seguro y me atrevo a abrirla con cuidado. No abro más que una mínima rendija, la cual me deja ver lo que hay adentro.

Se me comprime el pecho cuando lo veo empinándose la botella que deja en la mesita. Colgaron el cuadro que trajeron en la pared, aún lo cubre la sábana blanca y él se desabrocha la camisa frente a este, suelta los botones despacio, antes de volver a empinarse el whisky que tiene a un lado.

Da un paso hacia delante, quita la tela y deja a la vista el cuadro que pintó Parker hace poco y me muestra desnuda.

Respiro hondo, como dijo Cho, tiene un problema conmigo, así como yo lo tengo con él. No me atrevo a moverme y en silencio observo cómo pasa los dedos por los labios de la pintura, retrocede y del bolsillo extrae las bragas que me quitó frente a mi edificio. Las empuña con fuerza mientras que con la mano libre se saca el miembro que se tensa cuando lo sujeta con firmeza, luce duro y aprieto las piernas cuando empieza a masturbarse con destreza sin apartar la vista del cuadro. Las venas de los brazos se le marcan con el esfuerzo y el verlo hace que mi entrepierna responda, pide lo que he estado deseando desde la última vez que lo hicimos. Las ganas surgen porque lo deseo tanto como él a mí, quien me contempla en un retrato mientras *Space Bound* suena de fondo, la canción es la cortina que apacigua los jadeos que suelta. No tengo idea de lo que me estremece: si el que se masturbe con mi imagen como si fuera una deidad o el hecho de que se ve hermoso haciéndolo.

Aprieto el vestido y lo subo despacio hasta que llego al sexo que toco por encima, la tela de las bragas está húmeda y por un momento se me cruza la idea de entrar. Él se masturba mientras me contempla en el cuadro y yo me toco sin quitar la vista de él. Endereza la espalda en lo que aprieta la mandíbula, mientras agita la mano con más brío, echa la cabeza hacia atrás y, acto seguido, suelta el derrame largo que absorben mis bragas.

Suelto el vestido cuando el móvil me suena en la chaqueta, los ojos de Christopher viajan a mi punto y cierro la puerta. Aprieto el paso a mi alcoba; la herida me resta velocidad y por más que intento llegar no lo logro, dado que me toman y ponen contra la pared.

Preparo los oídos para los gritos, regaños y reclamos, pero no pasa. Está demasiado ebrio y lo único que hace es buscar mi mano. Me opongo y ejerce fuerza al llevarse mis dedos a la boca. Nuestros ojos se encuentran y mi corazón abre el vacío que conlleva echarlo de menos.

—Déjame ir. —Trato de escabullirme y clava la mano en la pared—. No empieces y apártate.

Alza la mano, dispuesto a tocarme la cara, pero deja el intento a medias cuando me niego a mirarlo.

—Mírame y escúchame o me voy a ahogar con lo que tengo atascado. —Se tambalea—. Detesto vivir así...

—Que te apartes, te digo. —Lo empujo y me toma la muñeca llevándome contra su pecho.

Sus brazos me envuelven mientras su aliento me toca la nariz.

—Vamos a dormir —insiste, ebrio.

—Suéltame.

No puedo seguir tropezando con la misma piedra, piedra que es perjudicial para mí, porque cuanto más tiempo paso con él, más lo extraño y no quiero. Insiste y me abraza más fuerte contra su pecho.

—No me gusta que me tomes así y te estoy diciendo que no quiero. —Lo vuelvo a empujar—. Deja de actuar como un animal y entiende lo que se te dice.

—¡No voy a entender nada! —me grita—. ¿Te asusta que esto acabe con los dos? Si es eso, estate tranquila que está acabando solo conmigo. He llegado a un punto donde deseo que me mate lo que tengo, dado que no quiero seguir en el maldito calvario al que me estás condenando.

Doy un paso atrás y él da uno adelante antes de aferrarse a mi brazo.

—¿Y sabes que es lo peor? —sigue—. Que sabía que me ibas a disparar y, sin embargo, cerré los ojos recibiendo el impacto de la bala.

Se aferra a mi mentón y me obliga a mirarlo.

—Por este tipo de mierdas es por lo que hago lo que hago —confiesa.

—Christopher —Alex aparece en el pasillo y él no me suelta—, vete a tu alcoba y déjala en paz.

—Vamos. —Intenta llevarme—. Llevo noches sin dormir, así que vamos a dormir juntos.

—¡No!

—Quítalo antes de que la lastime —pide Cho preocupada en el inicio de la escalera.

—¿En verdad crees que soy capaz de ponerte un dedo encima? —Busca mis ojos y aparto la cara—. Sabía que me ibas a joder.

El ministro lo quita e insiste en tomarme.

—¡Cómo te voy a lastimar si no puedo vivir sin ti! —Me suelta en lo que aparta a Alex—. ¡Y esto era lo que querías, verme sangrar para hacer lo que se te diera la gana!

Me trago el nudo que se me forma en la garganta. Lo amo, lo adoro con el alma y con el corazón, pero esto es demasiado dañino, tanto para él como para mí.

—Quiero un trago con Reece —le dice al papá.

—Vamos a tomarlo al despacho. —El ministro trata de llevárselo.

—¿Para qué? No eres él, lo mataron y me dejaron al padre que detesto.

—Vamos. —Cho me lleva a mi alcoba.

No me quedo a mirar, me acuesto con todo y ropa.

—¿Qué tanto miedo le tienes? —me pregunta Cho—. Esta situación se puede demandar.

—No lo haré, es estúpido que lo haga sabiendo que es el hombre que amo y que de alguna forma me hace sentir segura —confieso.

—Entonces, ¿qué haces tratándolo así?

—Lo alejo porque busco la forma de romper este amor tóxico y dañino que nos tenemos.

Alex

Atento, escucho el informe del soldado en el balcón con vistas al jardín. Son las nueve de la noche y el nivel de ebriedad de Christopher me dejó con dolor de cabeza. Fue un lío meterlo en la maldita alcoba.

—Rachel no quería que la tacharan de traidora, por eso no vino antes. Estaba buscando la manera de llegar con pruebas para que usted dejara que le hablara y la escuchara —me explica—. Paul me llamó en el aeropuerto, me avisó de que la iban a matar y que no había marcha atrás. En ese momento, Naomi se soltó de mí cuando se orinó y salió corriendo al baño.

—¿Quién la cortó?

—La niña dijo que fue Dalila Mascherano. Con el capitán Lewis revisamos las cámaras del aeropuerto y vimos que una sospechosa, con las características físicas de la italiana, seguía a Naomi desde que entramos allí —responde—. La mujer entró al baño detrás de la niña cuando huyó y salió con una navaja ensangrentada. Supongo que en ese momento la obligó a decir que Philippe era Paul.

Le doy una calada a mi cigarro. Las cosas, en vez de calmarse, empeoran. Murió la hija de Kazuki Shima, la prima de Leonel está herida, pese a que Philippe ya no está entre las filas, continuamos sin saber quién es quién. Lizbeth Molina ya fue liberada, ya que no se halló nada en su contra.

—Tenía que irme y sacar a Naomi; sabía que la iban a presionar con la niña para que no peleara y, como es, se iba a preocupar por nosotros y no por ella —prosigue Gelcem—. Cuando Naomi dijo que era él, supe que mentía, porque el investigador privado que contrató Rachel nos dijo que Philippe había entrado a la FEMF a los doce años y Paul entró a los siete; por ende, insisto, sabía que no era él. Sospeché de Derek cuando la niña se puso nerviosa al verlo en la sala.

Escucho a las mujeres que pasan rumbo a la alcoba de Rachel James, son las amigas de la teniente y, entre las que llegan, está Laila Lincorp.

Gelcem pone las manos en el balcón y sigue hablando:

—Rachel empezó a atar cabos rápido, por eso se dejó quitar las llaves. Si no era Paul, entonces era Derek, pues fue una de las personas que más cerca estuvo —continúa—. Nos estaban distrayendo, sabían que ella estaba recelosa con Paul y Derek brindó «ayuda» para que Rachel le diera la información; sin embargo, no contaron con que la teniente conectara el ordenador a su móvil. Ella le preguntó cuánto se demoraba en derrumbar el sistema y le respondió «dos horas», Rachel le dio solo cuarenta minutos para la tarea y estaba tan afanado por borrar todo que no se percató de que ella estaba viendo lo que estaba haciendo desde su celular. A los veinte minutos, ya había derribado el sistema y Rachel lo vio; de ahí en adelante solo fue cuestión de analizar —explica—. Le hice creer a Paul que estaba de su lado, saqué el auto y esperé a que la teniente saliera, porque sabía que iba a salir: embarazada, no se iba a dejar matar.

Fue una buena estrategia, James demostró otra vez lo bien capacitada que está. Es una buena soldado, al igual que su papá.

—Puedes retirarte —ordeno. Todo esto me lo había comentado con afán y quería saber todo con más detalle. Olimpia ya tiene esta misma declaración grabada.

Se retira y pierdo la vista en los jardines. La propuesta que me hizo el Consejo hace unas horas no deja de dar vueltas en mi cabeza. La crisis que estamos viviendo lo tiene asustado y quieren que me quede por cuatro años más.

No he dado una respuesta todavía; no obstante, creo que diré que sí por el bien de Christopher y de mis nietos. No me puedo exponer a que, en caso de perder, el poder caiga en manos de otro. Si acepto, el mando seguirá en nuestro apellido.

Me niego a perder a alguien más, la noticia de los mellizos fue una vela en medio de la oscuridad que casi me lleva al suicidio.

—¿Mala noche? —Se me acerca Laila y apago el cigarro.

—No —contesto.

No miento, la noticia me tiene tan ilusionado… que, pese a los problemas, me emociono cada vez que recuerdo que seré abuelo. Se acerca a la baranda, trae el cabello suelto y lleva puesta una chaqueta de cuero.

—Estoy disfrutando de lo que se siente estar de vuelta —suspiro.

—Me alegra, con tantos acontecimientos no tuve tiempo de darte el sentido pésame —comenta—. Lamento mucho todo.

—Yo también, Reece era el mayor y el menos serio. —Ignoro el dolor que me taladra el pecho—. Lo adoraba, al igual que a mi madre.

El que la herida esté tan reciente la vuelve difícil de disimular. La mujer a mi lado pone la mano sobre la mía y no la aparto. He tenido muchas mujeres y de todas puedo decir que ella llegó bastante lejos.

—¿Cómo estás tú? —le pregunto.

—¿Te soy sincera o miento?

—Al ministro no se le puede mentir.

—Me enamoré —confiesa— de un hombre delicioso, de esos que ves pasar y dices: «Hey, ¿adónde vas, bombón?».

—Interesante.

—La fantasía de toda joven, señora, adolescente… Porque es el hombre más maravilloso con el que me he podido cruzar.

Me roba una sonrisa.

—Lo extraño. Echo de menos que me llame y me diga: «Estoy abajo, así que vístete y baja». —Se acerca—. Es un ministro, yo soy una teniente y aunque no lo parezca puede ser mi papá, pero no me importa nada de eso porque lo amo demasiado.

Le acaricio la cara; es bella, me gusta la forma que tiene de enamorarse…

—El efecto Morgan debería ser un delito —habla cerca de mi boca.

Miro los ojos negros y ella alcanza mis labios con un beso, me rodea el cuello con el brazo y lo profundiza mientras se aprieta contra mí. Las semanas que hemos pasado juntos afloran en mi cabeza, pero Sara también y por ello la detengo.

—Explícame si es porque no sientes lo mismo o porque tienes miedo de volver a escribir una nueva historia.

—Me gusta la que ya escribí y, aunque marcaras un cambio ella, sigue siendo mi poema favorito.

Acaricia mi brazo.

—No te noto muy seguro. Me veo en tus ojos y hay algo que me grita que no me dé por vencida —declara—. Todos los días me pregunto: si ella no estuviera, ¿qué hubiese pasado? ¿Estarías enamorado de mí como yo de ti? Siento que sí.

Respiro hondo, admiro que sea el tipo de persona que no se rinde fácilmente. De nuevo busca la forma de besarme; tomo su cara y dejo un beso pequeño en su mejilla.

—Descansa. —La dejo.

Tomo el pasillo, la puerta de Rachel está abierta y entro a la alcoba donde ella está reunida con las amigas, tiene la cabeza sobre las piernas de Luisa Banner.

—Tápate —le digo—. La noche está fría y te vas a resfriar.

Asiente y se pone el cobertor sobre los hombros. Laila se quedó en el balcón y bajo a la cocina, donde me llega el olor a tarta. Sara Hars está cocinando y Gelcem la acompaña.

—Tenemos restaurantes por todo el mundo y la cadena hotelera —le comenta ella—. Uno de los restaurantes que más factura es el de…

—Singapur —contesta él—. Como admirador de su trabajo, sé todo sobre usted.

Hay cuatro tartas en la barra que Gelcem se pone a decorar, Sara se va a la estufa y la abordo por detrás.

—¿Por qué tanta comida? —pregunto.

—Desaforo mi felicidad, tendré dos nietos y eso me tiene emocionada.

—Hay que ser discretos —le pido—. Las personas más importantes aún no lo saben.

—Es difícil callarlo…, quiero decírselo a todos, que salga hasta en las noticias. —Me besa—. Quiero estar cuando le crezca el abdomen, cuando lleguen los antojos. Dicen que cuando se satisfacen todos los niños nacen hermosos.

—Por favor, ya se sabe que serán hermosos —intervengo—. Son mis nietos.

—Mi ADN también tiene lo suyo —me rodea el cuello con los brazos—, así que no te lleves todo el mérito.

—Christopher no se parece a ti y por ende…

—Tiene mi trasero. —Me vuelve a besar y correspondo en lo que bajo las manos a su cintura.

—Los niños siempre traen felicidad —comenta Stefan.

—A todos nos tiene feliz la noticia, es el legado de mi único hijo —declaro—. Es irónico todo, dos personas se fueron y dos personas vendrán.

—¿Quiénes vienen? —pregunta Christopher bajo el umbral y me abstengo de seguir—. ¿Qué está pasando aquí? ¿Adoptaron a este pedazo de mierda y no me enteré? ¿Stefan Morgan?

Sigue ebrio. Con un manotón manda al piso la botella de vino que está en la barra e intervengo para que no se le vaya encima.

—Lárgate de mi casa. —Echa a Gelcem.

—Déjalo, Christopher.

—¡Tú no opines!

—Sí, opino porque es mi casa y, al igual que tú, puedo disponer —se impone Sara—. Rachel y él van a vivir aquí porque necesitan protección y, si no te gusta, no vengas. De todas formas, no entiendo qué haces en la mansión que tanto detestas.

—Lo mejor es que me vaya. —Gelcem busca la puerta de atrás—. Que tengan buena noche.

El maleducado que tengo como hijo tira de la tarta que tiene enfrente, toma una cuchara y empieza a tragar.

—No voy a malgastar palabras contigo —habla con la boca llena—. Ninguno de los dos vale la pena…, ninguno de los tres. Juntos no son más que un quintal de mierda.

Podría pelear con él, pero no tengo cabeza para eso, dado que nada puede apagar la felicidad que tengo desde anoche. Lo observo orgulloso, no sé por qué, creo que se debe a que me salió tan semental que me dará dos nietos. Dos niños a los que siempre querré incondicionalmente.

Siempre me ha elevado el ego que se parezca a mí, de niño fue apegado a mí, a pesar de que no estuve en todo momento. Recuerdo que era una bola de grasa, a la que llenaba de besos mientras le hablaba como un idiota. Reece se me burlaba y yo me burlaba de él cuando lo sorprendía haciendo lo mismo. Incluso Regina se unió al juego.

Me odia, pero yo lo adoro.

—¿Qué? —Se pone a la defensiva cuando sonrío mientras lo observo—. ¿No habías notado lo bello que soy o qué carajos te pasa?

—Sigue comiendo. —Le señalo la tarta—. Parece que llevas días de hambruna.

Acaba con lo que hay y busca la botella de whisky, que saca de la nevera y se empina.

—Me largo a mi casa, aquí lo único que hago es perder el tiempo.

Le señalo el umbral de la puerta que cruza, rabioso. Sara se acerca y yo me vuelvo hacia ella.

—No hemos celebrado la noticia, me gustaría festejar contigo sin ropa. —La beso.

—Deberías subir y ponerte cómodo, a lo mejor subo y te hago compañía un rato. —Toma mi cara—. Ve, terminaré con esto.

Me topo con las amigas de Rachel en el vestíbulo, están por irse y la empleada las lleva rumbo a la puerta. En el pasillo de arriba me aseguro de que todo esté en orden con la teniente, a quien encuentro sentada en el tocador.

—¿Todo en orden? —pregunto—. ¿Dolores, síntomas de alarma? ¿Hambre, algo que te apetezca?

—Todo está en orden, gracias. —Se pone de pie y el pendiente vuelve a llamar mi atención.

—Eso aún no me convence. —Lo señalo—. Siento que duele cada vez que te pasas las manos por el abdomen.

—No me duele, señor.

—Alex, las formalidades están de más —le recuerdo—. Lo del ombligo lo debatiré con Rick cuando lo vea. ¿Tomaste el medicamento?

—Sí.

—¿Cenaste?

—También.

—¿A qué hora?

—A las siete.

Miro el reloj, ya son las diez.

—Le diré a la empleada que te suba algo para merendar, y no te acuestes muy tarde, tienes que descansar, eso es muy importante.

Cierro la puerta, su estado de salud es delicado por todo lo que ha pasado, esto debe salir bien, así que hay que estar prevenidos. Le doy la orden a la empleada antes de trasladarme a mi habitación, donde reviso las últimas novedades del comando. Olimpia Muller quiere saber qué decisión voy a tomar, creo que la respuesta será un sí, es lo mejor en estos momentos.

Me quito la camisa que dejo sobre una de las sillas. Sara llega con una carpeta y lentes de lectura. La melena castaña se mantiene tal cual como la conocí, se cuida, mantiene la figura y el estilo de una mujer de negocios.

Me voy a la cama y ella se quita los tacones antes de abrir la carpeta que tiene y tumbarse a mi lado.

—Tengo trabajo pendiente, cálculos y estadísticas que analizar —comenta—. ¿Me ayudas?

—Creo que no voy a poder, porque los únicos cálculos que puedo hacer ahora son los que definen si te lo hago tres o cuatro veces esta noche. —Le quito los documentos y los hago a un lado.

Tomo su cara y me abro paso dentro de su boca en lo que ella pasea las manos por mis costillas, terminamos de rodillas en la cama y doy con el cierre del vestido que...

—Joder, qué asco me dan —replica Christopher en la puerta—. ¿Qué mierda hacen?

Sara me aparta avergonzada.

—Lárgate a tu alcoba. —Echo al coronel.

—Primero, explíquenme qué diablos están haciendo —reclama—. Si uno se está besando en la cama es porque...

—¡Bingo! —Salgo de la cama—. No pensarás que la cigüeña te trajo al mundo. Ahora, largo de aquí.

Se lleva la mano a la boca, está tan ebrio que va a vomitar y, en vez de salir, lo que hace es meterse al baño, donde empieza a soltarlo todo. «No sé qué estoy pagando». Sara se apresura a ayudarlo, me asomo a la puerta y compruebo que está vomitando todo el contenido del estómago en el retrete.

—Christopher, lárgate a tu alcoba y no me jodas en mis momentos de descanso.

—Está mal. ¿Es que no te das cuenta? —me regaña la mamá.

—Solo está ebrio. Además, ¿no se iba?

Sigue vomitando y me aparto al sofá, parece que no lo voy a dejar de criar nunca. Pasados unos minutos, Sara lo saca del baño. Él no puede ni caminar bien.

—Si te das cuenta —Sara le señala la carpeta—, estábamos hablando de números.

—¿Por qué le das explicaciones?

—Números. —Christopher busca la cama, donde toma la carpeta—. Me interesa saber porque es mi dinero.

No le interesa saber nada en el estado en que está, lo único que quiere es fastidiar, como siempre lo hace. Se acuesta en mi sitio y revisa las hojas.

—Te oigo —le dice a Sara —. ¿Qué pasa con los números?

Sara se ubica a su lado y le empieza a hablar de cómo va todo, en vano, porque termina dormido. La madre le quita los documentos.

—Lo voy a cuidar, está muy ebrio y me da miedo que le pase algo. —Busca una frazada en el armario y le quita los zapatos.

—¿Qué? ¿Va a dormir aquí? Tiene su propia alcoba.

—Es tu hijo, por Dios, así que no te pongas a pelear —me regaña—. Si te molesta verlo aquí, vete a la otra alcoba o a la sala.

Aniquila la poca paciencia que tengo, esto es ridículo a estas alturas. De mala gana me pongo una playera mientras que ella se ubica a su lado.

—Yo no voy a dormir en otro lado, me quedo aquí.

—Alex, por favor.

—Quiero dormir con mi esposa y es lo que haré.

Apago las luces, Sara se acomoda en el medio y deja que la abrace. Se ríe en tanto, entrelaza nuestros dedos y le beso la coronilla. Enseguida se duerme y yo me quedo mirando a la nada mientras pienso en cómo le diré al coronel que voy a retirarlo de la candidatura.

81

Animal

Philippe

Kírov (Rusia)

Desde la cima observo la escena que se desarrolla abajo, al niño que trae el soldado de la Bratva. Dalila lo empuja y cae en el barro, los canes que tienen los rusos empiezan a ladrarle y él se vuelve un ovillo cuando lo rodean. Los ladridos son violentos; se desgarran la garganta en lo que muestran los colmillos. Damon se tapa la cabeza, mientras que Dalila se ríe a grandes carcajadas con la escena, que no me hace tanta gracia como debería.

Es mi sobrino, no he compartido mucho con él; sin embargo, duele verlo así. El Boss de la mafia rusa se mantiene a mi izquierda, serio, y vestido de negro. Sasha Romanova murió y eso lo tiene más frío que de costumbre.

—¿Tienes miedo, Damon? —increpa Dalila—. ¡Tu madre era una asesina y tú también serás uno, así que deja de llorar!

El llanto de Damon me arma un nudo en la garganta, Dalila no deja de gritar mientras los canes siguen ladrando, así que le doy la espalda a todo en busca del castillo, que está a un par de metros. Soy de la realeza de la mafia, uno de los dos favoritos de mi padre y gracias a mi madre nunca formamos parte del tipo de preparación primitiva y bestial.

Ilenko Romanov y los suyos sí, pero Antoni y yo no.

«La sangre duele», dicen, la sangre llama, y Damon me acaba de golpear. Los antonegras me siguen al castillo ruso. La mafia es una monarquía en la que quien dirige es como un rey y, por ende, se vive como tal.

Tomo las escaleras de piedra. Estoy en uno de los castillos donde mi padre se reunía con el antiguo Boss de la Bratva (el padre de Ilenko). Los Romanov suelen venir aquí, por lo que me cruzo con uno de los hijos del ruso en el pasillo, viste de negro también. Pasa por mi lado y continúo rumbo al despacho temporal que pedí que me acondicionaran, abro la puerta y dentro me espera Wolfgang Cibulkova.

—Señor, buenos días. —Se pone en pie cuando me ve—. ¿Cómo se encuentra?

Paul Alberts está en una de las esquinas. Escogió mi bando y tuvo que huir conmigo cuando quedó en evidencia. Tomo asiento en mi sitio. Salir de la FEMF no era parte de mi estrategia, pero Rachel James me dio una bofetada cargada de suspicacia. Estaba tan afanado por eliminar las pruebas que no fui consciente de que veía todo lo que hacía desde su teléfono y terminé siendo víctima de mi propia trampa.

No he sabido nada de Laurens, y mi cabeza no deja de repetir el miedo que le empañó los ojos al enterarse de todo.

—¿Qué le pasa al líder? —Entra el Boss—. Creí que te alegraría estar de lleno en tu cargo.

—Me alegra —contesto.

—No parece. ¿Es que eres más soldado que mafioso?

—No vuelvas a mencionar eso. —Me enoja—. Estás hablando con la máxima figura de la mafia.

—Cierto —responde con sorna.

Planto los codos en la mesa, Rachel James es una maldita ramera, yo tenía que seguir en Londres en vez de estar resguardado en Rusia.

—Vamos a lanzar todo lo que tenemos en las semanas que quedan para la campaña —dispongo—. Ivana sigue adentro y varios del ejército inglés está de nuestro lado.

En el tiempo que estuve, logré que muchos me juraran lealtad, varios desean trabajar conmigo.

—Lo que va a oír no le va a gustar —habla Wolfgang—: una fuente confiable me confirmó que el Consejo está sopesando no llevar a cabo las elecciones, quieren que Alex siga al mando por cuatro años más.

El Boss suelta a reír, cargado de ironía.

—¿A que no te lo esperabas? —increpa—. Te están cogiendo las pelotas y no sabes cómo taparlo.

—Tengo todo bajo control.

—No te creo nada, tú no tienes madera para esto, y lo sabes —empieza—. Tu nobleza no tiene cabida aquí. En las guerras, la crueldad es la que vence, la crueldad y el sadismo que ves en mí, en Antoni y en el coronel, por eso somos lo que somos.

—¿Qué clase de cabecilla criminal pone a un miembro de la justicia en su misma regla?

—Uno que observa para aprender y tiene claro con quién lidia —sigue—. Ese que ves con uniforme de coronel es una maldita escoria de cuidado, todos lo conocen en la milicia, pero son pocos los que lo han visto siendo un criminal y adivina qué: yo lo he visto en los dos lados.

—Es un niño de papá, Boss —habla Wolfgang—. Lo voy a matar, me cobraré la sangre de mi amada.

—Ah, qué hermoso, otro enamorado —contesta el Boss con más ironía. Con lo de Sasha está que no se le puede ni hablar.

—No quiero seguir en Casos Internos —me confiesa Wolfgang—. Alex Morgan está actuando de manera silenciosa, camina despacio porque quiere atraparme y no sospecha que ya conozco sus intenciones.

Me hundo en la silla, con un Morgan como ministro de la rama judicial nunca lograré nada.

—¿Es oficial lo de Alex? —pregunto.

—Aún no, pero lo más probable es que acepte.

«Oh, padre, nunca dijiste que tan difícil sería ocupar tu lugar».

—Si acepta, sabes el conducto regular —le digo—. Alienta el motín, aviva a la gente y no temas, déjate arrestar que yo te sacaré y te traeré de nuevo a mi lado.

—No temo —asegura—. Confío en sus capacidades.

—Señor, vuelvo a pedirle benevolencia con mi amigo Stefan —me habla Paul—. Es una buena persona, cuando esto acabe no quiero que le hagan daño.

—Lo sé.

—Pero da igual. —El Boss se acerca a la silla que está frente a mí—. Aquí los líderes no pueden tener piedad, ¿o me equivoco?

Pone los ojos en mí y paso saliva, es uno de los mafiosos más peligrosos del mundo, uno de los que más peso tiene en la pirámide y el que dude de mí es algo que no me conviene.

Me levanto a darle la mano a Wolfgang, que debe irse. Soy agradecido con los que están en esto y el irlandés es una carta de valor en esta baraja.

—Vuelve a Londres —busco en el bolsillo de mi abrigo el sobre que armé esta mañana— y entrégale esto a Laurens Caistar; hazle saber que velaré por ella y por su hija.

—Como ordene.

Le palmeo la cara y dejo que se marche. Laurens es una buena mujer y de seguro está sufriendo las consecuencias de haber estado conmigo.

—¿Los Mascherano siempre se enamoran de sus víctimas? —inquiere el Boss—. En vez de estar perdiendo el tiempo aquí, tendrías que ir a conseguir la cabeza de Ali Mahala y, ya de paso, matar a Antoni antes de que salga y acabe contigo.

—No puedo matar a mi hermano —me defiendo—, es mi sangre y mi madre nunca me lo perdonaría. Dalila está acabando con los Halcones, hacemos las cosas a nuestro modo, es algo que debes respetar y apoyarme. Te recuerdo que todos queremos lo mismo y es el bien de la pirámide.

Dalila entra al despacho, le sonríe al ruso y este la mira con asco antes de largarse.

—Buenos días para ti también, ruso —le dice Dalila, y no se molesta en mirarla.

Paul se disculpa antes de marcharse y me quedo a solas con la hija de Brandon, quien me abraza por detrás cuando me acerco a la ventana.

—Esperé mucho por esto, tú y yo como los reyes de la mafia.

Se voltea y busca mi boca; los labios delgados chocan contra los míos con un beso fugaz.

—Solo mío, solo tuya.

Dejo que me vuelva a besar, alarga el momento y termino bajando la cara. No me siento bien, la quiero, pero ahora tengo tantas preocupaciones que me cuesta concentrarme.

—Te amo —me dice la mujer que tengo al frente.

Paseo la nariz por su cuello en busca de la fragancia que siempre me ha gustado, pero mis fosas nasales evocan un olor diferente a jazmín, loción de agua fresca combinada con el tierno olor de talco para niñas. Respiro hondo, a eso huele Laurens Caistar.

Cierro los ojos cuando los labios de Dalila se unen a los míos, trato de disfrutarlo, pero los rizos cobrizos de la pelirroja, que me miraba como si fuera lo mejor que le hubiese pasado en la vida, es algo que extraño demasiado.

—¿Qué tienes? —increpa Dalila.

—Nada. Hay que seguir trabajando, el cargo nos requiere.

Christopher

El sudor me recorre la frente, parece que estoy en medio de una pirexia, el miembro me duele por lo duro que está y pongo la mano sobre este. Desde las dos de la mañana estoy despierto, abrí los ojos a dicha hora y desde entonces no los volví a cerrar, porque cada vez que intento dormir, tengo la misma pesadilla y eso me tiene jodido.

Respiro hondo cuando siento la palma de la mano que se pasea por mi espalda, el sol matutino sirve de luz natural, la cabeza me duele y temo a que en algún momento se me reviente.

—¿Listo? —me preguntan, y muevo la cabeza con un gesto afirmativo.

La mujer que está atrás enciende la máquina cuya aguja penetra en mis poros, duele; sin embargo, ya estoy acostumbrado. La aguja se mueve en el inicio de mi espalda, justo en la parte donde termina el cuello.

Cierro los ojos, en verdad me urge descargarme, de no hacerlo sé que voy a acabar mal. El hambre de grandeza se está mezclando con las ganas de follar y eso no es bueno para nadie.

—¿Significa algo especial? —pregunta la mujer que se encarga de hacer el tatuaje.

—No, lo quise y ya está.

No tiene ningún trasfondo como los otros, mi piel lo quiere, ese es el único motivo que tengo. Ella sigue con lo suyo, se toma su tiempo. Ya me ha tatuado antes y me gusta la técnica que tiene.

Mi mente empieza a divagar con lo mismo de siempre, con la mujer que quiero encima ahora y no me puedo sacar de la cabeza… ni a ella, como tampoco el placer que me genera al tenerla abierta de piernas sobre mí. Extraño correrme dentro de su coño, follarla a lo salvaje como tanto me gusta.

—Está hecho —me anuncia la mujer.

Coloca un espejo en mi espalda para que pueda mirarlo en el que cuelga en la pared: mediano y conciso. Asiento y dejo que unte la crema antes de ponerme la película autoadhesiva. No le doy las gracias, simplemente busco el dinero. Ella recoge sus cosas mientras me coloco la camisa blanca. El ardor pasa desapercibido cuando se tiene la cabeza en otro lado.

La erección no merma, y paso la mano por esta, tratando de que el vaquero no me maltrate, pero es inútil.

—Fuera —le digo después de darle el dinero que cuenta.

Se va y suelto la pretina cuando cierra la puerta. El falo duro queda sobre mi mano en lo que empiezo a sudar. ¡Maldita sea! El pecho me sube y me baja, acelerado. Llevo la espalda contra la cama en la que me masturbo. Nunca me había sentido tan mal, no puedo concentrarme en mi trabajo, porque la ausencia de Rachel me pesa en todos los sentidos. Muevo la mano de arriba abajo, necesito el derrame que no llega.

La frustración de saber que está a un par de pasos no me ayuda para nada, sino que lo empeora todo. Acaricio los testículos cargados, esto es mucho más fuerte que yo y presiento que mi compostura ya no forma parte de mi ser. Miro al techo y espero que la dureza baje; sigo sudando, en verdad empiezo a creer que estoy pasando un maldito calvario, el cual me tiene en una dependencia sin cura.

En el baño me lavo la cara, apoyo las manos en el lavado, trato de que la cabeza se me aclare y salgo a tapar el cuadro que tengo en la alcoba antes de salir.

—El señor Morgan lo espera en el comedor —avisa la empleada al pie de la escalera.

No me interesa Alex. Camino directo a la puerta, hasta que Make Donovan aparece.

—El ministro lo está esperando. —Señala el vestíbulo que da paso al comedor.

—¿Te apetece tener la cara llena de golpes?

—No quiero pelear con usted, coronel —insiste—. Por favor, vaya donde lo esperan.

Me quedo en mi sitio, lleva años trabajando con Alex y el que enderece la espalda me deja claro que no se va a apartar.

—¿Quiere que lo acompañe?

Una pelea con alguien en este momento terminaría en muerte, así que me doy la vuelta en busca del comedor. Alex está en la cabeza de la mesa con Rachel a su izquierda, Gelcem está al lado de la teniente, y junto a este la asiática, que no ha hecho el favor de largarse.

—Que tengan buen provecho. —El soldado se levanta cuando me ve—. Comeré en la cocina.

Sara no está y Alex luce de mal humor. Jalo la silla y me siento a la derecha del ministro. Dejo que mis ojos se encuentren con la mujer que yace al otro lado de la mesa.

Le sostengo la mirada y ella la aparta como si no existiera. La polla se me vuelve a engordar con el rojo que le decora los labios; el cabello azabache le cubre los hombros desnudos y hace contraste con el top de encaje color vino tinto. «Top», no sé si pueda llamarse así, porque ni sostén tiene y las tiras delgadas se esfuerzan por sostenerle las tetas.

—Respeta la mesa —murmura el ministro, molesto, al notar cómo la estoy mirando.

Ya ni disimular puedo y tampoco es que esté de genio para hacerlo.

—¿Qué tan orgulloso te hace sentir intimidar a otros? —sigue Alex—. Infundir miedo en Gelcem, que tiene que estar huyendo todo el tiempo.

—Si no tiene la osadía de enfrentarme no es mi problema.

Llevo la espalda contra la silla. La empleada deja el plato para que coma, pero no lo miro, solo me centro en la sonrisa torcida de la mujer que tengo al frente.

—Tú lo menosprecias sin percatarte de que es mil veces mejor persona que tú —me dice.

—Para ti, el mundo entero es mejor que yo.

—Porque es así —asevera—. Así que deja de pisotearlo, de intimidarlo, que a quien tú ves como un inútil, yo lo veo como un apoyo y no es justo que hagas de su vida un infierno solo porque está conmigo.

—¿Está contigo? —increpo con la rabia bailándome en las venas.

—Ya déjalo pasar, ¿sí? Se acabó y está bien —repite lo mismo, y detesto que siga con eso—. Tenemos que avanzar por el bien de los dos.

La idea me acelera los latidos; yo no puedo dar ni un puto paso porque no puedo sacármela de la cabeza.

—Por el bien de los dos —repito—. Nos alejamos, tomamos distancia, pero si se te da la gana de reaparecer no me queda más alternativa que aceptarlo. Si tus estúpidas decisiones te ponen en peligro, yo tengo que estar ahí para ti. Tengo que mover el puto mundo para ponerte a salvo, ya que Stefan, Bratt o quien tengas no es suficiente ni puede hacerlo.

—No lo hagas, nadie te lo pide.

—¡Claro que tengo que hacerlo! —Arraso con la vajilla que tengo al frente—. ¡Es mi obligación, porque eres el puto oxígeno que necesito para sobrevivir!

Es un cáncer, el cual me está deteriorando; he perdido la batalla conmigo mismo y he aquí el resultado.

Todos se quedan en silencio, contemplando lo que acabo de hacer.

—Vamos a hablar afuera —procuro calmarme.

—Yo no tengo nada de qué hablar contigo, ya dije lo que pensaba.

—Busca la manera de irse.

Alex no deja que se levante y le entrega el tenedor para que siga comiendo.

—Termina con eso —demanda.

Muevo la cabeza con un gesto negativo, sinceramente no puedo creer que haya llegado a este punto.

—No te quiero en High Garden hasta nueva orden —me dice Alex—. Esta casa se respeta y, mientras no aprendas a comportarte, no vas a entrar.

Mantiene la postura como un rey que solo abre la boca para dar órdenes.

—No más insultos a tu madre ni a Gelcem, como tampoco a Cho y a mi persona en este techo. No más conflictos con Rachel —exige—. Tampoco te quiero ebrio, agresivo y causando problemas. Eres mi hijo, pero no más. En tu casa haz lo que quieras, pero en la mía no.

Se hace un silencio total.

—¿Terminaste? —pregunto.

—Rachel va a vivir aquí y Gelcem también…

—No me lo expliques, no me interesa tu trastorno y tu afán de querer armar la familia que la vida te robó —le aclaro—. Con la única persona que cuento es conmigo mismo. El término «familia» murió con Reece Morgan.

—Tu papá siempre he sido yo, no él. —Se enfurece cuando me levanto—. Puede que no te guste, pero solo nos tenemos el uno al otro. A ninguno de los que están afuera les interesa lo que pase con nosotros.

—Eso es lo que crees —replico—. ¡Kilos y kilos de estiércol es lo único que tenemos tú y yo, así que mejor calla!

—No he terminado, Christopher —espeta en lo que busco la puerta.

—Yo sí.

Abandono la propiedad, Tyler se apresura a uno de los vehículos y cierro la puerta dejando que arranque. Los demás escoltas lo siguen.

Son pocos los que entienden que ser coherente y acertado es una opción de vida que los acaba matando, porque son corderos en una manada de fieras y, como en la naturaleza, solo el más fuerte sobrevive.

Dando amor no voy a lograr nada, siendo como Bratt o Gelcem menos. No deseo nada a medias, no soy una buena persona y no me interesa serlo.

Observo la carretera a través del vidrio polarizado, irme no fue porque se ausentara mi madre; me largué porque quise y lo que pretendía ser un acto para joder al ministro, terminó siendo una cualidad de cuna.

El comando me recibe casi una hora después. Leonel y Kazuki están de visita para la reunión que habrá después del mediodía.

No subo a mi alcoba, solo busco la habitación de cambio donde me pongo el uniforme. Lo de Philippe no me tiene contento, la mafia cree que puede hacer lo que le dé la gana aquí, parece que les hace falta que les recuerde quién soy.

Di órdenes ayer, las cuales deben cumplirse hoy. Con el camuflado y las botas puestas, salgo al campo abierto. Le hago frente al ejército que me espera, son más de quince mil hombres, soldados, gente que si se tuerce me hará caer en picada.

Los soldados de la Élite están en una línea aparte. En todo comando siempre son los que están más cerca del coronel. Todos saben por qué están aquí y es para depurar la basura que entorpece. Me acerco y se alinean en lo que me dedican un saludo militar.

—Se dice que la mafia marcha en mis filas —hablo para todos—. Débiles en un mandato diseñado para los mejores.

Mantienen la posición y doy un paso al frente.

—¡Débiles, ratas, mierdas, porque los fuertes no se venden, no mendigan! —les grito—. ¡Si sabes lo que vales, ve y busca lo que mereces, yo fui por ello y ¿qué gané?!

Pregunto y nadie contesta.

—Me gané el orgullo de decir que soy el coronel Christopher Morgan Hars; economista, piloto, políglota. Francotirador con título en Administración Militar —empiezo—. En mi pecho relucen medallas de combate, tiro, audacia, estrategia, servicio en guerra internacional, fuerza área, fuerza naval, fuerza terrestre, estrella de oro, operaciones especiales, supervivencia, lazo azul por narcotráfico, lazo negro por derrumbe a red de pedofilia, lazo rojo por trata de blancas...

Mantengo mi posición.

—Número uno en capturas, número uno en medallas obtenidas versus tiempo de servicio. Sobreviví a Afganistán, Siria, Somalia, Yemen y a la mafia italiana.

Rompo posición.

—Mi mérito es propio y, como sé lo que valgo, siempre voy por lo que merezco y es no trabajar con basura —espeto.

Me acerco a la primera fila.

—No soy un héroe de guerra, soy el ejecutor que acaba con aquellos que van contra las leyes que me rigen —espeto—. ¡Y el que no me sirva se va!

Siguen firmes sin pronunciar palabra.

—¡Me van a demostrar por qué están aquí! El que flaquee se larga, porque si es débil físicamente, ¡su cabeza no tiene más que bazofia! —manifiesto—. Si sobrevives y, aun así, te quieres vender, eres un completo marica, porque el entrenamiento no es nada comparado con el castigo.

Se preparan y los de la Élite se esparcen por las filas.

—¡Que su madre rece por ustedes, perras desagradecidas! —Gauna toma la vocería—. ¡Aquí solo sobreviven los que sirven!

—¡A la pista todo el mundo! —ordeno.

—¡A depurar se dijo! —secunda Gauna.

El miedo se siente en el aire y todo el mundo corre al campo abierto más cruel del comando: ciento cuarenta y siete pruebas, las cuales se deben pasar sin flaquear.

—¿Son soldados o zorras lloronas?! —empiezo—. ¡Con gallinas no cargo!

El evento atrae la atención del resto del comando, cadetes de primera línea, miembros del Consejo y agentes de Casos Internos.

—¡Tú no sirves, lárgate! —Parker empieza a sacar—. Recluso 732 se larga también.

Caen los primeros y no me importa quién los aceptó aquí, ahora no estoy para lidiar con débiles.

—Ve a llorarle a la perra de tu madre. —Saca a uno de la pista cuando se cae—. ¡Largo!

Es psicología, los que sufren de miedo son los primeros en venderse.

—¿Número? —le pregunto a uno al azar.

—Ciento sesenta y tres.

—Ciento sesenta y tres flexiones de codo con doble palmada y recuérdame los putos pilares que les inculcaron. —Escojo a cien—. ¡Al suelo!

Apoyan las manos en el césped.

—Aguerridos, audaces.

—¿No tienen bolas? ¿Por qué me murmuran como niñatas? —inquiero—. ¡Más fuerte!

—¡Rectitud, compromiso!

—¡Más fuerte!

—¡Abnegación, lealtad!

Los dejo con Laila Lincorp, quien llega a encargarse de la tarea.

Lizbeth Molina está a prueba con Gauna. Ya le dieron salida y la pusieron de nuevo en las filas. Viví estas depuraciones cientos de veces en Nueva Guinea, y así es como se labra el carácter, puesto que en la guerra no queda vivo el que se cae a la mitad de la prueba.

El que se va a negar a venderse es quien llega al final con la espalda ensangrentada, porque, si le cuesta quedarse, valorará el puesto todos los días, ya que le costó sudor.

—Cinco minutos para la segunda secuencia —dispongo—. ¡El que no está en la línea amarilla se larga!

Me meto en los fosos terrestres, canales donde la claustrofobia es tanta que si no se tienen cojones te ahoga.

—¡No los estoy oyendo, partida de imbéciles!

Arma de doble filo, porque el pánico no se disfraza y sale en la voz a la hora de cantar. Muchos cierran los ojos gritando:

«Te voy a enseñar a más que disparar, te voy a enseñar cómo me place al enemigo aniquilar. Vas a sentir el placer de destruir a aquellos que ponen a inocentes a sufrir».

—¡Más fuerte!

—¡Vamos, tropa! —alienta Patrick.

«Soy frío como el hielo, me río del dolor, no tengo compasión porque soy un militante que marcha con honor».

—¡De nuevo!

«Prepara tu maleta, tu explosivo y tu fusil, y entra al infierno disparando antes de que ellos atenten contra ti».

Se quedan cincuenta, avanzo con el siguiente grupo y me monto en el avión que me espera.

—¡A morir como soldados!

Las aeronaves se alzan en el aire, los pone cara a cara con el vértigo debido a las maniobras, son simulacros de ataque.

Se lanza el primero y desde abajo se desencadenan los disparos de prueba, el sonido y la velocidad es para infundir miedo. En la guerra te lanzan balas de verdad y debes tener control del paracaídas. Los que quedan pasan a la prueba de explosivos.

—¡Dos minutos es mucho tiempo para armar un fusil; de aquí a que lo armes ya habrán matado a cuatro de tus camaradas! —impone Bratt.

—Señor, sí, señor.

—¡Tienes veinte segundos!

Sincroniza el tiempo.

—¡No sirves, quedas fuera! —Lo saca Simon.

Las horas se alargan y las lágrimas quedan en el campo con la presión, con el maltrato lleno de crueldad. Hasta los que no están lloran con el sollozo de los que piden una segunda oportunidad.

—La fortaleza se basa en cuánto aguantas y qué estás dispuesto a hacer para conseguir lo que quieres —dispongo—. ¡Si quieren estar aquí, tienen que ganárselo!

Las mangueras de agua golpean en plena prueba, los explosivos estallan en el terreno y los reclusos retroceden llenos de golpes y arañazos. Cojos que trepan y se niegan a caer, personas con la ropa deshecha.

—¡Lo fácil no vale la pena! —recuerdo lo que tengo claro.

Los soldados de la Élite mantienen la presión, pese a las súplicas, pese a las condiciones precarias.

—¡Es aguantar y seguir! —anima Simon—. ¡Hay que seguir y seguir siempre, es lo que nos hace los mejores!

Los que quedan no son ni la sombra de lo que entró, muchos se limpian el rostro con los harapos que les queda como ropa.

—Ya no son afros, latinos, asiáticos, nativos o donde sea que vengan —hablo—. ¡Son soldados! ¡En mi ejército su único color es el negro que tienen en el uniforme y el único objetivo es cumplir con lo que se les ordena! ¿Entendido?

—¡Sí, mi coronel!

—No aplico perdón y olvido porque el enemigo nunca tendrá compasión conmigo, y mi ley es: mata antes de que te maten. Mata tú primero, porque a él no le va a temblar la mano —sigo—. ¡Los valientes hacemos lo que los cobardes critican!

Llego al corazón del ejército.

—¿Qué dejamos? —increpo.

—¡El alma en el campo de batalla! —responden al unísono.

—¡¿Qué imponemos?!

—¡Orden!

—¡¿Con quién están?!

—¡Con usted, mi coronel!

Miro a Leonel Waters, que llegó y observa desde las barandas con Casos Internos.

—¡Rompan filas!

Tengo ganas de vomitar, la sien me palpita y el pecho se me comprime de golpe, no he comido nada y tampoco es que me apetezca.

—Mi coronel —un soldado se me planta enfrente—, el ministro convocó una rueda de prensa con carácter urgente, los otros dos candidatos ya se están preparando.

Me muevo a cambiarme, los pensamientos lascivos y el dolor en el miembro no se van. Gema me está esperando en el pasillo cuando salgo y me uno a ella, que camina conmigo rumbo a la salida. Está vestida de civil con un traje negro, está demasiado maquillada por las cicatrices que tiene en la cara.

—Buen entrenamiento —comenta en lo que bajamos—. Liz la superó todas, demostró que su fortaleza no le da para ser una traidora.

Es poco lo que escucho, estoy demasiado mal, me acabo de bañar y estoy sudando otra vez.

—¿Se sabe quién le entregó la información a Casos Internos? —pregunto.

—Aún no.

Saca el cofre, que abre, y me muestra mientras caminamos.

—Medalla a la lucha por el maltrato infantil y femenino —explica—. Me la dieron hace cuatro días y te subió un cuatro por ciento en las encuestas. Dos pasos de ventaja, porque Leonel está a nada de alcanzarte.

Me detengo cuando el dolor de cabeza repentino me detiene.

—¿Qué tienes? —indaga Gema—. Parece que llevaras una vida sin dormir.

—No sé.

—¿Qué hago para que te sientas mejor? —se preocupa, y quisiera que esas palabras salieran de la boca de otra.

—Nada. —Sigo andando.

Los medios internos están en el salón, el Consejo se mantiene en primera fila al igual que Leonel Waters y Kazuki Shima, quien, vestido de negro, se mantiene en los asientos de adelante.

—Coronel, ¿cómo están las cosas con la futura primera dama? —Se me acerca uno de los medios internos—. Aún no la presenta y estamos a la espera de ello, ¿lo dicho meses atrás sigue en pie?

—Claro que sí —responde Gema—. Solo hay que tener paciencia y esperar.

Continúa conmigo y tomamos asiento juntos.

—Ellos quieren verte comprometido —me dice la teniente—. Tienes que dar la noticia antes de las elecciones. Cristal Bird dice que el día en el que se anunciarán las fórmulas electorales es un momento perfecto.

Varios agentes de los medios pasan por mi lado cuando Rachel se hace presente.

—Teniente James, ¿cómo fue su encuentro con el líder de la mafia? —le preguntan mientras tomo asiento en mi puesto.

—Explosivo y traumático —contesta ella—. Espero que les haya quedado claro que sus ataques solo me vuelven más fuerte.

—Está en todos los canales digitales, generales han manifestado públicamente que la quieren en sus filas. ¿Cómo se siente con eso?

—Feliz por la cara que ha de estar poniendo mi padre y mi familia.

—¿Ha considerado entrar a la rama administrativa? —siguen—. ¿El título de viceministra significa algo para usted? Olimpia Muller hizo un comentario sobre eso hace unos días, dijo que merecía un buen cargo en la rama como el que tiene ella, por ejemplo.

—Algo oí en la mañana, me honra mucho que haya dicho eso, no he tenido tiempo de hablar con ella. Espero hacerlo pronto.

Todos ponen la atención en Alex, quien trata de llegar a la tarima.

—Ministro, ¿la cercanía y el apoyo a la teniente James se debe a la amistad con el general Rick James?

—No, solo me gusta ser la envidia de todo el mundo.

Todos sueltan a reír, y Gema rueda los ojos a mi lado.

—Esto me huele mal —murmura—. Pobre Sara, no se lo merece.

Olimpia Muller aparece en la tarima, Alex se va con ella mientras el espacio se termina de llenar. Wolfgang Cibulkova y Carter Bass se sientan en los asientos que están al otro lado, Rachel se mantiene con la Alta Guardia, Patrick se ubica en el asiento vacío que está a mi lado en lo que el resto de los capitanes saludan a los generales que se suman.

—¿A qué va esto? —pregunta Patrick—. No estaba programado en ningún lado.

—No sé.

No dejo de sentirme como una vil mierda, la gente se organiza y Alex se pone al micrófono minutos después.

—Sé que todos están con dudas por la convocatoria repentina —empieza el ministro—, pero esto es justo y necesario después de los últimos acontecimientos.

Fijo a Rachel en mi radar, mi estado empeora como si me enfrentara a una abrupta metamorfosis. El sudor me recorre el cuello con la imagen de ella, derecha y luciendo la falda de cuero que trae.

—Hay una pirámide que pone en tela de juicio a los tres candidatos que tenemos, Casos Internos está siendo investigado por difamación —continúa Alex—, y esto se ha dañado tanto que desconfío hasta de mi propia sombra.

Los murmullos no se hacen esperar.

—No fue fácil tomar esta decisión, sabemos que esto atropella el esfuerzo de muchos, que echa a la basura todo lo conseguido hasta ahora. —Hace una pausa—. Es algo que lamentamos, pero junto con el Consejo he tomado la decisión de alargar mi mandato cuatro años más…

Siento que me arrojan un balde de agua helada, la rabia me pone a palpitar las sienes.

—¿Se volvió loco? —se queja Gema.

—Mi hija murió en esta candidatura. —Kazuki es el primero en alzar la voz—. No es justo que hagan esto en un punto tan culminante, ministro.

—No quieres soltar el poder —contraataca Leonel—. Haces esto porque estoy a nada de ganarle a su hijo.

Los presentes se levantan y la sala se descontrola, dado que las personas que apoyan a los candidatos empiezan a quejarse. Patrick se queda sin saber qué decir y no hace más que mirarme.

—Casos Internos tenía razón, estamos frente a una oligarquía. —Lo señala Leonel—. ¡No más Morgan!

—¡No más Morgan! —lo apoyan atrás uniéndose en un solo coro—. ¡No más Morgan!

Los medios internos empiezan con las fotos.

—No voy a dar más declaraciones al respecto —dice Alex.

Make Donovan lo cubre, Rachel lo sigue cuando se levanta y no puedo sentirme más estúpido. Todo lo que he hecho lo está tirando a la basura como si mi esfuerzo no valiera.

—Christopher…

Aparto la mano de Gema, quien me toma cuando me levanto.

—Hey. —Patrick se me viene atrás.

Busco al ministro que toma la puerta que está detrás de la tarima, el Consejo lo sigue y la guardia trata de calmar a la gente que sigue alegando. Apresuro el paso y empujo a los escoltas hasta alcanzar a Alex en el pasillo donde está con Rachel y Olimpia Muller.

—Cuando te calmes, hablamos —me dice cuando me ve—. Ahora no diré nada.

—¿Qué vamos a hablar? —Lo empujo—. ¡¿Cómo vas a justificar el que me tomes como una puta marioneta?!

—Déjenlo —les pide a los escoltas que tratan de apartarme—. Te lo iba a decir y no me quisiste escuchar.

—¿Fuiste a mi casa a hablar conmigo para qué? ¿Para hacerme perder el tiempo y luego alardear que eres mejor que yo, quedándote con el puesto?

—Es por tu bien, Christopher —me miente—. ¡Lo hago para protegerte y no lo entiendes!

—¡No, esto es para seguir haciendo lo que te place! —le grito—. ¡Para seguir pisoteándome porque no aceptas que tengo el criterio de estar por encima de ti! ¡Eres un maldito malnacido!

Retrocedo cuando trata de acercarse.

—¡Yo no soy tu enemigo! —espeta—. Yo no te odio, no te repudio ni quiero entrar en guerra contigo. Esto es lo mejor para todos.

—Siempre haces lo mismo, te impones sobre mí, aun sabiendo que soy mejor opción que tú en este momento.

—Si tan solo me entendieras una vez en tu vida…

—No, no me da la gana de entenderte —le suelto—. Lo único que tengo claro es el asco que me da venir de ti.

Me devuelvo, sus palabras no causan más que repulsión, y esto no es novedad en alguien como él.

—Ministro —reconozco la voz de Rachel—, no salgas, por favor.

—Escúchame. —Me sigue él—. ¡Christopher!

Alcanza a tomarme de la manga y me suelto entrando en la multitud que ha armado un alboroto.

—¡Es peligroso, ven conmigo!

Los escoltas hacen su trabajo, tratan de que el gentío no se nos venga encima, los gritos se hacen más fuertes y reclaman tal decisión. No sé de dónde llegó tanta basura, los de los medios internos alzan los móviles con preguntas y las pesadillas que he tenido se hacen presente, y eso a pesar de que tengo los ojos abiertos.

—¡Christopher! —me suplica atrás cuando estoy por salir.

—¡Ministro! —grita Wolfgang Cibulkova de la nada y…

Dos tiros me paralizan, la gente retrocede asustada y un escalofrío se perpetúa a lo largo de mi cuerpo cuando volteo.

—Chris...

El ministro corta el nombre cuando dobla las rodillas en el piso con una mano en el pecho ensangrentado, mientras que con la otra trata de alcanzarme.

—¿Papá? —Es lo único que logro pronunciar.

82

Animal: fase 2

Christopher

No pierdo de vista la escena que se siente como si una granada me explotara en el pecho volviéndome pedazos, los gritos se oyen como algo lejano en lo que Alex cae al suelo. Rachel llega primero que yo y saco el arma cuando mis reflejos captan las intenciones de los que desenfundan armas contra mí, tratan de acercarse y me pierdo en el mar de caras que me miran.

—¡Es tu culpa! —me grita Rachel en el piso—. ¡Maldito animal, has matado a tu propio padre!

—¡Que nadie se acerque! —demando con el arma en la mano—. ¡Atrás todos!

Tiemblo lleno de rabia, los que están retroceden cuando suelto proyectiles en el mármol.

—Tú también, ¡quítate! —le exijo a Rachel—. ¡No lo toques!

—Esto era lo que querías, es lo que siempre quisiste. —Rompe a llorar—. ¡Lo has dañado todo!

Le insisto en que se quite, pero no me hace caso y Patrick es el único que se atreve a arrastrarla lejos de Alex mientras ella me sigue gritando.

—¡Eres tú el que tiene que morir! —continúa—. ¡Tú, no él!

Caigo en el suelo, el ministro se está desangrando en el piso y meto el brazo bajo su cuello. La sangre tibia me empapa las rodillas.

—Escúchame —le pido—. Pon atención a lo que te voy a decir.

—No dejes a Rachel sola. —La sangre le tiñe la boca—. No puede quedarse sola.

El miedo me apaga los sentidos, quieren acorralarme y la ira que me corroe se siente como tener un infierno ardiendo bajo la piel.

—¡Que nadie se acerque! —Alzo el arma otra vez—. ¡Partida de hipócritas! ¡Se acercan y los mato a todos!

Alex agoniza en mis brazos. Los murmullos no cesan, hablan al mismo tiempo en lo que él se aferra a mi camisa y yo al traje que tiene.

—Chris —le limpio las lágrimas—, te amo, aunque creas que no, coronel.

Lo traigo contra mi pecho y lo aprieto con fuerza, siento que el mundo me da vueltas en lo que lidio con la herida que les da salida a todos mis monstruos.

—No son fuertes, no son nada —musito—. No te van a matar. ¡No vas a morir!

Me quito la chaqueta y hago presión en la herida, miro a todos lados sin saber qué más hacer. Los escoltas les están apuntando a todos, Simon tiene a Wolfgang Cibulkova en el suelo, y Patrick a Rachel.

—Coronel…

Alzo el arma, la vida de Alex se me está yendo de las manos y no sabía que eso era algo que no me podía permitir.

—Todo el mundo atrás —espeto— ¡Dejo sin sesos al que se acerque!

Parker llega a darme respaldo, trata de que los presentes retrocedan. La fuerza que ejerce Alex en el agarre me dice que sigue vivo.

—Me conoces. —Joset Lewis alza las manos para que las vea—. Deja que te ayude.

Bratt sostiene la camilla de emergencia que me muestra.

—Hay que llevarlo al hospital —sigue el papá del capitán—. Te vi crecer, aprecio a Alex, así que deja que lo ayude.

Permito que se acerque, tengo que sacar al ministro de aquí.

—Maniobra de emergencia —ordeno, y en segundos tengo a la Alta Guardia a mi alrededor.

Con la ayuda de Joset Lewis subo al ministro a la camilla, los escoltas lo levantan en lo que yo vuelvo a hacer presión en la herida. Patrick llega a respaldarme y se encarga de sostener uno de los lados de la camilla.

—Aseguren las puertas —ordena Gauna cuando salgo—. Nadie más va a salir de aquí hasta nueva orden.

Los soldados que me ven se suman y se afanan por abrirme paso al hospital. El papá de Bratt me habla y no logro captar lo que dice, dado que lo único que quiero es un médico para Alex.

El personal del centro médico me recibe y rápidamente cambian al ministro de camilla.

—Está mal. —Escucho no sé en dónde—. Su pulso es débil.

Me empujan, quieren que salga del sitio donde lo ingresaron, los que están hacen de todo por salvarle la vida y a un par de metros observo cómo de las heridas de bala no cesa de brotar sangre. Dejamos de vernos poderosos cuando nos hieren.

—Entró en paro —alertan—. ¡Hay que reanimarlo!

La poca humanidad que me quedaba es como el agua que se escapa de un frasco roto, los gritos de todos me congelan, los recuerdos aparecen y me veo a mí mismo de niño, esperando a Alex en la orilla de la cama con un radio entre las manos.

—Soldado Morgan, ¿sigue despierto?

—Aquí, soldado Morgan, deme su posición, coronel.

—Abriéndome paso en el cielo de Bangkok.

Palabras suficientes para dormir. Patrick me pone contra la pared en el mismo momento que en el interior le ponen el reanimador a mi padre.

—Hermano, yo estoy aquí para ti, así que tranquilo. Todo va a salir bien —me habla el capitán —. Pase lo que pase, tienes mi apoyo y lo sabes.

El primer intento de revivirlo no funciona.

«Mis triunfos son para compartirlos contigo». Diez años.

Dos intentos.

«Se llama Zeus». Catorce años.

Tres intentos.

«Eres mi pilar más importante». Veintiséis años.

Aferro la mano al arma en lo que lidio con las cortadas que me matan de adentro hacia fuera.

Cuatro intentos.

—¡Hay pulso! —capto.

—Hay que estabilizarlo y prepararlo para el traslado al hospital militar —dicen adentro.

Patrick me palmea los hombros y me pide calma. Joset Lewis habla de mandar a preparar el helicóptero y todos se ponen en ello, hasta yo, que me pego a la camilla con la que lo suben a la azotea.

Dos médicos suben primero, al igual que Joset Lewis.

—Sube —le ordeno a Patrick, quien sigue a mi lado—. Evacúen el piso donde estará y cierren las entradas.

—¿Adónde vas? —me pregunta y no le contesto.

—Solo sube —demando—. Mantenme al tanto de todo lo que pase.

Make Donovan aborda la aeronave con cuatro soldados de la Alta Guardia. Patrick obedece sin refutar y se va en la aeronave, que alza el vuelo.

—Señor —me habla Tyler Cook en la primera planta—. ¿Quiere que lo ayude en algo?

Me sigue junto con los hombres que se quedaron y camino rápido al sitio de los hechos. Varios uniformados tienen el área rodeada. El arma que tengo en la mano no les da para preguntar, solo se mueven cuando busco la entrada, empujo las puertas y entro.

Los presentes se vuelven hacia mí.

—¡Christopher! —Kazuki Shima toma a Gema cuando intenta acercarse.

Rachel está con Simon, quien la mantiene abrazada, ya que no deja de llorar. Parker, por su parte, custodia a Wolfgang, a quien tienen esposado en la tarima.

—Estas son las consecuencias de una tiranía —capto el murmullo de Carter Bass—, hay gente que se cansa.

El silencio reina mientras camino, soy la persona a la que todo el mundo mira: el Consejo, los soldados, los agentes de los medios internos…

—Coronel, suelte el arma antes de acercarse al sospechoso —pide Gauna, y la pistola cae mientras que el irlandés se ríe esposado.

—¿Se murió tu querido papá? —pregunta—. ¿Tu abuela y tu tío lo están recibiendo en el infierno?

Me guardo lo que iba a decir.

—Muerte a los Morgan…

Calla con la hoja de la navaja que le entierro en el centro de la garganta.

—Muerte a los Mascherano, a sus hijos y a los hijos de sus hijos —le digo—. Díselo cuando los veas en el otro lado.

Los soldados retroceden sorprendidos al ver como la hoja baja y abre la piel hasta que toco el hueso de la clavícula y se la dejo incrustada en la garganta. Éxtasis puro es lo que me recorre las venas con su caída.

—¡Arréstenlo! —grita Leonel—. ¡Ha matado en el comando!

Casos Internos alza las armas, al igual que los hombres que respaldan a Leonel, cosa que me da igual, porque no me importa su gente como tampoco las armas que me apuntan.

—Mi sangre no se derrama en vano y no me voy a dejar coger los huevos —espeto—. ¡Atentan contra la vida de mi padre y deducen que me voy a quedar quieto!

Me acerco a la orilla de la tarima.

—Grábenlo, tómenle fotos y publiquen que Christopher Morgan hace lo que pocos se atreven y es atacar de frente —declaro—. Ustedes temen, yo no, y, si quieren sangre, ¡sangre les doy!

Leonel sale de la fila con el arma en la mano.

—¡Mátenlo! —me apunta al pecho, y mis soldados responden apuntando contra él.

—Baja el arma —le exige Simon—. ¡Bájala o disparo!

El candidato me mira con rabia, el Consejo igual, al ver cómo los uniformados del comando me respaldan con las armas en alto, tanto los que custodian la entrada como los que están en la segunda planta.

—¿Olimpia? ¿Gauna? ¿Bratt? —pregunta el abuelo de Meredith Lyons—. ¿Qué hacen?

—Londres es mi territorio, y atacar a Alex es una declaración de guerra que con mucho gusto acepto. —No pierdo de vista a Leonel.

—¡Baja el arma, Leonel! —pide Olimpia Muller—. Lo está demandando la viceministra.

El candidato baja el arma y los demás lo siguen uno por uno, mientras desciendo de la tarima y recojo el arma que tiré. Carter Bass está en silencio y lo encaro.

—Dile a Philippe que para atacar se debe conocer al contrincante y él ni me distingue.

Me encamino a la salida y no me voy solo, me llevo a Rachel conmigo a las malas. Tyler me sigue, al igual que la Alta Guardia.

—Sabías que no podía salir, y lo provocaste. —Rachel empieza a pelear.

No la suelto; por el contrario, la tomo con más fuerza.

—Suéltame —forcejea—. No quiero ir contigo a ningún lado.

—Coronel, déjela. —Me alcanza Gelcem en el estacionamiento.

La mujer que tengo busca la manera de irse con él, se suelta y le quito el seguro al arma que traigo cuando corre a su sitio. Le apunto al soldado que no sé qué mierda se cree al estar metiéndose donde no lo han llamado.

—Lárgate —espeto.

—¡Ya basta, Christopher! —me exige ella.

—Sabes lo que va a pasar si no te mueves al auto.

—Dije que no voy a ir.

—¡Teniente, aborde el vehículo, por favor! —interviene Dalton Anderson cuando pongo el dedo en el gatillo.

La rabia me tiene las venas ardiendo. Gelcem retrocede, Tyler toma a Rachel y la lleva al vehículo. La ira no es amiga de nadie y yo ahora no respondo por nada. Cierro la puerta y el soldado que conduce arranca. Tengo la camisa completamente empapada por el sudor, la cabeza me palpita y detecto el pulso a mil. Rachel se va contra la otra puerta y, agitado, contesto la llamada que me entra.

—Acabé de aterrizar, el ministro entrará al quirófano —me avisa Patrick al otro lado—. Hay que extraerle los proyectiles lo antes posible.

—Saca a los que no tienen nada que ver contigo, el piso debe estar vacío —ordeno—. Arma un perímetro que cubra veinte manzanas a la redonda, que ningún vehículo se acerque o ronde por el edificio en lo que Alex está ahí, ya voy en camino.

—Como ordenes —cuelga.

Guardo el aparato. Tengo todo en potencia y la ira dispara mi dependencia.

—Sube el vidrio —le ordeno al uniformado que conduce.

El cristal insonoro y polarizado empieza a subir. Dejo el arma de lado y desabrocho la pretina, que me aprieta, abriéndole paso a la polla erecta que no deja de palpitar. La tengo húmeda con los jugos previos a la eyaculación.

Me estimulo, pero no me basta, ya que tengo demasiadas ganas, Rachel sacude la cabeza, tomo su muñeca y tiro de esta arrastrándola hacia mi puesto.

Pone resistencia, pero mi fuerza la trae a las malas.

—¿Tienes miedo? —Rozo sus labios cuando quedamos frente a frente—. ¿Está temblando, teniente?

Respiramos el mismo aire y nos fundimos en un solo aliento.

—¡Suéltame!

¿Soltar? Atrapo su boca, le rodeo el cuello con el brazo mientras mi otra mano le sujeta la garganta. Trata de morderme, de defenderse, pero el agarre firme le limita los movimientos cuando la sumerjo en un beso violento que le deja los labios rojos.

—No…

Planto sus manos sobre mi erección, la fuerzo a que la tome, la sigo besando y me niego a que la suelte. Dejo que tome aire y retomo el beso. Siento una sed innata, la cual no merma con el sabor de sus labios.

—No la sueltes —exijo en lo que arrastro la mano por su torso, bajo la blusa y saco el pecho que estrujo con fiereza.

Mi corazón es un motor y mi cabeza el segundo círculo del infierno. Me abro paso entre sus piernas, meto los dedos en el encaje de las bragas que tiene puesta y me empapo de su humedad antes de llevarme los dedos a la boca.

El sabor de su entrepierna me pone peor y la empujo contra el asiento; como puedo, le subo la falda: quiero algo y no me cohíbo. Mi estado no está para esperas, así que le doy rienda suelta a todo y rompo las bragas que le cubren el coño.

Deseo tanto esto…, el coño que acaricio… Insiste en que me quite, pero la ignoro, su humedad me dice que está lista para mí y son tantas las sensaciones que debo sacudir la mano sobre mi miembro en lo que bajo en busca del coño que lamo con devoción.

Todo, cubro todo, sus labios, arriba, abajo, completa. Tengo tantas ganas y ansias que lo demuestro con cada lengüetazo, absorbiendo lo que desprende.

Gime en lo que se abre más y paso el pulgar por su clítoris. La dependencia enfermiza hace que sea adicto a su cuerpo.

—No más… —gimotea al tiempo que ondea las caderas.

Vuelvo al coño al que me aferro. Por más que quiera negarlo le gusta y me lo hace saber con la forma que tiene de moverse. Meto dos dedos y vuelvo a sacudirme la polla, el derrame me queda en el borde de esta. Mi cerebro no diferencia qué es más placentero y por ello no deja de lado ninguna de las dos cosas.

Subo por su abdomen y vuelvo a prenderme de sus labios; como puedo, me acomodo entre sus piernas, mi polla queda en su entrada y empujo dentro. Avasallo la boca que extraño cada maldito segundo de mi vida y la beso como si no hubiera un mañana.

Nuestras lenguas se tocan de forma desenfrenada mientras me muevo de arriba abajo en lo que follo a la mujer que gime. La siento mía de tantas formas que su cuerpo es como el templo que resguarda todos mis deseos carnales. Chupo los labios rojos, beso su cuello y el mentón, mientras me sigo moviendo hasta que desato el orgasmo que la aferra a la tela de mi camisa, tensa las piernas y, estando sobre ella, la vuelvo a besar. En verdad siento que me está matando desde adentro.

Salgo de su interior, me acomodo en la silla, la dejo de nuevo a la altura de mis ojos y nuestros labios se vuelven a unir. Algo me incita a querer hacerlo todo el tiempo, follarla, besarla, prenderme de sus pechos, lamer su excitación, vivir con ella a lo primitivo, a lo antiguo.

Poso su mano en mi falo, hago que se mueva sobre este y me masturbe mientras la sigo besando. Quiero sentirla de todos los modos posibles, que no se aleje y se mantenga a mi lado, porque es mía. Aferro los dedos a la muñeca que agito una y otra vez con firmeza. Necesitaba tanto esto y sentirlo es como darle agua a quien lleva días en el desierto. No dejo de besarla en lo que mantengo el brazo alrededor de su cuello y su mano moviéndose sobre mi miembro.

—Sí, así —musito contra su boca, mi mano cubre la suya y el derrame se extiende sobre ambos.

Observa lo que acabo de desatar. La polla me cae sobre el abdomen y limpio todo con las bragas que le acabo de quitar. La dureza no me baja; como puedo, subo el elástico del bóxer y abro el panel de arriba, tratando de que el aire fresco me aclare la cabeza, pero no lo logro.

La mujer que tengo al lado aparta la cara y la obligo a que me mire.

—Dilo —le pido.

—Lo de Alex fue tu culpa, que lo nuestro se acabara también y, cuando ves que las cosas se te salen de control, buscas la manera de forzarlas —espeta—. Nunca piensas.

La ira late en mi pecho.

—¡¿En qué mundo vives?! —increpo—. ¿Crees que el Christopher que viste atrás iba a borrar este? ¿Que una palabra va a borrar lo que soy?

Busco el arma que dejé al costado.

—Lo que he dicho y hecho no apacigua mi naturaleza. Por muy grande que creas tener la corona, conmigo se te cae, porque ante ti no me arrodillo.

—Quito el seguro de la pistola que le entrego—. Tortúrate tú, amárgate, vive a medias, pero conmigo no cuentes. Por mi parte no esperes sacrificios absurdos.

Los ojos se le empañan cuando pongo el arma en el centro de mi pecho.

—Quiero tres tiros contundentes que me envíen directo al infierno. —La miro a los ojos—. Esta es la única forma de detenerme y de acabar con las cosas. Antoni no es el único villano, y lo sabes; por ello, procede a matar a la bestia que tanto odias.

Intenta apartar el arma y la sujeto con fuerza.

—Dispara —exijo—. No me pidas que me aleje, porque no lo haré, así que mátame y sácame de tu vida.

Le pongo el dedo en el gatillo.

—¿Me amas? —pregunto—. ¿Por eso no lo haces?

Necesito que lo diga y lo vuelva a asumir.

—Señor, estamos a dos minutos —avisa el escolta que conduce.

Rachel busca la puerta cuando el auto se detiene y no la dejo salir, la traigo y la vuelvo a besar, nada calma mi necesidad de ella.

Abren la puerta, ella me empuja, se adelanta y sale mientras que yo preparo mi arma.

—Encierra a Sara, Gema y a Marie en el *penthouse* —le ordeno a Tyler—. No pueden salir de allí hasta que yo lo disponga.

—Como ordene, señor.

Me sumerjo en el hospital militar, donde casi todo el personal está en la primera planta. Tomo el brazo de Rachel y la conduzco al ascensor de cristal que me lleva a la última planta.

Los sillones grises que acostumbran a estar llenos con la gente que espera, ahora están vacío.

—Necesito un resumen del estado de Alex —les ordeno a los médicos que aparecen—. ¡Ya!

—Está en cirugía, coronel —informan—. El estado es delicado, dado que la presencia de la bala en el cuerpo ha causado una significativa pérdida de sangre. Afortunadamente, el otro disparo atravesó la caja torácica sin ocasionar daño a ningún órgano vital.

Patrick se acerca con Joset y los soldados que vinieron.

—Necesito una habitación con vidrio blindado, como máximo dos médicos a su cargo, dos profesionales que deben ser los mejores —le digo al médico, que asiente—. No quiero pacientes aquí ni en el piso de abajo. —Tras asentir una vez más, el médico se marcha.

No le doy tregua a Rachel, la mantengo conmigo en lo que pido que me guíen a la sala donde se lleva a cabo el procedimiento. No puedo entrar, pero sí observar desde el vidrio.

—El Consejo me necesita, y por ello debo irme. Si se requiere algo, avísenme —se despide Joset—. Estaré pendiente del teléfono.

—Lo acompaño —se ofrece Patrick—. Iré a recibir a los que están afuera.

Se van y pierdo la vista en los hombres que trabajan en el quirófano. Estoy siendo un blanco fácil, Philippe es nuevo, pero Ilenko no: el Boss de la mafia rusa es astuto, al igual que yo y al igual que el hijo de perra de Antoni. Algo me huele mal.

El pulso se me dispara cuando Alex entra en paro, los médicos vuelven a tomar el maldito desfibrilador que me dan ganas de patear.

—Coronel, por favor. —Una enfermera me señala el pasillo.

Sacudo la cabeza y Rachel se limpia la cara.

—Será más fácil para usted si no ve.

Niego, el desequilibrio regresa con el agudo dolor que emerge en mi tórax. Nunca sopesé esto, no creí que… La sala de quirófano se revoluciona y vuelvo a quedarme sordo.

—¡Es tu culpa! —Rachel me empuja estrellando los puños contra mi pecho—. ¡Si se muere, gran hijo de puta, cargarás con el peso para siempre! ¡Porque es tu culpa!

—¡Cállate! —Busco la forma de que se detenga y su mano impacta contra mi rostro.

—¿Cuántas veces lo hiciste sentir como una mierda? —me reclama—. A él y a tu madre, ¿para qué? ¡Para inflar tu maldito ego!

Rompe a llorar en lo que me señala.

—Solo. ¡Así es que tienes que terminar porque no te costaba nada comportarte como lo que eres! —Vuelve a empujarme—. ¡No te costaba nada ser lo que él necesitaba, y era a su hijo!

La dejo, me centro en el monitor que muestra una línea que sube y baja a medida que lo estabilizan; los del quirófano continúan y los minutos siguientes no hacen más que agrandar el vacío.

—El estado de su padre es delicado, coronel —informan—. Desde mi punto de vista, en estos momentos Hong Kong es el sitio perfecto.

Mueve la hoja que tengo atascada en las costillas. Asiento sin mirarlo.

—Me lo llevaré en la mañana.

—Los especialistas se van a preparar para...

—No requiero especialistas —espeto.

Me llevo a Rachel cuando me indican el número de la habitación al que lo van a trasladar. Patrick, Alexandra y Parker están en la sala de espera.

—¿Cómo está? —pregunta la mujer del capitán.

—¿Cómo va a estar? Es obvio que mal —contesta Rachel—. No cuidé a Reece y ahora fallo otra vez con Alex.

—Esto era algo que iba a pasar —interviene Parker—. Contó con suerte, la decisión que tomó era una muerte anunciada.

—Váyanse —pido, y traigo a Rachel conmigo.

—Nos vamos a quedar. —Patrick deja caer la mano en mi hombro—. Estoy para lo que necesites, recuérdalo.

—Daremos una vuelta de rutina y estaremos atentos a cualquier tipo de alerta —informa Parker, quien se mueve con Patrick y Alexandra.

Siento a Rachel en el sillón de la antesala que se le asigna al acompañante. Observo el florero que está en el centro de la mesa y me dan ganas de estrellarlo contra la ventana. La teniente no deja de llorar. Yo, por mi parte, me pego al teléfono a hacer las llamadas que necesito. «No puedo quedarme aquí». Salgo al pasillo a hablar con la persona que me contesta, le confirmo datos y ella se encarga del resto. En las horas que siguen, dispongo todo lo que se requiere para el traslado.

—Pueden acercarse y hablarle al paciente un par de minutos —informa la enfermera que aparece cuando vuelvo a la antesala—. Saber que alguien los quiere y espera, en ocasiones, contribuye a que despierten.

La mujer se hace a un lado para que la teniente pase; dudo en seguirla, no estoy acostumbrado a ver a Alex así. Rachel pasa, la enfermera me mira y cruzo el umbral, la puerta se cierra a mi espalda y no puedo apartar los ojos del cuerpo que está con sondas y oxígeno en la camilla.

—Estamos aquí para ti. —Rachel le besa el dorso de la mano—. Ahora y hasta que despiertes, porque debes despertar.

Respira hondo en lo que me mantengo en mi sitio.

—Te seguimos necesitando igual o más que hace unos días. —La voz se le quiebra.

Me muevo a ver el cuadro con el letrero, una insignia del hospital.

«Catorce años, un cachorro ladrando en el radio». «Soldado, ¿está ahí?».

Rachel sigue hablando y no me permito más emociones. El tiempo dentro de la alcoba es corto, y en la antesala me voy a la ventana, Sara me llena el móvil de llamadas que no contesto y termina llamando a la teniente, que la pone al tanto de todo.

—¿Necesita algo, mi coronel? —me pregunta Tyler.

Sacudo la cabeza y me centro en la mujer que sigue en el sofá.

—Tráele algo de comer, que nos vamos dentro de unas horas.

—¿Qué le apetece a usted?

—Nada. —Le entrego el dinero.

Se va y media hora después vuelve con las cajas de comida; se las da a Rachel.

—Gracias, Ty. —Ella le sonríe.

—Ya no llore más. —El soldado le da una servilleta—. Coma tranquila y confíe en que todo va a salir bien.

El escolta se va para que coma, y yo no hago más que observarla. Soy la víctima del maldito imán que me enciende las ganas de irme sobre ella, besarla y arrancarle la ropa.

—¿Qué pasa? —Deja la bebida de lado y vuelvo a poner la vista en la ventana. Las piernas se me cansan y busco un sillón, donde me siento.

La piel de la cara me arde, el dolor de cabeza no se va, como tampoco se van las inquietudes y la voz que me recuerda que debo irme lo antes posible. Miro el reloj, cada minuto juega en mi contra.

Una bolsa fría me toca la cara justo en la parte donde me abofeteó; pongo la mano sobre esta haciendo presión.

—¿Necesitan algo más? —pregunta la enfermera, que deja dos analgésicos en la mesa.

—Por ahora está bien así, gracias —contesta Rachel.

La enfermera se va sin decir más.

—No debí golpearte, lo siento —me dice la mujer que tengo al lado—, pero tengo mucha rabia contigo. Nunca asumes el daño colateral de tus palabras, las sueltas como balas y hieres todo el tiempo.

Recuesto la espalda en el sillón, no tengo cabeza para pensar en lo que dije y en lo que no. Ella toma las pastillas, me las mete en la boca y alcanza la botella de agua, la cual me entrega para que me las trague.

Bajo el envase cuando se levanta, no sé adónde va, pero la tomo y hago que se vuelva hacia mí. Queda contra mi pecho y busco su boca que acaparo con un beso. El éxtasis que me generan los labios que beso es como una droga que no me canso de probar.

—Respeta mi decisión —me corta, y me pone los dedos sobre la boca—. Se acabó.

Se va, actúa como si fuera fácil hacer lo que pide. El tatuaje me arde por momentos y termino en el baño, donde me echo agua en la cara. La tarde le da paso a la noche, y la noche, a la madrugada. Dalton Anderson llega con lo que se requiere para partir.

—Gelcem empacó lo que pidió. —Le entrega una maleta a Rachel.

Ella recibe el equipaje, con el que se mete al baño. No me mira cuando sale y procuro aplacar la rabia, firmando los documentos que me exigen mientras acondicionan todo en la avioneta en la que voy a partir.

Devuelvo los documentos y me muevo a la alcoba donde tienen a Alex.

—¿Por qué no despierta todavía? —pregunto.

—Fue un procedimiento agresivo, perdió mucha sangre y está débil —informa el médico—. La avioneta está lista. Si quiere mi consejo, lo mejor es viajar con un experto.

Lo dejo hablando solo, no voy a viajar con nadie. Hong Kong es demasiado predecible, todos los sitios lo son ahora, porque Philippe puede ser de los que se sienta a planear, pero Ilenko Romanov no y es un riesgo que no voy a asumir.

Rachel

El frío incomoda pese a estar bajo la calefacción de la avioneta. Las copas de los árboles están cubiertas de nieve y debo ponerle una frazada extra a Alex cuando la aeronave empieza a planear en un sitio que parece todo menos Hong Kong.

Miro por la ventanilla, confundida, ¿va a aterrizar? No estamos en el hospital; el tiempo y el panorama así lo indican, además solo llevamos seis horas de vuelo. Camino a la cabina donde el coronel está moviendo los controles.

—¿Por qué vas a aterrizar?

Calla y me obliga a sentarme cuando inicia el descenso.

—¿Dónde estamos? —increpo.

Sigue en silencio, es un idiota al que ahora le da por quedarse mudo. La brisa fría me quema los labios cuando se abre la puerta y efectivamente esto no es Hong Kong. «Como si la situación estuviera para improvisar».

Tomo el equipaje mientras los escoltas se preparan para bajar, nos respalda el escolta que siempre ha protegido a Alex, Make Donovan; de respaldo traje a Ivan Baxter, Dalton Anderson y a Tyler. Christopher no quiso traer a nadie más.

Acomodo la máscara del ministro, el pensar que puede llegar a morir desata escalofríos a lo largo de mi cuerpo.

—Christopher, Alex necesita atención médica de primera —le digo, pero vuelve a ignorarme.

Cuatro hombres esperan abajo, son civiles que no tienen nada que ver con la FEMF ni con Hong Kong. Parecen leñadores de la zona y ayudan con el equipo. El ministro se mantiene estable; sin embargo, aún no despierta. Miro a todos lados en busca de algo que me sirva de referencia para saber dónde me hallo; la pista está rodeada de árboles y lo único que medio se distingue es una casa a pocos metros.

No veo vecinos cerca, solo árboles de roble. Christopher se adelanta y asciende las escaleras de la vivienda que lo recibe. ¿Una casa corriente? ¿Con Alex en este estado?

Me mantengo al lado de la camilla que suben a la segunda planta, la Alta Guardia ayuda a conectar los equipos mientras que el coronel permanece en la puerta. Hasta ahora no hay signos de alarma; no obstante, me preocupa que sucedan imprevistos. ¿Qué voy a hacer si muere?

Cierra las cortinas y me aseguro de que el ministro esté bien antes de dejarlo con el hijo. Los hombres que llegaron a ayudar ya no están y el único ser extraño que veo es a la mujer de edad que está tendiendo las camas de la alcoba que se encuentra junto a la de Alex.

Con mi equipaje entro a la habitación que sigue. Está nevando y mis pies tocan la alfombra que tapiza toda la estancia cuando me quito los zapatos. Dejo la maleta en la cama doble. Busco el baño, donde tomo una ducha de agua caliente. El estrés me tiene con nudos en la espalda, por poco entro en colapso horas atrás y estoy tan cansada que siento que las sábanas me llaman cuando salgo. Es demasiado temprano para eso. «Alex necesita cuidados».

Me bebo las vitaminas que me empacó Stefan, tomo asiento en la cama y me quedo un par de minutos con las manos sobre el vientre. Con Christopher presente no puedo permitirme momentos como este. La herida de la pierna duele de vez en cuando, ya no cojeo tanto, pero hay ocasiones en que incomoda.

—Si nosotros sobrevivimos, el abuelo también —les susurro a mis hijos como si me entendieran—. Somos una familia que enfrenta pruebas a menudo.

Me seco el cabello en el baño y vuelvo al pasillo. La puerta de Alex está cerrada con pestillo, la mujer de edad que ronda me avisa de que Christopher está adentro. Podría tocar, pero si la cerró ha de ser por algo. Tomo asiento en el sillón que está frente a la chimenea. Lo que pasó es un aviso, un grito que me recuerda que Christopher tiene que ganar. Las contiendas me están agotando.

Las preocupaciones encienden mi ansiedad. ¿Qué hará Philippe Mascherano si se sale con la suya?

Vengarse.

¿Qué hará Antoni si sale?

Llevarme con él, y eso no es algo que le convenga a mi estado.

Meto las manos bajo la playera, lo único que me importa ahora es la vida y el bienestar del ministro y de mis hijos.

—Hemos estudiado el perímetro —me informa Dalton, que entra cubierto de nieve.

—¿Y?

—No hay mucho que ver. La nieve nubla el panorama y no vi ninguna casa cercana.

Me quedo absorta observando las llamas, el escolta se aclara la garganta antes de continuar:

—Teniente.

—¿Sí?

—Estamos en Red Hills.

Dejo de respirar con el bofetón mental que me propinan sus palabras.

—Tómelo con calma, teniente —sigue—. Sabe que por parte de nosotros nadie dirá nada.

¿Por qué un coronel tiene propiedades en una de las zonas criminales más peligrosas de Europa? O peor: ¿qué carajos hace aquí en un momento como este?

Actúo como si no hubiese oído nada cuando capto sus pasos en la escalera.

—Retírate —le ordeno al escolta.

El coronel baja despacio con las manos metidas en los bolsillos de la chaqueta. La frustración, las emociones que debe de sentir en este momento es algo que supongo que se está tragando ahora, ya que no las veo por ningún lado. Lo único que deja ver es una máscara cargada de frialdad.

Camina a la cocina y huyo de su cercanía, con el pasar de los días siento que cada vez se torna más siniestro. Subo a la alcoba del ministro, me acerco a su sitio y tomo su mano.

—Teniente James con el reporte diario —digo despacio—. Los tres estamos bien, pero estaríamos mejor si despiertas.

Mi índice repasa las facciones de su rostro.

—Comí bien, ayer y hoy. —Mis ojos se llenan de lágrimas.

Estoy tan sensible por las hormonas, que me he empezado a sentir sola y eso hace que extrañe a mi familia. Me da cierta tristeza que, en vez de estar disfrutando mi embarazo, tenga un cúmulo de miedos los cuales no me dejan dormir. Cualquier ruido me altera, temo que si cierro los ojos me encontraré con un arma en la frente o un cuchillo en el cuello, y por eso no descanso, ya que estoy a la defensiva todo el tiempo.

—Los radiadores no dejan que las circunstancias les quiten el hambre —sigo—. Mi apetito es como un hoyo negro que no he podido saciar.

Apoyo los labios en su mejilla, por muy egocéntrico que sea su apellido, le he tomado cariño a varios: Reece con todo lo que hizo, se ganó que lo quisiera y Alex también, cuando sin dudar me dio su apoyo. Se aferró a este embarazo tanto como yo, y eso es algo que nunca voy a olvidar.

Le inyecto al suero el medicamento que indicaron los especialistas e Ivan sube a preguntarme si necesito algo. Aprovecho su llegada y le pido que me ayude a asear a Alex.

—¿Es el papá? —pregunta el escolta—. ¿Usted y él…?

Paso la toalla por el abdomen esculpido del ministro.

—¿Temes a que sea tuyo? —devuelvo la pregunta—. ¿O tener el pito chico te hace preguntar incoherencias?

—Mera curiosidad. Las empoderadas que se las dan de muy hembras son las que más se equivocan. —Se encoge de hombros—. ¿Es del castaño que hace pasar como su amigo?

—Mejor ponte a trabajar y no me provoques, que tengo cerca el bisturí. —Vuelvo a mi tarea—. Me gusta cortar cosas pequeñas.

—Diga quién es de una vez por todas y así salgo de la duda.

—Fuera de aquí. —Le señalo la puerta.

Arropo a Alex cuando termino. La tormenta de nieve empeoró y bajo a comer algo. Christopher está fumando en la puerta trasera de la cocina, Tyler está sirviendo comida y me sirve un plato.

Como con mil preguntas en la cabeza, no hallo explicación del porqué de estar aquí. Desplazo la vista al cristal donde hay un perro mirando hacia acá.

—Ha estado rondando la casa —habla Tyler mientras come—. Le di comida, el pobre animal tiene las orejas mordidas.

El perro color chocolate se va donde está el coronel, le empieza al ladrar y él se saca el cigarro de la boca.

—Largo. —Lo echa y se mueve no sé adónde, pero el animal lo sigue.

Los escoltas comen y, mientras lo hacen, organizo los turnos de vigilancia.

—Dense una vuelta —les ordeno a Dalton y a Ivan Baxter—. Tyler, ve a dormir; el escolta de Alex lo está cuidando arriba y tú no has reposado hace horas.

—Como ordene, teniente.

El soldado se levanta y siento que le he dado el mejor regalo de la vida, no se ha quejado ni ha dicho nada, pero se le nota que está agotado. Es quien siempre está pendiente de Christopher, por ende, es uno de los que más trabaja.

—Puedes usar la alcoba que vi en la primera planta.

Me dejan sola y las preguntas vuelven a surgir. Sería normal estar aquí si fuera Antoni, es común que un mafioso tenga una casa en las colinas que han sido protagonistas en casos criminales, pero ¿Christopher? No tiene un pasado bueno, pero, como bien dice la palabra «pasado», ahora no es un criminal.

Hago un recorrido a lo largo de la casa, no hay cámaras ni cobertura, los radios son los únicos que funcionan y la señal de televisión llega gracias a una antena que no muestra más de veinte canales. Bajo al sótano que está lleno de cajas y las destapo, si es una casa prestada, a lo mejor aquí puedo conseguir pistas del propietario. Basura es lo que encuentro, sillas cubiertas de polvo, muebles viejos... Miro entre las revistas y periódicos viejos hasta que hallo una foto de Christopher con una mujer en un bar. Ella es quien toma la foto, que no tiene muy buena calidad.

Le doy la vuelta y leo la inscripción que tiene atrás.

«Extráñame».

La idea de que sea alguien especial me hace arder la boca del estómago. La imagen se vuelve pedazos en mi mano cuando la rompo. Qué «extráñame» ni qué nada. No estoy para tonterías, suficiente tengo con Gema.

Me pongo de pie cuando oigo ruidos arriba: «Alex». Corro, tomo la escalera y en el camino le quito el seguro a la glock que cargo atrás; empujo la puerta y le apunto a la mujer que está a dos pasos de Alex con una bolsa de suero en la mano.

—Identifícate —exijo con el dedo en el gatillo.

Se voltea haciendo caso omiso a mis palabras, al parecer no le importa que pueda volarle los sesos. Quita las sábanas y le toma los signos vitales al ministro. Es la misma mujer de la foto y como que esta casa es el sitio donde Christopher trae a sus putas.

—Pregunté tu nombre —insisto, y no responde—. ¿No te sirve la lengua?

—El coronel la dejó entrar. —Llega Make con un tazón de agua tibia—. Tiene autorización para revisarlo.

—Yo puedo seguir supervisando —se ofrece el escolta.

La rabia que me genera todo es tanta que prefiero irme abajo. Christopher no está en la casa y no aparece en lo que queda de la tarde. No me sirve el teléfono, sigo sin saber qué hacemos aquí y mi genio va empeorando a medida que pasan las horas.

Ceno y el coronel sigue sin aparecer.

—Eres quien debe velar por su seguridad y dejas que se vaya como si nada —le recrimino a Dalton—. ¿Se te olvidó cuál es el objetivo de tu trabajo?

—Sabe cómo es.

Camino a lo largo de la sala con las manos en la cintura.

—Todos sabemos cómo es y no tomas precauciones. —Sacudo la cabeza—. Tenías que seguirlo, así no quiera.

Esto me puede: intento tener todo bajo control, pero me cuesta, dado que esté o no, sigue dañándome. Las inseguridades me cansan, como también el que Gema no sea la única protagonista de mis celos.

No he descansado lo suficiente, no estoy emocionalmente estable y ya ni sé qué es peor, si la cura o la enfermedad. Espero media hora más y nada: intentar dormir es absurdo, si no despejo la cabeza.

La tormenta de nieve cesó, así que subo a ponerme una chaqueta.

—Estudiaré el perímetro —informo a Make, y este asiente, la mujer que revisa a Alex sigue frente a él.

Camino a la escalera, busco la puerta y me cubro la cabeza con la capucha de la sudadera antes de echar a andar. Como bien dijeron, no hay casas vecinas, pero sí un espeso bosque frente a nosotros.

Territorio enemigo es lo que es este sitio, no el lugar para quien se supone que trabaja para la rama de la «ley».

Los árboles están cubiertos de nieve y dan miedo, con las lechuzas que cuelgan en las ramas; la nieve me cubre las botas y sigo caminando en lo que me pregunto si en verdad estoy estudiando el perímetro o si estoy buscando al coronel.

Miro a todos lados cuando la penumbra me resta visibilidad, estoy tan monomaniaca que cualquier susurro o crujido me pone paranoica. «Rachel, para ya», a veces no me reconozco.

Respiro por la boca en lo que continúo sin rumbo, encuentro un puente de madera más adelante y lo cruzo trotando. Otro tramo de bosque aparece y avanzo despacio con el arma en la mano, ya no estoy en la nada, lo que veo metros más adelante me lo hace saber.

Desde la punta de la pequeña colina veo lo que parece ser un coliseo hecho con placas de metal. El perro que vi en la casa aguarda afuera y les ladra a los que entran.

Guardo el arma antes de bajar e ir hacia el sitio, quiero saber de qué se trata todo esto. Paso por el lado de las luces precarias que cuelgan de los árboles y el bullicio se intensifica a medida que me acerco.

Las personas que salen de los tramos de bosque caminan hacia la entrada y no hago contacto visual con nadie: es obvio que si están aquí es porque son joyas del bajo mundo. Cruzo el arco que me deja adentro y el estómago se me comprime al notar el error garrafal que acabo de cometer. La puerta de acero que está atrás trona cuando la cierran, y yo no pierdo de vista el escenario que tengo al frente. «Mortal Cage»: peleas a muerte en una jaula de metal donde un solo peleador sale vivo. Lo que me mandaron a investigar en París da vueltas en mi cabeza, las imágenes de los sitios que alcancé a ver y la violencia de la que se hablaba en varios párrafos.

Las luces se apagan, solo queda la iluminación de un reflector sobre la jaula.

—¡Sangre! —exclama la multitud empuñando los billetes y moviéndose hacia delante en busca de un lugar en primera fila.

Abren la reja, el primer peleador entra mientras que mi cabeza sigue divagando con todo lo que leí. El hombre lleno de músculos se pasea a lo largo del ring.

—¡Sangre, sangre! —siguen gritando.

Entra el segundo y siento que los latidos se me paran con el latigazo que avasalla mi tórax. Es «Christopher» en vaqueros y con el torso descubierto. Me paso las manos por la cara.

—¡Sangre, sangre! —La ovación toma fuerza y volteo la cara cuando suena la campana que da inicio a la pelea.

El bullicio me obliga a mirar, el primer luchador se va sobre el coronel con una cadena llena de espinas de acero. Christopher mantiene una navaja en la mano, el panel de la pared está en conteo regresivo y, por más que quiero apartar la vista, no puedo.

Aprieto el cuello de la chaqueta, dado que siento que me asfixia, Christopher esquiva la cadena y ataca. La sangre del sujeto mancha la jaula cuando le abre el abdomen con la navaja y el luchador cae de rodillas en el piso con las manos sobre el vientre.

—¡Sangre, sangre! —Los gritos siguen y él le pega un rodillazo en la cabeza.

El hombre cae, la herida se abre más con el impacto y Christopher se vanagloria como si acabara de matar un cerdo y no a una persona.

Ahora entiendo a mi madre, a Bratt, a Stefan y a todos los que ruegan y me piden que me aleje lo más que pueda de él. Para pelear aquí hay que tener experiencia y él la está demostrando.

La jaula le da la bienvenida a otro contrincante que entra con el cuchillo que Christopher esquiva, no titubea, no piensa, simplemente ataca llevándolo contra el piso y sepultando la hoja en el pecho.

—¡Legión! —exclaman todos—. ¡Legión!

Se pone de pie y me deja ver la espalda ancha que me tensa las piernas, el corazón me late en los oídos. Tiene…, espabilo y me aseguro de que no esté viendo mal.

Lo que tiene tatuado en la espalda me hace dar un paso hacia delante, porque busco una respuesta, ya que no me explico el porqué de tener tatuado algo así. Dos cabezas de serpiente enfrentadas y mostrando los colmillos, en el medio las dos letras…, las dos letras de mi sueño, las dos letras que me mencionaron en París.

«MM».

Se cierran los paneles de la jaula y me quedo quieta. «Tengo que salir de aquí», me digo. Busco la salida, las rodillas las siento débiles y no sé ni por qué tropiezo con varios. Mis pulmones reclaman oxígeno y es lo que trato de darles.

—Abre —le ordeno al hombre de la entrada.

—Paga… —responde, y mira el letrero de la tarifa— en efectivo.

Entré tan rápido que no vi el letrero que anuncia la tarifa: «Diez mil dólares».

—Efectivo —repite el hombre—. ¡Ya!

Si no cargo una libra, mucho menos diez mil dólares.

—No tengo dinero. —Soy sincera.

—¿Dónde dice que el espectáculo es gratis?

Me empuja, su altura es dos veces la mía; vuelve a empujarme y da tres pasos hacia mí.

—¡Responde, ramera!

—¡No me vuelvas a tocar! —advierto, furiosa.

Embarazada, detesto que me busquen contienda. Hace caso omiso y lanza otro empujón que me deja contra el pecho de los dos hombres que aparecen atrás.

—¡Ábreme la puerta! —vuelvo a exigir.

—Mátenla atrás.

Sacar el arma no tiene sentido, hay más de cien como ellos y decir que soy una teniente es peor.

—¿Sabes qué?, déjalo así. Salgo con… —no quiero decir el nombre— con el que ganó la pelea.

Su aliento me asquea cuando se acerca y me habla directamente en la nariz.

—Vas a salir con uno de los asesinos, tú, que no tienes ni para pagar la salida —replica—. ¿Eres prostituta?

—A lo mejor —contesto— ¿Dónde está?

—Quiero ver eso, porque si él no responde yo cobraré.

Tira de la capucha de la chaqueta y me lleva con él a otra división con una jaula más pequeña y con menos público.

«Otra pelea». Se alzan los billetes y miro a otro lado cuando escucho su nombre o como sea que llamen a Christopher aquí.

—Esta ramera no tiene con qué pagar y dice que va a salir con Legión —informa el hombre con el que llegué; me empuja y quedo al frente de otro grupo de sujetos.

Una gota de sangre me alcanza a salpicar la mejilla con el fin de la contienda. Meto las manos en los bolsillos de la chaqueta, no debí venir aquí. Clavo la vista en una de las paredes mientras Christopher baja.

Ya no lo reconozco, se supone que es un coronel, que es el hijo del máximo jerarca de la FEMF, un candidato a ministro, pero helo aquí, matando por diversión.

Sus pies descalzos quedan frente a los míos, al igual que el torso sudoroso.

—¿Tu puta? —le pregunta uno de los sujetos que tengo al lado.

Toma mi barbilla y pongo los ojos sobre él.

—Mi mujer —contesta tajante.

Los ojos son más negros que grises, nunca ha tenido una belleza inocente o empática como Bratt o Stefan, él denota arrogancia, soberbia y seguridad, pero ahora... Ahora no demuestra más que violencia.

Me lleva a su boca y pega sus labios a los míos con un beso posesivo. Pone la mano sobre mis caderas, me lleva a él en lo que mis sentidos me recuerdan lo peligroso de lo que está haciendo y del sitio donde estamos, rodeados de criminales. Coloca el brazo sobre mis hombros y echa a andar llevándome con él, no sé a dónde y no pregunto, es como si mi inteligencia o sentido común supiera que este Christopher es mucho más maligno que el que ya conozco.

Sale al pasillo, que toma, empuja una puerta y entro; en tanto, mantengo las manos dentro de los bolsillos. Se viene sobre mí y baja el cierre de la chaqueta que tengo puesta antes de pegarme a su torso. Está tan agresivo que capto el retumbe sonoro que emite su tórax. Pongo las manos contra su pecho en busca de la distancia que no me da, ya que me sigue besando con furia mientras vuelve trizas mi playera.

Una parte de mí me dice que no va a detenerse, tiene ganas y la forma en la que me pega a su dura erección me lo demuestra.

—Tranquilo. —Me desabrocho el pantalón, en mi estado la ventaja es suya, porque pelear es algo que ahora no me conviene.

Me quito los zapatos, rápido, y deslizo el vaquero fuera de mis piernas, quedo en tanga y sostén, tiene que ser suave o… Toma las tiras de mi tanga y la vuelve trizas cuando las rompe, me deja sin nada y le da paso al miembro duro que emerge listo para follarme.

—Tengo muchas ganas, nena —dice mientras se apodera de mi cuello.

Toma la pierna que alza, se ubica en mis bordes y entra en mí sin ningún tipo de condescendencia. El sexo agresivo con Christopher es como si me sometiera a una pelea cuerpo a cuerpo, por lo animal y violento.

El falo tibio se desliza dentro y fuera de mí mientras apoyo las manos en su pecho en un intento de apaciguar las arremetidas salvajes que mueven la mesa que tengo atrás.

—Por favor, despacio…

Mi cuerpo le corresponde y la petición sale más como un gemido y, pese a todo lo que pasa, tengo sentimientos hacia él. Sentimientos que me cuesta ocultar en momentos como este, donde clava los dedos en la carne de mis muslos, en lo que sigue con las estocadas certeras que humedecen el sexo que no deja de penetrar.

—Despacio —vuelvo a pedir, pero no me capta.

Los cuchillos quedan en el suelo cuando barre con ellos. Se saca la polla, me pone de espaldas y lleva contra la superficie de madera que aplasta mis pechos. Sube una de mis piernas a la mesa y se abre paso dentro de mi coño con la misma violencia que presencié afuera. La mesa rastrilla en el piso y me aferro a los bordes en lo que me lleva de adelante hacia atrás…, es una bestia que se folla mi canal, se mueve como animal en celo, desesperado por correrse y lo hace mientras sudo. Siento cómo se derrama en mi entrada, saca la polla y arrastra la humedad que dejó hacia mi otro canal.

Trato de moverme cuando presiento sus intenciones, procuro alejarlo, pero me mantiene sobre la mesa.

—No me gusta así —alego, y escucho cómo se ríe mientras pasea la polla a lo largo de mi culo.

Sabe que sí, que en un momento fue un NO, pero después obtuvo dos sí y él no se mide por ninguno de los dos lados. Baja la corona del miembro a mi trasero y mi carne se abre, dándole paso a la polla dura que puntea atrás.

—Nena…, cómo me gusta esto.

El tamaño es una desventaja para quien recibe por este lado. La potencia me asusta, entra más y empieza a moverse en lo que, seria, finjo que el placer es solo de él. No me muevo, aunque sienta cómo su miembro se conecta con todas mis neuronas, cosa que pone mis senos pesados, pese a que mi piel cosquillea y me vuelve esclava del sexo salvaje que desata.

Me aferro más a la mesa cuando clava los dedos en mis caderas, dándome más fuerte…, no hay dolor, hay placer como cuando me folla el coño y me parece surreal el que sienta placer por aquí, con el grosor de la polla que debería lastimarme.

—Córrete —me pide—. Anda…

Las órdenes le salen entre jadeos e insiste mientras lucho conmigo misma. «No puedo quererlo», no después de saber todo lo que está haciendo, debo romper este círculo, el cual no trae más que problemas.

Lleva la mano a mi sexo y lo empieza a estimular mientras mueve la pelvis.

—Córrete, Rachel —sigue, y me estimula con tanta premura que me termino corriendo a chorros, cosa que me cabrea.

Me jode que mi cuerpo responda siempre así ante él. Sale y me voltea antes de sentarme en la mesa; avasalla mi boca, besándome solo como él sabe. Lo deseo, enciende mis emociones, pero eso no es suficiente y en una relación se necesita más.

Los besos son exquisitos y es irónico como en ciertas ocasiones el diablo, con sus trucos, ofrece más gloria que Dios. Sujeta mi cara y me da un último beso antes de alejarse.

Bajo de la mesa y busco la ropa que me coloco. Él me da la espalda y en verdad no lo reconozco. Todo, en vez de aclararse, se oscurece más, empiezo a temer por mi futuro, me aterra que lo único que me pueda dar paz sea la muerte.

—¿Qué significa lo que tienes en la espalda? —pregunto mientras se coloca el vaquero y la playera—. ¿Qué son esas dos M?

No contesta. Pasos se acercan afuera, así que me cierro la chaqueta. El sujeto que no me dejó salir, llega y pone los ojos sobre mí por una fracción de segundo.

—Todo tuyo. —Extiende una bolsa de lona y Christopher con la cabeza me pide que la tome.

La bolsa se siente pesada y con el tacto sé que son fajos de billetes. Dinero sucio, manchado de sangre.

—Esta es tu casa, vuelve cuando quieras —le dice el sujeto que se va.

Mantengo la bolsa contra el pecho. Christopher se acerca a mí, pone el brazo sobre mis hombros y sale conmigo. Vuelvo al mismo pasillo por donde entré. Para llegar a la salida principal hay que pasar por una pequeña multitud y él no me suelta; así que su brazo sigue sobre mis hombros mientras lo ovacionan como si fuera algún tipo de boxeador. En verdad quisiera que lo fuera, pero no, el hombre con quien tendré dos hijos es algo muy diferente a eso.

Ninguno de los dos abre la boca durante el camino de regreso, lo único que rompe el silencio son los jadeos que suelta el perro que nos persigue a través de los árboles frondosos y la oscuridad de la noche. Cuido de no resbalar con la nieve. Las luces de la casa están encendidas y mi rabia se dispara cuando veo a la mujer que espera a la entrada de la propiedad, es la misma de la foto y la misma que estaba en la habitación de Alex.

—Entra —demanda el coronel.

Se queda con ella y yo camino a la puerta, busco la escalera, subo y en la alcoba dejo el dinero de lado. Me aseguro de que el ministro esté estable antes de dirigirme a la ducha, donde dejo que el agua caliente caiga en mi cabeza.

Salgo con el cabello húmedo, lo seco con la toalla, la temperatura del ambiente está elevada y camino a la ventana donde veo cómo Christopher sigue hablando con la misma mujer. Al parecer, no es muda como creí.

Se acerca a abrazarlo y prefiero alejarme. No me cae bien esa mujer y tengo el tatuaje del coronel clavado en el cerebro. «¿Y si es una advertencia?».

Estoy segura de que no está dispuesto a alejarse y me da miedo que lo sepa; siempre me subestima, cree que no seré lo suficientemente fuerte. Lo que vi hoy y lo de ayer me deja claro que lo nuestro nunca va a funcionar.

Pongo las manos sobre mi abdomen, ahora el coronel no tiene ni una pizca de humanidad, y se case o no va a preferir mi cuerpo por encima de todo. Busco la tanga de hilo que me pongo.

Le echo un último vistazo a la ventana y el coronel sigue afuera, no tiene caso seguir perdiendo el tiempo con él, así que entro a la cama, donde me acuesto solo con la tanga puesta.

Cierro los ojos y al poco tiempo vienen los sueños que no se van pese a saber que son mi propio cuchillo.

«¿Quién en su sano juicio seguiría teniendo fantasías con Christopher como si no pasara nada?». Por eso quiero alejarme, porque ya me asusta lo enfermo de todo esto.

Me muevo con los labios que se apoyan en mi frente antes de bajar a mi boca, la lengua persuasiva entra en duelo con la mía y baja por mi barbilla, me muevo sobre la cama cuando siento el calor del cuerpo que tengo encima.

Siento cómo corren la tanga que me puse y abro los ojos cuando noto que no estoy soñando y en verdad tengo a Christopher sobre mí.

—Hasta en tus sueños me deseas. —Mete los dedos en mi sexo.

Se cierne sobre mí, huele a loción de baño, está desnudo y pasea las manos por mis piernas. No hay sábanas, telas ni barreras, estoy abierta con su erección contra mi coño en lo que contemplo el físico del hombre más ardiente del planeta.

La cara le basta para verse como un ser de otro mundo: el gris caótico de los ojos, el rostro que alberga facciones preciosas… Paseo la mirada por el pecho desnudo y los brazos esculpidos.

—Bájate —digo con un hilo de voz, y me calla con un beso, aprieta la piel de mis muslos en lo que se niega a soltarme la boca.

—Ven y préndete. —Sale de la cama.

Toma mis brazos y me obliga a sentarme, recoge mi cabello con una sola mano y me acerca la polla erecta que empiezo a chupar.

—Sí, así nena —jadea suave—. ¿Te gusta?

Eriza mi piel con el tono sensual que se le escapa, si su voz es sexi, en medio del éxtasis es un estimulante capaz de matar a cualquiera. Se apodera de la cabeza que mueve a su antojo, se endereza y pasea la punta húmeda por mis labios.

—Joder, cómo me gusta que me la chupe mi nena —confiesa—. Que la chupe mi mujer.

Busco paz en medio del infierno; él no pide, demanda, y es como si secuestrara mi voluntad, dado que no respeta mi decisión de alejarme. Fuerza las cosas, así la contraparte esté agonizando, sabe que quiero recuperarme, salir de esto, pero me ata y no me deja huir. Paseo las manos por las piernas desnudas, con la mano recorro la V que tiene en la cintura. No deja de contemplar la boca que se sigue follando y me siento como una prisionera, como la esclava embarazada de un villano.

Contengo la arcada que desata el roce de la cabeza de su miembro, sigue entrando y saliendo, mientras acaricio los testículos que tocan mi mentón. No se corre, me devuelve a la cama, arrastro los codos sobre las sábanas y lo vuelvo a tener sobre mí cuando me separa las piernas. Se sumerge en mi interior en medio de jadeos, de gruñidos varoniles, que se acompasan con el movimiento apresurado de sus caderas.

—Dilo, nena —pide—. Anda.

Hundo los dedos en las sábanas. Lo quiero con mi vida, pero no se lo voy a decir, tiene que olvidarlo y yo tengo que dejar de amarlo. Las palabras tienen poder y por ello estamos aquí, porque mi «te amo» lo tiene en un estado donde no piensa y él no sabe qué es esa palabra.

Follamos tan bien, somos tan únicos, tan ardientes… que confunde eso con amor, y no es así. Amor es lo que yo siento por él, no lo que él siente por mí.

Me aparta el cabello de la cara en lo que se sigue moviendo, me da tregua para que me acomode sobre la almohada que está junto al cabezal y me sigue embistiendo.

—Dilo —insiste—. ¿Me amas?

Mi mente grita que sí, pero mis labios lo callan. Mete las manos bajo mi espalda, me pega a él como si fuéramos una sola persona y el estar sensible agranda mis sentimientos hacia él cuando se acerca a mis labios.

—Lamento no estar cuando te golpearon. —Besa el golpe que tengo en el pómulo. No fui una armadura esta vez.

Siento que me toca con la forma que lo dice.

—Si por eso no quieres decirlo, lo entiendo, pero lo que dije es verdad.

—Ondea la pelvis—. Conmigo estás a salvo, Rachel, así que dilo, es lo único que estoy pidiendo.

Las lágrimas se apoderan de mis ojos y, a diferencia de Antoni, no las lame, las limpia. Pasea los nudillos por mi cara, se concentra en los ojos que observa con atención y la forma en la que me mira me reitera que el cielo se ve pequeño si lo comparo con lo que siento por él.

—¿Qué soy?

—Nada.

—Rachel...

Las estocadas se tornan violentas, fuertes y bruscas: se muestra cómo es. Lo suyo es egoísmo, se niega a que me aleje porque me quiere solo para él, quiere que respire y viva por él, para así tener mi cuerpo cuando quiera.

Querer cambiarlo es como tratar que Dios vuelva a convertir al diablo en un ser celestial.

Los seres que tengo en el vientre sí merecen ser llamados ángeles, aunque su padre sea todo lo contrario.

La mano que estaba en mi espalda sube a mi cabello, se aferra a este mientras su polla bombea con fiereza dentro de mí, las sensaciones que desatan avivan el éxtasis y el orgasmo que me hace arañarle la espalda.

Él cae a mi lado cuando termina, y soy yo la que le da la espalda; sin embargo, su egoísmo no le da para soltarme, ya que me abraza y sube la pierna sobre mí. La mano que queda sobre mi cintura se mueve sobre mi abdomen antes de subir a mis pechos.

—El tatuaje que me hice es algo que veo en mis pesadillas —me suelta.

Habla y hubiese preferido que mantuviera la boca cerrada.

—A veces me las tatúo para que queden como medallas en mi piel después de destruirlas.

Cierro los párpados y no le contesto, hago caso omiso a lo que dijo. No puede dañar lo que desconoce; no obstante, queda el sinsabor de que lo que es un sueño para mí, sea una pesadilla para él.

Duermo después de muchas noches en vela, Morfeo toca a mi puerta y me da el descanso que necesitaba. Siento sus brazos sobre mí, el sube y baja de su pecho cerca de mi espalda.

Tengo presente a Alex en mi subconsciente, pero estoy tan cómoda que no quiero moverme. El calor que sentía en la espalda ahora lo siento en la mejilla, y la palma de mi mano palpa el torso musculoso que tengo abajo cada vez que me muevo.

—¿Teniente? —Tocan la puerta «Dalton Anderson»—. Teniente James, ¿está bien?

—Sí —contesto, adormilada.

«Estoy embarazada de mellizos, eso debería darme el derecho de despertar, como mínimo, a las cuatro de la tarde.

Saco los pies de la cama, dado que es un anhelo absurdo. En la milicia puedes acabar de perder el puto pie y nunca será excusa para llegar tarde a nada. Miro el reloj de la mesilla y entiendo por qué vino a preguntar: no son las siete de la mañana, es mediodía, dormí más de nueve horas seguidas.

Busco el baño, Christopher sigue dormido y no se despierta ni con el sonido de la ducha. Me pongo unos vaqueros y una camisa ancha antes de guardar el arma.

Paso por la habitación de Alex a ver cómo sigue. La misma mujer de ayer le está suministrando medicamento.

—El ministro comentó que debe comer antes de las ocho y falta poco para la una, lo mejor es que baje y coma —me dice Dalton—. Tyler hizo el desayuno y le guardó.

Asiento antes de bajar, agradezco que haya personas que cocinen, ya que la cocina no es lo mío, mi padre lo sabe y por eso le pagaba a una empleada para que me ayudara. Saludo a Tyler, quien se ofrece a calentar en el horno microondas los huevos con champiñón que hizo. Tomo asiento en la mesa donde bebo el jugo de naranja que saqué de la nevera.

—Estudiaremos el perímetro, hay que hacerlo constantemente, esta zona es peligrosa.

—Ya me iba a poner en ello —se retira Dalton e Ivan me deja las vitaminas sobre la mesa.

—¿Es Dalton? —pregunta antes de irse—. ¿El padre de sus hijos?

Abro el recipiente de las píldoras, meto un par en mi boca y le pido que se acerque, lo hace y lo tomo de la oreja.

—Es un indigente sin empleo de Belgravia —le susurro—. ¿La duda no te deja dormir? ¿Cierto? Bueno, ya lo sabes, ahora a trabajar.

Lo suelto y se pone la mano en la oreja, que le queda roja. No sé por qué tanta insistencia, pregunta como si fuera su problema.

—¡A trabajar! —Le señalo la salida.

—No creo nada de lo que acaba de decir.

—Las mujeres hacemos tonterías. —Le doy otro sorbo a mi bebida—. Sobre todo, yo, así que largo.

A diferencia de Tyler y Dalton, este casi siempre está ausente cuando Christopher se pone intenso. Me pongo a comer lo que sirve el soldado, trato de disfrutarlo, pero el apetito se me va cuando coronel baja con la mujer que estaba arriba.

Se van a la sala y yo me acerco al frigorífico, desde donde puedo ver lo que hacen.

—Si lo matamos ahora, serías el principal sospechoso —dice ella—. Con su líder de campaña fue fácil, pero hay una rivalidad entre ustedes que juega en tu contra.

¿Mató al líder de campaña de Leonel? Me acerco para escuchar mejor.

—En Hong Kong desplomaron cuatro edificios —sigue—. Te estaban esperando. Fue un ataque masivo con proyectiles de alto impacto.

—¿Quién estuvo a cargo? —pregunta Christopher.

—Igor Mikhailovich, un asesino de la Bratva —responde ella—. Trabaja para Ilenko Romanov.

—Consigue explosivos y manda abajo todo lo que tenga el famoso Igor —exige Christopher—. Para mañana es tarde, así que empieza desde ya.

—El sujeto tiene familia que vive en sus propiedades, hijos pequeños...

—No me interesa. No tengas contemplaciones con nadie, que muera el que tenga que morir, cuando tengas eso me avisas que voy a proceder con otra cosa.

¿Qué hay del coronel que conocí años atrás? ¿Ya era así? Salgo cuando la mujer que lo acompaña nota mi presencia. Lo mira a él, que se vuelve hacia mí.

—Me retiro. —Se larga ella.

La cola de caballo le cae al inicio de la espalda y las botas de nieve las tiene metidas dentro del pantalón; es esbelta y un par de centímetros más baja que yo.

—¿Por qué tomas estas medidas cuando la familia no está vinculada con el negocio? —indago—. ¿Investigar no forma parte de tus órdenes? Mandas a derrumbar cosas sin saber si puedes perjudicar a inocentes. ¿Qué te pasa?

Queda frente a mí cuando camina donde estoy.

—No sabes cómo funciona esto, así que lo mejor es no opinar —contesta.

—Atacas y te molestas, pero estás en su terreno y también te juntas con criminales —espeto—. Me cuesta entender tu forma de actuar.

—¿Crees que Antoni Mascherano e Ilenko Romanov me ven como su igual solo porque soy un coronel? ¿Por qué soy el hijo del ministro? —increpa—. ¿Cuántos coroneles tiene la FEMF? ¿Esos han surgido y han hecho lo que he hecho yo?

No hallo respuesta para la pregunta.

—La astucia, el procedimiento militar, las mafias que he atacado…, es porque pienso como ellos y ellos lo saben. —Da un paso hacia mí—. Son conscientes de que a la hora de proceder soy tan cruel como los líderes de los clanes, por eso, tengo los triunfos que tengo y me vuelvo cada día más fuerte.

—¿Matar gente en una jaula por diversión? ¿Eso te hace fuerte? —alego—. Entiendo tu estrategia, pero las otras cosas que haces…

—Esto no es de ahora, es desde que entré a ese mundo por primera vez —aclara—. Entrenamiento y desahogo en una sola actividad. ¿Recuerdas la vez que te dejé plantada? Fue por lo que viste anoche.

Las palabras no me salen.

—Si en la milicia el respeto se gana con medallas, acá es con miedo —me suelta—. Yo demuestro mis capacidades en ambos lados. No me escondo detrás de un escritorio. Demuestro que, con o sin uniforme, puedo atacar con los puños, cuchillo, fusil… Con lo que me pongan delante, mato.

No entiendo qué necesidad tiene, es un buen estratega, no tiene por qué llegar tan bajo.

—Soy el único miembro de la milicia que ha acabado con un sinfín de criminales de aquí y, aun así, no se atreven a atacarme, pese a que estoy en su propio terreno —continúa—. Esto lo he logrado por el respeto que me he ganado a lo largo de los años.

—Gema es un payaso en tu campaña —lo encaro—. ¿Rostro humano que traerá la paz en tu mandato? Dudo mucho que pase eso.

Sonríe lleno de ironía.

—El ministro despertó —informa el escolta personal del Alex—. Quiere levantarse.

El coronel se queda abajo mientras yo corro arriba, rápido busco la alcoba donde encuentro a Alex aferrado al brazo de Tyler, quien lo está ayudando a levantarse.

—¿Cada cuánto estás comiendo? —indaga y sonrío con los ojos llorosos.

—Acuéstate, no puedes levantarte. —Camino hacia donde está.

Se niega a obedecer y el soldado es quien lo sostiene.

—No seas terco…

Me ignora cuando Christopher entra. Le ordeno al escolta que se retire; el ministro se apoya en mí para no volver a la cama. «Hay gente terca en esta familia».

—¿Sorprendido coronel? —jadea—. No morí.

—Da igual. —Christopher se acerca a mirarlo—. Ya estoy acostumbrado a que trunques mis deseos.

Se da la vuelta para irse, Alex estira el brazo y se aferra a la manga de la playera que tiene el hijo.

—Te oí cuando estaba en cama —le dice—. Me hizo bien escuchar lo que dijiste.

Christopher clava los ojos en el agarre del ministro, quien tira de él y lo lleva contra su pecho con la poca fuerza que tiene. El coronel tarda en corresponder, pero lo hace y se termina olvidando de la herida.

Un abrazo entre dos hombres que día a día libran una batalla de orgullo y ego. La advertencia «¡Cuidado!». Se me queda atascada en la garganta con la fuerza del coronel.

Alex se suelta y Christopher da un paso atrás. Fija los ojos en la mancha de la venda.

—Estaba así —le dice Alex—. Ahora lárgate, que sigo cabreado por lo de la mansión.

Lo siento en la cama, le lastimó la herida. Él nunca se mide, nunca piensa, es como un ser primitivo.

—¿Cómo están mis nietos? —pregunta Alex cuando el coronel se va.

—Bien, pero se invirtieron los papeles. —Acomodo las almohadas—. Ahora me toca cuidarte a ti.

—Nuevos papeles —se ríe—. ¿Padre e hija? ¿Enfermera y paciente?

—¿Mujer benevolente y hombre herido? —bromeo—. ¿Motivadora de aquellos a los que la vida les da una nueva luz?

Mete un mechón de cabello tras mi oreja cuando me siento en la orilla de la cama.

—¿Cuál prefieres?

—Mamá de mis nietos —dice haciéndome feliz—. Es lo único que me apetece.

Posa la mano en el centro de mi vientre.

—¿Segura que están bien? ¿Te estás tomando las vitaminas?

—Sí. —Poso mi mano sobre la suya—. Sin embargo, agradecería que no me des más sustos como estos, me cuesta lidiar con ellos.

—¿Me está regañando, teniente? —jadea, cansado.

—Regañando no, exigiendo.

Trata de reírse con ganas, pero no puede.

—El ego de tus nietos se está apoderando de mí.

Busco vendas limpias, quito las manchadas y, efectivamente, veo dos puntos sueltos.

—Cuando estiré el brazo.

—O cuando él no midió la fuerza bruta que se carga. Veré qué puedo… Detiene mi mano.

—No hagas eso.

—¿Qué?

—Recalcar lo inhumano que es, sacar cosas en cara es una mala cualidad —me recrimina—. Por ser como es sobreviviste dos veces y te apoyo a ti, pero también tengo que apoyarlo a él.

No contesto, ahora no quiero discutir. Paso la tarde con él, lo pongo al tanto de todos los detalles y pregunta por Sara.

—Está bien, hablo con ella cada vez que puedo —comento.

Lo aseo y lo ayudo a comer la comida que preparó Ivan. Insiste en llamar a Sara, pero por más que lo intento, no logro encontrar cobertura. Christopher no vuelve a la alcoba y tampoco permanece en la casa.

—Cómetelo todo —advierte Alex—. No veo que esté muy equilibrado ese plato.

—No puedes estar hablando tanto.

Terminamos y enciendo el televisor con el fin de ver las noticias locales (es el único que medio se capta). El ministro no ve mucho, ya que el medicamento que se le suministra lo hace dormir.

El atentado en el hospital de Hong Kong aparece en el canal, que cambio para no estresarme, me quedo dormida en el sillón y, para cuando despierto, es la una de la mañana.

Alex sigue dormido, así que me traslado a la alcoba, donde cambio la ropa que llevo puesta por un pijama. Trato de dormir, pero el hambre que tengo no me deja. Tengo unas horribles ganas de… ¿Pollo frito?

El estómago me ruge al imaginarlo, siento que lo necesito con urgencia, dado que se me aliviana la saliva y, por ello, saco los pies de la cama. La chimenea de la sala sigue encendida y yo paso a la cocina. La luz del refrigerador me da en la cara cuando lo abro, rebusco dentro y hallo la pieza de pollo que me hace mirar al techo, «Gracias, Dios». Lo saco y también una bolsa de patatas.

Enciendo la estufa, pongo el aceite mientras preparo el pollo, al que le echo harina. En un lado frío las patatas y, en otro, la carne. Paso saliva a cada nada, mientras todo se cocina.

Preparo el papel absorbente para colocar el pollo, ya dorado, sobre él. Me doy la vuelta para hacer lo mismo con las patatas y termino dando un salto cuando veo a Christopher al otro lado de la barra con una cerveza en la mano. Lo ignoro y vuelvo a lo mío; pese a estar de espaldas, sé que me está mirando.

Saco las patatas, ni la comida de Stefan la había deseado tanto como esto, vuelvo a la barra en busca del pollo y...

No hay más que papel empapado de aceite.

Sin exagerar, me dan ganas de llorar con las expectativas que se rompen como un viejo jarrón de cerámica.

—Ahí había un muslo de pollo —reclamo con el plato en la mano—. ¿Dónde está?

Christopher da un sorbo a la cerveza como si no hablara con él.

—¿Dónde está el pollo?

—¿Por qué me preguntas a mí? —responde serio—. El perro acabó de salir, ve y pregúntale a él.

Lo que tengo en la mano recae en la madera cuando la ira me enciende la sangre.

—¿Me estás viendo la cara?

Pone la botella vacía sobre la barra y no le quito los ojos de encima.

—Medícate, loca.

Se larga y siento que me sale humo de las orejas. Humo que se convierte en una hoguera cuando lo veo alzar mi TROZO DE POLLO y se lo traga como un muerto de hambre. No camino, corro alcanzando la mano que se lleva a la boca y le arrebato el pollo.

—¡No te comas mis cosas, maldito hambriento! —Lo llevo contra la pared y lo inmovilizo con el brazo—. ¡En tu vida vuelvas a meterte con mi comida!

Siento que por poco pierdo la vida.

—Oye, es un trozo de pollo...

—¡Es el único que hay!

Respiro hondo en lo que vuelvo a la cocina; por suerte solo fue un mordisco y el muslo es grande. «Maldito». Lo muerdo, saboreo cada una de sus fibras mientras una horda de paz me recorre el cuerpo.

«Solo los bebés, el pollo y yo. El equipo perfecto».

—¿Dices que tienes dos amigas psicólogas? —comenta en la entrada—. Deberías tratarte.

—¿Sigues aquí?

Se posa a mi lado, no me interesa que sea el amor de mi vida y que venga de matar a gente. El pollo lo es todo ahora.

—¿Es normal que comas con lágrimas en los ojos?

—Estoy sensible. —Me atiborro de patatas—. Si no vas a ser de utilidad, ten la amabilidad de regresar por donde has venido, que quiero comer sin que un psicópata me merodee.

Toma mi muñeca y se lleva el pollo a la boca.

—Tengo hambre —dice—. Dame la mitad.

Le meto una patata en la boca y tuerce la cabeza en lo que muerde el pollo conmigo. Le doy otra patata y me trago cinco.

—Tu parte es la de allá —le indico.

—Pero le estás dando la vuelta, parece que la hambrienta es otra.

Mordisqueo el hueso que queda mientras él acaba con las patatas. Me limpio los dedos con una servilleta, alcanzo el jugo de naranja que está sobre la barra y me lo bebo.

Con el coronel me quedo mirando el plato…, pasada la euforia surgen las necesidades, preguntas y prejuicios. Si aparece ahora, es fácil deducir de dónde viene; encima, tiene el cabello húmedo. ¿Dónde se bañó? ¿En un hotel?

—Tengo frío. —Se me acerca, me abraza por detrás y recorre mi cuello con los labios.

Busco la manera de bajarme del banquillo donde estoy, pero su agarre me lo impide.

—Mi casa, mis reglas, teniente. —La erección me maltrata la espalda.

Me voltea y se apodera de la boca, que besa con vehemencia. Hago un nuevo intento de irme y él me obliga a retroceder con sus labios pegados a los míos. Se impacienta y de un momento a otro me toma de la cintura, alza mi cuerpo y mis piernas lo rodean cuando me lleva al sofá.

Sin dejar de besarme, cae conmigo en él, se deshace de mi pijama antes de observarme con atención. El Christopher que conocí no me miraba como este; sí había miradas lascivas, pero ahora lo hace con más lujuria.

Si me veo en el iris de Antoni, puedo sentirme en parte poderosa, porque me idolatra, pero Christopher exuda un aire primitivo que me deja sin habla. Baja la mano por mi garganta y toca mis pechos antes de descender al piercing que acaricia.

—Mía —dictamina mientras me contempla.

Recorre mi espalda con las manos y la noche se resume en eso, sexo, sexo y sexo, en el sofá, en la cama y en la ducha. A la mañana siguiente duerme conmigo hasta tarde, lo del tatuaje me pone los pelos de punta cada vez que lo veo.

Lo oigo dar órdenes de ataques a lo largo del perímetro europeo y pide mandar abajo todo lo que dé ventaja al enemigo. Entiendo lo que quiere; sin embargo, es preocupante que exija tantas cosas al mismo tiempo y no se mida, dado que todo en exceso trae consecuencias.

Concentro mi atención en Alex, que no deja de hacer preguntas. ¿Comiste? ¿Hace cuánto? Insiste en que repose sin saber que mi sueño llega solo cuando su hijo está a mi lado.

—¿Vas a arriesgarte a seguir en el cargo? —le pregunto al ministro mientras cierro las cortinas.

—No, es peligroso, y lo mejor es que todo siga su curso como estaba —contesta—. Ya me quedó claro que, de seguir, van a matarme.

Le acerco el té que se le preparó.

—Christopher no está bien —le digo—. Hay cosas que...

—Lo sé —me corta—. ¿Crees que como ministro no sospecho o no estoy al tanto de lo que hace?

Guardo las palabras.

—Es igual a mi padre y a mi hermano Thomas. Christopher tiene esa misma vena exagerada que preocupa —explica—. Preocupa; sin embargo, no es mucho lo que pueda hacer.

—Sí se puede, no puede ir así por el mundo.

—Ahora son ellos o nosotros y no tengo más alternativa que apoyarlo.

El silencio se perpetúa entre ambos. Antoni se me viene a la cabeza. Por más que actúe mal, Christopher debe ganar o habrá consecuencias que me perjudican a mí y a los míos.

—Todos debemos ayudar en la campaña —me dice el ministro—. Olimpia llamó a comentarme de cómo han bajado los números en las encuestas.

—¿Y qué se puede hacer?

—Apoyar al coronel en todo lo que se pueda —responde—. La viceministra, que estuvo antes que la actual, era teniente cuando se postuló. Tu familia es querida en la rama, ¿no has considerado eso? ¿Dar un salto grande en la entidad? Muchos han hablado de ello, Olimpia es una.

El pecho se me acelera al imaginarlo, lo que plantea solucionaría mucho de mis problemas.

—Olimpia vive en Washington —comento y él asiente—. Te apoya desde allá.

—Nos vemos seguido porque somos un buen equipo, sin embargo, no es obligatorio —suspira—. Hay viceministros que cumplen con su labor desde el país que les apetece.

Pienso en lo cerca que podría estar de mi familia, ocuparía un cargo donde podré poner límites y manifestar en lo que no estoy de acuerdo. Sé que Christopher es un buen líder, pero no está pensando bien.

—¿Crees que sea posible esto? ¿Qué la gente apoye la idea de verme en el cargo? —increpo, y el ministro asiente.

—Volviste hace poco y has ayudado en múltiples asuntos. Todo el mundo tiene presente lo que has hecho y conseguido, lo que viviste y lo fuerte que eres —expone—. Estoy seguro de que muchos te apoyarían, yo lo haría.

Me llena de esperanza, esto puede ser un buen escape a lo que necesito.

—Oí que Thompson quiere postularse —me hace saber—. El mundo es de los que se imponen y pueden sentarse a las mesas donde se toman decisiones importantes —declara—. Yo me encargaré de la seguridad de Christopher apenas pueda, veré qué hago con eso. Si tú quieres postularte a esto, hazlo. Todo Morgan se da el lujo de decir que viene de los mejores, no les impidas a mis nietos que puedan decirlo también.

—¿Y no soy buena ya como teniente y todo lo que he logrado?

—Sé más. —se ríe—. Puedes ser más.

Aprieto su mano y él se pone a leer el periódico, así que bajo a la sala donde está Christopher.

—Busca una chaqueta, que vamos a salir —me dice, y regreso a buscar una.

Si digo que no, va a obligarme de todas formas, vuelvo abajo y él se pone una gorra mientras lo sigo a la carretera. La sudadera que tiene le queda un tanto ancha. Abre la puerta de jeep que está estacionado, entro y nos sumergimos en la carretera llena de nieve; por fin llegamos a un pueblo, donde estaciona. Toma mi mano cuando bajamos.

—¿Tienes frío? —Se detiene a besarme la boca—. Este pueblo es un puto congelador.

«Dios, ayúdame y sácamelo de la cabeza».

Entra conmigo a un supermercado y tomo un carrito; hay mucho que comprar y me alegra que se haya dado cuenta.

—¿Qué vas a comprar? —pregunto.

—Comida. —Alza los hombros—. Escoge, yo no hago compras de este tipo de cosas.

Escojo enlatados, pollo, quesos, pan, carne, más pollo. Echo al carro lo que se necesita mientras avanzo por los pasillos del establecimiento y me fijo en cómo las amas de casa miran al coronel, creo que ni en los supermercados de Londres se ven hombres así.

—Oh, perdone. —Una mujer morena choca mi carro con el cochecito de su bebé.

—Descuida.

Le sonrío a la bebé que está adentro.

Un hombre de barba y sobrepeso se acerca a besarle la mejilla, tiene otro niño sobre los hombros, y este le está jalando el cabello. Se ven como la típica familia que sale a hacer compras juntos. Aparto el carro para que puedan pasar y no sé por qué me quedo mirando cómo escogen cosas juntos.

Supongo que con Bratt o Stefan hubiese sido así, una rutina de todos los meses, siendo padres amorosos que no les importaría dejarse tironear el cabello por sus hijos, del tipo de padres que a quienes no les molesta soportar pataletas, pese a que se pierda el estilo en el proceso.

Vuelvo a la realidad cuando el coronel se acerca con espuma y cuchillas de afeitar.

—¿Es todo? —me pregunta.

—Sí.

Hacemos la fila y la familia que he visto antes espera detrás de nosotros, me cuesta no hacer comparaciones. El marido de la mujer le habla pequeño y con dulzura a la niña del coche. Miro a Christopher, que parece un modelo de Armani, alto, con la espalda recta y los brazos marcados.

El hombre tiene una pulsera tejida como las que usa Stefan; Christopher tiene un reloj de oro blanco.

—Francis. —El niño se pega a la pierna del coronel, y este no se molesta en mirarlo.

Es el tipo de ser que ves y, por más que quieras, no te lo imaginas hablándole lindo a un bebé. Sacudo la cabeza, hasta el líder de la mafia es más empático, ya que, según Luisa, idolatra a sus hijos.

Me toco el abdomen con disimulo mientras pone las cosas en la caja. «Con Alex y mi papá estarán más que consentidos».

Paga y nos vamos, con una mano sujeta las bolsas y con la libre vuelve a entrelazar mis dedos con los suyos en lo que caminamos al jeep. Acomoda todo atrás antes de arrancar rumbo a la plaza del pueblo, la cual recorre.

No toma carretera y frunzo las cejas al ver el letrero donde se detiene.

—¿No te gusta el cine? —me pregunta.

—A todo el mundo, ¿no?

Aguardo mientras compra las entradas. No es que sea una gran cosa, ya que esto es como un pueblo de paso, el sitio está casi vacío; de hecho, solo está la de la taquilla y la del puesto de dulces.

Estoy un poco confundida. ¿A qué viene esto?

—Nena —chasquea los dedos frente a mis ojos—, te están preguntando qué quieres comer.

—Nada.

Me hace retroceder cuando me lleva a un lado en busca de privacidad.

—¿Te gusta más en modo patán? —empieza—. ¿Pelear y pelear para luego terminar en la cama? Porque siempre terminamos uno encima del otro, y bastante que has gemido sobre mí, pese a estar molesta, tóxica o como lo quieras definir.

—Soy un ser humano.

—Dormir sobre mi pecho, tocarme, besarme en medio de sueños, soñar conmigo… ¿Qué es? —Me encara—. Sentir celos, estar a la defensiva cuando otras se me acercan. ¿También es de seres humanos?

Evito mirarlo, no estoy para discusiones.

—Madura de una vez y trátame como lo que soy. —Me pone una mano en la cintura y me pega a él—. Si fuéramos amo y esclava, alquilaría una cabaña y te encadenaría para follarte día y noche con un grillete en cada pie, para que estés lista las veces que me apetezca.

Respiro hondo.

—Hay una cabaña a pocos kilómetros, así que anda —prosigue—. Es blanco o negro, pero gris no.

Es estúpido decir que no lo he disfrutado, y tampoco es que sea un hombre de bromas como para tomar lo anterior como chiste. Pongo la mano en su pecho. Él se acerca más y deja que lo bese.

«¡Tonta!». Lo he besado miles de veces y no dejo de sentir la misma opresión en el pecho cada vez que lo hago. Pasea la mano por mi espalda hasta que llega a mi trasero.

—Palomitas con caramelo y un refresco estaría bien —le digo.

—¿Qué más?

—Bombones. —Toco las placas que le cuelgan en el pecho—. Que las palomitas sean grandes.

—Bien.

Me suelta y toma una bocanada de aire cuando se va. Que mis hijos me perdonen por amar a su padre como lo amo, pese a que es un peligro para ellos.

Entramos al cine, donde solo hay una pareja. Nos acomodamos en nuestros respectivos asientos, y él deja el brazo alrededor de mis hombros. Los besos empiezan como también las ganas de comernos el uno al otro, cosa que nunca falta.

—Mira —susurra en mi oído en lo que desliza mi mano por su abdomen hasta que queda en su miembro.

—La película… —digo despacio.

—Nota cómo estoy de listo. —Se me seca la boca—. ¿No es lo que importa?

Suelta el botón de la playera, la baja y se prende de mis pechos; últimamente ha empezado a doler cuando me las toca y se prende de estas. La lengua caliente lame mi pezón. Se me acelera el pulso mientras me manosea. Chupa como solo él sabe, y es como una necesidad para él, parece que mis tetas le dan el mismo placer que siente al follarme. Muerde suave y me siento en la gloria con las caricias que se prolongan.

—Despacio —pido.

Sube a mi cuello y le da inicio a los besos calientes que me ratifican que su dependencia es igual de grande que la mía: no podemos estar juntos sin desearnos el uno al otro, sin actuar como si no nos hubiésemos visto en años.

La película acaba y salimos del cine. Lo observo conducir de vuelta a la casa; desde que volví a Londres he estado en un sube y baja que se lleva toda mi estabilidad.

Siento que lo que se avecina será fuerte. Me asustan muchas cosas y debo valerme de todo para tomar la mayor cantidad de precauciones posibles. Tengo que hacerlo, debo aprovechar que mi carrera y mi reputación están en su mejor momento.

En el móvil releo las noticias que se han redactado sobre mí.

«Rachel James vuelve después de un exilio y, gracias a ella, el líder de la mafia cae en Londres. Una entrada triunfal y un conmovedor testimonio sobre cómo superó el HACOC a kilómetros de distancia».

Se habla del rescate de Marie Lancaster y Sara Hars, también se habla de mi recaída, lo de Philippe Mascherano y todo lo que logrado con la mafia.

Recuesto la cabeza en el asiento, creo que la sugerencia del ministro no está mal, mis hijos me lo van a agradecer y no me sentiré como una soldado más.

Tyler ayuda a sacar las bolsas cuando llegamos a la casa y le ayudo a organizar todo en la encimera.

—¿Crees que soy una buena líder? —le pregunto.

—Sí, creo que es una muy buena —contesta y toco su cara.

Me cae muy bien.

—¿Tienes novia? —pregunto—. Si me dices que no, diré que mientes.

—No tengo —limpia la barra—, pero me gustaría.

Ivan se encarga de la cena. Alex, como se siente un poco mejor, baja a cenar con el coronel y conmigo, así que acomodo los platos. Tomamos asiento, la nieve empieza a caer afuera, como siempre. El ministro encabeza la mesa y el coronel se sienta frente a mí.

—¿Te gusta el azul? —le pregunto a Christopher—. ¿O prefieres el rojo o el verde?

—Depende —responde con doble sentido y Alex frunce el entrecejo, molesto.

—Quiero estar conectada contigo en mi campaña para viceministra —declaro—. Tengo entendido que algunos se postulan y la idea es agradarle al público para que el candidato lo escoja como fórmula en las elecciones.

Sonríe y mueve la cabeza con interés.

—La cara «humana» de las fundaciones no va a servirte para todo, y menos si entramos en guerra.

—Tú tampoco —replica.

—Eso lo veremos.

83

Metástasis

Rachel

El incesante dolor que siento se extiende a lo largo de mis pechos, los pezones me empiezan a arder, al igual que las costillas. Las órdenes de Christopher truenan en la casa mientras me tomo la segunda dosis del medicamento que requiero.

—Apresúrate. —Entra a la alcoba.

El mensaje que recibió en la mañana lo sacó de la cama, no solo a él, también a mí, me hizo salir a avisarle a todo el mundo que se preparara para partir.

Echo tres prendas en la maleta, y él me la quita a pesar de que no he terminado de empacar.

—Muévete al avión —exige.

—¿Cuál es el afán? —increpo—. ¿Quién llamó?

—¡Afuera!

Me saca sin darme derecho a refutar. Los escoltas recogen lo que les falta, y no alego, solo camino rápido a la aeronave. Alex ya está adentro, colocado en su puesto y con el pecho vendado. Reviso que no esté sangrando, con tanto apuro tal vez se lastimó la herida.

—Estoy bien —me informa—. Un poco adolorido, pero es normal.

Está bastante mejor y en constante comunicación con Olimpia y Gauna, ya ha emitido varias demandas.

Acomodo mi equipaje arriba antes de tomar asiento a su lado.

—¿Sabes qué pasa? —le pregunto—. ¿Por qué partimos de una forma tan apresurada?

—Hay contienda entre los clanes de la pirámide y la FEMF —contesta—. Christopher debe hacerse cargo, es quien más los conoce.

Los escoltas suben con el coronel y a los pocos minutos la aeronave se alza. Me mantengo junto a la ventanilla con Alex Morgan.

El malestar crece con el pasar de los minutos; saber que volveré a verle la cara a Gema me pone mal, y también despedirme de mis momentos con el coronel. Me pregunto si tiene alguna droga en los brazos, que hace que me atonte y vuelva a ser dependiente de él.

Dos horas se suman al reloj. El ministro se levanta y vuelve con un plato entre las manos, el aspecto que tiene la comida me frunce el entrecejo.

—Come —pide, y nada de lo que trajo se ve apetecible.

—¿Cocinaste? —increpo—. Tienes que reposar.

—Los escoltas no cocinan nada saludable, así que yo lo hice. Come antes de que se enfríe.

No logro descifrar si lo que hizo es puré o papas masacradas.

—¿Qué esperas? —insiste—. Noté que estás teniendo preferencia por el pollo.

Pero frito, no pasado por agua. Tomo la cuchara, que llevo a mi boca; los alimentos están pastosos y hay un gran exceso de sal.

Trago y de inmediato mi estómago trata de devolverlo.

—La proteína —insiste.

No me gusta la comida incolora; le doy un mordisco y sabe como se ve: horrible.

—Tu alimentación es un asco. —Se vuelve a sentar—. ¿Tu madre no te enseñó a cocinar?

«Creo que su madre tampoco le enseñó a usted, señor». Vuelvo a comer; el segundo bocado me sabe peor y me cuesta no vomitar.

—¿Cómo ves lo del cargo de viceministra? —Busco la manera de distraer mi cerebro en con otra cosa—. ¿Sigues pensando que es factible?

—Eres una mejor herramienta que Thompson —comenta—. A diferencia de él, tú eres protagonista en muchos titulares, así que descartarlo no costará nada.

Sé que el cargo es una gran responsabilidad, pero por más que lo pienso la respuesta siempre es un sí. Necesito esto, tendré la posibilidad de estar más cerca de mi familia, también tendré más voz y voto en la milicia.

—Vas a estar a mi lado en todo momento, ¿cierto? En cada decisión.

—Sí —suspira el ministro—. Mi mandato estará presente a través de tus ojos.

Eso me tranquiliza, de sistemas administrativos sé lo básico, soy buena en combate, pero esto es otro nivel y de seguro tendré muchas preguntas.

El ministro insiste en que coma y no deje nada en el plato, acabo con la horrorosa comida, Alex se queda dormido minutos después y yo me paso al puesto de Tyler, que tiene una baraja de cartas en la mano.

—¿Cómo están las cosas en Londres? —le pregunto—. ¿Qué tan peligroso es el enfrentamiento con la mafia?

—No sé mucho. —Habla solo para los dos—. Al parecer, iban por un líder de un clan, pero no se pudo y eso empezó la contienda.

Las punzadas en los pechos son insoportables y termino con la espalda contra la silla.

Christopher no se mueve de la cabina. No hemos llegado a Londres y ya quiero volver. El saber que de seguro anunciará a Gema como su prometida hace que la nariz me arda, todo el mundo será feliz, menos yo.

Los ojos me escuecen y bajo la cara. Creo que, así como yo soy el oxígeno que requiere para vivir, él es la sangre que le da vida a mi corazón.

—¿Se siente bien? —me pregunta Tyler.

—Sí —musito.

Trato de concentrar la atención en las últimas noticias que hay sobre Philippe; pero me cuesta, ya que mis labios ansían la boca del hombre que permanece en la cabina del avión.

Tyler empieza a hablar de lo que suele hacer su familia en la víspera de Navidad y no hago más que asentir.

—¿A su familia le gusta la temporada o son como los Morgan?

—Lo celebramos siempre —comento—. Mi padre ama estas fechas e hizo que también las amáramos. En el exilio me costó mucho estar lejos por eso.

—Este año estará aquí y ya no será como antes.

—Sí, pero no creo que lo celebre.

Paso el nudo que se me forma en la garganta, las elecciones son días antes y estaré quién sabe cómo. Desde mi asiento, veo a Christopher de espaldas; el cuerpo me empieza a picar con el desespero que desata y el recordar las horas que estuvimos uno arriba del otro no es que me ayude mucho.

—Voy por agua —le digo a Tyler.

—¿Quiere que se la traiga? —se ofrece.

—Puedo ir yo, así que tranquilo. —Le doy una palmada en el hombro.

En la cocina tomo la botella y fijo los ojos en el pasillo. El brazo de Christopher es lo único que veo, la inquietud me toma al igual que las ganas de tener su polla en mi canal, y el desespero es tanto que considero la idea de ir al baño a tocarme.

Mi cerebro rechaza la idea, yo quiero otra cosa y la quiero en la boca. «Es molesto no tener antojos como una embarazada normal». Chupar la polla de Christopher Morgan ahora es una necesidad, así como el querer tenerlo encima y dormir con él todas las noches.

Siento que mi enamoramiento por él no hace más que empeorar, tanto que camino a su sitio en busca de no sé qué. Tiene el móvil desbloqueado sobre el panel de control y alcanzo a ver los mensajes de Parker. Se mantiene serio mientras maniobra la aeronave y revisa el mapa de Irlanda que tiene a un lado.

—¿Estás muy ocupado? —le pregunto.

—Sí. —No se molesta en mirarme. El «nena», «mi mujer» y las agarradas de mano son mientras sacia sus malditas ganas, los detalles son hasta quedar satisfecho, porque, después de eso, quedo en el olvido.

Le hablan en el radio, lo toma y empieza a pedir los permisos que se requieren para entrar al Reino Unido.

—¿Qué necesitas? —pregunta, enojado—. Me distrae que te quedes ahí de pie.

—Nada, perdón por incomodarlo, coronel.

Señales divinas, le llaman.

Me abarca la melancolía… «Londres es el último sitio donde quiero estar ahora». Vuelvo al lado de Alex y aseguro el cinturón de seguridad cuando avisa que vamos a aterrizar.

—Las cosas están peor de lo que pensaba —se queja el ministro a mi lado.

El aterrizaje es brusco, por no decir que violento; el coronel es el primero en bajar mientras que yo me ocupo del papá.

—¡Christopher! —lo llama Alex desde la escalera—. Parte enseguida, la alerta naranja se convirtió en un 1433 con Ilenko Romanov a la cabeza.

El coronel acelera el paso. 1433 es fuego cruzado entre dos bandos. Los soldados están preparando los aviones y corren de aquí para allá con lo que necesitan.

El ministro se apresura abajo.

—¡Necesito a toda la Élite lista para el combate! —grita Gauna en medio de todo—. Partimos dentro de veinte minutos.

Llego con el ministro al punto de partida y Gema se acerca corriendo con un mono de combate puesto.

—Ministro, me alegra verlo bien —le habla a Alex—. La Bratva está arremetiendo con armamento pesado.

Rápido, informa de la situación: la contienda es en Irlanda y hay caídas por parte y parte. La FEMF atacó al clan irlandés y la Bratva está contraatacando sin clemencia.

El ministro se pasa las manos por el cabello.

—Ilenko Romanov es igual a la madre, un completo maldito —se queja.
—Necesitamos soldados preparados, sabemos cómo es la pirámide.
—Gema me mira—. ¿De qué calibre necesitas las armas?

—Rachel James está fuera de esto —espeta Alex, que me toma del brazo y echa a andar conmigo—. Busca soldados en otro lado.

—Pero...

—¡Que está fuera, dije! —le chilla el ministro—. ¡Están tardando demasiado! Ya era para que estuvieran con los aviones en el aire.

—¡Ya oyeron al ministro! ¡Nuestros colegas nos necesitan, así que vamos, soldados! —grita Gema—. ¡Vamos a demostrar por qué somos los mejores!

La miro con las orejas ardiendo. A Sabrina nunca le llegué a desear todo el mal que le deseo a ella por patética y ridícula.

—¡Concéntrate! —Me sacude Alex—. ¡Tu atención tiene que estar en otras cosas!

—Ayudaré con el armamento. —Me suelto.

—No. —Me vuelve a tomar.

—Se requiere ayuda. —Me detengo y agarro su muñeca para que me escuche.

Abro la boca para hablar, pero callo al notar que los soldados miran el agarre del ministro sobre mi brazo, como también Gauna, Brenda, Laila, Gema y Alexandra. La cercanía de Alex hace que parezca que estuviera discutiendo con mi pareja y no con un superior.

—No voy a tardar, ministro —carraspeo—. En un momento parto con usted; como bien acaban de decir, se necesita ayuda.

No le gusta mi respuesta; sin embargo, me suelta y avanza con la mano sobre la herida. Me voy a la mesa donde se arman los fusiles y empiezo a prepararlos con el fin de que los soldados solo tengan que tomarlos.

De lo que se informa por los radios no es alentador y trato de hacer todo lo más rápido posible.

—Ten cuidado. —Le entrego armas a Brenda—. Recuerda que Harry espera por ti.

—Sí. —Sonríe nerviosa.

Sabe que por su hijo debe volver sana y salva.

—¡Quiero a todos los aviones cargados con municiones! —sigue Gema.

—¡Sí, mi teniente! —contestan todos los soldados con un rango menor a teniente.

En la entrada reviso uniformes y doy el visto bueno para partir a los aviones. Christopher permanece en una de las mesas con Simon, quien le muestra los planos.

—Falta el armamento del coronel —me dice Parker—. Prepáralo.

Las armas que usa siempre son de alto calibre, no todos los soldados son rápidos a la hora de armarlas, así que me muevo al sitio a prepararlas.

—Teniente —se acerca Patrick con un mono en la mano—, cámbiese, será mi copiloto.

—Estoy fuera de juego, capitán. —Sigo con lo mío—. Los combates están prohibidos para mí.

Se queda con la mano estirada. Patrick no es el tipo de hombre que se conforma con respuestas sencillas.

—¿Por? Eres de la Alta Guardia y yo voy a cubrir a Christopher.

—Sigo mal por lo de Philippe Mascherano —miento.

Mira la pierna, que ya está sana.

—¡El armamento! —El coronel empieza a presionar y me da la excusa perfecta para irme.

—Con su permiso, capitán.

Christopher se termina de poner el mono y el chaleco. Después, conecto el sistema de comunicación mientras él se acomoda los cargadores, dejo cada arma en su lugar y me agacho a preparar los dispositivos de las piernas.

Todo tiene que ser en segundos, no le gustan las demoras y por ello me esmero por hacerlo lo más rápido que puedo.

—Lancaster va de copiloto con el coronel —ordena Gauna.

—Como ordene, mi general —contesta ella.

Le entrego a Christopher lo que falta. Gema queda lista también, y Christopher le hace un gesto para que eche a andar. Observo cómo se pega al coronel, que le da indicaciones mientras trotan al avión, y lo que comí en el avión se me sube a la garganta.

—Ella no tiene la culpa de que te sientas y te veas como una reverenda perra —me habla Liz Molina a un lado—. Me da risa lo mucho que te crees y lo poco que eres…

—Habló la maldita pandillera sin hogar. —El empellón que le suelto llama la atención de todos los presentes—. ¡Ofenderme no te va a poner de nuevo en la Élite ni te va a devolver el prestigio que tú misma te has quitado!

—Ah…

—¡Cállate! —No la dejo hablar.

Lo que pasó con la hija de Kazuki la tiene en el punto de mira y, por ello, no puede ejercer en la tropa especial.

—¡Basta con los insultos y aires de superioridad, que aquí, como ya se dijo, no eres nadie como para venir a hablar como te place! —espeto.

—¡Teniente! —Se acerca Gauna—. ¿Qué pasa?

—Disculpe, general, pero no voy a aceptar que una irrespetuosa lambebo-
tas me hable como si estuviéramos en el mismo nivel —espeto—. ¡Es lo que
hace siempre con sus constantes faltas de respeto y piensa que tengo tolerarlas!

Fija los ojos en la sargento, que no sabe ni cómo pararse al notar los ojos
de todos sobre ella.

—Creo que se le subió el cargo a la cabeza y...

—¡Cállese y espere afuera, Molina! —le grita Gauna—. ¡Más de una vez
se le ha dejado claro que aquí los cargos se respetan y parece que le cuesta
entenderlo! ¡Muévase afuera!

Se larga, el general se queda conmigo y me mira enojado.

—Venga conmigo —ordena.

Los soldados no me pierden de vista. No debí gritar así, sin embargo, mis
niveles de tolerancia están en el suelo.

«La altivez no es algo de los James», suele decir mi papá, y mírenme, parece que me he olvidado de eso.

Gauna se adelanta a hablar con el ministro, que espera en el estacionamiento; se van aparte y entro al vehículo cuando Ivan abre la puerta. El
general manda a llamar a Lizbeth Molina y no hago más que mirar el asiento
delantero hasta que el ministro vuelve.

—Arranca —le pide al soldado que está frente al volante.

Mantengo las manos en mi regazo, la cabeza me duele, así como la garganta, el pecho y las costillas.

Salimos del comando y me surgen las ganas de llamar a casa, pero me
aguanto, ya que escuchar una voz familiar solo me va a recordar lo sola que
me siento.

Aquí tengo a varias personas que me quieren; no obstante, los brazos de
mi familia es algo que no reemplaza cualquiera. El dolor en los senos empeora, creo que tengo algo de fiebre y el mero roce del sostén me resulta molesto.

—Perdón por lo de Molina —le digo a Alex, que se mantiene a mi lado
sin decir nada.

—¿Me lo pides a mí? —contesta—. Pídetelo a ti misma, eres quien se
hace daño con esto.

Asfixio las ganas de llorar.

—No la tolero ni a ella ni a Gema —confieso—. Por más que me esmero
por ignorarlas, no puedo, las detesto demasiado. ¡En especial a Lancaster, que
está con el hombre que quiero! —Callo cuando las lágrimas me brotan, me
estoy viendo patética y trato de limpiarme la cara.

—El viernes se anunciarán las fórmulas electorales —suspira Alex—. Le
pedí a Olimpia que nos apoyara y lo haré junto con Gauna. Hablarán de

lo útil que has sido en el ejército y de lo buen dirigente que puedes llegar a ser.

Asiento. Gauna y Olimpia tienen una carrera admirable, tener su apoyo es de gran ayuda.

—También se hará público el compromiso de Christopher con Gema.

—La oración me vuelve pedazos—. Cristal Bird anunció que ese día dirá quién será su esposa; fue algo que pedí, ya que esa fecha es el momento perfecto para tomar ventaja frente a otros candidatos.

Me muerdo los labios que empiezan a temblarme. «Viernes» será el día en que Christopher Morgan dirá quién será su futura esposa, el día en el que el mundo me va a gritar que nunca seré algo más que su amante.

—Piensa en los mellizos, en los beneficios que traerá tu embarazo. Ambos sabemos que Gema es lo que se requiere ahora, todo el mundo la adora —sigue Alex—. Tú y yo nos iremos a Washington después de la boda, allá empezaremos de nuevo y estarás más tranquila.

No sé para qué Christopher me buscó después de volver, estaba bien para mí, ya era parte de mi pasado y se opuso a eso. Insistió y ahora vuelvo a tener el corazón roto otra vez, desde ya sé que verlo caminar al altar con otra va a dejarme en la lona.

El silencio se extiende hasta que llegamos a la mansión donde Sara y Cho salen a recibirnos. Me limpio la cara para que no noten que he estado llorando.

Sara se apresura a abrazar a Alex.

—¿Cómo estás? —le pregunta—. Estuve muy preocupada.

—No hay riesgos, y eso es lo que importa. —La besa—. Vamos adentro.

Ella se mueve a saludarme con un abrazo.

—¿Cómo están los bebés?

—Bien —musito.

Cho apoya la mano en mi espalda mientras camino. La madre del coronel empieza con las preguntas y dejo que sea el ministro quien responda. Se quedan en la sala y subo a bañarme. Mi malestar empeora, el dolor en las costillas es insoportable, así como el de la espalda y los brazos.

—Es normal, estos síntomas llegan con el desarrollo de las glándulas mamarias —comenta Cho, quien me trae comida—. Trata de reposar y ya va a pasar.

Me deja sola y no soy capaz de conciliar el sueño. Stefan llega horas después a comunicarme las novedades de los últimos días. Mantengo las manos en las costillas mientras lo escucho…, este dolor me tiene mal.

—Me tienen organizando carpetas —comenta—. Me las apañé para venir a casa. Lo que pasa en Irlanda hasta a mí me tiene alterado.

—¿Qué noticias hay sobre eso?

—El coronel está en combate con el Boss, eso fue lo último que oí —me informa—. Iban a tomar a un líder de un clan y la Bratva tuvo que hacer frente. El coronel está bombardeando y el dueño de la Bratva le está respondiendo.

Menos mal que no fui, es como ir a ver un engendro contra otro engendro. Respiro hondo.

—Vete a descansar, mañana tienes que trabajar —le digo a Stefan, y se acerca a arroparme.

—Tú también trata de descansar. —Deja un beso en mi frente—. Duerme bien.

Se va y enciendo el televisor. Muestran lo que pasa en Irlanda, la contienda es en los barrios bajos de Galway. Me tomo un par de analgésicos; sin embargo, el dolor no desaparece: empeora a un punto donde me saca de la cama.

Vomito en el retrete. Siento que el estómago se me va a salir... «¡Joder!». La siguiente ola de vómito me dobla, los pechos los siento duros y parece que se me fueran a estallar.

—¿Rachel? —Sara toca a la puerta—. Alex quieres saber cómo estás, ¿te sientes mejor?

La arcada de vómito corta las palabras que quiero soltar y la madre del coronel entra preocupada, pone la mano en mi espalda mientras devuelvo todo.

—Sigues mal. —Se apresura a tomar una toalla—. Lo mejor es que te llevemos al hospital.

Descargo la cisterna antes de moverme al espejo donde me abro la sudadera, tengo los pechos hinchados y rojos, por no decir morados.

—No creo que esto sea normal —musito.

—No lo es, voy por Cho.

Se apresura afuera, y vuelvo a vomitar en el retrete. Cho no tarda en aparecer y sacude la cabeza al ver lo mal que estoy.

—Debes ver un médico, los primeros síntomas eran normales, pero esto no. —Me pone la mano en la frente—. Tienes mucha fiebre.

Sara se apresura a empacar lo que necesito y la poca fuerza que tengo la uso para irme a la cama. Alex aparece con Stefan.

—Iré contigo al hospital —habla el ministro—. Gelcem, diles a los escoltas que preparen los vehículos.

—Su herida es delicada —jadeo—. Lo mejor es que se quede.

—No la voy a dejar sola, teniente, son mis nietos los que tiene adentro —alega—, así que arriba, que nos vamos.

Meto los brazos en el abrigo que me ofrece Sara. Stefan me ayuda a bajar y a entrar al auto que espera.

—Quédate, ya somos muchos en camino —le digo—. Te llamaré si sucede algo.

Asiente. Hasta respirar es incómodo, no soporto estar sentada y termino con la cabeza sobre las piernas de Alex Morgan. Sara me pone una chaqueta encima cuando empiezo a temblar por el frío.

—Ve más rápido —le pide al ministro al conductor—. Es una urgencia lo que tenemos.

No sé qué me ha puesto tan mal. Cho me pregunta desde el asiento del copiloto qué más molestias siento, y no doy para contestar. Mantengo las manos sobre el abdomen. «Mis bebés son especiales y en cualquier momento pueden morir». Trato de ser fuerte como el roble que resiste en medio del huracán; sin embargo, me cuesta con Christopher haciendo estragos en mi cabeza. Me pone sentimental mi situación con él, el que su voz haga eco en mi cabeza con su «nena» y «conmigo estás a salvo»… Son palabras que van y vienen en medio de las náuseas.

Dalton es quien abre la puerta del vehículo al llegar al hospital.

—El cuerpo me duele demasiado —jadeo, y el escolta me alza en brazos.

Camina conmigo adentro lo más rápido que puede.

—¿Cómo sientes mi fiebre? —pregunto.

—Alta.

Me deja en la camilla que traen; no nos hacen esperar demasiado, ya que la presencia del ministro hace que me atiendan rápido y, por ello, me atienden en cuestión de minutos.

—Hay que bajar la fiebre o causará convulsiones.

Los padres del coronel se mantienen a mi lado, Alex no se aleja, ni cuando uno de los médicos me solicita que me quite la playera y el sostén.

—Esto es extraño. —Palpa mis pechos—. Haremos análisis completos de orina, sangre y un ultrasonido, ecografías y demás.

Las agujas van y vienen, termino con suero. La obstetra que lleva el historial clínico suelta la tanda de preguntas y el toxicólogo insiste en que lo mejor es interrumpir el embarazo. Sacudo la cabeza, estoy enferma y me siento pésimo; aun así, mi decisión no va a cambiar ni ahora ni nunca.

—Sería lindo que todas las madres se aferraran a sus hijos como tú —comenta la obstetra.

—Son mi pase a la felicidad. —Fuerzo una sonrisa.

Alex está hablando por teléfono en el corredor de afuera, mientras que Sara permanece al pie de la camilla.

—Estoy en el deber de hablarte con claridad, y por ello te pido que tengas claro que los sueños no siempre llegan como lo pedimos —continúa la obstetra— y, así como los amas ahora, debes amarlos como vengan. Ellos no tienen la culpa de las anomalías con las que puedan venir.

Eso no tiene que decirlo, ya he imaginado los peores escenarios y los sigo amando igual.

—Debes cuidarte. Tus pulmones están débiles por el tipo de asma nerviosa que padeces, las emociones fuertes te alteran y en cualquier momento puedes colapsar —continúa—. El inhalador debes llevarlo contigo en todo momento.

Asiento, Cho se encarga de pedirle una segunda opinión a los médicos de la isla mientras los médicos concluyen con los análisis. Las molestias empiezan a pasar con el medicamento que me suministran a través del suero.

—Estoy suscrita a dieciocho revistas de maternidad —comenta Sara—. No soy la embarazada, pero quiero estar al tanto de todo lo nuevo que deba saberse.

En la sala de espera pone la mano en mi rodilla. Sara Hars es la mujer mayor que todas queremos ser: elegante, con estilo y prestigio, una castaña sin canas que siempre luce ropa a la moda. El ministro deja un beso sobre su sien.

Adoro a Laila, hacían una buena pareja con el ministro, pero Sara Hars y Alex Morgan son una pareja que también vale la pena ver.

—En la web puedes ver cosas sin pagar —le dice Alex. Creí que ya no se vendían suscripciones de ese tipo de revistas en papel.

—Adoro cargar revistas en el bolso —contesta ella—, así como amaré cargar a mis nietos.

Feliz, frota mis hombros.

—Me tomaré un año para ayudarte con el cuidado de los niños —suspira—. ¿Te gustaría? Espero que no te ofenda el que haga planes sin tu permiso.

—Estaría encantada de tenerte a mi lado —le contesto, y la cara se le ilumina.

Es una de las más ilusionadas y si es así ahora, no quiero imaginar cómo será cuando mi vientre empiece a crecer.

—Los médicos ya tienen los resultados —avisa Cho.

Como la última vez, nos reunimos alrededor de la mesa redonda que tienen en el centro de la sala. Los papás del coronel entran conmigo.

—Mente abierta, recuérdalo. —Cho me masajea los hombros cuando tomo asiento.

—Teniente James, los fetos están bien —empiezan los doctores—. Las medidas siguen normales, todo marcha como debe ser en el desarrollo de ambos.

Respiro, tranquila: eran mi mayor preocupación.

—La que no está bien es usted —continúa—: las secuelas que dejó el HACOC han malformado las glándulas mamarias. Su organismo es inestable y defectuoso.

Las palabras son puños que no hacen más que doler.

—Está segregando una extraña sustancia, cuyo origen desconocemos, pero amenaza con contaminar órganos importantes —prosiguen—, y eso es peligroso para los fetos.

—La droga ya no está en mi cuerpo —contesto—. En la isla se me hizo una limpieza de toxinas.

—El HACOC deja agentes tóxicos que a medio o largo plazo se manifiestan. Lo siento mucho, pero... —hace una pausa— debo impedir el desarrollo de estos agentes en las glándulas mamarias, lo que significa que no podrá amamantar. Su sistema es demasiado nocivo e impredecible.

La garganta se me contrae con el nudo que se me forma en ella; cada vez que me ilusiono con algo, el mundo se encarga de aplastarlo.

—¿Hay alguna otra alternativa? —Trato de buscar soluciones—. ¿Qué puedo hacer para que mi cuerpo funcione como debe?

Sacude la cabeza, y eso me pone peor.

—Nada, esta es la única medida que podemos tomar para que no pase a mayores.

El asma me ataca todo el tiempo, y ahora también debo lidiar con el hecho de que no podré alimentar a mis hijos.

—¿Le va a doler? —pregunta Sara.

—Se insertan agujas en distintas áreas, pero no es doloroso —explica—. No para ella, que está acostumbrada.

En lo único que pienso es en las desventajas que esto supone para mis hijos, tienen una gran cantidad de cosas en su contra y ahora tampoco podrán alimentarse como se debe. «Soy una maldita defectuosa». No quiero que nadie lastime a mis hijos y la que lo hace soy yo con este tipo de cosas.

—Los bebés están bien y es lo importante —me anima Alex—. Estos solo son imprevistos que aprenderemos a sobrellevar.

No digo nada, solo dejo que me lleven a la sala donde se le da inicio al procedimiento. Escondo los labios, que me tiemblan, los padres del coronel se quedan en el corredor y contengo lo que se me atasca dentro.

Clavo la vista en el techo lleno de luces artificiales. Adiós a la conexión única entre madre e hijos, adiós a mi única forma de fortalecerlos fuera del vientre. La piel me arde con las agujas que entran y salen de manera recurrente.

—Por suerte lo hemos detectado a tiempo, dentro de unas horas estarás del todo bien —me informan—. Con la ayuda del medicamento te recuperarás dentro de unas horas.

Me dan el alta tres horas después, las molestias se van y lo único que queda es el ardor en las glándulas que empieza a disminuir.

Sara se encarga de todo el papeleo, Alex no puede moverse mucho por su estado; sin embargo, se mantiene a mi lado. Al auto vuelvo con mejor salud física, pero con peor salud emocional.

—¿Bombones? —Me ofrece Sara, quien se ubica a mi lado—. Cuando lleguemos a casa puedo prepararte algo si...

—Con que no me tengas lástima es suficiente, gracias —le digo—. Estoy bien y no necesito nada.

Cho se sienta al lado del copiloto, y el ministro, a mi izquierda. El auto arranca rumbo a la mansión. Hay quienes envidian riquezas y lujos, y hay otros que solo anhelamos ser normales. Yo daría todo por serlo, le vendería el alma al diablo con tal de que mis hijos estén sanos y no tengan una maldita madre defectuosa.

No miro a ninguno de los que me acompañan. El vehículo entra al vecindario, lleno de arbustos verdes y mansiones blancas. Se estaciona frente a High Garden y soy la primera que baja con los ojos llorosos. Atravieso la entrada de puertas dobles; el dolor que tengo en el corazón es una tortura y no quiero ver a nadie. Quería hacer esto bien, vivir la experiencia completa y no puedo.

—Rachel —me llama Alex cuando estoy en la mitad de la escalera—, creo que es un buen momento para recordar lo que eres...

Me vuelvo hacia él, que está al lado del barandal con una mano en las costillas por la herida.

—¿La amante de tu hijo? —respondo—. ¿El maldito juguete de la mafia? ¿La perra adicta que se vomitó encima en una maldita sobredosis? ¿O la jodida defectuosa que ni para ser madre sirve? —Respiro—. ¡La miserable que debe vivir de tu lástima porque ni para vivir como se debe tengo ya!

El llanto me rompe, presa de la rabia por tener que pasar por todo esto.

—¡Basta de decirme que soy fuerte, que soy importante! ¡No lo soy! —increpo—. ¡Soy la zorra de un hombre que nunca le va a ofrecer más que cama! ¡Soy el desecho que dejó el HACOC! ¡Soy una imbécil que vive engañada y se quiere aferrar a lo imposible!

Baja la vista a los escalones sin saber qué decir.

—Soy una completa mierda y no me hace falta recordarlo; cada vez que me levanto es lo primero que evoca mi cabeza.

Continúo hasta la alcoba. Mis sentimientos chocaron de nuevo y temo a que me digan algo mucho peor, que mañana la noticia sea: «Sus hijos murieron».

Entierro la cara en la almohada, que absorbe mis lágrimas, abrazo el cojín que me enviaron de Phoenix mientras lidio con el peso que avasalla mi pecho. Vuelvo a los días donde lloraba por todo y a la vez por nada.

No puedo ser una buena madre, no tengo al hombre que quiero. Las ganas de que Christopher esté aquí son como una enfermedad y me llenan de más rabia, porque mis emociones dependen demasiado de la persona que me rompe y pega al mismo tiempo.

Las horas pasan, el reloj avisa la llegada del mediodía y no me muevo de mi sitio ni cuando abren la puerta. La sombra de Alex Morgan me cubre al acercarse y sentarse en la orilla de la cama. No le digo nada y él me acaricia la espalda.

—¿Qué puedo hacer? —pregunta—. ¿Qué busco o qué necesitas?

Aumenta la avalancha de emociones, sus palabras abren la brecha que me hace anhelar lo único que podría reconfortarme ahora.

—Extraño a mis padres, mi hogar… —confieso—. Agradezco tu ayuda, pero una parte de mí siente que es lástima.

—Los Morgan no sentimos lástima por nadie. Regina nos quitó esa cualidad.

El silencio se perpetúa entre ambos y no hago más que mirar la cortina del balcón que se mueve con el viento, no inmuto palabra y él suspira antes de empezar a hablar.

—Meses atrás le exigí al coronel que dejara de dar vueltas y se comprometiera de una vez por todas. —El tema de conversación que saca es lo último que quiero oír en este momento—. Te lo iba a pedir a ti antes de que recayeras.

El pulso se me eleva y cierro los ojos. «Miente», me digo en lo que siento que el peso en el pecho se torna doloroso. «Miente».

—Te lo iba a pedir, pero tú te fuiste tras Stefan Gelcem, y lo más grande de Christopher no es el ego, es el orgullo —continúa—. Comparto su pensar de que estás donde quieres estar por terca y testaruda. Dices que temes a que te lastimen, pero eres tú la que se hace daño con tanto miedo.

—No me mientas —sollozo—, no con lo mal que me siento. Tengo que odiarlo y el que digas eso no me ayuda.

—No miento, teniente, no tengo por qué hacerlo y tienes razón en algo y es que lo mejor que puedes hacer es detestarlo —declara—. Meses atrás, Christopher estaba tranquilo, pero ahora es el mismo hijo de perra de años pasados.

Pasa saliva antes de continuar.

—El coronel evoluciona para mal, y si desaprovechamos el momento en el que era más humano, no tenemos ningún derecho de quejarnos ahora —musita—. No va a cambiar, y lo mejor que podemos hacer es partir, dejar que haga su vida con quien siempre está para él.

Lo miro. Lo último duele y, pese a que lo sabe, no se disculpa.

—Aunque te moleste, Gema está más que tú y yo: tú pones tu mundo primero que a él y ella lo ama sin miedo, sin arandelas, sin pensar en otros, simplemente lo quiere y ya —concluye—. Y a ti te quedó grande eso.

Sacudo la cabeza en lo que me siento en la orilla de la cama.

—No te sientas mal, yo también he cometido errores con él.

—Lo mejor que puedo hacer es irme. —Respiro hondo—. No voy a quedarme a ver cómo hace su vida con ella. Lo amo demasiado y por mi embarazo lo mejor es que cierre este capítulo con él.

Pone sus manos sobre las mías.

—Coincido en que alejarnos es lo mejor. Estoy cansado de todo y quiero una vida tranquila para ti, para mí y mis nietos.

—Ellos requieren un ambiente que contribuya a que sean buenas personas.

—Tienes razón, necesitamos más Morgan como Reece y menos como Thomas y Christopher.

Pasea las manos por mis piernas, no deja de demostrarme lo mucho que quiere a sus nietos.

—Discúlpame si fui grosera, no me siento bien.

—Lo entiendo y no pasa nada —contesta. Dejo que se levante, está herido, luce agotado y lo mejor es que se vaya a descansar.

—Alex. —Se detiene cuando lo llamo, pasos antes de llegar a la puerta.

Saco los pies de la cama, camino donde está y lo abrazo. Él, a su vez, pasea la mano a lo largo de mi espalda y prolonga el momento.

—Gracias —suspiro—. En verdad, aprecio mucho tu ayuda.

No tiene idea de todo lo que significa su apoyo para mí, el que quiera irse conmigo.

—Nos iremos después de las elecciones. Mientras tanto, hay que seguir apoyando a Christopher.

La idea de ver al coronel casado vuelve a estrujarme por dentro.

—Pediré que te sirvan algo para merendar. —Se aleja—. Vuelve a la cama, que mañana debemos estar en el comando temprano.

—Bien.

Obedezco, me meto bajo las sábanas, trato de distraer mi cabeza con el móvil, no funciona, así que, horas después, termino llamando a casa, ya que llevo días sin hablar con mi familia.

—¡Hey! —saluda mi hermana menor—. ¿Cómo estás, *Wonder Woman?*

Sonrío con el término, alcanzo el cojín, que pongo sobre mis piernas mientras ella me cuenta que está limpiando los galardones de mamá.

—¿Llamas a decir que vienes a visitarnos? —me pregunta—. ¿O a decirme que me extrañas?

—¿Extrañarte? Me acordé de ti porque contestaste —la molesto.

—Voy a colgar, Rachel.

—Bromeo, sabes que te adoro, cabra loca. Hace unos días le daba el biberón a la bebé de Luisa y me acordé de ti —suspiro—. Cuando te lo daba de pequeña, eras tan…

Las hormonas hacen que rompa a llorar, en verdad el último procedimiento me afectó.

—Oye, calma, sé que estás sensible por lo de la cirugía, pero no me gusta oírte así —me dice— ¿Quieres ver el video que captó mi celular cuando papá se cayó en el centro comercial? Está como para partirse de la risa.

Me lo envía y termino riendo en medio de las lágrimas. Se despide y me pasa a Sam, quien me habla del despido masivo que hubo en el comando de Londres.

—Sacaron de la central inglesa al hijo del señor York —me informa—, el vecino de al lado, ¿lo recuerdas? Está deprimido por ello, se esforzó por entrar y de un momento a otro ese coronel lo saca con pruebas que parecen de la época medieval. Los invitamos a almorzar y la familia le contó todo a papá.

Las últimas pruebas que hizo Christopher no fueron muy benevolentes que digamos.

—¿Qué piensas de eso? —inquiere mi hermana—. ¿Sabes si van a protestar o algo así?

—No sé, lo dudo mucho. —Trato de cambiar el tema—. ¿Cómo va la universidad?

—Excelente como siempre —responde.

La conversación se alarga con el asunto de sus notas, mis padres no están en casa y por ello solo alcanzo a hablar con mis hermanas. Me pongo a trabajar después de colgar, debería descansar, pero no tengo sueño.

Busco boletines sobre lo que está pasando en Irlanda y me pongo a leer las novedades que hay. «Te lo iba a pedir antes de que recayeras», las palabras dichas por Alex son un bofetón que me desconcierta.

«¿Cómo serían las cosas si me lo hubiese propuesto?». De seguro no me sentiría como me siento y no hubiese tenido que pasar por tanto.

Me obligo a dormir y, a la mañana siguiente, despierto con la misma rabia cargada de frustración; es un día menos para el viernes y la fantástica noticia del compromiso.

Trato de arreglarme para ir al comando, pero termino estrellando mi perfume en el espejo del lavabo. Observo mi reflejo en el cristal roto, la Rachel que no le deseaba mal a nadie quiere ver gente muerta y me da rabia porque yo no soy así.

—¿Señorita? —La empleada toca a la puerta—. Escuché que algo se rompió. ¿Está bien?

—Sí. —Empiezo a maquillarme—. Todo está bien.

Meto las piernas en un pantalón clásico, me meto la blusa bajo la pretina de este, alcanzo el blazer y me lo pongo encima de la ropa oscura.

Bajo a desayunar con Stefan, quien acaba de llegar del comando.

—La Élite volvió en la madrugada cuando, por órdenes del Consejo, se dio cese al fuego —informa mientras caminamos al comedor—. El Boss y el coronel no le querían dar cese al fuego cruzado. Al parecer, el enfrentamiento se convirtió en una batalla de egos que dejó a varios muertos. El coronel sigue en Irlanda, es el único que no está en el comando.

Me muestra las fotos que hay y aparto la cara con la primera.

—Mejor no veamos nada, no quiero que el desayuno te siente mal.

Tomo asiento en el comedor. Trato de que mi mal ánimo se disipe con la comida; sin embargo, no lo consigo.

Sara tuvo que salir, arriba un médico está examinando la herida al ministro. Acabo con la fruta que me pusieron y le doy sorbos al capuchino.

—Mira. —Ivan entra con un cachorro con correa—. ¿Dónde lo llevo?

—¿Un perro? —Dejo lo que bebo de lado—. ¿De quién es?

—Supongo que es de los Morgan, lo enviaron del comando.

—La perra que estaba embarazada de Zeus dio a luz hace meses —explica Stefan—. Ese debe de ser una de las crías.

Dejo la servilleta de lado y me acerco a saludar al animal; es un pequeño que tiene el mismo color de Zeus. Le acaricio el pelaje gris, es precioso y se deja acariciar la panza, me alegra la mañana.

—Hay que darle de comer. —Llega la empleada—. Lo llevaré.

—Esté pendiente de él —le pido—. Aún es cachorro y requiere cuidados.

—Sí, señorita.

Se lo lleva, y con Stefan espero a Alex en la sala donde me termina de dar los detalles del enfrentamiento.

—La viceministra dice que se debe atrapar al Boss antes de que se ponga peor —comenta—. En la madrugada trajeron algunos cadáveres y...

Se pone las manos en el estómago y yo acaricio su hombro.

—Ve a descansar —le digo—. Ayudará a que puedas olvidarte de todo.

—Sí.

Alex baja solo. El traje color acero resalta el gris de sus ojos.

—Andando —pide.

Me señala la puerta y juntos echamos a andar al vehículo, en el trayecto al comando se pone a hablar por el móvil.

—Me iré dentro de un par de semanas y me instalaré en Washington —informa—. High Garden quedará a manos de Christopher.

«Más ardor». Pasamos por el protocolo de seguridad. Ivan abre la puerta para que salga y con Alex me traslado al edificio administrativo.

—Make Donovan quedará a cargo de la Alta Guardia; Dalton Anderson será el segundo al mando —comenta el ministro—. Hablé con ellos ayer en la noche, desde hoy la responsabilidad será de ellos.

—Dalton es un soldado con buenas habilidades, y Donovan es uno con paciencia y experiencia, todo queda en excelentes manos —expongo—. Harán un buen equipo, lamento no poder cumplir con el cometido de cuidar al coronel como tanto querías.

—No pasa nada, estás embarazada y se te sale de las manos.

Subimos al ascensor, que nos lleva a la sala de juntas donde se celebrará la reunión que tenemos.

—Hablaremos de las fórmulas; como sabes, se anunciará el viernes, pero hoy le informaremos a la Élite que te vas a postular al cargo de viceministra —sigue Alex—. También hay otros temas que informar.

—Bien.

Las puertas de la sala se abren. Gema está sentada a la cabeza de la mesa y no sé qué se cree, aún es una simple teniente y actúa como si fuera la nueva líder.

—Ministro, buenos días. —Viste el uniforme de entrenamiento—. Siempre es un gusto tenerlo en el comando.

Alex se va a su puesto. La Élite llega con Gauna y Thompson.

—Teniente James —me saluda Simon—. ¿Dios se acordó de nosotros y por ello tenemos el honor de contar con su presencia?

—¡Calla, Miller! —le grita Gauna—. ¡Dejen de perder el tiempo y siéntense!

Con Gauna no se puede ser sociable a ninguna hora del día. Busco una silla y con la cabeza saludo a mis amigas. A Laila, la presencia de Alex la ponen a mirar las carpetas que están sobre la mesa, tiene moretones en la cara y raspones en los brazos por la contienda de ayer.

Thompson se sienta en su silla. Angela queda a mi derecha, Patrick a mi izquierda, mientras que Brenda, Alexandra y Laila están frente a mí, Cristal Bird y Olimpia Muller se unen a la reunión.

Un horrible olor llega a mi olfato de un momento a otro. ¿Qué mierda?

—Teniente. —Patrick me da la mano y tenso la garganta con las náuseas que surgen.

—¿Qué te echaste? —indago—. Es demasiado fuerte...

Se huele la camisa que lleva puesta.

—Eh... ¿Mi loción de siempre?

Arrugo la nariz, creo que exageró a la hora de aplicársela.

—El enfrentamiento estuvo cruel. —Bratt empieza a hablar—. Tuvimos pérdidas por parte y parte.

Le cuenta todo al ministro, que asiente. No fue un operativo fácil, hay heridos y familias mal con todo esto.

Bratt prosigue. La fragancia de Patrick me pone a sudar. «Qué olor más desagradable».

—Las familias están asustadas con todo lo acontecido y los hijos no pueden ver a sus padres —habla Gema, quien empeora mis ganas de vomitar—. Había programado un día para la familia..., el evento será hoy en la tarde y no me parece prudente reprogramarlo.

—Comparto la idea, los reclutas necesitan compartir con sus seres queridos — secunda Olimpia—. La carga laboral ha sido pesada y requieren motivación.

—En Thorpe Park Resort tendremos actividades para grandes y niños —continúa Lancaster—. La actividad nos ayudará a mostrar el lado humano de la campaña.

—Bien —acepta el ministro—. Pasemos al segundo punto de la reunión: falta poco para abandonar el cargo y por ello tomé algunas decisiones. Ya todos saben que Wolfgang Cibulkova está muerto, Carter Bass fue destituido y apresado al comprobarse que apoyó todas las ideas de Wolfgang y lo ayudó en varias a cambio de dinero. Carter ya no estará a cargo de la rama, su lugar lo va a tomar un miembro de la familia fundadora: Konrad Muller. Tiene su propio modo de laborar y estará presente a través de sus agentes de confianza.

Los Muller son la familia de la viceministra, por ellos existe la FEMF.

—¿Se sabe quién le entregó información a Carter? —pregunta Patrick.

—Eso ya no importa, ya todo se desmintió y el nombre de todos está limpio.

—Pero Christopher quiere saber —insiste Gema— y yo también.

—Dije que no importa, teniente Lancaster —la regaña el ministro—. Hay que darles paso a los siguientes puntos.

Las ganas de vomitar crecen y me paso la mano por la garganta como si con eso fueran a desaparecer.

—Sargento Franco, tienes los méritos que se requieren para ascender; por ello, estamos de acuerdo con que sea la nueva teniente de la tropa Alpha que tiene a Thompson como capitán —dispone Alex—. Se requieren tenientes y usted será uno, una vez pasadas las elecciones.

«Un ascenso». Sonrío orgullosa. Brenda lo merece, es una excelente soldado.

—Gracias por tenerme en cuenta, ministro. —Mi amiga se levanta—. Cuente con mi total compromiso.

Todos la aplauden y ella le dedica un saludo militar al ministro. Tolerar la loción de Patrick es algo que me cuesta demasiado. El capitán no me quita los ojos de encima y me da vergüenza con Alexandra, que está frente a nosotros.

Corre la silla hacia mí cuando medio me alejo. El viento se filtra por la ventana y empeora el olor.

—¿Sigues mal por lo de Philippe? —pregunta en voz baja.

—Un poco —murmuro—. Aléjate, ¿sí? Mi asma exige mucho oxígeno.

Ignora mi petición, no se mueve del sitio donde está, como tampoco me quita los ojos de encima.

—Angela Klein retoma hoy las actividades con el cargo que tenía junto al capitán Lewis —continúa Alex.

Los aplausos siguen y ella también los tiene más que merecido.

—Por último, la teniente James y yo nos hemos reunido a hablar y plantear estrategias que nos convengan a todos —prosigue el ministro—. Por ello se va a postular a viceministra. Es una decisión que Gauna, Olimpia y yo apoyamos, puesto que tiene los méritos para hacerlo.

Thompson me mira decepcionado y mis amigas arrugan las cejas con la típica cara de «¿por qué no nos contaste?».

—Una vez pasado el periodo electoral, ambos nos vamos a instalar en Estados Unidos y dejaremos la central de Londres.

A Laila se le empañan los ojos con la noticia, está enamorada de él, quien no se molesta en mirarla. Gema no dice nada, solo sacude la cabeza como si no le gustara la idea.

—Confío en que vamos a ganar —sigue Alex—. Christopher continuará con Londres como sede y la sede de Rachel estará en el comando de Washington. Trabajarán como lo hemos hecho Olimpia y yo.

Procede a explicar todo lo que debe hacerse en lo que yo siento que no puedo más, las ganas de vomitar empeoran, el desayuno me queda en el borde de la garganta e intento levantarme, pero el mareo que surge me devuelve a la silla, donde a duras penas tengo tiempo de voltearme a tomar el bote de basura que recibe la comida que suelto.

Vomito bajo el silencio absoluto que se forma entre mis compañeros. «¡Joder!». Suelto el bote de basura y busco la salida, esto no va a cesar, necesito un baño y lo necesito ya.

El pasillo se me hace eterno, el baño aparece a lo lejos, pateo la puerta de la gaveta y termino con la cabeza metida en el retrete; siento que los intestinos se me van a salir.

—¿Estás bien? —Alex me pone la mano en la espalda—. Termina rápido, debes comer algo después de esto, has devuelto todo el desayuno.

—¿Tengo cara de querer comer? —La arcada que surge me corta las palabras.

Cuando no es por alcohol, se siente mucho peor. Sigo echándolo todo hasta que las arcadas cesan. Sudando, me levanto y trato de tomar aire por la boca.

—Necesito agua. —Busco el lavabo, donde hallo a Patrick de pie esperando no sé qué.

Me mira de arriba abajo como si fuera una extraña.

—Olimpia dio por terminada la reunión y quise saber si estás bien —comenta—. ¿Lo estás?

Su olor vuelve a ponerme mal.

—Es el baño de mujeres, ¿por qué entras, Linguini? —lo regaña Alex, que sale de la gaveta donde estaba.

—Por el mismo motivo que entró usted.

—¿Perdón? —Se molesta el ministro.

—Me preocupo por la teniente, señor.

—Me cayó mal el desayuno. —Evito una discusión—. Estoy bien, Patrick, gracias.

Abro la llave del lavabo y se acerca a dejar las vitaminas prenatales que cargo en el bolsillo.

—Se te cayeron cuando te levantaste —me dice, y el acto desata el pálpito que me hace respirar hondo.

Observa mi aspecto en busca de no sé qué.

—Me las recetaron por el HACOC. —Recibo las píldoras—. Debo tomar vitamínicos de por vida.

—Claro.

—Lárgate, Linguini —lo echa Alex.

Obedece y termino de lavarme la boca.

—Tengo dos reuniones importantes —comenta el ministro—, y no las puedo posponer. Vamos, te acompaño afuera; debes comer algo.

Salimos juntos, pese a que su herida no está del todo bien, se toma la molestia de dejarme en la entrada del comedor.

—Llámame si necesitas algo.

Entro y camino a la barra de comida, no tengo hambre, pero lo necesito.

—Dos botellas de agua —pido— y una sopa.

Creo que es lo único que ha de sentarle bien a mi estómago. Luisa está hace dos días en Liverpool con un caso y vuelve en la tarde. Con la bandeja en la mano, trato de ubicar a mis amigas y no veo a ninguna.

Me acerco a Milla Goluvet, que está comiendo. Se limpia la boca con una servilleta cuando me ve.

—¿Has visto a teniente Lincorp o la sargento Franco? —le pregunto.

—Las vi hace cinco minutos en una de las mesas de afuera.

—Gracias.

El aire fresco me sienta bien al salir. Mis amigas están apiñadas alrededor de una mesa con ¿Gema? Laila está soltando sangre por la nariz y Lancaster mantiene un paño frío sobre su cabeza.

—¿Qué pasó? —Dejo la bandeja de lado.

—Consecuencias del combate, acabo de tener una hemorragia nasal —contesta Laila.

—Conseguí esto para las raspaduras y moretones. Te va a ayudar con el ardor —dice Gema, que del bolsillo se saca un tubo de crema plateado.

—Gracias. —Lo recibe Laila.

Me jode que Gema quiera estar en todos lados.

—Es mejor ir a la enfermería. —Quito el paño que Laila tiene en la cabeza—. No estamos en campo abierto como para no acudir a un médico.

—La enfermería está llena de heridos —alega Brenda.

—Hablaremos para que la atiendan rápido —le insisto a Laila.

—Me haré cargo —se entromete Gema—. Con el botiquín, no será necesario que vaya.

—¡Ya dije que voy a llevarla a la enfermería, así que puedes largarte! —le grito para que deje de entrometerse—. Es una teniente y la atenderán rápido.

Laila se opone cuando intento levantarla.

—Eso solo funciona contigo —replica molesta—. Deja que Gema continúe; a mí los privilegios con los Morgan ya se me acabaron y no soy tú que tienes atención prioritaria siempre.

Ignoro el ofensivo comentario.

—Vamos a la enfermería, Laila —insisto, y se vuelve a negar—. Hay que ir...

—No quiere ir. ¿Por qué no lo entiendes? —interviene Gema.

—Ya estuvo bueno —habla Alexa—. Me hago cargo yo y fin de la discusión.

—¿Qué diablos te pasa? —le reclamo a Laila.

—Partes a América y no lo compartes —me echa en cara—. Cada vez te muestras más ambiciosa y no notas las posibilidades que le estás robando a otros.

—Eso no es cierto...

—¿No? ¿Qué hiciste con Thompson? Fue tu capitán y sabías que quería formar parte de la fórmula electoral del coronel —sigue—. ¿Te importó? Parece que no.

—Quedamos en que dejaríamos que nos contara —replica Brenda—. Ha de haber una explicación lógica para todo.

—Claro que la hay. —Gema abre la boca—. Ya es un secreto a voces, andas metida en la cama del ministro y te aprovechas de tu papel de víctima para que te ponga donde quieres estar.

Brenda y Alexandra se la comen con los ojos, mientras que Laila no hace más que mirar la mesa. La garganta me arde al igual que la nariz.

Yo no hago esto porque quiera, lo hago porque lo necesito. Una persona con mis problemas debe buscar la forma de escalar alto o la van a aplastar.

—¿Crees que me acuesto con Alex? —le pregunto a Laila.

—Rachel, ninguna piensa eso. —Alexa me acaricia el brazo en señal de apoyo.

Miro a Laila en busca de la misma mirada que veo en Brenda, pero no la hallo.

—¿Vas a creer lo que esta estúpida dice? —insisto—. Somos colegas desde los dieciséis años, Laila.

Me duele que no me conteste, «Que me acuesto con Alex». ¿Es lo que cree todo el mundo ahora?

—Bien lo dijo mamá, mueres por treparte de alguno y como Reece murió, vas por el mayor. ¿Qué tienes en la cabeza? —Me encara Gema—. ¿Tan urgida y caliente estás?

Siento el aire pesado.

—Deja de decir idioteces —contesto—. No intentes rebajarme que...

—¿Qué? Dime. ¿Qué harás? ¿Matarme, como a Meredith? —susurra—. No te temo, Rachel, las cosas van a cambiar y por muy viceministra que seas, mi puesto también tendrá peso y cuando pase vamos a arreglar cuentas.

Aviva el odio que siento por ella.

—Yo no soy Sabrina, a la que le arruinaste la vida y no hizo nada —agrega.

Los dedos de las manos se me cierran listos para golpearla, pero Alexa me toma del brazo para que me aleje.

—Vamos —me pide—, Brenda se quedará con Laila.

—Luego las busco —me dice la mamá de Harry.

Laila no me mira y echo a andar con Alexandra. Sé que mi amiga está celosa y por eso actúa como lo hace. Gema le está lavando el cerebro a todo el mundo.

—No crees lo que dice esa maldita, ¿verdad? —le pregunto a Alexandra.

—Claro que no —contesta—. Lo que dijo Gema fue una estupidez, no pierdas tiempo con ella.

La acompaño a ver cómo están los heridos en la enfermería y la ayudo a hacer los informes del estado de todos. Gema no se me va de la cabeza a lo largo de la tarde, es una maldita arrastrada.

—Aquí estás. —Llega Alex—. Nos iremos a casa y luego al compromiso de esta noche. ¿Tienes todo claro?

—Sí. —Le sonrío—. Claro que lo tengo.

El olor a palomitas prevalece a lo largo del parque, que hoy parece una feria con payasos, atracciones y acróbatas. Hay soldados por todo el perímetro, pendientes de que nada se salga de control.

Varios me miran con disimulo en lo que camino por el sitio. «Si no puedes ponerte mala, ponte sexi». El cabello negro me cae suelto por la espalda; las zapatillas deportivas que tengo me dan un aire relajado, mientras que el vestido negro, un aura sensual.

—Esperaba más de esta ciudad. —Stefan camina a mi lado—. Ahora pongo mis esperanzas en América; espero que me dé una buena bienvenida a mí y a mi auto.

Se ríe cuando lo miro seria.

—Es broma, estás muy seria últimamente.

Se agacha a acariciar el perro, hijo de Zeus, que traje para que paseara. Desde mi sitio veo a Gema, que se pavonea, ríe y entrega juguetes con Cristal Bird.

—Trae lo que compré —le pido a Ivan.

El escolta se acerca con un ramo gigante de globos, el cual atrae la atención de los niños que se acercan en busca de uno.

—Oye, no te limpies en mí —se queja el soldado que sostiene el ramo.

—¿Cuántos de aquí serán capitanes? —Me agacho a saludar a los pequeños—. Qué pañuelo tan bonito, ¿me lo prestas?

Dejo que los medios internos me tomen fotos en lo que saludo y sonrío. Siempre he sido una persona sociable y hoy trato de serlo más.

—¿Cómo están? —pregunto—. ¿Ya subieron a las atracciones?

Busco grupos grandes, hablo con los cadetes presentes; la mayoría de aquí teme a las guerras que se avecinan y por ello se esmeran por disfrutar de su tiempo libre.

—Debemos confiar en que todo va a salir bien —les digo—. Como soldados, no podemos dejar que el miedo nos nuble, puesto que eso es lo que espera el enemigo.

—¿Qué rol tomará en la campaña Morgan? —inquiere uno de los medios internos.

—Los Morgan siempre podrán contar conmigo para lo que requieran. —Sonrío— Estaré donde ellos me quieran poner.

Todavía no puedo decir que aspiro a tener el puesto de viceministra, Christopher es quien debe anunciarlo.

—Muchos desean saber qué puesto tendrá —comenta el agente—. Es una excelente soldado, ojalá esté en un cargo donde pueda apoyar a los reclutas. ¿Puedo tomarle una foto con la Alta Guardia que ha estado liderando?

—Por supuesto.

Les pido a los soldados que me acompañan que se acerquen. Ivan consigue librarse de los niños, que no lo dejan en paz con los globos. Poso con los uniformados y el perro.

—Se ve muy bella entre una tropa de solo hombres, teniente.

—Gracias. —Dejo que se vaya.

El hombre se aleja y me vuelvo hacia Ivan, a quien empujo.

—¿Tenías que ponerme el puto pito en la espalda? —reclamo.

—Fue usted quien me llamó, así que no se queje. —Se larga, ofendido.

Stefan me acompaña a lo largo del recorrido. Gema no deja de acaparar la atención, tiene la mitad de la cara pintada, saca una flauta y les pide a los niños que la sigan. Los agentes de los medios no la pierden de vista. Los padres les confían a sus hijos y los dejan participar en las actividades que preparó.

—¿Boto los globos que quedan? —indaga Ivan.

—¿Cómo que los boto? Pagué por ellos —lo regaño—. En vez de estar aquí preguntando tonterías, deberías ir a interactuar con los niños. Hoy no estás siendo una buena perra.

Escucho por los altavoces la voz de Alex. Lo están entrevistando y resalta la labor de Gema públicamente. «Paciencia, Dios».

—¡Oh, miren quién llegó! —exclama Lancaster de la nada—. ¡El coronel! ¡Dedíquenle un saludo militar al hombre que velará por nuestro bienestar! Las niñas obedecen para nada, porque a Christopher le da igual. Llega escoltado por Dalton y Make Donovan. Los agentes se le acercan en busca de declaraciones sobre el enfrentamiento con la Bratva en Irlanda.

Respiro por la nariz y suelto el aire por la boca, tengo que relajarme.

—¿Quieres subir a alguna atracción? —me propone en ese momeno Patrick, quien ha llegado con una bolsa de palomitas en la mano—. La montaña rusa parece divertida.

—Me dan miedo —miento, en lo que sujeto la correa del perro.

—No me digas.

—Sí te digo.

Christopher se aparta a fumar con Parker. El coronel nota mi presencia entre el gentío y suelta el humo del cigarro de un modo que me hace apretar los muslos.

Contesto la llamada de Luisa, quien avisa que ya llegó de Liverpool y está aquí. Me apresuro a su sitio. Está con Alexa, Simon y Brenda.

El capitán Miller acaricia la cara de mi mejor amiga y sonrío al verlo juntos, Luisa no me ha dado muchos detalles, pero la forma en la que la acaricia me deja claro que han vuelto. El hijo de Brenda y la hija de Patrick están viendo cerdos.

—¡Tía Rachel! —me saluda mini-Harry al verme—. Estamos viendo los cerdos. ¿Quiere saber cuál es mi favorito?

Se parece tanto a mi difunto amigo que me hace sonreír.

—Muéstrame. —Dejo que tome mi mano y me acerque.

—¿Me prestas el perro?

—Juega con él. —Le entrego la correa—. Pero cuídalo mucho.

Todos mis amigos me saludan con un beso en la mejilla. Peyton sonríe en los brazos de Simon y Luisa me abraza.

—Laila no se siente bien, discúlpala —me comenta.

No digo nada, en algún momento todas llegamos a tener un mal día. La bebé de mi amiga revienta en carcajadas cuando Christopher se acerca con Dominick y Patrick.

Mueve los brazos con desespero.

—¿A quién le gusta el coronel? —Luisa le habla mimado—. ¿A quién?

—A Rachel —contesta Simon, quien consigue que me ponga de todos los colores.

No madura. Siento la cercanía del coronel cuando su sombra se cierne sobre mí. Se queda a centímetros de mi espalda. «No lo hagas, no lo hagas», razono conmigo misma, pero… Me agacho a recoger el juguete que dejó caer Peyton y rozo con el culo la entrepierna de Christopher.

—Ten, hermosa. —Se lo entrego, y el coronel respira hondo.

—Christopher, ven conmigo —lo llama Cristal Bird—. Hay personas que desean hablar contigo.

Se lo lleva y una oleada de frío me recorre al sentirlo lejos, Simon se va con Parker y Luisa me habla de que decidió darse otra oportunidad con él. Stefan trae bebidas y dos horas después nos hacen movernos al desfile que organizó Gema. La gente no deja de hablar de ella, ya que la ven como una hermosa paloma blanca.

Agito el hielo que tengo en el vaso, el coronel está al otro lado del camino con Alex, Sara y Cristal Bird.

—¡Todos con las palmas! —anima Gema, quien da inicio al desfile—. ¡Niños, griten y canten! ¡Demostremos que somos la mejor central!

Liz la sigue a pocos pasos, reparte golosinas y anima a todo el mundo a aplaudir.

—¡Cantando todos! —continúa Lancaster, y la mayoría le sigue la corriente—. ¡Demostremos que somos la mejor central!

Los bailarines y acróbatas salen de todos lados, rodean a la hija de Marie, quien se vuelve parte del show. Hay saltos, palmas, tambores, ovaciones, todo el mundo celebra, la adulan y… Entre el gentío veo a una persona extraña.

—¡El que no cante es un feo sapo! —prosigue.

No pierdo de vista a la malabarista, que llama mi atención.

—¡¿Quién es la mejor?! —grita la mujer disfrazada.

—¡La teniente Lancaster! —responden todos los niños al mismo tiempo.

—¡Que el cielo nos escuche! —sigue—. ¡¿Quién es la mejor?!

—¡La teniente Lancaster!

Siento que la he visto en algún lado y… «Es…». Tiene un tutú de colores, las medias rotas, peluca y maquillaje de payaso; tira las pelotas en el aire que atrapa mientras un hula-hula gira en sus caderas. Mis ojos se niegan a dejar de observarla, de un momento a otro su mirada choca con la mía y mi espalda se endereza de inmediato.

Ensancha los labios despacio con un gesto que me da escalofríos, pese al maquillaje, soy capaz de reconocer ese gesto porque lo he visto ya en los Mascherano. Arroja las pelotas que atrapa sin dejar de dar saltos. «Es Dalila Mascherano», me digo.

Localiza a Gema con su radar, vuelve a mirarme y apoya el índice contra sus labios.

Salta hacia ella sin dejar de reír. «La va a matar».

Distracción y multitud es lo que hay, y eso le proporciona el escenario perfecto. Lanzan fuegos pirotécnicos y yo sigo sin perder de vista a la italiana.

—Angel, ¿qué ves?

Dalila Mascherano es peligrosa como su padre y letal como su tío. Observo a Gema, que se agacha a abrazar a los niños. «Te admiro mucho, Rachel», mi cerebro evoca sus palabras y miro a Christopher. «¿Lo que siento por él da para tanto?» «¿Tan mala persona me he vuelto?» Mis ojos se encuentran con los suyos y contemplo su rostro. La forma en la que me mira de arriba abajo arma una hoguera en mi pecho.

Vuelvo a poner los ojos en la italiana, que da vueltas alrededor de Gema.

—Angel, ¿qué pasa? —insiste Stefan—. Me estás preocupando.

—Nada. —Le doy un sorbo a mi bebida—. No pasa nada.

Lo dejo, me alejo y arrojo el vaso a la basura. Todo el mundo sigue distraído, mis amigos, los agentes, los soldados y yo no hago más que moverme rumbo al sitio que veo a lo lejos.

La gente desaparece cuando cruzo las puertas del establo y quedo sola, pero por segundos, ya que Christopher no tarda en llegar, sabía que no dudaría en seguirme. Me pone una mano en el brazo y me giro para verlo. Sé lo que quiere y es desatar el infierno que somos juntos. Avasallo su boca en lo que mis brazos lo rodean y él se aferra a mi cintura con un beso desmedido.

—Tócame. —Pongo su mano sobre mi sexo y él mete la mano entre mis bragas—. Sí, así.

Jadeo contra su boca, dejo que mi lengua toque la suya con pericia y ganas. Saca la mano de mis bragas y no dejo que se las lleve a la boca. Sujeto su muñeca y paso la lengua por los dedos untados de mi humedad. «Sucia y desmedida», me convierto en lo que tanto le gusta. Le acaricio el miembro por encima del pantalón. Soy consciente de lo que hago, y es abrir las puertas a lo que ni yo misma puedo contener.

Es como ofrecerle heroína a un drogadicto, dado que cuando se desata no para. Chupo el dedo del medio, los ojos se le oscurecen y me lleva contra la viga que tengo atrás; acto seguido, nos unimos en un nuevo beso, el cual da paso a las llamas llenas de lujuria donde nos sumergimos juntos.

Liz

Los agentes de los medios internos adoran a Gema, es como la paloma blanca que promete paz en la guerra. Me llena de orgullo lo que logra, porque se lo merece; a diferencia de mí, ella tiene el carisma que este mundo requiere. Tenemos una alianza de amistad que nos convierte en hermanas, somos cómplices y colegas desde que la conocí. Sigo sus pasos en lo que ignoro los comentarios de algunos, pasé de ser parte de la Élite a ser la mal juzgada que estuvo bajo sospecha.

—No es necesario que me sigan —les advierte Gema a los escoltas—. Quiero empaparme de la gente y la zona está asegurada.

—Señorita...

—Vayan a cuidar a Christopher —demanda ella.

Se aferra a mi mano y me lleva con ella. Los agentes de los medios se acercan a hacer preguntas que incomodan, interrogantes que responde Gema.

—Ya se demostró que la sargento Lizbeth Molina no tuvo participación en nada —aclara mi amiga—. Es una soldado ejemplar, como todos los de Londres.

—Pero muchos dicen que es imposible que vuelva a la Élite, ¿cómo se siente con eso? —empiezan—. Su carrera está en tela de juicio...

Gema evade la pregunta, les explica su punto de vista antes de alejarme con ella.

—Lo de la hija de Kazuki y Casos Internos acabó con mi prestigio —replico—. En Nueva York era de una las mejores y ahora todos dudan.

—Es solo un rumor. Cuando pase la etapa electoral, como primera dama te pondré en tu puesto de nuevo —me anima—. Yo no te voy a dejar sola y lo sabes.

Correspondo al abrazo que me da. Cuando se nace en medio de balas adoptas una personalidad evasiva. Vi a tantas mujeres violadas, forzadas, que le tomé un asco innato a los hombres; sin embargo, por Gema volví a confiar en los seres humanos.

—Vamos a la última función —me dice.

El coronel no está a la vista, el parque es tan grande que no se sabe dónde permanece cada uno.

El show final es en el ala oeste. Veo a Harry Smith y a la hija de Patrick, que juegan con un perro junto con Stefan Gelcem.

Comparto miradas con Tatiana Meyers, quien me guiña un ojo a modo de coqueteo: nos hemos encamado varias veces y solemos salir cuando tenemos tiempo libre.

Con disimulo, pide que la llame y asiento con la cabeza.

—Ya estás de zorra. —Gema me da un codazo—. Anda con confianza, quiero a mi amiga de vuelta.

Eso pasará cuando mi nombre esté limpio, cuando el que se vendió salga a la luz, ya que las acusaciones sumadas a lo que pasó me perjudican. Entregaron información sobre nosotros, y eso es una falta de respeto.

—Para el acto final vamos a necesitar un voluntario —pide el mago de la función—. ¿Quién se anima?

El público retrocede con pena y alguien grita: «¡La teniente Lancaster!».

—¡La teniente, la teniente...! —Anima a que se arme un coro.

Una payasa con tutú toma la mano de Gema y la alcanza a sujetar del codo.

—No es conveniente —advierto—. Serás la primera dama, no puedes exponerte.

—Es un truco para divertir a los niños —explica la mujer con tutú—. ¡La convertiremos en una sirena!

Señala el tanque de cristal lleno de agua.

—¡La teniente, la teniente! —sigue animando—. ¿Quién quiere que la teniente sea una sirena?

—Gema, no...

El público ejerce presión y mi amiga se lleva la mano al pecho mientras se saca los zapatos.

—¡Bravo!

Su terquedad alejó a los escoltas. La ayudan a subir al tanque, donde le indican que se siente en una base de madera.

—¡Al agua! —pide el público—. ¡Al agua!

La tabla cae y queda sumergida, sabe nadar y empieza a saludar a los niños a través del vidrio.

—Vamos a convertirla en una hermosa sirena. —El mago chasquea los dedos y el holograma que se proyecta le dibuja la cola de colores, lo cual emociona a los pequeños.

Me impacienta que dure tanto. Ella finalmente emerge y se queda en el borde mientras los infantes la saludan.

—Ahora la vamos a hacer desaparecer a la de tres —sigue el mago—. Todos pongan atención, que este será el gran acto final.

Gema se vuelve a sumergir y un telón cae.

—¡Uno! ¡Dos! ¡Tres!

Se vuelve a abrir el telón y no hay nadie en el recipiente de cristal. Todos aplauden e inmediatamente empiezan los fuegos artificiales, señal de que el evento ha finalizado.

—Muchas gracias, señores.

—¿Y Gema? —Alcanzo al mago.

—Espérala aquí, mi asistente la traerá.

Se va, la luz de los quioscos empieza a apagarse mientras el cielo se sigue iluminando con el espectáculo de arriba. Miro a todos lados a la defensiva.

—¿Qué pasa? —Llega Tatiana.

—¡No encuentro a Gema!

—Debe de estar por ahí, relájate.

—¡No, es peligroso con la mafia tras ella! —me desespero—. Busca al mago mientras inspecciono.

Hay mucha gente como para ponerme a buscar a los escoltas. Corro mientras aparto a todo el que se me atraviesa. La guardia del ministro le está dando salida a Alex.

—¡Gema!

Vuelvo al sitio del espectáculo. Los camerinos están a un par de metros. Me sumerjo en la entrada tipo sótano que lleva a los pasillos subterráneos.

—¡Gema! —grito, y no me contesta.

Las sospechas y los signos de alarma me hacen sacar el arma en lo que la sigo buscando. La luz no me ayuda, sin embargo, corro al fondo, ayudé a traer las cosas y en algún lugar sé que divisé las herramientas que se trajeron para el acto final. Corro al sitio que recuerdo y… visualizo a Gema flotando como un cadáver en una piscina de cristal, mientras que la payasa de hace unos segundos se ríe a carcajadas con las manos apoyadas en el vidrio; tiene una ballesta cruzada en la espalda y no hay tiempo para planear nada. Apunto hacia la piscina y suelto la tanda de balas que revientan el cristal; el agua me toca los pies y la mujer disfrazada me hace una reverencia con la ballesta en mano.

—Las armas son tan corrientes. —Se ríe como hiena antes de soltar la flecha que logro esquivar.

Las balas se me fueron al cristal; sin embargo, no dudo a la hora de irme sobre ella, que no deja de reír en medio de la pelea; forcejea conmigo en medio de golpes y su ataque me impide sacar la navaja que llevo. Trato de levantarme, pero es como un demonio diabólico que se pega como el peor de los parásitos.

—¡Tengo hambre! —Su diente muerde mi oreja con fuerza—. Sangre, dulce sangre.

Caigo de rodillas y echo mano al trozo de vidrio con el que intento quitármela de encima, sin éxito. Caigo con ella que no deja de reír con la cara aplastada entre vidrios rotos.

Una bala impacta a pocos centímetros, miro, y es Tatiana la que apunta. Mi atacante huye pasillo arriba e intento ir por ella, pero la soldado me detiene.

—¡Déjala! —espeta—. ¡Gema es lo único que importa!

Tiene razón, esa loca es lo que menos importa ahora. Corro adonde está mi amiga; no se mueve y me apresuro a hacer reanimación cardiopulmonar.

—Cariño, por favor. —Le hago el boca a boca con los ojos llorosos—. Vuelve conmigo.

Repito la maniobra. Ella es fuerte, muy fuerte.

—¡Gema! —suplico—. ¡Tatiana, ayúdame!

No me doy por vencida, insisto pasando oxígeno de mi boca a la suya hasta que abre los ojos y vomita.

—Cariño.

Le aparto los mechones húmedos de la cara, está temblando.

—¿Me reconoces? Cariño, soy yo.

La conmoción la tiene aturdida. «Es la segunda vez que casi la pierdo», pienso. De haber tardado un poco más...

—Christopher... —musita.

Con Tatiana la pongo de pie. Se apoya en ambas a la hora de salir al parque, que ya está desierto.

—¡Hay que alertar de esto!

—No, causaremos terror y dañaremos la noche —jadea Gema—. Fue por mi culpa, no quise escoltas que me protegieran.

—¿Cómo pasó esto? Alguien tuvo que darse cuenta —interviene Tatiana.

La dejo en el césped para que tome fuerzas.

—Te juro que mataré al culpable de esto —prometo—. Yo por Gema hago lo que sea.

Se lleva las rodillas contra el pecho, sofocada. No conviene que nadie la vea en tal estado, así que la saco por la entrada trasera.

—Necesito a Christopher —me insiste ella—. Ve y búscalo, es la única solución ahora.

—Gema...

—¡Ve!

—Yo la cuido, no te preocupes —se ofrece Tatiana—. Ve a buscar al coronel.

Me doy la vuelta, pero no veo al coronel por ningún lado; sin embargo, sé que sigue aquí, ya que hay camionetas de la Alta Guardia en el estacionamiento. Vuelvo al parque, donde veo a Tyler Cook rondando a lo lejos; Christopher Morgan no está cerca, pero el soldado sigue caminando a metros del granero.

Oculto mi cuerpo cuando Make Donovan aparece, se ponen a hablar y doy por hecho que el coronel ha de estar dentro del granero. Doy la vuelta y lo rodeo, tiene una puerta trasera.

No está asegurada y la empujo para ver qué hay adentro.

—Sí, así —jadean.

«Ramera, saca leche». La sangre se me enciende al ver lo evidente en vivo y en directo: Christopher Morgan con Rachel encima, cabalgándolo como la zorra que es. Él está sentado con la tela de la camisa pegada a la piel y ella abierta de piernas con las copas del vestido abajo.

Se comen con una furia animal, se besan como fieras deseosas, las cuales se compenetran de manera perfecta. Ella salta una y otra vez, bambolea las tetas frente a él, sin romanticismo, sin el más mínimo atisbo de decencia.

Él gruñe y ella gimotea en lo que le arranca los botones de la camisa cuando la abre como perra necesitada. Mis oídos captan el choque de ambos, que siguen follando.

—¡Más! —pide ella en medio de gemidos.

Le mete un pecho en la boca, él lo chupa con frenesí mientras ella se saborea. Alza la vista y sus ojos quedan fijos en mí, su mirada se encuentra con la mía y ardo presa de la ira que me genera la mujer que no se detiene; al contrario, pasa la lengua por la mejilla del coronel y sonríe con descaro. Resoplo, siento que esto ya es demasiado. «Mientras Gema casi muere, este está aquí revolcándose con su zorra».

Me llevo la mano a la chaqueta y saco la sagrada navaja que raras veces suelto, un simple clic dispara la hoja.

«Va a morir a lo cerdo, a lo barrio». La rabia me pone demente mientras corro hacia ellos con la hoja brillando en mi mano. Creo sentir el filo contra su carne, su sangre en el piso. Velozmente baja de las piernas del coronel y este se vuelve hacia mí, patea la silla donde estaba y mi espalda queda contra su pecho cuando me voltea y pone el filo en mi garganta.

La brutalidad fría entra en duelo con mi fuerza, me sujeta con una furia que deja claro que está dispuesto a rebanarme el cuello. Alcanzo a poner la mano entre la navaja y este en lo que el coronel mueve la hoja y corta las capas de piel que desatan la sangre.

—Siempre vives metiéndote en lo que no te importa —me dice él.

El dolor me consume y trae el llanto que no puedo controlar.

—¡Para! —suplico—. ¡Basta!

Es cruel hasta para el peor de los animales. La sangre caliente se desliza por mi pecho y la imagen de Rachel aparece frente a mí. Me mira como si no valiera nada, fija los ojos en la sangre que sale.

—¡Basta! —suplico mientras el coronel sigue cortando—. ¡Basta!

Temo perder la movilidad de la mano y el llanto me arrolla de tal manera que me arde la garganta.

—¡Me iré, te juro que me iré! —grito—. Pero ¡deténganse ya!

Los dedos de ella tocan la hoja, lo incita a que la baje, pero él no escucha y…

—Christopher —le habla—, sabes que no vale la pena.

Las venas se le marcan en el brazo cuando su fuerza reitera que me va a aniquilar.

—Seguir en lo que estábamos es más importante que sacar un puto cadáver. —Ella le pone la mano en la cara, y él se ríe—. ¿No es más valioso prenderse de aquí, coronel?

Le muestra los pechos y él me hace a un lado. Caigo en el suelo al tiempo que ellos se unen en un beso salvaje. «Escoria los dos». La sangre que emerge de mi mano empapa el suelo y no soy capaz de seguir mirando.

Como puedo, me levanto en busca de la puerta.

—Molina —me habla él—, hablas y te mato.

La amenaza es un puño a la mandíbula, Christopher Morgan no advierte en vano y los hechos lo demuestran. Me doy la oportunidad de sacar todo cuando salgo, en tanto rompo la blusa con la que trato de contener la sangre.

Duele demasiado y vuelvo a sentirme como la niña que rogaba por un mendrugo en las calles. La herida no duele tanto como me duele Gema, que es mi amiga y no se merece esto. Es un ser inocente ante una bestia y una perra sin escrúpulos.

Algo me dice que entre los dos la van a destruir. Abandono el parque y corro al auto, donde está ella.

—¿Lo encontraste? —me pregunta Gema.

—No.

Abordo el asiento del piloto, Tatiana está al lado.

—¿Qué te pasó? —pregunta preocupada—. Vete, dentro de un par de minutos llego a tu edificio.

—Pero…

—¡Ve!

Gema se asusta con la sangre, trata de encender la luz, pero no se lo permito.

—Quise abrir una de las láminas y me corté. —Tomo su cara—. Gema, Christopher Morgan es un animal, tienes que cuidarte de él.

—Lo conozco desde que éramos niños…

—Pero es peligroso y tú tienes que tomar el poder, ¿me oyes? —advierto—. No puedes ser tonta, tienes todo para ser grande.

Me aferro a su rostro.

—Mientras viva no dejaré que te lastimen y no pararé hasta que estés a su nivel. La primera dama es una mujer con voz y voto, una mujer que puede disponer, y tú debes tener eso presente. —La centro—. Asegura tu futuro, no dejes que el amor te vuelva ciega y búscale una debilidad.

Asiente y tomo la carretera. De donde vengo hay muchas como Rachel, mujeres rodeadas de fuerzas oscuras que provocan lo que presencié. Se me ponen los vellos de punta de solo recordarlo.

La mirada oscura de él y la de ella tan turbia, ambos regidos por algo inhumano, antinatural: son como seres infernales. Ella es un engendro, el cual lo tiene bajo su yugo, y eso es algo que no se logra con simple atracción y personalidad.

Gema recuesta la cabeza en el asiento. Soy un simple mortal frente a ellos, pero mi amiga no, ella tiene poder, ella es quien puede ponerle límites y en pocas horas pasará lo inevitable.

Detengo el auto frente a la casa, saco a Gema y me aseguro de dejarla en la cama; está tan débil que cierra los ojos enseguida. Me aseguro de que Marie esté en su alcoba y le envío un mensaje a la guardia pidiendo escoltas que vengan a protegerla.

No me puedo quedar, así que me voy, la mano no me deja de sangrar y requiero atención médica urgente. Llego a la casa que necesito.

—Conejita —saluda Tatiana en pijama.

En cuanto me ve se apresura a buscar el botiquín. No vengo por ella, sino por Paul: él vivía aquí y algo tiene que haber dejado, alguna pista que me diga a quién está utilizando la mafia para así poder empezar a limpiar mi nombre. Con este limpio, podré ayudar más a Gema.

—¿Qué pasa? —me pregunta la soldado cuando me ve en la antigua habitación de su compañero.

Le cuento todo mientras se ocupa de mi mano.

—Liz, esto se puede demandar.

—Me mataría, ahora solo debo recuperar mi prestigio como soldado —le digo—. Hundir a quien lo manchó. Requiero de tu ayuda, Tatiana.

Sacude la cabeza, la centro para que me mire, y acerco mis labios a los suyos.

—¿Sabes algo que yo no? —le planteo—. Trabajaste con Casos Internos.

—De contártelo no serviría de nada —replica—. Alex Morgan mandó a recogerlo todo y dijo que no quería comentarios al respecto.

—Paul era precavido —me levanto—, algo debe de tener guardado.

—Liz…

—Nada perdemos con buscar.

Busco por todos lados mientras ella se va a la puerta sin decir nada, como si no quisiera involucrarse en el asunto. Miro bajo la cama, en el escritorio…, vuelco todo y cuando estoy por darme por vencida, hallo un sobre en la gaveta del baño, a la que le rompo la lámina de madera que tiene atrás.

Vuelvo a la alcoba y en la cama extiendo todo lo que encuentro.

«Sargento Paul Alberts, está usted a cargo del operativo 628, el cual conlleva desmantelar e investigar a los soldados mencionados a continuación y tal tarea la llevará con la teniente Rachel James, quien le suministrará información crucial».

Mi pulso se dispara y sonrío, dichosa.

—¿Cuál es el castigo por traición? —pregunto lo que ya sé.

—Cárcel y expulsión. —La respuesta es un coro celestial.

Paso los dedos por la caligrafía estampada con la firma de Rachel.

Ni capitana ni viceministra: convicta al igual que Antoni Mascherano por rata, porque Christopher Morgan no se lo va a perdonar.

84

Inevitable

Rachel

El ambiente hostiga, agobia en medio del éxtasis. Mantengo las manos sudorosas sobre el ventanal del *penthouse*, Christopher Morgan tiene los dedos enterrados en mis pechos mientras me embiste con estocadas voraces.

Descontrolado, arremete contra mis muslos como un salvaje.

—Siéntelo —jadea sin dejar de embestir—. Siente cómo eres mía.

No me ha dado descanso, ha estado dentro de mí, no sé cuántas veces. Desde que salimos del establo, no hemos hecho más que follar; dormí con él y con la salida del sol volvieron las ansias que no me dan tregua.

Somos dos enfermos que no se conforman con nada. Más que coronel, es una bestia embriagada por la satiriasis, por la grandeza y el poder que está tomando. Sabe que está a nada de serlo todo.

—Dilo. —Tensa el agarre—. Anda, Rachel.

Aprieto los dientes, «*Dios*», no sé quién de los dos está más hambriento que el otro, no quiero decirlo por una sencilla razón y es que nuestra separación es inminente: aquí vine a despedirme.

Quedo contra su pecho cuando me voltea, la espalda se me desliza a través del cristal al momento de alzarme, lo abrazo con las piernas y él se prende de mi cuello en lo que sigue embistiendo con las mismas ansias.

Tomo un puñado de su cabello y lo obligo a que me mire, tiene los ojos oscuros y sé que yo también.

—Te amo. —Anclo mi mirada a la suya—. Eres esclavo de eso, ¿no? Pues escúchalo, te amo como no tienes idea.

La sonrisa que se le dibuja me hace pasar saliva. Se viene contra mis labios, reclama mi boca y correspondo al beso que me da, dejo que nuestras lenguas dancen y se toquen con ímpetu.

—Dilo otra vez —exige.

—Te amo.

—Otra vez.

Sujeto los hombros y los aprieto mientras se sigue moviendo.

—Te amo, Christopher Morgan.

Sus labios vuelven a unirse a los míos. Algo me dice que nunca habrá otra como yo, he marcado un antes y después en su vida, he dejado una huella que me arde más a mí que a él.

Lo de hace ya tres años cortó, pero lo de ahora siento que me va a doler mil veces más; sin embargo, voy a poder, porque en mi vientre tengo el antídoto que me sanará. Cuando mis hijos nazcan, llenaré el vacío que me causa su ausencia.

La corona del miembro que entra y sale, consiguiendo que me vuelva pedazos, mi canal se contrae y jadeo, sus fluidos lo inundan y me pego más a él mientras termina.

—Sí —musita suave con la cara escondida en mi cuello.

Toco el piso cuando me baja. El miembro se mantiene rígido y fulgente, cubierto de mi humedad. Se sienta en la cama y enciende el cigarro que empieza a fumar. El único diálogo que hemos tenido ha sido sexual.

El sol tiene la habitación ardiendo y desnuda, busco el baño de mármol negro, entro a la regadera y enciendo la ducha que le da rienda suelta al agua que me empapa. Quiero irme, son las diez de la mañana y algo me dice que Marie Lancaster no tardará en llegar.

No la quiero ver, así que me iré, tengo cosas que hacer y ya no puedo estar más aquí. El agua cesa cuando le doy la vuelta al grifo plateado, corro el cristal y vuelvo a la alcoba, donde me empiezo a vestir frente al coronel que sigue en la orilla de la cama.

—¿Qué está pasando con Alex? —la pregunta que suelta me detiene—. O, mejor aún, ¿qué me estás ocultando?

Siento cómo se pone de pie detrás de mí.

—No me digas que estás celoso de tu propio padre.

Volteo, la desnudez lo hace ver como un ser infernal reencarnado; sus ojos vagan por mi cuerpo y el miedo que se desata ante el hecho de que pueda sospechar algo me dispara los latidos. Me acerco en busca de distracción.

—Algo está pasando y no quieres decírmelo. —Pierde los dedos en mi cabello y echa mi cabeza hacia atrás—. Habla, ¿qué te estás guardando?

El tono autoritario cargado de dureza me agita el pecho. Es el villano de cuento en todo su esplendor.

—Libere los candados, coronel —digo—. Soy un ser humano, no un objeto al cual puede tratar como quiere.

—¿Qué es lo que pasa? —insiste molesto—. Deja de evadir el tema y suelta todo antes de que lo termines lamentando.

Su ira se funde con mi rabia cuando me aferro a su muñeca.

—Lo mejor es que me vaya, ya te estás alterando —espeto—. Esta droga va a acabar con los dos y la persona que tienes enfrente se está tornando peligrosa, así que suéltame.

No afloja el agarre ni cuando hago presión.

—Déjame ir, o corre el riesgo de que Gema no siga viva —advierto—. Permíteme volver a la calma antes de que tengas que llorar sobre su cadáver.

Mis oídos anhelan un «hazlo», pero no sucede, me suelta y se va a la mesa de noche donde toma la caja y enciende otro cigarro.

—¿Sientes cosas por ella? —indago—. ¿Es tan intocable como yo?

La nicotina impregna la alcoba. Ahora es él quien se guarda las palabras y perpetúa el silencio que me corta. La advertencia hacia Liz es un rotundo sí, dado que, si no le importara, no se hubiese preocupado si Gema sabía o no lo que la amiga vio.

—¿Te da miedo que pueda matarla?

—De quererla muerta, la mataría yo —me suelta—. Por ende, tampoco lo harás tú.

—¿Por qué?

—Porque no y ya está —asevera.

—¿Esa es tu única respuesta?

—Soy de pocas palabras y lo sabes.

Todo queda tan claro como el agua.

—Vestiré de negro en su boda, coronel —le hago saber mientras me termino de vestir—. No morirá ella, morirá la Rachel que conoces.

Me coloco los zapatos y él sigue sin decir nada. Las lágrimas se me acumulan en los ojos en lo que recojo mis cosas; sin embargo, no las suelto, pese a que me arde su indiferencia.

Nadie dijo que ser fuerte dolería más que estar en el suelo. Busco mi chaqueta, mañana debo alzar el mentón frente a todos cuando me anuncie como su fórmula electoral y él sostendrá la mano de la mujer que será su esposa. Cuando lo haga, sé que no volveré a tocarlo ni a desearlo, me va a doler tanto y me dará tanta rabia que sé que morirá para mí en ese momento. No voy a seguir con esto, merezco más que el papel de la amante del futuro ministro, ya estoy cansada de este papel.

No me detiene cuando busco la puerta, y eso me reitera que nunca hemos valido la pena. Freno el paso cuando estoy bajo el umbral, suelto el collar que tengo en el cuello y me devuelvo a dejarlo en la mesa de noche.

Lo dejo caer sobre la madera.

—Que lo porte quien será tu mujer de ahora en adelante —digo—. Te amo como no tienes idea, pero prefiero huir a terminar siendo peor que tú cuando llegue el momento de verte con otra.

Abandono la alcoba, no me sigue, Christopher solo se sigue a él mismo, solo va tras sus ideas. Tyler me espera afuera y agradezco que se mueva al auto apenas me ve.

—¿Al comando? —pregunta.

—Por favor.

El error fue volver, no quedarme en Phoenix y creer que las flechas ya no me dolerían; me traicioné a mí misma al aceptar lo que sabía que me dejaría mal. Subo al vehículo estacionado frente a la acera.

Tyler cierra la puerta trasera cuando entro; tengo un nudo atravesado en la garganta, el cual no quiere pasar y los ojos me escuecen al igual que la nariz. Con las manos temblorosas saco el teléfono y busco el número de mi papá. El tono suena al otro lado y él no tarda en contestar.

—Raichil, mi niña. —Su voz me remueve el agua turbia que cargo dentro.

—Papi, ¿cómo estás?

No hay respuesta, me conoce tanto como para deducir que mi melancolía hará combustión en cualquier momento.

—Mi amor, no te cortes con nada, suéltalo que papi te va a escuchar —dice—. ¿Tomo una avioneta y voy a verte?

—No será necesario, dentro de un par de semanas estaré en Washington —contesto—. Pronto me tendrán allá.

Escucho la voz de mi madre atrás, insiste en que quiere hablar conmigo.

—¿Hablas en serio? ¿Vendrás a trabajar acá?

—Si —confirmo—. Pronto estaremos todos juntos.

Escucho, cuando feliz le da la noticia a mi madre.

—Oh, cariño, tu mamá está feliz —afirma—. Es la mejor noticia que nos has podido dar, el tenerte acá nos alegra mucho.

Un deseo cumplido para Luciana Mitchels, quien siempre me ha querido cerca.

—Estamos guardando todos los periódicos donde apareces, también grabamos los noticiarios que te nombran…

—Los veremos juntos cuando esté allá —me despido—. Dile a mamá que estoy bien y dale un beso a Sam y a Emma de mi parte.

—Sí, te adoro —me dice—. ¿Hay algo más que deba saber?

—No, todo está bien —suspiro—. También te adoro, luego los llamo.

Me recompongo antes de llegar a la central. Me abrocho la chaqueta en un intento de que no se note que tengo puesta la misma ropa que ayer.

—El ministro está en una reunión que durará toda la mañana —me avisa Dalton cuando nos encontramos en el estacionamiento.

—Cuando el resto de la Alta Guardia llegue, avísame. Tendremos una reunión en la oficina —pido—. Se debe escoger quiénes se van conmigo y quiénes se quedarán aquí.

—Como ordene, teniente.

Subo a la torre, donde me cambio y me pongo el uniforme de entrenamiento. Me recojo el cabello y desde mi sitio veo la nota que está junto a la puerta, no la vi cuando entré, me acerco a tomarla y la imagen impresa en la postal me hace deducir de quien es.

«Válido por un trago mortal. Lo siento, no era yo la que habló ese día; por ello, te pido que me perdones».

Es de Laila, sonrío por primera vez en la mañana mientras contemplo el paisaje de los Andes colombianos. No soy quién para juzgar desde los celos. «¿Qué? ¿Yo no iba a dejar que mataran a Gema?».

«Pero Dalila me falló y actuó más como Brandon que como Antoni».

«¡Rachel, basta!». Esta no soy yo. Guardo la postal, antes de salir.

Compruebo que el camuflado esté en orden. Todo es cuestión de adaptarse y, si antes pude, ahora también. Bajo, en campo abierto están armando la tarima para los anuncios que se darán mañana.

No he comido nada, me encamino a la cafetería, y en el comedor me encuentro con Kazuki, quien me saluda.

—Es un gusto verla, teniente —me dice—. ¿Lista para todo lo que se viene mañana?

—Sí.

Se despide con un leve gesto y camino a la barra, donde pido un plato de sopa. Lo llevo a la mesa y me siento a comer. La noche que tuve me tiene con los músculos adoloridos.

—Buenos días. —Patrick se sienta frente a mí con una taza de café—. ¿Te incomoda que me siente? No me apliqué loción.

—Ha de ser una loción costosa, así que no deje de usarla. Por mí no se contenga, capitán.

Revuelvo la sopa que tengo enfrente e intento comer.

—¿Alguno de los bebés llevará el nombre de su padre?

La lengua se me quema con ese comentario que me ha hecho, y él extiende la servilleta, que recibo. Se mantiene completamente serio; no lo reconozco, la seriedad no es algo típico de él.

—Hoy andas gracioso. —Miro el reloj—. Es tarde, lo mejor es que me vaya a reunir con mis soldados.

—No entras en combate, vomitas, tomas pastillas para embarazadas —empieza—. Alex no se te despega y vives en la mansión Morgan ¿Continúo?

—Enloqueciste...

Pone su móvil sobre la mesa.

—Gema me pidió que te investigue, ya que al parecer estás trabajando para Casos Internos. El debido protocolo indica que debo entrar a tus medios electrónicos, lo hice. ¿Y qué hallo? —Las emociones empiezan a acumularse—. Una foto de un embarazo múltiple.

Me siento como si me hubieran quitado la ropa.

—Eres una egoísta —me suelta.

—¿Para qué te lo voy a explicar, si no lo vas a entender?

—Cierto, mejor entiende tú, que te aprecio, pero él es mi mejor amigo.

Se levanta, suelto la servilleta y voy tras él. Camina rápido a lo largo del campo abierto y procedo a seguirlo en lo que siento que doy pasos en falso.

El vértigo no me deja avanzar como debería. «Casos Internos» sin Alex para explicarlo... Todo será un caos si se enteran de que colaboré con ellos.

—¡Patrick espera, por favor!

Hace caso omiso a mis palabras; tomarlo o impedirle el paso sería un escándalo con tantos soldados a lo largo del campo.

—¡Capitán! —Las emociones me agitan—. Lo de Casos Internos...

Se adentra en el edificio administrativo sin darme tiempo para hablar.

—¡Patrick, por favor!

«Que Christopher no esté». Toma la escalera y troto arriba, camina rápido a la oficina del coronel y logro alcanzarlo justo cuando abre la puerta; hay tres personas dentro: el coronel, Lizbeth Molina y Gema Lancaster, «Dios». La mirada de Christopher me encoge cuando baja el papel que tiene en la mano.

—Devuélvete —le dice el coronel a Patrick.

—Escúchanos primero...

—¡Fuera! —le grita al amigo sin apartar los ojos de mí.

Tengo miedo, no quiero insultos ni contiendas. Patrick nota mi pánico y se posa frente a mí.

—Díselo, explícale —habla solo para los dos antes de mirar a su mejor amigo—. ¡Christopher, por favor, escúchala antes de empezar a despotricar!

—¡Ya te ordenó que te fueras! —se impone Gema—. Luego vienen los golpes y se preguntan por qué.

Tomo su brazo, no quiero quedarme sola aquí, siento que estoy en un paredón.

—Él te va a escuchar, porque si no lo hace, conmigo no contará más —asegura el capitán.

—Quédate —le suplico.

—Te tiene que escuchar. —Da un paso atrás, y Christopher le vuelve a pedir que se vaya.

Se va y todo mi sistema se altera. El documento que tiene Christopher tiene estampado el sello de Casos Internos atrás. La puerta se cierra y el ambiente se pone peor.

—¡Eres una zorra hija de puta! —me grita Gema—. ¡Trabajas con la mafia, la misma mafia que mató a dos Morgan!

—¡Cállate, que yo sería incapaz de trabajar para ellos! —replico—. Lo único que hice fue intentar limpiar el nombre de todos. ¡Hasta el tuyo, puta desagradecida!

—¿Y por eso visitas a Antoni? —interviene Christopher—. ¡Limpio el puto ejército y quedo como un idiota, porque el maldito problema no son los otros, eres tú!

Sus palabras impactan como un proyectil contra mi tórax, no puedo creer que sea capaz de pensar eso.

—Lo fui a ver porque me estaba amenazando…

—¡Mentiras y más mentiras! —truena mientras se levanta—. Siempre quieres taparlo todo; aparte de mentirme, me traicionas.

Estrella los papeles que le entregaron, a mis pies. Las acusaciones están por escrito, así como la firma que corrobora que si entregué información, que los espié e indagué sobre la vida de todos.

—Deja que te explique, Christopher.

—¡Estás fuera de mis filas! —espeta—. ¡Fuera de la FEMF! ¡Gelcem y tú!

Me arde la piel de las manos bajo la fuerza que ejercen los dedos que aprieto contra mis palmas. Las lágrimas me salpican el pecho al notar cómo mi carrera se convierte en un costal de estiércol.

—Todo fue un truco de ellos… Me obligaron a entrar en esto e hice todo lo que estuvo a mi alcance para protegerlos —le digo—. Alex lo sabe y me respalda…

—Porque te revuelcas con él, sucia zorra —habla Liz—. ¿También te tirabas a Reece? ¿Eh? ¡Parásito!

Sus insultos me tienen sin cuidado: ella no es importante y por ello la ignoro. Solo busco la mirada del hombre que tengo a pocos pasos.

—No lo hagas. —La garganta se me estrecha—. ¡He hecho muchas cosas por este ejército! ¡Christopher, me ha costado el puto bienestar y no estás siendo justo!

Se aleja y sacude la cabeza, intento tomarlo y aparta el brazo.

—No soy una traidora. —De nuevo intento tomarlo y no se deja—. ¡Escúchame, maldita sea!

—¿Cuándo me has escuchado tú a mí? ¡Desobedeciste mis órdenes sabiendo que tenías prohibido ir a verlo! ¡Eso es lo que haces siempre, correr a sus brazos cada vez que te lo pide! —asevera—. ¡Así que tienes veinte minutos para irte, o las rejas de una prisión será lo único que verás en los próximos años!

No me da lugar para hablar por más que lo intento.

—¡Que te largues te digo! —Me señala la puerta y no me queda más alternativa que obedecer. El pecho se me comprime en lo que salgo, lidio con la sensación de ahogo que me atraviesa, los labios me tiemblan, los tobillos lo siento débiles y siento que no puedo respirar.

Hallo a Stefan en la entrada del edificio administrativo.

—Angel, ¿qué pasó? —pregunta al ver las lágrimas que me recorren el rostro.

—Ayúdame a empacar, tenemos que irnos. —Sollozo y se viene conmigo.

Llamo a Alex, pero no me contesta. Salgo al campo abierto y Patrick me alcanza.

—¿Qué pasó? —pregunta, preocupado.

—¿Qué crees? Por esto lo callo —la voz me sale en pequeños jadeos—, porque mis hijos no merecen un animal como padre, quien echa a la única persona que hizo de todo para salvarle la reputación, que prefirió su bando, aunque casi me costara la vida. ¿Y cómo terminé? ¡Vuelta mierda como siempre!

—No te alteres, lo mejor es que abandonemos este sitio —me dice Stefan.

Echo a andar, el que me vean así de mal es algo que no puedo permitir. Cruzo la entrada de la torre y subo las escaleras que llevan a mi alcoba. Siento que el aire no circula, así que me pego del inhalador.

—Ayúdame a empacar —le pido a Stefan—. Rápido.

Alex sigue sin contestar, el afán no me deja pensar, las órdenes fueron claras y como es Christopher, sé que es capaz de enviarme a prisión. Recojo lo que puedo, abro la puerta y termino dando dos pasos atrás con el puño que impacta contra mi boca.

El ataque me toma desprevenida, Liz Molina suelta el empellón que me manda al suelo, cosa que aprovecha para soltar la patada que termina en mis costillas.

—¡Caíste del trono, carroñera! —Stefan se mete cuando intenta patearme otra vez.

—¡No la toques! —La aleja, y lo único en lo que pienso es en el golpe que me acaba de propinar.

«No los tocó, no los tocó…, fue en las costillas». Vuelvo arriba, las lágrimas no me dejan ver y ella forcejea con Stefan mientras abrazo la mochila que dejé caer.

—¡Rachel, vete! —me pide el soldado.

No puedo batallar cuerpo a cuerpo en mi estado. El pánico me cierra las vías respiratorias mientras alcanzo el pasillo. Liz se le suelta a Stefan y me vuelve a empujar en lo que trato de largarme.

—¡Basura, basura! —empieza a gritar.

—¡Basta, Liz! —interviene Stefan.

Agitada, corro por las escaleras, pero no alcanzo a la salida de la torre, ya que pierdo la vista, me mareo, el oxígeno no me llega y lo único que siento es el impacto del golpe contra el piso cuando me desvanezco.

Christopher

La silla de madera que estrello se vuelve pedazos contra la pared.

—¡Se te dicen las cosas y pasas todo por alto! —me reclama Gema—. ¡Tan hombre que te crees y te han cogido los huevos de frente!

La cabeza me palpita, me cuesta razonar, lava ardiendo es lo que siento que me corre por las venas. La rabia que tengo me grita que salga de aquí o terminaré cometiendo una locura.

Gema me sigue cuando salgo al corredor en busca del estacionamiento, Patrick aparece y se me atraviesa como si no fuera evidente que ahora no estoy para que me jodan.

—¿La escuchaste? —reclama—. ¿Dejaste que te explicara cómo fueron las cosas?

—¡¿Por qué voy a perder mi tiempo con esa mentirosa?! —contesto furioso—. ¡No vale un puto minuto de mi vida!

El mero hecho de imaginármela a solas con Antoni me aviva las ganas de matar. Lo que hizo no tiene perdón: dejó que otros metieran las narices en mis asuntos y no fue capaz de decirme.

—¡Tienes que oírla! —Me sigue el capitán, que entra conmigo al estacionamiento—. ¡No puedes juzgarla sin oírla antes!

—¡Oh, Patrick, no jodas y vete, que ahora no es momento! —replica Gema, y Patrick no se va.

Trato de subirme a la camioneta, pero el capitán se vuelve a atravesar. Tyler se alarma y trata de saber qué pasa.

—¡Ve y búscala antes de que sea tarde! —insiste Patrick—. ¡Escúchala, maldita sea!

Tira de mi brazo.

—Nos traicionó, pedazo de imbécil —le grito—. ¡¿Para·qué mierda la voy a escuchar si hasta con Antoni se revuelca?!

Lo empujo lejos y él me devuelve el empellón.

—¡Aquí la única basura que no vale un peso eres tú, maldito analfabeto que no sabe querer!

—¡Basta! —Gema se interpone—. ¿Van a dañar la amistad por quien no vale la pena?

—¡Acabas de dejar ir lo único bueno que te ha pasado en la vida! —me suelta Patrick, y los celos me carcomen, de tal manera que empujo a Gema y lo tomo del cuello.

—¡¿Qué tanto la defiendes?! —inquiero—. ¡¿También se acostó contigo?!

—¡Soy incapaz de tocar a la madre de tus hijos! —me grita.

La oración entra por mis poros y arde en mis oídos, en lo que una oleada de espasmos repercute en mis huesos. Patrick se queda a la espera del golpe que no le doy.

—¡Esa que acabas de tratar como una vil ramera es la madre de tus bebés, y no es justo, Christopher, que en su estado la trates así! —confiesa con los ojos llorosos—. Tu legado yace dentro de ella, dos corazones laten en su vientre, los corazones de los seres que vienen de ti. ¿Cómo no valoras eso?

La cabeza se me queda en blanco y no alcanzo a procesar nada, ya que son demasiadas cosas al mismo tiempo.

—Uno.

—Dos.

Pesadillas, sangre, impactos que me vuelven añicos y me derriban. El bajón de adrenalina deja mi estómago en el piso.

«Qué reverenda mierda». Mentira, traiciones y un embarazo.

—Uno.

—Dos.

¿Eso era? «¡Un jodido embarazo en medio de todo esto!»

—No vas a caer en las mismas mentiras —habla Gema—. Se vio con Antoni, con Nate, se la pasa con Stefan…, es obvio que no son tuyos.

Gema se planta frente a mí y toma mi cara.

—No caigas, ya viviste esto. Se embarazó quién sabe de quién y ahora quiere sacar provecho.

Me peino el cabello con las manos. La ira late en cada neurona, en cada célula, en cada músculo.

«¿Qué anticonceptivo usas?», recuerdo que le pregunté. «La inyección trimestral», me contestó ella.

«Maldita». Me devuelvo por donde venía.

—¡Christopher! —me grita Gema.

No está en su oficina y me apresuro a la torre de dormitorios; la puerta de la habitación de Rachel está abierta, hay sangre en el piso, pero ella no está. Vuelvo abajo en lo que lidio con las voces que siguen haciendo eco en mi cabeza, troto hasta el hospital, donde empujo las puertas que atravieso. Las restricciones me tienen sin cuidado a la hora de avanzar. Stefan aparece a lo lejos y se pone a la defensiva cuando me ve.

—Ya nos vamos, no es necesario que venga a sacarnos.

—¿Dónde está esa insensata mentirosa? —Lo tomo del cuello de la camisa.

En vez de venas, creo que tengo raíces pesadas cubiertas de ira. Rachel ha pasado límites, líneas y barreras, porque las mentiras y las consecuencias de esto no se las voy a perdonar nunca.

—¡¿Dónde está?!

Mira la puerta que tenemos enfrente. Lo suelto y entro al consultorio. El médico que está adentro me clava la mirada y noto el miedo que tiñe los ojos de ella, quien está pegada a una máscara de oxígeno, la cual se quita cuando me ve. Tiene el abdomen descubierto y busca la manera de taparse con la sábana.

—Salga —le ordeno al médico que se queda quieto—. ¡Que salga! ¡¿No me oye?!

Sale y arraso con la bandeja que sostiene gasas y material quirúrgico antes de irme sobre ella.

—¿Qué otra sorpresa me tienes preparada? —Se estremece con el agarre de mi mano sobre su mandíbula—. ¿Cuándo me lo ibas a decir? ¿Cuándo murieras desangrada a causa de tus mentiras de mierda?

Trata de zafarse y aprieto con más fuerza.

—¡Con mi vida hago lo que me plazca, así que no te metas! —replica.

—Te lo pregunté en la isla y me aseguraste que no había problema —reprocho.

—Pero pasó y no tengo la culpa. —Quita mi mano—. ¡Y si no te lo digo es porque no me interesa que mis hijos tengan a un animal como padre!

Me hace reír.

—Cuánta razón, has estrenado el cerebro y, si te queda alguna duda, te lo aseguro y reitero —digo—: Sí, estás preñada de un animal y lo que viene en camino no es nada bueno, ¿sabes? ¡A la mierda tus planes llenos de paz y armonía, porque ahora sí lo jodiste!

Las lágrimas le bañan la cara, Alex entra con comida y miro la chaqueta que está sobre el mueble de la ventana. «Vaya cosa», lo sabía, y no dijo nada.

—¿Cuál es el escándalo? —dice como si nada.

Las cosas empiezan a tomar sentido, esto es un secreto a voces donde el único pendejo soy yo. Se acerca a ella cuando me alejo.

—¿Está bien, teniente? —le pregunta.

—Luego preguntas por qué te detesto tanto —espeto cuando posa las manos en el vientre de ella.

—Rachel está bajo mi responsabilidad y de la FEMF no va a salir.

Abro la boca para hablar, pero alza la mano para que me calle.

—Puedes ser el coronel, pero la mayor autoridad sigo siendo yo, y por ello impongo y demando que todo va a seguir tal cual.

Busca la manera de encararme.

—¡Te falta mucho para ser como yo y, mientras me alcanzas, callas, respetas y obedeces! —dispone—. Has llegado al punto donde vives para dañar, y no voy a permitir que dañes a tus hijos, si he de tener que pelear contigo lo hago; así que dime si vas a ser parte de esto, disculpándote y dándoles lo que se merecen.

Sonrío cargado de ironía.

—Dime quién es más iluso, ¿tú o ella? —averiguo—. ¿Qué creen que saldrá de esto? ¿Querubines? ¿Hadas cubiertas de brillo?

Ella hace un esfuerzo por respirar, y Alex sacude la cabeza, decepcionado.

—Felicidades, Rachel. —La aplaudo—. Parirás a dos bestias más. Espero que tengas oraciones listas, salmos abiertos, que yo por mi parte te deseo mucha, pero mucha suerte en lo que está por venir.

Rompe a llorar, pero sus lágrimas no me conmueven ni me dan lástima. Hoy, en vez de corazón, lo que tengo es un hoyo negro en el tórax.

«Sus hijos», río para mis adentros en lo que busco la salida. Sus planes no dan más que risa, solo ella supone que yo voy por la vida con una venda en los ojos. Años y sigue pensando que conmigo se puede andar por los lados.

Con Tyler me muevo al *penthouse* donde me saco la ropa frente al espejo que tengo en la alcoba. No soy una buena persona y nunca lo seré. Toco mis tatuajes, marcas que representan medallas personales.

Un lobo: esplendor y coraje. La pesadilla de vivir bajo las imposiciones de un apellido, cosa que superé cuando labré mis propias reglas; a todos les he demostrado que soy un líder innato desde que nací.

Los jeroglíficos: conquistas, poder y jerarquía. El que estaba destinado a acabar en la cárcel terminó siendo más grande que muchos.

Figuras prehispánicas, que representan los demonios que quisieron acecharme y terminé absorbiendo. Un dragón, son los que incendian el mundo, y yo quemo todo cada vez que quieren reprimirme.

Y el último... Saco las vendas que tengo en la cajonera... El último no pudo quedar más perfecto.

Tomo una botella del minibar antes de entrar al gimnasio descalzo y sin camisa, me empino el licor y me desahogo en el saco de boxeo.

«Imparable», eso es lo que soy y nadie va a detenerme. Los puños golpean el saco de arena mientras las voces siguen resonando en mi cabeza.

—Uno, dos.

Tensan el órgano que late en mi pecho, el cual convierte todo en impulsos que terminan en puños y patadas. El sudor me lava la frente y mermo la sed bebiendo botella tras botella.

—Uno, dos.

No voy a perder, ni ahora, ni nunca. Mi última contienda deja claro que no estoy jugando, pronto estaré en la cima y nadie va a detenerme. Sigo estrellando los puños hasta que anochece, no como y tampoco descanso, me lleno de alcohol, dado que es lo único que necesito.

Gema aparece bajo el umbral de mi puerta con los ojos hinchados.

—Aún me cuesta creer los alcances infames de esa mujer —habla—. Es el mal reencarnado.

—Coincido. —Sigo estrellando los puños.

—¿Qué va a pasar? —pregunta—. Alex ordenó la captura de Liz no sé para qué, pero le puso una patrulla atrás. ¿Por qué? Ella es una víctima más de todo esto.

No contesto, y ella se adentra más en el gimnasio.

—¿Qué va a pasar, Christopher? —insiste.

—Qué va a pasar, ¿con qué? —increpo.

—Con todo.

—Se viene lo inevitable, eso es lo que va a pasar —contesto.

Suspira en lo que camina de aquí para allá.

—Liz...

—Vete a dormir, que el día de mañana es largo —demando—. Hay que estar en el comando temprano.

Se marcha sin protestar mientras sigo en lo mío hasta que los brazos no me dan para más. Acabo con la botella y dejo caer mi cuerpo sobre la cama, desde donde miro el techo.

Su fragancia está en mis sábanas y en mi piel, no sé lo que es dormir, dado que no hago más que pensar en lo mismo. Lo que hizo Rachel fue derrumbar la base que la tenía en el purgatorio y no en el infierno.

El esperado día llega junto con un sol radiante, la resaca que tengo fue devorada por la rabia, ya que no la siento.

Tranquilo, saco el cuerpo de la cama en busca del baño; me afeito y baño, antes de ir a por el traje que me pongo.

Abrocho los gemelos frente al cristal que acoge mi reflejo.

—Consigue otra cama y compra nuevas sábanas —le ordeno a la empleada—. Desecha todo lo que haya tocado ese lecho.

—Sí, señor.

—¿Renacerás de las cenizas? —pregunta Gema en la puerta.

Por mucho que intente verse bien con maquillaje, no puede, los ojos hinchados demuestran todo lo que ha llorado.

—No se renace cuando se es el incendio que te deja en ruinas —contesto.

Tiene una camisa blanca encajada dentro de la falda, que se le ciñe a las piernas.

—Doy por entendido que lo de la cama es porque quieres empezar de cero, ¿me equivoco?

—No, no te equivocas.

Termino, recojo mis cosas y ella me sigue hacia donde se encuentra Marie, quien está lista para acompañarnos. Se mantiene seria con Gema y conmigo durante el trayecto que nos lleva al comando.

—Rachel James es una segunda Sabrina —empieza Marie mientras el auto avanza—. Lo peor de todo es que intenté aconsejarla cuando la conocí, lo hice de buena manera porque pensé que era una buena persona.

—No te desgastes pensando en ella —repone Gema—, no vale la pena. Aquí lo importante ahora es apoyar a Christopher, ya que no le podemos dar la espalda, somos tus hijos y por ello contamos contigo.

El comando me da la bienvenida, las banderas ondean en el aire y mi camioneta se estaciona al mismo tiempo que la de Alex. Las puertas se abren, Sara baja primero, seguida de Rachel, quien lleva puesto un vestido azul que le hace contraste con sus ojos. El moño alto que se hizo mantiene las hebras del cabello negro lejos de su cara.

Sara se pega al brazo de Alex y la teniente al de Gelcem, quien, ahora, es como el hijo adoptivo del ministro por lo que veo. Todos echan a andar, seguidos de la Alta Guardia.

—Vamos. —Gema se me pega al brazo.

El escenario está preparado, la enorme tarima alberga la mesa de cada candidato. Kazuki trajo a su esposa, Leonel está con su equipo y al frente se halla la cámara que transmite en directo para otros comandos.

El Consejo, la Élite de cada candidato y personajes ilustres de las ramas judiciales ocupan las sillas principales. El proceder de Alex es asunto de todo el mundo, al igual que saber quién apoyará a cada aspirante al puesto.

Los francotiradores se pasean a lo largo del campo con armas en mano. Subo a la tarima y, desde allí, veo a Patrick, pero él no me determina. Todo el mundo toma asiento y se prepara para los discursos.

Pongo la vista al frente cuando me siento. Tengo mil formas de proceder, cientos de cosas por planear, un sinfín de asuntos que debo poner en marcha en la tarde, dado que ahora debo anunciar a la persona con la que me casaré: «La cara humana de mi campaña».

Rachel sube con Alex y Sara, mientras Marie y Cristal Bird se quedan a mi lado. El equipo de Leonel está frente a mí y el de Kazuki, en el centro.

Alex se apodera del atril y habla de los últimos acontecimientos en la feria, menciona el fallido ataque de Dalila Mascherano, cierra el tema con advertencias y medidas que todos deberían tomar.

—Dentro de cuatro semanas iremos a las urnas —informa—. Hoy, cada candidato nos presentará a quién tendrá como viceministro, resaltará la labor de quién será su compañera y próxima primera dama en el caso de llegar a ganar y nos recordarán por qué son la mejor opción. Sin más que decir, los dejo para que los escuchen.

Se aleja del atril y Kazuki es quien sube a dar su discurso.

—Confiarme el voto es darle una oportunidad a la tranquilidad, ya que quien conoce mis raíces sabe que hemos servido con nobleza durante años. He perdido seres en esta batalla. —Pone las manos sobre la madera—. Sé que lo correcto sería retirarme, pero siento que por ella debo seguir y no darme por vencido. Quiero que la entidad tenga lo mejor y sé que puedo serlo.

La esposa permanece a su lado.

—Heek Sook estudió leyes y está dispuesta a acompañarme en este camino —continúa—. Como viceministro tendré al capitán Federico McGowan, soldado destacado por su entrega, compromiso y rectitud.

Lo aplauden mientras posa para las cámaras de los medios internos con su esposa y posible viceministro.

De soslayo capto cómo Gema se mira con Rachel.

—Mi hipocresía no llega tan lejos —murmura Gema—. La admiraba cuando llegó, pero ahora…

Sigue Leonel y a la esposa no se la ve por ningún lado.

—Mientras yo enfrento una batalla contra la tiranía y la corrupción, mi esposa lucha una guerra contra una enfermedad degenerativa que acaba con ella poco a poco. No está aquí, pero me está viendo y frente a todos me atrevo a decirle que, si ganamos, serás la primera dama más fuerte de la historia —empieza—. No ha sido fácil, esta campaña ha roto las ilusiones de muchos, hemos perdido hijos y familiares; sin embargo, seguimos demostrando que no estamos dispuestos a rendirnos.

Alarga el discurso hablando de la importancia de valorar las cosas, recalca la lucha de su esposa, a quien menciona cada cinco segundos.

—Natalie Clark será mi primera dama, no necesito a otra persona —concluye—. Como viceministro tendré al general Declan Glass, miembro de la Élite estadounidense y defensor número uno de los derechos LGBTQIA+, impulsor de campañas sobre aceptación y no más abuso en contra de nuestras camaradas.

Se abraza con el general, y los soldados rompen en aplausos.

Mi turno llega, así que me pongo de pie en lo que arreglo las solapas del traje mientras me acerco. Zoe Lewis no deja de tomar fotos y desde el atril veo a la Élite en primera fila.

—No tengo mucho que decir, mis actos han hablado por mí, demuestran que con idioteces y discursos baratos no lograré más que promesas vacías. Siendo benevolente, no he logrado una mierda, y estoy aquí por mis méritos. Méritos que conseguí siendo fiel a mi modo de pensar —comienzo—. No me interesa si soy o no el malo, ya está demostrado que estamos rodeados de hipócritas, de carroñeros que le dan peso a mi lema de «acaba tú antes de que acaben contigo».

Gema Lancaster y Rachel James se posan a mi espalda.

—Durante años se ha manejado un lado humano en toda campaña, personas que motivan a las tropas a dar lo mejor en cada batalla —declaro—. De eso sé poco, porque he caminado solo a lo largo de mi vida, pero hoy le pongo punto final a eso, ya que hoy es el día perfecto para anunciar mi compromiso ante todos.

Todos mantienen los ojos en mí a la espera de que diga el nombre.

—Contraeré nupcias con una mujer admirada por todos, quien ha caminado a mi lado en los meses que llevo en esto. —Alzo el mentón—. Me enorgullece anunciar a la teniente Rachel James como mi prometida y futura esposa.

Anuncio y los murmullos se alzan en lo que todos se miran con todos con la boca abierta, la cara de algunos es de asombro total, y no me detengo, continúo con más ganas.

—Ella y nuestra relación sobrevivieron al HACOC, a la mafia y sobrevivirá a todo lo que está por venir, ya que para nadie es un secreto que una cosa es querer matar a un ser vulnerable y otra es querer matar a Rachel James —declaro—. En el segundo caso, se piensa hasta cinco veces.

Me vuelvo hacia la mujer que está a pocos pasos sin mover un músculo, extiendo la mano en medio de las luces de la cámara. «No va a flaquear». Respira rápido, si me voy a la mierda, ella también, lo sabe y por ello sujeta la mano que le ofrezco.

Los murmullos no cesan en lo que saco el collar que cargo en el bolsillo, me pongo detrás de la teniente y se lo coloco delante todos. Creo que aún no procesa lo que estoy haciendo y me tiene sin cuidado, es lo que quiero y lo que necesito.

Me ubico a su lado, entrelazo mis dedos con los suyos y le hago frente a la cámara donde termino de dar mi discurso.

—Rachel James, mi mujer, prometida y primera dama —anuncio para que lo sepa todo el maldito mundo—. Gema Lancaster, mi consejera y viceministra.

Gema es cautelosa y sonríe con lágrimas en los ojos mientras nos aplauden. Mi mano pasa a la cintura de Rachel James y apoyo la otra en la espalda de Gema en lo que poso donde me indican, en tanto las preguntas van y vienen.

La mujer que tengo al lado está a nada de flaquear y me atrevo a pasar la nariz por su cuello.

—¿Qué te hace creer que mis hijos serán unos bastardos? —susurro en su oído—. Míos: ellos y tú, ahora y para siempre.

Busco su boca y avasallo sus labios con un beso, confirmo con hechos lo que acabo de anunciar; la pego a mi entrepierna, el beso posesivo se extiende y le grita a todo el mundo que es mía.

Payasos los que creen que me dejaré quitar lo que por derecho me pertenece.

Ella quiere buscar redención y eso es algo que no tendrá ni le voy a permitir, porque los ángeles no crían demonios. Lo que viene es igual o peor que yo y nadie va a modificar la genética de los Morgan que les corre por las venas.

85

Morgan vs. James

Rachel

El escalofrío me recorre la columna, el mareo no me tiene bien, lo que se acaba de anunciar delante de todo el mundo es algo que mi cerebro no asimila todavía y me tiene en la lona. La mano de Christopher continúa sobre mis caderas, en lo que las cámaras de los medios internos siguen tomando fotos.

«¿Cómo le voy a explicar esto a mis padres?». Han de estar viendo lo que acaba de pasar.

Paso saliva con el azote que me avasalla las costillas. Bratt no deja de sacudir la cabeza, y esta vez lo entiendo: era su novia y me hizo prometerle algo. Alex Morgan se posa a mi izquierda cuando le piden una foto conmigo y con el hijo; no me muevo, no sé si estoy soñando, si morí o he entrado en estado catatónico.

—Morgan James —comenta uno de los agentes—, es una noticia sorprendente, pero maravillosa, felicidades a los dos.

—Ministro, ¿apoya la relación de la teniente James y su hijo? —Se acercan más.

—Por supuesto que sí, me hace muy feliz tener a la teniente James en la familia. —Alex sonríe airoso.

—Es todo por hoy —anuncia Cristal Bird—. Gracias a todos por asistir.

Los nervios no dejan de sacudirme el pecho, es como un sueño mal cumplido. Amo a Christopher, pero no quiero forzar un matrimonio y ni que se case conmigo por un embarazo.

—Por aquí. —Make Donovan señala el camino.

La Alta Guardia nos sigue y Christopher no me suelta la mano. Echa a andar conmigo como si me fuera a escapar, no sé a dónde diablos.

—Coronel, ¿le molestaría responder un par de preguntas? —Los agentes de los medios internos nos cierran el paso—. Dábamos por hecho que la cercanía con Rachel James se debía a que es una de sus agentes y la hija del amigo de su padre.

—Estamos juntos hace mucho tiempo, la relación era más que evidente, así que no se hagan los idiotas ahora. —Sigue caminando.

—Pero la teniente Lancaster…

—La teniente Lancaster es la hija de la mujer que me crio, tuvimos algo en su momento, eso se acabó hace mucho, y lo que tenemos ahora es netamente laboral —continúa—. No diré más sobre el tema, no estoy obligado a dar explicaciones sobre mi vida personal y no me voy a hacer responsable de las suposiciones que han sacado otros.

—Gracias por las declaraciones, coronel. —El agente se aparta.

Bratt está más adelante y la rabia con la que me mira me comprime por dentro. «Prométeme que no será conmigo, pero tampoco será con él». Falté a mi palabra y ahora seré la esposa del que era mi amante.

—Coronel, olvidé una pregunta —prosigue el agente de los medios internos—. ¿Cuándo empezó su relación con la teniente James?

—Cuando nos presentaron.

Contesta y el soldado se ríe como si se tratara de algún tipo de chiste. La Alta Guardia dispersa a los agentes y Marie alcanza al coronel mientras caminamos hacia la camioneta.

—¿Cómo se te ocurre humillarla de semejante manera después de todo lo que hizo por ti? —musita Marie con los ojos llorosos—. Todo por una adicta que no ha hecho más que traerte problemas.

—La servidumbre no opina en los asuntos de sus superiores —se entromete Alex—, así que cállate, Marie.

—¡Rachel! —me llama Bratt—. ¿Se puede saber qué acabas de hacer?

Intento hablar con él, pero el coronel no me deja, se aferra a mi brazo y me obliga a seguir caminando.

—Suéltame —espeto—. Voy a hablar con él.

—¡No!

—¿Prometida o prisionera? —Se interpone el capitán.

—¡Ambas! —le contesta el coronel.

—¿Eres más que esto, Rachel? —Me mira Bratt—. Me has decepcionado, tanto juzgar mi control y mira cómo acabas: con un hombre peor que yo.

—¡Quiten a este frustrado de mi vista! —lo aparta Alex—. Ya deja de llorar por lo que no tienes, ella ya no va a volver contigo. ¡Asúmelo de una maldita vez!

Lo dejan atrás y me sumergen en el vehículo que arranca con Tyler al volante. Por el espejo retrovisor, observo cómo parte primero la camioneta de Gema y Marie. El teléfono me suena con una llamada de mis padres y no alcanzo a contestar, ya que Christopher me arrebata el móvil. No me molesto en protestar, como está, va a empezar a despotricar, Alex no fue capaz de intervenir y es porque sabe cómo es el hijo.

El coronel se mantiene en silencio durante el camino, mi móvil no deja de vibrar y no digo nada. No quiero pelear frente a los escoltas que están adelante y que se terminen de convencer de que se casa conmigo por mi embarazo.

Mantengo las manos quietas sobre mi regazo sin decir nada, cada vez que uno abre la boca es para lastimar al otro y aquí no quiero cortadas. El camino se hace corto, llegamos al edificio y pierdo las ganas de bajar al ver cómo Gema desciende de su vehículo con Marie. Alex no está por ningún lado ni Sara tampoco.

—Llévame a High Garden —le ordeno a Tyler.

—No puedo, teniente.

—Te estoy dando una orden...

Christopher baja, rodea el vehículo y me toma del brazo.

—No quiero estar aquí —le hago saber, y a las malas me lleva con él.

Las mujeres suben al ascensor mientras que el coronel me arrastra hasta la escalera que empezamos a subir. Camina demasiado rápido, el asma me ataca y debo ponerme el inhalador en la boca.

—Suéltame, Christopher —jadeo—. Ya dije que no quiero estar aquí.

No me escucha, sigue subiendo sin soltarme hasta que llegamos al *penthouse*. La puerta está abierta, y él entra conmigo al sitio donde Gema trata de calmar a la madre, que no deja de llorar y reclamar en el vestíbulo.

—Recoge tus cosas y lárgate —le ordena Christopher a Gema—. Tú también, Marie.

—¡Desfachatez es la única definición para esto! —despotrica ella mientras me arreglo la ropa—. ¡Te está manipulando a ti, y no notas que esto pasa cada vez que una mujer quiere atrapar a un hombre!

—¡No, esto es lo que pasa cuando follas con alguien y no te pones un puto preservativo! —le grita él—. ¡No fue una ni dos, fueron muchas veces y por ello asumo mi responsabilidad sin dramas ni papeles de víctima, porque no lo soy!

Ella sacude la cabeza y él le señala la puerta.

—Vete —espeta—. No tienes nada que hacer aquí.

—Pero, Chris, ¿qué te hice yo como para terminar de una forma tan humillante? —Gema le empieza a llorar—. He dado hasta lo que no tengo.

—No me voy a retractar, has hecho cosas que agradezco, pero ya tomé una decisión —asevera—. La acabo de anunciar, no me obligues a tener que repetírtela en la cara.

Me mira y no sé quién me odia más, si ella o la madre.

—Te amo y nunca te he fallado —le dice a Christopher, y me asquea su estupidez—. He dado todo por ti, ¿y qué me he ganado? Tus puñales.

Continúa llorando y me alejo en busca del ventanal, no quiero verle la cara de tonta que tiene y me harta.

—Una vez te dije que siempre sería tu amiga y camarada —prosigue ella—. Fuimos hermanos antes de ser pareja; por ende, contarás conmigo siempre, así no lo merezcas. Sé que algún día te darás cuenta de los errores que estás cometiendo y te va a pesar, porque ella lo único que hace es manipularte.

No recogen nada, solo toma a Marie de la mano y abandona la propiedad. Las puertas del ascensor se cierran y me vuelvo hacia el hombre que se queda en el centro de la sala.

—No me voy a casar por un embarazo —le suelto—. Anúncialo, vociféralo, secuéstrame si quieres, pero no voy a hacerlo.

—¿En qué momento me he arrodillado a pedírtelo? —Se acerca—. ¡¿En qué puta cabeza cabe que esto es una propuesta?!

Actúa como el hijo de puta frío que es.

—Ve y convence a Gema, aún estás a tiempo de que te perdone y te siga, porque yo no voy a dejar que me condenes a vivir a tu manera.

Camino a la puerta que no alcanzo, ya que se me atraviesa.

—Ya no eres mi foco, y si quieres irte, hazlo, pero mis hijos se quedan conmigo. ¡Los pares, me los dejas y luego puedes irte a la mierda si te da la gana! —me grita—. ¡El matrimonio es solo la opción que te estoy dando para que los tengas cerca, pero si no los quieres, está bien, vete lejos que ni ellos ni yo necesitamos de tu cobardía!

Los ojos me arden, me cuesta creer que sea tan canalla.

—No los voy a dejar con una mentirosa que no sabe ni que es lo que quiere. —Pisa mis fragmentos—. Puedes ser la madre o lo que quieras, pero se quedan conmigo y no se te ocurra medir mi fuerza porque te aplasto.

—El derecho de estar con mis hijos es mío…

—¡Es de los dos y el que hayas querido ocultar el embarazo ya te pone en desventaja! Pasas de hoguera en hoguera y no aprendes.

Acorta el espacio que hay entre ambos.

—Tildas a Gema de ingenua, y tú eres la que más fantasea. ¿En qué cabeza cabe que no iba a enterarme? —sigue—. ¿Qué pretendías hacer negándome mi derecho?

Tengo tanta rabia que no doy para contestar.

—Qué piensas que serán lo que vas a tener: ¿ángeles?, ¿sumisos? ¡Deja de ser tan ilusa y date cuenta de las cosas! —Clava el dedo en mi sien—. ¡Deja de mentirme, que yo siempre te hablo de frente y espero lo mismo de ti! —Doy un paso atrás cuando se viene sobre mí—. ¡Con lo que haces, lo único que provocas es que empiece a detestarte!

La última palabra es un puñetazo que me reduce y me arma un nudo en la garganta.

—No vuelvas a decir eso —musito—. No me trates como tratabas a Sabrina.

Ya no es el embarazo, es él y lo que siente por mí. Si su indiferencia me lastima, su odio es como una brasa que quema sobremanera.

—Nos vamos a casar y vas a obedecer, no se te ocurra huir en tu estado porque te juro que no tendré ningún tipo de compasión cuando te encuentre.

Se marcha estrellando la puerta al salir y me deja sola en la sala donde las lágrimas empiezan a empaparme la cara. Estuvo mal que no le dijera nada, pero no merezco este trato.

Actúo como lo hago porque trato de buscar lo mejor para mí.

—Señorita James —aparece la empleada—, ¿se le ofrece algo?

¿Un corazón nuevo? ¿Una máquina del tiempo? Extraño al hombre que fue a visitarme a la isla.

—Estoy bien así, gracias. —Busco la alcoba.

Este tipo de discusiones no le hacen bien a mi embarazo, y ahora, más que temerle a la mafia, me preocupa el bienestar de mis hijos, así que trato de calmarme. Me prometí disfrutar esta etapa y no puedo terminar de arruinarlo.

Me paso las manos por la cara camino de la alcoba. Si digo que no voy a casarme con Christopher, provocaré un escándalo, que afectará la campaña, hará que otros tomen ventaja y, si pierde, Antoni podría salir.

Ya ha de saberlo todo, y quién sabe qué estará planeando desde ya.

Me llevo las manos a la cabeza al acordarme de mis padres, han de estar preocupados y trepados en las paredes con todo esto.

—El señor Alex está al teléfono. —Miranda se asoma en la puerta.

—Dile que estoy bien —contesto—. Que estoy agotada y quiero descansar un rato.

—Como diga.

El aire fresco me golpea cuando tomo asiento en la tumbona del balcón. «Lo mejor era irme», lo que menos quería era ser una segunda Sabrina.

El mediodía pasa, la tarde llega y Christopher no aparece. Siento que la ropa me estorba, no tengo nada aquí, así que saco del clóset la sudadera y los pantalones cortos que me coloco.

Los pensamientos empiezan a ahogarme en lo que queda de la tarde, encienden la ansiedad, que no cesa ni con la llegada de la noche. Siento que tengo que distraer la mente con algo o me volveré loca.

Salgo a la sala en busca de algo para comer. Desayuné, pero no almorcé y, aunque quiera, no puedo pasar tantas horas sin comer.

Ivan Baxter está hablando en voz baja con Tyler, frente a la barra de la cocina. Baxter carraspea y se acomoda el uniforme cuando me ve, siento que estaba hablando de mí.

La forma en la que me mira me lo confirma.

—Señora. —Se arregla el traje.

—No soy señora todavía. —Paso de largo—. ¿Qué hay de cenar?

—El ministro me pidió que le prepare un estofado con verduras —contesta la empleada—. Enseguida se lo sirvo.

Pone el plato frente a mí y el plato no es que me provoque mucho; sin embargo, me lo como porque es que mi embarazo necesita. Tyler me sonríe desde su puesto. El teléfono de la recepción suena y me levanto, juro por Dios que si es Marie o la perra de Gema habrá un muerto aquí. Ivan contesta y murmura algo que no alcanzo a escuchar antes de colgar.

—Sus amigas están aquí, informé que podían subir.

Un rayo de esperanza se enciende en medio del caos, acabo con lo poco que tengo en el plato y camino a la sala a recibirlas. Frente al ascensor, espero que las puertas se abran.

Laila llega con Luisa, ambas con las manos llenas de bolsas y cajas.

—¿Y el trago mortal? —le pregunto a Laila, que sacude la cabeza.

—Sé que estás embarazada, así que no intentes taparlo —se queja mi amiga—. He de verme como la ridícula del año.

Deja todo en el sofá y se acerca a abrazarme. Me alegra que entienda el porqué del apoyo de Alex.

—Oye, lo de Casos Internos…

—Olvida eso —me corta—. Ya Luisa habló con todos, y Stefan nos dejó claro lo que hiciste. Nadie está enojado contigo; de hecho, agradecemos que te esforzaras por contradecir la evidencia.

Después del ataque y de la discusión con el coronel, Alex me llevó a la mansión donde no me dejó hablar con nadie, ya que debía reposar. Luisa acaricia mi espalda antes de abrazarme.

—Gracias por explicárselo a todos —le digo.

—Era lo menos que podía hacer, y ya no pensemos en eso que no importa —contesta—. Traje ideas para la boda y debemos enfocarnos en eso.

Con Laila se pone a sacar lo que trajo.

—Encontré los apuntes que tomé durante los preparativos de mi boda —habla Luisa—. Guardé diseños de vestidos, ideas sobre temáticas para la celebración, catering...

—Es muy poco tiempo, pero si nos organizamos lo podemos lograr —secunda Laila—. Brenda ya fue a ver iglesias disponibles. ¿Ya sabes dónde te quieres casar? Ella jura que tu sueño es en una iglesia y por eso fue a ver.

—Alexa conoce diseñadores, para esto se requiere un vestido que esté a tu altura —añade Luisa—. ¿Podemos escoger los vestidos de las damas de honor? Acabo de ver un valentino que me encanta...

—Esos son sexis —comenta Tyler en el vestíbulo.

Mis amigas siguen sacando cosas, y no sé si la noticia les arruinó la capacidad de razonar y ahora no piensan con coherencia.

—Una buena temática para la fiesta puede ser...

—Me voy a casar con Christopher porque estoy embarazada. ¿Alguna lo ha considerado?

Callan y se miran entre ellas.

—¿Les decimos a los invitados que no exageren a la hora de felicitarlos? —pregunta Laila—. ¿O no le ponemos mucho brillo a la decoración?

Camino por el espacio en busca de paciencia. Este es mi sueño, pero no el del hombre con el que estaré y ellas no tienen eso en cuenta.

—Él no se quiere casar, lo hace por la candidatura, así que está de más desgastarse. Con que me ayuden a conseguir un traje decente es suficiente —les digo—. En la cara me dijo que me detesta, ya han de imaginarse cómo están las cosas entre ambos.

—Tiene rabia, los seres humanos tendemos a dañar en ese estado —contesta Luisa—. Espera que se le pase la cólera y ya está.

—¿A Christopher? No se le quita en ningún momento.

—Ay, no empecemos con predisposiciones. No has disfrutado el embarazo, date la oportunidad de tener algo grato con esto. Deja de mirar las cosas a través del vidrio empañado.

—Yo quiero lucir fabulosa ese día especial y es lo que haré —afirma Laila—. Se casará una de las amigas que más quiero y lo quiero celebrar.

—Siempre has soñado con esto, Rachel. Si no puede ser de la forma que mereces, mejor no lo hagas —insiste Luisa—. Sabes que te apoyo en lo que sea.

—Será algo formal, así que no planees nada. Hazte a la idea de que de seguro nos casará un juez en su oficina del comando.

—Ah, ya deja de ser negativa. —Laila me sienta en el sofá—. Mejor cálmate y mira estos tacones de novia.

Luisa pone un bloque de revistas en mis piernas y me obliga hojear las opciones. Quieren que vea cosas que no voy a comprar, reservar ni usar.

—¿Tus padres vendrán? —pregunta Luisa—. ¿Qué piensan de todo esto?

—No pienso hablarles a mis padres por ahora, estoy embarazada del hombre que les prohibió la entrada al Reino Unido como si fueran criminales —respondo—. Aparte de eso, me quitó el móvil y no me ha dejado hablar con ellos.

—Ese hombre no está bien de la cabeza —se queja Laila—. Merece que Rick le pellizque las bolas con un cortaúñas. ¿Qué gana con todo eso?

—Me hago la misma pregunta.

Pongo la cabeza contra el sofá; esta situación me tiene con taquicardia.

—Hagamos un test de novia —empieza Luisa—. Con algo hay que distraerse, así que anda, nos alegrará la noche.

Abre la revista, este tipo de cosas suceden cuando pasas años hablando de cómo te gustaría casarte. Ella conoce todo de mí y por ello actúa como lo hace.

Toma asiento a mi lado y pone el bolígrafo contra la hoja.

—Según tu relación, ¿cuál crees que sería la mejor canción para tu boda? —Me codea.

—¿Cómo se llama la canción que suena mientras se hunde el *Titanic*? Esa es la que la define.

—No seas pesimista. —Suelta a reír y termino haciendo lo mismo.

Reír es lo único que se puede hacer en medio de todo esto. Miranda les sirve vino y volvemos a los viejos tiempos, donde pasábamos horas hablando sobre la alfombra de mi casa.

Extraño la época donde tenía una jodida vida normal y sin complicaciones. Después de horas de charla, me levanto por una botella de agua.

—Quiero verte en modo vaca. —Laila empieza a grabarme—. Captaré el antes y el después.

—Con las comidas que sugiere Alex, dudo que crezca mucho.

—¿Bromeas? Son mellizos, vas a querer estar en la cama todo el tiempo.

Se acerca. Lo de estar en la cama es algo que quiero hacer desde ya. Laila se arrodilla y mete la cabeza bajo mi sudadera.

—¿Ves esto? Tu embarazo serán dos cabezas mías.

—Yo diría que tres. —Se ríe Luisa.

Se abren las puertas del ascensor y retrocedo de inmediato cuando veo al coronel, que deja la chaqueta de lado, solo luce el chaleco y la camisa del traje que tenía puesto.

Laila queda en el piso, él pasea los ojos por las revistas abiertas llenas de vestidos y por los apuntes, que me hacen ver como una completa ridícula.

Ha de creer que estoy planeando la boda del año, así que recojo todo mientras les agradezco a mis amigas la visita.

—Descansen. —Les entrego todas las revistas—. Trataré de que nos veamos mañana.

Christopher se queda en el centro del vestíbulo mientras las acompaño al ascensor que, por suerte, llega rápido.

—¿Ni unas buenas noches? —susurra Laila, ofendida.

—Da gracias a que no nos echó. —Luisa la mete al ascensor.

Alzo la mano a modo de despedida, las puertas se cierran y el vacío vuelve cuando desaparecen.

—¿Comerá, señor Morgan? —pregunta Miranda, y el coronel sacude la cabeza.

Se va a la licorera, y yo, a la alcoba, donde no tarda en entrar. Hay una cama diferente, la cual se acopla a la decoración del espacio donde prevalece el gris y el negro como protagonistas.

Quito las almohadas para poder acostarme y él repara en el atuendo que tengo puesto.

—No me han traído el equipaje —le digo—. Por ello tomé un par de prendas tuyas.

—Quítatelas —demanda con sequedad.

—¿Con qué voy a dormir?

—Que te las quites, dije.

Deslizo las prendas fuera, el vestido que tenía no es cómodo para dormir, así que termino en bragas.

—Deja todo donde estaba —sigue.

No voy a pelear por una sudadera y un mísero pantalón deportivo. Doblo las prendas, las meto en el armario y lo cierro. Christopher se larga a fumar al balcón.

Entro a la cama y clavo la vista en el techo. El coronel vuelve a la alcoba y, como si fuera un imán, mis ojos se fijan en él.

Se saca la ropa antes de acostarse solo con el mero bóxer puesto, no me mira y siento que no somos nosotros.

No somos los que se comen a besos cada vez que se cierran las puertas de cualquier habitación. El deseo está, su erección me lo dice; sin embargo, su frialdad me hace sentir como si fuéramos dos desconocidos.

No veo al hombre que viajó conmigo y que fue a verme al CCT. La garganta me arde y muevo la mano dispuesta a tocarlo, pero no me deja.

Cierra los dedos sobre la muñeca, que aparta.

—No.

—¿En verdad me detestas? —la pregunta duele, y no me contesta—.
A buen entendedor, pocas palabras. Tu silencio me confirma que sí.

—¿Mi silencio? —reclama en lo que se sienta en la orilla de la cama—.
Habla la que dice amar con acciones que demuestran todo lo contrario.

Se larga, no sé a dónde y con él se van mis ganas de dormir. Pese a no
tener sueño, trato de poner la mente en blanco, ya he torturado demasiado
mi cabeza por hoy.

La zozobra se mantiene a la mañana siguiente, es un día nuevo y mis
ánimos están por el suelo, el pecho me duele y tengo unas horribles ganas
de llorar. Me levanto a tomar una ducha y con el cabello húmedo meto los
brazos en el albornoz que amarro a mi cintura.

—La señora Cristal Bird quiere verla. —Entra Miranda después de tocar.

—¿Para qué?

—Hay cosas que hacer. —La sobrina de Olimpia aparta a la empleada—.
Hay una entrevista en vivo para el canal del comando y una conferencia a la
que asistirán miembros importantes de los entes judiciales.

Miranda se va y la rubia de pelo corto se toma la alcoba.

—Nadie se esperaba tu compromiso con el coronel. Ahora debemos convencer a los soldados de su relación, deben ver que se aman y serán una excelente pareja líder —dispone—. Calla lo del embarazo, no quiero que surjan
comentarios que pueden terminar en un escándalo. —Camina por el espacio— Enfócate en que todos deben pensar en que de verdad estás enamorada.

—¿Que piensen que estoy enamorada? —increpo molesta.

No sé qué clase de persona cree que soy.

—Conmigo no hay que fingir, no es la primera vez que lidio con este tipo
de cosas —espeta ella.

—No soy del tipo de personas que insinúas que soy —le dejo claro—. Yo
no tengo que fingir, estoy enamorada del coronel.

—Sí, como digas —suspira.

No parece que fuera sobrina de Olimpia Muller, Cristal Bird no es para
nada prudente.

—Te esperaré afuera, dentro de una hora partimos —suspira—. Me tomé
la molestia de mandarte traer la vestimenta que te va a servir en la entrevista
y en la conferencia.

Se va y a los pocos minutos Miranda entra con el traje en una funda. Me
voy al tocador, donde trato de poner mis pensamientos en orden.

—Sus cosas ya llegaron, las acomodaré en el clóset —avisa la mujer que
trabaja con el coronel.

—Gracias.

Me pasa mi neceser de maquillaje, el secador y el cepillo para el cabello. Empiezo a arreglarme, quiera o no hay obligaciones que cumplir o la campaña electoral se va a hundir, y soy a la que menos le conviene eso. No dar la cara va a desatar preguntas.

Abotono el vaquero negro que me pongo, acomodo las copas de la blusa de encaje y meto los brazos en la chaqueta color crema que complementa el atuendo.

Aplico dos capas de base con el fin de que no se note lo poco que he dormido, seco el cabello, que me dejo suelto; el maquillaje que apliqué es sobrio, pero bonito.

—Perdone —me dice Miranda—. ¿Desea que guarde esto en el estudio? Es la carpeta que contiene todos los documentos del embarazo. Extiendo la mano para que me la dé y me entra la duda de si debo o no mostrársela a Christopher. Como padre, debe saber los detalles de todo lo que pasa, pero no sé qué tanto quiera saber de eso.

—Yo los guardo —le digo a Miranda.

—¿Cómo se llama el perro? —pregunta.

—¿El cachorro llegó con el equipaje?

—Por supuesto, Zeus era del señor Christopher, no del ministro —explica—. El señor se enojó e Ivan lo sacó a pasear.

—Hay que buscarle un nombre, luego lo decido.

Pongo los ojos en la carpeta, lo mejor es que se la muestre a Christopher, así se dará cuenta de que todo fue un accidente y nada fue planeado. Ya arreglada, busco el pasillo que me lleva a la sala.

Cristal está trabajando en el balcón mientras Christopher desayuna en el comedor. Mi lugar ya está listo, con un plato con comida. Tomo asiento y el coronel pone los ojos en el collar que me cuelga en el cuello. Viste de civil con un traje negro y el cabello lo tiene peinado hacia atrás.

—¿Tiene a mano el inhalador? —pregunta Tyler—. El ministro me pidió que se lo recordara.

—Ya lo guardé en la cartera.

—Por suerte, Gema dejó todo listo. —Cristal se mueve al comedor—. Solo mandé a cambiar las enmarcaciones de las invitaciones.

El desayuno empieza a saberme a mierda.

—No voy a casarme con lo que dejó Gema —aclaro—. Por muy discreto que quieran que sea el asunto, no voy a usar lo que compró otra.

—Era discreto, pero costoso.

—Puedo hacerme cargo de mis preparativos, gracias.

La sobrina de Olimpia mira al coronel, y este no dice nada.

—¿Tendrás todo listo con el poco tiempo que hay? —increpa Cristal—. Es en menos de dos semanas, dado que debe ser antes de ir a las urnas.

—Dije que puedo encargarme.

—Si así lo deseas… —Sonríe con hipocresía—. Te esperaré en el auto.

No tengo mucho dinero disponible, pero me las puedo apañar para lo que se requiere.

El que Philippe vaciara mis cuentas no me dejó para nada estable, no he tenido tiempo de dar el reporte de pérdidas a la FEMF. Puedo hacerlo ahora, pero el estudio tomará tiempo. Lo único que tengo son los últimos pagos y eso me tiene que servir. Espero no gastarlo todo, ya que debo arreglar el apartamento que quedó destrozado.

Llevo las cucharadas de fruta a mi boca en lo que observo el hombre frente a mí.

Me pregunto si algún día mis ojos se cansarán de contemplarlo: es tan físicamente perfecto que en ocasiones me pregunto si es real. Alza la cara y nota que tengo los ojos clavados en él. «Genial, Rachel».

Tomo la carpeta que deslizo en la mesa con el fin de que la vea.

—Según las fechas, los concebimos en la isla —carraspeo—. Creí que el anticonceptivo seguía funcionando, pero la última fase del tratamiento acabó con todo lo que tenía en el sistema, y eso le quitó efectividad al método que usaba.

Mira todo por encima.

—El uso del preservativo era necesario —concluyo.

Daría todo por una expresión, un gesto o atisbo de alegría. Alex, una que otra vez, muestra emociones, pero Christopher es diferente, él es un témpano de hielo.

Revisa los documentos hasta que llega al último problema: la hoja que habla del procedimiento de las glándulas mamarias.

—No podré amamantar. —Paso saliva—. El HACOC dejó agentes que…

Desisto de seguir explicando cuando saca y arruga la hoja con rabia, la estrella contra el piso y clava la vista en mí, que bajo la mirada al plato. Trato de pasar el nudo que se forma en mi garganta, quisiera que las estúpidas hormonas salieran de mi cuerpo, pero no, en vez de eso, traen las lágrimas que me empañan los ojos.

—Levanta la cara y deja de llorar, que solo lo arruinas más —me dice.

—¿Arruinarlo? —sopeso—. Yo no…

—¡Tú sí! —asevera—. Me llevas la contraria cada vez que te da la gana. ¡Me opuse y te dije que no participaras en el operativo donde tuviste la recaída; sin embargo, fuiste porque para ti era más importante que Parker se sintiera orgulloso de ti y mira lo que pasó! Piensas como una niña siempre, te quitaste el collar cuando te pedí que no lo hicieras. ¿Y en qué acabó? Aparto la cara, me molesta que vea cómo me pone.

—Puedo ser cruel o animal o lo que me quieras decir, pero por mí no pasan cosas como estas. —Planta la mano en la mesa—. ¡Ahora, como siempre, tengo que arreglar lo que arruinaste, pese a que tuviste el descaro de callarlo como la cobarde mentirosa que eres! —me grita—. ¡Haces cosas a mis espaldas y aparte de eso tienes la maldita osadía de ir a ver a Antoni embarazada de mis hijos!

—Me estaba amenazando…

—¡¿Y por qué mierda no me lo dijiste?!

Siento que si digo algo romperé a llorar.

—Una cosa más y vamos a tener problemas. ¡Estoy harto de tu falta de responsabilidad! —Se levanta—. Así que ten los putos cojones de parirlos y llega viva hasta el final. ¿Puedes? ¿O eso también te queda grande?

Se larga y no termino de comer, solo recojo los documentos. No debí mostrar nada y esto me pasa por tonta.

—¿Nos vamos ya? —Dalton Anderson entra al comedor.

—Necesito un segundo.

Vuelvo a la alcoba y lo guardo todo. Espero sentada en la orilla de la cama a que la conmoción pase antes de volver afuera con la cartera bajo el brazo. Quedarme en la cama es algo que no se me va a permitir.

Dalton me está esperando en la sala con dos escoltas más.

—La acompañaré hoy todo el día —me habla el escolta—. Por su seguridad, no puedo perderla de vista, son órdenes del ministro.

Respiro hondo, da igual lo que diga, nadie lo va a tener en cuenta. Cristal Bird ya está en el auto y juntas nos trasladamos al canal privado donde se llevan a cabo los boletines, es una oficina subterránea que transmite el noticiario que se ve en todos los comandos.

La FEMF es un ente judicial con peso, y por ello la etapa electoral es importante, el poder que tiene un alto mandatario sobrepasa el de cualquier presidente y, por ende, a la hora de elegir se exige tanto.

Los vehículos se detienen frente al edificio, Dalton abre la puerta y me acompaña al interior del lugar. La esposa de Kazuki está presente, al igual que el hombre que aspira a ser el viceministro de Leonel.

Todo el mundo me mira y el ambiente se torna incómodo cuando llega Gema creyéndose la supermujer. Saluda a cada uno de los que componen el equipo de agentes internos con un beso en la mejilla.

—Sé que me estaban extrañando —empieza con las tonterías—. Nada de esto es lo mismo sin mí.

No le pongo atención, solo dejo que me guíen al sitio que tienen preparado.

—Nos gustaría que como futuros líderes nos hablaran un poco de su carrera, planes, comentarios de su vida personal, el porqué de apoyar a su candidato... —expone uno de los agentes—. La idea es que los soldados sepan más de ustedes y su forma de pensar.

Instalan los micrófonos antes de señalar las sillas frente a la mesa de noticias. Me encaramo al banquillo y quedo junto a la esposa de Kazuki que todavía le guarda luto a su hija.

Me sonríe y le devuelvo el gesto, tanto ella como Kazuki siempre tratan de ser educados y amables. La esposa de Leonel es la única que no está.

Las cámaras se encienden, Gema habla de política y todo lo que ha hecho, y yo no tengo mucho que agregar, apenas estoy empezando en esto y no soy una experta en estos temas.

—Conozco a Christopher desde pequeño, creo que la confianza y el cariño que me tiene se nota y se refleja cada vez que nos ven juntos —declara Gema—. Lo he acompañado en todo este proceso, he trabajado arduamente por esta campaña y espero que en verdad gane, porque como viceministra tengo muchos planes para la FEMF, planes que nos benefician a todos.

«Zorra estúpida».

—Su relación con Christopher Morgan es admirable, teniente Lancaster —comenta el agente que pone los ojos en mí—. Teniente James, a varios uniformados les tomó por sorpresa el anuncio de su compromiso con el coronel; sin embargo, nos alegra, puesto que usted es una mujer valiente y admirable.

—Gracias.

—Hay algunos que piensan que no ha estado de lleno en la campaña. ¿No siente usted que le ha faltado un poco de compromiso con esto? Le pregunto porque, si tenemos en cuenta lo que ha hecho la teniente Lancaster, se queda muy atrás.

—No he estado de lleno en la campaña porque he estado absorta en mi rol como soldado —les hago saber—. Mientras Gema ayuda a la comunidad, yo he estado sumando los méritos que hacen que muchos generales me quieran en su central.

—Sí, pero es importante la ayuda a los demás.

—He ayudado, rescaté a la madre de la teniente Lancaster y a Sara Hars. Salvé vidas cuando impedí que una bomba explotara sobre un mercado atestado de personas —declaro—. He estado en combate con la mafia, ya que por muy primera dama que quiera ser, no puedo olvidar que soy una soldado.

—Tiene mucha razón —me dice el agente, y Gema me mira mal—. ¿Puede mencionar un momento el cual nos haga entender por qué desea ser la esposa del coronel? Nos gustaría saber qué acciones han hecho que ame a un hombre como Christopher Morgan.

Respiro hondo cuando la vista de todos se posa sobre mí. Cristal se impacienta en su sitio y es difícil responder teniendo en cuenta cómo estamos ahora; no obstante, pese a que la relación se cae a pedazos, hay algo que nunca voy a olvidar.

—Cuando recaí, perdí las ganas de continuar. —Paso saliva con el recuerdo amargo—. Al volver del exilio, mi miedo no era morir, sino recaer; verme hundida de nuevo fue una de las peores experiencias, pero él estaba ahí conmigo, mientras deseaba ponerle punto final a mi vida.

Me esmero porque no se me quiebre la voz.

—Tuve una sobredosis de camino al CCT, y él no se alejó, pese a que le robé la camioneta y lo dejé tirado en la nada.

—¿Le robó el vehículo? —Les causa gracia, a mí no tanto.

—También lo agredí en repetidas ocasiones; sin embargo, siguió, y en lo más recóndito de mi cerebro tengo un recuerdo de él sosteniéndome entre sus brazos bajo la ducha, pidiendo que despertara —continúo—. Esa misma noche me dijo que así fuera una drogadicta o no, no le importaba, porque me ama así y por ello no me iba a dejar.

Sonrío sin querer, amo tanto ese momento que se me empañan los ojos.

—Quédate con quien acepte todas tus facetas —termino—. Buena, mala, loca, tóxica, terca, insegura, defectuosa... El coronel estuvo conmigo en una faceta donde ni yo misma me quería, y él lidió con ella, me dio todo el apoyo que necesitaba en ese momento. Por eso siento lo que siento por él.

—Es muy conmovedor lo que acaba de contar —me dice el agente—. Les deseamos mucha suerte en su matrimonio, son una bella pareja.

—Gracias.

El agente continúa con la entrevista, la esposa de Kazuki intenta responder lo que le pregunta, pero Gema interrumpe todo el tiempo y es molesto, porque hace de todo para lucirse. La esposa del candidato en últimas guarda silencio, ya que Lancaster se apodera del programa.

El encuentro dura una hora y la sobrina de Olimpia me aborda apenas se da por terminado.

—Debemos ir a la conferencia, así que apúrate —me afana—. Gema, querida, te veo allá.

—¿Qué tal lo hice? —le pregunta.

—Excelente como siempre —contesta Cristal.

Se despide de Lancaster con un beso en la mejilla como si fueran viejas amigas, y por mi parte echo a andar al vehículo con Dalton. No tengo móvil y me preocupa cómo han de estar mis padres.

La próxima parada es en un edificio lleno de policías y altos mandatarios, hay algún que otro miembro de la realeza y mujeres que han sido relevantes en la FEMF. La conferencia es para hablar sobre explotación de trabajo infantil que se da a lo largo del mundo.

Me llevan al gran salón entapetado, Gema queda junto a Cristal, que se coloca a mi lado y no hay cosa más aburrida que esto. Son tres horas de discursos que son más para aparentar que para ayudar en verdad. Me cuesta controlar los bostezos que surgen por hambre y sueño.

Hace calor, dos horas más se suman al reloj y, en vez de ponerle atención a lo que dicen, me imagino mordiendo un pedazo de pollo frito.

Empiezo a fantasear con comida, Cristal Bird me mira cuando comienzo a mover las piernas, me duele el culo de tanto estar sentada y no soporto el hambre que me da mareo.

Miro la puerta que resguardan los escoltas mientras Dalton Anderson se pasea a lo largo del sitio, el calor empeora y siento que, si no como algo, me voy a desmayar. El encargado de la Alta Guardia nota mis ojos fijos en él y con disimulo se acerca, cuida de no interrumpir el discurso a la hora de hablarme.

—¿Pasa algo? —pregunta.

—El hambre me está matando —murmuro solo para los dos.

—Cuando esto acabe, puedo llevarla a comer algo saludable en uno de los sitios sugeridos por el ministro.

«¿Sitios sugeridos por el ministro?»

—Quiero comer ya, vamos y luego volvemos, cerca de aquí hay restaurantes de comida rápida.

—Eso no es saludable en su estado. Además, los hombres que tengo de respaldo están estudiando el perímetro y, por ello, no es seguro moverse —alega—. Lo mejor es esperar a que acabe el evento.

Se va y a los diez minutos ya estoy a punto de quererme colgar de la lámpara.

—Voy al baño —le susurro a Cristal.

—Bien.

Dalton se me pega a la espalda. El estómago me ruge, necesito espacio y no me lo están dando. Entro al baño, el escolta se queda afuera y paso a una de las gavetas a pensar qué diablos hacer.

Como es Dalton, sé que no se va a mover. Descargo la cisterna, salgo y hallo a una aseadora limpiando las baldosas con una toalla.

Sé que los escoltas no me van a llevar adonde quiero ir, camino a la puerta y asomo la cabeza. Dalton espera de espaldas en el pasillo. No es el tipo de hombre al que le guste desobedecer a las personas que le dan órdenes. Ya no soy su jefa y ahora solo recibe órdenes del ministro.

Doy vueltas dentro del baño, en verdad necesito un trozo de pollo o voy a terminar con un paro cardiaco.

—Perdone. —Me acerco a la mujer que limpia—. ¿Podría sacarme en su carro de limpieza? Debo ir a comer algo… Y ha de saber cómo controlan a las señoras que vienen a este tipo de lugar.

Me mira como si estuviera loca.

—Señora, muero de hambre, y mi suegro se empeña en sugerirme que coma cosas que no me apetece. —El hambre me hace delirar—. Le pagaré.

—Pueden echarme por esto.

—Nadie lo notará, confíe en mí.

No la dejo pensar, levanto la cortina del carro y me meto en él; en cuatro patas quepo a la perfección. Escondo los zapatos para que no se me vean y cierro la cortina.

—Andando —dispongo—. Le pagaré bien, se lo juro.

Duda, pero echa a andar conmigo adentro. Como puedo reviso lo que tengo en la cartera y caigo en la cuenta de que, si le doy lo que hallo, no tendré para la comida. Solo tengo dinero en efectivo, ya que las tarjetas las dejé en mi otro bolso. «Maldita suerte la mía».

La mujer sale conmigo y salgo del carro cuando llega a las escaleras de emergencia.

—Oiga, no tengo efectivo suficiente aquí.

—No me diga —farfulla aburrida—. ¿No le apena? Acabo de decirle que esto puede costarme mi empleo.

—Soy una mujer de palabra, señora —contesto, ofendida—. Dentro de media hora venga a buscarme al auditorio, le prometo que les diré a mis escoltas que me presten dinero.

No pierdo el tiempo, me apresuro escalera abajo. Este sitio es un centro turístico exclusivo y los pocos restaurantes que hay son de estrellas Michelin y no quiero nada de eso.

Cruzo el vestíbulo y evado las camionetas de los escoltas que veo sobre la acera, un grupo de personas está listo para salir, así que me sumerjo entre ellas. Logro salir y corro en busca del restaurante que necesito, sé que hay un local cerca y gracias al cielo lo hallo varias cuadras más adelante.

La saliva se me vuelve agua al entrar.

—Una cubeta grande de pollo, todas las papas que me pueda poner y una bebida grande —pido en el mostrador del KFC—. Quiero que el pollo esté crocante por fuera y jugoso por dentro.

Me siento como una niña necesitada. Por suerte no tardan. Recibo la bandeja, me coloco los guantes de plástico y empiezo a atiborrarme de comida. «Bendito sea Dios».

—Teniente, no sea irresponsable. —Dalton llega molesto con Ivan y tres escoltas más—. No puede exponerse y tampoco puede estar comiendo aquí, el ministro dijo...

—Siéntate y no empieces a molestar, que no estoy teniendo un buen día —le hablo con la boca llena—. Cómete un trozo de pollo o lárgate, pero deja que termine de comer, porque lo necesito.

Se queda serio.

—¿Alguno quiere? —les ofrezco comida, ninguno de los hombres de negro me contesta y me hacen quedar como la mala—. No sean maleducados, vine porque muero de hambre, así que no actúen como si les estuvieran estrangulando las pelotas.

Ivan se acerca por una papa y sacude la cabeza.

—Es una mentirosa —reclama—. No le costaba decir la verdad, varias veces le pregunté con quién se había revolcado y evadió la pregunta, se calló que estaba preñada del hijo del ministro.

—¿Te afecta? —vuelvo a hablar con la boca llena—. No quería matar las esperanzas que tienes conmigo.

—¿Cómo fue? —pregunta.

—¿Cómo crees? —Le doy un sorbo a mi bebida—. Te aseguro que por telepatía no sucedió.

—Iré a dar una vuelta y vuelvo —informa Dalton—. Termine con eso rápido, que nos tenemos que ir.

Como rodeada de los hombres trajeados. La gente nos mira, dado que no es común este tipo de escenas en estos sitios. Agarro el muslo de pollo, que veo como la cosa más maravillosa del planeta, intento llevarlo a mi boca, pero Dalton vuelve apresurado.

—El coronel está llegando al centro del encuentro.

—¡Oh, mierda! —Dejo los guantes antes de tomar el bolso—. ¿Estás seguro?

—¡Por supuesto que sí, así que levántese! —Me afana el escolta y me levanto de la silla lo más rápido que puedo.

Corro a la salida, pero termino regresando al local.

—¿Qué hace? —me regaña Dalton.

—Se me olvidó el trozo de pollo que quedó.

—Deje eso…

—¡Pagué por él!

Me lo como en lo que vuelvo casi trotando. En la escalera mecánica le entrego el hueso a Ivan, saco las toallitas para limpiarme las manos y me echo loción en el camino. La gente ya está saliendo de la conferencia e Ivan me tapa cuando reconoce la figura de Make Donovan saliendo del ascensor.

—Venga por aquí. —Me toma del brazo y da la vuelta conmigo—. Nos van a colgar de las pelotas a todos por su culpa.

El salón tiene dos puertas y alcanzo a entrar por la segunda. Cristal y Gema están hablando con la esposa de un juez y lo único que se me ocurre es abordar a una mujer al azar y fingir que no entré hace cinco segundos.

Christopher

Las personas que salen saludan con gestos leves que ignoro, ya que lo único que quiero es entrar al salón donde está Rachel James. La veo a un par de metros, nota mi presencia y se acomoda la chaqueta que trae puesta.

Se acerca donde estoy con la cartera en la mano y ambos nos volvemos los protagonistas del lugar, puesto que la gente pone los ojos en nosotros mientras camina y acorta el espacio entre ambos.

El corazón empieza a latirme más rápido de lo normal. Mis ganas por ella son una maldición con la que me cuesta lidiar. El labial rojo hace que me humecte los labios, y el no tenerla sobre mí, causa estragos en mi compostura.

Nunca nadie me había hecho sentir así, ansioso y desesperado por tenerla. Su aroma empeora el deseo de arrancarle la ropa y follarla contra la tarima.

—Coronel —me saluda, y mando la mano a su cintura.

La pego a mi ingle. La reacción desata más miradas, y ella pasa la mano sobre mi torso cuando quedo a milímetros de su boca, respira como si hubiese corrido una maratón.

—¿Todo está bien? —pregunta, agitada.

Acomodo el diamante azul que tiene en el pecho mientras sus ojos se concentran en los míos: maldita adicción y maldita ella que me tiene así. Quiero detestarla, sacarla de mi cabeza, pero no puedo y eso trae la rabia que me desestabiliza.

Por más que quiero salir de este estúpido estado, no he hecho más que pensar en ella en todo el día. Vuelve a pasar la mano por mi torso cuando pierdo la vista en sus labios, me acerco a su boca y…

Lo que hizo me hace dar un paso atrás: lo de Casos Internos y el que le haga caso al italiano que tanto detesto.

—Nos vamos —indico.

Resopla molesta. Tengo un almuerzo aquí con dos embajadores y tres miembros de la Marina. Tyler nos sigue junto con Make Donovan, quien se adelanta al lugar donde me esperan.

Llegamos al restaurante, me indican dónde está la mesa de los que aguardan y los cinco sujetos se levantan a saludarme, mientras que la mujer que tengo al lado no deja de respirar mal.

—Christopher, qué gusto —me saludan con un apretón de manos.

A todos los conozco y he trabajado con un par de ellos.

—Mi novia, Rachel James —presento a la teniente.

La saludan, y ella trata de controlar las exhalaciones aceleradas.

—Un gusto conocerlos. —Les da la mano.

—Quién iba a creer que el coronel se casaría otra vez —comenta Clements, es comandante de la fuerza naval de Rusia—. Con el debido respeto, es muy hermosa tu prometida, Christopher.

No disimulo la molestia que me genera el comentario. Ya lo sé, no tienen que recordármelo.

—¿Cómo se conocieron? —pregunta.

—Se la quité a Bratt. —Me siento, y todos sueltan a reír.

—Amo el humor negro de este hombre —comentan.

Como si la situación estuviera para chistes. El camarero se acerca a dejar las cartas y minutos después viene a tomar la orden.

—Solo tomaré sopa, gracias —jadea Rachel, quien empieza a sudar—. ¿Puede traerme un poco de agua?

—¿Te encuentras bien? —le pregunta uno de los embajadores.

—El clima afecta a mi asma —respira hondo—, pero tengo mi inhalador aquí.

Rebusca el aparato, que encuentra, sacude y se lleva a la boca; no sale nada, vuelve a sacudir y obtiene el mismo resultado.

—Eh…

Sacude de nuevo y nada, busca no sé a quién y me desespera tanto que no pueda ni cuidarse a sí misma que saco el inhalador que tengo en el bolsillo, se lo coloco en la boca y lo oprimo las veces que se requieren.

Las exhalaciones se normalizan y guardo el aparato.

—Gracias —musita.

—¿Por qué era el almuerzo? —Atraigo la atención en lo que ella no deja de mirarme.

—Queríamos manifestar nuestro apoyo a tu campaña y hablarte de personas que también desean hacerlo.

El tema absorbe las dos horas que dura el almuerzo. Mi concentración solo capta lo importante, ya que no dejo de pensar en el enojo que me carcome por dentro. La visita a Antoni Mascherano es algo que no deja de latir en mi cabeza, así como el que la mujer que tengo al lado dejara que otros metieran las narices en mis asuntos.

Rachel responde las preguntas que le hacen. El móvil me vibra, lo saco y leo el mensaje que me envió Alex: quiere que vaya a High Garden, ya que hay un asunto fundamental que tratar.

Los embajadores se despiden cuando el camarero viene por los platos. Clements es el único que se queda a beber un par de tragos, me habla de cómo está la fuerza naval, las horas empiezan a pasar y a las cinco de la tarde me acompaña a la salida del restaurante.

—Rachel, fue un placer conocerte —se despide de la teniente—. No olvides mi invitación a la boda, todos queremos asistir al evento del año en la milicia.

Ella le sonríe y dicha sonrisa se desvanece de un momento a otro.

—Cuenta con ello. —Corresponde el apretón de manos—. Debo irme ya, puesto que...

—¿Dónde será la ceremonia, aquí o en Arizona? —pregunta el comandante, que voltea cuando metros más adelante Ivan Baxter empieza a pelearse con una de las aseadoras.

—¡No puede acercarse! —regaña a la mujer que le grita.

Rachel no sabe ni como pararse, el soldado sigue peleando y me acerco a ver qué pasa.

—¿Qué haces? —le pregunto al escolta.

Se le paga por trabajar, no para que discuta con quien a duras penas puede con la escoba que lleva en la mano.

—Esta anciana enloqueció, pero nos haremos cargo.

—No enloquecí, la señora de allá me ofreció dinero si la sacaba del baño en el carro de aseo, ya que estaba muerta de hambre —se defiende la mujer—. Mi turno acaba dentro de media hora y ella dijo que era una mujer de palabra.

—Venga conmigo, hablemos en privado. —Rachel se acerca y la toma del brazo.

Intenta llevársela, pero la mujer no se deja.

—¿Me va a pagar, sí o no?

Busco la billetera, saco el efectivo que tengo y se lo entrego para que se largue.

—Gracias. —Se retira.

El hombre que me acompaña suelta a reír antes de darme la mano a modo de despedida.

—Tu relación no debe de ser para nada aburrida —dice—. Espero la invitación a la boda, que tengan buena tarde.

Se va y echo a andar en la dirección contraria. Rachel viene atrás y no la espero, cuando creo que ya llegó al borde, vacía el vaso y empieza de nuevo. Bajo al estacionamiento, la rabia que tengo no me da para callar y la termino encarando.

—¿En qué estabas pensando?

—Tenía hambre y la conferencia se estaba alargando mucho —contesta—. Te devolveré el dinero, si es lo que te preocupa.

—¡No necesito que me devuelvas nada, lo único que necesito es que dejes de darme dolores de cabeza!

Los ojos le brillan con las lágrimas que se le acumulan, tengo que lidiar con lo de la mafia, el embarazo y también con cosas como estas. Parece que no madura.

—No es necesario que me trates como tratas a todas las mujeres que te hartan —me suelta—. No soy de piedra como tú y ya deja de actuar como si hubiese forzado todo. Te recuerdo que eres tú el que insiste en mantener esto.

No sé si mi orgullo me permitirá pasar por alto todo lo que ha hecho.

—El embarazo no fue planeado, pero a mí sí me alegra saber que son del hombre que amo. A ti el embarazo te molesta, sin embargo, a mí no, porque son un lazo el cual hará que siempre exista un vínculo entre nosotros —espeta—. De haber tenido mil opciones para escoger, te hubiese elegido, porque lo que siento por ti nunca lo he sentido por nadie, y si te molesta, lo lamento, pero no me arrepiento de nada.

Se limpia la cara a la espera de la respuesta que no me sale.

—No te quedes callado, Christopher…

—Sube al auto. —Es lo único que le digo.

No abordo el mismo vehículo, necesito espacio para pensar, y es lo que me doy, ya no sé qué hacer con todo lo que me jode desde adentro.

El viaje a High Garden es corto, las puertas de la mansión de Alex le dan paso a los vehículos y Rachel se apresura a saludar al ministro que espera en la entrada y baja a abrazarla.

—¿Cómo están los radiadores? —le pregunta—. ¿Si los está tratando bien el cavernícola que tienen como padre?

—¿Por qué te metes? —increpo.

—Porque se me da la maldita gana —responde tajante.

—Espero que en verdad sea importante lo que me tienes que decir, porque carezco de tiempo.

Los dejo afuera, atravieso la entrada y me voy directo a la licorera.

—Deja eso —empieza Alex—, tu suegro aterrizará dentro de unos minutos y lo mejor es que no te vea ebrio.

El cristal del vaso se me resbala y no me molesto en recogerlo, solo dejo la botella de lado y me devuelvo por donde vine, tomo la mano de Rachel y la traigo conmigo.

—¡Christopher! —me detiene Alex—. Son sus padres, no puedes hacer nada contra eso.

—Vienen a meterse en lo que no los incumbe y estás quedando como un payaso al contradecir mis órdenes.

—Quieren ver a su hija y no podemos impedirlo.

Rachel se aferra a mi muñeca y clava los pies en el suelo para que me detenga.

—Solo quieren verme, son mi familia y han de estar preocupados —me dice.

—No. —Tiro de su mano para que salga.

—Los conozco y no se van a ir hasta saber que estoy bien. —Forcejea.

—Rachel tiene razón. Rick es una persona pacífica, solo compórtate y ya está. —Se me atraviesa Alex—. Vamos afuera.

—También quiero verlos —insiste Rachel con los ojos llorosos—. Necesito verlos.

—Una hora y nos vamos —advierto.

Más tiempo no voy a permitir, tengo cosas que hacer y no voy a perder el tiempo aquí. Sara sale de la cocina, saluda a Rachel, que con Alex busca la puerta trasera.

Le pido a la empleada el trago que me bebo en el camino. Alcanzo a Rachel y la vuelvo a tomar del brazo. Echo a andar con ella a la pista de aterrizaje, donde a lo lejos se ve la avioneta que viene.

Los James son de lujos pequeños, la aeronave está bien, pero no se compara con el jet de los Morgan. Ellos son el tipo de gente que odia lo ostentoso.

Aterrizan y me mantengo en mi lugar. Ya me veo a venir a Luciana con su odio de mierda con el cual me limpiaré el culo. Me tiene sin cuidado lo que sea que vaya a decir, ella y toda su maldita familia.

—Son gente de bien, no lo arruines —advierte Alex.

La puerta de la aeronave se abre, y de la nada un tiro me rebota en los pies, retrocedo y otro me zumba en el oído izquierdo. Rick James no ha bajado y ya está con rifle en mano, disparándome desde la escalera como un maldito desquiciado.

—¡Papá, te volviste loco! —Se adelanta Rachel—. ¡Baja eso!

Se atraviesa cuando vuelve a apuntar y la Alta Guardia se pone alerta.

—¡Bajen las armas! —demanda ella—. No es peligroso.

Sara da un paso atrás y yo me mantengo en mi sitio.

—¡Te advertí que te mantuvieras alejado de mi hija! —Rick James busca la manera de apuntarme—. ¡Quítate, Rachel!

Suelta un tiro al aire.

—¡Voy a acabar con este circo!

—Retiro lo dicho —dice Alex, que no hace nada cuando Rick James aparta a Rachel, se me viene encima y me lanza el puño que me manda al suelo.

—¡Hijo de puta malnacido! —Vuelve a golpear—. ¡¿Qué te dije antes de irme, imbécil?!

Sigue soltando puños hasta que Rachel me lo quita de encima, no sé cuál es mi karma como para tener que lidiar con tanta gente loca. Empieza a discutir con Rachel mientras el resto de la familia baja. Luciana llega con las dos hijas y todas se unen al espectáculo que vino a dar Rick James, quien no deja de despotricar.

—¡Súbete a la avioneta, que nos vamos! —le exige a Rachel, y la tomo del brazo.

—¡Las órdenes las das en tu casa, no en la mía! —me impongo.

—¡No te metas! —Me empuja.

—Rick, cálmate —pide Alex—. Hablemos como las personas decentes que somos. No es necesario tanto alboroto.

—¡Si fuera tu hija, no estarías actuando de la misma manera! —Se suelta y escondo a Rachel tras mi espalda cuando se me viene encima otra vez.

—Hablemos adentro. Como ves, Rachel está bien —insiste el ministro—. Dejé que vinieras porque queremos hacer las cosas bien.

—«¿Dejé que vinieras?» —se enoja—. ¡Tengo todo el derecho de venir aquí!

Tomo a Rachel y me devuelvo a la mansión con ella, no estoy para sandeces. Los James nos siguen y lo primero que hago es buscar la salida para largarme.

—¡Suéltala, que no es un puto perro! —advierte el padre de la teniente en el centro del vestíbulo—. ¡Tampoco es una prisionera!

—¿Qué esperas de ese cerdo? —se entromete Luciana—. Si no sabe comportarse el padre, mucho menos el hijo. ¡Rachel, busca tus cosas que nos vamos ya!

Saco el arma, nadie me va a impedir que me largue y me la lleve.

—¡Guarda eso, por favor! —me pide la teniente.

—Deja que salude a su familia, Christopher —pide Alex—. Suéltala.

Por esto no quería a nadie aquí, no somos niñatos como para andar con estas tonterías, somos adultos y, como lo somos, cada quien es libre de hacer lo que se le venga en gana.

—¡Que la sueltes! ¡¿Es que no entiendes?! —me grita Luciana—. ¡Deja de forzarla, maldito cerdo!

Se empeñan en hacerme perder el control.

—Suéltame, Christopher —musita Rachel solo para los dos—. Por favor, quiero abrazarlos.

Me acaricia la mano.

—Por favor —suplica, y los huesos me duelen al momento de soltarla.

Se acomoda la ropa y se acerca a los padres, a quienes abraza antes de tomar a las hermanas y traerlas contra su pecho. Rick James se asegura de que esté bien, mientras que Luciana no deja de comerme con los ojos.

—Me alegra verlos —les dice ella a todos—. Y tenerlos aquí.

—Nos vamos a Phoenix —insiste el exgeneral—. ¡Ya!

—No va a ir a ningún lado —advierto—, así que perdieron el tiempo al venir.

—¡No es de tu propiedad! —truena Luciana—. Y, por ende, no puedes venir a disponer.

—Hablemos —pide Rachel.

—Nos vamos a Phoenix —insiste Rick James—. ¡No lo voy a repetir!

Alex intenta tomarme del hombro y no se lo permito.

—Papá, tienes que calmarte —le pide Rachel—. Si me dejaras hablar…

—Sí, deja que te diga que está esperando dos hijos míos y por eso no se va a ir —le suelto sin arandelas—. Esto no es de ahora, es de siempre y hace tiempo que estamos cogiendo; por ello, ya no es de ustedes, ¡así que se queda conmigo!

Nadie pronuncia palabra, el silencio que se toma la sala se extiende hasta el último rincón de la mansión donde Rachel baja la cara frente a los padres.

—Miente —habla Luciana—. Solo quiere…

—Es cierto, estoy embarazada del coronel —admite Rachel, que enfoca los ojos en la madre—. Antes del exilio te confesé que lo amaba y nunca dejé de hacerlo. Lo siento, mamá; lo siento, papá. Sé que es algo difícil de aceptar, soy consciente de todos los riesgos que trae mi embarazo, pero no voy a renunciar a esto porque es mi sueño, algo que siempre quise.

Luciana no inmuta palabra, pálida, se aferra al brazo de la segunda hija,

Rick James no se mueve, Rachel se limpia la cara frente a todos y la hermana menor es la que se acerca con las manos en la cara.

—¿Estás segura? —Le toca el abdomen a Rachel—. De estarlo, voy a empezar a gritar.

—Estoy muy segura, ya me hice las respectivas pruebas y escuché sus corazones.

—¡Qué buena noticia! —Se le va encima a la hermana que rompe a llorar—. Felicidades, teniente.

La abraza mientras que el silencio sigue por parte de los demás.

—Dijo que está embarazada. —La hermana de Rachel se vuelve hacia los demás—. ¿No la van a felicitar?

Rick James se acerca y abraza a Rachel que se aferra a él sin dejar de llorar.

Luciana se mantiene en su puesto, mientras que la otra hermana se mueve a acariciar la espalda de la teniente que pasa a sus brazos, la suelta y busca a la madre a quien abraza. El resto de la familia las rodea, y Luciana le pasa la mano por el cabello, en tanto Rachel le pide que la perdone mientras yo no hago más que observar.

—Que tenga una familia es un hecho que no podemos cambiar —me dice Alex—. Por más que te odien, no la van a hacer a un lado, es algo que tienes que entender.

—Acondicioné la azotea para la cena. —Llega Sara—. Sigan, por favor, arriba podemos hablar todos con más calma.

Luciana no disimula la rabia que me tiene, y yo tampoco. Me encamino a la famosa cena, la hora está corriendo y una vez que se cumpla nos vamos a largar.

Sara los guía arriba y me tomo un par de minutos antes de subir, clavo las manos en el lavabo y procuro poner los pensamientos en orden para no explotar. «Se van a ir», no se van a quedar aquí. Me acomodo la polla en los pantalones y continúo a la azotea que acondicionó Sara.

Hay una fogata decorativa en el centro del lugar y puso una mesa enorme con mantel blanco y cubiertos. La familia ya tomó asiento y Rachel se levanta cuando me ve.

—No conoces a mis hermanas. —me dice—. Te las presento: ella es Sam y ella, Emma.

El cabello negro y los ojos azules de las dos ponen en evidencia el lazo parental que tienen. La tensión se puede cortar con un cuchillo, Luciana me mira con asco, Rick James con rabia y Sam James de arriba abajo.

Tiro de la silla que está al lado de la hermana menor de la teniente, ya que ella está al lado de los padres.

—Sam estudia Medicina y Emma está en la FEMF, pero también hace patinaje artístico sobre hielo —sigue Rachel.

—Como si eso le importara —farfulla Luciana—. Lo único que estamos haciendo aquí es perder el tiempo.

De la nada me ponen un brazo encima antes de disparar el flash de un móvil en mi cara.

—¡Emma! —la regaña el papá.

—Se lo voy a mostrar a mis amigas —alega—. Y la voy a guardar para el recuerdo.

Luciana sacude la cabeza, y Rachel intenta calmarla. Traen la comida y son pocos los que comen: Luciana y Rick James dejan el plato intacto, al igual que el resto de la familia. La única que se atiborra de comida es la hija menor del papá de Rachel, quien no deja de reclamar.

—Entiendo que les enoje la idea —habla Alex—, pero llega un punto donde ya no tenemos derecho en la decisión de nuestros hijos.

—Eres mi amigo y tienes mi total respeto, Alex; sin embargo, tu hijo nos ha atropellado más de una vez y es estúpido creer que lo dejaré pasar —contesta Rick James—. Agradezco la ayuda brindada, pero el que nos quitara el derecho de verla es algo que no voy a perdonar.

—¿Quién está pidiendo perdón? —increpo—. Supéralo y deja de joder.

Me ignora y se centra en Alex como si yo no existiera.

—Rachel se va a venir conmigo a Phoenix, necesito a mi hija de vuelta, aunque sea por unos días —exige—. Estoy harto de que la traten como si estuviera secuestrada.

Abro la boca para hablar, pero Alex no me deja.

—Está bien.

—No —replico.

—Sí —se impone Alex—, son sus padres.

—¡Me importa una mierda!

Respondo, y esta vez no soy yo el que acaba con la mesa, es Rick James el que barre con todo. Los platos se quiebran, al igual que las copas.

—¡Es mi hija, maldito imbécil! —me grita el general—. El que te vaya a dar dos hijos no cambia que lo siga siendo. ¡Mira cómo está! —La señala—. Me la estás rompiendo, pero no lo notas porque eso solo lo sabe un padre, no un egoísta que solo quiere dárselas de macho, imponiéndose como se le da la gana.

—Estoy bien —interviene Rachel—, feliz por…

—¡No te creo nada!

Me quedo quieto, si reacciono sé que habrá sangre.

—El que tu relación con Alex sea una mierda no quiere decir que Rachel deba vivir lo mismo con nosotros y, si esto no se hace por las buenas, será por las malas.

—Papá, ya —pide Sam James—. Con violencia no solucionamos nada, no somos como ellos, así que cálmate.

—Tus preocupaciones son válidas, Rick, pero deja de provocar a Christopher —interviene Alex—. Si sigues, no tendrás una respuesta positiva.

Deja el rifle que tiene en la mesa.

—Solo acepto el dichoso compromiso si Rachel viaja conmigo a Phoenix; de lo contrario, no lo voy a aceptar y me tendrán aquí en Londres todos los días.

Prefiero levantarme que cometer una locura, sabía que esto iba a pasar y todo es culpa de Alex, porque se toma atribuciones que nadie le pidió. Camino a la baranda del balcón y trato de tomar aire por la boca, tanta mierda me está ahogando y no sé por qué lo tolero cuando puedo echar a todo el mundo de aquí a punta de tiros.

—Solo son unos días, Christopher, estará contigo el resto de su vida.

—Se acerca Alex—. No le demos vueltas al tema y déjala.

—Siempre te tienes que salir con la tuya, ¿cierto? Ella quería irse a América desde hace semanas y por eso te la ibas a llevar a Washington —replico—. Como no se pudo, entonces haces esto.

—Estoy tratando de buscar el bien para todos. ¿Por qué no lo entiendes?

—Eres tú el que no entiendes que ellos no tienen nada que hacer aquí.

—Deja de ser terco y escucha, solo serán unos días, no te vas a morir por eso.

Se larga por donde vino. Sara trata de relajar el ambiente con música clásica, y yo me fumo dos cigarros en lo que mantengo la vista en la nada. Lo peor de esto es que sé que, de no acceder, Rick James no va a dejar de joder como el fastidioso que es.

—Christopher —me llama Alex—, Rachel debe ir a empacar las cosas que necesita, así que ven para que concluyamos con esto de una vez.

Se va a ir con ellos. Ambas familias están frente a la fogata, Sara se pega a mi brazo cuando me acerco, y Luciana Mitchels sujeta la mano del marido mientras este le habla.

El silencio se perpetúa entre ambas familias otra vez.

—La cena es para hacer el compromiso oficial entre nosotros —declara Alex—. Rachel ya aceptó, ama a Christopher y no podemos hacer nada contra eso, Rick.

El exgeneral respira sin dejar de comerme con los ojos.

—Es oficial, entonces —se resigna—. Este tipo de momentos siempre es especial para toda mujer, y para mi hija no será la excepción.

Acabo con la barrera que nos separa y la traigo conmigo. La sombra de ambos es lo único que proyecta el fuego mientras saco el cofre que tengo en el bolsillo, tomo su mano y le deslizo el anillo de compromiso en el dedo. Sonríe cuando contempla la piedra. No la dejo volver a su lugar, le pongo la mano en el cuello y anclo mi mirada a la suya.

—Si huyes...

—Me buscas. Si me escondo, me encuentras —termina la frase—. No voy a huir ni a esconderme, coronel.

Se aleja a abrazar al papá, que la espera, y deja el brazo alrededor de sus hombros.

—Iré con ustedes —dice—. Supongo que eres un hombre de palabra, pero no correré el riesgo de que te la robes en el camino e impidas que nos vayamos a Phoenix.

Echa a andar con Rachel afuera.

—Yo supervisaré que papá no cometa una locura. —La hija menor lo sigue.

Me adelanto y bajo trotando las escaleras. Rachel me alcanza, sube primero y el papá me aparta, entra y se ubica al lado de la teniente, queda en medio de ambos.

—Buenas noches. —Emma James sube al asiento del copiloto, donde saluda a Tyler que está al volante.

—Hola —le responde el escolta, que pone en marcha el auto mientras sonríe como idiota.

—Soy Emma James —le da la mano—, la hermana menor de Rachel.

—Soy Tyler Cook...

—Y yo soy Rick James. —Se inclina, metiéndose entre los dos—. ¿Podrías conducir e ignorar a mi hija?

—Sí, señor —responde Tyler.

—Buen chico. —Le palmea el hombro antes de volver al puesto.

Nadie habla en el trayecto hasta Hampstead y el aire me sabe a mierda cuando la camioneta se estaciona frente al edificio. Make Donovan desciende del vehículo que viene atrás.

—Tyler, Dalton Anderson e Ivan Baxter viajarán con los James —informa.

Rachel sube conmigo, la hermana y el papá.

—Cuánto lujo —habla la hermana al entrar—. ¿Puedo vivir con Rachel cuando venga a Londres?

Acaricia al perro que se acerca.

—¿Qué dices, Christopher? —Se deja caer con el perro en el sofá—. ¿Te molestaría si vivo con ustedes? No ocupo mucho espacio.

—¡No molestes! —la regaña el papá—. Y levántate de ahí, que esta no es tu casa.

Rachel se va a empacar a la alcoba mientras la observo desde la puerta. No digo nada, lo único que hago es sacar un fajo de billetes de la caja fuerte y lo arrojo en la maleta antes de que la cierre.

—Vete rápido —espeto—. Tienes experiencia yéndote, no debería tomarte tanto tiempo.

Busca el abrigo en silencio. Todo me arde y se acompasa con los nudos que se me forman en el pecho cuando baja el equipaje de la cama y toma el asa. Camino al vestíbulo donde espera Rick James; ella pasa por mi lado e inconscientemente mis dedos se aferran a su brazo, es como si fuera una parte de mí lo que estoy dejando ir.

El exgeneral se fija en el gesto posesivo, pero no me importa, no es a su mujer a la que se están llevando.

—Vamos —insiste su padre.

Bajo la mano y dejo que continúe con el papá y la hermana, que baja al perro. Se despide con la mano. La puerta se cierra, el vacío se perpetúa, arde y deja claro que ya, pase lo que pase, nunca nada volverá a ser como antes.

86

Catarsis

Rachel

El sol hace que frunza el entrecejo mientras observo a los centinelas que resguardan los muros de mi casa en Arizona. Sam está frente al escritorio con un libro de medicina, en lo que Emma se mantiene sobre mi cama con el teléfono en la mano.

—Le dejé dos mensajes a Christopher y no contesta —se queja Emma—. ¿Siempre es así de descortés?

Me paseo por la alcoba, aburrida; creo que, de no ser por lo que cargo en el vientre, ya me hubiese lanzado de un precipicio.

—Ese señor no es Bratt, que es el tipo de hombre capaz de soportar tus tonterías solo por ser amable —la regaña Sam.

—¿Ese señor? —Emma arruga la cara—. ¿Por qué «ese señor»? No tiene ochenta años, es el novio de Rachel y, por ende, nuestro cuñado.

—Mamá no quiere que usemos términos familiares con ese sujeto —replica Sam.

Tomo asiento en la orilla de cama.

—Le voy a enviar uno de los videos donde patino, a lo mejor conoce a alguien en el medio artístico que pueda impulsarme —sigue Emma—. Requiero apoyo en mi carrera.

Le quito el aparato, lo que menos quiero es que la trate mal.

—A Christopher no le gusta que lo molesten —le digo—. Evita un desplante.

—No le gusta que lo molesten, no llama, no le agrada nuestra familia…, es un patán que no respeta —empieza Sam—. ¿Qué haces con él si todo te deja claro que no vale la pena?

—Cuéntanos cómo te enamoraste de él. —Me codea Emma—. O cómo fue la primera vez.

—Normal.

Suelta a reír en lo que alcanza la revista que está sobre la mesilla de noche.

—Nada con ustedes es normal —se burla mi hermana menor—. Que tu coronel, ex mejor amigo de tu antiguo novio, sea ahora tu prometido y creador de la profecía del anticristo que tienes en el vientre no tiene nada de normal; empezando por esto...

Carraspea antes de abrir la revista.

—La teniente Rachel James estuvo perdida dos días en la selva con el coronel Christopher Morgan —engrosa la voz—. Se dice que andaban desnudos, desencadenando un enamoramiento al estilo de Jane y Tarzán.

Sam achica los ojos al girarse.

—Ahí no dice eso.

—Claro que sí —miente Emma—. Atesoro esto porque desde ahí todos empezaron a creer que Rachel es la soldado modelo, y yo, como cadete, debo ser su clon...

Tira la revista. Emma me adora y, aunque lo diga a modo de broma, sé cómo son las cosas en la milicia, donde se carga con el peso del apellido.

—Me voy ya, tengo clases y la mejor estudiante no puede llegar tarde.

Emma rueda los ojos.

—Si, ve, no vaya a ser que mamá se decepcione o todo el jodido país —le dice.

Sam desaparece, llevo la espalda contra la cama. Emma acomoda la cabeza sobre mi pecho, acaricia mi abdomen y pongo mi mano sobre la suya.

—Lamento mucho lo del comando. —Acaricio su cabello—. Sé que eres una buena soldado, pero...

Mis padres tomaron la decisión de sacarla del comando por un año, ya que las cosas no están bien. El comando de Estados Unidos apoyó la decisión sin darle derecho a refutar.

—Ah, no te sientas mal; las cosas no iban muy bien que digamos, lo único que les faltaba era exigirme que me pusiera tu nombre y se me mandara a poner más pechos —suspira—. Todos los días me repiten lo mismo «Rachel sí parece hija de Rick», «¿Por qué no le haces honor al apellido como lo hace tu hermana?» «El apellido James te queda grande».

—Emma...

—«No te pareces a Rachel ni a Sam» —sigue—. «Tampoco a Luciana ni a Rick, deberías ser como tu hermana mayor que...»

Me levanto y tomo su cara entre mis manos.

—Ser como yo es una completa mierda, así que no hagas caso a nada de lo que dicen —le suelto.

—Dices eso para que no me sienta mal. Tu vida no puede ser una mierda, eres el orgullo de papá —regresa a la cama— y la mejor teniente de la FEMF. Yo lo único que tengo es buena salud, y ni eso, porque a veces me da migraña.

Me voy sobre ella en busca de un abrazo.

—¿Me odias?

—Claro que no —bufa—. Mi estúpido corazón de pollo te adora como no tienes idea por el mero hecho de ser insuperable.

Me acaricia el cabello.

—¿Tú me quieres? —pregunta.

—Mucho. —La lleno de besos.

—¿Inventamos pasos para mi rutina más tarde?

—Sí.

Se levanta emocionada.

—Por eso eres mi hermana favorita. —Me tira un beso antes de irse.

En el tiempo que he estado aquí, Alex ha estado pendiente de todo lo que conlleva mi embarazo, hizo que mi médico hablara con mis padres y este los puso al tanto de todas las precauciones que debo tener. No he hablado con el coronel desde que llegué, a mi madre no le gusta, cree que lo mejor es que me quede y me olvide de la idea del matrimonio, que lo que hará será poner en riesgo mi vida y mi embarazo.

No hablar con Christopher es lo mejor, él ya no es él, nosotros ya no somos nosotros, ahora solo soy la mujer con la que debe casarse para que los hijos no sean unos bastardos.

Luisa se está haciendo cargo de todos mis compromisos y deberes en Londres.

—La sobrina de la viceministra quiere hablar con usted —llega Ivan—. Dice que es importante.

Me paso la mano por la cara. Extiendo el brazo y recibo el aparato de mala gana.

—¿Sí? —contesto.

—¿Crees que la situación da para que te vayas de vacaciones? —me regaña—. Lo ideal es que estés apoyando la campaña, ¿y te vas? Siento que esto te da igual…

Abro la boca para hablar, pero…

—¿Qué haces? —Mi madre entra a arrebatarme el móvil—. Estás aquí para descansar y fui clara al decir que no te quería ver hablando con nadie de Londres.

Clava los ojos en Ivan, que se mueve incómodo.

—¡Requiere tranquilidad, y es lo que le intentamos dar! —Su grito dispara mi dolor de cabeza—. ¡¿Qué parte de eso no entienden?!

—Solo cumple con su trabajo —intervengo, y ella no me deja hablar.

—Fuera de mi casa, con un escolta que se quede es suficiente. —Mi madre lo echa—. Rick puede encargarse de cuidar a su propia hija y no los necesita.

—El coronel… —intenta refutar Ivan.

—¡Esta no es la casa del coronel!

El soldado se retira enojado, y mi madre se queda. Discutimos cuando llegué, se enfadó por mi relación con Christopher y las mentiras que le dije me las echó en cara cuatro veces.

—Hay alguien que quiere saludarte —me anuncia—. Tu padre lo trajo.

Me hace salir y solo espero que no sea una de las Mitchels. «Mis tías no toleran que se nos trate como accesorios o caras bonitas», saben cómo son los Morgan y cómo tratan a las mujeres que tienen. Si están aquí, lo que me espera es un regaño de dos días.

—El padre Francis trajo tu partida de bautismo —me informa mi madre—. Viajó desde Washington cuando tu padre lo llamó.

El sacerdote de la familia está en la entrada de la casa. Me apena que hiciera un viaje tan largo para algo que no necesito, se quita el sombrero que le he visto desde que tengo uso de razón.

—Hija, ¿qué tal? —Se acerca—. Me alegra mucho verte.

—Igual a mí, padre.

—Viajará a Londres para la ceremonia. —Entra mi papá.

Alex es quien se ha encargado de que asimile todo.

—¿Ceremonia? —increpo.

—Sí, ceremonia.

«No están al tanto de lo que pasa realmente con Christopher».

—Habrá ceremonia y se requiere un sacerdote…

—Papá…

—¿Qué? —se molesta—. Nos casó a tu madre y a mí, por ello quiero que lleve a cabo tu ceremonia militar.

Trago el cúmulo de saliva que se arremolina en la garganta, busco las palabras adecuadas para explicarle las cosas.

—¿Por qué te pones pálida? —increpa—. Eres hija de un general, Christopher es hijo de un ministro, además de que es un coronel destacado; así que, por honor y tradición, lo correcto es una ceremonia militar.

—Es que…

—¡Te lo dije! —La voz de mi mamá trona en la sala mientras baja—.

Christopher Morgan se va a casar con tu hija a escondidas, como hizo con Sabrina Lewis. Ni algo digno será capaz de darle.

Queda frente a mí y no soy capaz de mirarla.

—Como si te hubiésemos criado para que te conformes con nada. —Enfurece y sus gritos alteran mis nervios—. ¡Se te ha dado todo y actúas como si no nos hubiésemos esforzado con tu crianza! ¡Y lo peor es que quieren hacernos creer que todo está bien!

Empieza a discutir con mi papá, el sacerdote interviene y mi madre le echa en cara todo lo que Christopher ha hecho. El caos desata los nervios, la ansiedad y las ganas de salir corriendo.

—¡Se va a casar con un animal! —espeta mi mamá—. ¡Estoy harta de repetirlo y harta de fingir que debo aceptar la idea de que ese cerdo formará parte de mi familia!

Pierde la compostura. Tyler aparece en la puerta, me mira preocupado e intenta acercarse, pero le indico que no.

—Todo está bien —intento razonar.

—Entonces habrá ceremonia —insiste mi papá—. Es tradición en ambas familias. Regina y Sara tuvieron nupcias militares y no serás la excepción.

Yo no soy Sara ni Regina, y no hay argumentos coherentes para contradecirlo en este momento.

—Eres nuestra primogénita, Rachel, y debes casarte como se debe, no a escondidas como si estuvieras tapando algo. —Se acerca mi papá—. No creo que seamos tan malos padres como para que quieras engañarnos con mentiras.

Froto el cuello que tengo adolorido.

—Se va a casar por la candidatura y por el embarazo —sigue mi mamá—. ¡Admítelo ya y deja de mentir, Rachel!

—Tengo que consultarlo con Christopher y ahora está inmerso en la campaña.

—Está perdiendo, ¿qué más da? Lo que tienes que hacer es quedarte aquí y pasar el embarazo, tranquila. Después de dar a luz es que debes tomar decisiones, sin hormonas y sin sentimentalismo de por medio —espeta Luciana—. Deja que el coronel se quede con su vida de porquería y se mantenga a metros de nosotros.

—Gema Lancaster se está encargando de todo —me hace saber mi papá—. Me informó que en Londres no te necesitan.

—¿Cómo que no? —repone Emma, quien llega y apoya el codo sobre el hombro de Tyler—. Claro que la necesitan: si Christopher está perdiendo, lo ideal es que Rachel lo apoye para que gane puntos. Ella ahora debería estar planeando la boda a la cual quiero asistir.

—¿Te alegra la desgracia de tu hermana? —la regaña mi mamá— ¿Crees que esta desgracia es algo que se debe festejar?

—Me alegre o no, al igual se va a casar, y lo mejor es que tenga una boda bonita.

—Mejor cierra la boca —le pide mi mamá—. No ayudas.

Mi papá se acerca y saca un cheque del bolsillo.

—Si me llego a enterar de que me mientes, te encierro en la habitación del pánico y no te dejo salir nunca más.

Lo abrazo, y Luciana sacude la cabeza antes de irse con el sacerdote a la cocina.

—Esto es para que te tomes el tiempo de planear las cosas como tú quieres que sean. —Me da el cheque.

—No es tu obligación darme dinero, y ya te dije que la ceremonia está de más.

—Si no puedes tener la boda de tus sueños, entonces manda todo a la basura, porque si te vas a casar infeliz, vivirás infeliz. —Me toma la cara—. Piensa en mí, ¿no merezco entregar a mi hija en el altar como debe ser?

—Me puedes entregar a mí si quieres —sugiere Emma.

—A ti te voy a entregar a un convento. —Se vuelve hacia ella.

Aleja a mi hermana de los brazos del escolta, que nos sigue al comedor.

—Tyler, tú eres un buen chico —le dice mi papá.

—Gracias, señor.

—Ayer perdí mi billetera en el jardín de la casa de al lado. ¿Me ayudarías a buscarla?

—Claro, señor.

—Es la casa de verjas marrón, ve y luego me cuentas cómo te va.

El soldado se va, y no puedo creer que todavía use ese truco. «No ha perdido nada, solo lo hace para fastidiar».

—Tyler no es un perro para estar buscando cosas. —Tomo asiento en el comedor.

—Que salga a tomar aire, tanto encierro lo estresa.

—Sigues hablando como si fuera un perro —se queja Emma, y él le baja la playera ombliguera que tiene en un vil intento de estirarla para que le tape el abdomen.

—Hay hombres por todos lados, no sé por qué te pones cosas tan cortas que hacen que me altere y aumenten mi riesgo de sufrir un infarto —alega—. Nadie piensa en mí en esta familia.

Mi madre pone la mesa junto con la empleada, coloca un plato de verduras salteadas con carnes rojas frente a mí y la comida no me apetece para nada.

—¿Hay algún trozo de pollo en la nevera? —pregunto—. ¿Será mucha molestia si me fríen uno y me lo dan en vez de esto?

—Ese tipo de grasa no te sienta bien —me advierte mi papá—. Lo que tienes ahí fue lo que sugirió tu médico, así que come.

Almuerzo de mala gana. El resto de la tarde no tiene relevancia, mi madre mantiene a los escoltas lejos, mi contacto con el coronel sigue siendo nulo, supongo que ha de estar tan absorto con sus cosas que ni siquiera se acuerda de mí.

Emma es quien me hace compañía en la piscina, donde nado con ella por casi dos horas.

Salgo del agua cuando el sol se torna intenso. Tyler está en una de las tumbonas, pierde los ojos en mi hermana, que se pone los lentes en la cabeza al salir de la piscina.

«Gema se está ocupando de todo». Creo que no era necesario saber eso. Los ojos me escuecen cuando me entra la tontería de extrañar a quien estará haciendo quién sabe qué cosas. El que me mantenga al margen de todo no apaga la tristeza que surge cada vez que lo tengo lejos.

Paseo los ojos por la propiedad donde crecí, la gran casa caoba donde viví mi infancia se cierne a un par de metros, creo que me mantengo absorta en tonterías para obviar lo mucho que extraño a Christopher.

No al Christopher de ahora, al que me sacó de Londres, el que lidió con mi sobredosis y no le importó untarse de barro conmigo en la isla.

Extraño un hombre que ya no existe.

Me uno a la charla de Emma con Tyler, que nos acompaña a las caballerizas de mi papá. Ceno en el comedor del jardín, mi madre no se da por vencida y trata de convencerme de que me quede aquí. Al día siguiente repito la misma rutina, y en la tarde, el padre que está de visita me invita a dar un paseo por los alrededores de la casa.

Me resulta incómodo, dado que cada vez que veo un alzacuello evoco a Christopher como sacerdote, y eso me recuerda las ganas que tengo de chuparle la polla al padre de mis hijos.

Paso saliva, el embarazo me tiene mal, es como si las horas sin sexo me estuvieran cobrando factura, solo han pasado días y parece que llevara un año sin follar.

La noche se toma el cielo de Arizona y me preparo para acompañar a Emma a su práctica de patinaje. Dalton no tiene buena cara y ha de ser porque ha tenido que lidiar con los constantes regaños de mi madre.

Para ella son como animales que estorban en la casa.

—Nada de llamadas —advierte Luciana en la puerta de la casa—. Por favor, haz un esfuerzo y trata de cuidar tu paz mental.

Subo al vehículo, Tyler se ubica en el asiento de copiloto, Dalton arranca y los vehículos se despliegan a lo largo de la ciudad mientras Emma les pone los cordones a los patines.

—Amo que hagamos cosas juntas —confiesa—. Deberías venir más seguido o llevarme a vivir contigo.

Me planta un beso en la mejilla y se me sube a las piernas.

—De hecho, deberíamos irnos ya —propone—. Podríamos llegar a Londres de la nada, y así le das una sorpresa a tu novio.

—Estás loca —le pico las costillas—, como una maldita cabra.

Suelta a reír y empieza a hablarme de los nuevos locales que hay en la ciudad.

—Te voy a mostrar los pasos que he ido puliendo —me dice cuanto estamos por llegar—. Todavía les falta mejoras, pero siento que tienen mucho potencial.

—Vale. —Le peino el cabello con los dedos.

La pista de patinaje está a veinte minutos de mi casa. Las calles a esta hora no están muy transitadas. Entramos al recinto, que se ve enorme sin público. Por medidas de seguridad, papá la reservó solo para nosotras. Mi hermana descarga sus cosas y se prepara para entrar a la pista de hielo.

—Amo ser el centro de atención —mira a los escoltas—, pero cuando entreno no me gusta que vean cómo estrello el culo contra el hielo.

—Aseguren la zona y vigilen los alrededores —les ordeno a los soldados.

—Teniente...

—Di una orden —le refuto a Dalton—. Asegura la zona, si haces bien el trabajo no va a pasar nada.

Quiero que dejen practicar a Emma tranquila. Los escoltas acatan la demanda y tomo asiento en la tribuna. Mi hermana enciende la grabadora que trajo e inicia la rutina que ha practicado por años.

Siento que fue ayer cuando la vi con sus primeros patines, ahora tiene dieciocho años. El cabello largo le cae en una trenza en la espalda, es la más menuda de las tres, la ropa deportiva se le ajusta al cuerpo y es como una muñeca de rasgos preciosos. Me recuerda a mí cuando tenía su edad, amaba bailar y practicaba siempre que tenía tiempo.

Al compás de la música se mueve a través del hielo mientras la observo, dejo que las horas pasen, eso es lo único que hago ahora, dejar que el tiempo transcurra. Soy consciente de que ya la felicidad para mí no es un lugar, sino una persona la cual está a kilómetros de aquí.

Emma continúa con su práctica y respiro hondo antes de levantarme.

—¡Voy al baño! —la aviso, y ella alza los pulgares a lo lejos.

Desciendo de las gradas en busca del pasillo señalado por el letrero. A medida que avanzo, paso junto a las vitrinas llenas de trofeos. El corredor se ilumina con cada paso que doy hacia al baño.

Entro a las gavetas, vacío mi vejiga y vuelvo a salir.

Planto los pies frente al lavabo que acoge mi reflejo en el cristal, el no dormir y comer a la fuerza es algo que se plasma en el color de mi cara; tengo ojeras y un horrible miedo que no me deja en paz. En ocasiones, siento que alguien va a llegar a atacarme a traición. Acomodo las tiras del vestido, paso las manos por mi cuello en un vil intento de aliviar las ganas de sexo, que no se van, abro el grifo para lavarme las manos y… Desvío los ojos a la entrada al sentir que me observan. Sin embargo, no hay nadie en la puerta, «el área está asegurada», trato de no entrar en pánico en lo que salgo. Me seco las manos en el vestido y compruebo que mi arma esté cargada antes de salir.

El silencio que se extiende por todo el lugar es absoluto. Rápido, cruzo el umbral y con afán intento volver a las gradas, pero…

—¿Cuántas veces me vas a dejar? —la pregunta impacta en mis sentidos—. ¿En qué momento tendré la prioridad que les das a otros?

Me giro despacio. Christopher está recostado contra la pared y no sé por qué me surgen las estúpidas ganas de llorar. Lleva una camisa blanca desencajada, y el olor a whisky que desprende llega hasta mi sitio.

—¿Qué te dije en Londres? —Se acerca—. Te pedí que no huyeras…

—No estoy huyendo…

—¡Sí lo haces! ¡Quieres estar lejos de mí!

Se ve mal, parece que llevara horas bebiendo y sin dormir. Me fijo en los nudillos reventados y las manos maltratadas.

—¿Cuántas horas llevas ebrio? —pregunto—. ¿Peleaste?

No me mira, y acorto el espacio entre ambos.

—¿Has comido algo? —insisto—. Contesta, Christopher.

—No recuerdo cuándo fue la última vez que comí —ríe sin ganas.

Se pasa las manos por la cara y siento su desespero cuando las deja sobre mi cuello; se viene contra mí en busca de los labios, que devora.

No me suelta, respira a centímetros de mi boca en lo que me aferro a las mangas de su camisa, pierde las manos en mi cabello sin dejar de besarme. La angustia que tiene parece que crece con cada beso y el que esté tan ebrio hace que se tambalee.

—Míos…

Me lleva contra la pared, la lengua ávida se encuentra con la mía y mi cuerpo reacciona a su contacto. El agarre que ejerce es fuerte, bruto y vehemente.

Saco la pelvis, ya que quiero sentir su polla. La refriega contra mí y las caricias toman un tinte violento.

—Oye...

Rasga el vestido que tengo puesto, la apertura de mi escote queda abierta hasta la mitad de mi abdomen y su empalme me maltrata cuando se mueve cual animal necesitado. No me suelta la boca y llega un momento en el que lo siento demasiado brusco.

El peso de sus labios me abruma al punto de quitarme el paso del aire, los brazos empiezan a dolerme con el agarre cargado de fuerza.

—Espera...

Pido y no escucha, mete la rodilla entre mis piernas. No me molesta el sexo rudo, pero con el embarazo hay que tener ciertas precauciones.

—Christopher...

—Calla...

Me lleva contra el piso y se viene sobre mí. La espalda me duele con la caída. Se suelta el pantalón y de forma brusca me separa las piernas.

—Espera —le digo—. Estoy embarazada, Christopher...

—De mí. —Me toma con más fuerza—. Mi derrame te preñó...

Me rompe las bragas y mi cuerpo responde; lo deseo, lo quiero dentro de mí, pero siento que no está en sus cinco sentidos. Me muevo debajo de él para que se aparte, pero insiste.

—No estás bien.

—Sí, lo estoy —de nuevo me pone contra el piso—, y necesito follarte ya...

Lo hago a un lado, vuelvo arriba y es ágil a la hora de alcanzarme. Intenta llevarme al suelo otra vez, pero lo tomo de la muñeca e invierto los papeles; hago que caiga de rodillas y mi brazo queda alrededor de su cuello cuando lo inmovilizo.

—Suéltame —me dice al tiempo que intenta zafarse.

—Tienes que calmarte —musito y se mueve rabioso—. Este no es el Christopher que amo.

—Este es el que en verdad soy.

Hago acopio a mi fuerza. Tiene la espalda empapada de sudor y juro que puedo oír los latidos desbocados que emite su corazón.

—El que estés atada a mí con lo que tienes en el vientre es el castigo a tu cobardía. —Arrastra la lengua a la hora de hablar—. Es un castigo por joderme todas las veces que lo has hecho.

—No sabes lo que dices.

Deslizo la mano a través de su torso, sé lo que necesita para calmarse, así que desenfundo el pene duro que esconde el pantalón. En mi estado crítico me «liberaba» con droga, y Christopher para hacerlo no requiere de drogas, necesita sexo.

La dureza que sujeto le hace echar la cabeza hacia atrás. Compruebo que no venga nadie y muevo la mano sobre el falo, es difícil manejarlo por el tamaño que tiene; se aferra a mi muñeca y mueve mi mano a su antojo.

Acelero el ritmo, libero poco a poco el brazo que mantengo alrededor de su cuello y escondo la cara en este mientras lo sigo masturbando. Las venas se le marcan y el pecho se le acelera con el ritmo constante que mantengo sobre su miembro, sé que hasta que no obtenga su derrame no dejará de insistir; por ello, busco la forma de dárselo con movimientos que lo ponen a jadear. La manzana de Adán se le mueve al pasar saliva y le añado velocidad al movimiento hasta que se corre, la esencia que suelta queda en el piso y paseo los labios por el vértice de su cuello.

—¿Estás mejor? —le pregunto.

—No.

Toca mi brazo mientras guardo su miembro. El nivel de ebriedad hace que se tambalee. Me levanto y él hace lo mismo. La espalda se le va contra la pared y alcanza a tomarme del cuello para llevarme junto a él.

—Estoy tan harto de esto... —me dice—, de lo que siento por ti y ya no puedo controlar...

Trato de que me suelte, se niega y...

—¡Rachel! —me llama mi hermana en la entrada del pasillo—. ¿Está todo bien?

A las malas me suelto. Christopher se termina de arreglar. El vestido lo tengo roto y como puedo aboto no la camisola que cargo encima.

Emma se acerca con la mochila en el hombro.

—Hey, Christopher —lo reconoce ella—. ¿Cómo estás?

No contesta y ella se acerca más.

—Tomó de más —le explico— y no se siente bien.

—Entiendo. ¿Nos vamos ya? Terminé hace veinte minutos.

—Sí.

Los escoltas llegan, Emma no es de fijarse en los detalles, pero la Alta Guardia sí, ya que le debe rendir informe a Alex todo el tiempo. Make Donovan está entre los presentes.

—¿Desde cuándo está bebiendo? —le pregunto.

—Desde que usted partió —contesta—. Se encerró toda la noche, a la mañana siguiente desapareció, volvió y de nuevo se encerró.

El dolor de cabeza hace que me lleve las manos a la sien. Lo tomo, si lo dejo seguirá bebiendo y va a terminar como el día que lo hallé en su estudio.

—Vamos a mi casa. —Tiro de su brazo—. No puedes quedarte solo. Cuando bebe no come y tampoco para, cosa que repercute en todo su sistema. Suda y no sabe ni por dónde camina, me da rabia que haga esto, pero me pone peor no saber nada.

Lo meto en el vehículo y me vuelvo hacia el escolta que lo cuida.

—¿Por qué no me avisaste? —le reclamo.

—Lo intenté, pero su madre rechazó todas mis llamadas.

—Es cierto, su madre no solo rechazó las llamadas de Make —secunda Dalton—, el coronel ha intentado comunicarse varias veces, la señora Luciana fue la que lo atendió y lo insultó con palabras que no voy a decir.

La cabeza amenaza con explotarme y entro al auto seguida de mi hermana.

—Su madre quiere saber si ya va de camino a casa —me dice Dalton mientras conduce.

—Dile que sí y de paso avísale de que el coronel va conmigo.

Los vehículos se abren paso a lo largo de las calles; el vecindario donde vivo aparece a los pocos minutos, mis padres ya están afuera de la casa.

—Tienes razón —suspira Emma—. Es una mierda ser tú, querida hermana.

Las camionetas se estacionan y los soldados le abren la puerta a Christopher, quien baja primero.

—¿Qué hace este cerdo aquí? —increpa mi mamá—. No es bienvenido en esta casa.

No le pongo atención a nadie, guío a Christopher adentro y pido que lo lleven a la habitación de huéspedes, que está arriba.

—He dicho que no es bienvenido aquí. —Mi madre me alcanza en el vestíbulo.

—Es mi pareja, y si él no es bienvenido, entonces yo tampoco —aclaro—. No puedes impedir sus visitas, así como impides sus llamadas.

—Eres demasiado injusta conmigo, Rachel —sigue Luciana.

—Quieras o no, vas a tener que verle la cara —le digo—, porque es el papá de tus nietos y ya dejó claro que es un derecho que no se va a dejar quitar.

La mirada fría que me dedica me estremece por dentro. Papá se queda en la puerta y ella acorta el espacio entre ambas.

—Me decepciona que te sientas incapaz de afrontar esto sola, yo he luchado durante años —reclama—. ¡He hecho todo lo que estaba a mi alcance para no depender de nadie y tú parece que no puedes hacer lo mismo!

—No compares. Tú te enfrentaste a hombres machistas cargados de estereotipos que solo te veían como una cara bonita —alego—, pero no te condenaron a una droga dos veces, no eres el foco de la mafia italiana y no estás en medio de una guerra contigo misma, ya que no hallas la manera de hacer feliz a todo el mundo.

Respiro hondo para no llorar.

—Me duele decepcionarte, pero tienes que entender que no soy perfecta y, te moleste o no, estoy enamorada de Christopher —le suelto.

Se niega, sacude la cabeza una y otra vez como si con eso fuera a conseguir algo.

—Tu papá puede cuidarte, todos podemos hacerlo, no lo necesitas...

—¡Él no me va a dejar, así que resígnate ya! —declaro—. Estamos juntos hace meses e intenté dejarlo, pero no puedo, porque siempre me busca y en parte yo también lo quiero a mi lado. Quieres convencerme de que lo deje de querer y es algo que no va a pasar.

Mueve la cabeza con un gesto negativo en lo que se aleja con los ojos llorosos. Me da la espalda y desaparece en la cocina. Papá no dice nada, sigue bajo el umbral de la puerta y me acerco a darle un beso en la mejilla.

—Gracias por apoyarme con esto, pero no quiero que se estresen más. Deben dejar que afronte este problema sola.

Emma aparece con un tarro de helado en la mano y yo busco la escalera que...

—Christopher dormirá en la habitación de huéspedes —espeta mi papá, y mi hermana suelta a reír—. No lo quiero ver en tu alcoba; por su bien, que se mantenga a metros de esta y tú lejos de él.

Ivan pone los ojos en mi abdomen y arruga las cejas.

—Tengo edad suficiente para dormir con otra persona —replico.

—Sí, pero esta es mi casa y no voy a estar en paz sabiendo que mi hija está siendo follada a metros de mi alcoba —sigue, y el calor se me sube a la cara—. Puedes estar embarazada, haber hecho cochinadas...

—¿Tú no haces cochinadas con mamá? —lo molesta Emma.

Abre la boca para hablar.

—Por favor, no digas nada —lo interrumpo—. No quiero saber nada respecto a eso.

—Si es perturbador imaginar a tus padres haciendo algo, imagina lo que he de sentir yo con ustedes —sigue—. No quiero ver a Christopher Morgan en tu alcoba. ¿Está claro?

No contesto, solo subo a mi habitación. Mi papá es el tipo de persona que, cuando de hombres se trata, no teme sacar la escopeta. Medio me asomo en la alcoba donde tienen a Christopher.

No quiero discutir con nadie, y por ello sigo de largo a mi alcoba. Me quito la ropa y me sumerjo en la ducha de mi baño privado, estoy tan cansada que varios nudos se me han empezado a formar en la espalda.

Cuando no es Antoni, es Christopher, quien también es uno de mis verdugos, porque a cada nada me lastima. Me pregunto cuál sería la solución a todo esto, ¿matarlos a los dos? El pecho se me estremece, podría matar al primero, pero al segundo no, la muerte de Christopher conlleva la mía.

¿Me corto la cara y destruyo todo lo que atrae? Sacudo la cabeza bajo el agua. Hace tres años actué mal y, al parecer, ahora pago el karma por eso. Lidio con las consecuencias de dejarme llevar por la lascivia y no respetar el amor sano que me ofrecieron otros.

Christopher es como una coraza, un escudo que tiene dagas adentro, las cuales me apuntan y se me entierran en la piel cada vez que lo sostengo.

Resiste golpes, pero por cada impacto que recibe me abre la piel y mi nivel de masoquismo es tan alto que prefiero ese corte y no el impacto que me dará el mundo si lo suelto.

Salgo del baño, en la alcoba me pongo una bata holgada y me voy a la cama, cierro los ojos. Las horas pasan y el sueño no llega, pese a que mantengo los párpados cerrados, lo único que hago es captar el ruido de mi entorno. Lo capto todo, incluido el sonido de la puerta, que se abre despacio: es el coronel, no tengo que verlo para saber que es él.

Su sombra se cierne sobre mí cuando se acuesta a mi lado, su cara queda frente a la mía, pasa la lengua por mis labios antes de bajar la mano al pecho que expone y chupa.

Sé lo que pasará si abro los ojos, así que no lo hago, pese a que capto cómo se desabrocha el pantalón y se masturba a mi lado. Percibo los jadeos a milímetros de mis labios mientras se sacude la polla en mi cama.

Los gruñidos masculinos le echan combustible a las ganas que tengo de él.

No es bueno.

No es sano.

No está bien que entre aquí a quitarme las sábanas y alzarme la bata como lo hace; sin embargo, lo hace porque su instinto masculino es más grande que la sensatez que le haría entender que todo esto es perjudicial.

Sigue moviendo la mano, al tiempo que esconde la cara en mi cuello y le da rienda suelta a los gruñidos, que se hacen más intensos cuando se corre sobre mi abdomen. Mantiene la cara en el mismo sitio mientras extiende con la mano lo que dejó sobre mi estómago.

Besa mis labios y a los pocos minutos capto cómo su calor se aleja y me abandona.

Christopher

El viento de la mañana impacta contra mi cara cuando salgo al balcón con los lentes oscuros, la hija menor de Rick James alza la mano y me saluda en la orilla de la piscina que está limpiando.

—¡Emma, es casi mediodía y hay que alimentar a los potros! —la regaña la madre, que sale al patio.

Rick James carga bultos de comida que lleva al establo junto con sus otros empleados, mientras que la otra hermana de Rachel rastrilla y barre las hojas del jardín.

Fijo la mirada sobre el árbol que se cierne a escasos metros de la verja de la casa. Lo que veo me recuerda por qué los Morgan deben criarse con Morgan y no con gente carente de malicia. Hay gente que, pese haber visto horrores, creen que el mundo aún no es lo suficientemente malo. Los James son así, sus intromisiones me estorban, afectan y retrasan; por ello, voy a dejarles las cosas claras de una vez.

Vuelvo a la alcoba, tomo el arma que recargo, mantengo los lentes puestos y contesto la llamada que me entra.

—Lo requieren en la entrada —me avisa Make Donovan.

—Déjalo pasar.

Guardo el arma y bajo las escaleras que llevan a la entrada. Tres Lotus Esprit modelo 90 llegan; abren las puertas que le dan paso a los hombres que se toman el lugar.

Los soldados se ponen alerta al ver las chaquetas, las pañoletas y botas que relucen.

—Hazlo pasar al patio —le indico a Tyler.

Cruzo la cocina y alcanzo la puerta trasera. Rick James deja lo que está haciendo, al igual que la mujer y las hijas al ver a las personas que entran en la casa.

Death Blood sobresale entre los hombres que lo acompañan, la apariencia asusta, ya que es un saco de músculos, lleno de cicatrices y testosterona. El exgeneral trata de poner a salvo a las hijas, que se mueven al sitio donde está.

—¡Legión! —me saluda Death, y el papá de Rachel me come con los ojos.

Que me hable un criminal como él se ve mal y más cuando lo hace en la casa de un soldado con honores como lo es Rick James. Death Blood no es un asesino cualquiera: es el cabecilla del Mortal Cage en Norteamérica.

Le doy la mano y dejo que me abrace, no por formalismo, sino porque la cara de los James lo vale.

—Mis suegros —los presento—, Rick y Luciana James.

—Death Blood. —El asesino se acerca a saludarlos.

Nadie se mueve, la familia se mantiene quieta mientras Death toma la mano del exgeneral y besa la mano de Luciana, que palidece.

—Muy bonita su casa, señora —la aluda—. Supongo que esas bellezas son sus hijas.

Sam James se esconde tras la espalda de la madre, mientras que Emma James le da la mano a Death como si fuera lo más normal del mundo.

—Qué heavy tus tatuajes —le dice.

—Representan a los enfermos que me violaron y maté.

Enciendo un cigarro, inhalo y suelto el humo que absorbe el 0,1 % de la ansiedad que me cargo. Nadie está cómodo con la visita y me da igual.

—Trae esas basuras aquí —pido, y Rick frunce las cejas, confundido, cuando Death suelta el silbido que hace que el resto de los hombres que lo acompañan se acerquen con las dos escorias que trajeron.

Los arrojan y ponen de rodillas a los dos Halcones Negros que capturaron. Son ágiles a la hora de evadir a la FEMF; sin embargo, para mí no hay imposibles: lo que no consigo como coronel, lo consigo como criminal.

Desenfundo el arma que tengo y Rachel aparece corriendo. No la miro, ya que las cosas empeoran cada vez que lo hago. Sam y Luciana James dan un paso atrás cuando entierro el cañón en la cabeza del sujeto que tengo enfrente.

—Por favor, no vayas a... —Aprieto el gatillo y el proyectil le vuela la cabeza al hombre, que se desploma en el acto.

La segunda hermana de la teniente empieza a llorar y muevo el cañón a la cabeza del otro Halcón, que me mira con rabia; tiene la cara curtida y los rasgos que prevalecen en todos los de su grupo.

—Tienes quince segundos para desaparecer de mi vista o la siguiente bala estará incrustada en tu cráneo —advierto—. Si lo logras, avisa a Ali Mahala de que a Halcón Negro al que vea en Phoenix, a Halcón que mato.

Desactivo el seguro.

—Phoenix es mío, al igual que Londres, y la mujer que Antoni cree que tiene derecho a manipular.

No me baja la mirada, los hombres le abren paso y este se pone de pie con el cañón en la frente.

—Uno —empiezo, y da la vuelta—, dos, tres...

Corre hasta que las piernas no le dan más en lo que sigo contando; a los once segundos trepa el muro y alcanza a esquivar la bala que centellea en el concreto.

Lo dejo ir solo porque necesito que lleve mi mensaje. Desvío el arma al cuervo que sigue en la rama, de nuevo aprieto el gatillo y lo fulmino.

—Tráiganlo —ordeno, y Tyler va por él.

Lo trae colgando de un ala, lo reviso y encuentro el ojo mecánico que usan los Halcones para espiar: «microcámaras». Las ponen en animales adiestrados y estos le muestran el panorama que desean ver.

—Tengo que venir para que te des cuenta de que la mafia te vigila en tu propia casa. —Miro a Rick James—. ¿Esa es la tranquilidad de la que presumes y quieres brindar? Estas cosas son las que me dejan claro que no eres mejor que yo cuando de tu hija se trata.

—¡Lárgate de aquí, cerdo asqueroso! —me echa Luciana.

—Cállate —la corto.

—Tenía un trato con Alex.

—El que se va a casar soy yo, no él; así que no tiene voz ni voto en esto. —espeto.

Dejo caer el animal al suelo, le piso la cabeza y me limpio la mano en la camisa del exgeneral mientras que Death les pide a sus hombres que se lleven al cadáver del sujeto que maté.

—Ninguno de ustedes es mejor que yo —le dejo claro al padre de Rachel—. Ni tú, ni Alex, ni nadie, así que deja de entrometerte, que aún no tienes idea de todo lo que puedo hacer.

Luciana se lleva a Sam James y clavo los ojos en Rachel.

—Vamos a ver qué excusa me vas a sacar a la hora de decir que Antoni te «obliga» —le digo—. Ya no puede hacerlo; por ello, no lo vuelves a ver más.

Death les pide a sus hombres que lo esperen afuera y echo a andar a la casa con el peleador, que me sigue. En la sala busco la licorera, la destapo y sirvo el trago que le doy a la persona que me acompaña.

—Que Ilenko se entere de esto —demando antes de darle un sorbo a la bebida.

«Ese es otro hijo de puta que detesto».

—El Boss siempre se entera de todo —responde Death—. ¿Quieres que organicemos una pelea esta noche?

Sacudo la cabeza, tengo que regresar a Londres dentro de un par de horas. Rick James llega con Rachel y Death se apresura a servirle un trago que el exgeneral duda en aceptar.

Los James son cien por ciento ley.

—Tómalo y brindemos por las novedades. —Termino de beber mi whisky—. Rachel, cuéntale con detalle todo lo que pasó, y así nos ahorramos las sorpresas futuras. Cuenta cómo Antoni Mascherano te amenaza con tu familia y te obliga a que vayas a verlo.

Me giro a verla, tiene el cabello suelto y luce un mono de falda corta con un top sin mangas que me da jaqueca. Aparto la cara con el azote que ataca en los lugares equivocados. El saber que mis derrames la preñaron me acalora, aumenta las ganas de querer montarla todo el tiempo. «Dos Morgan en el vientre de mi mujer». De por si tenerla me eleva el ego y el que ahora sea la madre de mis hijos me descontrola aún más.

—No sabía que Antoni te manipulaba con nosotros —le reclama el papá.

—Ah, ¿no? —repongo—. ¿Tampoco sabes que prometió irse con él cuando salga? O mejor, cuéntale cómo te abofeteó, así como te abofeteó Bratt.

—Ya cállate —pide ella.

El padre la mira con rabia y ella le aparta la cara.

—Nos vamos dentro de dos horas —concluyo—. Las nupcias o como lo quieras llamar, ya tienen fecha y será en un par de días.

La teniente se va y el padre recibe el trago que Death le vuelve a ofrecer.

—¿En qué momento te convertiste en esto? —me pregunta.

—Soy así desde que nací. En vez de estar mirando lo que soy y lo que no, deberías hacer algo que sirva y decirle a Luciana que deje de estorbar, que esto es algo serio —contesto—. A menos que quieras ver a tu hija cumpliendo las promesas que le hizo a Antoni cuando salga.

—No te mato solo porque eres el hijo de Alex —espeta.

—Gracias por hacérmelo saber. Sabía que ser hijo del ministro algún día sería útil —respondo con sarcasmo.

—El almuerzo está servido, señor James —avisa la empleada.

—Death, sigue a la mesa.

—Gracias. —Deja el trago en el portavaso—. Es un honor poder comer en su casa, general.

El peleador camina conmigo al comedor mientras que Rick se larga a buscar a Rachel. Emma James es quien pone la mesa, le ofrece ensalada a Death, este asiente y la teniente no tarda en aparecer con el papá. El peleador queda a mi izquierda y la mujer con la que me casaré a mi derecha.

Rick toma asiento en la cabeza de la mesa, y Emma James se le sienta al lado.

—Buenas tardes. —Llega un sacerdote, y Death se levanta a darle la mano.

—Padre, la bendición, por favor.

—Que Dios te bendiga, hijo.

Death vuelve a su puesto y a veces sospecho que está mal de la cabeza. En el ring es una máquina asesina y afuera se las da de creyente y religioso.

—¿Estaba paseando, padre? —le pregunta al sacerdote.

—Sí, hijo, la cabalgata fue muy provechosa —habla el sacerdote—. Llegué hambriento.

Se fija en mí en busca de que alguien diga algo.

—Padre, él es mi prometido, Christopher Morgan —le dice Rachel.

De mala gana recibo el apretón de manos que me da, todos empiezan a comer y yo me concentro en los correos que me envió mi abogado.

—Christopher, ¿cierto? —increpa el padre—. No sé si te informaron, pero necesitaré un par de documentos tuyos para la ceremonia que...

—No hemos hablado de eso todavía —interviene Rachel—. Cuando tenga tiempo lo pongo al tanto de lo que se requiera, así que coma tranquilo, padre.

—¿Por qué no lo hablamos todos de una vez? —indaga Rick—. ¿Para qué le damos tantas vueltas a todo si ya hay fecha?

—Ya dije que yo me encargo —se molesta Rachel—. Me diste el cheque y ya tuvimos esta conversación.

—Bien, solo espero no tener que volver a Londres con el rifle.

El almuerzo acaba, Death se despide de los presentes y Rachel sube a empacar.

El papá no está de acuerdo con que se vaya tan rápido; sin embargo, hay cosas que hacer y no puede seguir perdiendo el tiempo aquí.

—Necesito que me mantengas al tanto de todo —le pido a Death—. De lo que se comente, de lo que se haga, quiero estar enterado de todo.

—Como digas. —Me da la mano antes de palmear mi espalda—. Suerte con todo.

Se va con los hombres que lo acompañan, el Mortal Cage tiene gente en todos lados y este lugar no será la excepción. «Dos grupos delictivos no caben en el mismo sitio».

Ali Mahala se ha salido dos veces con la suya, con lo de la llamada del celular que se robó y hace unos días cuando le quitó a Damon Mascherano a Laila Lincorp en el operativo de rescate que se llevó a cabo. La teniente se lo quitó a la mafia rusa y el Halcón se lo quitó a ella.

Espero a Rachel en la camioneta que me llevará al aeródromo, Luciana Mitchels se encerró y los únicos que se despiden de ella son el sacerdote, Rick y la hermana menor.

—Buen viaje. —Emma James se acerca a despedirse de Tyler.

Abre mi puerta y me estampa un beso en la mejilla, como si fuéramos amigos de años.

—Te había dejado un mensaje, pero entiendo que tu ocupada agenda no te permita leer muy a menudo.

Se acomoda a mi lado y se asegura de que no venga nadie mientras contesto los mensajes de mi abogado.

—Te escribí porque necesito un favor urgente, en el móvil que me robaron había, ya sabes…, conversaciones comprometedoras. —Habla como si me interesara—. Nada que se llevara a cabo; no obstante, papá, en la paranoia por Rachel, anda controlando todo y…

—Primero que todo, dime por qué diablos me estás hablando.

—No seas patán, es solo un favor que tu jerarquía puede facilitar —sigue—. No quiero problemas con mi familia, ya he tenido varios y suficiente tengo con estar encerrada.

No contesto y no se va, sino que se queda a la espera de una respuesta, mueve las piernas, impaciente y respiro hondo.

—No prometo nada —continúo hablando con mi abogado.

—Pero sin que mi papá se entere, ¿verdad?

Bajo el teléfono, me está quitando tiempo.

—¿Para qué quiero que Rick James se entere de tus obscenidades? —La miro.

—Bien, confiaré en ti —suspira—. ¿Puedo darte un abrazo?

—No.

Pone los ojos en blanco y busca la puerta, que abre, y vuelve a cerrar.

—¿Seguro que papá no se va a enterar? —vuelve a preguntar, y tomo aire por la boca.

—No.

Asiente y pone los pies fuera del vehículo.

—De pronto, puede enterarse Luciana —digo, y trata de alegar, pero no la dejo—. ¡Largo!

—Ya veo por qué todos te odian, maldito.

Azota la puerta y abraza a Rachel, quien le besa la frente; Tyler mete la maleta de la teniente en el vehículo, ella sube y la camioneta se llena de su perfume, cosa que me desconcentra.

No tengo descontrol, el descontrol me tiene a mí cuando de ella se trata. Tiene un labial rojo en los labios y el cabello mal recogido.

—No era necesario que mataras a gente ante los ojos de mi madre —reclama—. Ella y Sam detestan las armas.

—¿Para qué maquillar que te vas a casar con un criminal? —Clavo los ojos en la ventana.

—Sabía que todo era para inflar tu ego —contesta, y los escoltas arrancan.

Pasamos de la camioneta al jet, donde las horas que pasan son una completa tortura. Tomo el mando de la aeronave. Rachel se encierra, y es algo que agradezco, ya que mi autocontrol pende de un hilo.

La cabeza me duele y el pecho me retumba como si tuviera la tensión arterial por los cielos, el estar tanto tiempo sin follar tiene mi mente en tinieblas y esta solo se aclara cuando peleo. Concentro mi atención en la aeronave y logro ahorrar dos horas de camino. Al Reino Unido llego peor de lo que me fui, el *penthouse* nos recibe, el perro empieza a ladrar y no hace más que empeorar mi jaqueca.

—No quiero ese animal aquí —espeto, desesperado por los ladridos.

Se lo lleva a la alcoba y mi malestar empeora al entrar al despacho y ver todo el trabajo que tengo atrasado. Desde que Rachel se largó no he podido concentrarme en casi nada, a lo único que medio le puse atención fue el operativo donde a Laila Lincorp le quitaron a Damon Mascherano. Tomo asiento frente al escritorio.

—¡Rachel! —la llamo mientras abro la laptop.

No hay tiempo para estar jugando con perros.

—¿Qué demanda, mi coronel? —pregunta como si estuviéramos en el comando. Sigo sin querer mirarla, aparte de que su actitud tosca me molesta.

—Necesito una secretaria —indico—. También hay que contratar empleados para la casa. Es decisión tuya si la empleada actual sigue aquí o no.

—Es su empleada, no la mía.

Le extiendo las hojas que debe ver y le devuelvo el celular.

—Son los gastos que hay que pagar todos los meses y las cuentas en el extranjero que debes supervisar. Hazlo tú, que yo no tengo tiempo para eso —continúo—. Necesito que te pongas al tanto de todo lo que te compete en el menor tiempo posible. Supongo que ya tienes todo preparado para el dichoso día en el que nos casaremos.

—Sí, hay personas que me están ayudando con lo poco que hay que hacer. Lo tengo bajo control.

Vuelvo la vista al MacBook, y ella se queda frente a mí como si esperara una orden para retirarse.

—¿Qué me iba a decir el sacerdote? —inquiero.

—Nada. —Medio mira la hoja que tiene en la mano.

Me jode que actúe como si lo mío no importara.

—¿Necesita algo más, coronel? —pregunto.

—Señora, su comida está lista —avisa Miranda.

—Ya voy.

—¿Comerá aquí? —indaga la empleada y sacudo la cabeza.

Me centro en trabajar. Gema me ayuda a adelantar lo más que puede desde las oficinas del comando. Que me sobrepasaran en este punto de la campaña jode, por muy mínima que sea la diferencia, falta poco para las elecciones y necesito ganar o ganar.

Gema envía todo lo que tiene planeado para los próximos días. Trato de hacer mi trabajo lo más rápido posible y logro acabar con casi todo lo que tengo pendiente.

Apago todo, me sirvo un trago antes de irme a la cama, confirmo el encuentro que tengo mañana y bebo otros tres tragos más: quiero que el licor se lleve el maldito desespero que me carcome.

«Tengo que dormir, aunque sea una jodida vez». Estando ellos aquí se supone que todo debe ser más llevadero; sin embargo, el calor que me recorre indica todo lo contrario.

Dejo el vaso de lado y me voy a la alcoba donde Rachel está frente al tocador que trajeron con el cambio de muebles. No me presta atención y empiezo a soltar el reloj de muñeca que tengo puesto.

—Terminé lo que me pediste —me informa Rachel—. Los documentos están en la mesilla de noche.

Me siento en la orilla de la cama a descalzarme, y ella se levanta. El pecho se me acelera y trato de recordarme que es la misma de siempre.

«No lo es», se le están ensanchando las caderas y tiene el cabello más abundante, al punto que es una cortina de hebras negras que le cubre toda la espalda. Desaparece en el clóset.

La ropa me fastidia y la polla me duele con las pulsaciones que desata. Suelto el arma que cargo atrás, la idea de dormir va a quedar de lado, ya que lo mejor es que me encierre en mi gimnasio. Empiezo a quitarme la ropa, ella vuelve en lencería, las bragas le marcan el culo y las manos me cosquillean cuando la punta del miembro se me humedece.

Saca un metro y un marcador del cajón, se mide el abdomen frente al espejo de cuerpo completo antes de anotar algo en el papel que pegó en el cristal del tocador.

No escribe con el mismo ánimo con el que sacó el metro.

—¿Todo está bien? —le pregunto.

Se vuelve hacia mí con los ojos cargados de ilusión; me es imposible no reparar la tela transparente del sostén.

Vuelve a destapar el marcador que tiene en la mano.

—El padre de mis hijos hizo una pregunta no cargada de veneno. —Suspira—. Tengo que anotarlo.

Trata de irse, pero me levanto, le sujeto la muñeca y lo pongo contra mí.

—¿El qué dijiste? —Esto será un lío si ahora no tiene en cuenta el peso de ciertas palabras.

—El padre de mis hijos —reitera mirándome a los ojos—. Usted, coronel Morgan.

Su mano toca mi tórax en lo que la acerco más.

—¿Te molesta? —Sigue bajando la mano—. ¿Te molesta saber que me preñaste con esto?

Toca el miembro que se me dibuja por encima del bóxer y siento que todos mis demonios se asoman a la puerta al contemplar sus ojos oscuros. Me saca la polla y me la toca mientras me prendo de su boca.

—No, no me molesta que le paras dos hijos a la bestia. —Me aferro a sus caderas.

El segundo beso es más violento y arrebatador que el anterior, nuestras lenguas danzan frenéticas y chocan la una con la otra.

«Míos», es la única orden que demanda mi cerebro. El miembro me duele con el desespero de tenerla, mis oídos ignoran el jadeo que emite su garganta en el momento de aferrarme a su nuca.

—Tienes a mis hijos —jadeo contra su boca—. Hijos que son el fruto del hambre que te tengo.

El paso del aire se me dificulta con el sabor de sus labios contra los míos, con el aura que nos envuelve ahora y con el instinto animal que grita que es mía.

La cabeza se me nubla, el pulso se me dispara, preso de las ganas que tengo por follarla, muerdo sus labios y vuelvo a tomar la boca que beso con más fuerza. Pongo la mano sobre el coño, que toco como se me antoja.

Mis oídos se apagan, mi entorno se evapora y mi pecho retumba; soy un animal que quiere enterrarle la polla en lo más hondo. Las bragas se vuelven nada en mi mano, mi lengua recorre la piel de su cuello mientras empiezo a sudar.

Sus piernas me envuelven cuando la levanto y mi impulso la lleva contra la pared. Ubico el miembro en su entrada y arremeto con vigor, el placer que me genera me agita y embisto con más fuerza.

—Christopher...

Mi nombre se oye lejos, el mareo no me deja razonar, mis manos marcan su piel y de un momento a otro todo se apaga cuando siento el líquido tibio, que se siente como un ácido en mis manos.

«Sangre».

87

Ebullición

Rachel

Siento que entre las manos tengo algo que no puedo controlar, que pierdo al hombre que no me oye cuando lo llamo. Le entierro las uñas en su piel para que reaccione, pero no funciona, puesto que se niega a soltarme la boca. Con fuerza me lleva contra el espejo de la pared; el cristal se quiebra y una de las esquirlas me abre la espalda.

Christopher entra en mí sin piedad con un embate brusco, el cual no me da ningún tipo de placer; el empellón duele, así como el agarre que mantiene sobre mi garganta.

—¡Christopher! —lo llamo, y no me oye; por el contrario, ejerce más fuerza—. ¡Christopher!

Los embates se vuelven más violentos, el cristal que tengo enterrado arde y más cuando me mueve mientras clava y saca su polla de mi sexo. El dolor quema mi coño y empiezo a sentir la sangre tibia que corre por mi espalda.

—¡Christopher! —Le abro la piel del brazo con las uñas para que despierte de una puta vez—. ¡Me estás lastimando!

Lleva la mano tras mi espalda, reacciona y caigo sobre los cristales cuando retrocede lleno de sudor. Sus ojos parecen más negros que grises, el pecho le sube y baja, desenfrenado, en lo que cae en cuenta de la sangre que le ensucia los dedos y el arañazo que tiene a lo largo del brazo…

—Nena, yo… —Se pasa la mano por la cara.

—¿Qué diablos te pasa? —increpo—. Te pedí que pararas…

Busca la manera de levantarme y de inmediato se viene a mi sitio, me alza en brazos y me lleva a la cama. Trato de ver la herida que tengo, y él trae la toalla, con la que intenta contener la sangre. Busco sus ojos y me niega el contacto visual, solo hace presión con una fuerza exagerada, limpia con brusquedad como si fuera a borrar lo que acaba de pasar.

—Christopher…

No me deja hablar, solo tira la toalla, se levanta y abandona la alcoba. Huye y tomo la primera bata que encuentro, me la pongo en el camino mientras lo sigo al despacho donde entra.

Como supuse, busca la maldita licorera, a la que se aferra.

—Deja eso —pido.

—Largo.

Toma la botella con las manos manchadas de sangre y empieza a llenarse de alcohol, hace que la rabia me zumbe en los oídos en lo que me acerco.

—¡Deja esa maldita mierda! —Le quito la botella que estrello contra la pared.

Se vuelve hacia mí y le volteo la cara con un bofetón para que despierte de una puta vez.

—¡Basta con eso! ¡Suficiente tienen los mellizos al tener una madre que fue una drogadicta como para que también les demos un padre alcohólico! —le grito—. ¡Te estás matando y no estás pensando en ninguno de los cuatro!

Se aferra a mis muñecas cuando intento irme, centra los ojos en los míos y siento la erección que surge detrás del bóxer.

—Si quieres que me calme, entonces sáciame. —Se viene contra mí.

Acorrala mis brazos contra su pecho en busca de más y desliza las manos entre mis muslos. No puedo creer que después de todo siga pensando en eso.

—Hablamos cuando salgas del maldito agujero en el que estás. —Lo empujo lejos y busco la salida.

Me encierro en la alcoba y aseguro la cerradura. Mis oídos siguen resonando, el pulso lo tengo por los cielos y frente al espejo del baño examino la herida; afortunadamente, es solo un arañazo que no necesita puntos de sutura.

«En verdad, no sé qué diablos le pasa». Escucho cómo estrellan la puerta principal, salgo a la sala y desde la ventana veo salir al coronel. Tyler lo sigue afanado.

Se niega a hablar, a entender las necesidades que tengo en este estado. No se da cuenta de que necesito dormir y estar en paz. En mi casa no pude estar tranquila y aquí tampoco.

Vuelvo a la alcoba, tomo una frazada y me voy a la tumbona del balcón.

A mí misma trato de decirme que esto es solo una etapa que tarde o temprano pasará, que vendrán tiempos mejores, donde todo estará bien. Extraño a Reece Morgan, la isla y a la Rachel que sonreía a cada nada.

Apoyo la cabeza en la tumbona, cierro los ojos y dejo que las horas pasen. Pierdo la medida del tiempo, ya que el cansancio me vence y lo que me despierta son los rayos solares que me dan en la cara, saco los pies de la tumbona y oigo a la persona que está vomitando en el baño.

Con la frazada entre los brazos vuelvo a la alcoba, hay barro en la alfombra y en la ropa que está esparcida por el suelo. Me agacho a levantar el pantalón lleno de sangre.

Hay un maletín lleno de dinero en la cama, la persona que está en el baño descarga la cisterna, me asomo y veo a Christopher entrar a la ducha.

No sé qué consigue con el tema de las peleas, lo único que hace es ponerlo más violento de lo que ya es.

Frente al ventanal, espero a que salga y se vista.

—Nos veremos con mi abogado hoy en la tarde —me habla desde la alcoba—. En la mesa dejo tus llaves y el acceso a la caja fuerte. Que Cristal Bird te ponga al tanto de mi itinerario para que lo tengas todo listo.

—¿Cuándo hablaremos de lo de anoche? —Me vuelvo hacia él.

—Nunca.

Se termina de abrochar el reloj, tiene ojeras y luce como si cargara una resaca de mil días. Se larga sin decir más, la alcoba queda impregnada de su loción y escucho cuando le pide a Tyler que ponga en marcha el auto.

Miranda se encarga de recoger los cristales rotos mientras me baño y me visto. Arreglada, guardo el dinero que el coronel dejó tirado, la caja fuerte está llena de carpetas, artefactos de geolocalización y dispositivos de última tecnología. El estrés que tengo me tiene con dolor en la espalda.

—¿Rachel ya desayunó? —Reconozco la voz de Alex en la sala y me apresuro a acabar con la tarea que llevo a cabo.

Paso las manos por la blusa de seda y la falda negra entallada que me puse; rápido termino de ponerme los accesorios que me hacen falta, no entiendo la ola de felicidad que me inunda al saber que Alex está aquí.

—Ministro —lo saludo cuando salgo.

Está de espaldas en el centro de la sala y se vuelve hacia mí.

—Teniente. —Me abre los brazos para que vaya a su sitio.

Dejo que me abrace y surgen las ganas de llorar, no sé por qué.

—¿Cómo está todo? —Acaricia mi abdomen—. ¿Descansaste en Phoenix?

Muevo la cabeza con un gesto afirmativo.

—Me alegra tenerte de vuelta. —Me deja un beso sobre la frente.

—Te extrañamos —le digo, y él detalla lo que tengo puesto hoy.

—Ya hay que comprar ropa de maternidad, lo que llevas puesto está muy ceñido y con esos tacones puedes caerte. —Saca el teléfono—. ¿Qué talla eres?

—Todavía no me crece el vientre, así que no es necesario. La ropa no me aprieta y me siento cómoda así.

—Ya deberías tener vientre —empieza—. ¿Estás tomando las vitaminas y lo que te recetó el médico?

—Sí.

—Insisto en que lo mejor es que te vayas a vivir a High Garden, es un sitio más amplio y hay aire fresco, cosa que será buena para ti y los bebés.

Camina conmigo al comedor, luce apuesto como de costumbre. El traje negro que viste se le ajusta a la figura. Le pregunta a Miranda si recibió las indicaciones de mi médico, y ella asiente.

Me abraza de nuevo antes de tomar asiento. Daría todo porque Christopher fuera así de atento y cariñoso; no obstante, eso es pedir demasiado.

—Cristal Bird está estresada por la campaña —comenta el ministro mientras Miranda sirve el desayuno—. Es necesario que te hagas ver, Leonel le ha tomado ventaja a Christopher, y eso es preocupante.

Le da un sorbo a su café.

—Veré qué se me ocurre —contesto.

—Hay cosas que debes saber —suspira—. Gema aceptó ser viceministra, y en este rol tendrá poder en las decisiones de Christopher —me suelta—. Puso condiciones después de lo que pasó, tiene claro que perder su apoyo es algo que no nos conviene.

El hambre se me va en segundos.

—Lancaster tiene seguidores, gente que dejará de apoyarnos si ella se retira. Soy consciente de lo mucho que te desagrada, y por ello quiero que respires y asimiles con calma lo que te voy a decir.

Pone su mano sobre la mía y, pese a no haber dicho nada, algo me dice que no será grato lo que voy a oír.

—Según ella, lo que hizo Christopher a la hora de anunciar su compromiso fue una mala jugada, así que quiere una retribución que la aliente a seguir, y dicha retribución es perdón y olvido para los actos de Lizbeth Molina —declara—. La quiere de nuevo en la Élite y que sea ascendida a teniente.

Las cuerdas vocales se me cierran con la noticia que siento como si me patearan los ovarios.

—¿Bromeas?

—No —asevera—. Cristal Bird sugiere que lo mejor es que te disculpes con Lizbeth Molina públicamente y que aclares que entre ambas no hay malentendidos. Hay rumores de que no te llevas bien con ella, y eso pone en tela de juicio el trabajo en equipo, aparte de que Molina no está siendo vista con buenos ojos. Por eso es necesario que, como futura esposa del coronel, seas quien le dé la bienvenida a la Élite.

Lo que piden no es por el bien de la campaña, es para humillarme.

—No voy a hacer nada de eso, Alex.

—Esto es el día a día en la política, y esto es poco con lo que verás más adelante —me suelta—. El poder absoluto cuesta, y en ocasiones debemos hacer cosas que no nos gustan, cómo decirle a Brenda Franco que su ascenso se cancela, por ejemplo.

—¿Qué?

—Lizbeth Molina va a tomar el puesto que días atrás se le dio a Franco —explica.

Sacudo la cabeza, Brenda está ilusionada con su ascenso y es algo que se merece.

—Liz me ha atacado múltiples veces, me agredió estando embarazada de tus nietos —le reclamo al ministro—. ¿Se te olvidó?

—Según Gema, no sabía que estabas embarazada.

—¿Y? Embarazada o no, no tiene ningún derecho de tocarme y atentar contra un soldado es una falta grave que puede ocasionar la expulsión. Pensé que la sacarías y resulta que no.

—Se quedará solo por estrategia política, te juro que después…

—¿Christopher lo sabe? ¿Sabe que me agredió? Porque es ilógico que me recrimine lo de Antoni, que me eche en cara lo de Bratt y permita este tipo de cosas. Se supone que es un jodido coronel y soy su futura esposa…

Callo cuando alza la mano para pedirme que me calme.

—No empeores las cosas, sabes que debemos ganar —me regaña—. Solo cumple con tu papel, que cuando todo esto pase yo te recompenso. Ya luego buscaremos la manera de sacarla.

Niego, que la saque después no va a borrar una disculpa en público. En mi memoria va a quedar esa humillación y el hecho de que la está poniendo a mi nivel, ya que tendremos el mismo cargo.

—Come. —Me señala el plato—. Este tema termina aquí, míralo como lo que es, y es una estrategia política.

El apetito no llega, la rabia que tengo es demasiada.

—Su amiga Luisa llamó a informar que la están esperando en su casa —me dice Miranda—. Comentó que es importante que se acerque en horas de la mañana.

—Debe de ser para los detalles de las nupcias. —Alex intenta cambiar el tema—. Si necesitas algo respecto a eso, solo dime.

No le doy respuesta alguna, insisto en que me parece injusto que las imposiciones de Gema valgan más que las mías. Yo me he esforzado para estar donde estoy, cuando quise mi ascenso no se lo exigí a nadie, busqué el modo de ganármelo por mis propios medios, con estudios y méritos.

«Las cosas son fáciles para todos menos para mí». Se me salen las lágrimas, y el ministro me ofrece una servilleta.

—Por favor, no hagas eso —pide—. No le hace bien a tu embarazo y no quiero que creas que estoy de su parte, es solo que Lizbeth Molina le da malas ideas a Gema, y ahora le están sacando provecho al hecho de que Lancaster sea importante en la campaña.

Tomo los cubiertos y finjo escuchar cuando cambia el tema. Empieza a hablar sobre lo que hace la primera dama.

—Teniente James, tiene una visita —avisa Ivan cuando el desayuno acaba y Alex se levanta.

—Viajaré a Gales —se despide—. La mansión está a tu disposición por si quieres ir a visitar a Sara.

Estampa los labios en mi frente, pero no le digo nada. Las puertas del ascensor se abren y el ministro se cruza con Paolo Mancini, «mi investigador». Me pongo en pie para recibirlo.

Alex desaparece y hago pasar al detective al comedor.

—Su amigo me dio la dirección y, como no contestaba el móvil, decidí probar suerte. Perdone el atrevimiento —me dice mientras se sienta—. Finalizada la tarea de investigación, requiero que me firme los documentos que aseguran que todo está concluido.

Me muestra el documento que trae en la carpeta antes de pasarme una pluma. El trato siempre fue ese: ayudarme a investigar, limpiar el nombre de mis colegas y ayudarme a saber quién era Philippe. Firmo todo con un nudo en la garganta; me hubiese gustado firmarle esto a Elliot.

—¿Hay alguna novedad? —pregunto.

—Mató a Sasha Romanova, he oído varios comentarios por ahí respecto a eso —responde—. El Boss de la mafia rusa no está muy contento.

Le disparé el día del atentado del debate, murió a causa de los siete tiros que le propiné en el pecho.

La imagen de Ilenko Romanov viene a mi cabeza, la altivez con la que hablaba en el aquelarre y lo poco que dicen sus expedientes.

—Está enojado el Boss. —Respiro hondo—. Qué mal.

—No le cae bien su apellido, hace poco se lo vio con su hijo mayor en Edimburgo —comenta—. A los buenos clientes se los conserva, por eso le traje esto.

Recibo la hoja en la que hay escrita una dirección y un teléfono.

—Es el número de teléfono de Ilenko Romanov y la dirección del club que tiene en Edimburgo —explica—. Hallé los datos en la agenda personal de Elliot, también tenía esta foto.

Desliza la imagen sobre la mesa.

—Esta información siempre le es útil a la FEMF, espero que le sirva para algo.

—Gracias.

Recoge los documentos que firmé y los guarda en una carpeta.

—Me retiro. Para lo que sea que requiera, no dude en llamarme.

Asiento y le pido a Miranda que lo acompañe a la puerta. Quedo sola y tomo la foto de Ilenko Romanov, está bajando de un yate, viste de negro y tiene lentes oscuros.

Lo observo: si hay alguien que le haga competencia a Antoni y al coronel es este sujeto. Paso los dedos por la imagen, «El máximo jefe de la Bratva».

—¿Va a comer algo más? —me pregunta Miranda.

—No. —Guardo lo que me dejaron—. Tengo que salir.

En la alcoba, busco el vestido que pienso usar en las nupcias que se llevarán al cabo en unos días. Es entubado, blanco y de mangas largas, «al menos podré usar el color que siempre soñé llevar ese día». Lo echo en la cartera para mostrárselo a Luisa y bajo a abordar la camioneta.

Los escoltas esperan, subo al asiento trasero y saco el teléfono con el que llamo a Cristal Bird.

—¿Estás lista para la boda? —me pregunta, seria, y al fondo capto la estúpida risa de Gema.

—Necesito el itinerario de Christopher, envíamelo al email —le pido.

—Gema se está encargando de todo, ya no es necesario que te estreses.

—Envíamelo —reitero molesta—. Lo requiero con urgencia.

—Bien, supongo que Alex ya te comentó lo de la disculpa pública —comenta—. En el email te adjuntaré el discurso que hice y darás pasado mañana.

Cuelga, en verdad trato de que esto no me afecte, pero me es imposible. El email no tarda en llegar y reviso por encima. Christopher está invitado a un partido de fútbol hoy en la tarde y confirmó que va a asistir.

Llamo a Miranda para preguntarle si tiene una prenda acorde, me dice que no y asumo que debo comprar algo.

—Mi teniente —me habla Tyler—, quería agradecerle por la invitación a la boda, será lindo ir como un invitado más y no como un escolta.

Frunzo el entrecejo con el comentario.

—La invitación es hermosa —sigue.

—¿Invitación? —increpo—. ¿De qué hablas?

—La invitación a su boda, como estaba en Phoenix, me llegó esta mañana.

Del traje se saca la tarjeta que me muestra y le arrebato.

El sobre negro con relieve me dispara el pulso, lo abro y hallo una invitación de boda. Las letras MJ sobresalen en el botón que sella el sobre, abro la hoja:

Christopher Morgan y Rachel James,
con nuestros padres,
Alex Morgan y Rick James;
Sara Hars y Luciana Mitchels.
Nos complace invitarlos al enlace matrimonial militar que...

Me niego a seguir leyendo. ¿Qué diablos le pasa a Luisa? Esta tarjeta no es para una celebración cualquiera, ni la de ella fue tan elegante.

La camioneta se estaciona frente a su casa y corro a la puerta de esta.

—¿Me devolverá la invitación más tarde? —me pregunta Tyler—. Abajo dice que debo mostrarla para entrar.

No me importa atropellar al cartero que se me cruza. La empleada tiene la puerta abierta y entro a la propiedad como alma que lleva el diablo. El afán se me quita al ver la sala llena de cajas, cintas y folletos.

—¡Luisa! —grito.

—¡Hola, novia! —Laila se asoma en la baranda del segundo piso con un velo puesto—. Te estábamos esperando.

—¿Qué carajos significa esto? —Muestro la tarjeta.

—Significa que estás siendo invitado a una boda. Sube, que hay muchas cosas por hacer y tenemos que estar en el comando dentro de una hora.

Solo a mí se me ocurre encomendarle esto a un grupo de incoherentes. Subo las escaleras trotando. Mis amigas están en la habitación de huéspedes con Lulú, Alexa, Brenda y un sujeto que no conozco.

Brenda le está midiendo un traje a Harry y el resto acomoda vestidos de dama de honor en los maniquíes.

—Rachel James, ¿cierto? —Se me acerca el hombre—. Al fin te conozco, qué bella novia eres.

—Rachel, él es Mariano —habla Luisa—. Sara lo contrató para los preparativos, es un experto e hizo maravillas en tiempo récord.

—Es importante que la parte superior del vestido tenga encaje, se verá elegante con eso —le dice Alexa, y él asiente.

—Yo quiero verlo apenas lo tengas, ya que debo idear el peinado —añade Lulú.

—Tía, mira mi traje. —Se me acerca Harry—. ¿Te gusta?

Trato de hablar, pero Brenda no me deja.

—El deseo de todas es que Rachel se vea preciosa —agrega Brenda—. Queremos que el vestido grite drama...

—La puta ama del drama —interviene Lulú—. Eso es lo que queremos.

El hombre anota todo, creo que me va a dar algo. Empiezan a tomarme las medidas. Peyton se pone a llorar, Harry se cae y de la nada todo el mundo empieza a hablarme al mismo tiempo.

—¿Qué te parecen estos zapatos? —Se acerca Laila.

—Conseguí la iglesia que...

—¡Silencio! —exijo—. ¡¿Qué es todo esto?!

—Los preparativos previos a tu boda —contesta Luisa—. Estate quieta, que hay que tomarte las medidas del vestido.

—¡Yo ya tengo un vestido! —Saco el que tengo en la cartera.

—¿Qué es eso? —Lulú me lo arrebata—. Es una boda, no un encuentro con Obrador.

Lo arroja por el balcón como si no valiera nada.

—Aquí nadie se va a casar en harapos. Cenicienta ya tiene su cuento como para que quieras imitarla.

Me siento y busco el inhalador que me pego en la boca cuando el aire empieza a faltarme.

—Creo que fui clara al decir que era algo sencillo —hablo con la poca energía que me queda—. ¿Qué tiene todo esto de sencillo?

—Rachel, una cosa es lo que digas y otra es lo que realmente quieres. —Se acerca Luisa—. Lo siento, pero, como tus mejores amigas, no podemos dejar que tengas una boda de porquería, sabiendo que siempre deseaste una boda de ensueño.

—¿Cómo te vas a casar con un vestido de ejecutiva en un evento con cientos de invitados? —me dice Lulú, y creo que me voy a cagar en los pantalones.

—Alexa, dame tu arma —pido. Morir es la única solución.

—Aquí nadie ha dormido bien en los últimos cinco días —habla Laila—. Queremos hacerte sentir bien y te pones como si lo hubiésemos arruinado.

—¡Es que lo arruinaron! —grito—. Las amo, pero esto no fue lo que pedí y me fui a Phoenix confiando en ustedes.

—Ay, calma el drama —me regaña Luisa—. Es lo que te mereces, y no tienes que conformarte con menos. Sara estuvo de acuerdo y está a cargo del banquete, Rick quiere una ceremonia militar, a Alex ya se le informó del protocolo de seguridad que se requiere y varios agentes de los medios fueron invitados.

—Ya todo está hecho, así que nada ganas con enojarte —concluye Lulú.

—¿Y Christopher? —indago—. ¿Alguien le dijo algo?

—Es tu futuro marido, no el nuestro —espeta Brenda—. Tú eres la que sabe cómo hablarle.

Doy vueltas a lo largo de la alcoba, no tienen idea del problema en el que me han metido. Voy a quedar como una tonta con el coronel. No han hecho más que perder el tiempo, porque todo esto va a terminar en la basura.

—Rachel, nos esforzamos mucho —se queja Luisa.

Me lleva a la pared llena de papeles pegados. Todo lo que han planeado está en el tablero improvisado: ideas para la invitación, direcciones, tipos de flores, modelos de vestidos para las damas de honor…

—La iglesia Westminster te va a encantar —me dice Brenda—. Me salieron ampollas en los pies de tanto caminar, pero no paré hasta que pude conseguirla. Te imagino entrando a esta con un hermoso velo.

Me muestra fotos del sitio y los ojos me arden. Soy afortunada al tener amigas como ellas, que me conocen y se esmeran por darme lo que siempre soñé. Todo les quedó hermoso; no obstante, no tuvieron en cuenta algo y es que Christopher no es de este tipo de cosas.

—La banda sonora y el artista sorpresa te van a encantar —se emociona Laila—. Haremos que tengas el mejor día de tu vida o ninguna vuelve a tener sexo.

No las puedo culpar por darme lo que saben que deseo, las abrazo a todas.

—Lamento alterarme, es solo que…

—Nada. —me sienta Lulú—. Me voy a ir y antes de partir quiero disfrutar la boda de mi promotora número uno.

—Te vas, ¿a dónde?

—En febrero trasladaré mi negocio a mi país natal —comenta—. Será mucho más grande que aquí, mi novio viajará conmigo, ya planeamos todo.

Le aprieto la mano, es triste no tenerla, pero me alegra porque sé que, esté donde esté, siempre le irá bien.

—Ah, ya quita esa cara. —Me levanta Alexa—. Es tu boda y todo será como lo imaginaste una vez, así que deja que Mariano te tome las medidas.

El hombre se acerca a seguir con la tarea que dejó a medias, quiero emocionarme; sin embargo, no puedo. La zozobra de lo que va a decir Christopher no me deja en paz.

—Bien —Brenda mira el reloj—, es hora de partir al comando.

—Nos tomaremos un día contigo para los preliminares —me informa Luisa—. Estaremos todo el día juntas y en la noche tendremos la despedida de soltera.

Todas se emocionan y sonrío para no estropear el momento.

—Mira esto. —El organizador me entrega una carpeta—. Sin preocupaciones y sin remordimientos, solo piensa en que tu día vale cada libra.

Abro la carpeta que resguarda la cuenta de cobro, me voy a la última página y el pecho se me detiene. Con lo que me dio mi papá no alcanzaré a cubrir todo esto, solo me alcanzará para pagar el vestido.

—¿Cómo se supone que le voy a mostrar esto al coronel?

—Tu futuro marido es uno de los hombres más adinerados del Reino Unido —habla Laila—. Solo ponte una tanga de encaje, te le plantas enfrente y le dices: «Mi amor, esta es la boda que quiero y que tú vas a pagar».

—Deja de estresarte —secunda Alexa—. Si él no quiere, dile a Rick o a Alex, ellos pueden pagar todo.

Sacudo la cabeza, sería abusivo de mi parte pedir algo así. Es demasiado dinero, parece que nadie reparó en gastos y nadie tuvo en cuenta que económicamente no estoy bien. Lo poco que tengo en las cuentas no va a servir para nada.

«Christopher puede cubrir todo, pero yo no».

El organizador se va, el mareo llega, me despido de Luisa, Lulú y de los niños antes de buscar la salida. No sé qué banco voy a tener que robar para salir de esto. Laila, Brenda y Alexandra me siguen, ya que también van para el comando.

—¿Estás libre en la tarde? —le pregunto a Brenda—. Christopher me citó con su abogado, supongo que es para pactar prenupciales y no tengo quien me represente.

Se queda en blanco, se supone que se graduó en Derecho, todavía no ha ejercido como abogado; aun así, ha de tener conocimientos sobre el tema.

—No tengo nada que negociar, es solo protocolo —le explico—. Eso y que no quiero verme como una idiota sola.

—Bien —asiente—. Pediré permiso. ¿Será en el *penthouse*?

Asiento y acordamos la hora y se va al auto de Alexa. La esposa de Patrick me acompaña a mi vehículo. Tyler me abre y Alexa se queda en la ventanilla.

—Olvidé decirte algo importante —comenta—. Hay que llevar los papeles de los padrinos a la iglesia y no has dicho quiénes son. Sé que tienes dudas por Christopher, pero es algo que debemos enviar lo antes posible.

Con tantas amigas es difícil elegir; no obstante, siento que, en realidad, a mi mente solo acuden un par de personas cuando me pongo a pensar en «padrinos de bodas».

—¿Patrick y tú tienen lo que se requieren a la mano? —pregunto, y se ríe.

—¿Eso es una propuesta?

—Sí, Patrick es como un hermano para Christopher, y tú eres mi amiga —suspiro—. ¿Les gustaría?

—Nos encantaría. —Aprieta mi hombro—. Gracias por tenernos en cuenta.

Se va y el vehículo arranca. Me hace ilusión que sea ella: Brenda y yo tenemos un vínculo con Harry, y Luisa es como mi hermana, al igual que Laila. Alexa y Patrick han sido testigos de todo y nunca han juzgado nada; por ello, siento que son los mejores para esto.

Le echo un nuevo vistazo a la cuenta que aviva mi jaqueca. Quiera o no, esto es algo que Christopher debe saber o, de lo contrario, el peso caerá sobre mis amigas.

Llego al comando militar, donde sobrevuelan varias aeronaves. Miro el itinerario del coronel; ahora está en una reunión con generales. Me apresuro a cambiarme, casi todo el mundo tiene puesto traje de gala y opto por hacer lo mismo. Me coloco la boina de medio lado, vuelvo afuera y echo a andar a la torre administrativa.

Varios soldados me saludan mientras camino.

—Mi teniente, felicidades por su compromiso —me dicen.

—Teniente —se acerca uno de los sargentos—, del área directiva le envían esto. Son los perfiles que más se ajustan a la vacante de secretaria que exige el coronel. El general Gauna dijo que usted se haría cargo de elegir a la persona para el cargo.

—Sí. —Recibo las carpetas.

—Se nos informó de que vendría al mediodía, así que las citamos y las están esperando en la sala de tenientes.

—Bien.

Camino a esa sala. Mi puesto está tal cual lo dejé. Tomo asiento en mi sitio y el que Liz Molina entre, me termina de arruinar el día.

—¡Colegas, buenos días! —saluda, y el desayuno se me sube a la garganta—. Paso por aquí para que se acostumbren a verme, ya que pronto los estaré acompañando.

No la miro, creo que la vida quiere darme, no sé qué enseñanza al ponerla a mi mismo nivel. Los cargos eran algo que nos hacía diferentes.

—Hoy vengo con enseñanzas. —Liz Molina eleva el tono para que la escuchen—. Nunca escupan para arriba, ya que les puede caer en la cara.

No estoy para aguantar tonterías, así que me levanto y le pido al secretario de la sala de tenientes que lleve a las secretarias a la sala de juntas a la que me voy. Son tres mujeres las que se postulan y recibo a la primera.

Todas tienen buenos estudios, pero para Christopher no solo se necesita alguien con formación: requiere alguien que tenga experiencia, no le robe la atención y tampoco lo distraiga. Es un coronel y debe estar concentrado en sus tareas.

—Señora Esther. —Le echo un último vistazo a su perfil.

Cincuenta y cuatro años, treinta y cinco trabajando para el comando, sin hijos. No tiene ningún tipo de falla en su currículum disciplinario.

Le pongo la prueba de oro, que analizo con detalle. «Traerme un café mientras la miro como una cucaracha y la pongo a cargar carpetas». Es estúpido, pero si no me soporta a mí, mucho menos a Christopher.

Voy anotando lo que busco para el cargo.

No incita deseos sexuales: cumplido.

No le tiemblan las manos: cumplido.

Ya la ofendí tres veces y no dijo nada: cumplido.

No tartamudea ni escupe cuando habla: cumplido.

—Mi última pregunta es: ¿tolera usted los gritos?

—En la FEMF es común, mi teniente.

Es administradora de empresas, teclea rápido, es despierta, atenta, tiene buen oído y además viste decente con trajes y zapatos acordes a su edad.

—El puesto es suyo. —Le doy la mano—. ¿Puede empezar mañana?

—Ya mismo, si quiere.

—Excelente actitud, pero vaya y medite sobre el jodido lío en el que se está metiendo. Sería útil que contrate algún programa para mantener la autoestima en alto, con Chris… —me corrijo—. Con el coronel no está de más.

—Gracias, mi teniente. —Me da la mano—. Felicidades por su compromiso.

—Rachel, te requieren en el campo de entrenamiento —me avisa Brenda—. Ya llegaron las tropas que apoyarán al coronel.

Dejo a la secretaria y me apresuro al campo abierto; las tropas oficiales están formando frente a Christopher y Gauna.

—¡Quiero todos esos uniformes decentes y el mentón en alto! —grita el general—. ¡Londres no es un ejército cualquiera!

Los subalternos obedecen en lo que me pongo con la tropa de Parker, el capitán queda delante de mí en la línea de capitanes que se forma al frente.

Saludo a Angela con la cabeza, está a un par de puestos más adelante.

—Christopher no le pidió permiso al Consejo para reunirse con generales —capto el alegato de Bratt—. ¿Por qué? Todavía no es ministro, por ende, no puede pasar por alto el debido conducto.

—Encáralo y díselo —lo reta Parker.

Las tropas de apoyo empiezan a llegar, los soldados marchan al mismo tiempo con la bandera de su respectivo país en el hombro. El retumbe de las botas hace vibrar el césped con la sincronía de la marcha que termina frente al coronel.

—Polonia apoya y le ofrece sus tropas, coronel —le dice el general.

Christopher asiente, los soldados se mueven y le dan paso a los siguientes.

—Francia apoya y le ofrece sus tropas —apunta el general francés.

Llevo las manos atrás con los siguientes.

—Bélgica apoya y le ofrece sus tropas... —prosigue otro.

En el ejército, esto es una forma de decir que cuenta con los comandos mencionados, que apoyan y estarán para lo que se requiera en caso de necesitar ayuda en la guerra o lo que sea que se necesite. Las tropas que faltan siguen con el mismo protocolo.

—Honduras lo apoya y le ofrece sus tropas.

—Yemen lo apoya y le ofrece sus tropas.

Los generales reúnen las banderas una encima de la otra, se preparan para la entrega de estas y el coronel vuelve la vista hacia los soldados que tiene atrás. Parker se aparta y mueve la cabeza para que vaya.

—No deberías apoyar esto —musita Bratt.

Christopher no deja de mirarme a la espera de que vaya, así que arreglo las mangas del uniforme antes de avanzar, le dedico el debido saludo a los generales que esperan frente al coronel.

—Teniente Rachel James del ejército inglés a cargo del coronel Christopher Morgan —me presento—. Bienvenidos al comando.

—Gracias, teniente James. —Me ofrecen las banderas dobladas—. Hacen muy buen equipo, y espero que nuestro apoyo sea de ayuda.

—Lo es, mi general. —Recibo lo que me dan—. Gracias por apoyarnos en esto.

Poso la mano en el centro de las banderas en señal de respeto. Los hombres se apartan y los soldados que tiene detrás nos dedican un saludo militar de forma masiva.

El pecho me pesa con el gesto, porque no esperan a que me vaya para hacerlo. Les devuelvo el saludo.

—Es una mujer muy admirada, teniente —me dice el general belga—. Nuestro apoyo, más que para el comando inglés, es para usted y el coronel.

Le dan la mano a Christopher, a Gauna y a mí antes de retirarse.

Las filas se rompen y el coronel pone la mano en el centro de mi espalda para que eche a andar con él. Los soldados nos miran, y a él le entra el maldito afán, se apresura a su oficina. Sube las escaleras de la torre administrativa casi corriendo, abre la puerta del despacho y busca el baño donde empieza a vomitar.

Dejo las banderas en la mesa, «otra vez». Entro, las arcadas que sueltan son violentas. Le saco el arma que tiene atrás antes de quitarle la chaqueta, le alzo la camisa y, como puedo, trato de mirar si tiene algún golpe, como en la ocasión del atentado. «No hay nada». El vómito no cesa.

El ver hilos de sangre en lo que devuelve me preocupa.

—Vamos al hospital —pido, y sacude la cabeza—. Por favor, haré que te atiendan rápido.

Vuelve a negar, ignoro los golpes en la puerta, pero insisten tanto que salgo a ver quién es.

—El almuerzo del coronel —anuncia el soldado que lo trae.

Bratt está detrás de él y trato de ignorarlo.

—Necesito hablar contigo —exige—. Sal.

—Ahora estoy ocupada, capitán. —Recibo la bandeja, el soldado se va e intento cerrar, pero Bratt pone la mano.

—¿No te dejan? —increpa.

—Dije que estoy ocupada.

Me las apaño para cerrar la puerta a las malas; la sopa se me viene encima y termina sobre la chaqueta. «Maldita sea».

Lo pongo todo en la mesa. Hasta la camisa se me empapa. Me quito la chaqueta y tengo un enorme parche amarillo en la prenda. Me la quito también y busco el baño para lavarla. Christopher sigue adentro, se está lavando los dientes, y lo primero que hace es fijar los ojos en mi sostén.

—Se ensució de sopa. —Le muestro—. Voy a lavarla.

El ambiente se pone tenso, hay algo que tenemos siempre, y es el hambre feroz que no se apaga ni cuando estamos enojados, enfermos o en crisis. Se me acerca por detrás y pone las manos en mi cintura.

—Necesitas un médico.

—Todo lo que necesito está aquí —empieza.

Me hace voltear y el culo me queda contra el mármol, pasea la mano por mi cuello antes de bajar a mi abdomen.

—Me prendes tanto ahora que los tienes. —Remarca la dureza que se le forma en el pantalón.

«Hay que hablar», quiero hablar, pero empieza a chupetearme el cuello de una forma en la que me cuesta no tocarlo.

Baja las copas del sostén que le dejan ver los pezones erectos.

—Quiero hablar, Christopher —pido, y no me escucha—. Solo unos minutos...

Desliza la mano entre mis muslos, aparta mis bragas y empieza a estimularme. El toque de sus dedos se siente como una auténtica maravilla. Con un salto me subo al lavabo, saca la mano y esparce los fluidos de mi sexo sobre mis pezones. Sujeta uno de mis pechos antes de empezar a chuparlo; la salvaje lengua da vueltas alrededor de mi pezón. Echo la cabeza hacia atrás, el sonido de la bragueta que baja llega a mis oídos y, acto seguido, siento cómo se empieza a masturbar mientras mantiene la boca sobre mis tetas. Muerde en lo que agita la mano a lo largo de su falo. Me marea y abruma, quiero encontrar una solución a este problema.

—Tienes que tener los cojones de darme más —pone las manos sobre mi abdomen—, porque quiero más.

Se sigue estimulando, me vuelve a chupar los pechos y lo hago subir a mi boca. Se masturba con ímpetu mientras su lengua acaricia la mía, el movimiento de su mano toma fuerza.

Se aparta para que pueda ver cómo se corre. Los hilos de sus fluidos se quedan en los dedos que me pasa por los labios y los lamo; el corazón parece que se le quiere salir cuando lo hago. Dejo que esconda la cara en mi cuello y me doy el placer de disfrutar los besos pequeños que deja sobre este.

Poco a poco va subiendo hasta la boca que sigue besando y...

—¿Shrek? —llaman afuera—. ¡Ogro!

El estómago me arde al oír a Gema afuera. ¿Esa estúpida tiene llaves de esta oficina?

El coronel se mueve a acomodarse el pantalón mientras yo bajo del lavado. Disimulo la molestia que me genera verlo salir a ver qué quiere.

Termino de lavar la camisa y me la pongo.

—Según vi en tu agenda, hoy tienes una cita con tu abogado —habla Gema afuera—. Salúdalo de mi parte y dile que espero que vuelva a reunirse contigo muy pronto.

Suelta a reír y dicha sonrisa desaparece cuando salgo. La idiota está acomodando la bandeja frente a él para que coma.

No me mira y yo a ella tampoco.

—La secretaria empieza mañana —le aviso a Christopher, y Gema se va al archivero.

El coronel toma asiento y rodeo el escritorio en busca de que la charla sea más privada. Necesito decirle lo de la boda antes de que se entere por otros. Lo mejor es que lo suelte ya, o estaré con la zozobra todo el día. Prefiero que me diga que no de una vez.

—¿Qué pasa? —pregunta, serio—. Tengo una reunión dentro de tres minutos.

Me miro los zapatos.

—Como sabes, mis amigas se hicieron cargo de todos los preparativos de la boda y mi papá tiene algunas tradiciones —hablo—. Yo aún no he vendido mi apartamento y el cheque que me dieron no me alcanza para costear los gastos, ya que la ceremonia militar es en Westminster —el pecho se me acelera— y son cientos de invitados.

Cruzo los brazos sobre el pecho, estoy nerviosa y no quiero que lo note…

—La cuenta de cobro es de 4.716.000 libras, y con mi cheque no alcanza, puesto que…

Atiende el teléfono que suena. La oficina se llena de soldados de un momento a otro y él se pone de pie, señala la mesa que alberga el holograma y no me dice nada, solo se va y actúa como si yo fuera un cero a la izquierda.

Pasó por alto lo que acabo de decir, y los silencios, en ocasiones, también son una respuesta.

No me queda más alternativa que hablar con mi papá. Con los hombros caídos abandono la oficina, los soldados que me cruzo me siguen felicitando por el tema del compromiso y solo medio asiento.

No he almorzado y debo darle de comer a mis hijos. Aprieto el paso hacia el comedor, Stefan está entrando y me espera en la puerta.

—Angel. —Sonríe.

Aprieto su hombro, echa a andar conmigo a una de las mesas de afuera, se ofrece a traerme una bandeja de comida.

—¿Qué tal el viaje? —Trae el almuerzo y se sienta a mi lado —. ¿Cómo están los radiadores, tu familia?

—Están bien.

Pierdo la atención en Scott, que se acerca a lo lejos. Alza la mano para saludarme y de inmediato me levanto.

—¿Te liberaron? —pregunto, emocionada.

—Ayer en la noche. —Sonríe—. Un grupo de abogados intervino, con Carter Bass preso, se estudió de nuevo todo mi caso, se comprobó que mi único pecado fue meterme con una mujer de dudosa reputación. Todo se aclaró y aquí estoy.

—¿Embarazaste a algún macho en la cárcel? —lo molesto—. Como eres, no se me hace raro.

Suelta a reír; de corazón espero que esto le sirva para pensar más con la cabeza de arriba y no con la de abajo.

—¿Qué pasó con Irina? ¿Va a volver?

—No, mañana firmaré los papeles del divorcio y se los enviaré a su nuevo comando.

Le ofrecieron un puesto en Croacia y aceptó. Con ella se llevó al hijo que tenía con Scott. Me da pesar el que ahora no tenga esposa; sin embargo, Irina tenía muchos motivos para partir.

—Me alegra estar de regreso porque iré a tu boda. —Toma asiento a mi lado—. Harry se le la va a perder, pero yo no.

Acaricio su cara y trato de cambiar el tema, no quiero que mi día se ponga más gris de lo que ya es.

—¿Sabes algo de Laurens?

—Mi familia le está pagando un apartamento en la Quinta Avenida —suspira mi amigo—. Vive allí con Maggie, fui a verla en la mañana, está en busca de empleo.

—¿Ya se repuso de lo de Philippe?

—No, aún sigue conmocionada; sin embargo, ya se comprobó que fue engañada como todos nosotros.

En ocasiones cuesta creer que Derek Leroy era Philippe Mascherano. Era tan amable y atento…, aparentaba ser una buena persona.

Intento comer lo que me trajo Stefan. El celular me vibra dos veces en el bolsillo y lo saco para ver quién me escribió: es un correo de mi banco, lo abro para ver qué es y…

Dejo de respirar al leer lo que dice.

… Christopher Morgan Hars realizó una transferencia de 5.000.000 de libras esterlinas a su cuenta n.º 164956… Mis extremidades se niegan a moverse, los ojos se me empañan y carraspeo sin saber qué decir.

—¿Qué pasa, novia? —pregunta Scott—. ¿El peso del anillo que luces en el dedo te provoca problemas respiratorios? Estás agitada.

Scott toma mi mano.

—Pueden cortarte la cabeza por tenerlo. El de Bratt es basura frente a esto. —Mira a Stefan—. Menos mal que nunca ofreciste nada.

El soldado le resta importancia en lo que yo vuelvo a leer el correo; supongo que el transferir la suma es un sí a todo. Acabo con la comida lo más rápido que puedo.

—Tengo que irme —les informo a mis amigos—. Los llamaré de después.

Le envío un mensaje a mis amigas en el grupo de chat que tenemos, les comento que ya tengo la suma; por ende, la boda será como la queremos. Luisa es la que más feliz se pone y, cómo no, si ni yo me creo esto.

«Tendré la boda de mis sueños». No tengo nada más que hacer en el comando, así que me cambio y busco a Tyler para que me lleve de vuelta a la ciudad. En el trayecto reviso una y otra vez mi cuenta sin creer que en verdad Christopher fue capaz de transferirme tanto dinero.

—Teniente —me dice Tyler—, no olvide mi tarjeta.

Se la devuelvo y le envío a Brenda un mensaje con lo que necesita para la reunión que tenemos dentro de dos horas. Debo conseguir la camisa que

Christopher necesita para el partido. El escolta que conduce se desvía hacia Burlington Arcade, y en uno de los almacenes encuentro una edición limitada.

La dependienta empaca y yo sigo en las nubes ¿En verdad me voy a casar en una iglesia? La idea me emociona y termino sonriendo como una idiota.

—¿Algo más? —me pregunta la mujer que tengo al frente.

—Sí, una camisa de la selección para mí.

Escojo y pago con la tarjeta del comando. Me entregan las bolsas y caigo en cuenta de que es la primera vez que le compro ropa a Christopher. ¿Y si no le gusta?

Vuelvo al auto y en el asiento trasero miro lo que compré, creo que es algo que Christopher sí se pondría.

—¿Qué tal está? —le pregunto a Tyler—. No creo haberme equivocado de talla.

Si tengo dos niños, comprar ropa masculina será usual.

—Está perfecta, mi teniente —contesta Tyler.

Toma el camino que lleva a Hampstead. Llegamos al edificio donde vive Christopher, bajo y abordo el ascensor que me deja en el *penthouse*, donde lo primero que hago es quitarme los zapatos. El perro se acerca y me agacho a acariciarlo.

—Le ayudo con el calzado —se ofrece Miranda.

—Gracias, estoy muerta.

Con la bolsa que traje, camino a la alcoba y lo primero que veo es la sudadera de la selección inglesa que está sobre la cama; la prenda está autografiada. Me vuelvo hacia la empleada que viene detrás de mí.

—¿Y eso? —Señalo la cama.

—La señorita Gema la trajo en la mañana, dijo que era una sorpresa para el señor.

Dejo las bolsas de lado.

—Esta no es la casa de Gema como para dejarla entrar cada vez que quiera.

Entra a la oficina, a la casa… Lo único que le falta es entrar a la cama también.

—¿Vino aquí cuando yo estaba en Phoenix? ¿Durmió con Christopher? —pregunto—. Sé que aprecias a Marie, pero sé honesta conmigo.

—Solo vino una noche, y el señor no estaba en casa —informa.

—No la quiero aquí. Cuando venga, déjale claro que pedí que te entregara las llaves.

—Como diga.

Saco mi camisa y arrojo la que le compré a Christopher al fondo del clóset. Me joden las intromisiones de la otra. Conociendo a Christopher, se va a colocar la autografiada, así que descarto la que compré.

—¡Buenas tardes! —capto la voz de Brenda en el vestíbulo—. Estoy buscando a Priyanka versión americana.

Inhalo y exhalo en repetidas ocasiones, necesito serenarme. Me pongo un par de zapatillas deportivas y salgo a recibir a mi amiga, quien viene vestida como si fuera para algún juzgado. El móvil le suena en el bolso y actúa como si no fuera para ella.

—¿Por qué vienes vestida así?

—Dijiste que querías una abogada, y estoy siendo una abogada —se ofende—. Investigué a ese tal Andres y no es un abogado, sino un carroñero. Dejó el nombre de Martha Lewis por el suelo, y el mío lo quiero intacto junto con el tuyo.

Trae un conjunto clásico gris con tacones, el cabello lo trae liso y lleva un maletín. Se arregló para nada, porque no es mucho lo que tengo que negociar.

—Si mi novio me transfiere la cantidad de dinero que te dieron hoy, créeme que no tendría la cara que tú tienes ahora. —Se acerca a acomodarme el cuello de la blusa—. A ver, sonríe un poco.

Me estira los labios, el móvil sigue sonando y lo ignora.

—¿Por qué no contestas?

—Es Dominick.

—¿Y?

—Se enoja cuando no le contesto y… —Se ríe—. Es algo que me sirve en la noche.

Me guiña un ojo y suelto a reír. Hace una linda pareja con Parker y cada día la veo más enamorada.

La invito a que se siente en el sillón gris de terciopelo y Miranda le trae una bebida. Revisamos lo que falta por aprobar de la boda hasta que Christopher llega con su abogado.

—Vamos al despacho —demanda el coronel.

Los abogados se presentan mientras tomo asiento en la silla que está frente al escritorio, Brenda se coloca a mi lado. El abogado de Christopher es el único que se queda de pie.

—En esta carpeta reposan las propiedades de mi cliente —empieza Brenda.

No sé para qué diablos metió eso en una carpeta, si solo son las escrituras de mi apartamento y los papeles de propiedad de la motocicleta que tengo.

—No estamos aquí para discutir propiedades o temas monetarios; el asunto se manejará a lo tradicional —afirma Andrés—. El coronel lo único que quiere dejar claro antes del matrimonio es que, en caso de morir, separación o abandono de hogar, la educación, preparación y seguridad de los hijos engendrados dependerá netamente de Christopher Morgan —continúa el abogado—. Si el coronel no puede estar presente por algún motivo de peso, dicha responsabilidad pasará a Thomas Morgan.

—¿Qué?

Mi cerebro no consigue procesar todo lo que el abogado dice. No sé de dónde saca Christopher que, en caso de no estar, mis hijos deben ser cuidados por alguien que no conozco.

—No han nacido y ya me estás quitando mis derechos —le reclamo—. En caso de separarnos, la custodia tendría que ser compartida...

—No me voy a retractar con lo que quiero —contesta el coronel—. Ya lo decidí y, si no te gusta, es tu problema.

—Entiende que es algo nuestro, no tuyo —replico.

—No voy a permitir que los limiten ni les impongan nada —refuta—. Date cuenta de quién son hijos, y a la hora de sobrevivir, será conmigo, no contigo.

—Siempre me subestimas.

—No te subestimo..., solo planteo las cosas como son, porque no tienes más poder que yo; ni volviendo a nacer lo tendrás —se impone—, ni tú, ni Rick, ni Alex. Así que será como yo digo y ya está.

No miro los documentos, solo abandono el despacho.

—Queremos que esto quede firmado antes de las nupcias, teniente James —me indica el abogado.

Brenda me sigue a la alcoba, y trato de tomar aire por la boca.

—Estoy bien, no te preocupes —le digo a mi amiga.

Alzo la mano para que no se acerque, sé que si lo hace será peor.

—Me da rabia que ninguna de nosotras pueda disfrutar de un embarazo feliz —se enoja—. Luisa se la pasó amargada y yo, triste.

—Solo es cuestión de que me tranquilice. Ve a casa y luego te llamo —le pido—. Gracias por venir.

—¿Segura que vas a estar bien?

—Sí.

Se marcha cuando ve entrar al coronel.

—No voy a firmar nada, Christopher —le expongo—. Tú mandas en la FEMF, en el bajo mundo, en Saturno o donde quieras, pero con mis hijos no vas a hacer lo que se te antoja.

—No voy a discutir esto —sigue—. Sé lo que quiero y lo que tengo que hacer para eso. Mis hijos no serán blancas palomas, ni tampoco serán como la familia maravilla que tienes, la cual…

—¡No hables de mi familia! —lo corto.

La voz me sale quebrada. Paso saliva y busco la manera de que podamos entendernos.

—Hablemos un minuto, hay muchas cosas que yo…

—¿Qué quieres? ¿Decirme que quieres irte con tu papá y tu mamá? —se molesta—. ¿Más pretextos, prejuicios? ¿De eso es de lo que vas a hablar?

Odio que suponga sin saber lo que en verdad quiero decir.

—Arréglate, que nos vamos —ordena—. El abogado vendrá mañana en la tarde por los documentos que vas a firmar.

Muevo la cabeza con un gesto negativo.

—No quiero salir…

—¡¿Cuál es el proceder entonces?! —Acorta el espacio entre ambos.

Doy un paso atrás con un nudo en el pecho.

—¿Te amenazo, te golpeo, te dejo sin nada o qué hago? —inquiere con rabia—. ¿Qué tengo que hacer para que mis demandas tengan peso, así como las de Antoni Mascherano? Cuando él te llama sales corriendo a sus brazos, ¿por qué conmigo no puedes hacer lo mismo?

—Lo único que quiero es tranquilidad, Christopher.

—Eso es algo que no se puede tener conmigo, hace mucho que lo sabes —repone—. Ahora vístete, que voy a ir con mi mujer al maldito partido. Decide si sales por las buenas o si tengo que pegarle un puto tiro al perro con el fin de convencerte.

Colorida es la llegada al estadio, aficionados con la cara pintada y el usual vocerío de los que quieren contagiar a otros con el espíritu del fútbol. Christopher no me habla durante el camino y yo tampoco a él. Los escoltas le abren paso y subimos la escalera a la última planta que alberga el palco privado que han reservado. En el sitio hay soldados, tenientes y algún que otro general. Hay varios agentes de los medios internos, Christopher me toma de la mano y el gesto es algo que no puedo rechazar.

Leonel Waters está con su equipo, y Kazuki, con su esposa, junto a los miembros del Consejo que vinieron.

—Esta era la sudadera de la que presumía. —Se levanta Gema de su asiento—. Traté un caso de la FIFA y tengo un par de amigos jugadores.

Bratt está en uno de los sillones con Sabrina, Cristal y Liz Molina. Gema se pega al brazo de Christopher y todo el mundo pone los ojos en ella.

El coronel no me suelta la mano y debo soportar las tonterías de las que habla Gema con los que saludan al coronel.

«Estoy haciendo». «Estamos logrando». «A Christopher le encanta». «El compromiso es fundamental»... Todos la aplauden y adulan sus buenas obras.

—¿Está feliz por la salida de su colega, el sargento Scott? —me pregunta uno de los capitanes.

Abro la boca para a hablar y Gema se adelanta a contestar:

—Todos lo estamos, Scott y Liz fueron víctimas de una campaña hecha para hundirnos en el lodo. Por suerte ya están afuera.

Christopher se aleja a hablar con un diputado, y yo me siento como una tonta en medio de gente que centra toda la atención en Lancaster. Rechazo el trago que me ofrecen.

—Ella es de drogas, no de tragos —comenta Liz, y las personas que están cerca se quedan en silencio—. Dicen que a los exdependientes les cuesta mantenerse sobrios. ¿Es cierto, teniente?

—Con permiso. —Me muevo de lugar.

Christopher me toma la mano cuando paso por su lado, lo hace con tanta fuerza que me veo obligada a no moverme. Gema habla con Sabrina mientras empieza el partido; la hermana de Bratt está más pendiente de Christopher que de lo que dice Gema.

Las sonrisas cómplices de Lancaster, Molina y Cristal Bird me hartan, como también el que a cada instante la sobrina de Olimpia voltee a mirarme.

Nos invitan al sofá cuando le dan inicio al partido, Sabrina queda cerca y siento sus ojos en mi anillo de compromiso cuando el coronel se sienta a mi lado.

—¿No me vas a dejar espacio? —le reclama Gema a Liz.

—Amiga, tengo el culo grande. —La sargento hace que todos se rían.

Gema se sienta en el brazo del sofá y posa el brazo en el hombro del coronel. Todos se concentran en el juego, pero a mí me molesta el que ella siga apoyada sobre él.

La palabrería de Liz me da vergüenza ajena; el que grite, señale, se levante, se siente como si estuviéramos en algún sitio corriente. Apuesta pendejadas y le gana dinero a Leonel Waters, que le da cabida al juego.

Kazuki tampoco se ve muy cómodo con ella, arruga las cejas con las idioteces que grita.

—Me iré de compras con esto mañana —se jacta Liz en lo que cuenta el dinero—. ¡Tengo el día libre y quiero arrasar con las tiendas!

Le ponen un trago al coronel y le digo al camarero que no traiga más, ya que no ha tocado los cuatro vasos que le han puesto.

—Se te va a derretir el hielo, Ogro. —Gema le da el vaso y lo incita a beber—. La estamos pasando bien, no seas aburrido.

Liz sigue con sus gritos y su maldito escándalo.

—Tengo hambre —me dice el coronel, que devuelve el vaso a la mesa.

«Algo medianamente bueno».

—Veré qué hay.

Me levanto con el anhelo de encontrar pollo frito para tragar yo también, pero no hay, la mesa está llena de platos gourmet, bandejas llenas de queso y ensaladas.

No hay nada que me provoque, es un partido y no trajeron ni una salchicha. Pido un corte de carne y lo rebanan en trozos pequeños para comer.

—Gracias —le digo al hombre que me entrega el plato con los cubiertos.

Me doy la vuelta con el plato en la mano, y los oídos se me taponan al ver a Gema en mi lugar.

El partido tiene toda la atención, excepto la de Bratt y Sabrina, que no dejan de ver lo que hago. Me acerco a dejar la comida en la mesa e intento largarme, pero Christopher no me deja, tira de mi muñeca y me sienta en sus piernas. Con un brazo me rodea la cintura antes de poner la mano libre sobre mi abdomen.

—Dame —me pide.

Tomo el plato y es incómodo el momento con la mirada de los ex de ambos encima. Con disimulo, quito la mano de mi vientre y la dejo en mi pierna, pero él la vuelve a poner sobre mi abdomen.

Sabrina no pestañea, mantiene los ojos en ambos mientras juega con los dedos y agita las piernas. A cada nada se alisa el moño, «está ansiosa», me digo.

—Me quiero ir ya —le susurro al coronel, que me estampa un beso en la boca.

—No.

Medio se mueve a sacarse el arma que tiene en la espalda, la deja en la mesa y vuelve a abrir la boca para que le siga dando de comer.

Miro el reloj, en verdad quiero que esto acabe rápido. Me cuesta librarme de las manos de Christopher e ignorar las miradas que nos dedican los Lewis. El coronel mete las manos bajo mi playera, y es algo de lo que se dan cuenta varios. Con disimulo, bajo de sus piernas y busco el balcón. Apoyo las manos en el barandal. No quiero que el embarazo se sepa todavía, es peligroso y arriesgado. Christopher no tarda en tomarme por detrás, parece que tuviera las malditas tetas en el abdomen, ya que no deja de poner las manos sobre este.

—Es arriesgado lo que estás haciendo —giro en sus brazos—. Hay espacios para todo y aquí no está bien lo que haces.

—Da igual. —Me acorrala contra la baranda.

—Rachel —me habla Bratt a pocos pasos—, ¿podemos hablar un momento?

—Está conmigo, así que no jodas —contesta Christopher.

Se queda y el coronel posa la mano en mi nuca antes de apoderarse de mi boca con un beso húmedo y voraz... La forma en que me toma me nubla el razonamiento hasta un punto donde me olvido del hombre con el que estuve durante años.

Hunde las manos en mi espalda. Su necesidad se funde con la mía, los sentimientos se avivan cuando siento al Christopher de la isla, el que me dijo que me amaba después de la sobredosis.

—Dilo —susurra.

—Te amo —coacciono.

Sonríe y voltea a ver a Bratt, que sacude la cabeza. Ver a Sabrina al lado de su hermano hace que la moral me golpee, trato de irme y Christopher me lo impide. Entrelaza sus dedos con los míos y atropella a Bratt con el hombro. Sabrina no pierde de vista la mano que me sujeta y saca del palco.

—Ya basta con esto, Christopher. —Le digo al hombre que se encierra conmigo en el baño.

—De rodillas. —Me pone contra la puerta.

—No. —Rechazo su beso—. No quiero.

—¿Y lo estoy preguntando? —Se suelta el pantalón.

Insiste y vuelvo a rechazarlo. La mandíbula me duele cuando entierra los dedos en mi cara. Me angustia la ansiedad cargada de frustración que me genera.

—No quiero —reitero.

No se da por vencido, se apodera de mi cuello y a los pocos segundos siento sus manos sobre mis pechos en el instante que mete las manos bajo mi camisa. No esconde el desespero que tiene a la hora de amasar mis tetas con fuerza.

—Quiero que me la chupes, nena. ¿Tiene algo de malo eso? —Me besa—. ¿Que desee la boca de mi mujer sobre mi miembro? ¿Qué quiera darte lo que a ti también te apetece?

Toca los pezones, que se endurecen bajo su tacto, y sin apartar su boca de mis labios, pone las manos sobre mis hombros, hace que baje y que mis rodillas queden en el piso.

—Años y mira cómo me la sigues poniendo. —Se saca el miembro.

Todo se me estremece con la sed que surge de la nada, acerca la polla a mi boca, pierde los dedos en mi cabello y me incita a que chupe. Siento que soy una enferma, una estúpida la cual no sabe cómo alejarse de esto.

Pasea el glande por mis labios antes de meter la cabeza de su miembro en mi boca, mantiene las manos en mi cabello y empieza a moverse de adelante hacia atrás mientras se la chupo. Estoy mal por un simple motivo, y es que me prende saber que soy la madre de sus hijos, que me embarazó con lo que estoy chupando.

Me enciende el hecho de saber que nuestros hijos son el fruto de todas las veces que estuvimos juntos. Es tonto, estúpido y una bofetada al ego femenino que toda mujer debe tener.

¿Me siento más hembra solo por estar embarazada de Christopher Morgan? Yo, Rachel James, siendo una teniente de renombre, con títulos, con habilidades que cualquiera envidiaría, ¿me siento orgullosa de eso? Sí, y mucho.

—Se nota lo mucho que te gusta, nena —masculla sin sacarla.

Y lo cierto es que sí, me gusta tenerla en mi boca, que me acaricie el cabello y sentir cómo se le tensan las piernas. Deslizo los labios a lo largo del falo, que empieza a soltar los fluidos salados previos al derrame, los movimientos toman un ritmo constante mientras mete y saca la polla de mi boca, sigue y sigue hasta que se corre y deja su eyaculación en lo más hondo de mi garganta.

Sonríe al ver cómo paso todo.

—¿Ves que si querías?

Se aleja a acomodarse el pantalón y yo me pongo en pie, mareada y con calor. Arreglo mi cabello, daría todo por estar en la cama y no aquí lidiando con gente y ruido.

El coronel me da la espalda, busco la salida, necesito el aire fresco que no obtengo, puesto que no he dado dos pasos y ya tengo a Christopher pegado a mi espalda. Me rodea el abdomen con el brazo y camina conmigo; el gesto me atonta, las ganas se van y termino dando la vuelta hacia él, que me empieza a besar en medio del pasillo.

—Vamos a casa —toco su miembro—, así puedo disfrutar tranquilamente de esto.

—Más tarde nos vamos. —Vuelve a unir su boca a la mía antes de llevarme al palco donde estábamos.

Sigo mareada y con calor, el coronel apoya el cuerpo en la baranda del balcón. Las hormonas me tienen tan mal que busco la manera de abrazarlo. Escondo la cara en su cuello, huele bien tan bien que trae la plenitud que me recuerda que así es como quiero estar siempre. Suspiro:

—Necesito un cubo de pollo frito. Crocante, grasoso y jugoso.

Dejo que tome mi cara, fija sus ojos en los míos y lo beso, lo abrazo con una fuerza insana a la cual no le hallo ningún tipo de explicación. ¿Qué estoy haciendo? ¿Una maldita mamada me ha apagado las neuronas? ¿O estoy tan falta de afecto que me conformo con esto?

El beso termina, recuesto la cabeza sobre su pecho y dejo que me abrace, momentos como estos me reiteran que, por más tóxico que sea todo, sus brazos siempre serán mi lugar favorito.

Me mantengo pegada a él con los ojos cerrados. El partido se acaba, varios se acercan a despedirse del coronel y yo solo medio miro a los que se acercan a darme la mano.

—Vámonos ya —me dice Christopher.

—Le diré a la guardia que prepare los vehículos —le informo al coronel, que se queda en el balcón.

El palco que estaba lleno ahora está casi vacío. Los camareros empiezan a recoger los platos. Cristal, Gema, Bratt, Liz Molina y Sabrina son los únicos que están.

Bratt está al teléfono, Sabrina toma asiento en el sofá donde estábamos sentados Christopher y yo, mientras que Cristal, Gema y Liz están tomando bebidas en la barra. Le aviso a Tyler de que nos vamos.

No tengo mi bolso y vacilo a la hora de acercarme a tomarlo, ya que lo dejé en el sofá donde ahora se encuentra Sabrina.

No me puedo ir sin mis cosas, así que finjo que no la conozco a la hora de acercarme.

—¿Se van a casar? —pregunta con los ojos llorosos que clava en mi anillo de compromiso—. ¿Tú y él…, se casarán?

Tomo el bolso rápido, trato de echarle mano al arma que Christopher dejó en la mesa, pero ella se adelanta, la toma y se aleja con la Beretta en la mano.

—Sabrina…

—¡Calla! —Rompe a llorar mientras me apunta con las manos temblorosas.

Pese a mostrar mejoría, sigue siendo una persona inestable a quien no le van bien este tipo de momentos.

—Sabrina, cálmate —la llama Bratt, y ella le apunta al hermano.

—Se van a casar…

—Baja eso —le pide Cristal Bird, y esta vez mueve el cañón hacia ella.

Los escoltas entran con las armas en alto y les pido que las bajen: lo que necesita es ayuda, no que la pongan peor.

—Se van a casar…

Repite nerviosa en lo que vuelve a apuntarme.

—Sabrina —le habla Christopher—, estás apuntando mal, tienes que ponértela aquí. —Se lleva el índice a la sien—. Hazlo, póntela en el sitio correcto y dispara.

Bratt lo mira como si no lo reconociera. Ella no deja de llorar, quita el seguro del arma e intento acercarme.

—¿Qué hay de nosotros? —le pregunta al coronel—. ¿Ya no me amas?

—Nunca lo hice, ¿de dónde sacas que te amé? Asco es lo que siempre te tuve —le suelta el coronel—. Y sí, me voy a casar. También tendré dos hijos.

—¿Dos hijos?

—Sí, con la mujer que andaba mientras estaba casado contigo —sigue—. Siempre me has importado una reverenda mierda, así que mátate y deja de joder. Te tardaste mucho en tomar esa arma.

—Cierra la boca —le pido y me ignora.

—Lo voy a hacer.

La hermana de Bratt, sin dejar de llorar, se lleva el arma a la cabeza.

—Hazlo —insiste Christopher—. Pon el dedo en el gatillo y vuélate los sesos.

—¡Basta ya! —lo regaño.

—Sabrina, por favor —le habla el hermano—. Baja el arma.

—Dame la maldita dicha —insiste Christopher—. Aniquila el asco que te tengo y no pienses en nadie. Tu madre murió, y solo eres un estorbo. ¡Hazlo! ¡Mátate!

Cierra los ojos con el dedo en el gatillo, me preparo para el impacto, pero Bratt es veloz a la hora de irse sobre ella y quitarle el arma. Christopher voltea los ojos cuando el capitán patea el artefacto lejos de Sabrina.

—Tanto show para nada —espeta el coronel.

Sabrina se descontrola con el ataque de histeria que la toma, sus alaridos son ensordecedores. Permanezco en mi sitio viendo cómo, desesperada, se entierra las uñas en la garganta, mientras grita el nombre de la madre en los brazos de Bratt que, como puede, trata de sacarla del sitio. Todo el mundo se queda absorto en la escena que da lástima y pena, ya que no deja de llamar a Martha.

El coronel no deja que la guardia se meta, Sabrina desconoce a Bratt y Cristal es la que interviene, le habla y le dice que puede ayudarla, es la única que consigue tomar el control de la situación, le pide al capitán que se aleje y logra sacarla junto con el encargado de seguridad al que llama.

—En verdad, espero que se vayan al infierno los dos —empieza Bratt, y recoge sus pertenencias—. No me va a doler tu fin, Rachel, ni el de los asquerosos fetos que tienes. Como bien dijo mi madre una vez, te mereces todas las lágrimas que derramas.

Pasa la mirada a Christopher que chasquea los dientes antes de recoger el arma, el capitán lo encara y me acerco para que el coronel no le haga nada.

—No sé si matarte yo mismo o dejarle ese privilegio a mis hijos como premio de iniciación —le suelta—. No eres más que un maldito patético. ¡Sáquenlo de aquí!

Bratt no se deja tocar por los escoltas, empuja a Christopher y este lo encuella.

—¡Lárgate! —espeta el coronel—. Que, si Meredith tuvo diecisiete tiros, a ti te tocarían treinta y cuatro.

Bratt se queda quieto con las palabras dichas por quien una vez fue su mejor amigo. Me mira a mí y aparto la cara.

—Eres una maldita hija de perra —me dice—. Tú y él. ¡Espero que se pudran en el infierno!

Make Donovan es quien lo toma y arrastra afuera a las malas, mientras que Liz tiene abrazada a Gema, que está en shock, terminó de volverse estúpida o no sé qué diablos le pasa.

—Bratt tiene razón. —Gema aparta a la amiga—. Dan asco los dos.

—Vámonos.

Tiro del brazo del coronel, pero Gema se atraviesa y le insisto a Christopher para que nos larguemos.

—Esto va contra mis criterios morales —afirma—. Que te aplauda ella, yo no lo haré; ¡por ello, a partir de ahora dejas de contar conmigo!

—¡Vámonos! —Vuelvo a tirar del brazo, y Gema se aferra a su antebrazo, a la vez que se pone a llorar como una maldita imbécil.

—No puedo con esto —reclama—. ¿Dónde está el niño con el que me crie? ¿El chico que crio mamá?

Me quedo a la espera de que la mande a la mierda de una vez por todas; sin embargo, no lo hace, solo hace que lo suelte.

—¡¿Dónde está, Christopher?! —Lo empuja—. ¡¿Dónde?!

—¿De qué niño habla? —pregunto.

—¡No te metas! —me exige el coronel.

—¡Respóndeme primero! —espeto—. ¿De qué niño habla? ¿Del niño que le dio vía libre a Nate para que le clavara la polla? Porque eso fue lo que hiciste, ¿no? Dejaste que Nate se la cogiera y que Gema creyera que fuiste tú.

El coronel me come con los ojos. Gema se queda en blanco y no me importa.

—¡Oh, disculpen! —le sigo hablando al coronel—. Pensé que lo sabía, ya que tú siempre presumes de que eres de los que dicen las verdades a la cara, presumes de ser el más sincero, ¿no? ¡Selo ahora y dile las cosas a la cara!

—¿Qué hiciste qué? —increpa Gema.

—¡Lo que oyes! —espeto—. Llevo tiempo ocultando la risa que me da eso. Piensas que se acostó contigo, pero no fue así, fue Nate quien, después de follarte, estuvo despotricando en el club, habló de cómo te cogió mientras estabas ebria.

Todos los presentes se quedan en silencio, Gema lo empuja y abofetea, pero Christopher no hace una mierda.

—¡¿Dejaste que otro me tocara?! —le grita a todo pulmón, y Liz la toma por detrás—. ¡¿Cómo pudiste?!

—Vámonos. —Trato de llevarme al coronel, pero no se mueve.

Gema berrea, patalea y él se acerca a tomarla. Los celos hierven dentro cuando la aleja con él, mientras ella le sigue dando pelea.

—¡Te odio! —le grita—. Acabas de perderme…

La saca con él y me deja a mí como una estúpida en el centro del sitio.

—Todos los días le pido a Dios que te pudras y ahora le rogaré que mate a los engendros que llevas en el vientre —me dice Liz antes de seguirlos—. Espero que tu cuerpo los escupa y los veas muertos. ¡Zorra malnacida!

Se larga y quedo sola con un par de escoltas en el palco. Mil nudos se me arman en el pecho y la decepción es tanta que los ojos se me empañan. Corro a la salida. Christopher no está en el pasillo, bajo, y tampoco lo veo cuando llego al estacionamiento. Falta uno de los vehículos. Saco el móvil y marco el número del coronel; en vano, porque no contesta.

—Entre, teniente —me pide Tyler—. No es seguro que esté afuera.

Subo al auto, donde le insisto a Christopher, que sigue sin contestar. Marco siete veces más y no recibo respuesta.

—¿Qué ruta tiene el coronel? —le pregunto a Ivan.

No me responde, ni él, ni Tyler.

—Hice una pregunta —insisto—. ¿Qué ruta tiene Christopher?

—Va hacia la residencia de la teniente Lancaster.

No lloro, solo paso la sensación de ahogo que me obstruye la garganta. «Sin sollozos, solo con memoria». Lo vuelvo a llamar y sigue sin contestar.

Dejo que el vehículo que me lleva continúe con su camino. Llego a casa, me coloco un pijama y me siento en el sofá a la espera del hombre que no llega.

Cuatrocientos veinte minutos viendo la maldita puerta que no se abre y, pese a que siento que ardo por dentro, no lloro.

No llama y yo sigo en el mismo sitio con el pecho pesado, como si la mierda que he cargado todos estos meses se acumulara en cada una de mis partículas.

Los hechos de ayer y los del último mes dan vueltas en mi cabeza, como también los gritos y maltratos que he tenido que tolerar. Todo es una carga que hace que me duelan la cabeza y los hombros.

—¿Desayunará? —me pregunta Miranda, quien sale a sus labores en la mañana.

—Más tarde. —Me levanto del mueble y camino al pasillo.

Cruzo el umbral de la alcoba y cierro la puerta con pestillo; del cajón donde guardo mis cosas, saco la información que Paolo me dio ayer, la hoja y la foto del hombre que contemplo.

Busco el directorio virtual de Edimburgo, hallo el número que requiero y me pongo al teléfono.

—Floristería Lirios —contestan.

—Buen día, quiero enviar un ramo de flores el cual exprese mi sentido pésame —pido—. El ramo más hermoso que haya, y si le puede añadir una caja de los puros más caros que tenga, se lo agradecería.

—¿Sir Winston de H-Upmann está bien?

—Sí.

Le dicto la dirección del papel que tengo en la mano.

—¿Para quién es?

—De Rachel James para Ilenko Romanov —le digo—. Con una hermosa cinta que lleve el nombre de Sasha Romanova.

Confirma la compra, envía la factura a mi correo y hago el pago.

—Avíseme cuando la entrega sea efectiva —pido antes de colgar.

Da un margen de dos horas para la entrega. El coronel sigue sin aparecer, el tiempo sola lo aprovecho para desayunar y leer las noticias que hablan de mis nupcias.

Hay un resumen de todo lo que hemos hecho los dos, de los logros que han conseguido su familia y la mía.

—Gracias —le digo a Miranda cuando se acerca a recoger los platos.

Vuelvo a la alcoba, me baño y frente al espejo desenredo mi cabello, lo dejo liso. Después me voy al clóset en busca de lo que me pondré. «Hoy quiero verme bella».

—¿Irá al comando hoy, teniente? —me pregunta Tyler en la puerta.

—No —niego.

Saco un conjunto de pantalón ajustado blanco y una chaqueta del mismo color. La floristería me informa que ya entregaron el detalle, así que de nuevo tomo el teléfono y marco un nuevo número.

Frente al ventanal espero a que me contesten, tardan, pero a la sexta señal me contestan. Bueno, no es que me contesten, simplemente abren la línea a la espera de que hable primero.

—Boss, buenos días —saludo en ruso—. ¿Cómo amaneces?

Capto la sonrisa ronca cargada de ironía.

—¿Te acuerdas de mí? Soy Rachel James, está de más mi pregunta, creo que me has de tener muy presente en tu cabeza —le suelto—. No había tenido tiempo de darte mi pésame por la muerte de Sasha. Pido una disculpa por ello y por enviar las flores tan tarde.

—¿Qué quieres? —pregunta en su idioma natal, y algo me dice que está fumando.

—¿Ahora? Que le des otra calada a ese puro, oírte fumar me enciende las ganas de tenerte a mis pies —declaro—. Una vez más, por favor.

Respira hondo y suelto a reír.

—Qué rico se oye oírte exhalar así —suspiro—. No sabes lo mucho que me apetece verte, Boss.

—¿A mí?

—Sí, lo que quiero hay que hablarlo frente a frente.

La línea enmudece.

—Si no te acojonas, claro está. ¿Te atreves? ¿O todavía temes a los estragos que puede llegar a causar mi atractivo? Anímate, prometo ser un buen corderito para que el león no se altere —hablo despacio—. Ven a Londres, a las trece horas estaré libre solo para ti, así que te espero. Estate a atento a la dirección que te voy a enviar.

«En una avioneta tardará hora y media en estar aquí».

—No llegues tarde. —Corto.

Empiezo a vestirme, me pinto las uñas, me maquillo y de la caja fuerte saco lo que requiero. Christopher tiene dispositivos de rastreo bastante avanzados, se supone que se debe tener el debido permiso para el uso externo de estos, pero como él hace lo que se le da la gana...

Enciendo la pantalla, que se ilumina. Tecleo el nombre de la persona que quiero encontrar y el globo terráqueo inicia la búsqueda, tengo suerte, ya que halla el objetivo en menos de tres minutos.

Está en uno de los centros comerciales más concurridos de Londres.

Christopher sigue sin dar señales de vida y no pierdo de vista la pantalla en las horas que siguen. Al mediodía, meto los pies en un par de tacones y le envío otro mensaje al Boss de la mafia rusa, en el texto adjunto la dirección donde quiero que nos veamos.

Alcanzo la chaqueta, preparo mi cartera y le echo un vistazo a la pantalla del localizador. La persona que tengo identificada sigue en el mismo sitio: lo guardo en el bolso, que meto bajo mi brazo antes de buscar la salida.

—Necesito ir a Westfield —les pido a los escoltas.

Dalton está de turno y es quien se traslada conmigo. Tyler espera abajo y me comenta que el coronel está en el comando.

—Qué bien. —Inhalo con fuerza.

Dejo que me lleven al centro comercial inglés. Bajo en la entrada, y atravieso las grandes puertas con la cartera bajo el brazo. Fijo la vista en varias vitrinas y continúo a la cuarta planta, quemo tiempo mientras llega la hora acordada. Compro un helado y, mientras lo sirven, miro la pantalla que tengo en el bolso de mano.

—Su pedido.

—Gracias. —Lo recibo y avanzo hacia las barandas que dejan ver la primera planta del centro comercial.

Los escoltas mantienen distancia mientras observo a la persona a la que le estoy siguiendo el paso hace horas.

Los vaqueros negros que trae le marcan el culo y las mangas de la blusa oliva que tiene puesta le cubren los brazos. Se recoge el cabello suelto y se acomoda los lentes oscuros.

Miro el reloj y faltan diez minutos para mi cita.

El objetivo se sienta en la plazoleta de comida. Camino al restaurante con ventanal, que me da una vista perfecta de lo que hace la mujer de abajo. Pide la carta y yo hago lo mismo. A las 13.03 me llevo el móvil a la oreja.

—Estás tardando —le digo a la persona que contesta.

—Westfield es grande —contesta el Boss.

—Bastante; por ello, pon atención —empiezo—: estoy en el primer piso, plazoleta cuatro, frente al restaurante Rescorne.

Le indico sin dejar de observar a la persona que está abajo.

—Tus ojos merecen ver mi culo marcado, así que me puse unos vaqueros negros ajustados, traigo lentes oscuros para no deslumbrarte con el encanto de mis ojos y una blusa verde en honor a los ojos de la zorra de tu hermana.

Lo escucho respirar hondo y con ansias espero lo que se avecina. No le cuelgo y él tampoco lo hace, sé que no es una llamada de dos. Si algo he aprendido de la mafia roja, es que ellos no se andan con rodeos, y mucho menos cuando se es la cabeza. Ilenko no quiere hablar conmigo, quiere matarme y, por ende, no va a perder el tiempo viniendo a una cita.

El Boss va a mandar a un ejecutor como el que está entrando en la plazoleta justo ahora; dicho sujeto se acerca al objetivo con cautela y sin afán.

Le doy un sorbo a mi copa de agua con el móvil en la oreja mientras miro cómo el ejecutor de la Bratva acorta el espacio y se acerca a la mujer que fija en su radar, se lleva la mano a la cintura y toma el arma, que causa aullidos llenos de terror cuando le clava dos tiros a Liz Molina en la cabeza.

Esta se desploma, y él se larga mientras la sangre se esparce.

—Gracias, Boss —digo.

Sé que estaba esperando que los tiros tronaran en el teléfono y el que no diga nada me lo confirma.

—Me llevo el gusto de decir que la FEMF trabaja para mí, al igual que la Bratva y la mafia italiana —le hablo en su idioma natal—. Hoy el león le sirvió a la gacela, Ilenko Romanov.

Cuelga y me lo imagino estrellando el teléfono mientras que mi pecho se infla feliz de la dicha. Dalton aparece corriendo a sacarme mientras Ivan se pone al radio.

—Hay que salir ya —dispone Dalton.

—¿Qué pasó? —pregunto alterada—. ¿A quién le dispararon?

—¡La mafia rusa está aquí, tenemos que movernos!

—¡Oh, por Dios!

Finjo que las manos me tiemblan y me hago la preocupada cuando me suben al vehículo. Tyler se pone al volante y yo me llevo la mano al pecho como si me faltara el aire.

—Arranca rápido —le pido a uno de los escoltas—. Todavía han de estar por aquí ¡Maldita sea, que peligro con esta gente!

Me esmero por verme preocupada, miro hacia atrás a cada nada y me pongo el inhalador en la boca.

—Tengo al coronel en la línea. —Tyler intenta darme el teléfono, pero lo rechazo.

—Solo quiero llegar a mi casa —le digo—. No estoy bien, ya ni puedo salir de compras.

«Mentira». Mi yo interior tiene pompones de porrista, la cual hace malabares en mi cabeza. «R. I. P. Lizbeth Molina, viviste demasiado» es lo que debería decir en su lápida.

—La teniente solo quiere ir a casa —informa Tyler en la línea—. Vamos para allá.

—¿Quién era? —le pregunto a Dalton—. ¿A quién mataron?

—Lizbeth Molina —me confirma lo que ya sé.

Mantengo el papel de preocupada cuando mi papá me llama, le digo que estoy bien. Bajo con el móvil en la oreja, subo en el ascensor y cuelgo cuando estoy adentro. Me encierro en la alcoba, donde suelto la carcajada, cargada de dicha absoluta. La vida se siente como si me hubiese quitado un saco de plomo de encima: esa maldita perra ya no va a volver a joderme nunca más.

Los tiros truenan en mi cabeza y vuelvo a sonreír. Lo lamento por Alex, pero no entiendo ni me someto a sus tácticas políticas. No iba a disculparme con nadie y mucho menos con ella, quien se creía mejor que yo, pese a saber que no lo era.

Le seguí la pista desde esta mañana, las barrabasadas que soltó ayer sirvieron, porque me terminaron de convencer de hacer lo que debí haber hecho hace mucho. Lo mejor de todo es que no me ensucié las manos, solo tuve que usar a la Bratva para que hiciera la jugada por mí.

Borro el historial del aparato que utilicé, lo devuelvo a su sitio y tomo la otra herramienta que sirve para desinstalar el chip de rastreo que me colocaron al volver del exilio.

Me cambio rápido, dejo los tacones y me coloco un par de zapatillas deportivas, meto las piernas en un vaquero y la cabeza en una playera. Preparo la aguja que quita el rastreador, abro una pequeña incisión e inyecto el aparato en mi antebrazo. Es un tanto doloroso. y con la mirada en el techo espero que el extractor trabaje: es un imán que atrae el dispositivo. La luz roja me avisa que ya lo tiene, lo saco y lo dejo sobre las sábanas.

Me recojo el cabello y lo empaco todo en una mochila. Le echo mano a los documentos que trajo el abogado ayer, leo por encima las disposiciones del coronel, las rompo y las dejo sobre la mesa de noche.

Christopher Morgan puede hacer lo que quiera con otros, pero no conmigo.

Deslizo el anillo de compromiso fuera de mi dedo y lo dejo sobre los documentos que rompí. Que se quede con su orgullo, antipatía y ganas de joder, merezco paz y es lo que me doy a dar.

Me pongo una chaqueta, tomo la mochila y me apresuro hacia la puerta. Los escoltas no están en la sala. Con esto debo ser rápida para que no me vean, en el hombro me engancho lo que tengo y paso por la entrada del despacho que Miranda está limpiando.

Dalton Anderson e Ivan Baxter están en la habitación de trabajo. Me apresuro a tomar el perro, al que le engancho la correa, y con el mismo afán corro a la puerta principal.

Tyler permanece de espaldas en el pasillo, así que tomo la dirección contraria en busca del ascensor de mantenimiento. Como me dieron todos los accesos cuando me encomendaron a Christopher, digito el código de seguridad y este accede; por suerte, el código no ha cambiado. Entro a él con el perro y marco el número del estacionamiento.

Corro entre los vehículos de lujo, este edificio tiene tres entradas y, por seguridad, la Alta Guardia casi siempre ocupa la segunda. Hallo el McLaren y lo primero que hago es clavar la navaja en el GPS que tiene en el chasis. Me cuesta trabajo, pero logro que se caiga. Subo al perro en el asiento del copiloto, se queda quieto, mientras deshabilito todos los medios de ubicación. Saco el arma que está bajo el asiento de atrás, la dejo a la mano y arranco rumbo a la entrada tres.

Aprovecho la salida del camión de la lavandería y me le pego a él para que no me retrasen las puertas.

Dejé a Bratt después de cinco años en una relación «decente», lo dejé, pese a que nunca me engañó. Hui de Antoni Mascherano, que, si hubiera accedido, me hubiese dado todo lo que quiero.

¿Qué me impide dejar al coronel? Nada, nada me lo impide. Lo amo, ha hecho mucho por mí, pero no me escucha, y yo no merezco ser un cero a la izquierda en la vida de nadie.

Las cosas quedaron claras anoche, cuando decidió irse con Gema; que la disfrute y a mí me deje respirar. Mi familia, Alex, él... Todos disponen, creen que saben lo que necesito y no es así.

Mantengo las manos sobre el volante, hoy me quedó claro que puedo defenderme sola, así que puedo hacer lo que me apetezca, e irme es algo que quiero.

Respiro hondo al recordar lo que Reece solía decirme.

«Eres inteligente y lo digo en serio, siento que no has explotado ni el cuarenta por ciento de tu potencial ni de tu belleza, porque, ¡oh, teniente James!, es usted una mujer hermosa.». «Si no te van a dar lo que quieres y lo que necesitas, entonces vuela a otro lado».

«Tú mereces que el mundo corra a darte todo lo que pides solo con abrir la boca». «Que te llenen de besos y no de dudas».

«Eras tan sabio...». No sé para dónde diablos voy, lo único que tengo claro es que no quiero dejar de conducir. Ya Christopher dijo que Inglaterra era suyo, así como Italia es de Antoni, y Rusia, del Boss. La ciudad queda atrás y empiezo a disfrutar del paisaje que me proporciona la carretera vacía. No sé si es uno de esos momentos efímeros que te da la vida, pero se siente bien estar sin gritos, exigencias y sin nadie que te juzgue.

Me pierdo en las montañas verdes, bajo la ventana, y dejo que el viento frío impacte contra mi rostro.

Mi yo interior me dice gracias en lo que me abrazo a mí misma. En ocasiones se ha de tener claro que nadie va a arreglarnos. Nosotros mismos somos quienes debemos pegar nuestros pedazos rotos.

Detengo el auto en una de las colinas, se supone que me caso dentro de tres días, pero es algo que no va a pasar, porque no quiero saber nada de Christopher Morgan.

Inhalo una larga bocanada de aire. El perro da saltos en el césped y me quedo parada en una de las rocas.

Lo lógico sería tener algún tipo de cargo de conciencia por Liz Molina; sin embargo, no lo hay, por el contrario, sigo feliz por lo que pasó. Juego con el perro, al que trato de enseñarle trucos para que obedezca, se tira al césped y le acaricio el estómago peludo.

Corro con él de aquí para allá hasta que me canso y termino sentada en el capó del vehículo, *Scared To Be Lonely* suena en la radio y más identificada con la canción no puedo sentirme.

La noche cae, la brisa fría de la montaña me envuelve y tomo al perro, con el que regreso al interior. A continuación, sigo con mi viaje. Llevo unas cuantas horas sin comer, necesito un restaurante y un sitio para dormir mientras decido qué hacer.

Hallo un establecimiento de comida treinta kilómetros más adelante. El perro está dormido en el asiento trasero y lo dejo adentro. Voy a celebrar la muerte de Liz Molina con pollo frito; si no hay, pagaré para que me consigan uno donde sea porque me lo merezco. Hago la fila y agradezco internamente cuando veo que el pollo forma parte del menú. Ordeno y espero impaciente a que me sirvan. El estómago me ruge, siento que estoy a punto de tener una experiencia gloriosa con los trozos de pollo y mis hijos.

—¡Un cubo de pollo crocante con soda! —gritan, y me apresuro por el pedido.

Emocionada, recibo la bandeja e intento ir a la mesa, pero la moto que aparca en la entrada llama la atención de los comensales. El cuerpo del sujeto que baja me resulta familiar y… no puede ser, es Christopher.

«¡Maldita sea!». Furioso, viene por mí y le arrojo la bandeja antes de empujarlo y correr afuera. Emprendo la huida, no quiero verlo. Abro el auto con el mando a distancia.

¡Mil veces maldito! Ni veinticuatro horas puede darme. Subo al auto y alcanzo a arrancar justo cuando está a pocos metros. Retrocedo y vuelvo a la carretera.

Tomo la curva de la montaña que se cierne ante mí y por el espejo retrovisor veo la moto que se me pega atrás. Sin chip, sin ubicación en el auto, ¿cómo diablos hace para rastrearme? Me adelanta en una de las curvas y logra cerrarme el paso, las llantas echan humo en el asfalto cuando frena y tomo el arma que tengo atrás. Si no me deja ir, tendré que matarlo.

Abro la puerta que tomo como barrera, pongo el arma en el marco y el dedo en el gatillo, lista para dispararle.

—¡Estoy harta de todo, no estoy en mis cabales, y en estos momentos soy capaz de acabar con la vida de quien sea! —le advierto—. ¡Así que lárgate y déjame en paz!

No se detiene y hago que la luz roja le apunte al corazón. «Tengo que hacerlo», la misma promesa que le hice a Antoni, debo hacérsela a él también, dado que es uno de los que se roba mi tranquilidad.

Avanza y suelto la bala que centella en la carretera.

—Tú sola te dificultas la vida —me dice—. Eres la que complica todo esto.

—¿Yo? Me dices que estoy donde quiero estar, pero no me dices cuál es mi lugar. —La voz me tiembla a la hora de hablar—. No sé si me amas o si solo soy la única capaz de saciar el hambre animal que nunca te abandona.

Trato de contener el huracán que se desata en mi pecho. La chaqueta negra brilla bajo la luz de la luna y el cabello le cae sobre las cejas como si no hubiese tenido tiempo de arreglárselo.

—Yo no quiero tu hambre, Christopher, no quiero tus ganas, como tampoco quiero tus imposiciones —declaro—. ¡Eso lo tiene todo el mundo! Yo quiero tu amor, pero es algo que no tienes, por ende, no vas a darme. ¡Así que déjame ir!

Las lágrimas empiezan a bañarme la cara, estoy cansada de que haga lo que quiere conmigo y sea la piedra con la que una y otra vez vuelvo a tropezar.

—No quiero tener que esperarte como una idiota en un sofá, ni ver cómo te vas con otra. —Sollozo—. Busco a alguien que me trate como me lo merezco, que me dé la tranquilidad que necesito, porque ya he vivido demasiada mierda. ¡Es lo que quiero y lo que tendré así tenga que matarte!

Sigue caminando hacia mí y aprieto los ojos con las manos temblorosas.

—¡Vete! —le grito—. Si me consideras, aunque sea un poco, vete y deja que haga mi vida en paz lejos de todo lo que se roba mi tranquilidad.

Localizo un punto para herirlo y poder escapar, pero ni de eso soy capaz y me maldigo por dentro. El crujido de las ramas me hace desviar la atención a los marginados que salen de entre los árboles.

«Pandillas forestales».

—Las llaves y el arma —me pide el hombre de barba larga que se acerca—. Patéenlas hacia acá.

Los apunto y van saliendo más.

—Las llaves y el arma —vuelven a decir.

—Acércate por las de la moto —pide el coronel—. ¿O te da miedo?

Empiezan a rodearnos con bates, tablas y cuchillos. Pongo un pie en el auto, lista para escapar; aquí no pueden hacerme daño, es mi oportunidad de huir sola y lo intento, pero no puedo, dado que adentro algo me grita que no se me ocurra dejarlo solo. Estrellan un bate en la parte de atrás del vehículo.

—Hoy no es un buen día para molestar. —Apunto—. ¡Lárguense!

Vuelven a estrellar el bate contra el McLaren y tiro del gatillo. Cuatro hombres caen cuando arremeto contra ellos, dos se van contra el coronel que los aniquila con disparos certeros y se las apaña cuando varios más se van sobre él.

Es gente con hambre de dinero, alcohólicos, drogadictos, que no le temen a nada y veo cómo van saliendo más.

De un momento a otro estoy lejos del vehículo y con más marginados alrededor. Disparo hasta que al apretar el gatillo no sale una bala más; un hombre se me viene encima, y Christopher se cruza cuando intenta darme con el bate y detiene el impacto. Los reflejos me llevan al suelo y aprovecho para sacarle la navaja que carga en el tobillo.

Me incorporo rápido y entierro la hoja cuando uno intenta atacarlo por atrás. Quedamos espalda con espalda, me entrega la Beretta, a la que le acabo el cargador. Los cuerpos caen con los proyectiles, pero sigue saliendo gente, no sé de dónde, y mi rabia no hace más que aumentar. Le meto un codazo a uno en lo que le barro los pies; suelta el bate con la caída, lo tomo y le quiebro la nariz con este. ¡Me tienen hastiada ya! La adrenalina me hace girar, se lo estampo a otro en la cabeza. Christopher me aparta y le parte la cara al que se acerca por la izquierda.

El estrés, la adrenalina, el olor a alcantarilla, la decadencia de los drogadictos… me dan náuseas, y mis rodillas tocan el suelo cuando el mareo me nubla la vista. Christopher sigue peleando hasta que no siento a nadie alrededor.

No veo bien, él me levanta y me lleva al auto donde me mete. Los oídos me arden con el incesante zumbido que me pone a palpitar la cabeza. Me recuesto en el asiento, que se me suba la tensión arterial, es uno de los signos de alarma en los que hizo hincapié la obstetra, y todos los síntomas que mencionó, los siento ahora.

—Llévame al hospital militar —le digo al coronel cuando siento que me voy a desmayar.

Solo le falta volar en la carretera con la velocidad que toma. Me encojo en el asiento. El dolor de cabeza es tan insoportable que por un momento temo que se me revienten los ojos.

Entra a la ciudad, Alex llama y se pone a discutir con él en el teléfono.

No me interesa nada de lo que se dicen, ya que lo único que deseo ahora es un médico.

Christopher se detiene frente al hospital militar, me saca del vehículo, hasta caminar me cuesta, y él me alza y lleva hasta la entrada. Una de las enfermeras llega con la camilla donde me acuestan.

Son rápidos a la hora de llevarme, me toman los signos vitales en una de las salas, veo borroso, tengo sed y sigo con mareo.

—Tiene la tensión arterial alta, teniente —informa el doctor.

Se encargan de todo, me suministran el medicamento y me dejan en observación. Christopher no se va, permanece a mi lado mientras espero en una de las sillas. Desaparece de un momento a otro y no me molesto en preguntar adónde diablos se fue, solo concentro mi atención en el dolor de cabeza que cesa poco a poco. El coronel no tarda en regresar, vuelve con una bolsa de comida que deja en la silla que tengo al lado.

—Come —exige.

—¿Por qué no me dejas en paz? —le reclamo—. No te quiero aquí.

Trato de irme a otro lado, pero me toma y encara con rabia.

—Nada te cuesta hacer las cosas bien. ¿Para qué huyes? —empieza—. Te juro que, si tus malditas terquedades arruinan esto, lo vas a lamentar.

La rabia le brilla en los ojos y me zafo a las malas; está aquí solo para joder y amenazar.

—Su obstetra está saliendo de un parto —me avisa una de las enfermeras—. Dentro de veinte minutos estará con usted.

—Que la atienda otro médico —pide el coronel.

—No quiero que me atienda otro —me opongo—. Puedo esperar.

La doctora que lleva mi caso tiene claro mi historial, sabe lo que quiero y los otros médicos querrán convencerme de lo que no quiero oír. Christopher se aleja a hablar por teléfono.

La enfermera me indica que puedo esperar en el consultorio, voy hasta allí y la doctora no tarda en llegar.

Me quito la chaqueta, y ella, junto con su asistente, preparan todos los instrumentos. Respondo las preguntas de rutina, pero me callo cuando Christopher entra al consultorio. «Paciencia».

—Coronel Morgan, ¿cómo está? —lo saluda la obstetra.

La mujer se presenta; él medio asiente mientras me quito la joya que decora mi ombligo.

—¿Para qué haces eso? —pregunta, molesto, y no le contesto.

No es su problema. La asistente le entrega mi chaqueta, y yo busco la camilla, en la que me acuesto.

—La tensión arterial se está normalizando —me hacen saber—. Parece ser que solo fue un pico de adrenalina.

Respiro y trato de que mis extremidades se relajen.

—Hagamos una ecografía, hemos de tener monitorizado el embarazo. Prepara equipos y pantallas.

—Aunque eso no es problema para la teniente —bromea la obstetra—. Si por ella fuera, cargaría un monitor en el estómago.

—Sí. —Me hace reír.

Me desabrocho el pantalón y dejo que esparzan el gel. Pongo la vista en el monitor. La doctora tiene razón: oírlos es una de las cosas que más amo en el mundo.

Ponen el doppler y lo mueven a lo largo de mi abdomen. «Todo va a estar bien», me convenzo. «Normal» es la única palabra que aclaman mis oídos.

Aprieto las sábanas cuando no detecto ningún tipo de sonido, la doctora continúa moviendo el aparato sobre mi vientre.

—Calma —susurra al sentirme tensa.

No hay sonido, y Christopher pasa el peso de un pie a otro.

—¿Qué pasa? —indaga.

La obstetra prosigue, y nada, siento que la sangre se me empieza a enfriar mientras el coronel clava los ojos en ella, que no sabe cómo sentarse…

—No hay latidos…

Christopher me da la espalda, mis latidos descienden a un punto donde siento que el corazón no me va a funcionar más.

—¿Qué? —articulo—. ¿Cómo que no hay latidos?

—Tranquila, déjame cambiar el doppler, este tuvo fallando durante el día y…

—¡¿Qué espera para ir a por el otro?! —la regaña el coronel—. ¡Muévase!

La doctora sale junto con la asistente, Christopher no hace más que caminar desesperado de aquí para allá, patea el monitor que tengo enfrente mientras que a mí las manos empiezan a temblarme. Las lágrimas se me salen, todo me sale mal y de seguro que esto también.

La doctora que vuelve pide calma, sin embargo, ninguno de los dos tenemos eso en este momento.

Con un enfermero conectan todo lo más rápido que pueden, me echa más gel, me ponen el otro doppler, Christopher vuelve a mi lado y, ¡oh, joder!, siento que revivo con la entonación que para mí es lo mejor del universo: «los latidos de los corazones de mis hijos».

La loción de Christopher llega cuando toma mi cara y respira a centímetros de mis labios.

—Están bien —jadea, y asiento—. Están bien.

La fuerza con la que me sujeta y me mira me deja claro que tenemos un miedo en común, que es perder a los mellizos. No se mueve y no sé si estoy oyendo su corazón o el de nuestros hijos.

—Todo está en orden —indica la doctora, y el coronel pone los ojos en el monitor.

—¿Dónde están? —pregunta, y la doctora se los muestra.

—Los embriones van bien. Uno está creciendo más rápido que el otro.

—¿De qué habla?

—El desarrollo de este —lo señala— está más avanzado que el del segundo; sin embargo, ambos están dentro de los parámetros en estándares de crecimiento.

No me suelta, solo aprieta la mandíbula sin decir nada.

—Debe ser un papá orgulloso, ya que de por sí sus hijos son un milagro y la teniente está haciendo un excelente trabajo —continúa la obstetra—. Ama mucho a sus hijos.

La doctora prosigue y le entregan la ecografía impresa, que mira con atención antes de guardarla. Me da las indicaciones pertinentes, el que solo haya sido un susto pasajero hace que pueda respirar tranquila.

Christopher no se va y creo que la obstetra siente la tensión entre nosotros, ya que le pide a la asistente que la acompañe por mis vitaminas. Sentada en la camilla, limpio el gel que me quedó en el abdomen, el coronel no hace más que mirarme. Se acerca, trata de acomodarme el collar y no lo dejo.

—Anoche me fui al comando después de dejar a Gema en su casa —confiesa.

—No te estoy pidiendo explicaciones.

—Te las doy porque eres mi mujer y se me da la maldita gana de dártelas.

—Mujer a la que dejas tirada, ignoras y vives tratando como si no tuviera voz ni voto —le suelto—. Me siento como un maldito pedazo de carne a tu lado…

—No es así.

—¡Es lo que me demuestras! —le recrimino—. Parece que Gema te importara más que yo, y el que no te preocupe hacerme daño solo me deja claro que ya no me amas…

—Si lo hago, Rachel, podría decírtelo todos los días, a cada segundo. Si te fijas en la forma en que te miro, añoro y deseo, lo tendrías más que claro. Esto es tóxico, malo; sin embargo, nada de eso quita que te ame como lo hago —me encara—. Aunque esa sea una palabra demasiado pequeña y vacía para ti y para mí, lo hago todos los días.

Pone la mano en mi nuca y fijo los ojos en los suyos.

—Cada vez que respiro, cada vez que recuerdo que dos años no te bastaron para olvidarme, cada vez que tus ojos me gritan que para ti soy inigualable —continúa—. Por muy animal que sea, en vez de matarme, me das dos hijos, y por eso me niego a dejarte, porque a mí nadie me ama como me amas tú y yo nunca podré amar a alguien como te amo a ti.

Los ojos se me empañan.

—Lo único que quiero es que los cuatro tengamos el mundo a nuestros pies. —La mano que pone en mi nuca la baja a mi abdomen—. Que puedas ir donde quieras y que nadie te toque solo porque eres la mujer de Christopher Morgan.

—Gema...

—Gema no es nada, de serlo te lo diría, y no hablo de ella contigo porque vas a empezar a buscar excusas para alejarte, y no quiero eso. Si no me impongo, jugarás conmigo como lo haces con todo el mundo y yo no soy todo el mundo —sigue—. Lo nuestro es insano, lo sé, pero no quiero detenerlo; por el contrario, quiero que siga creciendo.

Sujeta mi cara y pongo mis manos sobre las suyas cuando une mi boca a la suya; el sabor adictivo de sus labios me sume como siempre, dejo que me bese, que me pegue a él como si fuéramos uno, la necesidad que tengo de él hace que me aferre a su cuello y ya no sé quién está reclamando al otro.

«No quiero compartirlo con nadie». Lo amo, sin embargo, siento que las cosas no pueden seguir de esta manera, así que pongo la mano en su pecho en busca de espacio.

—Vámonos —me pide.

—Si me voy contigo es porque me vas a tratar como me merezco —espeto—. No me apetece conformarme con menos, es necesario que pongas de tu parte para que esto funcione, Christopher.

Abre la boca para hablar y no lo dejo.

—No voy a firmar los papeles de tu abogado, es algo que debes tener claro desde ya —declaro—. No me puedes obligar a hacer algo que no quiero.

—Hay cosas que con o sin papel no vas a poder evitar.

—Sí, como tampoco vas a poder evitar que me aleje y te deje. —Busco sus ojos—. Si eso pasa, nunca estarás completo, ya que podrás tenerlo todo, pero yo no estaré y sin mí nunca serás feliz.

Mueve la vista a otro lado.

—Te amo como no tienes idea —confieso—; pero necesito que me escuches y tengas en cuenta lo que quiero. Si doy lo mejor de mí, tú tienes que dar lo mejor de ti, así es como funciona una relación.

—Exiges demasiado.

—Exijo lo que todo hombre debe darle a su mujer, y yo soy la tuya.

—Me alegra que lo tengas claro. —Me lleva contra su pecho—. Que sepas que eres mi mujer.

—Necesito una respuesta a lo que acabo de decir —musito, y baja mi mano a su entrepierna.

—Aquí está tu respuesta, ahora deja de hablar y bésame. —Se apodera de mi boca.

—Lo tomaré como un sí —le digo.

—Tómalo como quieras.

Lo acaricio por encima del vaquero, no le voy a pedir que aparte a Gema porque quiero que vea la brecha abismal que hay entre ella y yo. Rodeo el cuello de Christopher con los brazos y dejo que se apodere de mi boca.

Las emociones que me genera florecen con la furia de los labios que se mueven contra los míos, pierdo los dedos en su cabello y dejo que me vuelva a besar.

—Tenemos que irnos —me dice y asiento.

Me visto, la doctora vuelve, él me da un último beso antes de tomar mi mano, recojo lo que tengo, firmo los documentos que me dan de alta y echo a andar con Christopher hacia el auto. Me subo al vehículo y veo que el perro se quedó dormido atrás.

—Pucki es un perro obediente —comento en lo que tomo la comida que el coronel pone en la guantera.

—¿Pucki? —inquiere.

—Sí, su nombre es Pucki Hodor Morgan James —bromeo, y me mira mal—. ¿No te gusta? Fuiste tú el de la idea.

—No voy a vivir con ningún perro que tenga ese nombre —empieza—. De hecho, no quiero ningún animal en la casa.

—Sí, como digas —farfullo con sarcasmo.

Abro la caja de comida, el olor a pollo frito me da más hambre y desvío la vista a la ventana en un vil intento de contener la risa al ver lo que hay sobre el pollo.

—¿Es en serio?

Voltea los ojos fingiendo que le da igual y tomo el anillo de compromiso que puso en la caja de comida.

—¿Nos casamos o qué? —pregunta, y me río.

En verdad me causa mucha gracia el romanticismo de esta gente.

—¿Vas a ponerte bonito? —indago.

—No.

Se inclina a besarme.

—Estaré desnudo como en la isla. Si alguien se molesta, no es mi problema.

Le acaricio la cara con los nudillos antes de dejar un beso sobre sus labios.

—Es nuestro segundo matrimonio —suspiro.

—Septuagésimo amarre dirás —empieza, y suelto a reír—. Has de estar feliz, casarte conmigo siempre ha sido tu sueño.

—¿Cómo lo sabes? —lo molesto.

—Es el sueño de todas las mujeres del planeta.

Me coloca el anillo y enciende el motor. Conduce a casa mientras me atiborro con el pollo.

—¿Es que fuiste a Nigeria y no me di cuenta? —comenta—. ¿Te comerás la caja también?

—Cierra la boca.

Me lo trago todo y me limpio los dedos con una servilleta. Al edificio llego cansada, saco al perro con la correa y tomo la mano del coronel, que me lleva adentro.

Los escoltas que están en el vestíbulo no me miran bien y entiendo que estén enojados, pero necesitaba un espacio para mí, y ellos no iban a dármelo. Subo al ascensor con Christopher y el perro.

—Debo verme con Alex en Gales —me dice Christopher antes de tomar el equipaje que está en el sofá—. Volveré mañana en la noche, un día antes del amarre final.

—No es chistoso.

—Para mí sí. —Me besa y termino contra el acuario.

Trata de alejarse, pero lo vuelvo a besar tres veces más. Se excita y paseo las manos sobre la erección que se le marca mientras él se apodera de mi cuello, al tiempo que busca la forma de romper la tela de la camisa que tengo.

—Mi coronel, la avioneta lo espera —avisa Make Donovan.

—Ve. —Le doy un último beso.

Si nos vamos a la cama ahora, no será bueno para ninguno de los dos.

—Dilo —susurra.

—Te amo.

Retrocede antes de darme la espalda.

—Christopher —lo llamo, y se vuelve hacia mí—. ¿Cómo me encontraste?

Mira el collar y sacudo la cabeza. «Tóxico maldito».

El comando me recibe a la mañana siguiente, la muerte de Lizbeth Molina es de lo que se habla en todo el comando. Christopher no está, así que soy quien se ocupa de dar las declaraciones. Con el uniforme de gala puesto, entro a la sala llena de soldados que esperan, la mayoría pone los ojos en mí mientras subo a la tarima. Hay un atril con un micrófono del canal comunicativo.

La Élite permanece al costado, entre ellos, Gema, que tiene la cara hinchada de tanto llorar. Cristal Bird pone la mano sobre su hombro. Aliso mi falda y le hago frente a la situación.

—Perdimos a una colega a la que la vida no quiso darle una segunda oportunidad en el comando —declaro—. La mafia se llevó los sueños de una soldado que apoyaba nuestra campaña y a todos nos pesa esta horrible noticia.

Los presentes se mantienen en silencio mientras hablo.

—Paz en tu tumba, Lizbeth Molina, lamentamos mucho el que tu amiga, la candidata a viceministra, Gema Lancaster, no haya podido protegerte —continúo—. Este hecho nos deja una enseñanza y es que, como bien dijo mi prometido, el coronel Christopher Morgan, con palabras bonitas no vamos a lograr nada.

Los medios internos graban el discurso, y yo entrelazo los dedos sobre la madera del atril.

—La bondad es buena por momentos, no siempre. La bondad no evitó la muerte de la sargento y no nos hará ganar batallas cuando los verdaderos monstruos aparezcan —manifiesto—. Al Boss de la mafia rusa le doy las gracias por darnos esta enseñanza, sin él esto no hubiese sido posible.

Gema rompe a llorar con más ímpetu y hago uso de mi hipocresía para mirarla con pesar.

—Lizbeth Molina partió, no pudo ascender; sin embargo, no podemos detenernos, hay que seguir trabajando, por ello, hoy me alegro de anunciarles a todos el nuevo ascenso que tendremos en el comando.

Gauna se levanta con la medalla.

—Sargento Brenda Franco —llamo a mi amiga—, me alegra que ocupe el puesto que se merece y que se ha sabido ganar. Me alegra que tenga el mismo cargo de quien murió y no pudo conocer al hijo que concibieron. Sé que hará un excelente trabajo, así como sé que mi amigo, el difunto teniente Harry Smith, esté donde esté, ha de sentirse muy orgulloso de usted.

Sube a la tarima, deja que el general le coloque la medalla, mientras todos la aplauden. Amo la sonrisa que le ilumina la cara y el que me mire como lo hace.

—Como la prometida de uno de los candidatos, manifiesto mi total compromiso a la hora de acabar con aquellos que roban nuestros sueños —concluyo—. Me comprometo a engrandecer mi apellido aún más, haré que quede para la historia como siempre lo quiso mi padre, el exgeneral Rick James.

Termino y el público rompe en aplausos.

88

Goodbye

Tipo de narrador: omnisciente

El último mes del año trae consigo el viento frío que se mueve a través de los edificios antiguos del Reino Unido. Sin ciertas personas en el camino, algunos pueden darse el lujo de respirar tranquilos, tener esperanza, calma y paz. Algunos, no todos, ya que mientras unos sonríen felices, Gema Lancaster llora desconsolada frente a la tumba de su amiga; en Rusia, otros exhalan con fuerza frente a una corona de flores, furiosos por ser provocados.

En Londres, Antoni Mascherano mira pensativo la pared de la cárcel que lo acoge, reflexiona sobre la falta de compromiso hacia las promesas dadas; y en Gales, Alex Morgan trata de no torcerle el cuello al coronel que está a punto de hacerlo entrar en colapso. Christopher y Rachel James son su mayor preocupación. Las peleas constantes entre ambos son un riesgo para el embarazo con el que se debe tener máximo cuidado; con todo, el coronel actúa como si no fuera consciente de ello.

Pelea en el Mortal Cage, mató un Halcón Negro en la casa de los James y no hace más que hacer cosas que pueden llegar a dañar la candidatura.

Decirle a Sabrina Lewis que se pegue un tiro no es lo que se espera de un candidato.

Con rabia se pasea por la oficina del subcomando de Gales, donde trabaja con el hijo.

—¿Ya hiciste los votos? ¿Tienen claras las promesas de pareja? —le pregunta el ministro al coronel—. Supongo que el estar haciendo idioteces te quita tiempo.

—Sí.

Christopher no se molesta en ponerle atención, está tan fastidiado con todo que lo único que le apetece es volver a su casa con su mujer.

—Sí, ¿qué? —se enoja Alex—. Hice dos preguntas y una suposición.

—Deja de meterte en lo que no te importa —contesta Christopher, y su padre se mueve a encararlo.

—¿Por qué Rachel quería irse? —sigue el ministro—. ¿Por qué fue la pelea esta vez? De nuevo andas en las jaulas, ¿verdad?

—Sí —reconoce—. ¿Qué vas a hacer? ¿Apresarme?

—Estás como antes, conozco esta cara tuya y voy a ser claro al decir que vayas con cuidado, porque si a mis nietos les llega a pasar algo por tu culpa, te mato —lo encuella—. De ponerme a elegir entre tú y ellos, los elijo a ellos.

—Suéltame…

—Arrastras a Rachel contigo, no es la misma mujer de hace tres años.

—No, no lo es, y por eso me voy a casar con esta y no con la de hace tres años.

El coronel se suelta y se larga a la alcoba que le asignaron en el subcomando. Se toma dos analgésicos para el dolor y se acuesta en la cama con la mirada fija en el techo.

Los episodios de vómitos constantes lo tienen débil y sin apetito, a cada nada se siente agotado y con sueño. Cierra los ojos antes de pasear la mano por la erección que se empieza a formar, mientras piensa en la mujer con la que se casará.

Ansía estar en la misma cama con ella, follarla, embestirla hasta cansarse; quiere hacerlo a lo salvaje, a lo animal.

Trae a su cabeza todos sus momentos con ella, todo lo que ha pasado desde que la conoció. Hace años tuvo sentimientos fuertes por ella; sin embargo, la llama de antes no es nada comparada con la de ahora.

Lo que tiene aprisionado en el tórax es como una hoguera que se aviva cada vez que la tiene cerca, echa chispas cuando la besa, toca y envuelve en sus brazos.

Le gusta que sienta celos de otra, que saque, el temple que se requiere para estar a su lado. Le prende que no quiera compartirlo con nadie, que le pida cosas y hago uso del dinero que a él le sobra.

Le gusta ser la envidia de todos, dado que tiene la mujer que anhelan muchos, pero solo tiene ojos para él. Muchos han de estar ardidos al saber que ahora será su mujer.

Desenfunda y se masajea la polla mientras imagina las mil formas en la que la follará apenas la tenga encima, las ansias no lo dejan dormir, pese a que lo intenta un sinnúmero de veces.

La mañana llega, toma el móvil y lo primero que ve es la foto que le envía la teniente con el fin de que la tenga presente todo el día. Rachel James la toma sin saber que, para el coronel, verla semidesnuda frente a un espejo del baño, es una completa tortura.

Deja el móvil de lado y empieza a masturbarse en la cama, lo que acaba de ver es como carne para un lobo hambriento. La cabeza del coronel se vuelve un infierno mientras se estimula. Uno de los soldados empieza a tocar a la puerta y se ve obligado a dejar la tarea a medias, ya que tiene una reunión la cual no puede posponer.

«Ya falta poco». Poco para ver a su mujer otra vez.

Bañado y listo, se presenta en la sala donde esperan Leonel Waters, Alex y Kazuki Shima, junto con Olimpia Muller. Cada uno está con su equipo, toman asiento y Gema Lancaster es la última que se hace presente, su llegada sorprende a varios menos a Christopher, que no pierde de vista la foto que le enviaron.

Gema, pese a que ya no tiene a su mejor amiga, hay deberes que cumplir, es la fórmula electoral del hombre que ama y que mañana se casará con otra. Boda a la que, pese a estar destruida, asistirá, puesto que quiere ir a ver cómo Christopher es obligado a casarse por un embarazo. Desea que el coronel vea a la mujer que pudo tener, pero que por tonto perdió, ya que se dejó llevar por quien no vale la pena. Gema sabe que Rachel nunca tendrá lo que tiene ella, y es decencia; por ello, merece vivir una vida de porquería.

La teniente Lancaster piensa ir con la cabeza en alto, demostrará que es mil veces mejor mujer que la teniente James, desea que el coronel la vea en primera fila y le pese el haberla perdido como pareja, dado que una mujer como ella no se consigue en cualquier parte.

Toma asiento en su respectivo puesto.

—Mañana he de ponerme mi mejor gala —comenta Leonel en medio de la reunión—. Nuestro colega se casa.

—Enhorabuena —secunda Kazuki.

Christopher y Leonel se han estado pisando los talones en la última, en-cuesta, la diferencia que tienen con Kazuki es solo de un dos por ciento. Los tres están en un punto donde cualquiera puede ganar.

—Lamento mucho tu pérdida, Lizbeth Molina era una buena soldado —le dice Leonel a Gema—. Lo que le pasó dejó claro lo mucho que la mafia detesta al ejército del coronel.

La secretaria auxiliar le entrega al ministro el itinerario de los candidatos, son los últimos días de la campaña. Christopher tiene licencia matrimonial por cinco días, es algo que se les concede a todos los que contraen nupcias, se les otorga para que puedan irse de luna de miel; no obstante, en este caso no pasará, puesto que el coronel va a quedarse en la mansión.

Alex ya lo dispuso, la teniente James debe descansar, y lo mejor es que aproveche esos días para guardar reposo. Rick James piensa lo mismo, nadie quiere lidiar con una amenaza de aborto; por ello, lo mejor es que se quede en casa rodeada de su familia, que vendrá a visitarla.

La reunión continúa mientras que, a miles de kilómetros de Gales, Dalton Anderson e Ivan Baxter se ocupan de sus labores. El ministro no está muy contento con los escoltas, dejaron que la teniente se escapara; el regaño que se tuvieron que aguantar fue monumental. Fue claro a la hora de advertir que no le pueden quitar los ojos a Rachel de encima, ya que, si vuelve a huir y a exponerse, se van.

Se mueven junto con la teniente que recorre la tienda de novias, Ivan es quien lleva el bolso mientras ella camina.

Rachel ya se probó el vestido de novia que desató una oleada de gritos por parte de las amigas, quienes también se mueven a lo largo del enorme local.

Laila, Brenda, Alexandra, Luisa y Lulú quieren que Rachel tenga un día inolvidable y se están esmerando con todo para dárselo.

La teniente se acerca a mirar uno de los vestidos, ya tiene el traje de novia, pero falta el que usará después de este. Lleva horas buscando la prenda y ninguna le convence, nada de lo que hay le parece impactante: la boda será hermosa y requiere algo que esté a la altura del evento.

—Tiene una llamada —le avisa Ivan, y ella extiende la mano.

Recibe el aparato, que vibra con una videollamada de su hermana menor; desliza el dedo en la pantalla y el fondo que ve atrás le hace saber que la familia ya está en la avioneta y viene en camino.

—¡Hola! —saluda Emma al otro lado—. ¿Cómo está la novia más sexi del planeta Tierra?

—¡Feliz! —se emociona la teniente—. ¿Ya vienen?

—Obvio, y estamos empleando el tiempo libre para arreglar a papá.

Emma muestra al papá acostado en el sofá, tiene la cabeza apoyada sobre las piernas de Sam, quien le está quitando unas rodajas de pepino de la cara.

—No queremos que Alex lo opaque, y por eso lo estamos poniendo hermoso.

—Siempre me he visto mejor que Alex —se queja Rick—. Y estoy haciendo esto porque me estás obligando.

Emma vuelve a poner la cámara en ella cuando Rick se empieza a quejar.

—Miss Arizona se compró un bonito vestido, pese a que el evento no le parece moralmente correcto —murmura entre dientes refiriéndose a Sam—. Es *team* Luciana. El padre Francis también viene con nosotros.

Emma muestra al sacerdote, que aguarda paciente en una de las sillas.

—¿Y mamá? —pregunta Rachel—. No la veo.

Se hace silencio. A Emma se le olvida que está grabando y termina haciéndole muecas a su padre. La decepción hace estragos en el pecho de la teniente con la primera desilusión del día.

—Es que... —intenta explicar Emma, y Sam le quita el teléfono.

—Anoche fuimos a cenar, la comida le sentó mal, así que decidió quedarse en casa —habla Sam—. En el hospital le dijeron que se quedara en cama, ya que la infección estomacal puede ser contagiosa.

—Cree que venir así sería dañarte el momento con lo mal que está —concluye Emma y Rachel asiente.

—Las veo aquí, ¿vale? —se despide la teniente—. Denle un beso a papá de mi parte.

Cuelga. Los James no aceptan al coronel. Rick aprecia a Alex, pero no a Christopher, y a Londres viaja porque Rachel es su hija y no puede dejarla sola en esto. Luciana decidió quedarse. Alex Morgan nunca ha sido de su agrado y nunca lo será, le faltó el respeto cuando la conoció y por años ha visto cómo los Morgan son felices parándose sobre el apellido de todo el mundo.

Sam piensa que Christopher no es una buena persona, la única que está emocionada es Emma, quien ama las fiestas, las bodas y sabe que la de la hermana será hermosa.

La teniente guarda el teléfono, sabe que Luciana le asquea Christopher, no obstante, guardaba la esperanza de que viajara, la acompañara e hiciera un sacrificio por ella.

—Rachel —la llaman en la puerta del local, y ella, sonriente, se apresura a donde se halla Sara Hars.

La madre del coronel espera con algo de pena, duda en sumergirse del todo en el lugar; la teniente está con sus amigas y no quiere arruinar el momento.

—Disculpa si soy inoportuna, pero hay que ir a ver la recepción —le habla Sara mientras la teniente la saluda con un beso en la mejilla—. De la decoración de la iglesia ya me encargué.

—Oh, claro —asiente Rachel.

—Te daré la dirección. —Rebusca en su bolso.

—¿No vas a venir conmigo?

Rachel entiende que Sara no sea del agrado de Laila; sin embargo, a ella le cae bien su suegra.

—¿Es algo que quieres?

—Me encantaría. —La toma del brazo y la sumerge en el local.

Le comenta que aún no encuentra el vestido para después de la ceremonia, y la madre del coronel le da un par de sugerencias, le emociona el que la tenga en cuenta para esto. Para Sara, Rachel es una buena mujer; como madre, sabe que Christopher no es un buen hombre, la teniente ha sufrido bastante con él y ha sabido sobrellevarlo; por ello, decidió ayudar con la boda.

—¿Es normal extrañar tanto a Christopher? —comenta la teniente—. Llevo un par de horas sin verlo y siento como si fueran semanas.

Saca el móvil para ver si tiene alguna llamada de él, no hay nada y termina estampando los labios en la foto de su futuro esposo. Sara sonríe con el gesto.

—Con Alex decidí brindar una cena para Christopher y tus padres esta noche, solo ellos y él —comenta la madre del coronel—. Lo mejor es que limen asperezas para que mañana no haya problemas.

—Mi madre no va a venir y no creo que mi papá quiera cenar con el coronel.

—Tiene que asistir. —Luisa llega con Brenda—. Christopher tiene que hablar con tu papá, que quemen tiempo y se mantengan ocupados. No queremos que arruine lo que tenemos planeado para esta noche y que tampoco estropee la ceremonia de mañana.

—Sí —secunda Brenda—. Hoy no te queremos con Christopher, así que deja que arregle sus líos con Rick. Hemos padecido con esto, nos ha costado y, por ello, desde ya, advierto que le pegaré un tiro al que eche a perder el evento.

Brenda tira del brazo de su amiga e Ivan entiende por qué Rachel hace tantas tonterías, la gente que la rodea parece tener problemas mentales: el papá, la hermana menor, el novio, las amigas… La única que parece normal es Sam James.

El escolta se cruza de brazos al evocar lo bien que se veía la hija del exgeneral leyendo concentrada en el sofá.

—Ten, guarda esto en mi bolso —Rachel le entrega el móvil—, y muévete, que te ves como un idiota ahí, pensado en tus pequeñas bolas.

Rachel sigue en busca del vestido, que no encuentra, las empleadas les muestran opciones y las rechaza todas. Le insisten en que se lleve uno tipo cóctel, color marfil, entallado en los senos y suelto desde estos hasta la rodilla.

—¿Empacamos este? —pregunta la dependienta.

—No, requiero algo más…

Alexa trae más opciones, recorre toda la tienda junto a Laila, pide colores, texturas y distintos modelos, sin embargo, Rachel no halla lo que necesita.

—Buscaré más —se ofrece Alexa, quien se va con Lulú.

Continúan con la búsqueda y, justo cuando la teniente está a punto de rendirse, aparece el vestido que la deja sin palabras. Se lo están colocando a un maniquí, Alexa llega y la teniente se acerca a detallarlo.

—Quiero probarme este —les dice a las amigas.

—Por protocolo no se vería bien —comenta Luisa.

—Al diablo el protocolo, es precioso.

—Me gusta, siento que se te verá hermosa —la apoya Alexandra—. Es muy tú.

—¿Segura? —le reclama Luisa—. Para mí que solo quieres ser la megamadrina.

—Sí, quiero serlo y no me escondo. —Frota los brazos de Rachel—. La madrina siempre apoya a la novia.

Le pide a la dependienta que le entregue el vestido y acompaña a Rachel a los vestidores. Como supuso la teniente, le queda perfecto. Se le ciñe al contorno de su cuerpo, resalta las partes favoritas de su figura, la prenda se ajusta a su silueta de una manera que atraerá todas las miradas… Se imagina con él entrando a la recepción y suelta a reír al pensar en la cara que pondrá el coronel cuando lo vea.

—Me lo llevo —afirma emocionada.

Con el vestido empacado procede a escoger la lencería con ayuda de Laila y Lulú. Los anillos grabados ya los tiene Alexandra, Patrick ya le entregó el que le corresponde al coronel y Rachel, en la mañana, mandó a grabar la inscripción que llevará el anillo de su esposo.

El ser la madrina tiene a Alexa tensa, no porque le moleste, sino porque quiere que todo quede perfecto. Sabe que una boda es algo que los novios recuerdan para siempre, y ella desea darle una bonita celebración a su amiga.

Las mujeres terminan con las compras y se van a almorzar.

—Hay un sitio que me gusta mucho y está cerca de aquí —sugiere Sara—. La cocina gourmet vegetariana es su especialidad, te va a encantar, sirven unas raíces que están cargadas de mucha vitamina y les hará bien a los bebés.

Rachel le sonríe y echa a andar con Sara cuando la toma del brazo, estaba pensando en algo grasoso e ir un puesto de comida callejera o algo así. La boca se le llena de saliva al imaginarse con una hamburguesa doble con queso en la boca.

Laila mantiene la debida distancia, no quiere que el día se vuelva incómodo para nadie; por ello, finge que Sara Hars no existe.

La madre del coronel, emocionada, le recomienda un plato a la teniente, y esta, por educación, asiente.

Los escoltas vigilan el área mientras ella le da vuelta a los espárragos que le traen. Ivan toma asiento en una de las sillas que está cerca y Laila pierde la vista en su copa de vino.

Tiene un moretón en el mentón por culpa de Ali Mahala, los vellos se le erizan cada vez que se acuerda de él, de la forma en que la besó en medio del caos con el fin de distraerla y robarle a Damon Mascherano. Fue un maldito que la tomó desprevenida. La sombra de Antoni Mascherano es ágil a la hora de actuar.

La teniente no quiere pensar más en eso, así que toma los cubiertos y empieza a comer, estar con Sara Hars en la misma mesa es incómodo, por un simple hecho y es que es la mujer del hombre que ama. La madre del coronel es servicial y eso lo empeora todo porque no es del tipo que dé motivos para odiarla.

El séquito de la novia habla sobre lo que hace falta por hacer, se dividen las tareas y se pasan carpetas entre ellas como un grupo de profesionales. Rachel ríe y finge que el almuerzo le parece delicioso, pese a que no es así.

Las mujeres que la acompañan se levantan, van al baño cuando el almuerzo acaba y la teniente busca a uno de los escoltas.

—Hay un KFC a pocas calles de aquí —le dice a Ivan—. Compra un cubo de pollo y...

—Acaba de almorzar, deje de tragar tanto —la regaña el escolta—. Y debería darle vergüenza pedir eso. ¿Qué quiere? ¿Oler a pollo frito en los sitios pijos que debe visitar?

—Vergüenza debería darte a ti ser un idiota, largo de aquí —lo echa Rachel—. Puedo ir sola por lo que necesito.

—No irá a ningún lado. —Se atraviesa Dalton—. Solo nos trasladaremos a los sitios estipulados, es peligroso ingresar a otros y no voy a correr riesgos. Ya me metió en problemas una vez y no dejaré que lo vuelva a hacer.

Devuelve a Rachel a su sitio, a quien no le queda más alternativa que lidiar con el mal genio del soldado. A Dalton no le gusta que lo regañen y, por culpa de la teniente, el ministro casi se lo come vivo.

Todas se despiden, ya que deben continuar con lo que falta. Rachel se va con Sara. Luisa y Alexa irán a ver el tema de la recepción para esta noche, mientras que Lulú, Brenda y Laila van a ultimar los detalles que faltan para el evento que tendrán horas más tarde.

—Recuerda lo pactado —le dice Laila a Alexa—: Rachel no puede hablar ni verse con el coronel.

—Lo tengo claro —Alexa recoge su bolso—. Las veo más tarde.

Uno de los tantos objetivos del día es culminar con la despedida de soltera que toda novia merece, y si Christopher está, no tendrán eso; por ello, los quieren lejos el uno del otro. Es necesario que se extrañen, aparte de que pelean a cada nada y, como son, de seguro terminarán discutiendo y arruinando la ceremonia de mañana.

Mientras el séquito de Rachel se esmera para que todo quede perfecto, Dominick Parker le ruega al cielo que el tema de la boda pase rápido.

Todo lo relacionado con Christopher y Rachel jode de forma indirecta: por culpa de ambos, Brenda lo puso a caminar por horas en busca de la iglesia en la que se van a casar.

Patrick es otro intenso, lo incluye en todo como si fueran algún grupo de amigos inseparables.

El móvil del capitán vibra sobre la mesa y contesta la llamada de la novia que lo llama a pedir que por favor recoja a Harry, ya que está en la ciudad y no alcanza a ir por él. El capitán mira el reloj, confirma que puede y se apresura a buscar al niño al colegio.

Tiene que ir al aeropuerto dentro de una hora a buscar a sus abuelos, tienen una propiedad en Londres y vienen a quedarse un par de días.

Los niños ya están saliendo y Harry Smith toma su mochila cuando ve al capitán.

—Adiós —le dice a la maestra.

Toma la mano del capitán y echa a andar apurado.

—¿Cuál es la prisa? —pregunta Parker.

—Debemos inscribirnos al torneo de fútbol —comenta el niño—. Si no nos apuramos, no vamos a quedar en un buen equipo.

Lo lleva a una pequeña fila sin soltarle la mano. Parker saca su placa para el registro mientras Harry se acerca a la mesa.

—¿Vas a participar, Harry? —increpa el soldado encargado.

—Sí —se emociona él—, con mi papá nos vamos a anotar.

El de las inscripciones mira al capitán con cierto pesar, el comando sabe que el papá de Harry murió, y que le diga papá Dominick es un indicio de que el niño tal vez no está viviendo la realidad como se debe.

Parker se acerca a firmar lo que se requiere, toma a Harry de la mano y de nuevo echa a andar con él. Ha estado pendiente de todo su proceso desde que entró al comando.

Aunque sea la pareja de Brenda, su vínculo fue primero con Harry; por ello, siente que la teniente Franco no tiene nada que ver en su modo de verlo. Lleva al niño al estacionamiento, donde se agacha frente a él.

—Me dijiste papá.

—Mamá dice que papá está en el cielo, pero yo quiero un papá que esté en la tierra, como los de Abby y Peyton —contesta Harry.

El capitán pasa saliva con la respuesta que le hace arder la garganta.

—Si aprendo alemán, ¿serías mi papá?

Parker se ríe, lo acerca y deja un beso sobre su frente.

—No tienes que aprender alemán, te quiero mucho, Harry —confiesa—, como amigo, hijo o lo que tú quieras que sea.

Chocan los puños, el capitán lo alza y con él se mueve al aeropuerto. Se lo presenta a la abuela, que lo llena de besos mientras meriendan. El alemán los acompaña al vehículo, no suelen quedarse con él cuando vienen de visita; sin embargo, a su abuela le gusta pasar a la casa de Parker para comprobar que esté viviendo bien.

—¿A qué me dijiste que se dedicaba tu madre, pequeño Harry? —pregunta la abuela mientras el capitán conduce.

—Es teniente y la mejor mamá del mundo —responde el niño.

La anciana mira a Parker, es el tipo de abuela que anhela una buena mujer para él.

—Ha de ser una mujer ejemplar si crio un niño tan amable y educado como tú —dice afirma la señora—. Espero conocerla pronto.

—Está ocupada con la boda de mi tía —comenta Harry.

Estacionan frente al edificio de ladrillos caoba donde reside Parker. El capitán les abre la puerta a los ancianos, que ayuda a bajar, y los guía al piso de arriba. Con Harry abordan el ascensor que inicia el ascenso hasta su departamento.

Angela ya no está viviendo con él, se mudó hace semanas. Dominick mentalmente ruega que la empleada haya organizado todo como se lo pidió, dado que su abuela es algo exigente.

Lleva a los abuelos hasta la puerta que abre y lo primero que ve es un enorme pastel en forma de polla que está sobre la mesa principal. Junto a este, hay dos bandejas llenas de galletas y golosinas con la misma figura.

—¡Capitán nalgadas! —grita Brenda en la alcoba—. Tengo cinco llamadas que no contesté, así que quiero mi castigo por ser una zorra desobediente que...

La teniente calla de golpe cuando sale y ve a las personas que están en el vestíbulo. Los abuelos de Parker se miran entre ellos mientras Harry corre a saludarla.

Se supone que lo dejaría con la niñera.

—Mamá, ellos son los abuelos de mi papá —le dice Harry, y Brenda no sabe qué la sorprende más, si el que Harry le diga papá a Parker o el que ella se autodenominara zorra desobediente delante de los abuelos del capitán.

—¿Cómo están? —La teniente Franco se apresura a darles la mano.

Trata de verse casual, pero la atención de los abuelos se va el pastel que dice: «Atragántate, perra».

—Mi amiga se va a casar mañana y me pidieron que guardara esto —se disculpa Brenda—, pero ya me lo voy a llevar.

—¿Quieren una galleta? —ofrece Harry, y Brenda le quita la bandeja.

—De estas no, cariño —lo reprende su madre—. Las mejores son las que están en la cocina.

Dominick no sabe cómo pararse cuando intenta sacar todas las cosas al mismo tiempo. A los abuelos se les hace raro que siendo tan serio esté con una mujer, la cual carga un pastel en forma de polla y galletas obscenas.

—Fue un gusto conocerlos —dice Harry—. Mamá, diles adiós a los abuelos.

—Que tengan una buena tarde.

La teniente sale con el hijo y con Parker, que la ayuda a sacar las cosas que no alcanza a tomar.

Cierran la puerta y los abuelos captan el:

—¡¿Por qué mierda no me llamaste?!

—Te llamo y nunca me contestas.

Bajan a la recepción, salen y ella sigue sin saber qué decir. Parker adora a Harry y sería incapaz de romperle el corazón, no tiene el valor de decirle al niño que está mal lo que dijo.

El capitán sube al niño al vehículo, y ella se queda frente a la puerta del piloto.

—Lamento lo del niño —le dice Brenda—. Hablaré con él, te lo prometo.

—No quiero que lo hagas. —La besa—. No me molesta lo que dijo.

—¡No está bien que lo diga! —refuta ella—. No quiero que te sientas comprometido ni que él se haga ilusiones, porque si lo nuestro se acaba… No estoy diciendo que se vaya a acabar, pero…

—Mejor vete de aquí con ese pastel, que me estás avergonzando con los residentes —le dice el alemán—. Ya cuatro han volteado a mirarte.

—Sé honesto con Harry —insiste ella, y él le abre la puerta del auto para que suba.

—Vete, que de seguro tienes muchas cosas que hacer.

La teniente acomoda el pastel en el asiento delantero mientras Harry se despide de Parker.

—Estaremos juntos en la gran mesa de los novios —comenta Brenda—. Rick James te admira como soldado, deberías hablarle bien de Christopher.

—No soy mediador de nadie.

—Es para mermar la tensión en la fiesta y que todo salga perfecto —explica—. Patrick quiere que el general tenga una buena impresión de los amigos del coronel, y por ello van a interactuar con él, así que contaré con que lo harás también.

—No he dicho que sí.

—Pero sé que lo harás por mí. —Ella le guiña un ojo y él la besa.

—Discúlpame con tus abuelos —le pide la teniente.

—Lo haré si dejas de decirme capitán nalgadas.

—Entonces no me disculpes. —Enciende el motor.

Arranca mientras su hijo canta una canción infantil alemana atrás. Debe hablar con él, no ahora, pero sí más adelante.

El portero la ayuda a bajar las cosas que trae cuando llega al edificio, la vecina de Rachel, la señora Felicia, aparece y se ofrece a llevar las bandejas que le cuesta cargar.

La señora Felicia empieza a preguntar para qué es todo eso y el portero le comenta que Rachel se va a casar.

—Oh, qué maravilla.

—Hoy le harán una fiesta —habla Harry.

La anciana sube con Brenda a su apartamento.

—No puedo creer que Rachelita se vaya a casar —comenta la anciana mientras Brenda abre la puerta de su apartamento—. ¿Dónde será la fiesta?

—En una discoteca donde no pueden ir niños —contesta Harry.

—¿Puedo ir? —increpa la anciana—. Le tengo mucho cariño a Rachelita.

Todos saben que no es cierto, la señora no es más que una chismosa la cual anda pendiente de la vida de todos.

—No creo que se vaya a sentir muy cómoda —le advierte Brenda—. Es una despedida de soltera y...

—Hace mucho que no voy a una —sigue—. No he salido desde que mi esposo falleció y me hará bien distraerme.

—Es en la noche y hará frío.

—Puedo ponerme un abrigo —le dice la anciana—. Me iré a cambiar, no tardaré. Bajaré para irme contigo.

Entra a dejar las bandejas de galletas.

—Señora Felicia...

—Gracias por la invitación, Brendis.

Se va y deja a Brenda con la palabra en la boca.

La señora Felicia sabía que sus vecinas eran zorras, siempre las veía llegar tarde con hombres guapos. Brenda es la novia de un alemán; Rachel, en años pasados, andaba con un inglés, luego cuando volvió llegó con un español y también la vio besándose con un pelinegro, el cual se le metió a la casa una noche después de romperle una ventana. Horas después, vio a ese mismo sujeto desnudo en el balcón.

Las mujeres eran era unas sinvergüenzas; sin embargo, después de haber perdido a su esposo, la señora Felicia sentía que el tipo de diversión de sus vecinas raras era lo que necesitaba.

Horas más tarde, Luisa no podía con el estrés que la tenía con dolor en el cuello. El que Luciana no asistiera a la boda iba a empañar el día perfecto que deseaba para su mejor amiga. La esposa del capitán Miller ya ha intentado llamarla un sinfín de veces, pero Luciana no se había molestado en responder.

Se da por vencida en la decimoquinta llamada, el presente es lo que cuenta y debe ponerle empeño a la despedida. Guarda el teléfono y se adentra en el bar donde se llevará a cabo el encuentro. Las hermanas de Rachel ya están adentro, aterrizaron hace un par de horas en High Garden y uno de los escoltas se encargó de trasladarlas al sitio de la fiesta.

Emma James está escogiendo hombres con Lulú y Laila, mientras que Sam espera a un lado con los brazos cruzados. Luisa les pide a los hombres que den la vuelta y a los pocos minutos Brenda aparece con cara de tragedia.

—Tenemos problemas —espeta la teniente.

—¿Qué? —Se altera Lulú—. ¿El tóxico maldito está aquí y vino a cagar la fiesta?

Estira el cuello en busca de la puerta.

—Traje gas pimienta, me supuse que pasaría esto. —Lulú rebusca en el bolso.

—No es eso, la señora Felicia quiso venir y no le pude decir que no.

—¿Qué? —Luisa se vuelve hacia ella—. ¿La señora Felicia?

Las mujeres que están presentes fijan los ojos en la señora que entra alegre con un bolso en el hombro.

—¡Lu! —La besa—. Qué bella estás, ¿dónde está Rachelita?

—Aún no llega —le dice Brenda—. Tome asiento, nuestra mesa es la de allá.

La anciana deja que uno de los meseros la guíe y todas se centran en Brenda.

—El señor Teodoro murió y se la pasa encerrada, me dio pesar cuando bajó arreglada y empezó a insistirme.

—Llévala a su casa —se molesta Luisa—. Si a esa señora le da un infarto, ¿de quién crees que será la culpa?

—Déjala disfrutar. —Emma masajea los hombros de Luisa —. Mírala, trae más ánimo que Sam, que parece que estuviera en un velorio.

—Te estoy oyendo, Emma —se queja su hermana.

La señora Felicia se vuelve a acercar.

—Parezco un dinosaurio entre ustedes. —Se pasa las manos por el vestido que lleva puesto—. Desenfoco un poco, lo sé…

—Claro que no —la anima Emma, quien le coloca una diadema con dos penes fluorescentes en la cabeza—. Si quiere pasarla bien, adelante, nunca se es viejo para divertirse ¿Quiere un coctel?

—Me encantaría.

Se van a la barra. Las únicas que faltan son Alexa y Angela, que llegan casi al mismo tiempo.

—El coronel ya está en Londres —le avisa Alexa a Laila cuando esta se une al grupo de mujeres—. Patrick va a intervenir las líneas para que no tenga ningún tipo de contacto con Rachel.

—Bien. —Lulú apoya la idea—. Hasta ahora todo va tal cual lo planeado.

—Sí, espero que se mantenga así —contesta Alexa—. Me pone nerviosa el que se vean, peleen y alguno huya o termine en algún tiroteo.

—Cálmate, pongámosle un poco de fe. —La tranquiliza Brenda—. Centrémonos en que nadie nos va a arruinar la fiesta.

—Sí —se convence Alexa.

Se abanica la cara con uno de los folletos. Es una de las que más ha corrido con todos los preparativos. Acalorada, se quita la chaqueta. Terminan de organizar la mesa de bocadillos, mientras que Lulú les da las últimas instrucciones a los bailarines.

—No hay propina si no refriegan bien el paquete que se cargan —les advierte.

—Rodeen y manoseen mucho a Rachel —pide Laila—. Es su última noche como soltera y debe ser inolvidable.

—Tu tanga está un poco corrida. —Felicia saca la tela que se pierde en el culo de uno de los bailarines—. ¿Cómo te llamas, hermoso?

El hombre con disimulo se aleja cuando la anciana le sonríe coqueta; suele acostarse con mujeres, pero con Felicia no se acostaría ni por un millón de dólares. Todo queda listo, y Emma se mueve a la puerta a ver si llega la teniente, la ve salir del vehículo y se apresura a avisarles a las demás.

—¡Llegó! —grita, y todos se ponen manos a la obra.

Rachel trata de sonreír, pese a que siente que muere de hambre, estuvo toda la tarde en la recepción con Sara, los escoltas no quisieron detenerse de camino al *penthouse* y en la nevera de Christopher no había más que frutas, carnes y verduras.

Se adentra en el bar de luces incandescentes, está atiborrado de gente y ella luce sexi con un vestido rosa, tacones plateados y un moño alto.

—¡Nos dijeron que acaba de llegar una sexi novia, y esta es su última noche de soltera! —avisan en los altavoces y empiezan los gritos de:

—¡*Goodbye*, soltería!

Dalton e Ivan ven la cantidad de personas y enseguida asumen que será una noche larga y tediosa, Rachel baja los escalones y va directo al lugar donde las esperan las amigas, los bailarines empiezan a rodearla y la mirada de ella se centra en la mesa de bocadillos que pusieron.

La boca se le llena de saliva y hace a un lado al hombre que le bailan, va directa a las galletas, que se empieza a tragar bajo la mirada de todos, quienes se asombran al ver que actúa como si llevara días sin comer.

—¡Están deliciosas! —Se atiborra—. ¡Son las mejores amigas del mundo!

Los bailarines la vuelven a rodear, y Dalton se acerca estresado; en el sitio hay demasiada gente, no conoce a los sujetos, y eso se presta para cualquier cosa, así que se mete entre la multitud e intenta sacar a la teniente, sin embargo, no alcanza a llegar, ya que los bailarines le cierran el paso.

—Lo siento, pero esto es peligroso —les reclama el escolta a las amigas de Rachel—. Cualquiera de esos hombres puede estar armado.

—¡Oh, sí que lo están! —se le cuelga Lulú—. ¡Tienen un maldito rifle en la entrepierna!

El escolta sacude la cabeza y hace a Lulú a un lado, no va a quedarse aquí y por ello hace un nuevo intento de acercarse a la teniente. Los strippers le bailan mientras el escolta intenta llegar a Rachel, a cada nada le cierran el paso, de un momento a otro siente una polla en el muslo y empuja al bailarín.

—¡Oiga! ¡¿Qué le pasa?! —reclama Dalton—. ¡¿No ve que estoy trabajando?!

—Pues yo también, amigo.

Rachel James se sigue atiborrando de comida y el escolta la toma, dispuesto a sacarla.

—¡Bueno, pero cálmate! —pide Luisa—. ¿No ves que está disfrutando su fiesta?

—No solicitó las medidas de seguridad que se requieren para esto —se enoja—. No me avisó que habría tanta gente.

—Es un bar, ¿qué esperabas? Todas la vamos a cuidar porque es nuestra amiga y no queremos exponerla —le explica Laila—. Revisamos a todos los hombres presentes.

—Relájate. —Lo abraza Lulú—. Bébete un trago.

—Estoy trabajando. —El hombre se alisa el traje.

—No nos presentaron, pero soy Felicia. —Se le atraviesa Felicia.

La mujer lo mira de arriba abajo, la anciana no sé equívoco al suponer lo que se encontraría, y es oro. Las zorras de sus vecinas siempre andaban con gente como el sujeto que tiene enfrente en este momento.

—¿Qué trago tomas? —le insiste Lulú.

—Que estoy trabajando —reitera, y se mueve a levantar a Ivan, a quien le dio por sentarse en el sofá a hablar con Sam James—. ¡Ambos estamos trabajando!

—Cuido a la hermana de la teniente —se queja Ivan.

Lulú se empina el trago que le iba a ofrecer a Dalton. El primer espectáculo acaba y Rachel empieza a saludar a los bailarines con un beso en la mejilla sin soltar la bandeja de galletas.

—¿Ese aceite es de chocolate? —Pasea la nariz por el cuello de uno de los bailarines.

—Sí, preciosa.

Los hombres le dan espacio para abrazar a las amigas, y a la hermana, con todas, se va a la mesa donde espera Sam. Felicia la felicita, y el entrecejo de Rachel se frunce, ya que no entiende el porqué de estar en la fiesta.

—Stefan es tan afortunado... —comenta la vecina de Rachel, quien aparta a Sam para sentarse al lado de la teniente—. Siempre que los veía pensaba en la bonita pareja que hacen.

—Sí, pero no me casaré con Stefan —responde Rachel.

—Supongo que con tu ex. —Le pega en el brazo—. Él es tan buen mozo...

—Tampoco es Bratt.

Felicia no logra adivinar quién es. ¿Con quién se va a casar esta zorra si más parejas no tenía? Cae en cuenta de que...

—¡No me digas que es el ladrón follón!

—Sí.

—¿El ladrón follón? —increpa Emma.

—El que se coló y rompió su ventana —empieza Felicia—. Una noche pensé que la iban a matar, ya que vi a un hombre trepar a su balcón. Me asusté, quise llamar a la policía, pero...

La señora empieza a contar los detalles y Sam analiza todo lo malo del relato; el que alguien rompa tu ventana no se le hace para nada gracioso.

Le sucede lo contrario a Emma, que se parte de la risa cuando la mujer cuenta toda la película que se armó en la cabeza al pensar que iban a matar a Rachel.

—No nos quedemos aquí, habiendo tantos pitos allá. —Lulú hace que todo el mundo se ponga de pie—. ¡Vamos a celebrar!

Reparten una ronda de tragos, Rachel se empinan un coctel sin alcohol y deja que la lleven a la pista. Luisa se pone a bailar con Brenda y Laila, mientras que Felicia baila con los hombres a los que le ofrece dinero para que le bailen uno adelante y otro atrás. Quiere sentir sus tersos musculosos y no teme gastar sus ahorros en ello.

Los tragos empiezan a llenar la mesa e Ivan trata de entablar conversación con la única persona que no actúa como una demente: Sam James.

—¡Como quisiera ser hamburguesa para que me eches de tu mayonesa! —les grita Lulú a los bailarines—. ¡Si fueras helado te chuparía hasta el palo, preciosote!

La futura doctora sacude la cabeza con los piropos de Lulú, e Ivan se convence de que es perfecta.

Abre la boca para preguntarle si requiere algo, pero las hermanas la toman y la llevan a la pista de baile, pese a que se niega. Uno de los bailarines le empieza a bailar y ella se pone las manos en la cara.

Las hermanas la obligan a moverse, mientras que varios de los bailarines y camareros pierden la vista en Rachel, Sam y Emma James, pese a que el bar está atiborrado de mujeres, es imposible no notarlas: la belleza de las Mitchels es algo que Luciana supo plasmar en ellas.

Angela sirve una ronda de tragos y, mientras unos bailan, Alexandra se asegura de que todo esté en orden.

—¿Todo bien? —le pregunta a Angela—. ¿Has visto algo sospechoso?

—Parte sin novedad, teniente, todo está genial —contesta la alemana—. Serás la madrina del año.

Angela la lleva al espectáculo de las mangueras que ofrecerán los bomberos. Laila le entrega una bandeja de galletas a Rachel y esta empieza a comer.

—Es de mala suerte no revolcarse con un desconocido antes de la boda —le dice Lulú.

—¿Quién dijo eso? —pregunta Angela.

—Yo —contesta Lulú.

A Felicia no hay que arrastrarla al show, ya que la señora está feliz con su diadema fluorescente con penes.

Los hombres se quitan la ropa mientras los tragos van y vienen, Rachel se deja llevar al centro del sitio en lo que le da la bandeja vacía a Alexa. Lulú llena de licor a todo el mundo, mientras que Felicia paga para que la toquen. Muere por ver qué hay bajo los pantalones, la mayoría de los hombres la evaden y ella insiste.

—¡Hora loca! —grita Laila en una mesa, y el DJ suelta las canciones que enloquecen a todo el mundo.

«No se cansan». Las cámaras de humo ponen a los escoltas a toser. A Rachel le entregan un tarro de crema batida, uno de los bailarines se acerca a ella, se quita el mono que lleva puesto y la incita a que derrame la crema sobre él.

—¡Quién fuera un simio para encaramarse en ese palo! —grita Lulú— ¡Agárrale el culo por mí!

Las mujeres arman un círculo que hace retroceder a los escoltas, Angela intuye lo que quiere Rachel y va por la bandeja con bizcochos cuando la teniente agita la crema batida.

—¡Úntalo, úntalo! —piden las mujeres a coro—. ¡Úntalo, úntalo!

Rachel se llena la boca con crema, deja que Angela le ofrezca las galletas, rodea al bailarín, le echa crema batida en el hombro, pone las galletas encima y se atiborra antes de esparcir la crema a lo largo de su cuerpo.

Más gente se suma al círculo de mujeres, y Dalton Anderson se exaspera cuando no encuentra cómo detener la horda de gente que enloquece cuando más bailarines se suman a la pista. El número de personas se multiplica y no le queda más alternativa que respirar hondo antes de empezar a apartar gente.

Horas antes de todo el desorden en el bar, Patrick llevó a su hija a la cama después de haber estado dos horas jugando con ella.

—¿Cuándo voy a tener un hermanito? —le pregunta.

—Pronto. —Le hace cosquillas—. La cigüeña tocará a tu ventana y te dirá: «Aquí está tu hermanito».

La arropa. En la FEMF es bueno tener más de un hijo, ya que, si los padres faltan, entre hermanos pueden acompañarse entre ellos.

—Todavía no tienes un hermano, pero pronto podrás jugar con los hijos del coronel. Van a compartir mucho con nosotros.

—¡Cierto! —Se ilusiona ella—. ¿Puedo ser el hada madrina que les dé dones de nacimiento?

—¡Por supuesto! —Patrick vuelve a hacerle cosquillas—. Te voy a comprar un disfraz para que seas la mejor hada madrina del universo.

Le da un último beso a su pequeña antes de apagar las luces de la alcoba.

—Duerme bien. —Cierra la puerta.

—Lo están esperando —le avisa empleada, y él se encamina al vestíbulo, donde se encuentra a Angela Klein.

Trae un vestido corto, negro, escotado, de noche.

—El cheque. —Recuerda él y se devuelve por este.

Con Alexa estuvieron de acuerdo en pagar el artista que cantará en la fiesta de los novios. Angela los ayudó a conseguirlo, dado que conoce al representante. Firma el papel no sin antes asegurarse de que la suma sea la correcta.

—Todo tuyo. —Se lo entrega.

—Dile a Alexandra que la veo más tarde, pasaré a dejar el pago antes de irme al punto de encuentro.

La teniente Klein se mete la cartera bajo el brazo.

—¿Y qué van a hacer? —pregunta Patrick al verla tan arreglada.

—Una cena con vino, *fondue*. —Ella le resta importancia—. Ya sabes, lo típico de siempre ¿Qué harán ustedes?

—Oh, lo mismo —contesta él—. Jugar pool, póker, cervezas…

—Genial. —Angela le da un beso y un abrazo antes de irse—. Diviértanse.

La acompaña a la puerta, es obvio que no le iba a decir que tiene un show privado preparado para su mejor amigo, espectáculo que incluye a más de cincuenta bailarinas exóticas.

Se acomoda el cuello frente al espejo de la sala y nota que Angela le ensució el cuello de labial.

Podría quitárselo, pero no está mal gastarle una broma a Alexa, y por ello deja la mancha. Busca la alcoba, entra y ve que ella se está abrochando los zapatos.

—Pero qué esposa más hermosa tengo —la adula—. Adoro cómo se te ve ese atuendo que te compraste en Venecia.

—Gracias, chiquito.

Ella le tira un beso, se levanta y camina al clóset.

—¿Y qué van a cenar? —Patrick se acerca para que ella vea la mancha de labial.

—¿Cenar? —increpa Alexa—. No vamos a cenar, vamos a ir a un bar de strippers.

Contesta como si nada y la sonrisa de Patrick se borra en un santiamén.

—Pero Angela dijo…

—Lo de la cena es la coartada de Brenda y Luisa, que no quieren problemas con sus parejas.

—¿Con sus parejas? —repite.

Y él, ¿qué es entonces? Él no le dijo lo de las strippers que piensa ver para que no se molestara. ¿Por qué su esposa no le miente también? Se vuelve a acomodar el cuello de la camisa para que Alexandra ponga los ojos en la mancha que le dejó Angela.

—Estos cuellos pican —se queja, y su esposa se aleja.

—Recuérdame comprarte otra marca.

Mediante un mensaje, Tyler avisa al capitán que el coronel acaba de aterrizar en Londres.

—El coronel ya está aquí.

—Asegúrate de que no arruine la noche, Rachel no puede tener disgustos y queremos una buena fiesta.

La vuelve a observar: se ve hermosa con la blusa de lentejuelas, tacones y vaqueros ajustados. La ama, pero le impacienta el que no lo interrogue ni se preocupe por lo que hará.

—Chiquita, perdóname, pero no te conté que hablé con una bailarina exótica y le pagué un show con mujeres a Christopher —confiesa—. Son muy tetonas y culonas.

Alexa se distrae con el hilo que se le soltó a la blusa.

—Bien —dice ella—. Trata de no embriagarte para que mañana nadie esté con resaca y para que el coronel no enloquezca y quiera ir por Rachel.

¿Es en serio? Patrick se acerca a darle un beso de despedida para que vea el labial, pero tampoco comenta nada, así que, decepcionado, busca la salida.

—Chiquito —lo llama Alexa. Se acerca, y él sonríe a la espera del escándalo—, tienes labial aquí.

Quita la mancha antes de volverse a buscar su neceser de maquillaje.

El capitán se queda sin palabras. ¿Qué es para ella? ¿Su hermano? ¿Su mejor amiga? Alexa va por la vida como esos hippies que temen dañar su aura. ¿Es que nunca le molesta nada de él? ¿No tiene miedo de perderlo?

Toma sus cosas, toma las llaves de su vehículo y conduce a la casa de Parker. Al llegar al sitio, clava la mano en el claxon para que salga.

Todo está planeado hace días, Christopher ya se halla en High Garden y, según el itinerario de Alex, no estará en la mansión esa noche, como tampoco Sara.

Simon quedó en comprar el licor con el alemán que, de mala gana, tuvo que acompañarlo cuando este le insistió durante dos días. Los hombres bajan y él se queda frente al volante a la espera de que suban el licor.

Alexandra no deja de dar vueltas en su cabeza, actúa como si no lo quisiera. Simon se sienta en el asiento del copiloto, mientras que Parker lo hace en el asiento de atrás.

El capitán Linguini, furioso, arranca rumbo a la mansión del ministro.

—¿Sus parejas son celosas con ustedes? —pregunta—. ¿Les dan ataques de celos o cosas así?

Simon bufa y sacude la cabeza al recordar todo lo que ha hecho Luisa.

—Me echó de la casa porque creyó que tenía una vida y un hijo con otra —contesta—. Solo porque tardaba en el baño y le puse contraseña a mi celular.

Ambos miran a Parker por el espejo retrovisor a la espera de una respuesta.

—No le doy motivos a mi pareja para que desconfíe —declara—. Brenda tiene que sentirse feliz, mas no celosa. Tener seguridad y no dudas.

Voltean los ojos, Dominick Parker se cree el partido perfecto.

—Qué respuesta más estúpida —se queja Simon—. ¿Es muy difícil decir sí o no?

—Cierta vez tuvo celos de Angela —reconoce el alemán—. Diría que todavía no se siente cómoda con ciertas cosas respecto a ella.

Patrick se concentra en la carretera. La única relación anormal es la de Alexa y él, que son como mejores amigos, los cuales tienen una hija.

Pone el pie en el acelerador y se enrumban al punto de encuentro que pactó con las bailarinas del espectáculo, las mujeres empiezan a preparar todo lo que se requiere para la larga noche.

Son cincuenta y cinco en total, todas son de uno de los clubes más prestigiosos de la ciudad. Patrick las contrató y pidió para el coronel un show digno de Las Vegas, el contacto de la encargada se lo dio Hela, la Nórdica, y la mujer es toda una profesional.

La bailarina a cargo del grupo muestra la foto del soltero y todas asienten con los disfraces variados que llevan puestos: van desde policía a vendedora de helados.

—Los amigos quieren que le pongamos las tetas en la cara —explica— y que lo desnudemos.

La camioneta de Patrick se estaciona, y la striptease encargada de todo lo primero que hace es revisar la caja con el fin de saber si trajeron el licor que pidió.

—Esto no durará más de una hora —se queja la bailarina—. No hacemos espectáculos mediocres.

—Dijiste dos cajas —se defiende Simon.

—Dos docenas de cajas —lo corrige—. Vayan por lo que falta, que es importante para el cuarto show, nosotras esperamos.

El capitán Linguini mira su reloj, todo está programado para que el personal desaparezca a la hora acordada y sea Christopher el que tenga que abrir la puerta.

—¿Cuánto dura el primer show que será solo para él? —pregunta Patrick.

—Doce minutos.

—Mientras lo hacen, nosotros vamos por el licor —asegura el capitán.

—Las esposas que nos prometiste —pide la mujer.

Parker le entrega cuatro pares de esposas para que le sirvan para toda la noche, Christopher es un agente y no pueden ponerle unas esposas comunes, ya que se soltará.

—Exijo un buen show, ya que se va a casar con una mujer que probablemente pierda el interés en él en algunos años— empieza Patrick—. Nadie nos asegura que será un hombre el cual solo reciba atención de sus hijos y que probablemente su esposa lo oiga decir que se va con putas y a esta no le importe.

—Como si esas cosas le pasaran a Christopher —la respuesta de Simon hace que la herida arda más.

—Bueno, nos vamos ya. —La bailarina manda las mujeres al auto—. Vayan por el licor que falta.

—No se midan con nada, tómenlo, amárrenlo y no paren, ni aunque ruegue —exige Patrick.

Las mujeres suben a su vehículo, y Patrick aborda su BMW en busca de lo que necesita.

La mansión está a pocos kilómetros. Ya habló con el de seguridad del vecindario, por ende, este deja pasar a las mujeres en lo que él entra en el supermercado que está varias calles más abajo.

Las mujeres estacionan frente a la propiedad y se dan los últimos retoques antes de bajar. El capitán paga por el licor y vuelve al vehículo que lo espera. En el asiento del piloto prepara las pantallas que le permiten ver el interior de la mansión.

El coronel aparece, está trabajando en el despacho del ministro, el capitán se fija en la hora y el personal de la casa empieza a desaparecer, mientras que las bailarinas contratadas salen de su furgón y emprenden la marcha hacia la puerta.

—Ya quiero ver la cara que va a poner ese hijo de puta. —Se ríe Simon.

Las profesionales sueltan los gabanes; hay morenas, rubias, mulatas. Colocan en su sitio el enorme pastel que llevan y sacan los juguetes, cintas, pistolas, sillas, toallas y plumeros.

—Como que me siento sucio y voy a necesitar que me limpien —comenta Patrick, absorto en lo que hacen.

—Patrick —habla Parker, quien señala una de las cámaras—. ¿Qué hace Rick James ahí?

—Oh, mierda. —El capitán Linguini pierde color.

—¿Eso es un sacerdote? —inquiere Parker con el dedo en la pantalla, y a Patrick no le queda más alternativa que hundir el pie en el acelerador.

Los James se iban a quedar en un hotel, pero Sara se opuso, los convenció de que se quedaran, ya que en la mansión estarían más cómodos.

Alex canceló todos sus compromisos, dado que quiere descansar para el día de mañana.

Con Rick caminan a lo largo del jardín. Siguen siendo buenos amigos, pese a que Rick James anhela ver a Christopher tres metros bajo tierra.

—Debemos tener fe en el cambio —comenta el sacerdote que los acompaña—. Rick me comentó que eras un adúltero, Alex. ¿Lo sigues siendo?

—Los años son un despertador —contesta el ministro—, dan madurez y eso hace que cambie tu modo de pensar.

—Entonces, ¿consideras esa etapa de tu vida quemada? —pregunta el padre—. ¿Crees extinto el demonio de la lujuria?

Alex asiente y miente otra vez, ya no es un adúltero; sin embargo, la lujuria es algo que vive en su apellido.

—¿Ves, Rick? —continúa el padre—. Si Alex pudo, ¿por qué no has de darle una oportunidad a tu yerno? También puede cambiar.

—Toma los consejos del sacerdote —pide el ministro—. Mi familia ya no es la misma de antes.

El timbre suena y los hombres siguen con la charla. Nadie abre y resuena tres veces más; el ministro vuelve a ignorarlo e insisten con desespero.

—¡¿Es que no hay empleados en esta casa?! —grita Alex, mas nadie le contesta.

El timbre sigue sonando, Alex se exaspera y se apresura a la sala, mientras empieza a maldecir. Rick y el sacerdote lo siguen.

—La humildad no ha tocado a su puerta —murmura el padre.

El ministro avanza a grandes zancadas y toma el pomo de la puerta. La persona que toca se ha quedado pegada en el timbre, y Alex se prepara para insultar a quien sea que esté tocando, pero su alegato muere cuando es atropellado por una horda de mujeres.

Entran con un enorme altavoz, el cual pone a vibrar las paredes de la casa.

Lo besan, le plantan el culo en la silla, donde lo esposan y le rompen la camisa, mientras que otro grupo hace lo mismo con Rick y el sacerdote, al que no le da tiempo de huir.

—¿Qué diablos? —intenta hablar Alex, y le tapan la boca con una cinta. Una rubia se le sube al regazo y le refriega el coño desnudo en las piernas.

La ropa sale a volar, el sacerdote ora mentalmente en lo que se pregunta en qué manicomio se ha metido al ver cómo una de las mujeres le rompe la camisa y pasa la lengua por los abdominales de Rick James.

—Eres un *sugar* muy delicioso —confiesa una mulata que le planta las tetas en la cara—. ¿Quieres ser mi papi?

Rick no puede hablar y Alex forcejea en la silla mientras le vacían un frasco de aceite en el cuerpo, en manada se lo untan mientras le pasan las tetas por la cara.

Las llantas de la camioneta de Patrick rechinan en el asfalto al frenar en la entrada de la mansión, corren a la puerta y la escena que encuentran es como para matarse: mujeres desnudas, hombres esposados y Alex mirándolos como si los quisiera matar.

—¡Oigan! —Parker trata de detener el caos—. ¡Basta con todo!

Un grupo de cinco se le echa encima. Le quitan la chaqueta al alemán, a Simon lo empujan al sofá, al tiempo que Patrick trata de apagar la música, pero no lo dejan, ya que cuatro mujeres lo ponen contra la pared mientras el pastel estalla y aparece una pelirroja llena de crema que…

El ruido cesa de golpe y todos ponen los ojos en la mujer que acaba de entrar en la sala.

—¡¿Qué está pasando aquí?! —truena Sara Hars en el centro del vestíbulo.

Tiene un bolso colgado en el brazo y el cable del enorme altavoz en la mano.

«Bendito sea Dios». Alex tiene una rubia en la entrepierna, la cual le desabrochó el pantalón y estaba por sacarle el miembro.

Sara lo aniquila con los ojos.

—Alex. —Christopher baja las escaleras como si nada—. ¿Qué no habías curado ya tu gusto por las mujerzuelas?

La bailarina encargada de todo se pega en la frente al darse cuenta de que se equivocó, tomó al que no era, y ahora hay una castaña furiosa y con cara de querer matar a todo el mundo.

—Asumo la culpa. —Patrick levanta las manos—. Esto era para Christopher…

—O sea, que mi hija se va a casar con un hombre que necesita cuarenta mujerzuelas para satisfacerse.

—Señor James, son cincuenta y cinco —interviene Simon—. Y no se preocupe, que por muy degenerado que se vea Christopher, tiene amigos que lo guiarán a lo largo del matrimonio.

El capitán trata de calmar la situación con las palabras que dijo Luisa que comentara. Las bailarinas sueltan al ministro, al padre de Rachel y al sacerdote.

—No se estrese. —Se acerca y toma al exgeneral de los hombros—. El padrino va a guiar a Christopher y le enseñará lo que es correcto.

—¿Quién diablos es el padrino? —pregunta Rick, confundido.

—El que contrató a las mujerzuelas —contesta Simon, y Rick sacude la cabeza.

Se levanta a auxiliar al sacerdote, mientras que Alex se las apaña para ponerse decente, cosa absurda, dado que tiene la camisa destrozada.

Sara observa que, pese a todo el lío, las mujeres no dejar de mirarlo con ganas. Ese siempre es el problema con los hombres de su tipo: nunca se puede confiar ni tener fe en ellos.

—Sara, no tengo nada que ver con esto —le dice el ministro a la madre de su hijo.

—Les juro que no era mi intención traer problemas —habla Patrick—. Solo fue una pequeña confusión que es mejor olvidar…

—¡Largo de aquí! —los echa Sara—. Las mujerzuelas y todos ustedes se largan ya mismo de mi casa.

—Cálmate, que todo es culpa de estos zoquetes —intenta tranquilizarla Rick.

—¡Largo! —demanda Sara con más firmeza—. ¡Todos, menos el padre, se van ya mismo de aquí!

—Pero ¡esta es mi casa! —se enoja el ministro.

—¡Que te largues, te digo!

Alex trata de protestar, pero Sara lo termina empujando afuera. Salen todos, incluidas las bailarinas, y Christopher se da la vuelta para seguir trabajando; sin embargo, su madre se le cruza y también lo empuja afuera.

—¡Dije que todos!

Le estrella la puerta en la cara mientras el padre trata de buscar una vía de escape.

—¡¿Tiene hambre, padre?! —le grita Sara al sacerdote.

—No, hija, tranquila.

—¡Nada de tranquila! —contesta alterada—. ¡Vaya a la cocina, que le voy a preparar algo!

—Pero…

—¡Que vaya a la cocina! —le vuelve a gritar mientras arroja el bolso al mueble.

El pobre sacerdote la sigue asustado mientras un escolta se las apaña para conseguirle una camisa a Alex y a Rick.

—Están suspendidos todos ustedes —le dice el ministro a los hombres que se hallan afuera—. Y tú, Linguini, ¡¿por qué no maduras de una puta vez?!

A Christopher, el dolor de cabeza que tiene le impide darle importancia al asunto.

—¿Cuántas mujeres son suficientes para ti, Christopher? —le pregunta Rick—. ¿Una no te basta? ¿Tienen que traerte tantas?

—¡No es lo que usted cree! —lo defiende Patrick, quien ya no sabe cómo arreglar el asunto—. No eran mujeres lo que contraté, y él no es un promiscuo.

Parker sacude la cabeza, la patética excusa que está dando solo empeora las cosas.

—Ah, ¿no? Entonces, ¿qué eran?

—¡Eran machos! —Patrick miente seguro—. Machos disfrazados de mujeres, yo no le incito a que le sea infiel a Rachel.

Simon aparta la cara en un vil intento de contener la risa cuando Alex se limpia la boca al recordar cómo lo besaron antes de ponerle la cinta.

—Sentí cinco vaginas en la rodilla en menos de un minuto, así que no me tomes por estúpido —lo encara Rick—. Si lo detestaba a él, ahora los detesto a todos ustedes también, partida de depravados sin oficio.

—Necesito un trago —dice el ministro, hastiado.

—Te acompaño. —Rick se va con él a la camioneta.

Se terminan de colocar bien la camisa que les dieron. El vehículo del ministro arranca y Alex inhala con fuerza.

—¿Cuántas mujeres llevaste a mi despedida de soltero? —le pregunta Alex a Rick.

El general enarca las cejas y el ministro suelta a reír, lo de Patrick fue una tontería en comparación con lo que hicieron ellos.

—Por eso nunca quise mujeres, los hombres se divierten más —comenta el ministro, seguro.

El que los Morgan solo engendren hombres es una ventaja en muchos aspectos, y lo agradece.

Las bailarinas se escabullen como pueden, el error fue grande y huyen de las represalias. Este tipo de equivocaciones, en ocasiones, es mejor no enfrentarlas y por ello desaparecen.

Patrick arrastra a Christopher al auto, donde saca la botella de licor que empieza a beber. El coronel busca la forma de irse, pero el amigo se lo impide.

—¡La fiesta no se va a dañar! —espeta—. ¡Vamos a bebernos este maldito licor!

—Suerte con eso. —El coronel busca la calle, y Simon es el que se lo impide ahora—. Soportarlos no tiene nada de divertido, así que prefiero ir al auto y autodespedirme en otro lado.

—No seas amargado, bébete un par de tragos con nosotros —insiste Simon—. Es tu último día feliz.

Le entregan la botella que le obligan a beber, le da un par de tragos, y esta pasa a las manos de Parker. Patrick pone música y descorcha la botella de champaña que bebe como si fuera agua.

—Oye, no es para tanto —le dice Parker—. El que quedó mal fue él, no tú.

—¡Tenemos que embriagarnos como se debe! —le grita Patrick—. No somos nenazas para andar durmiendo en una despedida de soltero.

Alzan el volumen de la radio y, mientras el capitán se pone a bailar en plena calle, Sara recibe la llamada de los vecinos, que no tardan en poner una queja por el ruido. El padre está orando con las manos sobre la barra y termina dando un salto cuando Sara tira el teléfono.

Con la cubeta de huevos que tiene en la mano, sube al balcón, donde se asoma, furiosa.

—¡Christopher, deja de incomodar a los vecinos con tus inmadureces! —le grita—. ¡Apaga eso y lárgate!

El coronel se vuelve a empinar la botella, mete la mano en el vehículo y sube más el volumen al estéreo.

—Mejor vámonos —pide Parker, pero el coronel no se inmuta.

—¡Christopher! —le chilla su madre.

—No te oigo, cobarde…

Se vuelve hacia su madre, y esta corta la oración con el huevo que le lanza, el coronel lo esquiva y este impacta contra la camioneta de Patrick.

—¡Ten, los huevos que te faltan para respetar a tu madre!

A Dominick le cae uno en el hombro, y Simon empuja a Christopher adentro mientras Patrick se apresura a ponerse al volante.

—Vamos a terminar presos o muertos —se queja Parker al dar cuenta de la velocidad que toma Patrick.

Tyler y Make los siguen metros más atrás, ya que no pueden dejar solo al coronel.

—Vamos a terminar en un buen bar. —Patrick de nuevo se empina la botella—. Busquen los mejores bares para una despedida de soltero.

—En la mañana encontré una tarjeta en mi baño. —Simon saca la tarjeta que Patrick le arrebata.

—Esto sirve —la lee—. ¡Vas a tener la mejor despedida, ya lo vas a ver! No es solo la despedida, Patrick sabe que si deja solo a Christopher irá a buscar a Rachel, va a estropear la noche y hará que todo se vaya a la mierda.

—Me siento muy mal, ¿saben? —comenta el capitán, hastiado—. Me duele el pecho...

—Nadie te está preguntando, Patrick —replica Christopher con dolor de cabeza—. De hecho, nadie te está pidiendo que hagas nada.

El capitán ignora las tonterías de su amigo, acelera en busca de la dirección del club de la tarjeta, frena cuando aparece, rodea al vehículo y saca a Christopher.

—Vamos a tu despedida.

El bar los recibe, y Linguini paga por la mejor mesa para su amigo.

—Patrick, déjalo estar. —Se desespera el coronel—. Tengo cosas que hacer...

—¡Deja de ser tan tóxico y no molestes a tu mujer, que de seguro es lo que quieres hacer! —lo regaña Patrick—. ¡La avergüenzas todo el tiempo con tus tonterías!

—¿Me ves cara de payaso como para creer que hago tonterías?

—Siéntate y cállate —lo empuja Simon—. Hoy no la vas a ver y ya está.

No quiere irse solo por eso, es que le duele la cabeza, está cansado y con dolor en la garganta de tanto vomitar. Le ponen una botella en la mesa y le sirven un trago mientras Patrick elige a las bailarinas que lo van a acompañar esta noche. El colorido club tiene mujeres que se mueven por todo el sitio; el establecimiento es uno de los más apetecidos del lugar y está dividido en dos secciones donde se ofrecen servicios para hombres y mujeres (sin mezclarse, claro está). El coronel recibe el cigarro que le ofrece Parker, mientras Simon se levanta a ayudar a Patrick con la elección de las que serán sus acompañantes.

Christopher se masajea la sien. Lo único que quiere es irse a follar a su casa, se acomoda el miembro y pone la espalda contra el sofá del club.

—Superarlo tiene que ser una meta de los dos —comenta Parker deslizando el encendedor en la mesa—. Es difícil, pero no imposible.

—Aja —contesta el coronel con sarcasmo.

Los tragos van y vienen, al igual que los espectáculos, coqueteos y bailes sobre la mesa. El único que está preocupado por embriagarse es Patrick, que a las dos horas ya está ebrio y diciendo tonterías.

—Tu mejor amigo siempre he sido yo, ¿sabes? —Abraza al coronel en lo que arrastra la lengua a la hora de hablar.

—¿Estás en la fase donde te conviertes en un marica y te declaras? —le dice Christopher.

—A Bratt solo lo considerabas porque había crecido contigo, pero siempre me has querido más a mí, y por eso me mandaste a buscar, ya que Bratt no era suficiente.

—Le salvó la vida más de dos veces —comenta Simon—. No te hagas el ciego con eso.

—¡Me vale mierda eso, cabrón! ¡No me importa que le haya salvado la vida! —Patrick se levanta con la botella en la mano—. Yo lo amé, y amo más que Bratt. Si fuéramos mujeres, yo lo elegiría, coronel. Sin prejuicios y sin excusas, sería suya.

—¿Por lo atractivo? —pregunta Christopher.

—¡Por tu dinero, imbécil! —exclama—. De ser mujer, sería puta, pero no estúpida.

Sueltan a reír, Patrick ebrio le gana a cualquier comediante. Se deja caer en el brazo del sofá de Parker, a quien abraza.

—Tú serías mi segunda opción, guapo —le comenta.

—¡Beso, beso! —empieza Simon a modo de broma.

—Ven aquí y que sea de tres. —Patrick le sigue el juego—. Necesito amor, ¡porque a nadie le importo! ¡Nadie me pone atención!

Se levanta para bailar con la botella en la mano y las bailarinas no tienen que hacer ningún sacrificio a la hora de toquetearlo en la pista. Regresa por Simon; este se le une y deja que le coloquen un sombrero de vaquero. El espectáculo que dan le recuerda a Parker por qué no sale con esta gente.

Bailan cuatro canciones seguidas antes de irse al baño que limita con el de las mujeres. A Parker, las ganas de mear los hace seguirlos. Christopher es el único que se queda en la mesa, mareado y harto del ruido. Enciende un cigarro, quiere mermar la ansiedad que lo carcome por dentro, el dolor que siente en la sien es como si se le fuera a partir la cabeza. Tyler permanece en la puerta, haciendo guardia junto con Make Donovan.

Las mujeres semidesnudas pasan por el lado de los hombres, que deben mantener una posición seria.

Patrick es el primero que sale del baño de hombres, molesto y frustrado por lo de Alexa; su esposa ni siquiera se ha tomado la molestia de llamarlo. Un grupo de mujeres grita en el pasillo de la izquierda, mueve la vista al sitio y ve a Angela saliendo del baño de damas.

—Patrick —lo llama Simon cuando el capitán echa a andar hacia ella—. ¡Patrick!

No se gira, sigue a la teniente, que atraviesa las cortinas que llevan al otro lado del club. El ambiente está lleno de mujeres que bailan y les arrojan dinero a los bailarines, entre ellas, su esposa, que alza las manos, eufórica. Esos sí merecen su atención, pero él no. ¿Es porque no es tan guapo como esos hombres?

—¿Qué haces? —le pregunta Simon atrás—. Nuestro sitio está al otro lado…

Patrick lo ignora y avanza a la tarima.

A Rachel, la crema batida la tiene mareada y con ganas de irse; sin embargo, sus amigas no la dejan: para ellas, la noche apenas está empezando; de hecho, la única que no está ebria es Sam, el resto no ha parado de bailar, gritar, beber y arrojar billetes.

—Pon atención a lo que viene. —Alexa tira de la mano de la teniente—. Un espectáculo con la canción que amas.

Get busy se toma el ambiente, y con ello un grupo de hombres vestidos de obreros que empiezan a quitarse la ropa desatan los gritos del público. Todo el mundo saca billetes mientras estos se mueven. Lulú se desgarra la garganta, Felicia nalguea a los camareros. La cosa pinta ser lo mejor del mundo hasta que…, la música se corta cuando Patrick aparece en la tarima con el micrófono que le arrebató al presentador.

—¡Señor, baje de la pista!

—¡Ningún señor! —grita, ebrio—. ¿Les gustan estos novatos? ¡Supongo que sí, partidas de sinvergüenzas, que vienen a pagar a un bar, pero que en casa ignoran al marido!

Todas miran Alexa, a quien le cuesta creer que su marido es el que está diciendo idioteces en la tarima.

—Cuiden a sus maridos, que pueden irse con otras por no ponerles atención —sigue—. ¡Aférrense a ellos, y más si están como yo!

—¡No hables, demuestra que vales la pena! —le grita Lulú, y el capitán estrella el micrófono contra el piso.

—¡Venga la música, que voy a enseñar cómo se hace esta mierda!

El DJ obedece y Patrick empieza a bailar como todo un profesional, contonea la pelvis mientras se saca la camisa y deja ver el abdomen marcado. Justin Timberlake suena de fondo y Alexa trata de subir, pero Lulú la detiene asombrada por lo bien que se mueve el marido.

El capitán sabe lo que hace, años atrás estuvo en un operativo donde se hizo pasar por un bailarín de Las Vegas, gracias a eso aprendió a desnudarse y a bailar como lo hace. Rompe y manda a un lado la camisa que tiene, se lleva las manos a la nuca en lo que suelta los pasos que hacen líquida hasta la saliva de Sam James, quien no halla la explicación a tanta locura. Patrick se va al suelo y vuelve arriba, los zapatos salen a volar al igual que el pantalón, se queda en bóxer y reluce el miembro que se marca a través de la tela.

—¡Déjanos cantar con ese pájaro! —le grita Lulú.

—¡Patrick, baja de ahí! —le grita a su vez Alexandra, y él la ignora.

El capitán mete los dedos en el elástico del bóxer que…

—Va a… —Laila se lleva la mano a la boca cuando se baja el bóxer y se queda sin nada.

La polla queda a la vista de todos, y no le basta, se da la vuelta, vuelve al piso y muestra el culo también. El orgullo de Patrick queda por las nubes cuando el público enloquece. Una horda de mujeres se sube a la tarima y empiezan a tocarlo y besarlo. Las luces van y vienen, empieza a sentirse mal y de un momento a otro siente la boca húmeda de la mujer que lo abraza y le entierra la lengua en la garganta.

—¡Señora Felicia, compórtese, por favor! —le grita Luisa.

Patrick corta al sentir las mejillas arrugadas que lo hacen apartar la cara, asqueado. Simon, en vez de ayudar, se está meando de la risa en la entrada del escenario. Las mujeres se bajan cuando el capitán vomita y Felicia es la única que se queda a acariciarle la espalda.

—Chiquita. —El capitán extiende la mano en busca de ayuda, trata de que la anciana entienda que es un hombre casado—. Chiquita…

Alexa sube y alcanza la mano que retuerce, reduce a Patrick en el piso con una llave que le disloca la muñeca. El alcohol se esfuma con el dolor que le recorre todo el brazo, y ella no lo suelta, empieza a insultarlo delante de todo el mundo.

—¡Me vas a partir el brazo! —se queja, y Angela interviene.

El de seguridad le da una toalla al capitán para que se cubra. La noche se convierte en lo de siempre y es un jodido caos.

Brenda le pregunta a Parker el porqué de dañar el momento, y este contraataca con la mentira de la cena que le dijo.

—No le veo nada de gracioso el dejar que alguien se desnude en pleno escenario —se molesta Luisa con Simon, que no ha logrado controlar el ataque de risa que inició cuando Patrick empezó a desnudarse.

Laila está discutiendo con Lulú que, pese a lo que pasó, sigue bailando como si no pasara nada. Emma le reclama a Sam el porqué de tener que decirle a su madre que se embriagó. Angela es la única que se ocupa de Patrick y discute con Alexandra, que no quiere hacerse cargo del marido.

—¡Oigan! —exclama Sam en medio de todo el caos—. ¿Dónde está Rachel?

A Rachel lo menos que le apetecía era oír los gritos y presenciar el caos que iba a desencadenar la presencia de Patrick en el escenario; sin embargo, le alegró verlo, porque si su padrino de bodas estaba ahí, el coronel también. Toma sus cosas en busca de la división que separa los dos establecimientos, abre la cortina, pasea la mirada por el lugar y ve al coronel, que está recostado en el sofá.

Sonríe mientras se acerca por detrás, pasea las manos por la camisa que tiene puesta mientras besa la boca que extrañó desde que partió. La piel se le eriza con la humedad y la viveza que emerge de la lengua del coronel.

—Pedí tres, no una —dice él con los ojos cerrados, y ella se aparta de inmediato.

—¿Disculpa? —Lo rodea y queda frente a él—. Que yo sepa, mañana se va a casar, coronel. ¿Pretende serme infiel?

Christopher tira de su brazo, la sienta en sus piernas, pone la mano sobre su nuca y deja que sus bocas vuelvan a unirse. Solo bromeaba, reconoce el calor y los labios de Rachel con los ojos cerrados.

—¿Me estás asediando como una loca desesperada? —pregunta.

—Sí —responde ella, que le rodea el cuello con los brazos.

Se apodera de la boca del que será su esposo al cabo de unas horas. El desespero que se tienen el uno por el otro emerge, Christopher muere por tenerla desnuda en la cama y hundirse en ella. La ansía tanto que debe respirar hondo, controlarse y no romper el vestido que tiene puesto.

—¿Me llevas a comer? —le pide ella—. Muero de hambre.

—¿Ahora soy proveedor de comida?

—Sí, así que arriba. —La teniente se levanta y lo toma de la mano.

El coronel la sigue a la puerta. Empieza a besarle el cuello a Rachel en lo que le pide a Ivan que se asegure de que sus hermanas lleguen bien a casa.

—Quédese quieto, coronel. —Se vuelve hacia Christopher, que le pasa las manos por el trasero y la besa antes de subir a la camioneta.

Aborda el vehículo después de ella y adentro vuelven a unir sus bocas; ambos se demuestran lo mucho que se extrañaron. Rachel lo siente tenso, supone que es por lo de la despedida, así que pone la mano sobre su pecho dispuesta a aclarar las cosas.

Bratt solía enojarse por este tipo de salidas y no quiere que con Christopher pase lo mismo.

—No estaba haciendo nada malo, así que quita esa cara.

—Sé que no estabas haciendo nada malo —contesta el coronel, que lleva la cabeza contra el asiento cuando la jaqueca vuelve.

—Entonces, ¿qué tienes? —Se preocupa ella.

—Me duele la cabeza. —Se masajea la sien.

—Tienes que consultar a un médico. Has estado enfermo los últimos días, así que pediré una cita…

—No necesito que pidas nada. —Él pone el brazo sobre los hombros de ella—. Que me beses, eso es lo único que requiero.

Ella echa la cabeza hacia atrás, ya perdió la cuenta de los besos que le ha dado, pero no le importa, puede darle un millón y nunca se cansaría. El momento los sume hasta que ella suspira, se acomoda en el asiento y saca el móvil.

—Te amo, pero tengo que terminar algo importante —comenta—. Desde ayer estoy intentando escribir las palabras que definirán lo que somos.

Christopher ve cómo escribe, borra y empieza a escribir de nuevo. El coronel quiere seguir con el toqueteo, pero ella no lo deja, solo concentra la vista en el móvil, cada espacio libre que tiene trata de aprovecharlo.

—Detente aquí —le pide la teniente al hombre que conduce—. Ese local sirve comida deliciosa.

Abre la puerta para bajar, y el coronel la besa antes de salir, se queda sobre su boca con un beso largo e indecente…, sus besos nunca son sutiles, siempre están cargados de ganas. Le acaricia la espalda mientras ella se aferra a su camisa, la abstinencia lo está matando.

—Vamos. —Rachel lo saca del vehículo.

Entran al establecimiento, tomados de la mano.

—Teniente —se aparece Dalton cuando están por llegar a la barra—, devuélvase al auto, sabe que no podemos estar en sitios como estos…

—No jodas, que no estoy de genio. —Lo aparta el coronel—. Lárgate.

—El ministro me pidió que…

Christopher da un paso hacia el soldado, que se mueve a un lado, no va a pelear con el coronel, prefiere conservar su trabajo, y su cara también.

Rachel se planta frente a la barra a pedir.

—Una hamburguesa extragrande, por favor —ordena—, con todo doble: pepinillos, salsas, queso… Para beber una malteada con crema, y si le puede poner dos raciones de helado, sería perfecto.

—¿Papas también?

—No, debo cuidar que el vestido no me apriete mañana.

Christopher paga y juntos se van a la mesa, donde Rachel vuelve al móvil.

Ella ya tiene sus promesas y espera que Christopher tenga las suyas, pero siguen faltando las palabras que toda la iglesia espera. El coronel se va al baño, la orden llega y Christopher vuelve con el cabello húmedo.

«De seguro estuvo vomitando otra vez», piensa la teniente mientras toma y prueba lo que ordenó.

—¿Quieres? —le pregunta a su prometido.

—No.

—Está deliciosa.

—Tanto como tú, no creo.

Años, un centenar de sexo desenfrenado y Rachel se sigue sonrojando como la vez que le dijo de frente que la iba a follar.

—¿Soy deliciosa, coronel? —Pasea el pie a lo largo de su pantorrilla.

—Demasiado. —Se acomoda el miembro que tiene acorralado contra el pantalón.

Rachel le insiste para que coma y él sacude la cabeza.

—Amor, por favor —le suplica ella—. No estoy tranquila cuando sé que no has comido nada.

—No tengo hambre.

—Prueba un poco y verás que se te despierta. —No se da por vencida—. Aprecia el sacrificio de tener que dejarte la mitad con lo deliciosa que está.

La recibe para que puedan irse rápido, come mientras contiene las ganas de vomitar; ella, lo obliga a que beba lo que le trajeron. ¿Quién lo diría? Lo que sería la despedida de solteros más alocada de la historia terminó siendo alocada para todos, menos para los novios, que terminaron solos comiendo hamburguesa.

Rachel acaba con todo, Christopher de nuevo entrelaza los dedos con los de ella y caminan juntos al vehículo. Ella vuelve al móvil, pero el coronel se lo arrebata.

—Oye…

Se queja, pero lo deja cuando empieza a teclear en lo que dura el trayecto que los conduce al *penthouse*. A diferencia de ella, no borra, termina y le devuelve el aparato. Rachel lee todo lo que puso y le sorprende lo claras que tiene las cosas. Al cabo de un par de minutos describió la relación de ambos sin tantos rodeos.

—Me gusta, es muy nosotros —confiesa ella mientras suben al ascensor—. Tengo que endulzarlo un poco, ya que…

—Da igual, es lo que sabemos hace mucho. —Christopher inserta la clave de su piso en el ascensor—. Está de más desgastarse.

—No está de más desgastarse, para mí es importante —suspira ella—. Al fin seremos una pareja.

—Hace mucho que somos una pareja, que tú le dieras vueltas al asunto es otra cosa.

—Ok, entonces el «nunca apostaría por ti» —reclama Rachel—, ¿era una forma de decirme que me querías a tu lado?

—El romanticismo siempre me ha aparecido una idiotez, y lo sabes.

—Sí, claro.

Rachel sale del ascensor cuando este abre las puertas. Recordar el pasado le daña el genio, evocar lo idiota que fue el hombre que la toma por detrás y la lleva a la alcoba, donde empieza a besarle el cuello.

—Eres mía desde que te monté por primera vez, y es lo que importa, lo demás sobra.

Le sube el vestido, pone la mano entre sus piernas y le acaricia la cara interna de los muslos. Ella se da la vuelta en busca de la boca que acapara mientras suelta los botones de la camisa de Christopher.

La ropa de ambos queda en el suelo y él la obliga a retroceder a la cama, donde se desploma con ella en ropa interior; le desabrocha el sostén, le cuesta no agitarse con las ganas que tiene. La lengua ávida de Christopher toca la de Rachel, quien se contonea con los vellos en punta. El pecho del coronel se acelera al sentir las manos que le acarician el torso, las uñas que le tocan la piel.

—Abre las piernas, nena —pide en lo que baja el elástico de las bragas—. Voy a follarte…

—Desde Red Hill no descanso bien —le dice ella—. Quiero dormir y verme bonita mañana.

—Rachel…

—Lo necesito. —Lo besa—. El embarazo me quita energía y si no descanso, estaré todo el día agotada. Entiéndelo, por favor.

Christopher se traga la rabia y busca su puesto. La erección que tiene le agria el humor y no es que ella no lo desee, porque lo hace, tiene la entrepierna húmeda y ansiosa por él; sin embargo, pese a desearlo, quiere que Christopher descanse, así como quería que comiera. Si tu cuerpo no está bien, tu mente tampoco lo estará, por eso es por lo que él se desconecta abruptamente.

—¿Te enoja? —pregunta Rachel cuando el coronel se tapa los ojos con el brazo.

Claro que está enojado, le molestan las excusas de Rachel, pero también le molestan las disputas y no quiere oír el pretexto de «soy un pedazo de carne». Si insisten, van a terminar peleando, y hoy no está para eso.

Para Rachel, tenerlo al lado basta para sumergirse en las horas de sueño que tanto necesita. Apaga las luces, le da la espalda y no ha terminado de poner la cabeza en la almohada cuando él ya está sobre ella, la abraza y la lleva contra su pecho.

—¿Tienes frío? —pregunta la teniente, que se da la vuelta y acomoda la cabeza sobre su pecho.

Rachel se conforma con tenerlo al lado, pero él no, él tiene que tenerla entre sus brazos, ya que así tiene la certeza de que nadie se la va a quitar.

La nieve cae en Londres mientras Angela y Laila dejan a Patrick en su casa después de que su esposa le dislocara la muñeca. En su hogar, Luisa y Simon sostienen a Peyton frente a la ventana, le muestran la nieve que cubre las calles.

Brenda y Parker caminan por la calle, tomados de la mano, muertos de la risa en lo que recuerdan el baile de Patrick.

Rick abraza a sus dos hijas en High Garden mientras el capitán Linguini comparte cama con Abby.

Alex le muestra las cámaras a Sara con el fin de que entienda lo que pasó.

¿Qué les espera a todos mañana? No se sabe, el futuro suele ser incierto y el destino tiene un sinfín de cosas pactadas, preparadas y establecidas.

Acontecimientos que, por más que quieran evitarse, son inevitables.

89

Ciento setenta y tres motivos

Rachel

El sol del mediodía impacta contra la ventana y derrite la nieve que cayó a lo largo de la madrugada.

Es el día.

El olor a loción mezclada con fijador inunda la alcoba donde con Lulú termina de arreglarme.

El peinado de recogido bajo, decorado con un tocado, me permite relucir las facciones de mi rostro; el rímel hace que las pestañas se me vean más largas, y las sombras les dan vida a mis ojos. Todo, en conjunto, me hace ver radiante.

—Acabamos, ahora vamos con lo mejor. —Lulú deja de lado las brochas y gira la silla para que vea el vestido que reposa en el maniquí.

El diseño exclusivo que mandó hacer Luisa me hace suspirar cada vez que lo veo. Me levanto a darle un último vistazo antes de ponérmelo, es bello por donde se lo mire. Respiro hondo mientras lo detallo, debería sentirme dichosa; sin embargo, el día tiene cierto sabor agridulce, ya que mi madre no está aquí.

Christopher no es que me suba mucho los ánimos, ha discutido dos veces con Alex: el que aún no hayamos tenido sexo lo tiene de mal humor e irritable, eso y las constantes intromisiones del ministro. Lo bueno es que en medio de todo logré que descansara y comiera. A las siete de la mañana fue la unión civil, Luisa y Simon fueron mis testigos.

Desayuné con el coronel, la familia de ambos y mis padrinos, luego Christopher se fue a hacer sus cosas y desde las nueve de la mañana no lo veo.

Doy una vuelta alrededor del vestido que sigue en el maniquí. En ocasiones me cuesta creer que en verdad me voy a casar con Christopher Morgan, con el hombre que amo y con el que he vivido un sinfín de cosas, con el que he enfrentado acontecimientos que, por peor que sean, no hacen que deje de adorarlo.

—Empecemos —pide Lulú.

Me voy a la tumbona donde me pongo los tacones que me hacen veinte centímetros más alta, vuelvo arriba y suelto la bata que se desliza fuera de mi cuerpo.

—Te ayudo. —Se ofrece Lulú.

Es más de lo que pedí, todo es más de lo que pude imaginar y es gracias a tener amigas que te aman como Luisa, que estuvo en todos los detalles; Laila, que se esmeró por los zapatos; Brenda, que consiguió la iglesia y Alexandra, que estuvo pendiente en la organización de los eventos.

Me pongo el vestido y el blanco diamante abraza mi piel con un corsé entallado de encaje y pedrería que se ajusta hasta mi cintura, de él cae la tela bordada de organza y el tul de corte princesa.

La cola de tres metros con bordado cubre el piso, y mi espalda luce un escote en V que añade el aire sensual que no me gusta dejar de lado. El vestido resalta mis senos y las mangas caídas le dan un toque delicado.

¿Luzco como una novia bella? No, luzco como una jodida diosa, la cual parece que se va a casar en el Olimpo.

Los ojos se me empañan cuando me miro en el espejo de cuerpo completo, trato de sonreír, pero no puedo, porque pensé que nunca me vería así, que este sueño se había sepultado con el exilio.

—Cariño mío, las potras que se casan con millonarios vergones no lloran —me regaña Lulú—. No te dañes el día.

—Estoy embarazada y llena de hormonas —abanico mi cara—, así que no me culpes.

Lulú me señala el collar y no me lo quiero quitar, pero debo hacerlo, dado que la atención debe estar en el vestido y no en los accesorios.

Tocan a la puerta y mi amiga se apresura a abrir: es la empleada que trae a Harry, que ya está listo con su traje de pajecito.

—¿Me mandaste a llamar? —Entra como todo un hombrecito con el traje hecho a medida complementado con una pajarita.

El recuerdo de Luisa, Scott, Harry y yo jugando a que nos casábamos me encoge por dentro.

—Quiero saber si te gusta cómo me veo —le digo.

—Pareces una princesa. —Toca la cola del vestido —. Una muy bonita.

Me agacho y me pongo a su altura. Lulú me pasa lo que sabe que le voy a entregar y es la cadena que le regaló Brenda al teniente Smith, la misma que le quité a Jared cuando lo maté en Italia.

—Me hubiese gustado mucho que tu papá estuviera aquí, lo quería mucho, ¿sabes?

Asiente.

—Mamá también lo amaba.

Desabrocho la cadena, yo ya lo tuve por mucho tiempo y me la llevé para no sentirme sola. Ya no lo estaré y debo dársela porque es algo que le pertenece.

—Esto era de tu padre, pero ahora es tuyo y espero que te sirva para recordarlo y tener presente que te cuida desde el cielo.

Deja que se la coloque. En el espejo contempla cómo le queda antes de mostrársela a Lulú, quien le revuelve los rizos.

—Gracias, tía. —Me abraza—. Se la voy a mostrar a Abby.

—Ve. —Dejo que se vaya.

—No ha crecido, y ya lo quiero como yerno de la hija que aún no tengo —dice Lulú.

Me levanto cuando veo a Stefan. Se me hace raro que traiga el uniforme de los que servirán en el banquete y no el traje de gala.

—Perdón por interrumpir, pero quería verte antes de meterme a la cocina. —Se toma las manos como si tuviera conteniendo el impulso de abrazarme—. ¡Estás preciosa, Angel! Ahora sí estoy viendo ese brillo que tanta falta te hacía.

—Gracias, soldado, pero explíqueme por qué no trae su uniforme de gala como corresponde. —Miro la hora—. Va a llegar tarde, señor.

—Trabajaré en el banquete para que no anden diciendo por ahí que la teniente James no ofreció una buena comida…

—Stefan —lo corto—, no eres un sirviente.

No he estado muy pendiente de él con los últimos acontecimientos, es quien se ha encargado de, a su manera, arreglar mi apartamento. Se fue a vivir allá después de que Christopher me anunciara como su esposa.

—Quiero que vayas a la ceremonia.

—Y que no luzcas como un mesero —secunda Lulú.

—No soy bienvenido, es mejor no darte problemas.

—Claro que eres bienvenido —lo regaño—. Eres mi amigo, así que ve a cambiarte, que deseo verte en la iglesia.

—Ya la oíste —le dice Lulú—. A la novia no se le puede negar nada en su día, así que ve.

Lo saca.

—Y más te vale saber bailar; hoy no tengo pareja, así que te tomaré como muñeco.

Cierra la puerta y se encamina a la base que sostiene el velo con terminaciones de hilos plateados. Mi amiga lo toma y lo prepara para que pueda ponérmelo.

Vuelvo a observarme en el espejo de cuerpo completo, respiro hondo y me agacho para que Lulú coloque la última pieza que falta.

—Es precioso...

Las palabras de mi amiga se interrumpen cuando abren la puerta, miro atrás, y el pecho se me enciende al ver a la persona que entra.

—Yo lo hago. —Luciana le pide el velo a Lulú.

El vestido malva que luce la hace ver como lo que es, y es una mujer hermosa, la cual hoy trae el cabello suelto. Siento que la nube gris que tenía encima se dispersa; la nube, mas no las ganas de llorar, porque no tiene idea de lo feliz que me hace verla aquí.

Me doy la vuelta y dejo que me coloque el velo que acomoda sobre mis hombros.

—Lo odio a él, pero te adoro a ti —confiesa—. Casada o no seguimos siendo madre e hija.

Me vuelvo hacia ella para abrazarla, los brazos de una madre siempre son especiales y los de ella no son la excepción.

—Gracias —musito—. Sé que te cuesta esto...

—Sí, por eso solo voy a fingir que no es con Christopher Morgan, con quien te estás casando. —Toma aire por la boca y abre el cofre que tiene—. Usé esto el día que me casé, es tradición usar algo azul y viejo. Lo traje para ti.

—Se me verá hermoso.

Dejo que me lo coloque en el moño, los ojos se me vuelven a empañar y tomo varias bocanadas de aire.

—Te quiero mucho —le digo a mi madre.

—Yo también.

—Evitemos los retoques, porque estos polvos son caros. —Lulú se acerca con una brocha.

Hace lo suyo antes de echarme el perfume, ahora siento que tengo todo lo que necesito. Mis hermanas llegan a llenarme de halagos, y el organizador de la boda entra minutos después a recordarnos el protocolo.

La seguridad se extiende a lo largo de la casa y de la ciudad. El comando envió soldados que dispersó por todo el recorrido pautado y la Alta Guardia está atenta con todas las medidas que se requieren para que todo salga bien. Tyler estará como invitado, y eso lo tiene feliz.

—Hay que salir ya. —Llega Alexa con un ramo—. Estás hermosa.

—Gracias. —La abrazo.

Salgo al pasillo con las mujeres, que me acompañan, avanzan delante de mí para no pisar el vestido, y quedo en lo alto de la escalera, donde veo a mi papá abajo. El uniforme de gala que luce muestra las medallas obtenidas a lo largo de su carrera militar. Pone los ojos en mí, que bajo despacio, y él me recibe cuando llego al último escalón.

Sujeta mis manos y deja un beso en mi frente.

—La avioneta está encendida, aún estamos a tiempo de irnos —me dice—. ¿Qué dices? ¿Nos vamos?

—No.

—Te puedo llevar a la playa —insiste.

—Ya no soy una niña para que me compres con eso.

—Pero quiero que lo seas —confiesa—. Sinceramente, no puedo hacer esto... No quiero hacerlo.

—¡No se ande con gallinadas, ahora! —lo regaña Lulú—. Vaya afuera, que nos hará llegar tarde.

Los Morgan ya están en la iglesia, Alexandra parte primero con Lulú, Abby y Harry, mientras los escoltas revisan minuciosamente la limusina que abordo con mi familia. Sam se arregla el vestido color azul de satén que lleva puesto y Emma el escote de su vestido dorado.

La limusina arranca, y mis padres se esfuerzan por sonreír mientras nos abrimos paso en la ciudad.

—Hay que hacer algo en los días que estaremos aquí —sugiere Sam—. Ya vi varios lugares para visitar.

—Yo quiero ir a comprar ropa para los bebés —comenta Emma.

—Es demasiado pronto —comenta mi madre.

—Sí, como también es demasiado pronto para casarse —empieza mi papá—. Mejor, vámonos a Arizona y le compro un gato a cada una.

—Por cosas como estas es que no tengo vida sexual ni pareja —lo regaña Emma—. Espantas a todo el mundo con tus cosas.

—Vuelves a decir vida sexual y en tu conciencia quedará mi muerte —se exaspera Rick—. No me gusta imaginar a mis hijas follando.

Empiezan a discutir. Luciana le da un beso para que se calme, Sam cambia el tema y sigue recomendando sitios para visitar. Estarán varios días aquí, Alex puso High Garden a su disposición, ya que volverán a Phoenix después de las elecciones.

—Estamos llegando. —Emma aprieta mi mano, emocionada.

Hay varias calles cerradas antes de llegar al sitio. Las bodas en la FEMF no son normales, nuestro protocolo tiene ciertas reglas diferentes.

Las campanas suenan, los fotógrafos que contrataron le toman foto a la limusina. El sol está en su mejor momento y la hermosa iglesia de estilo victoriano se cierne sobre mí cuando llega el momento de bajar.

El organizador me guía a la entrada que me corresponde y los que entrarán conmigo me siguen.

—Abuelo, ven, que te presento a mi papá —le dice Harry a Rick—. Es el capitán Dominick Parker.

—¡Harry! —lo regaña Brenda.

—¡Genial, ya perdí a Harry también con otro zoquete! —Mi papá en modo drama es de lo peor—. Y miren a quién tenemos aquí. Al padrino, que casi no reconozco sin strippers alrededor.

—¿Strippers? —pregunta mi madre.

—Sí, cuéntele, ya que se cree muy digno —alega Patrick.

—Cállate, que estás hablando con un superior.

—Calma, papá —lo tranquiliza Sam—. Parece que te va a dar algo.

Me hacen seguir, unos se quedan abajo mientras yo subo a la segunda planta desde la que puedo contemplar la iglesia, la cual está llena. Olimpia, el Consejo, el equipo electoral de cada candidato, soldados con sus parejas y colegas que llevaba años sin ver han venido a ver cómo me caso.

Cho no pudo asistir, pero ella y los médicos de la isla me enviaron sus buenos deseos. En mi lugar termino de acomodar lo que falta. Las luces de los fotógrafos no dejan de parpadear, mientras los músicos se organizan en los palcos.

—¿Qué tal todo? —me pregunta Laila— ¿Sí te gusta?

—Me encanta.

Una ola de murmullo se desencadena abajo, muevo la cabeza al sitio y los intestinos se me retuercen cuando veo a Gema en la entrada. Atrae la atención de varios con un vestido marfil suelto, de punto y tirantes delgados.

Su madre la acompaña pegada de su brazo con un traje de falda y chaqueta formal. Ambas caminan por el pasillo principal mientras saludan.

—Esas entradas solo son para la novia y su séquito —se queja el organizador en el radio—, y el blanco estaba prohibido para todos los invitados.

La gente se ríe con un tono jovial mientras ella sigue caminando.

—Pensábamos que era la novia —le dice Leonel.

—Christopher no tiene tanta suerte —bromea ella.

Alcanzo a captar varios comentarios. «Se ve hermosa, teniente Lancaster». «En verdad creíamos que era la novia y por eso se nos hizo raro no oír las campanas». Reluce a Marie, que saluda con la cabeza, tiene poco cabello y mantiene la mano mutilada contra el pecho.

Mi madre sacude la cabeza enojada.

—Londres alberga gente que me da pena ajena.

Llama a mi papá. Juntos me dicen las palabras finales y los consejos que quieren que tenga presentes. Miro el reloj y el que se acerque la hora enciende los nervios que me ponen las manos frías. El collar me hace falta y de la nada me sofoco.

Se me hace raro que las cosas vayan perfectas, ya que para mí nunca lo son.

Mis padres hablan, Emma me arregla la cola del vestido y la imagen del Boss de la mafia rusa llega como un trueno a mi cabeza.

«Cuando salga de aquí, vendrás conmigo». La promesa a Antoni hace eco mientras mis padres me abrazan al mismo tiempo; juntos me desean lo mejor y yo paso saliva con dolor en la garganta.

¿Y si vienen por mí? ¿Si esto solo es una trampa para hacerme algo?

—¿Qué tienes? Estás pálida —pregunta Luciana—. ¿Necesitas que llame a Sam?

—Quiero hablar con Christopher —le digo.

—No se puede.

—Por favor —insisto—. ¿Cuándo todo había ido tan bien? En cualquier momento…

—Rachel —me calma mi papá—, no tienes por qué tener miedo, todos estamos aquí para protegerte.

—Damos inicio —avisa el organizador—. Novia, por favor, ve a tu lugar.

Las cuatro trompetas militares que resuenan en los cuatro palcos de la iglesia me arman un nudo en el estómago e incrementan la zozobra que me vuelve el pecho pesado.

El público se pone de pie al ver los soldados que se alinean con fusiles en el hombro, marchan y arman las filas que se comienzan desde la entrada hasta el altar.

—¡Bajen armas! —ordena Gauna, quien encabeza a la tropa—. ¡La milicia le rinde respeto al máximo jerarca, Alex Morgan, su exesposa Sara Hars y a su hijo, el coronel Christopher Morgan!

Entran, pero a ninguno de los tres les puedo ver la cara.

—Es hora —indica el organizador.

Mis nervios no se apagan y me concentro en el ramo decorado con perlas que me entregan. «Nada malo va a pasar», me digo mientras bajo hasta mi sitio. Harry y Abby hacen su entrada, arrastran a Peyton en un pequeño carro nupcial en lo que esparcen pétalos blancos. Alexa sujeta el brazo de Patrick, Luisa el de Simon, Brenda el de Parker, Laila el de Stefan, Emma el de Tyler; y Sam hace su entrada con mi madre. Todas las mujeres llevan un pequeño ramo entre las manos.

Avanzan hasta el altar y me tomo un par de minutos antes de mi momento. El corazón se me estrella de forma violenta contra el tórax. Son las dos de la tarde y varios faroles cuelgan a lo largo de iglesia.

—La milicia le rinde sus respetos al exgeneral Rick James y a la teniente Rachel James.

Los soldados se posan firmes, el violonchelo empieza a tocar la melodía y sujeto con fuerza el brazo de mi padre cuando se da inicio a la primera estrofa de la canción con la que caminaré al altar. *È troppo tempo che. Non siamo soli io e te. Non chiedo luce ormai. Quinde il mio sole sarai.*

Doy el primer paso en lo que siento el peso de todos mis órganos, y papá avanza con los ojos llorosos, no sé cuál de los dos tiembla más. No quiero llorar; sin embargo, me cuesta, ya que mi papá no se contiene a la hora de hacerlo.

Las lágrimas se me acumulan en los ojos por él, por mí, por todos.

—Siempre serás mi niña y una de las mejores medallas que me ha dado la vida —me dice—. Si te falla, recuerda que papá te esperará con los brazos abiertos, listo para llevarte a la playa.

Asiento con los pulmones ardiendo, todas mis amigas me sonríen con lágrimas en los ojos y el verlas así me recuerda lo mucho que me quieren. Con mi madre y mis hermanas pasa lo mismo: Sam frota los hombros de Luciana y Emma alza el pulgar deseándome suerte.

La distancia hasta el coronel empieza a acortarse y siento cómo la angustia merma poco a poco, el peso que tengo en el pecho se vuelve más liviano y mi corazón pasa de galopar a correr envuelto en llamas.

El ministro porta el uniforme de gala y se mantiene al lado del coronel, que me observa. Sin quitarme los ojos de encima, desciende los dos escalones previos al altar. Su loción avasalla mi olfato cuando queda frente a mí y le dedica un saludo militar a Rick, quien se limpia la cara antes de elevar el mentón.

—Dale todo el amor que le he dado yo desde que nació —le dice al coronel—. No me la dañes, no me la lastimes, porque te juro que no dudaré ni un segundo en venir por ella.

Dejo de temblar cuando Christopher me ofrece la mano enguantada que sujeto con firmeza.

—Una nueva familia nace a partir de hoy —habla el sacerdote—, y frente a este altar bendecimos esta unión ante los ojos de Dios.

Alza la cadena con la placa de la milicia que en nuestra entidad representa la unión de dos familias. El padre se acerca y muestra el grabado MORGAN -

JAMES. Alex y Sara respaldan a Christopher, mientras Rick y Luciana hacen lo mismo conmigo.

Sujeto la cadena con el coronel, con la mano de mis padres sobre mis hombros.

—Padres, bendigan a sus hijos —empieza el sacerdote—. Sean ejemplo, consejeros y un apoyo en lo que viene de aquí en adelante.

El sacerdote toca la placa.

—Que su primogénito porte esto con orgullo y se sienta dichoso de venir de ustedes —termina.

Mamá recibe mi ramo, y Sara, la cadena para que podamos continuar. Una leve melodía suena de fondo en lo que el coronel y yo subimos al altar.

—Queridos hermanos…

—¿Dónde está el collar? —murmura Christopher, serio—. Te dije que…

—No es momento para reclamaciones, yo no te estoy echando en cara el que no estés desnudo como lo prometiste.

El padre sacerdote se calla cuando se lleva las manos a la chaqueta como si fuera a soltarse los botones, se las bajo, y él entonces procede con la conmemoración, cumple con el protocolo y con las tradiciones de la ceremonia católica.

Siento los ojos de Gema y Marie sobre mi espalda, los asientos que ocupan están en primera fila.

Pasamos por las oraciones, bendiciones y no me amargo como tampoco pienso en terceros. Ya tuve miedo al entrar, y ese disgusto es lo único que me puedo permitir en este día.

Concentro los ojos en el altar y a mi cabeza traigo todo lo que me tiene aquí. Recuerdo por qué Christopher, pese a ser todo lo malo, para mí es todo lo que quiero.

Observo el uniforme y el perfecto rostro que permanece serio mientras yo evoco los momentos donde he sido feliz a su lado.

Tuve una relación de años en donde nunca sentí las cosas que siento por el hombre que está conmigo en el altar. El viaje en la avioneta da vueltas en mi mente, el baile frente a la chimenea, el «te amo» que me dijo el día que me vio vuelta mierda. La piel se me eriza con los besos dados en secreto, con su cuerpo sudoroso sobre el mío, los orgasmos cargados de pecado, las indignidades que me han llevado a su boca. El corazón se me estremece con frenesí y cierro los ojos, saboreo los susurros en medio del éxtasis, como también la sensación de seguridad que estoy sintiendo ahora y que nunca he sentido con nadie.

Noto que me mira el escote del vestido con los ojos oscuros, me pongo bien el borde del encaje, suspira, y el que me toque hace que cambie el peso de un pie a otro.

—Que el mundo sepa lo que son —declara el sacerdote—. Ya que, si a ustedes se les olvida, el mundo tendrá la obligación de recordárselo —continúa—. Esta iglesia será testigo de lo que son para sí mismos y de las promesas que nunca podrán romper.

Damos media vuelta al mismo tiempo, quedamos frente a frente, su mano se une a la mía mientras todos esperan los votos, las palabras dulces que, suelen decir las parejas que se hallan frente a un altar.

Nuestros ojos se encuentran, el deseo emerge y…

—Somos lascivia, somos lujuria y somos deseo. —Mi voz se acompasa con la suya en el momento de hablar—. Somos los malos que no le envidian nada a los buenos. El ejemplo de lo que no se debe ser, pero sí de lo que vale la pena disfrutar.

Reparo en el movimiento de su preciosa boca.

—Somos lo inmoral, lo insano y lo incorrecto —continuamos—, pero no importa, ya que cada segundo en los labios del otro lo vale. Cada montada, cada embestida, es un pacto que nos reitera y afirma que como nosotros ninguno.

Sujeto su mano con fuerza antes de iniciar las promesas.

—Prometo arrebatarte de los brazos del que sea con tal de que siempre seas mía —empieza él.

—Prometo ser la única mujer que amarás siempre —respondo.

—Prometo ser la bestia que hará todo por tenerte —continúa.

—Prometo amarte en todas tus facetas.

—Prometo buscarte en el mismo infierno si es necesario. —Sujeta mi cuello y me lleva a su boca—. Prometo que mientras viva nunca dejarás de desearme. Prometo follarte todos los días, ser tu escudo, amante y marido, como también prometo ser el único que te hará temblar como lo haces ahora.

Entierro los dedos en la manga de la chaqueta que aprieto en lo que lidio con lo que me mata desde adentro.

—Prometo darte mil y un motivos para que siempre quieras encontrarme, ser el oxígeno que necesitas para vivir, marchar a tu lado hasta el fin de los tiempos —muero por besarlo—, ser la madre de todos tus hijos y la mujer candente que nunca dejará de amarte.

—¡Dilo, maldita sea!

Un leve tirón en mi cuello me acerca más a sus labios.

—¡Te amo! —exclamo.

Su lengua entra a mi boca con un beso ardiente que me hace abrazarlo mientras devoro sus labios…, siento como si me echaran aceite caliente por todo el cuerpo.

—Hija —trata de decir el sacerdote, pero yo no quiero soltar sus labios ni alejarme de él.

—¡Será que pueden proceder con los anillos! —se enoja mi papá, y detengo el beso.

«Siento que ardo por dentro». Él se pasa las manos por el cabello mientras Harry y Abby acercan los anillos, se hace el intercambio, y yo ya no puedo dejar de mirarlo en lo que continúa la ceremonia.

Bien se dice que lo malo usa lo hermoso para esconderse, y Christopher es el ejemplo: con solo verlo, basta para que se me mojen las bragas.

Se humecta los labios una y otra vez, juraría que el padre siente el desespero de ambos porque no les da tantas vueltas a las cosas y se apresura a la pregunta final.

—Todos los que están aquí presentes somos testigos de la unión de estos dos seres que han decidido amarse —dice—. Y para tener la certeza ante los ojos de Dios, pregunto:

El coronel se impacienta.

—Christopher Morgan, ¿aceptas a Rachel James como tu esposa para amarla, respetarla —empieza—, cuidarla y protegerla en la salud y en la enfermedad, en la riqueza y en la pobreza, hasta que la muerte los separe?

—Sí. —Se vuelve a pasar las manos por el cabello.

—Rachel James, ¿aceptas a Christopher Morgan como tu esposo para amarlo, respetarlo —prosigue—, cuidarlo y protegerlo en la salud y en la enfermedad, en la riqueza y en la pobreza, hasta que la muerte los separe?

—Sí.

—Lo que une Dios que el hombre no lo separe. Los declaro marido y mujer.

No ha terminado de decir la oración cuando Christopher ya está besándome otra vez mientras la iglesia rompe en aplausos. Está peor que el día que me visitó en la isla, y tal cosa queda demostrada en las ganas que tiene de arrancarme el vestido.

Separo nuestras bocas y le hago frente al público, que está de pie. Emma me entrega el ramo, entrelazo mis dedos con Christopher y los soldados se alinean de nuevo.

—¡Firmes todos! —ordena Gauna.

Los fotógrafos no paran de sacar fotos.

—¡Sables listos! —continúa—. ¡Arco!

Juntan los sables como demanda la tradición.

—La milicia da por concluida la unión del coronel Christopher Morgan y la teniente Rachel James —continúa Gauna.

—¡Enhorabuena! —contestan los asistentes al unísono—. ¡Y buena fortuna para los Morgan James!

Los soldados que están afuera hacen sonar el fusil tres veces y avanzamos juntos a la salida, seguidos de la familia de ambos, los padrinos, las damas de honor y los aplausos que no cesan.

El caminar de la mano del hombre que amo es sin duda uno de los momentos más bellos que me ha dado el universo.

Atravesamos el arco formado por los uniformados que esperan a afuera de la iglesia, los dos últimos soldados los bajan los para el típico beso y la mirada del coronel los hace subir de nuevo cuando reafirma que no va a hacer tal cursilería.

Sara me felicita, Alex me sujeta el cuello y me besa antes de abrazarme.

—Con o sin él sigues teniendo mi apoyo —me dice— para lo que sea, en todo momento.

—Gracias, ministro.

Estos hombres emanan calor todo el tiempo. El coronel no disimula a la hora de alejarme, me hace caminar a limusina que espera.

Las fotos no paran, y Christopher se niega a responder preguntas. Solo sube conmigo al vehículo.

—¿Qué espera? —regaña al conductor cuando no arranca.

Este le muestra la escena que tiene al frente.

—Las mujeres de adelante no se quieren apartar.

—¡Queremos el maldito ramo! —grita Laila.

—Atropéllalas —ordena el coronel.

Le doy en el brazo antes de pulsar los botones que abren el techo del vehículo, pongo los pies en el asiento y salgo por él.

Todas las solteras se van hacia atrás y se preparan para el lanzamiento.

—¡Uno…, dos…, tres! —cuentan, y lo arrojo.

Me volteo rápido para ver quién lo atrapó y es Gema la que lo tiene entre las manos, pese a que ni siquiera está en el grupo.

—Ahora solo tengo que esperar el divorcio —bromea, y el comentario no me hace gracia.

—¡Ve a regocijarte con la fortuna de tu puto marido! —grita Lulú—. ¡Vivan los novios!

Le tiro un beso a mis amigas cuando la limusina arranca, vuelvo adentro a besar a mi marido. La ventanilla de privacidad está puesta y él se deja abrazar, mientras busca la manera de meter las manos bajo mi vestido; le cuesta, ya que la falda le dificulta el acceso.

—¿Vas a estar con eso toda la noche? —pregunta, molesto.

—Sí —miento—. ¿No te gusta?

—Tengo muchas ganas de follarte. —Se aferra al escote de mis senos, y me alejo para que vea lo que tengo.

Despacio recojo la falda del vestido.

—Mira esto.

Le dejo ver la ropa interior y se le oscurecen los ojos.

—¿Qué esperas para quitarlas? —Le sonrío—. Las escogí para ti…

Se ríe, sus nudillos rozan mi sexo antes de bajarlas, estoy tan dispuesta que mi sexo húmedo le muestra las ganas que le tengo. Sus besos suelen dejarme lista y dispuesta para él. Pasea los dedos por mi coño y se los lleva a los labios antes de besarme; luego, busca la forma de llevar la boca abajo y no lo dejo.

—Te estoy dando todo lo que tú quieres. —Reparte mordiscos pequeños por mi cuello—. Sé considerada y ayúdame con esto que quiero follar a mi mujer.

Hace que le toque la polla, que se le marca por encima del pantalón.

—Yo también quiero follar a mi marido. —Soy yo la que lo besa ahora.

Me da gracia verlo enojarse con el velo, dado que le dificulta el acceso al corsé. Toca las cintas, pero no alcanza a soltar nada, ya que los fotógrafos le cierran el paso a la limusina cuando se detiene.

—Hemos llegado a la recepción —anuncia el chófer, y Christopher se enoja.

Para su lástima, solo estábamos a un par de calles del sitio.

—Créeme que complacerte es lo que más quiero —juego con los botones de su chaqueta— y te juro que lo haré. —Le acaricio el cuello con la nariz—. Serás tú el que me pidas que pare y notarás lo caliente que me tiene mi estado.

—Recuérdame de quién es que estás preñada. —Toca mi abdomen antes de deslizar la mano hacia mis caderas.

—De usted, coronel Morgan.

Abren la puerta que le da paso al sinfín de felicitaciones por parte de los medios internos del comando. Los escoltas nos rodean y entramos juntos al emblemático salón que alberga la lujosa decoración que se dispuso. El techo abovedado exhibe ilustraciones de varias obras de Leonardo da Vinci; las lámparas de cristal son una de las decoraciones más hermosas que tiene el sitio, iluminan las mesas largas que albergan familias y grupos con amistades en común.

Los manteles que escogió Sara son preciosos, al igual que los arreglos florales que hay a lo largo del espacio. Amo las escaleras, porque son del tipo que te permiten hacer la mejor de las entradas.

—¡Démosles la bienvenida a los novios! —pide el organizador, y bajo las escaleras con mi esposo.

Al coronel le asquea el término «novios», es demasiado cursi para alguien a quien plantarse en un altar ya le parece un milagro.

Alexandra me ayuda a quitarme el velo y la cola del vestido para que pueda saludar sin nada que me incomode. Trato de que mi sonrisa distraiga la seriedad del coronel, quien deja claro que no le gusta este tipo de actos. Al que no le cae bien lo deja con la mano estirada (a la mayoría de la gente si soy más exacta). Para él, es más importante estar prendido de mi boca que responder a las preguntas que le hacen.

—Teniente Lancaster, ¿qué obsequio les trajo? —pregunta Leonel Waters de la nada, y todo el mundo pone los ojos en Gema, que entra con una pequeña caja entre las manos.

—Es una tontería, un detalle de futura viceministra a futuros mandatarios. —Se acerca—. Espero les guste, lo escogí con mucho amor.

Me lo entrega y no me trago su hipócrita sonrisa.

—¡Que lo abra! —piden varios de los invitados.

Los ojos de todos quedan sobre mí, la gente insiste y no me queda más alternativa que rasgar el papel. Tras ello, abro la caja y las amígdalas me duelen cuando veo lo que hay dentro. El pulso se me dispara al entender lo que acaba de hacer la zorra ardida que tengo enfrente.

—Me dio curiosidad verle al coronel dos M tatuadas en la espalda —habla para todos—, analicé, até cabos, y la noticia me alegró tanto que mandé grabar las letras en dos sonajeros de plata.

Los murmullos no se hacen esperar, como tampoco las miradas de los que ponen los ojos en mi vientre.

—Felicidades por los dos bebés que vienen en camino —concluye—. Son la cadena que acaba de afianzar los lazos de mami y papi.

Expone mi embarazo ante cientos de personas, pese a que sabe las consecuencias que trae a mi reputación y los líos que tiene Christopher con las mafias. Las uñas me duelen ansiosas por enterrárselas en los ojos.

—Son la cadena que nos ha traído felicidad después de haber pasado por una tragedia. —Alex me quita el regalo mientras habla para todos—. Te lo agradecemos, Gema, pero elegiste mal, la plata es algo demasiado pobre para un Morgan.

Las risas no se hacen esperar.

—Perdón por querer regalar un toque de humildad —responde ella en modo de broma.

—Tranquila, lo importante es que el secreto de la juventud ya tiene herederos —sigue Alex—. Agradezcamos que Reece haya desintoxicado a la teniente James y que gracias a ello hoy sea abuelo.

—Tienes mucha razón —sigue Gema, quien toma la copa de champaña que le ofrecen—. Christopher, di algo, ¿te tomó por sorpresa la noticia?

El coronel se encoge de hombros, me abraza por detrás y me pone contra su pecho.

—No, no me sorprendió, y a nadie tiene por qué sorprenderle, ya que la teniente es mi mujer desde hace tiempo —espeta el coronel—. Es normal que la preñara, a cada nada la monto y la follo...

Aprieto su mano para callarlo, no son necesarios tantos detalles, hay gente, mi familia, la crudeza de sus palabras me está acalorando la cara.

—Gracias por el regalo, teniente Lancaster —le digo a Gema—. Esperemos que el primer cumpleaños sea tan grande como la boda, y así todos podremos volver a reunirnos.

Los invitados nos aplauden y me acerco a darle un beso en la mejilla para que le arda más todo lo que está pasando.

—Se iba a saber, gracias por ahorrarme el anuncio —le susurro.

Ignoro los ácidos gástricos que me queman el estómago. No quería que esto se supiera todavía, dado que hay muchas amenazas encima. Antoni es peligroso, las promesas hechas empiezan a dar vueltas en mi cabeza, al igual que las amenazas lanzadas hacia el coronel.

Vuelvo a los brazos de Christopher, que, en vez de preocuparse por las tonterías de la idiota de Gema Lancaster, empieza a molestar con que quiere irse. Solo se toma dos fotos antes trasladarse conmigo al lugar que se asignó para las felicitaciones.

Lo correcto es ir a saludar mesa por mesa, pero con los Morgan no pasa eso, son los invitados los que se acercan a saludar. Creen que su apellido está por encima del de todos y, por ello, no realizan recorridos.

Veo a la familia de mi papá y le abro los brazos para que me feliciten. Los primos de Rick se acercan, así como los hermanos e hijos de estos.

—Nos alegra que estés bien —me dice mi tío Héctor—. Los que no pudieron venir te envían saludos.

Asiento, palmean mi espalda, medio le dan la mano a los Morgan y se alejan a su mesa.

—Uno cree que al fin se va a acabar la línea y vienen estos otra vez con sus pestes generacionales —bromea el embajador, que nos saluda.

—Dos varones —contesta Alex, quien pone la mano en mi vientre— que soportaron ya dos atentados, así que hazte una idea de lo grandes que serán, como todos los nuestros.

El coronel le quita la mano. Por suerte, el embajador no nota el desaire, como tampoco la mirada asesina que Alex le dedica al hijo.

—Anda, que te voy a mostrar el uso que les doy a las bragas —musita Christopher solo para los dos.

Lo siento cansado, tenso y cargado.

—¡Legión, buen amigo! —llaman a Christopher, y el término me pone los pelos de punta.

—¡Death! —grita Emma a un lado.

Los invitados se miran entre ellos cuando mi hermana se le va encima al hombre que la toma y alza como si fuera una muñeca, mientras Emma se ríe y le grita que no la deje caer.

—¡Emma! —la regaña mi mamá.

Death la deja en el suelo. Pese a que viste de traje, él y sus doce colegas dan miedo con los músculos y las caras maltratadas; las camisas de manga larga camuflan los tatuajes y cicatrices que suelen verse en su entorno.

—Rick, Luciana. —Death les da la mano a mis padres—. Sam, qué elegante vestido.

Alex no deja que toque a Sara y que tampoco lo toque a él.

—Teniente, está usted hermosa, felicidades.

—¿Qué es esto? —reclama Alex mientras la encargada se acerca con una lista.

—Disculpen —dice la mujer—, pero revisé dos veces, y no veo el nombre de ninguno.

—No fuimos invitados —contesta Death—, pero Legión…

—No le digas así —se molesta Alex—. Su nombre es Christopher Morgan.

—No siempre, ministro —se defiende el amigo del coronel.

—Fuera de aquí —lo echa.

—No estropearemos la fiesta —intervengo—. Son bienvenidos. Arregle una mesa para ellos, por favor.

—Gracias, teniente.

Death Blood es el organizador del Mortal Cage en América, por lo que lo mejor es mantener la fiesta en paz con él. Mi hermana menor se le pega al brazo como si fuera algún amigo de la preparatoria.

—¿Viste los videos qué te envié? —le pregunta mi hermana—. Hay varios más que quiero mostrarte.

—Yo también tengo varios para ti. —Se van juntos—. Veámoslo después del baile.

—Christopher, ven conmigo. —Se lo lleva el ministro.

Sara se va a ver el banquete, y mi papá, a saludar a sus viejos colegas. Sam y mi madre son las que me acompañan a la hora de recibir los saludos que faltan.

Angela trajo al expadre Santiago, quien me da sus mejores deseos, al igual que Scott, Gauna y Olimpia.

—Hermoso todo —me felicita la sobrina de Olimpia—. Tus amigas se esforzaron.

Se van con la viceministra y Marie con Gema son las que siguen.

—Hasta que lo lograste —me dice Marie—. Nunca creí que Christopher se casara con la puta que fue ebria a buscarlo, siendo todavía la novia de su mejor amigo. Regina ha de estar revolcándose en su tumba al ver que ahora tienes su apellido.

Mi madre se endereza y se agranda frente a ellas.

—Usted no me agrada; aun así, le diré que aquí no estamos reluciendo nosotros —le dice Luciana—. Los que han de sentirse orgullosos son ellos, cualquiera no se da el lujo de tener a una Mitchels como mujer.

—Queremos saludar al director del hospital militar —comenta mi hermana—. Les agradecería que se hagan a un lado.

Las mujeres se van, el director del hospital se acerca, y con él terminan los saludos. El organizador manda a servir la cena. El coronel vuelve a mi lado y me besa el hombro, no le veo la argolla en la mano y me giro, furiosa.

—No han pasado ni…

Me callo cuando noto que la tiene en la otra mano: fui yo la que se la colocó en el dedo equivocado.

—Vámonos ya. —Aprieta la tela del vestido—. En verdad, estoy hastiado.

—No la hostigues, que es su fiesta —lo regaña el papá—. ¿Cuál es el afán de irse a encerrar a High Garden?

El coronel se pellizca el puente de la nariz y le froto el brazo para que tome todo con calma.

—No deberías usar ropa tan apretada, Rachel. —El ministro intenta tocar el corsé, y Christopher le aparta la mano.

—Deja de hacer eso y deja de meterte en lo que no te importa —advierte.

—Son mis nietos.

—Pues no me gusta que lo hagas.

—¿Por qué siempre tienes que ser tan grosero? —lo increpa Sam.

Christopher la ignora y el organizador nos aborda.

—Novios, pasen a la mesa, por favor —nos piden, y el coronel voltea los ojos.

Todo con él es como una cuenta atrás; la cólera parece que se niega a dejarlo en paz, así que me voy a un lado alejado con él.

—Es normal que Alex quiera ser amoroso —le digo—. No tienes por qué enojarte.

—Se cree el papá, y no es así —me reclama—. Y lo cree porque le diste esa potestad al refugiarte con él cuando tenía que ser conmigo.

—No voy a pelear contigo hoy. —Lo beso—. Quiero disfrutar mi fiesta.

—Yo quiero irme ya...

—¡Novio! —Lo abraza Patrick con la mano vendada—. ¿Te gustó todo? ¿Necesitas algo?

—Dime novio otra vez y te parto la cabeza.

Le quita la mano y se larga, molesto.

—Todo está perfecto, gracias. —Dejo un beso en la mejilla de mi padrino de bodas—. Lamento mucho lo de la mano.

—Todo está solucionado, no te preocupes.

—¡Patrick! —lo llama Alexa, y tan solucionado no creo que esté.

Tomamos asiento en la misma mesa donde están mis padres, Alexa, Patrick, Brenda, Parker, Luisa y Simon. Laila, por motivos personales, está en la mesa de Angela, Gauna, Tyler y Santiago.

No quiere que haya tensión entre ella, Alex y Sara.

Hay una persona encargada de los niños, que juegan aparte. Emma se acerca con Death y pide una silla para él. Alex parece que se quiere morir y mis padres respiran hondo al mismo tiempo, ya que varios de los invitados no la pierden de vista.

Le dan inicio al banquete que coordina Sara. El cerdo huele delicioso y trato de comer, pero Christopher detiene el tenedor que intento llevarme a la boca.

—No puedo seguir aquí, sabiendo que no tienes nada por debajo. Entiéndeme un poco, por favor —susurra en mi oído—. Si solo me dejaras comerte ese coño...

—Será que el novio puede comer —habla Patrick—. No vaya a ser que te desmayes en el baile.

—No voy a bailar nada —espeta Christopher, enojado.

Sara se une a la mesa, y Stefan está al pendiente de todo. El plato principal está acompañado por la salsa que probé por primera vez en París y, en una mesa, él explica cómo se hace.

—Gelcem es un soldado servicial —le dice papá a Alex—. No está de más apoyarlo para que emerja.

—No tiene la madera que se requiere para ser un soldado de alto rango —se opone el coronel—, así que olvídalo, que en mi mandato no lo será.

—Lo que quiere decir el coronel es que tendrá que demostrar —interviene Patrick —que puede avanzar...

—Ya demostró que no sirve para nada —sigue el coronel, que nunca se preocupa por agradarle a nadie—. Si quieren darle apoyo, cómprenle un bastón, porque por mi parte no le daré nada...

Luciana mira a Alex a la espera de que diga algo, pero no consigue nada y no lo va a conseguir. El ministro, pese a que pasa peleando con Christopher, es otroególatra, el cual cree que solos ellos hacen bien las cosas.

Pongo los ojos en Stefan, que sonríe mientras habla; a mí no me parece un mal soldado, el problema es que Christopher detesta a la gente débil y le cuesta dar oportunidades.

Acabo con el postre que trajeron, el coronel no come mucho, mi familia permanece en la mesa conmigo y llega el momento de las personas que quieren ofrecer palabras a los novios antes del baile. Sara Hars es la primera que sube, habla sobre Christopher cuando era pequeño y me da la bienvenida a la familia. Sam es quien dará el discurso familiar por parte de mi familia, avanza al sitio y en la tarima ajusta el micrófono antes de empezar a hablar.

—Mis hermanas, mi madre y yo venimos de una línea de mujeres a las cuales se les señala la belleza como algo para triunfar, y papá nos demostró que es un mito falso al enamorarse de la inteligencia de mi madre —empieza—. Por eso le pedimos, coronel, que no se enfoque en lo exterior, que no solo la vea como una cara bonita. Nos gustaría que amara la forma que Rachel tiene de aferrarse a sus sueños, a la mujer que por sus méritos ha llegado donde está y que siempre busca la manera de que todos seamos felices —suspira—. Es todo, gracias.

Todos la aplauden al bajar.

—Te seguimos detestando —le aclara mi mamá a Christopher.

—Me importa una mierda —contesta el coronel.

El que le aclare que lo detesta está de más, el modo en que lo mira siempre lo deja más que claro. Mis tías ni siquiera se tomaron la molestia de venir.

Paseo la vista por el salón y veo a la mujer que llega y se une a la mesa donde están los del Mortal Cage, es la misma mujer de cabello rubio cenizo que vi en la casa de Red Hill cuando hirieron a Alex.

Mira a Christopher mientras Patrick sube a dar su discurso.

—¡Conserva los pantalones! —le grita Simon, y Luisa le pega un codazo—. Lo siento, no lo supero todavía.

Le vuelve el ataque de risa, que contagia a Parker y a Brenda. Patrick carraspea antes de empezar.

—Si ven a una pareja cenando en Hawái a la que ustedes le preguntan si son pareja y responden los dos al mismo tiempo que no, no los crean —dice—, no los crean porque lo más probable es que se terminen casando como los individuos que acaban de contraer nupcias.

Hace reír a todo el mundo con las indirectas que me suben el rubor a la cara. El coronel mantiene el brazo sobre mi silla y esconde la cara en mi cuello, quiero saber qué hace esa mujer aquí; sin embargo, no quiero protestar con tanta gente en la mesa.

Patrick finaliza con su discurso, pide que alcemos la copa para un brindis y Alexa alcanza mi mano cuando el capitán se baja.

—Espero que les guste el artista, no es gran cosa, pero nos esmeramos para conseguirlo con el fin de que pudieran disfrutar de su primer baile.

—No sé bailar —empieza el coronel—. Tampoco sé hacer pendejadas.

—Tiene razón, no sabe bailar —le sigo la corriente—; sin embargo, no voy a defraudarte, Alexa, bailaré con Patrick o con el ministro, y luego con mi papá.

Ella asiente un tanto decepcionada.

—Alex, ¿me esperas al pie de la escalera, por favor? —le pido—. Primero bailaré contigo y luego con mi papá.

Ambos asienten y el coronel suspira cuando me levanto a buscar a Lulú.

Christopher

Miro el reloj harto de todo lo que me rodea. El querer dejar de verle la cara a Rick James, Luciana y a Alex no es un deseo, es una necesidad.

Empiezan a preparar la pista y me pregunto qué necesidad hay de tanta estupidez, ya estamos casados, era lo que importaba.

Desde su asiento, Uda alza su copa en señal de brindis, sonríe y vuelve a su conversación con los del Mortal Cage. La conozco hace años, tengo presente el primer día que la vi, fue minutos después de una pelea.

—Le pedimos a todos que nos acompañen a la pista —piden en el micrófono—. La novia hará su primer baile.

El término se me hace tan ridículo como el acto. La gente se empieza a mover y busco a Rachel, ya basta de tanta tontería. Trato de ubicarla en medio del gentío, pero mi tarea queda a medias cuando los invitados fijan la vista en la escalera doble, donde aparece.

Me quedo quieto con la punzada que desata la mujer con la que me casé.

Es la misma punzada que recibí el día de la cena hace tres años.

La misma punzada que recibí el día que la vi desnuda en Brasil.

La misma punzada que recibí el día que la vi entrar al juicio.

La misma punzada que recibí el día que la vi bailando en su papel de

Nórdica y la misma sensación que sentí hace unas horas cuando la vi entrar a la iglesia.

Mi sistema hace cortocircuito al pasar los ojos por su cuerpo, reemplazó el blanco por el rojo, como si unos minutos antes fuera la Rachel que ama a todo el mundo y ahora sea la Rachel que me gusta y me ama solo a mí. El collar con el diamante azul le brilla en el pecho. Los labios se me secan y mis celos se encienden al fijarme la mirada que le dedican los hombres, pero cómo no mirarla, si la tela de encaje se le ciñe y resalta toda su figura.

Demuestra que no necesita ponerse un sostén para decir que tiene las tetas perfectas.

La apertura en la pierna me hace pasar saliva. Por inercia camino hacia su sitio cuando ella empieza a bajar, desbarató el moño, se dejó el cabello suelto y se aplicó un labial rojo, el cual no hace más que encender mis ganas de besarla.

El escote profundo que luce en el pecho convierte la prenda en mi nueva cosa favorita.

Alex la está esperando y me adelanto; con grandes zancadas subo a tomar la mano de la mujer, que baja conmigo.

Dejo claro que por mucha hambre que le tengan otros es mía y nunca dejará de serlo.

—Deseo bailar con el ministro —me dice.

—Con ese atuendo, solo te toco yo —espeto.

El traje me pica y la respiración se me torna pesada. Tengo que salir rápido de aquí o esto va a terminar mal.

Nos abren el paso, las luces se tornan tenues al entrar a la pista de baile donde ella queda frente a mí. Me resulta inevitable no besarla y tocar el escote que tiene atrás. Pone la mano en el centro de mi espalda y mis dedos se entrelazan con los suyos.

La guitarra y el piano comienzan la canción que marca el inicio de nuestro baile a solas cuando tocan las primeras notas.

♫ *Would you dance if I asked you to dance?*
Or would you run and never look back? ♫

—Con ustedes, el señor y la señora Morgan —anuncian mientras bailamos.

Está a punto de llorar y yo estoy a punto de romperle la ropa. El balanceo de ambos se acompasa como en el sexo, en el trabajo…

—Esto es romántico. —Me sonríe.

—Nada puede ser romántico con ese vestido y con lo que me estoy imaginando en este momento.

Paseo las manos por su nuca y la beso de nuevo. Se le salen las lágrimas, que aparto. Apoyo mi frente contra la suya en lo que sigo bailando con ella.

—Perdón, mi estado me pone sentimental...

—Sí, claro.

Se aparta y luce el vestido mientras le doy la vuelta, queda contra mi espalda y le recorro el vértice de los hombros con la nariz.

Entorno los ojos cuando los presentes empiezan a cantar el coro de la canción. Rachel los sigue y más cursi no puede ser.

♫♫ «*I can be your hero, baby*». ♫♫

—Soy melómana, recuérdalo. —Se gira y recuesta la cabeza en mi hombro.

Las fotos siguen mientras yo no dejo de besarle los labios, las mejillas y los hombros, quiero tenerla desnuda y besarle otras cosas también.

El público rompe en aplausos en la última estrofa que termina con mi boca sobre la suya.

—Vámonos —le pido.

—Mi turno. —Me la quita Rick, quien me aparta sin ningún tipo de sutileza.

La pista se llena y salgo en busca del trago que necesito. Uda sigue en su mesa y con la cabeza le pido que me siga.

—Legión —me saluda con un beso en la mejilla mientras pido el trago en la barra.

—Vamos arriba. —La traigo conmigo.

Subo las escaleras con ella, la llevo a la sala de arriba y de la cartera saca lo que requiere para las muestras que va a tomar.

—¿Cómo te has sentido en los últimos días?

—Mal.

Me saca sangre y revisa mi estado en general; no es la primera vez que lo hace, varias veces se ha ocupado de mis golpes. Trabaja con su propia medicina y con sus propios métodos.

Verifica mi estado en general.

—Te enviaré los resultados en cuanto los tenga, ojalá no sea nada —dice—. Descansa, es algo que tu cuerpo agradecerá.

—Tendrás la respuesta a mis síntomas físicos —pregunto—. Pero ¿qué hay de lo otro?

—Eres tú, siendo tú, has aguantado mucho, y tu paciencia ya está casi a cero —responde—. Me alegra eso, sabes que amo verte sumergido en tu lado malo.

—Siempre he estado sumergido en ese lado. —Me coloco bien la ropa.

El que estuviera calmado no quiere decir que lo estuviera por fuera. Uda lo recoge todo, es de las pocas mujeres que se da el lujo de presumir de cerebro, habilidades y belleza.

—Volveré con los chicos, lo mejor es que no se embriaguen —avisa—. Cuídate, no quiero que te pase nada malo.

—Sí, de seguro que si me pasa algo estarías toda una vida llorando —la molesto.

—No lo dudes.

Deja un beso en mi mejilla antes de marcharse. En el baño me echo agua en la cara y vuelvo abajo.

La música está en su máximo apogeo, todo el mundo bebe y celebra. Rick James sigue en la pista con Rachel, mientras que Emma James está bailando una canción de los 80 con Death y Tyler al mismo tiempo.

Luciana permanece en su mesa con la otra hija, Simon y Luisa Banner. Pongo los ojos en el reloj al sentarme, no sé cuánto va a durar esto.

Gema se largó hace horas con Marie. Se acercó un par de veces a hablar y no la dejé.

Me quedo en mi asiento, la gente frente a mí sigue con el festejo y enloquece con la canción que suena en ese momento. Rachel viene a cada nada a besarme eufórica, actúa como la reina de la noche, se atiborra de pastel y baila con todo el que la saca.

«Me quiero ir, maldita sea». Me acomodo la polla y me muevo incómodo en el asiento, el calor que hace es desesperante y, como si fuera poco, Alex llega y se sienta a mi lado.

—Estoy en una etapa donde me enerva tu existencia —empieza.

—¿Y esa etapa empezó desde que nací? —increpo.

—No quiero discusiones —espeta—. Le pedí a Miranda que empacara prendas para ti y Rachel, quiero que se queden en High Garden en los próximos días. Rachel tiene que descansar, debe cuidarse, y es algo de lo que nos encargaremos los James y yo. No es una sugerencia, es una orden, la cual vas a obedecer. A los escoltas que estaban en el *penthouse* ya los mandé para la mansión.

Me reservo las palabras que muero por decir. Recibo el trago que me ofrecen, Rachel me mira y coquetea conmigo desde lejos, hace que mi cabeza imagine las mil formas en las que podría follarla con el vestido que tiene puesto. Viene a mis piernas y Alex mueve la cabeza en un gesto negativo.

—Mujer, cálmate un poco, es peligroso lo que haces —le dice el ministro.

—¿Bailar le parece peligroso, ministro? —replica ella.

—En tu estado lo es —exagera—. ¿Y cómo puedes estar cómoda con ese vestido?

Los James no tardan en aparecer, y agradezco que la gente poco a poco empiece a irse.

—Cariño, me gustaría que me hicieras un recorrido por la mansión cuando lleguemos —le pide Rick James a la mujer que me abraza—. Extraño las caminatas en las que recorríamos terrenos hasta el amanecer.

—Es casi medianoche.

—¿Y? Cuando me muera lamentarás el no haber paseado con tu padre.

—Solo di que no quieres que duerma con el marido y ya está —le dice Emma James, quien recibe la bebida que le trae Tyler.

—Rachel, por los mellizos, será precavida con todo —interviene el ministro—. Es un embarazo de alto riesgo y es consciente de que hay cosas que no le hacen bien.

—Hazle entender eso a su hijo —apunta Luciana—. Tiene serios problemas de autocontrol.

—Es verdad —la apoya Alex—, pero es algo que va a empezar a cambiar.

Empiezan a hablar de temas que no me interesan. Los presentes se acercan a despedirse, los únicos que se quedan son los del Mortal Cage, que se sirven lo que queda de una botella, alzan los vasos y brindan conmigo desde lejos.

Death me trae de lo que beben. Por un largo tiempo entrené con él, es uno de los peleadores más letales de las jaulas. Patrick es otro que no se va, está en la barra con Alexandra.

—Nos vamos a la mansión —anuncia Alex—. Es hora de que todos descansemos.

Cada uno recoge lo que trajo, Patrick se acerca a darme la mano.

—Espero que esto compense lo de anoche. —Me abraza antes de irse—. ¡Familia, buenas noches!

Alexandra lo espera en la puerta.

Death le da un último sorbo al trago que deja, la guardia de Alex me señala la salida y le da inicio al protocolo de seguridad.

Busco la puerta, el vestíbulo que lleva a la salida aparece frente a mí.

—Estamos a tres minutos... —Make Donovan sacude el radio que tiene cuando este deja de funcionar.

—¿Qué pasa? —pregunta Rick James a la defensiva.

El escolta pide otro radio y tampoco funciona; se oyen pasos arriba, las luces parpadean, el ministro y Rick James sacan sus armas y yo hago lo mismo.

El grupo de hombres que sale del salón nos rodea. Quien los encabeza se acerca con el arma en alto.

—¿Death? —increpa Emma James cuando ve el fusil.

—Perdona, pequeñuela.

La guardia se prepara para disparar, pero se detiene cuando pongo el cañón de mi arma en la cabeza del ministro.

—No me jodas, Christopher —espeta.

—No sería yo si no lo hago —contesto sin dejar de apuntarle—. Armas al piso —ordeno.

A la Alta Guardia no le queda más alternativa que obedecer, Death me arroja el maletín que necesito, Rachel lo toma y yo entrelazo sus dedos con los míos.

—¿Qué haces? —pregunta Luciana.

—Lo siento —le dice la teniente—, pero queremos una buena luna de miel, y en la mansión no la vamos a tener.

Echa a andar conmigo mientras que el Mortal Cage termina de rodear a los demás. Las intromisiones nunca cesan, no me voy a quedar en High Garden, me voy a largar donde me plazca porque puedo y se me da la gana. Guardo el arma, tomo la mano de Rachel y huyo con ella tal cual como lo planeamos en la mañana.

90

Dulce y empalagosa miel

Christopher

Los pasos resuenan a lo largo del mármol mientras corro, tengo que largarme enseguida y perderme lo antes posible. La Alta Guardia no va a tardar en actuar y hacer de las suyas.

—¿Qué haces? —le pregunto a Rachel, que frena e intenta devolverse.

—Hay que decirle a Death que no les haga daño…

—¿Eso qué importa? —La tomo de nuevo.

—Es mejor prevenir.

—¡Tenemos que irnos ya!

Tiro de la mano que alcanzo, no me siento bien, y en este estado, si me provocan, puedo terminar cometiendo una locura. El que venga a pelear conmigo para que no me la lleve terminará muerto. Abandono el recinto, la mujer con la que me casé corre a la par conmigo hasta que logro parar el primer taxi que encuentro.

Me sumerjo con ella en el vehículo, y al que conduce le suelto el nombre del primer hotel que me viene a la cabeza.

Dejo el maletín a un lado, el pecho se me agita por la carrera que acabo de pegar; sin embargo, el que me falte el aire no es impedimento para prenderme de la boca de la mujer que se sube a mis piernas.

Apretujo sus caderas, le beso el cuello y hago que mi boca baje al valle de los senos que acaricio con los labios en busca de los pezones que quiero chupar.

—Espera… —musita.

—Solo un poco —insisto—. Lo necesito…

Se acomoda sobre mí, muevo la tela que me da vía libre, su pezón entra en contacto con mi lengua. La boca se me hace agua y el miembro me duele, preso de la urgencia que no me deja en paz.

—Chris —susurra cuando chupo con fuerza—, ya vamos a llegar, puedes esperar.

—No.

Cuando la tenga desnuda, tendrá que olvidarse del lado pasivo que tanto me molesta. La requiero caliente y hambrienta por mi polla. La mujer que esté conmigo debe tener el mismo problema y las mismas ganas que tengo yo. También ha de tener claro que conmigo el matrimonio no será un cuento de hadas.

Los chips de rastreo no sirven, el del taxi da un par de vueltas en la avenida vacía en busca del hotel que le indiqué.

Sigo chupando los pechos de Rachel hasta que me hace soltarlos, me acomodo la polla en el pantalón y acaparo su boca.

—Llegamos —anuncia el hombre, que estaciona el auto.

Pago, Rachel toma el maletín antes de salir conmigo, rumbo a la suite presidencial por la que voy a pagar. Las puertas automáticas se abren para nosotros y, sobre la barra de la recepción, dejo las dos identificaciones falsas con las que nos registramos.

—Bienvenidos, señor y señora Banks —nos dice la mujer de la recepción, y Rachel se ríe.

La empleada la mira curiosa por saber qué le causa gracia.

—Es un chiste familiar —aclara la teniente—. Que tenga buena noche.

Abordamos juntos el ascensor, donde abrazo su cintura y empiezo a besarle el cuello en lo que ella deja caer el maletín; no sé si arrancarle el vestido o follarla con él puesto. El tiempo que se demora el ascensor en subir lo siento como una eternidad.

—Es aquí cuando me alzas —me dice Rachel cuando se abren las puertas.

—¿Le paso algo a tus piernas? —Tomo el maletín y salgo.

Se queda adentro, insiste en desesperarme más de lo que ya estoy.

—No me jodas y sal de ahí. —Avanzo y hunde el botón que cierra las puertas y pongo la mano—. No estoy para juegos, teniente.

—Es nuestra noche de bodas, quiero concluirla como se debe.

—Rachel…

—Christopher…

Me dejo de tonterías, entro por ella y me la echo el hombro a las malas. Suelta a reír mientras me las apaño para meter la tarjeta en la puerta. La habitación me da la bienvenida.

La bajo cuando estamos adentro.

—Un gramo de romance no va a hacer que se desvanezca tu hombría. —Me arrebata el maletín de cuero que traigo.

—Ahora sí —me desabrocho la camisa—, anda a la cama.

Pone las manos sobre mi pecho, me hace retroceder a la cama y me tira sobre ella.

—Espera aquí, necesito unos minutos. —Me besa.

—¿Más espera?

—No voy a tardar.

Se encierra en el baño con el maletín. Escucho el sonido de la ducha y aprovecho para quitarme la ropa, las vueltas me empiezan a desesperar.

En bóxer, sirvo los dos tragos que bebo. La erección que tengo raya a la tortura, creo que si no sale en los próximos minutos voy a derribar la puerta, entraré y la follaré contra el maldito lavabo.

—¡Rachel! —la llamo con la polla adolorida.

La migraña que tengo me hace sentarme y poner la espalda contra el cabezal. Un pestillo salta y yo pongo los ojos en la mujer que aparece en el umbral del baño.

Los músculos se me contraen.

El encaje blanco de la ropa interior que trae me acelera el pecho y paseo los ojos por el delicado sostén que le llega a la mitad del abdomen, las bragas que se puso no tapan más de lo necesario.

«Amo que se ponga lo que sabe que me gusta».

—¿Eso también lo compraste para mí? —pregunto con la boca seca.

Asiente y mi ego se eleva mientras observo cómo va a encender el estéreo.

—Ven. —Bajo el elástico del bóxer para que vea cómo estoy.

Pasa por alto mi orden, se queda en el centro de la alcoba y con los ojos cerrados empieza a moverse despacio; la quiero aquí, conmigo, pero lo que hace le sale tan bien que no hago más que mirarla con detalle.

Los pasos lentos me embelesan, como el movimiento sutil de sus caderas. Se contonea para mí y me recuerda que hace mucho quería esto, «un baile exclusivo».

Avanza tres pasos hacia mí, lleva las manos a su cuello antes de pasar los dedos por la boca, que se acaricia sin dejar de mirarme, juega con su cabello, desplaza las manos hacia el sostén que empieza a tocar y desciende hasta la curva del abdomen que acaricia mientras se sigue moviendo.

El piercing le brilla en el ombligo. Paseo los dedos por el falo, que palpita sobre mi abdomen. La mujer frente a mí se da la vuelta y contengo las ganas de agitar la mano sobre este al ver cómo balancea las caderas de un lado a otro. Sube y baja en lo que centro la mirada en el hilo que se pierde en su trasero; de espaldas baila para mí y no hago más que mirar cómo desabrocha el sostén, que deja caer al piso.

Gira y sin dejar de mirarme, toca los picos erectos que no me canso de chupar.

Ansiarla como lo hago me desespera, pero no me voy sobre ella, ya que lo que hace me distrae demasiado: el contoneo, los movimientos sugerentes y el espectáculo erótico que me ofrece.

—Ven —pido con el pecho desbocado.

Alzo mi polla y con el pulgar acaricio el glande húmedo por el líquido preseminal que no he dejado de soltar, muero por hundirme en ella. Los pálpitos en mi polla se tornan violentos y cierro los ojos por un momento en busca del control, que nunca ha sido algo propio de mi naturaleza. Baila mejor que una Nórdica y mejor que todas las mujeres que me ofrecieron en la despedida de ayer.

—Nena, ven —le insisto, y le muestro lo que voy a meterle.

Se toma su tiempo a la hora de llegar. La cama se hunde cuando entierra las rodillas en esta, se acerca y siento el calor de la boca que recorre desde mis piernas hasta mi ingle.

Pasea los labios por mi falo y pierdo los dedos en el cabello que tomo con fuerza.

—Solo para mí bailas y solo a mí me piensas —advierto—. Eres mía.

Sube y dejo que se apodere de mi boca. Un jadeo surge de la garganta de ambos. Bajo las manos al elástico de las bragas, que rompo, ella se abre de piernas sobre mí y de inmediato siento el calor de su coño sobre mi polla.

Se levanta para que haga lo que más quiero hacer, que es meterle mi polla. Me coloco en su entrada y, joder, su canal se siente como la mejor droga del universo cuando me moja y aprieta.

El mundo pierde color con los pálpitos que resuenan en mi cabeza. El sudor me baña la frente y llevo las manos a las caderas, donde entierro los dedos con fuerza. Quiero taladrarle el coño a lo bruto, sin sutilezas, eso es lo que necesito ahora: estrellarme contra ella hasta que no quede una sola de gota de semen en mis pelotas.

La vista se me nubla, las articulaciones se me acalambran y el animal que llevo dentro me grita que lo deje salir.

Intento levantarme, pero ella no me deja. La voy a embestir contra la pared, hago un nuevo intento por ponerme en pie, pero sus piernas me acorralan y neutraliza mi fuerza.

—Te amo mucho. —Toma mi cara—. Cálmate y deja que lo demuestre.

El beso diestro que me da me hace rodear la cintura que abrazo, llevo la mano al pecho que aprieto y reclamo como mío.

—Necesito correrme dentro de ti, nena —le digo, y asiente antes de besarme.

Sube y baja a lo largo de mi polla con los saltos que desatan los gemidos que resuenan en la alcoba, se mueve sobre mí con las uñas enterradas en mis hombros.

—¿Esto es lo que quieres? —musita.

Me cabalga y uno nuestras bocas; su lengua toca la mía en medio de besos calientes que me hacen palpitar dentro de ella.

—Deja que folle el delicioso coño que nunca dejaré de llenar. ¿Te complace? —jadeo—. ¿Te gusta satisfacer a tu marido?

—Mucho.

El saber que le estoy dando lo que le gusta tensa mi mandíbula, me tiene al borde desde que la vi con ese vestido rojo. La punta de mi miembro palpita dentro de ella en medio del balanceo de las caderas que me lleva la cabeza hacia atrás, se mueve de una forma tan diestra, tan única, que trae el derrame que queda en lo más hondo de ella.

Es la primera vez que pasa tan rápido. La espesa humedad que siento me deja claro lo largo del derrame y siento que no he soltado ni un gramo de la carga que tengo dentro.

Chupeteo su cuello, mientras dejo que me abrace. Pasea la mano por mis pectorales y ahora es ella quien se mueve sin medirse, se estrella una y otra vez contra a mí, de arriba abajo y de adelante hacia atrás, tensa cada uno de los músculos que me conforman. El bamboleo de sus pechos, el que no pierda contacto visual conmigo en lo que me monta, es un conjunto de cosas que me llevan a otro planeta.

Disfruto la fricción de su piel con mi piel, del coño que absorbe la polla grande y dura que parece estar diseñada para ella. Ni preñada pierde el toque sensual, ni las ganas que la hacen moverse sin medirse y como se le antoja.

Sin premura, monta el miembro rodeado de venas que de nuevo desea correrse dentro de ella, quien no deja de mojarme con la humedad que emite su coño. No deja de soltar gemidos, poso las manos sobre sus caderas, somos dos insaciables que se comen el uno al otro... Está por correrse y la llevo contra la cama.

Dejo mi brazo bajo su nuca y una mínima parte de mi polla dentro de ella, tortura carnal que la contonea. Es mi forma de hacerle entender lo que siento cada vez que me pone a esperar.

—Lo necesito, coronel —jadea.

—¿Qué?

—Correrme con tu polla.

Susurro en su oído todas las perversiones que quiero hacerle, describo con detalle cómo la voy a llenar, cómo la voy a despertar todas las mañanas.

Dejo que pasee las uñas por mi espalda en lo que mantengo la mitad de mi miembro dentro de ella.

Pone la mano sobre mi pecho, el anillo de casada me grita que es mi mujer, que he conseguido lo que otros no pudieron y por ello me sumerjo, dejo que mis pelotas choquen contra ella.

Empieza a moverse y le recuerdo por qué es que somos lo que somos.

No me importa que sus uñas me abran la piel; por el contrario, las marcas son el detonador del derrame que se acompasa con su orgasmo y no me aparto, me quedo sobre ella y dejo que me llene de besos largos.

La follo las veces que me apetecen y despierto a la Rachel que me gusta, la que me desea y se me sube encima en busca de su propio placer, la que me hace perder la cuenta de las veces que la monto, la lleno y nos besamos.

Se queda sobre mí y no separo mi boca de la suya, no quiero que haya distancia entre ambos y ella tampoco, porque no me aparta, solo esconde la cabeza en mi cuello y deja que toque lo que quiera.

La mañana empieza con ella de espaldas contra mí, con mi polla dentro, el agotamiento hizo que le diera tregua un rato, pero, al despertar, lo primero que hice fue buscar su coño.

No me canso, más bien creo que dormir es una pérdida de tiempo. No quiero parar y le doy rienda suelta a los besos somnolientos y chupetones perezosos que dejo sobre su cuello.

La jaqueca que me toma me lleva la mano a la cabeza y ella me acuesta.

—Duerme un poco más. —Se acomoda sobre mi pecho—. Lo necesitas.

Dejo que mi mente se apague, el sueño llega por segunda vez y duermo, no sé por cuántas horas, pero el que Rachel se levante es lo que me despierta.

—Tengo mucha hambre —habla en la orilla de la cama.

Toma el teléfono para llamar a la recepción y yo mantengo la cabeza en la almohada mientras pide el desayuno.

—La comida llega dentro de veinte minutos —avisa—. Tomaré un baño.

—Quiero verte con el mismo vestido que tenías puesto ayer —espeto—. De ahora en adelante es algo que te vas a poner todos los días.

Se gira para verme, tiene los labios rojos por mis besos y las mejillas del mismo tono, cosa que me dice que sus ganas son igual de fuertes a las mías.

—No voy a andar con ropa de gala todo el día. —Se levanta desnuda y se recoge el cabello en el camino—. La gente notará cómo me tienes por lo delgado del material.

—¿Y eso es un problema?

No me importa que la gente note cómo la tengo, el imaginarme cómo se verán los pezones erectos a través de la tela valdrá todo. Se pierde en el baño y a los pocos minutos sale con una toalla en la cabeza. Miro el reloj, no quiero salir de la maldita cama; sin embargo, el que tenga que partir de Londres me obliga. Rachel empieza a meterse en un horrible enterizo, el cual no hace más que empeorarme la jaqueca.

—Quítate eso, que no me gusta. —Me levanto desnudo—. Dije que quiero verte con el vestido que tenías puesto ayer.

Finge que no existo y se termina de vestir.

—Cuando salga quiero verte sin eso —advierto.

Entro en el baño, los del hotel traen la comida. Corro la puerta de cristal del hotel de lujo y le doy rienda suelta al agua fría que me aclara la cabeza.

Las elecciones serán en un par de días y debo descansar, lo que se viene requiere toda mi atención. Dejo que el agua se lleve el jabón, lo que falta es poco y Cristal Bird puede encargarse de ello.

Salgo envuelto en una toalla, el maletín que está en el baño tiene todo lo que necesito: armas, ropa, municiones, dinero en efectivo y documentos. Me coloco los vaqueros, zapatillas deportivas y una camisa de manga larga.

—Se te enfriará el desayuno —me habla Rachel con la boca llena.

¿Qué, no era un desayuno para dos? Miro lo poco que dejó, paso por alto todo lo que se tragó, mas no el enterizo que no se ha tomado la molestia en quitarse.

—Pensarás que te dejé las sobras, pero…

—Cámbiate, que me quiero ir. —Tomo mi reloj.

—Estoy cambiada, coronel. Solo falta que usted coma.

—No quiero verte con eso —insisto.

—Es cómodo y no traje nada más. —Se levanta—. Quería verme sexi ayer, no hoy.

El vestido rojo está en el brazo del sofá. Dejo que venga a mí, pasea la mano por mi torso, tomo sus caderas y mermo la mínima distancia que hay entre ambos.

—No serías mi mujer si no te vieras candente con todo lo que te pones. —Bajo su mano a mi entrepierna—. Mira cómo me tienes ya.

—Me gusta ponerte así. —Soba por encima del vaquero—. Enciende las ganas que hacen que siempre esté dispuesta para ti.

Sujeto su nuca, clavo mi lengua dentro de su boca mientras muevo las manos hacia su trasero, subo a su espalda y dejo que sus brazos me envuelvan. Está distraída y no nota los dedos que envuelvo la prenda que lleva puesta.

—Muy excitante tus palabras, pero sabes cómo soy con lo que no me gusta. —La tela cruje cuando tiro de ella y le hago una raja que no va a poder disimular.

Me empuja y lo empeora, dado que tiro de nuevo de la tela, que termina de romperse.

—¡¿Por qué eres tan hijo de puta?!

Enfurece y no me importa; enojada o no, no puede deshacerme de mí. Tomo su cintura y dejo su espalda contra mi pecho.

—Compláceme. —Meto los dedos en sus bragas y me apodero de su cuello—. Es lo único que quiero y no te cuesta nada dármelo...

—No te pongas tóxico.

La estimulo de forma suave y su cabeza choca con mi hombro mientras me apodero de sus labios, me da vía libre a su boca y la sumo en el infierno que somos juntos.

—¿Cuánto te costó el vestido? Dime y así te compro mil más —espeto—. ¿O quieres la puta tienda? ¿El centro comercial? ¿Qué quieres?

Aprieta mi antebrazo, enloquecida con lo que hago en su interior, la tengo tan vulnerable que empieza a jadear. Un par de horas no son suficiente para saciarnos, lo único que conseguimos con esto es volvernos más dependientes el uno del otro.

La llevo contra el sofá y la volteo mientras le quito los restos del enterizo, saca las piernas, lo patea lejos y vuelve a mis labios.

—Cedo solo porque me diste la boda de mis sueños.

—Sí, claro —me burlo—. Te gusta complacerme, reconócelo.

Deja que le coloque el vestido, que pasee los labios por el muslo descubierto. Subo la tela por sus caderas. Ella se aparta el cabello de los hombros para que lo cierre y se da la vuelta para que vea cómo se le dibujan los pezones sobre la tela.

—¿Ves? Se nota cómo me tienes.

—No me importa. —Bajo a morderlos.

La alarma que avisa de que ya me estoy tardando demasiado. Rachel se coloca los lentes, me coloco los míos y salimos tomados de la mano rumbo al aeropuerto.

No haré uso de las aeronaves, no me voy a arriesgar a que alguien logre dar con mi paradero a través de los rastreadores, prefiero pagar dos tiquets en primera clase.

Muestro los permisos que me permiten pasar las armas y el dinero en efectivo. Viajar en una de las aerolíneas más importantes del país hace que el viaje no empeore la jaqueca. Rachel se sienta sobre mis piernas y empieza a besarme.

—¿Champaña? —pregunta la azafata.

—Solo para mí —contesto en lo que paseo la mano por los muslos de mi esposa.

—A mí me apetece un poco del postre que come la señora ubicada que está en el puesto de la entrada —indica Rachel—. Doble porción y con bastante crema.

—¿Para almorzar hay algún plato que haya llamado su atención? —pregunta la azafata.

—No he mirado el menú, pero pollo para mí está bien, frito preferiblemente —suspira Rachel— o empanado. Bueno, no importa cómo esté, siempre y cuando me lo traigan crujiente.

—Tenemos varios platos gourmets —propone la azafata—. El caviar...

—El pollo está bien —insiste Rachel—. Para el señor aquí presente y para mí. Gracias.

La azafata asiente antes de marcharse.

—¿Cómo qué señor? —reclamo.

—Es un término...

—Soy tu marido —dejo claro—, no el señor aquí presente.

—Es mientras me acostumbro, coronel.

—Empieza a acostumbrarte desde ya. —Cuando era novia de Bratt lo recalcaba cada cinco segundos—. Son cosas que asumes de inmediato.

—Bien —empieza—. ¿Alguna otra demanda?

—Bésame.

Une su boca a la mía, vuelve a su puesto cuando el avión enciende los motores, y Rachel se acomoda en su asiento, la atraigo hacia mis brazos y acaricio sus muslos.

—¿Ves por qué quería esto? —Hundo los dedos en ella—. Me da acceso a mis partes favoritas.

Abro los pliegues que acaricio, me apetece pasar la lengua por su entrepierna, debí hacerlo en el hotel, pero no me preocupo, porque ahora tengo todo el tiempo del mundo para hacerlo las veces que quiera.

Toco sus pechos. Una de las cosas que más me molestaba de verla con otros era el imaginarme que podían tocarla y manosearle las tetas como lo hago yo. El hecho me empezó a incomodar desde que la vi por primera vez.

Las caricias terminan cargadas de rabia, nunca debió estar con Antoni ni con Stefan, como tampoco con Bratt. Si tuviera la forma de arrancarle los recuerdos de la cabeza, lo haría sin dudarlo.

Me da un último beso antes de recostar la cabeza sobre mi hombro; a los pocos minutos capto la respiración profunda, a mí el sueño no me llega y con el pulgar toco el anillo que tengo en el dedo.

Nunca me puse el que me dio Sabrina. Saco el que me puso ayer la mujer que tengo al lado, miro el azul que se funde con el gris.

Leo la inscripción que alberga dentro.

Te amo. R. J.

El pecho se me hincha al saber que de ahora en adelante solo para mí serán esas palabras. La mujer con la que me casé sigue con su cabeza sobre mi hombro y no me importa que esté dormida, alzo su mentón y la beso una y otra vez hasta que se despierta.

El avión aterriza horas después y tomo su mano a la hora de levantarnos. La noche impacta en mi cara cuando el avión abre las puertas. El calor es asfixiante y bajo las escaleras del avión. La jaqueca que tengo empeora con cada paso que doy. El aeropuerto está lleno, todo el mundo tropieza con nosotros y con Rachel trato de salir del mar de personas que nos rodea.

No suelta mi mano, no llevo ni una hora aquí y ya quiero desaparecer, cosa que podría hacer si la mujer junto a mí caminara más rápido.

Toma el mapa turístico que le ofrecen y se detiene a ver en las tiendas de regalo. Los hombres que la miran encienden las malditas ganas de empezar a matar gente.

Logro salir del aeropuerto, busco el vehículo que tenía que recogerme y no está, lo único que veo son taxis desesperados por recoger pasajeros.

Camino con la esperanza de que el vehículo esté estacionado metros más adelante, pero tampoco está. El calor es una maldita mierda que me empeora el genio.

—¿Qué miran? —les pregunto a los sujetos que no apartan los ojos de Rachel.

—Ah, cálmate y deja que me eleven la autoestima —espeta ella—. Si fueras ellos y pasara por tu lado, ¿no me mirarías?

—Y te follaría también. —La traigo a mi pecho—. Por eso me pongo como me pongo.

—¿Sin conocerme me follarías?

—Sí.

La beso, no me interesa que esté mal visto aquí. Tiene un moño improvisado que le deja varias hebras sueltas y hace tanto calor que los hombres le brillan, cubiertos de sudor.

Miro el reloj y maldigo al imbécil que tenía que estar aquí. Con Rachel de la mano sigo caminando, no sé qué maldito rumbo tomar, ya que los taxis no llegan a donde debo ir.

—¿Qué haremos? —me pregunta Rachel—. Tengo hambre, ¿a qué hora comeremos?

—¿Desde cuándo se come ocho veces al día? —En el avión, cuando no estaba dormida, estaba tragando todo lo que le ofrecían.

—Necesito algunas cosas como ropa, calzado cómodo…

—En la casa no necesitamos nada de eso.

—¿Cuántas casas tienes? —Me detiene—. ¿Está cerca?

—No, no está cerca, así que camina, que por lo que veo yo mismo tendré que conseguir el helicóptero que necesito.

—No nos encerramos en High Garden, pero sí nos vamos a encerrar en el suroeste de la India. —Se va a ver los velos que venden en una de las tiendas.

Lleno mis pulmones de oxígeno, los olores me asquean y termino sentado en la orilla de la acera mientras ella elige lo que comprará.

—Conseguí lo que necesitaba y ya me siento más cómoda —me dice al volver.

Me causa gracia que se tape la cabeza y no el escote.

—Me parece que tendré que coser la abertura del vestido para hacerlo más decente.

—Inténtalo y le hago una más grande —advierto.

Vuelvo a ser ignorado cuando me da la espalda y se lleva las manos a la cintura.

—Bien, un poco de caminata no estaría mal.

—¿Caminar vestidos como si fuéramos a la entrega de un Óscar?

—Analiza el panorama —empieza—. Cuando nazcan los bebés, seré madre y teniente de tiempo completo; de seguro no tendré tiempo para ti ni para este tipo de entretenimiento.

Volteo los ojos, puede contratar a los empleados que quiera, solo está exagerando como siempre. Echa a andar y quisiera que se pusiera en mi piel. La sigo y procuro no mirar a los alrededores. Las bocinas de los vehículos hacen que el cerebro me duela cuando abandonamos el aeropuerto, los vendedores ambulantes se nos pegan a la espera de que le compren algo en medio del gentío que nos rodea.

Los negocios están abiertos y hay movimiento como si fuera de día. Rachel me obliga a entrar en una tienda y espero en la recepción mientras ella elige ropa para los dos.

—¿Te gusta esta camisa? —Me la muestra—. Las prendas blancas te quedan bien.

—A mí todo me queda bien —contesto—. ¿Es mucho pedir irnos a casa y no hacer uso de esta maldita ropa?

Rueda los ojos mientras saca el dinero para pagar, y la abrazo en la fila en lo que me pregunto por qué me casé con esta maldita fastidiosa.

—¿Nos divertimos juntos? —Se vuelve hacia mí—. Prometiste darme todo lo que yo quisiera, sabes que luego sabré compensarte.

—¿Lo harás con lo que yo quiera? —pregunto contra su boca—. Sabes qué es lo que quiero.

Toco uno de sus pechos, asiente y no me queda más alternativa que desistir de la idea de irme a mi casa.

Compramos una cámara, nos proveemos de lo que necesitará en los próximos días, comemos algo, caminamos y me sumerjo con ella en la zona privada predominada por hoteles de lujo, un área donde la gente se pasea con animales exóticos, limusinas y autos enchapados en oro.

Es fácil toparse con famosos, corruptos, gobernantes, magnates u homicidas que a los que les gusta venir a este tipo de sitio a alardear. Gente que se cree grande por tener mansiones, negocios y por cometer actos delictivos.

Gente que creen ser los dueños de Asia, sin saber que yo soy el dueño del puto mundo si se me da la gana.

Rachel camina adelante, todo es tan llamativo que no sabe ni a dónde mirar.

Hay una diferencia entre millonarios y billonarios: los segundos se dan gustos casi inalcanzables y me gusta que ahora ella también sea parte del segundo grupo.

El lujo corrompe, y yo quiero que se acostumbre a que, como yo, ninguno.

—Escoge el hotel —digo.

El amanecer tiñe el cielo de púrpura, da un espectáculo que ni me molesto en mirar, ya que Rachel James se lleva toda mi atención cuando se gira y empieza a caminar de espaldas.

—El hotel de allá se ve bien. —Mueve la cabeza para que vea.

—Entonces vamos allá.

La fachada es una copia del Hawa Mahal. Cuando llegamos, nos dan la bienvenida con un licor que ella rechaza. Me acerco a la barra, donde recibo las llaves de la habitación que solicito.

—Estos tacones me están matando —se queja.

—¿Es muy difícil quitarlos? —increpo lleno de ironía.

—No quiero verme mal entre tanta gente adinerada. —Mueve las manos para que vea las personas que nos rodean.

—Aquí nadie nos mantiene como para que nos importe lo que piensan otros —contesto. Se los quita en pleno vestíbulo.

La atención de los que se hallan a nuestro alrededor se centra en nosotros, y no le basta, se arroja a mis brazos y hace que suelte lo que tengo cuando me rodea la cintura con las piernas.

—También quería hacer esto. —Reparte besos por mi cara sin bajarse—. Quiero que me mire solo a mí, coronel: aquí, en Londres y donde sea que vayamos de ahora en adelante, ¿entendido?

—No prometo nada.

Me da una palmada suave en la cara y le aprieto el culo mientras paseo la nariz por su cuello. Empiezo a besarla.

—Señor...

Me llama la recepcionista, que se calla cuando ve al grupo de hombres que se toma el vestíbulo. Rachel se baja, la apariencia de los payasos que entran es la típica de los narcotraficantes y dueños de bandas delictivas.

Las armas que traen están a la vista, las muestran con el fin de intimidar. Acto seguido, le abren paso al indio que tiene el cuello lleno de cadenas oro.

Se acerca a la barra de la recepción, donde le entregan una llave. Arrastra una pantera encadenada y no llega solo, una mujer con la cara llena de golpes lo acompaña.

—Hari —me la presenta como si yo fuera a hacer lo mismo con la mía.

No lo miro, solo firmo lo que falta. Tomo a Rachel de la mano y echo a andar con ella. El ascensor tarda en llegar, y el indio se queda a mi lado a la espera del mismo ascensor.

—Hari —me vuelve a presentar a su mujer y lo ignoro de nuevo.

La mujer mantiene la cabeza gacha. Entramos al ascensor, donde mi genio empieza a empeorar cuando Rachel se agacha a acariciar al animal que entra con nosotros.

—Bonita pantera —le dice cuando las puertas se abren.

—Gracias —contesta él.

El destino empieza a tentarme, ya que la habitación del indio está al lado de la mía. Abro la puerta y meto a Rachel adentro.

—Tu indiferencia no te dejó ver lo mal que luce esa mujer —me reclama—. Es obvio que la golpea.

—Tú también tienes moretones. —La acorralo contra la cama.

—¿En dónde?

Bajo las tiras del vestido sin ningún tipo de sutileza y empiezo a marcarle los pechos con la boca. Trata de apartarme, pero hundo la mano en su espalda, cosa que le bloquea cualquier tipo de huida.

—Ahora cuando los veas, sabrás que solo mi boca los toca —espeto antes de desnudarla y desnudarme—. Que todo el mundo tenga claro quién es el único que se prende de aquí.

La hago retroceder al baño y me meto con ella en la ducha. La pongo contra la pared y sostengo una de sus piernas mientras la beso.

—¿Estás celoso? —pregunta.

—No se me compara, y tus ganas son solo para mí.

Coloco mi miembro entre sus bordes antes de entrar con una sola estocada; como siempre, está lista para mí. Mi polla entra y sale con embates precisos que la ponen a jadear gustosa por lo que recibe, y no pienso parar.

Rachel

La algarabía de la habitación adjunta empieza a incomodarme, los gritos son tan fuertes como para que las exclamaciones logren infiltrarse entre las paredes tapizadas.

El balcón de la habitación tiene una enorme vista a la ciudad, todavía no anochece y camino a la cama doble, donde está el conjunto hindú de falda larga que me coloco. Acomodo los bordes de la blusa que queda sobre mi abdomen.

El pecho me da un salto con los gritos que se oyen al otro lado. Iba a ponerme los zapatos, pero desisto cuando capto los sollozos. «Están golpeando a la mujer de al lado».

—Christopher —lo llamo—. ¿Tardas?

El olor de su loción masculina impregna la alcoba del clóset pegado a la pared. Saco la camisa que le ayudo a ponérsela. El pecho me vuelve a dar un salto cuando estrellan, no sé qué al otro lado.

El miedo crece, es el tipo angustia que surge cuando sabes que en cualquier momento alguien puede morir.

—Haz algo —le pido al coronel—. Esa mujer va a terminar muerta ante nuestras propias narices.

—No —contesta con sequedad—. No somos la leyenda del zorro y la zorra como para estar con planes justicieros que no nos incumben. En discusiones de pareja, los perjudicados son los que se meten.

—Haré de cuenta que dijiste el zorro y Elena —aclaro—. Habría que estar muy loco como para ponerse un seudónimo como «zorra» para hacer justicia.

—Bueno, tú no estás muy cuerda que digamos. —Se mete el arma en la parte baja de la espalda—. Nadie en su sano juicio prefiere esto a estar nadando desnudos en otro lugar.

Le coloco bien el cuello de la camisa, bajo los ojos con melancolía, no quería hacerlo, pero me está obligando.

—Últimamente, todo lo que sugiero te molesta —miento—. En vez de tu esposa, estoy siendo una carga que no te deja en paz.

—¿Carga? Carga es que haya más de dos metros entre tú y yo. —Toma mi cara y roza los labios que besa—. Eso pesa como una mierda.

Le rodeo el cuello con los brazos.

—¿Me amas?

Recibo un beso en vez de una respuesta, dejo que tarde todo lo que quiera mientras preparo tácticas de manipulación. La discusión de al lado continúa y me encojo en sus brazos para que sienta mi miedo.

—¿Me parezco a Antoni Mascherano? —espeta, y me quedo quieta.

—No.

—Entonces deja de lado tus trucos y mejor piensa cuántas cenas necesitas.

Se aleja en busca de la puerta y espera a que me termine de poner los zapatos. Es un maldito témpano de hielo, el cual no me deja más alternativa que seguir. Guardo el arma que cargo en la cartera.

Salimos al pasillo y juntos bajamos al restaurante hindú decorado con manteles coloridos y faroles naranjas. Las mesas tienen asientos que te permiten estar al lado de tu acompañante.

El coronel apoya el brazo sobre mis hombros cuando nos sentamos. Prueba el vino y le da el visto bueno. Pido la comida. El camarero se va y dejo que el coronel me bese. Me pierdo en sus labios y aparto la cara al escuchar los murmullos que emergen a nuestro alrededor.

La pareja conflictiva que tengo como vecinos de alcoba entran al establecimiento; ella va con la cara tapada con un velo.

El camarero los guía a la mesa, donde ella lo toma de la mano y empieza a hablarle.

—Es un asesino, dueño de varias mineras de carbón —habla el coronel—. Se dice que está en el negocio de la trata de blancas.

—Tiene el aspecto de alguien con mucho dinero —comento— y también poder.

Christopher sonríe con ironía mientras le sirven el vino.

—Se nota a la legua que las joyas que luce son costosas.

—¿Me compro unas?

—Hay cosas que no se le ven bien a todo el mundo. —Cambio de tema cuando nos traen la comida—. En fin, cenemos.

A Christopher no le gusta que nadie lo supere, y por eso pelea tanto con Alex, porque le molesta que tenga más autoridad.

—¿Qué insinúas? —increpa molesto.

—Solo comento lo que pienso, amor. —Lo calmo con un beso—. Estamos de luna de miel, no lo arruinemos.

Compartimos los platos y le insisto en que coma. El pastel que pido está delicioso y me lo como todo mientras él termina con el vino.

—El apartamento de Belgravia será remodelado la próxima semana —habla el coronel—, así que dile a Gelcem que se largue. Me niego a que viva en mis propiedades.

«Maldita sea».

—Ese apartamento es mío, me lo regaló mi padre —alego—, y a él no le molesta que viva ahí.

—No tenemos capitulaciones —se enoja—. Mis propiedades no pueden estar en mal estado, así que dile que se largue, porque lo voy a remodelar. También coméntale que la Ducati que usa como medio de transporte será llevada al estacionamiento del *penthouse*.

—Christopher, son mis cosas, y tú no necesitas nada de eso.

—Nuestras cosas. —Apoya los labios en mi boca—. No soy de los que le gusta la caridad y estoy harto de que lo mantengas como si fuera tu hijo.

Saborea la salsa dulce que tengo en los labios.

—¿Cuántos apartamentos quieres unir? —indaga.

—¿Unir?

—Compré el edificio y ahora tenemos otra fuente de ingresos.

«Paciencia». Casado es más posesivo y controlador.

—¿Es broma?

—No. —Se levanta—. Vamos al casino.

Stefan no se me va de la cabeza, creo que podría ayudarlo con dinero un par de meses mientras su economía toma fuerza.

Los millonarios que visitan el sitio se pasean a lo largo del establecimiento lleno de juegos. El coronel pide un trago y un cóctel sin alcohol para mí antes de invertir cincuenta sueldos de Stefan en fichas.

—Mira y aprende —alardea.

No sé de esto, pero lo acompaño a lo largo de la noche y me pregunto si esta gente tiene la maldición Gemino, ya que todo lo multiplican.

«Ni siquiera pudimos engendrar un solo hijo como lo haría la mayoría de las parejas». Lo acompaño a las mesas de Craps, agita los dedos mientras bebe whisky, apuesta una suma alta y le quito los dados que tiene.

—Yo los lanzo. —Sacudo las piezas.

No quiero perder y los mantengo en la mano mientras miro la mesa.

—No es un sonajero —se burla de mí—, lánzalos.

Los arrojo a la mesa y creo que el grito que suelto ensordece a todo el mundo cuando mueven las fichas donde estamos. La noche sigue y no sé si llamamos la atención por todo el dinero que gana el coronel o por los besos pornográficos.

—Yo nunca pierdo. —Toma un trago de la bandeja mientras presume. El alcohol lo tiene de buen ánimo. Pasamos a la mesa de póquer, donde vuelve a coronarse como ganador por quinta vez consecutiva. Las fichas van y vienen, así como el licor, y todo son risas hasta que llega el hindú maltratador con su mascota y su mujer.

—Todo o nada —propone el indio, que sujeta la mano de su esposa—. Así jugamos aquí.

Coloca las fichas que traen en siete hileras largas y sacan a todos los jugadores.

—También apostamos personas cuando uno no tiene el dinero suficiente —comenta.

Se mezclan y reparten las cartas preguntando cuánto van a apostar. El indio desplaza todo lo suyo y Christopher hace lo mismo sin titubear.

La mujer que está al lado del hombre mantiene la mirada en el piso y me pregunto cuántos golpes recibirá como para estar así.

Organizan las cartas, Christopher es el primero en mostrar un buen juego; sin embargo, no le gana a su contrincante.

La expresión corporal del coronel pone a los dos guardianes del indio a la defensiva, así que me esmero porque la noche no se vaya a pique.

—Buen juego. —Poso la mano sobre la de mi esposo.

—¿Una copa? —ofrece—. Yo invito.

—Claro.

—No bebo con payasos. —Christopher sujeta mi mano y me lleva con él.

El hombre no me quita los ojos de encima y miro en su esposa antes de ponerlos en él, que no deja de sonreírme. El coronel deja la mano en mis caderas y la cara en mi cuello.

—¿Por qué no aceptamos el trago? —indago—. Los países son más agradables cuando conoces gente.

—Dejé claro que no bebo con payasos.

Nos quedamos hasta tarde, el coronel está tomado y no me molestan los besos largos que sé que han de tener babeando a todo el mundo. Dejo que el coronel me abrace y pasee las manos a lo largo de mi espalda.

No estamos siendo una pareja decente y tampoco me interesa serlo. Tengo varias miradas encima, y entre esas ellas la del indio, al que le guiño un ojo cuando apoyo el mentón sobre el hombro de mi esposo.

—Estoy mareado —me dice Christopher.

—Es señal de que ya fue suficiente. —Me niego a que le sirvan más whisky.

Camina bien, pese a estar ebrio. Le quito los zapatos cuando llegamos a la alcoba, el sonido de la puerta de al lado no tarda en escucharse, como también los gritos acompañados del escándalo que me pone los pelos de punta.

A la mañana siguiente opto por lo cómodo. Así, me pongo un par de pantalones cortos, zapatillas deportivas y una camisa; me cuelgo una mochila liviana. El coronel camina a mi lado y sujeto su mano antes de sumergirme con él en el mercado hindú lleno de todo tipo de curiosidades. Hay velos, ropa, bolsos, comida por donde se mire, así como vendedores informales que ofrecen todo tipo de mercancías. Me detengo en uno de los puestos en busca de esencias para el *penthouse*.

—¿Quieres un chal que te meta más en el papel de anciana? —pregunta el coronel—. ¿Comprarás una maceta también?

—Oler esencias no es de ancianos. —Sigo destapando—. ¿Nunca hueles los ambientadores en el supermercado?

—No hago cosas de gente sin dinero —responde airoso.

Pago, echo las esencias en las mochilas y avanzamos entre el gentío mientras vemos accesorios, pequeñeces y artesanías.

—Prueba esto. —Me mete algo en la boca y me da más al ver que me gusta.

—¿Qué es? —pregunto.

—Otra más —me llena la boca— y esta otra también.

—Está delicioso.

—Bastante para ser un afrodisíaco —dice, y trago grueso. Se me atasca en la garganta.

—¿No te das cuenta de que estoy embarazada? —lo regaño.

—O sea, ¿qué quieres más?

—Idiota.

Me atrapa en sus brazos, me lleva a su pecho y deja las manos en mi cintura cuando besa mi coronilla. Camina conmigo al puesto de atrapasueños para bebés.

—Le diré el sexo —asegura el mercader—. Está comprando para usted, no para regalar.

—Me oyó decirlo, no intente embaucarme.

—Claro que no, le diré el sexo de los dos.

—Ya lo sabemos —responde el coronel.

—No sabemos nada —alego; ya se parece a Alex, que asegura cosas que no sabe.

El mercader saca las piedras blancas y negras. Me entusiasma que le atinara al número de bebés que tengo dentro. Christopher rueda los ojos cuando me quedo observando cómo mete las piedras en una bolsa negra.

—Las piedras hindúes nunca se equivocan.

Agita la bolsa de lona sin dejar de mirarme.

—Meta la mano, revuelva hasta que le diga y el color lo dirá todo —explica—: blanco para niña y negro para niño.

Hago caso, pero Christopher me aparta y es quien revuelve.

—Deja esa cara, que es obvio —dice.

—No es obvio…

—Ya —le indica el hombre.

Saca las piedras, pero no me deja ver, solo echa a andar haciendo que corra tras él después de pagarle al sujeto.

—¿Qué colores eran? —Lo reviso en busca de las piedras—. ¿Blanco o negro?

—Rojas.

—¡No seas imbécil, no había piedras rojas! —Me desespera—. Solo dime de qué colores son.

Su sonrisa de satisfacción me recuerda la seguridad de Alex cada vez que asegura cosas como si todo lo supiera y me enerva que todo sea como ellos quieren.

Almorzamos en un restaurante con mesas al aire libre antes de seguir con la caminata, insisto en que me deje ver las piedras, pero sale con la estúpida excusa de «Las arrojé a la basura». Me enciende las ganas de estamparle la cabeza contra la pared y más cuando no borra la sonrisa cargada de satisfacción.

Entramos a una calle cerrada llena de niños, músicos, ancianos y bailarines, parece un carnaval. Trato de preguntar sobre la cultura, pero termino riendo a grandes carcajadas cuando el coronel me aleja y carga como si fuera una mascota para que deje de hablar.

—¡Suéltame! —Le pego en medio de risas.

—No quiero que te pongas a hablar con el ex de Sara Hars —dice.

Miro a todos lados buscando al señor Ferrec, pero no veo a nadie.

—¿Dónde está?

—¿No ves la vaca que está en el andén? Aparte de loca, ciega.

Sé que no debo reírme de esto, aun así, me parten de risa sus tonterías. Están arrojando agua, harina y polvos de colores. Trato de serenarme y me vuelve a dar la risa con el chiste de la vaca, pero callo cuando la atención de todos se centra en la pantera que aparece en la calle junto con su dueño.

Las personas se suben a las aceras mientras el felino trota con un collar plateado puesto, lo tiene sujeto con una cadena gruesa. Su pelaje es hermoso, así como los colmillos que muestra.

Los escoltas arrojan dinero que les patean a los pobres. y estos se matan por una moneda. El indio suelta al animal, no aparta la mirada de mí y yo me quedo quieta en lo que observo al felino, que se acerca donde estoy. Me agacho para esperarlo y tocarlo, pero un tiro en el cráneo desploma a la pantera a menos de medio metro.

Todo sucede en un parpadeo. Me levanto y veo cómo el coronel apunta al corazón del indio, que cae cuando le pega un tiro. Los hombres del sujeto le apuntan y saco el arma con la que les disparo cuando intentan arremeter contra Christopher.

La harina se tiñe de rojo, la gente huye despavorida y la policía no tarda en rodearnos, cosa que no hace que se inmute el hombre que me acompaña.

—Coronel Christopher Morgan —se identifica sacando la placa—, ejército Élite de la Fuerza Especial Militar del FBI.

—Teniente Rachel James —lo secundo en lo que muestro mi identificación.

La FEMF rige sobre todas las entidades judiciales del mundo.

—Mi coronel —se acerca un oficial—, por protocolo debe acompañarnos a la estación.

A decir verdad, no quería que las cosas pasaran así con tanta gente, pero se logró el cometido. Una escoria menos, una escoria más. ¿Qué más da?

—¿Estabas correspondiendo al coqueteo de ese sujeto? —Christopher se vuelve hacia mí.

—Las cosas serían mejores si actuaras movido por el sentido común y no por celos —alego—. Tardaste demasiado en hacer algo.

—Nos vamos de aquí. —Es lo único que dice antes de subir a la patrulla.

La estadía se vuelve corta cuando identifican el nombre del muerto, pasamos por el papeleo y Christopher habla con los de mayor rango. El ministro ya está al tanto, cosa que pone peor al coronel.

Recoge todo cuando llegamos al hotel y no me habla en el trayecto que toma, no sé a dónde. Consigue un helicóptero en el que solo volamos los dos de madrugada.

—Yo tengo dos hermanas, ¿sabes? —Rompo el silencio—. Odiaría que estuvieran en la piel de la mujer que maltrataban.

—¿Y hasta dónde ibas a llegar si no lo mato? —me reclama.

—Donde sea con tal de salirme con la mía —contesto—. Primero fui soldado y luego tu mujer…, has de imaginarte a qué le voy a dar prioridad.

Desvía la mirada. El sol se asoma, la arena blanca aparece y el helicóptero aterriza en las Maldivas. Ninguno de los dos dice nada a la hora de descender. Mi humor no está bien y el de él tampoco.

Los de la pista se encargan del helicóptero y yo sigo al coronel a lo largo de la playa. El viento está sopla fuerte y, la arena está suave; no obstante, aunque el sitio se vea cómo un paraíso, mi genio sigue igual. Entro con el coronel en el complejo de condominios privados. El sendero de piedras nos recibe cuando se desvía a la hermosa casa de playa que nos espera.

Christopher digita la serie de números que le dan paso, entra y no se detiene a mirar si lo sigo o no, solo se larga a la escalera que sube mientras yo observo el enorme y moderno espacio.

La luz entra por todos lados a través de los ventanales. Paso a la cocina de mesón de granito plateado, todos los electrodomésticos están encendidos y listos para su uso.

Los sofás y los sillones son grises y el piso de madera. La vista le da vida al sitio, dado que la puerta de la cocina conduce a una enorme piscina tras la cual puede verse un tramo de playa.

La puerta del dormitorio principal está cerrada, así que entro en la habitación siguiente, que alberga hermosos muebles de madera. Vuelvo a bajar, Christopher dejó el maletín tirado en el pasillo, así que echo a lavar las pocas pertenencias que trajimos.

Saco una manzana de la nevera, el sistema de seguridad que muestra el panel de la cocina me recuerda al del McLaren.

A cada nada miro la escalera a la espera de que Christopher baje, pero no lo hace. Quedarme sola en la sala como una tonta es algo que no me apetece; por ende, camino hasta la piscina, donde me deshago de la ropa y tomo el sol en topless, no por mucho, ya que el calor se torna intenso y termino en la piscina, donde me sumerjo por un rato.

Nado hasta que la presencia del coronel me distrae cuando se digna a bajar. Quiero que entre al agua, pero no lo hace, se echa sobre una de las tumbonas solo con pantaloneta de baño puesta.

Sigo con lo mío con él en mi cabeza. ¿Es que no puedo mantenerme distante por un día?

¿Al menos por ocho horas? No ha pasado nada y ya quiero estar sobre él. Me quedo un rato, sentada en la orilla. Tiene la cabeza recostada en la tumbona y mis ojos no dejan de mirarlo desde lejos, me siento como una inmadura.

Es mi marido, lo nuestro no es nuevo; por lo tanto, no es para que sienta emociones con tensión sexual a estas alturas.

La nariz me arde, al igual que los ojos. Me pongo en pie, la dependencia emocional que tengo de él no me deja tranquila, así que no pierdo tiempo con lo inevitable. Hay una tumbona al lado, pero no hago uso de ella, dado que me abro de piernas sobre el regazo del coronel. Como es de esperar, su maldito orgullo hace que no se mueva.

Recuesto la cabeza en su pecho en lo que recorro su cuello con la nariz mientras finge dormir. Tengo en cuenta lo poco que duerme. La única barrera es la tela que tapa las partes de cada uno. La boca se me seca, todo me cosquillea y empiezo a repartir besos húmedos por su torso.

Es mi luna de miel, me apetece la polla de mi marido y no me cohíbo. Desciendo hasta encontrarla, despacio bajo el elástico y saco lo que busco, no hay afán como otras veces, rodeo su erección con mi mano y pongo en mi boca lo que saboreo despacio.

Mueve la cabeza a un lado cuando pongo mi mano sobre sus testículos, paseo la lengua de arriba abajo a lo largo de su miembro y el que entreabra los labios aviva mis niveles de excitación. Es de sexo violento, Christopher te folla la garganta siempre; sin embargo, hoy no se queja de la suavidad que estoy empleando. Lo estimulo con la mano de la forma en la que le gusta.

—Te echo de menos —confieso—. Ya no peleemos más.

Vuelvo a meter su polla en mi boca y él sujeta un puñado de mi cabello en lo que toma el control, traza un ritmo constante mientras me acaricia la espalda con la mano libre.

—Sí, sigue —jadea desesperado y me esfuerzo hasta que se derrama en mi boca.

Subo a su regazo y rodeo su cuello con los brazos.

Este hombre me puede demasiado, su calor, su aroma, él… Lo beso una y otra vez en busca de la paz que necesitamos ahora.

—También tienes que querer a la Rachel que hace de todo con tal de alcanzar sus objetivos.

—¿Qué pasó en tu último operativo como Nórdica? —responde—. Por ese maldito papel empezó mi maldito insomnio, debes entender que no tolero que otros estén sobre ti.

—Hay que aprender…

—Me gustaría algún día verte en mi lugar —me corta—. Si eres capaz de soportarlo, felicitaciones, has de quitarte un peso de encima, porque no me estás queriendo como crees que lo haces.

Se aparta, se levanta y me quedo sin palabras.

—A veces siento que solo me ves como la única persona capaz de mantenerte a salvo —me dice—. Todo el tiempo me siento así.

—No es cierto.

—Eso es lo que me demuestran tus acciones.

Se lanza a la piscina, lo veo nadar y termino en el agua yo también. Lo busco y en el centro de la piscina lo traigo hacia mí, me apodero de su boca y cuello.

—¿Con esto lo puedes notar?

—No lo sé —contesta, y lo sigo besando hasta que deja de importarme si lo nota o no.

Solo dejo que me abrace y se funda conmigo en la tóxica relación que tenemos.

—No me exijas lo que no puedes hacer tú, y es controlarte —musita.

Nos quedamos en la piscina el resto de la tarde. A las seis sale a comprar algo para cenar en el vehículo playero que hay en el estacionamiento.

Enciendo la pantalla de la sala que muestra las noticias y organizo la mesa para cuando vuelva. Tarda y su demora trae la angustia que me pone a respirar hondo.

Empiezo a asegurar las entradas, me quedo frente a una de las ventanas cuando termino y logro respirar tranquila cuando veo que Christopher vuelve. Lo recibo con un beso y le quito las bolsas que trae.

—Siéntate, ya organicé la mesa.

Sirvo lo que trajo mientras él toma asiento.

—¿Hace cuánto compraste esta propiedad? —inquiero—. No la vi en la lista de bienes que me diste.

—De seguro la pasaste por alto —explica—. La compré hace cinco años, pero la adecué hace tres.

—¿Adecuaste? —pregunto y se centra en la comida.

El tipo de comportamiento que me dice que no va a dar más explicaciones, por lo que tengo que averiguar por mí misma lo que quiere decir. Con adecuar supongo que se refiere a los lujos y al sistema de seguridad. Hago cálculos geográficos, y todo concluye con lo obvio: las Maldivas son islas vecinas del CCT.

Supongo que esta era la opción que deseaba darme en vez del exilio. No toca el tema y yo tampoco, solo terminamos con la comida.

—Vamos a la cama —me invita—. Estoy cansado.

Tomo su mano y me acuesto con él. Descansar no es precisamente lo que hacemos, dado que nos comemos el uno al otro y no hay nada de que preocuparse, porque las energías se recargan en las horas que dormimos.

Lo mejor de estar casada con Christopher Morgan es despertar con él sobre mí. Amo que me busque y que mi día empiece con el hombre que adoro.

Desayuno con él, no dejo de besarlo, tocarlo y traerlo a mí. El tiempo que pasamos juntos es algo que no cambio por nada, hemos tenido momentos malos, pero a cada nada la vida se encarga de darnos también momentos extraordinarios.

Exploramos el complejo turístico al mediodía y después nos vamos a la playa, mañana en la noche debemos regresar, las elecciones son dentro de un par días y no nos podemos ausentar mucho tiempo. El largo paseo me da sed, así que me alejo a comprar dos bebidas mientras él me espera a la orilla de la playa llena de turistas.

Pago y vuelvo, lo veo a lo lejos, mueve la vista a mi dirección y sus ojos me recorren de arriba abajo. El gesto hace que me encoja porque se siente raro, ya que no es un vistazo común. No tengo más que el traje de baño puesto y noto cómo le cambia la expresión después del vistazo, que no se sintió para nada cómodo.

—Había fila. —Le entrego lo que traje.

—Eso noté. —Vuelve la vista hacia la playa y me dejo caer a su lado, ignoro la incómoda mirada que me dedicó.

Me paso las manos por el cabello. La arena blanca se siente suave bajo mis piernas y, por más que trato de olvidar lo que acaba de hacer, no lo logro. No siento que me vea mal ¿Me habrá estado comparando con alguien?

Con disimulo paseo la vista por los alrededores, y no hay malos prospectos, cosa que me pone peor.

—¿Qué hiciste mientras volvía? —pregunto.

—¿Ves esa choza de allá? —Señala—. La construí en los cuatro minutos que te fuiste.

—Oye, los chistes no le salen a todo el mundo —me empino la botella— y los tuyos son un asco.

—Eres tú la que no tiene sentido del humor.

Me lleva a la arena, donde me acuesta y me llena la cara de besos. Lo hago girar y me quedo sobre él.

—¿Estás listo para las elecciones? —Respira hondo con la pregunta que le hago.

—¿Cuándo no he estado listo para algo?

Sacudo la cabeza antes de levantarme, sigo creyendo que me miró raro y el que lo haga otra vez me incomoda.

—Vámonos.

Sujeta mi mano y lo noto pensativo en lo que volvemos a casa. Si por mí fuera, me quedaría viviendo aquí.

Ordeno la comida cuando llegamos, avisan que el tiempo mínimo de espera es de media hora.

La arena que tengo en todo el cuerpo empieza a picar, así que me desnudo y me pongo bajo la ducha al aire libre que tiene la alcoba principal. Permite apreciar el mar mientras te bañas.

La enorme bola naranja se esconde tras el océano y dejo que el agua me recorra, que merme el ardor que avasalla mis poros. Cierro la ducha, me doy la vuelta, y Christopher está observándome en la orilla de la cama.

—¿Disfrutando la vista? —pregunto.

—Ven aquí —pide.

Acabo con el exceso de agua que me empapa el cabello. Sé lo que quiere y yo lo quiero más. Me acerco y tira de mi mano, sus labios quedan contra los míos cuando me besa y me arroja a la cama con él. Sus labios se pasean por el valle de mis senos al igual que su nariz, lo siento mal y el que deje la frente apoyada en el centro de mi pecho hace que los ojos me ardan.

Respira hondo, el silencio se perpetúa mientras su mano se ubica en el bajo de mi abdomen.

—Ya se le nota el embarazo, teniente —susurra, y la vista se me nubla de inmediato.

Lo ha notado primero que yo, que llevo semanas pendiente de eso. Lo aparto, me levanto y rápido me pongo frente al espejo. Es una mínima protuberancia, hay que mirar dos o tres veces, pero puede captarse esa pequeña diferencia en lo que antes era un vientre totalmente plano.

Respiro hondo mientras me miro desde todos los ángulos posibles y sí, ya mi embarazo empieza a notarse.

—Tómame una foto. —Le arrojo la cámara.

—Ha de verse muy tierna una foto desnuda en tu patético álbum de maternidad —empieza.

—No me importa. —No oculto la emoción y vuelvo a mirarme en el espejo.

Sus brazos me envuelven por detrás antes de besarme el cuello. Quisiera estar en su cabeza para así saber qué se cruza por su mente ahora.

Me doy la vuelta y le peino el cabello con las manos.

—¿Te hace feliz el saber que serás papá? —pregunto—. Sé que eres un hombre de pocas palabras, pero quiero saber cómo te hace sentir esto. ¿Te emociona al igual que a mí?

Me calla con un ardiente beso y lo devuelvo a la cama, donde se sienta. Mis manos siguen en su cara, mis ojos se encuentran con los suyos y el azote en el pecho me recuerda lo mucho que lo amo. Este es el Christopher que amo, el que solo tiene ojos para mí, el que fue a verme en la isla y el que en High Garden me dejó claro que no soporta tenernos lejos. Abraza mi cintura y apoya los labios en mi abdomen; no me da un beso, y varios que acaban cuando me muerde donde no debe.

—Contrólese, coronel.

Se levanta cuando el timbre suena.

—La comida. —Respira hondo—. Cuando se vaya el repartidor, bajas tal cual.

—He de verme muy sutil cenando desnuda.

Me coloco unas bragas y una de sus camisas. Nos sentamos frente al televisor, abrimos las cajas y está lo que yo ordené, pero no lo que pedí para él.

—¿Pasta con langostinos? —pregunta.

—Es lo típico de aquí y quise que probaras —comento.

—¿Quieres?

—No, soy alérgica a los langostinos, pero gracias.

Destapo mi comida, y está bien, pero tiene cierto sabor extraño el cual no sé si se deba al empaque que tiene. Las primeras cucharadas no se sienten tan bien, sin embargo, el resto sí. Christopher medio come dos bocados, dado que una arcada le hace apartar el plato.

—¿Estás bien? —le pregunto.

—Sí, solo que no tengo hambre. —La arcada vuelve, y esta vez sí lo lleva al baño, donde vomita todo.

No le insisto, solo dejo que suba a bañarse y lo espero en la cama mientras se ducha. No tiene buen aspecto, está pálido y lo traigo conmigo, aparto las sábanas y me acuesto con él. Me acomodo sobre su pecho y tomo la mano que deja sobre mi abdomen. No logro conciliar el sueño, la ansiedad que surge de la nada hace que me mueva de un lado a otro.

El transformador de electricidad que se dispara a lo lejos deja la casa en tinieblas, algo extraño late en el aire, y Christopher lo siente, ya que se incorpora despacio con los ojos fijos en la puerta.

91

Cara contra cara

Philippe

Que Rachel James esté embarazada es la cereza que le hacía falta al pastel. De por sí ya me había hecho ver como un tonto, y el que me haya dado pelea sola y preñada solo hace que me avergüence aún más.

Perdí a Damon, ya que la FEMF se lo quiso quitar a la Bratva, lograron sacarlo de una de las cloacas y Ali Mahala aprovechó para quitárselo a los soldados.

Improvisar no es propio de mí; pero ahora es algo que debo hacer a las malas. Estoy entre la espada y la pared con la candidatura cerca y tal vez con un futuro mandato Morgan pisándome los talones.

El HACOC que tengo se me está acabando, las elecciones son dentro de unos días y si Christopher gana, estaré en serios problemas.

Lo primero que hará será matar a mi hermano y después empezará a atacar con todas sus fuerzas a la pirámide, a la muralla que hace de la mafia italiana una organización intocable.

Camino a la punta de la pequeña colina con Dalila a mi lado. La jadeíta Mascherano le brilla en el cuello, los antonegras nos siguen a ambos y carraspeo cuando veo a Laurens en el suelo, llorando desconsolada.

Alza el rostro, me mira con la cara empapada de lágrimas y el rímel corrido.

Necesitaba una oportunidad para atacar y tuve que valerme de ella para conseguirla.

—Por favor, déjenme ir —suplica—. La casa es la de allá —señala la vivienda playera—, el coronel suele viajar ahí, ya lo dije, así que suéltenme.

Las lágrimas siguen deslizándose por su cara.

—No le hagan daño a la teniente James —continúa—. No es una mala persona, puedo dar fe de ello.

Dalila tamborilea los dedos en mi hombro mientras finjo que no me afecta ver a la mujer que quiero tan perjudicada y destruida. Ivana me puso al tanto de la huida después de la boda de Rachel y el coronel. Laurens conoce todas sus propiedades y gracias a ella pude llegar aquí. Sin la Alta Guardia me será más fácil matarlos y acabar con esto de una vez por todas.

—Si te equivocas, tu hija no vive —le advierto a Laurens—. Es la mafia italiana con la que estás tratando.

Rompe a llorar y Dalila se le acerca, cosa que me altera cuando empieza a dar saltos a su alrededor con un cuchillo en la mano.

—Eres muy noble y dulce, linda Lau. —Se le ríe la italiana, que habla como si fuera una niña—. Luces como un bello caniche asustado.

La traigo de vuelta con un gesto cariñoso y ella se voltea a darme un apasionado beso. Somos la cabeza de todo esto, debemos dar de baja a los que ponen a nuestra mafia en riesgo, y nadie se irá de aquí sin ello.

Las luces de las camionetas que llegan nos alumbran a ambos, abren las puertas y echo los hombros atrás cuando baja el Boss de la mafia rusa. Su hijo mayor lo sigue con el mismo aire de grandeza que rige al clan más sanguinario de la pirámide: la Bratva.

El ruso azota la puerta con fuerza después de bajar.

—Supongo que aquí viniste a reflexionar sobre todas las tonterías que estás haciendo —espeta el Boss—. Asegurabas que tenías el control de todo, ¿y qué hay? Boda, hijos y una luna de miel. ¡¿Dónde está tu maldita palabra y lo que prometiste que harías?! ¡Si sirvieras para algo, tuvieras aquí la cabeza de la maldita perra de Rachel James, pero no hay nada!

—Oh, lindo Boss…

—¡Cierra la boca, Dalila! —la calla el ruso, y la italiana se le atraviesa.

—¡Mide cómo me hablas! —Le muestra la jadeíta—. ¡Tengo esto porque soy la jodida dama, la cual ahora quiere que te calles!

El Boss se queda en su sitio sin mover un músculo, solo la mira de una forma que me eriza los vellos de la nuca. Mi padre solía decir que en el mundo había tres hombres de cuidado: Ilenko Romanov, Christopher Morgan y Antoni Mascherano.

Dalila no se aparta, eleva el mentón de manera desafiante, el Underboss se mete las manos en el bolsillo sin quitarle los ojos de encima.

—Tengo todo bajo control —aseguro.

—Rachel James hace lo que quiere. —El Boss se centra en mí—. Por ella murieron Martha Lewis y Meredith Lyons, mató a Sasha, manipula a Antoni, manipula al coronel y con todo el mundo hace lo que le da la gana. Hasta contigo, que te dejó al descubierto con tu fabuloso plan.

—Es que…

—¿Qué? —reclama—. ¿Me vas a decir que te enamoraste y ahora eres su marido, también?

—¡A lo mejor eres tú el que termina diciéndome eso a mí! —replico—. Rachel hizo que la mafia rusa matara a Lizbeth Molina. ¡Reclamas y le has servido como sicario!

—Sí —reconoce—, pero se le olvidó algo y es que en mi mafia toda acción tiene una reacción, y yo no soy Antoni Mascherano.

Echa a andar hacia la casa con el hijo atrás.

—Quiero que los mate —le ordeno—. Vamos a ir por sus cabezas.

No me contesta, solo sigue caminando.

—¡Obedece a Philippe, ruso! —Se le vuelve a atravesar Dalila—. ¡Te dejaste quitar a Damon y tienes que compensarnos!

—A lo mejor dejé que se fuera con el fin de que crezca —medio la mira antes de avanzar— y te arranque con una pinza los repugnantes ovarios que crees tener.

Dalila resopla, en tanto que el Underboss sigue al cabecilla de la Bratva. Vladímir Romanov es uno de los asesinos más temidos de Rusia. El padre lo engendró cuando solo era muchacho, y más que padre e hijo parecen hermanos.

Recibo el arma que me dan los antonegras mientras Dalila se prepara para bajar conmigo. Laurens no deja de llorar, se la encargo a los italianos que quedan y me apresuro a la casa que vamos a tomar.

Desde mi punto, doy la señal que aniquila la energía de la isla.

Nos movemos entre las palmeras, la oscuridad está latente y me escudo entre los hombres que van delante, «el líder siempre es la prioridad».

Dalila me sigue, maniobro la pantalla electrónica que tengo y rompo el sistema de la puerta que me da paso a la propiedad. «Necesito llevar la cabeza de Rachel James a la gran mesa».

Entramos despacio, el Boss se mira con el Underboss, los antonegras se despliegan por la casa mientras que con los rusos y la italiana subimos la escalera que lleva a la alcoba principal.

Con la manga de la chaqueta, limpio la gota gorda de sudor que baja por mi sien. La puerta de la alcoba aparece en el fondo del pasillo y uno de los soldados de la mafia italiana se adelanta, gira el pomo de esta, que se abre y…

—Este hijo de la gran…

La lluvia de balas que suelta el coronel con ametralladora en mano hace que Ilenko empuje al Underboss con el fin de protegerlo de los proyectiles. Me voy al suelo con Dalila y juntos le disparamos al objetivo, pero los impactos se pierden cuando Ilenko Romanov contraataca con la A-91 que destruye la pared.

—Ah, ¡qué romántico te ves protegiendo a tu zorra! —le grita al coronel—. ¡El gran coronel muriendo por una mujer! ¡Pena es lo que das!

El sonido de los cargadores se oye cuando recargan al mismo tiempo. Siguen disparando y la sombra que sale de una de las alcobas me pone alerta cuando, con tiros precisos, empieza a dar de baja a los hombres que me respaldan. Pasa rápido, se escabulle e intento ir por ella, pero, de la nada, el humo de la bomba que arrojaron me nubla la vista. Con el rabillo del ojo veo cómo empujan a Dalila con fuerza contra la pared y queda inconsciente en el piso. Intentan rematarla y con uno de los antonegras me voy sobre el hombre, pero otro me atropella, me lleva contra las barandas de la escalera, pierdo el equilibrio y caigo en la primera planta. El arma se me cae en el trayecto y me cuesta moverme, ya que el dolor en las costillas es demasiado.

Noto las sombras que se mueven por todos lados. «¿Cuántas personas hay aquí?».

Varios de mis hombres están en el suelo con heridas mortales. Rápido me giro, vislumbro a Rachel James, que baja las escaleras y corre con un arma en la mano. Los disparos no cesan arriba. Ella trata de llegar a la puerta; sin embargo, no lo logra, ya que Ali Mahala baja tras ella y la toma del cabello.

Empiezan a pelear, la empuja y ella esquiva las puñaladas que el Halcón trata de propinarle. De un momento a otro me veo rodeado por los hombres de mi hermano. Los antonegras que quedan, como pueden, pelean con los Halcones, mientras que Rachel James se esmera para que Ali Mahala no le abra el vientre.

Alcanzo mi arma y logro moverme a una de las columnas cuando uno de los hombres de Ali Mahala me apunta. Los zumbidos de las balas no cesan, me acorralan y la llegada de Ilenko Romanov hace retroceder a Ali Mahala cuando desde la escalera le apunta y aniquila a varios de los Halcones. Baja con el hijo, el Underboss rebana la garganta de los hombres que se le atraviesan, siendo igual de sanguinario que el padre. Se va sobre la teniente, con la que pelea, saca el haladie que tiene, ella se defiende, lo desarma, huye y yo mando a todos mis hombres por ella.

Los rusos se van a los puños con los cuatro Halcones que los atacan.

Empiezo a disparar para abrirles paso a los antonegras que obedecen mi orden e intentan ir por la teniente, pero el que Christopher salte de la baranda del segundo piso y aterrice frente a ella, a la vez que arremete en modo bestia, mueve a todo el mundo contra el piso en un intento de evadir las balas.

El miedo me absorbe y paraliza con la imagen brutal, cargada de violencia, que muestra al hombre que suelta proyectiles a diestra y siniestra. Destellos y destellos que vuelan sesos con tiros certeros, lo cual hace que todo se vuelva un río de sangre.

Las municiones merman, Ali Mahala y todos mis hombres le hacen frente al coronel con armas apuntando a los objetivos, pero no cuentan con las cuatro paredes blindadas de cristal que caen de golpe desde arriba sobre el coronel y la teniente.

Las balas rebotan y la piel se me eriza con la furia que se refleja en la mirada sombría que me dedican Rachel James y Christopher Morgan antes de que el piso se abra, los absorba y desaparezcan juntos.

La pelea no acaba, Ali arroja la granada que Ilenko recibe y se la devuelve. El artefacto explota a pocos metros y el Halcón es rápido a la hora de escabullirse en medio del humo.

La casa se queda en silencio, hay cuerpos por todos lados. Dalila baja, corre a abrazarme y la aparto. Furioso, pateo los restos de madera destruida.

Vladímir Romanov se agacha a tomar el haladie sucio de la sangre que huele; mira al padre y este le arroja el maletín negro que recibe.

El suelo es un cementerio. Antoni me ha dado pelea desde la cárcel y los clanes me recriminarán el que el coronel siga vivo.

—¡Fuera todos! —grito—. ¡Ya!

Apoyo las manos en la mesa del comedor y estrello el puño contra ella. La comida que está en los platos me salpica y siento el escozor que me hace arder la piel. Miro qué es y veo que lo que me salpicó es el líquido que está en uno de los platos. «¿Ácido?». ¿Han dejado un plato de ácido en la mesa?

Miro el otro y está lleno de los restos de comida que me hacen toser. Observo, huelo y analizo: «Antoni». Reconozco sus compuestos donde sea y esto huele a sus creaciones.

Lo que me salpicó parece veneno. Miro el plato de nuevo, saco mi equipo electrónico y lo llevo a la matriz de las cámaras. Retrocedo la cinta de seguridad y no pierdo de vista el video que me muestra todo lo que pasó en las últimas horas: el coronel comió, pero vomitó. «Ali entró porque creyó que Christopher Morgan estaría muerto». Miro el plato donde comió Rachel James, ella no devolvió nada, se lo comió todo.

El sonido de las aspas del helicóptero que se oye afuera hace que desconecte. Tomo los restos del plato de la teniente y los echo en la bolsa de plástico donde debería llevar la cabeza de esa maldita, lo tomo antes de buscar la salida. La aeronave que llega sobrevuela afuera y la brisa marina levanta la arena en lo que desciende.

Los mechones color arena de Ivana se agitan con el viento al saltar del helicóptero. Llega con el marido. Dalila está metros más adelante con los rusos y los antonegras que quedaron.

Los soldados de la mafia italiana tienen a Laurens en el piso, amordazada, con los ojos vendados y tapones en los oídos.

—¿Está hecho? —pregunta el candidato—. ¿Lo mataron?

Muevo la cabeza con un gesto negativo y él patea la arena, que se levanta. Dalila saluda a la hermana y el Boss busca la manera de largarse.

—Lo mejor es que asumas el puesto de líder de la pirámide —le dice el candidato, que me traiciona en mi propia cara—. Con Antoni en la cárcel, eres el único que puedes darles pelea. ¡Después de esto, van a empezar a atacar con todo lo que tienen!

Ivana se atraviesa cuando Dalila se prepara para darle de baja al marido e intervengo de inmediato.

—Esto no es una decisión tuya —enfrento al candidato—. No dejaré de ser el líder.

—Lo mejor es que otros se encarguen. Las elecciones son el lunes y se supone que los matarías para asegurar la victoria —se defiende.

—Dijo que no. ¿No lo entiendes? —interfiere Dalila—. Philippe y yo no vamos a renunciar al mandato, y si he de masacrar a toda la Bratva, lo hago. ¡Este puesto es de la mafia italiana!

Mueve la mano y los antonegras rodean a los dos cabecillas.

—¡Nosotros somos los reyes! —exclama Dalila—. A Philippe y a mí nos ha costado llegar aquí, y de tener que dar la vida por ello, la damos.

—Oh, tranquila, que yo no pierdo tiempo con enemigos pequeños y su puesto es lo que menos me importa ahora —contesta el Boss.

Siento las ansias de Dalila por apuñalarlo, Vladímir mantiene el maletín que sacaron en la mano y sospecho que algo se traen entre manos.

—Que tengan buena noche. —Echa a andar—. ¡Larga vida al rey! —espeta y siento la misma sorna de Antoni en el tono que emplea.

—Adiós —se despide el Underboss.

La presión se dispersa, Dalila me abraza e Ilenko Romanov se detiene un par de pasos más adelante.

—Te haré más fáciles las cosas. —Se vuelve hacia mí—. ¿Para qué llevar basura a Londres?

El Underboss saca el arma, que entierra en el cráneo de Laurens.

—¡No! —grito a todo pulmón—. ¡No te atrevas a lastimarla!

No baja el cañón y lo encaro furioso. Dalila me mira confundida. La garganta me arde por el grito y rápido trato de recuperar la compostura; no obstante, es tarde para ello.

—Vete —le pido al rubio, que no aparta el arma de la cabeza de Laurens.

—Como quieras —contesta Vladímir después de ponerme en evidencia—. Solo le quería hacer un favor al líder.

Toma el mismo camino que el padre, los malditos son expertos en daños colaterales.

Desaparecen, Ivana pide que suba a Laurens al helicóptero, Dalila toma distancia y yo me acerco a la hija mayor de Brandon.

—Llévala a su casa y dale una coartada para que nadie note que se ausentó —demando—. No dirá nada, sabe que su hija corre peligro si lo hace.

Me entrega una lista, son las personas que morirán una vez que se tenga el puesto de ministro: toda la Élite está en ella. El haber peleado al lado de Christopher Morgan es motivo suficiente para aniquilarlos.

—No me apoyaste cuando Leonel propuso al Boss como líder —le echo en cara a Ivana.

—Yo amo a mi esposo —repone—, siendo Ivana y siendo Milla. Me molestó que tú unieras a Derek y Philippe, te has acostado con Dalila, que...

—Ella y yo...

—No quiero saberlo. —Alza la mano—. No has hecho nada de lo prometido y siento que esto empieza a quedarte grande. Rachel James y Christopher Morgan van a acabar con todo lo que les estorba si no hacemos algo.

—Rachel y Christopher son fuertes, pero no lo serán por mucho tiempo, no después de que sus dos hijos nazcan muertos —le digo—. Tengo todo bajo control y puedo asegurarte de que la victoria será nuestra; más adelante nos vamos a reír de todo esto.

Aparta la cara y me aferro a su rostro.

—Hemos llegado lejos, esto solo son altibajos, créeme —le insisto—. Logramos entrar a la FEMF y por años hemos estado como infiltrados. ¿Crees que no vamos a poder con esto?

Mira al cielo y cierra los ojos por un momento; más que familia somos amigos, sé que me quiere.

—Confía en mí, Ivana —le insisto—. Sabes que puedo hacerlo.

—Bien —suspira—. Voy a confiar en que puedes hacerlo.

El marido la llama y ella parte con él, rumbo a Londres.

Miro los restos de comida que saqué de la casa, Christopher Morgan no logró ingerir el veneno, pero Rachel James sí, y esto, sumado al HACOC, hará que sus hijos mueran en su vientre. Parir es algo que Antoni no le va a permitir, puedo jurarlo.

El único que se salió con la suya hoy fue Ali Mahala.

Christopher se peina el cabello con las manos en lo que camina de aquí para allá en la oficina del comando. La cólera que siente no le ha mermado ni con el pasar de las horas, y esta vez no es el único que arde por dentro.

Cada día me convenzo más de que mi muerte es la solución a esta absurda contienda de porquería, es la única forma en la que podré estar tranquila.

—Quiero que lo des todo por mí hasta que nazcan los bebés —le pido al coronel—. Gana las elecciones para que me mantengas a salvo y después trata de hacerte a la idea de que mi muerte es lo mejor para todos.

—¡Cállate! —espeta.

—Ya no tengo miedo de morir…

—¡Puedo con todo, maldita sea! —Se vuelve hacia mí.

La vena que tiene en la frente se le marca mientras me grita:

—¡No me subestimes, porque soy más de lo que tú crees!

El ataque de rabia hace que barra con todo lo que tiene sobre el escritorio. Los objetos caen y me siento mal, porque de alguna forma siento que estoy acabando con él. Vive pendiente de todo siempre, no descansa y constante-mente lidia con el miedo de que me pase algo, así como yo lidio con el miedo de que lo lastimen por mi culpa.

—Escúchame…

—¡No! —me reprende—. ¡En tu vida vuelvas a pensar que no soy capaz de lograr algo!

Se agita y se aleja cuando Parker entra a la oficina.

—La están esperando en la sala de juntas, teniente James —informa el capitán.

Salgo y varios soldados se le plantan a Christopher en la puerta para que no abandone la oficina.

Me sacó de las Maldivas y me trajo a Londres en tiempo récord, el aten-tado se llevó al hombre que creí que volvería a ver después de la luna de miel. De nuevo es el que poco escucha y no se deja hablar.

La Élite me está esperando junto al Consejo, Olimpia Muller está presen-te, al igual que mi papá y el ministro. Mis amigas me miran preocupadas, me preguntan si estoy bien, y asiento con un leve gesto.

Gema no me mira, se mantiene seria en su puesto mientras yo tomo asiento en el mío.

—Antoni atentó contra mí desde la prisión, los Halcones fueron a las Maldivas —hablo—. Es un peligro y es hora de que se considere la pena de muerte para él.

—Evadieron mis órdenes —contrarresta el ministro—. Eso se llama desacato y, les guste o no, son las consecuencias de querer hacer lo que se les viene en gana.

No puedo creer que salga con eso, tenía derecho a tener una luna de miel con Christopher, somos personas que merecen disfrutar de su relación.

Alex se extiende con el regaño, el Consejo lo respalda y, por lo que veo, soy yo la que debo encargarme de aniquilar a los que me persiguen.

El tema de Antoni se pone sobre la mesa, para que su pena de muerte se pueda llegar a considerar todo el Consejo debe estar de acuerdo.

—No es una buena decisión —habla Gema—. La pena de muerte va contra los derechos humanos. No es personal, teniente James, lamento lo que pasaron, pero no apoyo esto.

—No tuviste en cuenta los derechos humanos cuando difundiste la noticia de mi embarazo —alego—. Va contra tus principios morales que Antoni muera, pero no el que mis hijos estén en riesgo...

—No voy a discutir contigo, Rachel. No apoyo la pena de muerte para nadie, es mi opinión y debe respetarse.

«Hipócrita».

—Yo tampoco estoy a favor de la pena de muerte y no me gustaría que la apoyara, general Lewis —Bratt le habla al papá—. El castigo de Antoni es pudrirse en la celda donde está.

Llevo la espalda contra el asiento cuando el Consejo coincide en que su castigo es cumplir con la cadena perpetua. A Alex no le queda más alternativa que asumir su papel de ministro y apoyar lo que dice la mayoría.

La reunión se da por terminada, la Élite se va con el Consejo y yo me quedo con mi papá y el ministro.

—¿En verdad no vas a hacer nada? —le reclamo a Alex—. Entraron y...

—¡Hay que aprender a escuchar! —me regaña—. ¡Tenían que quedarse aquí, pero no lo hicieron! Prefirieron dárselas de tercos y no tener en cuenta la gravedad de todo esto.

Mi papá le pide a Alex que cuide su tono a la hora de hablarme.

—Muévase a la mansión, teniente —dispone Alex, y sacudo la cabeza.

—No, tengo pendientes que hacer y mi licencia acabó.

—Rachel...

—Estás en tu rol de ministro y yo en el de una teniente. Pasado mañana hay que ir a las urnas y por mi bien no puedo permitir que Christopher pierda —espeto—. Si pasa, nos vamos a ir todos a la mierda y lo sabes.

Me voy al puesto de mi papá y tomo su mano.

—Tienes contactos —le hablo—. Apóyame con eso, aprovechemos que estás aquí, habla con los colegas que te aprecian y convéncelos de que Christopher es la mejor opción. Eres consciente de lo mucho que necesitamos esto, así que ayúdame. Muchos saben lo buen soldado que fuiste y te van a escuchar.

Mantiene la mirada en la mesa.

—Por favor, papá.

—Veré qué puedo hacer —musita.

—Gracias. —Lo abrazo.

Abandono la sala de juntas, mis pertenencias ya están en la habitación del coronel. Me cambio la ropa de civil por el uniforme de combate. Tengo un arañazo en el brazo por culpa de la punta del haladie con el que me atacaron. No requiere suturas, pero sí arde un poco. Me peino el cabello con un cepillo, me hago el moño y, cambiada, me apresuro a la sala de tenientes.

Ya no estoy en la Alta Guardia, por ello sigo haciendo parte de la tropa de Parker en lo que veo lo de mi ascenso.

Me pongo a revisar cómo están las últimas encuestas, Christopher bajó un tres por ciento y Kazuki es el último, con un cinco por ciento de diferencia. Leonel es quien lleva la delantera.

Llamo a Cristal Bird, necesito saber cómo va a ocuparse de esto. Comenta que ya tiene preparada una cena con un grupo de capitanes en Alemania. Gema va a hablar con ellos.

—Asegúrate de que todo salga bien, que Gema sirva para algo y deje de llorar como una viuda en los pasillos —demando—. Mantenme al tanto de todas las novedades que haya.

No le doy tiempo de alegar, ya que cuelgo, llamo a Alan Oliveira y a Trevor Scott. La rabia que tengo me eleva el pulso cada vez que recuerdo la forma en la que me atacaron. Algunos lo que quieren es que les recuerde quién soy.

Alan llega y lo primero que le pido son los últimos movimientos de la Bratva y la mafia italiana.

Los sargentos se ponen a la tarea y me llenan de informes actualizados. Sé que la Bratva tiene embarcaciones donde transportan mercancías, Drew Zhuk habló de ello el día del operativo en el puerto.

—Teniente Franco —llamo a Brenda cuando entra a la sala—, ayúdeme a contactar a las unidades de prevención. Que toda la fuerza naval nos rinda informe y muevan drones con recorridos de rutinas, lo mismo con la fuerza aérea y terrestre.

—Bien. —Levanta el teléfono—. ¿Lo haremos bajo las órdenes de quién?

—Mías —dispongo—. Scott, dile a la Élite que se reúna en la sala de investigación, todos a excepción de Gema y Bratt. La mafia está jodiendo y tenemos trabajo que hacer.

El sargento asiente antes de irse. Apilo toda la información que se recopiló y me muevo a la sala donde Parker es el primero en aparecer.

—Creo que el conducto regular es avisarle al capitán antes de emitir órdenes de peso —empieza—. Que yo recuerde, a mí no me has dicho nada.

—No tuve tiempo —reviso documentos—, y no tienes por qué molestarte, mis capacidades son iguales a las tuyas, ya te lo he demostrado más de una vez.

Se queda de brazos cruzados en la puerta.

—Me reservaré lo que pienso, porque sé que no te va a gustar lo que diré.

—Entonces sí, lo mejor es que te lo reserves —le dejo claro—. Ahora no estoy de humor para discusiones ni regaños.

Patrick llega con Alexandra y los demás.

—Me acaba de llegar una alerta —informa el capitán, que enciende un holograma en la mesa.

En cuestión de segundos monta el esquema que nos permite ver lo que le preocupa. La habilidad que tiene con todo lo tecnológico es sorprendente.

—Atlántico, el canal de la Mancha —explica—. Hay cinco barcos de una supuesta naviera rusa que, según declararon, transporta enlatados.

—¿Barcos tipo búnker para transportar enlatados? Lo dudo.

Muevo el holograma, que agrando y evalúo con atención.

—Son de la Bratva, el modelo es igual al que señaló Drew Zhuk en el puerto.

—Coincido —me apoya Angela, que revisa la información que recopiló Alan.

—Armaremos un plan de ataque para derribarlos —dispongo.

—¿Sin previo estudio? —replica Parker.

—Sí —contesto—. Hay que alardear de triunfos cuando no se puede alardear de acciones, sabemos de quiénes son y hay que atacar.

Derribar este tipo de barcos es una pérdida grande, un mero navío vale millones y ni hablar de lo que han de tener dentro.

—Preparen aviones, carguen municiones —ordeno—. Iremos nosotros, sin Lewis ni Lancaster. Muévanse ya, no hay tiempo que perder.

Todo el mundo se mueve, no hay estudios previos; sin embargo, todos son conscientes de que los méritos son algo que nos sirven a todos y más en este punto de la campaña.

Recojo los documentos que necesito y me apresuro a la oficina del coronel, desde mi sitio veo cómo de esta salen Alex y el Consejo, se pierden en el pasillo. La secretaria que contraté no está en su puesto.

Alcanzo el pomo de la puerta y me adentro en la oficina de Christopher, que está de espaldas en su silla, nadie se ha molestado en venir a recoger todo lo que tiró; el piso está lleno de documentos, carpetas, así como de los objetos que suele tener sobre la mesa.

Rodeo el escritorio, la mandíbula parece que se le va a partir de lo tensa que la tiene. No me dice nada y me abro de piernas sobre él, que fija los ojos en mi abdomen antes de ponerlos en mi cara.

—Vamos a trabajar. —Pongo la carpeta contra su pecho.

—Ahora no tengo la cabeza para nada.

—Pero tenemos que hacerlo, debemos dejar claro con quién es que se están metiendo.

Le hago un resumen rápido de todo lo que tenemos, no es cualquier tontería y por ello se levanta: es del tipo de hombre que no desperdicia oportunidad a la hora de contraatacar, es algo que me confirma cuando rápido empieza a leer todo.

—Me voy a cambiar. —Me le adelanto y me toma del brazo.

—No, yo voy y tú te quedas —dispone.

—No es combate cuerpo a cuerpo, así que puedo acompañarte.

—Dije que te quedas —insiste.

—Voy a ir. No soy ninguna idiota como para quedarme aquí haciendo nada —alego—. Somos un equipo y puedo pilotear mientras tú te encargas de lo otro.

Echo a andar sin darle tiempo de protestar. En el cuarto de cambio los soldados ya se están preparando y en menos de cinco minutos estoy lista y con una sola cosa en la cabeza.

El coronel da las órdenes finales, todo el mundo asiente y con Angela, Parker y él me apresuro al avión que espera en la pista. La aeronave se alza sobre el cielo inglés, y con Parker me hago cargo de la cabina.

La información que se tiene está sobre uno de los asientos, Christopher da órdenes finales y me muevo a revisar todo para que no se nos pase nada.

—Mi coronel —Angela llama a Christopher.

Él pone los ojos en ella, está montando el arma que va a usar. La alemana se acerca. El ruido del avión no me deja captar muy bien lo que dice, solo noto cómo ella cambia el peso de un pie a otro. «No está coqueteando», sé que no lo está haciendo; no obstante, las orejas me arden cuando ella acorta el espacio entre ambos para que lo escuche mejor.

«No está coqueteando», me repito, solo son colegas. La alemana le pone la mano en el hombro y …

—Ese chaleco está mal ajustado, coronel —intervengo, y ella se aparta para que lo verifique.

«El chaleco está bien, mi humor no». Le paso las manos por el chaleco, lo bajo para disimular.

—Ya está.

Vuelvo a mi puesto y Angela se me viene atrás.

—Preguntaba por el calibre de las municiones que iba a necesitar —aclara ella.

—Lo supuse —miento.

—Claro.

No se va, se cruza de brazos frente a mí.

—¿Con Bratt también eras así de posesiva? —Se ríe—. Estate tranquila, no siento nada por el coronel y sería incapaz de meterme con él sabiendo que está contigo. Me acerqué porque no le escuchaba bien...

—No soy posesiva —contesto sonriente—. Lamento si te confundí o hice sentir mal, solo que no quiero que le pase nada por tener el equipo mal puesto.

—Ni me confundiste ni me hiciste sentir mal. —Echa mi trenza atrás—. Solo me comiste con los ojos.

—Estamos llegando —informa Parker.

Me ubico frente a las pantallas, en las que veo las imágenes que cambian con el movimiento de las cámaras MIT que me muestran el interior de los navíos, pese a que estamos a varios metros de distancia. Identifico la carga que tienen y es como oro en medio del mar, muevo los controles. El avión carga municiones y Christopher, con la vista en el lente, pega el dedo en detonador.

No es disparar proyectiles solo por disparar, es saber en qué puntos dar y para eso se requiere inteligencia militar.

El coronel se coloca el intercomunicador y yo la diadema de audífonos.

—Sesenta y seis centímetros, lado norte —le informo—. Punto débil en parte trasera, lado oeste, cuarta ventana...

Mueve el armamento mientras Parker maniobra la aeronave conmigo.

—¡Fuego!

Christopher deja escapar el misil, que desciende, impacta y explota. Ataca con tres más mientras le indico las coordenadas que terminan de destrozar el navío. Diez minutos después no hay más que humo en el canal de la Mancha.

—Operativo concluido —anuncia la otra parte de la Élite—. Objetivos dados de baja.

«Ahí tienen, malditos». Ellos no pierden tiempo a la hora de atacar, pues yo tampoco.

Me vuelvo a mirar a Christopher, que se aparta el sudor de la frente con el antebrazo. Me levanto a ver que esté bien, las ganas de abrazarlo me carcomen; sin embargo, lo evito, ya que las muestras de afecto están mal vistas en el ámbito laboral.

Con el mismo sigilo con el que arribamos, volvemos al comando, donde el ataque a los barcos ya es noticia, cosa que nos sirve en este momento, cuando debemos demostrar que somos los mejores.

«El escuadrón Élite de Londres derriba navíos en el canal de la Mancha —dicen en la radio—. Fuentes aseguran que pertenecían a la mafia roja».

Patrick aterriza primero. Alex Morgan está esperando en la pista con Luisa. Las puertas del avión de combate se abren y desciendo con el coronel, que pasa de largo sin mirar a nadie. El ministro se le va detrás y ambos empiezan a hacer lo mejor que saben hacer y es discutir.

Luisa me abraza mientras Brenda, Laila y Alexandra me rodean.

—Queremos detalles de lo que pasó en las Maldivas —me pide Laila—. Esta situación nos tiene preocupadas.

—Quédate en el comando —me pide Luisa—. Tenemos que hablar, no puedo seguir viviendo sin saber cómo fue exactamente todo.

—¡Rachel! —me llama Christopher—. Vámonos.

Espera a la debida distancia. Luisa insiste en que me quede y Christopher se empieza a exasperar.

—Vámonos —insiste el coronel.

—Una noche de amigas, Raichil, lo necesitamos —suplica Luisa.

—Después —me despido de todas—. Estoy algo cansada.

Luisa me mira como si no me conociera, no suelo decirle que no cuando de hablar se trata, pero en verdad estoy cansada y hoy lo único que quiero es estar al lado de mi marido.

No me molesto en quitarme el uniforme, voy para la mansión y me puedo cambiar allá. Echo a andar con Christopher y Alex, que espera por ambos. Uno de los agentes de los medios aguarda en el estacionamiento y nos sigue con una libreta en la mano.

—¿Darán detalles del atentado de la mafia? —pregunta, y el coronel tira de mi mano para que no le preste atención.

—Que ellos den detalles de las embarcaciones que derribamos hoy —es lo único que digo antes de subir al vehículo.

Alex aborda la misma camioneta que Christopher y yo me quedo en el medio de los dos hombres. El ministro respira hondo antes de ponerme la mano en la rodilla.

—¿Cómo te has sentido en los últimos días? —me pregunta.

—Bien —musito.

—Sara te está preparando un plato gourmet con vitaminas que...

—Ellos no quieren nada de eso —responde el coronel—. Avísale a Sara para que no pierda el tiempo.

—No entiendo por qué siempre buscas la manera de pelear —replica Alex—. Lo que hago y sugiero es porque fui padre y...

—Nunca has sido nada, así que mejor cállate.

—Ya basta de peleas —pido—. El día ha estado ajetreado y lo mejor es que aprovechemos el tiempo para descansar.

Christopher clava los ojos en la ventana y entrelazo mis dedos con los suyos. La mansión nos da la bienvenida minutos después, los soldados de la Alta Guardia se mueven a lo largo del área resguardada donde, con todo lo que está pasando, Alex ha tenido que duplicar la seguridad.

El vehículo se estaciona frente a las puertas blancas. Bajo después de Alex, Christopher me sigue y los dos hombres se unen a mí en las escaleras que llevan a la puerta, que atravesamos juntos.

—¡Hola, novia! —me saluda Emma, quien está en la mitad de la sala con un albornoz puesto.

Tiene una toalla en la cabeza y un vaso de té helado en la mano.

—¿Cómo la pasaron las viboritas?

Suelto a reír, viene a darme un beso y se agacha a dejar uno en mi abdomen.

—Ministro. —Le planta un beso en la mejilla—. Christopher.

Lo saluda también y es cómico este tipo de acto en ellos, no están acostumbrados a que la gente los trate así, con tanta soltura.

—¿Qué haces así? —le pregunto.

—Estaba en el jacuzzi de atrás. —Se pega a mi brazo y hace que camine con ella—. Cuéntame, ¿qué hiciste? ¿Tienes fotos de los sitios que visitaste? Te enviaré las que tomé después de que te fueras, los del Mortal Cage me prometieron una chaqueta.

Pongo mi brazo alrededor de sus hombros y el suyo abraza mi espalda mientras le doy un resumen de todo lo bueno.

—Supe que volvías y te preparé unas galletas para compensar el mal rato que tuviste —me dice—. Son de avena, iguales a las que hacía la abuela Banner.

—Gracias, cariño. —Beso su frente.

—Voy por ellas. —Se va a la cocina.

Continúo con mi camino rumbo al jardín. Mis padres están en el comedor cerrado del sitio; mi madre tiene una bolsa de hielo en la cabeza, Sam permanece a su lado con un libro de anatomía en la mano, mientras que mi papá acaba con la bebida que le sirvieron. Saludo a cada uno con un beso antes de tomar asiento.

Mi madre me mira a la espera de la explicación que evito con la excusa de que no quiero recordar nada.

—Mañana es el cierre de campaña —les informo—. Tendremos un día agitado y hay que prepararse para ello.

Las elecciones son pasado mañana. Mi papá se pone a hablar de los puntos fuertes de cada candidato, mientras que me atiborro con las galletas que trae Emma, que, cambiada, se une a la mesa.

Las galletas saben a infancia libre de problemas. A todos les explico la agenda de mañana.

Sara llega a avisar que la cena está lista y con mi familia me traslado al otro comedor. Christopher no está por ningún lado, le pido a la empleada que compruebe si está arriba.

—Salió —me dice.

—¿Adónde? Acabamos de llegar. —El apetito se me va—. ¿Dijo para dónde iba?

—No, señora.

—¿Y no le preguntó?

Sacude la cabeza. Saco mi teléfono, lo llamo y no me contesta. Si se fue al *penthouse* sin mí vamos a tener problemas.

—Rachel, siéntate —me pide mi mamá.

El ministro baja, se acomoda en su puesto como los demás. Vuelvo a llamar a Christopher y me jode que no se moleste en contestar. ¿Por qué diablos se va sin avisar?

—¿Dónde estás? —increpo cuando responde—. ¡¿Por qué me dejas sola aquí?!

Todos me miran, ya que no controlo el volumen de mi voz.

—Tengo cosas que hacer, teniente —responde el coronel—. El área donde estás es segura.

—¿Qué cosas tienes que hacer? —Me levanto—. Si estás en el *penthouse*, vuelve y nos vamos juntos.

—Y yo que pensé que mamá era intensa… —Alcanzo a escuchar la burla de mi hermana menor.

Me desespera que se lo guarde todo y no diga nada.

—¿Volverás? —pregunto.

—Me voy a ocupar, así que hablamos luego. —Cuelga.

Me quedo mirando la pantalla. Las ganas de llorar se me acumulan en el pecho; el sentimentalismo que me invade a cada nada es algo que ya me tiene harta.

—Rachel, te estamos esperando —me llama mi papá.

Vuelvo a la mesa donde se termina de pactar lo de mañana, Sara habla del menú con un entusiasmo que no me contagia, ya que la comida no me provoca para nada.

Paso de la mesa a la alcoba, donde tomo una ducha antes de irme a la cama. Apago la lámpara de la mesa de noche y me acuesto.

Lo de las Maldivas y las elecciones traen los nervios que no me dejan dormir. «Que nazcan los bebés es lo único que pido», me digo, dado que eso es lo que más me preocupa.

Logro quedarme dormida, pero no por mucho, ya que capto el sonido de la puerta que abren. Es el coronel que entra con la caja que deja sobre la mesa de noche, se sienta en la orilla de la cama y empieza a quitarse los zapatos.

No me muevo, quiero fingir que estoy dormida, pero el olor a comida que desprende la caja sobre la mesa me hace abrir los ojos. Él se va a la ducha y yo, hacia la caja.

Capto el sonido de la ducha. Tengo rabia con él por irse sin avisar, no obstante, no puedo enojarme con la comida, porque no tiene la culpa. Enciendo la lámpara, alcanzo la caja y el hambre que no tenía toma fuerza al ver las piezas de pollo, con las que acabo en minutos.

Si sigo con las ansias de esto, me van a salir plumas en vez de cabello. La caja queda vacía y limpio mis manos con una servilleta. El coronel sale desnudo y las ansias por la comida son reemplazadas por las ganas porque me haga suya.

—Ven así. —Contemplo el cuerpo, los músculos, los ojos.

—Iba a ir así. —Viene y me cubre por completo al momento de besarme.

Aparta las manos, saca la bata y me arranca las bragas. Paseo las manos por sus hombros en lo que disfruto de la boca, que no me suelta.

Baja a mi cuello y suelta los besos que se extienden a lo largo de mi clavícula. Separo los músculos que lo acunan y le permiten acomodarse en la entrada de mi sexo.

—¿Dónde estabas? —pregunto.

—No importa —susurra al tiempo que sujeta el tallo del miembro que prepara para embestir—. Ya estoy aquí y te daré lo que quieres.

Se sumerge en mi interior. La longitud de su miembro trae los gemidos que reprimo cuando se mueve y arremete sin piedad. Coloca el brazo bajo mi cuello, sus labios quedan a centímetros de los míos en lo que me hace suya.

Mis pezones rozan su torso, paseo las manos por los brazos que se tensan con las arremetidas: tenerlo siempre es un privilegio. Los poros se me erizan, la boca se me llena de saliva y el pulso se me acelera.

La forma en la que nos sincronizamos en el sexo es lo que nos tiene donde nos tiene, lo que nos hizo dependientes el uno del otro e hizo que pasáramos de desearnos a amarnos.

Clava las manos en mis costillas y se mueve para que vea cómo entra y sale de mi interior. La imagen que me brinda es el mejor estimulante que puede existir, nubla mi razonamiento y aniquila las ganas de parar.

Le ofrezco mi garganta para que la bese, la suavidad de sus labios sube y baja de nuevo antes de volver a la boca, donde mi lengua juega con la suya.

Todo mi cuerpo está en llamas, él suelta las palabras crudas que me hacen desear estar en nuestra casa, ya que allá puedo desatarme sin prejuicios. Las manos me duelen con la fuerza con la que me aferro a sus brazos cuando arremete con más brío.

Los movimientos que ejerzo abajo lo llevan al desespero y lo sé porque su mirada me lo dice, la forma en la que me mira antes de atrapar, tomar y morder mi labio inferior. El sentir cómo se le tensan las piernas trae el orgasmo que me estremece y trae el derrame que deja en lo más hondo de mí.

Se acomoda de medio lado, esconde la cara en mi cuello mientras que con los dedos recorre mis piernas. El toque suave sube al sexo, hunde sus dedos en él antes de seguir al vientre, donde deja la mano.

Un gesto simple que siento como algo posesivo, como si de alguna manera le recordara al mundo que es suyo. Lo beso, nos amamos, pero creo que amamos más lo que hemos creado.

Acomodo la cabeza sobre su pecho. Tuvimos un día difícil y lo mejor es cerrar la noche bien. No tardo en quedarme dormida y, por la respiración que siento entre sueños, él tampoco.

Las voces en los pasillos de la mansión es lo que nos despierta a la mañana siguiente.

El día empieza con un polvo rápido y un beso antes de salir de la cama. Christopher se baña, viste y sale primero mientras que yo busco lo que me pondré.

El cierre será en un club campestre, el cual está a pocos minutos del centro de la ciudad. Del clóset saco la falda negra clásica y la blusa satinada color crema de botones que me pongo.

El cabello me lo peino de medio lado antes de calzarme los tacones con talón descubierto.

Los accesorios que elijo son sobrios, frente al espejo compruebo que todo esté bien y sí lo está. Alcanzo la cartera y me encamino a la habitación de mis hermanas. El atuendo que llevan las hace ver como dos rosas inglesas: Sam tiene un vestido de lino gris hasta las rodillas y Emma uno color hueso de tirantes delgados.

Le ayudo a Sam con su recogido mientras Emma se pone los zapatos.

—Señora Morgan, la secretaria del coronel ya está aquí —avisa la empleada.

—Llámeme Rachel, el «señora Morgan» está de más —pido.

—Coincido. —Aparece mi papá—. ¿Quién quiere que lo llamen Morgan siendo un James?

—Las veo abajo —les digo a mis hermanas.

Mi papá se queda con ellas y yo bajo a recibir a la secretaria. Me apresuro a la sala donde hallo a una mujer de cabello rubio y labios rojos que en definitiva no es la señora Esther.

—Teniente James, buen día —saluda—. ¿El coronel baja ya o hay que subir a despertarlo?

—¿Disculpa? —me confunde—. ¿Eres?

—Pamela Brown —se presenta—, la nueva secretaria del coronel.

Luce un ceñido vestido carmesí de tubo. Es más alta que yo, de piernas largas, senos abultados y lentes pequeños.

—Bienvenida —le dice Tyler, que espera a un lado del vestíbulo.

Volteo, me giro a mirarlo y él se pone serio.

—Con su permiso, me retiro —carraspea.

—Disculpa, pero no eres la persona que contraté…

—Yo lo hice. —Christopher baja las escaleras con un traje gris hecho a medida—. No se me da bien trabajar con gente de la tercera edad.

—La señora Esther tiene un muy buen desempeño.

—No para mí. —Deja que la secretaria lo siga al comedor.

—El energizante que me pidió. —Ella le entrega la bebida.

¿Es que ya se están hablando? El resto de la familia baja y ella permanece con las carpetas en la mano mientras todo el mundo desayuna y pone a Christopher al tanto de todo lo que tiene que hacer.

Llega la hora de partir y la secretaria viaja en el mismo vehículo que el coronel y yo.

—Sus analgésicos —le dice a Christopher, que recibe las píldoras que le entrega.

No entiendo para qué me pone al tanto de una tarea si luego me va a contradecir y hacer lo que quiere. Gasté mi tiempo entrevistando gente para nada. Aliso mi falda, procuro no decir nada durante el trayecto, hay cosas más importantes en las que pensar.

Hace buen clima, pese a que estamos en invierno. La agenda de hoy incluye discursos, charlas, almuerzos y reuniones con altos mandatarios. Es una oportunidad para convencer a los que tienen dudas antes del esperado día.

Las camionetas se estacionan y los James se unen a los Morgan en el evento. El espacio está lleno de las banderillas de cada candidato. Gema se hace presente con Marie, Christopher se dedica a hacer sus cosas con el ministro, mientras que yo hago lo mismo con mi familia.

Generales y coroneles de otros comandos se acercan a darle la mano a mi papá y a mi mamá, en familia pasamos por las distintas salas, la Élite llega y doy los discursos que me corresponden.

Gema actúa como si nada pasara al lado de Christopher y la nueva secretaria, que no se le despega.

El salón que está en el corazón del lugar acoge a los candidatos y a sus respectivos equipos. Mi familia se entretiene hablando con un fiscal y yo alzo la mano para saludar a Kazuki, quien está con su esposa.

Leonel llega con un folleto en la mano.

—Ten. —Me lo da—. Quiero que lo leas y veas de una vez por todas que soy la mejor opción.

Suelta a reír como si fuera gracioso y le sigo la corriente. «Idiota».

—Suerte mañana en las urnas.

En el almuerzo, el Consejo habla de las responsabilidades y de lo que se espera que haga el próximo ministro. La secretaria de Christopher se acerca a preguntarle si quiere que grabe lo que dicen los hombres que hablan en el atril. Él sacude la cabeza, ella da un paso atrás y se acomoda la falda del vestido.

El almuerzo termina y el coronel parte con ella a los otros compromisos. No sé qué es lo que me fastidia más: si el tener que sonreír cuando no estoy contenta o el que la mirada del coronel no esté sobre mí desde que llegamos al evento.

Comparto un té con mis hermanas, mi madre y mis amigas, mientras que Patrick se une al coronel y lo acompaña a las distintas charlas.

—Entonces, Emma se va a tomar un año fuera de la FEMF —Luisa habla con mi mamá—. ¿A qué comando te vas a presentar al volver?

Le pregunta a mi hermana.

—Todavía no lo sé. Mi puntaje es bajo, antes de salir presenté solicitudes y no hubo interesados —explica ella.

—A veces tardan en responder. —Tomo su mano—. Es algo que puede tardar meses, hay casos en los que se demoran hasta más de un año.

—Sí, al igual no me preocupo. —Me rodea el cuello con los brazos y empieza a besarme—. Mi carta astral dice que nací para cosas grandes.

Bromea, mis amigas se ríen y Sam sacude la cabeza, molesta.

Acabamos con el té, la jornada sigue y la gente a mi alrededor empieza a desesperarme cuando veo a soldados embelesados con los discursos de Leonel y Kazuki.

Los pensamientos intrusivos comienzan a jugar en mi contra cuando miles de escenarios se pasean por mi cabeza, las mil cosas que pueden pasar si no ganamos esto.

Desde mi lugar veo cómo la secretaria de Christopher se retoca el lápiz labial mientras sostiene una carpeta bajo el brazo.

—Pamela —la llama el coronel.

Con la cabeza le pide que lo siga. Patrick se queda hablando con el general del comando francés. El estómago se me revuelve y echo a andar.

—¿Adónde vas? —me pregunta mi madre.

—A saludar a alguien, no tardo.

Los pies se me mueven solos. Christopher se encamina al área techada del club; junto con la secretaria atraviesa el vestíbulo y se van al salón que se presta para reuniones privadas. Tyler se queda afuera y Pamela cierra la puerta.

Mis tacones resuenan en el mármol cuando alcanzo el pomo, al que me aferro, lo giro y entro sin llamar.

—¿Necesita algo, teniente? —pregunta la secretaria al verme.

—Cuando yo demando algo, quiero que lo respetes, Christopher —le digo al coronel.

—¿De qué hablas? —pregunta, hastiado.

—Estipulé la maldita secretaria que ibas a tener y no es esta —espeto—, así que, Pamela, toma tus cosas y lárgate de aquí.

Él baja los papeles que intentaba leer y ella lo mira a la espera de que diga algo.

—Ya me oíste —reitero—. No es personal, es porque mis decisiones aquí deben respetarse.

Recoge el maletín y da las gracias por la oportunidad antes de salir. Christopher enarca las cejas. Molesto, trata de irse y me pongo en su camino.

—¿No te gustó? —Lo empujo—. ¿Te frustré el polvo? ¿El sueño de ser Alex 2.0?

—Quieres que te folle, eso es lo que estás buscando.

—Responde a lo que te pregunté. —Lo vuelvo a empujar—. ¿Te gusta la tal Pamela? ¡¿Es la mujer con la que te acostarás cuando me maten por no ganar esta maldita mierda?!

Clava los dedos en mi mandíbula. Mis labios quedan a centímetros de los suyos, pero no me besa y me brotan las lágrimas cuando siento su desespero, la rabia que genera lo que acabo de decir.

No temo a morir, pero sí que muera él o mueran ellos, ya que no me imagino una vida sin ninguno de los tres.

—¿De qué color son las piedras? —La voz me tiembla a la hora de preguntar—. ¿Qué es lo que intentaron lastimar?

El nudo que se forma en mi garganta es asfixiante. Tal vez sea mentira lo que aseguró el mercader, pero, en estos momentos, cualquier cosa me hace ilusión y ayuda a tener los pies sobre la tierra.

—Dime.

Le insisto y no habla, solo se va hacia la puerta, que estrella.

—Christopher. —Me voy tras él.

Un agente de los medios internos se le pega atrás con una libreta en la mano. Christopher lo ignora y el hombre empieza a trotar tras él.

El evento está por acabar, Olimpia empieza con el discurso final y los presentes, frente a la tarima, la escuchan atentos. El coronel se pierde en el tramo de árboles que lleva al lago que hay en la parte posterior y el agente desaparece con él.

—¿Qué pasa? —Me alcanza Patrick, preocupado.

—Christopher no está bien —le digo.

Con el capitán me apresuro a la zona verde, el coronel aparece más adelante.

—¡Lárgate de aquí! —le dice al soldado de la FEMF, que no deja de seguirlo.

—Hermano, tranquilo —le pide Patrick—. No es necesario ser grosero, este buen hombre ya se va.

—Deseo hacer un par de preguntas primero.

—Ahora no. —Lo aparto.

—¿Cree usted que la muerte de sus hijos es el castigo por ser un hijo de puta asesino? —le suelta—. ¿Es consciente de que sus hijos pueden morir quemados, apuñalados o decapitados?

Mis extremidades se congelan con lo que pregunta. Christopher aparta a Patrick y el agente no se va, se queda en su puesto con la libreta en la mano.

—¿Qué dijiste? —increpa el coronel.

—Solo exploro los distintos escenarios y el modo de actuar de la mafia que...

Le pega un puñetazo que lo manda al suelo, se lo carga a puños. Patrick trata de intervenir al igual que yo. El hombre se gira y trata de alejarse, pero

Christopher se suelta, se le va encima, lo toma de la cabeza y le parte el cuello, que cruje como si no valiera nada.

—Christopher, acabas de…

—¡Largo de aquí! —le grita el coronel.

El capitán se vuelve por donde venía y no hago más que mirar el cuerpo del hombre que acaba de morir.

—¡Estoy harto! —espeta Christopher—. ¡Harto de toda esta maldita mierda!

Me doy la vuelta con el corazón en la mano cuando capto pasos atrás: es Alex el que llega con Patrick y la Alta Guardia.

—Alex…

Me voy hasta él con las manos temblorosas, si esto se sabe…

—Vete —me pide—. Yo me encargo.

Obedezco, aunque no quiera dejarlo solo, debo hacerlo, ya que la ausencia de los dos levantará sospechas.

Los nervios me los trago a la hora de despedirme de los presentes, las personas me dan la mano y me desean suerte mañana. El evento acaba con aplausos y fuegos pirotécnicos.

Llevo a mi familia a casa y ceno con ellos para no preocuparlos. Se irán mañana. Después de los resultados electorales, me voy a quedar sola y me preocupa la situación actual de Christopher.

Después de cenar me quedo un rato en la sala con mis hermanas y mis padres. Estos se van a descansar con Sam y termino en mi alcoba con Emma, que frente al espejo se prueba mis labiales.

—Ganen o no, seguirás siendo la mejor teniente y soldado de la FEMF —me dice—. Recuerda que solo tienes dos obligaciones en la vida: ser feliz y extrañar a tu hermana favorita.

—Sam… —suspiro, y ella alcanza el cojín que me lanza antes de venir a abrazarme—. Está bien, lo diré, es Luisa.

—¡Soy yo! —grita sin soltarme, y mi papá viene por ella para que me deje reposar.

Termina sobre él y entiendo por qué mi papá dice que es la culpable de todas sus canas: lo hace caer, Rick se levanta, furioso, ella no quiere irse, así que mi papá le advierte que tiene cinco minutos para despedirse e irse a dormir.

—Estaba pensando en que, si te apetece, podría quedarme un par de semanas más —me dice—. Podemos ir de compras, comer, ir a ver ballet. En Phoenix no tengo mucho que hacer y podría acompañarte.

Se calla cuando la miro seria.

—Sientes que no es una buena idea, ¿verdad? —Mueve la mano restándole importancia—. Olvídalo...

—No, no es una buena idea —increpo—. Es la mejor maldita idea que se te ha podido ocurrir.

Le digo, y me abraza, feliz.

—No empaques, en la mañana hablo con papá y mamá.

—Te amo.

Desaparece y quedo sola con una sonrisa en los labios, gesto que se desvanece cuando me acuerdo de todo lo que pasó.

Paso la noche despierta, Alex no vuelve y Christopher tampoco. En pijama paso la noche frente a la ventana.

No dejo de sopesar escenarios y torturarme con todo lo que puede estar pasando ahora y lo que puede pasar mañana.

Llamo a Tyler para preguntarle dónde está y me informa que en el comando. La noticia solo quita un cinco por ciento de todo el estrés que tengo encima. Ruego para que amanezca rápido, y cuando pasa, me baño, me cambio y me preparo para irme al comando.

La votación suele realizarse de forma masiva desde las ocho de la mañana hasta las trece horas. Camino al campo de entrenamiento, donde están las mesas con las urnas; delante de ellas se hallan las filas con los soldados alineados para votar.

Es un día crucial para esto y el sopesar que podamos perder hace que el corazón empiece a latirme en la garganta.

La mañana se me va en la sala de juntas donde, a los que más nos importa esto, esperan sentados alrededor de la mesa: Gauna, la Élite, Alex, Cristal Bird y Gema.

El coronel está en su silla con los ojos fijos en la pantalla que muestra a los otros comandos, escucha las declaraciones de los generales que ya dieron su voto.

Así transcurren esas horas: algunos se levantan a tomar café, otros caminan de aquí para allá, mientras que a mí me gustaría tener un somnífero que haga que me despierte dentro de siete meses, justo para cuando nazcan mis hijos.

A las trece horas se anuncia el cierre de las urnas. El miedo late en cada una de mis fibras cuando empiezan los boletines con los resultados de cada país. Arrojan resultados que sorprenden y otros que decepcionan.

No tengo habilidades para sumar ahora y no creo ser la única. Por fortuna, el sistema de conteo es rápido gracias a los encargados de cada país que computarizan absolutamente todo; por ello, a las quince horas, Olimpia Muller aparece en la sala de juntas con un sobre.

—El resultado fue el siguiente...

Respira hondo antes de informar.

—Kazuki Shima: veintiséis por ciento —empieza.

El estómago se me comprime.

—Voto en blanco: cuatro por ciento.

Alex Morgan toma asiento y Laila pone las manos en el espaldar de mi silla.

—Christopher Morgan: treinta y cinco por ciento. —Baja el sobre—. Leonel Waters: treinta y cinco por ciento.

El coronel se levanta y yo asimilo lo que conlleva todo esto.

—Al obtener los mismos resultados —explica Olimpia—, nos vamos a una segunda ronda de votaciones entre Leonel Waters y Christopher Morgan.

«Error»: una segunda ronda entre la ley y la mafia.

MJ

Christopher

Boletín informativo de la FEMF

La elección de ministro se extiende por un periodo de cinco meses más, debido a que Leonel Waters y Christopher Morgan han obtenido el mismo resultado.

Cada candidato tendrá que duplicar sus esfuerzos con el fin de ganarse la confianza de los que no pusieron su voto en ellos.

Leonel Waters públicamente le ofreció a Kazuki Shima que unieran sus fuerzas contra el coronel Christopher Morgan y Gema Lancaster, siendo ministro y viceministro. El coronel Shima manifestó que es una interesante propuesta, puesto que lo que más quiere es que sus ideas sean escuchadas y ser un buen dirigente en la FEMF.

Lo más probable es que acepte el ofrecimiento de Leonel Waters. Da las gracias a todas las personas que confían en él y le dieron su voto.

Por su parte, el actual mandatario Alex Morgan y la viceministra Olimpia Muller se mantienen firmes en su decisión de respaldar al coronel Christopher Morgan. El Consejo permanece al lado de Leonel Waters; todos, excepto Joset Lewis, que desde su domicilio manifestó que apoyará al hijo del actual ministro.

Impaciente, espero en la pista de aterrizaje donde los James están dando vueltas para irse, la demora tiene al límite mis niveles de tolerancia.

Luciana Mitchels no quiere que la hija menor se quede. Rachel insiste en que quiere pasar tiempo con ella, por lo que su madre se alejó enojada. Rick James fue detrás de ella y ahora la teniente sostiene una estúpida discusión con la otra hermana.

—Emma se la pasa todo el tiempo sin hacer nada productivo —le recla-ma—. ¿Para qué se va a quedar en Londres? Lo que te hará es pasar vergüenza.

—No sé por qué eres tan dura con ella —alega Rachel—. Es la más pequeña de las tres, ha tenido un año difícil...

—¿Difícil? Lo tiene todo y no es más que una inmadura a la que no le importa nada y se la pasa pensando en tonterías —sigue la otra—. Tú eres la mejor de aquí, yo soy la mejor de mi universidad y ella con dieciocho años ¿qué tiene? Nada.

—Me tiene a mí y yo la tengo a ella, no me interesa lo que tiene y lo que no. Fin de la discusión.

—No parece que fuera nuestra hermana y, en vez de hablar con ella, te cierras...

—Te están esperando, así que ve. —Rachel le señala el avión—. Se quedará conmigo el tiempo que quiera.

Rachel se adelanta al sitio de los padres, que esperan al pie de la aeronave.

—Cuídense y no duden en ponerme al tanto de cualquier novedad —les recuerda por enésima vez—. Los quiero mucho.

Me acerco a tomarla, parece que se fueran a ir a otro planeta y no a otro país. Rick la abraza y le da varios besos antes de partir, la madre le da un beso en la mejilla, la hermana hace lo mismo y siento que me quito un peso de encima cuando por fin se largan.

Tomo a Rachel, que se queda mirando la avioneta, y la traigo conmigo, tiene que enfocarse en lo que importa y dejar de perder el tiempo con otros.

Una segunda ronda de votaciones va a desgastarme más, hay más cosas por hacer, no puedo permitir que nadie me aplaste, soy yo el que debe empezar a hacer eso.

Camino con Rachel de vuelta a la oficina donde Alex espera preocupado frente a mi escritorio. El resultado se dio hace dos horas, Leonel ya empezó con sus estrategias, la propuesta que le hizo a Kazuki vuelve más complicado todo esto.

Dejo que Rachel entre y estrello la puerta contra el marco.

—Si no gano, me voy a tomar el poder a la fuerza —les hago saber a todos.

—¿Disculpa? —se ofende Alex.

—Tengo claro lo que quiero y no lo voy a perder —me sincero.

No voy a dejar de lado mis propósitos, un ascenso a general es un cargo demasiado pequeño para mí y no lo voy a aceptar. Merezco mucho más que eso.

—Dispón una doctrina de contingencia que me permita hacer las cosas a mi modo. Si te opones, te encierro y te obligo a que lo hagas a las malas.

—Camino a mi mesa—. Ya he tenido demasiada paciencia, las filas deben empezar a ajustarse a lo que necesito. No me sirve el chip que tienen, se queda corto y ya es hora de que la FEMF se reinvente.

—¿Se reinvente con qué? —increpa el ministro—. ¿Con lo que a ti se te antoja? Las cosas no son así, hay normas que deben respetarse y personas que no te van a permitir eso. No puedes imponerte así porque sí.

—Me estoy imponiendo hace años, es una lástima que hasta ahora no te des cuenta —espeto—. Dile a Gauna que tengo vía libre para tomar las decisiones que requiera sin preguntas ni permisos.

—¿Y si no quiero hacer eso?

—Sabes cuáles serán las consecuencias, así que no me busques —declaro—. Lo que no consigo por las buenas, lo hago por las malas.

Sacude la cabeza cuando me levanto y planto las manos en la madera lisa de la mesa.

—¿Quieres que me abalance sobre ti y empiece ya? —me impongo—. ¡Con una sola llamada puedo hacer que te encierren si se me da la gana!

Mira a Rachel, que aparta la cara. La situación no está para irse por los bordes. Mando a llamar a Gauna, quien no tarda en aparecer. Alex no es idiota, me conoce y sabe todo lo que soy capaz de hacer.

Le da las órdenes al general, quien asiente a todo.

—Piensa con la cabeza fría, Christopher —me dice el ministro—, que este tipo de decisiones pueden salirte caras.

No le contesto, se larga con Gauna y Rachel intenta hacer lo mismo, pero no se lo permito.

—¿Adónde va, teniente James? —increpo—. ¿Pedí su salida? ¿Di orden de retiro?

—Voy a trabajar —dice.

Le señalo la silla frente a mí.

—Sí, lo harás conmigo, así que siéntate.

A la secretaria le pido que reúna a la Élite. Todos se ubican alrededor de la mesa redonda sobre la que está el holograma de la mafia.

—Nos vamos a enfocar en atacar a los clanes de la pirámide, desde el más fuerte al más débil —dispongo—. Necesito que todo el mundo sepa de una vez por todas quién es el mejor en esta rama.

—El miedo aleja a las personas y la FEMF es más que matar y atacar —alega Gema—. En estos momentos nos conviene más el diálogo, tratar de establecer pactos con beneficios que hagan que los otros grupos noten que queremos ayudarlos.

—No estoy para tonterías…

—El diálogo es la mejor opción, mi coronel, nos da conexiones y colaboraciones —insiste Gema—. Hablar con ellos, ofrecerles bienestar a cambio de ayuda, también contribuye a que los soldados se sientan confiados.

Empieza con el discurso de todo lo que se puede hacer, del método que ha funcionado en otros comandos y que se debe ejecutar acá. Habla de los personajes ilustres que han conseguido grandes triunfos con esto, de los países que han llegado a la gloria y que hoy en día viven tranquilos.

Todo el mundo se mantiene de brazos cruzados en lo que explica el paso a paso de todo.

—Conseguí que dos narcotraficantes me dieran información y se unieran a mí; eso lo logré al prometer garantías para su familia —sigue Gema—. Le juré que, mientras estén en prisión, a sus hijos y esposas nada les pasaría.

—Eso funciona con ciertos delincuentes, pero no con todo el mundo.

—Claro que puede funcionar con todo el mundo, el querer el bienestar para todos es el verdadero espíritu de la FEMF —argumenta—. Es lo que nos motiva a ser soldados.

De nuevo empieza con el discurso con el que no dice más que idioteces.

—¡Cierra la maldita boca! —me exaspera—. Las cosas se harán como yo digo, no como tú sugieres.

—Te quiero, pero no comparto tu método, por ello, demostraré que mi pensar es el correcto y mis ideas, la mejor opción —asegura—. Voy a empezar con todo lo que tengo planeado.

La ignoro, hago que el holograma me muestre los países donde están posicionados los clanes.

—En las próximas dos semanas necesito como mínimo cinco golpes a la pirámide —les expongo a los capitanes—: el Sam Cud, los Seixal, el TXE y los Rumanos han bajado la guardia. Vamos a ir por estos.

—No estás teniendo en cuenta nuestra opinión —sigue Gema.

—La tendré en cuenta cuando la pida, o sea, nunca. —Me hace apagar el holograma—. Las intromisiones me dan jaqueca, así que largo todo el mundo de aquí, que ya no quiero ver a nadie.

Todos menos Rachel buscan la puerta.

—Y como capitanes ya saben lo que quiero —les advierto a los hombres que caminan a la puerta.

Vuelvo a mi escritorio y empiezo a redactar correos con órdenes claras y precisas. La teniente permanece frente a mí mientras pido el historial de los soldados de alto nivel.

—Hay buenos prospectos en las víctimas de la guerra que nos pueden ayudar —comenta Rachel—. Los dejan por fuera porque no pueden empuñar armas, pero su cerebro sirve. Hay genios en una silla de ruedas, sin brazos, en casa. Debemos traerlos aquí e indagar sobre lo que nos pueden aportar, muchos de ellos son grandes estrategas.

Saca el teléfono y empieza a marcar.

—Me pondré en ello, haré que vengan aquí para escucharlos.

Empieza a llamar. El comando no descansará hoy, ya que habrá entrenamiento nocturno. Me pongo en contacto con el comando francés y Rachel aprovecha para buscar la puerta.

—¿A dónde vas? —Cuelgo.

—Tengo hambre e iré a comer algo.

—Ya envié un mensaje y dentro de un momento te traerán algo para tragar, así que siéntate y no te muevas de ahí.

Señalo la silla donde estaba y vuelvo a llamar al comando francés. Hablo con los que en un momento fueron mis colegas y con las personas que están de mi lado.

Traen la comida y el olor a pollo frito se extiende en toda la oficina mientras, mediante videoconferencia, hablo con la Gendarmería de Serbia y el Sayeret Matkal.

Rachel se encarga de revisar el catálogo de los equipos tecnológicos que se deben reforzar. La noche llega, todavía me queda bastante trabajo por hacer, así que saco el cobertor indio que tengo en uno de los cajones. Lo llevo al enorme sofá de cuero de mi oficina.

—¿Vas a dormir ahí? —pregunta Rachel.

—Yo no, tú sí. —Vuelvo al teléfono—. Trabajaré toda la noche y te quiero cerca.

—Christopher…

—Es una orden, teniente.

Respira hondo, se desabrocha la camisa del uniforme y la vista se me clava en el abdomen, cada vez se le nota más el embarazo. Se desabrocha también el sostén y se acaricia los pechos como si fuera un alivio no tenerlo.

—¿Coronel? —me hablan en el teléfono que tengo en la oreja—. ¿Está usted en línea?

Me recoloco la erección que se forma y enciende las ganas de colgar.

—¿Coronel?

—Sí. —Cortaría si no necesitara la maldita guarnición con urgencia.

Rachel no tarda en quedarse dormida en el sofá, termino con la llamada que tengo y continúo con la siguiente: es con el capitán sueco que lleva el control de armamento de la central de Ucrania.

La erección que tengo no me deja en paz y doy vueltas a lo largo de la oficina con el móvil en la oreja.

—¿Está seguro de que lo del catálogo actual es lo único que hay disponible?

Me siento en el borde del sofá, donde aparto el cobertor que mi mujer tiene encima, está dormida bocarriba con el brazo sobre la cabeza.

—Por ahora contamos con esos modelos, hay una que otra arma nueva, pero aún no han sido sometidas a un ensayo —indica el hombre al otro lado—. Son futuros prospectos.

—Yo las pruebo —hablo mientras alzo la camisa que expone el pecho que toco y bajo a chupar.

Se pone duro con el tacto de mi lengua al chupar con fuerza. Rachel se mueve, mas no se despierta, mientras que el capitán sueco explica lo que tienen disponible para ensayar.

La frustración me hace respirar hondo, masajeo el pecho que tengo en la mano y vuelvo a prenderme del pezón de mi mujer. Necesito algo bueno en medio de toda esta mierda.

Expongo el otro pezón y hago lo mismo mientras el capitán sigue explicando al otro lado de la línea.

—Se solicita que confirme lo que le acabo de enviar a su correo —pide—. En cuanto lo haga procederé a hacer el envío.

Me veo obligado a levantarme, envío la confirmación y procedo con los pendientes que siguen y abarcan toda mi madrugada.

Rachel despierta al día siguiente con el sonido de la trompeta, la camisa del uniforme la tiene levantada y lo primero que hace es tocarse las tetas.

—Me duelen los senos —habla adormilada.

—Porque te los chupé mientras dormías. —Soy sincero—. Dentro de un par de minutos nos vamos a bañar, mientras tanto, quítate el camuflado y ven aquí.

—No somos siameses como para estar a cada minuto juntos. —Deja el cobertor—. No dormí para nada cómoda aquí.

—Las dos veces que te oí roncando me dicen todo lo contrario.

—Tengo cosas que hacer —se enoja.

—Estoy siendo claro con lo que dije.

No me hace caso, solo se pone el sostén y abandona la oficina como si le diera igual lo que digo. Me levanto del asiento dispuesto a ir a buscarla, pero Patrick llega con una carpeta.

—Necesito que firmes esto —pide, y detiene mi intento de traerla de vuelta.

Veo que dejó el móvil en el sofá y me muevo a tomarlo.

El capitán empieza a hablar de lo que piensa desarrollar y absorbe dos horas de mi mañana. Cuando se larga, me apresuro al baño; tomo una ducha, me cambio y, con el cabello húmedo, vuelvo a mis tareas.

Busco a Rachel y no la hallo, no está en el comedor ni en las áreas comunes. Los aviones de carga con lo que solicité hace un par de horas empiezan a llegar.

El móvil me vibra con el mensaje que ignoro y camino al sitio de descarga donde, a lo lejos, veo a la teniente.

—Que la mitad de la tropa lleve esto a la bodega de suministro —les ordena a los soldados de Parker—. La otra mitad que se prepare para ensayar puntería, tengo la mañana disponible. El campo de tiro está vacío, así que muévanse.

Me acerco, no le he ordenado hacer nada de lo que dispone, se va con ellos y la sigo al campo abierto, donde los uniformados empiezan a preparar armas. Rachel arma un fusil en cuestión de segundos.

Angela llega, empieza a dar sugerencias y no quiero meterme, pero…

—Como saben, con la artillería pesada es primordial la fuerza en las piernas. —Rachel se cubre los oídos—. Saber sujetar el arma también es crucial. Observen y anoten.

Arma, recarga y apunta, intercalando el arsenal en lo que avanza y se va tornando más pesado con los cambios. No me gusta la potencia que suelta en cada uno de los arranques y el que se toque el bajo del vientre me mueve a su lugar.

—¡Mi coronel, buenos días! —Se alinean todos los soldados al verme.

—Klein, ponte al mando de la práctica —ordeno—. James, a mi oficina, hay asuntos que aprobar y videoconferencias que atender.

No pone buena cara y me tiene sin cuidado, casados o no, el coronel sigo siendo yo. Me doy la vuelta y me encamino al edificio administrativo; en el trayecto le envío un mensaje a Gema para que se reúna conmigo, necesito hablar con ella.

—Oye, te envié el enlace del grupo que planeará la cena de Navidad. —Se me pega Simon, quien sale de la nada—. ¿Lo viste?

—Sí, ya lo recibí, lo eliminé y lo reporté. —Sigo caminando—. También te bloqueé.

Se ríe, pero el gesto desaparece al caer en la cuenta de que no estoy bromeando.

—¿Es en serio, Christopher? —inquiere ofendido—. Es víspera de Nochebuena.

—¡Anda a trabajar!

Me pierdo en la entrada de mi torre. La teniente Lancaster ya está en la sala de juntas donde la cité, lleva el uniforme de combate y el cabello recogido sin una hebra fuera de su sitio. Ha perdido peso, los pómulos los tiene más marcados que antes. Tomo asiento en la cabecera de la mesa y ella en la silla que está a mi derecha.

—¿Hablaremos de la cara humana de nuestro mandato? —pregunta—. Conseguí que otros dos presos se unieran al plan de colaboración.

—Déjate de tonterías, requiero a todos los soldados con un mismo chip —espeto—. No les puedo decir que actúen como necesito si tú te vas por el lado contrario. Lo que sugieres es lo que quiere el Consejo, que se mueve como mejor le conviene, y eso conmigo no va.

—Si no te parece bien cómo pienso, hagamos un estudio e investiguemos qué chip les gusta más a los soldados —insiste—, si el tuyo o el mío. Yo no quiero que nos sigan matando, me gusta el sistema que se ha manejado siempre y no es culpa mía que a ti no.

Muevo la cabeza con un gesto negativo. Está molesta por todo lo que ha pasado y ahora quiere joder con lo que sabe que me fastidia.

—Si llego a una negociación con Antoni Mascherano y con Ilenko Romanov, quedaré como la salvadora que aplacará a dos grandes contrincantes de la FEMF —me dice—. Si la Élite ve que funciona mi propuesta, me seguirá.

—No empieces a…

—No me quieres escuchar y no te has puesto a pensar en que, si le ofrezco todo lo que tengo a Leonel, de seguro aceptará y puedes quedarte sin equipo.

La saliva se me vuelve ácido en la boca con las idioteces que dice.

—No me amenaces, que puedo solo —simplifico—. Siempre he estado solo, incluso ahora que me ves casado, así que guárdate el intento de manipulación, que no tienes idea de todo lo que he conseguido sin ayuda de nadie.

Pone su mano sobre la mía, suspira y empieza a tocar el anillo que tengo en el dedo anular. El que me lleve la contraria es un problema más; sin embargo, no le voy a rogar para que se quede.

—Te amo y no quiero hacerlo, Chris, no quiero llevarme mal contigo.

Se inclina a besarme y corro la silla hacia atrás. Insiste y aparto la cara.

—Te atreves a rechazarme, pese a saber que tú mismo te has hundido, porque de no haberme jugado sucio, ya hubiésemos ganado —habla—. Lo dañaste todo al nombrar a Rachel como tu esposa, porque la gente me quería a mí y siento pena por ti.

Vuelve a su puesto.

—Me diste un poder que ahora no me puedes quitar, necesitas a la gente que me sigue, la que logró que Leonel no te ganara.

He aquí una víctima más de los celos, si estuviera casada conmigo o la convirtiera en mi amante, pensaría de manera diferente y le diría que sí a todo lo que quiero.

—No comparto tu pensar, así que seguiré con mis planes. —Se levanta—. Lo mejor es que los soldados elijan qué tendrá más peso: lo que propones tú o lo que yo propongo. Si fuera tú, pensaría bien las cosas, porque ya se me permitió negociar con las grandes cabezas de la mafia...

—¡Christopher! —Patrick abre la puerta de golpe—. Han matado al general Lewis.

—¿Qué? —increpa Gema.

Patrick se queda y ella se apresura a la salida.

—Murió de un infarto en el club, se desplomó en el restaurante donde fue a desayunar —explica.

Saco el teléfono y llamo a Alex, quien confirma lo evidente, esto es obra de la mafia. El hermano de Antoni es un imbécil que solo sirve para estar jodiendo con actos desesperados.

—Nos había dado su apoyo y mira lo que pasó —se enoja el ministro—. Anoche se reunió conmigo y estaba bien.

Salgo con el aparato en la oreja. Patrick se mueve a su oficina cuando lo llaman y desde mi sitio veo a Rachel, que aparece corriendo hacia mí, agitada y con los ojos llorosos. Me desespera al ver cómo se lleva la mano al pecho como si le costara respirar.

Corro a su sitio cuando empieza a perder fuerza.

—Se murió Joset Lewis.

Me dice mientras busco el inhalador que tengo en el uniforme.

—¿Quién sigue? ¿Mis padres? —jadea—. ¿Mis amigos?

—Cálmate. —Hallo el aparato y se lo acerco—. Respira hondo.

Suelto los pufs en lo que a ella le brilla la cara por las lágrimas: padece de asma nerviosa y el alterarse trae los ataques. Se aferra a mi camisa, la llevo al suelo donde termino con ella.

Le limpio la cara, me jode que siempre se tome las cosas así. El medicamento funciona, consigo que se estabilice y la vuelvo a poner en pie.

Las lágrimas le siguen empapando la cara y se las vuelvo a limpiar.

—Hay que ir a darle apoyo a Bratt —me dice.

—No, solo nos tenemos que quedar aquí y ya está.

Intenta irse y le corto el paso.

—Tengo que ir. —Intenta apartarme y no la dejo—. En verdad me duele, Joset siempre fue muy bueno conmigo.

—Déjalo estar, no tienes nada que hacer allá.

Tomo su cara, rozo nuestros labios y acaparo la boca que ya estaba extrañando. La abrazo y pego a mí, dejo que mi lengua entre en su boca mientras muevo las manos a lo largo de su espalda en busca de su trasero.

—Demos ejemplo, no está bien que hagamos esto aquí —afirma, pero a mí no me importa otra cosa que no sea tenerla y tocar lo que quiero.

La acorralo contra la pared mientras la sigo besando; despacio, muevo los labios al cuello que chupeteo. Se quiere hacer la difícil, pero sé qué quiere, así que pongo las manos sobre la erección que provoca.

—¿Qué vas a hacer con ella? —Refriego sus palmas en mi falo—. No te mueves hasta que algo pase.

La aprieto contra los ladrillos, me saco la polla y se la entrego. No les doy tregua a los labios que muerdo.

—Mira cómo me tienes —jadeo.

Ella mira que no venga nadie y hago que mueva la mano sobre mi erección; ver cómo la sujeta me pone más duro.

—¿Qué harás? —La beso otra vez.

—Estate quieto. —Empieza a masturbarme.

El vaivén desata el jadeo que suelto mientras mantengo mi boca contra la suya, pongo una mano en su nuca y la otra la muevo al culo, que estrujo con ansias antes de meterme dentro del uniforme. «Tiene una tanga de hilo puesta», pienso, lencería delicada que pone a latir las venas remarcadas del miembro que estimula.

—¿Te las pusiste para mí? —Sigo la línea textil que se pierde en sus glúteos.

—Sí. —Agita la mano con más fuerza.

La vehemencia de su lengua dentro de mi boca.

—Anoche chupé tus pechos hasta que me cansé y lo volvería a hacer ahora —confieso.

Deja que vuelva a prenderme de su cuello. El pasillo está desierto y habría que acercarse bastante para ver, ya que mi estatura la cubre por completo.

—Dime para quién te colocaste lo que tienes. ¿Para tu marido o para tu coronel? —Juego con el hilo de la tanga.

La posición erguida en la que tiene mi miembro lo hace ver más grande, como una maldita barra de acero la cual quiere desbordarse. Maneja mi polla con una mano y con la otra me echa el cabello hacia atrás.

—¿Para quién te las pusiste? —insisto.

—Para el hombre que amo —contesta—, hombre que quiero que se derrame en mis dedos ahora.

Sonrío, perdido en lo que hace, les suma velocidad a sus caricias, pone a palpitar mi polla; su mano no alcanza a cubrir toda la circunferencia y no importa, el que sea ella la que la está moviendo me acelera el corazón, que late desmesurado.

—Córrete —ordena—. Ya.

La demanda me dispara el pulso. Se viene contra mi boca, sube y baja la palma con afán sobre mi falo hasta que me corro. Mi semen queda sobre su mano, cuida de no untarse. Recojo lo que le quedó, la abrazo, meto las manos bajo la camisa y en los pechos dejo lo que acaba de desencadenar.

—¡Qué lindos los tórtolos inútiles! —truena Gauna, quien me obliga a guardarme de nuevo la polla—. ¡Atención, adolescentes calientes casados en el pasillo!

Me doy la vuelta rápido y le hago frente. Viene como un toro embravecido.

—¡Acaba de morir Joset Lewis y tú aquí, haciendo que te toquen el pito! —me grita—. Seguimos como en años pasados, donde ver cómo otras te tocaban la polla era algo cotidiano.

—¿Algo cotidiano? —se molesta Rachel—. Qué curioso, coronel, dé un número para hacer el cálculo.

—¡Vaya a trabajar, teniente! —la despacha Gauna, y ella obedece.

—Le doy paso a la siguiente —farfulla Rachel entre dientes—. Cuida de que no te vean.

—Mi oficina no está en esa dirección —la llamo.

—Lo tengo claro.

Desaparece e intento hacer lo mismo, pero Gauna se me atraviesa.

—Me dijeron que están organizando una cena de Navidad. —Se cruza de brazos—. ¿Quién de la Élite tiene mi número? Deseo ir.

Le doy la espalda y echo a andar; hay cientos de cosas importantes que hacer y a él se le da por preguntar idioteces.

—¡Morgan! —espeta—. ¿Dónde será?

—En el centro convencional de calvos que hablan de lo que no tienen que hablar —avanzo, molesto.

—¡Este calvo te quitó la estupidez con la que cargabas! —exclama—. ¡Imbécil!

Lo dejo gritando en el pasillo.

En mi despacho, rodeo el escritorio, prendo el panel de las cámaras, las cuales muestran a Rachel en la sala de tenientes. No le he devuelto el móvil, todavía sigue en mi bolsillo. Sin dejar de mirarla, descuelgo el teléfono que tengo sobre el escritorio.

—Teniente James —contesta al otro lado, y acerco su imagen para poder verla mejor.

—«Teniente Morgan» es como se contesta —digo, y voltea los ojos—. Tenemos que trabajar...

—Ahora no puedo.

Le encanta ponerles trabas a las cosas.

—Tengo llamadas que hacer, llevaré a cabo lo que te comenté ayer en la tarde, así que déjame, que quiero ponerme en la tarea —se enoja—. Ocúpate de lo tuyo, que yo quiero hacer lo mismo con lo mío.

—Ven aquí que...

Cuelga y a mi correo llega el informe actualizado de lo que está haciendo todo el mundo. Gema insiste con el tema de las negociaciones y va a meter a Antoni Mascherano en su famoso programa.

Dejo que haga lo que le plazca, aunque me joda, no le voy a rogar, ya luego veré cómo encuentro otras alternativas.

Se me informa que Bratt está en la morgue, al igual que Olimpia Muller y Alex. Cristal Bird me llama a avisarme que se tomará un receso para replantear las estrategias que se ejecutarán en el mes que viene.

Mediante un correo, se me informa que Robert Thompson desea moverse al comando de Washington, ya que Leonel Waters le ofreció un nuevo puesto en la central estadounidense. No le niego el traslado, se lo apruebo para que se largue cuando quiera.

Superviso el entrenamiento que imparte Parker y me aseguro de que las armas que se pidieron estén en su respectivo lugar.

—Quiero un inventario detallado de todo y que este siempre se mantenga actualizado con lo que sale y entra —ordeno.

Ceno en mi despacho con la pantalla de la laptop encendida, detallo los videos de las armas que se han confiscado y puesto a prueba para medir su nivel de letalidad.

—¿La cena fue de su agrado, coronel? Le traje pollo, como a su esposa —me habla la secretaria—. ¿Se le ofrece algo más?

—No.

El no haber dormido anoche me tiene agotado. La secretaria se retira y me apoyo en el espaldar de la silla. Me llevo la mano al bolsillo y saco las piedras que cargo desde la luna de miel.

Aún no las echo a la basura, hay algo que golpea mi pecho cada vez que las miro, no sé por qué, como tampoco sé por qué guardo idioteces, son algo que no necesito.

Con el pie traigo la papelera, me preparo para botarlas, me levanto y desde la ventana veo a Rachel, que supervisa una de las prácticas afuera. Respiro hondo y me largo a la torre de dormitorios, donde la teniente llega minutos después.

—Llegué a sospechar que Patrick te instaló un chip para que no descanses —me dice—. Ya era hora de que te dignaras a dormir.

—¿Vienes a regañarme?

—No, vine a dormir contigo, aunque no debería, ¿sabes? —Se quita la camisa del uniforme—. He pasado toda la tarde pensando en las mujeres que te han tocado la polla.

Empieza con la paranoia, trata de irse y de inmediato me levanto, tiro de su mano, le planto un beso en la boca y la hago caminar conmigo al baño, donde me quita y le quito la ropa. Entro con ella a la ducha. Dejo que rodee mi cuello con los brazos y que nuestras bocas vuelvan a unirse.

Hacerla mía es algo que me gusta demasiado, como también dejar que me bese, que se vaya a la cama conmigo, se suba sobre mí y folle conmigo como lo que somos: marido y mujer.

—Buenas noches, coronel. —Se queda dormida en mis brazos después del segundo polvo. El sueño no tarda en vencerme y paso la noche con ella contra mi pecho.

Su respiración se acompasa con la mía cuando el sueño llega. A lo lejos capto el sonido de algo y sea lo que sea no le pongo atención. No me muevo de la cama, pese a que el sonido se repite varias veces a lo largo de la noche. Rachel se levanta con el sonido de la trompeta y yo me mantengo en la cama con el brazo sobre los ojos.

—Tengo una reunión con Parker y la tropa —me informa—. Trata de dormir un poco más, te avisaré si hay alguna novedad urgente.

Deja un beso en mi boca antes de irse. Son las cinco de la mañana y a las siete ya no aguanto más en la cama. Después de un baño con agua fría, me visto con el uniforme, tomo el camuflado que tenía ayer y busco mi billetera.

El mismo sonido de anoche se repite y noto que es el móvil de Rachel el que empieza a sonar. Lo saco y lo primero que veo son las llamadas perdidas que tiene de Death. Frunzo el entrecejo, no sé qué diablos hace llamando a mi mujer. Insiste y deslizo el dedo para contestar.

—Coronel Morgan —digo.

—Legión, amigo —habla al otro lado—. ¿Cómo estás? ¿Tú, los bebés y la teniente están bien?

Reviso mi móvil y también me estuvo llamando a mí.

—¿Los desperté?

—¿Qué quieres? —indago—. ¿Por qué jodes tanto?

Capto la larga exhalación que emite al otro lado de la línea.

—Hay malas noticias. Necesito hablar con la teniente James lo antes posible, estoy frente a tu edificio —me dice—. Entiendo que puedan estar ocupados, pero es importante.

—¿Qué pasó?

—Debo decirlo personalmente. —Se le ensombrece la voz—. Dile que no tarde, por favor, la estaré esperando aquí.

Cuelgo la llamada. Afanado, me cambio y busco las llaves de McLaren.

—Que Rachel no abandone el comando —le ordeno a Dalton, que espera en el estacionamiento—. Si intenta hacerlo, me llamas.

—Como ordene, mi coronel.

Abordo el vehículo, seguido de la camioneta de respaldo que conduce Tyler. El tráfico es denso en la entrada de la ciudad. No me gusta el tono de Death, así que prefiero encarar las cosas solo.

Atravieso la ciudad, que se prepara para las fechas festivas; llovió en la madrugada y las calles están húmedas por el granizo que cayó.

Las casas de Hampstead comienzan a verse en el horizonte. Desvío el vehículo a la calle que lleva a mi edificio. Vislumbro a Death frente a mi edificio, está sentado en una de las banquetas que colocaron a un par de metros de la entrada.

Se acomodó la pañoleta y se cierra la chaqueta cuando me ve salir del vehículo. Toma la bolsa de papel que trae y les pido a los escoltas que mantengan la debida distancia.

—Legión. —Busca a Rachel—. ¿Y la teniente?

—No tienes nada de qué hablar con ella —le aclaro—. ¿Qué pasa?

Mira la bolsa que trae, parece un niño al cual van a regañar si suelta una palabra.

—¿Qué pasa? —vuelvo a preguntar.

—La pequeñuela está en peligro —me suelta—. Anoche me informaron de que está bajo la mira de la mafia rusa. La teniente mató a Sasha Romanova, usó la muerte para desafiar al Boss, está furioso y ahora este quiere cobrar con la ley sangre por sangre.

Rápido me suelta todo lo que sabe con detalles, lo que hay detrás de la muerte de Lizbeth Molina.

—Colocaron los nombres de las dos hermanas en la ruleta y salió el de Emma.

Un nudo se me arma en el estómago. «¡Mil veces mierda!».

—¿Quién la va a cazar? —pregunto.

—Vladímir Romanov, el Underboss de la mafia roja. Hay que decírselo a la teniente, el mortal Cage la protegerá si es necesario.

—A Rachel no le vas a decir una puta mierda —le advierto—. Ni a ella ni a nadie.

—Pero…

—¡Va a morir de todas formas! —le grito—. ¡Llevas años en esto y sabes cómo son las cosas!

El Boss es un hijo de puta, siempre lo ha sido. La Bratva no se anda con idioteces: si te ficha, así te escondas por mil años, no va a descansar hasta darte de baja. Ilenko Romanov es de los que no está tranquilo hasta salirse con la suya.

—La voy a matar yo. —Saco mi arma—. Me lo va a agradecer.

—¡Es una niña que no tiene la culpa de nada de esto! —interviene Death.

—De todas formas, va a morir y lo mejor es que pase ya.

Lo aparto y me sigue al interior del edificio. Llamo al ascensor, que baja en segundos. Death insiste en que hagamos algo y sacudo la cabeza.

No hay nada que hacer, la mafia roja no es la mafia italiana, los rusos tienen costumbres y juramentos que son un jodido lío.

Las puertas del ascensor se abren, Emma James está terminando de poner los adornos en el árbol que está junto a la ventana, tiene un suéter de Navidad puesto y el cabello suelto le cae a lo largo de la espalda.

—¡Ah, Christopher! —Se enoja con mi llegada—. Arruinaste la sorpresa.

Death entra detrás de mí. Ella le sonríe y se acerca a abrazarlo.

—¿Qué me trajiste, grandote? —El peleador no se atreve a hablar y ella recibe la bolsa que le da.

Mi casa está llena de adornos navideños que no me molesto en arrancar. La rabia que tengo es tanta que ni siquiera le pongo atención al perro que empieza a ladrar.

—Los chicos te enviaron la chaqueta. —Death le ayuda a poner la prenda.

No puedo sopesar nada coherente más que matarla yo mismo. Los James son todo para Rachel, no me voy a arriesgar a perderla otra vez y menos ahora, con los mellizos en camino y con tantas contiendas respirándome en la nuca.

—¿Qué tal me queda? —me pregunta la hermana de Rachel—. Creo que debería lucirla mañana.

—Toma tus cosas y lárgate de aquí —le indico, y ella desdibuja la sonrisa—. ¡Ya!

Le pido a Miranda que recoja sus cosas.

—¿Hice algo malo? —pregunta—. Si es por la decoración, no lo tomes a mal, Raichil ama la Navidad y compré todo con el dinero que me dio para mí. Es su primera Nochebuena después del exilio.

—Te van a matar y no quiero que Rachel lo vea —le suelto—. ¡Así que largo de aquí!

—¿Qué?

—Lo que oíste, la mafia rusa va a matarte —la encaro—. Eres una maldita moneda de cobro. Apenas Rachel se entere, ¿adivinas qué va a hacer? Querer salvarte y no lo voy a permitir.

—Creo que debe ser un error... Yo no le he hecho nada a nadie. —Con las manos temblorosas trata de sacar el teléfono—. Voy a llamar a papá para que te explique que no he hecho nada... Y debe ser un error, el cual ha de tener una solución...

Le arrebato el aparato que mando a un lado.

—Suicidarse es la única solución o dejar que yo te mate ahora mismo. ¿Quieres eso? —espeto—. Conoces a Rachel, si se entera de que el Boss de la mafia rusa quiere cobrarse contigo, lo primero que querrá hacer es querer poner el pecho, y tú, quien no eres nadie, vives; pero yo pierdo a mi mujer, a mis hijos y a una de las mejores tenientes de la FEMF. Los James van a perder lo mejor que tienen por ti y no lo voy a permitir.

—Ella no tiene la culpa del conflicto de la teniente y el Boss —habla Death.

—¡Me importa una mierda si tiene la culpa o no! Saqué a Rachel dos veces del infierno porque la quiero para mí solamente —respondo—. Los James no han hecho más que estorbar, como ahora, que le van a pedir que se sacrifique otra vez. No va a hacer eso, por ello, lo mejor es que esta se vaya a morir a otro lado.

Recibo la maleta que se abre cuando se la arrojo a los pies.

—Llegas a decir algo de esto y te mato —advierto.

Se agacha a recoger todo con las manos temblorosas, Death le ayuda y ella se levanta desorientada mientras me muevo a buscar al perro.

El peleador me pide que hagamos algo para evitar que le hagan algo y yo sacudo la cabeza.

—Es su problema, no el mío —espeto—. No voy a entrar en contienda con la mafia rusa por quien no vale ni una mísera libra.

Si yo estoy bien, me importa una mierda el resto del mundo. Peleo por mí y lo mío, no por lo de otros.

—Por favor —suplica Death—. Eres un coronel, nada nos cuesta ayudarla.

—Trae la maleta —ordeno.

—Pequeñuela, ellos van a venir por ti, eso es algo que no podremos evitar; sin embargo, sé que tú podrás…

—Voy a poner la estrella en el árbol antes de irme, para que no quede incompleto —lo interrumpe la hermana de Rachel, quien parece que acaba de perder la percepción de la realidad.

Se mueve al árbol, hace lo que tiene que hacer e intenta acomodar los muñecos de la mesa, pero no la dejo, la tomo y saco de mi casa.

—¡La maleta, Death! —regaño al peleador, que es otro que no quiere aceptar las cosas.

Traigo al perro y entro con todos al ascensor. Tyler espera en la recepción y lo primero que hace es mirar el equipaje.

—¿Qué pasó? —le pregunta a la hermana de Rachel, y lo hago a un lado.

—Se va, ¿no ves?

—¿Quieres que te lleve en mi auto?

—No, no quiere.

Llevo a Emma James a mi vehículo. Death se sube al asiento trasero con ella, que se pone la maleta en las piernas. El peleador le toma las manos y las besa.

—Eres un ser precioso, lo sabes, ¿verdad? —le dice—. Conmigo puedes contar para lo que sea.

Meto al perro en el asiento delantero.

El tráfico me obliga a detener el auto y aprovecho para hacer las llamadas que necesito. Mover aeronaves sin previa preparación requiere tiempo, así que tendrá que irse en el avión de guarnición que arribará en Washington.

Por el espejo retrovisor veo a la mujer que viaja atrás, me preocupa que abra la maldita boca y le diga a la hermana.

El comando me abre las puertas, llego al estacionamiento y le entrego el perro al peleador que sale detrás de mí.

—Ya sabes lo que tienes que hacer con él —le digo—. No quiero que los James se enteren de esto, así que antes de llegar a Phoenix dale lo que se les da a los peleadores novatos. Quiero que olvide todo lo que se le dijo.

—No…

—Es una maldita orden —dispongo.

Tomo el brazo de la hermana de Rachel y echo a andar con ella lo más rápido que puedo. Death me sigue con el perro; lo único que quiero es que desaparezcan.

Atravieso el estacionamiento, salgo a campo abierto y me encamino a la pista. El césped sigue húmedo por la lluvia, el viento helado del invierno nos envuelve a ambos en lo que avanzo rumbo a la pista que…

—¡Emma! —Rachel la empieza a llamar a lo lejos—. ¡Emma!

«Maldita sea». Se acerca corriendo y lo primero que hace es comprobar que la hermana esté bien.

—Cariño, ¿qué pasó? ¿Por qué no estás en casa? —Pone los ojos en Death—. ¿Qué haces con mi perro?

El peleador no le contesta y con los ojos le advierto que se mantenga así.

—¿Pasó algo? —Se fija en la maleta que lleva la hermana.

Le aprieto el brazo a la mujer que sostengo.

—Hay una audición de patinaje artístico sobre hielo en Phoenix y quiero ir a presentarme —le miente la hermana.

—Pero íbamos a pasar la Navidad juntas y, cariño, las cosas no están para audiciones —le reprocha Rachel—. Planeé un par de actividades para hacer juntas en Nochebuena.

La hermana se aferra a la maleta.

—¿Qué pasa? —Rachel le toma la cara—. Querías quedarte...

—Sí, pero la audición es importante y Death me va a acompañar —vuelve a mentir—. La presentación será en septiembre y de aquí a que pase, ya de seguro habrán ganado, por ende, no habrá peligro.

—No quiero que te vayas —le insiste la teniente—. ¿Qué hago para que cambies de opinión?

—Mejor, deséame suerte —le dice la hermana—. Creo que la voy a necesitar.

—Iré a verte con los bebés. —Le da un beso en la frente—. ¿Segura que quieres irte?

—Quiere irse, Rachel. ¿Por qué quieres darle tantas vueltas al asunto? —Me harta—. Muévanse a la pista, que el avión va a despegar.

—¿Qué tiene que ver el perro?

—¡Que te hace daño por el asma y me cansa que no cuides el maldito embarazo! —la regaño—. Se va a ir también. ¡Death, lárgate de aquí!

Me come con los ojos y no me importa, puedo vivir con su odio. Tira de la mano de la hermana, la envuelve en sus brazos y la llena de besos.

—Te amo mucho —le dice Rachel—. ¿Tú me amas a mí?

—Mucho —contesta la hermana.

Rachel la vuelve a abrazar.

—Ve con cuidado, recuerda que eres la chica más bella, *cool*, dulce y maravillosa de este planeta —le dice—. Nunca, pero nunca dejes que nadie apague esa sonrisa tan hermosa que tienes.

—Se tiene que ir ya, Rachel.

Le da un último beso, se acerca a Death y acaricia la cabeza del perro. El peleador echa a andar con la hermana y con el animal.

—¡Te adoro, Em! —le grita Rachel, y esta se gira antes de entrar a la aeronave.

—Y yo a ti. —Aborda el avión.

—Acondicionaré el *penthouse* para que te mantengas allá —dispongo—. Ahora es lo mejor...

—Usted manda en el comando, no en mí, coronel, y si me quiero quedar aquí, me quedo —replica.

Rabiosa, me da la espalda y se larga; todo lo ve fácil, ya que solo se preocupa por ella y los suyos, mientras que yo cargo el peso de las amenazas dirigidas a lo que somos juntos.

Las puertas del avión se cierran y con ello se va la nueva esclava de la mafia rusa.

Nochebuena

Rachel

«Quiero torcerle el cuello a Gema Lancaster». No estoy teniendo un buen día, mi hermana se fue, Christopher está actuando otra vez como un imbécil y Gema no hace más que perder el tiempo.

Está hablando con el Consejo de un monumento, el cual desean situar en todos los comandos, se propuso ayudar en esto sin que nadie se lo pidiera, pese a que sabe que se la requiere en otras cosas.

Mantiene un portaplanos en la mano y da ideas mientras se ríe de los chistes pendejos de los miembros del Consejo, siendo zalamera como siempre.

—La ministra deberías ser tú, no Christopher —le dice Arthur Lyons—. Si consigues negociar con Antoni Mascherano, lograrás una hazaña extraordinaria.

La teniente saluda al pelotón que pasa trotando. Este responde con un «buenas tardes, mi teniente».

—Necesito convencer a la Élite —comenta Gema—, que vean que la sangre no es la solución.

Hablan un par de minutos más, Christopher salió después de dejar a Emma y no ha regresado.

Los miembros del Consejo se dispersan y la dejan sola en la plazoleta, oportunidad que aprovecho para acercarme.

—Me preguntaba cuándo se te verá en función —le digo—. Parker está supervisando las distintas tareas, Brenda está dando charlas sobre armamento, Angela está a cargo del combate cuerpo a cuerpo, yo estoy enseñando táctica de camuflaje y tú…

Se pasa la mano por el impoluto esmoquin que tiene puesto, el atuendo de dos piezas le da un aire sofisticado. Viste como si el cargo de viceministra ya fuera suyo, mientras que yo llevo todo el día en uniforme, botas y un top de entrenamiento.

—Estoy en los diálogos que me planteé —aclara— por ti, por la Élite y por el bien de toda la FEMF. Hoy hablaré con Antoni Mascherano.

—Lo que deberías hacer es ayudar con el entrenamiento y dejarte de tonterías —alego—. Esto solo nos retrasa lo que tenemos pendiente.

—¿Te da celos que hable con Antoni? —inquiere—. ¿Temes que su limerencia recaiga sobre mí?

Las cejas se me alzan en lo que trato de entender cuál es su tipo de estupidez.

—Si Christopher me amó o me ama —continúa—, ¿qué no pasaría con el italiano?

Acorta el espacio entre ambas, los tacones que tiene puestos la hacen ver un par de centímetros más alta.

—Liz murió, pero me dejó su seguridad, teniente.

Se da la vuelta y le entrega los planos al primer soldado que se le cruza.

—Llévale esto al escultor —ordena—. Le iba a añadir detalles; sin embargo, creo que no es necesario.

—Como ordene, mi teniente.

Se sumerge en el edificio administrativo y me apresuro a alcanzar al soldado.

—Yo me ocuparé de esto.

Tomo la dirección contraria, dedico un par de minutos con el plano en la sala de tenientes: ha quedado como se requiere y se lo envío al escultor con otro soldado.

Busco la oficina de Parker cuando acabo, toco dos veces a la puerta, me da paso y quedo frente al escritorio de madera. La oficina de los capitanes es más pequeña que la del coronel. La de Parker está llena de fotos de las jerarquías de la mafia.

—Los soldados que no sirven deberían irse —le digo—. Todos están entrenando, mientras que otros andan en charlas que no necesitamos.

—Si te refieres a Gema, es culpa de Christopher, que le dio confianza, la aprovechó y ahora tiene gente que la admira, así como te admiran a ti —contesta—. Así como tú tienes cualidades, otros también.

—¿De qué lado estás?

—Del correcto. —Se levanta—. Y ahora, si me disculpas, tengo una reunión.

—¿La negociación con Antoni? —inquiero—. Tú y Bratt son los voceros de la Élite. Lo entiendo de Bratt, que quiera apoyar esto, pero ¿tú? Sabes que van a joder las órdenes del coronel si Antoni accede. Si te vas del lado de Gema, otros se pueden ir también.

—La Élite tiene que decidir por sí sola —refuta—. No soy quién para decirles qué escuchar o a quién seguir. Como ya te dije, ella tiene sus cualidades igual que tú, solo que no ves nada de eso porque estás celosa.

—No digas tonterías.

—Solo digo la verdad.

Me deja en la oficina y rechazo la llamada que recibo de Christopher, que, en vez de estar aquí, anda quién sabe en dónde. Ahora como que solo se dedica a dar órdenes que a nadie le interesan.

«Me cuesta entenderlo», tenía mi móvil y no fue capaz de informarme de que lo había dejado en su oficina. Pasé todo un día buscándolo como una loca.

Salgo a los pasillos, en la entrada del edificio tienen el arma con el que Gema piensa negociar: «Lucian Mascherano». La teniente lo mandó a traer desde Canadá.

«Va a quedar como la blanca paloma resuelve conflictos». Christopher me empieza a llamar y pongo el móvil en silencio, no quiero hablar con él ahora. La Élite llega al punto de encuentro, al igual que Leonel y Kazuki, el Consejo, el general ruso, el general alemán y el general sueco que invitó Gema.

Todos entran a la sala, Lancaster espera que todos entren y el último que lo hace es Patrick. Espero un par de minutos cuando ella cierra la puerta y me muevo a la reunión.

Giro el pomo y me adentro en la sala donde están todos.

El Consejo y los invitados de Gema están sentados en la mesa redonda, la Élite se encuentra de pie detrás de ellos y todos miran el enorme holograma que se proyecta sobre la pared, el cual muestra la imagen de Antoni Mascherano en Irons Walls con Luisa a su derecha. «Es su psicóloga».

El encuentro lo lidera Gema, quien tiene a Lucian a su lado. El hijo del mafioso mueve la vista a mi sitio, al igual que todos los que están.

—Como teniente, también formo parte de la Élite.

Con la cabeza saludo al Consejo, que no dice nada.

—Lucian, soy Rachel James, teniente de la Élite —le doy la mano al adolescente italiano—, me alegra saludarte.

El ambiente se pone tenso, el modo de actuar de Antoni no pasa desapercibido, dado que no me quita los ojos de encima en lo que tomo y arrastro la silla que pongo frente a la mesa donde me siento.

No lo miro, pero él a mí sí, lo percibo, pese a que se encuentra a kilómetros de distancia. Las luces son escasas con el fin de que la imagen del líder de la mafia sea más clara.

—Como te decíamos —procede Gema—, liberaremos a Lucian de las filas del ejército y lo apoyaremos en lo que necesite, con la condición de que haya un acuerdo donde tú entregues las cabezas de los clanes que te siguen.

—*Bellissimo lavoro di creazione* —la interrumpe el mafioso.

«Hermosa obra de la creación».

Ignoro la adulación y dejo que Gema continúe en vano, ya que el italiano no hace más que mirarme.

—Antoni —insiste Gema—, entendemos que nos hemos hecho daño mutuamente, pero nos gustaría que tuvieras en cuenta lo que realmente quiere tu hijo y es que entregues las armas.

Suelta el discurso, en el que recuerda que la violencia no es la solución, que han muerto demasiadas personas.

—Harry Smith murió sin conocer a su hijo —sigue Gema, que busca tocar el pesar de Brenda—. Angela Klein fue violada por culpa de esta absurda contienda.

Continúa durante quince minutos más, en el transcurso de los cuales toca puntos que no provocan más que sueño. Da vueltas por la sala, se sienta y se vuelve a poner en pie con movimientos sutiles de coqueteo. El tono que emplea es suave, dado que es el que se usa para que el contrincante actúe y coaccione.

Se adueña del enfoque del preso por mínimos segundos; sin embargo, lo único que tengo que hacer es tamborilear los dedos en la mesa, cosa que atrae la atención de Antoni, quien luce pulcro como siempre con un traje unicolor de corbata, la cual se afloja.

Se mueve incómodo, por lo que Luisa, con un leve gesto, le pide a Gema que dé fin a la sesión; sin embargo, la teniente ignora la demanda y continúa.

—Le puedo conseguir una rebaja de pena a Ali Mahala —promete Gema—, hasta perdonarle los distintos atentados que ha realizado.

—Disculpa, pero no estoy de acuerdo con eso —la interrumpe Laila, y Gema alza la mano para que se calle.

—Antoni —le insiste Gema—, esta oportunidad que te doy no te la va a dar nadie más.

El mafioso sigue perdido en el movimiento de mis dedos, solo mueve los ojos de mis uñas a mi cara y vuelve a aflojarse el nudo de la corbata.

—*Principessa* —me dice.

Lo ignoro, Gema prosigue, prueba con otro tema, y es el dinero, pero también en vano, porque en vez de enfocarse en ella, él sigue con la mirada sobre mí y…

—¡¿Puedes dejar de idiotizarte por esta perra y poner atención?! —explota Lancaster, y las cejas de todos se arrugan—. ¡Eres un criminal de renombre, pero te dejas embelesar por una zorra!

La nítida carcajada del italiano inunda la sala; se ríe con una soltura que solo lo hace ver más sombrío de lo que ya es.

—Solo diré que, si vuelves a decirle *cagna*, haré que mis cuervos te piquen los ojos —la amenaza—. Te prohíbo dañar o denigrar la reputación de la hermosa ninfa de cabello negro que tienes al lado.

«Encanto siniestro con acento italiano, eso es Antoni Mascherano».

—Lucian, no tienes que irte porque eres bienvenido aquí —le hablo al hijo del mafioso—. No le des beneficios al culpable de la muerte de tu madre, mejor marcha conmigo y busquemos a Damon juntos.

—Lucian —interviene Gema—, aquí solo hay guerras, ¿no crees que es mejor evitarlas? Conmigo podrías planear una vida, ir a una buena universidad…

—Es imposible, eres hijo del bioquímico más peligroso del planeta —contraataco—, creador de drogas letales.

—Es bueno que lo tengas presente, *amore* —dice Antoni, y no lo miro.

—Puedes tener un nuevo nombre, una identidad y un futuro donde podrás hacer lo que quieras.

—Lucian —lo centro—, no te vas a ir, no habrá negociación y no te estoy dando una opción. Te estoy dando una orden de teniente a nuevo cadete.

Él no hace más que mirar la mesa, tiene arreglado el cabello castaño, es delgado y apuesto como todos los hombres de su familia.

—Permiso para retirarme —me pide.

—Concedido —le digo.

Abandona la sala bajo la mirada de mis compañeros.

—Rachel —me habla Antoni con cierto tono en la voz—, ¿cuándo vienes a verme?

Me levanto y siento sus ojos sobre mi abdomen, mi embarazo cada vez se nota más.

—Van a morir —empieza con las amenazas.

Trato de no prestarle atención, pero el que se levante y ponga la cara de Luisa contra la mesa detiene mi intento de huida. Las cadenas que tiene en las manos quedan alrededor del cuello de mi amiga.

—¡Te sugirió que levantaras la sesión! —le reclama Simon a Gema.

Alzo la mano para que los guardias de atrás no se acerquen. Luisa no se mueve y Simon palidece en su sitio.

—Es un cálculo simple saber lo que pasará con el cuello de tu amiga de aquí a que me la quiten, por ello, sé inteligente y mírame cuando te hablo.

—Te miro. —Dirijo mis ojos hacia el mafioso y vuelvo a mi asiento como si no pasara nada—. Ahora suelta a Luisa, que no me gusta que le hagan daño a los que quiero.

—Entonces no quieras lo que tienes en el vientre —replica—, no le des ni un gramo de tu cariño, porque llorarás, y es una lástima, ya que desde aquí no puedo lamer tus lágrimas.

—En vez de amenazarme a mí, deberías amenazar a todos los que están en mi contra. —Me apoyo en la silla con una clara indirecta a los dobles cara que están aquí—. Mejor déjales claro a ellos que los matarás si algo me pasa.

Suelta a reír otra vez sin soltar a Luisa.

—¿Eso haría que pensaras en mí? —indaga—. Lo más seguro es que sí, todavía recuerdo cómo maté a Brandon por ti. Te sientes orgullosa de eso, ¿cierto?

—Siempre pienso en ti, Antoni. —Saboreo su nombre—. Y ya suelta a mi amiga, que me estás alterando y alterada no me siento sexi.

Me río con él cuando suelta a mi amiga antes de apoyar las manos en la mesa que tiene al frente.

—Crees que al adoptar esa actitud tienes poder sobre mí; sin embargo, te equivocas, dado que solo logras meterte más en mi mente y me recuerda que por ti estoy dispuesto a hacer lo que sea —declara—. Avivas las ganas de darte el trono que te mereces, Rachel James.

Es un maldito asesino; no obstante, escucharlo hace que mi ego se eleve a la velocidad de un misil.

—En el trono que te daré estarás sola, sin descendencia —advierte— porque, así como te idolatro, también te destruyo, pero solo yo, no otros. Por lo tanto, cuídate la espalda, que no soy el único que quiere hacerte daño, *bella principessa* —espeta—. No soy el único que quiere lágrimas en esos ojos.

Los soldados lo alejan de la mesa.

—Larga vida a la dama de la mafia. —Se lo llevan.

Pongo los ojos en Luisa, quien se pasea las manos por el cuello con la cara descompuesta.

—Señora Miller, ¿está bien? —le pregunta Simon—. ¿Quiere que vaya por usted?

Ella asiente y él sale de inmediato de la sala. El Consejo se pone en pie y se arreglan los trajes que lucen antes de hablar.

—La esperamos en la sala de arriba, teniente Lancaster —le dice Arthur Lyons—, dentro de media hora.

Leonel, Kazuki y los generales se retiran, la Élite es la única que se queda alrededor de la mesa.

931

—No tenías por qué meterte —protesta Gema—. Solo quiero lo mejor para todos. ¡Y mira! ¡Lo arruinaste!

—El querer dividirnos no es lo mejor. —Me pongo en pie—. Te vales de esto para disimularlo, porque no tienes la valentía de hablarles a todos directamente para que ellos decidan. No tienes las agallas de decirles que los quieres poner en contra del coronel.

—Me predispones porque estás celosa. —Se victimiza—. Me odias por ser mejor que tú, por estar frente a esto y tener el cariño de muchos aquí...

—¡La palabra odio se queda corta! ¡Porque mi odio por ti se convirtió en asco desde que le quitaste gravedad a la violación de Angela solo porque, según tú, era una puta, y ahora tocas el tema para dártelas de empática, de compasiva, y no eres más que una hipócrita! —Lo suelto todo—. Según tú, Meredith no podía morir porque iba a ser madre; en cambio, yo ya había sido una drogadicta y, por ende, la recaída que tuve no era importante. Eso fue lo que dijiste y es algo que nunca olvidaré.

El silencio es absoluto, no quería decirlo, pero ya es hora de que todos vean lo que realmente es.

—¿Por qué ya era una puta? —increpa Angela con los ojos llorosos—. Dices eso porque nunca has tenido que estar horas bajo una ducha sintiendo asco de ti misma.

—Estamos aquí como testigos porque lo pediste e insististe —habla Parker—, pero eso no quiere decir que nos vamos a desviar de lo que es relevante. Si me preguntas a mí, yo comparto la doctrina militar de Christopher, la he compartido desde que marcho a su lado y ahora no voy a cambiar de opinión.

El resto lo secunda y siento que me quito un peso de encima, su apoyo es primordial en estos momentos. La teniente no hace más que mover la cabeza de un lado a otro, está perdida y ya no sabe qué hacer ni qué decir.

—Todo el mundo a trabajar —dispone Parker—. Hay gente muriendo afuera y si no hacemos algo, también terminaremos en la lista.

Gema se prepara para irse, pero termina dando un paso atrás cuando Gauna revienta el pomo de la puerta con una de sus fantásticas entradas.

—¡Los soldados nuevos están llegando! —informa rabioso—. ¡No sé si mostrarles sus horribles fotos de bebé o su video de los dieciséis para que los conozcan, dado que nadie los está recibiendo! —nos grita—. ¡Hay tareas que hacer y ustedes reunidos aquí como si estuvieran en la preparatoria!

Nadie contesta, siempre está enojado y no se sabe ni por qué.

—¡Los quiero ver trabajando a todos!

Se da la vuelta para irse y cada uno trata de recoger lo suyo, pero el general se devuelve.

—¿Ya saben dónde será la cena de Navidad? —pregunta—. No me han dicho nada, no avisan con tiempo y luego mi agenda se ocupa.

—Estamos en eso —contesta Patrick.

—Bien —espeta.

Gema es la primera en salir. El móvil se me ilumina con una llamada del coronel y lo vuelvo a ignorar, no me gustó la forma en la que me trató en la pista y de seguro se va a poner peor cuando sepa que hablé con Antoni. Eso, para él, es como si le pellizcaran las pelotas.

—Este año la cena de Navidad será en mi casa... —les digo a mis compañeros— si les apetece.

Siento que me debo un momento con ellos, ya que de una forma u otra viven mi día a día. Suelo pasar estas fechas en Phoenix, no será posible este año y qué mejor que estar con ellos.

—Gracias, sin embargo, nos gustaría llegar a Año Nuevo —se queja Laila—. No queremos morir ni por tu comida ni por entrar a Chernóbil, es decir, al *penthouse* del coronel.

—Para esta fecha se requiere un buen ambiente para los niños —agrega Parker.

—¿Qué te hace creer que no puedo darlo?

—Pues...

—Iremos —interviene Alexa—. Es como la inauguración de su hogar, así que cuenta con nosotras.

—Cuenta con todos —asegura Brenda—. Hasta con Parker, como mi novio tiene que acompañarme.

Que acepten es lo mejor del día: la Navidad me encanta, mi padre nos enseñó a amar estas fechas, tengo muchos recuerdos de Luciana como anfitriona, siempre se esmeraba por lucirse con los James y con las Mitchels.

Todos abandonan la oficina, excepto yo, que me quedo un par de minutos más. Cada vez que hablo con Antoni, viene a mi cabeza la promesa hecha y empieza a dar vueltas en mi cabeza.

Le envío un mensaje a mis padres, ya saben que Emma va de regreso. Christopher llama de nuevo, lo ignoro y busco el pasillo donde me encuentro con Bratt, quien sale de una de las oficinas con un documento en la mano.

Tiene los ojos rojos, se ve demacrado y los hombros caídos hacen que parezca derrotado. Me da sentimiento verlo así, Joset fue muy buen padre y ser humano.

—Los documentos que debo firmar para poder reclamar el cuerpo del general. —Alza la carpeta—. ¿Supiste que murió?

La pregunta que hace es algo que muchos llamarían tonta, pero yo no:

933

cuando perdemos a alguien nuestro cerebro no piensa igual y se vuelve lento. Me acerco, hemos peleado, nos hemos insultado; aun así, eso no borra el que me duela lo que le sucede.

—Lo lamento —le digo—. Lo estimaba mucho.

Los ojos se le empañan mientras asiente. La camisa negra que tiene puesta resalta la blancura de su piel. A Bratt lo he dañado con acciones y él me ha dañado con palabras.

Una parte de mí recrimina el porqué de hablarle; sin embargo, la respuesta es clara: me casé con Christopher, quien me ha hecho daño con acciones y palabras.

—¿Cómo te sientes? —pregunto.

La melancolía hace que le cueste contestar. Tiene barba de días y bolsas bajo los ojos.

—¿Tienes un minuto para hablar en mi auto como en los viejos tiempos? —pregunta—. Creo que lo necesito.

Siento que no me está viendo como la Rachel que fue su novia, creo que quiere a la Rachel que primero fue su amiga.

—Sí.

No creo que los Lewis sean capaces de darle el apoyo que se requiere ahora, ellos son más de pasearse con trajes sobrios y tazas finas mientras murmuran entre ellos cosas de los demás.

El móvil se me vuelve a iluminar con una llamada del coronel y lo ignoro.

—Si estás ocupada…

—No lo estoy, así que vamos.

Sigo caminando con el capitán. El atardecer ya está oscureciendo el cielo. Dalton e Ivan rondan a lo largo del área.

—Vuelva al comando —ordena Dalton—. Tengo órdenes de no dejarla salir.

—¿Órdenes de quién? ¿De Christopher? Ten en cuenta algo —le digo mientras paso por su lado—: Puedo ir donde quiera porque no es mi maldito carcelero.

—Solo hablaremos en el auto —avisa Bratt, que me abre la puerta.

Sube al asiento del piloto y respira hondo frente al volante.

—¿Cómo fue todo? —pregunto.

—Cenamos la noche en la que se dieron los resultados, se reunió conmigo y con las gemelas con el fin de explicar la razón de su apoyo a los Morgan, pese a todo lo que ha pasado —comenta—. Según él, la mafia podría atentar contra nosotros, ya que él también había encarcelado a varios.

Los ojos se le empañan y calla por un momento.

—Lo abracé y me pidió que lo ayudara a mantener a la familia en pie. Al día siguiente me vine al comando y luego él me llamó para decirme que estaba en el club. —Pasa saliva—. Minutos después me avisaron que había muerto.

—¿Qué novedades hay sobre su deceso?

—Sus resultados muestran lo mismo que ha arrojado el cuerpo de los generales que fallecieron: hay presencia de agentes extraños en su sangre.

Aprieto su mano. Es obvio que fue Philippe. El rugido del McLaren que entra a toda velocidad me pone alerta y muevo los ojos a la ventanilla. «¿Qué con mi suerte?».

El vehículo no se detiene en su lugar, sino que frena con violencia en la mitad del estacionamiento. Christopher sale con un par de vaqueros ceñidos, lentes oscuros y chaqueta de cuero.

Estrella la puerta del auto y no sé de dónde mierda sacó la barra de hierro que tiene en la mano.

—¡Baja de ahí! —Se acerca con grandes zancadas—. ¡Baja ya!

Dalton intenta intervenir, pero lo aparta y patea el Audi de Bratt.

—¡Baja, maldita sea!

—¡No estaba haciendo nada malo, así que cálmate! —Sale Bratt.

Se va donde está, el coronel lo empuja y se le va encima con puños concisos a los que Bratt responde con la misma rabia. Estoy tan harta de esto que no me molesto en intervenir, siempre es lo mismo y, por ello, busco la salida del estacionamiento, ya que tengo cosas que hacer.

Patrick aparece con las manos en la cintura y detalla la escena mientras sacude la cabeza.

—¿Por qué la pelea? —pregunta.

—Por lo mismo de siempre —contesto, y sacude la cabeza.

—Te iba a preguntar si en la cena navideña piensas hacer galletas para los niños —indaga— o si quieres que yo las lleve.

—Les haré galletas, no tengo problema con ello —contesto mientras el coronel se sigue matando con el capitán—. De hecho, tengo planeado hacer un pastel.

La idea me emociona, cocinar es algo a lo que tendré que acostumbrarme por los mellizos.

—Bien, hay una fogata para los soldados antiguos y nuevos. —Toma mi brazo—. Vamos, nos hará bien distraernos un rato.

Sigo a mi padrino de bodas, con él me alejo del caos del coronel, la rabia por lo del perro aún no se me pasa. Los soldados nuevos y antiguos están reunidos en el lugar. Con una llamada me aseguro de que Luisa esté bien y sí, va de camino a su casa con Simon. Laila, Brenda y Alexandra se acercan, la primera me acaricia el vientre.

Los últimos días han estado llenos de caos, pero la víspera de Navidad, al parecer, está trayendo la calma.

—Cuenta el secreto, ¿cómo hago para que tantos hombres se mueran por mí? —me habla Laila—. Necesito que alguien me ame como te aman a ti.

—Es un don de familia —bromeo—, no es algo que logras, es algo con lo que se nace.

—Ah, no presumas, maldita engreída.

—Me estás preguntando y te estoy dando el secreto, de hecho, si indagas sobre las...

—Ah, mejor calla.

Me pone el brazo alrededor del cuello, más soldados se suman a la fogata en medio del campo. Parker se acerca a abrazar a Brenda por detrás.

—No empiecen con muestras románticas frente a los solteros —les reclama Laila cuando el capitán besa el cuello de Brenda—. No sean malditos.

Todos se ríen, en este espacio sí se nos permiten las muestras de cariño. Angela llega a avisarme de que hay soldados que quieren hablar conmigo y camino con ella al sitio donde espera el grupo.

—Es un gusto conocerla, teniente —me saluda la sargento que se acerca—. Gracias por abrirles espacio a nosotros, los que no estamos completos; sin embargo, aún sentimos que tenemos mucho para dar.

Muestra la prótesis que tiene en la pierna.

—Una herida de guerra me quitó la pierna, pero usted me ha devuelto la esperanza —declara—. Soy ingeniera aeronáutica y vengo desde Polonia a servir bajo su mando.

—Nuestro mando —corrijo—. Es de Christopher Morgan y Rachel James. Todo resulta mejor cuando trabajamos juntos.

—Sí, por ello, hicieron dos bebés y no uno —me molesta Angela.

La carcajada no se hace esperar por parte del grupo de atrás. No miento en algo y es que trabajamos muy bien juntos.

—Confíen en él de la misma manera en que confío yo —les digo a los soldados—. Queremos ganar y eso solo se conseguirá con el trabajo en equipo.

Todos los presentes asienten, varios se acercan a darme la mano mientras se presentan, la fogata arde frente a nosotros, respondo las preguntas que me hacen, termino con todos y vuelvo al sitio donde esperan mis amigas con Stefan, que acaba de llegar.

Tengo algo para él que le quería entregar desde esta mañana. Así que del bolsillo me saco el cheque que meto en su uniforme.

—Para que los niños no se queden sin las pascuas y no andes preocupado por dinero —le digo.

—Angel...

—Espero verte en la cena de mañana —no lo dejo protestar—, ocho en punto. No llegues tarde.

Pongo el brazo alrededor de sus hombros. Los soldados hablan entre ellos, al igual que mis amigas.

—El coronel viene —me codea Laila, y me aparto de Stefan.

La teniente no se equivoca: Christopher se acerca enojado, así que me alejo del grupo. El coronel no tiene pánico escénico a la hora de montar espectáculos y no quiero uno aquí.

Camino al campo de entrenamiento que está detrás, logro avanzar un par de metros antes de que me alcance. Lo logra, se aferra a mi brazo y me pone contra su pecho. Deja una mano en el cuello, que sujeta con fiereza, y con la otra empieza a soltar la pretina de mi uniforme.

—Me jode que no dejes claro quién es tu marido —empieza—. Estoy harto de Antoni y Bratt...

Su modo tóxico me prende tanto que manoteo el brazo con el que intenta quitarme el pantalón.

—No quiero nada, así que suéltame.

—Pues yo sí quiero.

Mete los pies entre los míos y termino en el suelo cuando me reduce y deja a cuatro patas; me baja el pantalón del uniforme a las malas antes de correr la tela de las bragas.

—¡Eres mi mujer! —Se aferra a mi moño—. Te guste o no, lo eres y nunca dejará de ser así. ¿Lo entiendes?

Forcejeo inútilmente, ya que se impone sobre mí. Pasea la cabeza del miembro por los bordes de mi sexo. Estoy húmeda y adivino sus intenciones cuando empieza a tocarme donde no se debe.

—Por ahí no, Christopher...

Empuja a través de los pliegues de mi trasero. Entierro los dedos en el césped con el movimiento que ejerce, introduce dos dedos en mi sexo y, acto seguido, empieza con las embestidas en modo animal.

Siempre se las apaña para salirse con la suya, lo que hace es algo que me duele y complace al mismo tiempo. La espalda se me llena de sudor en lo que insiste, entrar no le resulta tan fácil y no se da por vencido, sigue empujando con las manos sobre mi cintura.

—Aguántamela toda, que por esto eres mi mujer. —Su gruñido consigue que me abra más—. ¿O es que no tienes los cojones?

—¿De qué? —Echo el culo atrás para que vea que sí puedo—. ¿De aguantártela? Parece que sí.

Sigo enojada con él; no obstante, el sexo sigue siendo algo que nos une, tenemos necesidad el uno por el otro, no le importa qué tan mal estemos, siempre busca la forma de que terminemos así.

Mi culo se dilata para él, que se acompasa conmigo a la hora de movernos. Con las rodillas y las palmas, aplasto el césped que tengo debajo. El pecho de él queda contra mi espalda al momento de venirse sobre mí. El reloj de oro blanco le brilla en la muñeca y la luz de la luna hace centellear el plateado que decora nuestros anillos de boda.

Sexo salvaje, eso es lo que me da, gemidos llenos de deseo, jadeos cargados de lujuria.

—¡Joder! —exclama—. Me voy a derramar en lo que es mío y que nunca nadie me va a quitar.

Incrementa el ritmo de las embestidas, mi cuerpo lo recibe como si me estuviera dando por el coño. No creí que me enamoraría del mejor amigo de mi ex ni que tuviera un orgasmo mediante el sexo anal. Orgasmo como el que me abarca al sentir su tibieza en el orificio que llena como si no hubiera un mañana.

Los jadeos se van apagando y él se levanta, agitado. Me pongo de pie con el corazón a mil, se acomoda la ropa y, pese a tener rabia, hay algo que no me quiero callar.

—No vuelvas a decir que estás solo porque no es así —confieso—. Este matrimonio es una mierda y eres un imbécil; sin embargo, siempre podrás contar conmigo, quiero lo mejor para ti y para ambos.

Escuché su conversación con Gema y me dolió lo que dijo.

—¿Estás enamorada de Antoni Mascherano? —Pasa por alto lo que le dije.

No le contesto. Camina hacia mí y me clava los dedos en la mandíbula para que lo mire.

—Sé que nada se compara con lo que sientes por mí; sin embargo, no me gusta que lo busques ni que hables con él. —Sus labios quedan a milímetros de los míos—. No tengo claro qué es lo que te pasa con ese maldito, así que, por tu bien, hazme caso y deja de joder con él...

—Lo busqué porque si accedía a las peticiones de Gema, te iba a joder...

—¡No fue algo que solicité, ni te pedí que hicieras! —sigue—. Si vuelvo a ver cualquier tipo de cercanía con Antoni Mascherano, te juro que no voy a responder por mis actos.

Me pega más a él, mira mi boca y se prende de esta, emplea la misma furia que empleó en el polvo que acabamos de tener. El toque de la lengua que roza la mía trae de nuevo las ganas. Pongo las manos en su pecho y me aferro a la tela de la camisa. La caricia de sus labios se extiende por tiempo indefinido.

—Vámonos —me dice—. Hoy no quiero dormir aquí.

Siento que me lee el pensamiento, ya que muero por ir a reposar en mi casa. Echo a andar con él. Los soldados siguen en el campo abierto y me acerco a despedirme de mis amigas, a quienes les recuerdo la cena de mañana, mientras que Christopher habla con Patrick.

Paso por mis cosas. Busco una chaqueta y con el bolso de mano espero al coronel junto al McLaren. Sube conmigo al vehículo donde mi cabeza trae al animal que se llevaron.

—¿Qué paso con el perro? —pregunto—. Dime que al menos lo enviaste a un refugio.

Sacude la cabeza y callo en lo que queda del camino para no discutir, necesito una buena noche y es lo que trato de darme; sin embargo, los planes se vienen abajo cuando la nostalgia me atropella al llegar al *penthouse*.

Emma lo decoró todo con adornos preciosos: hay muñecos de nieve sobre las mesas, calcetines colgados en la chimenea, luces sobre las paredes… El lugar que antes era un apartamento de soltero ahora luce como un hermoso hogar de familia, el cual me deja sin palabras.

Rompo a llorar al ver los minicalcetines de los mellizos. Hay regalos bajo el árbol, supongo que se gastó el dinero que le di en la decoración. De saber que había hecho todo esto, le hubiese dado las gracias antes de que se fuera.

Saco el teléfono y busco su número mientras Christopher cuelga la chaqueta en el perchero. Emma no contesta y el coronel me sigue a la alcoba, en la que entro.

Le insisto a mi hermana y logro que conteste al segundo intento.

—Hola.

—Cariño, acabo de llegar a casa y no tengo palabras, todo te quedó precioso. —El llanto se aviva—. Es mi primera Navidad después del exilio y no sabes lo feliz que estoy con esto…

—Sabía que te iba a gustar y espero que lo disfrutes mucho con los bebés —suspira—. Me duele mucho la cabeza, hablamos después, ¿vale?

—Ah, ¿te sientes muy mal?

—Un poco, pero supongo que ya va a pasar. Tómate fotos junto al árbol, tardé mucho en armarlo —me dice—. Cuídate y saluda a Ty de mi parte.

—Te quiero.

—Y yo a ti.

Me limpio la cara, dejo el móvil y con melancolía camino al baño, donde tomo una ducha. Con Christopher ceno lo que preparó Miranda. Mientras cenamos, contemplo lo que me rodea: la casa decorada me hace demasiado feliz y eso se mezcla con una tristeza que no sé de dónde sale y me hace llorar como una tonta.

Termino de comer y me voy a la cama con una almohada entre los brazos, lloro más fuerte cuando recuerdo a Reece, Harry y el perro.

—Lo que haces es perjudicial para el embarazo —me regaña Christopher, que se acuesta después de bañarse—. Ya deja de llorar.

—No me entiendes. —Me limpio los ojos—. ¡Me siento muy mal, imbécil! ¡No tenías que llevarte al perro!

Se larga al clóset y me vuelvo un ovillo en la cama, donde lidio con los sollozos mientras él se acuesta conmigo; me abraza por detrás y muero por su contacto, pero lo que hizo me hace quitarle el brazo.

—Estás actuando como una loca. —Me da la espalda—. Medícate y ya deja de llorar, que quiero dormir.

Las sábanas suaves se sienten estupendas, así como el hecho de saber que estoy en mi cama al lado del hombre que me besa entre sueños.

—Déjame —miento—. No quiero.

Apoya el brazo contra el cabezal de la cama, el empuje de lo que tengo entre las piernas me abre los ojos.

—¿No quieres qué? —pregunta—. Ya llevo un buen rato follándote.

Estoy desnuda, sudada y los senos rebotan con cada arremetida. Miro abajo y está dentro de mí como Dios lo trajo al mundo; se viene contra mi boca y con las piernas abiertas recibo los enérgicos embates que me suelta.

Los ojos le brillan cuando vuelve arriba y no hago más que dejarlo, no es la primera vez que despierto con su miembro dentro de mí y he de decir que no me molesta, no me enoja que su polla sea mi despertador matutino.

Los pezones erectos, que de seguro ya tuvo que chupar, apuntan hacia su pecho desnudo, que se agita con los embates. Mi cerebro y acciones no conectan cuando de este hombre se trata.

—¿Qué va a desayunar, teniente? —Entra y sale—. ¿Qué maldita mierda te mando a preparar para que estés contenta?

Araño la piel de sus bíceps mientras intento apaciguar la ola de placer que se forma en mi epicentro.

—Ahora solo te quiero a ti así. —Me dejo ir en el orgasmo mañanero que arrasa con los dos.

Perpetuo en mi cabeza la imagen que me da cuando separa los labios y echa la cabeza hacia atrás. Acaba, sale y se deja caer a mi lado. Pongo mi pierna sobre las suyas y la cabeza sobre su pecho, cosa que le inicia dos polvos más.

A Christopher si le pides que te folle veinte veces en el día, lo hace sin problema. Desayuno con él en la cama. Miranda viene por las bandejas y yo me vuelvo a acostar con él.

—Estaré todo el día aquí.` —Me besa—. Follándote.

—Excelente idea.

Correspondo el beso, pero lo termino alejando cuando recuerdo lo que tengo que hacer.

—¡La cena! —Alcanzo mi teléfono—. No he comprado nada y es casi mediodía.

—Por si no lo sabes, la mujer que ronda por toda la casa se llama Miranda y es nuestra empleada —me recuerda Christopher—. Conócela...

—Le daré la tarde libre, es víspera de Navidad. —Salgo de la cama.

Del clóset saco el pantalón de chándal que me pongo antes de meter la cabeza en una camisa holgada. El coronel se queda en la cama mientras que del móvil saco el menú de esta noche.

—¿Cuánto vas a tardar con eso? —empieza el coronel—. Quiero follar.

—Estaré ocupada todo el día.

En una hoja anoto todos los ingredientes que necesito. La tarea me toma casi una hora, me aseguro de que no haga falta nada y envío a Tyler a hacer las compras con Ivan.

Miranda se despide y, mientras los escoltas vuelven, me abro de piernas sobre el hombre con el que me casé. Mi coño lo recibe por cuarta vez en lo que va del día. «No me canso de él», me digo, así como él tampoco se cansa de mí.

—No hagas nada y quédate aquí —dice contra mi hombro—. Me gusta tenerte sobre mi polla.

Pierdo la cuenta de las veces que lo beso mientras le peino el cabello, que se me escapa de las manos. Tomo un baño con él, de nuevo terminamos en la cama y con tristeza me veo obligada a soltar su polla cuando los escoltas vuelven con lo que pedí.

—Ahora me obligas a un pajazo. —Se empieza a tocar y no lo miro, ya que eso hará que vuelva al sitio donde estaba.

Bañada y con el cabello recogido, me enfrento a todas las compras de supermercado que hay en mi cocina. Tyler saca todo de las bolsas y me muestra la serie de alimentos que me hacen palpitar el ojo izquierdo, dado que la mitad no sé ni como se desempacan.

Christopher aparece cambiado y con el control del McLaren en la mano.

—No tengo problema en que te tragues todo eso —dice—, pero me parece exagerado siendo una cena para dos.

—No es una cena para dos —le aclaro—. Invité a tus padres.

—¿Qué? —se molesta.

—Y a toda la Élite, también a algunos amigos...

—Rachel, no quiero gente en mi casa —empieza—. Ni siquiera sabes cocinar... ¿Para qué quieres perder el tiempo con todo esto?

—No sé, pero debo aprender, ya que tendré dos hijos.

Empiezo a desempacar y me encuentro con un palo lleno de tierra.

—¿Qué diablos es esto?

—La raíz tailandesa que pidió, mi teniente —explica Ty, y el coronel rueda los ojos.

—Vete y déjame hacer mis cosas. —Sigo desempacando—. Si no puedes, entonces me iré a mi apartamento donde sí soy libre de hacer lo que quiera.

Se me acerca por detrás, mete las manos bajo mi camisa y la pasea por mi abdomen.

—Pare y luego negocia —me dice—. Y no me chantajees con tu otra casa, que también es mía.

—Vete, que estoy ocupada.

Se larga y empiezo con mis cosas. Les pido a los escoltas que se vayan, quiero tener mi espacio.

No sé cómo adobar el pavo y cuando lo hago no me queda como el que muestra el canal de cocina. El postre es un lío, no sé por qué no toma consistencia.

Trato de poner la mejor energía, pero termino con una cortada en el dedo, quemo el pastel, los líquidos que tengo al fuego se derraman y a las dos horas estoy que no puedo más con el maldito pavo que aún no sé cómo preparar. Una nube de humo se esparce por toda la casa con las galletas que olvido en el horno.

Saco la bandeja con la que me quemo. Muerdo una con la esperanza de que, con crema, tal vez puedan mejorar, pero saben horribles y las escupo en el cubo de basura.

Me llevo las manos a la cara, frustrada, y dicha frustración empeora cuando la cocina se inunda, ya que dejé el grifo abierto.

La calma es algo que a mucha gente le cuesta; no obstante, es clave para varias cosas y yo hago uso de ella.

El reloj marca las siete y treinta de la noche. Admiro lo bien que se ve todo, el enorme pavo horneado está sobre la mesa junto a una serie de alimentos que se ven estupendos. Hay puré, ensaladas, salsas y cerdo.

En una mesa aparte puse el postre de vino y nueces que comparte espacio con las galletas navideñas, los bastones dulces y el ponche para los niños.

El *penthouse* luce como una taza de plata, listo para recibir a los invitados. Ya confirmé la llegada de mis amigos, llamé a mis suegros y ahora me voy a arreglar para mi cena navideña.

Meto el cuerpo en un vestido rojo hasta la rodilla de una sola manga, los tacones altos le añaden la elegancia que se requiere para la ocasión. El cabello me lo peino a un lado, el coronel llega justo cuando me estoy poniendo mi brazalete.

—¿Qué tal me quedó la cena?

—¿Me dirás que la hiciste tú? —refuta.

—¿Quién más? —Me levanto a buscar el móvil—. Cámbiate, que van a llegar los invitados.

—Sabes que no me gustan las visitas.

—A mí no me gustan los hombres que hastían todo el tiempo y bien que te estoy soportando —replico—. Cámbiate y te veo en la sala.

Salgo a revisar que no haga falta nada, acomodo, coloco bien el florero que se corrió y tomo las fotos que le envío a mi madre para que vea lo bien que quedó todo.

El coronel sale con una camisa negra y un pantalón ceñido que me pone a babear cuando se pasa las manos por la entrepierna.

—¿Quieres? —pregunta.

«Imbécil». El timbre suena y corro por la bandeja de galletas antes de abrir.

—¡Hola! —Son Patrick, Abby y Alexa.

—No dijiste que iba a haber niños, Rachel —empieza Christopher—. Hay cosas demasiado costosas aquí para andar trayendo mocosos.

Nadie le presta atención.

—Te quedó hermoso todo. —Alexa se sorprende—. ¿Hiciste la cena?

—Un arduo trabajo de toda la tarde. Prueba esto. —Le doy del puré para que vea lo delicioso que está—. Exquisito, ¿cierto?

—Maravilloso.

Los siguientes son Sara y Alex, seguidos de Luisa, Simon y la bebé, que entra gritando.

—Peyton está resfriada —me dice Luisa—. No se siente bien y solo quiere estar en brazos.

—Déjala en el auto, entonces —le suelta Christopher—. De hecho, no debiste subir con ella.

—Don Bromas dando la bienvenida —se ríe Simon—. Qué buen chiste.

Sonrío para disimular, ya que sé que no está bromeando.

El *penthouse* se llena en menos de una hora. Scott llega con la hija y Milla Goluvet, a quien invitó. Laila, Gauna, Alan, Brenda, Harry y Parker llegan juntos, mientras que Angela se presenta con el expadre Santiago.

—Les traje un vino. —Me ofrece Santiago.

—Gracias, sigan, por favor.

—Oh, qué bonito acuario. —Harry se pega al vidrio—. ¿Eso es una medusa?

Peyton no deja de llorar y Abby rompe uno de los jarrones cuando pasa corriendo por la sala.

—No pasa nada —digo cuando huye a las piernas del papá.

Christopher se la quiere comer con los ojos.

—Oye, esto te quedó exquisito —me felicita Laila, que se atiborra con las galletas.

—Niño, ve a golpear las bolas de Parker y deja de joder con el acuario —Christopher regaña a Harry—. ¡Qué mierda con estar pasando las manos!

—¿Por qué tienes que usar ese lenguaje tan soez? —lo reprende Alex—. Es un niño.

—No te metas —empiezan a discutir—. Aclárame quién te dijo que eras bienvenido aquí...

Patrick le abre a Stefan mientras yo barro los restos del jarrón que se rompió. Luce un traje sencillo y trae una botella de vino de supermercado.

—Buenas noches —saluda a los presentes, y Christopher lo mira como si lo quisiera matar.

—Para ustedes. —Me ofrece la botella, que el coronel toma y de inmediato echa a la basura.

—Pasemos a la mesa —lo invito en lo que procuro no estamparle la escoba al coronel en la espalda.

Todos los presentes toman asiento.

—Todo está precioso —me adula Milla.

Le sonrío orgullosa de todos mis resultados, no es falta de modestia, es que en verdad todo está más que bello.

—Estudié años para ser una chef —comenta Sara— y mi nuera me supera en un día.

—Solo hice lo que indicaban en el canal de recetas.

—Me encanta —habla Brenda—. Ya no es necesario que tome nada para la intoxicación.

—Tómalo de todas formas —bromea Patrick—. Uno no sabe qué tipo de toxina pueda tener la casa del radiador humano más grande de la historia.

—Confiesen —secunda Simon—. La luna de miel fue en Chernóbil, ¿cierto? Es la única ciudad capaz de soportar su relación tóxica.

—No somos tóxicos —alego.

—Sí —insisten todos.

—No.

—¡Sí! —siguen mis compañeros.

—No.

—¡Que sí lo son! —se enoja Gauna, y estrella el puño en la madera callando a todo el mundo—. ¡Coman y déjense de estupideces!

—¡Me vas a dañar la mesa, imbécil! —se molesta el coronel—. No destapes ese vino, Patrick, que vale lo que vale tu auto.

Patrick deja la botella de lado y la cena acaba con un pelotón de gente feliz.

—Rachel —Alex entra a la cocina—, todo estaba delicioso; sin embargo, no deberías comer tanto, vi por ahí que...

—Estamos bien, ministro.

Lo corto y me besa la frente con un gesto fraternal. Pongo sus manos en mi vientre y el gesto lo hace sonreír.

—Vamos afuera —lo invito.

El dulce y el chocolate hace que los niños se pongan a correr por toda la casa. Patrick sirve champaña y se va a encender el estéreo.

—No vayas a empezar a quitarte la ropa —lo molesta Simon.

—Supéralo, imbécil —repone el capitán—. ¿Te enamoraste de mi pito o algo así?

Christopher sacó un cigarro para fumar, con la mirada le pido que no lo haga aquí, hay niños y va a dejar apestando toda la casa.

—Es malo para el asma —le insinúo.

—Ve y tira esto. —Le entrega el cigarro a Harry, que asiente obediente, pero Parker se lo quita.

Reparto el postre mientras los niños no dejan de correr y a Patrick se le da por animar a bailar después de que acaban. Tomo asiento en el brazo del sofá donde está el coronel. Alex saca a bailar a Sara, Scott a Milla, Brenda está con Parker y Luisa con Simon. Santiago invita a Angela, quien le sonríe antes de aceptar.

La trata como toda una dama y ella se ríe con él a cada rato.

—¡¿Bailas?! —le pregunta Gauna a Laila, que tiene en brazos a la bebé de Luisa.

—Eh...

—¡¿Sí o no?! —insiste el general.

—Sí, pero modere el tono, que no estamos en el comando.

Me entrega a Peyton, ya que Luisa y Simon están bailando. La bebé empieza a llorar y Christopher arruga las cejas, molesto, así que la llevo a la cocina para no incomodarlo con los gritos.

—Dásela a sus padres. —Me sigue—. Qué estrés…

—Es una bebé.

—¿Me acompañas al baño? —me pregunta Abby—. Tengo mucho pis.

—Sí, hermosa. —Me da pena devolver a Peyton.

—Tenla un momento, por favor —intento darle la bebé a Christopher.

—No voy a cargar a esa niña llorona.

—¡Tenla! —Se la entrego a las malas y llevo a Abby al baño.

La niña es rápida y le acomodo el vestido después de que hace sus necesidades.

—Ya dile a esta gente que se vaya. —Aparece el coronel con los brazos vacíos—. Vienen a una casa y ponen a otros de niñeros, me hartan.

—¿Y Peyton? —pregunto.

—Rachel, es en serio…

Lo empujo y me apresuro a la cocina, donde hallo a la niña en el fregadero.

—¿Por qué eres así? —espeto—. ¿Qué tal que hubiese metido los dedos en el triturador?

—Estaría demostrando ser hija de Simon —refuta—. Ya saca a toda esta gente.

La tomo, este hombre no tiene sentimiento… Los niños no se quedan quietos y el que Maggie rompa la botella cara del coronel hace que me cuestione este tipo de actividades.

La música cesa con el pasar de las horas, la nieve cae y el ambiente se vuelve más cálido cuando todos empiezan a hablar de las anécdotas pasadas.

Observo mi entorno y me queda claro que soy una soldado que ama el calor del hogar. Me siento orgullosa de mi hermoso árbol de Navidad, de mi embarazo, de mis suegros y de mis amigos, que siempre me dan momentos únicos.

Christopher me abraza la cintura, le doy un beso en la boca, lo abrazo y a mi lista de momentos con él se suma otro favorito.

A las doce de la noche nos deseamos feliz Navidad y me abrazo con todas mis amigas.

—Feliz Navidad. —Se me acerca Milla, quien pasea las manos por mi vientre—. ¿Cómo va el embarazo?

—Excelente.

Abrazo a Angela cuando se acerca. En cierto tiempo no me sentí a gusto con ella; sin embargo, ahora siento que es el tipo de amistad que quedará para la historia.

—La comida estuvo deliciosa —me halaga Santiago—. No le creí a Angela cuando me dijo que no sabías cocinar.

—Le gusta subestimarme.

—Si sigues así, los niños serán bebés muy gordos.

—No —interviene Alex—, la obesidad infantil es peligrosa. Christopher de pequeño fue obeso y...

—Ah, cállate, que a nadie le interesa —se molesta el coronel.

—Fue un bebé fastidioso, un niño insoportable, un adolescente malcriado. —El ministro se toma el vino—. Lo único bueno de morir es que ya no lo soportaré.

Todos se ríen. Es una bonita noche y Navidad.

Mis invitados se despiden, quedo con el coronel junto al árbol, donde abro los regalos que dejó Emma. Les compró obsequios a todos los escoltas y, como no pudo entregarlos, los entrego yo.

—Este es para ti. —Le entrego el de Christopher.

Son gorras de béisbol para él, para mí y para los bebés. Se queda pensativo mirando el obsequio, termino de abrir los regalos que faltan y cuando acabo voy por el que le guardé a mi marido en la cocina.

—Feliz Navidad, coronel. —Se lo entrego cuando los escoltas se van.

—¿Te las pondrás ya? —Repara las bragas de perlas—. ¿O te las pongo yo?

—Yo me las pongo, tú me las quitas. —Dejo que me alce y me lleve a la cama matrimonial, donde me espera una caja.

—¿Mi regalo?

—No, solo lo traje y ya.

La abro y hallo el vestido rojo de la boda con la cámara de nuestra luna de miel.

—¿Mandaste a buscar esto a las Maldivas? —indago.

Actúa como si no importara.

—Te dije que me gustaba mucho ese vestido.

Lo abrazo con fuerza, la misma nostalgia de anoche vuelve y me pongo a llorar.

—Ay, Dios, si quieres quémalo y ya. —Le agoto la paciencia.

Me voy a la cocina, corto un trozo de pastel y vuelvo con este a la cama.

—¿Está bueno? —pregunta cuando me meto dos cucharadas a la boca.

—Mucho. —Palmeo la cama para que se siente y empiezo a dárselo en la boca—. El truco está en mojar bien la masa con el vino, luego agregas las nueces. Hay que controlar que la trituradora no las convierta en polvo.

—Supongo.

—La crema no tardó nada…

—¿Sabías que los pagos realizados con la tarjeta Royale del banco Dubai First deben confirmarse mediante un mensaje de texto? —me interrumpe—. Está el pago de un banquete navideño que no comí en la calle.

Paso saliva en lo que maldigo para mis adentros.

—También confirmé el pago de un masaje, el cual supongo que te dieron mientras organizaban el banquete —continúa—. Ah, y también confirmé el pago a la aseadora que pediste. Mandas a descansar a Miranda, pero tengo que pagarle a otra.

—Lo intenté —le digo—, te juro que lo intenté, pero la cocina no es lo mío.

—Si quieres que no sepa lo que compras, usa la tarjeta Black que está a tu nombre. —Me besa y acto seguido viene el sexo de Nochebuena.

Sumamos más fechas juntos: mi cumpleaños, el suyo y nuestra primera Navidad.

El Año Nuevo lo recibimos en casa de Patrick siete días después.

El mes de enero llega frío, como siempre, el entrenamiento en equipo no da tregua y menos cuando Kazuki acepta la propuesta de Leonel y queda como su fórmula electoral. Detesto a Leonel, sin embargo, no juzgo a Kazuki, ya que se nota que solo quiere que sus ideas sean escuchadas.

Me encuentro con Mia y Zoe en una de las charlas para soldados de primer nivel. Les doy el pésame por lo de Joset y esa misma tarde me reúno con Olimpia Muller en uno de los campos de tiro.

—Me hace bien saber que puedes llegar a ser la primera dama —comenta—. Admiro mucho todo lo que has logrado.

—Espero hacer una buena labor si se me da la oportunidad.

Asiente y camina conmigo a lo largo del campo, mantiene las manos dentro del gabán. Su labor como viceministra ha sido excelente, apoyó mi exilio, fue una de las que veló porque tuviera buenas clínicas de desintoxicación y en su tiempo trabajó con mi padre.

—Estoy trabajando en algo grande; si todo sale bien, lo más probable es que pronto capture a una cabeza importante de la mafia —me dice—. Iré por el monstruo de Rusia. Es el apodo del Underboss de la Bratva. Tiene veinte años y los crímenes de alguien de cien. Revelaré su expediente para acorralarlo, la mafia rusa ha estado medio quieta, pero en algún momento va a entrar de un todo en el juego y no quiero eso.

Me muestra una imagen del Underboss y es la misma persona que vi al lado del Boss el día del aquelarre y el mismo que estuvo con él en las Maldivas. Es el hijo de Ilenko Romanov.

—Debo volver a Washington. Cristal me habló de lo que tiene preparado para este nuevo periodo electoral —se despide—. Todo tiene muy buena pinta… Desde donde esté, estaré apoyando en lo que pueda.

Me llevo la mano al vientre con la punzada repentina que siento, no dura mucho, se ha repetido en los últimos días. Lo paso por alto, ya que Luisa y Milla dicen que es normal.

Le doy la mano a la viceministra y en la semana siguiente no hago más que trabajar. El hambre no me abandona y me la paso de comando en comando evaluando futuros prospectos con el coronel.

Las cosas entre ambos van bien, no me deja sola ni yo a él. Trazamos planes y damos el visto bueno juntos. Se plantean nuevas estrategias, cumplimos con la nueva agenda electoral que nos lleva a lo largo de Europa a hablar con magistrados y grandes cabezas del ejército.

Aparezco en casi todos los boletines del comando, todo fluye en mi matrimonio con el coronel, las cosas van bien hasta que mi papá me cuenta que, por el pésimo comportamiento de Emma, tuvo que castigarla y enviarla a estudiar a Alaska.

Discute conmigo, ya que no estoy de acuerdo, pero según él es necesario, porque en Phoenix no hace más que portarse mal.

—Partió hace días, te dejó saludos —me dice mi papá—. Que se mantenga allá es lo mejor por ahora. Estaré pendiente, además, el sitio lo sugirió Christopher, así que es seguro. Deja de estresarte y más bien cuéntame cómo va el embarazo.

La cabeza me duele, no me gusta lo de Emma, sin embargo, mi papá está enojado y hasta que no se le pase el enojo, no podré convencerlo de que me deje traerla para acá.

El coronel no me dice nada cuando le reclamo su estúpida sugerencia, solo se centra en su trabajo y alega estar ocupado.

—¿Desde cuándo opinas en asuntos familiares? —reclamo.

—Opino cuando tiene que ver con lo mío —contesta con simpleza—. Y es solo un viaje, así que deja de exagerar y de preocuparte. Toda nuestra atención debe estar en la campaña.

Empieza a besarme y me voy a la cama. Una semana más se suma al calendario, seguimos con nuestro recorrido por comandos potenciales. Olimpia me recibe en su oficina en Washington y lo primero que veo es la estructura de la Bratva que tiene en la pared.

Sobre la mesa hay una carpeta con el apellido Romanov, pido permiso para revisarla y hallo un montón de imágenes de gente mutilada, las cuales me hacen cerrar la carpeta.

—Dentro de una hora debo viajar a un retiro que tengo planeado hace meses —me avisa la viceministra—. Todo mensaje que tengas puedes dárselo a mi secretaria, me lo pasará apenas esté de vuelta.

Le digo que sí cuando me pregunta si deseo almorzar con ella. Le da un par de consejos al coronel, que no le presta la más mínima atención.

Nos da la mano a ambos antes de irse, continúo con las reuniones estipuladas a lo largo del mes, mi embarazo se nota cada vez más, todo el mundo lo sabe y por ello los escoltas y el coronel se mantienen cerca todo el tiempo.

Pasamos de Washington al subcomando de Florida a evaluar perfiles, la tarea nos toma tres días. Leonel no se queda quieto; así que mientras nosotros estamos en América, él se va a Asia con Kazuki.

Los controles médicos son mediante vía telefónica, el coronel se niega a que me quede en Londres y yo tampoco quiero dejarlo solo.

—Lo de las punzadas en el bajo del vientre es normal por el avance, y el dolor de cabeza que ha empezado a surgir también lo es —explica mi médico de cabecera al otro lado de la línea, mientras que el coronel me aborda por detrás en el jet donde estamos.

—Sé que trotas y haces ejercicio físico; sin embargo, lo mejor es que mermes a las actividades físicas, en ciertos casos es perjudicial.

—Entiendo…

Callo cuando me sube el vestido que traigo. Christopher aparta las bragas y empieza a follarme sin más en la cocina.

—Gracias, si tengo alguna u otra molestia, le avisaré. —Busco la manera de colgar—. Hasta luego.

Me vuelvo hacia el coronel, que tiene la polla entre las manos.

—Era importante lo que me estaban diciendo.

—No más que esto.

Acapara mi boca y me lleva a la alcoba, donde termino desnuda y con él sobre mí. Echamos un polvo rápido antes de aterrizar.

No nos damos tregua, cada vez que tenemos un espacio libre lo hacemos en el jet, en el hotel, en el comando o en la oficina que nos asignan.

Me cambio de ropa al igual que él, quien no deja de besarme. El móvil me vibra, Christopher no mantiene las manos quietas, así que lo dejo en la alcoba y me muevo al pasillo del jet.

—Teniente James —contesto mientras paso las manos por el vestido que tengo puesto.

—¿Vienen en camino? —pregunta Parker al otro lado.

—Sí, llegaremos dentro de un par de horas.

—No se desvíen —pide—. Gema Lancaster quiere que Lucian hable públicamente e intente convencer a Antoni.

—¿Qué?

Christopher me quita el teléfono y se hace cargo de la llamada. Leo el boletín de la FEMF y quiere hablarles públicamente a los medios internos. Estaba ausente y ahora vuelve con tonterías.

Leo las declaraciones que dio en la mañana para el boletín.

El entorno en el que nos movemos está lleno de perras arribistas y entes manipuladores; no obstante, invito a la fórmula oponente para que juntos destapemos el monumento que nos recuerda el porqué de estar aquí.

La rabia trae las náuseas que controlo.

Aterrizamos en el Reino Unido, Tyler me da la mano para ayudarme a bajar. El vestido que tengo es ajustado y no me tapo, sino que reluzco mis catorce semanas de embarazo múltiple.

Christopher se queda atendiendo la llamada que le entra y camino a la plazoleta donde Gema tiene a un grupo de soldados reunidos. Los presentes se vuelven hacia mí cuando aparezco.

Leonel forma parte de los invitados, al igual que Kazuki, el Consejo, el director de los medios internos, la Élite, los soldados nuevos y un par de magistrados.

—Londres se une a la invitación que pide una campaña limpia —manifiesta Gema en el atril donde está—, una campaña a la antigua como en épocas pasadas donde reinaban los valores.

Se mueve al monumento cubierto por la sábana que tiene atrás.

—Las siglas que nos definen. —Descubre la obra y el entrecejo de todos se frunce.

—MJ —hablo desde mi puesto mientras observo cómo el monumento se eleva hasta que queda a una altura prudente—: «Moralidad y Justicia», qué bonitas siglas, teniente Lancaster.

«Morgan James, eso es lo que significa para mí», pero eso no viene al caso. Ella no disimula el enojo, Lucian está a su lado y camino hacia la tarima, sin embargo...

El graznido de una bandada de cuervos nos hace voltear a todos en una misma dirección. Una nube negra de aves se acerca a una velocidad alarmante, la imagen parece de una película de terror. Tyler me lleva al suelo cuando pasan por encima de nosotros y se van sobre Gema, quien sigue en la tarima. Los soldados sacan las armas, Parker, Bratt y Kazuki suben a auxiliarla, pero son demasiados y ella termina en el suelo. Grita pidiendo auxilio cuando le picotean la cara y las manos.

Los disparos al aire no sirven para nada, no consiguen acabar con el horror y el botafuego que trae Gauna es lo único que dispersa a las aves. Estas alzan vuelo, en tanto Lancaster sigue sacudiendo los brazos y gritando, inmersa en un estado de shock.

Sobrevuelan alrededor del monumento, graznando con el pico sucio de sangre. Todos los cuervos hacen lo mismo menos uno y es el que se viene a mi sitio cuando me levanto. El animal se posa en mi hombro y me quedo inmóvil, grazna sobre mí y soy el foco de todos hasta que Christopher lo aniquila con un disparo.

La sangre me mancha el cuello, las plumas me enceguecen por un momento y cuando quiero recuperar la noción de todo, termino con el corazón en la garganta al ver que Christopher mueve el cañón hacia Lucian Mascherano.

94

Karma: parte 1

Rachel

El corazón no deja de latirme en la garganta, el aire empieza a volverse pesado con Christopher, que mantiene el arma arriba en lo que apunta hacia Lucian Mascherano, pone el dedo en el gatillo y soy rápida a la hora de irme sobre él. Bratt se lleva al italiano al piso cuando el coronel suelta el proyectil que impacta contra la estructura de madera que hay atrás.

—¡¿Qué haces?! —lo regaño, y los ojos color acero lucen más negros que grises.

Veo la misma mirada que le he visto cuando está en el ring de pelea.

—Es un niño, Christopher.

—¡Vámonos! —Me toma—. Que ese animal viniera a ti son las consecuencias de darle pie a Antoni Mascherano.

—¡No es mi culpa! —protesto en medio del caos.

Gauna le pide a todo el mundo que se disperse, Gema sigue en el suelo y varios reclutas tratan de ayudarla.

—Te gusta sentir su poder —sigue el coronel—. No te molesta que te haga sentir como su mujer y te proclame como suya.

—No soy de nadie —le aclaro—. Soy Rachel James, no el jodido monigote del cual quieres tener el control total todo el tiempo.

Acorto el espacio entre ambos y él sacude la cabeza, enojado.

—Tenemos hijos en común y un matrimonio que forzaste para que el mundo sepa que Christopher Morgan siempre se sale con la suya —continúo—. Lo toleré, soy tu esposa, pero no voy a permitir que quieras llevarme de aquí para allá como se te antoja y tampoco dejaré que hagas conmigo lo que se te da la gana. Tendrás dos hijos, ya es hora de que empieces a comportarte para que tengan un buen ejemplo como padre.

—¿Buen ejemplo? —refuta—. De mí no tendrán ningún ejemplo.

Se da la media vuelta para irse y no lo sigo, pongo los ojos en la tarima donde Bratt baja y saca escoltado a Lucian Mascherano.

—¿Estás bien? —me pregunta Parker, que se acera.

—¿Qué pasó?

—Al parecer, fue un ataque directo a Gema, tiene varias lesiones en la cara y en las manos, será trasladada al hospital.

—Yo estoy bien. —Toco la sangre que me manchó el cuello—. Iré a ver cómo está Lucian.

Me apresuro a la dirección que tomó Bratt. Gema Lancaster es lo que menos me interesa ahora. Laila se me pega, se asegura de que no haya pasado nada y, junto a Alexandra, me acompañan a la sala donde tienen al hijo mayor de Antoni. El capitán Lewis le está dando agua.

La imagen de los cuervos no sale de mi cabeza, Bratt le hace preguntas sobre los animales.

—Los Halcones Negros saben entrenarlos —contesta Lucian—. En todas las propiedades italianas, a menudo hay grandes bandadas de cuervos que se usan para atracar, espiar o enviar información.

Es algo que ya sabemos, años atrás vi varios cerca de mi casa y ahora dejan claro que Antoni no amenaza en vano.

—¿Saben algo de Damon? —sigue el italiano—. No me han dicho nada sobre él.

—Ali Mahala se lo llevó —le dice Laila—. Hasta el momento no sabemos nada de él.

—¿Y Naomi?

—Está recibiendo atención médica y forma parte del programa de asistencia de víctimas —le informo.

Stefan siempre me da novedades de lo que pasa con ella, el niño asiente, me acerco y acaricio su hombro. Parker llega junto con Brenda, Simon y Luisa, los cuatro me llaman aparte.

—La viceministra lleva ya desaparecida unas cuarenta y ocho horas —me informa Simon—. No se sabe nada de ella, su padre nos acaba de dar el aviso.

—¿Qué? —El pecho se me acelera.

—Estaba en un retiro... Ni ella ni sus escoltas dan señales de nada.

—Alex Morgan se está encargando de todo, vendrá dentro de unas horas —añade Parker.

—Expuso el expediente de Vladímir Romanov —comenta Brenda—. Eso era algo de cuidado, que se advirtió en una de las reuniones.

Bratt se encarga del traslado de Lucian, dado que con Christopher es peligroso que esté aquí. Me paso las manos por la cara, hablé con Olimpia Muller hace unos días y me preocupa que le haya pasado algo.

Me pongo al teléfono y no contesta. Cristal Bird sabe poco del asunto y está igual de preocupada. Salgo a ponerme el uniforme, Brenda me avisa de que estarán en la sala de investigación.

En el camino llamo a mi papá, que ya sabe lo de Olimpia, el ministro no le ha dicho aún cómo va a proceder.

—Lo más probable es que esté en manos de la mafia rusa —me dice mi papá—. Cariño, entiendo que te preocupe, pero a mí me preocupas tú, debes guardar reposo y no lo estás haciendo.

—Olimpia está en peligro, la conozco hace tiempo y me ha ayudado en todo lo que he necesitado, me da miedo que le pase algo.

—Esperemos a ver qué dice el ministro. Ahora tómalo con calma, que estás embarazada y este tipo de estrés es perjudicial.

Cuelgo cuando se despide, el cambio de ropa lo hago rápido y en menos de veinte minutos estoy de vuelta con mis compañeros. Angela se unió al equipo, al igual que Alan, Milla Goluvet y Scott.

Goluvet tiene experiencia en búsqueda y rastreo, Scott es bueno consiguiendo información.

—¿Qué se tiene hasta el momento? —pregunto.

—Vladímir Romanov es uno de los cazadores más letales de la Bratva —informa Parker—. Hace de todo por el Boss, son como una dupla, la relación que tienen es bastante estrecha.

—Este es el diario del cazador de una víctima que tuvo bajo su yugo. —Brenda desliza un sobre en la mesa—. Solo duró cuatro días.

Abro el sobre y lo que veo hace que el desayuno se me suba a la garganta. En la mafia rusa suelen tener diarios donde describen el día a día del sufrimiento de la víctima. Se lo paso a Laila, que pone peor cara que yo. Si tienen a Olimpia, esta no va a durar mucho.

—Tiene que aparecer sea como sea, no puede morir, ya hemos perdido a mucha gente.

Enciendo la computadora que está sobre la mesa, Olimpia Muller es uno de los mejores soldados que tiene la FEMF y una excelente líder.

—Empecemos a trabajar en esto, hay que encontrarla lo antes posible.

Mis compañeros se mueven, no podemos seguir perdiendo gente. Joset murió y si no le ponemos un alto a todo esto, van a sumar más víctimas. Trato de comunicarme con Alex, pero este tiene la línea ocupada.

El no tener respuestas concretas es estresante, nadie sabe nada hasta el momento. En Alemania, los Muller están haciendo todo lo que pueden; sin embargo, no han logrado mucho, la viceministra no quiso acatar la sugerencia de que esto era peligroso y eso tiene a la familia, en parte, enojada.

Analizo el globo terráqueo del holograma que muestra los sitios exactos donde estuvo: viajó desde Washington a Indonesia, la avioneta en la que iba hizo dos escalas, se hospedó en un hotel cuatro días y al quinto desapareció.

Le insisto a Alex y sigue sin contestar.

—Cada día somos menos —suspira Laila a mi lado—. Siento que no podemos confiar en nadie, ya que cualquiera puede vendernos.

La tarde pasa, lo que se tiene no sirve para nada y Alex no se manifiesta. Bratt llega a preguntar cómo va todo y se pone a revisar los informes que hay hasta el momento.

—¿Dónde está el coronel? —le pregunto a Parker.

—Está en la pista aérea —contesta Bratt—. Ni se inmutó en mirar la información que entregaron mis soldados sobre Olimpia. Parece que Christopher solo se mueve cuando se trata de ti y eso me pone a pensar lo que pasará si se llevan a uno de nosotros. ¿Tampoco moverá un dedo?

La cara que ponen los que me rodean deja mucho que decir, es con justa causa y no puedo contradecirlo, porque Bratt tiene razón.

—Aquí todos valemos lo mismo —me levanto a buscar a Christopher—, y de pasarles algo, los rescates se darían de la misma forma.

No les miento, ellos no dudaron en ir por mí cuando lo necesité y yo haría lo mismo por ellos. Salgo al pasillo, donde me llevo el teléfono a la oreja, trato de volver a contactar al ministro y este apagó el celular. Lo apagó en medio de una búsqueda tan importante. Salgo del edificio administrativo y a lo lejos veo al coronel, que está con Patrick y Gauna cargando un par de aviones.

Me acerco lo más rápido que puedo.

—¿Qué estás haciendo? —le pregunto—. Seguimos sin señales de la viceministra y no te has manifestado, como tampoco has dicho cómo se debe proceder.

—Trabajar, eso es lo que hago —responde Christopher, molesto—. Alístate, que tenemos asuntos pendientes que resolver, ya sabes cuáles son.

—¿Nos vamos a ir con Olimpia Muller desaparecida?

—Me están esperando en el culo del Amazonas y tardé semanas en reunir a todos los soldados que requiero en un solo punto. —Me señala el avión—. Y por mi campaña, necesito al comando trabajando en lo establecido, no creyéndose el escuadrón de la justicia.

—Pero somos la justicia, así que no nos creemos: es para lo que nos preparamos.

—Sí, como sea.

Empieza a empacar lo que necesita en un bolso de mano.

—Dime qué haremos —me exaspera—. ¿Cómo se procede con lo de Olimpia? Está en peligro.

—Sube al avión —insiste—. ¡Hay que partir ya!

No puedo creer que no se preocupen por esto. Alex no se ha molestado en contestar, no ha llegado ni dicho nada y eso solo muestra el egoísmo de los Morgan. Cuando las cosas no les afectan, no son capaces de inmutarse.

—Vete tú, yo necesito espacio para pensar.

Busco la manera de irme, me toma del brazo para que me devuelva y aparto su mano. No soy su hija ni un perro faldero que en todo momento debe hacer lo que dice.

—Me estoy cansando de esto —advierte—. Aborda el avión, Rachel.

—No, dije que necesito mi espacio.

Sigo mi camino de vuelta a la torre. La Élite sigue en la sala donde estaba, la vista de todos viaja a mi sitio con miradas que buscan respuestas.

—¿Qué dijo? —indaga Simon, y tomo asiento en la silla principal.

—Que estoy a cargo. —Apilo las carpetas—. Alex le dio a Christopher licencia para tomar las decisiones que crea pertinentes. No estará, así que todo esto lo manejaré yo. Voy a comandar la búsqueda de la viceministra.

No carezco de habilidades para lo que se requiere, como bien me enseñaron, a un colega nunca se le abandona. Gema es trasladada al hospital militar mientras me pongo a trabajar.

La noche se nos va indagando en los distintos campos, analizamos lo dicho por parte de las últimas personas que la vieron. Los sujetos que la tomaron son expertos, porque no dejaron pistas de nada.

Analizo todo lo que hay sobre la Bratva hasta ahora, creen que van a salirse con la suya, pero no será así.

Duermo por un par de horas y a la mañana siguiente, después de una ducha, vuelvo a mis quehaceres. Alex sigue sin manifestarse y con Christopher no hablo. Desayuno en la sala de investigaciones donde desde la ventana se ve el monumento que se expuso ayer.

—Leonel y Kazuki se han unido a la búsqueda y tampoco han tenido resultados. —Llega Laila—. Ningún comando ha dado con alguna pista.

—Tengamos en cuenta lo que pasa con la mafia —habla Brenda—. Cualquiera puede estar entorpeciendo la llegada de información.

—El comando francés intervino y los agentes que intentaron infiltrarse en busca de información terminaron muertos. —Llega Bratt.

—Se está repitiendo lo de Antoni —termina Alexa—. Al italiano solo lo pudo capturar Christopher.

—Que las tropas rusas se muevan en un operativo de rastreo a lo largo de Rusia, que busquen hasta debajo de las piedras —ordeno.

El día transcurre entre llamadas en las que se reporta lo que consigue cada uno, sin embargo, no hay nada conciso: todo lo que llega, de alguna u otra forma, deja de ser relevante.

Lo que dijo Brenda sobre la mafia toma peso, así que tomo decisiones.

—A partir de ahora vamos a trabajar con norma de reserva absoluta —dispongo—. Alan, recoge todos los aparatos de comunicación y, Alexandra, trae radios revisados del cuarto de equipos.

—Como ordenes.

Confío en el equipo con el que trabajo, pero en ocasiones hay que tomar medidas, dado que alguien puede estar interviniendo teléfonos. Alan los comprueba a todos antes de llevarse los aparatos electrónicos.

Los únicos dispositivos que empezamos a usar son los autorizados y comprobados por Parker y Alexandra.

—¡Ven aquí! —me llama Laila—. Han subido esto a la Deep Web.

Se mueve para que pueda sentarme y es un video en un ring de pelea.

—Es Olimpia —habla Laila.

La cámara solo enfoca a la viceministra, que se mueve asustada con un cuchillo en la mano, tiene la cara amoratada al igual que los brazos.

—Malditos hijos de perra, ¿hay algo más? —El pulso se me dispara—. ¿Algún comando se ha reportado con algo?

—No —contesta Simon—. No siento que los otros comandos estén trabajando mucho. Como están las cosas con la mafia, algunos se abstienen de involucrarse con ellos.

Me da rabia que solo unos pocos se esfuercen. Olimpia siempre ha hecho cosas grandiosas y parece que a nadie le importa eso. Estamos en un punto donde el miedo es un parásito que empieza a crecer.

—Que el caso en esta central siga siendo de reserva absoluta —dispongo.

Alex sigue sin aparecer y sin contestar, así que empiezo a armar, a unir piezas, con la información que se tiene. Al no hallar a los rusos, empiezo a buscar a los italianos y a los otros clanes, alguno tiene que arrojar algo, soltar alguna pista.

—Angela, ¿tienes algo? —pregunto cuando veo que se aplaude a sí misma frente a la computadora.

—Islas Koh Phayam —informa—. Las autoridades marítimas informaron sobre dieciocho torres que se ven desde el hemisferio y los desechos de estas lanzaron una alerta a Seguridad Ambiental por contaminar aguas asiáticas.

—También manifiestan la presencia de dependientes desembarcando en dicho lugar —añade Alexa— en números exagerados. De hecho, hay cuerpos que se han encontrado flotando en islas vecinas.

Me voy a la pantalla y la dedicación de todos da como resultado el informe de los movimientos de la Tríada, la Yakuza y la mafia búlgara, así como los pillos españoles, el PSP, Coronos y varios miembros más.

—Hay una llamada en la que un búlgaro informa a un miembro de la Tríada que Olimpia estará en la isla —informa Bratt—. Fue hace cuatro minutos.

—Hay que partir ya por ella —ordeno— con la misma pauta que tenemos de reserva total. Nadie se va a comunicar con el exterior, solo estaremos enfocados en esto.

—¿Están seguros sobre la isla? —indaga Milla Goluvet—. Nunca oí nada sobre ella.

—Totalmente —asegura Angela.

—Hay que partir ya —repito—. Simon, prepara aviones.

—Estás embarazada y es arriesgado, Rachel —interviene Parker.

—Christopher y yo sabemos lo que hacemos —miento—. No dude de nuestras capacidades, capitán, así que a prepararse.

Angela le pide a Milla que se mueva; hay que ser rápido, ya que la isla está a veinticuatro horas de aquí. Los soldados de las tropas son los que equipan los aviones; así, Bratt, Parker y Simon manejan todo de forma confidencial, solo dan los datos importantes que se necesitan.

Un operativo sorpresa es algo que la mafia no se va a esperar, han de saber que Christopher está en sus otros asuntos. Alex no ha movido un dedo, como tampoco ha mostrado ningún tipo de movimiento.

Si los otros clanes han de estar reunidos en el sitio, la Bratva también ha de estar por una sencilla razón: son uno de los pilares con más peso y son los que tienen a Olimpia.

Abordamos las aeronaves y en el aire se evalúa lo que hace falta del perímetro. Es un viaje de un día que nos deja en un barco de la Marina Real tailandesa.

Hablo con el almirante general, a quien se le exigen lanchas, barcos y los helicópteros que se requieren.

—Estaré con ustedes desde aquí —les indico a mis compañeros—. Enviaré todo el refuerzo que se requiera. Laila, prométeme que no vas a fallar con el Boss, esta es la mejor oportunidad para capturarlo.

—Lo traigo esposado o muerto —asegura.

Con los capitanes acordamos lo que hace falta. Un grupo saldrá primero y debe infiltrarse en busca de los puntos débiles del perímetro. Las tomas que hemos hecho desde lejos muestran la entrada y salida de miembros de la mafia del restaurante con más prestigio que tiene el lugar.

—Suelen tener reuniones en el sitio —informa Simon—. Eso asegura el empleado que redujimos hace unas horas.

—El sitio está atestado de dependientes. —Brenda muestra unas fotos. Las imágenes me producen mal sabor de boca, me traen malos recuerdos. Supongo que las usan para medir cuánta porquería son capaces de resistir antes de morir y ensayar nuevas drogas en ellos.

La noche cae sobre nosotros, el sistema de audio permite detectar voces y una que otra charla. Philippe Mascherano está en el sitio, uno de los binoculares lo capta. Angela empieza a preparar la coartada y a las seis de la mañana empezamos con el operativo.

Un disparo me pone alerta y dejo los binoculares de sensor infrarrojo de lado. Atravieso el barco corriendo y hallo a Laila con el brazo lleno de sangre.

Brenda la lleva contra el suelo y Alexandra le quita el botiquín al soldado que se acerca.

—Se me disparó el arma, lo siento —se disculpa Milla Goluvet, preocupada—. Estaba mal asegurada y cuando quise tomarla...

Bratt la aleja y yo reviso la herida de mi amiga.

—Estoy bien —informa la teniente Lincorp—, creo que solo fue un roce.

—Tenemos quince minutos para estar en tierra —se preocupa Parker—. Hay que suspender, una parte ya partió y el rol de Lincorp es esencial.

—Teniente, lo lamento —sigue Milla—. En verdad, lo siento mucho.

—Quédate —le digo a Laila—. Les diré a los de la Marina que se ocupen de la herida.

Me veo en aprietos, Parker tiene razón, el rol de Laila es importante y el rescate de Olimpia Muller también, cada uno ya tiene una tarea asignada, la isla está llena de criminales y por ello la participación de cada miembro de la Élite es importante, porque son los que más experiencia tienen.

—Hay que dar marcha atrás —me insiste Parker.

Una parte de mí le da la razón, pero el evocar la imagen de Olimpia me hace sacudir la cabeza, no la podemos dejar aquí. Me apresuro por los artefactos de Laila, que me empiezo a colocar, tengo que tomar el lugar de ella, no queda de otra, así que me cambio lo más rápido que puedo.

—¡Estás embarazada, maldita sea! —me reprocha Simon—. Lo pueden notar y puede ser peligroso, no es normal ver a una embarazada con una ametralladora.

—¡A sus posiciones! —ordeno, e ignoro los alegatos de mis amigas mientras termino de preparar las armas.

Puedo hacerlo, confío en lo entrenada que estoy. Pude con Philippe, he podido con Antoni, y ahora voy a poder con esto. Ellos tienen que aprender lo que pasa cuando se meten con lo nuestro.

—¡No hay tiempo para retractarse, así que a sus puestos!

«Mi embarazo no es una enfermedad». Alexandra se encarga de hacerle llegar el mensaje a Philippe antes de subir a la lancha. Bratt ya está allí y es quien debe encargarse del dueño del sitio que estamos rastreando.

El personal del restaurante fue reemplazado por soldados de la FEMF y los infiltrados se empiezan a reportar.

—Mesa cuatro —me hacen saber en lo que la lancha rompe las olas—. La cita será en la mesa seis.

La lancha llega a su destino; el hombre que la pilotea está bajo el yugo de la FEMF. El medio de transporte fluvial pertenece al restaurante y, por ende, no levanta sospechas al llegar. Bajo y luzco como una turista más del lugar, con la ropa de playa y el sombrero grande. En el hombro me cuelgo el bolso donde tengo el arma.

Hay individuos armados por todos lados. Ingreso al sitio como una comensal más, me siento en la mesa señalada y dejo el bolso entre mis pies.

¿Tengo miedo? Sí, estoy en un lugar donde abundan las grandes cabezas de la mafia, sin embargo, no desisto.

Por el intercomunicador me indican que una de las piezas importantes ya está en el área: el Boss. Alzo el menú cuando un grupo de hombres tatuados se despliegan a lo largo del lugar, espero y a los pocos segundos aparece el ruso que comanda la mafia roja.

El ambiente cambia de inmediato, mis latidos toman ritmo, siento que atemoriza a todo el mundo con el aura siniestra que desprende. Camina con una mano metida en el bolsillo del pantalón marrón que viste, lleva los botones de la camisa blanca sueltos hasta la mitad del pecho y el cabello largo recogido. Su altura destaca en el lugar, al igual que su físico despiadadamente atractivo: es el tipo de hombre que no tiene pieza mala.

«Castaño, macizo, con cierto tono dorado en la piel y con rasgos varoniles que gritan poderío». Camina a su mesa sin mirar a nadie.

No lo pierdo de vista, ni yo, ni las mujeres que están en el lugar. Se pasa la mano por el mentón y sacudo la cabeza con el pensamiento que se me atraviesa. Me centro y trato de no perder el lado coherente, «es un maldito malnacido».

Pongo los ojos en la puerta cuando Philippe Mascherano hace su aparición con una nevera portátil.

—¿Y Olimpia? —preguntan en el auricular—. Con la coartada se les pidió que la trajera.

—Calma —musito.

Quiero aferrarme al hecho de que la traerán dentro de un momento. El italiano toma asiento frente al ruso, paseo la vista por el sitio a la espera de la viceministra y nada. «Maldita sea». El Boss no es ningún pendejo, su expresión corporal muestra que empieza a ponerse a la defensiva.

—Procedemos a la captura —aviso.

Uno de los soldados se va a la mesa donde están los dos mafiosos. Se lleva la mano atrás e intenta encañonar al ruso, pero Ilenko Romanov es rápido a la hora de adelantarse a la maniobra que le permite tomar al agente, al que le clava un arma en la cabeza.

—¡Manos a la cabeza, ruso! —exige Angela atrás—. Están rodeados.

La FEMF desenfunda armas contra todos y la mirada del Boss viaja a mi puesto, como si supiera que soy yo sin necesidad de mirarme la cara.

—¿A qué debo el honor, Rachel James? —La voz gruesa me eleva el mentón.

Alzo la cara, me quito el sombrero y hago uso del truco que suele darme ventaja.

—¿No es aquí la isla de los muertos? —Me levanto despacio—. Traje flores para Brandon Mascherano —miro a Philippe y vuelvo a poner los ojos en el Boss— y para Sasha Romanova.

—No te equivocas —contesta—, yo ya le dejé flores a Harry Smith y a Reece Morgan.

La ira me hace sacar la ametralladora con la que le apunto con rabia.

—¡¿Dónde está la viceministra?! —Pongo el dedo en el gatillo—. ¡Ponte de rodillas, maldito hijo de puta, y dame lo que vine a buscar o te lleno de balas!

El caos se hace presente con las personas que empiezan a moverse alrededor, decenas de soldados de la mafia rusa y la mafia italiana.

No dejo de apuntarle al Boss, que no se acojona con ninguno de los que le apuntan; por el contrario, abre la boca para advertir:

—Te voy a decir una sola cosa, puta: prepárate, porque la puñalada que te voy a clavar te va a doler toda la vida.

Le vuela los sesos al soldado que tiene en los brazos y se cubre cuando ataco con todo lo que tengo. No le temo a su amenaza, no es más que un hijo de perra al cual le molesta que me le burle a la cara.

El cruce de balas entre la mafia y los agentes de la FEMF no se hace esperar. Me llevo la mano al muslo y saco el cargador. Mientras recargo, aparta la mesa y aprovecha el tiempo para patear la nevera portátil que traía Philippe Mascherano. La tapa se abre y deja ver la cabeza de la viceministra que vine a buscar.

La rabia me inmoviliza e Ilenko Romanov me arroja la cabeza en el pecho como si fuera un juguete.

—¡Lo que quieres! —espeta—. Ahí lo tienes.

«¡Menudo hijo de puta!». Los sentidos se me apagan, las células las siento en llamas y verlo muerto es lo único que quiero. Él se vuelve a mover hacia una de las mesas, el arranque del arma se atasca y es él quien ataca ahora. Me voy hacia una de las columnas. Los soldados de la FEMF demuestran por qué son los mejores, me preparo para ir por el Boss, pero sus hombres lo cubren y alcanzan a llegar a la salida.

—¡Oliveira! —lo alerto cuando veo al italiano que le apunta.

Reduzco al hombre con un disparo y el sargento se me une en busca del hombre que se acabó de ir.

—Voy por Philippe —avisa Brenda—. Lo sacaron por la parte de atrás.

—Exterminio total —ordeno en el radio—. Olimpia está muerta y lo mínimo que se puede hacer es acabar con todo esto.

Los helicópteros no se hacen esperar. Corro hacia el grupo de soldados que esperan con el chaleco y me lo coloco. Una vez que me he unido al grupo espero que baje uno de los helicópteros y me apresuro hacia él cuando llega. Subo de un salto.

La aeronave se eleva conmigo adentro y tomo el control de la ametralladora anclada. Ilenko Romanov como que todavía no tiene claro quién soy yo. El toque de la cabeza de Olimpia lo siento en el pecho.

—Acabemos con todo —les exijo a los soldados—. Vamos a la zona turística.

Pongo el ojo en la mirilla y empiezo a disparar. Derribo lanchas, sombrillas, establecimientos y todo lo que se me atraviesa.

Logro avanzar a lo largo de varias playas, mientras que mis compañeros se ocupan del resto; sin embargo, la dicha no dura mucho, ya que le dan a la cola de la aeronave y esta pierde estabilidad y se va abajo. El descenso es lento gracias a la maniobra del piloto y me voy a la pared, donde pego la espalda con el fin de no sufrir el impacto de la caída.

La arena se levanta con el helicóptero que cae solo a un par de metros de tierra firme y no desde la altura que tenía. Les pido a los soldados que salgan, Alan me entrega un arma y con ella empiezo a correr lejos de la aeronave antes de que la embosquen.

La mafia es buena para masacrar y la FEMF para destruir, lo confirman las llamas que se extienden a lo largo del terreno. Pongo la espalda en una de las palmeras y trato de regular el modo de respirar.

—No puedo derribar el octavo búnker —informa Bratt en el auricular—. Hay personas adentro, no forman parte de los grupos que han llegado en los barcos.

—Procedo a inspeccionar —avisa Angela—. Veré si puedo dar salida para evacuar, pero necesito refuerzos. No sé qué trampas puede haber adentro.

—Voy para allá.

Les pido a Alan y a los soldados que se desvíen conmigo.

Angela llega a la entrada antes que yo, no hay guardias y patea la puerta para darle entrada a la tropa. Camino despacio, los soldados se aseguran de que no haya ningún tipo de francotirador.

Apesta a materia fecal, hay celdas por todos lados, las jeringas que piso son un viaje al pasado que hace que se me forme un nudo en la garganta.

Continúo con Angela pasillo arriba hasta que llegamos al fondo, donde se halla una sala con puerta de acero que abre Alan.

El amplio espacio está lleno de mesones con paneles, hay un vidrio que cubre toda la pared y detrás de este un centenar de sombras que golpean y se mueven desesperadas.

Los monitores con cámaras que me rodean muestran videos con las personas que han tenido en la celda, «víctimas de la droga de los Mascherano», pienso. Las personas de adentro no dejan de golpear el vidrio.

Alan intenta abrir la puerta de acero, pero está acorazada y no hay manera de mover el enorme círculo de metal que tiene en el centro. No pierdo de vista los monitores que siguen mostrando todo lo que han hecho aquí.

—Confirma Bratt que hay ciento cincuenta y ocho personas —dice Angela.

—¿Buscamos otra entrada? —pregunta Oliveira—. ¿O dejamos que mueran?

Hay una sombra que se mueve desesperada, golpea con fuerza el vidrio y respiro hondo.

—Teniente, ¿buscamos otra entrada? —insiste el soldado, y sacudo la cabeza.

No tiene sentido sacarlos de aquí, son dependientes, personas con un alto grado de intoxicación que afuera solo van a sufrir.

«En ocasiones, morir sí es la mejor solución». Alan se acerca a la palanca, me mira y oprimo el botón que le da paso al gas, la sombra de adentro sigue golpeando.

—Procede —le digo a Alan, que baja la palanca que trae las llamas.

Todo el mundo se desespera adentro.

—Andando —les digo a las personas que me acompañan.

Tomo el corredor por el que llegué. El humo se extiende por toda la isla, los edificios están en llamas, al igual que las palmeras y los establecimientos. La muerte de Olimpia me hace arder la nariz y los oídos me zumban, presa de la rabia que les tengo a estos malditos.

—Es hora de la retirada —ordeno—. Hay que evacuar.

No pude rescatar a la viceministra, pero sí acabé con la fiesta de los cabecillas de los clanes. De algo estoy segura y es que de nuevo daré de qué hablar.

Subo a la lancha que se acerca y vuelvo al barco de la Marina.

Hay veinte capturados, Philippe y el Boss lograron largarse, según el reporte de Simon.

—No están, pero hay un triunfo más y eso nadie nos los quita —anima Laila—. La emboscada dejó la isla en cenizas y decenas de criminales muertos.

Asiento, le damos un minuto de silencio a Olimpia y nos encaminamos al sitio donde esperan las aeronaves que abordamos. Alexandra se encarga de dar la noticia de la viceministra, así como el reporte de lo que se hizo. Me dejo caer en el asiento y dejo que la aeronave despegue.

Mi rabia no se va, quería que Olimpia estuviera bien, ella merecía vivir más. Me acaricio el abdomen, mis hijos me llenan de orgullo, no hemos tenido un embarazo tranquilo y, pese a eso, siguen dentro creciendo como deben.

Las pulsaciones que me toman la sien hacen que lleve la cabeza contra el asiento, la altura me marea y cierro los ojos.

—Descansa. —Angela me pone su chaqueta encima—. Dirás que me meto en lo que no debo, pero fue muy arriesgado lo que hiciste, estás embarazada y debes cuidarte.

—Con esos malditos, el trabajo nunca da tregua —suspiro—. A cada nada están jodiendo.

—Puedes dejar que otros se encarguen.

—Otros no pueden con ellos como yo lo hago. —Cierro los ojos—. No pudimos salvar la vida de Olimpia, pero sí darles una lección.

—En eso tienes razón.

Se sienta en el puesto que está al lado. Todo el mundo está tan cansado que es poco lo que se habla en el camino de regreso; lo único que escucho a lo lejos es el radio que Alan tienen más adelante con el canal de los medios informáticos, donde se anuncia la muerte de Olimpia y la emboscada que dejó a la isla en llamas.

El panorama que me espera al llegar a Londres no es bueno y eso no hace más que avivar la rabia cargada de frustración que me cargo. El ministro me está esperando con los brazos cruzados. «Ahora sí aparece».

Tiene la corbata suelta y el cabello desarreglado.

—Denles atención de primera a Laila y a los soldados heridos —pido antes de bajar.

El ministro me ve y camina a mi sitio con grandes zancadas.

—Estoy bien —me adelanto al regaño.

—¿Estás bien? —repite—. Tienes a todo el mundo preocupado por ti, fuiste a un combate con la mafia. ¡Expones a mis nietos y te impones sobre un superior! ¡¿Qué te pasa, James?!

—No nos pasó nada y Olimpia merecía que fueran por ella. Te llamé varias veces, le pedí a Christopher que hiciéramos algo...

—¡No hay excusa que valga! —me grita—. Busco la manera de que no te haga falta nada, trato de que estés tranquila y no valoras nada de eso...

—¡Nadie te obliga a que hagas nada! —me exaspera—. Lo haces porque quieres y si no me lo das tú, me lo puede dar mi padre, así que no tienes por qué echarme nada en cara. Hice lo que tenía que hacer y era mi trabajo.

La postura le cambia de inmediato.

—No soy Gema, que solía hacer de todo para que estuvieran felices —me sincero—. Este es mi embarazo y son mis hijos; deja de meterte y querer pretender que actúe como ustedes porque no será así. Mi apellido es James, no Morgan.

La pista se llena de agentes de los medios internos que empiezan a hacer preguntas a los reclutas que llegan a auxiliar. Pido mi teléfono antes de partir y tengo un centenar de llamadas perdidas de mis padres, Christopher y el ministro.

No me voy a quedar a que me sigan regañando, hice lo que tenía que hacer y era ir por quien lo necesitaba.

Busco una chaqueta que cubra el uniforme y me muevo al estacionamiento donde espera Tyler, quien me informa de que Christopher está en Londres. El teléfono no me deja de sonar e ignoro las llamadas de todos, no estoy para discusiones con nadie y menos con mis padres, quienes han de estar peor que Alex.

Abordo el vehículo que conduce el escolta y que me lleva al edificio donde bajo. Tengo ceniza y arena en el cabello. Atravieso el vestíbulo con las botas del uniforme puestas.

El ascensor se abre y Christopher aparece en la sala. Lleva el uniforme puesto; por el aspecto que tiene, creo que viajó con prisas, su equipaje está en uno de los sofás, al igual que la chaqueta de la milicia. Supongo que vino directamente aquí y aterrizó en la azotea.

Me come con los ojos, no voy a pelear con él; por ello, echo a andar a la alcoba a la que no logro llegar, dado que se me atraviesa.

—Dame la placa que te identifica como teniente —habla sin mirarme a la cara.

«Machismo miliciano en todo su esplendor». Sacudo la cabeza, no es capaz de notar lo cansada que estoy.

—Te di una orden —insiste haciéndome reír, e intento avanzar, pero se me vuelve a interponer—. La placa…

—Deja el drama, que ya estoy aquí…

—¡Dame la jodida placa, maldita sea!

Truena con un tono que me vuelve pequeña.

—¡No te ordené decir palabra, así que te callas, que es un superior el que te está hablando! —espeta—. No eres más que yo, y si te digo que me des la maldita placa me la das, porque soy tu coronel, superior y jefe.

—No…

—Estás fuera de la FEMF hasta que a mí se me dé la gana de que vuelvas —declara—. ¡Por desacato, por mentirosa y por creer que puedes pasar por encima de mi mandato!

—¿Sí captas lo prepotente que te oyes?

—Sí, lo capto —me encara—. Y si no te gusta cómo soy, toma las medidas que quieras tomar, que ya me harté de tu benevolencia y de tus impertinencias. No las tolero y no las soporto, así como tampoco soporto ser el guardaespaldas con capa de héroe que usas solo cuando te conviene.

Doy un paso atrás cuando él da uno adelante.

—Si piensas que voy a pasar por encima de mi cargo y de mi orgullo por ti, estás equivocada.

A las malas me quita la placa que tengo en el bolsillo.

—¿Quieres espacio? Está bien, te dejo el *penthouse* para que hagas lo que quieras —prosigue—. La habitación, la cama, el balcón, toda la puta ciudad es tuya, disfrútala como mejor te parezca.

—Al fin, lo que tanto deseé —finjo que no me afecta—, que me dejes en paz es lo que siempre he querido.

—Sí, como digas. —Toma el equipaje y no lo detengo.

—Espero que sea verdad y no me andes siguiendo ni hostigando como siempre lo haces —le advierto.

—Estate tranquila —responde con sequedad—. No quiero verla, teniente James, ni aquí ni en el comando. Lo único que me importa es el embarazo, y si soy mierda para ti, tú también lo serás para mí.

Desaparece en el ascensor y me quedo sola en medio de la casa.

95

Karma: parte 2

Rachel

El dolor de cabeza repercute hasta en mis ojos, «va a volver», siempre lo hace y por ello lo dejo. Que pase su rabia a metros de mí es lo mejor que puede hacer; si no regresa, mejor. Busco el baño, donde me desnudo antes de entrar a la ducha. Hablo con mi papá, que me regaña, al igual que Sam y mi madre. Trato de prestarles atención; sin embargo, cuesta, dado que lo de Christopher me tiene con rabia.

—Estoy bien —le reitero por enésima vez a mi familia—. No es necesario que se preocupen, los llamaré más tarde.

Le pido a Ivan que vaya por comida, Miranda no está y no haré que venga: ya que estoy en casa, haré algo que siempre he querido hacer y es descansar.

—¡Me quitó la placa! —le grito a mi propio vientre—. Espero que no empiecen a extrañar a nadie. ¿Está claro?

—¿Llamo a su psiquiatra? —pregunta Ivan en la puerta—. Se me está haciendo incómodo trabajar aquí con usted.

—¡Trae la comida y déjate de tonterías! —lo regaño.

Se acerca con la bolsa, me la da, la rompo, saco una pieza de pollo y empiezo a tragar.

—¿Me llevo la parte del coronel? Tyler avisó de que no iba a volver.

—¿Cuál parte del coronel? —Hablo con la boca llena—. Da gracias a Dios que no va a volver, porque te hubieses ganado una sanción por parte mía al creer que esto alcanza para dos personas.

—Es un pollo entero lo que tiene ahí.

—Pues parece una maldita paloma. —Muevo las manos para que salga—. Vete, que quiero comer sola.

Que se cojan a Christopher por machista, «Se me eriza la piel», por posesivo. Es un martirio estar al lado de un hombre que a cada nada te esté follando.

Me meto el muslo de pollo en la boca, mientras pienso que cansa despertar con jadeos obscenos en mi oído y pasa cada vez que dormimos juntos. Sigo comiendo, agota tener que cambiar mis bragas a cada nada, ya que siempre estoy húmeda por él.

Acabo con el pollo, mi papá me vuelve a llamar y me hace hablar por videollamada con él, porque quiere asegurarse de que estoy bien. Luisa dice que todo padre tiene un hijo favorito y yo soy la de mi padre. Creo que se debe a que siempre he sido todo lo que quiere, siempre fui una buena soldado como lo fue él y tenemos muchas cosas en común.

—Voy para Londres —empieza mi papá—. Me voy a quedar allá hasta que los mellizos tengan uno o dos años.

—Estoy bien, no es necesario, papá —suspiro—. Me enseñaste que a un compañero nunca se lo abandona, ahora no te quejes.

—¿Por qué tiene que ser tan perfecta, teniente James? —Me sonríe—. Sé que eres fuerte, pero después de la recaída no estoy bien. Me preocupa mucho tu bienestar y quiero estar contigo todo el tiempo.

Trato de cambiar de tema para que se tranquilice, cuelgo dos horas después y meto el cuerpo bajo las sábanas, entre las que tardo en quedarme dormida.

Mi cuerpo está programado para el sexo nocturno. Me mantengo inquieta, solo logro desconectarme por un par de minutos y cuando reacciono en la mañana, lo primero que hago es voltearme en busca del abdomen esculpido que no está.

Reviso el móvil y no ha llamado. El humor me cambia en segundos y prefiero cumplir con mi rutina de ejercicios, tragando *hotcakes* mientras troto en la corredora.

—La malteada —le pido a Ivan, que me la pasa mientras tomo asiento en la tumbona del balcón—. Trae más *hotcakes*.

—Ya se tragó todos los que había.

—Entonces trae pan tostado… —ordeno— con mantequilla.

—Su obstetra llegó —avisa Miranda y le pido que la haga pasar.

La llamé a primera hora y me preguntó si podía pasar antes de mediodía. Saca la balanza donde me subo.

—Este vientre ha crecido mucho —anota—. Típico de los embarazos múltiples, programaré una ecografía para la próxima semana. Es hora de que empieces la preparación prenatal; reservaré un puesto para ti y el coronel.

—Puedo ir sola. Tanta gente no es necesaria.

—Sí lo es, los bebés necesitan dedicación por parte de ambos.

Continúa planteándome preguntas y haciéndome sugerencias. Le comento lo que como y le hablo de la rutina diaria que tengo.

—¿Ya se movieron? —pregunta.

—No. —Parpadeo—. ¿Tienen que moverse ya?

—Sí —hace cálculos—. Cada embarazo es diferente. Algunos bebés tardan más y otros menos.

—¿Debo preocuparme?

—No, estás dentro de lo establecido. De seguro que lo harán más adelante.

Recoge sus cosas y la acompaño a la puerta. Le doy las gracias por venir, se va y paso la tarde viendo programas de partos, de cocina, construcción de piscinas, y como casi nueve veces al día. Los Morgan no me llaman y al día siguiente voy al supermercado a llenar la despensa.

El abogado de Christopher me llama para decirme que me ponga al día con los pendientes que me corresponden como esposa de Christopher. Envía un centenar de documentos de acciones y cuentas que explayan los ojos de cualquiera. Me comunico con las personas que me pide y visito los lugares que solicita, ya que debo hacer pagos. No sé por qué me ponen a hacer esto, si ya no soy su mujer.

—Señora Morgan —me habla Miranda cuando llego—, ¿le apetece algo para merendar?

—James —la corrijo—. Mi nombre es Rachel James.

—Perdone, ¿desea algo?

—Un batido con fruta. Siento que me sentará bien.

Organizo la caja fuerte, que está llena con documentos de las propiedades de los Hars. La noche llega y la cena la tomo en el comedor, donde siento que el *penthouse* apesta a soledad, puesto que el perro no está y el coronel tampoco.

Los ojos se me empañan: mi ideal de matrimonio no era comer sola en un enorme comedor.

Me da por revisar el teléfono en busca de los mensajes que me envió cuando no atendí y la mayoría son «Contéstame», «Rachel, por favor, contesta».

El hilo de mensajes arma un nudo en mi pecho, dado que no sabía que estaba así de desesperado. El hambre se me quita y termino en la alcoba.

Pensar en él no me hace bien porque me dan ganas de llorar y no puedo permitirme eso. Paso la noche leyendo foros de maternidad; según testimonios de varias mujeres, sus hijos se han movido en el número de semanas que tengo.

Tomo nota de lo que debe hacerse cuando no pasa y a la mañana siguiente salgo de compras con Luisa y con Lulú, quien parte dentro de tres días. Brenda hará una cena de despedida para ella.

Las luces tenues iluminan los pasillos de mármol blanco en lo que camino con mis amigas a través del centro comercial, las tiendas están llenas de rebajas por el fin de la temporada.

—No entiendo por qué peleas con tu marido, solo te faltó decirle que fuera a buscar otra —se queja Lulú cuando entramos en una tienda de ropa de cama—. Si yo tuviera un esposo como el tuyo, no me despegaría nunca de él, lo acompañaría hasta a comprar el pan.

Empieza con los regaños y me arrepiento de haber tocado el tema con ella.

—Lo que buscas es que le meta el fusil a otra. —Llama la atención de varios—. Y tratas mal a tu suegro; puedes coquetear con él, sacarle dinero o propiedades con la excusa de los nietos, pero no, aquí la yegua con cerebro de burra quiere dañar el matrimonio con el que siempre soñó.

—Fue un matrimonio a la fuerza...

—¡Ojalá me hubiese forzado a mí y no a ti! ¡Deja la mojigatería! —me regaña—. ¡Que no tiene nada de deprimente ser la mujer de un millonario vergón!

—No estoy para que me regañes.

—Te equivocaste y debes disculparte —me sigue Lulú.

—Coincido con Lulú en algo —habla Luisa mientras empuja el carrito de Peyton—, y es que debes establecer prioridades. Tu embarazo es de cuidado, no debiste ir por Olimpia, te admiro y te lo aplaudo, pero fue algo bastante arriesgado.

—Por más arriesgado que sea no debió quitarme la placa, soy uno de los mejores agentes del comando y me la he ganado con esfuerzo.

—Tenía motivos para hacerlo, desacataste una orden —continúa— y expusiste a sus hijos. Son de ambos y, aunque no lo demuestre, le importan.

—Prométeme que vas a luchar por esto —me pide Lulú—. Lo amas, no pierdas al hombre de tu vida por tus terquedades, trata de llevarte bien con él, de entenderlo un poco. Ese hombre te ama.

Los mensajes que leí se repiten en mi cabeza; no obstante, mi enojo vuelve al recordar la forma en la que me trató.

Pasamos al restaurante, donde mi amiga me pone al tanto de cómo está Gema; para mi mala suerte no murió, tiene lesiones en la cara y en las manos; con todo, sigue viva y se está recuperando en su casa.

Después de almorzar, acompaño a Luisa a la boutique de bebés, en la que lleno todo un carro con accesorios.

—Esto es lo que tienes que estar haciendo en esta etapa —me dice Luisa—, escoger y preocuparte solo por lo que viene en camino.

Sé que es pronto para comprar cosas; sin embargo, no me contengo. Elijo gorros, camisas, calcetines, mamelucos... Mi tarjeta no tiene límite ni yo tampoco a la hora de elegir lo que me gusta sin mirar el precio de nada.

Compro también un par de libros de maternidad. Cuando salgo, dejo que Ivan me ayude con las bolsas y me despido de mis amigas.

—Nos vemos mañana —me dice Luisa y asiento.

Vuelvo al *penthouse* con las manos llenas de las bolsas que me cuesta meter en el ascensor. Las compras me suben el ánimo, pero esto no dura mucho, dado que ver a Marie Lancaster limpiando la pecera de Christopher me revuelve todo.

—¿Qué haces aquí? —Entro con mis bolsas y ella se sacude las rodillas al levantarse.

No me contesta, me ignora como si fuera un cero a la izquierda la persona que le habla.

—Miranda, ¿colocaste la ropa de Christopher como te pedí? Ese clóset es un desastre.

No me agrada esta señora y estoy en una etapa donde a las personas que no soporto las quiero a metros.

Miranda no contesta y ella trata de irse a la alcoba.

—No quiero visitas ahora, Marie —hablo otra vez—, por favor, retírate.

Cae en la cuenta de las bolsas que tengo.

—Tu amante ataca a mi hija y tú despilfarras el dinero de mi hijo. Eres una sinvergüenza.

—En términos legales, esta es mi casa y en mi casa no me apetece que me insulten —la corto—. Por años fuiste la que mandaba, pero ahora mando yo y por eso quiero que te vayas...

Sigue con la toalla en la mano.

—No te acostumbres, que lo que fácil llega, fácil se va —advierte—, y al final quedan los que realmente están para él.

—Tyler, saca a esta señora de mi casa —demando y ella se ríe como si el soldado no la fuera a sacar.

—La señora dio una orden —le dice Tyler—. Por favor, no me haga usar la fuerza.

Niega con la cabeza mientras recoge sus cosas y yo sigo de largo a la alcoba, donde desempaco todo lo que traje.

No dejo que la madre de Gema me amargue la tarde, por lo que solo enfoco la atención en la ropa de bebé, que me genera la misma emoción que cuando la compré en la tienda. Le envío fotos a mi papá, quien no tarda en responder.

La emoción que le siento me recuerda que Alex también será abuelo y llevo días sin hablar con él. Así, doy vueltas en la alcoba con el móvil en la mano, abro el chat, adjunto las imágenes; sin embargo, no envío nada, ya que mi cabeza evoca el altercado que tuvimos.

La pantalla de mi móvil se ilumina con una llamada de Angela y deslizo el dedo en la pantalla táctil antes de contestar.

—Se te extraña —es lo primero que dice—. ¿Cómo estás?

—Genial —miento.

—Me gusta oír eso —responde—. Lamento ser inoportuna, pero el coronel no ha llegado al comando hoy y tampoco contesta el móvil desde ayer en la tarde.

La sangre me empieza a hervir.

—Supuse que está contigo, lo requerimos con urgencia. ¿Me lo puedes pasar? —añade.

—No está conmigo. —Quiero colgar ya—. Búscalo en otro lado.

—Pensé que sí, lamento haberte molestado. —La siento incómoda—. Ten una buena tarde.

—¡Angela! —digo antes de que cuelgue—. ¿Hace cuánto no lo ves?

—Poco —titubea—. Creo que alguien me dijo que lo vio en su dormitorio anoche, no sabría decirte…

—Está bien, no importa.

Cuelgo, los celos aparecen y a estos los sobrepasa la angustia de que haya desaparecido como Olimpia. Las llamadas se van al buzón de voz las veces que insisto. La tensión arterial se me empieza a elevar y termino llamando a Make Donovan.

—¿Christopher está bien? —pregunto sin titubeos—. No contesta el móvil.

—Sí lo está. ¿Necesita algo?

—No.

Cuelgo y me voy a la cama, estoy cansada. Me llevo los libros y hago lo mismo de todas las noches.

No quiero empezar a creer cosas que me mortifican y me roban la paz, no debe importarme lo que Christopher haga. Veo las noticias hasta que me quedo dormida y a la mañana siguiente me levanto temprano a ocuparme de lo que sea que esté pendiente.

Cumplo con una rutina de ejercicio de bajo impacto y trato de que los fetos se muevan. Así que, les pongo música, toco la campana que compré ayer, me acaricio el vientre una y otra vez, pero lo único que piden es comida.

En la noche me reúno con mis amigas en la casa de Brenda para la cena de Lulú, a la que asistimos Laila, Brenda, Luisa y yo.

El grupo que conoció cuando empezó a trabajar conmigo.

—Si quieren visitarme, pueden hacerlo cuando quieran. —Alza su copa para brindar—. No se olviden de mí.

—Eso jamás, si deseas volver estaremos aquí para ti.

Me hará falta; sin embargo, me alegro por ella, porque se nota que está feliz con su viaje. No quiere que nadie la acompañe al aeropuerto porque no desea llorar en dicho sitio. Mis amigas se llenan de licor, y yo, de comida antes de volver a la casa.

Christopher no se molesta en llamar en los siguientes siete días. Mis interacciones con los mellizos no funcionan por más que me esmero y hago uso de todos los consejos que encuentro.

La ansiedad consigue que coma casi diez veces al día y que me toque todas las noches antes de dormir.

Alex es otro que tampoco se comunica y dedico mi tiempo a leer los boletines que hablan de lo buena soldado que soy: lo de la isla está en todos lados, las felicitaciones llueven al igual que las propuestas. Soy buena soldado y mala madre, porque no consigo que mis hijos se muevan.

—Haz que suene bien —regaño a Ivan—. Este libro asegura que la campana nunca falla.

—No es mi obligación hacer esto —se queja.

—Tu obligación es hacer lo que yo te diga.

Trato de aprovechar el poco sol que llega al balcón, donde llevo cuatro horas acostada. Ivan tiene la campana que agita con un desánimo que me altera. La obstetra dice que no me estrese; aun así, a mí me preocupa.

—Le llegó esto. —Miranda me entrega la invitación a la conmemoración de Olimpia, que será mañana.

Quedo sentada en el balcón con la invitación en la mano. Hay una nota adjunta donde se me pide que diga unas palabras.

El remordimiento me levanta y hace que vaya al estudio, en el que tomo asiento. Olimpia Muller merece un buen discurso y trato de ponerme con ello. Abro la laptop, sin querer toco algo frío con el codo y noto el portarretrato que hay sobre la mesa.

Es la foto enmarcada de Christopher y yo cuando viajamos antes de irme a auxiliar a Stefan. No la había visto, la detallo bajo el portarretrato con el brote de las lágrimas que surgen.

Siento que todo se ha ido a la mierda porque Christopher nunca se ha demorado tanto en buscarme. Ni cuando me fui a Phoenix tardó tanto.

Ahora los mellizos no se mueven y no quiero ir al hospital por miedo a lo que me puedan decir.

Dedico el día a escribir las palabras e incluyo el pésame de mi familia antes de irme a la cama temprano.

A la mañana siguiente, con una toalla en la cabeza, escojo el vestido de luto que saco; es negro, entubado y discreto.

Meto las piernas en él y deslizo la tela por mis muslos. Me gusta por lo elegante que es y lo bien que se ciñe a mi figura.

—¡Ivan! —llamo al escolta, ya que Miranda está en el supermercado—. Ayúdame a subir esto, que se encogió con la secadora.

Se posa a mi espalda, trata de cerrar la cremallera, pero no puede; intenta ponerme la rodilla en la espalda y desiste cuando lo miro. Como que cree que soy quién sabe qué cosa.

—Esto no le entra —reprocha—. ¿Cuántos meses es que tiene? ¿Doce?

—Sí me entra. —Me lo recoloco—. Es que no lo sabes cerrar.

El escolta intenta otra vez, pero el estúpido no es capaz de cerrarlo.

—Así no, idiota —enfurezco—. Es una prenda, no un saco de verduras.

—En vez de quejarse, asimile que está gorda y no le va —sigue—. Me echa la culpa a mí y no a lo mucho que se la pasa comiendo como una cerda.

—¿Quién te preguntó? —Le muestro la puerta—. ¡Lárgate de aquí, maldito insensible!

Me quito el vestido, intento ponerme otro y tampoco me va bien. El tercero menos. Saco todo lo que guardo en el clóset, peleo con todos los vestidos negros que tengo y ninguno sirve.

Ahora carezco de tiempo y lo único medio decente que encuentro es un vestido color verde oliva holgado que me regaló mi madre. «No me gusta», me digo: no tiene figura por ningún lado, solo en la parte del busto.

Me quedaba grande y nunca lo mandé a ajustar; sin embargo, ahora parece que sirve. Me pongo unos tacones de diez centímetros para no verme tan mal y el cabello me lo recojo en una cola de caballo.

—Buenos días, teniente —me saluda Tyler, quien llama al ascensor.

La sonrisa siento que no me sale natural, no me siento bien con este vestido.

Ivan ya está abajo, en el auto, y me lleva a la casa de Olimpia. La familia quiso que se le conmemorara aquí, dado que tenía planes de venirse a vivir después de su retiro.

Fue su casa por años antes de irse a Washington. La propiedad abre las puertas y Tyler me ayuda a bajar. Todos están de luto, la única de verde soy yo.

Subo los escalones, la sala está llena de hombres trajeados, Alex me ve y no se acerca, centra su atención en Leonel, quien le habla.

La foto de la ministra está en el centro de la sala y me cuesta no fijarme en las mujeres delgadas con vestidos ceñidos que caminan a lo largo del espacio.

—Este vestido me queda horrible, ¿cierto?

—Sí —contesta Ivan— y se le están hinchando los tobillos con esos zapatos.

Tiene razón, también me está doliendo la espalda y hace un calor horrible. Mis amigas se acercan, Luisa con Simon y Brenda con Parker; Laila y Angela son las últimas que llegan.

—¿Por qué no vienes de negro? —pregunta Brenda—. Olimpia era un alto mandatario y forma parte la familia fundadora.

En la FEMF se trata de rendir el mayor respeto posible a las figuras importantes, se les muestra respeto con el luto o con el uniforme de gala.

—No entré en los vestidos que tenía…

—Y optaste por parecerte a una aceituna —habla Simon y todas mis amigas se vuelven hacia él al mismo tiempo.

—Está embarazada, idiota —lo regaña Laila—. Hermosamente embarazada…

—¿Por qué lo regañas? —se mete Parker—. Dijo la verdad y lo atacas como si ella no lo supiera.

Los ojos se me empañan, parezco una maldita sandía.

—Es este vestido el que me hace ver así —refuto—. ¿No ves el modelo? ¿El corte?

—No he dicho que te veas mal… —vacila el alemán—. Y Miller solo hizo…

—Cállate —lo reprende Angela.

—Necesito espacio. —Me alejo—. Luego los busco, tengo entrevistas que dar.

Siento que me miran con pesar. Gema aparece con lentes oscuros, acompañada de su madre. Hasta ella se ve bien con la cara llena de rasguños, mientras que yo muero de calor y no soporto el dolor que tengo en la espalda.

He engordado demasiado en los días que llevo en casa.

—Tenga esto, teniente. —Uno de los agentes internos me ofrece un abanico—. Los calores del embarazo dan asco…

—Gracias. —Se lo entrego a Ivan para que se encargue en lo que respondo las preguntas que me hacen, pero la mujer, de un momento a otro, deja de prestar atención al ver por los ventanales el auto que está estacionando.

Christopher baja del vehículo con un traje hecho a medida. Se peina el cabello con las manos antes de empezar a caminar. «Maldita sea», mi sentimentalismo crece, siento que se me metió agua en la nariz y debo mover la mirada a otro lado cuando aparece en la sala, por la que camina como si fuera suya.

Los días de ausencia juegan en mi contra, mentiría si digo que no lo extraño.

—El coronel Morgan es un hombre muy apuesto —comenta la mujer que tengo al frente con una estúpida sonrisa—. Es muy afortunada.

Lo mira de arriba abajo y lo único que le hace falta es írsele encima.

—¿Seguirás con la entrevista o me puedo ir? —digo a punto de llorar.

—Solo un par de preguntas más.

El coronel no me mira, solo se ocupa de lo suyo. El traje negro que tiene le resalta los ojos grises y el atractivo también. Ivan mueve el abanico y ni con eso se me pasa el calor.

Varias mujeres se acercan a Christopher, quien parece lucir un letrero de: «OFRÉZCANSE». Me da rabia que no conozcan el significado de la palabra «respeto». Una de los capitanes le da la mano y le ofrece de los bocadillos que tiene en el plato.

—Si quiere los bocadillos que se está comiendo esa mujer, solo dígalo y deje de mirar, que me está avergonzando —se queja Ivan—. Tyler le trajo frituras en el bolso.

Mi otro escolta se acerca abriendo el bolso que sostiene.

—No quiero frituras. —Me cansan—. No ando pensando en comida todo el tiempo, ¿qué les pasa?

Me alejo cuando me avisan de que es hora de pasar al sitio donde debo decir mi discurso; es en el comedor y se colocaron varias sillas frente a un pequeño atril. Hablo después de Alex, procuro concentrarme, aunque cuesta con tantas mujeres alrededor del hombre con el que me casé.

Sigue sin mirarme; de hecho, ni se molesta en prestar atención a mi discurso.

Al igual que el ministro, se comporta como si solo fueran ellos dos en el mundo y no tuvieran dos descendientes en camino.

Termino con mis palabras y saludo a los que se acercan en lo que lucho con el mal genio que me corroe. Tengo que lidiar con mujeres aquí y allá, quienes sueltan varios comentarios insolentes sobre el coronel.

—Una familia de la realeza quiere hablar con los Morgan y contigo —me avisa Gauna, quien con la cabeza pide que mire a las personas que acaban de entrar—. Al parecer, la viceministra les aseguró que traería de vuelta a su hijo. Son los reyes de un país independiente.

Son dos personas mayores y cuatro mujeres de cabello rubio oscuro con un velo en la cabeza. Christopher y Alex permanecen en mitad del vestíbulo, dando a entender que me están esperando, por lo que, sin decir nada, me acerco a ellos mientras Gauna va por la familia.

Las mujeres se fijan en los hombres que tengo a cada lado y no disimulan a la hora de detallarlos. Se concentran en el coronel, que está a mi izquierda, y...

—Teniente Rachel Morgan —me presento—. Él es mi esposo, el coronel Christopher Morgan, y este es mi suegro, el ministro Alex Morgan. ¿En qué podemos ayudarlos?

¿Qué dije? Parece que los celos me nublan la cabeza.

—Gusto en conocerlos —habla el caballero que nos presenta a su familia.

Visten con bastante recato con prendas de mangas largas, deben de rondar los sesenta años. La reina tiene en el traje un hermoso broche de oro que también lucen las mujeres y el esposo.

—Lamentamos mucho lo de la viceministra —comenta el rey—. ¿Se apresó al asesino que la mató?

—No, aún no se tiene el nombre de quién fue exactamente, a toda la FEMF le ha pesado su fallecimiento. Gracias por sus condolencias.

—Fuimos los más afectados con esto. Olimpia quería indagar sobre la desaparición de nuestro hijo, el príncipe Cedric Skagen —explica—. Se alejó de nuestras tierras y la viceministra sospechaba que lo tenía la mafia rusa. Hasta el momento no hemos recibido ningún tipo de mensaje de confirmación respecto a eso y estamos preocupados por nuestro hijo.

—Retomar los pendientes de Olimpia tomará tiempo —aclara Alex—, ya que hay que esperar a la persona que ocupará su lugar. Se le puede remitir el caso al ente de inteligencia del país con el que tenga tratados.

—Es un príncipe, ministro —carraspea el rey—, y no uno de cualquier sitio, mi país le agradecerá su ayuda. —Pone los ojos en mí—. Me comentaron que usted, teniente, podría compadecerse de nosotros y ayudarnos.

Me miran en busca de una respuesta positiva.

—Como dijo el ministro, retomar los asuntos de Olimpia tomará tiempo —secundo—. Lo ideal es que ahora acudan a los entes que les sugiere.

El hombre cambia el peso de un pie a otro y se acomoda la chaqueta del traje. Alex se mantiene en su punto y el rey suspira.

—Espero que logren encontrar la ayuda que buscan —les digo.

—Gracias, teniente —responde—. Sus ojos demuestran que es una mujer de buen corazón, espero que el cielo derrame muchas bendiciones sobre usted y el legado que viene en camino.

Intenta poner las manos en mi vientre y Christopher se interpone junto con Alex.

—Le daré mi bendición.

—No la necesitan —contesta el coronel.

El hombre asiente y se retira con su familia. Christopher es el siguiente en largarse y Alex hace lo mismo. El tema empieza a cansarme y lo llamo cuando está a pocos pasos.

—Ministro. —Se detiene cuando me escucha—. Me duele mucho la espalda, ¿podría acompañarme a casa?

Se gira y tarda en responder.

—Si no es mucha molestia…

—Despídete —me pide con sequedad.

Se queda en el centro del sitio mientras que yo me acerco a darle la mano a los Muller. Los que están activos son pocos, dado que algunos han optado por acogerse al expediente cero.

Alex me espera a la salida después de apretar la mano de varios, me señala el auto cuando me ve y sube conmigo. La tensión que se respira entre ambos es incómoda. Rememoro lo que le dije y siento que me pasé un poco.

No me habla durante el trayecto hasta el *penthouse* y me duele, porque a su manera ha velado porque nada me haga falta. El vehículo se detiene en mi destino y no me bajo.

—Compré cosas para los bebés —comento—. ¿Quieres ver?

—Tengo cosas que hacer —contesta de forma tajante.

—Tengo dudas, no sé si compré el tejido adecuado y deseaba tu opinión. Has de saber que ciertas prendas pueden llegar a causar alergias…

Se queda en silencio unos segundos que se me hacen eternos.

—Bien. —Baja y oculto la sonrisa.

Sube conmigo, me acompaña a la alcoba, donde saco todo lo que tengo, y lo esparzo sobre la cama. Noto el atisbo de ilusión que no disimula cuando le muestro las camisas.

—¿Qué tal? —pregunto y sonríe—. ¿Te gusta?

—Son prendas pequeñas, los bebés crecen rápido. —Toma lo que le muestro—. Siento que mis nietos no van a caber aquí.

—Claro que sí. —Le muestro más.

—¿Qué es eso de allá? —pide ver el semanario. Lo saco de la caja.

Verlo sonreír tantas veces me contagia y procedo con todo lo que hay.

—Debes comprar más prendas —sugiere—. Ellos deben tener siempre lo mejor.

Le hablo sobre los ejercicios que estoy haciendo con el fin de que se muevan. Como siempre, me pregunta si me estoy alimentando bien y le contesto que sí. Es tan atento con todo que me cuesta entender por qué no hizo más por Olimpia.

—¿Por qué apagaste el móvil? —indago—. ¿Por qué siempre se mueven solo por lo que les interesa?

—Porque en este mundo solo importamos nosotros —contesta—. Nada vale más que la vida de un Morgan y por eso no la exponemos ante nadie, solo por quienes realmente nos importan.

Bajo la cara, me criaron de una forma diferente, la filosofía que aprendí no es como la de ellos.

—Debes entender que todo el mundo no tiene la misma suerte —continúa—. Hay quienes tienen quien los respalde y quienes no, tú nos tienes a nosotros porque eres parte de esta familia. Por ti iremos las veces que sean necesarias, de ser tú, no hubiese apagado el móvil.

—¿Porque soy la madre de tus nietos?

—Porque dos veces te di la espalda al creer que no eras para tanto y dos veces me demostraste lo equivocado que estaba —confiesa—. Dos veces me dejaste claro que mereces que hasta muevan la luna por ti.

Pone una mano en mi cuello y posa los labios en mi frente.

—Acabaste con una isla y con un centenar de criminales estando embarazada. Si te miro como nuera y madre de mis nietos, diré que te odio por ello —me dice—, pero si te miro como teniente y soldado, debo decir que te admiro y tienes mi respeto.

—Me adoras más de lo que crees, admítelo. —Se ríe cuando lo molesto—. Discúlpame si fui grosera, los bebés y yo te queremos mucho, no deseamos que pienses lo contrario.

—Sé que me quieren. —Pone la mano en mi vientre.

Llama a mi papá para mostrarle dónde está y Rick no tarda en contestar. Le vuelvo a mostrar todo y él desde su estudio me dice qué le parece.

Recibo un mensaje de mi obstetra en medio de la llamada, es para recordarme la cita de preparación prenatal que tengo mañana. Mi papá se despide y le pregunto al ministro si desea acompañarme a la cita.

—Me encantaría, pero tengo una reunión que no puedo posponer. Es un tema de seguridad nacional —comenta—. Le diría a Sara que te acompañe, pero está en Madrid.

—Entiendo. Les contaré todo lo que me digan.

—Es mejor que lo grabes —propone.

—Trataré —sugiero para que se vaya tranquilo.

Vuelvo a meter todo en su sitio después de despedirlo en la sala, ceno en el enorme comedor y, como todas las noches, me voy temprano a la cama. No quiero estar adormilada en la cita de mañana.

Programo el despertador, que suena a primera hora. Christopher sigue sin comunicarse. Tomo una ducha mañanera y empaco todo lo que requiero para mi clase.

Salgo a la sala y veo que Ivan tiene puesto el atuendo que le pedí. Si la clase es en pareja, supongo que debo llevar a una pareja y no voy a perder mi dignidad por el coronel.

Miranda me señala la mesa con el desayuno, que como rápido. Ivan me ayuda con el bolso y la botella de agua cuando salimos rumbo al hospital militar, donde llego justo a tiempo.

El área de maternidad está en la sexta planta, está decorada con colores vivos y carteles de prevención de enfermedades. Busco la sala que me corresponde y hago a un lado a Ivan cuando veo a Christopher adentro.

—¿Qué le pasa? —se queja el soldado y con los ojos le pido que guarde silencio.

Christopher se acerca, trae puestos un par de pantalones deportivos con una sudadera ancha. «Huele a loción de afeitar mezclada con perfume masculino». El cabello le cae en la frente sin fijador y el reloj de oro blanco le brilla en la muñeca.

—¿Qué haces vestido así? —le pregunta a Ivan y este intenta hablar, pero no lo dejo.

—Quería estar cómodo —contesto—. ¿Cuál es el problema?

El escolta me entrega sus cosas y se retira cuando se lo pido, Christopher se queda e internamente ruego para que se vaya.

Las otras parejas se empiezan a preparar y sigo de largo hacia donde está el círculo de personas con ropa deportiva. El coronel me sigue y su cercanía no hace más que encenderme las ganas, así como el enojo.

No se ha molestado en llamar y puede que hasta tenga a alguien nuevo, es lo que me da a entender su actitud distante.

—Bienvenidos todos —saluda la instructora, que pone en marcha el sistema de sonido—. Hoy tenemos una nueva pareja de hermosos papás: son Christopher y Rachel, que esperan a sus primeros mellizos.

—¡Bienvenidos! —dicen todos.

—¿Quieren contarnos algo de ustedes?

Los presentes son personas radiantes, esposos como Stefan y Bratt. Ninguno parece un témpano de hielo como el hombre que tengo al lado, el cual no disimula la mala actitud.

—Soy de Phoenix, Arizona, tengo veinticinco años —empiezo—. Tengo casi diecisiete semanas de embarazo y vine a aprender todo lo que me quieran enseñar.

Miran al coronel.

—Vine porque creí que esto sería importante y ya vi que es una payasada, por ende, no me voy a presentar porque no voy a volver.

Las parejas se miran entre sí y suplico para que no se lo tomen en serio.

—Empecemos con preguntas que nos permitan aprender, eso ayudará a que nuestros nuevos compañeros se pongan al día —propone la encargada—. ¿Cada cuánto se alimenta un recién nacido?

Alzo la mano de inmediato.

—Entre ocho y doce veces al día —respondo—. O las veces que lo requiera sin necesidad de forzarlo.

—Muy bien, Rachel, eres una mamá que, por lo que veo, está aprendiendo por sí sola.

Continúa con la ronda de preguntas y en casi todas alzo la mano emocionada, dado que sé la respuesta. Los papás presentes me aplauden mientras que Christopher no se inmuta.

—Christopher, respóndeme a la última —le habla—. ¿Qué hacemos cuando nuestro bebé se despierta a medianoche?

—No sé —contesta con sequedad.

—Pero es algo que va a pasar y debes estar preparado.

—Cuando me entere, ya la empleada lo habrá callado —responde—. Le preguntaré qué hará cuando la contrate.

—¿Y si tu empleada no puede?

—Busco a otra —responde.

—¿A las dos de la mañana?

—Sí.

—Contesta qué harías tú —la mujer se sienta en el borde de la mesa— si estuvieras solo sin que nadie te ayude. ¿Qué medidas vas a tomar?

—Esperaré a que se canse de llorar y deje de joder.

La mujer alza las cejas y lo mira mal, me está haciendo pasar vergüenza. Si iba a llegar con esa actitud, lo mejor era que se quedara en su casa.

—Uno de los temas que trataremos hoy es un asunto que les preocupa a muchos papás —continúa la instructora— y es el temor a lastimar a nuestros bebés en la práctica sexual. ¿Quiénes se han abstenido por eso?

Todos levantan la mano y mi entrecejo se frunce, al igual que el del coronel. Creo que nunca se nos ha pasado ese miedo por la cabeza.

—Aprenderemos qué poses son las más aptas y cómodas, pues el sexo no daña a nuestros bebés; no obstante, hay ciertas posturas que pueden ser riesgosas.

Da una introducción del tema con una charla de veinte minutos, hay cosas que no sabía que estaban mal.

—Debemos tomarnos todo con calma, un pene promedio mide de ocho a quince centímetros —comenta—. No se debe tener miedo, puesto que este no va a llegar a lastimar a los bebés.

Extiende varias colchonetas en el centro del sitio.

—Christopher y Rachel, como son nuevos, les toca la demostración guiada.

—No soy apto para demostraciones porque no hago el amor —me pellizco el puente de la nariz con la respuesta del coronel— y tampoco me mide quince centímetros.

—Ah, ¿no? —pregunta la instructora.

—No; de hecho, me mide...

—¡No le vas a decir cuánto te mide! —me enoja que ande divulgando el tamaño de mis cosas—. A nadie le interesa.

Las otras embarazadas me miran y tomo aire por la boca. Si por el físico lo rondan, por el tamaño son capaz de raptarlo.

—Hagamos las poses entre todos, así no discutimos —pide la mujer—. Caballeros, al piso, por favor.

Voy por mi colchoneta, le hago señas a Christopher para que se acueste y de mala gana lo hace, suspira y se acuesta con el brazo bajo la nuca. Sigo las instrucciones de la instructora, quien pide que me suba sobre él. Le siento la erección de inmediato.

Mis ojos se encuentran con los suyos y el pecho se me empieza a acelerar. Las rodillas me quedan a ambos lados de su cintura y las ganas de que me arranque la ropa elevan la temperatura.

Los días sin sexo no ayudan y también las obscenidades que empiezan a tomar mi cabeza. Estoy sobre quien para mí es el hombre más sexi del planeta.

La charla continúa con las distintas poses sugeridas y no es nada que no haya realizado, es más, hice hasta las que no se deben ejecutar en mi estado.

Las ganas de besarlo van en aumento y más cuando veo cómo se le mueve la manzana de Adán.

La parte del entrenamiento se prolonga durante media hora antes de pasar a lo siguiente.

—Vamos a la siguiente parte —propone la instructora—. Trabajaremos en la comunicación con sus bebés. El siguiente ejercicio es para entablar contacto emocional con sus hijos. Es importante tener una conexión emocional con esos seres hermosos que vienen de nosotros; por ello, es necesario que sientan nuestra vibra.

Nos piden que nos sentemos uno detrás del otro. Quedo entre las piernas de Christopher, quien pone una mínima distancia con el fin de que mi espalda no quede contra su pecho.

—Cierren los ojos enfocados en las personas que tienen en el vientre —prosigue—. Sientan la alegría de tenerlos, de procrearlos.

Sigo las instrucciones y trato de relajarme mientras la mujer de pantalones holgados y cabello suelto da las instrucciones.

La música que pone es suave como el olor a lavanda que inunda el espacio.

—Padres y madres, pongan la mano sobre el vientre que resguarda a sus hijos. Tóquenlo con cariño.

El tacto del coronel se desliza por mis costillas hasta el abdomen. El toque trae la oleada de paz que me hace poner las manos sobre las suyas.

—Usen su mente para decirles lo mucho que los aman —continúa—, cuán felices están de tenerlos.

Les hablo en mi cabeza, doy las gracias por lo que creí que no era posible, pero lo fue; les digo que los amo y los espero con ansias. Siento los latidos del coronel en mi espalda y el tenerlo tan cerca apaga el frío, las inquietudes…, todo.

—Recuérdenles que son bienvenidos.

Suspiro, mi embarazo no fue planeado, pero es la mejor cosa que me ha pasado en la vida.

—Acérquense más a su pareja, que todo en conjunto es mejor —pide la voz de la persona que comanda la charla.

Me acerco más al coronel, su pecho queda contra mi espalda en lo que mantengo mis manos sobre las suyas. Su aliento calienta mi cuello, la mano derecha la mueve hacia el centro y…

Algo me golpea dentro dos veces y dejo de respirar, ya que mis pulmones dejan de funcionar.

—Oh, por Dios. —Dos toneladas de felicidad absoluta inundan hasta mi última neurona—. Amor, algo me ha pateado dentro.

Volteo a ver al hombre que tengo a la espalda, quien no se mueve. Los ojos se me empañan cuando lo vuelvo a sentir.

—Algo se me movió adentro, ¿lo sentiste? —pregunto feliz—. Por favor, dime que sí lo sentiste.

—Sí lo sentí, mis manos sirven por si no te has dado cuenta.

Me muestra la mano que tenía en mi abdomen y me voy sobre él a abrazarlo. Mis brazos quedan sobre su cuello, así como mis labios sobre los suyos cuando lo beso.

—Se movieron nuestros bebés —reitero sin creerlo—. ¿Seguro que lo sentiste?

Asiente y lo vuelvo a besar, el pecho me late con tanta fuerza que no hay una palabra que sea capaz de definir todo lo que siento. Él mantiene las manos sobre mi cintura y lo beso una, dos, tres veces.

—Tengo que irme ya. —Me aparta antes de ponerse en pie.

—No hemos acabado —le dice la instructora.

—Yo sí.

Busca la salida y con afán recojo lo que traje. Doy las gracias por el espacio y sigo al hombre que acaba de salir. No sé qué diablos le pasa, acabamos de tener un momento importante y actúa como si le enojara.

—¿Qué pasa? —Lo alcanzo y encaro en el corredor antes de que llegue a la sala principal.

—No debí venir —contesta.

—¿Por qué?

—¡Porque no quiero verte ni tener que lidiar con esta maldita relación a medias! —se sincera.

—No es así. —Retrocede cuando doy un paso hacia él—. Esto no es una relación a medias.

—Siempre lo será hasta que no sientas lo que yo siento por ti —me suelta—. Me criticas y dices que soy un maldito posesivo, pero eso lo dices porque no has sentido el instinto irracional que me avasalla cuando te veo con otros. No sabes lo que es tocar fondo y perder la cabeza por alguien.

Me quedo sin saber qué decir.

—Llevas años amándome de la misma forma y eso ya no es suficiente para mí —continúa—. No en este modo, en el que sabes que soy igual a los hombres que tanto quieres matar.

—Hay diferencias entre ellos y tú…

—No las hay —declara y sacudo la cabeza.

—Sí, las hay, y no te compares, porque no eres como ellos.

Vuelve a dar otro paso atrás cuando me acerco.

—Voy a estar con alguien que esté a mi nivel y el de mis hijos —espeta—. Podrás verlos cuando quieras, pero para ser mi mujer y estar con los míos se necesita más y es algo que no puedes dar. Necesito a alguien que solo se preocupe por conseguir la grandeza que necesitamos en estos momentos. Veo que no puedes hacer eso, así que no me voy a desgastar, como tampoco voy a seguir perdiendo el tiempo con esto, ya que siento que te queda grande.

Echa a andar y me quedo sola a mitad del pasillo, observo cómo aborda el ascensor sin decir más. La frialdad trae las dudas y el golpe a la realidad que me tambalea.

Christopher Morgan ahora sí puede vivir sin mí y la respuesta es simple, aunque no la haya dicho: «Los hijos». Estaba aferrado a mí; sin embargo, ya no soy la única persona importante en su vida.

Tiene otras cosas a las que aferrarse y me duele, pero me alegra darle algo más que amar. No ser la única persona capaz de hacerlo feliz.

Los padres de la charla prenatal empiezan a salir y yo vuelvo al *penthouse*. Miranda se encarga de servirme el almuerzo y como con un nudo en la garganta. Siento que en cualquier momento va a llegar una demanda de divorcio, la cual le va a poner un fin definitivo a todo esto.

Sigo siendo la protagonista en todos los boletines del comando y es algo que poco me importa ahora. Lo que tengo me apaga y hace que pase el resto de la tarde en cama, mirando la ventana.

—No fuerces las cosas —me dice Brenda, quien llega a visitarme en la noche—. Si Christopher se consigue a otra, déjalo, tú también puedes hacer lo mismo y ser feliz.

Asiento con la cabeza sobre la almohada, en parte tiene razón. Se queda conmigo hasta altas horas de la noche, ya que nos ponemos a leer el blog juntas. Parker pasa a recogerla y los tres días siguientes los paso en casa.

Christopher no aparece y empiezo a centrarme en que debo dejarlo pasar. Sara Hars me llama para decirme que quiere almorzar conmigo en su restaurante y acepto, dado que no me puedo quedar atascada y encerrada pensando en el hombre al cual ya no le importo.

Elijo un vestido blanco corto. Hace calor y opto por un par de sandalias de tacón alto amarradas a los tobillos. El cabello me lo alisé anoche, por ende, lo dejo suelto. Aplico una capa de maquillaje suave y salgo con la cartera bajo el brazo.

Sara insiste en que me veo hermosa cuando me ve, pero yo no siento que me vea así. El almuerzo que prepara es delicioso y aprovecho para ponerla al día de todas las novedades.

Me despido de ella dos horas después de terminar y paso a dar una vuelta por el centro comercial. Debo firmar los documentos semestrales de mis cuentas y cuando acabo me doy una vuelta por el mercado de Portobello, dado que necesito un par de manteles nuevos y hay un local que me gusta en la zona.

—Gracias. —Le pago a la dependienta que me los vende y vuelvo al vehículo que conduce Ivan.

Toma la ruta más segura de vuelta al *penthouse* y yo mantengo la vista en la ventana hasta que veo un vehículo que reconozco en una de las aceras.

—Detente —le pido a Ivan en lo que giro el cuello con el fin de asegurarme de no estar viendo mal.

—No me puedo detener —me dice el escolta.

—Que te detengas, te digo —espeto, molesta, y él frena.

Abro la puerta y me voy rumbo al sitio donde está el deportivo del coronel. No es uno parecido, es el mismo que le vi en el funeral de Olimpia; está estacionado frente a un hotel, lo busco en los alrededores y no lo encuentro.

—Oiga, vuelva al auto —me llama Ivan, pero echo a andar.

No me explico qué puede estar haciendo Christopher en una zona como esta. Sigo caminando con la cara ardiendo, el viento me golpea y tropiezo con varios transeúntes mientras lo busco.

No me disculpo con nadie, doy la vuelta a la manzana, presa del enojo que es como una llama que se aviva cuando lo veo en una de las cafeterías de la esquina y no está solo.

Una mujer de cabello corto le habla con desparpajo mientras él responde con la misma actitud. Le mete la cereza de un cóctel en la boca y me enciendo al ver cómo ella le pasa la mano por el cabello antes de acercarse a besarlo.

El dolor que me comprime el pecho es como si alguien metiera la mano dentro de mi tórax e intentara arrancarme un pulmón.

El mundo se enmudece, mi vista se oscurece en lo que echo a andar al sitio de un modo maniaco, el cual no me permite ser consciente de otra cosa que no sea del malnacido que quiero matar por infiel y traicionero.

Él se levanta cuando me ve y con los ojos me grita que no me acerque, pero paso por completo de su advertencia. Su acompañante se pone en pie, lleva la mano atrás y saca el arma con la que me apunta.

—¡Bájala! —le exijo a la mujer. Yo voy por él, no por ella—. ¡Bájala!

Christopher se me pone delante y no sé de dónde saco la fuerza para mandarlo al otro lado, en tanto la amante sigue con el cañón arriba, pone el dedo en el gatillo y yo la mando al suelo antes de desarmarla. Le parto los dientes con la rodilla que le clavo en la mandíbula.

—¡Si te digo que la bajas, la bajas! —le grito cuando me levanto y dejo el tacón clavado sobre su esternón—. ¡O eres veloz para disparar o atenta para captar una orden!

Arrojo lejos el arma que le quité. Christopher me toma por detrás y lo empujo con tanta fuerza que retrocede varios metros; el segundo empellón que le suelto lo lleva contra las mesas. Rompo a llorar. «Es un maldito canalla, un maldito cobarde». No oigo nada, solo me veo en la penumbra, en el desespero que me acorrala y me nubla la vista.

—¡La besaste! —le echo en cara—. ¡Besaste a otra, estando casado conmigo!

No paro de rememorar lo que vi y los celos me enloquecen, lo veo a él con alguien más, a él haciendo por otra lo que hace por mí. Todo me arde por dentro cuando lo imagino enamorado de otra.

Yo sin él, él sin mí y una vida separados... La sola idea me abre el abismo que no sabía que existía.

—¡Escúchame! —Me pone la mano en el cuello—. Estoy en un operativo, Rachel...

Lo llevo contra la pared del restaurante, donde lo inmovilizo.

—¡Escucha!

—¡No! ¡Escucha tú! —sentencio—. ¡No tocas, no besas y no ves por otros ojos que no sean los míos! ¡¿Lo captas?!

Me desconozco, no sé lo que he hecho y por qué actúo como lo hago. La furia animal que me domina es algo que no había sentido nunca. Mis ojos se encuentran con los suyos en lo que mantengo el brazo sobre su cuello.

—Estoy trabajando —reitera y mi cerebro pasa por alto su respuesta.

No lo acepto, no quiero que esté con otra que no sea yo, no quiero sus labios en el cuerpo de otra. Aparta el brazo y no sé por qué empiezo a temblar, una parte de mí sabe que he perdido el raciocinio y por ello sería capaz de matarlo aquí mismo.

—¿Qué me hiciste? —le reclamo—. Yo no soy así.

Me giro a ver a la mujer que Angela está esposando en el suelo, hay soldados del comando alrededor del lugar y Patrick se acerca despacio, mientras yo me limpio la cara.

—Estamos trabajando, así que tranquila —intenta explicarme y no lo escucho, solo echo a andar a la camioneta que ha estacionado Ivan en la calle.

Sacude la cabeza cuando me ve y yo sigo sin entender qué fue lo que hice y de dónde viene tanta rabia. Abro la puerta del vehículo y le pido al escolta que arranque.

El zumbido en los oídos me lleva la cabeza contra el asiento, no me siento bien, el aire me empieza a faltar e Ivan se apresura a llevarme de vuelta a mi casa cuando rompo a llorar otra vez.

96

Karma: parte 3

Christopher

Lo de la segunda ronda me tiene hastiado, el tener que esperar los próximos resultados es algo que me frustra y desgasta demasiado. La paciencia que he tenido todos estos años merma cada vez más con el pasar de los días.

Recibo el cigarro que me pasa la mujer que tengo al lado, el culo lo tengo sobre el capó del vehículo que está frente a la carretera donde la cité.

—Estudié los análisis que te hice y no hay ningún signo de alarma —asegura Uda—. Estás bien de salud, con capacidades para soportar cualquier tipo de contienda.

—¿Por qué vomito tanto? —pregunto.

—Los síntomas de embarazo no siempre repercuten solo en la madre; en ocasiones, también se ve afectado el padre —explica—. Es tu caso.

Arrojo la colilla del cigarro que tengo. Uda me pone al tanto de todo lo que debo saber y no hay una maldita noticia positiva, sacudo la cabeza y enciendo otro cigarro.

—No sabe hacer una puta mierda —digo al enterarme de lo que está pasando en la Bratva.

—Nadie sobrevive a ellos, así que deja de perder tu tiempo.

—Sí, no lo voy a seguir perdiendo.

Uda se aparta cuando subo al vehículo que pongo en marcha, alza la mano en señal de despedida cuando doy la vuelta y se mete en su auto.

Las llantas tocan el asfalto y concentro la vista al frente. Pongo una mano en el volante y con la que me queda libre saco el móvil con el que hago la llamada que requiero. La mafia rusa tiene a Emma James hace semanas, se están cobrando su deuda y los James aún no lo saben. La noticia de su muerte era para que ya se supiera, pero no ha pasado y no sé por qué presiento que el Boss quiere empezar a tocarme las pelotas.

Doy instrucciones precisas en el teléfono donde pido lo que quiero, cuelgo y Death me llama a los pocos minutos, no contesto. Abrí una ventana, di una herramienta y ella no la aprovechó, por ende, no haré nada más por lo que no tiene solución.

El peleador insiste, el que vive en la oscuridad se aferra a cualquier atisbo de luz cuando se le muestra y Death cayó en eso, no quiere que Emma James muera, pese a que comprende que es un anhelo estúpido, ya que sabe cómo son las cosas con la Bratva.

Las luces de la ciudad me reciben, es viernes y los autos de lujo se mueven a través de las calles de la Quinta Avenida. El espectáculo de Rachel viene a mi mente, ha perdido la cabeza y lo peor de todo es que me enciende su lado posesivo, el que sienta lo mismo que siento yo cuando la veo con otros.

Desvío el auto hacia Chelsea, me estoy quedando en el apartamento que pedí que acondicionaran para mí.

El móvil que solté hace unos minutos se enciende en la guantera con el nombre de Tyler, giro el volante y deslizo los dedos sobre la pantalla táctil.

—¿Qué pasa? —contesto.

—Mi coronel, requerimos su presencia, la teniente James me preocupa y el ministro no está en la ciudad. —Freno en la esquina con lo que me suelta—. No ha parado de llorar desde que llegó, tiene alta la tensión arterial y eso provocó un sangrado nasal.

Cuelgo, retrocedo y doy la vuelta. Me salto la señal de tránsito y me apresuro con el pecho acelerado. El tráfico se pone pesado, el embotellamiento de Finchley Road me retrasa y golpeo el volante.

«Maldita sea». Necesito llegar rápido y a las malas obligo a los otros a que me abran paso. Este tipo de noticias no me sientan bien, me desesperan. Vuelvo a poner el pie en el acelerador cuando cruzo el semáforo, las luces pasan rápido mientras el corazón se me sigue estrellando contra el tórax.

El desespero que me abarca no se apaga ni cuando llego al edificio donde me bajo.

La ambulancia está metros más adelante. Me apresuro adentro, siento que el ascensor tarda una eternidad en bajar, no estoy como para esperar, así que corro a la escalera.

Tyler está en el pasillo de afuera, no le presto atención a lo que me dice, solo me importa una cosa: Rachel. Atravieso el *penthouse* y hallo a la mujer con la que me casé acostada, inconsciente y con la obstetra al lado.

—¿Qué le hizo? —Voy hacia la cama y le tomo los signos vitales.

—Tuve que darle un calmante, sabe cómo se pone con el asma y estaba en una crisis de llanto.

Traen el equipo médico y lo conectan.

—¿Cuándo va a despertar?

—En un par de horas —afirma—. Le haré una ecografía para añadir al control, se me informó que ya sintieron movimientos.

Asiento y me muevo para que haga lo que tiene que hacer. Tyler se ofrece a ayudar en lo que sea que se requiera. Espero a que conecten todos los artefactos. El escolta se retira y, mientras otros hacen su trabajo, yo me miro la mano y recuerdo lo que sentí cuando ella me tocó.

En ocasiones me pregunto qué tanta sed de desgracia tiene el mundo como para permitirme engendrar y darme las emociones que surgen cada vez que pienso en eso.

El latido que sentí cuando supe de esto, ahora es un propulsor que me mantiene el pulso elevado.

La doctora pone los equipos en el abdomen de Rachel y respiro al captar los latidos que me hacen pasar saliva.

La enfermera toma nota de lo que le dicta la mujer que está sentada en la orilla de la cama, esta suelta datos sin apartar la vista del monitor.

—Todo está normal —informa—. Uno de los bebés sigue creciendo más rápido que el otro; sin embargo, no veo problemas. Los latidos están bien en ambos; en cambio, a Rachel la siento un poco débil, supongo que se debe a todo lo que conlleva su día a día. Está viva de milagro con todo lo que carga encima.

Paso el peso de un pie a otro con los latidos que siguen sonando fuerte y claro.

—¿Es grave lo que dice? —pregunto.

—No por el momento. Puede ser pasajero y hasta ahora no hay ningún signo de alarma.

Sigue con la revisión y empiezo a desesperarme al ver cómo arruga las cejas de vez en cuando.

—¿Por qué pone esa cara? —increpo—. Dice que todo está bien, pero sus gestos dicen otra cosa.

—Estoy analizando…

—Analizando ¿qué?

—El sexo de sus hijos. —La respuesta me endereza—. El equipo médico me permite detectarlo y lo estoy viendo.

Meto las manos en la chaqueta y toco las piedras que cargo en el bolsillo, ya sé lo que son. Ella señala la pantalla, pongo los ojos en esta al oír la respuesta que me deja quieto en lo que la mujer sigue hablando.

No sé cómo definir lo que empieza a correr por mi torrente sanguíneo. Muevo la cabeza con un gesto ante la pregunta que me hace la obstetra, y ella imprime los resultados que intenta meter en la carpeta, pero no la dejo, me acerco y se los quito.

—Se sabrá cuando yo quiera que se sepa —le digo y no contesta.

Me voy a la sala y dejo que ella termine de hacer su trabajo. En el centro del vestíbulo miro la ecografía. No sé qué diablos me pasa, es como si dentro de mí estuviera creciendo un órgano vital nuevo.

—Las emociones fuertes, las alteraciones y situaciones de estrés como la que tuvo hoy no se pueden volver a presentar —indica la doctora antes de irse—. Su esposa no puede estar sola a ninguna hora del día. Nada de rabietas, discusiones o situaciones de riesgo.

Habla mientras me sirvo un trago frente a la licorera.

—Eviten complicar las cosas; por ahora todo está bien, pero hay cambios de cuidado. A ella no la noto tan estable como hace unos días y espero que esto solo sea temporal —prosigue—. Puede ejercitarse en casa, pero no ir a combates. En este estado, las emociones influyen mucho en su proceso.

Eso no me lo tiene que decir a mí, se lo tiene que dejar claro a ella, que no piensa.

—Ante cualquier urgencia, avíseme. —La mujer se va.

Le doy un sorbo al trago que me serví antes de acercarme a la hoja de recomendaciones que dejó en la mesa, una lista de todas las precauciones que se deben tener en cuenta.

La tercera me taladra el cerebro: «Evitar emociones fuertes y alteraciones». Mi cerebro crea escenarios al imaginar todo lo que va a pasar si se entera de lo que no sabe.

Respiro, saco el teléfono y hago lo que tengo que hacer. Dejo el trago sobre la mesa, me arreglo la chaqueta y busco la salida, hay cosas que no puedo hacer aquí. Pongo los ojos en el reloj en lo que bajo las escaleras trotando.

—¿Lo acompaño? —Se me pega Tyler y sacudo la cabeza.

—Sube y espera arriba —demando.

Abandono mi edificio, alzo la capucha de la chaqueta que tengo y con grandes zancadas me pierdo entre las calles de Hampstead hasta que llego al callejón oscuro que necesito.

Seré breve con lo que diré, las llamadas que hice en el vehículo rinden fruto. Saco el dispositivo de comunicación que tengo en el bolsillo y lo dejo caer en el suelo.

—Ponme en contacto con el Boss de la mafia rusa —ordeno y a los segundos se ilumina con su imagen.

La hermana de Rachel está con él y no me voy por las ramas, soy claro a la hora decir lo que quiero que haga y es que la mate ya, que se la coma si le da la gana y se cobre, que se cobre su venganza como le plazca, ya que Emma James es su moneda de pago y no quiero que ande jodiendo lo mío. A la hermana de Rachel se le empañan los ojos con lo que digo y me da igual.

El Boss no hace más que sacudir la cabeza y reírse mientras hablo. Yo me reiré también cuando lo mate por imbécil.

Acabo con la llamada y enciendo el cigarro que me fumo.

En la vida hay que tomar decisiones que a muchos no les van a gustar; sin embargo, son necesarias.

Emma James no es más que una buena para nada, Rachel es lo más valioso que tienen los James e insisto que no la voy a perder por su culpa.

Recojo el dispositivo que guardo en la chaqueta y echo a andar a mi edificio. Atravieso el vestíbulo, subo a mi *penthouse* y me sirvo un trago en la sala antes de irme a la alcoba donde Rachel duerme.

Tomo asiento en el sofá que está contra la pared y observo cómo el sedante va perdiendo efecto con el pasar de las horas. A las dos de la mañana empieza a despertar y me encamino al clóset, donde empiezo a sacar la ropa que necesito.

La mujer de atrás se incorpora y se lleva la mano a la cabeza mientras yo sigo con lo mío.

—¿Dormí mucho? —pregunta cuando me ve.

—Lo necesario.

Se sienta en la orilla de la cama, con el cabello negro enmarcándole la cara. No la miro, pero ella a mí sí.

—¿Cómo están los bebés? —indaga—. ¿Te dejaron escucharlos?

—Sí —respondo con sequedad—. Tus heroicos actos no…

Callo al recordar lo que vi en el papel. Discutir da igual, solo empeora las cosas. Se abraza a sí misma al levantarse, recojo lo que me llevaré y me aseguro de que no se me haya quedado nada.

—Los escoltas tienen órdenes claras de vigilarte. Me llamarán si pasa algo.

Me encamino a la puerta y ella me toma del brazo.

—No quiero que me vigilen los escoltas, quiero que me vigile el hombre con el que me casé.

Busca la manera de encararme, toma lo que tengo en los brazos y lo arroja sobre la cama. Tiene la nariz roja y doy por hecho que es de tanto llorar.

—Por favor, quédate…

Pasea la mano por mi torso y la caricia que empieza en el pecho termina en mi entrepierna.

—Extraño esto —refriega la mano en el bulto duro que se me forma en el vaquero— y a ti.

Quiero largarme; sin embargo, el que acorte tanto el espacio entre ambos hace que desee todo lo contrario. Se empina a darme el beso que rechazo.

—No te quiero lejos, en operativos o con otra, porque tu lugar es aquí conmigo —me habla—. Me equivoqué, lo reconozco, pero tú no tienes las manos limpias. Estabas...

—Estaba trabajando —me alejo— y en el fondo me alegra que me vieras, así sientes lo que yo siento cada vez que te veo con otros.

—Ya no quiero pelear más.

Vuelve a acortar el espacio entre ambos, no deja de tocarme, cosa que trae el desespero que me surge cada vez que la tengo cerca. Llevo días sin follar y la forma en la que me busca no me ayuda.

—Bésame —me pide—. Quiero que me haga suya, coronel.

Se aferra al cuello de la sudadera y me lleva a su boca. La forma en la que acapara mis labios hace que quiera chuparle el coño del mismo modo en el que ella me besa ahora.

Mi boca acapara la suya, envuelve mi cuello con los brazos y el tacto de su lengua contra la mía es como el choque de dos planetas que internamente tienen imanes que los hacen colisionar. Deslizo las manos por el pijama de seda que lleva puesto, la polla cargada me palpita, las ganas de llevarla contra la cama me disparan el pulso, preso de las ganas por desnudarla; sin embargo, no lo hago. Alejo mi boca de la suya cuando mi cabeza recuerda lo que hizo.

Estuve horas con el maldito corazón en la garganta rogando por que no le pasara nada y no hizo más que ignorarme.

—Mejor vete a dormir —le digo.

—Dime la verdad y ya está. —Se aleja—. Ya no me deseas porque no tengo el cuerpo de la mujer que te atrajo y, como no tengo las medidas que te deslumbran, ya no te sirvo.

Le pongo la mano sobre mi erección para que la sienta y no empiece con tonterías. Se saca la bata que tiene puesta, los senos grandes quedan expuestos y la idea de irme empieza a quedar en la nada cuando me quita la chaqueta. Tiene las bragas que le compré y le llevé en la isla.

—Confiesa que no me deseas así, embarazada de tus hijos. —Acapara mi boca con otro beso—. Me lo veía venir; sin embargo, llegué a creer que no sería así.

Semidesnuda busca el balcón y mis pies se mueven solos hacia ella, que se queda de espaldas contra el ventanal, donde se puede apreciar Londres en su máximo esplendor. Pongo las manos en su vientre y sentir lo que tiene adentro sube mi ego a un ascensor.

Me gusta que albergue lo mío. Toco a mis hijos y ella me ofrece el cuello que beso antes de mover la mano al elástico de las bragas donde sumerjo los dedos. Ya está lista para mí, húmeda y caliente como siempre.

Separa las piernas para que pueda masturbarla, mantengo los labios sobre su cuello, y ella, las manos en el marco del ventanal. La manera en la que respira me deja claro lo mucho que le gusta lo que hago. Lo mucho que disfruta tener mi polla contra su espalda, así como mis dedos en su coño. Pone la cabeza contra mi hombro y acaparo la boca que me da vía libre dentro de esta.

—Dime lo que quiero oír —exijo contra sus labios.

—Que el mundo se joda, que el tiempo se detenga, ya no importa nada —responde segura—. Todo lo que quiero, lo tengo aquí y ahora.

Se voltea, sus ojos se conectan con los míos y de nuevo sé que es todo para mí.

Mi orgullo me pide que me vaya, pero mi necesidad por ella me exige que me quede. Lleva las manos al borde de la sudadera, que me quita antes de la camisa, las prendas caen y yo la hago retroceder a la tumbona, donde me siento y dejo que se abra de piernas sobre mí.

Baja las manos por mi pecho en busca del falo duro como el acero que queda entre sus manos, ya listo para penetrarla. Deslizo las manos por los muslos hasta que llego a las caderas, que estrujo antes de ir por su boca.

—¿Te sigo gustando así? —Reparte besos por mi mandíbula—. Ya no soy la misma.

—No me importa. —Se niega a que la bese.

Se balancea sobre mí, la braga de tirantes delgados es la única barrera entre mi pene y su coño. Se sigue moviendo, echo la espalda hacia delante en busca del pecho que sujeto antes de empezar a chupar.

La punta de mi lengua da vueltas alrededor del pezón que se endurece con el tacto, lo muerdo y ella me ofrece el otro para que haga lo mismo con el mismo brío.

—Me gusta cómo se ve tu boca ahí —jadea.

—Y a mí como se ve tu coño aquí. —Sujeto el tallo de mi miembro.

Con la mano libre, corro la tanga que tiene y la incito a que se suba. Las manos suaves tocan mis hombros, alza las caderas y se sumerge el miembro sobre el que se contonea.

La humedad vuelve todo fácil y sencillo, sus paredes se cierran a mi alrededor y no hay mejor cosa que esto, tenerla así sobre mí.

—Joder, trata de no mirarme, he de verme horrible.

—De estarlo no me tendrías como me tienes. —Paseo la nariz por el valle de sus pechos en lo que controlo los movimientos del cabalgar que la hacen subir y bajar.

El canal que penetré hace años en Brasil, ahora se mueve de arriba abajo sobre mi polla. No tiene el mismo cuerpo que antes; pero, me da un escenario digno de retratar con la imagen de ella montando mi falo y la luz de la luna atrás.

Nos besamos solo como los dos sabemos, nuestras lenguas se juntan con caricias vivaces, mientras que el glande que entra y sale de su interior la hace gemir sobre mi boca.

Pierde las manos en las hebras negras que peina con mis ojos conectados a los suyos.

—¿Te gusta? —pregunta.

—Demasiado, nena.

Me pega más a ella y siento que cada día soy más adicto a su cuerpo. El alejarme calma mas no extingue lo que siento por ella, que me abraza y permite que las puntas de sus pezones toquen mi pecho.

Juego con el hilo de la tanga, la forma de estrellarse contra mis piernas hace que lleve las manos a su espalda, quiero mantenerlas allí, pero no tardo en ponerlas de nuevo en su vientre.

Paseo las palmas por el sitio donde yace mi descendencia. He hecho muchas cosas en la vida, pero esto es lo que más me llena de orgullo, me convierte en un animal que ahora quiere joder con más ansias, dado que necesito tener el control de lo que algún día será de ellos.

La mujer que me cabalga no se controla sobre mi polla. El aire helado de la madrugada nos envuelve y a ninguno le importa, porque el calor intenso que ahora emite su coño apaga cualquier tipo de frío.

Los labios que me recorren el cuello y los abrazos en medio de jadeos acaban con la abstinencia y traen la corrida que expulso sobre los pliegues de su delicioso coño.

—Quiero más —me susurra.

—Tengo de sobra.

Se levanta y dejo que me lleve a la cama, donde le quito la tanga. Me quito los zapatos y el pantalón antes de irme sobre ella, quien me recibe con las piernas abiertas. Desnudo, deslizo mi polla dentro de ella y me la follo cuatro veces más en lo que queda de la madrugada.

Duerme con la cabeza sobre mi pecho y, como en el vuelo hacia la India, a cada nada la beso entre sueños, la toco y la mantengo contra mí en las horas siguientes.

—Te amo —me dice y siento que sus palabras son todo lo que necesito para dormir.

A la mañana siguiente, despierto con una deliciosa boca sobre mi polla y no la de cualquiera, la de mi mujer.

Pasea la mano por mis abdominales en lo que se me tensan los muslos con los movimientos que ejerce en la cabeza, que me llevan la cara a un lado. El mordisco en el glande me hace reír y ella se toma su tiempo con lo que es suyo, siento las pelotas cargadas y me apodero del ritmo de los movimientos de la boca que follo a primera hora del día.

No me equivoqué al querer quitársela a quien se la quité, no me arrepiento de eso, y si volviera a nacer, lo haría igual.

—Ten. —Elevo la pelvis y suelto el derrame que le echo en el fondo de la garganta.

Se lo traga, limpia el rastro y se coloca sobre mí con la cabeza sobre mi pecho. La alarma empieza a sonar y ella la tira al piso cuando la tomo.

—Quédate aquí. —Me llena el cuello de besos—. Hay que recuperar el tiempo perdido. Lo eché de menos, coronel.

—¿Echaste de menos esto?

La llevo contra la cama, separa las piernas, paseo la cabeza de mi miembro entre sus pliegues y está tan húmeda que no me cuesta nada deslizarme dentro.

Tiene el canal tan caliente que me olvido de todo, del teléfono, de lo que tengo que hacer… Lo único que quiero es seguir aquí en la cama con ella.

—Señora Morgan, ¿desayunará ya o más tarde? —pregunta Miranda afuera.

—Ya —contesta Rachel y el que no alegue por el apellido que la empleada usó, termina de ponerme más duro.

Nuestras lenguas se acarician en tanto enreda los dedos en las placas del ejército que me cuelgan. Clavo una mano en la almohada y bombeo dentro de ella con los músculos tensos.

—Déjame recibir el desayuno —jadea.

—Luego…

—Tengo hambre de los dos. —Se mueve—. Necesito comer a la hora estipulada.

Dejo la espalda contra la cama, hago que quede sobre mí con la polla adentro, pone la cabeza sobre mi pecho, tapo su cuerpo desnudo con la sábana y ella le pide a la empleada que siga.

Mi mañana se resume en follar y trabajar en la cama, mientras que la mujer a mi lado se atiborra de comida. A cada nada me besa y yo a ella. Insiste para que desayune y lo hago cuando me mete a las malas una tostada en la boca.

—Puedo escupirlo como tú me escupiste el almuerzo en la boca aquella vez.

—Funcionó, así que no te quejes.

Atiendo los asuntos matutinos del comando que requieren mi visto bueno. Parker está a cargo de lo que pedí hace semanas y es la persecución masiva a los clanes de la pirámide.

Rachel sale de la ducha y se pone a revisar la carpeta con el historial médico que está en la mesa junto a la cama.

—¿Qué le pasó a esto? —pregunta al ver la hoja a la que le arranqué el resultado—. ¿Un perro imaginario se comió la mitad del documento que complementa la última ecografía?

—No fue un perro, fui yo —confieso.

—¿Para qué la arrancas? Si es una parte primordial de la ecografía —me dice molesta—. ¿Qué decía?

—El sexo de tus hijos.

La cara le cambia como si le hubiese dicho quién sabe qué cosa. Se levanta, se lleva las manos a la cintura y respiro hondo, dado que sé lo que se aproxima: el drama.

—Te enteras y te lo guardas como si fuera cualquier cosa —se ofusca—. Quería que fuera especial y lo arruinaste al enterarte tú solo.

Frunzo el entrecejo cuando se vuelve loca y empieza a buscar su patético álbum de maternidad. Reniega en vano, porque nadie le pone atención.

—Tenía pensado grabar ese momento. —Pasa las páginas con rabia—. Iba a ser memorable, pero te encanta arruinarlo todo...

—Sí, como digas.

—¿Qué esperas para hablar? —se enoja.

—¿Sobre qué? —Dejo el móvil a un lado.

—Sobre lo que son.

—Seres humanos... por ahora.

—Estoy hablando en serio, Christopher —replica.

—Yo también.

—¿Qué son? —insiste.

—Personas.

La exaspero al punto que termina peleando sola. La obstetra no contradice mis órdenes y se pone peor a lo largo de la mañana, a todo el mundo le dice que soy el hombre más insensible del mundo.

Se pasea por toda la alcoba con el móvil en la oreja. Alex me llama, no sé para qué, si no tenemos nada pendiente.

—Sé lo que son —me dice cuando contesto—, pero Sara quiere que confirmes el sexo, así que habla.

—Esto no es asunto tuyo. —Cuelgo. A los dos minutos llama Rick James. No contesto, hago caso omiso de la llamada, y termina enviando un mensaje. «Envíame el resultado que deseo saber».

No me molesto en responder, Alex sigue jodiendo e ignoro a todo el mundo en el baño donde me ducho. Todos son un montón de cotillos sin vida propia, enloquecen con una tontería, en especial la mujer con la que me casé, que abre la puerta de la ducha como una maldita demente.

—En verdad, ya dime —me reclama—. Merezco saber, soy la madre. No eres tú el que parece una cerda como para que te andes callando cosas.

Tiro de su mano y la obligo a que se duche conmigo. «Sexo bajo el agua», pienso y así termina el reclamo por saber el sexo de los hijos. Se calla mientras me la follo; sin embargo, empieza con los alegatos al salir y los mantiene mientras me cambio.

Voy a trabajar en el despacho todo el día, contesto la llamada de Patrick, que se pone en contacto conmigo cuando entro a mi oficina.

—Cuéntale a tu buen amigo —empieza—. ¿Qué tendrás, hermano?

Le cuelgo, debería estar trabajando y no preguntando tonterías. Por escrito le envío un correo donde especifico lo que necesito.

«Como ordene, coronel», responde.

Centro la atención en el trabajo, Death no contesta cuando lo llamo y el que no lo haga me molesta. Cristal Bird me pone al tanto de los pendientes de la campaña de la que está a cargo con Gema, que a su modo cumple con su trabajo. Es poco lo que hablo con ella.

Leonel se mueve por todos lados con Kazuki, a quien el número de votos que tuvo en la primera ronda le asegura un buen puesto en el Consejo.

Alex sigue insistiendo, al igual que Sara y Rick, a quien también le da por joder. Los asuntos del comando no me permiten apagar el aparato y me levanto a decirle a Rachel que frene esto.

En vez de una mujer cuerda, hallo a una demente que está buscando no sé qué cosa en la bolsa de la aspiradora.

—¿Qué diablos haces?

—Soy criminóloga, no descarto nada y necesito saber el sexo de mis hijos —alega.

—Supéralo.

—¿Sabes qué? Me voy a hacer otra ecografía, no sé para qué pierdo el tiempo contigo.

La sigo a la alcoba, abre el clóset y, mientras se empieza a cambiar, yo me desvisto. Ni siquiera se peina, sin mirarme se encamina a la puerta y yo le muestro lo que tengo entre las manos.

—Vete y piérdete esto. —Se da la vuelta.

—No hagas eso en mi estado —me regaña—. Sabes que me cuesta decir que no, maldito imbécil.

Se quita la sudadera que se acaba de poner y se viene a la cama, donde la recibo con un beso en la boca. Hago lo que mejor sé hacer y es follarla.

Almorzamos juntos en el comedor y volvemos a la cama. El resto de la tarde me la paso durmiendo con ella a mi lado hasta que llega la noche.

—Vamos a salir. —Le aparto el cabello de las mejillas antes de besarla—.

Ya.

Miro el mensaje que me llegó.

—¿A comer?

—No.

—Entonces no me interesa.

—Bien, me iré solo a hacerme cargo del operativo que no culminé hace unos días.

Aparta las sábanas de inmediato y suelto a reír. No le digo adónde vamos, solo dejo que se arregle. No tardo mucho en vestirme, del clóset saco los vaqueros, la playera y la chaqueta que me cierro.

Rachel mete los brazos en un abrigo y me sigue al vehículo, que abordo con ella.

—¿Qué son? —Vuelve a lo mismo.

—Tus hijos.

Los escoltas se ponen en posición a la hora de seguirnos. Saco el auto del estacionamiento, los altos edificios de ladrillo y acero se alzan bajo el cielo nocturno. Dejo Hampstead atrás y en el vehículo no tardo mucho, ya que me detengo frente al Támesis.

Rachel baja y yo tomo su mano en lo que caminamos a lo largo de la calle empedrada.

—¿Me harás una propuesta de divorcio? —se exaspera—. Dios, si es eso, te juro que te mato, contigo nunca se sabe.

Me detengo en el punto desde el que veo perfectamente el Tower Bridge. Patrick aparece y Rachel empieza con las preguntas. La giro, hago que clave los ojos en lo que tenemos frente a nosotros: una de las mejores vistas de la ciudad.

—Calla y pon atención —exijo.

—Merezco un retrato en medio de su sala —suspira Patrick—. Esto no lo hace cualquiera.

—Apúrate, que no tengo toda la noche —lo regaño.

—Todo listo —informa a través del auricular—. Rick, Alex, Sara, ¿están en su punto?

—¿Qué pasa? —empieza Alex.

—Solo espero que no sea para informar que compró el North Central —alega Rick James en uno de los radios.

Rachel abre la boca para hablar y pongo mi mano sobre esta.

—¿Querías saber el sexo? —susurro en su oído mientras le entrego las piedras que nos dieron en la luna de miel—. Te traje aquí para que lo supieras tú y todo el maldito mundo.

Patrick le señala las luces del puente colgante, las cuales parpadean antes de dibujar la M que se tiñe de un solo color y es el azul.

Rachel suelta a reír emocionada cuando las luces avasallan toda la estructura, se lleva las manos a la cara y empieza a llorar antes de abrazarme. No solo ocurre en Londres, también pasa lo mismo en el North Central, en Phoenix, que le da la noticia a los James.

La catedral de la basílica de San Pedro en Roma se tiñe de azul, color que le transmite el mensaje a los Mascherano. Acontece lo mismo en la Plaza Roja de Moscú, que le da la noticia a la Bratva, al igual que Budapest, para que los búlgaros no se pierdan la noticia.

Es así como le transmito el mensaje a las distintas capitales donde operan las grandes mafias: París, Madrid, Chicago… Todas iluminadas con el color que da a entender el sexo de los hijos que tendré.

Ella mira las piedras que le dejé en los guantes de lana y le cierro los dedos.

—Dos niños —susurra y mueve la vista hacia el puente—. Nunca olvidaré esto, tenlo claro.

Observamos las luces juntos y abrazados. Besa las manos que mantengo sobre su pecho y saboreamos la tranquilidad del momento. Todo el mundo desborda de felicidad y eso es lo único que importa, nosotros y nadie más. Alex ha de estar celebrándolo en la mansión, así como los James en Phoenix.

El beso que le doy a mi mujer se extiende y Patrick pone los ojos en blanco. Le grito esto a todo el mundo porque no tengo miedo, sé que de alguna u otra forma ellos van a buscar la manera de saberlo y me gusta estar un paso adelante.

Mantengo a Rachel en mis brazos, que no deja de besarme hasta que se acuerda de Patrick, a quien abraza. Así como la he visto llena de rabia, ahora la veo alegre y dichosa.

—Que no sean como el padre es lo único que pido —le dice el capitán y ella suelta a reír.

Recibe el radio que la pone en contacto con Rick, Luciana y Sam James. La felicitan y recibe la llamada de Alex y Sara. Se aleja para hablar con todos.

—Felicitaciones, hermano. —Patrick me palmea la espalda—. Para lo que necesites aquí estoy: dudas, miedos, sorpresas.

Le palmeo el cuello y él me mira con rareza cuando me quedo frente a él.

—¿Estás bien? —Frunce el entrecejo—. Has actuado como una persona normal y me cuesta creerlo.

—Estoy feliz, aprovéchalo —le digo y me vuelve a abrazar.

Rachel pasa de hablar con la familia a hablar con las amigas, a quien no les cuelga ni cuando subimos al auto. Pensé que la noticia despejaría las dudas, pero parece que no.

—¡Ya! —le pido hastiado de lo mismo mientras conduzco—. Parece que no estuviera aquí.

—Una llamada más. —Me da un beso en el dorso de la mano y ruedo los ojos con el truco que usa para evadirme—. Aún no he hablado con Laila.

Volvemos al *penthouse*, los escoltas desaparecen en su alcoba y yo le quito el teléfono a la mujer que sigue hablando no sé con quién.

—La atención es para mí ahora. —Empiezo a quitarle la ropa en lo que la hago caminar al comedor.

Se sienta en la orilla de la mesa y no pierde de vista las piedras que tiene en la mano.

—Únicos como tú y como yo —me dice.

—Sí —contesto.

Le quito la chaqueta y la ropa antes de desabrocharme el vaquero. Mi polla queda expuesta y la ubico entre sus bordes mientras ella no deja de besarme. La cabeza del miembro se me resbala con su humedad y ella engancha una pierna en mi cadera para que entre.

Muevo las manos de su espalda hacia el abdomen que toco.

—¿De quiénes son? —Muerdo sus labios.

—Tuyos y míos. —Me lleva contra ella, acomoda la cara en mi cuello y lo que empieza en el comedor termina en la cama, donde la llevo.

Se lleva la mano a la cabeza cuando cruzamos el umbral, palidece y doy un paso atrás cuando se toca el bajo del vientre.

—¿Qué pasa? —pregunto.

—Un dolor leve —me contesta—. Ya va a pasar.

Cierra las cortinas y se acuesta a mi lado. Ella deja las piernas sobre las mías y me da una de las cosas que más me gusta en el mundo y es tenerla a mi lado.

97

Máscaras y veneno

Christopher

«El poderío Morgan tiene dos herederos varones» es el titular del boletín a la mañana siguiente. Alex ya lo anunció públicamente y le han llovido felicitaciones por sus dos nietos, la noticia tiene hablando a toda la milicia.

El aire de la mañana avasalla mis pulmones en lo que troto a través del sendero del parque lleno de robles. Rachel se mueve a mi lado con un libro en la mano, saluda a Tyler cuando pasamos por su lado y sigue con el recorrido. Los escoltas están distribuidos a lo largo del área.

—Aquí dice que los bebés pueden heredar las inseguridades de los padres —me comenta Rachel—. Me preocupa.

—Los Morgan no tenemos inseguridades —repongo.

—No es cuestión de apellidos. —Me señala un párrafo en lo que sigue corriendo a mi lado—. Lee la teoría que lo confirma.

Recibo el libro que arrojo al lago, no sé para qué lee tonterías. Detiene el paso y me obliga a hacer lo mismo. Tomo aire por la boca en el centro del sendero. Una mujer pasa frente a mí con un dispositivo en el brazo y fijo los ojos en las luces que emite.

—Me voy a casa, así ves lo que te apetezca tranquilo —se enoja—. Estas cosas no me hacen bien.

—¿De qué hablas?

—De nada. —Se va trotando.

Parece que ahora mirar a la gente es un delito. Varias personas ponen los ojos en mí cuando echo a correr detrás de ella. Cuando la alcanzo, pongo mi brazo alrededor de su cuello y la obligo a que se detenga.

—¿Qué necesitas?

—Besarte. —Me apodero de su boca.

La pego a mi pecho y la envuelvo en mis brazos en medio del parque lleno de mujeres y transeúntes. Se enoja por las ideas que ella sola se crea en la cabeza.

—¿Esto era lo que querías? —increpo.

—No, pero no me quejo.

Es ella quien me besa ahora antes de seguir trotando conmigo. Tiene buena resistencia en el ejercicio; sin embargo, la rutina no puede ser tan dura. El tiempo de esfuerzo físico la agota y una hora después no da para más. Palidece y se lleva la mano al abdomen. Le pregunto si necesita el inhalador y mueve la cabeza en un gesto negativo.

—Creo que mejor nos vamos —habla—. Estoy mareada.

Regreso con ella a la casa caminando, entrelazo mis dedos con los suyos, mientras que Tyler camina casi a la par de nosotros, estuvo unos días libres en enero, fue a Phoenix y empieza a hablarle a Rachel de lo que le gustó.

Con la teniente, atravieso la calle que lleva al edificio en el que entro. Rachel desayuna por segunda vez en el *penthouse* y yo me pongo a trabajar desde el estudio.

—Me acostaré un rato —me anuncia—. Estoy cansada.

El rato se convierte en una eternidad, dado que no despierta más en toda la mañana. Me veo obligado a salir, ya que debo reunirme con los capitanes del comando.

Alex tiene doble carga laboral por lo de Olimpia, le preocupan las encuestas, que suben y bajan continuamente. Ocupo la tarde en los avances que muestran los capitanes de la Élite, tienen una lista de los sitios que han desmantelado en las últimas semanas.

—Hay un cabaret en Ámsterdam —informa Simon—, se sospecha que es de la Yakuza y que hay menores trabajando allí. Lo estoy estudiando para proceder.

—Bien, que sea lo antes posible.

Llamo a Rachel en la tarde, pero Ivan Baxter es quien contesta y me dice que sigue dormida.

—Almorzó y volvió a la cama —comenta.

—Dile que me llame. —Cuelgo.

Despido a los soldados, me reúno con Cristal, quien me pasa una lista de todas las personas que, según ella, Gema ya tiene en el bolsillo.

—Repito lo que ya he dicho, su ayuda es algo que debemos valorar, todo el mundo la ama —me dice Cristal Bird.

Firmo los documentos que tengo pendientes, no estoy para analizar si es buena o no, solo quiero que haga lo que tenga que hacer; además, ganar y gobernar a mi lado también le conviene y le beneficia.

Recojo lo que debo llevarme antes de alcanzar la chaqueta que tengo en el perchero de atrás. Cristal se retira y yo me largo al estacionamiento. Abordo mi vehículo y dejo que Tyler me siga. En el camino le pido que se detenga a comprar lo que necesito.

La empleada me avisa de que Rachel sigue dormida. Las luces de la alcoba están apagadas y yo la muevo en repetidas ocasiones para que despierte; sin embargo, no lo hace ni cuando la beso.

—Nena... —le insisto—, Rachel.

Le tomo el pulso, los latidos están bien. Parece que se fue a otro planeta.

—¡Rachel! —La sacudo con fuerza.

Abre los ojos y siento que un peso desaparece de mi pecho. Me sonríe adormilada antes de besarme.

—¿Qué tienes?

—Nada, solo que siento que no he dormido en días. —Pasa los nudillos por mi cara y cierra los ojos de nuevo—. Huelo la comida.

Le entrego lo que traje y cena mientras yo me voy al balcón de la sala. A los pocos minutos, oigo el sonido de la ducha.

Miranda me ofrece el whisky que le pedí, pongo los ojos en las luces de la ciudad que se extiende a lo lejos, mientras le doy un sorbo al líquido ámbar que muevo. Mentalmente, hago cálculos de los días que faltan para lo que se aproxima.

El móvil empieza a vibrarme en el bolsillo, reconozco el serial del número y sacudo la cabeza, «Ya se estaba tardando».

Respiro y me llevo al móvil a la oreja.

—¿Qué quieres?

—*Colonnello* —saludan en italiano cuando contesto—. ¿Es muy tarde para felicitarlo?

El maldito hijo de perra de Antoni siempre se las apaña para joder, pese a estar en la cárcel.

—Me asombra tu nivel de idiotez. ¿Qué necesitas? ¿Saber cómo está Rachel? —me burlo—. Si es lo que te preocupa, déjame decirte que está preñada, casada y satisfecha.

—No es tu mujer, es la mía.

Suelto a reír, no es más que un maldito iluso.

—¿Estás en la cárcel o en el circo?

—Esté donde esté, te seguiré observando. Seré claro con lo que diré —empieza—: el único legado que va a brillar en un futuro es el mío y haré todo lo que tenga que hacer para que así sea; por ello, te aconsejo que saques los engendros que Rachel James tiene en el vientre antes de que la maten.

Muevo la cabeza con un gesto negativo, no hace más que darme motivos para cortarle la garganta.

—Es mi mujer y prefiero verla muerta antes que con algo tuyo.

—Es tarde para tu amenaza, porque ya los tiene.

—No celebrarás igual cuando tengas que elegir entre ellos o ella —sigue—. Zio Reece ya no es un salvador, así que resígnate a que van a morir, porque de Rachel James no sale un Morgan, y si sale, será de su cadáver.

Cuelgo, no tengo por qué tolerar sus jodidas amenazas ni las incoherencias que le hace soltar su nivel de locura. Se atreve a hacerme advertencias, pese a saber que yo no me mido y, en vez de acojonarme, lo que hace es que me empiece a estorbar el disfraz.

—La señora Rachel no despierta —me habla Miranda—. Su padre está al teléfono y se lo quería pasar.

Se quita del medio cuando paso por su lado. La puerta del dormitorio está abierta, las luces encendidas y mi mujer está tendida sobre la cama.

—Rachel —la llamo.

Acaba de despertar, la llamada y el que no reaccione es una cuchilla que me corta de adentro hacia fuera. La tomo de los hombros y la sacudo como cuando llegué.

—¡Despierta!

Abre los ojos, desorientada, y le pido que se levante. Algo tiene y debo llevarla al hospital. La pongo en la orilla de la cama, a la empleada le pido que le prepare ropa, Rachel se lleva la mano a la cabeza e intenta ubicarse.

—¿Qué pasa?

—Algo anda mal, así que levántate. —Busco la chaqueta que me pongo—. Antoni llamó, la maldita obsesión que tiene por ti nunca nos va a dejar en paz.

—¿Qué?

Intenta caminar hacia donde estoy, pero se tambalea y soy rápido a la hora de llevarla a la cama. El pulso de la muñeca se ha tornado lento. Me joden estas cosas porque no hacen más que ponerme entre la espada y la pared.

—Mi abrigo —pide y voy por él.

—Hay tantas cosas que se hubiesen podido evitar si no hubieras ido al jodido operativo de Moscú —le meto los brazos en el abrigo—, pero fuiste porque nunca me escuchas.

—Hacía mi trabajo y no tiene sentido sacarme en cara eso ahora.

—¡Sí, tiene sentido! —alzo la voz— ¡Porque conociste al maldito que tiene a mis hijos en riesgo!

Me guardo el arma en la parte baja de la espalda, le quito a Miranda lo que empacó y saco a Rachel, quien va en pijama. Tyler se me pega atrás apenas nos ve en el vestíbulo y le pido que ponga en marcha el auto.

—Vamos al hospital.

La cabeza de Rachel cae sobre mi hombro cuando se queda dormida otra vez. «Maldita sea». El escolta conduce lo más rápido que puede, el pulso de la teniente va perdiendo fuerza y agradezco que el soldado no pierda tiempo a la hora de abrirse paso entre los vehículos.

En menos de veinte minutos estamos en el hospital donde Tyler me ayuda con Rachel. Al primer médico que aparece le exijo todos los estudios que puedan hacerle; necesito descartar riesgos, estar seguro de todo y saber por qué diablos parece una sonámbula.

—¿Tomó algún somnífero? —me pregunta cuando se queda dormida en la camilla—. ¿Algún calmante?

—No.

El toxicólogo se la lleva y espero impaciente. Alex me llama, está en Washington y no hago más que dar vueltas a través de la sala de espera con el móvil en la mano.

—¿Para qué llamó Antoni?

—Para lo mismo de siempre, ya lo sabes.

—Voy para allá. Infórmame de todo lo que te digan.

En las cuatro horas siguientes no recibo respuesta alguna, hasta que en la madrugada el toxicólogo aparece con la obstetra. Me piden que los siga a la alcoba donde Rachel está sobre la camilla.

Hay dos médicos más con ella dentro.

—¿Todo está bien? —pregunta la teniente—. ¿Esto es por el asma o algo así?

—Los estudios muestran que tiene una toxina en el cuerpo —le dicen—, la cual debe atacarse de inmediato. No podemos hacerlo con los mellizos dentro, por ello hay que adelantar el parto. Uno de los fetos ya está contaminado, el otro no, pero los latidos de ambos han empezado a disminuir.

—Son muy pequeños, lo más probable es que mueran —alega Rachel— si me dice que sus latidos no son normales.

—Van a morir de todos modos con la toxina que tiene adentro. Usted aún tiene probabilidades si lo detenemos ya —declaran y me quedo sin saber qué decir—, pero correrá con la misma suerte si deja avanzar el embarazo. Sospechamos que las hormonas del embarazo ayudan a que crezca y no puede continuar con esto.

Les doy la espalda cuando las manos me empieza a temblar.

—El HACOC está controlado. —Rachel empieza a llorar—. No lo he vuelto a tocar y estoy libre de todo lo que conlleva.

—Esto no es HACOC, es algo más agresivo, no tenemos idea de qué puede ser, pero debemos detenerlo ya.

La miro a ella y el vientre, los médicos empiezan a hablarme, a decirme que es lo mejor; sin embargo, mis oídos se cierran. Rachel se pone mal y me apresuro hasta la camilla, donde se aferra a la manga de mi chaqueta.

—Vámonos —le digo—. Iremos a otro lado.

—Sí, vamos. —Llorando, saca los pies de la cama.

—Coronel...

—¡Cierre la boca!

Le grito. Traigo la ropa de Rachel que está en el baño y le digo a todo el mundo que se largue. Ella se viste tan rápido como puede, mientras que yo le pido a Alex que se encargue de promover todo lo que se requiera para que pueda viajar directo al CCT sin tener que hacer escalas.

—Deja todo en mis manos —responde—. Solo preocúpate por subir al avión.

Siento que entro en una carrera contra el tiempo. Los médicos esperan afuera y ninguno de los dos los mira a la hora de salir. Le pido a Tyler que suba atrás con Rachel en lo que yo me pongo al volante del vehículo y conduzco al aeródromo.

Ivan Baxter, que viene en el vehículo de atrás, se ocupa de las pertenencias que alcanzó a empacar Miranda. Subo a Rachel al jet, los soldados de la Alta Guardia se acomodan en sus puestos y yo despego lo más rápido que puedo.

La teniente no hace más que llorar y pongo la aeronave en piloto automático para ir a atenderla. Los sollozos toman fuerzas cuando me ve.

—¿Cómo te sientes? —Sujeto su cara—. ¿Estás respirando bien?

—No quiero que ninguno muera, Christopher —me dice—. No podría resistirlo.

—No van a morir.

La traigo contra mi pecho y dejo que me abrace.

—No lo voy a permitir.

El viaje se me hace eterno; sin embargo, al día siguiente logro llegar al centro donde Reece ya no está y eso es otro golpe más, porque de estar aquí, de seguro ya tendría una maldita solución.

Aterrizo en la isla y saco a Rachel de la aeronave. Los escoltas se encargan de conseguir los botes y yo la subo a ella dentro de uno donde le ajusto el salvavidas.

El desaliento y el cansancio que padece van en aumento con el pasar de las horas cuando empieza a vomitar. La que en su momento fue la mano derecha de Reece nos recibe y exijo los mismos estudios que le hicieron en Londres, cosa que toma casi cinco horas.

Rachel se descompone más y a duras penas puede respirar.

—Es un componente químico altamente peligroso, está asociado con las hormonas prenatales y empezará a volverse más letal a medida que avance el embarazo —explica el doctor—. En Londres tienen razón y es que no hay manera de atacarlo en tu estado.

—Pero yo me siento bien —explica Rachel—. Se movieron hace poco y ya sabemos el sexo.

—Uno de los fetos ya está contaminado y en peligro. —La asistente de Reece muestra la ecografía—. Entre más crece, más te deterioras.

—Conocemos los componentes del HACOC, pero esto no —replica la coreana—. ¿Cómo vamos a lidiar sin antecedentes, sin saber qué es y cómo tratarlo?

—Bien, ya quedó claro que no van a servir para nada. —Le arrebato la carpeta—. Este lugar ya no es nada sin Reece Morgan aquí.

—No es eso, coronel, es que…

No le presto atención, solo me llevo lo que traje. El llanto de Rachel empeora de regreso… Creí que habría una maldita solución, pero me equivoqué. Tyler trata de que se tranquilice; sin embargo, no lo logra ni él, ni yo, ni nadie.

—Cálmate. —La tranquilizo cuando estamos de vuelta en el jet—. Voy a encontrar una solución, siempre la tengo.

Dejo que me abrace, la llevo a la cama y le pido a Tyler que se ocupe de ella. Elevo la aeronave y Dalton Anderson es quien se ocupa de esta en lo que empiezo a contactar con distintos hospitales.

Envío el historial médico y por más que insisto, que digo quién soy, no recibo una respuesta positiva. Rachel empieza a vomitar con coágulos de sangre y me cuesta pensar con ella en ese estado.

«No tenemos lo que se requiere, coronel —me informan en el teléfono—. No tenemos nada que lo contrarreste», «Lo sentimos, nos tomará meses patentar algo que esté a la altura y no se puede asegurar nada».

Llamo a los mejores hospitales y todos me dicen que no pueden hacerse cargo del caso. Hong Kong tarda en responder y da la misma respuesta.

Le cuelgo al imbécil que intenta explicar por qué no pueden y contesto la llamada de la persona que me llama.

—Christopher —me habla Uda—, vi tu mensaje, perdona que no contesté hasta ahora, no tenía cobertura.

—¿Puedes ayudarme con esto? —Me peino el cabello con las manos.

—Sí, no será sencillo, pero puedo. Parte de la medicina del CCT se realiza del derivado de nuestros fármacos —explica—. Te voy a enviar unas coordenadas, pero por favor no las compartas con nadie, solo desvía tu vuelo y te veré en unas horas.

Le hago caso, confío en lo que sabe, la he visto darle soluciones a más de uno. Tomo el control de la aeronave, las coordenadas no tardan en llegar y las inserto en el sistema.

El viaje me toma más de doce horas durante las cuales hice escala para llenar la aeronave de combustible antes de volver a despegar. Siento que viajo al culo del mundo, a otro planeta, no sé, pero se siente tan lejano el destino que me empiezo a desesperar cuando atravieso el océano, y más cuando siento que el interminable desierto en el que me sumerjo no tiene fin.

Logro respirar cuando una que otra casa aparece, la pista de aterrizaje está kilómetros más adelante y desciendo. Uda se acerca corriendo con la cabeza cubierta, señala el vehículo que ya tiene listo y yo voy por Rachel, que está sentada en la orilla de la cama.

—¿Volviste a vomitar?

Asiente y la ayudo a levantarse.

—Aquí harán algo. —La saco.

La subo al vehículo viejo con olor a óxido. Uda se pone al volante de la obsoleta camioneta, los escoltas se acomodan como pueden atrás y yo mantengo a Rachel contra mí. No le presto atención al paisaje, al entorno ni a nada, solo quiero llegar rápido a donde sea que voy y darle una solución a esto.

La mujer que conduce se desvía por una de las carreteras, empiezo a mirar el reloj, le pido que pare varias veces, dado que Rachel necesita vomitar.

—Súbela rápido —me indica la mujer que conduce—. No pueden vernos, no tengo permiso para traerlos aquí.

Tomo a Rachel, que se limpia la boca antes de volver al auto. El camino sigue durante media hora más hasta que llegamos a la casa donde Uda se detiene.

—Es aquí.

Sujeto el brazo de mi mujer y la llevo adentro. Los escoltas se encargan de las cosas que traje, solo me preocupo por entrar. Espero a que abran la puerta y dejo que me guíen a la segunda planta. Las puertas no tienen seguro y Uda me abre la entrada al dormitorio que está en la mitad del corredor.

Las ventanas están abiertas y la brisa del mar, que está metros más adelante, sacude las cortinas. Rachel se sienta en la orilla de la cama, se recuesta y me da la espalda.

—Quiero descansar —susurra.

La dejo, requiero saber con urgencia lo que se hará y por ello vuelvo a la sala. Los escoltas pasean los ojos por el espacio, que no es grande; sin embargo, cuenta con todo lo que se necesita.

El ventilador de techo es lo único que medio aísla el calor que hace. Estiro el cuello para ver a la mujer que recoge plantas afuera.

—¿Qué haces? —le pregunto—. ¿Me hiciste venir aquí para que te viera hacer tus labores de campesina? Mi mujer necesita ayuda.

—Lo sé.

La sigo a la pequeña casa, granero o como sea que se llame el sitio en el que entra. Es un consultorio médico o al menos eso parece, tiene dos camillas, equipo de reanimación, envases, instrumentos para la elaboración de fármacos, libros y estantes llenos con no sé qué porquerías.

Frunzo el entrecejo al ver los animales que tiene en cajas de cristal.

—Mi padre trabajaba aquí, era uno de los médicos más reconocidos de Gehena —habla—. Tiene un hospital con su nombre, murió hace unos días.

Pasea la mano por uno de los libros y me da la espalda para que no le vea la cara.

—Hasta ahora no hay un bioquímico que supere las creaciones de Antoni —explica y empiezo a temer que me haya hecho venir acá para nada—. Sin embargo, siento que puedo ser de ayuda.

Se recompone antes de moverse a las cajas de cristal que descansan en una de las encimeras, abre una y, con apuntes en la mano, saca la serpiente que lleva a la mesa.

—No puedo extraer lo que tu mujer tiene, por ello no hay más alternativa que combatir veneno con veneno. —Me muestra lo que sacó—. Nuestra medicina no es como la convencional, pero es la mejor que hay.

Suelta un discurso en el que explica con detalle todo lo que hará mientras toma un recipiente para extraer el veneno de los colmillos del animal, se acerca a la cámara climática, donde toma un tubo de ensayo.

Va a detener el avance de lo que Rachel tiene en el cuerpo. Viene de una familia de médicos y farmacéuticos, ella ya ha trabajado con sus creaciones y tiene experiencia en ello.

—Le suministraré suero para hacer resistencia al veneno. Es una receta de los Skagen, son la familia real de aquí —explica—. Muchas personas pagan altas sumas por él, dado que no se vende en cualquier lado y solo se da a quien ellos quieren ayudar.

En una bandeja coloca todo lo que Rachel necesita, saca el dichoso suero y no sé qué tan verídico sea esto, pero no tengo otra alternativa.

Volvemos a la alcoba y levanto a Rachel para que se tome lo que debe ingerir.

—Esto sabe a agua de alcantarilla. —Aparta el vaso, que huele a mierda.

—Debe tomárselo todo, le aporta los nutrientes que necesita —la regaña Uda—. Esto es crucial, a menos que quiera que sus hijos mueran.

Rachel la mira mal y la obligo para que acabe con lo que hay en el vaso. Le destapan el brazo derecho para aplicar inyecciones y ella regresa a la cama, donde me vuelve a dar la espalda.

—Pensé que el HACOC era lo peor que podía hacer Antoni, pero parece que no —comenta Uda cuando volvemos a la sala—. Esto parece mucho peor.

No hay palabras que definan lo mucho que detesto a ese pedazo de mierda.

—No puedo dejar que se salga con la suya —le digo—. Eso sería perder.

—No dejaré que eso pase.

Los escoltas están afuera y yo recibo el trago que ella saca de la botella que tiene bajo candado. El sonido de los animales nocturnos, en vez de dar paz, desespera.

—Debería estar de lleno en la campaña. —Dejo el trago de lado—. Estas últimas semanas son cruciales, y mírame, aquí con otro problema encima.

—Consecuencias de no ser cualquiera —me dice.

Me sirve más licor. La conocí a través de Thomas Morgan, ya que estaba con él cuando en un operativo me encontré con el hermano de Alex. Lo acompañaba casi a todos lados y ahora es quien se ocupa de toda la gente que trabaja para él.

Se volvió cercana a uno de mis círculos y empezamos a hablar seguido.

Me pongo a armar el equipo que se requiere, no es el más avanzado; sin embargo, sirve para lo que se necesita y es para alertar sobre cualquier tipo de urgencia.

Con los escoltas lo traslado a la habitación de Rachel, a quien despierto para que coma y beba, cosa que hace solo porque le toca. Aparte de cansada, también está decaída y no tarda en volver a quedarse dormida.

Tengo que volver a Londres, por más que quiera quedarme, no hacerlo me pondrá en desventaja con Leonel: hay una agenda que cumplir y no puedo desaparecer ahora.

Alex insiste en que quiere venir y, aunque no me gusta que meta las narices donde no debe, siento que su presencia es necesaria ahora.

—Las personas que van a venir deben ser discretas —me dice Uda—. Los permisos para entrar aquí requieren tiempo y pueden sacarnos a todos si no tenemos cuidado por más nativa que sea. Las leyes son estrictas.

No le contesto, solo busco la alcoba de Rachel, me acuesto a su lado y vigilo que pase la noche bien, en vano, porque a la mañana siguiente las cosas empiezan a empeorar.

Uda logra controlar la tensión que se dispara, pero los pies de Rachel se empiezan a hinchar y le cuesta respirar.

Se pega al inhalador que le doy. La dueña de la casa no le habla, solo se ocupa de que beba lo que debe beber.

—Tu desayuno está abajo —me avisa.

Rachel suspira mientras me pongo los zapatos.

—¿Algo que deba saber? —pregunta—. ¿O algo que me quieras decir antes de que me entere?

—Desde que me levanté no he dejado de pensar en las ganas que tengo de follar... —le digo y me mira mal— con mi mujer.

Me acerco a besarla, tiene la espalda recostada en el cabezal y me empuja al momento de acercarme.

—Mentiroso —agitada, me reta y con un beso le demuestro que no miento.

Sé que está enferma y mi genio no es el mejor de todos; sin embargo, me es imposible no irme sobre ella, dado que la necesito. Quedo sobre ella, quien responde al movimiento de mis labios.

Alzo la tela de la bata que le cubre los músculos, la humedad que surge entre sus muslos pone en evidencia lo mucho que quiere que me la folle. Me quito la playera.

—Dame. —Busco los pechos que ella destapa para mí.

Bajo el elástico del pantalón deportivo que tengo puesto, sujeto el tallo de la polla que guío a su entrada y punteo antes de entrar. Puede estar indispuesta, moribunda o lo que sea, pero nunca dejo de tenerle ganas.

Desnudo, me muevo en lo que pasea las uñas por mis costillas, traslado las manos a los muslos, los cuales aprieto mientras entro y salgo de su sexo.

Está tan caliente, tan derretida ahí abajo que no me queda duda de lo mucho que le gusta tenerme adentro con mi lengua entrelazada con la suya. El sol de la mañana llena la alcoba, la brisa entra por la ventana y ella no deja de besarme.

—Míos —proclamo en lo que me aferro a sus caderas sin dejar de embestirla.

—Tú eres nuestro. —Me abraza y siento cómo la voz le sale llena de sentimientos.

—Ya deja de llorar —le susurro antes de llenarle la cara de besos—. Todo va a salir bien.

La cabeza de mi miembro se agranda cuando me corro en su interior. Me guardo el tipo, de momento no me importa otra cosa que no sea ella y lo que tiene adentro.

—Debo irme en la noche, pero vendré el fin de semana —le digo y asiente.

La vuelvo a besar y a montarla con un polvo más rápido antes de vestirme. Como solo, la dueña de la casa se encarga de ir al país vecino por las personas que vendrán, Rachel no se puede quedar sola, ya que esto no es el CCT; por ello, me encargo de la llegada de los James, que entran con Alex y Sara justo cuando estoy por partir.

—No quiero que la estés amargando, ni que metas las narices donde no te importa —le advierto a Luciana—. A la primera disputa, se largan.

—No discuto ni hablo con cerdos —alega Luciana.

—¿Cómo está? —pregunta Rick James.

—Mal —contesto—. Necesita cuidados y atención.

Sam James sacude la cabeza mientras que Alex pregunta dónde está la alcoba. La familia de Rachel entra primero a verla y yo los sigo adentro. El papá es el primero que va a abrazarla.

—¿Y Em? —inquiere Rachel cuando no la ve—. ¿Dónde está?

—En Alaska —le dice el papá.

—Solo preocúpate por mejorarte —la regaño cuando intenta alegar por qué no traerla—. Me voy ya, quiero que tengas claro que a la primera pelea con los de aquí se van.

—Nadie va a pelear. —Me besa—. Tú eres el que lo está haciendo ahora.

Le recuerdo a Uda que no quiero conversaciones del mundo exterior, la atención solo debe estar en lo que pasa aquí.

—Las coordenadas que te di no se las des a nadie —advierte Uda—. Como te dije, estoy asumiendo riesgos al tenerlos aquí y por ello fui yo misma por tus suegros.

Asiento, Dalton Anderson, Tyler Cook e Ivan Baxter se quedan para lo que sea necesario, mientras que yo regreso con Make Donovan.

El viaje se me hace eterno…, son horas en el aire y, con Rachel lejos, llega la rabia y las ganas de devolver el golpe. Antoni cree que me está jodiendo, pero se equivoca, soy yo el que lo va a joder a él.

Aterrizo en el comando y lo primero que hago es empezar a buscar lo que necesito. No está en la unidad de testigos y no hay registros de sus movimientos.

—¿Dónde está Lucian Mascherano? —le pregunto a Parker.

—Bratt, que es su nuevo tutor, junto con el Consejo se están haciendo cargo de él.

Le exijo que se empiece a entrenar a los soldados que tiene con el nuevo método de entrenamiento que dispuse, no me voy a andar con arandelas, las cosas serán como yo las quiero.

—Como ordene, coronel —responde el alemán que se retira.

Me deja solo y de inmediato me traslado a la oficina de Bratt.

—¿Dónde está Lucian Mascherano? —le pregunto y no me mira—. Me informaron de que su tutor se lo llevó. ¿Quieres reemplazar al hijo que murió apuñalado en el vientre de la perra de su madre? ¿Llenar ese vacío?

Levanta la vista del teclado.

—Huyó en uno de los traslados —contesta—. No sé dónde está.

—¿Huyó?

Cree que soy idiota. Me acerco y apoyo las manos en la mesa de roble que tiene como escritorio.

—No me quieras ver la cara, quiero a ese niño aquí lo antes posible o habrá consecuencias.

—Ya dije que no sé dónde está.

—Y yo ya hice mi advertencia.

Me retiro a trabajar, los compromisos que tengo no los puedo posponer. Los días empiezan a pasar entre reuniones y operativos en lo que participo con el fin de sumarle puntos a mi campaña.

Todo lo hago con un conteo regresivo en la cabeza, la necesidad de ir a ver a mi mujer me taladra desde que me levanto hasta que me acuesto. El jueves llega y estoy tan hastiado de todo que me dan ganas de mandar esto a la mierda.

Lo único bueno de la mañana es el barco lleno de arsenal de la Bratva que logro intervenir cuando intenta pasar a través de aguas europeas. Pido que el material sea trasladado al comando y con la Élite reviento las cajas.

Saco una de las ametralladoras de largo alcance que encuentro, continúo con las demás y lo que hallo es como dulce para un niño, hay: proyectiles, pistolas, misiles, granadas y fusiles.

Armo una pistola y la pruebo. La mirilla solo puede definirse con una palabra y esa es «perfecta», al igual que el alcance que tiene.

—Agrégalo al inventario —le ordeno a la teniente Lincorp, que, con duda, anota la orden que le doy.

—Son armas rusas —se queja Bratt—. Son peligrosas y demasiado violentas para la milicia.

—Ahora son londinenses, limen las marcas, las registran como arsenal solicitado a terceros y ya está.

Le entrego el arma a Simon, quien no dice nada. La situación no está para desperdiciar nada. Continúo con mis tareas y en la tarde participo en el operativo del burdel de la Yakuza en Ámsterdam.

Me adentro en el lugar con la tropa de Simon, el sitio se vuelve cenizas cuando entro con la orden de exterminio total, puesto que no quiero presos ni testigos. Acabo con todo y con ello paso una mínima parte de la rabia que tengo.

—No me parece correcta la forma en la que estás procediendo —se queja Bratt en la reunión que tenemos en el comando—. Esa no es la manera en la que se lleva a cabo un operativo.

—¿Pedí tu opinión? —increpo.

—No, Christopher, pero...

—¡No la pedí! —Estrello el puño en la mesa.

No voy a ser flexible con la Yakuza ni con nadie, por ende, mantengo la orden de exterminio total para los operativos siguientes. No necesito presos que no sirven para nada y lo que hacen es estorbar.

El fin de semana llega y viajo a Gehena a ver a Rachel, quien, pese a seguir con el oxígeno, se ve algo mejor. Estar con la familia le sienta bien, dado que no está tan decaída como antes, a pesar de que a cada nada le sangra la nariz, según Alex.

—Al fin estás aquí —me dice desde la cama y me muevo a besarla.

—¿Extrañaste mi polla? —le pregunto y se ríe con el oxígeno puesto—. Tomaré eso como un sí.

Dejo que me abrace, la saturación es lo que más preocupa, puesto que a veces no lo hace bien y es un riesgo. El padre le cocina, la madre no me determina y yo a ella tampoco.

Si irme la primera vez fue difícil, la segunda es peor.

—Te amo —me dice ella.

—Lo sé.

Me pasa los nudillos por la cara y la envuelvo en mis brazos una vez más antes de irme. Me jode que no esté del todo bien como debería estarlo; según Uda, esto lleva tiempo y es mejor que esté aquí y no en otro lugar donde de seguro ya estaría muerta.

Alex no puede quedarse más tiempo, por ello regresa conmigo y Sara se queda con Rachel, que se pone feliz cada vez que entra a su alcoba con comida.

Mi vida es un ir y venir entre el comando y Gehena; es poco lo que duermo, dado que a cada nada estoy pendiente del teléfono. Hablo con Rachel todos los días del mes que se suma al calendario.

Lucian Mascherano no aparece y yo no pierdo tiempo a la hora planear y atacar a la pirámide, es una herramienta crucial de los Mascherano, y así como han atacado lo mío, yo ataco lo de ellos.

—Lo amamos mucho, coronel —me dice Rachel cada vez que hablo con ella—. Ten cuidado, por favor.

—Y tú.

El estar tan lejos es un estrés y más porque sé que no está del todo bien: a veces la migraña no la deja dormir y sigue sin poder respirar por sí sola, tiene episodios donde empieza a vomitar y a Uda le cuesta estabilizarla.

Los días siguen, la candidatura tiene ansioso a todo el mundo y yo demuestro por qué soy el mejor a la hora de dar la batalla.

—No quiero prisioneros —le digo a la Élite en el operativo del martes por la tarde.

Se hace una emboscada en uno de los callejones que usa el Green Blood para delinquir, huyen como animales mientras se acaba con todo. Gema sale de una de las bodegas con un delincuente esposado y lo derribo con un tiro en la cabeza.

—¡No quiero prisioneros! —la encaro—. ¡¿Qué parte de eso no fue claro?!

No contesta, solo se queda quieta en su punto. Los comandos que me apoyan se unen a mi forma de operar. Leonel sale a decir que estoy perdiendo la cabeza y no me importa, porque lo que le molesta es que soy capaz de conseguir lo que él no logra.

Las medallas que reluzco en el pecho dejan claro que estoy por encima de él. Operativo que tengo en las manos es operativo que termina con sangre.

—Este no es nuestro ideal —me dice Gema mientras superviso el entrenamiento matutino—. ¿Qué te pasa? Tú no eres así.

—Sé cómo hago mis cosas, así que mejor calla y no opines.

La dejo. Los hombres frente a mí se llevan las armas contra el pecho mientras se alinean al mismo tiempo.

—¡No somos héroes de guerra, somos los ejecutores que acaban con aquellos que van contra los ideales que nos rigen! —gritan todos al mismo tiempo.

El fin de semana llega y viajo a visitar a Rachel, quien mantiene la cabeza sobre mi pecho cuando nos vamos a la cama. Le cuesta mucho respirar y besa mi cuello mientras que yo acaricio su espalda.

El medicamento que toma es agresivo, es lo que desata el sangrado nasal y la tiene con fuertes dolores de cabeza. La hace vomitar varias veces al día y eso enoja a Luciana James.

La familia y Sara le preparan y le dan todo lo que quiere.

—Gracias por todo —declara ella, agitada—. No saben lo feliz que me hace tenerlos aquí conmigo.

—No hables mucho —le dice Rick James.

—La próxima vez que vengas, trae pollo frito —me dice Rachel—. Que esté crocante, por favor.

Volver a Londres es una reverenda mierda, es poco lo que duermo y lo que como; necesito que esto acabe rápido, posicionarme de una vez por todas y asegurar el puesto que me dará el control total.

—Yo lo hago, tranquilo, hermano —se ofrece Patrick cuando me dice que hay que pedir suministros para el ejército—. Tienes que descansar o te vas a morir, y no podremos disfrutar de la buena pensión que tendrás.

No puedo descansar, ya que tengo una reunión con el Consejo y Leonel. Gema se ubica a mi derecha, Alex toma el puesto principal, Kazuki me da la mano a modo de saludo, Bratt entra y se sienta en uno de los puestos.

Estas reuniones no son más que para perder el tiempo y hacer idioteces. No me queda duda de ello cuando le ofrecen el puesto de Joset en el Consejo a Bratt.

—Joset estaría muy orgulloso de ti —comenta Arthur Lyons y él se levanta a dar las gracias.

Me dan ganas de pegarle un tiro; sin embargo, el odio que le tengo queda en segundo plano cuando recibo la llamada de Rick James, la cual me hace salir al pasillo.

—¿Qué? —pregunto.

—Necesito que vengas, Rachel amaneció mal, Uda no la ha podido estabilizar —habla.

Echo a andar.

—Mal, ¿cómo?

—Tiene la tensión arterial por los cielos.

Alex me alcanza y medio le digo lo que pasa, por el radio ordeno que me preparen la aeronave militar que abordo con el ministro.

Parker toma mi lugar junto con Patrick. Trato de llegar a Gehena lo más rápido que puedo, ni siquiera me molesto en quitarme el uniforme, solo abordo el vehículo que me recoge y me apresuro al interior de la casa.

—Tiene contracciones —me explica Sara—. Uda dice que no están listos todavía para nacer, estamos esperando que lo último que le suministró haga efecto.

La aparto. Uda se mantiene en la orilla de la cama, Rachel tiene puesto un respirador artificial, dado que le falta el aire, y lo que más detesto es no poder hacer nada con esto y que se me vaya de las manos.

El dolor la tiene mal, se mueve de un lado para el otro con las manos en el bajo del vientre.

—Dijiste que podías —regaño a Rachel—. ¡Y parece que te queda grande!

—¡Ella no tiene la culpa! —me regaña Rick James—. ¡Lo mejor es que salgas!

—¡Sal tú! —le grito—. ¡Es débil igual que tú, no es capaz de cumplir ni una maldita promesa!

Me desespero a tal punto que no sé qué hacer o dónde meter la maldita cabeza. Estoy dando todo lo que tengo en las manos, pero no es suficiente y de nada vale todo lo que he hecho si no puedo mantener esto.

—¡Largo de aquí! —Me saca Luciana y no me molesto en pelear con quien no vale la pena.

Solo busco aire afuera, trato de decirme a mí mismo que puedo, que no va a pasar nada si ellos mueren; no obstante, sopesarlo es como si me apuñalaran las costillas.

—Ve y apoya a Rachel, que te necesita —aparece Sara—. Esto no está pasando porque ella quiera...

Sí, es su culpa por darle pie a Antoni.

—Guárdate los consejos que no necesito —le digo a la mujer que me parió.

Sara sigue hablando y me alejo: es la última persona con la que quiero hablar. Camino y trato de poner los pensamientos en orden antes de volver a darle la cara al problema, cosa de la que me arrepiento cuando veo las sábanas llenas de sangre y a Rachel llorando sobre estas.

Uda trata de hacer todo lo que puede, la escena es un peso que me aplasta todos los órganos, no hablo ni digo nada, lo único que pide mi cerebro es que me largue, y es lo que hago.

—¡Christopher! —me llama Uda—. ¡Tienes que confiar en que lo vamos a lograr!

No me doy la vuelta, no estoy preparado para la angustia, el drama y la pérdida que conlleva esto. No sé ni cómo despego, solo alzo la aeronave por los cielos.

No mido la velocidad ni el tiempo, tampoco contesto las llamadas, alejarme de lo que me daña es lo que preciso, Rachel lo hace y siempre deja cicatriz. El camino parece no acabar y tomo el teléfono para enviarle un mensaje a la persona que necesito.

Estrello el aparato cuando acabo y me cuestiono haber dejado que esto me afectara hasta tal punto.

Londres aparece horas después, desciendo en el comando y empiezo a buscar a Bratt.

—¿Dónde está Lucian? —pregunto en la puerta de su oficina.

—Ya te dije que huyó.

Asiento antes de largarme, me cambio con los poros ardiendo dentro, sigo sin contestar las llamadas que me entran de Alex y me cruzo con Bratt en el estacionamiento cuando estoy a punto de salir: él aborda su vehículo y yo el mío.

—No me sigas y no me jodas esta noche —le dejo claro a Make Donovan cuando intenta seguirme.

Conduzco con la vista clavada en el frente, las llamadas siguen y yo me reúno con Death, quien me espera con sus hombres. Los llevo al vecindario lleno de mansiones impolutas.

Descienden de sus vehículos conmigo y doy la orden.

—Acaba con esa maldita casa —espeto— y tráeme a Lucian Mascherano.

Death asiente y les indica a los peleadores que lo sigan. Crecí aquí, soy un coronel y meto a gente donde sea. Se abren paso y soy el último que entra. Sabrina Lewis yace en el piso del vestíbulo viendo todo desde el suelo y yo paso por encima de ella.

No tengo que ver con nada a la hora de buscar lo que necesito. Los peleadores del Mortal Cage rompen, destrozan, parten y revientan puertas en busca del italiano que no aparece.

Mando abajo las cenizas de Joset y Martha Lewis y con bate en mano arraso con todo lo que hay en el despacho principal; me trae sin cuidado que esto no sea mío, que aquí haya pasado momentos de mi infancia.

Si me joden, haré lo mismo con otros. Recibo el martillo demoledor que me entregan y empiezo a reventar la pared que resguarda la habitación de pánico que sé que tienen.

Los ladrillos caen al estrellar el mazo una y otra vez. Mis hombres siguen acabando con todo y abajo capto los gritos de Sabrina, quien suplica que se detengan. Lucian Mascherano no está en el sitio de respaldo y no me basta con romper la pared, vuelvo trizas todas las porquerías que me rodean.

Un quintal de mierda me vale que este sea el sitio con más valor sentimental para Bratt Lewis.

—¡¿Qué haces?! —Llega el capitán—. ¡Te dije que no tengo a Lucian Mascherano!

Lo empujo y le clavo el puño en la cara; no suelto el martillo que tengo por más lleno de sudor que esté.

—No lo tengo, Christopher. —Se aleja Bratt—. No lo tengo.

—Lo escondes en vano y lo empeoras, porque cuanto más tiempo pasa, más ideas me llegan de cómo sufrirá cuando lo encuentre y lo mate.

Hay cosas que me cuesta esconder en este punto de mi vida, como el hecho de querer derramar sangre, así como otros desean derramar la mía. El Mortal Cage acaba con lo que queda y yo me largo a mi casa, a la que no quería volver solo, razón por la cual me mantuve todos estos días en el comando. Mantengo las luces apagadas al llegar a mi casa, el acuario es lo único que brilla en la sala de muebles grises.

No hay cosa que haga más daño que dejar que alguien se convierta en una parte de tu alma, que se compenetre contigo como si fuera un órgano vital de tu cuerpo.

No se puede vivir sin un corazón; bueno, yo no puedo vivir sin Rachel James y lo que tiene adentro: así funciono ahora.

No me joden las balas, no me joden otros; me jode su ausencia y el miedo que llega al sentir que puedo perderla.

Camino a la alcoba, la cama está llena de ropa de bebé que está doblando Miranda.

—No sabía que venía —intenta guardarlo todo.

—Sal de aquí. —La echo y busco la botella de licor, que me empino.

Siento el roce de mi anillo en el rostro al pasarme las manos por la cara. Bebo otros cinco tragos hasta que me llega el coraje que necesito para revisar los mensajes de Uda.

«Logré controlarlo todo, ven cuando puedas».

Enciendo el televisor, que muestra el canal informativo interno del comando. Llevo la espalda contra la cama, respiro hondo y me quedo el resto de la noche con el brazo sobre los ojos. No quiero volver a tener un episodio como este.

—Comienza el conteo regresivo para las urnas —anuncian en el canal a la mañana siguiente, y la noticia es lo que me levanta—. Estamos a cuatro semanas de la ronda final que elegirá al próximo ministro.

Salgo de la cama, no puedo quedarme en ella. Del cajón saco lo que preciso, reúno lo que Uda pide en tiempo récord y, después de tener todo listo, le pido a Death que se prepare para verme.

Meto la cabeza en la camisa que encuentro en el fondo del clóset, me pongo una chaqueta encima, compro lo que hace falta y me veo con el peleador, con quien me encuentro en la pista de High Garden.

—Legión —saluda, serio.

Tiene el chaleco del Mortal Cage puesto y el cabello recogido. Desde lo de Emma James tiene una cierta actitud distante, pese a que a mí me conoce hace más tiempo que a ella.

Meto la maleta en la aeronave y él arrastra la caja que trajo, la abre y le da paso al perro que mandé a entrenar. Está encadenado y empieza a ladrar con el bozal puesto.

En el Mortal Cage entrenan perros de defensa y pelea, los esteroides y vitaminas hacen que el animal crezca rápido, tiene una venda puesta sobre los ojos y un bozal que lo priva del olfato.

Saco la playera que tengo de Rachel, pedí que lo entrenen para ser un perro guardián y es lo que es ahora. Empieza a soltar el ladrido animal que se extiende por todo el jardín. Tiene los dientes afilados, se los limaron para que pueda desgarrar gargantas.

Le acerco la playera que tengo para que se familiarice con el olor, no deja de mostrarme los dientes y Death le vuelve a colocar el bozal antes de subirlo a la aeronave, donde hice que le ubicaran un lugar.

—Estaré rezando por ti y por tu esposa para que todo les salga bien —me dice el peleador que aún siento serio—. Ten un buen viaje.

—Tu maldita actitud no quita que debas verme y obedecerme, así que mejor cámbiala —espeto—. Lo que haces no va a traer a tu superamiga de vuelta, ya que es una inútil que se va a morir y lo sabes; así que deja de perder el tiempo.

No contesta, solo sacude la cabeza y se va, medio lo tratan bien y se empecina con tonterías.

Emprendo el vuelo que me lleva de regreso a Gehena y donde Uda me está esperando, bajo con el perro y lo llevo a la casa donde está Rachel.

Entro sin saludar a nadie, los escoltas están en su posición y Luciana James abandona la casa cuando me ve. El animal se impacienta y le suelto la cadena dejando que busque a la teniente.

Rachel está en la cama con el oxígeno puesto en la nariz. El animal se acerca y ella desata la sonrisa que quería ver hace días.

—Pucki —le acaricia el pelaje al animal y es un alivio verla sin el respirador—, ¡qué grande estás!

La llena de caricias caninas y me acerco a detallar la sonrisa que se extiende cuando nota lo que tiene el animal en el cuello.

—¿Esto es una forma de decir que el perro es más valiente que yo? —Me muestra la medalla que le quité en Londres en la condecoración y que ahora forma parte del collar del perro.

—Es tuya. —Me encojo de hombros—. La devuelvo para que luego no digas que me quedo con tus cosas.

Le arrojo la placa a la cama y dejo el pollo frito que saco sobre la mesa. Ella se sienta y apoya la espalda en el cabezal de la cama, observa la playera que hallé en el fondo del clóset. No quiero dramas ni discursos, como tampoco quiero explicar cómo estoy con todo esto o lo que podría pasar si pierdo a uno de los tres.

—Parece que tienes frío. —Acaricia el espacio libre que tiene al lado para que vaya.

Camino al sitio y me siento a su lado. Le aparto el cabello de la cara, la beso y me voy a la cama con ella, que pone la cabeza sobre mi pecho cuando me acuesto. Solo ella y yo sabemos lo mucho que nos necesitamos.

—Ahora soy la que te pide que no huyas —me dice.

—Vuelves a saber lo que se siente al estar en mis zapatos.

—Ya no quiero más lecciones, coronel.

Me llena y la lleno de besos…. pierdo la cuenta de las veces que la abrazo y aprieto fuerte contra mí.

—Compré esto hace meses para ti. —Pasa la mano por la playera—. Se te ve bien.

—Como todo lo que me pongo.

Pone los ojos en blanco, le acaricio la cara y nos quedamos juntos. Duermo con ella y la paz llega para ambos en un intervalo de horas que no quiero que se acabe.

—Come —me pone una tostada sobre los labios a la mañana siguiente mientras desayuno— o no te dejaré tocarme las tetas.

—No te metas con eso. —Busco su cuello y la hago reír.

Sara entra por los platos cuando ambos acabamos con el desayuno. Mis ansias por ella resurgen y dejo que me toque la línea de mis muslos mientras me masturbo a su lado. Recorre mi cuello con los labios que pone sobre mi boca justo cuando estoy por derramarme.

Hay algo más de los dos y es lo que tiene dentro, que no muere pese a todo lo que ha pasado.

—Creo que sí son quintillizos. —Molesto a la mujer que tengo al lado al verle el tamaño del vientre—. ¿Estás segura de que solo son dos?

—Los chistes sobre mi figura no me dan risa a estas alturas.

—A mí sí me dan risa.

La vuelvo a besar, por más que quiero quedarme, no puedo, y los días que siguen se me hacen como una eternidad. Divido las cuatro semanas siguientes, lunes, martes y miércoles, estoy en el comando; jueves, viernes, sábado y domingo con Rachel en Gehena.

Duermo con ella en busca de la tranquilidad que necesitamos ambos. Los latidos de los mellizos suben y bajan constantemente, su desarrollo se tornó un tanto lento y Uda hace todo lo que puede para que puedan nacer y sobrevivir fuera del vientre de la madre en unas semanas.

La teniente se mantiene en contacto con las amigas, el papá no se le despega, a cada nada le pregunta si requiere o desea algo.

—¿Cómo está Em? —le pregunta Rachel a Sam James—. ¿Saben si ha ganado algo?

—Deudas familiares seguramente, de Emma no se puede esperar mucho y ya se comprobó —le contesta la hermana que le masajea las piernas.

—¿De qué hablas?

—De la verdad —se mete Sam—. Emma no produce, no enorgullece, no hace nada y no parece que fuera mi hija ni tener la sangre de las Mitchels.

—Cuando esté en Londres le voy a decir que se venga a vivir conmigo —le dice a la madre—. Siempre ha querido eso y me gustaría mucho, ya que…

—Quererla como lo haces no tapa sus fallas y decepciones.

—Engañé a Bratt y me casé con el hombre con el que le fui infiel en múltiples ocasiones, no soy perfecta tampoco —le dice Rachel y, en vez de enojarme, me eleva el ego—. Emma solo tiene dieciocho años, solo hay que dejar que sea ella y ya.

—Ya basta —intervengo cuando se empieza a agitar.

—No voy a discutir contigo, Rachel. —Se levanta la madre—. Como te dije, quererla como lo haces no borra sus decepciones.

—Habla por ti, a mí no me ha decepcionado en nada.

La madre no contesta, Rachel mueve la cabeza con un gesto negativo y Sam James se va detrás de Luciana. El enojo de la teniente es evidente, así que me acerco y ella me abre espacio para que me siente a su lado.

La rabia se le empieza a ir cuando la beso, y no me muevo de su lado.

—¿Ya tienes los nombres que quieres sugerir para los bebés? —pregunta.

—Sí: Christopher Morgan —establezco— y Morgan Christopher.

Se echa a reír y paseo la mano por su abdomen descubierto. Están ya a punto de nacer y aún no tiene marcas en el cuerpo.

—¿Estás listo para el resultado final? —indaga y agradezco que ya solo falten días para que todo esto acabe—. No estaré, pero mis padres te apoyarán en lo que esté en sus manos.

Da igual, si no está ella, no es lo mismo. Debo irme mañana; dado que esta misma semana son las elecciones, he de asistir a los últimos eventos cruciales y Rick James con Luciana deben contribuir como la familia de la aspirante a primera dama.

Sara organiza una cena para todos, Alex y los James tienen que regresar conmigo. Rachel se quedará con Uda y los escoltas.

—Todo va a salir bien —le dice el papá—. Trataremos de volver apenas acabe esto.

Le da un beso a modo de despedida antes de irse a hacer el equipaje y Luciana le aprieta un hombro junto a la otra hija.

Me voy a la cama con ella, de quien debo despedirme como se debe, no puedo follarla, pero sí tocarla desnudo entre las sábanas. Le quito la bata antes de pasear las manos por sus pechos.

—No podemos —me advierte cuando intento penetrarla.

—Solo te los estoy acariciando.

Mi lengua no deja de tocar la suya y sujeto el tallo que deslizo a través de los labios del sexo mojado y dispuesto. Todo en ella es tan caliente y he esperado tanto tiempo que mi glande busca la forma de penetrarla.

—Suficiente. —Hace que me retire y me tumbe en la cama.

La toco y la cara que pone es algo con lo que me conformo por el momento. Ella empieza a masturbarme, nuestras bocas no se separan y con mi derrame desencadeno el suyo: se corre en mis dedos. Acto seguido, dejo que recueste la cabeza en mi pecho.

—En unos días serás la esposa de un ministro —le digo—. Vas a decirme «Fólleme, ministro Morgan».

—Me gusta más la palabra «coronel».

La pego contra mi pecho y le elevo el mentón para que me mire.

—Dilo —le pido.

—Te amo. —Pierde los dedos en mi cabello.

Dejo que recueste la cabeza sobre mi pecho y la sigo besando hasta que el móvil de la mesa empieza a sonar. Lo ignoro; sin embargo, insisten y Rachel me lo pasa al ver el número de Angela Klein.

—¿Qué pasa? —contesto y termino sacando los pies de la cama al recibir la noticia que me suelta la alemana al otro lado de la línea.

Colateral

Bratt

Tenía doce años cuando Christopher Morgan me dijo que sería el más grande de los Morgan. Ese día le di una palmada en el hombro y le confesé que también quería ser el más grande de los Lewis.

Le conté lo mucho que deseaba que en mi pecho no cupieran las medallas. Destapo la botella de agua que acerco a mis labios, bebo un par de sorbos antes de limpiar el sudor que me cubre la sien.

Me equivoqué al pensar que el coronel tenía el mismo pensar que yo cuando confesó lo que quería, creí que se refería a ser el mejor soldado, el más grande, no sospeché que en realidad lo que deseaba era tomar el control total de la FEMF con un modelo de operar sucio y cruel.

Nunca me llegué a imaginar que fuera capaz de cargar tanta suciedad encima, que fuera capaz de tantas cosas. He aguantado lo más que he podido; no obstante, ya no doy para más.

He bajado la cabeza y guardado silencio, he tratado de soportar, pero las fuerzas ya se me acabaron.

Dañó a mi hermana, mi relación, mi hogar, mi familia y mi ejército.

Tenemos el peligro frente a los ojos y muchos se hacen los ciegos por el miedo que le tienen, se cree lo mejor del mundo, siente que todo lo puede y ya me cansé de eso, estoy harto de lidiar con el miedo que me generan él y las personas que lo apoyan.

Estamos a nada de las elecciones, lo más probable es que gane y, si lo hace, va a salirse con la suya.

—Solicito números de soldados en base temporal —pido a través del radio que enciendo— e informe final del operativo en proceso.

Aprieto el aparato mientras trato de hallar otra solución; sin embargo, no la hay: situaciones desesperadas exigen medidas desesperadas.

—Cuatrocientos treinta soldados en base militar, mi capitán —contestan—. Hasta el momento ningún herido.

Recibo la información y respiro hondo cuando los ojos me arden.

—Operativo fallido, mi capitán —continúa el teniente al cargo—. Las cajas con alucinógenos fueron recogidas antes de nuestra llegada.

—Recibido. Presenta novedades por la mañana.

—Como ordene.

Parte del ejército de Londres se trasladó a la base temporal de Ucrania que debía recibirlos después del operativo planeado y el que no pudieron completar. «Al coronel no le gusta que fallemos» y ellos fallaron.

Un ataque a una unidad militar desestabiliza el ejército, y reponer soldados tomará semanas, aparte de que disminuye el número de votantes en las elecciones.

Observo la ubicación del sitio en la pantalla.

Los imagino bajando mochilas mientras hablan y se saludan entre ellos; algunos han de estar preparándose para ir a las duchas.

Enciendo el auricular que tengo en el oído. La garganta se me obstruye al recordar todo lo que he perdido, todas las malditas cosas que he tenido que soportar, humillaciones, traiciones y maltratos.

Cierro los párpados mientras cuento, respiro y me preparo.

—Fuego —le ordeno a la persona que espera al otro lado de la línea a quien le confirmo el desplome.

La voz se corta y la línea se inunda con las detonaciones que acaban con la base temporal ucraniana, que se viene abajo con los explosivos en segundos. No eran soldados, eran mercenarios con chip de asesinos y seguidores de un dictador.

Ninguno habló ni se quejó del arsenal ruso, solo dejaron que Christopher se impusiera a su antojo, sin saber que los explosivos de los que no dijeron nada son los mismos que ahora acabaron con sus vidas.

Mandé a volar la base con los mismos detonadores para que no queden dudas de lo potentes y peligrosos que son.

La persona que contraté me avisa de que ya está fuera del sitio. Le dejo claro que no lo quiero volver a ver. Hecha la jugada, espero un momento prudente para levantarme y salir.

Las sirenas del comando empiezan a sonar, los soldados de los pasillos se mueven preocupados afuera, mientras que yo busco la oficina donde está la Élite reunida.

Todos están en shock, pálidos y sin asimilar lo que acaba de pasar.

—¿Qué diablos sucedió? —finjo que estoy igual de sorprendido que ellos.

Patrick mueve los dedos en el teclado y Parker se pasea de un lado para otro con el teléfono en la mano.

—Derribaron la base temporal de Ucrania —habla Simon—. Hasta ahora se presume que no hay sobrevivientes.

—¿Cómo que atacaron?

—¡Lo que oíste! —se altera Parker.

Me uno al grupo, tomo uno de los teléfonos y procedo con las llamadas pertinentes. Todo el mundo se exaspera con la idea de perder a tantos soldados, quieren creer que hay sobrevivientes y yo sé que no hay manera con un explosivo tan grande.

La unidad auxiliar de la policía confirma lo que quería oír y es que no hay sobrevivientes.

—¡¿Quién diablos hizo esto?! —Gauna entra rabioso—. ¡¿Quién atacó?!

—Sé que no les va a gustar lo que diré, pero sospecho de Christopher —les suelto—. Los soldados fallaron en el operativo y él no ha dejado de lanzar amenazas de lo que puede pasar si no se hace lo que quiere.

—¿Perdiste la cabeza? —se enoja Patrick y el que todos tomen la misma actitud que él me deja claro en quién puedo confiar—. Hay que rastrear e identificar de dónde proviene el atentado.

—Christopher los amenazó antes de partir, dos veces repitió que no quería fallas.

—¡Cierra la maldita boca, Lewis! —grita Gauna—. ¡Siento que me aprietan las pelotas cada vez que empiezas a quejarte!

Los dejo que hablen, el misil formaba parte del arsenal del comando, el coronel pidió que se sumara; fue quien firmó la demanda y el inventario, y, por lo tanto, era quien debía distribuirlo y manejarlo.

La sala se desocupa cuando Gauna ordena lo que debe hacerse, a mí no me dice nada y me quedo frente a la mesa de la sala de juntas. Gema es la última que intenta abandonar el sitio.

—Teniente Lancaster —la llamo—, quiero comentarle algo.

Solo quedamos los dos y ella se vuelve hacia mí con las carpetas contra el pecho. Muchas personas siguen a Christopher por ella y eso para nadie es un secreto.

Toma asiento en el cabezal de la mesa. Al igual que yo, ha tenido que lidiar con las distintas decepciones y atropellos del coronel y Rachel.

—Sabes que Christopher no está actuando de buena manera —me sincero—. El coronel hace mucho no está bien de la cabeza, tú eres una excelente teniente, una mujer capaz, así que no dejes que te arrastre con él, no sería justo con todo el poder que tienes.

No me contesta y corro mi silla hacia ella.

—Llevas meses trabajando en esto, esta campaña es lo que es por ti, que has convencido a cientos de personas, ¿para qué? Para nada, porque ambos sabemos que te hará a un lado cuando gane —le suelto—. Christopher no es de fiar, mira lo que me hizo a mí.

Baja la mirada a la mesa, sé que no está feliz con él después de todo lo que ha hecho.

—Tu madre crio al coronel y eres testigo de cómo la tratan. Alex es otro egocéntrico y ninguno de los dos ha sido capaz de agradecer el privilegio de tenerte —continúo—. Estoy harto de las injusticias, Rachel y el coronel son felices, a pesar de haber engañado y burlado a más de uno. Christopher te ilusionó y luego se largó con ella. Ahora están juntos.

La nariz se le enrojece, trata de disimular las lágrimas, pero le cuesta.

—El coronel es peligroso, acabará con la FEMF si no le ponemos un alto, por ello…

Callo, con lo que le diré, sé que me estoy exponiendo; sin embargo, siento que debo decirlo.

—Tuve que sacrificar la base militar con el fin de que todos abran los ojos, lo hice para que los soldados sepan lo peligroso de las armas que Christopher tomó —confieso—. Actué mal, lo siento, pero no es un secreto que Christopher es capaz de imponer un castigo así. Lo que hice no es nada comparado con lo que nos ha hecho a ambos.

La dejo muda, el aire empieza a faltarle y trata de hablar, pero no puede y por ello tomo sus manos entre las mías. Está en shock con la noticia y hago todo lo que puedo para que se quede conmigo.

—Cuando se llevaron a Marie, el coronel no quería que Rachel interviniera. Fue quien mató a Meredith, no lo he podido acusar porque no tengo pruebas, pero me lo dio a entender y en su momento quise creer que mentía; sin embargo, luego até cabos y sí fue él —prosigo—. Te dejó en ridículo con lo del compromiso, sé que lo amas, aun así, debes entender que nunca dejará a Rachel por ti ni por nadie. Aunque me duela admitirlo, sé esto desde el rescate de Positano. Has de conservar la esperanza de que se separen, pero no va a pasar, son los que van a gobernar y, apenas suban, te van a hacer a un lado.

Busca el modo de irse sin decirme nada y vuelvo a abrir la boca.

—El día que Liz murió, Rachel estaba en el mismo centro comercial. ¿No se te hace raro? —increpo y se queda quieta a un par de pasos de la puerta—. Rachel tiene nexos con la mafia, es algo que todos sabemos.

Me levanto y ella se vuelve hacia mí. Milla Goluvet me hizo el comentario cierta noche y este se quedó en mi cabeza, até cabos y noté que su sospecha tenía lógica.

—Los rusos no tenían asuntos pendientes con Liz, pero con Rachel sí, ya que fue quien mató a Sasha Romanova y la que le hizo dar un paso atrás al Boss con lo del aquelarre —prosigo—. Estuve revisando las cintas, analicé quiénes entraron y salieron ese día del centro comercial antes de los acontecimientos y Rachel entró antes de lo sucedido. ¿No discutió contigo un día antes? Liz iba a ascender y Brenda no, Franco es una de sus mejores amigas.

Da un paso atrás y se deja caer en la silla con la mano en la boca.

—Liz... —Rompe a llorar—. ¡Liz era mi mejor amiga!

Se descontrola y tomo su cara.

—Sé que es difícil de creer que sea capaz de algo así.

—¡Si la creo! Me odia y envidia. —Llora con más ímpetu—. Tuvo que ver en la muerte de Meredith. Lo reconoció frente a Wolfgang después de que este la encarara en el funeral de Reece. Pensé que solo hablaba porque estaba rabiosa con Casos Internos.

—¿Ves? —Me levanto.

—No hablo en vano con lo que digo, ellos son unos malditos los dos —continúo—. Van a subir al poder y eso es un peligro, a menos que...

—Necesito aire. —Se levanta y no me deja terminar—. Salir de aquí, yo...

—Por lo que una vez sentiste por mí —la detengo—, no le hables de lo que te confesé a nadie. Eres consciente de que soy el que más ha sufrido aquí: mataron a mi madre, a mi prometida, mi hermana no está bien y yo tampoco.

Pone los ojos llorosos en mí.

—Solo quiero lo mejor para todos, Gema —concluyo y ella desaparece.

No me conviene que se vaya, le acabo de contar algo importante; sin embargo, hay algo que me dice que confíe. Lizbeth Molina era como su hermana, lo que le acabo de contar es algo que tenía que saber para terminar de despertar.

Levanto el teléfono. Christopher ya ha de venir en camino y debo ser rápido.

—Quiero información detallada del ataque en Ucrania —le ordeno a Milla Goluvet—. Con qué tipo de arsenal se atacó, calibre de los dispositivos que se usaron, nivel de impacto... También requiero sitios donde se hayan visto este tipo de armas.

—Como ordene, capitán.

Cuelga y me apresuro a mi vehículo. Lo que pasó ya se está transmitiendo en todos los boletines informativos. Cierro la puerta del Audi y salgo del comando, debo ver a alguien y antes de llegar al sitio estipulado compro comida para llevar.

Alquilé el sitio hace días con otro nombre. El Consejo, a raíz de las peligrosas actitudes del coronel, me dejó hacerme cargo de Lucian Mascherano. El Mortal Cage volvió pedazos mi casa y no le he dicho nada. Todo lo he dejado acumular, solo saqué a Sabrina de la mansión y la puse a salvo con Lucian.

Desvío el vehículo a la calle solitaria donde me sumerjo, encuentro la casa que busco, apago el vehículo y me adentro en la propiedad. Sabrina está en el mueble tejiendo con la persona que la cuida, se levanta y se pone a llorar apenas me ve.

La abrazo y la siento de nuevo en el sillón, su mejoría se desvanece cada vez que pasa algo y los malditos de los peleadores la ultrajaron.

—Pronto te llevaré a casa otra vez y vas a estar bien —le digo y asiente.

Le beso las manos antes de subir al ático con cuarto secreto donde tengo a Lucian Mascherano escondido. Meto la llave y le doy vuelta a las múltiples cerraduras, el espacio es estrecho y poco cómodo para un niño, pero en este momento no tengo otro sitio que este. Abro y él saca los pies de la cama.

Le entrego la sopa que traje y él se sienta a comer.

—Gracias, capitán.

No parece hijo de Antoni Mascherano: la gentileza que transmite me sorprende, es amable, atento e inteligente.

—No soy como él, si es lo que está pensando —me dice mientras come—. Se lo puedo asegurar.

Lo escondo porque no tiene la culpa de lo que sucede a su alrededor.

—Se me hace raro que tu padre no te esté buscando por cielo y tierra —le digo.

—Sí, lo ha hecho, soy yo el que he dejado claro que no quiero irme con él, me han llegado cuervos con números de teléfono. —Del zapato se saca el papel arrugado que me entrega—. Para mí no es mi padre, es el asesino de mi madre y estoy furioso con él, no lo quiero ver.

Leo el papel con el número de contacto, hay muchos números, guardo la hoja en mi bolsillo.

Le doy una manta extra a Lucian para que no pase frío, y me pongo en la tarea de sacarle todo lo que sabe de los Halcones. Tomo nota de lo importante, empieza a bostezar y dos horas después lo dejo para que descanse.

Sabrina está en la entrada de la pequeña alcoba. No puedo quedarme a dormir, hay demasiadas cosas por hacer, la llevo a la cama y le encargo su cuidado a la enfermera que la cuida.

Nada es igual desde que mis padres murieron. Mi papá es quien más duele, murió siendo fiel a los Morgan, quienes no merecían su apoyo. En parte murió por culpa de ellos, ya que los estaba apoyando.

No siento que esté actuando mal, hago lo mejor para mí y lo que necesito. Llamo a Gema, quien no me atiende el teléfono; con todo, le insisto tanto que en últimas lo hace.

No habla, solo deja la línea abierta.

—Nadie te obligará a nada y si quieres delatarme, hazlo —le digo—. Me llevo el gusto de haberle abierto los ojos a una amiga.

Le recuerdo todo lo que nos han hecho a mí y a ella, las jugarretas y malos tratos, lo que sabe que va a pasar. Le pido que tenga presente todo lo que ha logrado, Christopher no merece nada de eso y ella no tiene por qué dárselo.

Cuelgo y vuelvo al comando donde nadie duerme, debo hacer todo lo posible para que las horas que siguen jueguen a mi favor. Me encargo de reunir hasta la última prueba del ataque, los investigadores tardan con el resultado.

Le pido una reunión al Consejo que no está en el comando.

La angustia me carcome con cada minuto que pasa, requiero respuestas lo más pronto posible y los estudios toman tiempo. Los Morgan llegan con los James.

Christopher, furioso, pide reunión de carácter urgente, pero Alex lo saca del comando… «Hipócrita», no le conviene un escándalo ahora y menos que el hijo demuestre quién es realmente a un par de horas de las urnas.

Por los acontecimientos, el evento previo a las elecciones se cancela, pero no la ronda de votación que comienza a la mañana siguiente.

Las banderas se sacuden con la fuerza del viento, los soldados empiezan a hacer fila a primera hora del día, mientras que los canales informan y formulan preguntas.

—Requiero lo que pedí lo más pronto posible —les exijo a los soldados.

—Hago todo lo que puedo, capitán.

Me hubiese gustado que los malditos se accidentaran en la avioneta donde venían; sin embargo, tanta suerte no tengo.

Intimido a todo el mundo por los malditos datos, dejo a Milla Goluvet a cargo y presiono por la llegada del Consejo, que todavía no aparece.

La jornada electoral marcha sin ningún inconveniente, mientras las pantallas se encienden alternándose entre la tragedia y el informe del periodo de votación. Los James son los que les ponen la cara a los medios informativos, mientras los Morgan se mantienen en High Garden.

Desde la oficina observo a la tropa Élite con la que he compartido años y ahora se esmera por sacar la candidatura de Christopher adelante: Angela tiene el listón puesto en apoyo a Christopher, Patrick junto con Alexa saludan a todo el que se aproxima.

—¡Necesito el informe que pedí! —solicito en el teléfono. La jornada va a cerrar, el Consejo está por llegar y no tengo nada todavía. Se acercan a las urnas a votar y Gema se hace presente, cosa que entusiasma a los medios cuando suelta las conmovedoras palabras, haciendo alusión a la tragedia.

—Capitán —llega Milla con los documentos, que levanta—, lo que solicitó.

Las urnas se cierran y la Élite abandona el comando. «No quería que se fueran». Gema es la única que se queda y yo reviso todo lo más rápido que puedo.

—El Consejo está aquí —me avisa la secretaria de piso.

El conteo de votos comienza mientras releo todo, el informe especifica con qué misil se atacó y dónde se han visto de estos. «El comando tenía uno y los documentos confirman que ya no está —me digo—. Pertenecía al inventario de Christopher Morgan».

Me apresuro a la oficina donde presento la evidencia al Consejo y adjunto los informes que he hecho, los cuales prueban que Gauna, Alex y la Élite son cómplices: sabían que están trabajando con estas armas y callaron.

Han visto cómo Christopher amenaza y se salta las normas. Se revisa la veracidad de los hechos mientras el conteo continúa.

Los miembros del Consejo se miran entre ellos antes de poner los sellos y las firmas en la hoja que me entregan.

—No sé qué sería de este ejército sin ti —me dicen y, con discreción, preparo los operativos.

Soy preciso con todo a la hora de dar las órdenes que se requieren.

—Goluvet —le hablo a la soldado que me acompaña—, corre la voz por lo bajo.

Una parte del comando se mantiene a la expectativa por los resultados y otra lleva a cabo mis demandas. El campo de entrenamiento principal se llena de soldados curiosos por saber quién será el próximo ministro, mientras Milla hace lo suyo.

El hombre delegado para dar los resultados sube con el sobre y me acerco a Gema, a quien le hago compañía.

—Después de varios meses y dos jornadas de votación, la FEMF ha elegido —declara—. Los resultados arrojan un porcentaje del veintisiete por ciento contra un setenta y tres por ciento.

Aprieto la mandíbula con fuerza y miro al cielo.

—Un veintisiete por ciento para el candidato Leonel Waters y un setenta y tres por ciento para el candidato Christopher Morgan —anuncia—. Por tanto, el nuevo ministro de la Fuerza Especial Militar del FBI es el coronel Christopher Morgan.

Todos celebran en lo que yo ardo por dentro con la algarabía que se forma. Tenía la esperanza de que la gente pensara.

—Felicidades, viceministra. —Abrazo a Gema antes de entregarle la hoja con las demandas del Consejo—. Como la segunda al mando de la rama, te compete esto.

Lee todo con atención antes de enderezar los hombros.

—Proceda, capitán —dispone—. Hablaré con las tropas y les haré saber cómo Christopher los ha masacrado. Estoy con usted y espero que usted esté conmigo.

—Eso no tienes que preguntarlo.

Toma un camino y yo otro.

—Unidades 6, 9 y 14, prepárense para la captura de los soldados de la tropa Élite —ordeno—. Responden al nombre de: Angela Klein, Simon Miller, Patrick Linguini, Roger Gauna, Laila Lincorp, Dominick Parker, Brenda Franco y Alexandra Johnson.

Hace mucho que quería hacer esto, me monto en el vehículo que ya está listo, acelero mientras que los helicópteros emprenden el vuelo, listos para tomarlos por sorpresa.

Alex ha de estar preparando todo lo que se requiere para entregarle el puesto a su hijo, en tanto Gema difunde la noticia de cómo Christopher es el culpable de la masacre en Ucrania.

Londres me da la bienvenida y también al arsenal de soldados que me siguen. Milla Goluvet se pone a la par con mi vehículo y, junto con ella, rodeo la mansión desde distintos ángulos. Mando a volar la puerta principal y bloqueo todas las salidas.

La guardia de Alex cae cuando atacan a los soldados, que toman el sitio.

Me abro paso y subo las escaleras corriendo, quiero ser la persona que los tome. Pateo las puertas dobles del estudio, donde están uno frente al otro en la mesa del despacho.

—¡Manos a la cabeza!

Ninguno de los dos se inmuta cuando los soldados entran y se van sobre ellos.

—Coronel Christopher Morgan, queda usted arrestado por asesinato masivo, conspiración, uso de armas ilegales, abuso de autoridad y nexos con grupos criminales —procedo—. Tiene derecho a guardar silencio, cualquier cosa que diga puede y será usada en su contra en un tribunal de justicia. Tiene el derecho de hablar con un abogado y que esté presente durante cualquier interrogatorio. Si no lo puede pagar, se le asignará uno de oficio. ¿Le han quedado claros los derechos previamente mencionados?

La mirada se le oscurece mientras procedo con Alex.

—Alex Morgan, queda usted arrestado por encubrir pruebas claves para la entidad, por traición y conspiración hacia la Fuerza Especial Militar del FBI, y patrocinar y contribuir a los delitos de Christopher Morgan —dicto—. Tiene derecho a guardar silencio, cualquier cosa que diga puede y será usada en su contra en un tribunal de justicia. Tiene el derecho de hablar con un abogado y que esté presente durante cualquier interrogatorio. Si no lo puede pagar, se le asignará uno de oficio. ¿Le han quedado claros los derechos previamente mencionados?

No me contestan y los mando a sacar. Incumplir las leyes del ejército como lo hicieron ellos da para una condena a cadena perpetua y eso desata la ola de felicidad absoluta.

El coronel sale primero y me encargo del ministro, al que tomo; bajo las escaleras con él y lo hago seguir al hijo. Es el punto final de un mandato lleno de soberbia, al fin se va a acabar la tiranía y los malos tratos que he venido soportando por años.

Es satisfactorio verlos esposados y derrotados, ver su ego en el suelo, solo me falta Rachel y es cuestión de días tenerla encarcelada también. A mitad del vestíbulo termino contra una de las columnas cuando Alex me inmoviliza y desarma. Le echo mano a la pistola que tengo atrás, pero es tarde, puesto que Christopher toma al soldado que lo escolta y con el padre acaban con los hombres que los rodean. Me escudo detrás del soldado que se viene hacia mí, él arremete contra este y trata de venir por mí, pero el padre lo aleja al captar el trote de los soldados que se mueven arriba.

—¡Vete, Christopher! —grita Alex y el coronel emprende la huida al verse rodeado.

El padre le abre camino con el arma que tiene.

—¡Mátenlo! —ordeno cuando los disparos cesan y corre hacia la sala.

Los soldados lo siguen, mas no lo matan, ya que son incapaces de matar al hombre que los ha gobernado por años. Los aparto con rabia por ser incapaces de cumplir una orden. Los uniformados toman a Alex y yo voy por Christopher, quien se pierde en la cocina que da al estacionamiento.

—¡Estás rodeado! —Me agacho cuando me dispara antes de desaparecer por la puerta que da al estacionamiento.

Cargo el arma antes de sumergirme en el lugar, donde le empiezo a disparar a todos los vehículos que hay, en tanto los soldados toman el sitio por la puerta que está más adelante.

Le empiezo a disparar a todos los automóviles. El rugido del motor que se enciende me pone alerta y, acto seguido, se viene la lluvia de balas que repercute sobre la coraza del McLaren.

Los proyectiles rebotan como si fueran gotas de agua y Christopher se abre paso al tiempo que arremete con las armas del vehículo. Los soldados no tienen más opción que apartarse y él se da a la huida.

—¡Prepárense para la persecución! —demando.

Corro hacia el auto que se atraviesa en lo que se lleva por delante todo lo que se interpone. Saco al soldado de la camioneta militar que está a punto de arrancar y emprendo la persecución con doce vehículos de respaldo.

Los helicópteros sobrevuelan el lugar e identifican el objetivo, el viento sopla fuerte y el sonido de las sirenas se torna ensordecedor. Enciendo el radio para dar la orden de fuego, pero...

—No tenemos paneles de control en función —informan las aeronaves—. Los sistemas de defensa y ataque han sido desactivados.

«Patrick». La velocidad del McLaren triplica la de la camioneta y las unidades intentan rodearlo, pero el sistema de defensa del auto es potente aun para los vehículos especiales del comando.

Sus proyectiles atraviesan la camioneta que me adelanta por la izquierda. Esta patina cuando el conductor pierde el control y me termina bloqueando el paso. Muevo el volante e intento seguir; sin embargo, no lo logro, dado que para cuando quiero volver a la carrera, el McLaren ya no está a la vista.

—Ubicación. —Me pego al radio de emergencia.

—Objetivo perdido, mi capitán. No hay sistema de búsqueda, estamos sin nada.

Estrello los puños contra el volante de la camioneta. Los soldados me hablan a través del radio y no soy capaz de controlar las maldiciones que emergen de mi boca.

—No hay sistema, todos los dispositivos de inteligencia han sido desactivados y ningún panel funciona.

Patrick Linguini es una escoria, al igual que el coronel. El que apague todo el sistema es como quitarle toda la electricidad a la ciudad.

La vista se me ennegrece, no me queda más alternativa que valerme del radio de emergencia y del teléfono personal.

—Angela Klein, Dominick Parker, Brenda Franco, Alexandra Johnson y Patrick Linguini lograron huir —me informa Gema—. Gelcem estaba con Klein y también huyó con ella; al resto los tenemos.

Llevo la cabeza contra el asiento del vehículo.

«Me va a aniquilar». Christopher me hará pedazos si permito que tome ventaja al volver. Empiezo a maquinar: «No dejaré que se salga con la suya, no es un lujo que le daré después de haber llegado tan lejos».

Desde el radio confirmo la nueva orden; hago uso del plan B, dado que hubo un error con el A. Envío el mensaje donde reorganizo todo en tiempo récord con órdenes precisas.

El sol empieza a esconderse, y abandono la ciudad con el pie puesto en el acelerador.

No pienso en nada que no sea llegar a mi destino. La carretera desolada aparece y un par de minutos después vislumbro los vehículos del comando que vienen en dirección contraria.

El teléfono personal me vibra con la señal que estoy esperando y, por ello, atravieso mi vehículo. Las camionetas de Irons Walls frenan.

—Capitán Lewis… —Baja uno de los soldados y lo matan con un tiro en la cabeza.

La emboscada de los hombres que aparecen desde distintos ángulos del camino acaba con los de las patrullas.

Busco la llave que se necesita antes de moverme al furgón blindado de alta seguridad.

Con rabia, abro los candados y deslizo los paneles de acero que me permiten ver al hombre que se ríe en su interior cuando me reconoce.

—Capitán Lewis —me habla Antoni Mascherano—, es muy satisfactorio para mí saludarlo.

Alí Mahala se posa a mi izquierda y el italiano baja de un salto. Me ofrece las muñecas esposadas, que le suelto antes de encararlo.

—Necesito que mates a Christopher —estipulo—. Lo aniquilas o te vuelvo a encarcelar.

Me sonríe en lo que asiente.

—Sabía que solo tenía que esperar —espeta—. ¿Dónde está Rachel? Quiero ver a mi hermosa dama.

—Búscala y mátala también.

Le señalo el camino para que se largue, sus hombres lo rodean y él echa a andar al vehículo, donde entra mientras yo estrello las puertas del furgón donde venía.

Dije que iba a acabar con Christopher, fue algo que prometí y para conseguirlo no me iba a importar soltar al mismo demonio si era necesario.

Subo a mi auto siendo consciente de que acabo de soltar a uno de los criminales más peligrosos del mundo.

99

Fortuito

Rachel

Meses, semanas y días con los mellizos adentro, soportando y haciendo de todo para que no mueran y nazcan. Siento que ardo por dentro en lo que trato de tragar la asquerosa bebida que tengo entre las manos. Es fuerte, espesa y aviva las ganas de vomitar; sin embargo, no puedo devolverla, los mellizos la necesitan.

La cabeza parece que me va a reventar, el zumbido en los oídos es insoportable, el veneno que me han puesto siento que corre y quema mis venas en lo que viaja a través de mi sistema. No estoy bien desde que Christopher se fue, la constante zozobra me tiene el corazón en la boca, la tensión por los cielos y el pulso a mil.

No soporto el dolor en la espalda, como tampoco el calor que me avasalla toda la cara.

Soy Rachel James Mitchels: políglota, francotiradora, criminóloga, rescatista, teniente de la tropa Alpha, «puedo con esto», me digo.

El efecto secundario del veneno que me suministran es insoportable y hace que hasta respirar me cueste.

Mantengo las piernas cruzadas frente a la chimenea con mi ropa de yoga puesta. El sudor me baja por la espalda; en verdad siento que me estoy prendiendo fuego.

«Puedo con esto, soy un soldado entrenado para resistir». Los mellizos se me mueven dentro, quiero salir corriendo; sin embargo, me mantengo en mi sitio en lo que trato de recobrar la calma.

No hay energía eléctrica por la tormenta que cae, el perro se mantiene cerca en lo que mis pulmones se achican cada vez que respiro. Odio a Antoni por volver tan difícil esto, odio que por su culpa haya tenido que ingerir otro veneno para hacerle resistencia al suyo y eso me tenga tan mal ahora.

—¿Dónde está Christopher? —le pregunto a Tyler en medio de la agonía que me condena al tanque de oxígeno.

Está en la puerta, va y viene seguido.

—Recuéstese, mi teniente —pide y me niego a que me levante, ya que la cama solo me enferma más.

Los truenos retumban afuera y el agua golpea el techo con fuerza…, parece que estuviera no sé en qué infierno. Los huesos me duelen, la vista se me oscurece a ratos y los mellizos no dejan de moverse dentro como si sintieran la zozobra que me carcome.

—¿Dónde está Christopher? —vuelvo a preguntar.

No me gusta su silencio, es casi medianoche, no me ha hablado desde que se dio el resultado, desde entonces no he podido contactarme con nadie.

—Tyler —entra Dalton—, sal que se te requiere afuera.

El escolta entra a levantarme y no me dejo tocar. Trata de convencerme de que me vaya a la cama, pero no quiero y entra en contienda con el perro, que se pone a la defensiva.

—Buen perro. —Trato de distraer los pensamientos que empeoran mi estado.

Sé que algo está pasando y no me lo quieren decir. Han estado entrando y saliendo, murmuran en los pasillos y creen que soy idiota.

Los movimientos dentro del vientre son bruscos. Dalton sale con Tyler cuando les pido que me dejen sola. Camino durante un par de minutos, el cable de suero es extenso y me permite deambular a lo largo de la alcoba.

El dolor en la espalda se traslada a mis pulmones. Busco el teléfono, que no sirve, pues está sin carga. Las punzadas que me avasallan el pecho son violentas, no soporto estar sin saber nada y por ello busco el pasillo. El estar de pie me cansa y hago una pausa antes de continuar. Los escoltas se encuentran en el centro de la sala, el pasillo carece de luz y yo me quedo un par de pasos atrás, necesito saber qué pasa con Christopher.

—No se sabe nada a ciencia cierta —habla Dalton—, solo que Gema Lancaster está al frente de la FEMF junto al Consejo y el ministro fue apresado al igual que algunos miembros de la Élite.

El corazón se me empieza a estrellar con más fuerza contra el tórax, a la vez que los ojos se me empañan.

—Entramos en alerta tipo cinco —añade el escolta—, Antoni Mascherano escapó de Irons Walls.

Me llevo la mano al bajo del vientre con la contracción que me invade, el miedo inunda cada una de mis partículas. «Antoni Mascherano», las promesas hechas y las amenazas pactadas me encogen y debilitan las rodillas.

—¿Que huyó quién? —Me dejo ver y todos se vuelven hacia mí—. ¿Dónde está Christopher?

La imagen de mis colegas, de mis amigos y familia encienden todas las alertas de amenaza al recordar lo que me dijo el líder de la mafia: «Si quieres mi ayuda vas a darme tu palabra, prometerás que vendrás a mí sin necesidad de ir a buscarte».

—¡Necesito saber de Christopher! —exclamo—. ¿Dónde está?

—Tiene orden de captura, pero logró escapar —me explica Tyler—. Tiene que calmarse.

Sacudo la cabeza, otra contracción me dobla, una oleada de líquido tibio me baja por las piernas, los escoltas tratan llevarme a la cama y me niego, yo necesito saber dónde está el coronel.

La dueña de la casa aparece y les pide a los hombres que me levanten.

—Rompió fuente —espeta Uda—. Va a entrar en labor de parto.

Siento que me desgarro por dentro. Ella da órdenes claras y pide lo que necesita en lo que yo caigo en la cama.

—¡Para esto! —exijo con las contracciones que se unen al ardor que siento que incinera mis venas.

—Respira —pide ella y grito cuando no soporto los espasmos.

El viento de la tormenta abre los paneles de la ventana y los truenos retumban mientras me retuerzo, presa del dolor. Ella toma los signos vitales, la tensión la tengo alta y mi saturación está mal.

—Te voy a anestesiar y procederé con la cesárea —informa ella y sacudo la cabeza.

Si no estoy consciente, no sé qué harán con ellos y yo los quiero sean como sean. Siento que el oxígeno no es suficiente y que todos mis huesos están siendo fracturados al mismo tiempo.

—Los voy a parir así me muera —dejo en claro—. ¡No quiero ninguna anestesia!

No dejaré que me duerman y puedan hacer no sé qué con mis hijos si no nacen bien.

Traen toallas, agua, gasas, encienden velas… y no sé qué es más tortuoso: si las contracciones que me quitan la capacidad, la idea de sopesar que he perdido al coronel o el saber que mi peor pesadilla está afuera.

La mujer que ayuda con los quehaceres llega a cooperar. Los truenos disfrazan mis gritos, mientras el perro no deja de ladrar al pie de la cama. Uda trata de hacer todo lo que puede y yo lucho por no desmayarme.

—Hombres, fuera —le pide ella a los escoltas antes de empezar a desnudarme.

Me limpio la sangre que me sale de la nariz. Temo que no puedan sobrevivir fuera de mi vientre, su desarrollo ha sido lento y no sé qué tantos riesgos hay.

—Puja cuando te lo diga.

El dolor llega a niveles nunca experimentados, el zumbido en los oídos se torna más insoportable y me cuesta captar lo que me dicen. Trato de pujar como lo indica.

—¡Puja! —repite ella, pero fallo en el nuevo intento cuando el vértigo me resta la capacidad de coordinar.

La tormenta no cesa y vislumbro los relámpagos en la pausa, mientras que mi cabeza no deja de pedir una sola cosa y es que salgan bien, que no mueran. Me mareo en medio del llanto, no lo logro con la cuarta vez, los ojos se me empiezan a cerrar y…

—¡Rachel! —la voz de Christopher llega a mis oídos cuando me toman la cara—. ¡Reacciona y hazlo ya!

Me aferro a sus brazos y espero la contracción que me levanta y debilita al mismo tiempo. No funciona e intento tres veces más en lo que mi corazón amenaza con detenerse.

—¡Una vez más! —exige él.

Los muslos me tiemblan. El coronel no me suelta, a pesar de que está empapado por la lluvia. Pujo de nuevo y, en medio de la tormenta, de los truenos, relámpagos y ladridos, sobresale el llanto, y dicho sonido suave hace que Christopher se aleje a recibir al bebé que emerge de mí.

—Falta. —Me tomo un minuto.

Vuelvo a pujar más débil, pero con las mismas ganas de oír al otro. Los brazos se me cansan, los pulmones me queman y hago todo lo que puedo para sacar al que no le siento el llanto cuando sale.

—No lo oigo…

Me cuesta mantenerme despierta. Uda se mueve lo más rápido que puede, le pide a la mujer que la ayuda que se ocupe de mí y culmina con lo que falta, se encarga de que expulse las placentas y sutura donde se debe.

—¡Ven ya! —llama Uda al coronel.

—Tenlo. —Me entrega al bebé que tenía.

No deja de llorar y una ola de emoción avasalla todo mi ser con el bebé que llega a mis brazos. Toco sus manos en lo que siento cómo mi corazón saca raíces y envuelve su imagen con mi ser.

Estoy débil, cansada, enferma, pero tengo a la criatura más bella que he podido conocer sobre mi pecho. Sonrío como una idiota con lágrimas en los ojos, reviso sus manos y piernas, la cabeza la tiene cubierta de cabello negro.

—¿Y mi otro bebé? —pregunto, pero el coronel se afana en tomar el tanque especial de oxígeno—. Christopher…

Débil, trato de consolar al que tengo, pero no estoy completa y la paranoia me toma y hace que entre en crisis. Veo cómo Uda desenfunda la jeringa, no quiero que se la entierre al bebé; sin embargo, entiendo que es necesario para que esté bien.

Sigo sin oírlo, los ojos se empiezan a empañar; no obstante, la zozobra muere al captar el llanto que llena la alcoba. No me da al bebé, lo lleva a la incubadora que está conectada al motor eléctrico de energía de emergencia. Me quitan al bebé que tengo y hacen lo mismo con él.

El coronel viene a mi puesto en busca de mis labios.

—¿Está bien? —le pregunto—. Quiero cargarlo.

—Luego.

—¿Es…? —no quiero hacer la pregunta.

—Un Morgan —me dice antes de llevarme a su pecho. Sabe que no es lo que quería preguntar.

Necesito saber si le falta algo, si es tan perfecto como el que ya vi, pero me pide que me recueste.

—Antoni —vuelvo a sangrar por la nariz en lo que siento que cada vez me vuelvo más débil—, le prometí…

—Lo voy a matar —asegura—. Me encargaré de todo, pero debemos irnos de aquí.

Lo abrazo siendo consciente de que lo que nos une ahora es cinco veces más fuerte.

—Hállalo antes de que él me halle a mí.

Me lleva a la cama y me cuesta no dejarme ir, es difícil mantenerse consciente con lo débil que estoy. Las inyecciones en la bolsa de suero van y vienen a lo largo de la noche y desde la cama veo las incubadoras que están a un par de metros.

La pesadez no me deja moverme, estoy ardiendo en fiebre y, de un momento a otro, paso de estar en la alcoba de la casa a estar acostada en la cama del jet que ya reconozco.

Los labios se me mueven para preguntar por los mellizos, entre sueños vislumbro a Christopher poniéndole una inyección a uno. El avión alza el vuelo. El cansancio vuelve a ganarme y no puedo despertarme por más que lo intento.

Solo escucho voces lejanas…

«Polonia», «Mellizos aislados», «Malformación».

—Tráelos —le pido a él, pero no pueden salir de la incubadora.

—Después.

Logro abrir los ojos cuando bajan la camilla semilevantada que me adentra en el nuevo sitio después de los bebés, que ya tienen un médico, y siento que el cansancio se va por unos segundos al ver a parte de la Élite: Patrick, Alexa, Dominick, Brenda, Angela y Stefan, quienes están con Death y varios de sus hombres.

Mis amigas se acercan cuando entro al vestíbulo y me abrazan con fuerza. Brenda se pone a llorar, al igual que Alexa, y pienso que, de todos, no sé quién está peor.

—Apártense —exige Christopher—. Cada quien con sus problemas.

Ellas dan un paso atrás, no quiero soltar la mano de Brenda, dado que me preocupa mucho Harry.

—¿Qué pasó? —pregunto débil—. Alex, Sara, mi familia, el resto, ¿dónde están?

—Luego hablamos de eso —me dice Brenda—. Ahora trata de reponerte, este es un sitio seguro.

Stefan es de los que ayuda a subir la camilla con los peleadores del Mortal Cage. Christopher se pone al teléfono a dar órdenes y yo le sonrío a Death, quien entra conmigo a la nueva alcoba.

—Felicidades —me dice con una sonrisa triste.

Pese a vivir entre peleas, Death Blood es una de las personas más amables que conozco. Christopher echa afuera a todo el mundo. Mi dolor de cabeza resurge, y el medicamento que me suministran hace que vuelva a perder el conocimiento.

Antoni

El silencio, la oscuridad y la noche se prestan para crear los más bellos poemas a partir de las estrellas, que traen el inexorable crecimiento de las sombras de un alma melancólica que, en vez de inspirarse componiendo versos, se imagina lo bien que se vería un escandaloso crimen bajo la hermosa luna que decora el cielo.

Italia es mi casa, mi orbe, mi sitio. Extiendo los brazos en medio de la noche en lo que disfruto del viento que llega a mi olfato: el delicioso aroma del alcornoque. Huele a sangre, desastre, caos y destrucción.

Respiro, saboreo el nombre de Rachel James mientras evoco el tacto de su piel bajo mis dedos, sus fogosos labios sobre mi boca… La imagino desnuda entre pétalos rojos.

—¿Ya se puso en contacto? —le pregunto al hombre de mi izquierda.

—No, tengo Halcones trabajando en su paradero.

Avanzo a lo largo del sendero; debe ser una mujer de palabra: las promesas no se rompen y ella juró venir a mí por voluntad propia.

Me tomó cinco días llegar aquí, el supuesto nuevo líder no me quiere en su «zona». No ha notado que el juego se acabó y que su hermano mayor quiere de vuelta su tablero de ajedrez.

Me aíslo en lo más recóndito de Positano; el castillo que destruyó la FEMF años atrás aparece frente a mí. La fachada es algo que ya no sirve; sin embargo, los Halcones se las han arreglado para usarlo como escondite.

Las entradas secretas son las que están habilitadas, por ende, nadie sospecha que hay gente viviendo aquí.

Rodeo el sitio hasta que llego a la entrada de la cumbre, subo los escalones y me reúno con el resto de los Halcones, quienes esperan en la sala con la debida postura. Se nota que lo han tenido difícil, Philippe ha estado detrás de ellos.

—¿Dónde está él? —le pregunto a Ali y el mercenario busca las escaleras.

No tarda en ir arriba y baja con el niño, que forcejea entre sus brazos. Patalea, el mercenario lo baja y el niño intenta tomar el puñal que Ali tiene en el pantalón.

—Damon —susurro antes de acercarme y mi tono lo deja quieto.

Tiene la cara llena de lágrimas, el cabello castaño oscuro le cubre la frente, y junto las manos, feliz, por el negro siniestro que le decora los ojos, el mismo negro de los míos. «Genes heredados».

No me conoce, no lo conozco, pero podría dejarle todo ya mismo, dado que siento el lazo que nos une. Es mi hijo menor, tiene genes asesinos, puesto que Isabel lo era.

Me acerco a revisarlo, vislumbro las cicatrices que le dejó la maldita de Dalila por todo el cuerpo. El hecho me enoja y espero que mis cuervos le piquen los ojos en el infierno.

La nariz es delgada y en la cara abundan los rasgos italianos. Se ve que será, tal vez, un par de centímetros más alto que yo. Sujeto las manos que beso, siendo consciente de que tocarán mucha sangre.

—*Il mio piccolo diavolo* —le digo—, el escándalo te quita misterio y elegancia, sé que estás alterado; sin embargo, tranquilo, que papá ya está aquí dispuesto a pulirte como el hermoso cuervo que eres.

Le peino el cabello con las manos antes de traerlo a mi pecho y lo abrazo como también me hubiese gustado abrazar a Lucian.

El legado lo es todo para quien tiene sangre única, sangre que no tiene la plebe. Alzo el mentón de mi hijo, que tiene la suerte de que su padre sea un genio capaz de convertirlo en algo maravilloso.

—Me hubiese gustado que bebieras sopa con sangre de engendro. —De haber estado libre, se llevaría ese placer.

Me pongo en pie, respiro hondo y tomo la mano del niño que no deja de mirarme mientras lo llevo a mi antiguo laboratorio. Ali me sigue y yo siento al pequeño en la gran mesa de piedra antes de ir a la caja fuerte que tengo oculta.

Saco los componentes que tengo del HACOC.

—Observa, Diavolo —le digo—, tienes muchas cosas que aprender.

El mercenario me pone al tanto de todo lo que debo saber. Habla mientras que yo miro el reloj. Siento que la persona que estoy esperando está algo retrasada. «Rachel», como la ninfa preciosa que es, al parecer desea que vaya por ella.

Espero que el veneno haya surtido efecto y que sus porquerías ya estén en el sanitario.

Trituro los componentes en el mortero metálico y vuelvo a mirar el reloj: no soy paciente cuando de ella se trata. El tictac en mi cabeza me pone a pensar en las mil y una formas en las que puedo llamar su atención.

—¿Alguna llamada? —vuelvo a preguntar y Ali sacude la cabeza.

Echo el polvo en los tubos experimentales y saco las fórmulas que hice en prisión. A un buen bioquímico como yo, le surgen ideas todo el tiempo y yo no las desaprovecho.

—Quiero detalles de todo lo que ha pasado en la mafia —le exijo a Ali.

—Hay noticias que no son muy gratas —espeta—. La Bratva ya no hace parte de la pirámide.

Dejo a medias lo que estoy haciendo cuando la imagen de Ilenko Romanov viene a mi cabeza, no quería que me pusiera al tanto de nada hasta llegar aquí, la falta de comunicación en la cárcel me tenía desactualizado y lo que acaba de decir el mercenario no me gusta.

—Hubo problemas, mataron a Dalila y el Boss dejó claro que no le gusta el líder.

—Pero el líder nunca ha sido Philippe e Ilenko lo sabe —espeto—. Comunícame con él.

Asiente antes de irse. Mi hermano es un estulto, mi abuelo tardó años en crear treguas entre la mafia rusa y la mafia italiana, las uniones no pueden disolverse y menos ahora que gobierna la cabeza más grande que ha tenido la Bratva y cuya persona es un riesgo para mí en la mafia.

Me entero de absolutamente todo. Los intentos de contacto de Ali no dan resultados y a mí mismo me pido paciencia. Llevo a Damon a la cama y vuelvo al laboratorio.

Mezclo los componentes y la noche se me va en la elaboración de HA-COC. Espero a que esté listo y, mientras el tiempo pasa, experimento con lo otro que tengo en mano.

Los Halcones me traen gente y empiezo a probar la mezcla en estos. Los encierro en cuartos experimentales donde unos mueren a las pocas horas, otros resisten y voy anotando lo que se debe mejorar.

El tictac de mi cabeza no desaparece y las personas que necesito no responden. Tengo una libreta con futuros experimentos en los que me esmero por concentrarme. Quiero distraerme con esto en lo que espero a la mujer que me dio su palabra.

Si mis cálculos no fallan, ha de estar depurando el veneno después de la extracción de los fetos. Sin células prenatales en su sangre, las toxinas empiezan a desaparecer y dejan alguna que otra secuela que puedo reparar.

Paso tres días encerrado en lo mío, los intentos de contacto con la Bratva no funcionan y Rachel no da señales de nada.

—Señor —me llama Ali mientras mantengo los ojos en el microscopio—. Rachel James dio a luz, se lo vio al coronel mover incubadoras en uno de los aeropuertos de tránsito y a Rachel James en una camilla.

—Imposible.

Arroja las fotos de las imágenes que alcanzaron a captar y efectivamente es Christopher. Barro con todo lo que está sobre la mesa.

«Terca al esforzarse: el veneno lo depura ella, mas no ellos».

—Ahora recibiremos a tres en vez de uno —informo.

Odio tanto que me lleve la contraria y le haya parido a ese inculto malnacido. No puedo vivir siendo consciente de que tienen un vínculo, no deseo que comparta nada con él, porque es mi dama, no la de él.

—Cotiza hombres y armas —le indico a Ali—. Iremos por la hermana de Rachel James, ya sabes, para motivarla a salir de su madriguera.

Los Halcones les perdieron el rastro a Rachel y al coronel, Ilenko no acata órdenes, sé que tiene a Emma James bajo sus cadenas y ahora necesito ese bello pajarito para mí.

Los James están en Londres, ya han de estar a la defensiva con mi salida y las autoridades los han de tener custodiados. No voy a desgastarme con ellos teniendo algo más fácil a la mano.

El Boss sigue sin contestar, sabe que salí y me enerva que haga esto, porque soy el líder y no puede tener este tipo de comportamiento conmigo. En cuestión de días organizo todo lo que se requiere, la llegada de los hombres no solo será para esto, sino también para recuperar mi soberanía sobre la pirámide.

Philippe no se quedará con mi trono y es hora de que todo vaya tomando su curso.

Dejo que los Halcones se reúnan, hago uso del dinero que tengo para fortalecerlos y darles todo lo que necesitan; y, mientras yo trabajo, Rachel sigue sin llamar y sin aparecer.

No es consciente de lo importante que son las promesas para mí: yo cumplí con mi palabra y esperaba que ella hiciera lo mismo.

Dedico los tres días siguientes a fabricar grandes cantidades de la droga que empaqueto y distribuyo a cambio de suministros. Patento las nuevas creaciones y le doy de comer a mi gente grandes cantidades de comida, puesto que, para resurgir, hay que estar en buen estado.

—¿Alguna llamada? —vuelvo a preguntar mientras nos preparamos.

—No, señor, aún no hay pistas de ella.

Tomo aire por la boca, a mi bella dama le gusta que haga las cosas a las malas.

—Lo que necesitamos está en Lituania —informa Ali.

Muevo la cabeza con un gesto afirmativo, pido que se empaquete todo y paso de Italia a Lituania, dado que el Boss está ahí con el hijo y su esclava, «Emma James».

Mis ojos se embelesan con el pintoresco entorno de la ciudad. El Underboss está recluido en una de las mejores clínicas de aquí, según mis hombres. Les doy tiempo para estudiar todo lo que se precisa en lo que yo me arreglo para la ocasión. El león anda terco y no le va a gustar que le quiera quitar la presa.

Temprano estoy frente al edificio que se alza bajo el sol naranja de las primeras horas del día. Los transeúntes circulan libremente sin saber que tienen en su ciudad gente de las mafias más peligrosas del planeta.

Cruzo la calle directo hacia la puerta del elegante edificio, entro como un ciudadano más, mientras que mis hombres hacen su trabajo. Por medio del teléfono me informan de lo que debo hacer.

El vestíbulo de mármol brillante me recibe, la recepcionista está ocupada en la barra y camino hacia la mesa llena de periódicos. Tomo asiento con uno en la mano y espero que las personas que necesito aparezcan.

Ilenko y Vladímir Romanov con Emma James, quien sostiene las pertenencias del Underboss; es tratada como una esclava más, tiene un collar de la Bratva en el cuello. Aborda el ascensor con el rubio y sus hombres, mientras que Ilenko se mueve a una oficina aparte.

Esto hay que hacerlo rápido, así que me levanto en busca de las escaleras, el Halcón que baja me entrega el pin del traspaso entre pisos, Ali está un piso más arriba y se mueve conmigo con las armas ocultas cuando llego.

—Quinto piso, habitación nueve siete cinco —anuncia.

Acomodo mi traje para que la hermosa damisela no se lleve una mala impresión del líder de la mafia. Camino como uno de los tantos adinerados que visitan el sitio.

Los hombres que me acompañan aparecen igual de pulcros que yo. Ali se desvía por uno de los pasillos y se encarga de los rusos que cuidan a Vladímir Romanov.

El camino se va despejando, cuando estoy por llegar, la puerta del Underboss se abre y da paso a la hermosa joven de cabello negro, que sale con una carpeta en la mano.

Lee en lo que da unos cuantos pasos hasta que ve a los hombres que yacen en el suelo, levanta el rostro hacia mi sitio y… «El esplendor que irradia le da una belleza única».

—*Ciao* —saludo y busca la manera de devolverse.

Aterrada, se apresura a la alcoba de donde salió, pero le cierran la puerta en la cara con la maniobra de defensa de los rusos, que se centran en proteger a Vladímir al percatarse de la llegada de la mafia italiana.

—No tengas miedo, *bella ninfa*. —Le ofrezco la mano mientras avanzo a su sitio—. Vamos a ver a tu hermana, que ha de echarte de menos.

Intenta correr hacia el otro extremo del pasillo; sin embargo, se detiene cuando ve al hombre que aparece al otro lado: el coronel, respaldado por varios de sus hombres.

—¡Christopher! —la hermana de Rachel se desespera por llegar a su sitio, pero él alza el arma al mismo tiempo que yo.

—¡No te vas a llevar nada, por ende, con nada vas a joder! —Descarga el arma en contra de Emma James, que alcanza a retroceder y empujar la puerta que está a mitad del pasillo.

Huye al verse bajo la amenaza del que se hace llamar su cuñado.

—¡Si Ilenko no la mata, lo haré yo, porque ni tú ni él me van a coger de las pelotas! —espeta el coronel, que desata el cruce de balas en pleno pasillo.

Me cubro y recargo el arma mientras que mis hombres le hacen frente. El coronel sabe a lo que vine y por ello me quiere asesinar la carnada.

Los Halcones que aparecen al otro lado lo hacen retroceder en lo que aprovecho el tiempo para buscar la puerta por la que huyó Emma James, es una salida de emergencia que da paso a una escalera hacia la terraza. Desde la baranda miro hacia abajo y hay hombres peleando entre ellos.

La mujer de pelo negro sube las escaleras a toda prisa. Emprendo la persecución a través de los veinte pisos que nos separan de la terraza.

—¡No huyas, *bella*! —exclamo—. ¡No voy a hacerte daño!

Me rio de mi propia mentira, antes de correr con más fuerza. Logro alcanzarla en el descanso del decimocuarto piso. La tomo del cabello antes de ponerla contra el suelo, cierro la mano sobre la garganta que sujeto e introduzco mi arma en su boca.

—Cómo no amar esta bella obra del creador. —Le beso los ojos celestes a la vez que absorbo el dulce aroma que desprende mientras no deja de temblar.

Las balas siguen tronando abajo.

—Eres muy hermosa, doncella. —La alzo de la camisa, listo para llevármela, pero ella forcejea con brío.

—¡Suéltame! —pelea.

—Es hora de irnos…

La arrastro y con un violento giro se zafa de mi agarre, su codo termina contra mi mandíbula con el golpe que me rompe la boca. La agarro del cabello cuando intenta escapar y le suelto el bofetón que le lleva al suelo, la sien se le abre con el filo del escalón donde cae.

Le clavo el pie en el abdomen y no lo quito, a pesar de que forcejea. Reparo en el destello que viene subiendo, me cubro en lo que ella evade el proyectil que ejecuta Christopher al apretar el gatillo desde el piso de abajo. Furioso, empieza a subir.

Una bala me perfora el traje, le respondo con furia y Emma James aprovecha para levantarse, me empuja y me manda tres escalones abajo, huye otra vez escaleras arriba.

La paciencia se me empieza a agotar.

—No hay escapatoria, *bella*. —La sigo.

Alcanza a llegar a la puerta de acero del último piso que empuja, toca el concreto de la azotea, donde empieza a correr rumbo a la orilla del edificio. «*Cagna*», suelto para mis adentros.

Es tan veloz a la hora de huir que mis balas se estrellan en el pavimento cada vez que le atino a las piernas. Corro tras ella al ver lo que va a hacer, no voy a dejar que se lance, prefiero matarla primero.

La sigo lo más rápido que puedo, pero la nariz del Mi-28 que resurge desde abajo, moviendo las aspas, me detiene cuando se acomoda de lado y me deja ver al Boss que con ametralladora en mano arremete contra mí. Ella no deja de correr y se lanza a los brazos del ruso que la recibe.

—No vengas a meterte en mis mierdas.

La deja en el helicóptero y salta a la azotea, donde aterriza; alza su arma de nuevo a la vez que yo alcanzo a moverme al depósito de residuos. Arremete con violencia, las balas se estrellan contra el metal y él pasa de apuntarme a mí al coronel, que sale y se devuelve cuando el Boss mueve el arma hacia su sitio.

Ilenko perfora el acero de la puerta, las balas se me acabaron con la *cagna* que metió en el helicóptero y no tengo con qué contraatacar.

—¿A qué viniste? —increpa el Boss—. Déjame adivinar, quieres algo para presionar a tu amada.

—¡De rodillas ante el líder! —le exijo—. ¡Sabes que no puedes hacer lo que estás haciendo!

—¡No tengo líder ni rey; mis únicas reglas son las de la Bratva y no perteneces a ella! —espeta—. Así que ven y arreglemos esto de una vez.

—¡Me vas a dar a Emma James! —le exijo—. ¡Y me la vas a dar ya!

—¡No!

De nuevo mueve el arma al sitio donde me encuentro.

—Es mi presa, no la tuya.

Arremete y esto era algo que no tenía que pasar, con él de mi lado siempre me será más fácil ganar. La basura sale disparada con los proyectiles, no deja de acorralarme y el arranque de la ametralladora baja cuando las balas se empiezan a acabar.

Capto la patada con la que patean la puerta que arrancan. El coronel aparece con el explosivo que le lanza a Ilenko, que se mueve a la vez que la granada explota en el aire y los paneles solares se destruyen en miles de pedazos con el impacto.

—¡Te voy a matar, hijo de perra! —espeta el coronel.

—Ah, llegó la bestia preocupada por la paz de su zorra —le dice el Boss que se levanta con cuchillo en mano.

Christopher Morgan saca el suyo y entra en duelo con Ilenko Romanov, que lo espera y evade la apuñalada que le lanza el coronel, se van a los puños y tomo el tubo de acero que está contra la pared. La navaja de Christopher se desliza hacia mis pies en medio de la pelea y doy por hecho que esta es la oportunidad perfecta para cargármelos a los dos.

Camino hacia su sitio con la navaja en una mano y con el tubo en la otra. Christopher prevé mi llegada, me clava el codo en la cara y con el mismo brazo lanza un zurdazo contra el ruso que tiene delante.

Arremete contra mí atinando con el puñal que carga y lo evado logrando que solo me roce el brazo. Se percata de la cercanía del Boss, se da la vuelta e Ilenko le clava el puño en el mentón, devuelve el golpe y el ruso lo rodea con el brazo, lo toma del cabello y se prepara para degollarlo, pero el coronel le da un cabezazo que lo hace tambalear y cae al piso.

Va por él y entran en un duelo de puños y rodillazos violentos que sacan la sangre de ambos, me dan tiempo de estrellar con fuerza el hierro en las costillas del coronel, que cae mientras lanzo una puñalada al pecho del Boss, pero el cuchillo queda en el pavimento cuando se mueve. Christopher me entierra la patada que me manda a un lado.

Me levanto y recibo otra patada de Ilenko en la espalda, el coronel lo ataca y este lo vuelve a tomar. Christopher le saca el brazo usando la llave que lo hace impulsarse en él para atacarme en el pecho con una patada cuando vuelvo arriba.

Se viene sobre mí y lo apuñalo en el hombro, el Boss lo pone contra el suelo e intenta arrancarle la mandíbula, empuño el puñal que tengo y lo mando a la garganta del ruso, no logro resultado, ya que sujeta mi muñeca.

Le clavo la rodilla en la cara y esto lo hace soltar al coronel, tomo el tubo, ataco con este y el golpe lo hace encorvar. Christopher me toma por detrás, el Boss me entierra el puño en la cara y yo entierro el codo en el abdomen del coronel, me suelta, caigo y…

—¡Alto! ¡Servicio de seguridad Lituana! —hablan en el helicóptero que se acerca—. ¡Cuerpo al suelo y manos a la nuca!

Me apresuro a saltar hacia el edificio que está a pocos metros. Christopher hace lo mismo con el que está en el lado contrario en lo que Ilenko Romanov se va hacia el helicóptero que lo recoge.

Cada uno se queda en su sitio por una fracción de segundo en la que soy consciente de que quien era mi socio ahora es un enemigo. El coronel desaparece y me queda claro que hará de todo con tal de quedarse con mi dama.

Echo a andar, ahora tengo trabajo porque debo traer a mi amada y aniquilar a mis adversarios. La mafia tiene que arrodillarse y obedecer al líder, el que no lo haga está contra mí y no voy a permitir que nadie lo esté.

—Hay que acabar con la Bratva —le digo a Ali cuando me lo encuentro abajo—. Ilenko me hizo enojar y ahora va a pagar.

Este reino tiene un solo rey y soy yo, por ende, se me respeta.

100

Estrategias, obras y apellidos

Rachel

Tres semanas después del parto

Los síntomas de debilidad y el sangrado nasal es algo que solo aparece una que otra vez, llevo setenta y dos horas sin oxígeno, y eso es un gran avance.

Mi contacto con el exterior es nulo, es necesario que sea así para que la recuperación sea más rápida. Solo recibo a pocas personas: la que trae la comida, al doctor y a la enfermera que se encarga de los masajes del posparto.

Después de tres semanas de recuperar fuerzas, hoy al fin veré a los mellizos, pues antes no había podido salir de la cama; no obstante, siento que ya tengo toda la fuerza que se requiere para ello.

Christopher está recostado en el umbral, no sé dónde ha estado hace poco, pero llegó con la cara llena de golpes. Es poco lo que duerme, dado que trabaja día y noche.

Meto la cabeza dentro del suéter que me llega al borde la cintura y recojo las hebras sueltas en un moño ligero.

—Vamos —pide él.

Me limpio las manos en el pantalón deportivo antes de seguirlo. El perro también nos sigue, también los va a conocer, puesto que no se los han mostrado antes. Tenemos la tercera planta solo para nosotros, los únicos que pueden subir son los escoltas.

Con la cabeza saludo a Tyler, que está sentado al pie de la escalera con una naranja en la mano y continúo hacia la puerta que resguarda a los mellizos.

El coronel la abre despacio y el olor a bebé me llega de inmediato. La caja de cristal está a un par de metros bajo la luz de la lámpara que tienen cerca.

—Ambos están bien, ¿cierto? —pregunto antes avanzar—. Llevo preocupada por…

Sacudo la cabeza, no sé qué estoy diciendo ni por qué dejo que la zozobra me inunde: estén como estén los voy a amar.

Tengo claro que no puedo pedir normalidad, porque uno de los bebés absorbió el cincuenta por ciento del veneno, eso le dio más posibilidades al otro mellizo y a mí de resistir. Ser dependiente del HACOC, ya de por sí, era un problema.

Los latidos que emite mi pecho toman fuerza mientras me acerco. Christopher no me ha hablado de nada y yo tampoco quería malas respuestas de su parte. El perro empieza a ladrar y yo tomo aire por la boca cuando quedo frente a ellos.

Las lágrimas me inundan los ojos, las aparto y muevo la vista a uno y luego al otro. Siento que verlos juntos por primera vez es el mejor momento de mi vida, y vuelvo a sentir las raíces que nacen desde lo más hondo de mi pecho.

No hay palabras que puedan describir cómo me siento, es como si a mi cuerpo se le sumarán dos órganos vitales más y estos latieran al mismo tiempo.

Meto la mano en la incubadora y toco al primero que recibí al nacer y ya conocía. «Sigue siendo perfecto», me digo.

Su hermano empieza a llorar y también lo toco, es más pequeño que su mellizo, y eso me da sentimiento, porque es mi pequeño valiente, que ha sabido subsistir y nos ha salvado a los tres.

Tengo tantas ganas de tomarlo que no me aguanto las ganas de abrir la incubadora, quito los cables y lo traigo a mi pecho. No ha estado en mis brazos, y por ello le doy el recibimiento que no pude darle cuando nació.

Le acomodo el oxígeno en lo que detallo cada parte de él, el cabello negro, su cara, la piel, las extremidades, abre los ojos y noto la anomalía que me hace arder la nariz.

—Creo que se va a parecer a ti —le digo al coronel—. Mi amor, es...

No soy capaz de hablar. La mano del coronel queda sobre mi hombro, apoya los labios en mi sien y yo acuno al bebé, feliz de tenerlo.

—Es hermoso, ambos lo son.

—¿Qué Morgan no lo es? —contesta, airoso—. ¿Y desde cuándo lloras por lo obvio? Ya no estás embarazada, así que déjate de tonterías.

Lo acuno en mis brazos cuando llora y le beso la cabecita, siento que lo amo más con cada segundo que pasa. Si no fuera por él, no hubiesen nacido ninguno de los dos y yo no estaría tan feliz ahora.

—Hay que devolverlo a la incubadora —indica el coronel, y niego con la cabeza.

—Ellos necesitan a su madre.

Me las apaño para tomar al otro, le pido a Christopher que acerque el oxígeno hacia la silla mecedora, donde me siento. Acomodo mi cuerpo en el asiento, mientras me convenzo de que más feliz no puedo ser. Los tengo al fin en mis brazos y no los quiero soltar, dejo un beso en la frente de ambos.

—Solo me falta darte uno a ti —le digo a mi marido, y este se inclina a unir su boca con la mía.

Nunca creí que mi encuentro con él en Brasil terminaría así: casados y con dos bebés que son lo mejor que me ha podido pasar.

—¿Quién les da calor? —pregunto.

—La incubadora —responde él, y lo miro mal.

—¿No los has cargado?

—¿Para qué?

—Christopher, son bebés que no han tenido un buen desarrollo. Hay que cargarlos, darles amor y decirles cosas bonitas.

—Sí, como digas.

—¿En verdad no los has cargado? —lo regaño.

—No.

Los aprieto contra mí, alguien debe compensarlos por el espécimen cavernícola que tienen como padre. Paso el día con ellos mirándolos, mientras Christopher le acerca la ropa de ambos al perro para que la olfatee y los reconozca.

—Que nadie los vea —advierte el coronel antes de irse.

Muevo la cabeza con un gesto afirmativo; por el momento también me apetece que nadie los vea. Antoni está libre, y eso es un riesgo que nos pone en peligro.

Los pongo en la incubadora cuando llega la hora de darles de comer, alimento a uno y luego al otro. Controlo el tiempo con cada uno y voy alternándolos para que sientan mi amor por partes iguales.

El coronel me sube la comida y me dedico a ellos en las semanas siguientes, necesito que crezcan y superen la etapa de desarrollo que no pudieron completar. El bebé más pequeño necesita medicina tres veces al día y para mí no existe otra cosa que no sean ellos.

Sé que hay problemas afuera, pero los bebés me requieren, necesitan que su madre los ayude en esta etapa. Les preparo el baño y meto a mi segundo radiador en la bañera.

—¿Ya hay un diagnóstico para el bebé? —le pregunto al coronel, que está en una de las sillas.

—No, es cuestión de semanas, meses, años, no sé —responde alterado en lo que inyecta al bebé de la incubadora.

Hago el cambio, tomo al siguiente mellizo, al que le masajeo la zona donde recibe los pinchazos diarios.

No sabemos qué padece, si hay una cura, si puede empeorar o mejorar, y eso me preocupa, dado que no hay casos como el suyo. La anomalía que tiene es por lo que absorbió en el embarazo.

El medicamento no se le puede suspender, es lo que lo ha ayudado a salir adelante.

—Necesito que te concentres en esto. —El coronel se me acerca y me sujeta la cintura por detrás—. Tu atención debe estar en ellos y en nada más.

Las ganas de preguntar por mi familia se me atascan en la garganta; sin embargo, lo paso. Por el momento debo ser una buena madre y centrarme en los mellizos.

—Mi concentración solo estará con ellos —le aseguro, va a viajar y quiero que esté tranquilo.

—Volveré dentro de un par de semanas —avisa—. No bajes ni salgas.

—Bien.

Saco al bebé, él espera a que lo prepare y meta en la incubadora. Lo abrazo con fuerza antes de besarlo.

—Ve con cuidado.

Cierra la puerta al salir, y no veo las noticias, tampoco toco el móvil ni ningún aparato electrónico en las dos semanas siguientes. La faja del posparto ayuda a que mi figura vuelva a ser la misma de antes.

Sin oxígeno, me animo a hacer ejercicio mientras los mellizos duermen. Sudar ayuda a que saque las toxinas que quedan en mi sistema, por ello, a las tres y media de la madrugada ya estoy en pie y empiezo la rutina de dos horas que repito antes de acostarme.

Necesito que mi tensión arterial se estabilice, Christopher vuelve más estresado que antes, lleva toda la carga laboral encima y en ocasiones escucho sus gritos que llegan hasta aquí.

Trato de subir el volumen de la música de cuna, no puedo darle paso a la zozobra que me genera el verlo alterado. Hay una sola norma para mí, y es no perder de vista a los bebés.

En las tres semanas que siguen hago que tomen el sol de la mañana todos los días mientras el perro nos observa. Al más pequeño le cuesta mucho respirar, parece que padece dolores constantes, llora a menudo y suele despertar varias veces alterado.

Estimulo sus sentidos como aprendí y, por sencillo o normal que sea, para mí es lo mejor del mundo, disfruto hasta de lo más sencillo, como colocarle los calcetines y darles baños nocturnos que los ayudan a dormir.

Los dejo en la incubadora, enciendo los monitores antes de ir a mi alcoba. Su habitación tiene cámaras y puedo verlos desde la mía.

Me doy un baño completo. Christopher está en la alcoba cuando salgo, permanece de espaldas mientras revisa el móvil y se frota el cuello, estresado. Cada día lo veo más agotado, hastiado e histérico. Lo abrazo por detrás cuando me acerco y paseo las manos por su torso. No se da tregua casi nunca, desde que volvió, después de pelear, no sé con quién, lo he visto reposar muy poco.

—¿Mal día? —le pregunto, y se vuelve hacia mí para besarme—. Déjalo pasar, ya lo solucionaremos cuando pueda ayudarte.

—Cada uno tiene sus tareas. No necesito que me ayudes en nada.

—Sabes que sí.

—No —replica.

Lo callo con un beso. Le saco la camisa antes de empezar a repartir besos por su cuello en lo que él lleva las manos a la bata que suelta.

Sus labios se extienden sobre los míos, nuestras lenguas se tocan con suspicacia, siento los brazos que me rodean y aprietan contra él.

—Faltan días todavía —digo contra su boca al sentir la erección que tiene. Debido a mi caso, hemos tenido que esperar casi el doble de tiempo.

—Necesito a mi mujer. —Camina conmigo a la cama—. Ya estoy harto de masturbarme y toqueteos de medianoche.

—Pero…

—Lo necesito.

Desliza la tela de la bata por mis hombros, baja las manos a los glúteos que toca mientras yo suelto el broche del pantalón. Quedamos sin nada en el centro de la alcoba y la desnudez no me avergüenza, mi cuerpo está casi igual que antes.

Lo llevo a las sábanas de la cama matrimonial, él maniobra el miembro que alza y masajea sin dejar de mirarme mientras gateo hacia él, ansiosa por volver al sexo que tanto extrañé.

Acaricio la bella obra masculina que tiene como cuerpo, su miembro es largo y las venas que lo recubren laten como si tuvieran un corazón propio cuando lo empiezo a estimular.

—Eres solo mío —musito—. ¿Lo tienes claro?

—No sé…

Le pego en la cara para que no se ande con tonterías. Vuelvo a unir mi boca a la suya. Siempre he pensado que nuestros labios son como dos imágenes a las que les cuesta separarse. Quedo sobre él y muevo las caderas mientras le dedico el tiempo que se merece.

Magrea y acaricia todo lo que le apetece; con el pulgar y el índice le da vueltas al pezón de mi pecho izquierdo. Sé que ha de sentir lo húmeda que estoy y no me importa, lo único que hago es contonearme sobre el miembro duro que reposa abajo.

El matrimonio no me cohíbe ni me resta; de hecho, me excita saber que soy la madre de sus hijos.

Me alzo sobre él, el peso de mi cuerpo hace que las rodillas se me hundan en la cama. La cabeza de su miembro da pinceladas en mi sexo a la vez que contempla mi desnudez, sé que se está vanagloriando con el espectáculo visual que le estoy dando.

—Me encanta lo buena que estás. —Desliza las manos por mi abdomen y reafirmo las caderas en su falo.

—¿Más que antes?

Afirma con la cabeza y la mera erección bastaría para el más exquisito orgasmo. Sube la mano por el canal de mis senos y la tomo chupando el dedo donde tiene el anillo de bodas.

Como amante me enciende, como novio me aviva y como marido me convierte en una auténtica hoguera. Mi cabello nos tapa a ambos cuando bajo a repartir besos húmedos a lo largo de su torso, dejo varios sobre la V que decora sus caderas antes de descender a chupar el capullo brillante.

Se pierde al sentir mis labios chupando su polla, los músculos de los brazos se le empiezan a marcar en los minutos en los que llevo el miembro al fondo de mi garganta.

—No debería estar haciendo esto. —Lo suelto—. Debo ir a cuidar a mis hijos.

Me devuelve a la cama cuando intento irme y se abalanza sobre mí.

—Yo también existo, teniente, así que déjese de juegos —reclama antes de abrirme las piernas con la rodilla—. Necesito arremeter contra ese coño.

Su cabeza se expande en el borde de mi sexo y elevo la pelvis. El calor inminente de su polla me roza y siento cómo empuja contra mi abertura.

Los gruñidos masculinos no se hacen esperar por su parte ni los gemidos femeninos que inundan la alcoba que compartimos. Soy follada brutalmente por el hombre con el que me casé y al que llevo años amando.

Su miembro entra y sale con desespero, no son embates sutiles ni tiernos, él siempre embiste como un animal. Su miembro vuelve a entrar y salir en lo que bombea con fiereza. Llevo semanas sin hacerlo, cuanto más bombea, más siento que me derrito bajo las caricias en mis muslos, pechos y cara.

El sonido del choque de su cuerpo contra el mío es como una dulce melodía para dos enfermos sexuales, los cuales no pueden dejar de besarse.

—Mía. —Arremete, sudando.

Deja el glande en lo más hondo y la boca se me llena de saliva al tenerlo tan adentro.

—Solo mía. —Baja a mi oído—. Mía, porque eres mi mujer y de nadie más.

—Sí.

Me da espacio para que me dé la vuelta y su polla entra con la misma fuerza cuando lo recibo a cuatro patas; el culo lo echo hacia atrás pidiendo más y él me lo da. El glande y la polla erecta hacen magia dentro de mí. Es un maldito experto que siempre sabe cómo meterla y sacarla. Su mano izquierda aprieta mi pecho con fuerza y el dolor de su agarre es lo que menos importa, dado que me pierdo en el placer que le doy y me da.

—Joder…

Bombea con más fuerza, y a mí el clímax me golpea como brisa de huracán, pringo la cama con la tibieza que libera mi sexo.

Apoyamos la cabeza en la almohada y nos abrazamos. No tardo en entrelazar mis piernas con las suyas. Él eleva mi mentón para besarme, y ese mero acto logra que repitamos dos veces más a lo largo de la noche.

La nueva semana comienza y es más estresante que la anterior: para mí con mi segundo bebé y para él con lo que pasa y no quiero enterarme.

Desde la alcoba oigo a Christopher discutiendo con la Élite. El coronel entra cuando le estoy dando de comer a los hijos.

—Atenta aquí, no sé cuándo volveré. —Besa mis labios.

No hay un día en el que no odie a Gema y a Bratt por lo que hicieron, así como a Antoni por entorpecer más esto.

—Cuídate. —Vuelve a besarme, y le echa una mirada al bebé que tengo antes de irse.

A la alcoba vuelvo a altas horas de la noche, uno de los bebés se enferma de gripe y eso lo hace sentirse mal. Según las indicaciones de quien me cuidó durante el embarazo, se le debe dar más medicamento cuando esto pasa.

Las fiebres que le dan me asustan, como también el que llore todo el tiempo y devuelva todo lo que come. Su mellizo deja el oxígeno, pero él no, y la madrugada me toma con él contra mi pecho varias noches seguidas.

—Ya va a pasar —lo consuelo con los ojos empañados—. Ya va a pasar, tranquilo.

He de estar siendo egoísta con algunos, dado que por más discusiones que escucho, no bajo, me mantengo encerrada con mis hijos. No quiero saber de Antoni, ni de Gema, ni de nadie; la psicosis de que algo le pueda pasar a mis hijos hace que desconfíe hasta del médico que los visita semanalmente.

—Ya pueden dejar la incubadora —me informa—. Reitero que el segundo debe estar en una clínica especializada en investigación y desarrollo, debido a que su malformación no aparece en ninguna enciclopedia o fuente médica. Puede morir en cualquier momento.

—Gracias. —Le muestro la puerta—. Seguiremos trabajando a nuestra manera.

Las palabras «adicta», «aborto» y «malformación» me repugnan hasta tal punto que no las tolero. Toco la nariz de mi hijo. Sin Christopher, he estado durmiendo con ellos en la cama que hay en la alcoba de ambos.

—Eres la cosita más hermosa del mundo —le digo—. Y tú también, así no me dejes dormir y andes con rabietas todo el tiempo.

El primer bebé, al ser más sano, come más, exige más y odia no estar en brazos, mientras que su hermano es más calmado.

Alex viene a mi cabeza al imaginar lo feliz que estaría, al igual que Sara y mi familia.

Me voy a la mecedora con ellos. El perro es el único que me acompaña, deja el hocico en mi rodilla mientras me ocupo de mis hijos.

La impaciencia no me deja tranquila a lo largo de la tarde y me levanto a cambiar los pañales de ambos. Faltan seis días para que cumplan tres meses y se está notando en los brazos y las piernas que toman grosor, hasta en el más pequeño.

—¿Todo bien? —Entra el coronel, quien logra que respire tranquila.

—¿Cómo te fue? —pregunto después del beso que me da en la boca.

No contesta y su silencio lo tomo como que le fue mal.

Contempla a los hijos antes de entregarme la medicina de Gehena. Los bebés están en la mesa de cambio de pañales y ambos se enfocan en él.

—Creo que te empiezan a conocer —comento al ver que no lo pierden de vista y lo siento tan frustrado que busco distraerlo—. ¿Cuál crees que se parece más a ti?

Serio, pone la mirada en ambos, toma una bocanada de aire ante de tomar al primero, que alza como si fuera, no sé qué cachorro de animal que no merece tocar su pecho.

—Diría que este...

—No lo tomes así, no seas idiota. —Se lo quito.

—Pero este también, así que me hace dudar. —Toma al pequeño Chris y entorno los ojos.

No tiene ni una pizca de sensibilidad.

—Son rosados y no puedo emitir una opinión clara porque no soy rosado.

—Son rosados porque son bebés, y son solo las mejillas —replico—. No sabes nada y no se me hace raro, porque ni cargarlos bien puedes.

—Agradece que al menos los miro.

—Oh, qué pena —espeto con sarcasmo—. Qué vergüenza el que tus preciosos ojos vean a tus hijos como lo exige la ley paternal.

—¿Crees que mis ojos son preciosos?

Se me acerca con un aire coqueto y me quedo quieta cuando, inconscientemente, gira al bebé, la espalda de este queda contra su pecho, y el coronel le rodea el torso con el brazo.

—Es obvio que sí, sin embargo, quiero que lo digas.

El modo coqueto lo hace lucir más bello de lo que es.

—Sí, tus ojos son muy sexis —le subo el ego—, pero no hay cosa más sexi que verte sostener bien a un bebé y más si es tu hijo.

Pone los ojos en blanco al percatarse de lo que está haciendo.

—Me joden tus cursilerías. —Lo deja y suelto a reír—. Medícate y deja de prestarle atención a todo.

—Como digas.

Deja dos actas de nacimiento sobre la mesa antes de irse y las aseguro para que no se pierdan.

Sin las incubadoras, el vínculo se fortalece más, ya que tomo pequeñas siestas con ellos. La nueva fórmula especial les abre el apetito y la ropa les empieza a quedar cada vez más pequeña.

Estamos en el ojo del huracán, pero lo mejor de despertar son las mañanas llenas de caricias por parte de Christopher, que hacen que lo gris se difumine.

Nos tomamos un tiempo juntos al despertar, tiempo que se va en medio de besos con el uno sobre el otro; mantengo la cabeza sobre su pecho como lo que somos y es marido y mujer.

Todos los días tomo una ducha temprano después de estar con él y me apresuro a despertar a los mellizos, que ya me conocen y se despiertan cada vez que abro las cortinas.

Los desenvuelvo, los baño y les doy de comer en la mecedora.

Estoy todo el tiempo con ellos y el perro. Aprovecho cada momento, ya bien sea para cortarle las uñas, cepillarles el cabello o cambiarlos tres veces al día solo para disfrutar lo bonitos que se les ven los mamelucos.

Escuchamos música para bebé, les hago masajes, les hablo todo el tiempo y con esa rutina llegamos a los cinco meses, donde mis hijos son una cosa preciosa de brazos y piernas gordas que me dan ganas de morder.

—Te amo —beso las mejillas gordas— y a ti también.

Acomodo el cable de oxígeno del bebé más pequeño. Pese a las inyecciones, los resfriados constantes y las malas saturaciones, lo está haciendo bien, subsistiendo cada día al lado de su mellizo, que es la cosita más volátil y malhumorada del universo.

Las pestañas negras y largas les decoran los ojos grandes, los labios rosados resaltan en la piel blanca y limpia, mientras que los rollitos de carne decoran sus brazos y piernas. Les pongo los gorros, no se han querido dormir, así que tomo sus cosas.

Alzo a uno de los bebés y el otro se pone a llorar.

—Un segundo. —Le pido mientras tomo a su hermano.

Los llevo a la alcoba, acomodo las almohadas y me devuelvo rápido por el oxígeno, que pongo en su sitio antes de acostarme a su lado.

—¿Cómo vamos a follar con ellos ahí? —Llega al coronel.

—No hables así delante de los niños, que los vas a dañar con tus obscenidades —lo regaño, y se ponen a llorar cuando me levanto.

El coronel se pellizca el puente de la nariz con el escándalo, mientras que yo me quito los zapatos; debo tomar un baño y los mellizos se callan cuando me acerco a besarles la frente.

—No voy a lidiar con gente tóxica ahora, y espero que quede claro —advierte cuando me vuelvo a levantar—. Te están manipulando y los estás dejando.

—Sí, y no me importa.

Me quito el jersey antes de desabrocharme el vaquero y se me viene detrás en busca del sexo en el que piensa día y noche. Los bebés se ponen a llorar y lo empujo antes de cerrarle la puerta del baño en la cara.

—No se van a quedar solos, coronel —le recuerdo mientras me desnudo dentro—. Ocúpese y deje de pensar con la polla.

Me doy un tiempo para mí, me exfolio la piel antes de lavarme y desenredarme el cabello. El abdomen ya lo tengo plano, mis senos se mantienen en su sitio y ya no hay secuelas del embarazo.

El cabello me quedó más largo y las manchas o marcas son algo nulo, no se ven por ningún lado. Medio abro la puerta para ver qué hace el coronel: está con los hijos al lado, mientras que él trabaja en la orilla de la cama con la laptop de Patrick. Los mellizos tienen un chupete en la boca y no dejan de mirarlo.

Contemplo la escena por un par de segundos a la espera de que él los mire también y lo hace por mínimos segundos, lo cual me hace querer ir a besarlo, pero las ganas desaparecen cuando les baja los gorros de lana para taparle los ojos.

—¿Por qué eres tan idiota? —Salgo.

—No me agradan.

Eso no se lo cree ni él, que es quien se levanta a verlos de madrugada. Cree que no me doy cuenta cuando se toma los signos vitales a ambos. Me acerco a quitarles el chupete.

—Eso es malo para el paladar —lo regaño—. ¿Lo desinfectaste? ¿Cómo los encontraste si los había escondido en el cajón?

—Nena, estoy trabajando.

Lo exaspero y prefiero no decir nada más. Suficiente estrés tiene encima. Cambio a los bebés en la cama, la ropa ya no les queda, y les lleno el vientre de besos, les hago cosquillas en los pies y alterno los besos entre ellos y el coronel.

—Mira esta mirada tan preciosa. —Pego mi cara a uno antes de tomar al otro—. Y estos bellos ojitos.

—Ya, supéralo.

Son tan hermosos que me carcomen las ganas de querer pegarlos a mis brazos, paro las caricias cuando el bebé pequeño se agita. El coronel se apresura por la medicina que le suministra.

—Todo sería mejor si hubiese podido amamantar. —Respiro hondo cuando termina—. Siento que hubiese servido de algo.

—Amamántame a mí y ya está. —El coronel me baja el pijama en busca de mis pechos.

—Están los niños despiertos y oyendo. —Lo aparto—. Quiero ser una buena madre que no da malos ejemplos.

Los acomodo y toma mi cara.

—Mírame a mí también. —Me planta un beso en la boca, que correspondo para que se quede quieto.

Sigue trabajando en lo suyo. Los bebés se quedan con ambos hasta que los llevo a la cama muy tarde. Vuelvo a la alcoba, donde le quito el estrés a mi marido como más me gusta.

—Ahora no das buenos ejemplos —me dice mientras me embiste, y me río.

—Debo tener tiempo para todo. —Lo beso.

Quiero ser la mejor esposa, la mejor madre, la mejor soldado, y no siento que me quede grande ser las tres al mismo tiempo. Me lo quedo para mí en lo que resta de la noche.

A la mañana siguiente, sale de la cama antes que yo.

Abro la puerta de la alcoba de los mellizos, que ya están despiertos en la cuna. Les sonrío a ambos antes de moverme a correr las cortinas y el panorama baja mi estado de ánimo al ver el cuervo que está afuera y empieza a estrellar el pico contra la ventana.

Tras él hay varios más en el árbol, los cuales caen con los disparos de los escoltas. El de la ventana alza el vuelo y me apresuro a empaquetar todo lo indispensable para los bebés.

—Muévete. —El coronel entra a meterme prisa, mientras que, abajo, todo se vuelve un caos—. ¡Hay que salir ya, así que apúrate!

La pañalera queda llena, Christopher baja a preparar el auto junto con la Élite, que guardan las armas, los equipos de comunicación y las municiones. Make sube a bajar el oxígeno mientras que cargo el arma que meto en la parte baja de mi espalda.

El coronel sube por un bebé y el perro, mientras que yo tomo al otro, al que le tapo la cara; rápido compruebo que no se me haya quedado nada. Salgo apresurada al pasillo y bajo las escaleras con afán, pero ver el rostro de mi hermana en televisión me detiene.

«Emma James, en manos de la mafia rusa, bajo la ley de sangre por sangre».

«Emma James fue secuestrada, humillada y torturada por los líderes de la Bratva, quienes, en venganza hacia Rachel James y el odio al apellido, tomaron a la menor de las James bajo su poder».

«Se revelan fragmentos del diario del cazador que narra lo que ha vivido la menor de las James en la Bratva».

Las piernas se me congelan, el corazón se me detiene y las lágrimas empiezan a caer. La opresión que surge en mi pecho hace que me cueste respirar, «Mi hermana», «Mi Emma». Mis brazos pierden fuerza a la vez que una bola enorme se atasca en mi garganta. Debo volver a leer el enunciado sin captarlo, sin entenderlo, sin creer que sea la misma persona.

Gema Lancaster aparece hablando en pantalla sobre el asunto.

—Según la información que tenemos, Emma James fue la moneda de cobro de la Bratva, ya que la teniente James mató a un miembro importante de la mafia rusa —dice Gema—. Hicimos todo lo posible por rescatarla, y nos dijo que su mayor deseo es que su hermana se entregue, que pague por todo lo que tuvo que sufrir por su culpa.

Sacudo la cabeza, creo que es una trampa, una mentira para jugar con mi cerebro.

—Rachel —Brenda intenta tomarme—, tenemos que irnos…

—¿Dónde está mi hermana? —Se me rompe la voz—. ¡¿Cómo que la tenía la Bratva?!

—Está viva, eso es lo único que sabemos hasta ahora y que quiere que te entregues.

Intento acercarme a la pantalla, pero Christopher me toma y me saca a las malas con el bebé. Me cuesta forcejear con él con mi hijo en brazos. Me lo quita para ponerlos en las sillas traseras y siento que no estoy para hacer nada. Tyler se encarga del perro, y yo no dejo de pensar en la última vez que vi a mi hermana.

La amenaza de Ilenko Romanov es un trueno que hace que me lleve las manos a la cabeza, «La Puñalada que te voy a clavar te va a doler toda la vida». ¡La puñalada era mi hermana!

—Necesito ver a mi Emma. —Me doy la vuelta sin saber qué rumbo tomar, pero el coronel me toma de nuevo—. Necesito abrazarla...

—¡Hay que irnos! —me grita.

—No... Em... Ha de estar mal...

—¡A nadie le importa!

—¡A mí sí me importa! —La garganta me arde y no contengo los sollozos—. ¡¿Por qué mierda no sabía esto?! ¡¿Cómo que la mafia rusa la tenía?! ¡¿Hace cuánto?!

Me llevo las manos a la cabeza dándole la espalda. Em es todo lo hermoso de este mundo, fue el primer bebé que tuve en brazos y no puedo sopesar que me la dañaron, porque ella no se ha metido con nadie. Emma solo quiere divertirse, sólo quiere ser una chica feliz.

Pateo las ruedas de la camioneta, rabiosa.

—¡Escúchame! —Me toma el coronel—. ¡Hagas lo que hagas, no vas a poder cambiar lo que pasó! ¡Sucedió y ya está, así que olvídalo, porque tus hijos están en peligro!

—¿Dónde está? ¿Dónde la tienen?

—¡No sé, ni me interesa! —espeta—. ¡Tenemos que irnos!

Las consecuencias de mis actos son un saco de plomo que me reduce. Fui por Olimpia, pero no por ella, que cada vez que me veía me recordaba lo mucho que me quería.

Me voy contra el torso del coronel, siento que el pecho se me empieza a caer a pedazos. Fue por mi culpa, le han hecho daño por mi culpa, porque ese maldito, en vez de desquitarse conmigo, se desquitó con ella.

—Tus hijos van a terminar muertos si no nos movemos —Christopher me toma la cara—, así que céntrate y organiza prioridades.

Me mete en la camioneta, que nos lleva a la avioneta comercial, que abordamos con los escoltas y la Élite. Trato de ocuparme de los mellizos, pero me cuesta contener el llanto, la noticia de Emma no deja de dar vueltas en mi cabeza.

Duermo a los mellizos y salgo a ver qué saben los otros.

—¿Hace cuánto se la llevaron? —le pregunto a Brenda, y no me quiere contestar—. ¡Necesito saber!

Me suelta el número de meses, y el saberlo me pone peor. Pido una pantalla para ver las últimas noticias y las declaraciones que les ha dado mi madre a los agentes de los medios, me dejan sin habla cuando deja claro que me he buscado todo esto por no escucharla.

Quiero creer que dice lo que dice, solo porque está igual o peor que yo. Christopher es quien pilotea y mis amigas tratan de que me calme.

—Todo va a salir bien —me anima Angela.

—Necesito hablar con Emma. —Doy vueltas por el pasillo.

—Nadie sabe su paradero —indica Patrick—. He tratado de rastrearla y no la hallo, la FEMF ha de tenerla escondida.

Me paso las manos por la cara, la quiero abrazar y pedirle que me perdone.

—¿Dónde está Death? Él tiene gente que me puede ayudar a traerla.

—Es otro que no sabemos dónde está, desapareció cuando la FEMF dijo que tenía a tu hermana.

—Sé que la quieres contigo —Brenda se levanta a tomarme de los hombros—, pero debemos salir de esto primero para poder buscarla.

Aunque me duela, sé que tiene razón.

—¿Cómo vamos a proceder? —pregunto, y Dominick me señala la mesa—. Necesito salir de esto para poder ir por ella.

—El sistema de la FEMF se está reestructurando, los generales que juraron apoyar al coronel fueron apresados por conspiración —explica Brenda—. Toda la fidelidad de la gente que estaba con nosotros ya no está, ya que la mayoría cree que el coronel fue quien masacró a los soldados de Ucrania.

—El resto de la Élite está en prisión —añade Alexa—. Hay orden de captura para todos.

—Tenemos una única esperanza con el coronel del comando francés —explica Patrick—. En silencio está colaborando con nosotros y nos ofreció su apoyo. Con este comando podremos intentar tomar el poder por la fuerza, pero hay que darles tiempo de reunir más soldados. Ya pagamos por el armamento que los surtirá.

Doy mis ideas, hago correcciones y me sincronizo con Parker para reestructurar lo que no está muy sólido.

Es difícil con una sola central, pero con paciencia podemos convencer a más. No puedo seguir escondiéndome con la anomalía del bebé, ni con Emma metida quién sabe en dónde. La Élite está en prisión, por ende, recuperar el poder ahora no es una opción, es una obligación.

—Antoni empezó a recuperar la pirámide —explica Brenda—. Está tomando poder rápido, Philippe no le quiere dejar el camino libre y, según nos han dicho, se mueve de un sitio a otro sin saber qué hacer.

—No hay combustible de reserva —informa Stefan cuando Dalton pide más.

—Parece que uno de los motores está fallando —secunda Tyler—. El ruido que emite no es normal.

Aterrizamos en suelo francés, cerca de una casa de campo situada en Ardenas. No es grande; sin embargo, logramos rentarla sin tantas preguntas. Christopher paga y amenaza para que el sujeto mantengo la boca cerrada.

—Es un buen sitio —indica Patrick—. El pueblo más cercano está a kilómetros.

Es de dos plantas, pasa desapercibida, y el coronel se ocupa de bajar a los mellizos y llevarlos a la alcoba que estipula solo para ellos.

—Me veré con el coronel, nos encontraremos en un punto ciego —indica Christopher—. No los pierdas de vista.

—Hay que ir por mi hermana y matar a Ilenko —le digo al coronel, que se queda a pasos del umbral—. No me quedaré con esto, si odia mi apellido, el mío lo odia más. Ambos sabemos que va a volver a joder si no lo matamos.

Las manos me tiemblan presa del enojo y la impotencia. Christopher no dice nada, solo se queda un par de segundos bajo el umbral y respira hondo antes de irse. No me voy a quedar quieta, me las va a pagar, no tenía por qué meterse con Emma.

—Stefan, ven un momento, por favor. —Bajo por el soldado cuando Christopher se va.

Sube conmigo, la madera vieja retiembla cada vez que se camina sobre ella. La pintura de las paredes está desgastada, parece que no ha visto una brocha en años.

Guío a Stefan a la alcoba donde se encuentran los mellizos. Sé que tengo acuerdos con el coronel, pero confío en Stefan, tiene experiencia con niños y necesito que esté pendiente de ellos mientras yo trabajo con el resto. No sé cuándo tendré que salir a apoyarlos. Se queda en silencio por un momento cuando les quito las sábanas de encima, se centra en el más pequeño y dejo que lo asimile. Esto no es fácil para quien no tiene un lazo parental.

—Son hermosos, Angel. —Se agacha a conocerlos, y me demuestra que no me equivoqué al invitarlo a subir.

Para Stefan todos los niños son perfectos, sean como sean.

Los cambios ponen mal al bebé más pequeño. Le subo el oxígeno y lo alzo para ponerle el medicamento, en tanto él toma al otro mellizo cuando se pone a llorar.

—Puedo ayudarte en lo que necesites, para eso estoy aquí —indica el soldado cuando me estreso—. Hay que limpiar esto, el polvo le hará más daño.

Empieza a ayudarme con todo y, mientras lo hace, le explico todo lo que debe saber. Alza a los dos bebés y me termina de contar lo que ha oído de mi familia: mi papá está siendo investigado, al igual que mi madre.

—No quiero bajarte más el ánimo, pero lo más probable es que tu hermana no quiera verte —me dice el soldado—. La han tomado por tu culpa y ha dicho que quiere que te entregues.

—Es mentira de Gema, Emma me adora y es capaz de decir algo así. —La voz me tiembla con la idea de que mi relación con ella se haya roto—. Es incapaz de odiarme.

—Está rabiosa...

—¡No sería capaz! —me cierro— ¿Viste cómo estaba mi casa en Navidad? Toda la decoración la puso ella, porque sabía que era mi primera Nochebuena después del exilio y quería que la celebrara; por ello, me cuesta creer que dijera eso.

—Bien —me dice el soldado.

Me limpio la cara, una parte de mí me dice que lo más probable es que tenga razón; sin embargo, mi cabeza rechaza eso porque no quiero que me odie.

—Tienen hambre —comenta Stefan al ver cómo los mellizos se chupan los dedos.

Los dejo con él mientras bajo a llenar el termo de agua con el que preparo las fórmulas. Angela, Alexa y Brenda están en la cocina haciendo algo para comer. y yo pongo a hervir agua. Estaba tan mal que no pregunté por Harry y Abby.

—Están bajo el amparo de la FEMF —explica Alexa—, bajo el programa de protección. Luisa está al tanto de todo, está libre; no obstante, también la están investigando.

Simon es el que está preso, el panorama es desalentador, no se sabe cuánto tiempo nos va a tomar todo esto.

—Santiago se quiere unir a nosotros —habla Angela—, y le dije que sí. En estos momentos, cualquier palabra de aliento es buena, y puede ser de ayuda para los enfermos, para cocinar o lo que sea.

—¿Estás segura de que quieres que venga? —Apago el agua que hierve—. Somos fugitivos.

—Pero es la única persona que tengo —contrarresta—. Tú tienes a Christopher, a tus hijos... Brenda a Parker, Alexa a Patrick, Stefan a ti. Yo también requiero apoyo emocional.

Los ojos se le empañan y asiento; no es una persona la cual lo haya tenido fácil, siento que su vida no volvió a ser la misma desde lo que pasó en el club.

Cada quien busca fuerza a su manera, y si ella se siente mejor con él, está bien: cuanto mejor esté uno, mejor resultado dará.

—No sabía que estabas enamorada. —Busco un tema normal con el fin de distraer la amargura que conlleva la tragedia—. Estas son cosas que deben contarse, dan felicidad al oírlas.

—Yo ya sabía —comenta Alexa—. Patrick los vio juntos en una floristería.

—¿Cómo es? —le pregunto.

—Perfecto —contesta ella—. Me espera en la puerta de la recepción cada vez que sabe que voy a llegar, me abre la puerta del auto, me lleva el desayuno a la cama. —Se le iluminan los ojos—. Las flores nunca faltan en la casa y me hace sentir como una dama.

—Eres una dama —le dice Brenda.

—Pero otros no me ven así, y Santiago sí. Él mira mi cara, no mi cuerpo. —Se ilusiona—. Piensa en los buenos momentos que tiene conmigo y no en cómo soy en la cama.

Nos cuenta todo lo que ha pasado con él y me alegra que tenga a alguien que la valore porque se lo merece.

—¿Podemos ver a los bebés?

No alcanzo a contestar, ya que me apresuro arriba cuando Christopher vuelve con Patrick y Dominick. Stefan sale rápido de la alcoba, y el coronel no tarda en subir; para mi suerte, me halla sola con los mellizos en la cama.

—Dentro de ocho días nos tomaremos el comando de Francia, luego iremos por Londres —me avisa, y muevo la cabeza con un gesto afirmativo.

Gema

Entendí que la aristocracia de los Morgan hizo de menos a mi madre durante años.

Asimilé que Christopher no era el tipo de hombre que cambiaría de la noche a la mañana. Comprendí que cayera en las redes de Rachel James e intenté sacarlo, ayudarlo y apoyarlo, pero el que encubriera la muerte de Liz, pese a saber lo importante que era para mí, fue la gota que colmó el vaso.

Jamás apreció nada de lo que hice por él, puesto que nunca recibí ni un gracias de su parte.

Detesto a Rachel James por zorra, asesina, falsa, y por quedarse con la vida en la que estaba trabajando. La odio por matar a mi mejor amiga y luego tener la osadía de casarse con el hombre que amaba.

Me arreglo la chaqueta de paño mientras camino a lo largo del pasillo que lleva a la sala de juntas. Empujo las puertas dobles y me adentro en el sitio, donde aguardan Bratt, Leonel, Kazuki y el Consejo.

—Buenos días —saludo—. ¿Cómo va todo?

—Estamos en ello —contesta Arthur Lyons—. No sabemos si dejarle el mandato a Leonel, al ser el único candidato que queda, recibió un treinta por ciento de los votos.

—Lo importante es proteger al sistema —repongo—. Conozco a Christopher y sé que ha de estar planeando algo.

—Eso es algo que no podemos permitir. —Leonel camina a la ventana—. No tengo ningún problema en tomar la dirección de forma definitiva y hacerle frente. Cuento con el mismo número de medallas y reconocimientos.

—Yo siento que hay que pensar bien las cosas —comenta Kazuki—. Hay que tomar la mejor decisión para la entidad, eso es lo más importante ahora.

—Por el momento, lo mejor es trabajar en conjunto y luego ver qué hacemos con más calma, cuando la amenaza esté eliminada —sugiere Bratt—. ¿Qué dice el Consejo?

—Estamos de acuerdo —contesta todos, y Leonel no parece estar muy de acuerdo—. En estos momentos no es cuestión de logros; con esta difícil situación, el amor a la entidad es lo que más peso debe tener. Estamos en deuda con usted, capitán Lewis, de no ser por usted, quién sabe cómo estaríamos ahora.

Cruza miradas conmigo, aún no le perdono lo que hizo con los soldados; sin embargo, entiendo que era la única solución. Milla Goluvet pide permiso para entrar, es quien trae las últimas novedades.

Extiende la hoja que muestra los miembros de la mafia que han muerto y ya están confirmados. Bratt toma la lista y empieza a leer. Ella carraspea cuando se nombra a la hija de Brandon Mascherano, murió de una forma bastante cruel.

—Al parecer, hubo problemas entre la Bratva y la mafia italiana —informa Bratt—. Antoni Mascherano volvió a arrasar con todo.

El capitán muestra las fotos de los cadáveres que se han hallado y de las fotos que se han filtrado.

—¿Puedo retirarme, capitán? —pregunta Milla—. Hay soldados que me esperan afuera.

—Adelante.

Hace días que la noto algo apagada.

—¿Todo está bien, Goluvet? —le pregunto antes de que desaparezca.

—Sí, mi teniente. —Sigue caminando, y Bratt no la pierde de vista.

—Philippe Mascherano solo cuenta con el apoyo del clan francés —informo—, es un clan fuerte, pero no le da el poder que necesita. No quiere rendirse, según dicen, le está dando pelea al hermano, quien ya tiene a casi todos los clanes de su lado.

Leonel se peina el cabello con las manos, alterado.

—Me sigo preguntando cómo escapó. Se debieron tomar más medidas para su traslado.

—Por el momento, no es una amenaza para nosotros —afirma Bratt—. Cuando Christopher no esté en el camino, lo atraparemos en un abrir y cerrar de ojos.

—¿Hay noticias del Boss? No lo podemos descuidar —sigue Leonel.

—Tampoco es un problema —hablo—, Antoni Mascherano ya se ocupó de él.

—Los medios quieren hablar con Emma James, desean saber lo que vivió en cautiverio —comenta uno de los miembros del Consejo.

—Me pondré en ello.

La sien me palpita, el tema me tiene estresada, no tengo a Emma James y tampoco sé dónde está. La teníamos, pero la maldita desapareció de un momento a otro y temo que salga a desmentir las mentiras que dije.

Los hombres se levantan, y con Bratt me pongo al teléfono. Llamo a Rick James, pero este no contesta, ni Luciana tampoco.

Me quedo con Bratt en la sala de juntas, somos los que más deben trabajar en esto. Laurens nos trae café, la busqué e incorporé de nuevo al comando. Es una mujer que tuvo que lidiar con mucho y merece su empleo, aparte de que sabe muchas cosas del modo de trabajar de Christopher y está ayudando a que veamos su verdadero ser.

—Gracias, Lau. —Recibo la taza que me entrega.

Bratt extiende el mapa que muestra el plan de búsqueda. Tenemos ojos en todos lados para encontrar una pista del paradero de Christopher, Rachel y la Élite.

El dinero Morgan está confiscado al igual que las propiedades y Cristal Bird trabaja conmigo en una campaña que me ayude a convencer a los no creyentes; necesito que todo el mundo sepa la clase de basura que son Christopher y Rachel.

Bratt llama a Rick James, queremos que públicamente le pida a su hija Rachel que se entregue, pero este se niega, parece que toda la familia está cortada con la misma tijera.

—No estamos pasando por un buen momento, así que haz el favor de dejarnos en paz —pide Rick James—. ¡Lo único que quiero ahora es morirme!

Le cuelga el teléfono a Bratt, no sin antes dejar en claro que su familia no va a colaborar en nada.

Bratt sacude la cabeza y no me doy por vencida. Junto con Milla Goluvet, quien es experta en rastreo, y Leonel, viajamos de ciudad en ciudad en busca de pistas verificables. En conjunto le cerramos a Christopher cualquier posibilidad de conseguir armamento fácil y logramos restablecer el sistema que Patrick dejó por los suelos.

Ponemos la atención en sus secuaces, en especial en Melvin Hyde, más conocido como Death Blood, es otro que está desaparecido. Se le impone una orden de captura y empezamos a desmantelar las jaulas y a arrestar a gente en busca de información, pero no encontramos nada.

Nos trasladamos a las posibles ciudades donde se sospecha del paradero de los fugitivos, pero no hallamos nada con los operativos que montamos en todos los puntos estratégicos. Las trampas se caen, recibimos más información falsa que real y a Londres volvemos agotados.

—¡Tienen que aparecer! —espeto en la sala de estrategias—. ¡Deben pagar por asesinos y la Élite por cómplice!

—Que Harry y Abby envíen mensajes por la radio para Linguini y Franco —exige Bratt—. Hay que debilitarlos a nivel emocional.

Buscamos a los niños, y lo primero que hace Harry es preguntar por la madre, al igual que Abby por Patrick y Alexa, mientras los llevamos a la sala de comunicaciones.

—Ya van a volver —los consuelo a ambos—, pero para que lo hagan más rápido, necesitamos que le digan lo mucho que los echan de menos.

Los pongo frente al micrófono, soy clara al pedirles que se entreguen, que todo saldrá bien e intentaré darle buenas posibilidades, que seré benevolente, pero la sesión acaba antes cuando Luisa Banner empieza a golpear el vidrio con fuerza.

—Estamos ocupados —indico; insiste y muestra el documento que hace desistir a Bratt.

—¡Qué bien! —Nos aplaude cuando le abren la puerta—. Es muy honesto de su parte no saber trabajar limpiamente y valerse de la susceptibilidad de dos niños con heridas emocionales causadas por la ausencia de sus padres.

Se planta frente a Bratt, que se cruza de brazos.

—Siempre he sabido que es un pedante, un patético malnacido, incapaz de avanzar en su frustrada vida —lo insulta antes de moverse a mi sitio—. De ti no tengo nada que decir, no vales ni una mísera palabra.

Toma a Abby y a Harry antes de tirarnos a la cara la hoja que carga en la cara.

—Esto se llama manipulación psicológica infantil —aclara—. Está penado y logré que la familia, con ayuda de un juez, me permitiera llevármelos: por ello se vienen conmigo.

La dejo ir, ya que no estoy para perder el tiempo, y Bratt está de acuerdo conmigo. Juntos movemos tropas de búsqueda. El hijo de Antoni Mascherano se une a nuestras filas cuando Bratt lo incorpora a la academia militar, donde le da la oportunidad de prepararse. Le ha tomado cariño y siempre está pendiente de él.

Las fronteras de todos los países están alertas, como también los hospitales donde probablemente puedan llevar a los hijos de la adicta asesina, pero sigo sin hallar noticias de su paradero.

Los James siguen sin querer colaborar, por ello tomamos decisiones y, junto con el Consejo, emitimos la orden de captura hacia Rick James. Llegamos al antiguo edificio de Rachel con Milla, Leonel y cinco soldados más.

Los hombres atropellan a Sam James cuando esta abre la puerta, se asusta y lo primero que hace es correr a los brazos de la madre.

—Me has decepcionado, Rick —le dice Bratt al hombre que se encuentra en la mitad de la sala con un teléfono en la mano—. Tenía una buena imagen de ti, pero resulta que te niegas a colaborar con la entidad que está protegiendo a tu familia. Se les ha dejado estar aquí y moverse como mejor les resulta, para que vean queremos hacer las cosas bien, pero no ayudan.

—¡Mi familia no le debe fidelidad a nadie, así que largo de aquí! —Nos señala la puerta para que salgamos de su casa.

—Sabías que había gente del Mortal Cage en Phoenix, no informaste de ello, y eso te convierte en cómplice de Christopher.

Los soldados lo toman por detrás, y Bratt le muestra las pruebas que nos llegaron esta mañana.

—Quedas arrestado por traición, por encubrir información, por complot y negarte a colaborar con la justicia. —Bratt lee los derechos—. Llévenselo.

Da pelea a la hora de tomarlo, y Sam James rompe a llorar.

—No le hagan daño, por favor —suplica.

Luciana se queda con lágrimas en los ojos en lo que los soldados sacan a Rick James a la fuerza.

—Le brindaremos seguridad —les dice el capitán a las dos mujeres—. Sé que Luciana es una víctima de todo esto, al igual que Emma. Un soldado estará al pendiente de ustedes y tendrán todo lo que necesiten.

No dicen nada, y con Bratt me retiro. Nos reunimos con Milla y Leonel en mi apartamento con el fin de plantear nuevas estrategias, se emite una orden de búsqueda con el fin de encontrar a las personas que necesitamos.

A mamá le duele lo de Christopher, pero, después de muchas noches hablándole, ha sabido entendernos; por ello, me apoya como la buena madre que es y asume que el coronel actuó mal.

A la mañana siguiente, recibimos algo contundente por parte de Milla.

—Al exsacerdote Santiago Lombardi, la pareja de Angela Klein, se le han detectado movimientos sospechosos —me indica Goluvet—. Compró un tiquete con rumbo a Francia.

—Hay que seguirlo —ordena Bratt—. Preparen el operativo encubierto.

—Enseguida me pongo en ello —responde Milla.

—Me uno a la tarea —se ofrece Leonel.

En cuestión de horas conseguimos asientos en el mismo vuelo.

—Parece que será un viaje corto, ya que no lleva equipaje —avisa Milla en el intercomunicador.

—Angela es una agente con experiencia, es obvio que buscará la forma de no levantar sospechas.

Las horas de vuelo transcurren rápido y los entes competentes ya están alerta. Lo dejan pasar como si nada, pero como bien dijo Bratt, Angela no es estúpida, dado que el padre se queda un día entero en un hotel sin recibir visitas de nadie.

Sale a caminar y se toma el día siguiente para hacer turismo.

—Ya me estoy cansando —le aviso a la FEMF.

—Confía en mí —insiste Bratt—. Van a caer.

Tiene razón, porque a la mañana siguiente se mueve a primera hora, toma una ruta rural y, mientras se transporta, Bratt, Milla, Leonel y yo lo seguimos junto con los entes que se escabullen.

Llega a un pueblo, Milla cruza miradas con Leonel, Santiago da varias vueltas en la zona, se adentra en una iglesia y no vuelve a salir.

—Todos atentos. —Me sincronizo con mis colegas y, después de media hora, reconozco al padre que sale acompañado de una mujer: Angela. La puta avanza varios pasos antes de detectar el operativo y empezar a huir en pleno mercado.

La empezamos a acorralar; no obstante, ella sabe moverse entre las calles aledañas.

—¡Alto! —le pido a lo lejos, pero avanza más rápido mientras evade todo lo que se le atraviesa.

Las personas empiezan a desaparecer con la llegada de las autoridades, y Klein huye en medio del gentío, corre con Santiago Lombardi e ignora la orden de detenerse.

Saca el arma, cuyos disparos son esquivados por los soldados, evade ma-

niobras sin soltar la mano de Santiago, que huye con ella, «zorra prostituta».
Bratt se va por el otro lado, toma un camino con una sola salida y está por a
punto de llegar a la carretera, pero…

—¡Alto! —exijo—. ¡De rodillas y manos a la nuca!

Sigue corriendo y ubico el ojo izquierdo en la lente de mi arma al ver que
no se detiene, no suelta la mano de Santiago, así que aprieto el gatillo y un
tiro atraviesa la espalda del exsacerdote. Las piernas se le debilitan, ella trata
de sostenerlo y atino a la cabeza, el arma suelta el proyectil, que derriba al
amante frente a sus ojos.

—¡Santiago! —intenta arrastrarlo con ella.

—¡Te pedí que te detuvieras! —le grito.

Logro cubrirme cuando empieza a dispararme.

—¡Entrégate ya, maldita sea! —Ataco de nuevo, y no le queda más alternativa que huir.

—¡Están en una casa de campo a cuarenta kilómetros! —comunica
Bratt—. Me acaban de informar y las patrullas se están moviendo hacia allá.

Me uno a ellos, Angela se pierde en el radar, pero es lo que menos me importa ahora. El capitán y yo tenemos el mismo pensar, y por ello me apresuro
al sitio con todos los entes que nos respaldan.

—Bombardeen —exige el capitán, y los helicópteros reciben la orden.

La casa aparece, y ellos arremeten contra todo lo que tienen. Los soldados
de las camionetas se preparan para entrar cuando los tiros cesan. Soy una de
las que baja primero, Bratt es quien derriba la puerta y…

—¡Malditos! —grita este al ver que no hay nadie.

Rodeamos la casa, un frondoso bosque tipo selva se cierne sobre nosotros
y Lewis ordena que se muevan adentro, pero el candidato lo detiene.

—Es territorio del clan francés de la pirámide —avisa.

—¿El clan que está con Philippe Mascherano? —pregunto, y asiente sin
perder de vista los cuervos que están sobre los cables.

—Antoni le está siguiendo los pasos a Philippe, lo mejor es que solo ro-
deemos el área —sugiere Leonel—. Se aproxima una guerra por la punta de
la pirámide.

Una bala impacta contra los pies del candidato, y este retrocede. Me voy
al suelo cuando empiezan a disparar desde no sé dónde, quieren acabar con
Leonel, quien esquiva el próximo proyectil.

No logro identificar de dónde viene el ataque, Leonel se apresura al interior de la casa. Milla Goluvet trata de hacer lo mismo, pero la derriban con
un tiro en la pierna.

—¡Ivana! —grita Leonel, y corre a auxiliarla.

Los tiros cesan cuando los soldados logran identificar el punto del francotirador.

—Es un Halcón Negro —informan en el intercomunicador.

Bratt se posa a mi lado con la misma cara que yo, la rubia no hace más que pedir que la saquen y no es difícil deducir: ¿Ivana? ¿Así no se llama la hija de Brandon Mascherano?

¿Quién hirió a Laila Lincorp el día del operativo de la isla? Milla Goluvet, «por accidente».

Leonel recupera la compostura cuando la suben a una de las camionetas, y vuelvo a cruzar miradas con el capitán, que me indica que entre al auto con la sospecha latente.

La rubia recibe atención médica, a Leonel le entra el afán de irse con sus tropas; sin embargo, no se la ponemos tan fácil.

Volvemos a Londres, Milla recibe atención médica, y Bratt busca a Lucian, creció con la mafia, algo ha debido de haber visto.

—¿Quieres o no ser un soldado? —le habla el capitán—. Hacemos justicia, por ello Gema está persiguiendo al hombre que ama y yo expuse mi vida por ti.

Mira a través del vidrio. La rubia está impaciente por que la atiendan rápido, y él no deja de mirarla, mientras Bratt le cuenta cómo la conoció y el porqué de sus sospechas.

El hijo de Antoni respira hondo.

—Si no hablas, me estarías demostrando que estás del lado de la mafia…

—No se llama Milla, su nombre es Ivana Mascherano, es mi prima y su esposo es Leonel Waters —confiesa—. Varias veces se reunieron en casa para hablar de la candidatura, y usaron la creación de mi padre para provocar los infartos de los otros candidatos.

Busco a los agentes, que la arrestan antes de que baje de la camilla.

—Ivana Mascherano —suspiro frente a ella—, quedas detenida por… Oh, está de más decirlo, sabes por qué.

El despegue de Leonel queda a medias cuando Kazuki Shima interviene con orden en mano y los medios se revolucionan con la máscara que se cae.

Nunca habíamos tenido una crisis como esta, nuestro sistema nunca ha estado tan dañado y el Consejo no sabe qué decisiones tomar.

Estamos en un momento donde todo se puede venir abajo; por ello, a medianoche se toman decisiones extremas que le dan un giro a nuestra constitución.

Kazuki Shima se hace presente, mientras que por videoconferencia se citan a los generales más importantes de cada comando. Se demuestra que el coronel coreano no tiene nada que ver con Leonel, aceptó ser su viceministro porque quería lo mejor para la entidad y que sus ideas fueran escuchadas.

Los hechos hablan por él, nunca se le ha visto competir de mala manera, no se ha peleado con nadie, perdió a su hija, siempre se ha mostrado dispuesto a colaborar, y fue el primero que corrió por Leonel cuando se enteró de todo.

Todo el Consejo respalda la excelente labor que ha hecho, desde que empezó la candidatura ha demostrado lo honesto y buen soldado que es. No tiene ni una sola falta en su currículum y les ha dado batalla a varias bandas criminales.

El sistema judicial está de acuerdo en que el amor a la ley es lo que importa ahora, dado que con Christopher y Alex quedó demostrado que no importa cuántas medallas tengas si eres un desalmado.

Todos asentimos con la decisión final y a la una de la tarde del día siguiente, salimos juntos a dar la cara por la entidad. Las tropas están presentes con su uniforme de gala, también se han reunido los presidentes de todos los países y los representantes de cada rama de la ley de manera virtual, cuyos rostros se proyectan en todas las pantallas del comando.

—Son tiempos difíciles para la máxima rama de la ley, nos han traicionado, hemos perdido gente —habla uno de los miembros del Consejo—, nos hemos enfrentado con personas inescrupulosas y hemos tenido que tomar decisiones definitivas.

Todos se mantienen en una posición recta, como símbolo de respeto.

—Lo único bueno es que sobre todo esto han prevalecido dos héroes, ejemplo de lealtad, benevolencia y sinceridad. La entidad se ha mantenido gracias a estas dos personas, que nos han salvado del enemigo, y por ello confiamos en ellos.

Se hace un silencio absoluto.

—Sin más preámbulos, el Consejo General nombra a Bratt Lewis como el nuevo ministro de la FEMF, quien porta las medallas que se requieren pasa su ascenso a coronel, al sumar el galardón obtenido hoy de madrugada, además de que el soldado cuenta con los títulos administrativos que se exigen para el cargo —anuncia, y camino junto a él—. Gobernará al lado de la actual viceministra Gema Lancaster, quien se ha ganado la admiración de todos ustedes y es la mujer ejemplar que necesita la milicia. Todos confían en ella, y por ello le dieron su voto.

La tropa nos dedica el saludo militar cuando aparecemos en la tarima.

—El coronel Kazuki Shima será la persona que respaldará el mandato de ambos, siendo el nuevo general del comando londinense, su ascenso fue aprobado en la madrugada de hoy —avisan—. Todos estamos de acuerdo con que son las mejores personas para dirigir.

El excandidato se acerca a aplaudirnos.

—A Gema Lancaster y Bratt Lewis le debemos la caída de los Morgan —informan—. Ellos han sido los que han sacado la mafia de nuestras filas y ellos serán nuestros nuevos gobernantes.

El saludo militar se ejecuta de forma masiva, y Bratt sujeta mi mano mientras alzo el mentón en lo que asumo que somos los máximos jerarcas de la FUERZA ESPECIAL MILITAR DEL FBI.

101

Tres motivos

Christopher

La jaqueca me puede, así como las ganas de sacarle la tráquea a Gema por traidora. Necesito volarle los sesos a Bratt y colgarlos en la entrada del comando por cobarde.

Arruinaron y complicaron todos los planes que ya deberían estar materializados.

El esperar y estar huyendo es algo que hastía, la anomalía de mi hijo requiere dedicación y tiempo, cosa que no tengo, dado que estoy en una cuenta regresiva; además, Antoni ya casi recuperó todo su poder; está a punto de volver a ser el mismo de antes.

Por otro lado, el comando de Francia tiene al Consejo encima y siento que me estoy quedando sin gente.

«No los necesito —repite mi cerebro—, no necesito a nadie y puedo hacerlo solo».

—Hay que buscar otro comando —comenta Patrick en la entrada de la cocina.

—¿Qué otro? —La ira baña la pregunta—. ¿Qué comando no le está lamiendo los pies a esos hijos de puta?

La masacre de Ucrania dejó mi nombre por el suelo, los que me apoyaban están en prisión, y el Consejo está vigilando todo minuciosamente. He recalculado, analizado, y las conclusiones son las mismas: tomar fuerzas me va a llevar meses o años, no se sabe.

Estuve a punto de tenerlo todo en las manos, pero se desvaneció.

—¿Hay pistas de Death? —pregunto.

—No —contesta Patrick.

«Su influencia con el mundo criminal americano es importante y lo necesito aquí».

—Reúnelos a todos —le indico a Patrick—. ¡Ya!

—Como ordenes.

Se larga y espero un par de minutos en lo que trato de aclarar las ideas. Todas las malditas posibilidades están truncadas con el ojo de la FEMF puesto sobre el Mortal Cage. Mis propiedades están en manos de las autoridades, y eso incluye las casas inteligentes.

Salgo a la sala cuando las personas que he llamado empiezan a llegar. Todos, con la única excepción de Rachel, están alrededor de la mesa. Gelcem se encuentra afuera con los escoltas y no es necesario que entre, dado que no sirve para una mierda.

—¿Dónde está Angela? —pregunto, ya que no la veo.

Nadie dice nada, Parker se centra en el material de la mesa como si no hubiese hecho una pregunta.

—Vendrá por la tarde —responde Alexandra, y la postura de Franco me sube la cólera.

—¿Di la autorización u orden de salir? —le pregunto a los capitanes—. Contesten, ¿salió?

La vena de la frente me empieza a latir. El silencio reina en la sala, y el que nadie hable me pone peor.

—¿Salió? —repito la pregunta.

—Se lo advertí —contesta Parker— pero insistió en traer a Santiago y...

Levanto la mesa y la tiro. La ira tapa cada una de mis arterias con lo que escucho. ¡Perra estúpida! Tenga el plan que tenga, me está trayendo a la FEMF aquí.

—¡Me largo! ¡Que cada quien se defienda como pueda! —espeto en busca de la escalera.

Tyler entra agitado.

—¡Hay movimientos sospechosos a veinte kilómetros, mi coronel!

Todos se mueven y me apresuro a la alcoba, donde Rachel se levanta de inmediato.

—¡Vámonos!

Busco las armas mientras ella recoge lo poco que tiene afuera. Por este tipo de mierdas es que reitero que no se debe cargar con lo que no sirva, y es lo que acaba de hacer Angela.

Patrick grita desde abajo los kilómetros de distancia que se encuentran los soldados, mientras Rachel carga su arma antes de arrojarme el cargador infantil que me sujeto al torso, y tomo al bebé, que coloco contra mi pecho.

La teniente hace lo mismo con el otro, se acerca a ponerle los tapones de oídos al que tengo, a la vez que me pongo la chaqueta, cargo la mochila que guarda el oxígeno, meto las inyecciones en los bolsillos y salgo seguido de mi mujer, quien da la orden al perro para que vaya detrás de ella.

—¡Por atrás, que ya están aquí! —me grita Patrick, que vuelve con Alexandra.

Parker, Gelcem y Franco salen primero y preparo la ametralladora, que empieza a acabar con los soldados que aparecen mientras los escoltas me cubren la espalda.

El dron de Patrick alza el vuelo sobre nosotros. El sonido de las aeronaves me quita cualquier tipo de piedad, en tanto Rachel le dispara a todo el que aparece.

—¡Alto! —exigen.

—Corre —le pido—. ¡Muévete al bosque!

Le abro paso en lo que le piso los talones. Un helicóptero se oye a lo lejos, el ataque desde el aire es inminente, las balas empiezan a rebotar contra el suelo y una tropa viene tras nosotros pero Patrick la derriba con las dos granadas que nos dan tiempo de pasar la línea de árboles por la que nos perdemos en conjunto.

No dejo de dispararles a todos los soldados que se me aparecen. Dentro del bosque, el olor a sangre invade el lugar. Aprieto el gatillo tantas veces que no tengo que ver con nada, lo único que me importa es la mujer que tengo al lado y los bebés que tiene cada uno.

—¡Suficiente! —Rachel deja la mano sobre la mía para que pare—. El área está despejada.

—Camina. —La tomo de su mano y avanzo con ella mientras el perro no se mueve de su lado.

No es posible retroceder, cuervos vuelan sobre nosotros, así que me afano más mientras la ira me late en las venas. Tanto la Élite como los escoltas me siguen y la caminata dura horas, a lo largo de las cuales nadie se detiene.

Grandes árboles se ciernen sobre nosotros, el sol se filtra entre las hojas, el viento sopla de vez en cuando y el cantar de los pájaros, en vez de ayudar, desespera.

—¿Quieres que te ayude con el bebé? —se ofrece Franco mientras se acerca a Rachel.

—¡Aléjate! —Le apunto—. No te acerques.

—¡Cálmate, que no somos el enemigo! —se altera Parker, y me da igual, tampoco dejo que Patrick me toque.

Solo saco la jeringa, que inyecto en la pierna de mi hijo cuando empieza a respirar mal.

—Que nadie se acerque.

Tomo distancia en lo que trato de saber dónde diablos estoy. Patrick se esmera por reconocer el terreno con el dron.

—Tenemos que salir de aquí —avisa—. Este es terreno de Le Bourgogne.

Maldigo para mis adentros, más problemas, porque Antoni está persiguiendo al hermano y a Rachel al mismo tiempo. Aparto a Tyler en busca de la teniente que acuna al bebé con el arma en la mano.

—Escúchame. —La acerco—. A mi lado siempre. ¿Lo captas? No mires a ningún lado y solo sígueme.

Asiente antes de besarme, tomo su mano y de nuevo empiezo a avanzar. Me alejo de los disparos que se oyen a pocos pasos, sujeto que aparece es sujeto que mato, ya que no me puedo dar el lujo de que revelen mi posición.

—Antoni con su gente están dentro del perímetro —avisa Patrick, que intercepta los radios de la zona—. Solo le hace falta acabar con Philippe para tener de nuevo toda la pirámide.

Siento la fuerza de Rachel cuando me aprieta la mano, apresuro el paso con más ímpetu: necesito salir de aquí lo antes posible y faltan kilómetros para eso; de seguro la FEMF ha de estar esperando por si vuelvo a zona segura.

La tarde llega y no me detengo ni a alimentar a los mellizos, el biberón lo beben mientras camino.

No dejo de avanzar entre árboles, subidas y bajadas mientras recalculo qué diablos hacer. Sé que no me queda grande acabar con ninguno de los malditos que me persiguen.

Patrick nos guía a las áreas más despejadas, Philippe le hace frente a Antoni y las balas no dejan de oírse a lo lejos mientras sigo avanzando en busca de la salida. A todo cuervo que se cruza conmigo lo mato.

La noche cae y no vamos ni a mitad de camino.

—Tengo que cambiarlos —me pide Rachel—. Pueden enfermarse.

Miro al niño que tengo contra el pecho, no puede enfermarse más de lo que ya está.

—Podemos hacer una pausa —habla Patrick con la pantalla en la mano—. Por el momento, no tenemos a nadie cerca.

El dron vigila desde arriba. Suelto la mano de la teniente, quien se hace a un lado y se ocupa de los hijos, mientras los otros aprovechan para comer lo poco que se pudo tomar.

No recibo nada, solo me concentro en vigilar. Paseo la vista por el lugar, capto a la persona que asoma la cabeza en uno de los árboles y de inmediato saco el arma, listo para matarla.

—¡A ti te estaba esperando, hija de puta!

Huye, voy por ella mientras Rachel me grita que pare. Descargo mi Beretta contra Klein, pero evade la lluvia de proyectiles y se escabulle. Patrick me toma por detrás con Parker, y yo los quito de encima para seguir disparando.

—¡Está con nosotros! —me grita Patrick mientras ella se pierde.

—¡Sabías que me estaba siguiendo y la dejaste! —le echo en cara cuando se me atraviesa—. ¡Que no se aparezca, porque le vuelo la cabeza!

—Solo se equivocó, Christopher, y acaba de perder a Santiago —replica Patrick.

No lo escucho, solo me devuelvo por mi mujer y mis hijos.

—Se equivocó, pero es injusto que actúes así. Ella se quedó con Rachel en el club, la violaron, perdió un hijo y ahora acaba de perder el hombre que ama por nosotros.

—¡Nada de eso me importa!

No es mi problema si se equivocó o no, si se cruza en mi camino la mato por estúpida, por ilusa y por desobedecerme. Sabía que ese sacerdote no era necesario y que no valía más que la vida de mis hijos.

—No la vas a matar. —Es lo primero que me dice Rachel al verme—. Tú también hubieses ido por mí.

—Ese imbécil no vale lo que vales tú y no tiene quien lo cuide como te cuido yo. —Soy claro—. ¿De qué le sirvió traerlo si no pudo protegerlo?

Niega y la encaro.

—Si tienes a alguien a tu lado, es porque tienes las capacidades que se requieren para mantenerlo con vida —confieso—. De lo contrario, debes dejarlo de lado, porque no va a servir para una mierda.

—No eres quién para decidir sobre la vida de alguien —advierte.

—Sí, puedo, por una sencilla razón, y es que sé quién sirve y quién no.

La jaqueca me tambalea, ni siquiera puedo pensar con claridad.

—Siéntate un momento. —Rachel trata de que beba agua pero me niego—. ¿Crees que así vamos a llegar lejos? —me regaña—. Si llegas a colapsar, ¿qué diablos vamos a hacer?

—Silencio —pide Make Donovan.

—Hay más de cuarenta personas a pocos metros —indica Patrick en voz baja, y cada quien toma lo suyo.

Todos buscan la forma de camuflarse, quedo detrás del enorme árbol con el arma lista y con uno de los mellizos, que vuelvo a acomodar contra mi pecho.

—Están cerca —reconozco la voz de Ali Mahala a pocos pasos—. La única que debe quedar viva es la dama; al resto lo pueden matar, puesto que ella es la única que importa.

Poso la vista en Rachel, que no se mueve de su sitio. La barbilla le tiembla en lo que le hace señas al perro para que se quede en su sitio, y con los ojos le indico que ni se le ocurra moverse.

—¡Andando! —dispone el Halcón Negro.

Echan a andar y tomo la dirección contraria junto al resto. La madrugada se va entre árboles y montañas; camino lo más rápido que puedo, tengo que salir de aquí cuanto antes y, como si fuera poco con todo lo que pasa, el reloj del tanque de oxígeno avisa que está casi a la mitad.

—¡¿Dónde está la maldita salida?! —le exijo a Patrick.

—Todavía faltan varios kilómetros...

El llanto y la tensión de las extremidades del niño hacen que me aleje, lo saque para cambiarlo y suministrarle más medicamento. Rachel me acompaña en tanto los otros esperan. El bebé está perdiendo color, sus venas son cada vez más notorias y tiene fiebre.

—Ayer no estaba así. —Ella se preocupa mientras el otro mellizo no deja de llorar—. ¿Qué tiene?

—¡No sé!

Necesito hallar a Uda lo antes posible, vuelvo a arriba y le pido a Rachel que se mueva; toma mi mano cuando empiezo a correr, pero...

El dron de Patrick me cierra el paso cuando cae hecho pedazos, me miro con él y la huida se da de forma inmediata. Las ramas crujen en medio de la persecución, no hallo salida a este maldito círculo.

El río aparece a mi izquierda, subo y bajo una colina y, de nuevo en tierra firme, sigo corriendo con la teniente a mi lado y los demás a pocos pasos. Con el rabillo del ojo capto las sombras de las personas que nos siguen y paro para entregarle el niño a Rachel, quien los cubre a ambos antes de recibir la mochila que tenía, mientras Parker trata de armar el arsenal de emergencia en el suelo.

—¡Maniobra de defensa ya! —ordeno.

Uno las piezas del otro dispositivo que carga Ivan Baxter en lo que ellos arman un círculo a mi alrededor con las rodillas en el suelo, para que las municiones de la M95 que acabo de armar no les impacten.

—¡No te muevas! —le exijo a Rachel, pero no me obedece.

Le pide a Stefan que la siga, y el perro se va detrás de ellos. La proximidad del enemigo no me deja ir por ella, ya que debo empezar a disparar.

Franco y Alexandra se van al suelo con ametralladora en mano y arremeten a los hombres que salen de entre los árboles. Tyler, Ivan Baxter y Make Donovan atacan con tiros certeros.

Son un grupo grande, y Parker se encarga de las granadas que lanza con Dalton Anderson.

Mi arsenal queda listo; sin embargo, cuantos más disparos, más gente sale. Patrick me pasa las municiones, mientras que las mujeres cambian la maniobra, se mueven entre los pinos con el fin de matar a los que se aproximan en lo que Parker las respalda, pero son demasiado.

El arma que tengo se atasca con la furia de las balas e intento maniobrar; sin embargo, ellos no me dan tregua, así que tomo la ametralladora.

—¡Parker! —grita Patrick, y desvía el cañón del arma que tiene hacia las personas que lo apuntan y dispara pero no puede con todos.

El grupo que se aproxima está cada vez más cerca, la maldita ametralladora sigue atascada, y es Rachel quien llega a ayudar a reducir el número. Los hombres caen, arremeto con mi Beretta en lo que noto que la teniente ya no tiene a los mellizos.

—¡¿Dónde están?! —increpo.

—¡A tu derecha! —Ella me mueve y descarga el arma contra los que se aproximan.

Más gente sigue apareciendo y no queda más alternativa que huir.

—¡Corre! —me pide ella.

El trote hace temblar el suelo con las botas del enemigo y me apresuro, mano de Rachel se une a la mía en la huida en medio del bosque, quiero hallar una maldita salida a este caos; con todo, nos vuelven a acorralar. Alexandra es la primera que toman. Make Donovan es el siguiente, y mis intentos de disparar quedan a medias con la red eléctrica que cae y me atrapa junto a la mujer que sujeta mi mano.

La descarga nos inmoviliza mientras nos arrastran y, por más que forcejeo, no hallo escapatoria, dado que las cuerdas no me permiten mover las extremidades.

Los que me arrastran hablan en francés y, en medio del aturdimiento de las descargas, aprovechan para ponerme las cadenas y despojarme de las armas, quitan la red y se me vienen encima con golpes y patadas.

No puedo moverme con el peso de las cadenas, las botas impactan en mi tórax, y Rachel tampoco se salva de recibir el mismo trato.

—Vas a correr —le indico cuando nos levantan—. ¡A la más mínima oportunidad, lo vas a hacer y vas a poner a mis hijos a salvo!

—¡Habla en plural! —exige.

Uno de los que me arrastra informa que Antoni está cerca, así que se apresuran, no sé a dónde diablos. Todos los que estaban conmigo son encadenados: Franco, Donovan, Baxter, Anderson, Tyler, Parker, Alexandra y Patrick.

Gelcem no se ve por ningún lado, los franceses nos mueven con ansia y, después de media hora de caminata, nos sumergen en lo que era un antiguo matadero.

Sigo encadenado. El olor a mierda es insoportable, las paredes están casi en ruinas, hay gente armada por todos lados y en el salón principal aparece Philippe Mascherano.

—Qué inesperada sorpresa —saluda—. Bienvenidos a la casa del líder.

Suelto a reír, pena es lo que me da. Vuelvo a luchar con las cadenas y su clan las tensa, mientras que Rachel no deja de evaluar el sitio en busca de una salida.

—¿Dónde están los mellizos? —Es lo primero que pregunta cuando me encara.

—¿Tan mal estás que se los quieres llevar a tu hermano para que te perdone?

Se mueve al puesto de mi mujer, a quien le toma el mentón, pero esta se zafa.

—No necesito a mi hermano —advierte—. Acabo de conseguir un pase directo que me devolverá la pirámide, y eso lo lograré cuando los mate a los dos.

—¡No sabes ni lo que estás haciendo! —le grita Rachel—. Estás acabado, y esto no es más que una medida desesperada, así que piensa, recalcula y huye, que es lo mejor que podemos hacer ahora.

Sacude la cabeza en señal de negación.

—A las jaulas —pide, y trato de quitarme las cadenas, pero me llevan a las malas con un cañón clavado en la cabeza.

Rachel es otra que tampoco deja de forcejear, ni las nueve personas capturadas. Me hacen subir varias escaleras y una fila de celdas llenas de presos aparece en el pasillo que tomamos.

Sé lo que va a pasar, lo que se aproxima, y por ello vuelvo a pelear con las cadenas. Logro sacar la mano de una y le entierro el codo al hombre que tengo atrás, desvío el cañón que me apunta y mato al que se encuentra al frente. Con la cadena ahorco al que está a la derecha, pero vuelven a reducirme cuando más de diez criminales se me vienen encima.

—Hay que saber perder, coronel. —Philippe Mascherano me empuja a una jaula, donde hay cuarenta personas más—. Vamos por partes: dejaré vivo al que sobreviva en la tanda de lo mejor que sabes hacer, y es el Mortal Cage, nuestro deporte favorito en la mafia.

No quiero darme la vuelta, no quiero ver a las dos personas que entran detrás de mí, pero el instinto me obliga a hacerlo: Patrick queda en una esquina y Rachel en otra.

—Sácame —le insiste Rachel al italiano—. ¡Sácanos y deja de lado tu maldita falta de agallas!

—Ah, qué casualidad, tu hermana también imploró que la dejen salir en una pelea de la Bratva —contesta mientras cierra la puerta —. ¿Serás mejor que ella en la lucha?

—No seas cobarde —le insiste Rachel—. ¡Sácanos y huye!

—Después del juego predilecto de tu marido —espeta el italiano—. Si no hay un solo sobreviviente cuando finalice el reloj, los mataré a todos.

Alexandra se pega a las rejas de la celda de mi izquierda, donde ingresan el resto de la Élite con los escoltas. La teniente estira la mano entre los barrotes para alcanzar a Patrick pero este no la mira.

—No le hagas daño —me empieza a suplicar—. ¡Por Abby, no le hagas daño, por favor!

—¡Armas! —ordena Philippe, y sus hombres deslizan armas blancas debajo de las rejas—. Una pistola también, para que sea más divertido el juego.

La pistola cae y todo el mundo se apresura por ella. La alcanzo a tomar y el reloj empieza una cuenta atrás.

—¡Solo uno sale! —gritan. Tres se me vienen encima, le rompo el cuello al primero y corto la garganta del segundo con el puñal que tiene.

Patrick se defiende con un mazo, y Rachel, con un antiguo sable, que se mancha cada vez que ataca y mata a todo el que se le atraviesa.

Me atacan por la espalda y tomo al que intenta golpearme, le rompo la cabeza al estrellarlo contra la pared.

La situación me aturde a tal punto que no soy consciente de lo que hago en lo que acabo con la vida de todos los que se me cruzan.

Me llevo a uno contra las rejas, lo mato a golpes contra ella y tomo el cuchillo que se le cae y con el que atravieso la garganta de varios. La sangre me baña, el pecho me galopa y el que se pone en camino no vive para contarlo, porque lo aniquilo. Llevo años haciendo esto.

Mato uno a martillazos y apuñalo a otros en puntos mortales. Los presos caen y la cara del italiano que observa me deja clara su decisión al ver cómo sus hombres recargan las armas. Detecto a Patrick en mi radar y me afano por acabar con los que quedan.

—¡Vamos a encontrar una solución! —me grita Rachel en lo que se defiende—. ¡Christopher, escúchame!

Llevo contra el piso al que intenta acorralarme, lo asfixio sin dejar de mirar a Patrick, quien mata al hombre que tiene encima.

—¡No le hagas daño! —insiste Alexandra—. ¡No le hagas daño, te lo suplico!

Con la mano estirada lucha por querer alcanzar a su esposo, sin saber que sus súplicas me dan igual. Franco se da la vuelta con Parker, no quieren mirar lo que saben que va a pasar.

Patrick acaba con el preso, saco el arma que tomé y él deja caer el cuchillo, resignado.

—Te adoro, chiquita. —Mira a Alexandra.

Acabo con el espacio entre ambos y él asiente con los ojos llorosos.

—Está bien, hermano —me dice mientras le apunto—. Entiendo que no hay más opción.

—¡Christopher, no! —me grita Rachel, pero aprieto el gatillo y el disparo atraviesa el tórax del capitán.

El cuerpo de la teniente se me viene encima mientras aprieto el gatillo y el arma suelta el próximo proyectil, derribando al que durante años ha sido mi amigo.

—¡¿Qué haces?! —Rachel estrella los puños en mi pecho, y solo puedo mirar la sangre que emerge del cuerpo de Patrick.

Los gritos de Alexandra le desgarran la garganta cuando grita el nombre del marido.

—¡Es tu amigo! —llora Rachel.

Los minutos en el reloj hacen que todo deje de importarme.

—¡Lo mataste! —sigue—. ¡Mataste a Patrick! ¡Lo mataste!

Rachel no deja de golpearme y la llevo contra la pared.

—¡Ya cállate, no seas ridícula! —La tomo y sacudo.

Está inmersa en un mar de llanto y la obligo a tomar el arma que sostengo.

—¡Por primera vez en tu vida, suelta el papel de cobarde!

Deja caer el arma que le doy, pero la vuelvo a tomar, hago que la sujete a las malas, mientras la pongo contra mi pecho y ella forcejea en lo que trata de apartarme.

—¡¿Qué haces?! —me grita—. ¡Suéltame!

—¡Eres tú o yo, y yo no puedo vivir sin ti! —le grito—. Lo sabes, así que aprieta ese puto gatillo.

Sacude la cabeza con los labios temblorosos, y no la dejo bajar el arma, le exijo que lo haga, pero se niega; por ende, sujeto sus muñecas con fuerza con el cañón contra mi pecho.

—Suéltame, Christopher…

No es capaz, así que cubro sus manos con las mías. Su resistencia convierte todo en una situación forzada, ya que busca soltar el arma. Decido poner fin a la situación: aprieto el gatillo, liberando el proyectil que finalmente me atraviesa.

Todo me arde por dentro y grabo en mi cabeza la belleza de su rostro.

La sangre emerge de mi pecho, el disparo nos deja quietos a los dos y aprieto el gatillo otra vez, mientras me concentro en los únicos ojos por los que soy capaz de poner a arder el mundo.

—No está pasando —empieza—. ¡Nada de esto está pasando!

—Dilo —pido en lo que siento que la vida se me escapa de las manos—. Dilo, Rachel…

Mis rodillas tocan el piso con ella frente a mí y los disparos no me duelen, aun sabiendo que hacen estragos dentro de mí, pese a que me estoy desangrando por dentro. El sabor metálico de la sangre inunda mi boca, y ella no deja de observar horrorizada lo que acabo de hacer.

—No me dejes —me ruega—. Amor, no me dejes, por favor.

Suelta la pistola y se aferra a mi rostro sin dejar de llorar, alterna la vista entre las heridas y mi cara.

—Dilo —vuelvo a pedir con el poco aliento que me queda—. Dilo, por favor…

—¡Te amo! —me grita—. ¡Te amo y no quiero que me dejes!

Me abraza, mi sangre nos empapa a los dos.

La espalda se me va contra el suelo en medio de sus sollozos que taladran mis oídos, mi entorno empieza a oscurecerse y me veo llegando al nacimiento de mis hijos.

—No cierres los ojos —me suplica Rachel—. ¡Me prometiste algo!

Las heridas arden y me veo colocándole el collar, el anillo que le volvió a gritar al mundo que ella era mía.

Veo a Alex cuando llegaba a High Garden, a Reece abrazándome, a los mellizos con los ojos en mí, mirando a su padre al mismo tiempo.

Siento que las exhalaciones se hacen pausadas en lo que pierdo fuerza.

—Te amo. —La mujer con la que me casé me llena la cara de besos—. Lo amamos mucho, coronel…

Su llanto no impide que mis ojos empiecen a cerrarse, sus «te amo» son un eco mientras siento su angustia, su desespero, los lamentos y esa voz que me dice que he perdido por primera vez en mi vida.

—Mi amor, por favor, no me dejes —continúa—. No me dejes, por favor. Chris…

Dejo de verla, de sentirla, de escucharla y mi mente solo emite recuerdos repetitivos donde ella es la protagonista. La herida deja de arder, el peso de todo desaparece y la imagen de Reece y Regina me dejan en un escenario diferente.

—Muñequito —Reece se levanta de su sitio—, llegaste temprano.

Asiento y Regina enarca una ceja, está de pie, no digo nada, solo los sigo.

Rachel

Ha habido dolores que me han dejado en el piso y me han hecho arder el alma, los ojos, el corazón; sin embargo, ninguno se compara con este que siento, que me rompe y deja en ruinas en menos de nada.

No quiero seguir ni avanzar, lo único que deseo es irme con el hombre que ha muerto en mis brazos. No lo dejo de besar y abrazar con la cara llena dé lágrimas.

—Mi amor, por favor —le suplico—. Vuelve a gritarle al mundo que soy tuya.

No me responde, y en ese momento siento que me he ido con él. Lo abrazo con fuerza como si eso me lo fuera a devolver, como si eso me lo fuera a traer de regreso.

El llanto de Alexandra se oye a lo lejos y no me importa otra cosa que no sea traer a Christopher de vuelta, porque lo necesito tanto como respirar.

—Te amo mucho, mi amor —sigo—. ¿Lo oyes? ¡Te amo con mi vida!

Hay gritos por todos lados, pero el mundo dejó de existir para mí. Ya no es lo mismo sin él y no habrá nadie que llene su espacio y me haga sentir como me hace sentir él.

Alguien me atrapa por detrás antes de ponerme contra el piso, dos hombres entran y arrastran el cuerpo del coronel afuera.

—¡Suéltame! —grito, pero nadie me hace caso.

«No está pasando», me repito, él no puede dejarme. Las paredes vibran con las detonaciones que se desatan abajo.

—¡Rachel, es Antoni! —me grita Brenda mientras los hombres que me tienen me levantan.

Brenda tiene a Alexandra abrazada en el suelo, no hallo salida y, como puedo, me suelto, alcanzo el cuchillo del piso y apuñalo a los hombres que me sujetan. Ambos caen y corro a la salida.

Hay humo por todos lados, gente gritando y veo un manojo de llaves colgadas al final del pasillo.

Intento ir por ellas para abrir la celda donde están mis amigos, pero los pies se me resbalan cuando Alí Mahala aparece con cuatro hombres más al final del pasillo. Vuelvo a levantarme y corro hacia el otro lado cuando sus hombres vienen por mí.

—Agota energías en vano —me dicen, y sigo corriendo.

Las piernas no me fallan a la hora de huir, salto por encima del cuerpo de los franceses y por todos los que se me cruzan. Hay muertos por todos lados. Tomo el arma que encuentro y el cuchillo que guardo, sigo corriendo entre el humo, le empiezo a disparar a todo el que intenta detenerme y logro llegar a la primera planta.

Ellos no me pueden matar, y corro más rápido cuando las puertas principales empiezan a cerrarse.

Las posibilidades comienzan a agotarse y le sumo velocidad a mis piernas, traspaso el umbral con la imagen de mis hijos en la cabeza.

El recuerdo de Christopher me derrumba en el medio del bosque, caigo y siento que no puedo. «No puedo seguir sin él», me digo. Los dedos se me entierran en la maleza mientras rompo a llorar y me obligo a sacar fuerzas de donde sea para levantarme. La respiración se me acelera en lo que sigo corriendo hasta hallar la casa desolada en la cumbre cerca del río, que a simple vista no es más que un pedazo de desecho de madera. Entro y me agacho a mover las tablas que llevan al pequeño sótano donde espera Stefan con mis bebés acostados en una pequeña base de madera y con el perro al lado.

Me guardo el arma en la espalda y me voy contra ellos, los abrazo y por más que no quiero llorar sobre ellos, me cuesta.

—¿Qué pasó? —pregunta Stefan—. ¿Dónde están los demás?

Las palabras no me salen, el nudo que tengo en el pecho no me deja hablar y Christopher es una herida abierta que me está desangrando.

—Perdí al coronel —le suelto en medio del llanto—. ¡Me he quedado sin Christopher!

Siento que es algo que no voy a superar jamás, su partida causa un dolor que nunca se apagará. Él trata de consolarme, pero no lo dejo, solo le pido que tome a uno de los niños. Tomo la mochila que cuelgo en mi espalda y salgo con el soldado.

El perro me sigue, y con Stefan avanzo entre los árboles. Siento que me respiran en la nuca y el tramo de río que aparece me quita cualquier posibilidad de salida. Miro hacia todos lados en busca de la escapatoria, que no hallo.

Camino por la orilla hasta que Dios se acuerda de mí y me muestra la lancha donde un hombre baja cubos con una mujer, les apunto y ambos alzan las manos.

Los silbidos de los Halcones me disparan los latidos, suelen comunicarse así entre ellos. Sé que están cerca, y le pido a Stefan que suba a la lancha. Apresurado, acomoda lo poco que tenemos, le exijo al hombre que lo ayude. La mujer se pone a llorar muerta del miedo, mientras yo no dejo de apuntar. Acuno al niño que tengo antes de pedirle al soldado que me acerque al otro.

Beso la cabeza de ambos bebés, y siento que esto es otra forma de morir. Le entrego el niño a la mujer de la lancha y subo al perro.

—Son mis hijos, y quiero que lo ayuden a escapar, o los voy a matar a los dos. —Stefan frunce el entrecejo con mi demanda.

Le entrego al soldado el oxígeno y las jeringas que tengo con la medicina del bebé.

—Él no va a dejar de perseguirme, y si me encuentra con ellos, los va a matar. —Se me quiebra la voz—. Así que vete, los buscaré apenas pueda.

—Rachel…

—¡Vete! —le exijo.

El silbido que se oye a lo lejos lo hace asentir. El hombre de la lancha enciende el motor y le entrego el arma y el collar a Stefan.

—Cuídalos mucho, por favor —vuelvo a pedir—. ¡Los buscaré pronto!

La lancha se mueve, los veo partir, y él se queda de pie con el bebé en brazos. Siempre supe que algún día me retribuiría todo lo que he hecho por él…, cualquiera me hubiese dejado, cualquiera menos él.

Espero que se pierdan en el río y me vuelvo por donde vine. De nuevo empiezo a correr y logro que los Halcones me persigan. «Conozco a Antoni», me digo. Sé lo que hará para hacerme volver, y es matar a mis amigos uno por uno hasta que dé la cara.

Traigo la atención de Ali Mahala hacia mí, serpenteo entre los árboles mientras sangro por dentro con la brecha que provoca el dejar a mi familia, el perder a mi marido.

Sigo corriendo, necesito que se concentren en mí y no en Stefan. El sitio de donde escapé aparece frente a mí, entro, pero lo único que encuentro es el cadáver decapitado de Philippe Mascherano en una de las salas.

Con el mismo afán salgo de allí en busca del líder de la mafia. Los pasos de sus hombres resuenan cuando vuelvo al camino y veo al grupo de Halcones que está concentrado más adelante.

Hay un círculo de ellos y entre los cuerpos, vislumbro a mis amigos de rodillas y con armas en la cabeza, listos para ser ejecutados.

Dejo de correr, solo me acerco cansada. Los hombres que se percatan de mi llegada me abren paso. Alexandra está destrozada, Brenda mantiene la mirada en el piso, al igual que el resto, y Antoni está a pocos pasos con un traje negro hecho a la medida.

No me dice nada, pero sus ojos me acribillan, enojado. Sus hombres no bajan las armas con mi llegada y camino despacio, llevo la mano atrás y empuño el cuchillo que tengo.

Los gestos de Antoni no se suavizan y las lágrimas me caen en el pecho con cada paso que doy.

Su aura oscura llega donde estoy. Pierdo las fuerzas, no tengo a mis hijos, no tengo al coronel, me he quedado sin nada y el peso de la promesa me debilita las piernas, cosa que lleva mis rodillas al suelo.

El italiano está a centímetros de mí, el puñal sigue en mi mano y…

—*Lunga vita al leader* —digo antes de enterrar el puñal en la tierra.

—La dama ha vuelto —contesta, y todos alzan las armas en señal de triunfo.

«*Lunga vita al leader*: larga vida al líder».

102

Obsesiones que matan

Stefan

Dicen que lo ideal es seguir a tu familia o a tu pareja; sin embargo, algunos preferimos ir detrás de los que nunca nos dan la espalda.

Le tomé cariño a Rachel desde que la conocí en París, se puede decir que la deseé cómo la mayoría de los hombres que la rodean. Su belleza me cautivó tanto como su modo de ser; sin embargo, noté que nunca podría darle lo que ella se merece, y por ello preferí seguirla, en vez de envidiar a otros por tenerla.

Preferí amarla como un amigo, elegí apreciar el privilegio de contar con ella y siempre agradeceré todo lo que me ha dado, ya que hay quienes te conocen de toda la vida y no recibes ni un mendrugo por parte de ellos.

Consuelo a los bebés que mantengo en brazos mientras pienso qué rumbo tomar. La mujer de la lancha no me quita los ojos de encima. No soy un asesino, por ello espero que no me haga dispararle.

—¿Estamos lejos de la carretera? —pregunto.

—Hay que caminar un par de kilómetros después cruzar el río —contesta.

Guardo el collar y armo un cargador improvisado con una de las sábanas para que me permita cargar a los dos bebés, y así no tener que dárselos a nadie. Lo logro después de varias vueltas y le pido al hombre de la lancha que se apresure a buscar tierra firme.

Me cuelgo las mochilas en lo que el perro se mantiene a mi lado. El hombre llega a la orilla, los bebés no dejan de llorar y le pido a la mujer que se prepare para guiarme.

No creo que el oxígeno pueda durar mucho y necesito salir rápido de aquí.

—¡Date prisa! —exijo con el arma en la mano.

Ella baja con el hombre. Los bebés siguen llorando y tomo la orilla del sendero que carece de césped, y no camino, troto varios kilómetros con el perro atrás y con los dos guías adelante.

—Rápido —exijo.

La corteza del tronco de un árbol se levanta en el momento que intentan dispararme, me doy la vuelta y noto al Halcón Negro que se está acercando. Las personas que me guían empiezan a correr y los hombres de Antoni se apresuran a alcanzarnos.

Los disparos que ejecuta se estrellan contra los árboles, la pareja es alcanzada por los proyectiles y son dados de baja, el peso de la carga me deja sin posibilidad de apuntar y disparar; por ello, lo que hago es correr lo más rápido que puedo mientras que el perro se gira a atacar.

El camino es un riesgo, y por ello me voy hacia la orilla del río. Sin pensarlo, deslizo el cuerpo en la pequeña colina que me deja abajo, en el camino de piedras.

Los disparos del Halcón que está arriba no cesan y las piernas me duelen de tanto correr.

—¡Corre, Pucki! —le grito al perro, que sigue arriba, mientras el asesino baja la colina en mi búsqueda.

Me doy la vuelta a ver dónde está y la pistola se me cae al ver el cuchillo que tiene en la mano. El peso de los mellizos me resta velocidad, pero me esfuerzo, me esmero por salvarlos; sin embargo, él me está pisando los talones, alza el cuchillo contra mí y…

Cae con el perro encima, que le salta desde arriba y le entierra los dientes en la cara. Le muerde la garganta, cosa que hace que se lleve las manos al cuello mientras se desangra. El perro sigue mordiendo y lo llamo.

—¡Vamos! —le digo al ver cómo se empecina en seguir mordiendo—. ¡Anda!

Continúo por el riachuelo hasta que vuelvo a trepar al camino, paso horas en el bosque con el perro a mi lado. Los ángeles me protegen, dado que logro llegar a la carretera.

No pierdo la oportunidad de ponerme delante del primer vehículo que encuentro, pero me ignora. Con los dos siguientes pasa lo mismo hasta que un camionero se detiene y le suplico que me deje ir atrás, lo único que me hace falta es llorar. Se compadece de los niños y me deja subir, va para París. En el suelo del camión trato de pensar.

No confío en la FEMF con los bebés, aparte de que Rachel no hubiese querido que se los entregue a los que le jugaron sucio. Si me los confió, no le puedo fallar ahora.

Empiezan a llorar, me las apaño para preparar los biberones que están en la mochila y parte de la fórmula se me derrama con lo nervioso que estoy.

No dejan de sollozar aunque estén llenos, cambio al más grande primero y saco al más pequeño, sigue con fiebre, y debo bajarle el nivel al oxígeno, dado que queda poco. Llora como si tuviera mucho dolor y me esmero por consolarlo mientras mantengo a su hermano en mis piernas.

—¡Llegamos! —informan después de un par de horas.

Le agradezco al camionero, me ha dejado en la entrada de la ciudad. El orfanato está a casi tres horas caminando y me las apaño para llegar lo más rápido que puedo. Tengo sed, hambre, estoy sudado, cansado, necesito oxígeno cuanto antes para el bebé, que no deja de llorar y se tensa a causa del dolor.

Trato de acortar camino y me sumerjo donde comienzan los campos de tulipanes. El sitio donde he vivido durante años aparece a lo lejos, y más agradecido con Dios no puedo estar.

—Te daré de comer, Pucki.

Me muevo entre los tulipanes y troto con el perro a la entrada principal, subo los escalones con urgencia, el pomo de la puerta cede cuando lo muevo, afanado y...

Mi corazón deja de funcionar con la imagen de mi hermana en medio de la sala con un tiro en la cabeza. Observo a los niños, que también fueron ejecutados y cuyos cuerpos yacen en medio de un charco de sangre. Las palabras escritas en la pared son un golpe que me dobla:

Muerte a los Morgan, a sus hijos y los hijos de sus hijos.

—¡Miriam! —La garganta se me desgarra mientras, como puedo, trato de llegar a donde yace—. Cariño.

La bala sigue en su frente y está fría. Me desplazo hacia donde están los niños, los sacudo para que despierten; sin embargo, es tarde, ninguno despierta, ninguno tiene signos vitales y no hay más que sangre en el piso y balas en sus cabezas.

«Han matado a todos mis pequeños».

—Miriam. —Vuelvo al lugar de mi hermana mientras mis hombros suben y bajan sin dejar de llorar. Era lo único que me quedaba y lo he perdido.

Oigo quejidos y me pongo en pie.

—¡Stefan! —gritan en la cocina—. ¡Stefan!

Corro al sitio, Cayetana está junto a la cocina con un tiro en el abdomen, y yo dejo los niños sobre la barra antes de apresurarme a ayudarla.

—Te están buscando, tienes que irte —me dice.

Trato de ir por el botiquín, pero el perro empieza a ladrar en la entrada cosa que inmediatamente enciende las alertas de amenaza y hacen que me asome por la puerta trasera. Tres personas salen de los campos de tulipanes con armas en la mano.

De inmediato, me devuelvo por los bebés y la mochila, los meto en el cargador que improvisé.

—Apóyate y levántate —le pido a Cayetana, que grita al momento de levantarla.

Patean la puerta de la cocina. El perro ataca antes de que el sujeto pueda disparar y huyo en busca de un escondite, pero el otro Halcón ya está en la sala con un arma en la mano, apuntando hacia mí. Cayetana se me cae, está débil. Retrocedo con los niños en brazos, mientras que el hombre no deja de apuntar.

Me veo sin salida, sin escapatoria. El miedo abraza cada una de mis moléculas, y por ello cierro los ojos a la espera del disparo que no llega, dado que un disparo truena y el Halcón cae.

Abro los ojos y me encuentro con la mujer de cabello rubio oscuro que llega con cinco hombres vestidos con los chalecos del Mortal Cage. Toman el lugar. Otro disparo truena arriba, y doy por hecho que se ocupan del Halcón que hacía falta.

—Dámelos. —Se acerca ella y me niego.

—No.

Me abordan por detrás y ella me los quita a las malas mientras observo a Cayetana, que está a punto de desfallecer.

—Uda —dice uno de los peladores—, la casa está limpia.

—¿Dónde está ella? —pregunta la rubia—. Sigo el maldito collar.

Los niños dejan de llorar en sus brazos, el perro no la ataca y sus hombres me ponen un arma en la sien.

—Te preguntó dónde está —exige el peleador que me sostiene.

—Con Antoni, se entregó para salvar a sus hijos y para que pueda escapar con ellos, pero va a volver por nosotros.

La rubia sacude la cabeza con los ojos llorosos, trata de darle amor a los bebés mientras los sostiene en lo que yo me voy al puesto de mi tía, quien me pide ayuda.

—Christopher murió, y ella sabe de quién es la custodia ahora que él ya no está —me suelta—. Los niños le pertenecen a Thomas Morgan.

Trato de contener la sangre de la herida de Cayetana, mientras ellos toman lo poco que tengo.

—Cuídalos —le pido—. Rachel prometió volver por ellos, se entregó para ponerlos a salvo y traté de que no fuera en vano lo que hizo.

Rompo a llorar al ver el panorama que me rodea: perdí a mi hermana, los están niños están muertos, la sangre que baña el piso y mi tía, que se está desangrando en mis brazos, lo más probable es que la pierda a ella también. La mujer de la puerta vacila a la hora de irse.

Me limpio las lágrimas con la camisa.

—Tráiganlos a la furgoneta —ordena ella, y sus hombres me levantan junto con Cayetana.

Dolido, observo el cadáver de mi hermana muerta, los niños son otro trago amargo que, quiera o no, debo afrontar. A Dios les encomiendo su alma y dejo que me saquen.

El vehículo blanco tiene una camilla dentro, suben el perro adelante y dejan a mi tía en el suelo antes de arrancar. La rubia, que trabaja no sé para quién, canaliza a los bebés, le pone oxígeno y una inyección al pequeño y alimenta a su hermano.

—Vigílalos —me exige.

Se agacha a dar los primeros auxilios a Cayetana. Los minutos pasan, la fiebre del mellizo empieza a bajar y su saturación se va normalizando.

—¿Quién eres tú? —le pregunto a ella.

—Tengo el mismo trabajo que tú —responde—: Cuidarlos y encargarme de mantenerlos con vida.

—Hay que llevarlos con los James, tengo entendido que Luciana Mitchels está libre —le digo—. Ella es su abuela.

—Los James no tienen nada que ver aquí, la custodia es de Thomas Morgan, ya lo dije y no volveré a repetirlo.

Acaricio la cabeza del bebé, no hago más preguntas, solo salgo de la ciudad y dejo que me trasladen a la casa de campo que nos recibe después de nueve horas de viaje. Hay un gran número de amenazas en el aire y ahora lo que tengo que hacer es cuidar a los hijos de Rachel hasta que ella cumpla su promesa de volver por ellos.

Rachel

No me han disparado en el pecho, sin embargo, tengo una herida interna que me tiene agonizando.

Christopher dijo que no puede vivir sin mí, sin saber que yo tampoco puedo vivir sin él. La garganta me quema cada vez que paso saliva. He muerto con él y, aunque mi corazón lata, no quiero una vida sin el hombre con el que me casé.

Alzo la cara con los labios temblorosos, Antoni de nuevo es el líder de la pirámide, el clan francés se arrodilló ante él y ahora su pueblo lo recibe. La gente baja la cabeza mientras él avanza.

Ali Mahala sigue siendo su sombra, camina a su lado en tanto sus hombres se encargan de mis amigos.

—Nos tienes a todos nosotros —me susurra Brenda—, donde sea que estemos, siempre nos tendrás.

Sus palabras me suenan a despedida y Harry se me viene a la cabeza. Alexandra no ha dejado de sollozar y los demás ya están resignados. He maldecido tanto a Gema y a Bratt que ya perdí la cuenta.

—El último clan que faltaba es mío —declara Antoni, quien alza la cabeza del hermano en el centro del pueblo francés donde estamos—. Vuelvo a ser el líder de la pirámide que ahora tiene un clan menos, ya que he aplastado a la Bratva y a su líder.

—Larga vida a Antoni Mascherano —responde el clan—. Larga vida al líder.

—¡Demostré que unidos…—exclama— siempre seremos invencibles!

Arroja la cabeza del hermano a un lado antes de avanzar a la casa más grande que tiene el pueblo, se limpia las manos con el pañuelo que le pasan y se encamina a la propiedad, donde le abren las puertas.

Del grupo soy la única que no tiene cadenas, y el italiano es el que me tiene; aun así, está indiferente. Entramos al inmaculado vestíbulo de la casa antigua que nos recibe.

Las escaleras brillan, al igual que el piso y las paredes recién remodeladas.

—Necesito que se asee, ya que huele a él. —Es lo primero que demanda el italiano, y sus hombres me toman.

Me giro a ver a mis compañeros y la cara de todos refleja el peso de la derrota, a la cual tanto le huimos para nada, porque nos alcanzó y nos sumió a las malas.

No soy más que un robot que se baña y se viste como le dicen con el vestido negro que colocan sobre la cama. Me recojo el cabello y meto los pies en los zapatos que dejaron.

Vienen por mí, me hacen caminar a la sala principal, decorada con muebles de madera y chimenea. La leña arde, al igual que el fuego que me consume por dentro.

—Hoy estás de luto, *principessa* —comentan a mi espalda—. Mi más sentido pésame.

Volteo a verlo, es el mismo de antes, con los rasgos finos que lo hacen lucir como un ser oscuro y maligno. Viste de negro, al igual que sus hombres y mis amigos, a quienes traen. Todos siguen encadenados.

Los bañaron y, aunque en apariencia se ven mejor con ropa limpia, sé que están destrozados por dentro. Alexa no puede ni abrir los ojos de lo hinchados que los tiene, y entiendo tanto su dolor…, porque yo también quiero irme con mi esposo.

—Mi pésame también es para ustedes —les habla Antoni a mis amigos—. Han sido fieles a mi *principessa*, y eso es algo que agradezco.

No paso esto y lo único que hago es imaginar a Christopher a mi lado y al lado de los mellizos.

—Él no está muerto.

Entro en negación y el italiano acorta la distancia entre ambos sin dejar de mirarme a los ojos. Tengo tantas ganas de matarlo, de volverlo pedazos, pero…

—Linda inscripción.

Me muestra el anillo de bodas del coronel y verlo es un golpe que me rompe por dentro. Lo tomo entre mis dedos y entiendo que sí, que en definitiva ya no está, dado que, si Antoni lo tuviera de frente, nunca lo dejaría vivir.

—He traído unas palabras para ti, *amore* —sigue mientras no pierdo de vista el anillo de mi esposo—. Imaginé que querías saber de la pequeña Emma y lo valiente que ha sido, sola en medio de todo.

La barbilla me tiembla con la otra herida que tengo abierta.

—Tiene mis respetos por ser digna hermana tuya, demostró que la sangre de tu apellido es algo maravilloso.

Recibe la libreta que le dan, mientras las lágrimas se desbordan a lo largo de mi cara.

—Diario de un cazador. Ejecutor: Ilenko Romanov. Víctima: Emma James —empieza—. Rachel James, siendo una de las mejores tenientes de la FEMF, una vez declaró en un discurso que debía aprender a vivir con sus cicatrices, pero no con las físicas, ya que estas sanan; sin embargo, las del alma son las que se perpetúan y con ellas se viven para siempre.

Lee para todos en el centro del círculo que formaron a mi alrededor todos mis amigos.

—Una creencia sabía y pienso lo mismo —continúa—, es en lo único que coincidimos esa perra y yo, que con su ego arriba creyó que podría desafiarme y tomar a mi mafia como juego. Se le dio por confundirme con los idiotas que tiene detrás, pero se equivocó; por ello, a continuación, le voy a contar las heridas en el alma con las que cargará su hermanita de ahora en adelante.

Empuño el anillo mientras sigue hablando. Narra todo por lo que pasó Emma, miro al suelo en lo que le pido que me perdone, mientras Antoni suelta las palabras que se quedan en mi cabeza. «Torturas». «Humillaciones». «Intento de suicidio»

Cuanto más avanza, más duele, y quiero decir que no importa, que podré con esto, pero no es así. «Me jodió», Ilenko Romanov me jodió también al meterse con una de las personas que más amo.

Todo se junta mientras sigue leyendo los últimos párrafos: la muerte de Christopher, la ausencia de mis hijos, el sufrimiento de mi hermana. ...

—Siento mucha pena por ti, *principessa*. —El italiano cierra la libreta—. Pero ¿sabes qué es más triste? El que tu coronel lo supiera todo y no dijera nada. Sabía lo que iba a hacer la Bratva y se la dio, se la puso en bandeja de plata para que se saciaran y no se metieran contigo.

Lo que dice silencia mis sollozos en lo que sacudo la cabeza. Christopher sabía lo mucho que amo a mi hermana y sería incapaz de hacer eso.

—Quiso matar a tu hermana para que yo no la tomara —sigue—. Peleamos los tres el día que quise ir por ella para rescatarla de las garras del Boss.

Suelta el día exacto y mi mente hace cálculos: ese día vi al coronel llegando lleno de golpes con un arma en la mano. Antoni sigue hablando de todo lo que hizo, mientras que la imagen de Christopher Morgan se me cae a pedazos con las acciones que hacen que me lleve las manos temblorosas a la cara.

—Imagina que un ser inocente deba ser sometido por culpa de otros. Es triste, ¿cierto? —continúa—. Y es más triste cuando esa persona es tu hermana, sangre de tu sangre. Con dieciocho fue condenada a morir y tú no pudiste hacer nada para ayudarla.

Las mentiras, el egoísmo, las injusticias y las ganas del otro de dañarme hacen que mi pecho lata con violencia. Volví a recuperar mi vida, ¿y qué obtengo? Mierda tras mierda. Siento que me convierto en un explosivo de alto calibre que inicia su cuenta regresiva.

Antoni se acerca y se queda frente a mí, me veo en el iris negro del mafioso más peligroso de Italia.

—Todos van a morir —espeta—. Tus hijos, tus amigos, tu familia. Pagarás por no cumplir tu promesa e iré contigo al entierro de tus pequeños.

El llanto no se controla.

—Mi veneno actuará sobre tus engendros, van a sufrir y lamentar el haber nacido...

No contengo el impulso de empujarlo al sopesar el escenario que plantea, la presión que había en el centro de mi pecho sale disparada como el estallido de una bomba. Antoni intenta tomarme y echo mano al atizador de leña que está a menos de un metro y no pienso, le entierro la punta en las costillas.

Cae, el empellón que me suelta Ali Mahala me manda a un lado y soy rápida a la hora de quitarle el arma que tiene en la cintura antes de caer. Arremeto con los Halcones que visten de negro y caen como fichas de dominó al piso.

Estoy enceguecida de ira, uno de los hombres de Antoni se viene contra mí y le entierro dos tiros antes de quitarle el puñal con el que me enfrento a otros mientras intentan tomarme.

Pateo, lanzo puños y entierro la hoja en el abdomen de los que se acercan. No veo, no oigo, solo ardo en llamas con las lágrimas cayendo y el arma en la mano. Me apuntan, les quito el arma y soy la que dispara.

—¡Rachel! —Capto a lo lejos la voz de Parker en el suelo—. ¡Rachel!

—¡Fuera de aquí! —les grito a mis amigos—. ¡Fuera de aquí, que hoy muero, pero me llevo a todos estos malditos hijos de puta conmigo!

Le apunto al ventanal de vidrio, que se vuelve pedazos, bajo la violencia de las balas. Les doy vía de escape, son soldados, pueden lograrlo y, mientras dan batalla, sigo disparando, acabo con todo el que intenta reducirme.

Arma que tomo, arma a la que le acabo las balas, mis años en la milicia salen a flote y se unen con la furia, con el ardor de mis heridas. Me han mentido, me han lastimado y por ello no paro, sigo con la imagen de mis hijos y mi hermana en la cabeza, con el sabor de la traición en la garganta y con un vacío en mi ser, el cual oscurece mi mundo.

Respiro inquina, mi mente va y viene con Gema, Christopher, el Boss. Antoni, Bratt…, con todos aquellos que me han jodido y de un momento a otro estoy llena de sangre y rodeada de llamas.

Me duele el pecho, el alma, la cabeza, a la vez que ardo por dentro, y es que estoy tan harta de la vida que ya no tolero nada más.

No soporto no tener a mis bebés, el hombre que amé está muerto, mi hermana ha de odiarme, mi familia se ha ido al piso y el dolor es algo que no resisto, que quiero apagar.

Me cuesta quitarme al hombre que me toma por detrás cuando me ataca, Ali Mahala me lanza el puño que me manda al suelo, la patada que me propina en el abdomen me deja sin aire y vuelvo arriba para acabar con Antoni; para eso debo aniquilarlo primero a él quien me da pelea.

Trato de quitarle el puñal que tiene, pero no lo logro, me encesta un puño en la boca y le devuelvo el mismo golpe en la tráquea. Le rompo la nariz con un puñetazo y aprovecho esos segundos para quitarle el cuchillo, esquiva la puñalada que iba directa a la garganta. Hago un nuevo intento por atacar, pero la acción queda a medias cuando me toma del cuello, pone una mano en mi cabeza y manda esta contra la pared con fuerza.

El primer golpe me tapona los oídos y hace que todo se oiga lejano.

El segundo golpe me enceguece.

El tercero me apaga y deja en tinieblas al percibir el crujido de mi cráneo y mi cuerpo cayendo al piso.

Todo se siente como algo lejano, la cabeza me duele cuando abro los ojos, el tórax lo siento pesado y unas horribles ganas de llorar se apoderan de mi garganta.

La luz del techo del hospital me hace entrecerrar los ojos, y una punzada aguda atraviesa mi cabeza cuando intento recordar cómo llegué aquí. Mi mente es un lienzo en blanco, un abismo oscuro donde no hallo más que niebla.

«Rachel James —dice la pulsera que tengo en la muñeca—. Rachel James».

¿Mi nombre? Creo que sí es mi nombre, algo dentro me dice que sí.

Tengo la cabeza vacía y me llevo las manos a la cara. «Rachel James», repito en lo que intento recordar quién soy o el porqué de tener ese nombre en la pulsera.

Aparto las sábanas suaves que me envuelven. La habitación parece girar a mi alrededor y con las manos busco apoyo en las barandillas para levantarme, no tengo idea de quién soy y qué hago aquí.

Solo sé que me quiero ir, los ojos se me empañan, la nariz me arde y un sinfín de emociones se agolpan en mi garganta, traen el miedo que me encoge y hacen que rompa a llorar con las manos en la cabeza.

Giro el cuello a un lado y no reconozco a la persona que veo en el reflejo del vidrio de la ventana ¿Quién soy? ¿Por qué despierto aquí sin nada en la cabeza?

El pecho no deja de temblarme, algo dentro me grita que huya y por ello, afanada, saco los pies de la cama. El miedo fluye a lo largo de mis venas y rompo a llorar otra vez.

Escucho voces en el pasillo y me apresuro a ponerle el pestillo a la puerta, algo me grita que debo salir lo antes posible de aquí y por ello me apresuro al panel del vidrio que da al balcón.

Estoy en un tercer piso. No sé quién intenta abrir la puerta, pero esta no cede, le empiezan a dar patadas y, asustada, me encaramo sobre la baranda en busca del tubo de metal que está cerca. La cerradura cae cuando revientan la puerta mientras yo, aferrada al tubo, dejo que mi cuerpo se vaya hacia abajo.

No tengo idea de lo que hago, dónde estoy y por qué huyo al caer en el callejón oscuro que me recibe. No reconozco las calles que me rodean y no hago más que llorar cuando trato de recordar, me cuesta romper la barrera de amnesia que me sumerge en la nada. Lo único que percibo es el instinto que me pide que me aleje, me camufle y no permita que nadie me encuentre.

Siento que la bata me estorba, paso de callejón en callejón hasta que veo a la mujer que viene hacia mí.

—Hola —dice cuando me ve—. ¿Necesita ayuda?

Tomo el trozo de vidrio que encuentro en el suelo y me voy sobre ella.

—Tu ropa —le pido—. ¡Dámela!

—Calma…

—¡Que me la des, te digo!

No sé lo que hago, solo sé que la necesito. Se quita el pantalón deportivo, la sudadera y los zapatos, todo me queda grande. La empujo y sigo corriendo sin rumbo.

Me llevo las manos al vientre a cada momento, el vacío que tengo se va volviendo cada vez más grande. Siento que lo he perdido todo, que no tengo rumbo ni sitio adónde ir.

La confusión es una tormenta que no abandona mi mente.

Hay lagunas en mi cabeza, el ruido de la noche aumenta las pulsaciones en mi cerebro y no sé cómo llego al puente donde de nuevo me pongo las manos en la cabeza en un vil intento por querer saber quién soy.

El viento me agita el cabello, miro mis manos y veo el anillo que brilla en una de ellas, lo quito y leo la inscripción que tiene dentro: Siempre mía, nena. M.

Lloro con ganas con las manos sobre mi vientre, con la incertidumbre de no saber quién soy, lo que he perdido y por qué estoy así.

—Rachel —llaman a pocos metros.

Me vuelvo a ver a la mujer que se acerca. El cabello negro le llega hasta los hombros, es un par de centímetros más alta que yo y me mira preocupada.

—¿Cómo te sientes?

—¿Quién eres? —increpo.

Siento que la conozco de algún sitio, pero no recuerdo de dónde.

—Soy Angela Klein —Se acerca—. Estaba en el hospital de donde escapaste, tuviste un accidente y te golpeaste la cabeza.

—No recuerdo nada. —Me pongo una mano en la cara.

Ella viene a abrazarme y el llanto no se contiene. Siento que estoy vacía, que me han robado todo. Quiero recordar, pero mi cabeza sigue sin arrojar nada.

—Sé que todo te duele —me dice ella—. Duele, pero ya va a pasar cuando matemos a Bratt Lewis y Gema Lancaster.

Los nombres son un trueno en mi cabeza que avivan la rabia que surge. El ardor interior se vuelve insoportable y no hago más que sollozar. El vacío es demasiado grande, el abismo se ve como algo demasiado profundo, y ella se aparta.

Con la cabeza me pide que mire a la persona que está detrás, un hombre de traje se acerca, no mide más de uno noventa, es atractivo, esbelto, oscuro y distinguido.

Mi mirada se encuentra con la suya al acercarse, toca mi cabello y lo único que hago es observar el anillo que se parece al mío.

—Amor. —La palabra se escapa de mis labios sin perder de vista el anillo.

—Nena.

El término acaricia mis oídos y me hace sonreír en medio de todo lo que me comprime. Amo esa palabra, amo la joya que tiene en el dedo; aun así, siento que algo más me hace falta.

—Todos pagarán por el daño que te hicieron —confiesa antes de poner una mano en mi rostro.

No puedo hablar, dado que rompo a llorar otra vez.

—Todo estará bien, *amore*. —El acento italiano es hipnótico y abrumador—. Soy tu esposo, el hombre que pondrá el mundo a tus pies, mi bella dama.

Me pierdo en los ojos negros y él se viene contra mi boca. Sus labios se mueven sobre los míos, su lengua baila sinuosamente con la mía con el beso que me da en mitad de la noche.

Aferro los dedos a la chaqueta del hombre con quien me casé. Él pone los dedos en mis hombros y de nuevo toma mi boca con las mismas ganas. Termino con la cabeza en su pecho y con sus brazos alrededor de mí.

Me siento rabiosa, fría y con unas inmensas ganas de poner a arder el mundo.

17 de noviembre de 2021

Boletín informativo de la Fuerza Especial Militar del FBI

Noticia de última hora

Los agentes Brenda Franco, Dominick Parker, Alexandra Johnson, Make Donovan, Dalton Anderson e Ivan Baxter se han entregado a las autoridades después de haber escapado de la mafia italiana.

Su salida ha confirmado la muerte de Christopher Morgan y Patrick Linguini.

Todos los escoltas que acompañaban al coronel se entregaron, excepto uno y es Tyler Cook, soldado de la Alta Guardia, que fue visto por última vez en Cherburgo, Francia, sitio donde se perdió la pista de su posible paradero.

El actual ministro Bratt Lewis confirma que no guarda ningún tipo de rencor hacia sus compañeros y le atribuye su comportamiento al difunto coronel, a quien acusa de haberle dañado la cabeza con su doctrina; por ende, dará todo de sí con el fin de pactar acuerdos que les faciliten su condena.

También quiere beneficios para Roger Gauna, Laila Lincorp y Simon Miller, agentes que llevan ya varios meses en prisión.

Se presume que los mellizos Morgan han muerto a causa de las malformaciones de nacimiento con las que llegaron al mundo. El exministro, Alex Morgan, quien ahora está privado de su libertad, no ha querido dar declaraciones sobre la muerte de su hijo.

En otras noticias, Antoni Mascherano se ha vuelto a posicionar como líder de la pirámide de la mafia, que ahora tiene un clan menos. Fuentes confiables aseguran que tiene a Angela Klein y a Rachel James trabajando para él.

Rick James, padre de la teniente James, dice que no tiene nada que decir sobre lo que se dice de su primogénita, tampoco ha dado declaraciones sobre su hija menor, de quien no se sabe nada hasta la fecha.

Ha sido un año difícil en varios aspectos que abarcan a la mafia y a la milicia. La derrota de la Bratva, aniquilada por Antoni Mascherano, es motivo de celebración para muchos, dado que significa que ya el mundo cuenta con un peligro menos.

«La Bratva es un monstruo que no vimos del todo despierto y hay que dar gracias por ello». Fueron las palabras Arthur Lyons.

La viceministra confirma que no descansará hasta que Rachel James esté tras las rejas y no sabemos qué nos espera, pero confiamos en la entidad y en que los criminales sean capturados.

La FEMF promete una nueva era, la imagen de los nuevos gobernantes es intachable, la justicia confía en ellos; sin embargo, algunos presagian y aseguran que esto es solo un momento efímero de paz antes de que se desate la guerra final.

Los jerarcas lo toman como suposiciones y aseguran que no hay nada de que preocuparse, ya que, como gobernantes, harán todo lo posible porque en la entidad reine la paz.

Epílogo

Un año después

Rachel

Mi nombre es Rachel James Mitchels, soy la primogénita del general Rick James, estoy casada con el líder de la mafia más poderosa del mundo y el universo me detesta por eso. El espejo de cuerpo completo acoge mi reflejo y, como todos los días, me repito lo mismo a modo de ejercicio.

Abrocho la jadeíta en mi cuello en lo que evoco mi historia: era una soldado destacada y conocí a mi esposo en un operativo militar, me enamoré y eso me costó el puesto como teniente en la Fuerza Especial del FBI; sin embargo, no me importó, ya que lo amo con locura y ahora soy la dama de la mafia.

Deslizo mis piernas en el ajustado vestido antes de cerrar la cremallera en un costado.

Con el traje puesto, selecciono y me calzo unos tacones. Frente al espejo paseo por mis labios la barra de labial color carmesí, las pestañas me quedan más largas de lo usual por el rímel y las sombras le aportan vida a los ojos azules que delineé.

Esparzo perfume y, cuando quiero dejar la botella de cristal en su sitio, miro la foto de los dos niños que están en la cuna con chupones en la boca.

Paso el dedo por los bordes antes de continuar. La FEMF mató a mis hijos en un operativo comandado por los Morgan y varios de sus agentes especiales. El coronel Christopher Morgan estuvo obsesionado conmigo e inventó un sinfín de artimañas para alejarme de Antoni.

Mi accidente fue un nuevo inicio para mí y mi esposo, quien no quiere que ahonde en nada de mi pasado y lo obedezco. ¿Para qué mirar atrás si tengo todo un futuro por delante?

El líder de la mafia me da todo lo que quiero: amor, lujos, cariño y una vida de ensueño. Lo único que tengo que hacer a cambio es ayudarlo con sus planes.

Los Halcones Negros, mi esposo y yo queremos matar a los hijos de Christopher Morgan, porque él mató a los nuestros; por ello, estamos tras ellos, no descansaremos hasta tenerlos y acabar con ellos. Se ha ofrecido una recompensa por su captura, para Antoni son como un trofeo y también lo son para mí.

Le doy forma a mi cabello y, vestida de blanco, salgo de la habitación, los tacones de quince centímetros resuenan a lo largo del pasillo de madera mientras avanzo.

Las notas del piano deleitan mis oídos en cuanto cierro la puerta de mi alcoba, *Nuvole Bianche*. Las notas de esa canción llenan el corredor y con una sonrisa en los labios busco al niño que desliza los dedos por las teclas, saca a flote las enseñanzas de su padre.

Damon tiene cuatro años y un detalle en el habla que nos tiene algo preocupados, solo dialoga con su padre y lo hace cuando desea, en ocasiones tarda días en contestarle.

Sus cuerdas vocales están bien; sin embargo, prefiere mirar a las personas como si tuviera la capacidad de hurgar dentro de su alma.

Alcanza las mejores notas antes de terminar y dejar la vista sobre el instrumento. Se vuelve hacia mí cuando entro y pongo la mano sobre su hombro.

—Eres fantástico —lo felicito—. Cada día mejoras más.

Al ser mi hijastro, paso mucho tiempo con él, lo llevo a los sitios que le gustan y con Antoni lo criamos en conjunto. Le ayudo con sus tareas y nos acompaña a la iglesia los domingos.

—Saldré, pero los antonegras te llevarán a Italia —le explico—. Nos veremos allá y en la noche cenaremos con tu papá.

Se mueve en el asiento y abre los brazos para mí. Lo abrazo en lo que apoyo mis labios sobre su coronilla.

—Amo cómo tocas el piano —le digo—. Lo haces muy bien.

—Gracias, madre.

Me lo dice en un inglés perfecto y mis extremidades se congelan al percibir el beso que deja en mi mejilla antes de volver al piano. Respiro con la ola de felicidad que me avasalla.

«Es la primera vez que me habla». De pie me arreglo el vestido, camino al umbral y me vuelvo hacia él antes de marcharme.

—Damon —lo llamo, y voltea—, te quiero mucho.

Asiente con una sonrisa triste y continúo hacia las escaleras en busca de la mujer que me espera en el vestíbulo: Angela Klein.

—Qué bien te ves —me adula.

—La ocasión lo merece.

La empleada baja la diadema de lazo con velo francés que me cubre la cara cuando me la coloco en la cabeza. Tomo el abrigo, me lo pongo y ella hace lo mismo.

—Después de ti. —Ella me señala la puerta.

Salgo primero rumbo al vehículo que espera, dentro está el regalo, que dejo sobre mis piernas.

Angela pone la mano en mi rodilla, es mi mejor amiga, nos cuidamos la espalda la una a la otra. Era parte de la FEMF, pero ahora le sirve a la mafia italiana. Según me contó, Antoni llegó a su vida en un momento difícil, nos conocimos en el ejército, y ella se vino de mi lado cuando la milicia me expulsó de sus filas.

Mi familia no quiere verme; sin embargo, es algo que me tiene sin cuidado, no los necesito con Antoni de mi lado. Tampoco tengo tiempo para ellos, ya que mi tiempo libre es para mi esposo y mi hijastro.

Hago una llamada y con Angela miro la calle empedrada a través de la ventana. Con paciencia dejo que los minutos pasen, el auto continúa con la marcha hasta que dos enormes rejas de metal nos dan la bienvenida a la propiedad donde se llevará a cabo el evento.

Bajo con Angela, mantengo el regalo que traje entre las manos mientras camino por el sendero lleno de pétalos blancos, rodeado del paisaje mágico que brinda la caída de la nieve. Fijo los ojos en el cartel de bienvenida, es bello como toda la fiesta.

—Ya son marido y mujer —comenta Angela.

—Son una bella pareja.

Entro a la majestuosa carpa para eventos que colocaron en el medio del jardín, sigo a la mesa de regalos y dejo el mío. Angela me acompaña al sitio designado. El sombrero de velo que lleva puesto le tapa la cara y ambas recibimos la bebida que nos ofrece el camarero antes de quitarnos el abrigo.

La carpa, decorada con un exquisito gusto, brilla bajo las luces suaves que cuelgan del techo, creando destellos dorados que contrastan con el aire del frío exterior. El espacio está decorado con detalles invernales, hasta los centros de mesa evocan la belleza nevada de la estación.

La atmósfera está impregnada de un aire festivo y sereno. Los comensales hablan, algunos se toman fotos hasta que llegan los novios.

Todo el mundo se levanta a aplaudir a la pareja, que entra tomada de la mano.

—¡Vivan los novios! —gritan.

Los aplausos cesan y yo vuelvo a la mesa, observo la felicidad que irradia cada uno.

Caminan a lo largo de la alfombra blanca, los presentes se encuentran a ambos lados en sus respectivos lugares mientras ellos se acercan a la mesa de los recién casados.

La pareja saluda y, en tanto lo hacen, la miro a ella: tiene un bonito vestido de diseñador que irradia sencillez.

Los camareros empiezan a repartir los platos con comida, entretanto su séquito de boda supervisa que todo esté en orden.

—Gracias. —Cruzo miradas con el camarero que deja el plato en mi mesa.

Se alzan las copas para el brindis y sonrío por ellos, se ven muy felices siendo el centro de atención. Todo quedó tan perfecto que los aplausos se quedan cortos.

Los invitados comen y la madre de la novia aparece, camina a lo largo de la alfombra con un micrófono y empieza a entonar una antigua canción, cosa que conmueve a los asistentes.

—Es un buen momento —me dice Angela.

—Pienso lo mismo.

Todos están atentos a la anciana que llora mientras canta, nadie se da cuenta de que me levanto y muevo con sigilo. Los tacones me otorgan elegancia, el tocado hace que me vea como una rosa inglesa, y avanzo al inicio del camino justo cuando la novia baja los escalones de la tarima donde estaba. Llorando, extiende las manos hacia la madre que la espera.

—Qué bonita canción —espeto en el inicio de la alfombra a la vez que recibo el micro Tavor que me lanza Ali Mahala, quien viste como uno de los camareros—. Lástima que se acabe tan pronto.

Los invitados se tiran al piso cuando activo el cargador y le vuelo la cabeza a la madre de Gema Lancaster. La sangre de su progenitora la salpica y mancha su hermoso vestido de novia.

Mi gente se rebela y Bratt Lewis saca el arma y la carga, dándolo todo por proteger a su nueva esposa.

Esquivo su proyectil mientras ella huye y él utiliza el púlpito de discursos como escudo cuando lo ataco con todo lo que tengo. No le doy tregua para que se defienda.

La madera vuela y, con ametralladora en mano, le disparo a todo lo que se me atraviesa, convirtiendo la boda en un río de sangre. Apoyada por los Halcones y Angela, quien hace lo mismo que yo, damos de baja a los soldados y guardaespaldas que nos devuelven los disparos y el lugar es digno de una escena de terror.

—¡Ya que tanto me buscan, aquí estoy! —hablo llena de rabia en lo que descargo el arma en el cuerpo de Marie Lancaster, que yace en medio del camino alfombrado—. ¡Aquí estoy, como tanto querían!

Mis heridas duelen como el primer día que desperté en ese maldito hospital sin saber quién era, y ahora solo quiero sangre. Quiero que paguen por haberme jodido, por haberme tentado y convertirme en esto.

No dejo de disparar, de acabar con todo lo que se me atraviesa, hago mierda el pastel y destruyo el cartel que dice:

«Aquí comienza el felices para siempre de Bratt Lewis y Gema Lancaster». Se casaron y vine a darle mis buenos deseos.

Se pierden e intento buscarlos; sin embargo, la señal de Ali Mahala me impide que vaya tras ellos.

—Debemos irnos. —Tomo a Angela.

—Aún no he matado a esa maldita —contesta.

El sonido de los helicópteros trae la rabia, no puedo perder a mi gente porque los necesito.

—¡Muévanse! —ordeno.

Los Halcones desaparecen con la misma rapidez que llegaron, a las malas traigo a Angela conmigo, mi vehículo espera, lo abordo y este arranca. Dejo que se pierda entre las calles de Londres.

—Su madre era lo más importante para ella —celebra Angela a mi lado— y ya no la tiene, porque la has matado.

Dejo de lado el tocado que me ocultaba el rostro, el vehículo continúa con su travesía, pierde a los soldados que nos persiguen y termino en la pista privada, donde espera Antoni con Bernardo Mascherano, el primo de mi marido. Todavía tiene puesto el uniforme de Irons Walls.

—Tu plan salió a la perfección —me dice Antoni—, buena jugada.

Mientras yo me ocupaba de la boda, el resto de los Halcones se hacían cargo de sacar a Bernardo del hospital donde lo estaban atendiendo. La prisión de la FEMF es impenetrable y me costó meses lograr que lo trasladaran al centro clínico para una «cirugía de emergencia».

—Bienvenido a la libertad —saludo al exprisionero, que mueve la cabeza con un leve gesto.

Angela está a mi lado. Antoni luce pulcro como siempre bajo el día londinense. Lo miro y sujeto la mano que me ofrece.

—Qué bella te ves. —La adulación me hace sonreír.

Deslizo las manos por el traje almidonado, los Halcones Negros nos rodean y busco sus ojos.

—Gracias por existir. —Él sujeta mi cintura, y yo uno mi boca a la suya.

Su lengua danza con la mía, se introduce con destreza; besar a Antoni es como fusionarse con un seductor demonio, un ser infernal refinado, dotado de una belleza exquisita.

—Debemos tomar la FEMF —susurro—. Será un gran triunfo para ambos.

—Paciencia —sonríe—. Ya sabes, somos espectadores…

—Para luego ser protagonistas.

Su paciencia es un «Te lo daré cuando lo crea correcto». Sujeto su mano, y con él, tomo el camino que nos lleva a la avioneta. Ya en su interior brindo con Antoni, Angela y Bernardo Mascherano.

Juntos volvemos a la bella Italia, para ser más específicos, a Florencia.

El rumor de la boda no tarda en tomar fuerza, se esparce por todo el mundo y a lo largo de la mafia. Dos días después celebramos en el salón que se usa para rendirle cuentas al líder.

Gregory Petrov, caudillo de la mafia búlgara; Naoko Wang, gran cabeza de la Yakuza y Natia Pawlak, líder de los polacos, esperan junto al resto de los líderes perteneciente a los clanes de la pirámide.

Con el líder de la mafia espero a Damon en la puerta, un antonegra lo baja del vehículo y lo trae al sitio donde estamos. El niño saluda a su padre antes de darme la mano.

Antoni me guía adentro, al interior del salón como el caballero que es.

Los clanes más poderosos no tardan en lamerme los pies, en saludarme como se debe. Yo solo sonrío feliz por tener lo que quiero y es su confianza, su lealtad, su gente y su admiración.

Sigo sonriendo…

Hace un año me encestaron tres golpes en el cráneo que me dejaron la mente en blanco durante ocho semanas, tiempo en el que me inculcaron y convencieron de que era la esposa de Antoni Mascherano, el mafioso más importante y peligroso del momento, persona que haría cualquier cosa por tenerme.

Sé que no es así, como también sé que mi difunto «marido» murió en mis brazos y que mis hijos están vivos y escondidos. Me propuse sembrar terror para que no salgan de las sombras y Antoni no pueda hallarlos.

También tengo muy claro lo que le hicieron a mi hermana menor y a mi familia.

Tengo presente que Christopher fue un maldito hijo de puta egoísta, a quien recuerdo con rabia, tristeza y dolor. Sé que el Boss de la mafia rusa me apuñaló de la peor manera y, por ello, una de mis metas, es aniquilarlo a él, a su apellido y toda su mafia.

No sé dónde está el Boss en estos momentos, pero lo voy a encontrar y lo mataré al igual que a todos los Romanov: acabaré con todos los miembros de esa familia.

El poder que tengo ahora me permite atacar a todo lo que me apetezca. Voy a tomar la FEMF, eso es una estrategia que estoy labrando poco a poco. Me la quedaré porque con ella seré intocable, dado que tendré todo el ejército a mi disposición, solo para mí, mi familia, mis hijos y los colegas que me han apoyado.

Voy a sacar a mi padre, que ha sido condenado a veinte años de cárcel, y a Alex, que ha sido sentenciado a cadena perpetua.

La entidad será mía y de mis mellizos, porque a Thomas Morgan no se los voy a dejar como dispuso el coronel en su testamento.

Lo sé porque oí a Antoni hablándole a Ali del tema.

Christopher estipuló que, de no estar, yo no podía criarlos, y con eso me demostró que siempre hizo lo que se le dio la gana. Le dije en la cara que no estaba de acuerdo; sin embargo, no le importó y le entregó la potestad de mis hijos al tío.

Saludo con una hermosa sonrisa en los labios.

Sin líder no hay dama, y no voy a mentir al decir que no disfruto de todo el poder absoluto que tengo ahora. Nadie tiene más poder que los italianos y si Antoni es grande, yo también lo soy.

Ya conviví con un hijo de puta, puedo vivir con este también.

El amor es una tontería que me volvió débil en su tiempo y ahora solo busco mi propio beneficio, por ello, debo ir con cuidado: si Antoni muere, dejaré de ser la dama y eso no me conviene.

Debo dirigir la pirámide, esta debe trabajar para mí, necesito los privilegios que me da estar en la cima.

Lo mejor de todo esto es que tengo una de las joyas más importantes de la mafia, y no es la jadeíta, sino el niño que sujeta mi mano.

Antoni Mascherano es el bioquímico más asombroso que existe, sus creaciones no las imita nadie, ya lo investigué. Los antídotos solo existen si él los crea, y es obvio que nunca hará uno para mi hijo, por más que lo seduzca.

No lo hará, su persecución me demuestra que sus ganas de matarlos son más grandes que su obsesión por mí.

Por culpa de Antoni, mi pequeño valiente vive con un veneno en su cuerpo, sufre con él, lo que se le suministra lo ayuda a sobrevivir, pero no mata lo que tiene dentro, y eso es un peligro, ya que puede acabar con su vida en cualquier momento.

Me agacho a acomodar el traje del niño de ojos negros y rasgos italianos, al cual le he tomado cariño.

La salvación no es Antoni, es Damon, a quien le transmite todo su conocimiento y será mejor que él, porque con cuatro años es un prodigio con un coeficiente intelectual supremamente alto.

Por ello, debo dejar que su padre le enseñe, que le transmita todo lo que sabe.

Antoni no es idiota, sabe que la Rachel que conoció nunca lo seguiría, pero esta sí, y esta finge ser la mejor esposa con el fin de que me dé gusto en todo lo que quiera, como lujos, demandas, aliados y poder para matar a los que me apetece.

Estoy enterada de los planes que labran en contra de mis hijos, los apoyo, los lidero y me las apaño para volverlos pedazos sin que nadie lo note.

Gobierno con él y me gusta el resultado que he conseguido hasta ahora, soy la más temida, la más asediada, y no me importa lo que digan otros: es mi plan y soy fiel a este.

Antoni es un auténtico demonio que, con el pasar de los meses, se vuelve más temido. La mafia lo idolatra, sus creaciones le suman poder y, si nota lo que hago, perderé mis oportunidades.

Sujeta mi mano cuando termino de arreglar el traje de Damon. Esto no lo sabe nadie, ni Angela, quien ahora trabaja para Antoni. Esto solo lo sé yo y seguiré así hasta que logre mi cometido.

Vigilo cada pequeño aspecto para evitar fallos. Cuando todo esto termine, nadie ni nada podrá afectarme; ni a mí ni a mis hijos, tampoco a mis padres, y ni a las hermanas que no he visto en meses.

Me mantengo alejada de todos y desconectada de todo lo relacionado con ellos para que nada me haga flaquear, ya que quiero el poder total y voy a matar a quien se cruce en mi camino.

Respiro hondo antes de volver a mi papel favorito, y es la que no sabe nada, la que sigue con amnesia.

Antoni ama esta faceta de mí y el papel ya está bajo mi piel. Estoy dispuesta a lo que sea, por ello alzo el mentón y me olvido de que fui soldado, teniente, amiga, hija, hermana y madre.

Me olvido de que amé, de las cicatrices y del dolor.

Hago lo que tengo que hacer y es actuar como lo que soy: la dama de la mafia.

FIN

Índice

En este código QR vas a encontrar
dos capítulos extras de personajes secundarios.
Si quieres saber un poco más,
entra y entérate.